U0038628

周啟成　崔富章
朱宏達　張金泉　注譯
水渭松　伍方南

劉正浩　陳滿銘
沈秋雄　黃俊郎　校閱
黃志民　周鳳五
高桂惠

新譯昭明文選（一）

三民書局

國家圖書館出版品預行編目資料

新譯昭明文選／周啟成等注譯;劉正浩等校閱.——二版三刷.——臺北市：三民，2022
面；　公分.——(古籍今注新譯叢書)

978-957-14-2558-0（第一冊:平裝）
1.昭明文選－注釋

830.1

古籍今注新譯叢書

新譯昭明文選(一)

注譯者	周啟成　崔富章　朱宏達　張金泉　水渭松　伍方南
校閱者	劉正浩　陳滿銘　沈秋雄　黃俊郎　黃志民　周鳳五　高桂惠
發行人	劉振強
出版者	三民書局股份有限公司
地址	臺北市復興北路 386 號(復北門市) 臺北市重慶南路一段 61 號(重南門市)
電話	(02)25006600
網址	三民網路書店 https://www.sanmin.com.tw
出版日期	初版一刷 1997 年 4 月 二版一刷 2007 年 11 月 二版三刷 2022 年 9 月
書籍編號	S031280
ISBN	978-957-14-2558-0

著作權所有，侵害必究
※ 本書如有缺頁、破損或裝訂錯誤，請寄回敝局更換。

三民書局

刊印古籍今注新譯叢書緣起

劉振強

人類歷史發展，每至偏執一端，往而不返的關頭，總有一股新興的反本運動繼起，要求回顧過往的源頭，從中汲取新生的創造力量。孔子所謂的述而不作，溫故知新，以及西方文藝復興所強調的再生精神，都體現了創造源頭這股日新不竭的力量。古典之所以重要，古籍之所以不可不讀，正在這層尋本與啟示的意義上。處於現代世界而倡言讀古書，並不是迷信傳統，更不是故步自封；而是當我們愈懂得聆聽來自根源的聲音，我們就愈懂得如何向歷史追問，也就愈能夠清醒正對當世的苦厄。要擴大心量，冥契古今心靈，會通宇宙精神，不能不由學會讀古書這一層根本的工夫做起。

基於這樣的想法，本局自草創以來，即懷著注譯傳統重要典籍的理想，由第一部的四書做起，希望藉由文字障礙的掃除，幫助有心的讀者，打開禁錮於古老話語中的豐沛寶藏。我們工作的原則是「兼取諸家，直注明解」。一方面熔鑄眾說，擇善而從；一方面也力求明白可喻，達到學術普及化的要求。叢書自陸續出刊以來，頗受各界的喜愛，使我們得到很大的鼓勵，也有信心繼續推廣這項工作。隨著海峽兩岸的交流，我們注譯的成員，也由臺灣各大學的教授，擴及大陸各有專長的學者。陣容的充實，使我們有更多的資源，整理更多樣化的古籍。兼採經、史、子、集四部的要典，重拾對通才器識的重視，將是我們進一步工作的目標。

古籍的注譯，固然是一件繁難的工作，但其實也只是整個工作的開端而已，最後的完成與意義的賦予，全賴讀者的閱讀與自得自證。我們期望這項工作能有助於為世界文化的未來匯流，注入一股源頭活水；也希望各界博雅君子不吝指正，讓我們的步伐能夠更堅穩地走下去。

新譯昭明文選 目次

第二冊

補亡

述德

勸勵

卷二〇

獻詩

公讌

卷二一

卷二二

招隱

反招隱

遊覽

卷二四

卷二五

卷二六

行旅

卷二七

軍戎

郊廟

樂府

卷二八

卷二九

卷三〇

卷三一

第三冊

卷三二

騷

卷三六

卷三七

表

卷三八

卷三九

上書

啟

卷四〇

彈事

牋

奏記

卷四一

書

卷四二

卷四三

導讀

《昭明文選》又稱《文選》，因為此書是由南朝梁的昭明太子蕭統所編纂的，所以以此命名。在中國文學史上，《文選》是第一部重要的詩文選集，對於後代文學的發展起了巨大的影響。

(一) 蕭統生平及《文選》的編纂

蕭統字德施，小字維摩，是梁武帝蕭衍的長子，先世為南蘭陵（今江蘇武進）中都里人。齊中興元年九月生於襄陽，梁天監元年十一月立為皇太子。蕭統姿容俊美，舉止大方，為人寬厚慈仁，能夠體恤民情，襄理國事，時有善政。他聰敏好學，東宮藏書近三萬卷。還注意引納才學之士，和他們商榷古今，討論篇籍，有時他還親自提筆寫詩作文。《文心雕龍》的作者——文學批評家劉勰，曾兼任東宮通事舍人，蕭統和他關係很融洽，劉勰的文學思想對蕭統應有相當影響。此外，還有王錫、張纘、陸倕、張率、謝舉、王規、王筠、劉孝綽、到洽、張緬等十人先後為東宮僚屬，這些人都才學出眾，是蕭統的文學師友，史稱昭明太子十學士，蕭統身邊的這些文人，對於他編纂《文選》應有輔助之功。《文選》最後編定約在梁武帝普通七年到中大通三年這段時間裡，朱彝尊說：「《昭明文選》初成，聞有千卷，既而略其蕪穢，集其清英，存三十卷。」（《曝書亭集・卷五二・書玉臺新詠後》）可見選編者付出了巨大心血。中大通三年四月初六日蕭統病逝，時年三十一，賜諡昭明。有《文集》二十卷遺世，今存六卷。

《文選》共收錄先秦至梁代一百三十家（無名氏不在內）三十七類七百多篇作品，其中楚辭、漢賦及六朝作家潘岳、陸機、謝靈運、顏延之諸人的作品占的分量最大。作為一個選本，它去取的標準是什麼呢？蕭統在〈文選序〉中說得很明白。

起首他即指出文學作品的體製和形式是在不斷演變和發展的：「若夫椎輪為大輅之始，大輅寧有椎輪之質！增冰為積水所成，積水曾微增冰之凜。何哉？蓋踵其事而增華，變其本而加厲。物既有之，文亦宜然。」這是說天子所乘的大輅這種豪華的車子是從簡陋的椎輪發展而來，卻不保留椎輪原始的形式；厚厚的冰塊雖是由積水結成，積水卻沒有冰塊的寒冷。為什麼呢？因為繼續原來的發展而增加華飾，在原來本質的基礎上更加增進，這是一般的規律，器物既然有這種情形，文章也應該如此。他認為，文學體製由簡趨繁，語言由質樸趨於華麗，是文學發展的自然趨勢，所以他選文著重辭采，錄取的作品略古詳今，很重視南朝的作品。

當時文壇上瀰漫著一種華靡的文風，只追求文辭綺麗，不顧內容貧乏，蕭統和這種風氣不同，他還是比較注意文質並重的。在〈文選序〉裡他在分別說明為什麼不選經、子、賢人辯士等的言辭和史書的理由之後，就史書的讚論序述指出：「若其讚論之綜緝辭采，序述之錯比文華，事出於沈思，義歸乎翰藻。故與夫篇什，雜而集之。」他認為史書的讚論序述都有著精心寫作的文采，所用的事實無不經過思考選擇，深刻的道理和華美的藝術表現融為一體，所以把它們和文學篇章一起編輯入書。〈文選序〉中說：「事出於沈思，義歸乎翰藻。」也可說是他編纂《文選》全書時衡量文學作品的標準，要求作品必須透過深刻的藝術構思，錘鍊語言詞藻之美。

（二）《文選》的價值和缺失

《文選》是一部代表當時文學觀點的精美選本。六朝人嚴於區分「文」和「筆」，起初以形式分，以有韻為文，無韻為筆，後來依性質分，以聲韻諧暢，辭藻紛披，情靈搖蕩的作品為「文」，一般質樸的敘事議論文為「筆」（參閱《金樓子‧立言》），把偏重藝術欣賞的文學與講求實際應用的文學加以區隔。〈文選序〉主張「以能文為本」，即表現出當時的文學風尚。然而此書所收的作品雖是重視辭采，卻大都是經過精挑細選、文質兼備的佳作，一般不流於輕豔，和徐陵的《玉臺新詠》大不相同。

《文選》還保存了重要的文學古籍資料。因為《文選》成書早在南朝梁代，編選者所見的古本，有不少與今本有差異，還有不少作品在今天已經亡佚了，因此《文選》所保存的古本原貌，可以供我們整理文學古籍時參考。例如班固〈西都賦〉，《文選》比《後漢書‧卷四〇‧班彪列傳》附〈班固傳〉多「眾流之隈，汧湧其西」一句；東方朔〈答客難〉，《文選》又比《漢書‧卷六五‧東方朔傳》多「傳曰：天下無害，雖有聖人無所施才；上下和同，雖有賢者無所立功」二十六字。這些例子說明了《文選》重要的文獻價值。

《文選》對於後代的創作產生了重大的影響。《文選》通過大量實例，使它關於藝術文學的觀念深深地進入後人心中；《文選》所收各體文學作品，成為後人取法的範例，唐以後文人們把它當作學習文學的教科書，杜甫教育他的兒子要「熟精《文選》理」（〈宗武生日〉），宋人的諺語也說「《文選》爛，秀才半」（陸游《老學庵筆記》），可見對它的重視了。

《文選》也有它不足之處。首先，《文選》的分類過於繁瑣，而且也有不當的地方。全書按文體分類，也以文章用途分類，標準不一，共分三十七類，這已經夠繁瑣的了，而賦和詩還要按內容再析為小類，賦分為十五小類，詩分為二十三小類，有的小類只有一篇作品，更是叢脞不當。大類中又有「七」這一類，其實「七」就是賦，枚乘的〈七發〉是因為有七問而命名，「七」並不是新的文體。其他該加以歸併的情形還很多。

其次，該書還有考辨不精的地方。如所選的〈答蘇武書〉、〈與蘇武詩〉、蘇子卿〈詩〉等篇，無論就所牽涉到的史實，還是就作品的辭氣看，都可以肯定這些是偽託之作，編者卻失於考訂。其他如司馬相如〈長門賦〉、趙景真〈與嵇茂齊書〉等篇也有不少人認為是贗作。

再次，編選者有淆亂古詩文原貌的情形。如〈古詩十九首〉之十五，古辭為「夫為樂，為樂當及時，何能坐愁怫，憂當復來茲」。而《文選》則改成「為樂當及時，何能待來茲」。下面幾句也有類似情況，把長短句剪裁作五言，又移易前後，使詩的原貌改變了。又如〈舞賦〉、〈高唐賦〉、〈神女賦〉、〈登徒子好色賦〉等原都沒有序，《文選》卻割其賦首一段為序。又如賈誼〈鵩鳥賦〉、禰衡〈鸚鵡賦〉等篇都摘史辭為序，這又改變了作品原貌。

《文選》的這些不足之處，有些是時代風氣的影響（如分類繁瑣），還有是由於當時學術研究水準所限（如某些失於考證之處），於古人自是無可厚非，而現代人讀《文選》卻是應當注意的。

（三）「文選學」概略

自《文選》成書以來，一千多年間人們從各方面來研究《文選》，歷代都有著作，形成「文選學」這樣一門專門學問。最早為《文選》作注的，是隋代的蕭該，他曾作《文選音義》，可惜未能保存下來。而「文選學」的名稱則是從隋唐間的曹憲開始的。唐太宗曾拜他為朝散大夫，讀書有難字，曾向他請教。曹憲著《文選音義》一書，今已亡佚。曹憲有學徒數百人，一些高徒也都有研究著作問世，其中成就最大，對後世影響最大的當推李善。

李善，揚州江都（今江蘇揚州）人。唐高宗顯慶年間曾任崇賢館直學士兼沛王侍讀。李善極為博學，人稱「書簏」。他曾注釋《文選》，因為引徵豐富，篇幅過大，就把原來的三十卷析為六十卷。顯慶三年他上表把這部著作獻給朝廷，受到高宗的嘉獎。後來他還對這部書續加增訂。李善注引書達一千六百八十九種，另有二十九種舊注，所引書目遍及四部，甚至佛道，所以注中往往能闡幽發微，準確精當地注釋出詞語典故的來源及意義。有些注對於瞭解文學作品的寫作背景也很有幫助。李善注體例嚴謹，立有不少「凡例」，俱散見於開頭幾卷之中。李善注的缺點是繁瑣，當然也有些地方注得失準。

李善上表《文選注》後六十年，又有人上《五臣集注文選》。五臣指呂延濟、劉良、張銑、呂向、李周翰五人。呂延祚在上書的表中批評了李善注，說李注偏重注引，而忽視了文義的講析，而五臣注則使「作者為志，森乎可觀」，就是說他們把作者們的創作思想完全發掘出來了。五臣注一度受到推重，唐末以後被貶斥得很厲害，學者摘出其注錯誤或改頭換面竊據李善注者多處。但五臣注也不能一筆抹殺，「其疏通文意，亦間有可採。唐人注疏，傳世已稀，不必竟廢之也」（《四庫全書總目》）。

李善注、五臣注之後，宋元明清注《文選》者代不乏人，如明張鳳翼《文選纂注》、清葉樹藩《文選補注》、朱珔《文選集釋》、胡紹煐《文選箋證》等，也都有不同程度的成就。此外還有人從《文選》中摘取藻麗之語，分類纂輯，以供寫作詞賦之用，如題為宋劉攽的《文選類林》等書，這些書在學術上可說是沒有什麼價值。宋以來還有人認為《文選》所選未愜人意，所以就產生了明劉節的《廣文選》、周應治的《廣廣文選》之類的書，增選《文選》未收之作。還有如明胡震亨採摭梁以後作品編為《續文選》。這些選本對後人的影響都不大。

到了清代，隨著樸學的發展，對於《文選》的校勘重視起來，清初有潘耒、錢陸燦校本，嘉慶年間又有胡克家刻本。胡克家刻本，是著名版本校讎家顧廣圻等人以南宋淳熙八年池陽郡齋尤袤刻本為底本，經八易其稿而校成，質量很高，改正了尤刻本錯誤七百多處，並作了《考異》十卷附於書後，是今天可找到的最好的本子。本書即依據胡克家刻本，個別字亦間有取他本者。

《文選》傳本共有五系：㈠無注三十卷本，此是直接從蕭統古抄卷中傳出，今有日本藏本及敦煌遺書殘卷。㈡李善注六十卷本，今有敦煌遺書殘卷及北宋刻本殘卷，完帙當數前述之尤袤刻本。㈢五臣注三十卷本，五代時雖已有刻本，然而現在已難以見到。㈣六臣注刻本，這是合李善注和五臣注而成，今尚有宋紹興二十八年刻本。㈤集注一百二十卷本，此本在日本金澤文庫發現，除全載李善及五臣注外，還有唐公孫羅《文選鈔》、《文選音決》及唐陸善經《文選注》。

今人駱鴻凱著有《文選學》一書，對《文選》從纂集、義例、源流、體式、撰人、徵故、評騭等方面進行研究，用力殊深，可供參考。

《文選》所選篇章分三十七類，各類之中，再以時代的先後為次序，正如蕭統在〈序〉中所說：「凡次文之體，各以彙聚，詩賦體既不一，又以類分，類分之中，各以時代相次。」他的分類，引起後人不少的非議，如姚鼐說：「《昭明文選》分體碎雜，其立名多可笑者。」章學誠也說它：「淆亂蕪穢，不可殫詰。」其實一個時代自有一個時代的觀念、背景與作法，我們只要拿它和同時代的《文心雕龍》相比較，即可知其梗概。《文選》又分賦為：京都、郊祀、耕藉、畋獵、紀行、遊覽、宮殿、江海、物色、鳥獸、志、哀傷、論文、音樂、情。詩也分：補亡、述德、勸勵、獻詩、公讌、祖餞、詠史、百一、遊仙、招隱、反招隱、遊覽、詠懷、哀傷、贈答、行旅、軍戎、郊廟、樂府、挽歌、雜歌、雜詩、雜擬，其分類也不無問題。但此書編選時既已訂出體例加以區分，如今只得循其舊制。惟前人注本為分卷醒目，賦與詩皆別之以甲乙丙丁，各體子目或再分上中下，今既合裝一冊乃刪除甲乙上下之分，以免紛亂耳目。

編者按：本書卷帙浩繁，注譯、校閱均委請多人參與，為求體例統一，統由周啟成先生通讀全書，並作審訂。

文選序

【作　者】蕭統，見導讀。

【題　解】本篇是《文選》的序言，蕭統在序中自道他編選此書的宗旨，比較清楚地闡述了他的文學觀。

此文一開始就指出文學作品的體製和形式是在不斷演變和發展的：「若夫椎輪為大輅之始，大輅寧有椎輪之質！增冰為積水所成，積水曾微增冰之凜。何哉？蓋踵其事而增華，變其本而加厲。物既有之，文亦宜然。」他認為這種演變，正是文學本身發展的規律。文學體製由簡趨繁，文辭由質樸而漸趨華麗，這是自然的規律。

因而在選文標準方面，他就十分強調文學的特徵，文中所說的「篇章」、「篇翰」、「篇什」都指具有文學性的作品。比較完全地表現他的觀點的是「事出於沈思，義歸乎翰藻」二語，這就是說標準的文學作品應當是有義理，有事類，經過精心構思，通過華麗的詞藻來加以表現。他因而把經、子、史方面的著作排除在選錄之外，這是很有見地的。他的衡文標準也反映了當時的文學好尚。

本文還談到了文體的辨析問題。蕭統以賦、騷體、詩等為例，溯源明本，沿流表末，論述比較精密。在編集之中，他也注意按體歸類，詩賦中又分小類，顯示出當時文體繁興、辨析日精的文壇狀況。

式❶觀元始，眇覿❷玄風❸；冬穴夏巢之時，茹❹毛飲血之世，世質民淳，斯文❺未作。逮乎伏羲氏❻之王天下❼也，始畫八卦❽，造書契❾，以代結繩❿之政，由是文籍生焉。《易》曰：「觀乎天文，以察時變；觀乎人文，以化成天下⓫。」文之時義，遠矣哉！若夫椎輪⓬為大輅⓭之始，大輅寧有椎輪之質！增冰⓮為積水所成，積水曾微⓯增冰之凜。何哉？蓋踵其事⓰而增華⓱，變其本而加厲⓲。物既有之，文亦宜然；隨時變改，難可詳悉。

【章旨】說明文章產生於伏羲氏之世。事物既由簡趨繁，文章亦由樸質而趨向藻飾，這是必然規律。

【注釋】❶式 語助詞。❷眇覿 遠觀。眇，同「渺」。覿，看。❸玄風 遠古之風。❹茹 吃。❺斯文 原指禮樂制度等，此指文字書寫材料。❻伏羲氏 古代傳說中三皇之一。風姓。相傳他教民漁獵，又始畫八卦。❼王天下 君臨天下。❽八卦 《周易》中的八種基本符號。❾書契 指文字。書，書寫。契，刻。古代文字多用刀刻。❿結繩 上古沒有文字，在繩子上打結來記事，事大打大結，事小打小結。⓫觀乎天文四句 語出《易・賁卦・彖》。天文，自然現象。人文，指禮樂詩書。⓬椎輪 原始的無輻條的車輪。指極原始、極簡陋的車。⓭大輅 天子所乘之車。⓮增冰 厚冰。增，通「層」。⓯微 無。⓰踵其事 謂由椎輪到大輅，繼續造車之事。踵，繼。⓱增華 增加文飾。⓲變其本而加厲 是說水結成了冰，改變了本來的形狀，卻更加冷了。加厲，加甚。

【語譯】回顧人類的起始，追溯遠古的風俗；在那冬天穴居、夏天住巢，連毛帶血生食食物的時代，世風質樸，人民淳厚，文字書寫的材料尚未產生。等到伏羲氏君臨天下，開始畫八卦，創造文字，用來代替結繩記事的處理方法，因此產生了文章典籍。《易經》說：「觀察天文，來瞭解四季的變化；觀察人文，來完成對天下的教化。」文籍對於時代的重大意義，是多麼長遠啊！至於那大輅是由椎輪發展而來的，大輅難道有椎輪那麼質樸！厚冰是積水凝成的，積水卻沒有厚冰那麼冷。這是什麼原因呢？因為事情繼續做下去，就會增加文飾；改變原先的形態，就會在本來的基礎上更加發展。器物既然有這種情形，文章也不例外；文章隨著時代不斷變化，要完全瞭解是多麼困難啊！

嘗試論之曰：〈詩序〉❶云：「《詩》有六義焉：一曰風❷，二曰賦❸，三曰比❹，四曰興❺，五曰雅❻，六曰頌❼。」至於今之作者，異乎古昔，古詩之體，今則全取賦名❽。荀、宋❾表❿之於前，賈、馬⓫繼之於末。自茲以降，源流實繁。述邑居則有「憑虛」、「亡是」之作⓬，戒畋遊則有〈長楊〉、〈羽獵〉之制⓭。若其紀一事，詠一物，風雲草木之興，魚蟲禽獸之流，推而廣之，不可勝載矣。

【章　旨】指出六義之一的賦，發展而為賦體，荀、宋、賈、馬之後，題材廣泛，源流繁複。

【注　釋】❶詩序　指〈毛詩序〉。❷風　含有風化、諷刺的意思。《詩》三百篇中的十五國風都屬於這一類風詩。❸賦　含有鋪陳直敘之意。❹比　比喻。❺興　起的意思。兼有發端和比喻的雙重作用。❻雅　是正的意思。周王朝公卿士大夫的詩歌多歸入雅詩。❼頌　形容的意思。周王朝和魯、宋二國祭祀贊神之歌都歸入頌詩。❽古詩之體二句　意謂賦本是《詩》六義之一，而今成為一種文體的名稱了。班固〈兩都賦序〉曰：「或曰：賦者，古詩之流也。」❾荀宋　指荀卿和宋玉。荀卿著〈賦篇〉，自此文體中就有了「賦」的名稱。宋玉著有〈風賦〉等。❿表　標。⓫賈馬　指賈誼、司馬相如。俱為西漢賦的代表作家。⓬述邑居句　這是指漢賦中歌頌京邑繁盛的名作。即張衡的〈西京賦〉和司馬相如的〈上林賦〉。〈西京賦〉假託憑虛公子以述西京繁盛，〈上林賦〉假託亡是公以述皇帝遊獵上林苑的盛況。⓭戒畋遊句　揚雄曾作〈長楊賦〉、〈羽獵賦〉以戒田獵。畋，田獵。

【語　譯】且容我嘗試來論述一下：〈詩序〉說：「《詩》有六義：一是風，二是賦，三是比，四是興，五是雅，六是頌。」到了現在，作家們跟古代已不一樣，賦本來只是古詩的一種體裁，現在則統統稱之為賦了。荀卿、宋玉創作於前，賈誼、司馬相如繼承於後。從此以後，賦的源流實在繁多。描述都市的有藉「憑虛公子」、「亡是公」之類人物來敘述的賦作，諷諫田獵遊賞的有〈長楊賦〉、〈羽獵賦〉這樣的作品。至於那記敘一事，歌詠一物，抒發由風雲草木引起的感慨，或描寫魚蟲禽獸之類動物的，由此廣泛類推，難以完全說盡。

又楚人屈原❶，含忠履潔，君匪❷從流❸，臣進逆耳❹，深思遠慮，遂放湘南❺。耿介❻之意既傷，壹鬱❼之懷靡愬❽；臨淵有懷沙❾之志，吟澤有憔悴之容❿。騷人之文，自茲而作。

【章　旨】論述屈原的政治經歷和他創作的關係，指出騷體由此而生。

【注　釋】❶屈原　戰國楚人。名平，別號靈均，為楚三閭大夫，懷王重其才，後因讒言被疏遠，憂憤而作〈離騷〉。襄王時貶謫江南，後即自沈汨羅江而死。❷匪　通「非」。❸從流　從善如流。是說聽從忠言很迅速。❹逆耳　逆耳之言。指忠言。❺遂放湘南　屈原被流於湘水西南一帶。放，放逐。❻耿介　正直。❼壹鬱　憂憤不平。❽靡愬　無處可以訴說。靡，無。愬，通「訴」。❾懷沙　抱著沙石。屈原所作〈九章〉有〈懷沙〉篇，據說是他自沈之前的絕命詞。❿吟澤有憔悴之容　《楚辭・漁父》說屈原被放逐時，行吟澤畔，容色憔悴。

【語　譯】又有楚國人屈原，胸懷忠忱，行為高潔，楚王不是那種能迅速聽從諫諍的明君，身為臣子的屈原卻進獻逆耳的忠言，他為國深思遠慮，於是被放逐到湘水之南。耿耿忠心既已受到傷害，憂憤的情懷又無處可以訴說；他來到水邊，懷著抱石自沈的想法，行吟於澤畔，面容十分憔悴。而他所創始的騷體文章，就此產生了。

詩者，蓋志之所之❶也，情動於中而行於言。〈關雎〉、〈麟趾〉，正始之道著❷；桑間濮上，亡國之音表❸。故風雅之道，粲然❹可觀。自炎漢❺中葉，厥塗❻漸異。退傅有〈在鄒〉之作❼，降將著「河梁」之篇❽。四言五言，區以別矣❾。又少則三字❿，多則九言⓫，各體互興，分鑣⓬並驅。頌者，所以游揚⓭德業，褒讚成功。吉甫有「穆若」之談⓮，季子有「至矣」之歎⓯。舒布⓰為詩，既言如彼⓱；總成為頌，又亦若此⓲。次則箴興於補闕⓳，戒出於弼匡⓴。論則析理精微㉑，銘則序事清潤㉒。美終則誄發㉓，圖像則讚興㉔。又詔誥教令㉕之流，表奏牋記㉖之列，書誓符檄㉗之品，弔祭悲哀㉘之作，答客㉙指事㉚之制，三言八字㉛之文，篇辭引序㉜，碑碣誌狀㉝，眾制鋒起㉞，源流間出㉟。譬陶匏㊱異器，並為入耳之娛；黼黻㊲不同，俱為悅目之玩㊳。作者之致，蓋云備矣。

【章旨】在辭賦之外，敘述詩與其他各種文體的產生、發展及其不同的功用。

【注釋】❶之　適；往。❷關雎麟趾二句　〈毛詩序〉曰：「〈周南〉、〈召南〉，正始之道，王化之基。」〈麟趾〉，即〈麟之趾〉。〈關雎〉、〈麟之趾〉都是《詩・國風・周南》中的詩篇，漢代詩學家認為這些詩都表現了周公教化的成就。正始之道，謂中正的王道之始。❸桑間濮上二句　《禮記・樂記》：「桑間濮上之音，亡國之音也。」鄭注：「濮水之上，地有桑間者，亡國之音於此之水出也。」其地據說在衛國，為男女幽會之地。後來桑間濮上之音便成為樂調上靡靡之音的代稱。❹粲然　明白的樣子。❺炎漢　古代講究陰陽五行，認為漢之興得火德，故稱炎漢。❻塗　道路。❼退傅有在鄒之作　漢彭城人韋孟為楚元王孫戊之傳，戊荒淫無道，韋孟作詩諷諫，後遂離位，徙家於鄒，又作〈在鄒詩〉。❽降將著河梁之篇　李陵在漢武帝時拜騎都尉，與匈奴作戰時力竭而降，有託名李陵的〈與蘇武詩〉，詩中有「攜手上河梁」之句。降將，指李陵。❾四言五言二句　韋孟〈在鄒詩〉是四言詩，託名李陵的〈與蘇武詩〉是五言詩，二者有區別。❿三字　三言詩。如漢〈安世房中歌〉、〈郊祀歌〉。⓫九言　九言詩。最早的作者是魏高貴鄉公曹髦，但詩已失傳，見《文章緣起》。宋謝莊〈明堂歌〉中〈白帝〉亦為九言。⓬鑣　馬銜。此代乘騎。⓭游揚　宣揚；傳揚。⓮吉甫有穆若之談　《詩・大雅・烝民》是尹吉甫所作，詩中有「吉甫作誦，穆如（漢〈魯峻碑〉作「若」）清風」之句。吉甫，尹吉甫，周人。穆，和。⓯季子有至矣之歎　《左傳・襄公二十九年》記載：吳公子季札至魯觀樂，為之歌〈周南〉、〈召南〉，他贊歎說：「至矣！」⓰舒布　敷陳；表現。⓱既言如彼　既已如上所舉那些詩。指韋孟、李陵諸作。言，助詞。⓲此　指吉甫所作、季札所聽的頌德一類的詩。⓳箴興於補闕　箴是一種用以規戒勸告的文體，由於要彌補缺陷而產生。⓴戒出於弼匡　戒是用以警戒的一種文體，由於尊長為了輔助晚輩下屬改正錯誤而產生。弼，輔助。匡，匡正。㉑精微　精密。㉒銘則序事清潤　銘是用以贊揚功德或申明鑒戒的一種文體，它要求敘事清新圓潤。㉓美終則誄發　誄是累列死者生時德性的一種文體，它是為讚美死者而產生的。㉔圖像則讚興　畫了人像就有了讚這種用來讚揚人的文體。㉕詔誥教令　指帝王或官府所發文告。詔，皇帝的命令文告。誥，一種訓誡勉勵的文告。教，王侯發的文告。令，命令。㉖表奏牋記　皆文體名。表奏，都是臣下對主上進言陳事的公文。牋，用以上王侯的一種文體。記，一種表情達意的文體。㉗書誓符檄　皆文體名。書，書信。誓，盟誓之辭。符，做憑信用的符契。檄，朝廷官府用以徵召、曉諭或聲討的文書。㉘弔祭悲哀　指哀祭類文體。弔祭，俱謂弔祭亡者之文。悲哀，哀逝之作。㉙答客　指假借答覆別人問難，用以抒情寫懷的一種文體。如東方朔〈答客難〉等。㉚指事　即「七」體。如枚乘〈七發〉說七件事來啟發楚太子，故云指事。一說：指揚雄〈解嘲〉之類。㉛三言八字　文體名。三言，指三言詩。如漢武帝〈秋風辭〉。八字，指八字句的詩。一說：指「離合體」，是把一字拆成兩字，故云「離」，兩字又可拼成一字，故云「合」，是一種文字遊戲性質的隱語。如蔡邕題〈曹娥碑〉曰：「黃絹幼婦，外孫齏臼。」實為「絕妙好辭」四字的離文。㉜篇辭引序　皆文體名。篇，詩章之稱。如〈白馬篇〉、〈名都篇〉。辭，辭賦的一種。如〈歸去來兮辭〉等。引，一種文體。如班固〈典引〉，樂府詩也有叫引的，如〈箜篌引〉。序，用來陳述著作者意趣的文體。㉝碑碣誌狀　皆文體名。碑，刻記功德於石。此謂碑文。碣，碑類。此亦指碑碣上的文辭。誌，史傳記事之文。狀，敘述事實而上陳的文辭。㉞鋒起　紛紛產生。鋒，通「蜂」。㉟閒出　雜出。㊱陶匏　都指樂器。陶，指壎。用土作成。匏，葫蘆的一種。此指用匏作成的樂器，如笙、竽等。㊲黼黻　古禮服上繡飾的花紋。白與黑相間的花紋叫黼，黑與青相間的花紋叫黻。㊳玩　欣賞。

【語譯】詩，是用來表現思想感情的，當內在感情有所激動，就會自然地發抒在語言上。因此，〈關雎〉、〈麟之趾〉，鮮明地表現了中正的王道之始；桑間濮上的樂曲，顯露出亡國之音；所以詩的情感內涵，是明白可見的。自從漢代中期之後，詩歌發展的道路就逐漸有所不同。退休之傅韋孟有〈在鄒〉之詩，投降之將李陵寫過「河梁」之篇；從此四言詩和五言詩，便因而區別開了。又有的詩少則三字一句，多則九字一句，各種詩體參互興起，齊頭並進。頌是用來宣揚德性、讚美成就的：如尹吉甫有「穆如清風」的說法，季札曾有「至矣」的讚歎。敷陳為詩，便如韋孟、李陵所寫的那樣；總括功德成為頌，又像尹吉甫所作、季札所聽的這樣。其次，箴產生於彌補缺陷的需要，戒出現於幫助改正錯誤的時候。論則要求剖析事理嚴密細緻，銘則要求敘事清新圓潤。讚美死者則有誄出現，畫了人像就有讚產生。又有詔誥教令之流，表奏牋記之列，書誓符檄之類，弔祭悲哀之作，答客指事之篇，三言八字之文，篇辭引序，碑碣誌狀，眾多文體紛紛產生，源流夾雜而出。就像陶和匏雖是不同的樂器，都能發出動聽的樂聲；黼黻雖是不同的花紋，卻都是令人悅目的玩賞之物。作家所發抒的種種文體，可說是相當完備了。

余監撫❶餘閒，居多暇日。歷觀文囿❷，泛覽辭林❸，未嘗不心遊目想❹，移晷❺忘倦。自姬❻、漢以來，眇焉悠邈，時更七代❼，數逾千祀❽。詞人才子，則名溢於縹囊❾；飛文染翰，則卷盈乎緗帙❿。自非略其蕪穢⓫，集其清英⓬，蓋欲兼功，太半⓭難矣！若夫姬公⓮之籍，孔父⓯之書，與日月俱懸，鬼神爭奧⓰，孝敬之准式，人倫⓱之師友；豈可重以芟夷⓲，加之剪截！老、莊⓳之作，管、孟⓴

之流，蓋以立意為宗，不以能文為本㉑；今之所撰，又以略諸。若賢人之美辭，忠臣之抗直㉒，謀夫之話㉓，辨士之端㉔，冰釋泉湧，金相玉振㉕。所謂坐狙丘，議稷下㉖，仲連之卻秦軍㉗，食其之下齊國㉘，留侯之發八難㉙，曲逆之吐六奇㉚，蓋乃事美一時，語流千載，概見墳籍㉛，旁出子史。若斯之流，又亦繁博；雖傳之簡牘㉜，而事異篇章㉝；今之所集，亦所不取。至於記事之史，繫年之書㉞，所以褒貶是非，紀別異同；方㉟之篇翰，亦已不同。若其讚論之綜緝辭采㊱，序述之錯比文華㊲，事出於沈思，義歸乎翰藻㊳。故與夫篇什㊴，雜而集之。遠自周室，迄于聖代㊵，都㊶為三十卷，名曰《文選》云耳。

凡次文之體，各以彙聚㊷，詩賦體既不一，又以類分；類分之中，各以時代相次。

【章　旨】首先說明歷代作家眾多，文籍浩瀚，若不去蕪存菁，很難盡讀，點明編《文選》的必要。其次論述不選先秦經書、子籍以及賢人、忠臣、謀夫、辯士之言的理由。再其次論述不選史籍而選其中贊、論的理由；最後說明選文起訖時代與編排體例。

【注　釋】❶監撫　古代稱皇太子為儲君，居儲貳之位，有協助皇帝監國撫民之責。❷文囿　猶言文壇。❸辭林　言古今文辭篇章薈萃如林。極言其多。❹心遊目想　邊讀邊想。❺移晷　日影移動。指時間過去。晷，日影。❻姬　指周代。周王姬姓。❼時更七代　時代已更替七代。七代指周、秦、漢、魏、晉、宋、齊。❽祀　年。❾縹囊　用縹製成裝書的袋。帛青白色稱為縹。❿緗帙　用緗做的書套。帛淺黃色稱為緗。⓫蕪穢　指不佳的文章。⓬清英　指精美之作。⓭太半　大半；多數。⓮姬公　周公姬旦。⓯孔父　孔子。魯哀公作孔子誄，稱孔子為尼父。古代常在男子字的後面加「父」，以示尊敬。⓰鬼神爭奧　言周、孔之書，深奧玄妙，可與鬼神相敵。⓱人倫　指人與人之間的關係及應遵守的準則。⓲芟夷　謂加刪削。芟，割草。夷，削平。⓳老莊　老聃、莊周。⓴管孟　管仲、孟軻。此指《管子》、《孟子》。㉑蓋以立意為宗二句　是說諸子之作以立論為宗旨，不把文辭修飾放在中心位置。㉒抗直　剛直。此謂剛直之言。㉓話　善言。㉔辨士之端　辯士之言。辨，通「辯」。端，舌端。謂言論。㉕金相玉振　金質玉聲。㉖坐狙丘二句　曹植〈與楊德祖書〉李善注引：「《魯連子》曰：『齊之辯者曰田巴，辯於狙丘而議於稷下，毀五帝，罪三王，一旦而服千人。』」狙丘，未詳。稷下，即齊都城臨淄稷門附近地區，戰國時各學派人物聚集此地。㉗仲連之卻秦軍　戰國時秦圍趙邯鄲，魏王派辛垣衍入邯鄲勸趙王尊秦王為帝，魯仲連適遊趙，乃以大義責服辛垣衍，秦將聽說，退軍五十里。事見《戰國策・趙策三》。㉘食其之下齊國　楚漢相爭時，漢派酈食其往說齊王田廣，下齊七十餘城。事見《史記・卷九七・酈生陸賈列傳》。㉙留侯之發八難　張良封留侯，他曾發八難，勸漢高祖無立六國後。事見《史記・卷五五・留侯世家》。難，駁詰。㉚曲逆之吐六奇　陳平佐漢高祖，曾六出奇計。事見《史記・卷五六・陳丞相世家》。陳平封曲逆侯。㉛墳籍　典籍。㉜簡牘　古代書寫用的竹簡和木片，為未編成冊之稱。此泛指文字資料。㉝篇章　指具有文學性質的文章。㉞繫年之書　此指編年體的史書。㉟方　比。㊱讚論之綜緝辭采　讚論的篇章聯綴文采，具有文學性。讚論，指《文選》中所選「史論」，是史書作者的評論。綜緝，聯綴。㊲序述之錯比文華　序述的篇章錯綜地排比文采，具有文學性。序述，指《文選》中「史述贊」，是史書作者對某歷史人物的簡要敘述和褒貶。㊳事出於沈思二句　意為「讚論」、「序述」所寫的史事和義理，是經過深思，通過辭藻表現出來的。㊴篇什　詩章。㊵聖代　指當代。即梁代。㊶都　總。㊷各以彙聚　各以類聚。

【語　譯】我在監國撫民的空餘或平時許多閒暇時光裡，普遍觀賞了文苑眾作，廣泛瀏覽了各類篇章，常常邊讀邊想，任由時光逝去而忘了疲倦。自從周、漢以來，年代悠遠，已經更換了七個朝代，超過了千年。無數有才能的作家，早已名聲遠播；他們揮筆寫作，作品裝滿了書套。若不經由刪略糟粕、集合精華，而想要兼收並蓄，那多數是難以做到的！至於周公的書籍，孔子的著述，和日月一起永遠高懸於世，跟鬼神一起爭比深奧玄妙，是實行孝敬的標準，是處理人倫的楷模；難道可加以刪削，加以節略！老、莊的著作，管、孟的論著，是把立論作為宗旨，不把文辭修飾作為要務；因此今天所編的集子，便把這些子書略去。至於賢人美好的言辭，忠臣剛直的議論，謀夫的善言，辯士的宏論，就如冰開泉湧，金質玉聲：如人們所稱說的田巴坐在狙丘辯論，聚在稷下論議，魯仲連義責辛垣衍而使秦退兵，酈食其搖舌而得齊七十餘城，留侯發八個問題駁詰酈生之策，曲逆侯為高祖曾六出奇計，這些是一代受人贊美的事蹟，他們的言論流傳千載，記載於典籍之中，又旁見於諸子、史書。像這一類文字，又過於繁博；雖流傳於書籍中，卻不同於辭章；今天所編的集子，也不予收錄。至於記事的史書，編年的史書，是用以褒貶人事的是非、記錄區別事實的異同的；比起文學性篇章，已有所不同；但其中的讚論聯綴辭采，序述又錯綜麗詞，事類出於沈思，義理不離藻飾。所以把它們跟辭章放在一起，混雜編集。遠從周代，至於本朝，總共是三十卷，名為《文選》。

本書編排文體，各類彙聚在一起。詩賦之中文體既不一致，其中又分類別；同類作品中，各篇按時代先後排列。

卷一

賦　京都

兩都賦 并序

【作　者】班固，字孟堅，東漢扶風安陵（今陝西咸陽東北）人。九歲能文，誦詩賦。十六歲左右入太學。後以父喪歸鄉里，居憂時，在其父班彪續補《史記》之作《後傳》的基礎上開始編寫《漢書》，有人因他私作國史告密，被捕入獄，其弟班超詣闕上書，方才得釋。積二十餘年之功，至章帝建初中，才大略完成《漢書》這一史學巨著。明帝時任蘭臺令史，後升為郎。章帝時，為玄武司馬，常隨侍皇帝左右，曾參加討論五經異同的白虎觀會議，兼任記錄，負責把討論結果整理成《白虎通德論》。和帝永元元年大將軍竇憲奉旨遠征匈奴，班固被任為中護軍隨行，參與謀議。永元四年竇憲在政爭中失敗自殺，洛陽令對班固懷有私怨，羅織罪名捕其入獄，遂死於獄中。他留下的詩賦等作品有四十一篇。

【題　解】〈兩都賦〉作於漢明帝永元中。當時東漢建都洛陽還不久，京都的建設尚在進行之中。有一些心戀舊都的人，提出遷都長安的主張，其中以杜篤的〈論都賦〉最有代表性。但也引起不少人的反對，班固作〈兩都賦〉，崔駰作〈反都賦〉，傅毅作〈洛都賦〉、〈反都賦〉，為都洛作辯護。班固在〈兩都賦〉序中明確指出：「西土耆老，咸懷怨思，冀上之睠顧，而盛稱長安舊制，有陋雒邑之議。故臣作〈兩都賦〉。」

班固不只是表達了他都洛的主張，而且還進一步發揮了他的建國思想，他主張以儒家的仁德禮法來治國。他的這種思想在賦中是通過諷和頌兩種手法來表現的，按班固的說法是「極眾人之所眩曜，折以今之法度」，即在〈西都賦〉中借西都賓之口渲染誇耀舊日西京宮室苑囿的豪華富麗和皇家生活的奢侈逸樂，明褒而暗諷，而在〈東都賦〉中則以東都主人之口，極力頌揚東漢朝廷的禮儀法度、仁義威德，以示榜樣。兩篇賦，一反一正，結合成一個完美的整體。

或曰：「賦❶者，古詩之流❷也。」昔成康沒而頌聲寢❸，王澤竭而詩不作。大漢初定，日不暇給❹。至於武宣之世，乃崇禮官❺，考文章❻，內設金馬❼、石渠❽之署，外興樂府協律之事❾，以興廢繼絕❿，潤色⓫鴻業⓬。是以眾庶悅豫⓭，福應⓮尤盛，白麟、赤雁、芝房、寶鼎之歌⓯，薦⓰於郊廟⓱，神雀、五鳳、甘露、黃龍之瑞，以為年紀⓲。故言語侍從之臣若司馬相如⓳、虞丘壽王⓴、東方朔㉑、枚臯㉒、王褒㉓、劉向㉔之屬，朝夕論思㉕，日月獻納。而公卿大臣御史大夫倪寬㉖、太常孔臧㉗、太中大夫董仲舒㉘、宗正劉德㉙、太子太傅蕭望之㉚等，時時間㉛作。或以抒下情而通諷諭㉜，或以宣上德而盡忠孝，雍容揄揚㉝，著於後嗣，抑㉞亦雅頌㉟之亞也。故孝成㊱之世，論而錄之㊲，蓋奏御者千有餘篇㊳。而後大漢之文章，炳焉與三代㊴同風㊵。

【章 旨】〈兩都賦〉序有兩層意思，這是第一層。作者回顧西漢武帝、宣帝時，國家興盛，文學侍從、公卿大臣競相作賦，或以之諷諫，或以之頌德，取得了輝煌的成績。

【注 釋】❶賦 介於散文和詩之間的文體。興盛於漢代，基本上是韻文，句式並無嚴格限制，但比較整齊。❷古詩之流 指賦是古代詩歌的一種流變。《漢書・卷三〇・藝文志》：「不歌而誦謂之賦。」是說對於一首古詩，不配合樂器去歌唱，而是按一定音節去吟誦，即稱為賦。大約從屈原、荀況開始，詩和賦分離，賦獨立成為一種文體。❸成康沒而頌聲寢 成王初，周公攝政，制禮作樂，乃作周頌之詩，以其成功告於父祖天地神祇。成康之際，刑措不用，達四十餘年，為太平盛世。成康盛世一去，頌揚太平的歌聲就止息了。成，指周成王。武王之子。康，指周康王。成王之子。寢，止息。❹大漢初定二句 指劉邦等漢初君主忙於一些更為急迫的政事，未暇顧及禮樂文化。❺禮官 執掌禮儀之官。❻考文章 指考校禮法。《禮記・大傳》：「聖人南面而治天下，必自人道始矣。……考文章，……此其所得與民變革者也。」❼金馬 指金馬門。漢武帝得大宛馬，立銅馬於魯班門外，更名金馬門。此處亦為官署。公孫弘等文人都曾待詔金馬門。❽石渠 石渠閣。在未央大殿之北，蕭何所造，以藏入關所得秦之圖籍。甘露中，宣帝嘗集諸儒講論於此。❾樂府協律之事 據《漢書・卷二二・禮樂志》，武帝定郊祀之禮，就設立了樂府這個專管音樂的機構，採集各地之詩，任命李延年為協律都尉，還集合文人創作歌詩。有人認為樂府之立早在武帝之前，說見《通志・樂略・正聲序論》。❿興廢繼絕 指將成康之後已止息的禮樂文教，恢復和發展起來。⓫潤色 使有光彩。⓬鴻業 大業。⓭悅豫 快樂。⓮福應 吉祥的徵兆。⓯白麟句 皆漢武時由樂府所作的福應之歌。《漢書・卷六・武帝紀》：「行幸雍，獲白麟，作〈白麟之歌〉。」「行幸東海，獲赤雁，作〈朱雁之歌〉。」「甘泉宮內產芝，九莖連葉，作〈芝房之歌〉。」「得寶鼎后土祠旁，作〈寶鼎之歌〉。」⓰薦 獻；進。⓱郊廟 帝王祭祀天地為郊，祭祀祖先為廟。《樂府詩集・郊廟歌辭》收有今存之漢代郊廟歌。⓲神雀二句 神雀、五鳳、甘露、黃龍皆為宣帝時所出現的祥瑞徵兆，宣帝即據以改換年號。據《漢書・卷八・宣帝紀》，改元神爵，是因為神爵（爵、雀通）集長樂宮，改元五鳳，是因為五方神鳥多次降集，改元甘露，是因為甘露降集京師，改元黃龍，是因為黃龍現於新豐。年紀，年號。⑲司馬相如　字長卿。武帝時奏賦為郎。⑳虞丘壽王　字子贛。以善於博戲，召為待詔，遷侍中中郎。㉑東方朔　字曼倩。武帝時上書稱譽，得待詔公車，後拜太中大夫，給事中。㉒枚皋　字少孺，枚乘之子。武帝時上書自陳，拜為郎。㉓王褒　字子淵。宣帝時為諫大夫。㉔劉向　字子政。宣帝時拜郎中，遷散騎諫大夫、給事中。㉕論思　討論思考。㉖倪寬　治《尚書》。以郡選詣博士孔安國，射策為掌故，遷侍御史，武帝元封元年為御史大夫。㉗孔臧　孔子之後。以才博知名，元朔二年為太常。㉘董仲舒　以治《春秋》為博士。武帝時曾官太中大夫。㉙劉德　少治黃老之術，武帝謂之千里駒，元鳳三年為宗正。㉚蕭望之　以射策甲科為郎。宣帝時曾官至御史大夫，後左遷太子太傅。㉛間　間斷地。㉜諷諭　用委婉的方法規勸君主。㉝雍容揄揚　和洽地宣揚。雍容，融洽和緩。揄揚，宣揚。㉞抑　則。㉟雅頌　《詩經》中的兩種體裁。㊱孝成　漢成帝。㊲論而錄之　評論它並且將它收錄。《漢書・卷三〇・藝文志》：「成帝時，詔光祿大夫劉向校經傳諸子詩賦；每一書已，向輒條其篇目，撮其指意，錄而奏之。」㊳奏御者千有餘篇　進獻的作品有一千多篇。千有餘篇，《漢書・卷三〇・藝文志》：「凡詩賦百六家，千三百一十八篇。」㊴三代　指夏、商、周。㊵風　風致。

【語　譯】有人說：「賦是古詩的支流。」昔日成康盛世一去，頌揚太平的歌聲就止息了；王者的恩澤竭盡了，頌詩也就無人作了。大漢朝平定天下之初，皇帝還無暇顧及這些事。到了武帝宣帝之時，才推崇禮官的地位，考校禮法。宮內設金馬門、石渠閣這樣的官署，宮外則設立樂府，任命協律都尉，掌管音樂之事，來振興承繼前代的禮樂文教，使大漢的宏偉事業無比輝煌。因此，百姓快樂，福祥的徵兆盛多，歌詠獲得白麟、赤雁、靈芝、寶鼎的歌詩，進獻於皇家祭天地、祭祖先的典禮之上；神雀、神鳥、甘露、黃龍這些祥瑞徵兆相繼降臨，便據以改換年號。所以以寫作文辭隨侍皇帝的臣子如司馬相如、虞丘壽王、東方朔、枚皋、王褒、劉向這些人，從早到晚都在議論構思，經常不斷地向皇帝獻上新作。就連公卿大臣御史大夫倪寬、太常孔臧、太中大夫董仲舒、宗正劉德、太子太傅蕭望之等人，也能斷斷續續地寫作。有的是抒發臣子的心意對君主進行諷諭；有的則頌揚君主的仁德來竭盡臣子的忠孝之忱，無不和洽地宣揚，顯示於後代，也可算是僅次於雅頌的作品了。所以孝成帝時，就把這些詩賦加以評論和集錄，進獻的作品大約有千餘篇。從此大漢的文章輝煌燦爛，便與三代文章有一樣風致了。

且夫道有夷隆❶，學有麤❷密，因時而建德者，不以遠近❸易則。故皋陶歌虞❹，奚斯頌魯❺，同見采於孔氏，列于《詩》、《書》❻，其義❼一也。稽❽之上古則如彼❾，考之漢室又如此❿。斯事⓫雖細，然先臣⓬之舊式，國家之遺美，不可闕⓭也。臣竊見海內清平，朝廷無事。京師修宮室，浚⓮城隍⓯，起苑囿⓰，以備制度⓱。西土⓲耆老⓳，咸⓴懷怨思㉑，冀㉒上之睠顧㉓，而盛稱長安舊制㉔，有陋雒邑㉕之議。故臣作《兩都賦》，以極眾人之所眩曜㉖，折以今之法度㉗。其詞曰：

【章旨】這是序的第二層意思：說到目前狀況，由於建都洛陽，故都長安父老不滿，盛贊長安，鄙視洛陽，作者所以要作《兩都賦》，極力鋪陳渲染，最終以今天的法度來折服眾人。

【注釋】❶夷隆　高低起伏。夷，平。隆，高。❷麤　通「粗」。❸遠近　古今。❹皋陶歌虞　皋陶作歌贊頌虞舜。《尚書．益稷》：「（皋陶）乃賡載歌曰：『元首明哉，股肱良哉，庶事康哉。』」元首指君，股肱指臣。皋陶，舜之臣，掌刑獄之事。虞，指有虞氏古帝舜。❺奚斯頌魯　奚斯作詩頌揚魯公。《詩．魯頌．閟宮》：「新廟奕奕，奚斯所作。」《韓詩》云：「是詩公子奚斯所作也。」春秋時魯公子魚，字奚斯，魯僖公之臣。❻同見采於孔氏二句　同被孔子所採納，編次於《詩》、《書》之中。孔氏，指孔子。相傳孔子曾整理過《詩》、《書》。❼義　指因時而建德。❽稽　考。❾彼　指皋陶等之先例。❿此　指司馬相如、倪寬等獻納詩賦之事。⓫斯事　指寫作詩賦。⓬先臣　指上述司馬相如諸臣。⓭闕　通「缺」。⓮浚　疏通加深。⓯隍　無水的護城河。⓰苑囿　栽植樹木畜養禽獸的地方。⓱制度　指京城應有的規模、樣式。⓲西土　長安在洛陽之西，故曰西土。⓳耆老　泛指老人。六十曰耆，七十曰老。⓴咸　都。㉑思　情緒。㉒冀　希望。㉓睠顧　關懷。睠，同「眷」。㉔舊制　指西漢京城的規模、樣式。㉕陋雒邑　認為雒邑簡陋。㉖以極眾人之所眩曜　眾人惑亂於西都的奢麗，以為這才是京師應有的規格，今作〈西都賦〉以極言之，其中則有諷諭的意思。此外，「五臣注本」張銑注：「極，猶止也。」則有止息眾人惑亂思想的意思。眩曜，惑亂的意思。㉗折以今之法度　指作〈東都賦〉盛陳法度來折服那些人。

【語　譯】一個時代的政治體制有低有高，學術思想有粗有精，但人們依據時勢寫作詩賦為君上立德，不因為古今時代移換而改變這條自然法則。所以皋陶作歌贊頌虞舜，奚斯作詩歌頌魯僖公，都被孔子所採納，編次於《詩》、《書》之中，道理是一樣的。考證上古的先例，則如皋陶等人那樣，考證漢代的先例，又如司馬相如等人這般。寫作雖是小事，然而上代臣子留下的榜樣，國家傳統的善政，是不可以缺少的。我個人看到天下清明太平，朝廷安然，沒有事故。京城裡正在修建宮室，疏濬城河，造起苑囿，使京城的規模更完備了。長安的故老們，都心懷怨意，希望得到皇帝的關懷，因而大肆稱頌長安當年的規模，有認為雒邑鄙陋的議論。所以臣作〈兩都賦〉，極言眾人所迷惑的西都盛況，並以當今東都的法度來折服他們。其詞是：

西都賦

有西都賓問於東都主人曰：蓋聞皇❶漢之初經營也，嘗有意乎都河洛❷矣。輟❸而弗康❹，寔用西遷❺，作我上都。主人聞其故而覩其制乎？主人曰：未也。願賓攄❻懷舊之蓄❼念，發思古之幽情❽。博我以皇道❾，弘❿我以漢京。賓曰：唯唯⓫。

【章　旨】借主賓的問答來引起下文對昔日西都盛況的回憶。

【注　釋】❶皇　大；美。❷嘗有意乎都河洛　高祖五年，婁敬說高祖建都關中，高祖疑之，左右大臣皆山東（崤山或華山以東）人，多勸建都洛陽。河洛，黃河與洛水。此指河洛之間的洛陽。❸輟　止。❹康　安寧。❺寔用西遷　是時張良說：洛陽其中小不過數百里，四面受敵，非用武之國，關中金城千里，天府之國也。高祖即日西遷，建都關中。寔，是。用，因。❻攄　舒。❼蓄　積。❽幽情　深情。❾博我以皇道　即以皇道博我。皇道，皇王之道。❿弘　大。此處是使我開擴的意思。⓫唯唯　應諾聲。

【語　譯】有西都賓問東都主人說：聽說大漢立國之初，營造京師，曾有意建都在黃河洛水之間。後來由於高祖感到不安寧才停止了這項考慮。因此西遷，建成我大漢首都。主人聽說過這件往事，見到過西都的規模嗎？主人說：沒有。希望客人抒發你蓄積已久的懷舊的思緒，表達你思念古昔的深切情懷。以高祖皇帝定都大計來增長我的見識，以漢長安的壯麗景觀來使我的眼界開擴。西都賓說：好的。

漢之西都，在於雍州❶，寔曰長安。左❷據函谷❸、二崤❹之阻❺，表❻以太華❼、終南❽之山。右❾界❿褒斜⓫隴首⓬之險，帶以洪河⓭涇⓮渭⓯之川。眾流之隈，汧湧其西⓰。華實⓱之毛⓲，則九州⓳之上腴⓴焉。防禦之阻，則天地之隩㉑區焉。是故橫被㉒六合㉓，三㉔成帝畿㉕，周以龍興㉖，秦以虎視㉗。及至大漢受命㉘而都之也，仰悟東井之精，俯協《河圖》之靈㉙。奉春建策㉚，留侯㉛演㉜成。天㉝人㉞合應，以發皇㉟明，乃眷西顧㊱，寔惟作京。

【章　旨】首先描寫關中山川的險要、物產的豐富，說明周秦漢三代建都於此的正確。其次指出漢代建都關中是合於天命人意的。

【注　釋】❶雍州　古九州之一。夏禹時設，在今山西、陝西至青海、甘肅一帶地方。❷左　東。❸函谷　即函谷關。有關城在谷中，深險如函，故名。秦故關在今河南省靈寶縣南。❹二崤　在河南省西部。秦嶺東段支脈，分東西兩崤，延伸黃河、洛河間，主峰干山在靈寶縣東南。❺阻　險要之地。❻表　標。❼太華　即太華山。「西嶽」華山的主峰（亦即名華山），在陝西省華陰縣南。❽終南　即終南山。一稱南山，秦嶺主峰之一，在陝西省西安市南。❾右　西。❿界　毗連。⓫褒斜　即褒斜谷。為褒水、斜水兩水河谷，在陝西西南，谷長四百七十里，南口為褒谷，北口為斜谷，為往來秦嶺的重要通道，其間喬木夾道，形勢險峻，緣坡嶺行，有缺處，架木通行，即所謂棧道。⓬隴首　一名隴坻、隴山、隴阪。在今陝西省隴縣、寶雞與甘肅清水、張家川之間，北入沙漠，南止渭河，為關中平原西部屏障。⓭洪河　大河。指黃河。⓮涇　涇河。渭河支流，在陝西中部，源出寧夏南部六盤山東麓，東南流經甘肅，到陝西高陵入渭河。⓯渭　渭河。黃河最大支流，在陝西中部，源出甘肅渭源鳥鼠山，東流橫貫陝西渭河平原，在潼關縣入黃河。⓰眾流之隈二句　《漢書》無此二句，古抄本《文選》亦無此二句，李善及五臣此二句皆無注，故人疑為後人羼入者。隈，水流彎曲處。汧湧，即水略渟蓄而後向前奔湧。《爾雅》：「水決之澤為汧。」⓱華實　果木之實。⓲毛　草木蕃滋，如毛生於皮。⓳九州　據《尚書．禹貢》，古分中國為九州，即冀、兗、青、徐、揚、荊、豫、梁、雍。⓴上腴　最肥沃處。㉑隩　四方之土可定居的地方。㉒橫被　廣及。㉓六合　天地四方。㉔三　指周秦漢三代。㉕帝畿　王都所在處千里地面。㉖龍興　王業創立。㉗虎視　隱喻秦之兇暴。㉘命　天命。㉙仰悟東井之精二句　都是以讖緯之說來證明高祖受命之說。《漢書．卷一．高帝紀》：「漢元年十月，五星聚於東井，沛公至霸上。」五星聚於東井，傳說為高祖受命之瑞應。東井，即井宿。在銀河之東，故名。俯協河圖之靈，古緯書《河圖》：「帝劉季，日角戴勝，斗胸龍股，長七尺八寸。昌光出軫，五星聚井，期之興。天授圖，地出道，于張兵鈐劉季起。」協，符合。㉚奉春建策　高祖欲建都洛陽，戍卒婁敬求見，說：「陛下都洛不便，不如入關，據秦之固。」高祖問張良，張良亦勸高祖建都關中，於是即西行建都長安，拜婁敬為奉春君，賜姓劉氏。㉛留侯　指張良。㉜演　推波助瀾。㉝天　指五星聚東井。㉞人　指婁敬建策。㉟皇　指高祖。㊱乃眷西顧　《詩．大雅．皇矣》：「乃眷西顧，此維與宅。」原指上帝顧念文王，此借用於高祖營都西土。

【語　譯】漢代的西都，在古雍州，稱為長安。東面據有函谷關、二崤的險阻，以太華山、終南山為標誌；西面毗連著褒斜谷、隴山的險要，黃河與涇、渭二水像帶子一樣縈繞著。眾水在彎曲之處，略渟蓄後向西奔流而去。果實纍纍，到處繁密生長，是九州中最肥沃的地方。有防禦敵人的險阻，是天地間可以定居之處。所以此地連通四面八方，三代成為帝都，周由此興盛，建成王業，秦從關中虎視天下。等到大漢受天命而建都於此，在天上乃有感悟五星齊聚在東井的神異現象，地面則符合《河圖》的靈驗。奉春君建議這一國策，留侯推波助瀾而成此大功。天象人為互相應合，啟發我皇神明，於是高祖向西戀慕關中，就此建造京都。

於是睎❶秦嶺❷，睋❸北阜❹，挾❺灃❻灞❼，據❽龍首❾。圖❿皇基於億⓫載，度⓬宏規而大起。肇⓭自高⓮而終平⓯，世增飾以崇⓰麗。歷十二之延祚⓱，故窮泰⓲而極侈。建金城⓳而萬雉⓴，呀㉑周池㉒而成淵。披㉓三條之廣路㉔，立十二之通門㉕。內則街衢㉖洞㉗達，閭㉘閻㉙且千，九市㉚開場，貨別隧分㉛。人不得顧，車不得旋㉜，闐㉝城溢郭㉞，旁㉟流百廛㊱，紅塵㊲四合，煙㊳雲相連。於是既庶㊴且富，娛樂無疆。都人士女，殊異乎五方。遊士擬㊵於公侯，列肆㊶侈於姬姜㊷。鄉曲豪舉㊸，遊俠㊹之雄，節慕原㊺嘗㊻，名亞春㊼陵㊽，連交合眾，騁㊾鶩㊿乎其中。若乃觀其四郊，浮遊近縣。則南望杜霸[51]，北眺五陵[52]。名都[53]對郭[54]，邑居相承[55]。英俊[56]之域，紱冕[57]所興，冠蓋[58]如雲。七相[59]五公[60]，與乎州郡之豪傑，五都[61]之貨殖[62]，三選[63]七遷[64]，充奉[65]陵邑[66]。蓋以強幹弱枝[67]，隆上都[68]而觀萬國[69]。[70]

【章旨】此段先寫漢室十二代營造京師，因而愈來愈壯麗，繼而著重描寫長安城中的繁華富庶，最末則將筆觸伸向郊縣，敘寫徙居七陵的高官、富商及各地豪強。

【注釋】❶睎 望。❷秦嶺 在長安之南。❸眺 視。❹北阜 長安之北諸山。❺挾 帶。❻澧 指澧水。源出陝西長安西南秦嶺山中，北流至西安市西北入渭水。❼灞 指灞水。渭水支流，在陝西中部，源出藍田縣東秦嶺北麓，西南流納藍水，折向西北經西安市東，過灞橋北流入渭河。❽據 依。❾龍首 即龍首山。據《水經・渭水注》：高祖在關東，令蕭何成未央宮，何斬龍首山而營之，山長六十餘里，頭臨渭水，尾達樊川。❿圖 謀取。⓫億 十萬。⓬度 推測；估計。⓭肇 始。⓮高 指漢高祖劉邦。⓯平 指漢平帝劉衎。西漢末代皇帝，為王莽所弒。⓰崇 增。⓱延祚 延續的國統。⓲泰 侈。⓳金城 堅固的城牆。⓴雉 計算城牆面積的單位。長三丈，高一丈。㉑呀 大而空之狀。此處作動詞用。㉒周池 城牆四周環繞的護城河。㉓披 開。㉔三條之廣路 城每面三門，門前各有大路。㉕十二之通門 長安東南西北之十二個城門。據東漢鄭玄注《周禮》認為：天子都城之所以設十二道門，是為了與十二地支相配。㉖街衢 四通八達的道路。㉗洞 通。㉘閭 里門。㉙閻 里中之門。㉚九市 長安有九市，各方二百六十六步，六市在道西，三市在道東。㉛貨別隧分 貨物分類，同類貨物集中在一條通道上出售。隧分，市裡的通道。㉜旋 回車。㉝闐 通「填」。㉞郭 外城。㉟旁 廣。㊱廛 市宅；店鋪。㊲紅塵 繁華市區飛揚的塵土。㊳煙 指市區的火煙。㊴庶 眾多。㊵擬 比擬。㊶列肆 各類店鋪。此指開店鋪的婦女。肆，市中陳物出售之處。即店鋪。㊷姬姜 《左傳・成公九年》：「雖有姬姜，無棄蕉萃。」姬為周姓，姜為齊國之姓，姬姜代指大國之女。此泛指貴婦人。㊸豪舉 《後漢書・卷四〇・班彪列傳》附〈班固傳〉作「豪俊」。㊹遊俠 重義輕死之人。與「豪舉」同指朱家、郭解、原涉之類。㊺原 戰國時趙國公子平原君趙勝。趙武靈王子。食客有數千人。㊻嘗 齊孟嘗君田文。為薛公。好客，門下食客數千人。㊼春 楚國春申君。姓黃名歇。考烈王任以為相，食客三千餘人。㊽陵 魏公子無忌。魏安釐王弟。安釐王封為信陵君。㊾騁 《說文》：「騁，直。」㊿騖 亂馳。(51)杜霸 指杜陵及霸陵。杜陵為漢宣帝陵墓，在長安之南。霸陵為漢文帝陵墓，在長安東南。(52)五陵 指安葬高帝的長陵，安葬惠帝的安陵，安葬景帝的陽陵，安葬武帝的茂陵，安葬昭帝的平陵。皆在長安北面。(53)名都 指著名都城長安。(54)對郭 外城相對。(55)邑居相承 謂人口稠密。邑，指近縣。(56)英俊 傑出人物。(57)紱冕 即黻冕。高官的禮服。此代指高官。(58)冠蓋 指達官貴人。冠，指禮帽。蓋，指車蓋。(59)七相 指韋賢、車千秋、黃霸、平當、魏相、王商、王嘉。這七人都曾位至丞相，也都徙居五陵。(60)五公 指張湯、杜周、蕭望之、馮奉世、史丹。這五人都曾位至御史大夫或將軍，也徙居陵區。(61)五都 指洛陽、邯鄲、臨淄、宛、成都。62貨殖　營生資財貨利之事。指經商之人。貨，財物。殖，營生。63三選　西漢元帝之前「徙吏二千石、高訾富人及豪傑兼并之家於諸陵」。此三等人即為三選。64七遷　指杜霸二陵及五陵。此從徙居的地點來說。65奉　供奉。66陵邑　陵墓所在的縣邑。67強幹弱枝　增強中央實力，削弱地方勢力。68上都　指京都長安。69觀　示。70萬國　指天下各地。

【語　譯】於是望秦嶺，看北山，外有灃水灞水環繞，後則憑據著龍首山，為謀取皇帝的基業億年永存，估測了宏大的規模而大興土木。從高帝開始到平帝終了，世世都續加修飾，增添華麗，經歷十二代延續的國統，已到了窮奢極侈的地步。修建了堅固的城牆，面積有上萬雉，把周圍的護城河挖得又深又寬，像是深坑一樣。城每面各開三條大路，四面共立十二個城門。城內街道四通八達，里巷之門近千，九市都開場營業，貨物分類在不同的街上出售。到處擁擠得人不能回頭，車不能回旋，內城外城人聲沸騰，人潮還廣泛流布到各家店鋪之中。紅塵四面包圍，市中火煙上與雲連。人口眾多而且家家富裕，尋歡作樂從不停止。京中男女，跟五方之人十分不同，遊人的闊綽可比擬公侯，開店鋪的女人豪侈過於貴婦。鄉下來的豪傑和遊俠的壯士，都在節義上嚮往平原君、孟嘗君，在名望上僅次於春申君、信陵君。他們互相連絡交結，糾合徒眾，在京城裡來往馳騁。若是觀望四郊，漫遊附近的縣邑，則向南可看到杜陵、霸陵，往北可眺望五陵，著名的都城與郊縣城郭相對，縣城裡民宅相承，傑出的人物居住在這裡，高官顯宦也由此出身，他們冠蓋相望，眾多如雲。於是把七相五公，和州郡的豪傑之士、五都的富商列為三種人選，遷居於七陵，在陵邑充當供奉。這是為了增強中央，削弱地方，興盛京師而顯示於天下啊。

封畿❶之內，厥❷土千里，逴躒❸諸夏❹，兼其所有，其陽❺則崇山隱天❻，幽林❼穹谷❽，陸海❾珍藏，藍田❿美玉。商洛⓫緣其隈，鄠⓬杜⓭濱⓮其足⓯，源泉灌注，陂⓰池交屬。竹林果園，芳草甘木，郊野之富，號為近蜀⓱。其陰⓲則冠以九嵕⑲，陪以甘泉⑳。乃有靈宮㉑起乎其中，秦漢之所極觀㉒，淵㉓雲㉔之所頌歎，於是㉕乎存焉。下有鄭白㉖之沃，衣食之源。提封㉗五萬，疆埸㉘綺分㉙，溝塍㉚刻鏤㉛，原隰㉜龍鱗㉝。決渠降雨，荷插㉞成雲㉟。五穀㊱垂穎㊲，桑麻鋪棻㊳。東郊則有通溝大漕㊴，潰渭洞河㊵，泛舟山東㊶，控引㊷淮湖，與海通波。西郊則有上囿禁苑㊸，林麓㊹藪澤㊺，陂池㊻連乎蜀漢，繚以周牆㊼，四百餘里。離宮別館㊽，三十六所。神池靈沼㊾，往往而在。其中乃有九真之麟㊿，大宛之馬(51)，黃支之犀(52)，條支之鳥(53)。踰崐崘(54)，越巨海(55)，殊方異類，至于三萬里。

【章　旨】此段形容長安周圍京畿之富有。先寫南面，則有陸海珍藏。次寫北面，高處有華麗的甘泉宮，下有鄭白二渠灌溉的沃野。再次寫東郊的運河可泛舟山東，直通大海。最末寫西郊的上林苑，其中離宮別館，珍禽異獸，人所未聞。

【注　釋】❶封畿　王都周圍土地。❷厥　其。❸逴躒　又作「卓犖」。超絕的意思。❹諸夏　原為周代王室所分封的諸侯國。在此指漢代京畿以外的一些侯國。❺陽　南面。❻隱天　蔽天。❼幽林　深林。❽穹谷　深谷。❾陸海　指關中物產饒富如海。高平曰陸。關中地高，所以稱陸。❿藍田　山名。在陝西省藍田縣東，驪山之南阜，山出美玉。⓫商洛　指商縣、上洛縣。商縣在陝西省藍田縣東南。上洛縣在今陝西省商縣境。⓬鄠　鄠縣。在今陝西省。⓭杜　杜陽縣。在今陝西省麟游縣西北。⓮濱　近。⓯足　山足。⓰陂　池塘。⓱近蜀　其富饒與天府之國的蜀地相近。⓲陰　北面。⓳九嵕　山名。在今陝西醴泉東北。有九峰峻峙，山之南麓即咸陽北阪。⓴甘泉　山名。在陝西淳化西北。㉑靈宮　神宮。此指甘泉山上宮殿，秦二世造林光宮，漢武帝擴建之，後又於其中造益壽、延壽館，通天臺，漢帝在宮中常行祈祀之事，故曰靈宮。㉒極觀　最好之景觀。㉓淵　王褒。字子淵，曾作〈甘泉頌〉。㉔雲　揚雄。字子雲，有〈甘泉賦〉。㉕於是　在此。㉖鄭白　指鄭渠和白渠。鄭渠為戰國時韓國水工名鄭國者所鑿，溉地四萬餘頃，關中為沃野。白渠為漢白公鑿穿，溉田四千五百餘頃。㉗提封　總計。㉘疆埸　田界。㉙綺分　如羅綺一般縱橫交錯。㉚溝塍　溝渠和田埂。㉛刻鏤　形容製作精工。㉜原隰　廣平而低濕的土地。高平之地為原，低溼之地為隰。㉝龍鱗　形容溝塍分割的土地。㉞插　通「鍤」、「臿」。掘土的工具。㉟成雲　形容農夫之多。㊱五穀　黍、稷、菽、麥、稻。㊲穎　禾穗。㊳棻　通「紛」。象香氣上升。㊴通溝大漕　此指通長安的古運河。通溝，暢通的大溝。大漕，巨大的水道。㊵潰渭洞河　元光中，根據鄭當時建議，武帝命水工徐伯表發卒數萬人，引渭穿渠，三歲而通，可以直達黃河。潰，開決。洞，通達。㊶山東　指崤山或華山以東。㊷控引　控制；操縱。㊸上囿禁苑　此指上林苑。為漢朝皇帝的花園。囿苑為養禽獸植林木的地方。㊹林麓　生長林木的山麓。㊺藪澤　湖沼。有水為澤，無水為藪。㊻陂池　迤邐貌；曲折連綿的樣子。㊼周牆　圍牆。㊽離宮別館　帝王正式宮殿之外另築的宮館。㊾神池靈沼　神靈所造池沼。《三秦記》：「昆明池中有靈池，名神池。」昆明池即在長安近郊。㊿九真之麟　九真郡所獻的大雄鹿。(51)大宛之馬　西域大宛國來的好馬。武帝時，貳師將軍李廣利斬大宛王首，獲汗血馬。(52)黃支之犀　南方古國黃支獻的犀牛。(53)條支之鳥　西域臨海大國（即阿拉伯）獻的大鳥（即鴕鳥）。(54)崐崘　即崑崙山。在新疆、西藏之間，西接帕米爾高原，東延入青海省境內。(55)巨海　大海。似指東海等海。由黃支等國來當從海路。亦有人認為指紅海。

【語　譯】京畿之內，土地千里，面積超過各諸侯國的總和，物產則兼其所有。京師南面則是高山蔽天，幽林深谷，物產極其豐富，藍田產有美玉。商洛二縣圍繞著水曲，鄠杜二縣則接近山腳，泉水灌注，池塘相連。不管是竹林或果園，總是滿布著各類甜美的花草果木，郊野的富饒，堪與蜀地比擬。京師北面有九嵕山聳入雲天，甘泉山伴隨在側。還有一座靈宮造於其中，秦漢二代所建最美的景觀，王褒、揚雄曾作文頌歎的，即存在於這裡。下有鄭白二渠灌溉的沃野，是京師衣食之源；總共有五萬頃，田界縱橫，如同羅綺一般交錯細密，渠道和田埂，又精緻的刻鏤出美麗的畫面，高地低地，又如片片龍鱗層層相疊。開渠放水，猶如時雨天降，扛起鍬來，連綿如雲，五穀禾穗低垂，桑麻香氣布散。東郊則有運河通道，開挖渭河直達黃河，可以乘船到山東，控引淮水大湖之水，與大海波瀾相通。西郊則有皇家禁苑，林木滿坡，池沼處處，迤邐接壤，直至蜀漢。四周繞著圍牆，有四百餘里之長。帝王遊處的宮館，有三十六處，神靈所造的美池，到處都是。苑中有九真獻的大雄鹿，大宛產的汗血馬，黃支獻的犀牛，條支獻的大鳥。這些都是翻過崑崙山，越過大海，由各方獻來的不同種類的珍禽異獸，遠的甚至還走過三萬里路呢！

其宮室也，體象❶乎天地，經緯❷乎陰陽。據坤靈❸之正位❹，倣❺太紫之圓方❻。樹中天❼之華闕❽，豐❾冠山❿之朱堂⓫。因瓌材⓬而究⓭奇，抗⓮應龍⓯之虹梁⓰。列棼橑⓱以布翼⓲，荷⓳棟桴⓴而高驤㉑。雕玉瑱㉒以居楹，裁金璧㉓以飾璫㉔。發五色之渥彩㉕，光爓㉖朗以景㉗彰㉘。於是左墄右平㉙，重軒㉚三階㉛。閨房㉜周通㉝，門闥㉞洞開㉟。列鐘虡㊱於中庭，立金人於端闈㊲。仍㊳增崖㊴而衡㊵閾㊶，臨峻路㊷而啟扉㊸。徇㊹以離宮別寢㊺，承㊻以崇臺㊼閒館㊽，煥若列宿㊾，紫宮㊿是環。清涼、宣溫、神仙、長年(51)，金華、玉堂，白虎、麒麟(52)，區宇若茲，不可殫(53)論。增盤(54)崔嵬(55)，登降炤爛(56)。殊形詭制(57)，每各異觀。乘茵步輦(58)，惟所息宴(59)。

【章　旨】此段開始寫宮室。先寫正殿，從設計、結構、取材、裝飾各方面竭力描繪正殿的宏麗。繼寫別殿臺館，主要集中寫其位置以及崔嵬燦爛的外觀。

【注　釋】❶象　取象。❷經緯　南北為經，東西為緯。❸坤靈　地靈。❹正位　正確方位。❺倣　倣照。❻太紫之圓方　據《七略》，明堂之制，內有太室，象紫微宮，成圓形，南出明堂，象太微，成方形。太，指太微垣。恆星群，三垣之一，共有二十個星座，成方形。紫，指紫微垣。三垣之一，共三十七個星座，成圓形。❼中天　高及天半。❽闕　宮殿前左右各一的高臺。臺上起樓觀，兩臺之間有空缺，故名。漢未央宮前北有玄武闕，東有蒼龍闕。❾豐　使之豐偉的意思。❿冠山　蕭何治未央宮殿，皆據龍首山，殿在山上，如山戴冠。⓫朱堂　即指未央宮。⓬瓌材　珍異的材料。⓭究　窮盡。⓮抗　舉。⓯應龍　一種有翼的龍。⓰虹梁　梁曲如虹。⓱棼橑　樓閣的梁和椽。⓲翼　屋簷兩頭翹起的地方。⓳荷　負荷。⓴桴　正梁和二梁。㉑驤　馬抬頭快跑。㉒瑱　通「磌」。柱下石礎。㉓金璧　以金為璧形。璧，平圓形中間有孔的玉。㉔璫　椽頭的裝飾。㉕渥彩　潤澤的色彩。㉖爓　同「焰」。火光。㉗景　同「影」。㉘彰　顯明。㉙左墄右平　東側為階梯，人可拾級而上，西側為無階平坡，車可順路而上。墄，同「礣」。階。㉚軒　樓版。裝在瓦下。㉛三階　南面者為三層階級。東西北三面則各為二層。㉜閨房　宮室。小房為閨，正室兩旁的房間為房。㉝周通　遍通。㉞門闥　指宮門。門指大門，闥指中門。㉟洞開　開通。㊱虡　懸掛編鐘的木架。㊲端闈　宮正門。㊳仍　因；就。㊴增崖　層崖。增，通「層」。㊵衡　橫。㊶閫　門限。㊷峻路　高峻的山路。因宮在龍首山上，故依山勢設立宮門。㊸扉　門扇。㊹徇　環繞。㊺離宮別寢　正式宮殿之外所築的宮室。㊻承　連接。㊼崇臺　高臺。㊽閒館　寬敞的館舍。㊾列宿　眾星。㊿紫宮　即紫微宮。星宮名。(51)清涼句　清涼殿、宣室殿、溫室殿、長年殿皆未央宮中殿名。神仙殿為長樂宮殿名。(52)金華句　皆未央宮殿名。(53)殫　盡。(54)增盤　形容殿閣重重疊疊，盤旋曲折。增，重。盤，同「槃」。曲折。(55)崔嵬　形容高大。(56)登降炤爛　上下光明。(57)詭制　奇特的式樣。(58)乘茵步輦　按《漢官儀》，皇后、婕妤乘輦，其他人乘茵。茵，軟褥。四人抬四角而行，人坐其上。步輦，人步行推輓的車。此為乘步輦。(59)息宴　休息宴樂。

【語　譯】宮室的體制取象天地，位置則合於陰陽之法。占據地靈正位，仿照太微、紫微的方圓。立起高入半天的華麗的雙闕，在龍山頂上建造雄偉的朱堂。依據珍異的材料加工得窮盡奇巧，高架起應龍一般的殿梁，彎曲如虹。樓閣上棟椽布列，屋簷角對對揚起，殿梁承負，如馬頭高昂。雕刻玉礎來安置殿柱，裁出金璧來裝飾椽頭。閃耀著五色潤澤的異彩，光華燦爛，陰影也得以彰明。東有階梯，西有斜坡，二重樓版，三層臺階。宮室互相溝通，宮門全都大開。中庭排架陳列著編鐘，宮門外峙立著十二銅人。依據山崖而設立門限，臨著峻路而打開宮門。正殿四周環繞著各個宮室，連接著高臺閒館，猶如群星煥耀，圍繞著紫微宮。有清涼、宣室、溫室、神仙、長年諸殿，還有金華、玉堂、白虎、麒麟等殿，漢宮區域之內，像這樣的寶殿，簡直談論不完。殿閣重疊曲折，高大雄偉，上上下下，一片光明，各種不同形狀、奇特的式樣，顯出異樣的景觀。后妃們乘茵坐輦，隨處都可以休息宴樂。

後宮則有掖庭❶、椒房❷，后妃之室。合歡❸、增城、安處、常寧、茝若、椒風、披香、發越、蘭林、蕙草、鴛鸞、飛翔之列。昭陽特盛，隆乎孝成❹。屋不呈材，牆不露形❺。裛❻以藻繡❼，絡❽以綸連❾。隨侯明月❿，錯落其間⓫。金釭銜璧⓬，是為列錢⓭。翡翠⓮火齊⓯，流耀含英。懸黎⓰垂棘⓱，夜光⓲在焉。於是玄墀⓳釦砌⓴，玉階㉑彤庭㉒。碝磩㉓綵緻㉔，琳珉㉕青熒㉖。珊瑚碧樹㉗，周阿㉘而生。紅羅㉙颯纚㉚，綺組㉛繽紛。精曜華燭㉜，俯仰如神。後宮㉝之號，十有四位㉞。窈窕㉟繁華，更盛迭㊱貴。處乎斯列者，蓋以百數。

【章　旨】此段描寫後宮。先寫宮室裝飾的富麗，特別以昭陽殿為例，從室內敘至室外，竭力鋪張，寫出了昭陽殿的極度奢靡。繼而寫後宮佳麗，著筆不多，卻寫出了她們的華貴之態。

【注　釋】❶掖庭　宮中旁舍。宮嬪所居住的地方。按《漢官儀》，婕妤以下，皆居掖庭。❷椒房　皇后所住之處。以椒塗壁，取溫暖祛惡氣。《詩・唐風・椒聊》：「椒聊之實，蕃衍盈升。」此亦取其蕃實之義。❸合歡　殿名。增城、安處、常寧、茝若、椒風、披香、發越、蘭林、蕙草、鴛鸞、飛翔，亦同。❹昭陽特盛二句　漢成帝皇后趙飛燕，其妹為帝寵幸，為昭儀，住昭陽舍，其殿極為富麗。❺屋不呈材二句　各種珍貴的飾物把梁材和牆壁都遮掩住了，看不見原形。❻裛　纏繞。❼藻繡　華麗的文繡。❽絡　繞。❾綸連　以絲綬編結成文。❿隨侯明月　隨侯見大蛇傷斷，取藥為牠敷抹，後來大蛇口啣大珠報答他。隨侯，漢東國姬姓諸侯。珠即明月珠。⓫閒 同「間」。⓬金釭銜璧 《漢書・卷九七・外戚傳》謂趙飛燕妹居昭陽舍時，「其壁帶，往往為黃金釭，函藍田璧，明珠翠羽飾之」。壁帶指壁之橫木露出如帶的一截端部，用金環飾之，中間嵌著藍田玉。⓭列錢 言金釭銜璧，行列似錢。⓮翡翠 指鳥羽。雄赤之羽為翡，雌青之羽為翠。⓯火齊 火齊珠。又稱玫瑰。是一種石珠。⓰懸黎 美玉。⓱垂棘 春秋時晉國地名。產美玉。此代指美玉。⓲夜光 明珠。⓳玄墀 用赤黑色的漆來塗階面。⓴釦砌 當作「釦切」。釦是鍍金，切是門限。㉑玉階 用玉來裝飾臺階。㉒彤庭 用朱漆塗中庭。㉓碝磩 似玉之石。㉔綵緻 彩色細密。㉕琳珉 似玉之石。亦作「林民」。㉖青熒 青色微光。㉗珊瑚碧樹 據《漢武故事》，武帝起神堂，植玉樹，葺珊瑚為枝，以碧玉為葉。㉘阿 庭曲處。㉙紅羅 紅色絲織品。㉚颯纚 長袖飄動之狀。㉛綺組 有花紋的絲帶。綺，有花紋的絲織品。組，帶子。㉜精曜華燭 神采照耀。精、華，指神采。曜、燭，光照。㉝後宮 指嬪妃。㉞十有四位 漢宮嬪妃共分十四等：昭儀、婕妤、娙娥、傛華、美人、八子、充依、七子、良人、長使、少使、五官、順常及無涓等。㉟窈窕 美好的樣子。㊱迭 替代。

【語譯】後宮有掖庭、椒房，是后妃所居的地方，此外還有合歡、增城、安處、常寧、茝若、椒風、披香、發越、蘭林、蕙草、鴛鸞、飛翔等殿。昭陽殿特別豪奢，成帝時尤為隆盛。各種文飾把梁材和牆壁都遮掩住了。其中以文繡纏繞，用絲綸蒙絡，明月大珠，錯落綴於其間。金環鑲著美玉，如錢排列。翡翠鳥羽，煥發光彩，玫瑰石珠，內含精英。還有美玉懸黎、垂棘、明珠夜光，也都用來裝飾。赤黑色的階面，鍍金的門限，玉飾的階梯，朱漆塗飾的中庭。似玉的碝磩色彩斑斕而細密，琳珉也閃著青色的微光，珊瑚碧玉之樹，種在中庭的邊角。妃嬪宮女們紅羅長袖飄飄，文綺衣帶繽紛，她們神采亮麗，舉手投足有如天仙下凡。她們的位號共有十四等，個個美好華麗，一個比一個尊貴。後宮有名位的女官，數以百計。

左右庭中❶，朝堂❷百寮❸之位，蕭❹曹❺魏❻邴❼，謀謨❽乎其上。佐命❾則垂統❿，輔翼⓫則成化⓬。流大漢之愷悌⓭，蕩⓮亡秦之毒螫⓯。故今斯人⓰揚樂和之聲⓱，作畫一之歌⓲。功德著⓳乎祖宗⓴，膏澤㉑洽㉒乎黎庶。又有天祿、石渠㉓，典籍之府。命夫㉔惇誨㉕故老㉖，名儒㉗師傅㉘，講論乎六藝㉙，稽合乎同異㉚。又有承明㉛、金馬㉜，著作之庭。大雅㉝宏達㉞，於茲為群。元元本本㉟，殫㊱見洽㊲聞。啟發篇章㊳，校理㊴祕文㊵。周以鉤陳㊶之位，衛以嚴更之署㊷。總㊸禮官㊹之甲科㊺，群㊻百郡之廉孝㊼。虎賁㊽贅衣㊾，閹尹㊿闇寺(51)，陛戟(52)百重(53)，各有典司(54)。

【章　旨】此段寫朝廷百官。先描寫蕭曹魏邴這樣的名相在位，因而全國德化流布，百姓謳歌。接著形容朝廷對經學的重視，對文士的拔擢。最末敘及宮中官吏的各種職司。

【注　釋】❶左右庭中　朝廷中的臣子有左右的位次。❷朝堂　正朝左右官議政之處。❸百寮　百官。寮，通「僚」。❹蕭　蕭何。助高祖平定天下，論功第一，封酇侯。❺曹　曹參。助高祖創業，封平陽侯，惠帝時繼蕭何為相。❻魏　魏相。宣帝時為相，封高平侯。❼邴　邴吉。曾建議立宣帝，封博陽侯，任丞相。❽謀謨　謀劃。謨、謀，義相同。❾佐命　指輔佐帝王創業。如蕭、曹。❿垂統　使國統一代代流傳下去。⓫輔翼　輔佐翼助帝王。如魏、邴。⓬成化　教化成就。⓭愷悌　和樂寬仁。⓮蕩　清除。⓯毒螫　毒害。此指已滅亡的秦朝的苛政。⓰斯人　這人。指上述之柄政者。亦指百姓。⓱樂和之聲　即「和樂之聲」。樂，樂職。言百官各盡其職。和，中和；政治和平。據《漢書・卷六四・王褒傳》載，益州刺史王襄，欲宣風化於眾，聽說王褒有俊才，請王褒作〈中和樂職宣布詩〉，使人歌之。⓲畫一之歌　蕭何死後，曹參繼之為相，一遵蕭何之規，無所更作，百姓歌之曰：「蕭何為法，較若畫一。曹參代之，守而勿失。載其清淨，人以寧一。」⓳著　顯示。⓴祖宗　先君。㉑膏澤　恩澤。㉒洽　霑潤。㉓天祿石渠　閣名。在未央宮中，為收藏圖籍祕書之所。㉔命夫　指命令那些。夫，指稱詞。㉕惇誨　殷勤教誨。惇，勉。㉖故老　元老舊臣。㉗名儒　著名的儒家學者。㉘師傅　老師的通稱。㉙六藝　指六經。即《詩》、《書》、《禮》、《樂》、《易》、《春秋》。因《樂》早亡，實只有五經。㉚稽合乎同異　據《漢書・卷八・宣帝紀》記載：甘露三年詔諸儒講五經同異，太子太傅蕭望之等平奏其議，宣帝親自裁定評判。此次講論的奏疏，輯成《石渠議奏》一書。稽合，考校。㉛承明　承明廬。為承明殿旁屋。石渠閣外，侍臣值宿所居之室。㉜金馬　金馬門。武帝曾立銅馬於魯班門外，改名金馬門，東方朔等文士皆曾待詔於此。㉝大雅　大才；高才。㉞宏達　才識博通之士。㉟元元本本　能得典籍根本。㊱殫　盡。㊲洽　博。㊳啟發篇章　闡釋篇章。㊴校理　校勘整理。㊵祕文　祕藏的典籍。㊶鉤陳　星名。在紫微垣中，其位在紫微星宮之外，若護衛之狀。漢宮警衛設施，亦取象於是。㊷嚴更之署　管理巡夜放哨之類職司的官署。漢宮護衛，郎一層在內，衛卒一層在外。郎所居曰署。㊸總　集合。㊹禮官　掌禮儀之官。如奉常，屬官有五經博士。㊺甲科　漢代考試科目名。有甲乙丙科。㊻群　聚集。㊼廉孝　漢代選舉官吏的兩個科目。武帝元光元年下詔郡國每歲舉孝廉各一人，後遂為定制。孝廉為常科，名額最多。㊽虎賁　侍衛官。㊾贅衣　亦作「綴衣」。管衣物的近臣。㊿闈尹　宦官首領。男人去勢為閹。(51)閽寺　掌管早晚開閉宮門的宦官。(52)陛戟　執戟於陛的衛士。陛，宮殿之階。(53)百重　形容衛隊之盛。(54)典司　主管。

【語　譯】庭中官位分左右，朝堂中百官有班次。蕭何、曹參、魏相、邴吉，謀劃於朝堂上。他們輔佐創業使國統代代綿延，協助帝王施政完成教化。於是大漢的仁德得以流布，亡秦的苛政一一清除。所以使得官吏傳揚樂職中和的歌曲，百姓創作贊頌畫一的民謠；將功德歸諸於先帝，恩澤霑潤於百姓。又有天祿、石渠二閣，是收藏典籍的地方。指派那些諄諄教誨人的元老舊臣和名儒師傅，講論六經、考校其同異。又有承明廬、金馬門，都是寫作的地方，高才博識之士，薈萃於此。他們能得典籍根本，見聞廣博，闡釋篇章典義，校勘整理祕籍。警戒按鉤陳的方位布置，有嚴更署的郎官值夜保衛。郎署還聚合經禮官考取的甲科才子，群集天下的廉孝之士。此外，還有虎賁、贅衣、宦官首領、管門寺人以及多層的衛士，他們都有各自的職責。

周盧❶千列，徼道❷綺錯。輦路❸經營❹，修除❺飛閣❻。自未央而連桂宮❼，北彌❽明光❾而亙❿長樂⓫。凌⓬隥道⓭而超西墉⓮，掍⓯建章⓰而連外屬⓱。設璧門⓲之⓳鳳闕⓴，上觚稜㉑而棲金爵㉒。內則別風㉓嶕嶢㉔，眇㉕麗巧而聳㉖擢㉗。張千門而立萬戶，順陰陽(28)以開闔。爾乃正殿崔嵬，層構(29)厥(30)高，臨(31)乎未央。經駘盪(32)而出馺娑(33)，洞(34)枍詣(35)以(36)與天梁(37)。上反宇(38)以蓋戴(39)，激日景(40)而納光(41)。神明(42)鬱(43)其特起(44)，遂偃蹇(45)而上躋(46)。軼(47)雲雨於太半(48)，虹霓(49)迴帶(50)於棼楣(51)。雖輕迅(52)與僄狡(53)，猶愕眙(54)而不能階(55)。攀井幹(56)而未半，目眴轉(57)而意迷。捨櫺檻(58)而卻倚(59)，若顛墜(60)而復稽(61)。魂怳怳(62)以失度(63)，巡迴途(64)而下低(65)。既懲(66)懼於登望，降周流(67)以傍徨(68)。步甬道(69)以縈紆(70)，又杳窱(71)而不見陽。排(72)飛闥(73)而上出，若遊目於天表(74)，似無依而洋洋(75)。前唐中(76)而後太液(77)，覽滄海(78)之湯湯(79)。揚波濤於碣石(80)，激神岳之嶈嶈(81)。濫(82)瀛洲與方壺(83)，蓬萊(84)起乎中央。於是靈草(85)冬榮(86)，神木叢生。巖峻(87)崷崒(88)，金石(89)崢嶸(90)。抗(91)仙掌以承露(92)，擢(93)雙立之金莖(94)，軼(95)埃堨(96)之混濁，鮮(97)顥氣(98)之清英(99)。騁(100)文成(101)之丕誕(102)，馳(103)五利(104)之所刑(105)，庶(106)松喬(107)之群類，時遊從(108)乎斯庭(109)。實列仙(110)之攸館(111)，非吾人之所寧(112)。

【章　旨】這一段著重描寫建章宮。作者緊抓住高架空中的輦道，很自然地把筆觸轉移到建章宮來。這一段有兩個重點，一是竭力形容神明、井幹二臺之高，一是著意鋪敘太液池上的風光。語中含有對武帝迷信神仙，過於奢侈的諷刺之意。

【注釋】❶周廬　為宮廷宿衛而於四周所設廬舍。❷徼道　巡察警備的禁路。徼，巡察。❸輦路　即閣道。樓閣間的空中通道。❹經營　周旋往來，環繞曲折。❺修除　長階。❻飛閣　樓閣間架版連接，成為空中之閣道（或稱棧道），故稱。❼桂宮　在未央宮北。漢武帝造，周圍十餘里。❽彌　終。❾明光　指明光殿。在桂宮中，極為奢麗，處處明月珠，晝夜光明。❿亙　直達。⓫長樂　指長樂宮。在長安西北隅，漢高帝據秦興樂宮改建，周圍二十里，是當時最大的宮。⓬凌　升。⓭隥道　即閣道、輦道。⓮西墉　西城牆。⓯掍　通達。⓰建章　指建章宮。武帝太初元年造，在長安城西。⓱外屬　與外相屬。⓲璧門　建章宮南有璧門三層。高三層，因樓屋上椽首飾以玉璧，故曰璧玉門，乃宮之正門。⓳之　與。⓴鳳闕　在建章宮東。高二十丈，上有銅鑄鳳凰，高丈餘。㉑觚稜　宮殿簷角瓦脊之隆起處。㉒金爵　鳳闕上之銅鳳。爵，通「雀」。㉓別風　闕名。建於閶闔門（正門）內，高五十丈，因其高出宮垣，可識別風向，故名。㉔嶕嶢　高聳之貌。㉕眇　高遠貌。㉖聳　高起。㉗擢　超出。㉘陰陽　朝夕。㉙層構　高聳而多重的建築。㉚厥　其。㉛臨　居高視下。㉜駘盪　殿名。在建章宮中，以春時景物駘蕩滿宮中得名。㉝馺娑　殿名。在建章宮中。馺娑，馬疾行貌。馬行迅疾，一日方行遍宮中，言此宮殿之大。㉞洞　穿。㉟枍詣　殿名。在建章宮中，枍詣為木名，此言宮中美木茂盛。㊱以　此字疑為後人所加。㊲天梁　殿名。在建章宮中。天梁謂梁木至天，言宮之高。㊳反宇　屋簷頭瓦微微仰起。㊴蓋戴　覆蓋。㊵激日景　反射日光。日景，日光。㊶納光　指宮殿接納日光。㊷神明　神明臺。在建章前殿西北，高五十丈，為武帝祭祀仙人之地，臺上立銅柱，柱上有銅仙人，舒掌捧銅盤玉杯，以承雲表之露。㊸鬱　高大的樣子。㊹特起　突起。㊺偃蹇　高的樣子。㊻躋　升。㊼軼　由後超越前。㊽太半　大半。達到三分之二以上。㊾虹霓　即彩虹。細析則正虹為虹，副虹為霓。㊿迴帶　盤繞。(51)棼楣　棟梁。(52)輕迅　迅速。(53)僄狡　敏捷。(54)愕眙　驚愕地瞪著眼。(55)階　拾級而登。(56)井幹　指井幹樓。位建章宮中，高五十丈，有輦道相連。(57)眴轉　眼睛昏花看不清楚。(58)櫺檻　樓閣上的欄杆。(59)卻倚　向後退步而倚靠。(60)顛墜　頭朝下墜下樓。(61)稽　留止。(62)怳怳　心神不定的樣子。(63)失度　失其平常的氣度。(64)迴途　回路。(65)下低　下到低處。(66)懲　苦於。(67)周流　周行。(68)徬徨　徘徊而不忍離去。(69)甬道　即閣道。樓閣間飛架之通道。(70)縈紆　曲折迴旋。(71)杳窱　深邃。(72)排　推開。(73)飛闥　指閣道上的門。有一突出方木，臨空如飛，故稱。闥，門。(74)天表　天外。(75)洋洋　無所歸的樣子。形容孤懸空中的感覺。(76)唐中　庭中。(77)太液　即太液池。在建章宮北，是一個相當寬廣的人工湖，湖中有仿海上神山的三山。(78)滄海　指太液池。(79)湯湯　大水急流貌。(80)碣石　山名。在河北昌黎北。秦始皇、漢武帝皆曾東巡至彼，刻石觀海。此指太液池中像碣石之山。(81)嶈嶈　當作「將將」。高貌。(82)濫　泛濫。(83)瀛洲與方壺　指太液池中像海上神山的二山。(84)蓬

萊　太液池中之山。取象海上神山。85靈草　與下「神木」皆指能使人長生不死的藥物。86榮　開花。87巉峻　山崖峻峭。88崤崒　高聳貌。89金石　指銅塑、石雕。近年在原太液池舊址出土石魚一件，長達四點九米，直徑一米。90崢嶸　高峻貌。91抗　高舉。92仙掌以承露　漢武帝在神明臺上立銅仙人，以手掌擎盤承甘露，以露和玉屑服之，以求仙道。93擢　崛起。94雙立之金莖　漢武帝在元鼎二年春曾在長安城北關內以香柏建柏梁臺，亦有銅柱、承露、仙掌之類，故以柏梁臺與神明臺之銅柱為雙立之金莖。金莖，指銅柱。95軼　超越。96埃堨　塵埃。97鮮　清潔。98顥氣　白氣。99清英　純粹。此指凝聚在銅盤裡的甘露。100騁　發揮。101文成　齊人李少翁。以方術見武帝，即拜為文成將軍。少翁言：欲與神通，宮室被服非象神物不至。乃作甘泉宮，中為臺，畫天地泰壹諸鬼神而置祭具，以致天神。102丕誕　荒誕。103馳　施展。104五利　即五利將軍。武帝時方士欒大以方術被封五利將軍，欒大詭言不死之藥可得，仙人可致，後妄言敗露被殺。105所刑　指欒大被殺的原因。即妄言惑君之事。刑，被殺。106庶　幾乎；差不多。107松喬　二仙人名。松，指赤松子。神農時為雨師，能入火而不燒，隨風雨上下。喬，指王喬。亦作王子喬。周靈王太子晉，道士浮丘公接以上嵩山。108遊從　相隨遊覽。109斯庭　指建章宮中。110列仙　眾仙人。111館　駐宿。112寧　安。

【語　譯】衛卒的屋舍眾多，圍在宮殿四周，巡行的禁路如羅綺的紋理一樣縱橫交錯。輦道紆迴曲折，階梯修長，閣道飛架。從未央宮連接桂宮，北到明光殿，東南直達長樂宮。登上閣道，越過西城牆，可直達建章宮而與外相連。建章宮建有璧門與鳳闕，闕上簷角高揚，金鳳棲息。閶闔門內別風闕巍然而立，高眇麗巧，聳入雲天。宮內有千門萬戶，隨著朝夕而開閉。正殿巍峨，多重構築高聳矗立，可以下視未央宮。經過駘盪殿而走出馺娑殿，再穿過枍詣殿和天梁殿。只見飛簷屋瓦覆蓋宮殿，反射日光又接納日光。神明臺壯偉突起，高高地直上九霄，大半截臺身穿過雲雨，虹霓盤繞於棟梁間。即使行動迅速敏捷的人，也只得愕然瞪視而不能攀援。登井幹樓，走不到一半，就會因目眩而神志昏迷。放開欄杆，想後退找個依靠，卻好像要墜下樓去，只得止步。此時神魂不定，失去了常態，只好掉轉回頭而下到低處。既已苦懼於登樓望遠，只得下樓來在四周漫步徘徊，在紆迴曲折的複道裡行走，但又苦於深邃而不見陽光。推開閣道上的門而向外張望，立刻陷入恍若天外的大奇景，飄飄渺渺不知身在何處。前面是建章宮中庭，後面是太液池，縱覽池水像滔滔江海一般。

波濤揚起於池中的碣石，沖激著這高聳的神山。大水浸濫著瀛洲與方壺，蓬萊則在它們中央。山上仙草冬天開花，神木茂密生長，山崖峭峻，金石雕塑四處峙立。神明臺上銅仙人舉掌承露，兩個銅柱遙相對矗，超越混濁的紅塵，承受潔淨白氣的精華。念當日，文成將軍曾在此發揮他荒誕的建議，五利將軍曾施展那些遭致殺身之禍的詭計。赤松子、王子喬這一班神仙幾乎都曾降臨過，相隨遊覽了這些宮觀。實在是眾仙駐宿之處，不是我們凡人安居之所。

爾乃盛娛遊之壯觀，奮泰武❶乎上囿❷。因茲❸以威戎❹夸狄❺，耀威靈❻而講武事❼。命荊州❽使起鳥❾，詔梁野❿而驅獸。毛群內闐⓫，飛羽⓬上覆，接翼側足⓭，集禁林⓮而屯聚⓯。水衡⓰虞人⓱，修⓲其營表⓳。種別群分，部曲⓴有署㉑。罘網㉒連紘㉓，籠山絡野。列卒周匝㉔，星羅雲布㉕。於是乘鑾輿㉖，備法駕㉗，帥群臣，披㉘飛廉㉙，入苑門。遂繞酆㉚鄗㉛，歷上蘭㉜。六師㉝發逐，百獸駭殫㉞，震震㉟爚爚㊱，雷奔電激，草木塗地，山淵反覆㊲。蹂躪㊳其十二三，乃拗㊴怒而少息。爾乃期門㊵佽飛㊶，列刃鑽㊷鍭㊸，要㊹趹㊺追蹤㊻。鳥驚觸絲㊼，獸駭值鋒㊽。機㊾不虛掎㊿，弦不再控(51)，矢不單殺，中必疊雙。颮颮紛紛(52)，矰繳(53)相纏。風毛雨血(54)，灑野蔽天。平原赤，勇士厲(55)。猿狖(56)失木(57)，豺狼懾竄。爾乃移師趨險，並蹈潛穢(58)。窮虎(59)奔突(60)，狂兕(61)觸蹷(62)。許少(63)施巧，秦成(64)力折(65)。掎(66)僄狡(67)，扼[68]猛噬[69]。脫角[70]挫脰[71]，徒搏[72]獨殺[73]。挾師[74]豹，拖熊螭[75]，曳[76]犀犛[77]，頓[78]象羆[79]。超洞壑，越峻崖，蹶[80]嶄巖[81]。鉅石[82]隤[83]，松柏仆，叢林摧。草木無餘，禽獸殄夷[84]。於是天子乃登屬玉之館[85]，歷長楊之榭[86]。覽山川之體勢，觀三軍之殺獲。原野蕭條，目極四裔[87]。禽相鎮壓，獸相枕藉[88]。然後收禽會眾，論功賜胙[89]。陳[90]輕騎以行炰[91]，騰[92]酒車[93]以斟酌[94]。割鮮野食[95]，舉烽[96]命釂[97]。

【章旨】這一段描寫天子田獵的盛大場面。首先敘述安排獵場等種種準備工作。接著描寫狩獵過程：一、三軍進擊，二、近侍搏殺，三、在險惡之境的一場殊死戰鬥。最後描述天子犒賞將士的歡騰景象。

【注釋】❶泰武　大武。謂大陳武事。泰，同「太」。太，即「大」。❷上囿　皇家畜養禽獸的園子。此指上林苑。❸因茲　趁此。❹威戎　示威於戎族。戎，古代西方的一個民族。❺夸狄　向狄族誇耀武力。狄，古代北方的民族。❻威靈　威力。❼講武事　講習武事。❽荊州　古九州之一。約今湖北、湖南一帶。此指荊州人。荊州多鳥獸，荊州人亦多知鳥獸，圍獵即命其驅趕。❾起鳥　趕鳥起飛，使其集中，便於狩獵。❿梁野　梁州之野。此指梁州之人。因其地多鳥獸，其人知鳥獸，圍獵即命其趕獸。梁州為古九州之一，約今陝西、四川、貴州一帶。⓫毛群內闐　獸類向內集中。因上林苑地方很大，又有一些不便狩獵之所（如鑄錢之處），所以要先驅趕禽獸於一處。毛群，指獸類。內闐，向內集中。⓬飛羽　鳥類。⓭接翼側足　形容獸類擁擠之狀。接翼，形容鳥之多。側足，側轉其足。⓮禁林　禁苑。此實指上林苑之獵場部分。⓯屯聚　聚集。⓰水衡　水衡都尉。掌管上林苑，下有五丞。⓱虞人　管山澤守苑囿之官。⓲修　整治。⓳營表　虞人於所獵之野，除草立標誌，以正軍營部卒的行列。⓴部曲　即軍隊。漢代軍隊中，將軍都有部，大將軍營有五部，部有校尉一人，部下有曲，曲有軍候一人。㉑署　布署；布置。㉒罘網　捕獸的網。㉓紘　網上的總繩。㉔周匝　四周環繞。㉕星羅雲布　形容士卒之眾，布署之廣。㉖乘鑾輿　「鑾」字為錯入之字。乘輿，指代天子。古人以天子至尊，不敢直言，故以乘輿指代。㉗法駕　又名金根車。天子所乘之車，駕六馬。㉘披　開。㉙飛廉　指飛廉館。館上有銅鑄飛廉神獸，故名。㉚酆　也作「豐」。

古地名。周文王所都，在今陝西省鄠縣東。㉛鄗　也作「鎬」。周武王所都之地，在上林苑中。㉜上蘭　指上蘭觀。在上林苑中，漢帝常於此校獵。㉝六師　指天子的軍隊。㉞駭殫　驚懼。殫，通「憚」。㉟震震　形容雷聲。㊱爚爚　形容閃電。㊲反覆　傾動。㊳蹂躪　踐踏。此指摧殘禽獸。㊴拗　抑制。㊵期門　建元三年，武帝為微服出行所置護衛官。㊶佽飛　少府屬官。掌弋射。㊷鑽　通「攢」。聚集。㊸鏃　金鏃剪羽之箭。用於近射田獵。㊹要　通「邀」。攔截。㊺趹　奔。此指狂奔的野獸。㊻追蹤　跟著野獸蹤跡追擊。㊼觸絲　落入捕網。㊽值鋒　撞上刀劍的鋒刃。㊾機　弩機。弩上發箭裝置。㊿掎　發射。(51)不再控　意謂不射第二次。每發必中的意思。控，拉弓。(52)颮颮紛紛　眾多之貌。形容滿天箭雨之狀。(53)矰繳　繫有生絲繩的箭。矰，短箭。繳，生絲繩。(54)風毛雨血　形容殺戮之慘烈殘酷。風毛，風吹獸毛。雨血，形容灑血如同下雨一般。(55)厲　猛烈。(56)猿狖　猿猴一類。(57)失木　因搜捕驚駭而跌下樹來。(58)潛穢　深密的林莽。潛，深。穢，草木叢生之處。(59)窮虎　無處可逃的老虎。(60)奔突　狂奔突圍。(61)兕　古代犀牛一類的獸。一角，青色，重千斤。(62)觸蹶　跳起用角頂人。觸，抵；頂。蹶，跳。(63)許少　古代敏捷之人。(64)秦成　古代的壯士。(65)力折　以力制服。(66)掎　抓住。(67)僄狡　矯捷兇猛的野獸。(68)扼　捉持。(69)猛噬　咬人的猛獸。(70)脫角　擰下角。(71)挫脰　折斷野獸的頸子。挫，折。脰，頸。(72)徒搏　空手與猛獸搏鬥。(73)獨殺　獨身殺死猛獸。(74)師　通「獅」。(75)螭　一種猛獸。(76)曳　拉。(77)犛　犛牛。原產青海、西藏高寒地帶。此指野生者。(78)頓　仆倒。此作使動用法。(79)羆　似熊。黃白文，長頭高腳，猛憨多力。(80)蹶　踏；用腳推。(81)嶃巖　高峻的山石。(82)鉅石　即「巨石」。(83)隤　墜落；降下。(84)殄夷　殺光。殄，盡。夷，殺。(85)屬玉之館　即屬玉館。在萯陽宮內，觀上鑄有屬玉像，故名。屬玉，水鳥。(86)長楊之榭　即長楊榭。在長楊宮中。臺上建屋曰榭。(87)四裔　四方邊遠之地。(88)枕藉　互為枕藉。形容死獸縱橫堆積之狀。藉，草墊子。(89)胙　祭祀用後的肉。(90)陳　排列。(91)行炰　傳送烤肉。(92)騰　馳。(93)酒車　載酒的車子。(94)斟酌　斟酒。(95)割鮮野食　割下鳥獸鮮肉，就在野地進食。這是表現壯士豪邁的氣概。(96)舉烽　高燃烽火。(97)釂　飲盡酒。

【語　譯】於是盛大地舉行遊獵，場面娛悅壯觀，將士們激昂地在皇家禁苑中大顯武力。一方面趁此機會向戎狄誇示壯盛的武力，一方面也藉以講習武事。命令荊州、梁州人驅趕鳥獸，獸類向內集合，鳥類亦飛翔內移，鳥獸擁擠，都會聚在禁苑之中。水衡都尉、虞人等官，整治軍隊行列標誌。分別所屬，部隊都有統一的布置。捕獸網一張張相連，圍繞山野。獵場周圍所布置的士卒，猶如眾星羅列雲層密布一般。於是天子乘六馬車駕，率領群臣，馳出飛廉館，進入禁苑門，繞過酆鄗，通過上蘭觀，六師出發追逐，百獸皆為之恐懼。他們發出轟轟隆隆的聲音，好似雷霆奔吼，又如閃電激烈的射擊，一時草木慘遭踐踏，山水為之傾動，直到摧殘了十分之二三的禽獸，將士們方才抑制了怒氣而稍事休息。於是期門、佽飛等近侍武官，排開雪刃，集聚利箭，或攔截狂奔的野獸，或跟蹤追擊。鳥兒們受驚反而自己觸網受擒，野獸駭懼正好撞上了兵刃。弩不虛發，弓不空拉，箭不單殺，中必成雙。密密麻麻，滿天箭雨，矰繳常常相纏。風中滿是獸毛，血流如雨，灑遍田野，遮蔽天空。鮮血染紅了平原，勇士們越來越勇猛。猿猴驚駭地跌下樹來，豺狼膽寒地競相逃竄。接著軍隊轉移，直奔險惡之處，一齊踏入深密的叢林。走投無路的老虎四處奔走想要突圍，兇猛的犀牛用角抵人。機靈的許少施展技巧，勇猛的秦成以力制服。抓住矯捷兇殘的動物，控制狂暴咬人的野獸。擰下利角，折斷頸骨，空手搏鬥，隻身對付猛獸。挾制獅豹，拖住熊螭，曳拉犀犛，推倒象羆。跨過深壑，越過峻崖，躍過險石。巨石墜落，松柏仆倒，叢林摧折。終於草木全倒，禽獸殺盡。獵殺結束後，天子就進入屬玉館，登上長楊榭，縱覽山川形勢，觀望三軍殺獲的戰果。原野蕭條，極目眺望，只見四面八方禽類累積，獸類堆集。最後收集獵獲的禽獸，聚集群眾，評論功勞大小，賜給祭肉。輕騎排列傳送烤肉，酒車奔馳忙於斟酒。割下鮮肉就在野地進食，高燃起烽火，命將士們一舉乾杯。

饗❶賜畢，勞逸齊❷。大路❸鳴鑾❹，容與❺徘徊。集乎豫章❻之宇❼，臨乎昆明之池❽。左牽牛而右織女，似雲漢❾之無涯。茂樹蔭蔚❿，芳草被隄⓫。蘭茝⓬發色⓭，曄曄⓮猗猗⓯。若摛錦⓰布繡⓱，爥燿⓲乎其陂⓳。鳥則玄鶴⓴白鷺㉑，黃鵠㉒鵁㉓鸛㉔，鶬鴰㉕鴇㉖鶂㉗，鳧㉘鷖㉙鴻鴈㉚。朝發河海，夕宿江漢㉛。沈浮往來，雲集霧散。於是後宮乘輚輅(32)，登龍舟(33)，張鳳蓋(34)，建華旗(35)。袪(36)黼帷(37)，鏡(38)清流。靡(39)微風，澹淡(40)浮。櫂女(41)謳(42)，鼓吹(43)震，聲激越(44)，謍(45)厲(46)天。鳥群翔，魚窺淵(47)。招(48)白鷴(49)，下雙鵠。揄(50)文竿(51)，出比目(52)。撫(53)鴻罿(54)，御(55)矰繳，方舟(56)並鶩(57)，俛仰(58)極樂(59)。遂乃風舉雲搖(60)，浮游溥覽(61)。前乘(62)秦嶺(63)，後越九嵕(64)，東薄(65)河華(66)，西涉(67)岐雍(68)。宮館所歷，百有餘區。行所(69)朝夕，儲不改供(70)。禮上下而接山川，究休祐之所用(71)。采(72)游童之讙謠(73)，第從臣之嘉頌(74)。于斯之時，都(75)都相望，邑邑相屬(76)。國(77)藉(78)十世之基(79)，家(80)承百年之業(81)，士食舊德(82)之名氏(83)，農服(84)先疇(85)之畎畝(86)，商循(87)族世(88)之所鬻(89)，工用高曾(90)之規矩(91)。粲乎(92)隱隱(93)，各得其所(94)。若臣(95)者徒觀迹(96)於舊墟(97)，聞之乎故老，十分而未得其一端，故不能偏舉(98)也。

【章　旨】本段是〈西都賦〉的最末一段。內容共分三層：一、寫天子在後宮的遊樂，著重描寫昆明池的美景及在池上奏樂聽歌，俯仰極歡的情景。二、概述漢帝國各等級各行業謹守祖制之狀。三、西都賓總結上文，說西都昔日盛況實遠過於所述，以留下引人遐想的餘地。

【注　釋】❶饗　以酒肉犒勞士卒。❷勞逸齊　出力多的勞者賞賜厚，出力少的閒逸者賞賜薄，二者得到不同的犒賞，則可以說齊同了。❸大路　天子之車。路，通「輅」。❹鳴鑾　車上銅鈴車行時搖動作響。❺容與　安閒自得之狀。❻豫章　指上林苑之豫章觀。在昆明池中。❼宇　屋簷。此指宇下。即室內。❽昆明之池　指昆明池。武帝元狩三年穿鑿，在長安西南，周圍四十里，面積三百三十二頃，仿滇河（滇池），池中有牽牛、織女二石像。❾雲漢　天河。❿蔭蔚　樹木茂盛的樣子。⓫被隄　茂盛之狀。⓬蘭茝　指蘭草（即澤蘭）與白芷。都是多年生草本植物，香草。⓭發色　色澤煥發。⓮曄曄　茂盛的樣子。⓯猗猗　美盛的樣子。⓰摛錦　舒展織錦。錦，有彩色花紋的絲織品。⓱布繡　布散刺繡。⓲燭燿　照耀。燭，同「燭」。燿，同「耀」。⓳陂　池塘。此指昆明池。⓴玄鶴　黑鶴。傳說鶴壽滿二百六十歲，則色純黑。㉑白鷺　水鳥。全身潔白，腳黑色。㉒黃鵠　一名天鵝。形如鵝而大，飛翔極高，有的色蒼黃，有的白色。㉓鵁　為鸕鷀的一種。頭細身長，頸有白毛，能入水捕魚。㉔鸛　水鳥。羽毛灰白色，嘴長而直，捕食魚蝦。㉕鶬鴰　似雁而黑色。㉖鴇　體大於雁，形近似，頸淡灰，背黃黑斑紋，腹白色，常群棲草原地帶。㉗鶂　即「鷁」。一種像鸕鷀的水鳥，能高飛。㉘鳧　野鴨。㉙鷖　即「鷗」。水鳥，善飛翔，能游水，體羽多灰、白色。㉚鴻鴈　即雁。為大型游禽，候鳥。古書稱大者為鴻，小者為雁。㉛朝發河海二句　指候鳥秋季由北飛向南方。河海，黃河、海上。江漢，長江、漢水一帶。㉜輚輅　一種以人力拉動，有帷幕可遮蔽，並可躺臥的車子。㉝龍舟　龍首船。㉞鳳蓋　傘蓋上繡鳳為飾。㉟華旗　綵旗。㊱袪　舉。㊲黼帷　黑白相間花紋的窗簾。㊳鏡　照。㊴靡　隨。㊵澹淡　水波輕輕搖蕩之狀。㊶櫂女　划船女。櫂，船上撥水的長槳。㊷謳　齊歌。㊸鼓吹　鼓吹樂隊的奏樂。㊹聲激越　聲音激烈高亢。㊺礚　聲音大。㊻厲　至。㊼鳥群翔二句　形容魚鳥受到宏大聲音驚嚇時的情景。魚窺淵，魚潛入深淵。窺，視。㊽招　舉。㊾白鷴　鷴，當依《後漢書・卷四〇・班彪列傳》附〈班固傳〉作「閒」。白閒，古弓名。㊿揄　引；揮。(51)文竿　以翠羽為飾的釣竿。(52)比目　魚名。即鰈。體型側扁，兩眼都在身體右側。《爾雅・釋地》郭注：鰈狀似牛脾，鱗細，紫黑色，一眼，兩片相合乃得行。(53)撫　持。(54)鴻罿　大網。(55)御　使用。(56)方舟　兩船相併。(57)鶩　奔馳。(58)俛仰　俯仰。此謂俯漁仰射。俛，同「俯」。(59)極樂　盡情享樂。(60)風舉雲搖　形容舟船之遊似高吹之風，似飄浮之雲。(61)溥覽　遍覽。(62)乘　登。(63)秦嶺　西起甘肅、青海邊境，東到河南中部。此指在陝西省內一段，在長安之南，有終南山等。(64)九嵕　山名。在長安北。(65)薄　至。(66)河華　黃河、華山。(67)涉　到。(68)岐雍　岐山、雍水。岐山在陝西省岐山縣東北。雍水源出陝西省鳳翔縣西北，東南流經縣南至岐山縣南，東會於漳水。(69)行所　即行在所。皇帝所在的地方。(70)儲不改供　各處宮館皆有儲備，天子行幸，供具不改。(71)禮上下而接山川二句　是說窮究美善祐助之所由來，所以要禮祀天地山川。禮，祭祀。上下，天地。接，以禮對待。亦祭祀之意。山川，山川之神。究，窮盡。休祐，天、神美善的祐助。用，因；由來。(72)采　採集。(73)讙謠　快樂的歌謠。讙，通「歡」。(74)第從臣之嘉頌　據《漢書・卷六四・王褒傳》記載：宣帝頗好儒術，王褒與張子僑等並待詔，所幸宮館，輒為歌頌，帝第其高下，以差賜帛。第，次第。從臣，侍從之臣。

嘉頌，美善的頌辭。(75)都　大城市。(76)邑邑相屬　是說此時都邑繁多。邑，小城市。相屬，相連接。(77)國　指諸侯國。(78)藉　憑藉；依靠。(79)基　基業。(80)家　指大夫之家。(81)百年之業　百年相襲的職業。(82)舊德　先代的功德。(83)名氏　名號地位。(84)服　從事。(85)先疇　祖先留下的田地。(86)畎畝　田地。(87)循　依照。(88)族世　家族世代。(89)所鬻　所出賣的貨物。(90)高曾　高祖、曾祖。此指代代相傳。(91)規矩　指工具。規用以畫圓，矩用以畫方。(92)粲乎　鮮明的樣子。(93)隱隱　興盛之狀。(94)各得其所　是說各個等級各個行業都在其應在的地位上，不失業，不逾分。(95)臣　西都賓自稱。(96)迹　古跡。(97)舊墟　舊都。(98)徧舉　周遍舉之。

【語　譯】犒勞賞賜已畢，則勞者逸者都公平的得到應得的報酬。天子乘上大輅，鑾鈴一路和鳴，安閒自得地徘徊於宮苑之中。接著集合眾人於豫章觀內，面臨著昆明池。池上東邊是牽牛，西面有織女，兩個石像對峙著，當中好像就是無盡的天河。樹木繁茂，芳草蕃盛，蘭草白芷，色澤煥發，茂盛而美麗，好似舒展織錦布散刺繡，照耀著池水。鳥類則有玄鶴、白鷺、黃鵠、鵁、鸛、鶬鴰、鴇、鶂、鳧、鷖、鴻、雁等。候鳥早上從河海出發，晚上停宿於江漢。眾水禽在池上沉浮嬉戲，來來往往，一會兒如同雲朵結集，一會兒又似朝霧消散。於是後宮妃嬪宮女乘上臥車，登上龍舟，張開鳳蓋，立起綵旗。掛起窗帷，俯覽清流中的身影，隨著微風，任船在水波上輕輕的搖晃。船女齊歌，鼓吹樂隊高奏，合成激越的聲調，宏音遠達雲霄。鳥受驚成群飛起，魚潛入了深淵。舉起白閒弓，一箭射下兩隻天鵝；伸出翠羽釣竿，釣起比目魚。持著大網，拿起矰繳，兩舟並馳，仰射俯漁，盡情享樂。駕著舟船如風吹如雲飄，浮遊遍覽。南登秦嶺，北越九嵕山，東至黃河、華山，西到岐山、雍水，所經宮館，有一百多所。天子行幸之處，皆有儲備，朝夕供具，並無改變。或祭祀天地，禮敬山川之神，窮究上天厚賜福祐的由來。或採集遊童歡快的歌謠，評品侍從之臣所獻優美的頌辭。在這時候，大城市與大城市可以相望，小城市和小城市互相連接。諸侯國憑藉十世的基業，大夫承繼百年相襲的職業，士人享有祖先功德的名位，農夫耕種先人遺留的田地，商人經營家族世代售賣的貨物，工匠使用前人用過的工具。各個階級行業粲然分明，興旺發達，各在其應處的地位上。小臣我只是觀察了舊都古跡，從故老那裡聽到一些昔日盛況，所知道的恐怕還不及十分之一，所以不能一一地列舉出來說明。

東都賦

東都主人喟❶然而歎曰：痛❷乎風俗之移人❸也！子實秦人，矜夸館室，保界❹河山，信❺識昭襄❻而知始皇❼矣，烏❽覩大漢之云為❾乎？夫大漢之開元❿也，奮布衣⓫以登皇位，由數朞⓬而創萬代，蓋六籍⓭所不能談，前聖⓮靡⓯得言焉。當此之時，攻⓰有橫⓱而當天⓲，討⓳有逆⓴而順民㉑。故婁敬㉒度勢㉓而獻其說，蕭公權宜而拓其制㉔。時㉕豈泰㉖而安之哉，計不得已㉗也。吾子㉘曾㉙不是睹㉚，顧㉛曜㉜後嗣㉝之末造㉞，不亦暗㉟乎？今將語子以建武㊱之治，永平㊲之事，監㊳于太清㊴，以變子之惑志㊵。

【章　旨】這一段主要是批評西都賓在根本觀念上的錯誤。首先指出他這樣矜誇宮館，仗恃山河，是秦人積習。接著概要性地說明高祖建都關中，宮室侈麗，實是不得已而為。最後提出：東漢光武、孝明二帝的做法才是立國正道。

【注　釋】❶喟　歎聲。❷痛　極；甚。❸移人　改變人。❹保界　仗恃。界，「介」的假借字。保、介都是仗恃、憑藉的意思。❺信　的確。❻昭襄　秦昭襄王。先後用魏冉范雎為相，白起為將，大破諸侯，秦愈強盛。❼始皇　指統一天下，建立秦朝的秦始皇。❽烏　怎麼。❾云為　所為。云，所。❿開元　開創。⓫布衣　指平民。⓬朞　一周年。⓭六籍　六經。⓮前聖　古代聖賢。⓯靡　沒有。⓰攻　胡刻本作「功」。今從五臣本。⓱有橫　專橫之人。⓲當天　應天。指五星聚於東井（井宿）。傳說為高祖受命的瑞應。⓳討　討伐。⓴有逆　逆亂之人。㉑順民　高祖入關，秦人爭獻牛酒，可見是順於民心的。㉒婁敬　曾說動漢高祖建都關中。㉓度勢　估計形勢。㉔蕭公權宜而拓其制　據《漢書》記載：蕭何修建未央宮，高祖見宮室壯麗，甚怒，蕭何說，非壯麗無以重威，且無使後代有以加，高祖遂悅而從之。蕭公，指蕭何。權宜，因時因事而採取變通辦法。拓其制，拓展宮室規模制度。㉕時　「是」的通假字。此的意思。㉖泰　過甚。㉗計不得已　此謂漢初建都關中，宮室壯麗過分，是為了示威天下的政治需要，是因形勢所迫不得已而為之。計，估計。不得已，不得不如此。㉘吾子　對對方的親熱稱呼。㉙曾　竟然。㉚不是睹　即「不睹是」。不認清這一點（指漢初建都時的不得已之處）。㉛顧　反而。㉜曜　炫耀。㉝後嗣　後代子孫。㉞末造　不重要不值得重視的建築物。指〈西都賦〉中西都賓盛稱武帝、成帝時所建昭陽殿、神明臺之類宮館臺榭。㉟暗　不明事理。㊱建武　東漢光武帝的年號。㊲永平　東漢孝明帝的年號。㊳監　通「鑑」。明白。㊴太清　天道。此指治理國家的正道。㊵惑志　迷惑不清的觀念。

【語譯】東都主人感歎的說：風俗改變人的作用真是太大了！您實在是個秦人，所以誇耀宮館，仗恃著山河險阻，這的確是瞭解秦昭襄王和秦始皇的作為，可是又怎麼明白大漢所作所為的真意呢？大漢創始時，高祖由布衣平民奮起抗秦到登上皇位，歷經數年征戰創下萬代基業，這是六經不可能談及，前代聖賢不可能提到的。在這時候，攻擊專橫的秦朝，是上應天意；討伐逆亂的暴君，又是順從民心。所以婁敬估計形勢而獻建都關中之說，蕭何因時變通而擴大宮室規模。難道他們安心這樣過分的鋪張嗎？現在想想也是不得已的呀！您竟然不認識這一點，反而炫耀後代子孫不值得重視的建築物，這不是很不明白事理嗎？現在讓我把建武時的治國之道、永平時獲得的事功告訴您，使您明白治國正道，來改變您迷惑不清的觀念。

往者王莽❶作逆❷，漢祚❸中缺。天人❹致誅❺，六合❻相滅。于時之亂，生人幾亡❼，鬼神泯絕❽。壑❾無完柩❿，郛罔遺室⓫。原野厭⓬人之肉，川谷流人之血。秦項之災⓭猶不克半⓮，書契⓯以來未之或紀⓰。故下人⓱號⓲而上訴⓳，上帝懷⑳而降監㉑，乃致命㉒乎聖皇㉓。於是聖皇乃握乾符㉔，闡㉕坤珍㉖，披㉗皇圖㉘，稽㉙帝文㉚。赫然㉛發憤㉜，應若興雲㉝。霆擊昆陽㉞，憑怒㉟雷震。遂超㊱大河㊲，跨㊳北嶽㊴，立號㊵高邑㊶，建都河洛㊷。紹㊸百王之荒屯㊹，因㊺造化㊻之盪滌㊼。體元㊽立制㊾，繼天㊿而作(51)。系唐統(52)，接漢緒(53)。茂育(54)群生(55)，恢復(56)疆宇(57)。勳(58)兼(59)乎在昔(60)，事勤(61)乎三五(62)。豈特(63)方軌並跡(64)，紛綸(65)后辟(66)，治近古(67)之所務(68)，蹈(69)一聖(70)之險易(71)云爾哉(72)！

【章　旨】此段頌贊光武帝建立東漢的偉績。首先描寫王莽篡位以後，天下大亂，百姓所遭受的空前浩劫。其次簡述光武帝上膺天命，下順民心，盪除舊制，建立東漢的過程。末了頌揚光武帝的功勳和勞苦。

【注　釋】❶王莽　字巨君，元帝皇后之姪。平帝時為大司馬，平帝死，擁立孺子嬰為帝，三年自登皇帝位，改國號曰新。後綠林軍進抵長安，長安軍民暴動，王莽為商人杜吳所殺。❷作逆　指王莽篡位自立。❸漢祚　漢朝延續的國統。❹天人　天意人事。❺誅　責罰。❻六合　四方上下。指天下。❼亡　無。❽鬼神泯絕　鬼神滅絕。是說鬼神之情，依人而行，人是鬼神之主，生人既已亡，鬼神亦泯絕。❾壑　深溝；坑谷。❿無完柩　沒有完整的棺材，都暴屍在光天化日之下。柩，裝有屍體的棺材。⓫郛罔遺室　此言房屋都已被焚燒崩摧。郛，郭；外城。罔，無。遺室，剩下的完整房屋。⓬厭　積。⓭秦項之災　秦朝的暴政及項籍與劉邦爭奪天下的戰禍。⓮不克半　不能到其一半。⓯書契　文字。⓰未之或紀　未或紀之；從未有記載過。或，有。紀，記載。⓱下人　對於上天而言的下界百姓。⓲號　號哭。⓳上訴　向上天哀訴。⓴懷　哀憐。㉑降監　下視。㉒致命　傳達命令。㉓聖皇　指東漢開國之君光武帝劉秀。㉔握乾符　據《後漢書・卷一・光武帝紀》記載：光武帝劉秀早年在長安，同舍生彊華自關中奉赤伏符，曰：「劉秀發兵捕不道，四夷雲集龍鬥野，四七之際火為主。」握，持。乾符，天降的符命。㉕闡　打開。㉖坤珍　地出之珍異瑞應。此指洛書。㉗披　開。㉘皇圖　指河圖。㉙稽　考。㉚帝文指緯書《春秋運斗樞》中黃龍所負之圖。與上之「乾符」、「坤珍」、「皇圖」統言之指讖緯。光武帝劉秀在起兵奪取天下時借助於讖緯的作用，以證明他是天命的君主，增強在人民中的號召力。㉛赫然　盛怒的樣子。㉜發憤　發怒。㉝應若興雲　形容響應者之多。應，天下響應者。興雲，像雲之興起簇聚。㉞霆擊昆陽　地皇四年六月，王莽命王邑、王尋率大軍圍綠林軍於昆陽，劉秀突圍調集援兵，與城內守軍合擊，重創莽軍。霆，疾雷。昆陽，地名。今河南省葉縣。㉟憑怒　盛怒。形容氣勢強盛、猛烈。㊱超　越過。㊲大河　黃河。㊳跨　據有。㊴北嶽　即五嶽中之北嶽恆山。主峰在今河北曲陽西北。㊵立號　建立皇帝尊號。㊶高邑　地名。今河北省柏鄉縣北。原名鄗，因光武帝即位於此，改名高邑。㊷河洛　黃河洛水之間。指洛陽。㊸紹　繼承。㊹荒屯　荒廢而艱難。此指因王莽之亂而中斷荒廢的艱難王業。㊺因　趁著。㊻造化　天地。㊼盪滌　清除。指清除王莽之惡法。王莽執政時曾多所變更舊制。㊽體元　取法天地的意思。體，取法。元，元氣。由元氣而化生萬物。㊾立制　創立制度。㊿繼天　繼承天意。(51)作　興起。(52)系唐統　繼承唐堯的傳統。漢人說漢帝本系，出自唐帝。系，繼承。(53)接漢緒　光武帝劉秀為高祖九葉孫，他接帝位，就維繫了中斷的漢室帝統。(54)茂育　繁茂培育。(55)群生　眾生。(56)恢復　開擴收復。(57)疆宇　疆土。(58)勳　功績。(59)兼　包括。(60)在昔　先人。指西漢諸帝。(61)勤　勞苦。(62)三五　三皇五帝。(63)豈特　哪裡只是。(64)方軌並跡　並駕齊驅。方，並。軌，車轍。(65)紛綸　雜糅。(66)后辟　皆指君。(67)近古　近代君主。(68)所務　所做的事業。(69)蹈　實行；遵循。(70)一聖　某一位皇帝。(71)險易　原為道路之險阻與平易。引申為治國的理亂。(72)云爾哉　用於句尾，表疑問語氣。

【語　譯】昔日王莽篡位自立，大漢的國統中斷了。天意人心都要進行責罰，全天下互相殘殺。在這場大亂中，活人幾乎都死盡了，鬼神也滅絕了。溝壑不見完整的棺材，屍體暴露在外；城郭不見完整的房屋，幾乎焚燒盡淨。原野上人肉堆積，川谷中人血流淌。秦朝、項籍造成的災禍，還不及這次動亂的一半；自有文字以來，從未有過這樣的記載。所以民間百姓號哭而向上天哀訴，上帝因哀憐而眷顧他們，傳達命令給聖皇。於是聖皇掌握乾符，打開洛書，披展河圖，稽考帝文，赫然發憤舉事，一時間響應者多得如同雲霧興起。首先在昆陽城下發動了一場迅猛的攻擊，聲勢浩大如同雷震一般。接著越過黃河，據有恆山；即位於高邑，定都於洛陽。聖皇繼承荒廢而艱難的百王事業，趁著造化盪除舊制。取法天地之始而創立新制，繼承天意而興起。既維繫了唐帝的帝統，又連接上漢室的世緒。積極鼓勵生育，開拓收復疆土。他的功勳可包括往日諸君，政事勞苦過於三皇五帝。哪裡只是與一般君主並駕齊驅，混雜在一起，只從事近代君主所做的事務，遵循某一位皇帝治亂之道而已呢？

且夫建武之元，天地革命❶，四海之內，更造夫婦❷，肇❸有父子❹，君臣初建❺，人倫❻寔❼始，斯乃伏羲氏❽之所以❾基❿皇德⓫也。分州土，立市朝⓬，作舟輿⓭，造器械⓮，斯乃軒轅氏⓯之所以開帝功也。龔行⓰天罰，應天順人，斯乃湯武之所以昭王業也⓱。遷都改邑⓲，有殷宗⓳中興⓴之則㉑焉。即㉒土之中㉓，有周成㉔隆平㉕之制焉。不階㉖尺土㉗，一人㉘之柄，同符㉙乎高祖。克己復禮㉚，以奉㉛終始㉜，允恭㉝乎孝文㉞。憲章㉟稽古㊱，封岱㊲勒成㊳，儀㊴炳㊵乎世宗㊶。案㊷六經而校德㊸，眇㊹古昔㊺而論功。仁聖㊻之事既該㊼，而帝王之道備矣。

【章　旨】此段贊頌光武帝即位後的不世功德。作者列舉了伏羲氏、軒轅氏、湯、武、盤庚、周成王、漢高祖、孝文帝、孝武帝等的仁德治績來與光武相比，認為光武或則相似，或則過之。於是得出結論：光武是兼備歷代帝王之道的仁聖之君。

【注　釋】❶革命　變革以應天命。此指光武帝即位。❷更造夫婦　重新創造夫婦間的正確關係。此以古帝伏羲來比光武帝。古時未有三綱六紀，民只知其母不知其父，伏羲教民以夫婦、父子、君臣的人倫關係，經過西漢末之大亂，人倫又亂，所以光武帝重新創造之。❸肇　開始。❹父子　父子間的正當關係。❺初建　剛剛確立。❻人倫　人與人的關係及應有的行為準則。❼寔　是；此。❽伏羲氏　中國神話中人類的始祖。傳說人類是由他和女媧氏兄妹結婚而產生的，又傳說他教民結網，從事漁獵畜牧，傳說八卦也出於他的製作。❾所以　用以。❿基　奠定。⓫皇德　皇帝的功德；偉大的功德。⓬市朝　集市。⓭舟輿　船和車。⓮器械　禮樂之器及兵甲。⓯軒轅氏　即黃帝。傳說是中原各族的共同祖先，姬姓，號軒轅氏、有熊氏，曾打敗炎帝，擊殺蚩尤，從此被擁為天子。傳說有許多發明都始於黃帝之時。⓰龔行　奉行；遵照執行。⓱斯乃湯武句　光武帝討伐王莽是和商湯、周武討伐不道一樣的業績。湯，商朝的建立者。任用伊尹執政，經十一次出征，攻滅鄰國，因夏桀無道，遂一舉滅夏，建立商朝。武，周武王，名發。因商紂無道，東征滅殷，建立周朝。⓲遷都改邑　指光武帝建都洛陽，從舊都長安說，則是遷都了。改邑，即遷都。⓳殷宗　指殷商君主盤庚。盤庚為湯之第九代孫，即位時國勢衰落，為擺脫困境，避免自然災害，乃從奄（今山東曲阜）遷都到殷（今河南安陽西北），國轉興旺。⓴中興　復興。㉑則　準則。㉒即　就。㉓土之中　國土之中。㉔周成　周成王。武王之子，即位時年幼，由周公攝政，營東都洛邑。㉕隆平　興盛太平。㉖階　憑藉。㉗尺土　尺寸封土。㉘一人　古稱天子。亦為天子自稱。班固在《白虎通・號》曰：「王者自謂一人者，謙也，欲言己才能當一人耳。」「臣謂之一人何？亦所以尊王者也，以天下之大，四海之內，所共尊者一人耳。」㉙同符　符合。㉚克己復禮　克制自己，恢復周禮。此贊頌光武帝克制奢侈的慾望，以守禮為重。《論語・顏淵》：「顏淵問仁，子曰：克己復禮為仁。」㉛奉　奉行。㉜終始　一生。終，死。始，生。㉝允恭　確實恭敬。㉞孝文　漢文帝劉恆。主清靜無為，節儉樸素，重視農耕。㉟憲章　取法古代的典章制度。㊱稽古　考核古代禮儀制度。㊲封岱　在泰山上築壇祭天，報天之功。封，封土為壇祭天。岱，泰山。㊳勒成　功成刻石為紀。㊴儀　禮儀。㊵炳　輝耀。㊶世宗　漢武帝。㊷案　「按」之假借字。依據。㊸校德　與過去的帝王比較德行。㊹眇　細察。㊺古昔　指古昔之帝。㊻仁聖　仁愛聖明。㊼該　備。

【語　譯】建武初年，天地之間有了重大變革，新皇即位。四海之內，夫婦、父子、君臣間的關係得以重新確立，人倫大義開始得到發揚，這就是伏羲氏用以奠定皇帝的偉大功德啊！劃分州土，建立集市，製作舟車，創造器械，這即是軒轅氏用以開創帝王的功勳啊！奉行天的懲罰，上應天命，下順人心，這便是湯武光大王業的根基啊！遷移都城，有殷盤庚中興的準則。居於國土之中，是周成王興盛太平之世的制度。不憑藉尺寸世襲封土，卻獲得天子的威柄，這又符合高祖的治國理念。至於克制自己，恢復禮制，終生奉行不殆，其恭敬的態度的確過於孝文帝。取法前朝典章，考校古代禮儀，登泰嶽，行封禪，功成刻石記載，儀式之輝煌又超過孝武帝。依照六經來比較光武與往日賢君的仁德，細察古昔帝王的作為來評論其事功，他可算是徹底施行了仁聖之事，兼備歷代帝王之道了。

至乎永平❶之際，重熙❷而累洽❸。盛❹三雍❺之上儀❻，修袞龍❼之法服❽。鋪鴻藻❾，信景鑠❿，揚⓫世廟⓬，正雅樂⓭。人神之和⓮允洽⓯，群臣之序⓰既肅。乃動大輅⓱，遵⓲皇衢⓳，省方⓴巡狩㉑，躬覽㉒萬國㉓之有無㉔，考聲教㉕之所被㉖，散㉗皇明㉘以燭㉙幽㉚。然後增周舊㉛，修洛邑㉜：扇㉝巍巍㉞，顯翼翼㉟。光㊱漢京于諸夏㊲，總㊳八方而為之極㊴。於是皇城之內，宮室光明，闕庭㊵神麗㊶，奢㊷不可踰，儉不能侈㊸。外則因原野以作苑，填流泉而為沼㊹。發㊺蘋藻㊻以潛㊼魚，豐圃草㊽以毓㊾獸。制同乎梁鄒㊿，誼(51)合乎靈囿(52)。

【章　旨】這一段描述明帝永平年間修禮樂、建宮室的政治活動。首先形容三雍盛典的舉行及由此而形成的人神和洽、群臣整肅的局面。其次描寫皇帝視察各地的情景。最後著重敘述對皇家宮室苑囿的營建，指出其奢儉合禮，依據舊制和地勢建設，盡量節省人力的特點。

【注　釋】❶永平　漢明帝年號。明帝為光武帝子，在位時法令分明，又重儒學。❷重熙　更加光明。光武已是光明，明帝繼之，愈加光明，故曰重熙。熙，光明。❸累洽　愈加和合融洽。❹盛　隆重舉行。❺三雍　三雍宮。即辟雍、明堂、靈臺。為帝王宣明政教講究禮儀之所。❻上儀　最高的禮儀。❼袞龍　皇帝及上公的禮服，上畫蜷曲之龍。此指服上的龍飾。❽法服　禮法規定的服裝。❾鋪鴻藻　形容國家盛典的宏麗。鋪，鋪陳。鴻藻，宏大的文藻。鴻，大。藻，文飾。❿信景鑠　通過這些大典申明了先皇和今帝的盛德。信，申明。景鑠，大美。景，大。鑠，美。⓫揚　稱頌。⓬世廟　世祖廟。明帝為光武上尊號曰世祖，起世祖廟。⑬正雅樂　為郊廟雅樂正名。永平三年明帝下詔改郊廟樂為大予樂，樂官為大予樂官，以應圖讖。⑭人神之和　人神之間和諧關係。⑮允洽　確實融洽。⑯序　次序；等級。⑰大輅　天子之車。⑱遵　循。⑲皇衢　馳道。⑳省方　視察四方。㉑巡狩　亦稱巡守。古時天子五年一巡狩，視察諸侯所守的地方。後即指皇帝出行視察境內。㉒躬覽　親身觀覽。㉓萬國　各諸侯國。此指各地。㉔有無　謂風俗善惡。㉕聲教　天子的聲威文教。㉖被　及。㉗散　散發。㉘皇明　皇帝的光輝。㉙爥　同「燭」。照。㉚幽　幽暗之處。㉛增周舊　把周原有的規模加以擴大。周公在東征之後，把殷民強制遷到洛邑，建東都，名成周，派殷八師駐守，作為控制東方的中心，成周中設王城，周王屢幸此地，後平王東遷，遷都成周。㉜洛邑　即洛陽。㉝扇　助。㉞巍巍　高大的樣子。㉟翼翼　盛；完美。此謂洛陽禮俗盛美可效。㊱光　使發出光彩。㊲諸夏　各諸侯國。此指各地。㊳總　總合。㊴極　準則。㊵闕庭　樓闕和中庭。㊶神麗　神妙華麗。㊷奢　豪華。不含貶義。此指宮室建築中該豪華之處，則盡量豪華。㊸儉不能侈　應當節儉之處則絕不侈靡。㊹填流泉而為沼　是說節省人力，因勢建造。填，當作「慎」。慎，「順」的通假字。㊺發　生發滋榮。㊻蘋藻　皆水草名。㊼潛　藏。㊽圃草　亦作「甫草」。㊾毓　豢養。㊿梁鄒　古代天子田獵的地方。《魯詩》傳曰：「古有梁鄒，梁鄒者，天子之田也。」(51)誼　義。(52)靈囿　天子、諸侯畜養禽獸的地方。《詩・大雅・靈臺》：「王在靈囿，麀鹿攸伏。」

【語　譯】到了永平年間，政績愈加顯耀平和。朝廷隆重的舉行三雍的最高禮儀，整治繪龍的禮服，鋪陳盛典的宏麗，申明皇朝的聖德，稱頌世祖，端正雅樂，人神之間融洽和諧，群臣的等級次序整飭不亂。於是皇帝啟動車駕，循著馳道，視察四方，巡行境內；親覽各地風俗的善惡，考察聲威教化普及的情況；散發天子的光輝，來照明幽暗的地方。然後擴建周代的舊王城，整修洛邑，助長其巍巍崇高，顯示其翼翼美盛。使大漢京城的光彩照於各地，統領八方而成為準則。於是皇城之內，宮室一片光明，闕庭神妙壯麗，該豪華的地方，再也無法踰越，應儉省之處，絕不侈靡。宮外依著原野地形闢作苑囿，順著流泉之勢開了池沼。繁殖蘋藻來藏魚，豐茂長草來養獸。這樣同於古天子在梁鄒田獵之制，也合於在靈囿養獸的古義。

若乃順時節而蒐狩❶，簡❷車徒❸以講武，則必臨之以〈王制〉❹，考❺之以

〈風〉〈雅〉[6]。歷[7]〈騶虞〉[8]，覽〈駟鐵〉[9]，嘉[10]〈車攻〉[11]，采〈吉日〉[12]。禮官[13]整儀[14]，乘輿[15]乃出。於是發[16]鯨魚[17]，鏗[18]華鐘[19]，登玉輅[20]，乘[21]時龍[22]。鳳蓋[23]棽麗[24]，龢鑾[25]玲瓏[26]。天官[27]景從[28]，寢威[29]盛容。山靈[30]護野，屬御[31]方神[32]，雨師[33]泛灑[34]，風伯[35]清塵[36]。千乘[37]雷起，萬騎紛紜，元戎[38]竟野[39]，戈鋌[40]彗[41]雲。羽旄[42]掃霓，旌旗[43]拂天。焱焱炎炎[44]，揚光飛文[45]，吐爓[46]生風，欱[47]野歕[48]山，日月為之奪明[49]，丘陵為之搖震。遂集乎中囿[50]，陳師[51]按屯[52]。駢[53]部曲，列校隊[54]，勒[55]三軍[56]，誓將帥[57]。然後舉烽伐鼓[58]，申令三驅[59]。輶車[60]霆[61]激，驍騎[62]電騖。由基[63]發射，范氏[64]施御，弦不睼禽[65]，轡[66]不詭遇[67]。飛者未及翔，走[68]者未及去[69]。指顧[70]倏忽[71]，獲車[72]已實[73]。樂不極盤[74]，殺不盡物[75]。馬踠[76]餘足[77]，士怒未渫[78]。先驅[79]復路[80]，屬車[81]案節[82]。於是薦[83]三犧[84]，效[85]五牲[86]，禮神祇[87]，懷[88]百靈[89]。

【章　旨】這一段描述天子田獵的過程。首先說明聖君行獵處處講究合古制合正禮。其次，著重形容天子大駕儀飾之盛和百靈護衛的情景。再次，敘述行獵的開始和結束，不渲染將士的武勇，而強調不能盡殺的仁慈。末了簡寫田獵之後，獻犧牲，祭祀天地祖先百神之事。

【注　釋】❶蒐狩　天子諸侯打獵的名稱。春獵曰蒐，夏獵曰苗，秋獵曰獮，冬獵曰狩。❷簡　檢閱。❸車徒　兵車與步兵。❹臨之以王制　按〈王制〉所言來進行田獵。臨，治理。〈王制〉，《禮記》中的一篇。❺考　考校。❻風雅　指〈國風〉與〈小雅〉。〈國風〉指下文的〈騶虞〉、〈駟鐵〉，〈小雅〉指〈車攻〉、〈吉日〉。❼歷　視察。❽騶虞　《詩經・召南》篇名。騶虞，義獸名。白虎黑文，不食生物。此詩是主張按一定時節田獵，像騶虞一樣仁慈，不濫捕濫殺。❾駟鐵　《詩經・秦風》之篇名。贊美秦襄公始受王命，有田狩之事。❿嘉　稱贊而取之。⓫車攻　《詩經・小雅》篇名。周宣王會諸侯於東都，因田獵而選車徒，詩人美其事而作詩。⓬吉日　《詩經・小雅》篇名。贊美周宣王在田獵時能慎微接下，所以其臣無不盡力，以奉其上。⓭禮官　掌禮儀之官。⓮整儀　整頓禮儀。⓯乘輿　指天子。因為天子至尊，不敢直言之，故言乘輿。⓰發　舉。⓱鯨魚　撞鐘之杵。因刻作鯨魚形，故名。⓲鏗　擊。⓳華鐘　刻有篆文的鐘。⓴玉輅　玉飾的大輅。㉑乘　駕。㉒時龍　毛色適合一定季節的駿馬。馬八尺以上稱為龍，不同季節選擇不同毛色的馬，各隨四時之色，所以稱為時龍。㉓鳳蓋　飾有鳳形的傘蓋。㉔棽麗　紛垂繁盛的樣子。㉕龢鑾　和鳴的鑾鈴。龢，古「和」字。鑾，皇帝車駕上用的鈴。青銅製成，一般套在軛的頂端。㉖玲瓏　玉聲。㉗天官　百官。㉘景從　即影從。謂如影之隨形一般緊緊相從。㉙寖威　盛威。寖，通「侵」。漸進之意。㉚山靈　山神。㉛屬御　屬車的御者。屬，天子的侍從之車。御，駕車馬的人。㉜方神　四方之神。㉝雨師　司雨之神。㉞泛灑　遍灑。㉟風伯　風神。㊱清塵　掃道。㊲千乘　形容兵車之多。㊳元戎　大型的武備加強的兵車。㊴竟野　遍野。㊵戈鋋　兩種兵器。鋋，小矛。㊶彗　掃。㊷羽旄　五色鳥羽和旄牛尾。繫此二物於旗竿之首，以為裝飾。㊸旌旗　指旗幟。旌，一種指揮旗。㊹焱焱炎炎　形容旌旗。焱焱，火花。炎炎，火光。㊺揚光飛文　散發光輝，飛揚文彩。㊻爓　同「焰」。㊼欱　吸。㊽歕　呼。㊾奪明　失去光輝。㊿中囿　囿中。(51)陳師　排列軍隊。(52)按屯　勒兵而守。(53)駢　並。(54)校隊　指軍之一部。約五百人為一校，二百人為一隊。(55)勒　統率。(56)三軍　步車騎三軍。(57)誓將帥　告誡將帥。(58)伐鼓　擊鼓。(59)三驅　古時田獵，圍合其三面，前開一路，使之可去，不忍盡物，以顯好生之仁。(60)輶車　輕車。(61)霆　劈雷。(62)驍騎　騎良馬的騎兵。(63)由基　古之神箭手。(64)范氏　古代善駕車的人。(65)弦不睼禽　射箭不射殺迎面飛來之禽。弦，控弦；拉弓射箭。睼，迎視。(66)轡　駕馭馬的嚼子和韁繩。此為攬轡駕馭之意。(67)詭遇　出禽獸之旁而橫射之。(68)走　逃跑。(69)去　離開。(70)指顧　一指一回視之間。(71)倏忽　極短促的時間。(72)獲車　載獵物之車。(73)實　滿。(74)盤　樂。(75)物　禽獸。(76)馬踠　馬腳與蹄間相連的屈曲處。此指馬腳。(77)餘足　足力有餘。(78)渫　發洩。(79)先驅　為天子清路的車馬。(80)復路　回復歸路。(81)屬車　侍從之車。漢代大駕屬車八十一乘。(82)案節　頓轡徐行。(83)薦　進獻。(84)三犧　祭天、地、宗廟三者之犧。犧，祭祀用的純色牲畜。(85)效　報答；致獻。(86)五牲　麋、鹿、麕、狼、兔。體全為牲。

❽❼神祇　天神與地神。❽❽懷　招來。❽❾百靈　百神。

【語　譯】順著適當的時節舉行田獵，檢閱戰車步兵，講習武事。就一定會按照〈王制〉所言來進行田獵，以〈國風〉、〈小雅〉的詩章來進行考校。參閱〈騶虞〉，細覽〈駟鐵〉，嘉納〈車攻〉，採擇〈吉日〉。待禮官整頓禮儀後，天子才出場。於是舉起鯨魚形的杵，敲響刻有篆文的鐘。天子登上玉飾大輅，駕起毛色適時的駿馬，鳳蓋紛垂，和鳴的鑾鈴發出擊玉之聲。百官緊緊相隨，威容並盛。山神在山野護衛，四方之神在屬車駕馭，雨師灑道，風伯掃塵。千乘兵車起動，發出如雷車聲，上萬騎卒聚合紛紜，元戎戰車遍布於野，戈矛的鋒頭觸及雲層。羽旄掃到虹霓，旌旗上拂於天，車騎儀飾綴滿了火樣的圖案，光彩奪目，文彩飛揚，如同熊熊烈火，虎虎生風，吞吐於山野之間，日月被奪去了光輝，丘陵也為之震動。接著在苑囿中集合，陳列軍隊，勒兵而守；部曲相並，校隊排比，統率三軍，告誡將帥。然後舉烽火擊戰鼓，發出圍合三面放開一路的號令。輕車如劈雷驟發，驍騎似閃電奔馳。養由基發箭，范氏駕車，拉弓不射迎面而來的飛禽，駕馭不橫射奔逃的走獸。飛禽來不及高飛就被射落，走獸來不及離開就已經斃命。很短的時間之內，載獵物的車子已經滿了。所謂取樂要有節制，行獵要留活口。馬足尚有餘力，將士的精力還沒有盡洩。天子大駕的前驅已經回復歸程，侍從的車緩轡隨行。於是向天地宗廟敬獻五牲，祭祀天神地祇，招來百神。

覲❶明堂❷，臨辟雍❸，揚緝熙❹，宣皇風❺。登靈臺❻，考休徵❼。俯仰❽乎乾坤❾，參象乎聖躬❿。目中夏⓫而布德，瞰四裔而抗稜⓬。西盪河源⓭，東澹⓮海漘⓯，北動幽崖⓰，南燿朱垠⓱。殊方⓲別區，界絕⓳而不鄰。自孝武⓴之所不征㉑，孝宣㉒之所未臣㉓，莫不陸讋㉔水慄㉕，奔走而來賓㉖。遂綏哀牢㉗，開永昌㉘。春王三朝㉙，會同㉚漢京。是日也，天子受四海之圖籍㉛，膺㉜萬國㉝之貢珍。內撫㉞諸夏，外綏百蠻㉟。爾乃盛禮興樂，供帳㊱置乎雲龍㊲之庭。陳百寮㊳而贊㊴群后㊵，究㊶皇儀㊷而展帝容。於是庭實㊸千品㊹，旨酒㊺萬鍾㊻。列金罍㊼，班㊽玉觴㊾，嘉珍㊿御(51)，太牢(52)饗(53)。爾乃食舉(54)〈雍〉(55)徹，太師(56)奏樂。陳金石(57)，布絲竹(58)。鐘鼓鏗鍧(59)，管絃燁煜(60)。抗(61)五聲(62)，極六律(63)，歌九功(64)，舞八佾(65)，〈韶〉(66)〈武〉(67)備，泰古(68)畢。四夷(69)間奏(70)，德廣所及(71)，僸佅兜離(72)，罔不(73)具集。萬樂備，百禮暨(74)。皇歡(75)浹(76)，群臣醉。降烟熅(77)，調元氣(78)。然後撞鐘告罷，百寮遂退。

【章旨】此段贊頌天子內撫諸夏，外安百蠻的盛德。文可分二層，先概述由於明帝重視禮樂，修明政治，所以不動刀兵，而仁德影響極遠，過於武、宣王時。接著著重描寫三朝盛典，各國國君齊來納貢朝見，天子於是大張筵席，演奏古今雅樂及蠻夷之樂犒賞中外之臣，盡歡而散。

【注釋】❶覲　朝見天子。此指明帝祭祀先皇光武帝。❷明堂　天子宣明政教的地方。凡朝會及祭祀、慶賞、選士、養老、教學等大典，均在其中舉行。❸辟雍　本為西周天子所設太學，東漢之時為祭祀之所。❹緝熙　光明。❺皇風　皇帝的風教。❻靈臺　光武帝所建。在洛陽城南，高六丈，登此臺望氣觀星，考察吉凶。❼休徵　美善的徵驗。❽俯仰　俯身仰首。❾乾坤　天地。❿參象乎聖躬　此言皇帝把觀察天地所得之象與自身之德比勘，以明瞭為政之得失。參，比勘；檢驗。象，天地之象。聖躬，皇帝自身。⓫中夏　中原。⓬瞰四裔而抗稜　遠望邊荒，舉投威德。瞰，望。四裔，四方邊遠之地。抗稜，舉威德而投之。稜，威勢。⓭河源　黃河源頭。⓮澹　動。⓯海漘　海邊。⓰幽崖　極北邊遠之地。⓱南燿朱垠　此本〈甘泉賦〉「南煬丹崖」之句。燿，照耀。朱垠，南方極遠的邊地。⓲殊方　遠方異域。與下「別區」同義。⓳界絕　邊界不相接。⑳孝武　漢武帝。曾派遣衛青、霍去病、公孫賀、趙破奴等進擊匈奴，故匈奴遠懾。㉑所不征　所未曾被征服者。㉒孝宣　漢宣帝。修明內政，平息羌患，擊破車師，甘露二年，因匈奴內亂，呼韓邪單于款塞稱臣，原畏服匈奴的烏孫及其西至安息諸國，也轉而尊漢。㉓所未臣　尚未臣服者。㉔讋　懼怕。㉕慄　因害怕而發抖。㉖賓　賓服。邊遠部族順從朝廷，以時來貢。㉗綏哀牢　《後漢書・卷八六・南蠻西南夷列傳》：「永平十二年，哀牢王柳貌，遣子率種人內屬。」綏，安。哀牢，古代西南的少數民族。㉘永昌　郡名。漢以哀牢之地置哀牢、博南二縣，割益州郡西部都尉所領六縣，合為永昌郡。㉙三朝　正月初一。為歲月日三者之始，故云。㉚會同　古代諸侯朝見天子的通稱。時見曰會，眾見曰同。㉛圖籍　地圖與戶籍。㉜膺　受。㉝萬國　形容來朝見者之多。㉞撫　安撫。㉟百蠻　眾多少數民族。㊱供帳　供設帷帳。㊲雲龍　宮殿的門名。㊳百寮　百官。㊴贊　引導。㊵群后　來朝之各國國君。㊶究　盡。㊷皇儀　皇帝的盛大禮儀。㊸庭實　陳列於庭中的貢獻物品。㊹千品　言其多。㊺旨酒　美酒。㊻萬鍾　言酒之多。鍾，酒器。㊼金罍　酒器。㊽班　分賜。㊾玉觴　玉杯。㊿嘉珍　嘉肴美味。(51)御　食用。(52)太牢　牛、羊、豕三牲。(53)饗　賜食。(54)食舉　進食之時舉樂。按漢制當奏〈大予樂〉。(55)雍　古樂章。撤膳時所奏。(56)太師　周代樂官之稱。(57)金石　指金屬或石料製作的樂器。如鐘、磬等。(58)絲竹　指琴、瑟、管、簫之類樂器。(59)鏗鎗　響亮宏大之聲。(60)煒煌　形容樂聲之繁盛熾烈。(61)抗　高奏。(62)五聲　即中國五聲音階中宮、商、角、徵、羽五個音階。(63)六律　與「六呂」合為十二律制。即用三分損益法將一個八度分為十二個不完全相等的半音的一種律制。各律從低到高依次為：黃鍾、大呂、太簇、夾鍾、姑洗、中呂、蕤賓、林鍾、夷則、南呂、無射、應鍾，奇數者為六律，偶數者為六呂。(64)九功　指治理水、火、金、木、土、穀六事及正身之德、利民之用、厚民之生三業。(65)八佾　古代天子用的一種樂舞。舞者排列成行，縱橫都是八人，並執翟雉之羽而舞。佾，行列。(66)韶　虞舜樂名。韶，繼的意思，言舜能繼堯之德。(67)武　歌頌武王克殷之樂。(68)泰古　遠古之樂。(69)四夷　對四方少數民族的統稱。此指四夷之樂。(70)閒奏　更迭而奏。閒，同「間」。(71)德廣所及　天子大德廣泛傳播所到的地方。(72)僸佅兜離　四夷之樂的樂名。(73)罔不　無不。(74)萬樂備二句　形容禮樂之繁多、齊全。暨，至。(75)皇歡　皇帝歡樂。(76)浹　通「徹」。(77)烟熅　同「絪縕」。氣體混和鼓蕩之貌。(78)調元氣　《春秋繁露・王道》：「王正則元氣和順。」調，調和；和順。元氣，指吉祥之氣。

【語　譯】天子在明堂祭祀先皇，又親臨辟雍行禮，稱揚先帝光明之德，宣布天子的風教。登上靈臺，考察國家祥瑞的徵兆。仰觀天，俯察地，以天地之象來比勘皇帝之德。目視中原，廣布仁愛；遠望邊荒，遍施威德。

西面直激盪黃河之源，東面影響到大海之邊，向北震動著窮北之地，往南照耀到極南的邊垠。一直到遠方異域，邊界不接、不相毗鄰的地方，自孝武帝以來所未曾征服者，孝宣帝所未曾使之臣服者，無不恐懼戰慄，跋山涉水，奔走而前來賓服於天朝。就此安定哀牢國，創置永昌郡。春日三朝，各國同來大漢京城朝見皇帝。這一天，天子接受四海的地圖戶籍，收納萬國的珍貴貢品。內則安撫全國各地，外則綏靖眾多蠻夷。這就隆重舉行禮儀，大興雅樂，供設的帷帳都置於雲龍門的庭中。百官陳列，各國君王被引導而進，盡示天子的威儀，展現皇帝的容顏。於是眾多貢品羅列於庭中，無數美酒齊置於席上。排列金罍，分賜玉觴，進食嘉肴美味，受享太牢盛饌。舉食時奏〈大予樂〉，撤膳時奏〈雍〉，由樂官太師指揮演奏。擺設鐘磬之類樂器，排列琴瑟等樂器，鐘鼓的聲音響亮宏大，管絃的音樂繁盛熾烈。高奏五聲，盡呈六律，歌頌帝王九功，演出八佾群舞，〈韶〉〈武〉齊備，上古之雅樂盡行演出。四夷之樂，更迭演奏，顯示天子大德傳播之廣，僸佅兜離之類，無不集於面前。萬樂俱全，百禮咸至，皇帝盡歡，群臣皆醉。這時天降絪緼瑞靄，乃是和順吉祥之氣。然後撞鐘宣告盛典結束，百官退朝。

於是聖上覩萬方之歡娛，又沐浴❶於膏澤❷，懼其侈心❸之將萠，而怠於東作❹也。乃申舊章❺，下明詔，命有司❻，班❼憲度❽，昭節儉，示太素❾。去後宮之麗飾，損乘輿❿之服御⓫，抑工商之淫業⓬，興農桑之盛務⓭。遂令海內棄末⓮而反本⓯，背偽而歸真。女修⓰織紝⓱，男務耕耘。器用陶⓲匏⓳，服尚素玄⓴。恥纖靡㉑而不服，賤奇麗而弗珍。捐金於山，沈珠於淵。於是百姓滌瑕㉒盪穢㉓，而鏡至清㉔。形神寂漠㉕，耳目弗營㉖，嗜欲㉗之源滅，廉恥之心生。莫不優游而自得，玉潤而金聲㉘。是以四海之內，學校如林，庠序㉙盈門㉚。獻酬交錯㉛，俎豆莘莘㉜。下舞上歌㉝，蹈德詠仁㉞。登降㉟飫宴㊱之禮既畢，因相與㊲嗟歎玄德㊳。讜言㊴弘說㊵，咸含和㊶而吐氣㊷，頌曰：盛哉乎斯世！

【章　旨】此段贊頌明帝教化的深入和普及。首先敘述明帝擔心百姓耽於逸樂，怠於農作，於是下詔崇節儉，興農桑，皇帝及後宮率先作出榜樣，因而四海仿效成風。接著描寫百姓道德水準的提高，嗜欲不生，咸知廉恥，學舍遍布，上下講禮，於是共同歌頌盛世的來到。

【注　釋】❶沐浴　身受其潤。❷膏澤　恩惠。❸侈心　奢侈之心。❹東作　農作。❺舊章　舊有的法規、章程。❻有司　主管官吏。❼班　頒布。❽憲度　法度。❾太素　質樸。❿乘輿　原為天子的車馬，此指天子。⓫服御　衣服車馬。⓬淫業　過分而無益之事。如奢侈品的生產等。⓭盛務　大事。⓮末　指工商業。⓯本　指農業。⓰修　從事。⓱織紝　紡織。紝，織布帛的絲縷。⓲陶　瓦器。⓳匏　瓠。俗叫「瓢葫蘆」，葫蘆的一種，果實對半剖開可做水瓢。⓴素玄　白色和黑色。㉑纖靡　細密華麗的衣服。㉒滌瑕　清除過失。瑕，玉的斑點。喻過失。㉓盪穢　盪除不潔。㉔鏡至清　以天道為鑒。《淮南子・俶真》：「鏡大清者視大明。」大清即太清。鏡，照。至清，即太清。道家所謂的天道。㉕形神寂漠　此實指精神處於一種無所思慮的虛靜狀態。㉖耳目弗營　耳目不用。是說耳目不用於浮華之處，則嗜欲之源斷絕。道家認為只有不用耳目，保持虛靜，形如槁木，心同死灰，方能與道同體。㉗嗜欲　指人過分的不正當的欲望。㉘玉潤而金聲　形容道德齊備。玉潤，形容君子之德溫潤如玉。金聲，《孟子・萬章下》用金聲玉振來比喻孔子之德行兼備。㉙庠序　地方所設的學校。《漢書・卷一二・平帝紀》：「平帝立學官，郡國曰學，縣道侯國曰校，鄉曰庠，聚曰序。」㉚盈門　滿門。㉛獻酬交錯　主客互相敬酒。獻，主人敬酒。酬，客人回敬主人。㉜俎豆莘莘　形容宴會禮儀之盛。俎豆，祭祀宴饗的禮器。俎，用以載牲，青銅或木製。豆，用盛食物。莘莘，眾多的樣子。㉝下舞上歌　上下歌舞。㉞蹈德詠仁　用歌詠舞蹈來贊美仁德。㉟登降　上下尊卑。此指上下尊卑間的揖讓之禮。㊱飫宴　飲酒。不脫鞋升堂謂之飫，脫鞋而上坐謂之宴。㊲相與　一起；共同。㊳玄德　玄遠之德。指潛在的不著於外的道德。㊴讜言　美言。㊵弘說　宏論。㊶含和　蘊藏祥和之氣。㊷吐氣　發出聲氣。

【語譯】於是天子看到萬方歡娛，承受恩澤，擔心百姓萌生奢侈之心，因而怠惰於農作。就申明舊的法規章程，宣示聖明的詔書，命令主管官吏頒布有關法令，宣揚節儉、樸素之德。除去妃嬪宮女的華麗裝飾，削減天子的服裝車馬，抑制工商業過分無益的發展，振興農桑大業。這就使得海內風俗拋棄工商末事，回到農桑國本上來，背離偽飾而歸於純真。於是婦女從事紡織，男子忙於耕作。器物使用瓦器葫蘆瓢之類，服裝崇尚黑白兩色。以穿細密華麗的服裝為恥，因而不穿；鄙賤奇巧美麗之物，因而不珍視。把金子丟在山上，把珠子沈於深淵。於是百姓滌除過失，盪清汙穢，而以天道為鑒。形神寂然虛靜，耳目不用，嗜欲之心的本源消滅了，廉恥之心就產生了。人人無不悠閒自得，其德則溫潤而齊備。因此四海之內，學校如林，鄉聚所設的庠序也學子滿門。講習飲酒之禮，主賓來回敬酒，俎豆之類的禮器，羅列眾多。上下歌舞，贊美仁德。揖讓宴飲之禮結束之後，於是共同贊美天子的玄遠之德。美言宏論，都含著祥和之氣，齊聲頌贊：這樣的世道，多麼興盛啊！

今論者但[1]知誦虞夏之《書》[2]，詠殷周之《詩》[3]，講羲文之《易》[4]，論孔氏之《春秋》[5]。罕[6]能精[7]古今之清濁[8]，究[9]漢德[10]之所由[11]。唯子頗識舊典[12]，又徒馳騁[13]乎末流[14]，溫故知新[15]已難，而知德者[16]鮮[17]矣。且夫僻[18]界[19]西戎[20]，險阻四塞[21]，修其防禦[22]，孰與[23]處乎土中[24]，平夷[25]洞達[26]，萬方輻湊[27]？秦嶺九嵕，涇渭之川，曷若[28]四瀆[29]五嶽[30]，帶河[31]泝洛[32]，圖書[33]之淵[34]？建章甘泉，館御[35]列仙，孰與靈臺明堂[36]，統和天人[37]？太液昆明，鳥獸之囿，曷若辟雍海流[38]，道德之富？游俠[39]踰侈[40]，犯義侵禮[41]，孰與同履[42]法度，翼翼[43]濟濟[44]

也？子徒習秦阿房㊺之造天㊻，而不知京洛㊼之有制也；識函谷㊽之可關，而不知王者之無外㊾也。

【章　旨】本段實是二賦的總結。首先，作者直接批評西都賓只知誇耀西都不足取的風習，而不能溫故知新，瞭解漢德真正所在。接著又把西都和東都從幾個方面加以對比，指出西都地處偏僻，宮室奢侈，遊俠放縱等缺點，竭力贊頌東都地處中心，建築有制，遵禮守法的優點。

【注　釋】❶但　只。❷虞夏之書　現傳《尚書》中有〈虞書〉、〈夏書〉、〈商書〉、〈周書〉等部分。❸殷周之詩　《詩》中包括周詩和〈商頌〉。商頌為春秋時宋國用於朝廷、宗廟的樂章。❹羲文之易　相傳伏羲氏始畫八卦，周文王遭殷紂王幽囚羑里而演《易》。❺孔氏之春秋　傳說孔子據魯史修訂《春秋》。❻罕　少。❼精　精辨。❽清濁　是非。❾究　探究。❿漢德　大漢的功德。⓫所由　由來；淵源。⓬舊典　前代的典章制度。指西都的舊事和制度。⓭馳騁　誇耀。⓮末流　不良的風習。指西都奢侈之風。⓯溫故知新　尋繹已學過的知識，獲得新的理解和體會。此指吸取西漢的歷史經驗，來認識今日的政治舉措。⓰知德者　懂得仁德之重要的人。⓱鮮　少。⓲僻　地處偏僻。⓳界　邊界相連。⓴西戎　西方的少數民族。㉑四塞　四面有山關之固。此形容秦地之險要。㉒防禦　指防禦來犯者的工事等。㉓孰與　哪裡比得上。㉔土中　大地之中心。此指洛陽的地理位置。㉕平夷　平坦。夷，平。㉖洞達　通達。㉗輻湊　如眾輻之集於車轂。㉘曷若　何如。㉙四瀆　長江、黃河、淮河、濟水。㉚五嶽　東嶽泰山、西嶽華山、南嶽衡山、北嶽恆山、中嶽嵩山。㉛帶河　黃河圍繞。㉜泝洛　向著洛水。㉝圖書　即河圖洛書。是古代儒家關於《周易》、《尚書・洪範》來源的傳說。《易・繫辭上》：「河出圖，洛出書，聖人則之。」傳說伏羲氏時，有龍馬從黃河出現，背負「河圖」；有神龜從洛水出現，背負「洛書」。伏羲根據這種「圖」、「書」畫成八卦，就是後來《周易》的來源。一說禹治洪水時，上帝賜給他洪範九疇（《尚書・洪範》），劉歆認為《尚書・洪範》即洛書。㉞淵　深潭；深水。㉟館御　設館迎侍。㊱明堂　祭祀及舉行重要典禮之處。亦有調諧天人的作用。㊲統和天人　調和天意人事的關係。設靈臺以觀星觀氣，瞭解天意，協調人事。㊳辟雍海流　教化廣泛流布之意。辟雍，天子宣明政教之所。四周環水，象徵四海。㊴游俠　指豪爽好結交，輕生重義，勇於排難解紛的人。㊵踰侈　放縱。踰，越過常規。侈，過分；過於常規。㊶犯義侵禮　指遊俠之士不守禮法。㊷履　遵行。㊸翼翼　恭敬的樣子。㊹濟濟　很有威儀的樣子。㊺阿房　阿房宮。㊻造天　至天。㊼京洛　都城洛陽。㊽函谷　函谷關。在今河南省靈寶縣南，為秦之東關。㊾王者之無外　王者以天下為家，所以不必牢守函谷關以防人。

【語　譯】現在的論者只知誦讀記載虞、夏之事的《書》，歌詠收有〈商頌〉、周詩的《詩》，談說伏羲、文王創制的《易》，議論孔子修訂的《春秋》。很少能精辨古今治道之是非，推究大漢功德的淵源。只有您瞭解西京舊事和制度，卻又只是誇耀那些不足取的不良風習。溫故知新已經難了，懂得仁德者更是少了。且西京地處偏僻，與西戎接界，必須以四面山關之固為險阻，並勤於修治防禦工事，哪裡及得上東都地處大地中心，平坦通達，萬方都從各路通向這裡？西都周圍的秦嶺、九嵕山，涇渭二水，哪比得上東都的四瀆五嶽，黃河圍繞，面向洛水，可以產生河圖洛書的深淵呢？西都雖有建章宮、甘泉宮，設臺館以迎接眾仙，哪裡及得上東都建靈臺、明堂，以調和天意人事的關係呢？西都有太液池、昆明池，畜養鳥獸的禁苑，哪比得上東都建立辟雍，教化廣布，道德富厚呢？西都那些游俠，十分放縱，侵犯禮義，哪裡及得上東都之人共同遵守法度，恭敬而有儀態呢？您只熟知秦阿房宮高聳入天，而不知京城洛陽之處處守制；只曉得函谷關可以閉守，而不懂得王者以天下為家，不會固守函谷關而將其他地方排除在外。

主人之辭未終，西都賓矍然❶失容❷，逡巡❸降階❹，惵然❺意下❻，捧手❼欲辭。主人曰：復位。今將授子以五篇之詩。賓既卒業❽，乃稱曰：美哉乎斯詩！義❾正乎揚雄❿，事⓫實乎相如⓬。匪唯⓭主人之好學，蓋乃遭遇乎斯時⓮也。小子⓯狂簡⓰，不知所裁⓱，既聞正道，請終身而誦之。其詩曰：

明堂詩

於(18)昭(19)明堂，明堂孔(20)陽(21)。聖皇(22)宗祀(23)，穆穆(24)煌煌(25)。上帝(26)宴饗(27)，五位(28)時序(29)。誰其(30)配(31)之？世祖光武。普天率土(32)，各以其職(33)。猗歟(34)緝熙(35)，允(36)懷(37)多福。

辟雍詩

乃流(38)辟雍，辟雍湯湯(39)。聖皇莅止(40)，造舟為梁(41)。皤皤(42)國老(43)，乃父乃兄(44)。抑抑(45)威儀(46)，孝友(47)光明。於(48)赫(49)太上(50)，示我漢行(51)。洪化(52)惟神，永觀厥(53)成。

靈臺詩

乃經(54)靈臺，靈臺既崇(55)。帝(56)勤(57)時登(58)，爰(59)考休徵(60)。三光(61)宣精(62)，五行(63)布序(64)。習習(65)祥風(66)，祁祁(67)甘雨(68)。百穀蓁蓁(69)，庶草(70)蕃廡(71)。屢惟(72)豐年，於皇(73)樂胥(74)。

寶鼎詩

嶽(75)修貢(76)兮川效(77)珍，吐金景(78)兮歊(79)浮雲。寶鼎見(80)兮色紛縕(81)，煥其炳(82)兮被龍文(83)，登祖廟(84)兮享(85)聖神(86)，昭靈德(87)兮彌(88)億年。

白雉詩

啟靈篇(89)兮披(90)瑞圖(91)，獲白雉(92)兮效素烏(93)。嘉祥(94)阜(95)兮集皇都。發皓羽兮奮翹英(96)，容絜朗兮於純精(97)。彰(98)皇德兮侔(99)周成(100)，永延長(101)兮膺(102)天慶(103)。

【章　旨】本段是〈兩都賦〉的最末一段，對於東都主人與西都賓辯論的結局作了交代：西都賓承認自己的錯誤。最末引了五首詩，全面歌頌了朝廷盛德：〈明堂詩〉頌揚光武帝的崇高地位，〈辟雍詩〉贊美明帝的德行，〈靈臺詩〉歌詠農業豐收的景象，〈寶鼎詩〉、〈白雉詩〉歎美國家的祥瑞。

【注　釋】(1)矍然　驚視的樣子。(2)失容　變色。(3)逡巡　退步。(4)降階　下階。(5)悚然　恐懼的樣子。(6)意下　情緒不振。(7)捧手　拱手。表示敬意。(8)卒業　誦讀完畢。(9)義　意義；主旨。(10)揚雄　西漢著名辭賦家。(11)事　記敘的事實。(12)相如　司馬相如。西漢著名辭賦家。(13)匪唯　非但；不只是。(14)遭遇乎斯時　恰逢此太平盛世，有禮文可述。(15)小子　西都賓謙稱自己。(16)狂簡　志大而疏略於事。(17)裁　裁制。(18)於　感歎詞。表贊美。(19)昭　光明。(20)孔　很；甚。(21)陽　光明。(22)聖皇　聖明的皇帝。指漢明帝。(23)宗祀　祭祀祖先。此指以光武從祀天帝。(24)穆穆　嚴肅美好。(25)煌煌　輝煌。(26)上帝　天帝太壹。(27)宴饗　帝王飲宴群臣。(28)五位　天帝之佐五帝。(29)時序　排成一定的位次。時，是。(30)其　該。(31)配　配饗。陪同天帝享受祭祀。(32)普天率土　天下四海之人。語出《詩・北山》：「溥天之下，莫非王土。率土之濱，莫非王臣。」溥，普。率，循。(33)各以其職　語出《孝經・聖治》。意謂各方諸侯修其職守，貢獻方物，前來助祭。(34)猗歟　感歎詞。表贊美。(35)緝熙　光明。(36)允　確實。(37)懷　招來。(38)流　指辟雍周圍流水。(39)湯湯　水急流的樣子。(40)莅止　來臨至此。莅，同「蒞」。臨。止，至。(41)造舟為梁　把船並列起來，成為浮橋。梁，橋。(42)皤皤　老人白髮的樣子。(43)國老　辭官歸里的卿大夫。(44)乃父乃兄　謂尊師國老，如同父兄。乃，語助詞。(45)抑抑　慎審謙謹的樣子。(46)威儀　莊嚴的容止。(47)孝友　孝順父母，善待兄弟。(48)於　語助詞。表贊歎。(49)赫　顯耀。(50)太上　天子。(51)漢行　漢家的德行。(52)洪化　宏大的教化。(53)厥　其。(54)經　營造。(55)崇　高聳。(56)帝　指漢明帝。(57)勤　勉力。(58)時登　按一定的時日登臺。(59)爰　語助詞。(60)休徵　吉祥的徵兆。(61)三光　日、月、星。(62)宣精　發射光芒。(63)五行　水、火、木、金、土。(64)布序　依次展布。

(65)習習　微風和煦的樣子。(66)祥風　好風；和風。(67)祁祁　徐徐。(68)甘雨　及時雨。(69)蓁蓁　茂盛的樣子。(70)庶草　眾草。(71)蕃廡　滋長豐茂。(72)屢惟　多次有。(73)皇　大。(74)胥　語助詞。(75)嶽　高大的山。(76)修貢　治備貢物。(77)效　致；獻出。(78)金景　金光。(79)歆　升騰。(80)寶鼎見　寶鼎出現。見，通「現」。據《東觀漢記》記載，永平六年，廬江太守獻寶鼎，出王雒山。(81)紛縕　紛繁；繁盛。(82)炳　明。(83)被龍文　布滿龍形文飾。(84)登祖廟　把寶鼎獻入宗廟，以備祭祀之用。(85)享　祭獻。(86)聖神　指光武帝之神靈。(87)靈德　神靈之德。(88)彌　滿。(89)靈篇　靈驗的篇章。指緯書。(90)披　開。(91)瑞圖　指《瑞應圖》、《祥瑞圖》之類圖籍。(92)白雉　白色野雉。光武帝時日南獻白雉。(93)素烏　白烏鴉。明帝時獲素烏。(94)嘉祥　美祥。(95)阜　多。(96)奮翹英　舉起如同白色玉英做成的尾翹。鳥飛則尾舉，白鳥飛則英翹舉。奮，舉起。翹英，即英翹。(97)純精　羽毛純白不雜。(98)彰　彰明。(99)侔　相等於。(100)周成　周成王。周武王之子，即位之初，周公攝政，後成王親政，這段時期為西周極盛之時。成王時有越裳獻白雉。(101)永延長　指國祚綿長。(102)膺　受。(103)天慶　天賜之福。

【語　譯】主人的話還沒說完，西都賓就大驚失色，退卻下階，表情惶恐，意緒沮喪，拱手想要告辭。主人說：「請回到您的座位上去，現在我將授給您五篇詩。」西都賓誦讀完五篇詩之後，就稱贊說：「這些詩真是太美了！涵義比揚雄的作品雅正，敘事比司馬相如之作真實。這不只是由於主人博學，也還是因為適逢盛世之故。我志大而疏略，不知自我裁制。今天既已懂得了正道，請允許我終生誦讀不忘。」這些詩是：

明堂詩

明堂昭然堂皇，處處無比明亮。聖明天子祭祖，一派和美輝煌。天帝受享祭品，五帝各有位次。誰該配饗上天？世祖光武皇帝。天下四海之內，修職貢物助祭。何等光輝燦爛，定招許多福祉。

辟雍詩

流水環繞辟雍，沖出層層波浪。聖明天子蒞臨，併舟作為浮梁。皤皤白髮國老，待之如父如兄。天子容止謙謹，孝順友愛光明。皇帝赫然美盛，顯示大漢德行。宏大教化如神，永遠觀其功成。

靈臺詩

經營建造靈臺，靈臺高聳雲天。天子勉力時登，考察吉祥徵驗。三光放射光輝，五行依次展現。和煦好風吹來，徐徐甘霖灑遍。百穀茂盛成長，眾草滋生繁衍。多次獲得豐年，美好快樂無邊。

寶鼎詩

高山備貢啊河流獻寶，金光噴吐啊升騰雲霄。寶鼎出現啊色彩紛淆，煥然輝煌啊龍文鏤雕。獻鼎宗廟啊祭享先帝，光輝靈德啊年滿億兆。

白雉詩

翻閱靈篇啊打開瑞圖，獲得白雉啊人獻素烏。美好祥瑞啊匯集京都。振起白羽啊立起玉尾，容貌明潔啊遍體皓素。皇德彰明啊可及成王，國祚長久啊受天賜福。

卷二

西京賦

【作　者】張衡（西元七八～一三九年），字平子，東漢南陽郡西鄂縣人（今河南省南陽市北五十里）。少時，文才煥發，曾西遊三輔，作〈溫泉賦〉。東入洛陽，觀太學，從經學大師賈逵問學，遂通經藝。這時政歸外戚，權任宦官，政治很昏亂。張衡痛惡這種情形，和帝永元間，舉孝廉不行，連辟公府亦不就；安帝立，外戚大將軍鄧騭累次召他，亦不應。永元十二年，鮑德任南陽太守，為人有志節，頗重儒術，請張衡為主簿，張衡敬應之。永初五年安帝聞張衡名，特派公車徵請，張衡不得不應，至則拜為郎中，後遷尚書郎，轉太史令。順帝初，再轉復為太史令。在兩為太史令期間，他在科學上作出了重大的貢獻，他所著《靈憲》一書總結了當時天文學知識，很有創見。又研製了水力轉動的渾天儀及候風地動儀等觀天測地的儀器。陽嘉中，他遷為侍中，這是一個接近皇帝的親重官職，他曾多次直言切諫，提出正確的主張，但也不敢與當權宦官等直接鬥爭。永和元年他受到排擠，出為河間王之相。張衡到任，整頓法治，收擒奸黨，上下肅然，三年之間，郡中大治。他曾上書請求退休回鄉，順帝徵拜他為尚書，永和四年卒於官。張衡也是傑出的文學家，他把大賦創作推向高峰，又開創了抒情小賦一格，並創製了新體七言詩。張衡遺作四十餘篇，後人輯有《張河間集》行世。

【題　解】〈二京賦〉約始草於和帝永元八年，十九歲的張衡遊學京都洛陽時。當時天下承平日久，王侯大臣生活莫不奢侈，張衡眼見這種情形，因而想到寫作此賦，以披露西漢君臣的奢侈極慾，鋪敘揄揚東漢初年的節儉愛民，從而針砭時弊。經過了十年艱苦的構思撰作，約到永初元年方完成了這一漢代大賦中宮苑題材的壓卷之作。

〈二京賦〉是在班固〈兩都賦〉基礎之上寫作的，然而張衡頗不滿意班作（見《藝文類聚・卷六一》記載），因此立意同〈兩都賦〉競賽，逐字琢磨，逐節鍛鍊，務求出於其上。〈西京賦〉也與〈西都賦〉一樣，由高祖定都敘起，然後從各方面描述西京豪華奢靡之況，但〈西京賦〉在鋪陳和誇張的手法上運用得更多，篇幅也長於〈西都賦〉。其內容不僅拓寬了作品反映的社會生活面，而且為研究社會史、文化史留下重要的文獻資料。〈西京賦〉是通過一個虛擬的眷戀舊京之人（憑虛公子）的口來敘述的，表面上是誇耀昔日西京奢侈的盛況，但作者通過有意的選材和誇張，使西漢君主的荒淫不道坦露無遺，從而達到諷諫的目的。

有憑虛公子❶者，心奓❷體忲❸，雅好❹博古，學乎舊史氏❺，是以多識❻前代之載❼。言於安處先生❽曰：夫人在陽時❾則舒❿，在陰時⓫則慘⓬，此牽⓭乎天者也。處沃土則逸，處瘠土則勞，此繫⓮乎地者也。慘則尠⓯於驩⓰，勞則褊⓱於惠⓲，能違之者寡矣。小必有之，大亦宜然⓳。故帝者因天地⓴以致化㉑，兆人㉒承上教以成俗。化俗之本㉓，有與推移㉔。何以覈㉕諸？秦據雍㉖而彊㉗，周即豫而弱㉘。高祖㉙都西而泰㉚，光武處東而約㉛。政之興衰，恆由此㉜作㉝。先生獨㉞不見西京之事歟？請為吾子陳之：

【章　旨】本段是全篇的引言，作者虛構了憑虛公子和安處先生兩個人物，通過他們的對話引起對西京的描述。本段中憑虛公子還發表了這樣的觀點：天時土質決定了民風，決定了帝者施行的教化，決定了國政的興衰。

【注　釋】❶憑虛公子　即無有公子之意。是作者虛構的一個人物。憑，依託。虛，無。❷心奓　心志放溢。奓，過分；侈大。❸體忲　體安於過度逸樂的生活。忲，奢侈；驕奢。❹雅好　素來喜好。❺舊史氏　即太史。掌圖書典籍的史官。

❻識　記。❼載　記下的事。❽安處先生　作者虛構的一個人物。安處，即何處。何處有此先生，實即無此先生。❾陽時　春夏之時。❿舒　舒暢快樂。⓫陰時　秋冬之時。⓬慘　憂戚。⓭牽　聯繫。⓮繫　聯繫。⓯尠　少。通「鮮」。⓰驩　同「歡」。⓱褊　狹。⓲惠　以財物予人。⓳小必有之二句　是說庶人因沃瘠而勞逸不同，帝王亦由於土質之別而強弱異勢。⓴因天地　根據天時地質。㉑致化　施行教化。㉒兆人　眾百姓。兆，萬億。極言其多。㉓本　根本。㉔有與推移　隨著天時土質之變而變化。㉕覈　驗證。㉖雍　古九州之一。約為今陝西、甘肅至青海一帶。㉗彊　通「強」。㉘周即豫而弱　周平王自鎬京遷都洛邑，是為東周，周王室從此衰微。豫，古九州之一。約為今河南及湖北北部。洛邑屬豫州。㉙高祖　指漢高祖劉邦。㉚泰　奢華。㉛約　節儉。㉜此　指天時土質。㉝作　起因。㉞獨　難道。

【語　譯】有一位憑虛公子，心志放溢而生活過於逸樂，素來喜好廣泛瞭解古代文化，向太史學習，因此歷史知識豐富。他對安處先生說：人在春夏時就舒暢快樂，在秋冬時就憂愁悲傷，這可是與天時相聯繫的啊。人生活在肥美的土地上就逸樂，生活在貧瘠的土地上就勞苦，這是與土地相聯繫啊。慘戚就少歡樂，勞苦則吝於施捨恩惠，能違背這條規律的人很少。庶民必定是如此，帝王也應該如此。所以帝王根據天時土質來施行教化，眾百姓接受上面的教化而蔚成風俗。轉變風俗的根本，是隨著自然條件的變化而變化。憑什麼來驗證呢？秦國據有雍州因而強盛，周朝遷往豫州從而衰微。高祖建都西京因而奢華，光武帝處於東京於是節儉。國政的興衰，經常起因於此。先生難道沒聽過西京的往事麼？請允許我為您陳述一番：

漢氏初都，在渭之涘❶。秦里❷其朔❸，寔❹為咸陽。左有崤函重險❺，桃林❻之塞❼。綴以二華❽，巨靈❾贔屓❿，高掌遠蹠⓫，以流河曲，厥⓬跡猶存。右⓭有隴坻⓮之隘⓯，隔閡⓰華⓱戎⓲，岐梁汧雍⓳，陳寶鳴雞⓴在焉。於前則終南太一㉑，隆崛㉒崔崒㉓，隱轔㉔鬱律㉕。連岡㉖乎嶓冢㉗，抱杜含鄠㉘，欱灃吐鎬㉙。

爰㉚有藍田㉛珍玉，是之自出。於後則高陵平原，據渭踞涇㉜，澶漫㉝靡迤㉞，作鎮㉟於近。其遠則九嵕㊱甘泉㊲，涸陰㊳沍寒㊴，日北至㊵而含凍，此焉清暑㊶。爾乃廣衍沃野，厥田上上㊷，寔惟地之奧區㊸神皋㊹。昔者大帝㊺說㊻秦繆公㊼而覲㊽之，饗㊾以鈞天廣樂㊿，帝有醉焉，乃為金策(51)，錫(52)用此土，而翦(53)諸鶉首(54)。是時也並為彊國者有六(55)，然而四海同宅(56)西秦，豈不詭(57)哉！

【章　旨】本段描述西都的地理位置，間或提到有關的神話傳說。西都之東有崤、函、桃林，古時河神曾擘開二華以通河流。西面則有隴坻等山，有陳寶鳴雞的掌故。南面是終南、太一、蟠冢諸山及灃鎬二水。北面為九嵕、甘泉諸山及涇渭諸水。最末談到天帝醉贈雍土給秦繆公的神話。

【注　釋】❶在渭之涘　漢高帝五年入關，都櫟陽，六年更名咸陽曰長安，營新城於咸陽南，七年徙都長安新城。長安、咸陽均在渭水之濱，故云。渭，水名。涘，水邊。❷里　居。❸朔　北。❹寔　是。❺左有崤函重險　長安東有崤山，在河南西部，分東西兩崤，主峰在河南靈寶東南，山之西端有函谷，設關，名函谷關，崤函二地皆險，故曰重險。左，東。崤函，指崤山與函谷關。❻桃林　即桃林塞。自潼關至崤函，統曰桃林塞。❼塞　邊界險要之處。❽二華　指太華山與少華山。位於陝西東部。太華即華山，少華在其西。❾巨靈　指河神。❿贔屓　用力的樣子。⓫高掌遠蹠　據古代神話說，太華少華本為一山，河流過之曲行，河神以手擘開其上，足踏離其下，中分為二，以通河流。掌，手掌打擊。蹠，踏；踐。⓬厥　其。⓭右　西。⓮隴坻　即隴山。六盤山南段別稱，古稱隴坂，在陝西省隴縣西北，延伸於陝甘邊境。坻，山的斜坡。⓯隘　險。⓰隔閡　阻絕。⓱華　華夏。中國古稱。⓲戎　對古代中國西部少數民族的泛稱。⓳岐梁汧雍　皆山名。岐山，在今陝西省岐山縣東北。梁山，在今陝西省乾縣西北，西南迤邐至今扶風縣北境。汧山，在今陝西省隴縣西南。雍山，在今陝西省鳳翔縣西北。⓴陳寶鳴雞　秦文公遊獵陳倉，於北坂得若石，築祠祀之，其神光輝若流星，集於祠城，聲若雄雞，若石色如阡，名陳寶。陳倉之治所在今陝西省寶雞市東，渭水北岸。㉑終南太一　皆山名。終南山，在今西安市南，綿亙八百餘里。太一，終南山之主峰，在陝西省武功縣境內。㉒隆崛　高而突起。㉓崔崒　高而險峻。㉔隱轔　山綿高的樣子。㉕鬱律　堆壟不平的樣子。㉖岡　山脊。㉗嶓冢　山名。在今陝西省寧強縣西北，為漢水上源之一。㉘抱杜含鄠　環抱杜陵和鄠縣。抱、含，指終南、太一兩山圍裹包含之勢。杜，指杜陵。在今西安市南五十里，秦時置杜縣，漢宣帝在此築陵，改名杜陵。鄠，縣名。在陝西中部，即今戶縣。㉙欱灃吐鎬　吞吐灃、鎬二川。欱，吸。灃，水名。源出陝西秦嶺山中，北流至西安市西北，注入渭水。鎬，水名。在今西安市西，上承鎬池，北流入渭。唐之後由於鎬池涸廢遂絕。㉚爰　在此。㉛藍田　山名。在陝西省藍田縣東南，山出美玉。㉜據渭踞涇　依靠渭水而憑倚涇水。據，依。渭、涇，陝西二水名。踞，倚。㉝澶漫　平坦寬廣。㉞靡迆　綿延伸展的樣子。㉟作鎮　作為鎮守。㊱九嵕　山名。在今陝西省醴泉縣東北。㊲甘泉　山名，在今陝西省淳化縣西北，上有漢之甘泉宮。㊳涸陰　凝聚陰氣。㊴沍寒　閉藏寒冷。㊵日北至　夏至之時。㊶清暑　清肅暑氣。㊷厥田上上　語出《尚書·禹貢》。謂雍州的土質最肥沃，是最上等的。㊸奧區　深祕的區域。㊹神皋　神靈的高地。㊺大帝　天帝。㊻說　同「悅」。㊼秦繆公　春秋時秦國國君。在位期間，任用賢人，厲精圖治，成為春秋五霸之一。㊽覲見；會見。㊾饗　設盛宴招待客人。㊿鈞天廣樂　神話中天上的音樂。51金策　金飾之策。策，一種詔命文書。52錫　賜。53翦　盡。54鶉首　星次名。古代根據天上星宿的位置劃分地面上相應的區域，稱為分野。一周天為十二星次，鶉首之分野為秦屬雍州。55六　指韓、魏、燕、趙、齊、楚六國。56宅　居。言秦并六國而居之。57詭　怪；異。

【語　譯】大漢當初建都，在渭水之涯。秦都在它北面，這是咸陽。東面有崤山、函谷關二重險阻，還有桃林塞這樣的險要之處。太華少華二山連接其旁，古時巨大的河神使出渾身的神力，上擘下踩，分一山為二，本來繞道而行的河流得以從中通過，河神手足之跡至今存留在山上。西有隴山之險，把華夏與西戎隔開，還有岐、梁、汧、雍諸山，陳寶作雞鳴之處。在其南面則有終南山、太一山，高突險峻，崢嶸嶙峋。山脊直連嶓冢山，環抱杜陵鄠縣，吞吐灃鎬二川。有藍田珍玉，在此出產。在其北面則是丘陵平原，依靠渭水而憑倚涇水，平坦寬廣而綿延伸展，可作為京都的近鎮。在其遠處則有九嵕山、甘泉山，凝聚著陰氣閉藏寒冷，夏至之時尚有結凍的冰，在此可以避暑。廣闊平坦的沃土，是最上等的田地，實在是大地上深祕之區，神靈所居的高地。從前天帝喜歡秦繆公而會見他，用天上的音樂來款待他，天帝醉了，就寫了金策，把這塊土地賜了秦，包括全部鶉首的分野。這時與秦並列為強國的有六國，然而四海終於同歸西秦所居，難道不奇怪嗎？

自我高祖之始入也，五緯[1]相汁[2]，以旅[3]于東井[4]。婁敬[5]委[6]輅[7]，斡[8]非[9]其議[10]。天啟[11]其心，人惎[12]之謀。及帝圖時，意亦[13]有慮乎神祇[14]，宜[15]其可定以為天邑[16]。豈伊[17]不虔[18]思于天衢[19]？豈伊不懷歸于枌榆[20]？天命不滔[21]，疇[22]敢以渝[23]！於是量[24]徑輪[25]，考廣袤[26]，經[27]城洫[28]，營郭郛[29]，取殊裁[30]於八都[31]，豈啟[32]度[33]於往舊。乃覽秦制，跨周法，狹百堵[34]之側陋[35]，增九筵[36]之迫脅[37]。正紫宮[38]於未央[39]，表嶢闕於閶闔[40]。疏[41]龍首[42]以抗[43]殿，狀巍峨以岌嶪[44]。亙雄虹之長梁[45]，結棼橑[46]以相接。蔕[47]倒茄[48]於藻井[49]，披[50]紅葩[51]之狎獵[52]。飾華榱[53]與[54]璧璫[55]，流[56]景[57]曜[58]之韡曄[59]。雕楹[60]玉碣[61]，繡栭雲楣[62]。三階[63]重軒[64]，鏤檻[65]文梍[66]。右平左城[67]，青瑣[68]丹墀[69]。刊[70]層[71]平堂[72]，設切[73]厓隒[74]。坻崿[75]鱗眴[76]，棧齴[77]巉嶮[78]。襄岸夷塗[79]，修路陖險。重門襲[80]固，姦宄[81]是防。仰福[82]帝居[83]，陽曜陰藏[84]。洪鐘萬鈞[85]，猛虡[86]趪趪[87]。負筍[88]業[89]而餘怒，乃奮[90]翅而騰驤[91]。朝堂[92]承東，溫調[93]延[94]北。西有玉臺[95]，聯以昆德[96]。嵯峨[97]崨嶫[98]，罔識所則[99]。若夫長年神僊，宣室玉堂[100]，麒麟朱鳥，龍興含章[101]，譬眾星之環極102，叛103赫戲104以煇煌。正殿路寢105，用朝群辟106。大夏107耽耽108，九戶109開闢。嘉木樹110庭，芳草如積111。高門112有閌113，列坐金狄114。

【章旨】本段描述對未央宮的營建。首先說明高祖當初定都於長安，是由於他順應了天意，接受了臣子的正確建議。接著詳敘了未央宮的營造過程，從設計到殿堂結構、內部裝修，一直敘述到宮庭陳設，極寫正殿朝堂這些中心部分的巍峨宏敞，莊嚴豪華。最末還提到其他一些殿名，說這些殿就像眾星環繞北極一樣簇擁正殿。

【注釋】❶五緯　指金木水火土五行星。❷汁　通「協」。協和；和諧。❸旅　列。❹東井　即井宿。在銀河之東，故名。❺婁敬　齊人，時為一戍卒。❻委　放下。❼輅　綁在車轅上以備人牽輓的橫木。❽斡　糾正。❾非　否定。❿議　指建都洛陽的建議。⓫天啟　上天的啟示。指五星聚於東井，啟發了漢高祖。⓬人基　指婁敬之教導。惎，教。⓭意亦　即「抑亦」。⓮神祇　天地之神。指上天所示之徵兆。⓯宜　通「儀」。度量。⓰天邑　帝都。⓱伊　唯。⓲虔　敬。⓳天衢　天時地利四通八達之處。指洛陽。衢，四通八達的大路。⓴枌榆　漢高祖為豐邑枌榆鄉人，初起兵時曾禱於枌榆社。豐邑距洛陽近，距關中遠。㉑滔　通「謟」。疑惑。㉒疇　誰。㉓渝　改變。㉔量　測量。㉕徑輪　直徑與周長。㉖廣袤　指縱橫。東西為廣，南北為袤。㉗經　治。㉘洫　護城河。寬八尺深八尺為洫。㉙郭郛　城外之城為郭，大的郭為郛。㉚裁　體制；格式。㉛八都　八方的都邑。㉜啟　啟發教導。㉝度　制度；規格。㉞百堵　形容周人營建宮室範圍之大，宮室之多。堵，牆。㉟側陋　狹仄簡陋。側，通「仄」。㊱九筵　長寬各九尺。周代明堂有九筵的面積。㊲迫脅　狹窄。㊳紫宮　紫微宮。星宮名，有星十五顆，分為兩列，以北極為中樞，成屏藩形狀。古人認為紫微星宮為天帝所居，人間王者宮室亦象之。㊴未央　漢宮名。未央宮有玄武、蒼龍二闕。㊵表嶢闕於閶闔　在宮門外建立起高聳的雙闕。表，立。嶢，高。闕，宮門外左右兩臺上所起樓觀。閶闔，宮元正門。㊶疏　開拓；清除。㊷龍首　山名。在長安之北。㊸抗　高舉。㊹岌嶪　高聳的樣子。㊺亙雄虹之長梁　此言殿梁五色彩畫麗如雄虹。亙，橫貫空中。雄虹，古代傳說虹分雌雄，雄者鮮明，雌者較暗。㊻棼橑　棟和椽。㊼蔕　同「蒂」。這裡作動詞，謂安上。㊽倒茄　把荷花倒過來，莖上花下。茄，荷莖。㊾藻井　宮殿頂上的裝飾。

交方木為欄，其形如井，繪有藻文。(50)披　開。(51)葩　花。(52)狎獵　花葉參差的樣子。(53)華榱　彩畫之椽。秦名屋椽曰榱。(54)與　以。(55)璧璫　裁璧形之玉以當榱頭。平圓中有孔的玉為璧。(56)流　輝映。(57)景　日光。(58)曜　光。(59)韡曄　明盛的樣子。(60)楹　柱。(61)碣　柱腳石。(62)繡栭雲楣　形容華麗之狀。栭，柱頂上支持屋梁的方木。即斗栱。雲楣，繪有雲紋的橫梁。楣，房屋的橫梁。即二梁。(63)三階　三層臺階。南面者三階，東西北各二階。(64)重軒　二層樓版。軒，樓版。裝在瓦下。(65)鏤檻　雕鏤精緻的欄杆。(66)文梍　彩畫的屋簷前板。(67)右平左墄　殿前之階，西面為平坡，可上輦車，東面為齒磴，可上人。(68)青瑣　宮門上的青色連環圖紋。此指宮門。(69)丹墀　用紅漆塗殿上之地。(70)刊　削。(71)層　重。(72)堂　高。(73)設切　砌石。切，通「砌」。(74)厓隒　山邊。此指堂基邊緣。(75)坻崿　隆起的殿基。(76)鱗眴　無涯的樣子。(77)棧齴　高峻的樣子。(78)巉嶮　峭險的樣子。(79)襄岸夷塗　高階平路。襄，高。岸，階。夷，平坦。(80)襲　重。(81)姦宄　邪惡之人。寇賊在外曰姦，在內曰宄。(82)福　通「副」。相稱。(83)帝居　天帝所居。指太微宮。(84)陽曜陰藏　指未央宮似天上太微宮那樣，晴時顯耀，陰時藏形。(85)鈞　三十斤為一鈞。(86)虡　懸鐘的架子。下部刻畫為猛獸之形。(87)趪趪　用力的樣子。(88)筍　懸鐘之木格。(89)業　飾格之木板。(90)奮　張。(91)騰驤　昂首騰躍。驤，馬抬頭快跑。(92)朝堂　正殿旁百官治事之所。國家大事，於此議決。(93)溫調　殿名。大約即溫室殿，在未央殿之北。(94)延　陳列。(95)玉臺　臺名。(96)昆德　殿名。在未央殿之西。(97)嵯峨　高峻的樣子。(98)㠔嶫　即「岌嶪」。高聳的樣子。(99)所則　所取法的對象。(100)長年神僊二句　長年、神僊、宣室、玉堂，都是殿名。(101)麒麟朱鳥二句　麒麟、朱鳥、龍興、含章，都是未央宮之殿名。(102)極　北極星。(103)叛　煥。(104)赫戲　光明的樣子。(105)路寢　即正殿。周曰路寢，漢曰正殿。(106)群辟　指王侯公卿大夫士。辟，君。(107)大夏　殿名。(108)耽耽　深邃的樣子。(109)九戶　九門。(110)樹　植。(111)如積　形容繁密茂盛。(112)高門　即皋門。王之郭門，此指宮門。(113)閌　形容門高的樣子。(114)金狄　銅人。秦始皇收天下兵器，聚之咸陽，銷以為鐘、鐻、金人十二，重各千石。漢置於殿前。

【語　譯】我高祖初入關中之時，五緯星協和地列於東井。婁敬放下車上的橫木，糾正否定建都洛陽的建議。上天祥瑞的徵兆啟示了高祖之心，人臣又提供了正確的謀略。等到高祖謀畫之時，亦考慮到天地神靈之意，認為關中可以定都。難道他不想把京城建於四通八達之處？難道他不想回到故鄉枌榆嗎？天命不可疑，誰敢改變呢！於是測量圓形面積的直徑周長，考察方形面積的縱橫。治理城池，經營郭郛，採取八方都邑不同的格式，哪裡會拘泥於往昔的制度呢！於是參考秦的體制，超越周的法式，覺得百堵的宮室太狹仄簡陋，認為九筵之堂過於迫窄因而加以增大。取法紫微星宮建立未央宮，在宮門外建立起高聳的雙闕。拓清龍首山來高築殿堂，外貌雄偉而崔嵬。雄虹一樣的彩色長梁橫亙在上空，把棟椽相結使之承接。在殿頂藻井上安上倒枝荷花，枝枝參差地倒開紅花。畫椽的頭上裝飾著玉璧，發出明盛的光采。柱子精雕而玉石為柱礎，斗栱和橫梁都繪有華麗的雲紋。正面三階，樓版二重；鏤花的欄杆，彩畫的簷前版。殿階西為平坡東為齒磴，青紋裝飾的宮門和紅漆塗地的殿堂。削去重疊並平整高處，壘砌堂基的邊沿。殿基隆起而漫無邊際，雄峻且峭險。高階平路，修遠而陡危。宮門重重堅固無比，以防姦邪之人。此宮上可以與天帝所居的太微宮相比，晴時顯耀而陰時藏形。此外還有大鐘萬鈞，鐘架刻成猛獸之狀，牠背負著鐘格飾板，威猛而似有餘怒，昂首展翅似將騰躍。朝堂向東，溫調殿座北，西有玉臺，連著昆德殿，高峻崢嶸，簡直找不出可供它取法的對象。那些長年、神僊、宣室、玉堂、麒麟、朱鳥、龍興、含章等殿，就像眾星環繞北極星一樣簇擁著正殿，光采煥發一片輝煌。正殿路寢，用來接受王侯眾臣的朝見。大夏殿耽耽深邃，九門大開。美木植於庭中，芳草茂密生長。殿門高聳，門外列坐十二銅人。

內有常侍❶謁者❷，奉命❸當御❹。蘭臺❺金馬❻，遞宿迭居❼。次有天祿石渠❽，校文之處。重以虎威章溝❾，嚴更之署❿。徼道⓫外周，千廬⓬內附⓭。衛尉⓮八屯⓯，警夜巡晝。植鎩懸瞂⓰，用戒不虞⓱。

【章　旨】此段簡述近侍文臣和宮殿警衛。文臣有中常侍、謁者和蘭臺、金馬門的待詔者，隨時等待皇帝的宣召。警衛則有嚴更之署和衛尉的屯兵，嚴密保護皇宮的安全。

【注　釋】❶常侍　官名。秦始置，職給事殿省，贊導內事，顧問應對，為皇帝近侍之臣，屬少府。秦、西漢及東漢初，其職或用宦者，或用士人。❷謁者　官名。春秋戰國始置，秦漢沿置，漢郎中令屬官有謁者，掌賓贊受事，其長官稱謁者僕射。❸奉命　奉傳詔命。❹當御　擔任遞進之事。❺蘭臺　宮觀名。漢世藏書之處，以御史中丞掌之，後復置蘭臺令史，使典校圖籍，治理文書。御史中丞兼司糾察之責。❻金馬　宮門名。門旁有銅馬，故名。此指設在金馬門的官署。❼遞宿迭居　輪流值宿。遞、迭，交替；輪流。❽天祿石渠　閣名。皆為宮中藏書之處。揚雄、劉向俱曾在天祿閣校書。❾虎威章溝　即下文「嚴更之署」的署名。❿嚴更之署　管理巡夜放哨之類職司的官署。⓫徼道　巡行警戒的道路。⓬廬　衛兵值宿的房舍。分布於皇宮周垣下。⓭內附　向內靠近。⓮衛尉　衛屯兵的長官。⓯八屯　八營。各位於宮外之四方四角。⓰植鎩懸瞂　長鎩直立，盾牌懸掛。植，立。鎩，有刃長矛。瞂，盾。⓱不虞　沒有預料到的突發事件。

【語譯】宮內有中常侍、謁者，傳達詔命負責呈遞。蘭臺、金馬門的官員，則輪流值宿。其次有天祿閣、石渠閣，都是校勘書籍之處。又有虎威、章溝，是專司嚴更的官署。宮外環繞著巡視的禁道，許多值宿的廬舍緊靠宮牆。衛尉所率的八屯兵，晝夜巡察警衛。長鎩直立盾牌懸掛，以警戒意外事件的發生。

後宮❶則昭陽飛翔，增成合驩，蘭林披香，鳳皇鴛鸞❷。群窈窕❸之華麗，嗟❹內顧❺之所觀。故❻其館室次舍❼，采飾纖❽縟❾。裛❿以藻繡，文⓫以朱綠。翡翠⓬火齊⓭，絡以美玉。流懸黎⓮之夜光，綴隨珠⓯以為燭。金釭⓰玉階⓱，彤庭⓲煇煇⓳。珊瑚林碧，瓀珉璘彬⓴。珍物羅生㉑，煥若崑崙㉒。雖厥裁㉓之不廣，侈靡㉔踰乎至尊㉕。於是鉤陳㉖之外，閣道㉗穹隆㉘。屬㉙長樂㉚與明光㉛，徑㉜北通乎桂宮㉝。命般爾㉞之巧匠，盡變態㉟乎其中。後宮不移㊱，樂不徙懸㊲。門衛㊳供帳㊴，官以物辨㊵。恣意所幸㊶，下輦㊷成燕㊸。窮年忘歸，猶弗能徧。瑰異（ㄧˋ）㊹日（ㄖˋ）新（ㄒㄧㄣ），殫（ㄉㄢ）㊺所（ㄙㄨㄛˇ）未（ㄨㄟˋ）見（ㄐㄧㄢˋ）。

【章　旨】本段主要形容未央宮後宮的侈靡。首先作者運用賦的傳統的鋪張手法，描寫後宮彩飾纖縟、珍寶輝煌之狀，指出其奢侈已超過皇帝的居室。接著又說明後宮遍處都有聲樂奇景，皇帝無法遍遊，語中含諷。本段不少材料襲自〈西都賦〉。

【注　釋】①後宮　妃嬪所居。②昭陽飛翔四句　昭陽、飛翔、增成、合驩、蘭林、披香、鳳皇、鴛鸞，都是未央宮中的殿名。③窈窕　美好的樣子。形容後宮之妃嬪。④嗟　歎美之意。⑤內顧　回視宮內。⑥故　夫。⑦次舍　都是吏士在宮內的止息之處。⑧纖　細緻。⑨縟　繁密。⑩裛　纏繞。⑪文　修飾。⑫翡翠　鳥羽。雄赤之羽為翡，雌青之羽為翠。據《漢書・卷九七・外戚傳》載昭陽殿有以翠羽為飾。⑬火齊　火齊珠。又稱玫瑰，是一種石珠。⑭懸黎　美玉。⑮隨珠　指明月珠。大蛇傷斷，隨侯醫之，大蛇銜珠報之。⑯戺　階旁斜砌之石，以掩階齒。⑰玉階　用玉裝飾之階。⑱彤庭　朱漆塗過的中庭。⑲煇煇　赤色的樣子。⑳珊瑚琳碧二句　珊瑚、琳、碧、瓀、珉，閃著五彩繽紛的玉光。琳，美玉。碧，美似玉的青石。瓀、珉，似玉的美石。璘彬，玉光色彩繽紛的樣子。㉑羅生　羅列。㉒崐崘　同「崑崙」。神話中的山。其山高峻，四面生有各種珍奇寶樹。㉓厥裁　後宮的規模。厥，其。指後宮。㉔侈靡　奢侈靡費。㉕至尊　皇帝。㉖鉤陳　星名。因在紫微宮中，古人附會為天帝後宮正妃。此指未央宮之後宮。㉗閣道　樓閣間的木製通道。㉘穹隆　長而曲的樣子。㉙屬　連接。㉚長樂　宮名。㉛明光　殿名。㉜徑　直。㉝桂宮　宮名。㉞般爾　指公輸般與王爾。古代傳說中的能工巧匠。㉟變態　變化奇巧之態。㊱後宮不移　是說皇帝無論遊到哪裡，都有後宮可以寢息飲宴。㊲樂不徙懸　皇帝走到哪裡，哪裡後宮都有音樂設備及樂伎，可以享樂。樂，指鐘磬之類懸掛演奏的樂器。㊳門衛　指警衛。㊴供帳　供設帷帳。此指各種所需物品。㊵官以物辨　各官分管皇帝所需物品。辨，區別。㊶幸　皇帝所至稱幸。㊷輦　天子所乘的人力拉車。㊸燕　通「宴」。飲宴。㊹瑰異　奇異之景。㊺殫　盡。

【語　譯】後宮則有昭陽、飛翔、增成、合驩、蘭林、披香、鳳凰、鴛鸞等殿。成群美貌的宮人無不衣著華麗，回視宮內個個令人歎美。館、室、次、舍，都彩畫得細緻繁密。用文繡纏繞，用朱綠二色修飾。翡翠鳥羽和火齊石珠，用美玉加以連絡。懸黎夜間發光，還安綴了明月珠以作為燃燭照明。以金玉裝飾階石，以鮮明的朱漆塗滿中庭。珊瑚、琳、碧、瓀、珉閃著五彩繽紛的玉光。珍寶羅列，煥耀奪目如同崑崙神山一般。

雖然後宮的規模不大，然而奢侈靡費的程度超過了皇帝的居處。後宮外面，閣道蜿蜒漫長。連接長樂宮、明光殿，往北直通桂宮。命令公輸般、王爾之類的巧匠，在其中變化各種奇巧的形態。皇帝遊幸所到之處都有後宮，皆備聲樂。警衛供應，由各官分工負責。皇帝隨意臨幸，下車就可飲宴。即使窮年忘歸，也還不能遍遊。各種奇異的景觀日日不同，可說是前所未見啊！

惟(1)帝王之神麗(2)，懼尊(3)卑(4)之不殊(5)。雖斯宇(6)之既坦(7)，心猶憑(8)而未攄(9)。思比象(10)於紫微(11)，恨阿房(12)之不可廬(13)。覛(14)往昔之遺館(15)，獲林光(16)於秦餘。處甘泉(17)之爽(18)塏(19)，乃隆崇(20)而弘敷(21)。既新作於迎風(22)，增露寒(23)與儲胥。託喬基於山岡，直墆霓(24)以高居。通天(25)訬(26)以竦峙(27)，徑(28)百常(29)而莖擢(30)。上辨華(31)以交紛，下刻陗(32)其若削。翔鶤(33)仰而不逮(34)，況青鳥與黃雀！伏(35)櫺檻(36)而頫(37)聽，聞雷霆(38)之相激。柏梁(39)既災(40)，越巫陳方(41)。建章是經(42)，用厭(43)火祥(44)。營宇之制，事兼未央。圜(45)闕竦以造(46)天，若雙碣(47)之相望。鳳(48)騫翥(49)於甍(50)標(51)，咸遡(52)風而欲翔。閶闔(53)之內，別風(54)嶕嶢(55)。何工巧(56)之瑰瑋(57)，交綺(58)豁(59)以疏寮(60)。干雲霧而上達，狀亭亭(61)以苕苕(62)。神明(63)崛其特起(64)，井幹(65)疊而百增(66)。跱(67)遊極(68)於浮柱(69)，結重欒(70)以相承。累層構(71)而遂隮(72)，望北辰(73)而高興。消雰埃(74)於中宸(75)，集重陽(76)之清瀓(77)。瞰(78)宛虹(79)之長鬐(80)，察雲師(81)之所憑。上飛闥(82)而仰眺，正睹瑤光(83)與玉繩(84)。將(85)乍(86)往而未半，怵(87)悼慄(88)而從兢(89)。非都盧(90)之輕趫(91)，孰能超(92)而究升(93)！馺娑駘盪(94)，燾奡桔桀(95)。枍詣承光(96)，睽罛庨豁(97)。橧桴(98)重棼(99)，鍔鍔列列(100)。反宇(101)業業(102)，飛檐(103)巘巘(104)。流景(105)內照，引曜日月(106)。

天梁(107)之宮，寔開高闈(108)。旗不脫扃(109)，結駟(110)方(111)蘄(112)。轢(113)輻(114)輕騖(115)，容於一扉(116)。長廊廣廡(117)，連閣(118)雲蔓。閈(119)庭(120)詭異，門千戶萬。重閨幽闥(121)，轉相踰延(122)。望窈窱(123)以徑廷(124)，眇不知其所返。既乃珍臺(125)蹇產(126)以極壯，墱道(127)邐倚(128)以正東。似閬風(129)之遐坂(130)，橫(131)西洫(132)而絕(133)金墉(134)。城尉(135)不弛(136)柝(137)，而內外潛通(138)。

【章　旨】本段描述漢武帝大建宮室的情形。首先寫宮室雖已弘敞，但武帝仍不滿足的心理，語中含諷。接著形容甘泉宮，尤以華麗聳峭的通天臺為重點。末了則全面鋪敘建章宮，有嶕嶢的雙闕、令人驚心動魄的神明臺與井幹樓、高峻幽邃的駁娑四殿、宏大的天梁宮及蜿蜒修遠的閣道。

【注　釋】❶惟　雖。❷神麗　指宮室神奇瑰麗。❸尊　指天子。❹卑　指人臣。❺不殊　沒有區別。❻斯宇　指未央宮。❼坦　廣大。❽憑　蓄滿憤鬱不通之氣。❾攄　舒散。❿比象　仿效體制。⓫紫微　指紫微星宮。⓬阿房　指阿房宮。秦時宮殿，在今西安市西北，規模極其宏大，前殿東西五百步，南北五十丈，上可以坐萬人，下可以建五丈之旗，後項羽入關，此宮被焚。⓭廬　居。⓮覛　同「覓」。視察、尋找之意。⓯遺館　指秦時遺存的宮館。⓰林光　秦離宮名。秦二世胡亥所造，在甘泉山上，漢擴建為甘泉宮。⑰甘泉　指甘泉山。在今陝西淳化、雲陽間。⑱爽　明。⑲塏　高燥。⑳隆崇　加高。㉑弘敞　擴大。㉒迎風　館名。漢武帝建於甘泉山。㉓露寒　與下「儲胥」，都是館名。在甘泉山。㉔墆霓　聳高的樣子。㉕通天　臺名。元封二年造於甘泉宮中，臺高三十丈，可以望見長安城。㉖訬　高。㉗竦峙　聳立。㉘徑　指高度。㉙常　八尺為尋，倍尋為常，則常為一丈六尺。㉚莖擢　挺拔獨立。㉛辬華　文采駁雜華麗。辬，同「斑」。㉜刻陗　險峻。㉝鶤　鶤雞。一種大鳥，據說能飛八百里。㉞逮　及。㉟伏　憑。㊱櫺檻　臺上的欄杆。㊲頫　同「俯」。㊳雷霆　疾雷。㊴柏梁　臺名。武帝元鼎二年春，在長安城中北闕內，以香柏為梁。㊵災　指太初元年十一月柏梁臺遭火災。㊶越巫陳方　柏梁臺遭災後，越巫勇（一作勇之）向武帝說：「越國有火災，即復大起宮室以厭勝之。」帝乃於長安城的外面復起建章宮。巫，職司奉祀天帝鬼神及為人祈福禳災，並兼事占卜、星曆之術的人。㊷經　營造。㊸厭　厭勝；用巫術制服。此指火災後大起宮室。㊹火祥　火災的先兆。祥，吉凶的先兆。㊺圜　通「圓」。㊻造　至。㊼碣　指碣石山。在河北昌黎北。㊽鳳　謂殿頂上有鐵鳳凰，下有轉樞，一受風如將飛起。㊾騫翥　飛。㊿甍　屋脊。(51)標　頂端。(52)遡　向。(53)閶闔　建章宮正門名。取象於上天紫微星宮之閶闔。(54)別風　闕名。在閶闔門內，高五十丈。(55)嶕嶢　高峻的樣子。(56)工巧　精緻巧妙。(57)瑰瑋　奇異美麗。(58)綺　一種有花紋的絲織品。此處指綺紋的形狀。(59)豁　空。(60)疏寮　透明的小窗。(61)亭亭　聳立的樣子。(62)苕苕　高峻的樣子。(63)神明　臺名。在建章前殿西北，高五十丈，臺上立銅柱，柱上有銅仙人，舒掌捧銅盤玉杯，以承雲表之露。(64)特起　挺立。(65)井幹　樓名。在建章宮中，積木而高，為樓若井欄之狀，或四角或八角，高五十丈，有閣道相通。(66)增　通「層」。(67)跱　置。(68)遊極　梁上之梁。極，關中名梁為極。(69)浮柱　指梁上短柱。(70)欒　柱上曲木，兩頭承櫨者。(71)層構　層樓。構，樓宇。(72)隮　上升。(73)北辰　北極星。(74)雰埃　指地上塵穢之氣。(75)中宸　天地交會之際。(76)重陽　指天。天為陽，有九重，故云。(77)澂　通「澄」。(78)瞰　看。(79)宛虹　彎曲的虹。(80)鬐　魚脊。(81)雲師　雲神。名豐隆。(82)飛闥　指樓臺上之小門。外有一突出方木，臨空如飛，故名。(83)瑤光　北斗第七星。(84)玉繩　北斗第五星玉衡北之兩小星為玉繩。(85)將　方；始。(86)乍　暫。(87)怵　恐。(88)悼慄　害怕戰慄。(89)慫兢　驚懼而戒慎。(90)都盧　國名。在合浦之南，其國人善爬高。(91)輕趫　輕捷矯健。(92)超　騰躍。(93)究升　上升到頂。究，窮盡。(94)馺娑駘盪　皆建章宮內的殿名。(95)燾奡桔桀　皆高峻深邃的樣子。(96)枍詣承光　皆建章宮之殿名。(97)睽罛庨䆐　皆高峻深邃的樣子。䆐，同「豁」。(98)橧桴　重疊的次棟。橧，通「增」。(99)棼　樓閣的棟。(100)鍔鍔列列　高聳的樣子。(101)反宇　宮殿簷角上翹。(102)業業　高大的樣子。形容宮殿。(103)飛檐　屋簷上翹如飛舉之勢。檐，同「簷」。(104)巘巘　高而長的樣子。(105)流景　閃動的光輝。(106)引曜日月　接引日月之光，照耀殿內。107天梁　宮名。在建章宮內。108高闈　高大的宮門。109旗不脫扃　此言宮門甚高，所以不必開扃偃旗。皇帝出入宮門，車上建旗，門低則開扃把旗放倒。旗，有熊虎圖案之旗。扃，車上固定旗杆的橫木，以使杆不動搖。110結駟　用四馬駕一車。111方　並。112轙　馬銜。113轢　擊打。114輻　車輪中連接軸心和輪圈的直木條。115騖　奔馳。116扉　門扇。117廡　圍繞正殿的廊屋。118連閣　閣道相連。連，胡刻本作「途」，今依唐寫本。閣，閣道。119閈　牆垣。120庭　庭院。121重闈幽闥　重重宮門繁複幽深。闈、闥，宮中小門。122踰延　周通相連。123䆗窱　即「窈窕」。深遠。124徑廷　穿行。125珍臺　泛指珍寶之臺。126蹇產　高聳的樣子。127墱道　閣道。128邐倚　或高或低或曲或直之狀。129閬風　山名。相傳為神仙所居，在崑崙山上。130坂　斜坡。131橫　橫越。132西洫　西城下的護城河。133絕　通過。134金墉　西城。金，指西。古人以五行配四方，西方屬金。135城尉　指城門校尉。守城官。136弛　廢棄。137柝　巡夜所擊之木梆。138潛通　暗通。

【語　譯】雖宮室已如此神奇瑰麗，還恐怕尊卑之間差別不大。雖未央宮已經建得如此宏大，天子心中仍鬱悒而不舒展。想仿效紫微宮擴展帝居，為不能居住阿房宮而感到遺憾。於是尋覓往昔秦代遺存的宮館，在秦末劫火之餘尋到了林光宮。它地處甘泉山上明朗高燥之處，於是將它加高和擴大。新築了迎風館，又增建露寒、儲胥二館。依託山岡奠定高高的殿基，雄偉的宮殿巍然屹立。通天臺巍峨聳峙，拔地而起有一百六十丈之高。臺的上半部色彩繽紛，下半部陡峭如同刀削。擅於高翔的鶤尚且飛不到臺高，更何況青鳥與黃雀這樣的小鳥！憑著欄杆俯身而聽，可聽到下面疾雷怒作。柏梁臺遭火災後，越巫獻了解決的方法，營造了建章宮，以法術制服火災的徵兆。建章宮建築的規模，有未央宮的兩倍大。圓形的宮闕高聳入雲天，好似兩座碣石山對面相望。屋頂上有展翅的鐵鳳，都像即將迎風飛翔的樣子。閶闔門內，別風闕矗立。多麼精巧奇麗啊！透明的小窗上交織著鏤空的綺紋。闕身直觸雲霄，顯得十分高峻。神明臺屹然挺立，井幹樓重重疊疊有上百層。梁上短柱上又置梁，構造了多道曲木來承受。樓臺一層層逐漸往上升，朝著北極星而崛起。在那天地交會的高處塵霧已經消除，只集中了九天清澄之氣。可以看見魚脊般彎曲的長虹，可以看清楚雲神憑依的雲朵。上到飛闥上仰望，正看見瑤華、玉繩兩星。才攀登了不到一半，已是恐懼顫慄而膽戰心驚。若不是輕捷矯健的都盧人，誰能騰躍而上直登其頂！駁娑、駘盪二殿，高峻深邃；枍詣、承光二殿，崔嵬幽遠。重梁疊棟，宮室崢嶸。飛簷殿宇十分雄偉，長長的簷角高高挑起。閃耀的光輝，引納日月之光照映殿內。還有天梁宮，高門大開。車上的旗子不用脫肩偃倒，四馬之車可以並轡而入。敲擊車輻輕車疾馳，僅開一扇宮門就可通過。修長的迴廊和寬廣的廊屋，閣道相連如同雲氣蔓延。牆垣庭院詭奇各異，千門萬戶。重重宮門繁複幽深，互相周通。向著深邃的宮中行進，路途迢遠竟不知如何返回。珍寶之臺高聳而壯觀，閣道蜿蜒通向正東。好似閬風神山上長長的斜坡，橫越過西城和護城河。城門校尉不間斷地擊柝巡更，而城內城外已經暗中相通。

前開唐中❶，彌望❷廣潒❸。顧臨❹太液❺，滄池❻漭沆❼。漸臺❽立於中央，赫❾昈昈❿以弘敞。清淵⓫洋洋⓬，神山⓭峨峨。列瀛洲與方丈，夾蓬萊而駢羅⓮。上林岑以壘嶵⓯，下嶄巖以嵒齬⓰。長風⓱激於別⓲隯⓳，起洪濤⓴而揚波。浸石菌㉑於重涯㉒，濯靈芝㉓以朱柯㉔。海若㉕游於玄渚㉖，鯨魚㉗失流而蹉跎㉘。於是采㉙少君㉚之端信㉛，庶㉜欒大㉝之貞固㉞。立修莖㉟之仙掌㊱，承雲表之清露。屑㊲瓊蕊㊳以朝飧㊴，必性命之可度㊵。美往昔之松喬㊶，要㊷羨門㊸乎天路。想升龍於鼎湖㊹，豈時俗㊺之足慕。若歷世而長存，何遽㊻營乎陵墓！

【章　旨】本段描寫太液池上風光和諷刺漢武帝尋求仙人、企求長生的做法。前半段寫太液池又以池上的三座假山為中心，用誇張的筆調極力形容三山的靈秀。後半段直接譏諷漢武帝對方士的迷信和想追蹤仙人的愚昧心理。

【注　釋】❶唐中　庭前大路。❷彌望　視野所極之處。❸廣潒　寬大的樣子。❹顧臨　回看。❺太液　池名。在建章宮北。❻滄池　青色池水。滄，通「蒼」。青色。❼漭沆　水深大的樣子。❽漸臺　臺名。在太液池中，高二十餘丈。❾赫赤色。❿昈昈　有文采的樣子。⓫清淵　青淵海。池名，在建章宮北。⓬洋洋　水盛大的樣子。⓭神山　指太液池中所造之山。象徵神話中瀛洲、蓬萊、方丈三神山。⓮駢羅　並排羅列。⓯林岑以壘嶵　險峻不齊的樣子。⓰嶄巖以嵒齬　險峻不齊的樣子。⓱長風　大風。⓲別　通「遍」。⓳隯　同「島」。指水中之假山。⓴洪濤　大的波濤。㉑石菌　仙草。生於海上仙山。㉒重涯　水邊。㉓靈芝　海中神山所產。為仙人所食。㉔朱柯　指靈芝赤色的莖。柯，樹枝。㉕海若　傳說中的海神。㉖玄渚　深池。㉗鯨魚　據《漢書・卷二五・郊祀志》顏師古注，太液池北岸有石魚，長二丈。今在西安高低堡子村西側發現一橄欖形石雕，長近五公尺，即當年池邊石魚。㉘蹉跎　失足；顛蹶。㉙采　採納。㉚少君　李少君。方士，以祀竈神、避穀、延年卻老之術說動漢武帝。㉛端信　正直誠實。譏諷之語。㉜庶　欣幸；希冀。㉝欒大　方士。向漢武帝詭稱「黃金可成，河決可塞，不死之藥可得，仙人可致」，後以無驗被殺。㉞貞固　言行可信，固守正道。譏諷之語。㉟修莖　高高的銅柱。指神明臺上之巨大銅柱，上有銅仙人舒掌捧盤及玉杯，以承雲表之露。㊱仙掌　指銅仙人之掌。㊲屑　做成粉末。㊳瓊蕊　玉花。傳說中瓊樹開的花蕊，似玉屑。㊴朝飧　早餐。飧，同「餐」。㊵可度　可以度越數世而不死。指成仙。㊶松喬　仙人名。松，指赤松子。神農時為雨師，能入火而不燒，隨風雨上下。喬，指王子喬。乃周靈王太子晉，道士浮丘公接以上嵩山。㊷要　邀。㊸羨門　古仙人。㊹升龍於鼎湖　《史記・卷二八・封禪書》記載：齊人公孫卿對漢武帝說，昔日黃帝鑄鼎於荊山之下，鼎成，有龍垂胡髯而下迎，黃帝上騎，群臣後宮從之去者七十餘人，後世名其處曰鼎湖，漢武帝聽後十分羨慕。㊺時俗　指人世間。㊻何遽　如何；怎麼。

【語　譯】太液池前開闢的道路又寬闊又漫長。回看太液池，池水青綠深廣，漸臺矗立在中央，赤紋裝飾且弘大高敞。清淵海池水盛大，三神山峰巒嵯峨。蓬萊夾在瀛洲與方丈之間，三山並排羅列。山上險峻不齊，山下陡峭參差。大風激盪全島，池中揚起巨大的波濤。水邊的石菌被淹沒，紅莖的靈芝被打溼。海若在池的深處嬉遊，鯨魚遭殃脫水落到了岸上。於是採納正直誠實的李少君所進之言，希冀於忠貞守正的欒大所獻之術。建立起高高的銅柱，上面又矗立著擎掌的仙人，來接受雲外的清露。把清露調和玉屑作早餐，必可以使性命越過數世而不死。贊美昔日之赤松子、王子喬，邀約羨門在天上相會。想從鼎湖乘龍成仙，哪裡還會留戀人世。若經歷數代而長存，又何必營造陵墓！

徒[1]觀其城郭[2]之制，則旁開三門。參塗[3]夷庭[4]，方軌[5]十二[6]，街衢相經[7]。廛里[8]端直，甍[9]宇[10]齊平。北闕[11]甲第[12]，當道直啟[13]。程巧致功[14]，期不陁陊[15]。木衣綈錦[16]，土[17]被朱紫。武庫[18]禁兵[19]，設在蘭錡[20]。匪[21]石[22]匪董[23]，疇[24]能宅[25]此！爾乃廓[26]開九市[27]，通闤帶闠[28]。旗亭[29]五重[30]，俯察百隧[31]。周制大胥[32]，今也惟尉[33]。瓌貨[34]方[35]至，鳥集鱗萃[36]。鬻[37]者兼贏[38]，求者不匱[39]。爾乃商賈[40]百族[41]，裨販[42]夫婦。鬻良[43]雜苦[44]，蚩眩邊鄙[45]。何必昏[46]於作勞[47]，邪[48]贏優[49]而足恃！彼肆人之男女，麗美奢[50]乎許[51]史[52]。若夫翁伯[53]濁質[54]，張里[55]之家，擊鍾鼎食[56]，連騎相過[57]。東京[58]公侯，壯[59]何能加！都邑游俠[60]，張趙[61]之倫[62]。齊志無忌[63]，擬[64]跡[65]田文[66]。輕死重氣[67]，結黨連群。寔蕃有徒[68]，其從如雲。茂陵[69]之原[70]，陽陵[71]之朱[72]。趫悍[73]虓豁[74]，如虎如貙[75]。睚眥[76]蠆芥[77]，屍僵[78]路隅[79]。丞相欲以贖子罪，陽石汙而公孫誅[80]。若其五縣[81]游麗[82]辯論之士，街談巷議，彈射[83]臧否[84]，剖析毫釐，擘肌分理[85]。所好[86]生毛羽[87]，所惡成創痏[88]。郊甸[89]之內，鄉邑[90]殷賑[91]。五都[92]貨殖[93]，既遷[94]既引[95]。商旅[96]聯槅[97]，隱隱展展[98]。冠帶[99]交錯，方[100]轅[101]接軫[102]。封畿[103]千里，統[104]以京尹[105]。郡國宮館，百四十五。右[106]極盩厔[107]，并卷[108]酆[109]鄠[110]。左暨河華[111]，遂至虢[112]土。

【章　旨】本段描寫長安及所屬郊縣的城鎮風光，刻畫了各種職業、各種類型的人物。首先從寫城市構局，寫到北闕一帶權貴之家，描寫他們的奢侈和僭越的生活。其次形容九市的商人，批評他們靠欺詐致富而貴盛過於王侯。再次揭露都邑遊俠強橫不守法度的行徑及遊麗辯論之士信口雌黃褒貶人物的行為。最末綜寫長安郊縣商業、交通繁盛之狀。

【注　釋】❶徒　只。❷郭　外城。❸參塗　三條道路。❹夷庭　平而直。❺方軌　並行的車。方，並。軌，車輪間的距離，古制八尺。此代指車。❻十二　此指每面三條路，每路四車，則可並行十二車。❼相經　互相成經緯交叉之狀。長安城每面三條大路，延伸到城內，則經緯相交。❽廛里　古城市中住宅的通稱。庶人、農、工、商等所居為廛，士大夫等所居謂之里。❾甍　屋脊。❿宇　屋簷。⓫北闕　指未央宮北闕。時上書、奏事、謁見者皆詣北闕。此指近北闕之地，為公侯聚居之處。⓬甲第　第一等的公館。⓭啟　開；開門。⓮程巧致功　選擇巧匠全力施工。程，估量考核。巧，工匠。致功，全力施工。致，盡致。功，功夫。即工夫、工程夫役。⓯期不陁陊　務必不使崩壞墜落。期，務須。陁，崩頹；壞落。陊，墜落。⓰木衣綈錦　梁木質猶如外罩綈錦。衣，穿。此處為外罩之意。綈錦，色彩絢爛的絲織品。綈，厚繒。錦，織錦。⓱土　指構築房屋牆垣的土石。⓲武庫　未央宮中儲藏武器的倉庫。⓳禁兵　天子的兵器。⓴蘭錡　武器架。擱弩的名錡，擱其他兵器的名蘭。㉑匪　通「非」。㉒石　指石顯。字君房，濟南人，少時因犯法受腐刑，為中黃門，以選為中尚書，元帝時為中書令，元帝病，事無大小，由石顯口決，貴幸傾朝。㉓董　指董賢。字聖卿，雲陽人，哀帝悅其儀貌，拜為黃門郎，由是貴幸，為其起大第北闕下，土木之功，窮極技巧，柱檻皆蒙以綈錦，武庫禁兵盡在其宅。㉔疇　誰。㉕宅　居住。㉖廓　大。㉗九市　長安的九個市。六市在道西，三市在道東，各方二百六十六步。㉘通闤帶闠　此謂每市周圍雖有牆，然各面有門，各市相通。從今新繁出土的市井圖磚看，市井四周築有圍牆，三方設門，門面三開，市門東西相對。闤，市牆。帶，圍繞。闠，市門。㉙旗亭　指市樓。管理市場的官署即設在市樓中，市樓上懸大鼓，擊鼓以令市。㉚五重　五層。㉛隧　市內的街道。㉜大胥　周代掌市者有司市、胥師等官，此蓋指胥師，因尊其職而冠以大字。㉝尉　管理長安市者為長丞，屬京輔都尉所轄。㉞瓌貨　奇貨。㉟方　四方。㊱鱗萃　如魚之集結。㊲鬻　賣。㊳兼贏　獲利加倍。㊴匱　乏；缺少。㊵商賈　商人。行為商，坐為賈。㊶族　類。㊷裨販　小販。㊸良　質好的貨物。㊹苦　粗劣。指次劣之貨。㊺蚩眩邊鄙　欺騙迷惑邊遠的人。蚩，欺騙。眩，迷亂。邊鄙，指邊遠之人。㊻昬　通「暋」。勉力。㊼作勞　作勤勞之事。㊽邪欺詐。(49)優　豐饒。(50)奢　過於。(51)許　指許皇后家。許皇后為宣帝之后，元帝之母，一門四人被封為侯，叔延壽及其子嘉皆為大司馬車騎將軍。(52)史　指漢宣帝祖母史良娣家。史良娣之兄恭，當宣帝即位時已死。於是封恭之長子為樂陵侯，次子為將陵侯，三子為平臺侯。(53)翁伯　人名。漢時販脂富商。(54)濁質　指濁氏、質氏。皆富商之家。(55)張里　人名。賣醬致富。(56)擊鍾鼎食　列鼎而食，食時擊鍾、奏樂。此為富貴人家的排場。(57)連騎相過　不斷有人來訪。說明交遊甚廣。過，訪問。(58)東京　指東漢京都洛陽。(59)壯　盛大。(60)游俠　好交遊、輕生重義之人。(61)張趙　指張禁、趙放。長安有名的豪俠。(62)倫　類。(63)無忌　指戰國時魏信陵君無忌。養士多至三千人。(64)擬　摹擬；仿效。(65)跡　前人留下的功業等。(66)田文　戰國齊孟嘗君。(67)氣　義氣。即《史記・卷一二四・游俠列傳》所謂「其言必信，其行必果，已諾必誠，不愛其軀，赴士之厄困」的氣概。(68)寔蕃有徒　廣有徒眾。寔，實。蕃，多。徒，眾。(69)茂陵　漢武帝的陵墓。在今陝西省興平縣東北，距長安八十里，置以為縣，徙民萬戶居之。(70)原　原涉。漢代著名俠士，外溫仁謙遜，而內隱好殺，因小恨而殺人甚多。(71)陽陵　漢景帝之墓。在今陝西咸陽東，距長安四十五里，徙民五千戶居之，置為縣。(72)朱　朱安世。漢時長安大俠。(73)趫悍　兇悍。(74)虓豁　盛怒的樣子。(75)貙　虎屬猛獸，似貍而大。(76)睚眥　張目相忤。(77)蔕芥　猶「蒂芥」。通言芥蒂。意為心裡小有不快。(78)僵　仆倒。(79)路隅　路邊。(80)丞相欲以贖子罪二句　漢武帝時，公孫賀為丞相，其子敬聲為太僕，敬聲擅用北軍錢千九百萬，事發下獄，是時詔捕陽陵朱安世不能得，賀自請逐捕安世以贖子罪，後果得安世，安世遂從獄中上書，告敬聲與武帝女陽石公主私通，及使人巫祭祠詛皇帝等事，武帝下有司案驗，窮治所犯，遂父子俱死獄中，族滅。汙，名聲汙穢。(81)五縣　指漢帝之五陵。即高帝葬長陵，惠帝葬安陵，景帝葬陽陵，武帝葬茂陵，昭帝葬平陵。五陵皆徙官員及富人、豪傑兼并之家居之，置以為縣。(82)遊麗　結伴閒遊的人。麗，結伴而行。(83)彈射　用言語指摘人。(84)臧否　褒貶。(85)擘肌分理　比喻剖析精細。擘，剖開。肌，肌膚。理，紋理。(86)所好　所喜歡的人。(87)生毛羽　生毛羽則能飛揚，此謂被捧得很高。(88)所惡成創痏　此指被這些辯論之士詆毀中傷，如同被毆傷而留下瘢痕。所惡，所厭惡者。創痏，創傷留下的瘢痕。(89)郊甸　京城的郊區。距都城百里為郊，百里外，二百里之內為甸。(90)鄉邑　泛指村鎮。(91)殷賑　富饒。(92)五都　漢以洛陽、邯鄲、臨淄、宛、成都為五都。(93)貨殖　經商之人。(94)遷　轉賣。(95)引　進貨。(96)商旅　流動的商人。(97)聯槅　貨車接連不斷。槅，大車之軛。即轅前扼牛馬頸之木。此指大車。(98)隱隱展展　象重車之聲。(99)冠帶　指士大夫或官吏。(100)方　並。(101)轅　駕車用的直木或曲木。壓在車軸上，伸出在車輿前端，漢時為雙轅。此指車。(102)軫　車箱底部四面的橫木。此指車。(103)封畿　王都周圍地區。(104)統　總領。(105)京尹　即京兆尹。京都地區的行政長官。(106)右　西。(107)盩厔　縣名。在陝西中部，今作周至。(108)并卷　兼并席卷。(109)酆　縣名。在今陝西省戶縣東。(110)鄠　縣名。故城在今陝西省戶縣北。(111)左暨河華　東至黃河、華山。左，東。暨，至。河，黃河。華，華山。(112)虢　指周之南虢。故城在今河南省三門峽市東南。

【語　譯】只見那長安城郭的形制，是在每一面開了三座城門，門前的三條大路都平坦挺直，可同時並行十二部車。城內街道呈經緯交叉之狀，住宅端正整齊，屋脊房簷互相齊平。未央宮北闕一帶的一等府第，朝著大道開啟正門。這些工程都是選擇巧匠全力施工，務必不使崩壞墜落。梁木質猶如外罩綈錦，土石好像披上朱衣紫服。皇帝武庫中的兵器，就架在宅中兵器架上。不是石顯、董賢之輩，誰能居住這樣的府第！大開九市，雖然每市周圍皆有牆，但各面有門，各市相通。市樓有五層之高，從上面可以看清眾多市內的街道。管理市場的官員在周代稱為胥師，現在則屬於京輔都尉。奇貨從四方而至，像鳥雀成群魚類集結；賣者獲加倍的利潤，而買主卻依然不減。又有各種行商坐賈，夫妻小販，表面賣好貨卻暗中摻雜次劣之物，欺騙迷惑邊遠而來的人。因此何必勉力從事勤苦的勞作，靠欺詐也有豐厚的贏利足以為生啊！看那些為商的男女，衣著的華麗還超過許史家人呢！至於翁伯、濁氏、質氏及張里之家，擊鍾奏樂時列鼎而食，來訪之人絡繹不絕。東都的公侯，其排場的盛大又如何能超過他們！城市中的遊俠之人，如張禁、趙放之類，志向追隨信陵君無忌，行事仿效孟嘗君田文，他們輕生死而重義氣，結黨連群，廣有徒眾，追隨者極多。茂陵的原涉，陽陵的朱安世，兇悍猛惡，如虎如貙，稍有小仇小恨，便使人屍倒路旁。丞相公孫賀欲捕朱安世來贖子之罪，卻落得陽石公主名聲汙穢而公孫一門受誅。至於那些五陵結伴閒遊的辯論之士，街談巷議，指摘褒貶，剖析問題直到毫釐之細，分辨事物如同分別肌膚紋理。只要是他們喜歡的人就會被捧上了天，而他們所厭惡者就會被詆毀得體無完膚。二百里郊區內，村鎮富饒。五都的商人，賣出買進。行商們的貨車接連不斷，重車發出隱隱展展的聲音。官吏士紳交錯於道，絡繹不絕。京都所轄地區有千里之廣，由京兆尹統領。分散在各郡國的離宮別館，有一百四十五處。西面直抵盩厔，包括酆鄠二縣。東至黃河華山，達到南虢之地。

上林禁苑[1]跨谷彌阜[2]。東至鼎湖[3]，邪[4]界細柳[5]。掩[6]長楊[7]而聯五柞[8]，繞黃山[9]而款[10]牛首[11]。繚亙綿聯[12]，四百餘里。植物斯[13]生，動物斯止[14]。眾鳥翩翻，群獸駓騃[15]。散似驚波，聚似京峙[16]。伯益[17]不能名[18]，隸首[19]不能紀[20]。林麓[21]之饒，于何不有！木則樅栝椶枏[22]，梓棫楩楓[23]。嘉卉灌叢[24]，蔚[25]若鄧林[26]。鬱蓊薆薱[27]，橚爽櫹槮[28]。吐葩颺榮[29]，布葉垂陰。草則葴莎菅蒯[30]，薇蕨荔芁[31]，王芻莔臺[32]，戎葵懷羊[33]。苯蓴蓬茸[34]，彌[35]皋[36]被[37]岡。篠簜敷衍[38]，編[39]町[40]成篁[41]。山谷原隰[42]，泱漭[43]無疆。迺有昆明[44]靈沼[45]，黑水玄阯[46]。周[47]以金堤[48]，樹[49]以柳杞。豫章[50]珍館，揭[51]焉中峙。牽牛立其左，織女處其右[52]。日月於是乎出入[53]，象扶桑[54]與濛汜[55]。其中則有黿[56]鼉[57]巨鼈，鱣鯉鱮鮦[58]，鮪鯢鱨魦[59]，修[60]額短項，大口折鼻[61]，詭類殊種。鳥則鷫鷞鴰鴇[62]，駕鵝鴻鶤[63]。上春[64]候來[65]，季秋[66]就[67]溫。南翔衡陽[68]，北棲雁門[69]。集[70]隼[71]歸鳧[72]，沸卉軿訇[73]。眾形殊聲，不可勝[74]論。

【章　旨】本段描寫上林苑及苑中的昆明池。先寫上林苑，說明它的位置和廣大，並著重形容苑中棲息的動物和繁茂生長的樹、草、竹林。接著轉入寫昆明池，描寫池上的建設，又用誇張的筆法形容此池占地之廣。最後對昆明池中黿鼉魚類及池上禽鳥的種類及生態作了細緻的描摹。

【注　釋】(1)上林禁苑　指上林苑。秦時在渭南原有一舊苑，亦名上林苑，漢武帝加以擴大，苑中開鑿昆明池，挖掘太液池，營建建章宮等，形成一個宮殿、園林與大自然巧妙結合的皇家享樂之地。由於禁止外人妄入，故稱禁苑。(2)彌皐　遍布丘陵。彌，滿。皐，丘陵；土山。(3)鼎湖　在今陝西省藍田縣南。(4)邪　通「斜」。(5)細柳　指細柳原。在長安西南。(6)掩覆。(7)長楊　指長楊宮。本係秦宮，漢修飾之，宮中有垂楊數畝，故名。在今陝西省周至縣東南。(8)五柞　指五柞宮。宮中有五株連抱柞樹，故名。故址在今陝西省周至縣東南。(9)黃山　一名黃麓山。在今陝西省興平縣北。(10)款　至。(11)牛首　山名。在今陝西省鄠縣西南。(12)繚亙綿聯　繚繞連綿。亙，原本作「垣」，依古抄本及唐寫本改。綿聯，連綿。(13)斯　這裡。(14)止　居。(15)駓騃　野獸行走的樣子。(16)京峙　高丘。(17)伯益　舜時掌山林之官。相傳善於畜牧和狩獵，能通鳥語，後亦為禹所倚重。(18)名　叫出名字。(19)隸首　黃帝之臣。善算。(20)紀　計其數。(21)林麓　山林。麓，山足。(22)樅栝椶柟　皆樹木名。(23)梓棫楩楓　皆樹木名。(24)嘉卉灌叢　美好的草木，到處叢生。嘉，美。卉，此泛指草木。灌，叢生。(25)蔚　茂盛的樣子。(26)鄧林　據《山海經・海外北經》說，夸父與日競走，半路渴死，棄其杖，化為鄧林。畢沅校注認為鄧林即桃林。(27)鬱蓊薆薱　草木茂密的樣子。(28)橚爽櫹槮　草木茂盛的樣子。(29)吐葩颺榮　花朵怒放。葩、榮，花。(30)葴莎菅蒯　皆草名。(31)薇蕨荔芁　皆草名。(32)王芻莔臺　王芻、莔、臺三者皆草名。(33)戎葵懷羊　皆草名。(34)苯䔿蓬茸　草木叢生茂盛的樣子。(35)彌　滿。(36)皋　水邊高地。(37)被　覆蓋。(38)篠簜敷衍　小竹大竹廣生蔓延。篠，小竹。簜，大竹。敷，廣布。衍，蔓延。(39)編　連。(40)町　田地。(41)篁　竹林。(42)原隰　高原和低地。(43)泱漭　廣大的樣子。(44)昆明　指昆明池。漢武帝元狩二年穿鑿，在長安西南，周圍四十里，面積三百三十二頃，為仿滇河（滇池）而作。(45)靈沼　神靈所造池沼。(46)黑水玄阯　古代傳說中有黑水與玄阯之名，此謂古代傳說之地今驗現於眼前之意。挖昆明池之時，於池之深處得黑土，當時認為是劫灰，黑水玄阯當指此。玄阯，水中黑色的小塊陸地。(47)周　圍著。(48)金堤　謂石堤其堅如金。(49)樹　栽種。(50)豫章　指豫章觀。在昆明池中，皆用豫章大木建造。(51)揭　高高地。(52)牽牛立其左二句　昆明池之東西各有牽牛、織女石像一座。(53)日月於是乎出入　誇張地形容昆明池之廣大。(54)扶桑　神話中之神樹。生於日出之處。(55)濛汜　神話中地名。指日沒之處。(56)黿　大鼈。(57)鼉　揚子鱷。(58)鱣鯉鱮鮦　皆魚名。(59)鮪鯇鱨魦　皆魚名。(60)修　長。(61)折鼻　彎鼻。(62)鷫鷞鴰鴇　鷫鷞、鴰、鴇三者皆鳥名。(63)駕鵝鴻鶤　駕鵝、鴻、鶤三者皆鳥名。(64)上春　孟春；正月。(65)候來　按時令而來。(66)季秋　秋季的第三個月。即農曆九月。(67)就　趨向。(68)衡陽　今湖南市名。舊城南有回雁峰，相傳雁至此不再南飛。(69)雁門　指雁門山。在今山西省代縣西北，《山海經》郭注云雁出於其間。(70)集　原本作「奮」，今據五臣本改。(71)隼　鷹類。(72)鳧　水鳥。即野鴨。(73)沸卉軿

訇　皆鳥類奮力迅飛之聲。⑭勝　盡。

【語譯】上林苑禁地，跨越山谷遍布丘陵；東至鼎湖，斜斜地以細柳原為界限；掩藏著長楊宮，連接著五柞宮，環繞著黃山直到牛首山，邊界繚繞連綿四百餘里。植物在這裡生長，動物在這裡居息。眾鳥飛翔，群獸奔走。分散時如驚波急湍，聚集時如同水中高丘。這些奇珍異獸，連伯益也叫不出名字，隸首也無法計算。山林富饒，無奇不有！樹木則有樅、栝、椶、柟、梓、棫、楩、楓等類。美好的草木，到處叢生，茂盛如同鄧林一般，鬱鬱蔥蔥，繁密興盛。花朵怒放，樹葉垂陰。草則有葴、莎、菅、蒯、薇、蕨、荔、芫、王芻、茵、臺、戎葵、懷羊等類，叢生興茂，遮滿了水邊高地，覆蓋著山岡。小竹大竹廣生蔓延，遍野皆成竹林。山陵谿谷高原低地連綿成片的竹林，一望無際。還有昆明神池，黑水中露出玄色陸地；四周圍著堅固的石堤，種著柳杞。珍奇的豫章觀，高高地峙立在池中，東立著牽牛石人，西則有織女塑像。日月在池中升沒，好像這裡是扶桑與濛汜。池裡有黿、鼉、巨鼈、鱣、鯉、鱮、鮦、鮪、鯢、鱨、魦等魚類，有長額短頸的，有大口彎鼻的，各種奇異的類別和不同的品種。鳥類則有鸕鷀、鴰、鴇、駕鵝、鴻、鶤，初春按時令而來，秋末到溫暖的地方去，往南飛直到衡陽為止，往北到雁門山棲息。集聚的鷹隼和歸飛的水鳥，奮飛時發出沸卉軿訇的聲音。眾多的形貌、不同的鳴聲，真是難以盡述啊！

於是孟冬①作②陰③，寒風肅殺④。雨雪飄飄，冰霜慘烈。百卉具零，剛蟲⑤搏摯⑥。爾乃振⑦天維⑧，衍⑨地絡⑩，蕩川瀆⑪，簸林薄⑫。鳥畢駭，獸咸作，草伏木棲，寓居⑬穴託。起彼集此⑭，霍繹⑮紛泊⑯。在彼靈囿⑰之中，前後無有垠鍔⑱。虞人⑲掌焉，為之營域⑳。焚萊㉑平場，柞木㉒翦棘㉓。結罝㉔百里，迒杜蹊塞㉕。麀㉖鹿麌麌㉗，駢田㉘偪庂㉙。天子乃駕雕軫㉚，六駿駮㉛。戴翠帽㉜，倚金較㉝。璿弁玉纓㉞，遺光㉟儵爚㊱。建玄弋㊲，樹招搖㊳。棲㊴鳴鳶㊵，曳㊶雲梢㊷。弧旌枉矢㊸，虹旃㊹蜺旄㊺。華蓋㊻承辰㊼，天畢㊽前驅。千乘雷動，萬騎龍趨㊾。屬車㊿之簉(51)，載獫(52)猲獢(53)。匪(54)唯翫好(55)，乃有祕書(56)。小說(57)九百，本自虞初(58)。從容(59)之求，寔俟(60)寔儲。於是蚩尤(61)秉鉞(62)，奮鬣(63)被(64)般(65)。禁禦(66)不若(67)，以知神姦(68)，魑魅魍魎(69)，莫能逢旃(70)。

【章旨】本段描寫皇家圍獵前的準備和天子出獵時的排場。圍獵之前，先將禽獸從苑中各處驅趕集中，平整獵場，斬除草木，用捕獸網四面包圍。然後天子乘著豪華的馬車在旗旄簇擁之中出場，千車萬騎隨從，載著獵犬，備有祕藏之書，車駕之前則有衛士持旗清道。

【注釋】❶孟冬　冬季的第一個月。即夏曆十月。❷作　興起。❸陰　陰氣。❹肅殺　嚴酷摧敗之意。❺剛蟲　兇猛的禽獸。指鷹豺等。❻摶摯　亦作「摶鷙」。猛擊。❼振　整理；張設。❽維　網上的總繩。此指網。❾衍　展布。❿絡　網。⓫蕩川瀆　震動河溝。蕩，震動。川，大水。瀆，小溝。⓬簸林薄　搖撼林藪。簸，搖動。林薄，草木叢生之地。⓭寓居　寄居。⓮起彼集此　把彼處的鳥獸驚起驅趕到此處集中。彼，指上林苑別處。此，指預定的獵場。⓯霍繹　鳥獸飛走的樣子。⓰紛泊　紛亂的樣子。⓱靈囿　周文王有靈囿，故址即在漢上林苑中。此指上林苑。⓲垠鍔　邊際。⓳虞人　古掌山林禽獸之官。⓴營域　獵場。㉑萊　草。㉒柞木　砍伐樹木。㉓翦棘　斬除荊棘。㉔罝　捕獸的網。㉕迒杜蹊塞　堵塞住野獸逃跑的路徑。迒，獸道。杜，塞。蹊，小徑。㉖麀　母鹿。㉗麌麌　鹿群聚的樣子。㉘駢田　羅布；群集。㉙偪庂　迫窄。偪，同「逼」。庂，同「仄」。集中的意思。㉚雕軫　車後橫木。此指車。㉛駮　通「駁」。指黑紋之白馬。㉜翠帽　用翠羽裝飾的車蓋。㉝較　車箱兩旁板上的橫木。㉞璿弁玉纓　美玉裝點著馬冠和馬鞅。璿，美玉。弁，馬冠。纓，馬鞅。即套在馬頸上的皮帶。㉟遺光　放射光采。㊱儵爚　閃爍的樣子。㊲玄弋　北斗第八星之名。此指畫有此星之旗。㊳招搖　北斗第九星之名。此指畫有此星之旗。㊴棲　此指畫在旗上。㊵鳶　鴟鷹。㊶曳　搖曳；飄揚。㊷雲梢　指繪有雲彩的旗。梢，通「旓」。旌旗下邊懸垂的飾物。㊸弧旌枉矢　此指繪有弧、枉矢二星之旗。弧、枉矢，皆星名。㊹虹旃　繪有彩虹的旗。旃，赤色曲柄的旗。㊺蜺旌　繪有霓虹的旗。蜺，雌虹。旌，桿頭用旄牛尾裝飾的旗。㊻華蓋　星名。九星如蓋狀，在紫微星宮中庇覆帝座。此指天子車蓋。㊼辰　北極星。㊽天畢　星名。即畢宿，形如長柄網。此謂畫有天畢星的旗子。㊾龍趨　像神龍一樣迅疾。龍，形容駿馬神態。㊿屬車　皇帝隨從的車子。(51)簉　副車。(52)獫　長嘴獵犬。(53)獥獢　短嘴獵犬。(54)匪　通「非」。(55)翫好　玩賞之物。(56)祕書　皇家祕藏之書。(57)小說　醫巫驅邪除災之術。(58)虞初　河南人。漢武帝時方士，號黃車使者。(59)從容　閒和的樣子。(60)俟　等候。(61)蚩尤　神話中東方九黎族首領。有兄弟八十一人，相傳以金作兵器，並能喚雲呼雨，後與黃帝戰於涿鹿（今河北涿鹿東南），失敗被殺。此處據姚鼐認為，蓋指旄頭，這是皇帝儀仗中一種擔任先驅的騎兵，披髮清道。(62)秉鉞　手執大斧。(63)奮鬣　鬚髮開張。奮，振；張。鬣，鬚髮。(64)被　披。(65)般　通「斑」。指虎皮或畫虎紋的衣服。(66)禁禦　防止。(67)不若　不順。(68)神姦　為害之鬼神。(69)魑魅魍魎　山妖水怪。魑，山神。魅，怪物。魍魎，水神。(70)旃　「之焉」二字的合音。

【語　譯】於是初冬之時陰氣興起，寒風嚴酷。雨雪飄飄，冰霜凜冽。百草都已凋落，正是兇猛的禽獸猛擊之時。於是張設天羅，展布地網，震動河溝，搖撼林藪。禽鳥全都惶懼，野獸皆被驚起。有的伏在草中，有的匿於樹上，有的暫居別處，有的在洞穴藏身。把鳥獸從彼處趕來集中到此處，惹得牠們或高飛或逃竄，亂作一團。在那上林苑中，南北都沒有邊際，由虞人掌管治理獵場之事。焚燒草叢再平整場地，砍伐樹木並斬除荊棘。捕獸網連張百里，堵住野獸逃跑的路徑。鹿群聚合，眾獸被迫擁擠一處。天子就駕起彩畫的車乘，由六匹白色黑紋的駿馬牽挽。上張翠羽裝飾的車蓋，依靠著金飾的較木。美玉裝點著馬冠和馬軛，光采閃爍。立起玄弋之旗，樹著招搖之旗，高揚鳴鳶之旗，搖曳繪雲之旗，還有弧星之旗、枉矢之旗，以及彩虹之旗、雌霓之旗。華蓋在上承托北辰，天畢之旗作為前導。千乘兵車齊動發出如雷的聲音，奔馳的萬騎如神龍一般迅疾。隨從的副車，載著各種獵犬。並非只有玩賞之物，還有祕藏之書。小說九百篇，由虞初所撰。為因應皇帝閒暇時垂詢，平時就儲備以便待命。旌頭騎士執斧先驅，鬚髮開張，身披虎皮，防止不順的人物，辨識作祟的鬼神，即使山妖水怪，也不敢與之相逢。

陳虎旅❶於飛廉❷，正❸壘壁❹乎上蘭❺。結部曲❻，整行伍❼。燎京薪❽，駭❾雷鼓❿。縱獵徒，赴長莽⓫。迾卒⓬清候⓭，武士赫怒。緹衣韎韐⓮，睢盱⓯拔扈⓰。光炎燭天庭，囂聲震海浦⓱。河渭⓲為之波盪，吳嶽⓳為之陁堵⓴。百禽㉑㥄遽㉒，騤瞿㉓奔觸㉔。喪精亡魂㉕，失歸忘趨。投輪㉖關輻㉗，不邀㉘自遇。飛罕㉙潚箾㉚，流鏑㉛𢹂㩧㉜。矢不虛舍㉝，鋌不苟躍㉞。當足見蹍㉟，值輪被轢。僵禽斃獸，爛若磧礫㊱。但觀罝㊲羅㊳之所羂㊴結㊵，竿殳㊶之所揘畢㊷，叉簇㊸之所攙捔㊹，徒搏㊺之所撞挑㊻，白日未及移其晷㊼，已獮㊽其什七八。若夫游鷮㊾高翬㊿，絕阬踰斥(51)。毚兔聯猭(52)，陵(53)巒超壑。比諸東郭(54)，莫之能獲。乃有迅羽(55)輕足(56)，尋景(57)追括(58)。鳥不暇舉(59)，獸不得發(60)。青骹(61)摯(62)於韝(63)下，韓盧(64)噬於緤(65)末。及其猛毅(66)髬髵(67)，隅目(68)高匡(69)。威懾兕(70)虎，莫之敢伉。迺使中黃(71)之士，育獲(72)之儔。朱鬕(73)䰄(74)髽(75)，植髮(76)如竿。袒裼(77)戟手(78)，奎踽盤桓(79)。鼻(80)赤象(81)，圈(82)巨狿(83)，摣(84)狒(85)猬(86)，批(87)窳(88)狻(89)。揩(90)枳落(91)，突(92)棘藩(93)。梗(94)林為之靡拉(95)，樸叢(96)為之摧殘。輕銳(97)僄狡(98)，趫捷(99)之徒。赴洞穴，探封狐(100)；陵重巘(101)，獵昆駼(102)；杪(103)木末(104)，擭(105)獑猢(106)；超殊榛(107)，摕(108)飛鼯(109)。是時後宮嬖(110)人昭儀(111)之倫，常亞於乘輿(112)。慕賈氏之如皋(113)，樂〈北風〉之同車(114)。盤(115)于游畋(116)，其樂只且(117)！

【章　旨】本段描寫皇帝大規模圍獵的盛況。首先從獵火、雷鼓及驚天動地的喊聲來形容圍獵的聲勢，在此聲勢下禽獸慌亂，短時間內即已殺傷十之七八。接著是縱放獵鷹獵犬去獵取健雉狡兔，派出勇士力士去對付兇猛強悍之獸，指使矯捷之人去捕捉深藏難擒的動物。末了交代妃嬪們也與皇帝同車觀獵。

【注　釋】①虎旅　虎賁之旅。漢有虎賁中郎將，領皇帝之衛兵。②飛廉　館名。館上有神禽飛廉銅像，故名。③正　整飭。④壘壁　星名。共十二星，屬室宿。古人認為這是天軍之營壘，此指禁軍營壘。⑤上蘭　觀名。在上林苑中。⑥部曲　漢代軍隊中，將軍有部，大將軍營有五部，部有校尉一人，部下有曲，曲有軍候一人。⑦行伍　軍隊編制。二十五人為行，五人為伍。⑧京薪　高大的柴堆。積高為京。⑨鼝鼓　鼓聲響而急。⑩雷鼓　八面鼓。⑪長莽　遼遠深密的草叢。莽，草木叢生之處。⑫迾卒　擔任清道警衛的士卒。車駕出時，士卒布列以遮遏行人之來往。迾，遮。⑬清候　肅清道路行人，戒備守望。⑭緹衣韎韐　皆指武士的服裝。緹衣，橘紅色之衣。韎韐，用茅蒐草染成赤黃色的蔽膝。⑮睢盱　張目仰視；目中無人的樣子。睢，仰視。盱，張目。⑯拔扈　即「跋扈」。橫暴的樣子。⑰海浦　河流通海之口。⑱河渭　黃河、渭水。⑲吳嶽　即吳山。又名嶽山。在今陝西省隴縣西南。⑳陁堵　山崖崩塌。㉑禽　兼指鳥獸。㉒悽遽　驚慌失措。㉓駭瞿　惶急奔跑的樣子。㉔奔觸　奔馳衝撞。㉕喪精亡魂　喪魂失魄。喪，丟失。精，精神。亡，失去。㉖投輪　言禽獸遑急自投輪下。㉗關輻　入於輪輻。㉘徼　攔擊。㉙罕　捕鳥用的長柄小網。㉚潚箾　捕到禽鳥的樣子。㉛鏑　箭頭。此指箭。㉜擂擸　箭中的之聲。㉝舍　放。㉞鋋不苟躍　矛不亂投。鋋，小矛；鐵柄。躍，投刺。㉟蹍　踩；踹。㊱爛若磧礫　散亂如同一片碎石。爛，散亂的樣子。磧礫，河灘上的碎石。㊲罝　獸網。㊳羅　鳥網。㊴羂　用繩索絆取野獸。㊵結　縛。㊶殳　兵器。長丈二，八稜，頂端尖而無刃。㊷揘畢　擊刺。㊸叉簇　叉取之具。㊹攙捔　刺穿。㊺徒搏　空手搏鬥。㊻撞挠　撞倒。挠，推擊。㊼晷　日影。㊽獮　殺傷禽獸。㊾鷮　雉之健者。㊿翬　飛。(51)絕阬踰斥　越過大澤。阬、斥，皆大澤。阬，通「沆」。

(52)毚兔聯猭　狡兔急跑。毚，狡兔。聯猭，野獸奔跑的樣子。(53)陵　登上。(54)東郭　指東郭逡。據《戰國策》記載，韓國盧是天下之駿狗，東郭逡是海內狡兔。逡環山三周，騰岡五座，韓國盧不能追上。(55)迅羽　指鷹。(56)輕足　指獵犬。(57)貝　古「影」字。指鳥獸的身影。(58)括　箭末銜弦處。此指箭。(59)舉　起飛。(60)發　起跑。(61)青骹　青脛之鷹。(62)摯　執；捉取。(63)韝　革製臂套。打獵時用以停立獵鷹。(64)韓盧　即韓國盧。良犬名。(65)紲　同「緤」。繫犬的繩索。(66)猛毅　兇猛強悍。(67)髬髵　猛獸鬃毛豎起的樣子。(68)隅目　形容兇猛之獸眼有角稜。(69)高匡　謂眼眶高瞳子深。(70)兕　犀牛一類的獸。(71)中黃　古代勇士。(72)育獲　夏育、烏獲。皆古之力士。(73)朱鬘　絳帕抹額。(74)鬔　露髻。(75)髽　以麻纏髻。(76)植髮　頭髮直立。(77)袒裼　脫衣赤膊。(78)戟手　徒手屈肘如戟形，指點獵物，準備搏擊。(79)奎踽盤桓　形容搏捕時的步法。奎踽，兩足分開。盤桓，回旋周轉。(80)鼻　執鼻而牽。(81)赤象　大象。(82)圈　牽之入圈。(83)狿　即蟃蜒。傳說此獸身長百尋。古時尋為八尺。(84)摣　抓。(85)狒　獸身人面，身有毛，披髮迅走，食人。(86)猬　刺蝟。(87)扺　捕捉。(88)窳　即窫窳。類貙，虎爪食人。(89)狻　即狻猊、獅子。(90)揩　摩擦。(91)枳落　枳樹所成之籬落。枳樹似橘，多刺。(92)突　觸。(93)棘藩　棘木籬笆。(94)梗　有刺的草木。(95)靡拉　毀壞。(96)樸叢　小樹叢。(97)輕銳　輕疾。(98)僄狡　迅速勇猛。(99)趫捷　矯捷。(100)封狐　大狐。封，大。(101)巘　上大下小之山。此即指山。(102)昆駼　獸名。似馬，歧蹄，善登高。(103)杪　原義為樹梢，此作動詞用，言登上樹梢。(104)木末　樹梢。(105)擭　獲；捕捉。(106)獑猢　猿類。(107)殊榛　大的榛樹。(108)捎　掠取。(109)飛鼯　即鼯鼠。俗稱飛鼠，前後肢間有飛膜，能在林中滑翔。(110)嬖　寵幸。(111)昭儀　後宮女官之稱。為妃嬪之第一級。(112)乘輿　皇帝所乘之車。(113)賈氏之如皋　《左傳・昭公二十八年》記載：賈國大夫貌醜，娶妻很美，三年不言不笑，賈大夫為她駕車到沼澤地，射雉獲之，賈妻始笑而言。此處賈氏指賈大夫妻。如，到。皋，沼澤。(114)北風之同車　《詩經・邶風・北風》：「惠而好我，攜手同車。」此處取「同車」二字，言與皇帝同車出獵。(115)盤　樂。(116)畋　打獵。(117)只且　語助詞。表感歎。

【語　譯】在飛廉館前集結了大批禁軍，在上蘭觀外整飭營壘。整合部屬，整頓行伍。燃著高大的柴堆，敲起響急的雷鼓。放任獵卒，直撲深草之中。遮擋閒雜人等的衛兵正肅清道路、嚴密戒備，武士全都殺氣騰騰，穿著橘紅上衣、赤黃蔽膝；張目仰視，驕橫剛勇。一時光焰照亮中天，雜亂的喊聲震動了河川出海之口；黃河渭水因而波濤激盪，吳山也被震塌山崖。眾多禽獸驚慌失措，奔跑衝撞，喪魂失魄，不知何去何從；情急而闖入車輪下，不須攔擊就自觸而亡。揚起長柄網，禽鳥就被捕進；飛箭中獸，發出揞摋之聲。矢不虛放，鋋不亂投。凡碰到腳下就踐踏，逢著車輪就輾軋。僵禽死獸，散亂如同一片碎石。只看那羅網絆縛，竿殳擊刺，叉簇刺取，徒手撞擊，白日尚未移動其光影，就已經殺傷了十分之七八了。而那些健雉高飛，越過大澤，狡兔疾跑，翻山越谷，就好比東郭㕙一樣矯捷，無法捕獲。於是派遣迅疾的獵鷹和輕快的獵犬，牠們能夠尋到鳥獸蹤影追上飛箭。因此鳥尚不及起飛，獸也未能舉足，青腿鷹已擒在鞲套之下，良犬已咬於牽索末端。至於那些兇猛強悍，鬃毛豎起，眼有角稜，瞳子深陷，兕虎畏懼的野獸，就無人敢擋。於是派遣中黃這類勇士，夏育、烏獲之輩力士前去。他們用絳帕抹額粗麻紮髻，頭髮直立如竿。脫衣赤膊戟手而指，分開兩足左右盤旋，終於牽住大象的鼻子，控制巨狿入圈，抓住狒狒刺蝟，揪擒窫窳、狻猊等猛獸；摩擦枳籬，觸及棘藩，多刺的梗林被毀壞，小樹叢也遭到摧殘。輕銳勇猛矯捷之人，深赴洞穴，捉拿大狐；登上重山，獵取昆駼；攀上樹梢，擒獲獑猢；躍過大榛，掠取飛鼯。這時後宮那些受寵幸的昭儀等妃嬪，乘著僅次於天子的車乘而來，羨慕從前賈氏曾到澤中觀獵，享受〈北風〉中說的同車之樂。喜悅地出遊打獵，是多麼地快樂呵！

於是鳥獸殫❶，目觀窮❷。遷延❸邪睨❹，集❺乎長楊之宮。息❻行夫❼，展❽車馬。收禽❾舉❿胔⓫，數課⓬眾寡。置互⓭擺牲⓮，頒賜⓯獲鹵⓰。割鮮野饗，犒勤⓱賞功。五軍⓲六師⓳，千列百重⓴。酒車酌醴㉑，方駕㉒授饔㉓。升觴舉燧㉔，既釂㉕鳴鐘。膳夫㉖馳騎，察貳廉空㉗。炙炰夥㉘，清酤𡖍㉙。皇恩溥㉚，洪德施。徒御㉛悅，士忘罷㉜。

【章　旨】本段描寫田獵之後犒賞士卒的情景。眾軍齊集在長楊宮前，整齊隊列，收羅禽獸，統計成果，論功行賞。接著舉行盛大的野餐，有專車送酒送菜，舉火齊飲，鳴鐘告盡。最後形容士卒的欣悅及對皇帝的感恩。

【注　釋】❶殫　盡。❷目觀窮　眼目窮極觀賞。目觀，眼目所觀賞。窮，極。❸遷延　退卻。❹邪睨　斜視。邪，通「斜」。睨，斜視。❺集　聚集。❻息　休息。❼行夫　指打獵士卒。❽展　排列整齊。❾收禽　收集獵獲的禽獸。❿舉　拾起。⓫胔　本義為將腐之肉，此指碎裂的肉。⓬課　考核。⓭互　掛肉的架子。⓮擺牲　將獸體剖開而懸之。⓯頒賜　分賞。⓰獲鹵　指擄獲的禽獸。鹵，通「虜」（擄）。⓱勤　勞苦。⓲五軍　指漢代的五營。⓳六師　按《周禮》，天子有六軍。此與「五軍」皆指參加田獵的禁軍。⓴千列百重　形容士卒之眾。㉑酌醴　送酒。酌，斟酒。醴，甜酒。㉒方駕　並車。㉓饔　熟食。㉔升觴舉燧　舉火齊飲。升觴，進酒。觴，盛酒器。舉燧，舉火。㉕釂　喝乾杯中酒。㉖膳夫　官名。掌皇宮飲食。㉗察貳廉空　查看菜肴有無重複或缺漏。察、廉，視察的意思。貳，雙份菜肴。空，缺少或未分到菜肴。㉘炙炰夥　燒烤烹煮的食物豐盛。炙，燒烤食物。炰，烹煮食物。夥，多。㉙清酤䝸　美酒很多。清酤，美酒。䝸，多。㉚溥　普施。㉛徒御　輓車者；駕車者。㉜罷　疲勞。

【語　譯】於是鳥獸一掃而空，視覺也獲得極致的享受。大夥便一邊退卻一邊斜視搜索，聚集在長楊宮前。一方面讓打獵的士卒稍事休息，一方面重整車馬，並收集打死的禽獸、拾起碎裂的獸肉，計算考核其數量。接著安置木架來懸掛剖開的獸體，分賞擄獲的活物；割下鮮肉來野餐，犒賞勞苦有功之人。於是為數眾多的禁軍將士，羅列群聚。以酒車送甜酒，以並駕的馬車傳送熟食。眾人舉火齊飲，嗚鐘乾杯。膳夫騎馬來回奔馳，查看菜肴有無重複或缺漏。燒烤烹煮的食物豐盛，美酒極多。皇帝的厚惠普及，洪大的恩德遍施。車夫們高興，將士們也都忘記了疲勞。

巾車❶命駕❷，迴❸旆❹右移。相羊❺乎五柞之館，旋憩❻乎昆明之池。登豫章，簡❼矰紅❽。蒲且❾發，弋高鴻❿。挂白鵠⓫，聯⓬飛龍⓭。磻⓮不特絓⓯，往⓰必加雙。於是命舟牧⓱，為水嬉。浮鷁首⓲，翳⓳雲芝⓴。垂翟葆㉑，建羽旗。齊檝女㉒，縱櫂歌㉓。發引和㉔，校㉕鳴葭㉖。奏〈淮南〉㉗，度㉘〈陽阿〉㉙。感河馮㉚，懷湘娥㉛。驚蝄蜽㉜，憚㉝蛟蛇㉞。然後釣鲂鱧㉟，纚㊱鰋鮋㊲。摭㊳紫貝㊴，搏㊵耆龜㊶。搤㊷水豹㊸，馽㊹潛牛㊺。澤虞㊻是濫㊼，何有春秋！擿㊽漻澥㊾，搜川瀆㊿。布九罭(51)，設罜麗(52)。摷昆鮞(53)，殄(54)水族(55)。蘧藕(56)拔，蜃蛤(57)剝(58)。逞欲(59)畋(60)斂(61)，效(62)獲麑(63)麇(64)。摎蓼浶浪(65)，乾池滌藪(66)。上無逸(67)飛，下無遺(68)走。擭(69)胎拾卵，蚳(70)蝝(71)盡取。取樂今日，遑恤(72)我後！

【章　旨】本段描寫皇帝在昆明池上享樂的情景。先在池中豫章館弋射飛鳥，每發必中，中必成雙。接著泛舟而嬉，檝女唱櫂歌，聲動鬼神。末了則開始大規模漁獵，幾乎把各種水族全部殄滅，幼獸蟲卵都不放過，直到天無飛鳥，地無走獸的地步。對於這種竭澤而漁的做法，作者很不滿，作了尖銳的諷刺。

【注　釋】❶巾車　指掌管巾車之官。巾車是一種有被蓋的車子。❷命駕　命令御者駕車出發。❸迴　回轉。❹旆　大旗。❺相羊　即徜徉。留連徘徊的樣子。❻旋憩　回返休息。旋，回。憩，休息。❼簡　察看；挑選。❽矰紅　繫絲繩以射鳥的短箭。紅，指紅色絲繩。❾蒲且　古時楚國的神射手。❿弋高鴻　射高飛的大雁。弋，以矰射。鴻，大雁。⓫挂白鵠　矢絲掛住天鵝。挂，射中而矢絲掛之。白鵠，天鵝。⓬聯　義同於「掛」。言繳絲連於鳥身。⓭飛龍　野鴨。⓮磻　石塊上連絲繩，以射鳥。⓯特絓　只打中一隻。絓，著。⓰往　射。⓱舟牧　掌船官。⓲鷁首　船頭。此指船。鷁為水鳥，古人認為鷁鳥遇到逆風，能夠退飛，故常畫鷁鳥於船頭，希望化險為夷。⓳翳　覆蓋；掩飾。此有繪畫的意思。⓴雲芝　雲氣和芝草的圖案。㉑翟葆　用雉羽裝飾的傘蓋。翟，長尾野雉。此指雉羽。葆，車蓋。㉒檝女　划船女。檝，短槳。㉓櫂歌　鼓櫂而歌。櫂，船槳。㉔發引和　一人領唱，眾人應和。發，唱出。㉕校　調音使急而吹。㉖葭　通「笳」。一種管樂器。㉗淮南　即〈淮南王〉曲。據說淮南王服食成仙而去，淮南小山等作此曲懷之。㉘度　按曲歌唱。㉙陽阿　樂曲名。㉚河馮　指河神馮夷。㉛懷湘娥 引發湘水女神的思念。懷，使湘娥懷思。湘娥，堯之二女娥皇、女英。嫁為舜妃，聽說舜死於蒼梧，二人遂投湘水而死，成為湘水之神。㉜蝄蜽 水中精怪。㉝憚 使之畏懼。㉞蛟蛇 水中神物。㉟鮪鱧 皆魚名。㊱纙 原為箕形的網，此作動詞，言用網捕魚。㊲鰋鮋 皆魚名。㊳摭 拾取。㊴紫貝 一種稀少的紫色貝類。㊵搏 捕。㊶耆龜 老龜。古人認為龜老能通神。㊷搤 捉住。㊸水豹 一種水獸。㊹羈 絆馬。㊺潛牛 形似水牛，生活於水中。㊻澤虞 管理沼澤的官。㊼濫 用大魚網捕魚。㊽擿 一一搜索。㊾漻澥 小水。㊿瀆 溝渠。(51)九罭 一種多囊的細眼網。(52)罜麗 小魚網。(53)摷昆鮞 抄取魚子魚苗。摷，抄取。昆，魚子。鮞，小魚。(54)殄 滅盡。(55)水族 水中動物的統稱。(56)蘧藕 連荷花帶藕。蘧，通「蕖」。芙蕖：荷花。(57)蜃蛤 蚌屬。(58)剝 剝殼取肉。(59)逞欲 極其所欲。(60)畋 打獵。(61)魰 同「漁」。捕魚。(62)效 功績。(63)麑 幼鹿。(64)麌 幼麋。(65)摎蓼浶浪 驚擾的樣子。(66)乾池滌藪 空竭池塘又蕩盡水澤。乾，空竭。滌，掃蕩乾淨。藪，大澤。(67)逸 逃。(68)遺 遺漏。(69)擭 手取。(70)蚳 蟻子。(71)蝝 幼蝗。(72)遑恤 哪管。遑，何。恤，顧。

【語　譯】主車之官命令起駕出發，掉轉大旗向西轉移。在五柞館留連徘徊，回返昆明池邊休息。登上豫章館，挑選矰繳，由神箭手發射，射那高飛的大雁；矢絲掛住天鵝，連住了野鴨，沙石之矰從不單中，射出必定成雙。接著命令掌舟船的官，安排水上的遊戲。乘上船頭畫有鷁首的大舟，舟身遮飾著雲氣和芝草的圖案，垂覆著雉羽做成的傘蓋，樹立著鳥羽裝飾的旌旗。動作整齊的划船女，一邊鼓櫂一邊縱聲歌唱，一人領唱，眾人相和，伴著嘹亮的笳聲。奏起〈淮南〉，唱起〈陽阿〉，感動了河神馮夷，引發湘水女神的思念；驚擾蝄蜽，駭懾蛟蛇。然後釣起鮪、鱧，網鰋、鮋，拾紫貝，捕老龜，捉水豹，絆潛牛。管沼澤的官濫用大網，哪分什麼季節！撈遍了小水溝，搜盡各河渠，布下多囊細網，設置密孔小罟，抄取魚子魚苗，滅絕水中動物。把荷藕拔起，把蚌類剝殼，盡其所欲地打獵捕魚，收到捕獲幼鹿幼麋的成效。由於四處驚擾，空竭池溏又蕩盡水澤。因此上無逃亡的飛鳥，下無遺存的走獸。取胎拾卵，蟻子幼蝗也都囊括殆盡。他們只管取樂今日，哪管將來的日子！

既定且寧，焉知傾陁❶？大駕❷幸乎平樂❸，張甲乙而襲翠被❹。攢❺珍寶之玩好(6)，紛瑰麗以奓靡(7)。臨迥望(8)之廣場，程(9)角觝(10)之妙戲。烏獲扛鼎，都盧尋橦(11)。衝狹(12)鷰濯(13)，胸突銛鋒(14)。跳丸劍(15)之揮霍(16)，走索(17)上而相逢。華嶽(18)峨峨(19)，岡巒參差。神木靈草(20)，朱實(21)離離(22)。總會(23)僊倡(24)，戲豹舞羆(25)。白虎鼓瑟(26)，蒼龍(27)吹篪(28)。女娥(29)坐而長歌，聲清暢而蜲蛇(30)。洪涯(31)立而指麾(32)，被(33)毛羽之襳襹(34)。度曲未終，雲起雪飛(35)。初若飄飄(36)，後遂霏霏(37)。複陸(38)重閣(39)，轉石成雷(40)。礔礰(41)激(42)而增響(43)，磅礚(44)象乎天威。巨獸百尋(45)，是為曼延(46)。神山(47)崔巍，欻(48)從背見(49)。熊虎(50)升而拏攫(51)，猨狖(52)超而高援(53)。怪獸陸梁(54)，大雀(55)踆踆(56)。白象(57)行孕(58)，垂鼻轔囷(59)。海鱗(60)變而成龍，狀蜿蜿(61)以蝹蝹。含利(62)颬颬(63)，化為仙車(64)。驪駕(65)四鹿，芝蓋(66)九葩(67)。蟾蜍與龜(68)，水人(69)弄蛇。奇幻(70)儵忽(71)，易貌(72)分形(73)。吞刀吐火，雲霧(74)杳冥(75)。畫地成川，流渭通涇。東海黃公(76)，赤刀粵祝(77)。冀厭(78)白虎，卒不能救。挾邪(79)作蠱(80)，於是不售(81)。爾乃建戲車(82)，樹修旃(83)。侲僮(84)程材(85)，上下翩翻。突倒投(86)而跟絓(87)，譬隕絕(88)而復聯。百馬同轡(89)，騁足(90)並馳。橦末(91)之伎(92)，態不可彌(93)。彎弓射乎西羌，又顧發乎鮮卑(94)。

【章 旨】這一段描寫皇帝觀賞百戲的情景。作者寓有批評皇帝沈湎享樂的意思。然而這一段卻是研究中國藝術史的重要史料，百戲表演中有雜技、化裝歌舞、幻術（即變戲法）以及像東海黃公這樣的有情節的戲劇演出。

【注 釋】❶既定且寧二句 諷刺皇帝不能居安思危。傾陁，傾覆崩壞。❷大駕 皇帝的車乘。此指皇帝。❸平樂 平樂館。皇帝大作樂之處。❹張甲乙而襲翠被 張設甲乙帳而自擁翠羽被。張，張設。甲乙，甲帳、乙帳。漢武帝造甲乙帳，雜錯天下珍寶。甲帳居神，乙帳自居。襲，服用。翠被，翠羽裝飾的被子。❺攢 聚集。❻珍寶之玩好 珍貴的玩賞之物。據說武帝以隋珠和璧之類飾帳。❼奓靡 奢侈浪費。奓，同「奢」。❽迴望 遠望。謂場地開闊廣遠。❾程 考核。此謂觀賞。❿角觝 有廣狹二義。廣義謂集各項技藝來彼此競賽，互爭優勝。有樂舞、雜技、幻術、武術等表演，漢時又稱散樂或百戲。狹義指摔跤。此用廣義。武帝元封三年作角觝之戲，三百里內之人皆來觀看。⓫尋橦 爬竿。據現存漢畫，表演時一人頭頂長竿，另一至三人緣竿而上，進行表演。橦，木竿。⓬衝狹 百戲雜技之一。衝過插有刀劍的窄門或狹道，類似今之穿刀圈雜技。⓭鷰濯 百戲雜技之一。來回躍過盤水，形如燕子浴水，類似今之翻跟斗。鷰，同「燕」。⓮胸突銛鋒 謂以胸抵利刃而不入。突，衝撞。銛，銳利。⓯跳丸劍 百戲雜技之一。表演者兩手快速地連續拋接若干彈丸或短劍，有至七劍或十二丸者。⓰揮霍 丸劍上下的樣子。⓱走索 即今之走軟索。長繩繫兩頭於梁，舉起中央，兩人各從一頭上，交相走過。⓲華嶽 西嶽華山。此指做成的假山，以作演出的布景。⓳峨峨 高大的樣子。⓴神木靈草 此為插在假山上的假作之物。神木，指松柏之類壽命長的樹木。靈草，指靈芝之類。古人認為服之可以長生。㉑朱實 紅色的果實。㉒離離 果實下垂的樣子。㉓總會 會聚。㉔僊倡 扮作神仙的倡優。僊，即仙。倡，樂人。㉕戲豹舞羆 豹子戲耍熊跳舞。豹、羆，都是人戴著假頭扮作豹羆之形。羆，熊的一種。㉖白虎鼓瑟 白虎彈瑟。白虎，人戴假頭所扮。鼓，彈奏。瑟，類似琴的一種撥弦樂器。通常為二十弦，一弦一柱。㉗蒼龍 人所假扮。㉘篪 古代管樂器。單管橫吹。㉙女娥 指女英、娥皇。蓋亦假扮其人。㉚蜲蛇 迴旋曲折。㉛洪涯 相傳是三皇時之樂工。此為倡優所假扮。㉜指麾 即指揮。㉝被 通「披」。㉞襳襹 衣上毛羽之形。㉟雲起雪飛 此是人造的，類似今之舞臺效果。㊱飄飄 雪少之狀。㊲霏霏 雪大的樣子。㊳複陸 即複道。指樓閣間有上下兩重架空的通道。陸指架空之通道，複陸則為雙重。㊴重閣 義同「複陸」。閣，即閣道、複道。㊵轉石成雷 此謂在淩空的閣道上滾動石頭，以造成雷聲的效果。㊶礔礰 即霹靂。急雷。㊷激 迅疾。㊸增響 重響。㊹磅磕 雷霆之聲。(45)尋　八尺。(46)曼延　百戲之一。亦稱魚龍曼延。(47)神山　此為人造的假山。(48)欻　忽然。(49)從背見　謂神山忽然出現在巨獸的背上。見，現。(50)熊虎　皆人扮作。(51)挐攫　相搏持之狀。(52)猨狖　泛指猿猴。人所扮作。(53)援　攀援。(54)陸梁　跳跑的樣子。(55)大雀　指鴕鳥。假扮而成。(56)踆踆　行步遲重的樣子。(57)白象　假作的白象。(58)行孕　哺乳。(59)轔囷　象鼻下垂的樣子。(60)海鱗　假扮的大海魚。(61)蜿蜿　與下「蝹蝹」皆形容龍行走的樣子。(62)含利　獸名。性吐金。(63)颬颬　開口的樣子。(64)仙車　仙人所乘的車子。(65)驪駕　並列而駕。(66)芝蓋　以芝為車蓋。(67)九葩　開了很多花。九，形容多。葩，花。(68)蟾蜍與龜　指製作的千歲蟾蜍及千歲龜，邊行邊舞。(69)水人　指俚人。古族名，分布在今廣東廣西一帶。(70)奇幻　謂幻人神奇的幻術。(71)儵忽　迅疾。(72)易貌　變換形貌。(73)分形　分身。一人分作數人。(74)雲霧　興雲起霧。(75)杳冥　陰暗的樣子。(76)東海黃公　百戲之一。東海黃公少時能幻術，制蛇御虎，常佩赤金刀，後衰老，飲酒過度，有白虎現於東海，黃公以赤刀往厭之，術不行，遂為虎所食。事見《西京雜記》，此處即搬演這一故事。(77)粵祝　粵地之人的咒語。用來降妖驅鬼。(78)厭　制伏。(79)挾邪　倚仗邪道。(80)作蠱　巫術的一種。造蠱者以百蟲置皿中，使相啖食，取其存者為蠱，以蠱毒人，則人精神迷亂。(81)售　行。(82)戲車　供表演雜技用的車。(83)修旃　長長的赤色大旗。(84)侲僮　童子。(85)程材　顯示技藝。(86)倒投　倒身下墜的樣子。(87)跟絓　足跟掛在桿上，沒有真正墜地。(88)隕絕　墜落。(89)百馬同轡　多馬用同轡駕馭。此謂童子在高杆上做出百馬同轡奔馳的姿勢。轡，馬韁繩。(90)騁足　盡力奔馳。(91)橦末　竿頂。(92)伎　技藝。(93)態不可彌　姿態變化不可窮盡。態，竿上的姿態。彌，極盡。(94)彎弓射乎西羌二句　言侲僮在竿上作東西射之狀。西羌，民族名。漢時居今甘肅一帶。顧，回頭。鮮卑，古少數民族。東胡的一支，漢初居於遼東，後漢時移於匈奴故地。

【語　譯】天下平定安寧，哪裡考慮到日後有傾危崩壞的危機！皇帝臨幸平樂館，張設甲乙帳而自擁翠羽被；帳中聚集珍貴的玩好之物，繽紛奇麗而奢侈靡費。面臨闊遠的廣場，觀賞角觝好戲：有烏獲一類力士舉鼎，矯捷的都盧人爬竿；有穿刀圈與翻跟斗，或以胸膛抵擋銳利的刀鋒；有拋弄丸劍上下霍霍，踩走軟索，迎面相逢。人造的華山高聳，其間山岡峰巒起伏，上面還佈置了松柏靈芝之類植物，紅色的果實纍纍下垂。倡人所扮神仙聚會一起：豹子戲耍熊跳舞，白虎彈瑟，蒼龍吹篪，娥皇、女英坐而長歌，歌聲清越暢達而曲折。洪涯立著指揮，身披茸茸的毛羽。演唱尚未結束，忽然雲起雪飛。初尚稀疏，後轉盛密。在那重重複道之上，滾動石頭造成了雷聲的效果，霹靂迅猛而響亮，其聲隆隆好似天之威怒。又有巨獸八十丈，這是魚龍曼延之戲。高高的神山，忽然從巨獸背上出現。熊虎登山搏鬥，猿猴騰躍攀高。怪獸跳跑，大鳥蹣跚。白象邊走邊乳養小象，長長的鼻子垂懸著。大海魚一變而成龍，蜿蜿曲曲的行走。含利張口吐金，轉眼化為仙人之車。前面並駕四匹仙鹿，靈芝做成的車蓋花蕊繽紛。千歲蟾蜍與神龜邊行邊舞，南方俚族青年玩弄著長蛇。異能之士的幻術奇妙迅疾，瞬間就可以改變形貌，分為數身。吞刀吐火，興雲起霧，幽冥陰暗。畫地即成長河，穿過渭水，連通涇水。還有東海黃公，佩赤刀唸粵咒，企圖制伏白虎，終究不能自救；倚仗邪道造作蠱術，還是行不通。又造起戲車，車上高高豎立大旗。童子在旗竿上施展技藝，忽上忽下翻飛。突然倒頭落下而足跟掛住，猶如身體墜落又再度連竿。又做出駕馭百馬的姿勢，盡力並馳一番。竿頭的技藝，其姿態變化不可窮盡。忽而彎弓瞄準西羌，忽而又回頭射向鮮卑。

於是眾變[1]盡，心酲醉[2]。盤[3]樂極，悵懷萃[4]。陰戒[5]期門[6]，微行[7]要屈[8]。降尊就卑[9]，懷璽[10]藏紱[11]。便旋[12]閭閻[13]，周觀[14]郊遂[15]。若神龍之變化[16]，章后皇之為貴[17]。然後歷掖庭[18]，適[19]驩館[20]。捐[21]衰色[22]，從[23]嬿婉[24]。促[25]中堂[26]之陿坐[27]，羽觴[28]行而無筭[29]。祕舞更奏[30]，妙材[31]騁[32]伎。妖蠱豔夫夏姬[33]，美聲暢於虞氏[34]。始徐進而羸形[35]，似不任[36]乎羅綺[37]。嚼[38]〈清商〉[39]而卻轉[40]，增嬋娟[41]以此豸[42]。紛縱體[43]而迅赴[44]，若驚鶴之群罷[45]。振朱屣於盤樽[46]，奮[47]長袖之颯纚[48]。要紹[49]修態[50]，麗服颺菁[51]。眳藐流眄[52]，一顧傾城[53]。展季[54]桑門[55]，誰能不營[56]！列爵十四[57]，競媚取榮[58]。盛衰[59]無常，唯愛所丁[60]。衛后興於鬒髮[61]，飛燕寵於體輕㉒。爾乃逞志㉓究欲㉔，窮身㉕極娛。鑒戒㉖唐詩㉗，他人是媮㉘。自君作故㉙，何禮之拘㉚！增昭儀於婕妤㉛，賢既公而又侯㉜。許趙氏以無上㉝，思致董於有虞㉞。王閎爭㉟於坐側，漢載㊱安而不渝㊲。

【章旨】本段描寫皇帝微服出遊及在後宮享樂的情景。先以武帝之事為材料，描述皇帝如何降低自己身分，轉遊民間。接著寫皇帝在後宮宴飲，觀賞舞蹈，著重形容舞女的妖媚之態。最後直接以成帝、哀帝為例，列舉他們寵幸趙飛燕、董賢的種種倒行逆施之舉。全段中作者的諷刺之意表現得很明顯。

【注釋】❶眾變　指上述各種伎樂。❷酲醉　陶醉。病酒曰酲。❸盤　樂。❹悵懷萃　惆悵感念群集而至。悵懷，惆悵思念。萃，聚集。❺陰戒　暗中告戒。❻期門　建元三年，漢武帝為微服出行所置護衛官。期門原義是與隴西北地良家子能騎射者期諸殿門，一同出行。❼微行　尊貴者隱蔽身分出行。❽要屈　皇帝出行不用法駕，謂之要，以尊貴的身分與下等人混在一起，謂之屈。❾降尊就卑　指皇帝微行。❿璽　皇帝的印。⓫紱　繫印的綬帶。⓬便旋　自在地轉遊。⓭閭閻　泛指民間。閭，里門。閻，里中門。⓮周觀　遍觀。⓯郊遂　泛指郊區之地。城外為郊，郊外為遂。⓰神龍之變化　古人認為，龍為鱗蟲之長，能幽能明，能小能大，能短能長，春分而登天，秋分而潛淵。⓱章后皇之為貴　此乃反話，因為皇帝微服出遊，不但擾攘民間，而且貶損了皇帝尊貴的身分。章，彰明。后皇，皇帝。⓲掖庭　宮中旁舍；妃嬪所居之處。⓳適　往。⓴驩館　皇帝所歡悅的妃嬪居住的地方。驩，同「歡」。㉑捐　拋棄。㉒衰色　指年老色衰的妃嬪。㉓從　追求。㉔嫵婉　美好。此指美女。㉕促　迫近。㉖中堂　堂中央。㉗陿坐　擁擠地坐在一起。陿，同「狹」。㉘羽觴　酒器。作鳥雀之形，有頭尾羽翼。㉙筭　同「算」。數。㉚祕舞更奏　稀奇的舞蹈輪流演出。祕舞，稀奇的舞。更，更替；輪換。奏，進。㉛妙材　才藝出眾的舞女。㉜騁　盡力發揮。㉝妖蠱豔夫夏姬　妖媚的容貌比夏姬還要迷人。妖，妖冶。蠱，媚。夏姬，春秋時鄭穆公的女兒，陳大夫御叔的妻子。有美色而品行不端，與陳靈公君臣私通。此將歌舞伎女比作夏姬，贊美之中隱含諷刺。㉞虞氏　漢代魯人。善歌，發聲可振動梁上之塵。㉟羸形　身體瘦弱。㊱不任　不勝；不堪。㊲羅綺　指以輕薄的絲織品做成的舞衣。㊳嚼　唱。㊴清商　樂曲名。㊵卻轉　退步回轉。㊶嬋娟　體態美好。㊷此豸　姿態豔冶妖媚。㊸縱體　形容投身於舞蹈之中的樣子。㊹迅赴　迅疾地趕上節拍。㊺若驚鶴之群罷　如同群鶴受驚而歸。驚鶴，形容舞姿。古人馴鶴令舞。罷，歸。㊻振朱屣於盤樽　踮起朱鞋在盤樽間起舞。振，拔起。指翹起足跟，以足尖著地。朱屣，紅絲舞鞋。盤樽，食盤與酒樽。漢有七盤舞，據近發現之漢畫，為舞者穿長袖而往來舞於七盤之上。㊼奮　揮。㊽飒纚　長袖舞動的樣子。㊾要紹妖嬈。㊿修態　做出嬌媚的姿態。修，為。(51)菁　花。(52)眳藐流眄　美目斜視流轉。眳，眉睫之間。藐，美好的目視之狀。眄，斜視。(53)一顧傾城　據《漢書・卷九七・外戚傳》，李延年侍武帝，起舞歌曰：「北方有佳人，絕世而獨立。一顧傾人城，再顧傾人國。寧不知傾城與傾國，佳人難再得！」顧，視。傾城，使滿城之人為之傾心。(54)展季　春秋時魯國大夫。展氏，名獲，字禽，食邑在柳下，謚惠，故稱柳下惠，季是他的排行。傳說柳下惠有女子來坐懷不亂之事。(55)桑門　即「沙門」。指僧人。(56)營　惑。言為美色所迷。(57)列爵十四　言後宮皇后以下自昭儀至無涓等之女官，共分十四等。一等昭儀，爵比諸侯王，末等無涓，等於百石。(58)競媚取榮　競相取媚而爭取榮寵。媚，媚惑。榮，榮愛。(59)盛衰　指受到皇帝的寵幸和被冷落。(60)唯愛所丁　指合於帝意者則受寵。丁，當。(61)衛后興於鬒髮　《漢書》記載，衛子夫為平陽主歌女，武帝納之，得幸，解下頭飾，帝見其美髮而悅之，後生子，立為皇后。衛后，孝武衛皇后，字子夫。鬒髮，黑髮。(62)飛燕寵於體輕　傳說趙飛燕體輕腰弱，能作掌上舞，因此得寵幸。趙飛燕原屬陽阿主，學歌舞，成帝見而悅之，召入宮，大幸，為婕妤，後立為皇后。(63)逞志　快意。(64)究欲　極欲。(65)窮身　終生。(66)鑒戒　以往事為教訓。(67)唐詩　指《詩・唐風・山有樞》。據〈毛詩序〉說，此詩是刺晉昭公過於吝嗇，有財不能用，有鐘鼓車馬不能自樂。(68)他人是媮　語出《詩・唐風・山有樞》。言如果有財產捨不得享受，就會被別人快樂享用。媮，通「愉」。(69)自君作故　是說君主之所行，即為成例，不必拘泥於昔日的典章制度。故，成例；舊制。(70)何禮之拘　即何必拘禮。(71)增昭儀於婕妤　成帝寵幸趙飛燕姊妹，俱為婕妤，飛燕為皇后，妹乃升昭儀。又元帝寵幸傅婕妤，乃更號昭儀，賜以印綬，位在婕妤之上。(72)賢既公而又侯　指董賢以男色得寵於哀帝，一門俱為高官，董賢被封為高安侯，又為大司馬衛將軍，大司馬即三公之職，是時董賢年方二十二。(73)許趙氏以無上　漢成帝先寵許美人，後趙飛燕姊妹擅寵，乃要挾成帝不得立許美人為皇后，成帝與之約道：「約以趙氏，故不立許氏，使天下無出趙氏上者。」(74)思致董於有虞　據《漢書・卷九三・佞幸傳》：哀帝置酒麒麟殿，與董賢父子親屬宴飲，王閎兄弟侍中中常侍皆在側，哀帝視董賢笑曰：「吾欲法堯禪舜何如？」意謂欲將帝位禪讓於董賢。董，指董賢。有虞，指虞舜。(75)爭　通「諍」。諫。(76)載　年代。此指國運。(77)渝　改變。

【語　譯】於是各種伎樂變化已盡，天子心中也已經陶醉。快樂到了極點，惆悵感念就群集而至。皇帝暗中告戒期門之官，撤除護駕，微服出行。降低尊貴的身分屈就卑賤之處，懷中暗藏天子璽印。轉遊民間，遍觀郊野。像神龍變化莫測，顯示出天子的尊貴。然後經過後宮掖庭，來到寵愛者所居之處。拋開色衰者，追求美豔之女。眾人緊緊地在堂中央擁擠而坐，羽觴頻進不計其數。稀奇的舞蹈輪流演出，出眾的舞女儘量施展技藝。妖媚的容貌比夏姬還要迷人，美妙的歌聲比虞氏更要動聽。起初緩緩而前，顯出纖弱的身材，好似禁不住輕柔的羅衣。唱出〈清商〉妙曲而退步回轉，更增添她的嫵媚動人。突然紛紛投身舞蹈而疾應節拍，如同群鶴受驚而歸。踮起朱鞋在盤樽間起舞，長袖揮動，上下翻飛。形姿妖嬈尚作出嬌媚之態，衣服華麗又有花朵顯揚。美目斜視流轉，一顧能傾人之國。即使柳下惠與僧徒，誰能不受她美色的迷惑！後宮女官爵位共分十四等，大家競相取媚而爭取榮寵。只因她們的命運盛衰無常，就看是不是合於皇帝所愛。衛后由於髮黑而盛，趙飛燕則由於體輕得寵。皇帝遂得以縱意滿足個人私慾，終生盡情歡娛。以〈唐風〉中的詩篇為戒，不願有樂不能享反留給後人去快樂。君主所行即為成例，何必拘什麼禮法！於是在婕妤之上又增封昭儀，先將董賢封侯又令其位列三公。成帝還因專寵趙氏而應允無人居其上，哀帝因沈迷男色竟想禪位於董賢。幸有王閎在座側諫諍，漢祚才得以安然無變。

高祖創業，繼體❶承基❷。暫勞永逸，無為而治❸。耽❹樂是從❺，何慮何思！多歷年所❻，二百餘朞❼。徒以地沃野豐，百物殷阜❽。巖險❾周固，衿帶❿易守。得之者強，據之者久。流長則難竭，柢⓫深則難朽。故奢泰⓬肆情⓭，馨烈⓮彌⓯茂。鄙生⓰生乎三百之外⓱，傳聞於未聞之者。曾⓲髣髴其若夢，未一隅⑲之能睹。此何與於殷人屢遷⑳？前八㉑而後五㉒。居相圮耿㉓，不常厥㉔土。盤庚作誥㉕，帥人以苦㉖。方今聖上，同天號於帝皇㉗，掩㉘四海而為家。富有之業，莫我㉙大也。徒恨不能以靡麗㉚為國華㉛，獨儉嗇以齷齪㉜！忘〈蟋蟀〉㉝之謂何。豈欲之而不能，將㉞能之而不欲歟？蒙竊㉟惑焉，願聞所以辯㊱之之說㊲也。

【章　旨】本段是從憑虛公子的角度來發表議論。認為關中自然條件優越，後代皇帝只要盡情享樂就行了。而對於東都現狀，則認為過於節儉寒酸。本段回應上文，又啟發了下篇——〈東京賦〉。

【注　釋】❶繼體　承繼體統。❷承基　繼承基業。❸無為而治　道家認為道是無為而自然的，依道而治則當無為而治，老子說：「道常無為而無不為，侯王若能守之，萬物將自化。」儒家也講無為而治，《論語・衛靈公》：「無為而治者，其舜也與！」這是儒家「德治」主張，和道家不同。此處指前者。指漢初採黃老之道實行的無為治術。❹耽　沈溺於逸樂。❺從　追求。❻年所　年數。❼二百餘朞　二百餘年。自高祖至王莽共二百三十年，此舉成數。朞，一週年。❽殷阜　繁富。殷，盛。阜，多。❾巖險　山巒險要。❿衿帶　此喻山川險要環繞京畿之地。衿，同「襟」。⓫柢　樹根。比喻漢朝的基礎。⓬奢泰　奢侈無度。⓭肆情　縱情無顧忌。⓮馨烈　美好的事業。馨，芳香。烈，事業。⓯彌　更加。⓰鄙生　憑虛公子自謙之辭。⓱三百之外　三百年之後。自漢始創至張衡作賦之時，已三百餘年。⓲曾　乃。⓳一隅　一個角落。⓴此何與於殷人屢遷　建都於洛陽何異於殷人的多次遷都。此，指東漢由長安遷都洛陽之事。何與，何如。殷人屢遷，指由契開始的商族直到建立商朝，最後定都於殷（今河南安陽小屯村）的整個過程。㉑前八　從契至湯共八遷國都，始居於亳。㉒後五　自湯至盤庚共五次遷都，始居於殷。㉓居相圮耿　遷居於相，後又因水患而遷耿。商王河亶甲由囂遷都於相。河亶甲之子商王祖乙，因相為河水所壞，又遷於耿。相，在今河南省湯陰縣。圮，毀壞。此指水患。耿，在今河南省溫縣東。㉔厥　其。㉕盤庚作誥　盤庚欲率民遷殷，臣民安土重遷，群相咨怨，於是盤庚作誥以諭之，即《尚書・盤庚》三篇。盤庚，商王。時王室衰亂，盤庚率眾自奄遷都於殷，商乃復興。誥，古代一種用於上對下進行訓戒勉勵的文告。㉖帥人以苦　率領人民飽嘗遷徙之苦。

帥，率領。㉗同天號於帝皇　漢天子稱皇帝，故曰。天稱皇天，亦稱上帝。㉘掩　囊括。㉙我　指今日之漢朝（東漢）。㉚靡麗　奢侈華麗。㉛國華　國之光榮。㉜獨儉嗇以齷齪　此言東漢都於洛陽，局促狹小，又講節儉，不能如西都那樣豪華壯麗。獨，竟然。儉嗇，節儉吝嗇。齷齪，器量局促，拘牽於小節。㉝蟋蟀　指《詩・唐風・蟋蟀》。此詩據〈毛序〉是刺晉僖公的，因他過於節儉而不合禮，要他及時以禮自樂，其中有「今我不樂，日月其邁」的詩句。㉞將　還是。表選擇之義。㉟蒙竊　憑虛公子自稱的謙詞。蒙，愚蒙。竊，私下，謙指自己。㊱辯　辨明。辯，通「辨」。㊲說　說明。指對方的看法。

【語譯】自從高祖創立大漢基業，後代兒孫承繼大統。一勞永逸，無為而治。只管追求享樂，還要考慮些什麼！經過了許多年，大約二百餘載。只是憑恃關中土地肥沃，四野豐饒，百物繁富。四周山巒險固，好似襟帶環繞易守。得到它就強盛，占據它就能長久。勢同河流長則難乾涸，樹木根深則難以腐朽。所以可以縱情奢侈無度，美好的國業將更加繁榮昌盛。鄙人生於三百年之後，傳聞所言都是從未聽說之事，使我好像在夢中一般，可惜我未能躬逢其盛，連當年一個角落也未曾見過。今建都於洛陽何異於殷人的多次遷都？他們前有八次後有五次。遷居於相之後又因水患而遷耿，不能經常守於其地。盤庚作誥勸勉臣民，率領人民飽嘗遷徙之苦。當今聖上，與上天同號帝、皇，囊括四海之內而為一家之有。國業之閎富，沒有比今日之漢家更大的了。只恨不能以奢華為國家的光榮，竟然還流於節儉吝嗇、拘謹小氣！忘記了〈蟋蟀〉一詩說的是什麼意思。難道是想要像西都那樣卻不能，還是能做到那樣卻不想做呢？愚昧的我感到迷惑，希望聽到您為我辨析說明。

卷三

東京賦

【作者】張衡，見頁五七。

【題解】〈東京賦〉是〈二京賦〉的下篇，和班固的〈西都賦〉一樣，也用以歌頌東漢初年光武帝、明帝的盛德，從而凸顯節用愛民的儒家思想。但是比起〈東都賦〉來，〈東京賦〉所用的材料要多得多，他從東京的地理位置、宮室建築寫起，而著重敘述國家的幾個大典：朝聘、祀天、親耕、大射、養老、田獵、驅鬼等，用筆詳審，能從更多層面把東漢初天子崇禮樂、遵法度的情形描寫出來。其中不少關於禮俗的記載，為後代文化史研究留下珍貴的材料。

漢代大賦常有諷一勸百之病，張衡也深深認識到這一點，他在篇末批評司馬相如〈上林賦〉、揚雄〈羽獵賦〉雖在賦尾加以諷諫，然而「卒無補於風規」。所以〈東京賦〉力戒此病，賦的開端即對憑虛公子「以肆奢為賢」的錯誤論點加以批評，他認為果如憑虛公子所言，那麼夏桀、殷紂都無可指責，湯武也師出無名了，並且還直截了當地指出：對於西漢諸帝來說，奢侈之習實是他們的「爽德」（即失德）。在篇末張衡又針對〈西京賦〉中一些錯誤的論點逐一加以駁斥，務使讀者折服於他的論述。〈東京賦〉的這種寫法可說是東漢大賦的一種進步。

安處先生於是似不能言，憮然有間❶，乃莞爾❷而笑曰：若客❸所謂末學❹膚受❺，貴耳而賤目❻者也。苟❼有胸❽而無心❾，不能節之以禮，宜❿其陋今⓫而榮古⓬矣。由余⓭以西戎孤臣⓮，而悝⓯繆公⓰於宮室。如之何⓱其以溫故知新⓲，研覈⑲是非，近於此惑⑳？

【章旨】這是〈東京賦〉的引言，安處先生批評憑虛公子榮古而陋今的論調，是一種缺乏思考的膚淺的觀點，離開了禮法的節制，近於秦穆公之惑。於是引起以下一番議論。

【注釋】❶憮然有間　茫然失意了片刻。憮然，茫然失意的樣子。有間，一會兒。❷莞爾　微笑的樣子。莞，原作「莧」。今從「六臣本」。❸客　指憑虛公子。❹末學　無根柢之學。❺膚受　喻學得膚淺。❻貴耳而賤目　謂盛稱西京而貶低東京。憑虛公子所言西京之事是前漢之事，耳聞而來，東京之事為當時之事，是目睹。❼苟　誠；真實。❽有胸　只憑想像。❾無心　不認真思考。❿宜　當然。⓫陋今　鄙陋當今。今，指東京。⓬榮古　推崇古代。古，指西京。⓭由余　春秋時西戎賢臣。本是晉人，亡入西戎，相戎王，戎王遣其訪問秦國，秦穆公示之以宮室，引之登三休之臺，由余說：「戎王居室極為簡陋，猶恐建者辛勞而居者淫逸，今此臺如此巧麗，百姓一定十分勞苦了。」秦穆公聽了十分慚愧。⓮孤臣　孤陋之臣。⓯悝　嘲謔。⓰繆公　即秦穆公。繆，通「穆」。⓱如之何　為什麼。⓲溫故知新　此指複習歷史知識，可有助於認識現在。⓳研覈　審察核實。⓴此惑　指秦穆公向由余誇耀宮室、三休臺。

【語譯】安處先生於是好像說不出話似的，茫然失意了片刻，才微笑著說：像您這樣的說法，可說是缺乏根柢的膚淺之學，只重視耳聞而輕視目睹啊。其實只憑一般想像而不用心思考，又不能用禮法的標準來加以節制，當然會鄙薄現今而推崇往古。由余作為西戎一個孤陋的臣子，尚且在修建宮室的問題上嘲謔秦穆公的奢侈。為什麼您作為一個能溫故知新、審核是非之士，卻像秦穆公那樣不明事理呢？

周姬❶之末❷，不能厥政，政用❸多僻❹。始於宮鄰❺，卒於金虎❻。嬴氏❼搏翼❽，擇肉❾西邑。是時也，七雄❿並爭，競相高以奢麗。楚築章華⓫於前，趙建叢臺⓬於後。秦政⓭利觜長距⓮，終得擅場⓯。思專其侈，以莫己若。迺構阿房⓰，起甘泉⓱。結雲閣⓲，冠⓳南山⓴。征稅㉑盡，人力殫。然後收以太半之賦㉒，威以參夷之刑㉓。其遇㉔民也，若薙氏㉕之芟草㉖。既蘊崇㉗之，又行火㉘焉。悚悚㉙黔首㉚，豈徒跼高天、蹐厚地㉛而已哉！乃救死於其頸㉜。毆㉝以就役，唯力是視㉞。百姓弗能忍，是用㉟息肩㊱於大漢，而欣戴高祖。

【章旨】本段回顧周秦政治之失，指出王者奢靡會造成國家的滅亡。周朝由於幽王的腐敗，於是國勢衰微，終於滅亡。秦朝則由於皇帝大規模營造宮室，又嚴酷對待百姓，於是為漢所取代。

【注釋】❶周姬　指周朝。周王姓姬。❷末　指西周末年昏庸的周幽王。❸用　因而。❹僻　邪僻。❺宮鄰　謂幽王近於宮室，惑於寵妃褒姒。幽王後被殺於驪山之下，西周遂亡，平王東遷，從此依附諸侯，王室衰微。鄰，近。❻金虎　指秦國。據《淮南子・天文》，西方於五行為金，其神為太白，其獸白虎，故稱金虎。❼嬴氏　指秦國。秦王姓嬴。❽搏翼　添翼。搏，附。❾擇肉　擇諸侯而吞之。❿七雄　指戰國時韓、魏、趙、燕、齊、楚、秦七國。⓫章華　臺名。春秋時楚靈王所建。⓬叢臺　戰國時趙武靈王所建之臺。⓭秦政　指秦始皇嬴政。⓮利觜長距　此以鬥雞為喻，言秦兵猛銳。觜，通「嘴」。距，指雞跖後面突出像腳趾的部分。鬥時用以刺對方。⓯擅場　言鬥雞場上勝過其他對手，專據一場。此喻秦兼并六國，統一天下。⓰阿房　秦宮名。⓱甘泉　山名。山上有秦時離宮林光宮。⓲雲閣　秦二世胡亥所造。其高如雲，故名。⓳冠　覆蓋。此言閣高於山，故有覆蓋之勢。⓴南山　終南山。在長安南。㉑征稅　按田畝征收之田租。征，稅。㉒太半之賦　秦因宮室奢麗，費用不足，乃征收太半之賦。賦，指按人丁征收之軍賦。太半，三分之二。㉓參夷之刑　滅三族的刑罰。參，通「三」。㉔遇　對待。㉕薙氏　掌除草的官。㉖芟草　除草。㉗蘊崇　堆積。㉘行火　放火焚燒。㉙悚悚　恐懼的樣子。㉚黔首　秦稱人民為黔首。黔，黑色。㉛跼高天蹐厚地　形容恐懼小心的樣子。跼，彎腰。蹐，小步而行。㉜救死於其頸　敵人將刀架於頸上，心裡很急切地想脫離死境。㉝毆　同「驅」。㉞唯力是視　言唯驅民出力服役，不管民之飢寒死活。㉟是用　因此；因而。㊱息肩　放下負擔。即投靠的意思。

【語譯】周朝末年，幽王不能好好治理國政，因此政事日漸脫離正軌。周朝亡國的徵兆起於幽王的沈湎女色，最後滅於秦國之手。嬴秦如虎添翼，占據西邑，吞食諸侯。這時候，戰國七雄並立爭鬥，互相以奢侈華麗競賽高低：楚國在春秋時就已建築章華臺，趙國於戰國時也造就叢臺。秦王嬴政好似鬥雞場上利嘴長距者，終於獲勝而專據一場。他想獨享奢侈，不使任何人像自己一樣，於是建起阿房宮，在甘泉山修造林光宮。構築高聳的雲閣，甚至可以覆蓋終南山。國家的稅收用盡，天下的人力也耗竭了。為了彌補虧空，又征收三分之二的軍賦，用夷滅三族的嚴刑來加以威脅。他們對待人民，就像除草官除草一般，把草堆積起來，又放火焚燒。恐懼的百姓，哪裡只是彎腰小步地苟活在天地之間，竟然還要時時提防被殺頭的危險。官府驅趕他們去服勞役，只看他們能不能出力而不管他們的死活。到此地步，百姓已經不能忍受，因此在大漢天下才放下肩頭沈重的負擔，滿心歡喜地擁戴高祖。

高祖膺籙受圖❶，順天行誅❷，杖朱旗❸而建大號❹。所推❺必亡，所存必固。掃項軍於垓下❻，紲子嬰於軹塗❼。因秦宮室，據其府庫。作洛❽之制，我則未暇。是以西匠❾營宮，目翫❿阿房。規摹踰溢⓫，不度⓬不臧⓭。損之又損，然尚過於周堂⓮。觀者狹⓯而謂之陋，帝已譏其泰而弗康⓰。且高⓱既受命建家⓲，造我區夏⓳矣。文又躬自菲薄⓴，治致升平㉑之德。武有大啟土宇㉒，紀㉓禪肅然㉔之功。宣㉕重威㉖以撫㉗和戎狄，呼韓來享㉘。咸用紀宗存主㉙，饗祀不輟㉚。銘勳彝器㉛，歷世彌光㉜。今捨純懿㉝而論爽德㉞，以《春秋》所諱㉟而為美談，宜㊱無嫌於往初㊲，故蔽善㊳而揚惡㊴，祇吾子之不知言也㊵。

【章旨】此段批評憑虛公子蔽善揚惡之錯。先回顧高祖創立漢朝的功績，並說明宮室踰制是出於不得已。下面又歷敘文武宣三帝功德。末了根據上述史實，批評憑虛公子分不清功過主次，誤聽傳聞，是為不知言。

【注釋】❶膺籙受圖　指名膺圖籙。膺，當。籙、圖，指圖讖一類。是巫師或方士所製作的一種隱語或預言，當時人認為這是王者接受天命的徵兆。❷誅　討伐。❸杖朱旗　據《漢書・卷一・高帝紀》，高帝初起，夜行澤中，醉斬大蛇，有老嫗哭曰：「吾子，白帝子也，化為蛇當道，今者赤帝子斬之，故哭。」高帝感神嫗之言，及為沛公起兵，旗幟皆赤。❹大號　堂皇的名號。指漢王之號。❺推　推擊。❻掃項軍於垓下　漢王圍項羽於垓下，項羽突圍未成，自刎於烏江。項，項羽。垓下，地名。在今安徽靈璧東南。❼紲子嬰於軹塗　二世死，子嬰立四十六日，沛公兵入武關至灞上，子嬰以絲帶繫頸，白馬素車，捧天子璽符，降於軹道之旁。紲，縛。子嬰，秦始皇長子扶蘇之子。軹，亭名。在長安東十三里。❽作洛　周公東征之後，為控制東方，乃遷商人，營建洛邑。❾西匠　指秦地工匠。❿目翫　看慣了。翫，習。⓫規摹踰溢　規畫的格局超過了法度。規摹，規畫的格局。踰，越過。溢，過分。⓬度　法度。⓭臧　善。⓮周堂　周朝宮殿。⓯觀者狹　旁觀者認為宮室太狹窄。⓰譏其泰而弗康　批評其過分而居之不安。譏，批評。泰，過分。康，安。⓱高　高祖。⓲受命建家　承受天命建立國家。受命，受天命。家，國家。⓳區夏　中國。區，區域。夏，華夏。⓴文又躬自菲薄　《漢書・卷四・文帝紀》記載，文帝即位二十三年，宮室苑囿，車騎服御，無所增加，有不便，輒弛以利民，嘗欲作露臺，召匠計之，價值百金，帝曰：「百金，中人十家之產也；吾奉先帝宮室，常恐羞之，何以臺為？」文，文帝。菲薄，儉約。㉑升平　國家太平。㉒武有大啟土宇　武帝曾定越地為南海七郡，北置朔方等五郡。武，武帝。大啟土宇，開拓疆土。㉓紀　記。㉔禪肅然　元封元年，武帝到泰山舉行封禪大典。封謂在泰山築壇祭天，禪謂在梁父山闢基祭地。肅然，山名，在梁父山。武帝曾升禪肅然山，此處雖曰「禪肅然」，實也包括了封泰山在內。㉕宣　漢宣帝。㉖重威　有威嚴。㉗撫　安。㉘呼韓來享　甘露三年正月匈奴呼韓邪單于來朝，宣帝以客禮待之，置酒建章宮，匈奴遂定。呼韓，指匈奴呼韓邪單于。享，獻。㉙紀宗存主　漢代尊高帝為太祖，文帝為太宗，武帝為世宗，宣帝為中宗。依禮：凡天子過了五世則廢其廟，但祭祀這四位皇帝的廟永久不廢，其神主保存。紀宗，皇帝死後以宗錄之。主，神主。帝崩刻木為神主，置廟中祭之。㉚輟　止。㉛銘勳彝器　功勳刻在祭器上。銘，刻。勳，功勳。彝器，宗廟的祭器。如鐘鼎之類。㉜歷世彌光　經歷多代而愈放光采。歷，經。彌，更加。㉝純懿　宏大的美德。指高文武宣四帝之德。純，大。懿，美。㉞爽德　失德；過失。指奢泰侈麗。㉟春秋所諱　《春秋》諱言君主的大過。諱，避忌不言。㊱宜　義。㊲無嫌於往初　不厭惡昔日舊京的奢侈靡麗。㊳善　指四帝之盛德。㊴惡　指踰制奢侈。㊵衹吾子之不知言也　謂憑虛公子不能分辨傳聞之是非。衹，適。

【語　譯】高祖名膺圖籙，順天命討伐暴秦，打著赤旗而建立漢王大號。漢軍所推擊者必亡，所保護者必能固存。項羽之軍在垓下被一掃而盡，秦王子嬰自縛於軹亭道旁。當時只能沿用秦之宮室，據有其府庫。至於建設東都洛陽，我大漢則無暇顧及。因此秦地工匠營造宮殿時，由於已看慣了阿房宮那樣的奢麗，所以他們規畫的格局都超過了法度，也不合禮法，所以不稱善。雖然高祖對規畫一再減損，然而宮殿還是超過了周代的廟堂。旁觀者認為宮殿狹小而簡陋，高祖仍批評其過分而居之不安。高祖承受天命建立國家，再造了華夏；文帝又十分儉約，用心於使天下太平的德行；武帝有擴大疆土，封禪泰山之功；宣帝威嚴能安定戎狄，並使呼韓邪單于前來貢獻國珍。由於這四帝的英明，故能稱宗而保存神主，祭獻不絕。他們的功勳刻在祭器上，經歷多代而愈放光采。公子今捨棄四帝宏大的美德卻談論他們失誤之處，把《春秋》諱言之事作為美談，您理當不厭惡舊京的奢靡，所以隱蔽其長處而宣揚其短處，這正好說明您根本不知言。

必以肆奢為賢❶，則是黃帝合宮❷，有虞總期❸，固不如夏癸❹之瑤臺❺，殷辛❻之瓊室❼也。湯武❽誰革❾而用師哉？盍❿亦覽東京之事以自寤⓫乎？且天子有道，守在海外⓬。守位以仁，不恃隘害⓭。苟民志之不諒⓮，何云巖險與襟帶！

秦負阻於二關⓯，卒開項而受沛。彼偏據而規小⓰，豈如宅中⓱而圖大！

【章　旨】此段繼續批評憑虛公子的看法。先駁他以奢靡為善的觀點，指出如此則夏桀殷紂所為也大可以肯定了。其次駁西京地勢險固可守的觀點，指出天子要以仁義守位，依恃人心，不在地勢險要與否。

【注　釋】❶肆奢為賢　以縱情奢侈為賢能。肆奢，縱情奢侈。賢，善。❷合宮　黃帝的明堂。以草蓋之。❸總期　即總章。虞舜的明堂，以草蓋之。❹夏癸　夏末暴君。名履癸。❺瑤臺　夏的臺觀。搜括百姓的錢財來建造的。❻殷辛　即殷紂王。殷末暴君。❼瓊室　殷之宮室。其中有玉門，極盡奢華之能事。❽湯武　商湯和周武王。❾革　革命。古以王者受命於天，故稱王者易姓、改朝換代為革命。革，變革。命，天命。❿盍　何不。⓫寤　通「悟」。⓬守在海外　言四夷之人皆來歸附，自為防守。⓭隘害　險隘要害之處。⓮諒　信實。⓯負阻於二關　劉邦、項羽攻秦，劉邦自武關入，項羽自函谷關入。負，恃。阻，險阻。二關，指武關及函谷關。為秦之咽喉。⓰彼偏據而規小　西京據偏遠之地謀畫狹小。彼，指建都關中。偏據，據守較偏遠之地。規，謀畫。⓱宅中　居天下之中。此指東京洛陽。

【語　譯】如果您一定要以縱情奢侈為賢能，那麼黃帝的合宮，還有虞舜的明堂——總章，一定不如夏桀的瑤臺，及殷紂王的瓊室了。商湯、周武王動用軍隊去革誰的命呢？您何不取鑒東京之事而自悟呢？再說天子有道，四夷自然歸附而為之防守。因此要以仁義保守君位，而不要單靠險隘要害之地。如果百姓之心不信實可靠，談什麼「巖險周固，襟帶易守」呢！秦倚仗二關的險阻，最終還是讓項羽從函谷關、劉邦從武關而入。西京據地偏遠且規格狹小，哪裡比得上東京居天下的中央能圖謀宏大呢？

昔先王之經邑❶也，掩觀九隩❷，靡地不營❸。土圭❹測景❺，不縮不盈❻。

總❼風雨之所交❽，然後以建王城❾。審曲❿面勢⓫：泝洛背河⓬，左伊⓭右瀍⓮。

西阻⑮九阿⑯，東門于旋⑰。盟津⑱達其後，太谷⑲通其前。迴行道乎伊闕⑳，邪徑捷乎轘轅㉑。大室㉒作鎮，揭以熊耳㉓。底柱㉔輟流，鐔以大岯㉕。溫液湯泉，黑丹石緇㉖。王鮪岫居㉗，能鼈㉘三趾。宓妃攸館㉙，神用挺紀㉚。龍圖授羲㉛，龜書㉜畀姒㉝。召伯㉞相宅㉟，卜惟洛食㊱。周公㊲初基㊳，其繩則直㊴。萇弘㊵魏舒㊶，是廓㊷是極㊸。經途㊹九軌㊺，城隅㊻九雉㊼。度堂以筵㊽，度室以几㊾。京邑㊿翼翼(51)，四方所視。漢初弗之宅，故宗緒(52)中圮(53)。巨猾間釁(54)，竊弄神器(55)。歷載三六(56)，偷安天位。于時蒸民(57)，罔敢或貳(58)，其取威(59)也重(60)矣。

【章　旨】本段敘述洛邑的營建過程。先敘述選擇此地的原因，因為洛邑之地位置適中，風調雨順，卜之得吉兆。四面有河山之勝及往古神跡。接著敘述洛邑的營建過程，描寫城邑的宏大繁盛。最後交代此城在西漢及新莽之時都未作為國都這一史實。

【注　釋】❶先王之經邑　周成王開始測量建造洛邑。先王，指周成王。經，經始。邑，指洛邑。❷掩觀九隩　遍觀九州。掩觀，盡觀。九隩，九州以內。❸靡地不營　無處不去量度。靡，無。營，量度。❹土圭　測量日影的儀器。包括圭和表兩部分，表是直立的標竿，圭是平臥的尺。表放在圭的南、北端，同圭相垂直。❺景　同「影」。❻不縮不盈　謂日影與圭長相等，不短不長，其地正位於天下中央。用一尺五寸長的圭，豎八尺之表，在夏至之日量度日影，若圭與影正相等，說明其地正中，若影長於圭，則太近北，圭長於影，則太近南。❼總　總括。❽風雨之所交　古人認為地近東則多風，近西則多雨，地處中央，則為風雨交會之地，風雨適宜。❾王城　周公東征之後，把商人強制遷到洛邑，建東都，名叫成周，成周中設王城，周王及大臣屢次來這裡發號施令。❿審曲　審察地形的曲直。⓫面勢　觀測地勢之面向。⓬泝洛背河　面朝洛水而背靠黃河。泝，向。洛，洛水。河，黃河。⑬伊　伊水。流經今河南等省。⑭瀍　瀍水。源出河南洛陽西北穀城山，南流經洛陽城東，入於洛水。⑮阻　險阻。⑯九阿　洛陽西十里的九曲坂。坂，山坡。⑰東門于旋　謂東有旋門，在成皋西南十數里。阪形周屈，故曰于旋。阪，山坡。⑱盟津　即今河南孟津。在洛陽北。武王伐紂，盟八百諸侯於此，故曰盟津。逌路輻湊，古今以為黃河津渡。⑲太谷　山谷名。在洛陽城南五十里。⑳迴行道乎伊闕　迂曲的大道由伊闕山外繞過。迴行，迂曲的大道。行，道。道，由。伊闕，山名。在洛陽南，兩山相對，望之如闕，伊水經其間北流，故曰伊闕。㉑邪徑捷乎轘轅　斜出的捷徑便直接經轘轅山。邪徑，斜出之捷徑。捷，疾。轘轅，山名。在河南偃師東南境，山有小路，可不經伊闕而達洛陽。㉒大室　即太室山。是嵩山別名，在河南登封北，雄鎮洛陽之東。㉓揭以熊耳　熊耳山為國之標誌。揭，標誌。熊耳，山名。在河南盧氏縣南，洛陽之西。兩峰如熊耳，故名。㉔底柱　亦作「砥柱」、「厎柱」。山名，在河南省三門峽市。黃河急流中的石島，為堅硬閃長玢岩構成，以山在水中若柱，故名。今因修建水庫，已經炸毀。㉕鐔以大岯　大岯山如同劍口一般險要。鐔，劍口。即劍柄與劍身連接處的兩旁突出的地方。此比喻地勢險要。大岯，山名。在河南省浚縣西南。㉖石緇　即緇石。一種黑石。㉗王鮪岫居　大魚幽棲水下山洞中。王鮪，大魚名。岫，山洞。㉘能鼈　三足鼈。枝尾，食之無蠱疫。㉙宓妃攸館　宓妃居於此處。宓妃，洛水的女神。攸，所。館，居。㉚神用挺紀　神靈因而特別記錄周朝的年限。據《左傳．宣公三年》，王孫滿答楚子說：「成王定鼎於郟鄏。卜世三十，卜年七百，天所命也。」然周朝實際經歷三十六王，歷八百六十七年，超過卜數。郟鄏在今河南洛陽境內。挺，特出。㉛龍圖授羲　傳說古帝伏羲氏時，龍馬出黃河，伏羲遂依其文以畫八卦，謂之河圖。龍圖，即河圖。㉜龜書　指洛書。傳說神龜負文而出洛水，禹則其文而成洛書。㉝姒　指夏禹。禹姓姒。㉞召伯　召公奭。㉟相宅　傳說成王欲居洛邑，乃命召公視所居而卜之。相，視。宅，居。㊱洛食　卜之先必以墨畫龜殼，然後灼之，今以墨畫洛邑之地，龜兆爆裂恰順洛邑之地，由此顯示洛邑為吉地。食，食墨。即龜兆順墨畫之紋。㊲周公　周公旦。㊳初基　開始奠基。㊴其繩則直　營度方位，以繩取直。㊵萇弘　周景王、敬王的大臣劉文公所屬大夫。㊶魏舒　晉正卿魏獻子。名舒，與萇弘於周敬王十一年合諸侯擴建成周。㊷廓　擴大。㊸極　致。指致功興建。㊹經途　城內貫通南北的大道。㊺九軌　指可並排行九輛車。軌，指一輛車的寬度。㊻城隅　城角。㊼雉　高一丈長三丈為一雉。㊽筵　席。長九尺。周人之堂，東西九筵，南北七筵，高一筵。㊾几　俎。長七尺。㊿京邑　大邑。(51)翼翼　繁盛的樣子。(52)宗緒　宗廟之統緒。(53)圮　絕。(54)巨猾間釁　此謂王莽趁平帝年幼早死，太后秉政的空隙篡位。巨猾，最狡猾之人。指王莽。莽字巨君。間，伺；趁。釁，同「舋」。隙。(55)神器　原指天子璽印。此引申為帝位。(56)三六　十八年。(57)蒸民　人民。蒸，眾。58罔敢或貳　不敢有所違逆。罔，無。貳，二心。59威　畏。60重　多。

【語譯】昔日周成王開始測量建造洛邑時，曾遍觀九州，無處不去量度。他先用土圭測定日影，當日影正好與圭長相等時，這便是風雨相交的總括之地，然後就決定在此營建王城。審察此地的地形曲直及地勢面向：面朝洛水而背靠黃河，左是伊水右是瀍水；西有險阻九曲坂，東對周屈的旋門坡；從盟津可至其後，由太谷可直通其前。迂曲的大道由伊闕山外繞過，斜出的捷徑便直接經轘轅山。大室山為國之重鎮，熊耳山為國之標誌。底柱山好似遏住黃河流水，大岯山如同劍口一般險要。有溫泉熱水，黑丹緇石。大魚幽棲水下山洞中，能鼈只有三足。女神宓妃居於此處，神靈曾由此特別記錄周朝享祀之事。龍馬出河授圖伏羲、神龜出洛賜書夏禹。召伯視察建邑之地，占卜時只有洛邑之地為吉兆。周公開始奠基，營度方位用繩取直。萇弘和魏舒，又擴大而致其功。城內南北大道可並行九輛車，城角有九雉之廣。建堂按九尺之筵來測度，建室用七尺之几來丈量。宏大的城邑繁盛無比，四方都注視著它。漢初未曾建都於此，所以帝統曾經中斷。讓奸詐之徒王莽趁隙而入，竊據了皇帝寶座。前後經歷一十八年，苟安於天子之位，這時廣大百姓，不敢有所違逆，他實在太令人畏懼了。

我世祖❶忿之，乃龍飛白水❷，鳳翔參墟❸，授鉞❹四七❺，共工❻是除。欃槍❼旬始❽，群凶靡餘，區宇❾乂寧❿，思和⓫求中⓬。睿哲⓭玄覽⓮，都⓯茲洛宮⓰。曰止曰時⓱，昭明有融⓲。既光⓳厥武⓴，仁洽㉑道豐。登岱勒封㉒，與黃㉓比崇。逮至顯宗㉔，六合㉕殷昌㉖。乃新崇德㉗，遂作德陽㉘。啟南端之特闈㉙，立應門㉚之將將㉛。昭仁惠於崇賢㉜，抗義聲於金商㉝。飛雲龍㉞於春路㉟，屯神虎㊱於秋方(37)。建象魏(38)之兩觀，旌(39)六典(40)之舊章(41)。其內則含德章臺，天祿宣明，溫飭迎春，壽安永寧(42)。飛閣(43)神行(44)，莫我能形(45)。濯龍(46)芳林(47)，九谷八溪(48)。芙蓉覆水，秋蘭被涯。渚戲躍魚，淵游龜蠵(49)。永安(50)離宮(51)，修竹冬青。陰池(52)幽流(53)，玄泉(54)洌清(55)。鵯鶋(56)秋棲，鶻鵃(57)春鳴。鴡鳩(58)麗黃(59)，關關嚶嚶(60)。於南則前殿(61)靈臺(62)，龢驩安福(63)。謻門(64)曲榭(65)，邪阻(66)城洫(67)。奇樹珍果，鉤盾(68)所職(69)。西登少華(70)，亭候(71)修敕(72)。九龍(73)之內，寔曰嘉德(74)。西南其戶，匪雕匪刻。我后(75)好約(76)，乃宴斯息(77)。於東則洪池(78)清籞(79)，淥水澹澹(80)。內阜(81)川禽(82)，外豐葭菼(83)，獻鼈蜃(84)與龜魚，供蝸(85)蠯(86)與菱芡(87)。其西則有平樂(88)都(89)場，示遠之觀。龍雀(90)蟠蜿(91)，天馬(92)半漢(93)。瑰異譎詭(94)，燦爛炳煥。奢未及侈，儉而不陋(95)。規(96)遵王度(97)，動中得趣(98)。於是(99)觀禮，禮舉儀具(100)。經始勿亟(101)，成之不日(102)。猶謂為之者勞，居之者逸。慕唐虞(103)之茅茨(104)，思夏后之卑室(105)。乃營三宮(106)，布教頒常(107)。複廟重屋(108)，八達(109)九房(110)。規天矩地(111)，授時順鄉(112)。造舟(113)清池(114)，惟水泱泱(115)。左制辟雍(116)，右立靈臺。因進距衰(117)，表賢簡能(118)。馮相(119)觀祲(120)，祈禠(121)禳(122)災。

【章　旨】本段描述光武定都洛陽及明帝對洛陽宮室的建設。首先敘述光武帝憤起掃除凶穢，平定天下後，乃選擇洛陽作京都。接著著重描寫明帝整治的宮室結構，以德陽殿為中心，先寫近再寫遠。近則有應門等宮門，含德等殿舍，還有濯龍園等園林。遠則有洪池、平樂觀等遊憩之地。作者認為，東京宮室奢儉都符合禮制，不傷民力。最後形容明堂、辟雍、靈臺三個有關政教之處。

【注釋】❶世祖　指光武帝劉秀。世祖為廟號。❷龍飛白水　比喻光武帝起兵反對新莽政權。白水，水名。劉秀為南陽蔡陽（今湖北棗陽西南）人，此水在其故宅南二里。❸鳳翔參墟　更始元年劉秀被派往河北地區鎮撫州郡，次年五月誅滅稱帝邯鄲的王郎，封蕭王，不久即稱帝於鄗（今河北柏鄉北）。鳳翔，比喻光武帝的興起。河北為參宿分野，故曰參墟。❹授鉞　命將出征的儀式。鉞，大斧。❺四七　指輔助光武創業的二十八將。二十八乃四七相乘之數。❻共工　古史傳說人物。是堯的臣子，與驩兜、三苗、鯀為四凶，後被舜流放於幽州。此指王莽。❼欃槍　彗星。古以為彗星主禍亂。❽旬始　天上的妖氣。❾區宇　天下。❿乂寧　安寧。乂，安定。⓫和　陰陽之和。⓬中　天地之中。⓭睿哲　聖智。⓮玄覽　深遠的觀察。⓯都　建都。⓰洛宮　洛陽宮。此即指洛陽城。⓱曰止曰時　止居於此。曰，語詞。時，是。⓲融　長久。⓳光　光大。⓴武　克定禍亂曰武。㉑洽　霑潤。㉒登岱勒封　此指建武三十二年光武封禪泰山之事。岱，泰山。勒封，封泰山，勒功於石以紀號。㉓黃　黃帝。㉔顯宗　明帝的廟號。㉕六合　天地四方。㉖殷昌　殷富昌盛。㉗崇德　殿名。在洛陽南宮，光武帝時已有。㉘德陽　殿名。在洛陽北宮，明帝永平年間作。此殿周旋容萬人，激洛水於殿下。㉙啟南端之特闈　宮南開高聳的端門。南端，向南之正門。端，端門。特，聳立。闈，宮門。㉚應門　中門。㉛將將　嚴正的樣子。㉜昭仁惠於崇賢　東有崇賢門以光大天子仁惠之德。崇賢，東門名。東方於五行為木，主仁，如春以生萬物，昭天子仁惠之德。㉝抗義聲於金商　西有金商門來宣揚皇帝德義之聲。抗，宣揚。金商，西門名。西於五行為金，主義，於音為商，若秋氣之殺萬物，抗天子德義之聲。㉞雲龍　德陽殿東門。㉟春路　東方於時為春，此即為東方之路。㊱神虎　德陽殿西門。㊲秋方　西方。西方於時為秋。㊳象魏　宮門外兩闕。上懸法律條文，亦稱兩觀。㊴旌　表。㊵六典　指太宰所掌建邦之六典：治典、教典、禮典、政典、刑典、事典。㊶舊章　法令條章。㊷含德章臺四句　含德、章臺、天祿、宣明、溫飭、迎春、壽安、永寧，都是殿名。在應門之內。㊸飛閣　懸空的閣道。㊹神行　言天子行閣道中，如神行空中。㊺形　見。㊻濯龍　園名。近北宮。㊼芳林　園內所種植的木蘭。㊽九谷八溪　指苑囿中的大小池沼。谷，流水會聚的地方。㊾蠵　一種大龜。其甲可卜，能鳴。㊿永安　宮名。有園觀。(51)離宮　皇帝正宮以外臨時居住的宮室。(52)陰池　為竹樹遮掩的水池。(53)幽流　謂伏溝。從地下流通於河。(54)玄泉　謂幽流。水黑色，故稱。(55)洌清　清澄的樣子。(56)鵯鶋　即今之寒鴉。如烏而小，腹下白。(57)鶻鵃一種小鳩。似山鵲而小，短尾，青黑色，多聲。(58)鴡鳩　即雎鳩。雕類，食魚，俗名魚鷹。(59)麗黃　即黃鸝。鶯。(60)關關嚶嚶　形容鳥鳴聲和諧。(61)前殿　路寢。君主處理政事的大殿。(62)靈臺　殿名。在南宮。(63)龢驩安福　二者皆殿名。並在德陽殿之南。(64)謻門　即宣陽門。門內有宣陽冰室。(65)榭　建在高土臺上的敞屋。(66)邪阻　斜依。(67)城洫　城池。(68)鉤盾　漢少府屬官有鉤盾令，宦者為之，掌小苑。(69)職　主管。(70)少華　少華山。在陝西華山西南。此是在西園內造假山以少華名之。(71)候　候樓。或稱堠樓，用以瞭望敵情。此指候館樓。(72)勑　整理。(73)九龍　周時殿名。因門上有三銅柱，每柱有三條龍糾纏其上，故名。此指九龍門。(74)嘉德　殿名。在南宮之內。(75)我后　指漢明帝。后，指君主。(76)約　儉約。(77)乃宴斯息　就在這裡安居。宴，安。斯，語助詞。息，止。(78)洪池　池名。在洛陽東三十里，東西千步，南北千一百步，四周有塘，池中又有東西橫塘，水溜逕通。(79)蘌　或作「籞」。編竹為藩籬，周覆池上，令鳥不得出，外人不得入。(80)淥水澹澹　清清的水波搖蕩。淥，清。澹澹，水波搖動的樣子。(81)阜　多。(82)川禽　水鳥。(83)葭菼　蘆荻。(84)蜃　大蛤。(85)蝸　螺。(86)鼃　蚌的一種。體形狹長。(87)芡　水生植物。俗名雞頭。(88)平樂　觀名。(89)都　聚會。(90)龍雀　指飛廉。西京上林有飛廉觀，有銅鑄神禽飛廉，明帝從長安迎取來，置之平樂觀。(91)蟠蜿　盤旋欲飛之狀。(92)天馬　指銅馬。西京未央宮有金馬門，漢武帝得大宛馬，取名天馬，以銅鑄其像，立門外，東漢明帝迎取之於東京，置於平樂觀。(93)半漢　縱馳之態。(94)譎詭　變化。(95)奢未及侈二句　言皆合於禮。(96)規　效法；摹擬。(97)王度　先王之法度。(98)動中得趣　舉動無不符合禮的原則。動，舉動。中，符合。得趣，得禮之意。(99)於是　在此。指在宮室建築方面。(100)禮舉儀具　禮儀齊備。舉，全。具，足。(101)經始勿亟　開始營建就不急於求成。經始，開始經營。亟，急。(102)不日　不限完工日期。(103)唐虞　唐堯、虞舜。(104)茅茨　用茅草蓋宮室。(105)夏后之卑室　夏禹住著低矮簡陋的宮室。夏后，夏王。指禹。卑，低。(106)三宮　指明堂、辟雍、靈臺。(107)布教頒常　施行教化頒布舊典。教，教化。頒，布。常，舊典。(108)複廟重屋　指棟梁屋椽和重檐都有兩重的明堂。(109)八達　每室有八個窗戶。(110)九房　堂後共有九室。(111)規天矩地　明堂建築，上圓象天，下方象地。(112)授時順鄉　隨著時節依次使用明堂不同方向之室發布政令。如孟春之月，天子居青陽左个（九室之一名），乘鸞路，駕蒼龍，載青旗，衣青衣，食麥與羊。授時，語出《書・堯典》。原為記錄天時以告民，此引申為隨時之義。鄉，同「向」。(113)造舟　用船排比而成為浮橋。(114)清池　指環繞辟雍之池。(115)泱泱　水流的樣子。(116)左制辟雍　在德陽殿東建造辟雍。左，東。制，建造。(117)因進距衰　在辟雍拔擢上進而拒退衰頹。因進，此言在辟雍舉行大射禮以選才，因其進則舉用之。距衰，衰頹者則拒退之。距，通「拒」。(118)表賢簡能　表彰賢者而選擇能人。簡，擇。(119)馮相　周官名。掌觀察天文氣象。(120)祲　陰陽相侵的不祥之氣。(121)禠　福。(122)禳　除。

【語　譯】我世祖光武帝對此十分憤怒，就從白水起義，在河北奠定了大業。授兵於二十八將，王莽終於被根除。災星妖氣全部掃蕩，群凶一無所遺。天下已經安寧，皇帝乃尋覓陰陽和諧、天地正中的地方。經過明哲的思考與深遠的觀察，決定在此洛陽建都。止居於此，必定長久有光明之福。世祖既光大克定禍亂的武德，又使仁道豐厚普霑。登泰山封禪勒石，可與黃帝比較尊崇。到了顯宗之時，天下殷富昌盛。於是翻修崇德殿，建造德陽殿。宮南開高聳的端門，立起嚴正的應門。東有崇賢門以光大天子仁惠之德，西有金商門來宣揚皇帝德義之聲。德陽殿的雲龍門正巍巍矗立著面對東道，而其神虎門恰座落在西方。宮門外挺立象魏雙闕，昭示六典等法令條章。應門內還有含德、章臺、天祿、宣明、溫飭、迎春、壽安、永寧等殿。天子行在懸空的閣道中如同天神一般，外人無法見到他的身影。濯龍園內芬芳的木蘭成林，還有大大小小的池沼點綴。荷花覆蓋水面，秋蘭鋪滿水邊。小洲附近有魚兒飛躍，深水處有龜蠵潛游。永安宮是一座離宮，修長的竹林冬日青翠。竹樹遮掩的水池有伏溝通河，溝中黑泉十分清澄。鶤鷄秋季棲息，鶬鶊春日囀鳴。雎鳩和黃鸝，發出一派和諧的鳴聲。在南面則有前殿、靈臺殿，還有龢驩殿、安福殿。謻門和曲折的臺榭，斜枕著城池。奇樹珍果，都由鉤盾令掌管。西園可登少華山，山上涼亭候樓都整治完好。九龍門之內，稱之為嘉德殿。殿舍之門或西或南，不用彩畫也不雕刻。君王崇尚儉約，就在這裡安居。東面則有竹籬周覆的洪池、清清的水波搖蕩。池內多蓄水鳥，池外遍生蘆荻。進獻鼈、蜃、龜、魚，供奉螺、蠯、菱、芡。西面則有平樂觀聚會作樂之場，向遠方來人展示種種祕戲奇觀。銅鑄飛廉盤旋欲舉，金馬高驤如在縱馳。奇異變化，燦爛輝煌。豪奢但不侈靡，儉約又不致粗陋。一切都遵照先王法度，舉動無不符合禮的原則。在這方面觀禮，可見禮儀齊備。開始營建就不急於求成，並不限定完工之日。天子猶以為建築者太辛苦、居住者太安逸。仰慕堯舜用茅草蓋屋頂。夏禹住著低矮簡陋的宮室。於是營造明堂、辟雍、靈臺三宮，施行教化頒布舊典。明堂的棟梁屋頂都是雙重，八窗之室共計九間。上圓下方取象天地，隨時順向在各室發布政令。辟雍的清池中排舟為浮橋，碧水緩緩而流。德陽殿東營造辟雍，其西則建立靈臺。在辟雍拔擢上進而拒退衰頹，表彰賢德而選擇能人。在靈臺馮相觀察有無不祥之氣，為國家祈求福祉禳除禍災。

於是孟春元日[1]，群后旁戾[2]。百僚[3]師師[4]，于斯胥洎[5]。藩國[6]奉聘[7]，要荒[8]來質[9]。具惟[10]帝臣，獻琛[11]執贄[12]。當覲[13]乎殿下者，蓋數萬以二[14]。爾乃九賓[15]重[16]，臚人[17]列[18]。崇牙[19]張，鏞[20]鼓設。郎將[21]司階[22]，虎戟[23]交鎩[24]。龍輅[25]充庭[26]，雲旗[27]拂霓。夏正[28]三朝[29]，庭燎[30]晢晢[31]。撞洪鍾，伐[32]靈鼓[33]。旁震八鄙[34]，軯磕隱訇[35]，若疾霆[36]轉雷而激迅風也。是時稱警蹕已[37]，下雕輦[38]於東廂[39]。冠通天[40]，佩玉璽。紆皇組[41]，要干將[42]。負斧扆[43]，次席[44]紛純[45]。左右玉几，而南面以聽矣。然後百辟[46]乃入，司儀[47]辨等[48]。尊卑以班，璧羔[49]皮帛[50]之贄既奠[51]。天子乃以三揖[52]之禮禮之，穆穆焉[53]，皇皇[54]焉，濟濟[55]焉，將將[56]焉，信[57]天下之壯觀也。乃羨[58]公侯卿士，登自東除[59]。訪萬機[60]，詢朝政。勤恤[61]民隱[62]，而除其眚[63]。人或不得其所，若己納之於隍[64]。荷[65]天下之重任，匪怠皇[66]以寧靜[67]。發京倉[68]，散禁財[69]。賚皇寮[70]，逮輿臺[71]。命膳夫[72]以大饗[73]，饔餼[74]浹[75]乎家陪[76]。春醴[77]惟醇[78]，燔炙[79]芬芬。君臣歡康[80]，具醉熏熏[81]。千品[82]萬官，已事而踆[83]。勤屢省[84]，懋[85]乾乾[86]。清風協於玄德[87]，淳化[88]通於自然[89]。憲先靈而齊軌[90]，必三思[91]以顧愆[92]。招有道[93]於側陋[94]，開敢諫之直言。聘丘園[95]之耿絜[96]，旅[97]束帛[98]之戔戔[99]。上下通情[100]，式宴且盤[101]。

【章 旨】本段描寫元旦之日諸侯朝聘之禮的隆重和頌揚天子的盛德。先敘述各方來覲，數萬人聚於殿下的情形。接著描寫皇帝的出場、穿著、行禮、問政、賞賜及宴饗，形容皇帝的莊嚴仁慈以及君臣之間的融和歡樂。末了頌揚皇帝勉於自省修業，注意拔擢有道之士的德行。

【注 釋】①孟春元日 夏曆正月初一。②群后旁戾 諸侯從四方而至。群后，指諸侯。戾，至。③百僚 百官。④師師 相互以對方為師。⑤胥洎 言元日百官齊來朝賀。胥，相。洎，及。⑥藩國 古代稱分封及臣服的各國為藩國。⑦奉聘 指朝聘。前來朝見天子。⑧要荒 指極遠之地。距京師二千里為要服，二千五百里為荒服。⑨質 送人質表示臣服。⑩惟 為。⑪琛 珍寶。指藩國土產的寶貨。⑫贄 見面禮。⑬覲 此指朝見。⑭數萬以二 數萬人夾道為二部。⑮九賓 謂公、侯、伯、子、男、孤、卿、大夫、士。⑯重 多。⑰臚人 指大鴻臚及其屬吏。大鴻臚主賓客。⑱列 按其尊卑羅列於朝廷。⑲崇牙 鐘鼓架子上之大板名業，業上彎曲高聳處為崇牙。用以懸鐘鼓。此代指鐘鼓架。⑳鏞 大鐘。㉑郎將 指虎賁中郎將。主管宮廷禁衛。㉒司階 言虎賁中郎將率虎賁兵夾階而立。㉓虎戟 虎賁執戟而立。戟，戈矛合為一體的兵器。㉔鎩 即長刃矛。此指戟刃。㉕龍輅 天子的車乘。馬八尺曰龍，天子之車曰輅。㉖充庭 擺滿殿庭。古有充庭之制，陳列乘輿車輦旌鼓於殿庭之中。㉗雲旗 指高大的旗。旗，古代專指旗上繪熊虎者。㉘夏正 漢用夏曆，以建寅之月為正月。㉙三朝 指正月初一。此日為日之朝、月之朝、歲之朝。㉚燎 火炬。㉛晢晢 火光明亮的樣子。㉜伐 擊。㉝靈鼓 六面鼓。㉞旁震八鄙 廣震八方。八鄙，四方和四角。㉟軯磕隱訇 形容鐘鼓之聲。㊱霆 霹靂。㊲稱警蹕已 清道完畢。稱，疑為衍文。警蹕，天子出行，清道上行人。警，警戒。蹕，清道。已，表示確定的語氣詞，有「完成了」的意思。㊳雕輦 有雕飾的御車。㊴東廂 殿東側的房子。㊵通天 冠名。天子所常戴。㊶紆皇組 垂掛著粗大的印綬。紆，垂。皇，大。組，印上之大帶。亦稱綬。㊷要干將 腰懸干將寶劍。要，通「腰」。義為腰佩。干將，寶劍名。㊸負斧扆 背靠黑白斧紋的屏風。負，背向。斧扆，一種有斧紋的屏風。設於殿上戶牖之間，皇帝座後，以絳帛為質，黑白繡斧形。㊹次席 竹席。㊺紛純 用編織物為邊。㊻百辟 眾諸侯。辟，君。㊼司儀 主管禮儀之官。㊽辨等 分別等次接引諸侯。公為上等，侯伯為中等，子男為下等。㊾羔 小羊。㊿皮帛 束帛。外表以皮為飾。(51)奠 置。(52)三揖 指天揖、時揖、土揖。古人之揖如今人之拱手。天揖是天子對同姓，推手稍高。時揖為對有婚姻關係的異姓，推手平舉。土揖乃對無親戚關係者，推手稍微低些。(53)穆穆焉 形容天子威儀隆盛的樣子。(54)皇皇 形容諸侯莊重而氣魄很大的樣子。(55)濟濟 徐行有節的樣子。(56)將將容貌舒揚的樣子。(57)信 確實。(58)羨 引進。(59)東除 東階。此兼言西階。按制，天子從中階登，諸侯從東西階。(60)萬機繁瑣的政事。(61)恤 體恤；周濟。(62)隱 痛苦。(63)眚 疾苦。(64)人或不得其所二句 語出《孟子・萬章》。言伊尹以天下自任之重。隍，無水的護城河。(65)荷 擔負。(66)怠皇 懈怠閒暇。皇，通「遑」。閒暇。(67)寧靜 安靜自樂。(68)發京倉 打開大倉庫。京，大。(69)禁財 禁庫之財。(70)賚皇寮 賞賜百官。賚，賜。皇寮，百官。(71)輿臺 泛指低賤之人。(72)膳夫 宮中掌帝、后、世子飲食的官。(73)大饗 天子宴飲諸侯來朝者之禮。(74)饔餼 熟食和生食。(75)浹 遍。(76)家陪 指公卿大夫的家臣。(77)醴 甜酒。(78)醇 酒味濃厚。(79)燔炙 烤肉。(80)康 樂。(81)熏熏 和悅的樣子。(82)品 指官員品秩。(83)已事而踆 完成禮事而引退。已，止。踆，退。(84)省 察。(85)懋 勉力。(86)乾乾 努力不息的樣子。(87)清風協於玄德 清惠之風同於天德。清風，皇帝清惠的風教。協，同。玄德，天德。(88)淳化 淳厚之化。(89)自然 天道。(90)憲先靈而齊軌 取法先聖堯舜而齊同軌跡。憲，取法。先靈，指堯舜。(91)三思 多次思考。(92)愆 過錯。(93)有道 有道之士。(94)側陋 指僻野陋鄉。(95)丘園 山鄉。(96)耿絜 有節操的清白之士。(97)旅 陳。(98)束帛 古代招聘賢士的禮物。(99)戔戔 堆積的樣子。(100)情 實情。
(101)式宴且盤 國家因而安定、歡樂。式，用；因而。宴，安。盤，樂。

【語　譯】於是初春正月初一日，諸侯即已從四方而至。百官互敬，相率來賀。各藩國都來朝聘，極遠之國也送人質來表示歸服。如今俱為一殿之臣，有的獻寶有的手持其他禮品。應在殿下朝見者約數萬人，分作兩部等候。這時屬於九賓的諸侯臣僚眾多，大鴻臚把他們加以羅列。鐘鼓架張設妥當，鐘鼓也已經擺好。虎賁中郎將率兵夾階而立，手執長戟，戟刃相交。天子的車乘擺滿殿庭，高大的熊虎之旗上拂雲霓。夏曆元旦，庭中火把明亮。撞起大鐘，擂起六面鼓。鐘鼓廣震八方，一片軯磕隱訇之聲，如同猛烈的霹靂、迴轉的沈雷又激發起迅疾的大風。這時已經清道完畢，天子在東廂步下雕飾的御輦。頭戴通天冠，身佩玉璽，垂掛著粗大的印綬，腰懸干將寶劍。背靠黑白斧紋的屏風，腳下是彩組飾邊的竹席。左右為玉几，向著南面而聽政。然後眾諸侯才進入朝廷，司儀對他們分等接引。按尊卑為班次，把璧、羔、皮帛之類見面禮放好。天子就對他們行了三揖之禮。這時天子威儀很盛，諸侯莊嚴而有氣魄，大夫徐行有節，士容貌舒揚，確實是天下最壯觀的場面。於是引進公侯卿士，從東西階登殿。天子向他們訪問許多政務，徵詢朝政得失。努力體恤百姓之苦，解除他們的病痛。若有人得不到安居，就如同是自己把他推到城溝中一樣。擔負著天下重任，不敢懈怠偷閒貪圖安逸。打開大倉庫，散發禁庫錢財。賞賜百官，一直施及低賤的輿臺。命令膳夫大張宴席，擺上生熟食品，連公卿大夫的家臣也讓他們吃飽。春酒醇厚，烤肉芳香。君臣十分歡樂，都和悅地帶著醉意。有品秩的官員，完成禮事而引退。天子時勤於省察自身，勉力不息於進德修業。他的清惠之風同於天德，淳厚之化通於自然之道。取法先聖堯舜而齊同軌跡，聖明多思能看到自己的過失。從窮鄉僻壤之中選拔人才，啟發直言敢諫之人。從山鄉聘請清白有節操的隱者，陳列出的聘禮高高堆積。君臣上下通達實情，國家因而安定、歡樂。

及將祀天郊❶，報地功❷。祈福乎上玄❸，思所以為虔❹。肅肅之儀盡，穆穆之禮殫。然後以獻❺精誠，奉禋祀❻，曰❼允❽矣天子者也。乃整法服❾，正冕❿帶⓫。珩⓬紞⓭紘⓮綖⓯，玉笄⓰綦會⓱。火龍黼黻⓲，藻繂⓳鞶厲⓴。結飛雲之袷輅㉑，樹翠羽之高蓋。建辰旒之太常㉒，紛焱悠以容裔㉓。六玄虯㉔之奕奕㉕，齊騰驤㉖而沛艾㉗。龍輈㉘華轙㉙，金鍐㉚鏤鍚㉛。方釳㉜左纛㉝，鉤膺㉞玉瓖㉟。鑾㊱聲噦噦㊲，和鈴㊳鉠鉠㊴。重輪㊵貳轄㊶，疏轂㊷飛軨㊸。羽蓋㊹威蕤㊺，葩瑤㊻曲莖㊼。順時服而設副㊽，咸龍旂㊾而繁纓㊿。立戈迆戛(51)，農輿(52)輅木(53)。屬車(54)九九，乘軒(55)並轂(56)。琱(57)弩重旃，朱旄(58)青屋(59)。奉引(60)既畢，先輅(61)乃發。鑾旗(62)皮軒(63)，通帛綪旆(64)。雲罕九斿(65)，闟戟(66)轇輵(67)。髶髦(68)被繡，虎夫(69)戴鶡(70)。駙承華之蒲梢(71)，飛流蘇(72)之騷殺(73)。總輕武(74)於後陳(75)，奏嚴鼓(76)之嘈囋(77)。戎士介而揚揮(78)，戴金鉦(79)而建黃鉞(80)。清道(81)案列(82)，天行星陳(83)。肅肅(84)習習(85)，隱隱(86)轔轔(87)。殿(88)未出乎城闕(89)，旆(90)已反乎郊畛(91)。盛夏后之致美(92)，爰(93)敬恭於明神。爾乃孤竹(94)之管(95)，雲和(96)之瑟。雷鼓(97)鼝鼝(98)，六變(99)既畢。冠華(100)秉翟(101)，列舞八佾(102)。元祀惟稱(103)，群望咸秩(104)。颺槱燎之炎煬(105)，致高煙(106)乎太一(107)。神歆馨而顧德(108)，祚靈主以元吉(109)。然後宗(110)上帝(111)於明堂，推光武以作配(112)。辯方位而正則(113)，五精帥而來摧(114)。尊赤氏(115)之朱光，四靈懋而允懷(116)。於是春秋改節，四時迭代。蒸蒸之心(117)，感物(118)曾(119)思。躬追養(120)於廟祧(121)，奉蒸嘗(122)與禴祠。物牲辯省(123)，設其楅衡(124)。毛炰(125)豚胉(126)，亦有和羹(127)。滌濯(128)靜(129)嘉，禮儀孔(130)明。萬舞(131)奕奕(132)，鐘鼓喤喤(133)。靈祖皇考(134)，來顧(135)來饗(136)。神具醉止(137)，降福穰穰(138)。

【章旨】本段記敘天子郊祀天地和祭祀祖先的盛況。作者費了許多筆墨來描寫天子的出行，細緻刻畫他的祭服格式、所乘馬車的裝飾及前驅、殿後的儀仗隊、衛士、隨從人員等。在郊外祭天地之後，又到明堂祭祀五方上帝及光武帝，最後才到宗廟祭祀先帝之靈。

【注釋】❶祀天郊　郊祀上天。郊，祭天之名。因天體至清，故祭必於郊，取其清潔之意。❷報地功　祭地。按後漢郊祀之制，正月上辛於南郊合祭天地。❸上玄　上天。古人以為天玄而地黃，故稱上天為上玄。❹虔　敬。❺獻　進。❻禋祀　古代祭天神的一種禮儀。先燒柴升煙，再加牲體及玉帛於柴上焚燒。❼曰　語詞。無義。❽允　誠然；信然。❾法服　符合一定法度的衣服。此指天子之服。⑩冕　原為帝王、諸侯及卿大夫所戴禮帽，此專指皇冠。東漢之冕，寬七寸，長一尺二寸，前圓後方，裡面朱綠色，外面黑色，前垂四寸，後垂三寸，繫白玉珠於其端為十二旒。⑪帶　衣帶。⑫珩　固冕之橫簪。玉製。⑬紞　懸瑱之繩。垂於冠之兩旁。⑭紘　用來固定冕的絲織帶子。⑮綖　冕上所覆蓋的版。以玄帛裹之，前後懸旒。⑯笄　簪。⑰綦會　指冕上的裝飾。綦，會上所綴玉飾。會，接縫。⑱火龍黼黻　皆衣上花紋。火，畫火。龍，畫龍。黼，黑白相間，作斧形，刃白身黑。黻，黑青相間，紋若兩個相背的「己」字。⑲藻繂　用來墊玉製禮器的用具。藻，以木板做成，外包熟皮，其上畫水藻之文。繂，繫玉的絲繩。⑳鞶厲　大帶之下垂者。㉑袷輅　皇帝出行時的次車。㉒辰旒之太常　一種名為太常的旗。辰，指旗上所畫的日月星。旒，指旗上所垂之十二旒。㉓紛焱悠以容裔　如一簇火焰隨風上下。紛，盛。焱，火花。悠，從風飄動。容裔，高低的樣子。㉔六玄虯　指天子出行所駕的六匹黑馬。馬七尺曰虯。㉕奕奕　美盛的樣子。㉖騰驤　馬昂頭奔馳的樣子。㉗沛艾　馬搖頭作姿的樣子。㉘龍輈　車轅前端刻作龍頭。輈，車轅。㉙華轙　謂轙上有花飾。車轅頭上的橫木名衡，衡上施環，以貫六轡，名叫轙。㉚金鋄　馬冠。高廣各五寸，上如玉華之形。㉛鏤錫　即當盧。青銅雕鏤，裝飾在馬額中央。㉜方釳　車轅兩邊插翟尾之具。㉝左纛　古代皇帝乘輿上的飾物。用犛牛尾或雉尾製成，設在車衡的左邊，故稱。㉞鉤膺　馬頸下的帶飾。㉟玉瓖　馬肚帶上的玉玦。㊱鑾　車衡上的金鈴。㊲噦噦　和鳴聲。㊳和鈴　車軾上的金鈴。㊴鉠鉠　較小一點的鈴聲。㊵重輪　兩輪重疊。因而車轂亦為雙重。㊶貳轄　因為重輪，故車轄亦為二。轄，插在軸端孔中，用以固定車輪使不脫落的零件。㊷疏轂　鏤有花紋的車轂。轂，車輪中心的圓木。㊸飛軨　用畫著青龍白虎的彩綢繫車軸的頭，作為裝飾。㊹羽蓋　上覆翠羽的車蓋。㊺威蕤　羽毛下垂的樣子。㊻葩瑵　伸出的傘骨末端，皆以金花飾之。㊼曲莖　指架著曲形傘蓋的傘骨。㊽順時服而設副　順五時而車服各異。服為五方色（青赤白黑黃），車馬亦如之。除御駕之金根車為六馬，五時副車皆四馬。每色有安車立車各一乘，共計十乘。副，副車。㊾龍旂　旗上畫交龍。㊿繁纓　馬頸下的帶飾。繁，通「鞶」。馬大帶。(51)迆戞　斜插矛。迆，斜。戞，長矛。因為戞長，故斜插車上。(52)農輿　即耕車。天子耕稼於籍田時所乘。(53)輅木　此指農輿。輅，王者之車。木，車無裝飾。(54)屬車　隨從大駕的副車。皇帝隨從所乘。(55)軒　指有帷幃的車。(56)並轂　車並行。軒車作三行並行，故曰並轂。(57)琿　車欄間的皮篋。可用來盛弓弩。(58)旄　曲柄之旗。(59)青屋　以青繒為傘蓋之襯裡。(60)奉引　在大駕前引導者。一般由公卿擔任。(61)先輅　在前面的車。輅，車之通名。(62)鸞旗　上畫鸞鳳，以羽毛編之，列繫竿旁，載於車上，皇帝大駕出則作為儀杖先行，故亦為車名。(63)皮軒　以虎皮蒙遮的車。大夫以上所乘，為大駕之前驅車。(64)通帛綪旃　二者皆大紅旗。旗載於車中，故亦是車名。(65)雲罕九斿　二者皆旗名。旗建車中，為大駕前驅，故亦是車名。(66)闟戟　車旁所插之小戟。此代指前驅車之一種。(67)轇轕　即膠葛。馳驅。(68)髶髦　指旄頭。一種披髮前驅的武士。(69)虎夫　指武官、武騎。(70)戴鶡　戴鶡冠。鶡為猛禽，鬥至死乃止，武士之冠上插雙鶡尾，分豎左右，以示其猛。(71)駙承華之蒲梢　副車駕著承華廄的蒲梢駿馬。駙，副馬。指駕副車的馬。承華，馬廄名。蒲梢，馬名。產於大宛的千里馬。(72)流蘇　五彩毛混雜而為馬飾。(73)騷殺　下垂的樣子。(74)輕武　指輕車。一種戰車，類似古所謂武剛車，故稱。大駕出，為後殿。(75)後陳　在後陳列。(76)嚴鼓　急促的鼓聲。(77)嘈囋　形容鼓聲之喧鬧。(78)戎士介而揚揮　兵士穿甲而揚起軍徽。戎士，兵士。介，甲。揮，古代兵士肩上形狀像燕尾的軍徽。徽、揮，古通。(79)金鉦　軍中打擊樂器。似鐘而有柄可執，口向上，以物擊之而鳴。(80)黃鉞　黃金飾斧。(81)清道　禁止通行。(82)案列　依次列隊。(83)天行星陳　喻天子出行各部分井然有序的景象。天行，天體運行。星陳，星宿羅列。(84)肅肅　恭敬的樣子。(85)習習　行走的樣子。(86)隱隱　眾多的樣子。(87)轔轔　車聲。(88)殿　後隊。(89)城闕　城門兩邊的樓觀。(90)旆　指前驅的旗幟。(91)郊畛　郊界。(92)盛夏后之致美　贊美夏禹盡美於祭祀。盛，嘉。夏后，指禹。致美，《論語・泰伯》：「子曰：禹，吾無間然矣，菲飲食而致孝乎鬼神，惡衣服而致美乎黻冕。」致，盡。(93)爰　乃。(94)孤竹　獨生的竹。一說：國名。(95)管　古吹奏樂器。(96)雲和　山名。出美木，用為瑟，其聲清亮。(97)雷鼓　八面鼓。(98)鼝鼝　鼓聲。(99)六變　音樂奏一遍有六次變化。相傳每一變有不同神仙出現，一變川澤之神現，二變山林之神現，三變丘陵之神現，四變墳衍之神現，五變地神現，六變大神現。(100)冠華　謂舞人戴建華冠。此冠以鐵為之，有大珠九枚為飾。(101)秉翟　舞人手執野雉尾。(102)八佾　天子專用之樂舞。縱橫每行都是八人，總計六十四人。佾，列。(103)元祀惟稱　祭祀天地的大典舉行。元祀，大祭。指大祭天地之禮。稱，舉行。(104)群望咸秩　眾山川之神依次受到望祭。群望，祭山川眾神。望，謂在遠者望而祭之。咸秩，皆有次序。(105)颺槱燎之炎煬　焚燒積柴火光飛颺。颺，飛颺。槱燎，祭神時聚柴以焚之，上置牲體及其他祭品。槱，聚。炎，火光上升。煬，火熾猛。(106)致高煙　由於天體高遠，不能接近，天子乃由煙氣之上升，致其誠敬之心。(107)太一　即天皇大帝、昊天大帝。天神中之最尊貴者。(108)神歆馨而顧德　天帝享受祭品的香氣因而眷顧天子盛德。歆，祭祀時神靈享其氣。馨，香氣。指槱燎發出的煙氣。顧，眷顧。德，指人主之德。(109)祚靈主以元吉　把大福回報給下界的明主。祚，報答。靈主，指天子。靈，明。元吉，大福。(110)宗　尊而祀之。(111)上帝　此指天之五帝。據《後漢書・禮儀志》，東漢有五供之禮，即南郊、北郊、明堂、高廟、世祖廟。(112)作配　作配祭。(113)辯方位而正則　辨別四方中央而端正祭法。辯，通「辨」。區別。方位，指四方中央之位。牲幣及玉各依方色。則，法。(114)五精帥而來摧　五帝乃循之而至。五精，五方星的神。即指五帝。帥，循。摧，至。(115)赤氏　指五帝中之赤帝。漢為火德，赤帝統之。116 四靈懋而允懷　四帝滿心愉悅的接納。四靈，指五帝中赤帝外之四帝。即蒼帝、黃帝、白帝、黑帝。懋，悅。允，信。懷，安。117 蒸蒸之心　孝心。蒸蒸，孝順。118 感物　由於四時之物產（指春韭卵、夏麥魚、秋黍肫、冬稻鴈）而生感念。119 曾　增。120 追養　追感孝養之道。121 祧　天子高祖以上的祖廟。122 蒸嘗　與下「禴祠」為對先王四時之祭的名稱。春曰祠，夏曰禴，秋曰嘗，冬曰蒸。123 物牲辯省　祭物、祭牲都遍加省察。物牲，指祭物和祭牲。辯，借為「遍」。省，視。124 福衡　綁在牛角上的橫木。以使其不能抵觸人。125 毛炰　牲畜去毛，包裹燒之。126 豚胉　豬的兩肋肉。127 和羹　五味調和的濃湯。128 滌濯　指洗滌祭器。129 靜　借為「淨」。清潔。130 孔　甚。131 萬舞　執干羽而舞。其中文舞執羽，武舞執干（盾）。132 奕奕　盛大的樣子。133 喤喤　形容鐘鼓之聲和諧。134 靈祖皇考　泛言先帝。135 顧　顧愍子孫。136 饗　享用祭品。137 神具醉止　諸神都已醉了。具，俱。止，語助詞。138 穰穰　形容眾多的樣子。

【語　譯】等到天子欲郊祀上天，報答大地。向蒼天求福，想盡辦法竭盡敬虔之熱忱。恭肅之儀盡具，端莊之禮畢備。然後獻其精誠之心，來舉行祭天的典禮，真是天帝之子呀。就整理禮服，端正皇冕衣帶。冕上珩、紞、紘、綖齊全；玉簪橫貫，接縫飾玉。禮服上繡有火、龍、黼、黻的圖案；玉器下墊著藻繪組繫的器具，身上的大帶垂掛。緊接著有飛雲一般的次車，車上樹著翠羽裝飾的高大車蓋。立起畫有日月星的十二旒太常旗，如同一簇烈焰隨風上下。天子大駕的六匹黑馬都十分健壯，一齊昂頭奔馳姿態雄駿。車轅刻龍頭，轙環鐫花紋；玉花為馬冠，銅鏤飾馬額。車兩旁的方釳插上翟尾，旄尾蓋馬頭。馬頸下有帶飾，馬帶上有玉玦。車衡的金鈴一路和鳴，車軾的金鈴也輕聲相隨。雙重車輪，兩副車轄；車轂鏤紋，彩綢繫軸頭。翠羽的車蓋低垂；傘骨低曲，金花裝飾末端。隨著五時變換車服；旗子上都畫有交龍，馬頸也繫著繁纓。立著戈、斜插矛，天子的農車十分質樸。隨駕副車八十一乘，有帷幃的車三行並馳。車欄間皮箙藏弓弩，旃旗重重；朱紅旄牛尾裝飾旗幟，青色之繒為傘蓋襯裡。公卿在前、導引已畢，前驅車就出發了。有鸞旗車和虎皮車，通帛與綪旆兩種紅旗車。雲罕、九斿載旗車，還有插闟戟車一起向前馳驅。旄頭武士披髮穿繡衣，武官們頭戴鶡冠。副車駕著承華廄的蒲梢駿馬，馬身垂著五彩毛做成的飾物。聚合作戰的輕車作為殿後，擊起急促的鼓，喧鬧異常。兵士穿甲而揚起軍徽，舉著金鉦直立黃鉞。肅清道路行人，依次列隊；如同天體運行，星宿羅列。

恭敬莊重地前行，眾車發出一片轔轔之聲。後隊尚未走出城門，前驅已經從郊區返回。贊美夏禹盡美於祭祀，今乃向神明展布恭敬之心。這就吹起用獨生竹做成的管子，彈奏以雲和山美木製成的瑟。八面鼓擂得震天作響，音樂也奏出六次迎神的不同曲調。舞人頭戴建華冠，手執雉尾，六十四人列隊表演八佾舞。祭祀天地的大典舉行，眾山川之神也依次受到望祭。焚燒積柴火光飛颺，煙氣悠揚的飄進天帝太一之所。天帝享受祭品的香氣因而眷顧天子盛德，就把大福回報給下界的明主。然後在明堂尊祀五方天帝，推崇光武帝作為配祭。辨別四方中央而端正祭法，五帝乃循之而至。尊奉朱光的赤帝，四帝也滿心愉悅的接納。天子看到了春秋變換，四季更迭，深受感動而勾起了一片祭祖的孝心，更因四季物產的豐饒而愈增感念之心。於是親自在宗廟追報養育之恩，恭敬地舉行蒸、嘗、禴、祠四時之祭。祭物、祭牲都遍加視察，用橫木綁在祭牛角上。把豬兩肋去毛包裹而燒，還有五味調和的濃湯。祭器都洗得潔美，禮儀非常鮮明。手執干羽而舞的場面盛大，配上和諧的鐘鼓之音。先帝之靈顧愍子孫，都來享用祭品。諸神都已醉了，降下的福祉無比眾多。

及至農祥❶晨正❷，土膏❸脈起❹。乘鑾輅❺而駕蒼龍❻，介馭間以剡耜❼。躬三推❽於天田❾，修帝籍❿之千畝，供禘郊之粢盛⓫，必致思乎勤己⓬。兆民⓭勸於疆埸⓮，感懋力以耘耔⓯。春日載⓰陽⓱，合射辟雍⓲。設業設虡⓳，宮懸⓴金鏞㉑。鼖㉒鼓路㉓鼗㉔，樹羽㉕幢幢㉖。於是備物㉗，物有其容㉘。伯夷㉙起而相儀㉚，后夔㉛坐而為工㉜。張大侯㉝，制五正㉞。設三乏㉟，厞司旌㊱。并夾㊲既設，儲乎廣庭㊳。於是皇輿㊴夙駕㊵，䡅㊶於東階。以須消啟明㊷，掃朝霞，登天光㊸於扶桑㊹。天子乃撫㊺玉輅㊻，時乘㊼六龍㊽。發㊾鯨魚㊿，鏗華鐘。大丙51弭節(52)，風后(53)陪乘(54)。攝提運衡(55)，徐至於射宮(56)。禮事展(57)，樂物(58)具。〈王夏〉(59)闋(60)，〈騶虞〉(61)奏。決(62)拾(63)既次(64)，雕弓(65)斯彀(66)。達餘萌(67)於暮春，昭誠心以遠喻(68)。進(69)明德而崇(70)業，滌饕餮(71)之貪慾。仁風衍而外流(72)，誼方激而遐騖(73)。日月會於龍狵(74)，恤民事之勞疚(75)。因休力(76)以息勤(77)，致歡忻於春酒(78)。執鑾刀(79)以袒割(80)，奉觴豆於國叟(81)。降至尊(82)以訓(83)恭，送迎拜(84)乎三壽(85)。敬慎威儀(86)，示民不偷(87)。我有嘉賓(88)，其樂愉愉(89)。聲教(90)布濩(91)，盈溢天區(92)。

【章　旨】本段描述天子親耕籍田、大射之禮及養老之禮，贊頌天子的盛德。先寫天子在籍田三推耒耜，其意在鼓勵百姓勉力耕作。接著寫大射之禮，描繪種種設施及布置，以顯其隆重，對大射在政治上的作用也加以說明。末了寫養老之禮，形容天子對老人的恭敬和仁厚。

【注　釋】❶農祥　指房星。❷晨正　謂房星於正月初春早晨現於南方天空中。❸土膏　謂春天土潤如膏。膏，油脂。❹脈起　謂春天土脈起發，不復凝結。❺鑾輅　天子孟春之月所乘的車。飾以青色，有鑾鈴。❻蒼龍　青蒼色的馬。馬八尺為龍。❼介馭間以剡耜　此謂帝載利耜置於保介與御者之間。此為勸農，甲士則防備意外。在天子之車上，帝在左，御者在中，保介處右。介，保介；衣甲的武士。馭，指御車者。剡，銳利。耜，指耒耜。古代耕地翻土的工具，耜為其鏟，耒為其柄。❽躬三推　天子親身推耒耜三下。❾天田　籍田。天子所耕之田。❿修帝籍　謂修籍田禮。此為古禮，每年孟春良辰，天子率三公九卿諸侯大夫，躬耕帝籍。東漢明帝永平四年，詔曰：「朕親耕籍田，以祈農事。」⓫供禘郊之粢盛　供應祭祀上天和祖先的祭品。禘，祭名。王者祭其祖所出之天神，以其祖為配祭。郊，祭天。粢盛，祭品。粢，祭器中的祭物。盛，祭物在祭器之中。⓬勤己　勤勞自己而親耕。戒怠惰。⓭兆民　眾百姓。兆，萬億。極言其多。⓮疆埸　田界。此指田間。⓯感懋力以耘耔　受天子所感動而勉力從事於農作。懋力，勉力。耘，除草。耔，以土培根。⓰載　則。⓱陽　溫暖。⓲合

射辟雍　行大射禮，與諸侯合射於辟雍。《後漢書・卷二・明帝紀》記載：永平二年三月，明帝臨辟雍，初行大射禮。⑲設業設虡　設置鐘架。業、虡，合指懸鐘磬的木架。以大橫木兩端各安直木著地，橫木曰栒，直木曰虡，栒上飾以大板，作鋸齒形，曰業。⑳宮懸　四面懸鐘鏞。像宮室四面有牆，故云。此為天子之樂的特定掛法，諸侯卿大夫士逐級少掛一面。㉑鏞　大鐘。㉒鼖　一種大鼓。長八尺，兩面。㉓路　指路鼓。四面鼓。㉔鞀　一種小鼓。旁有耳，下有長柄，持柄搖之，旁耳還自擊作聲，類似今之撥浪鼓。㉕樹羽　在鐘架的橫木上植羽為飾。㉖幢幢　羽毛多的樣子。㉗備物　備好禮物。㉘容　容飾。㉙伯夷　堯舜時的禮官。㉚相儀　調作禮相。㉛后夔　虞舜時的樂官。㉜工　樂工。㉝大侯　箭靶。㉞五正　靶上以五方色畫的五環。此為天子所射。㉟乏　指用皮革做成，遮蔽報靶人的設備。正射三侯，故設三乏。㊱厞司旌　遮蔽報靶的司旌。厞，遮蔽。司旌，報靶人的官職名。行射之時，司旌之官持旌居皮乏中，守在侯旁，有射中者，則高舉旌唱曰「獲」，射不中，則下其旌以示之。㊲并夾　取箭的工具。箭中在侯，其中在高處者，人手不及，則用并夾鉗取。㊳儲乎廣庭　在大庭中等待天子。儲，備而待天子。廣庭，大庭。㊴皇輿　天子用的車。即下所言玉輅。㊵夙駕　早已套好。夙，早。㊶輂　停車。此時天子尚未乘坐。㊷須消啟明　等到啟明星消失。須，等待。消，消失。啟明，啟明星。即金星，日出前亮於東方。㊸天光　日光。㊹扶桑　傳說中的東方神木。日從此升。㊺撫　據。㊻玉輅　天子之車。㊼時乘　隨時變化而選乘之。㊽六龍　六匹駿馬。㊾發　舉。㊿鯨魚　指打鐘的槌。槌做成大魚之形。51大丙　傳說中古代善駕車的人。52弭節　按節徐行。弭，按。節，節拍。53風后　傳說中黃帝的大臣。54陪乘　即參乘。陪乘帝車。55攝提運衡　攝提星隨著北斗星的柄轉。皇帝的車上畫著攝提星、玉衡星。攝提共有六星，古以攝提隨玉衡所指之方向，建十二月。衡，玉衡星。北斗七星中之第五星，與第六、七星合為斗柄。56射宮　指辟雍。57禮事展　禮器陳列。禮事，禮器。展，陳列。58樂物　樂器。59王夏　古樂章名。大射之禮，王出入則奏〈王夏〉。60闋　樂終。61騶虞　樂章名；仁獸名。王射之時，奏〈騶虞〉以示大射不主殺傷之意。此時實是歌奏並舉，堂上歌〈騶虞〉之詩，堂下鐘鼓合奏。62決　俗名攀指。用象骨做成，戴在右手大拇指上，射箭用來鉤弦。63拾　用熟皮做成，戴在左臂，射時可斂袖護膚。64次　通「佽」。便利。65雕弓　有雕刻繪飾的弓。66彀　張弓。67達餘萌　此謂天子親射所表現的仁心，可助幼苗生長。達，幼苗出土的樣子。餘萌，暮春時節最後萌動的生物。68昭誠心以遠喻　天子之誠心昭著，遠處的諸侯都明瞭。大射時之箭靶所以命名為侯，是表示如果諸侯不朝天子，則當射之，所以天子的誠心中實含有以武力威脅的意思。昭，明。誠心，天子推誠心以待遠人。喻，曉喻。69進　選拔。70崇　興。71饕餮　傳說中的一種貪食的惡獸。此指貪婪的人。貪財為饕，貪食為餮。72仁風衍而外流　仁風廣布而流於域外。衍，廣布。外流，指流及於遠方之國。(73)誼方激而遐騖　道義感人傳於遠方。誼方，道義。激，感。騖，馳。(74)日月會於龍狵　上古十月的天象。龍狵，指二十八宿中的尾宿。(75)疢　病。(76)休力　休民力。(77)息勤　使勤勞者得以休息。(78)春酒　春時作，至冬始熟的酒。(79)鑾刀　柄有鑾鈴的刀。(80)袒割　天子親自執鑾刀，袒右臂而割牲，以表示敬老。(81)奉觴豆於國叟　捧酒杯和食器給國家崇敬的老人。觴，酒杯。豆，食器。形似高足盤。國叟，指三老五更。皆年老更事致仕者，天子以父兄養之。史載永平二年十月，明帝幸辟雍，初行養老之禮。(82)至尊　天子最尊貴的身分。(83)訓　順。(84)送迎拜　來拜迎，去拜送。(85)三壽　指三老。(86)威儀　禮儀。(87)偷　澆薄；不厚道。(88)嘉賓　指三老五更。(89)愉愉　和悅的樣子。(90)聲教　天子的聲威教化。(91)布濩　遍滿的樣子。(92)天區　四方上下。

【語譯】待到初春正月的早晨，房星顯現於天空中，大地潤澤，土脈發起。天子乘上青色駿馬駕的青色大車出發，把銳利的耒耜放在甲士和御者之間。在籍田上三次推動耒耜，象徵參加了千畝籍田的耕作。為供應祭祀上天和祖先的祭品，一定要多想到勤勞而不可怠惰。萬民在田間受到激勵，為天子所感動而勉力從事於農作。春天則溫暖，天子乃與諸侯在辟雍舉行大射禮。設置鐘架，四面懸起大鐘。鼖、鼓、路、鼗等各種大小鼓齊鳴，鐘架上插著盛多的羽毛。備齊禮物，禮物件件都有美好的容飾。精通禮儀的人站立擔任司儀，熟諳樂理者坐著為樂工。張設巨大的箭靶，做成五環的靶心。三個靶邊設置三個避箭之所，以遮蔽報靶的司旌。安排好鉗箭的并夾，就在大庭之中等待天子。皇帝專用的車輛早已經套好，停車在東階之下。待到啟明星消失，朝霞散盡，日出於東方。天子就登上玉輅，駕起六匹毛色合時的駿馬。這時鯨魚槌舉，華麗的大鐘鏗然敲響。善馭者駕車按節徐行，賢能的大臣陪侍在車上。只見車上所繪攝提星隨著北斗柄轉動，就緩緩地來到了射宮。禮器陳列，樂器齊備。〈王夏〉樂終，〈騶虞〉奏起。決與拾都戴好，拉開雕弓射箭。天子仁心使暮春剛生的幼苗出土，誠心昭著連遠處的諸侯都明瞭。拔擢明德而能興業之士，滌除貪食好財之徒。仁風廣布而流於域外，道義感人傳於遠方。到了十月的時候，體恤百姓的勞苦。使辛勤者得以休息，飲春酒叫眾人歡欣。天子親執鑾刀袒右臂割牲，捧酒杯和食器給國家崇敬的老人。放下最尊貴的身分而變得恭順，對於三老迎送相拜。謹慎敬老的禮儀，向人民表示厚道。接待三老這樣的嘉賓，多麼快樂融洽。天子的聲威教化傳遍各地，充溢著上下四方。

文德既昭，武節❶是宣。三農❷之隙❸，曜威❹中原❺。歲惟仲冬❻，大閱❼西園❽。虞人掌焉，先期戒事❾。悉率❿百禽⓫，鳩⓬諸靈囿⓭。獸之所同⓮，是謂告備⓯。乃御小戎⓰，撫輕軒⓱。中畋⓲四牡⓳，既佶⓴且閑㉑。戈矛若林，牙旗㉒繽紛。迄上林，結徒營㉓。次和樹表㉔，司鐸授鉦㉕。坐㉖作㉗進退，節以軍聲㉘。三令五申，示戮斬牲㉙。陳師㉚鞠㉛旅，教達㉜禁成㉝。火列㉞具舉，武士星敷㉟。鵝鸛魚麗㊱，箕張㊲翼舒㊳。軌塵掩迒㊴，匪㊵疾匪徐。馭不詭遇㊶，射不翦毛㊷。升獻㊸六禽㊹，時膳四膏㊺。馬足未極㊻，輿徒不勞。成禮三毆㊼，解罘㊽放麟㊾。不窮樂以訓儉，不殫物以昭仁㊿。慕天乙之弛罟(51)，因教祝(52)以懷民(53)。儀(54)姬伯之渭陽(55)，失熊羆而獲人(56)。澤浸(57)昆蟲(58)，威振八寓(59)。好樂無荒(60)，允(61)文允武。薄狩于敖(62)，既璅璅(63)焉；岐陽之蒐(64)，又何足數(65)！

【章　旨】本段描述天子田獵的情景。先比較簡略地寫獵前的準備工作。接著敘述田獵的開始、進行和結束。天子部署士眾完全按作戰的方式，說明這是一次軍事演習；對於獵物並不趕盡殺絕，體現了天子的仁厚。末了歌頌天子的盛德。

【注　釋】❶武節　武德。即使用武力應遵循的道義準則。❷三農　指春夏秋農事繁忙的季節。❸隙　農閒季節。指冬季。❹曜威　講武事炫耀軍威。曜，通「耀」。❺中原　即原中。指野外。❻仲冬　十一月。❼大閱　天子簡閱武備。史載永平十五年冬，車騎校獵上林苑。❽西園　指上林苑。在故洛陽城西。❾戒事　掌山澤之虞人告戒群吏準備狩獵之事。❿率　斂。⓫百禽　眾多鳥與獸。⓬鳩　聚。⓭靈囿　語出《詩・大雅・靈臺》。原謂文王之苑囿，此指洛陽上林苑。⓮同　合聚。⓯告備　狩獵的動物都已齊備。⓰小戎　兵車。⓱輕軒　即輕車。一種有障蔽的戰車。⓲中畋　即衷甸。一轅車。⓳四牡　四匹雄馬。⓴佶　壯健。㉑閑　熟練。㉒牙旗　將軍的旌旗。天子出，建大牙旗，竿上以象牙飾之。㉓結徒營　結集士眾而為營域。㉔次和樹表　左右軍門對比，樹雙旌為標誌。次，比。和，軍門。此指左右軍之軍門。表，門表。古以兩旌為之。㉕司鐸授鉦　配備好掌管鉦鐸的專人。鐸、鉦，軍中號令之器。鉦有柄，擊之使發聲，鐸有舌，搖之發聲。㉖坐　跪地。㉗作　起身。㉘軍聲　指鐸、鉦、鐃、鼓之聲等。㉙示戮斬牲　臨戰前斬牲，以示將士，如有不用命者，斬之若牲。㉚陳師　陳列士眾。㉛鞠　告。㉜教達　言所教敕之事，皆達於下屬。㉝禁成　禁令已經執行，成為軍法。㉞火列　持火把者的行列。㉟星敷　如眾星一樣廣布。敷，布。㊱鵝鸛魚麗　皆古代作戰陣勢之名。鵝，謂如天鵝之成列。鸛，言若群鸛之盤旋。魚麗，前為兵車，後有步卒的陣法。㊲箕張　此形容陣形。箕，指箕宿。共四星，形如簸箕，口大，故曰箕張。㊳翼舒　此形容陣形。翼，指翼宿。有星二十二，為二十八宿中星數最多者，延續甚長，如鳥之舒翼，故曰翼舒。㊴軌塵掩迒　車輪揚起的塵土正好掩蓋車轍之跡。是說快慢適中。軌，兩輪距離。此指車。迒，跡。㊵匪　非。㊶詭遇　出禽獸之旁而橫射之。㊷翦毛　橫射翦斷其毛。㊸升獻　上獻宗廟。㊹六禽　雁、鶉、鷃、雉、鳩、鴿。㊺時膳四膏　按季供應四種鳥獸。時，四時。膳，進食。四膏，牛犬雞羊的脂膏。㊻極　疲困。㊼三敺　即三驅。古時田獵，圍合其三面，前開一路，使之可去，不忍殺盡，以顯好生之仁。㊽罘　網。㊾麟　即麒麟。古代傳說中的一種動物，稱為仁獸，是一種吉祥的象徵。㊿不窮樂以訓儉二句　按此係針對〈西京賦〉「上無逸飛，下無遺走」、「取樂今日，遑恤我後」而發。窮樂，極盡歡樂。訓儉，教人儉約。殫物，盡物。言殺盡鳥獸。(51)慕天乙之弛罟　湯曾見獵者四面置網，乃收其三面只留一面，以示不盡取鳥獸，漢南之國聽說此事，即說：「湯之德及禽獸矣！」於是三十國歸之。天乙，商湯。(52)教祝　教獵者祝禱。(53)懷民　懷德歸順之民。(54)儀　取法。(55)姬伯之渭陽　文王出獵，於渭陽遇呂尚（太公望），與語，大悅，遂載與歸，立為師。姬伯，周文王姬昌。殷時為西伯，故稱姬伯。(56)獲人　得到賢人。指太公望。(57)浸　潤及。(58)昆蟲　小蟲。(59)八寓　八方。寓，同「宇」。(60)好樂無荒　愛好遊樂卻不荒淫。(61)允　信實。(62)薄狩于敖　此出於《詩經・車攻》「建旐建旌，搏獸于敖」。記述周宣王在敖地狩獵之事。宣王是西周晚期的中興之君，此詩歌頌他能內修政事，外攘夷狄，復合諸侯於東都。薄狩，義同「搏獸」。敖，在今河南滎陽。63璅璅　細小之事。64岐陽之蒐　周成王曾在岐陽舉行大蒐。岐陽，在今陝西岐山。蒐，獵。65何足數　謂其小到不足數。

【語　譯】文德既得到昭明，武道也應該宣揚。春夏秋農忙之後的空隙，就在野外炫耀軍威。一年的仲冬之時，在城西上林苑簡閱武備。虞人掌管山澤，先期告戒屬吏準備。把眾多鳥獸驅趕在一起，集聚在上林苑中。野獸群合，準備工作就完成了。於是駕上戰車，拉著輕車。天子乘著四匹雄馬拉著的一輛車，馬匹壯健而閑熟。戈矛排列如林，大牙旗迎風飄揚。到達上林苑，結集士眾而為營域。左右軍門對比，樹雙旌為標誌；配備好掌管鉦鐸的專人。士眾的跪起進退，都用鉦鼓之聲來控制。戰前反覆申明律令，斬牲畜以示軍紀。列好陣勢，昭告軍旅；教敕傳達，禁令成法。武士們排列成行一起舉起火把，像星斗一樣地廣布。結成鵝陣、鸛陣、魚麗陣；一會兒如簸箕張口，一會兒又似鳥兒展翼。車輪揚起的塵土正好覆蓋轍跡，馳行不快也不慢。駕車不從側面趕上逃獸，發箭也不橫射傷其皮毛。進獻六樣飛禽，按季供應四種鳥獸。馬還未疲困，士眾也不勞頓。按禮做到三驅，解放捕網放走仁獸麒麟。不窮極享樂以教人儉約，不盡取獵物以昭示仁愛。仰慕商湯狩獵時拔去三面網罟，只放一面的仁德，教導打獵的人祝禱，學習仁德，因而人民歸附。取法周文王在渭水之北，未獵到熊羆卻得到了賢人。當今天子的恩澤連小小的鳥獸昆蟲都被及，聲威振動八方。雖愛好遊樂卻不荒淫，實在與文王、武王同其功德。周宣王當年在敖地狩獵，若與今日相比可說是瑣瑣小事；至於周成王在岐陽的狩獵，那就更微不足道了！

爾乃卒歲❶大儺❷，毆除群厲❸。方相❹秉鉞❺，巫覡❻操茢❼。侲子❽萬童，丹首❾玄製❿。桃弧⓫棘矢⓬，所發無臬⓭。飛礫⓮雨散，剛癉⓯必斃。煌火⓰馳而星流，逐赤疫於四裔⓱。然後凌天池，絕飛梁⓲。捎⓳魑魅⓴，斮㉑獝狂㉒。斬蜲蛇㉓，腦㉔方良㉕。囚耕父㉖於清泠㉗，溺女魃㉘於神潢㉙。殘夔㉚魖㉛與罔像㉜，殪㉝野仲㉞而殲游光。八靈㉟為之震慴㊱，況鬾㊲蜮㊳與畢方㊴！度朔㊵作梗㊶，守以鬱壘㊷。神荼副㊸焉，對操索葦㊹。目察區陬㊺，司執遺鬼㊻。京室㊼密㊽清，罔㊾有不韙㊿。

【章　旨】本段描述年終驅鬼的儀式。先形容宮中的大儺，從宮中作法直到傳炬逐疫到洛水。接著誇張地描寫各種惡鬼都被殄滅的情景。最後說用桃梗做成神荼、鬱壘來肅清鬼物，從此京室清靜。

【注　釋】❶卒歲　歲終。❷大儺　古時臘月驅逐疫鬼的儀式。傳說古顓頊氏有三子，生而亡去為疫鬼。一居江水，為瘧鬼，一居若水，為罔兩蜮鬼，一居人宮室區隅，善驚人小兒。❸厲　惡鬼。❹方相　官名。蒙熊皮，黃金四目，玄衣丹裳，執戈持盾，率百隸及童子驅逐疫鬼。❺鉞　大斧。❻巫覡　裝神弄鬼替人祈禱為職業的人。女者為巫，男者為覡。古人認為巫覡能見到鬼。❼茢　苕帚。用以掃不祥。❽侲子　童男。東漢時選中黃門子弟，十歲以上，十二歲以下，一百二十人為侲子，在禁中逐鬼。❾丹首　紅色頭巾。❿玄製　黑衣。⓫桃弧　桃木做的弓。⓬棘矢　酸棗木做的箭。棘，木名。又稱酸棗。⓭臬　目標。指箭靶。⓮礫　石。⓯剛癉　剛強的疫鬼。⓰煌火　逐疫的火炬。⓱逐赤疫於四裔　案：東漢宮中舉行大儺時，先由黃門令奏：「侲子備，請逐疫。」於是中黃門唱逐疫之歌，侲子和之，又扮作方相，與十二獸共舞，然後呼喊，在宮禁中周遍三次，再持炬火，送疫出端門，騶騎傳炬出宮，五營騎士傳火，棄洛水之中。赤疫，最惡的疫鬼。四裔，四方邊遠之地。⓲淩天池二句　據《後漢書・禮儀志》劉昭注引此賦佚注，衛士騎士數千人持火炬逐鬼投洛水中，仍上天池，絕其橋梁，使不能度還。淩，升。天池，洛水附近之池。絕，斷絕。飛梁，高而危的橋梁。⓳捎　殺。⓴魑魅　山澤之神。一種惡鬼。㉑斮　擊。㉒獝狂　無頭惡鬼。㉓蜲蛇　一種惡鬼。傳說其大如車轂，其長若轅，紫衣朱冠。㉔腦　破其頭腦。㉕方良　草澤之惡鬼。㉖耕父　遊於山水的神怪。㉗清泠　水名。在南陽西鄂山上。㉘女魃　旱鬼。據說其所居之處即不下雨。㉙神潢　水名。㉚夔　傳說中木石之怪。如龍，有角，鱗甲光耀，一出現其地必大旱。㉛魖　耗鬼。據說所至之處令人損失財物，庫藏空竭。㉜罔像　木石之怪。㉝殪　殺死。㉞野仲　與下「游光」都是惡鬼。據說兄弟共八人，常在人間作怪為害。㉟八靈　八方的神。㊱震慴　驚懼。㊲鬾　狀若小兒之鬼。㊳蜮　通「魊」。鬼。㊴畢方　狀若老人之鬼。兩翼一足，赤文青質而白喙，出現之處則有火。㊵度朔　傳說中的神山名。在東海之中，上有大桃樹，屈蟠三千里，在東北方向的樹枝間有一鬼門，萬鬼所出入，上有二神人，一曰神荼，一曰鬱壘，常於樹下簡閱眾鬼，有害鬼，二神即持以葦索，執以飼虎。㊶梗　指桃梗。即桃木木偶。㊷鬱壘　指桃木做成的木神。㊸副　輔助。㊹索葦　即葦索。㊺區陬　角落。古人認為小鬼居住在人家的角落裡。㊻遺鬼　逃亡的鬼。㊼京室　京都宮室。㊽密　靜。㊾罔　無。㊿韙　善；美。

【語譯】年終舉行大儺的儀式，驅除各種惡鬼。方相手持斧鉞，巫覡操著苕帚。童男多人，穿著紅色頭巾黑衣服。桃弓棘箭，向虛空發射。飛石像雨一般的散落，剛強的疫鬼一定被擊斃了。騎士馳送逐疫火把似流星一樣，把最惡的疫鬼都驅逐到四方極邊遠之地。然後再登上天池，斷絕其回還的橋梁。殺掉山澤的惡鬼——魑魅，擊死無頭惡鬼——獝狂。斬掉蜲蛇惡鬼，打碎了潛藏在草澤中的方良的腦袋。把山水中的耕父囚禁在深淵清冷之中，把招致旱災的女魃淹沒在神潢水裡。殘殺夔、魖與罔像等惡魔，殲滅會作怪的野仲和游光。八方神靈為之驚懼，何況那小鬼——魃、蜮與畢方呢？用度朔山的桃樹作木偶，以神人鬱壘把守。再由神荼輔助，二神相對手持捉鬼的葦索。四目細察各處角落，主管捕捉逃亡的鬼怪。京都宮室從此清靜，再沒有不善的鬼物了。

於是陰陽交和，庶物時育❶。卜征考祥❷，終然❸允❹淑❺。乘輿❻巡乎岱嶽❼，勸稼穡❽於原陸❾。同衡律而壹軌量❿，齊急舒⓫於⓬寒燠⓭。省幽明⓮以黜陟⓯，乃反旆⓰而迴復。望先帝⓱之舊墟⓲，慨⓳長思而懷古⓴。俟閶風㉑而西遐㉒，致恭祀乎高祖㉓。既春游㉔以發生㉕，啟諸蟄㉖於潛戶。度秋豫㉗以收成㉘，觀豐年之多稌㉙。嘉田畯㉚之匪懈，行致賚㉛于九扈㉜。左瞰㉝暘谷㉞，右睨㉟玄圃㊱。眇㊲天末以遠期㊳，規㊴萬世而大摹㊵。且歸來以釋勞㊶，膺㊷多福以安悆㊸。總集㊹瑞命㊺，備致嘉祥㊻。圉㊼林氏㊽之騶虞㊾，擾㊿澤馬(51)與騰黃(52)。鳴女牀(53)之鸞鳥(54)，舞丹穴(55)之鳳皇(56)。植華平(57)於春圃，豐朱草(58)於中唐(59)。惠風(60)廣被(61)，澤洎(62)幽荒(63)。北燮(64)丁令(65)，南諧越裳(66)。西包大秦(67)，東過(68)樂浪(69)。重舌之人(70)九譯(71)，僉(72)稽首(73)而來王(74)。

【章旨】本段敘述天子的出巡和描寫祥瑞日至，國家隆盛之狀。天子出巡只寫了東巡泰山和西幸長安兩件事，其目的主要是考察官吏，體恤民情和勉勵農作。接著作者用誇飾的手法形容各種吉祥的鳥、獸、花、木出現於世，顯示國家的安寧和隆盛，於是極遠之國雖經過多次翻譯也來臣服。

【注釋】❶時育　依季節而生育長大。❷卜征考祥　天子占卜探問出巡是否吉祥。征，天子出外巡行。考，問。❸終然　直至最終。❹允　信實。❺淑　善。❻乘輿　本指天子坐車，此代稱天子。❼岱嶽　泰山。❽稼穡　農作。種曰稼，收曰穡。❾原陸　田野。❿同衡律而壹軌量　統一秤尺等度量衡和車軌、斗斛。衡，衡器。律，律度。指量長短的標準。古代計度，皆出於黃鍾之律，故稱律度。軌，車兩輪間距離。量，計量單位。如斗斛等。⓫舒　緩。⓬於　與。⓭寒燠　寒暖。此指苦樂。⓮幽明　指幽暗的官吏和辦事明達的官吏。⓯黜陟　黜退和升職。指對幽明二類官吏的處理。陟，升；登。⓰反旆　回還。⓱先帝　指西漢諸帝。⓲舊墟　指故都長安。墟，故城；遺址。⓳慨　歎息。⓴古　指西漢初的盛況。㉑閶風　秋風。㉒西遐　遠去西方。指到長安。遐，遠。㉓致恭祀乎高祖　案：永平二年十月，明帝西巡長安，祭祀高祖之廟及十一陵，遍覽館舍邑居舊處。恭祀，恭敬地祭祀。㉔春游　指仲春之時東巡泰山。㉕發生　使生物開始生長繁育。㉖諸蟄　指蟄居過冬的昆蟲等。㉗度秋豫　以秋巡為諸侯的法度。此指十月西幸長安。度，以為法度。豫，天子秋行。㉘收成　指秋收。㉙稌　稻。㉚田畯　周代稱田官為田畯。㉛賚　賜。㉜九扈　古代少皞氏農官名。此與上句「田畯」都是用上古官名代指農官。㉝左瞰　向東看。㉞暘谷　古神話中日出之處。㉟右睨　向西看。睨，斜視。㊱玄圃　神話中的地方。傳說在西方崑崙山上。㊲眇　遠視。㊳遠期　預約日後巡視之期。㊴規　規畫；打算。㊵摹　法。㊶釋勞　解除隨從吏士的辛勞。㊷膺　接受。㊸安悆　安寧。㊹總集　會聚。㊺瑞命　天降吉祥之徵。如鸞鳳、嘉禾之類。㊻嘉祥　指吉祥之兆。㊼圉　本指養馬的地方，此謂豢養。㊽林氏　國名。㊾騶虞　古代傳說中的義獸。據《山海經・海內北經》，此獸大如虎，五采畢具，尾長於身，乘之日行千里。又據《詩・召南・騶虞》之《毛傳》：「騶虞，義獸也。」「有至信之德。」㊿擾　馴服。(51)澤馬　一種神馬。讖書說：上有聖人為政，澤中出馬。(52)騰黃　圖讖中所說的神馬。(53)女床　山名。(54)鸞鳥　神鳥。據說狀如山雉而五采，鳴聲合於音樂，出現於世，則天下安寧。(55)丹穴　山名。(56)鳳皇　神鳥。傳說其狀如雞，五采有花紋，飲食自然，自歌自舞，出現則天下安寧。(57)華平　一種表示吉祥的樹木。天下太平，其花則開得平正，何處不太平，其花則向那個方向傾斜。華，即花。(58)朱草　一種瑞草。長三尺，枝葉皆赤，莖似珊瑚。(59)中唐　庭院。(60)惠風　仁惠之風。(61)被　覆蓋。(62)洎　到。(63)幽荒　指九州之外，四裔之地。(64)燮　和。(65)丁令　國名。在匈奴北，其地在今西伯利亞葉尼塞河上游至貝加爾湖以南諸地。(66)越裳　古南方國名。其地在今越南境內。(67)大秦　國名。即羅馬帝國。(68)過　往來。(69)樂浪　漢武帝置樂浪郡。郡城在今朝鮮平壤。(70)重舌之人　簡稱舌人。譯官。(71)九譯　經多次輾轉翻譯。九，表多次。(72)僉　都。(73)稽首　拜。(74)來王　來朝見天子。

【語　譯】於是陰陽融和，萬物都依時繁育。天子占卜探問出巡是否吉祥，答覆是最終確有好的結果。天子巡視泰山，到田野裡勉勵耕作。統一秤、尺等度量衡和車軌、斗斛，瞭解老百姓的緩急需要和苦樂。考察官吏昏庸還是明達而加以黜退或提升，大駕就回到了京城。遙望先帝舊都，不禁因懷念起西京盛日而歎息，於是待秋風起時就西幸長安，恭敬地祭祀高祖。到了仲春，便出外巡視以使萬物萌發，眾蟄蟲都打開潛居之門紛紛開始一年的活動。接著又以秋行為諸侯法度來視察秋收，看到豐年多產了稻米。嘉許農官沒有懈怠，便給他們賞賜。東看日出的暘谷，西看崑崙山上的玄圃。遠視天邊預約他日巡視之期，打算作為萬代的大法。暫且歸來解除吏士的辛勞，享受幸福、安寧的日子。這時瑞徵聚集，吉兆全現。一面豢養著林氏國的騶虞，一面馴服了澤馬和騰黃。女床山所產鸞鳥在鳴叫，丹穴山所出鳳凰在起舞。宮中春圃種植了華平，庭院裡生長著茂盛的朱草。天子的仁惠之風廣覆各處，恩澤遠及邊荒之地。北面同丁令國友善，南面與越裳國和諧。西面包容大秦國，東面與樂浪郡往來。各國國君、使者不憚其煩的遠涉許多國家，經過重重翻譯才抵達，皆羅拜於庭下，俯首朝見天子。

是以論其遷邑易京，則同規乎殷盤❶。改奢即❷儉，則合美乎〈斯干〉❸。登封降禪❹，則齊德乎黃軒❺。為無為，事無事❻，永有民，以孔❼安。遵節儉，尚素樸，思仲尼之克己❽，履❾老氏之常足。將使心不亂其所在，目不見其可欲❿。賤犀象⓫，簡⓬珠玉。藏金於山，抵⓭璧於谷。翡翠不裂⓮，瑇瑁不蔟⓯。所貴惟賢，所寶惟穀。民去末⓰而反本⓱，咸懷忠而抱愨⓲。于斯之時，海內同悅，曰：「吁！漢帝之德，侯其禕而⓳！」蓋蓂莢⓴為難蒔㉑也，故曠世㉒而不覿㉓。惟我后㉔能殖㉕之，以至和平㉖，方將數㉗諸朝階。然則道胡不懷㉘，化㉙胡不柔㉚！聲與風翔，澤從雲游㉛。萬物我賴㉜，亦又何求！德寓㉝天覆，輝烈光燭㉞。狹㉟三王㊱之趢趗㊲，軼㊳五帝㊴之長驅㊵。踵㊶二皇㊷之遐武㊸，誰謂駕遲而不能屬㊹！東京之懿㊺未罄㊻，值余有犬馬之疾㊼，不能究㊽其精詳，故粗為賓言其梗概如此。

【章旨】本段稱頌東漢天子的盛德。先列舉東漢天子的重大舉措，認為同古代的聖帝賢王同其功德。接著描寫天子是如何遵循節儉，崇尚樸素的。然後進一步用誇飾的手法來頌揚天子仁德，說已超過了三皇五帝。最後交代東京之美說到此處，但還只是個粗略的梗概。

【注　釋】❶殷盤　指殷王盤庚。盤庚曾遷都於殷（今河南安陽小屯村）。❷即　就。❸斯干　《詩．小雅》的篇名。據《魯詩》之說，西周末年，王室奢侈，宣王即位，極為賢能，崇尚節儉，國勢中興，詩人美之，於是作〈斯干〉之詩。❹登封降禪　登泰山祭天到梁父祭地。皇帝登泰山築壇祭天叫封。到泰山之南一座較小的梁父山上闢基祭地叫禪。❺齊德乎黃軒　黃帝曾封泰山禪梁父，東漢光武帝也曾封泰山禪梁父，故云。黃軒，即黃帝軒轅氏。❻為無為二句　此道家無為而治的政治主張。《老子．第五十七章》：「故聖人云：『我無為，人自化；我好靜，人自正；我無事，人自富；我無欲，人自樸。』」事無事，上一「事」字是動詞，做、為的意思。❼孔　甚。❽思仲尼之克己　《論語．顏淵》：「子曰：克己復禮為仁。」仲尼，孔子的字。克己，克制自己的慾望，以禮修身。❾履　實踐。❿將使心不亂其所在二句　語出《老子．第三章》：「不見可欲，使民心不亂。」⓫犀象　犀角象牙。⓬簡　汰去。⓭抵　投。⓮翡翠不裂　不拔翡翠鳥的羽毛。翡翠，鳥名。其羽可為裝飾。不裂，不拆其羽。⓯瑇瑁不蔟　不叉取瑇瑁以取殼。瑇瑁，海中動物。似龜，其甲似玉有斑紋，可製裝飾品。蔟，以叉刺取。⓰末　浮華。⓱本　質樸。⓲慤　謹厚。⓳侯其褘而　真是美好。侯，惟。語首助詞。褘，美好。而，語助詞。⓴蓂莢　傳說中一種吉祥的草。王者賢聖，太平和氣生出此草，長於階下，初一生一莢，初二復生一莢，至月半生十五莢。十六日開始每日落一莢，月末落盡，若遇月小則一葉捲而不落，王者由此知月之小大。堯時夾階生之。㉑蒔　栽種。㉒曠世　時間相隔很長。㉓覿　見。㉔后　指漢帝。㉕殖　植。㉖以至和平　因為我王有至和之德。㉗數　謂數其莢而知日期和月大月小。㉘道胡不懷　天子之道何人不能使之來服。道，指天子所行之道。胡，何。懷，來。意為使之來服。㉙化　教化。㉚柔　安。㉛聲與風翔二句　以風雲普行天下，無所不在，來比喻天子聲教、恩澤之普及。聲，天子之教令。㉜萬物我賴　言萬物皆賴漢帝之恩惠以得所。我賴，賴我。我，指漢天子。㉝德寓　謂帝德如宇。寓，同「宇」。屋簷。㉞輝烈光燭　四字皆光明的意思。言帝德自上而照，猶天垂日月而明。㉟狹　以為狹陋。㊱三王　指夏、商、周開國之王。即禹、湯、周文王、周武王。㊲踧起　猶局促。局限於很小的範圍。㊳軼　超過。㊴五帝　說有不同。《史記．卷一．五帝本紀》以黃帝、顓頊、帝嚳、堯、舜為五帝。㊵長驅　遠馳。㊶踵　跟蹤；繼承。㊷二皇　指伏羲、神農。㊸遐武　指二皇昔日之盛業。遐，遠。武，足跡。㊹屬　追及。㊺懿　美。㊻罄　盡。㊼犬馬之疾　謙詞。指自己身體有病。㊽究　盡。

【語　譯】因此論起我朝還京之事，則和殷王盤庚同法。改變奢侈而提倡節儉，則同〈斯干〉所稱美的周宣王相合。登泰山祭天至梁父祭地，則與黃帝軒轅氏功德相齊。無為而治，無事於民，就能永得人民擁戴，長久太平。遵循節儉，崇尚樸素，想取法孔子所言克己復禮，實行老子所主張的知足常足。要使心不惑亂，則目不見可引人慾望的東西。鄙賤犀角象牙，汰去珍珠美玉。把黃金藏到山上，把玉璧投入谷中。不拔取翡翠鳥的羽毛，不叉取瑇瑁以取殼。所珍視的是賢人，所寶貴的是五穀。人民離開浮華而歸於質樸，皆心懷忠信而謹厚。在這時候，天下都歡欣鼓舞的說：「啊，大漢皇帝的功德，真是美好呵！」蓂莢是很難栽種的，所以許多年未見了，只有我皇能夠種植，因為他有至和之德，所以才能在殿階上數著蓂莢。那麼天子之道何人不能使之來服！天子教化又何人不能使之安順呢！聲教隨著風遠翔，德惠跟從雲播降。萬物依賴我皇恩澤以得其所，還有何求呢！天子仁德如同蒼天覆地，光輝燦爛。使三王顯得狹小局促，超過五帝而遠馳。緊跟伏羲、神農的足跡，誰說大駕遲發就追之不上？東京的盛美不能說盡，恰好賤體有疾，不能極盡詳細地描寫，所以粗略地向客人講個大概情況。

若乃流遁❶忘反❷，放心❸不覺。樂而無節，後離❹其戚❺。一言幾於喪國❻，我未之學也。且夫挈缾之智，守不假器。況纂帝業，而輕天位❼！瞻仰二祖❽，厥庸孔肆❾。常翹翹❿以危懼，若乘奔⓫而無轡⓬。白龍魚服，見困豫且⓭。雖萬乘⓮之無懼，猶怵惕⓯於一夫⓰。終日不離其輜重⓱，獨微行其焉如⓲？夫君人者，黈纊塞耳⓳，車中不內顧⓴。珮以制容㉑，鑾以節塗㉒。行不變玉㉓，駕不亂步㉔。卻走馬以糞車㉕，何惜騕褭㉖與飛兔！方其用財取物㉗，常畏生類之殄㉘也。賦政任役㉙，常畏人力之盡也。取之以道，用之以時。山無槎㉚枿㉛，畋㉜不䴠㉝胎㉞。草木蕃廡㉟，鳥獸阜滋㊱。民忘其勞，樂輸其財。百姓同於饒衍㊲，上下共其雍熙㊳。洪恩素蓄㊴，民心固結。執誼㊵顧主㊶，夫㊷懷貞節。忿姦慝㊸之干命㊹，怨皇統㊺之見替㊻。玄謀㊼設而陰行，合二九㊽而成譎㊾。登聖皇㊿於天階(51)，章漢祚之有秩(52)。若此，故王業可樂焉。

【章　旨】本段是對〈西京賦〉中一些錯誤論點的批駁，也是對西漢一些弊政的批評。雖然文中沒有直接點明，但可以看出對於〈西京賦〉中憑虛公子所言只顧眼前享樂的觀點、哀帝欲禪位董賢之事、武帝微服出遊之事及漁獵中斬盡殺絕的做法都作了批評。末了還指出，正由於高祖以來對人民施恩深厚，所以漢室經王莽變後仍能復興。

【注　釋】❶流遁　放任流去。❷反　反悟。❸放心　放散心思。❹離　通「罹」。遭受。❺戚　憂禍。❻一言幾於喪國　幾乎以一句話而使國家滅亡。此指〈西京賦〉中憑虛公子提到「取樂今日，遑恤我後」，安處先生說，如果你說的這種不正確的話我也不加非議，那不是近於一言喪邦了嗎。幾，近。《論語・子路》：「定公問曰：『一言而喪邦，有諸？』孔子對曰：『……如不善而莫之違也，不幾乎一言而喪邦乎！』」❼且夫挈缾之智四句　案：此係對〈西京賦〉中之「思致董于有虞」句加以批駁。指出帝業大事不可輕視。挈缾之智二句，語本《左傳・昭公七年》。是說人雖有垂瓶汲水的小智，也要守其瓶而不出借。缾，今通作「瓶」。纂，繼。天位，帝位。❽二祖　指高祖劉邦、世祖光武帝劉秀。❾厥庸孔肆　他們建功十分勤苦。庸，功。孔，非常。肆，勤苦。❿翹翹　危險的樣子。⓫乘奔　乘奔馬。比喻控御百姓。⓬轡　駕馭馬的嚼子和韁繩。⓭白龍魚服二句　《說苑・正諫》載：吳王欲從民飲酒，伍子胥諫曰：「不可！昔白龍下清泠之淵，化為魚。漁者豫且射中其目。白龍上訴天帝。天帝曰：『當是之時，若安置而形？』白龍對曰：『我下清泠之淵化為魚。』天帝曰：『魚固人所射也，若是，豫且何罪！』」「今棄萬乘之位而從布衣之士飲酒，臣恐其有豫且之患矣。」見困，被困。⓮萬乘　指天子。天子有兵車萬輛，故稱。⓯怵惕　恐懼警惕。⓰一夫　此指刺客。⓱終日不離其輜重　語出《老子・第二十六章》。輜重，指輜車。一種有帷蓋的大車，可載物，可作臥車。⑱如　往。⑲黈纊塞耳　謂以黃色絲綿，懸冠兩邊遮耳。表示不欲妄聞不急之言。黈，黃色。纊，綿絮。⑳不內顧　不回頭看親私之人。㉑珮以制容　玉珮用以節制儀容。蓋行路有節，則珮聲相應。㉒鑾以節塗　車鈴用以節制車行。蓋車行有節，則鈴聲相和。鑾，車上之鈴。節塗，節制車行。塗，同「途」。㉓鑾玉　謂玉珮聲亂。㉔亂步　拉車的馬步伐不整齊。㉕卻走馬以糞車　把戎馬改用於農作。語出《老子・第四十六章》：「天下有道，卻走馬以糞。」卻，退。走馬，能夠疾馳的馬。此指戰馬。糞車，拉糞車。㉖騕褭　與下「飛兔」皆駿馬名。㉗用財取物　指漁獵伐木之事。財，通「材」。㉘殄　滅。㉙賦政任役　發令使民服役。賦政，布政。賦，通「敷」。布。任役，使民服役。㉚槎　斜砍。㉛枿　在樹茬上復生的枝條。㉜畋　打獵。㉝麑　幼鹿。㉞胎　懷胎的母獸。㉟蕃廡　滋盛。㊱阜滋　肥大而增多。㊲饒衍　富足。㊳雍熙　和盛。㊴洪恩素蓄　謂高祖以下歷代皇帝所施恩惠久已蓄積。洪，大。蓄，積。㊵執誼　謂王莽篡漢之時，人人堅執禮義之心。誼，同「義」。㊶顧主　眷念漢室皇帝。㊷夫　匹夫。㊸姦慝　奸詐邪惡之人。指王莽。㊹干命　干犯天命。謂天命以劉氏為帝，而王莽篡位，則是干犯天命了。㊺皇統　指漢朝皇帝代代相傳的統緒。㊻見替　被廢。㊼玄謀　幽深之謀。指王莽改號之謀。㊽二九　指王莽稱帝十八年。㊾譎　變故。㊿聖皇　指漢光武帝。(51)天階　指帝位。(52)章漢祚之有秩　顯示大漢國統又得久長。秩，常。

【語　譯】至於放縱自流而忘記反省，放散心思不知覺悟。遊樂而無節制，往後必遭憂禍。對一句不善之言不加反對就會使國家滅亡，我還沒有學會對不善之言保持沈默。即使提瓶打水這樣一點小智之事，也知道保守其瓶不肯借給別人。何況繼承皇帝大業之人，卻怎麼可以輕視大位呢！仰望高祖、世祖，他們建功十分勤苦。而他們經常有一種憂患意識，總像乘著奔馬之車卻沒有加上轡頭一樣。白龍化為魚，被漁夫豫且所困窘。即使萬乘天子無所懼憚，但對於任何人的突襲還是要警惕。聖人出行終日不離輜車，天子卻微服而行，要往哪裡去呢？作為君主，黃綿垂於耳畔，在車中不顧盼私人。身上的玉珮用以節制行路儀容，車鈴用以節制車行。行走不能變亂玉珮之聲，駕車不能讓馬步不整齊。把駿馬用於運糞，即使騕褭、飛兔也在所不惜！當用材取物之時，常擔心各類生物滅絕。發令使民服役，常憂心把人力用盡。按道義而取，按時節而用。山上沒有斜劈留下的樹茬和復生的枝條，打獵時不殺幼鹿和懷胎母獸。草木滋盛，鳥獸肥大而增多。人民忘記勞苦，都樂意把財物供給官府。朝廷和百姓共同富饒，上下一派和樂興盛。高祖以來所施恩澤已蓄積很久了，民心牢固地凝結於漢室。都堅持忠義，眷念舊主，人人懷著貞正的節操。憤恨奸詐邪惡之徒干犯天命，怨恨大漢統緒遭到廢棄。王莽設陰謀而篡奪了皇權，形成了十八年的變故。聖明的光武帝終於登上大位，顯示大漢國統又得久長。如此治國，所以王業才可以和樂平安。

今公子苟好勦民❶以媮樂❷，忘民怨之為仇也。好殫❸物以窮寵❹，忽❺下叛而生憂也。夫水所以載舟，亦所以覆舟。堅冰作於履霜，尋木起於蘖栽❻。昧旦丕顯，後世猶怠❼。況初制於甚泰，服者焉能改裁❽！故相如壯〈上林〉之觀❾，揚雄騁〈羽獵〉之辭❿。雖系以隤牆填壍⓫，亂⓬以收罝解罘⓭。卒無補於風規⓮，祇⓯以昭其愆⓰尤⓱。臣濟奓以陵君⓲，忘經國⓳之長基⓴。故函谷擊柝於東㉑，西朝顛覆㉒而莫持。凡人心是㉓所學，體安所習。鮑肆㉔不知其臭，翫㉕其所以先入。〈咸池〉㉖不齊度㉗於䵷咬㉘，而眾聽㉙或疑㉚。能不惑者，其唯子野㉛乎？

【章　旨】本段重在論析憑虛公子錯誤論調的危險性及產生根源。首先指出，用勞民盡物來換得窮奢極欲之歡，必然與民成仇，終會遭到覆滅的下場。接著強調立國之初，制度即要立得正。如果一開始就有奢侈的念頭，那麼漸漸加劇，就不可收拾了。最後指出憑虛公子是由於積習已久，所以不認識自己的錯誤。

【注　釋】❶勦民　勞民。❷媮樂　僥倖於須臾之樂。❸殫　盡。❹窮寵　驕奢極欲。寵，驕。❺忽　忽視；忘記。❻堅

冰作於履霜二句　是說事物皆從小至大，從微至著，所以不可不慎之於初。堅冰作於履霜，語出《易・坤・文言》：「履霜堅冰至。」尋木，大樹。八尺為尋，指合抱八尺。蘖，樹芽。❼昧旦丕顯二句　語出《左傳・昭公三年》所引之〈讒鼎之銘〉。謂淩晨即起，行大明之道，而後世子孫猶且懈怠。昧旦，早晨欲明未明之時。丕，大。❽況初制於甚泰二句　初裁衣時裁得過於寬大，後來穿衣的人不能改小。此喻立國之初制度過奢，後世帝王難以改變。制，裁衣。泰，大。❾相如句　武帝時司馬相如作〈上林賦〉，描寫天子校獵甚為壯觀。❿揚雄句　成帝時揚雄作〈羽獵賦〉，發揮詞藻，描寫羽獵頗為閎麗。⓫雖系以隤牆填塹　〈上林賦〉近末尾處有「(天子)而命有司曰：地可墾闢，悉為農郊，以贍萌隸，隤牆填塹，使山澤之人得至焉」，寫賦中的皇帝對自己窮奢極侈表示懺悔，要開放苑地以養百姓，這實是作者對於武帝的諷諫。⓬亂　詩賦的結尾。⓭收罝解罘　〈羽獵賦〉之末有「放雉兔，收罝罘，麋鹿芻蕘，與百姓共之」數句，寫天子的仁德，實是作者所表諷諫之意。⓮風規　諷諫。⓯衹　適。⓰愆　短處。⓱尤　過錯。⓲臣濟奓以陵君　此言西漢元帝、成帝之時王氏諸侯奢侈過於皇帝。臣，指西漢元帝王皇后外家。王莽也出於此家，但王莽在任大司馬時卻仍偽裝十分樸素。濟奓，過於奢侈。濟，益。奓，同「奢」。陵君，超過皇帝。⓳經國　治國。⓴長基　長久之根本。指尊卑上下。㉑函谷擊柝於東　案：此指西漢朝廷以重兵把守函谷關，以保衛京師。函谷，指新函谷關。在今河南新安東。擊柝，指警戒防守。柝，守夜警戒所擊的木梆。㉒西朝顛覆　指王莽篡漢，西京朝廷顛覆。說明患不在外，而在於內。㉓是　以……為是。㉔鮑肆　鮑魚之肆。賣鹹魚的店鋪。㉕翫　習慣。㉖咸池　黃帝時的樂曲。此指絕美的音樂。㉗齊度　律度。㉘鞮咬　不正之聲。鞮，俗樂；不合正統樂律的曲調。㉙眾聽　聽眾。㉚或疑　疑惑。或，通「惑」。㉛子野　師曠。春秋時晉國樂師，能辨音以知吉凶。此安處先生自喻。

【語　譯】現在公子如果愛好勞累百姓來換取須臾僥倖之樂，就是忘記人民的怨恨會累積成為大仇。愛好用盡物力來窮奢極欲，就是忽視了下民會背叛而造成大患。水可以把船托起，也可以把船打翻。堅冰之寒起於腳下踩霜之時，需要兩手才可合抱的八尺大樹是由小樹芽栽成的。黎明即起行大明之道，後世子孫猶且懈怠；更何況開國時制度立得過奢，後世繼承者又怎能改變呢！所以司馬相如〈上林賦〉盛陳天子校獵的壯觀，揚雄〈羽獵賦〉頗發揮華麗的辭藻。雖然加上「隤牆填塹」幾句，末尾有「收罝罘」之語，終究無補於諷諫，適足以顯示天子的缺點過錯。臣子奢侈過度超過君主，就會忘記作為治國長久之基的尊卑上下。東面尚在嚴密把守函谷關，西面朝廷已被權臣顛覆而無法扶持。大凡人心總是認為已學的是對的，身體則安於已有的習慣，所以在鹹魚鋪待久了不覺得腥臭，這是因為人的習慣總是先入為主的呀！美妙的〈咸池〉律度不同於不正之聲，聽眾反而產生疑惑。能夠不疑惑者，大概只有師曠了吧？

客❶既醉於大道❷，飽於文義❸。勸德❹畏戒❺，喜懼❻交爭。罔然❼若酲❽，朝罷❾夕倦，奪氣褫❿魄之為者。忘其所以為談⓫，失其所以為夸⓬。良久乃言曰：「鄙哉予乎！習非⓭而遂迷也，幸見指南⓮於吾子⓯。若僕⓰所聞，華而不實。先生之言，信而有徵⓱。鄙夫寡識，而今而後，乃知大漢之德馨⓲，咸在於此。昔常恨《三墳》《五典》⓳既泯，仰不睹炎帝帝魁⓴之美。得聞先生之餘論，則大庭氏㉑何以尚茲㉒！走㉓雖不敏㉔，庶㉕斯達㉖矣。」

【章　旨】本段是賦的結尾，交代主賓辯論的結局：憑虛公子完全認錯，心悅誠服地接受了安處先生之論。這就使作者對東京、西京的評價完全顯露出來。

【注　釋】❶客　指憑虛公子。❷大道　指安處先生以上所言的道理。❸文義　指東京的文教義理。❹勸德　謂公子聞先生所說東京禮法，乃自勸勉，行其道德。❺畏戒　畏懼先生的告戒。❻喜懼　聞東京之禮法而勸德，故喜，聞西京之危亡而畏戒，故懼。❼罔然　猶惘惘然。精神恍惚的樣子。❽酲　酒醒後困憊如病的狀態。❾罷　通「疲」。❿褫　奪。⓫忘其所以為談　公子本以西京奢侈為美談，今都忘卻。⓬夸　通「誇」。⓭習非　所學非正。⓮指南　喻指出正確方向。⓯吾子　憑虛公子對安處先生的敬稱。⓰僕　憑虛公子對自己的謙稱。⓱信而有徵　確實而可驗證。⓲德馨　德行馨香。⓳三墳五典　傳說的三皇五帝的書。⓴炎帝帝魁　皆上古之君。炎帝，神農之後代。帝魁，指神農氏。㉑大庭氏　古帝王號。㉒尚茲　高於此。㉓走　走使之人。乃公子謙虛自稱。㉔不敏　不達於大道。㉕庶　差不多。㉖達　瞭解。

【語　譯】客人陶醉於安處先生所言的大道，又飽聆東京的文教義理。勉於進德而畏憚儆戒，喜懼之情交織於胸中。恍恍惚惚如同病酒，從早到晚都很疲倦，如同被奪走精氣攝去魂魄。忘記他津津樂道的西京往事，再也不提他向來誇飾的昔日奢侈盛況。過了好一會兒才說：「我多麼鄙陋呀！我所學的不是正道，所以陷於迷惑，幸虧受到您的指教。我所知道的事物，華而不實。先生所說的，信實而有徵驗。本人缺少見識，從今以後，才知大漢德義之馨香，皆在於此。我過去常為《三墳》《五典》已經泯沒而遺憾，因不能瞻仰炎帝、帝魁的美德而失望。今天聽了先生的高論，那麼大庭氏又如何比得上這些呢！我雖愚笨，如今也差不多都明白了。」

卷四

南都賦

【作　者】張衡，見頁五七。

【題　解】南都，即南陽，南陽郡的郡治為宛（今河南省南陽市）。秦昭襄王三十五年置郡。宛之南二百餘里蔡陽（今湖北棗陽西南），為光武故里，光武帝即從此起兵反對王莽，奪取天下，建立了東漢王朝。隨從眾將中即有多人為南陽人。光武帝的祖陵亦在此地。所以在東漢時，南陽稱為南都。而張衡也是南陽郡人，宛北五十里之西鄂為張衡故里。

此賦中，作者以飽滿的熱情描繪了南都這一皇帝「龍飛之地」的雄奇壯麗的山巒河川、豐富多彩的動植物和礦產、淳厚優美的民情風俗，以及具有重大意義的地方歷史，表現出他對於南陽的摯愛和對於光武帝所建偉業的崇敬和贊頌。全賦雖鋪陳但不繁瑣，寫實之中略帶誇張，文辭清麗，駢散兼行，一氣貫注，十分流暢，是漢大賦中京都題材的一篇佳作。

於❶顯❷樂都❸，既麗且康。陪京❹之南，居漢之陽❺。割周楚❻之豐壤，跨荊豫❼而為疆。體❽爽塏❾以閑敞❿，紛⓫郁郁⓬其難詳。爾其地勢，則武闕⓭關其西，桐柏⓮揭⓯其東。流滄浪⓰而為隍⓱，廓⓲方城⓳而為墉⓴。湯谷㉑湧其後，淯水㉒盪其胸㉓。推淮引湍，三方是通㉔。其寶利珍怪，則金彩玉璞㉕，隨珠㉖夜光㉗；銅錫鉛鍇㉘，赭㉙堊㉚流黃㉛；綠碧㉜紫英㉝，青雘㉞丹粟㉟；太一餘糧㊱，中黃㊲瑴玉㊳。松子神陂㊴，赤靈㊵解角㊶。耕父㊷揚光於清泠之淵，游女㊸弄珠於漢皋㊹之曲㊺。

【章　旨】此章敘述南都的地理環境和礦產。南都在洛陽之南，四面有山河環繞。南都一帶礦產極其豐富，四周有不少神異傳說的遺跡。

【注　釋】❶於　歎美之詞。❷顯　著名。❸樂都　《詩・魏風・碩鼠》：「適彼樂國。」樂國，指樂土。此處所言樂都，義亦相近，指南都。❹京　指東京洛陽。❺漢之陽　漢水之北。漢，漢水。陽，水之北。❻周楚　南陽郡周朝時北部為周地，南部為楚地。❼荊豫　以九州而論，南陽郡北部屬豫州，南部屬荊州，地跨二州之疆土。❽體　指地之形貌。❾爽塏　地勢高爽而土質乾燥。塏，高燥。❿開敞　廣闊。⓫紛　多。⓬郁郁　美盛的樣子。⓭武闕　指武關。秦之南關，在今陝西東部近河南省界處。⓮桐柏　山名。即桐柏山，在今河南。⓯揭　高聳。⓰滄浪　漢水東流名滄浪。⓱隍　護城河。⓲廓　假借為「郭」。此作動詞，以為城郭的意思。⓳方城　山名。在今河南省葉縣南四十里。⓴墉　城牆。㉑湯谷　南陽郡城北有紫山，紫山東有一水，無所會通，冬夏常溫，因名湯谷。㉒淯水　水名。今一名白河，源出河南省嵩縣攻離山，南流經南陽新野，會唐河入於漢水。㉓胸　前面。指南方。㉔推淮引湍二句　言水路通於東西南三方。淮，指淮河。源出今河南桐柏山，東流經安徽入江蘇洪澤湖。湍，指湍水。源出今河南省內鄉縣西北，東南流經內鄉鄧縣新野，會白河入於漢水。淮水自此而去，故曰推；湍水自彼而來，故曰引。㉕璞　玉之未琢者。㉖隨珠　隋侯珠。即明月珠。傳說隋侯見大蛇傷斷，以藥傳之，後蛇於江中銜大珠以報之。㉗夜光　夜明珠。㉘鍇　好鐵。㉙赭　紅土。㉚堊　似土，白色。㉛流黃　硫磺。㉜綠碧　碧之一種。碧為石之青美者。㉝紫英　紫石英。㉞青雘　青而善的丹。雘，善丹。㉟丹粟　即硃砂。其細者曰丹粟。㊱太一餘糧　一名石腦。石中之髓。㊲中黃　石中黃子。即黃石脂。㊳瑴玉　玉名。可服食。㊴松子神陂　傳說南陽有松子亭，下有神陂（神異之池），中多魚，人捕不可得。松子，指古仙人赤松子。㊵赤靈　赤龍。㊶解角　脫角。㊷耕父　神名。傳說居於豐山，常遊清泠之淵，出入有光。㊸游女　女仙。傳說鄭交甫將南往楚國，在漢皋臺下遇二女，佩兩珠，大如荊雞之卵。交甫曰：「願請子之佩。」二女與之，交甫受而懷之，行十步，珠已無，二女亦不見蹤影。㊹漢皋　漢水岸邊。㊺曲河之曲折隱祕之處。

【語　譯】啊，著名的南都，既壯麗又安樂。在京城洛陽之南，居於漢水的北面。其地分割周、楚的沃土，疆域跨越荊、豫二州。地勢高爽乾燥而廣闊，美盛非常難以詳述。至於它的地理位置，則武關扼守於西，桐柏山高聳於東。滄浪水是天然的護城河，方城山則可作為城郭。湯谷溫水騰湧於北面，淯水浩蕩過於南邊。淮水離去，湍水引來，可通東西南三方。南都的貴重珍奇之物，則有炫彩之金、未琢之玉，明月珠和夜光珠；銅錫鉛鐵，赤土、白堊及硫磺；綠碧和紫石英，青丹與硃砂；石中的石腦，黃石脂和瑴玉。松子亭下有神池，赤龍曾在此脫角。神人耕父常帶著光輝出入清冷之淵，女仙弄珠就在漢水的曲岸邊。

其山則崆峣嶱嵑❶，嵣㟐❷嶚刺❸，岝㟧❹嶵嵬❺，嶔巇❻屹㠔❼。幽谷嶜岑❽，夏含霜雪。或峮嶙❾而纚連❿，或豁爾⓫而中絕。鞠⓬巍魏其隱天⓭，俯而觀乎雲霓。若夫天封大狐⓮，列仙之陬⓯。上平衍⓰而曠蕩⓱，下蒙籠⓲而崎嶇⓳。坂⓴坻㉑嶻嶭㉒而成巘㉓，谿壑錯繆㉔而盤紆㉕。芝房㉖菌蠢㉗生其隈㉘，玉膏㉙滵溢㉚流其隅㉛。崑崙㉜無以奓㉝，閬風㉞不能踰㉟。其木則檉㊱松楔㊲㮨㊳，槾㊴柏杻㊵橿㊶，楓柙㊷櫨㊸櫪㊹，帝女之桑㊺，楈枒㊻栟櫚㊼，柍㊽柘㊾檍㊿檀51。結根52竦本53，垂條嬋媛54。布綠葉之萋萋55，敷56華蕊之蓑蓑57。玄雲合而重陰58，谷風起而增哀59。攢立叢駢60，青冥盰瞑61。杳藹蓊鬱62於谷底，森蓴蓴63而刺天。虎豹黃熊游其下，鷇玃猱㺃64戲其巔。鸞鷟65鵷鶵66翔其上，騰猿飛蠝67棲其間68。其竹則籦籠69篁篾(ㄇㄧㄝˋ)[70]，篠(ㄒㄧㄠˇ)簳(ㄍㄢˇ)[71]箛(ㄍㄨ)箠(ㄔㄨㄟˊ)[72]，緣(ㄩㄢˊ)延(ㄧㄢˊ)[73]坻(ㄔˊ)[74]阪(ㄅㄢˇ)[75]，澶(ㄔㄢˊ)漫(ㄇㄢˊ)[76]陸(ㄌㄨˋ)離(ㄌㄧˊ)[77]。阿(ㄜ)那(ㄋㄨㄛˇ)[78]蓊(ㄨㄥˇ)茸(ㄖㄨㄥˇ)[79]，風(ㄈㄥ)靡(ㄇㄧˇ)雲(ㄩㄣˊ)披(ㄆㄧ)[80]。

【章　旨】此章形容南都周圍群山及竹樹等物產。首先著力描繪山勢的種種形態，形容其高峻險怪。接著順理成章地寫到山上的種種樹木以及森林的茂密之狀。隨著敘述林中的飛禽走獸。末了寫竹類的生長。

【注　釋】[1]崆㟪嶱嵑　山勢高大險峻之貌。[2]嵣㟥　山石廣大的樣子。[3]嶚刺　山勢高峻而相背離。[4]岝㟧　山勢不齊之狀。[5]嶵嵬　山高而不平貌。[6]嶔巇　山相對而險峻的樣子。[7]屹𡾊　斷絕的樣子。[8]嶜岑　高峻的樣子。[9]岨嶙　山山相連。[10]纚連　連綿不斷。[11]豁爾　敞開的樣子。[12]鞠　高聳的樣子。[13]隱天　謂山高蔽天。[14]天封大狐　皆山名。[15]陬　聚居。[16]平衍　平而廣。[17]曠蕩　廣闊的樣子。[18]蒙籠　草木茂盛。[19]崎嶇　傾側不平。[20]坂　坡。[21]坻　水中小洲或高地。此指崖岸。[22]巀嶭　高峻的樣子。[23]甗　古炊器。此形容山的形勢上大下小，若甗形。[24]錯繆　雜亂的樣子。[25]盤紆　屈曲。[26]芝房　靈芝。其頭部有些小隔，如同分開的房間，故云。[27]菌蠢　靈芝的樣子。[28]隈　彎曲的地方。[29]玉膏　玉的脂膏。蓋指鍾乳之膏液。[30]滵溢　流動的樣子。[31]隅　角落。[32]崑崙　西方神山。[33]奓　大。[34]閬風　崑崙之北角曰閬風之巔。[35]踰　過。[36]檉　木名。即河柳。[37]楔　木名。即櫻桃。[38]㰃　木名。似松，有刺。[39]槾　木名。即荊。[40]杻　木名。似棣而細葉。[41]橿　木名。質地堅硬，可用作車材。[42]柙　香木名。[43]櫨　木名。即黃櫨，其葉可作染料。[44]櫪　通「櫟」。木名，即橡樹。[45]帝女之桑　據《山海經·中山經》，宣山有桑，圍五丈，其枝四衢，葉大尺餘，赤紋黃花青萼，名曰帝女之桑。[46]楈枒　木名。即椰子樹。[47]栟櫚　木名。即椶，皮可以為索。[48]柍　木名。即梅。[49]柘　木名。桑屬。[50]檍　木名。似棣。[51]檀　木名。木質堅硬。[52]結根　謂樹木之根相結。[53]竦本　樹幹向上生長。[54]嬋媛　樹枝相連引的樣子。[55]萋萋　茂盛的樣子。[56]敷　布。[57]蓑蓑　紛披下垂的樣子。[58]重陰　由於樹葉稠密，烏雲密布則陰愈濃重。[59]增哀　謂谷風動樹，有聲感人。[60]攢立叢駢　形容樹木聚生密集之狀。[61]青冥盰瞑　形容濃蔭之下，幽暗不明的樣子。[62]杳藹蓊鬱　茂盛的樣子。[63]森蓴蓴　茂盛的樣子。[64]㲉玃猱𤠣　皆獸名。㲉，白狐之子。玃，似獼猴而大。猱，獼猴。𤠣，猿類。[65]鸞鷟　皆傳說中鳳凰之屬。[66]鵷鶵　鸞鳳之屬的鳥。[67]飛蠝　飛鼠。蠝，同「鼺」。[68]閒　同「間」。[69]籦籠　竹的一種。[70]篁篾　皆竹名。篁，皮白如霜，大者宜為篙。篾，桃枝竹。[71]篠簳　皆小竹名。[72]箛箠　竹名。[73]緣延　布散之狀。[74]坻　水中小洲或高地。75阪　山坡。76瀖漫　布散之狀。77陸離　分散的樣子。78阿䣊　同「婀娜」。柔弱的樣子。79蓊茸　亂而密的樣子。80風靡雲披　形容竹隨風而搖動，如雲之紛披。

【語譯】南都周圍的山巒皆高聳險峻，山石廣大而相背離，參差不齊，危峰相對，懸崖絕壁。深谷雲崖，夏日猶積霜雪。或者山山相連，或者截然分開。巍巍然遮住半天，從山巔可以俯觀雲彩虹霓。那天封、大狐諸山，是眾仙聚居之所。山上平坦廣闊，山下草木茂盛而崎嶇不平。坡陡崖削，其形如甗，溪谷錯落的蜿蜒其下。靈芝纍纍生於山坳，玉膏汩汩流出崖邊。崑崙沒有它的宏大，閬風也無法逾越。山上的樹木，則有檉、松、楔、㯳，槾、柏、杻、橿，楓、柙、櫨、櫪，帝女之桑，楈枒、栟櫚，柍、柘、檍、檀。根相連結，幹向上聳；下垂的枝條互相連引。茂密的綠葉散布，紛披的花蕊鋪陳。烏雲四合濃蔭愈深重，山風乍起，振葉愈添哀愁。樹木密集，幽暗不明。鬱蔥蔥生於谷底，森森然刺向天空。虎、豹、黃熊遊於其下，彀、玃、猱、㹶嬉戲於樹頂。鸞、鷟、鵷鶵在上空飛翔，騰猿飛鼠棲於樹間。竹類則有籦籠、䈽、篾，篠、簳、箛、箠，漫延在水洲山坡之上，布散於各處。柔弱濃密的枝條錯落的迎風搖曳，像雲朵般的撥散。

爾其川瀆1，則滍澧藥濜2，發源巖穴。潛廅3洞4出，沒滑瀎潏5。布濩漫汗，漭沆洋溢6。總括趨欱7，箭馳風疾。流湍8投9濈10，砏汃輣軋11。長輸遠逝12，漻淚淢汩13。其水蟲14則有蠳龜15鳴蛇16，潛龍伏螭17。鱏鱣鰅鱅18，黿19鼉20鮫21鱹22。巨蚌23函24珠，駮瑕25委蛇26。於其陂27澤28，則有鉗盧玉池29，赭陽東陂30。貯31水渟洿32，亙望33無涯。其草則藨苧薠莞34，蔣蒲蒹葭35。藻茆菱芡36，芙蓉37含華。從風發榮38，斐披39芬葩40。其鳥則有鴛鴦鵠41鷖42，鴻鴇駕鵝㊸。鶛鶂鸊鷉㊹，鷫鷞鵾鸕㊺。嚶嚶和鳴，澹淡㊻隨波。

【章　旨】此章描寫南都的河川池澤。先極力鋪敘河川水勢的浩大，並寫到水中棲息的龍螭魚類。繼而描寫廣澤之中，各種植物生長開花，各種鳥類嬉游和鳴的情景。

【注　釋】❶瀆　大川。❷淯澧藻瀢　皆水名。淯，即泜水。今名沙河，源出今河南省魯山縣西，東南流入汝水。澧，在今河南省境內。瀢，源出今湖北棗陽。❸匵　山傍穴。❹洞　深。❺沒滑瀎潏　水流很急的樣子。❻布濩漫汗二句　皆水大之貌。❼總括趨欲　眾水總合而匯江海。欲，吞進。❽湍　急流。❾投　水奔落。❿濈　水聚的樣子。⓫砏汃輣軋　波濤相激之聲。⓬長輸遠逝　一瀉千里之意。⓭漻淚淢汨　水流湍急的樣子。⓮水蟲　指水中動物。⓯蠳龜　龜的一種。⓰鳴蛇　狀如蛇而四翼，其音如磬。據說此蛇現則其邑大旱。⓱螭　若龍而黃。⓲鱏鱣鰅鱅　皆魚名。鱏，即鱘魚。鱣，即鰉。大魚，似鱘而短鼻，口在頷下，身體有邪行甲，無鱗，肉黃，大者長二三丈。鰅，鯰類之一種。皮有文采。鱅，似鰱而黑。俗稱胖頭魚。⓳黿　大鼈。⓴鼉　即豬婆龍。鱷之一種。㉑鮫　鯊魚。㉒鱅　大龜。㉓蜯　同「蚌」。㉔函　含。㉕駮瑕　大蝦。㉖委蛇　細長的樣子。㉗陂　池。㉘澤　水泊。㉙鉗盧玉池　陂澤名。㉚赭陽東陂　陂澤名。㉛貯　積。㉜渟湾　水停滯不流的樣子。㉝亙望　極目遠望。㉞藨苧蘋莞　皆草名。藨，蒯屬。可織蓆編鞋。苧，麻屬。蘋，似莎而大。莞，即小蒲。可以織蓆。㉟蔣蒲蒹葭　皆植物名。蔣，菰蔣。幼芽為茭白。蒲，水生植物。即香蒲。蒹，荻。葭，蘆。㊱藻茆菱芡　皆水生植物。藻，水草。茆，即蓴菜。水生可食。芡，俗名雞頭。水生。㊲芙蓉　荷花。㊳榮　花。㊴斐披　四散的樣子。㊵芬葩　香氣。㊶鵠　天鵝。㊷鷖　鷗。㊸鴻鴇鴐鵝　皆鳥名。鴻，大雁。鴇，似雁略大。鴐鵝，野鵝。㊹鶛鶂鸊鷉　皆鳥名。鶛，梟屬。鶂，水鳥。善高飛。鸊鷉，俗名油鴨。似鴨而小，善潛水。㊺鷫鷞鵾鸕　皆鳥名。鷫鷞，長脛綠色，其形似雁。鵾，即鵾雞。似鶴，黃白色。鸕，鸕鷀。即魚鷹。㊻澹淡　優游自在的樣子。

【語　譯】南都河川，則有淯、澧、藻、瀢，發源於巖穴。從深深的山傍洞中流出，洶湧湍急。水勢極大，浩浩蕩蕩。眾流匯於江海，箭馳風疾一般。急流奔落，濤聲震響。一瀉千里，快速無比。水中動物則有蠳龜與鳴蛇，潛伏的龍、螭。鱏、鱣、鰅、鱅，黿、鼉、鮫、鱅。巨蚌含珠，大蝦體長。池塘水泊，則有鉗盧、玉池，赭陽、東陂。積水面積很大，極目不見其邊。草則有蘆、苧、蘋、莞，蔣、蒲、蒹、葭。藻、茆、菱、芡，芙蓉含苞。花兒迎風招搖，芬芳四溢。鳥類則有鴛鴦、鵠、鷖，鴻、鴇、駕鵝。鷙、鶂、鶬鶊，鷫鷞、鶤、鸕。鳴聲嚶嚶相和，自由自在地隨波嬉游。

其水則開竇❶灑流❷，浸彼稻田。溝澮❸脈連，隄塍❹相輑❺。朝雲不興❻，而潢❼潦❽獨臻❾。決渫❿則暵⓫，為溉⓬為陸⓭。冬稌⓮夏穱⓯，隨時代⓰熟。其原野則有桑漆麻苧，菽麥稷黍⓱。百穀蕃廡⓲，翼翼與與⓳。若其園圃，則有蓼蕺蘘荷⓴，藷蔗㉑薑䪤㉒，菥蓂㉓芋㉔瓜。乃有櫻㉕梅山柿㉖，侯桃㉗梨栗，梬棗㉘若留㉙，穰㉚橙鄧橘。其香草則有薜荔蕙若㉛，薇蕪蓀萇㉜。晻曖㉝蓊蔚㉞，含芬吐芳。

【章　旨】此章描寫南都的水利和各種作物。南都水利設施十分完備，灌溉極便，水田旱田皆宜。田野上園圃內除百穀之外，還生長著各種蔬菜、水果、香草。

【注　釋】❶竇　孔穴。指田埂缺口。❷灑流　分流。❸溝澮　田間溝渠。❹隄塍　隄壩和田埂。塍，田間土埂。❺輑　相連的樣子。❻朝雲不興　雲興則雨至，此謂無雨水。❼潢　積水池。❽潦　雨水。❾臻　至。❿決渫　放水。⓫暵　乾枯。⓬溉　灌水。⓭陸　排水。⓮稌　稻。⓯穱　麥。⓰代　交替。⓱菽麥稷黍　皆植物名。菽，豆類。稷黍，糧食作物。是黍的兩種類型，都屬於黍。⓲蕃廡　茂盛。⓳翼翼與與　形容茂盛的樣子。⓴蓼蕺蘘荷　植物名。蓼，澤蓼；辛菜。蕺，魚腥草。嫩葉可作菜。蘘荷，多年生草本。根狀莖淡黃色，具辛辣味，嫩花序可作蔬菜。㉑藷蔗　甘蔗。㉒䪤　小蒜。㉓菥蓂　大薺。㉔芋　芋頭。地下塊莖可作食用。㉕櫻　櫻桃。㉖山柿　柿子。㉗侯桃　山桃。子如麻子，即獼猴桃。㉘梬棗　似柿而小。㉙若留　石榴。㉚穰　與下「鄧」皆地名。漢時南陽郡有穰縣、鄧縣。㉛薜荔蕙若　皆植物名。薜荔，香草。緣木而生。蕙，蕙草；香草。若，杜若。其葉辛香。㉜薇蕪蓀萇　皆植物名。薇蕪，香草名。蓀，香草名。萇，萇楚。即羊桃。

㉝晻曖　不明的樣子。㉞蓊蔚　茂盛的樣子。

【語譯】南都水利開掘分流四通八達，廣泛的灌溉了各地稻田。溝渠如血脈一般相通，隄壩和田埂互連。即使烏雲不興雨不下來，積蓄的雨水卻源源不絕。而且只要放水立即乾旱，因此可以兼顧水田旱田。冬收稻夏收麥，隨著季節交替成熟。原野上則生長著桑、漆、麻、苧，菽、麥、稷、黍。各種穀物繁茂生長，生機勃勃。農家園圃之內，則有蓼、蕺、蘘荷，藷蔗、薑、䕰，菥蓂、芋、瓜。還有櫻、梅、山柿，侯桃、梨、栗，梬棗、若留，穰橙、鄧橘。香草則有薜荔、蕙、若，薇蕪、蓀、萇。生長茂盛而濃蔭暗昧，有的含芬有的吐香。

若其廚膳，則有華薌❶重秬❷，滍皋❸香秔❹。歸鴈❺鳴鵽❻，黃稻鱻魚❼，以為芍藥❽。酸甜滋味，百種千名。春卵❾夏筍，秋韭冬菁❿。蘇蔱⓫紫薑，拂徹⓬羶腥⓭。酒則九醞⓮甘醴⓯，十旬⓰兼清。醪敷徑寸⓱，浮蟻⓲若萍⓳。其甘不爽⓴，醉而不酲㉑。及其糺㉒宗綏㉓族，禴祠蒸嘗㉔。以速㉕遠朋，嘉賓是將㉖。揖讓而升㉗，宴于蘭堂㉘。珍羞㉙琅玕㉚，充溢圓方㉛。琢琱㉜狎獵㉝，金銀琳琅㉞。侍者蠱媚㉟，巾鞲㊱鮮明。被服㊲雜錯㊳，履躡㊴華英㊵。儇才㊶齊敏㊷，受爵傳觴㊸。獻酬㊹既交㊺，率㊻禮無違。彈琴擫籥㊼，流風㊽徘徊㊾。清角發徵㊿，聽者增哀。客賦(51)醉言歸(52)，主稱露未晞(53)。接歡宴於日夜，終愷樂(54)之令儀(55)。

【章　旨】本章描述南都的飲食和宴會。南都盛產各種糧食和蔬菜，還有魚雁等美味，酒類也甘醇不傷人。待到四時之祭，宗族團聚，嘉賓蒞臨，食器用金玉製成，侍者美麗敏捷，奏樂賦詩，賓主歡飲達旦。

【注　釋】❶華薌　鄉名。❷重秬　黑黍一殼中有二米。秬，黑黍。❸滍皋　滍水之澤。在今河南省境內。❹秔　不黏的稻。即粳。❺歸雁　雁能候時去來，故稱。❻鴳　鳥名。大如鴿，似雌雉，出北方沙漠之地，肉味鮮美。❼鱻魚　小魚。鱻，古「鮮」字。❽芍藥　香草名。亦作「勺藥」。芍藥根主和五臟，古代用以合蘭桂五味等以作調料。此指五味調和的意思。❾卵　卵蒜。俗謂之小蒜，生山澤間，葉如韭花，根如鳥卵，十二月及正月掘取食之。❿菁　菜名。即蔓菁。⓫蘇蔱　皆菜名。蘇，即紫蘇。又名桂荏，古人用以調味。蔱，即茱萸。⓬拂徹　除去。⓭羶腥　魚羊肉的腥味。此指難聞的氣息。⓮九醞　多次釀製而成的酒。⓯醴　甜酒。⓰十旬　酒名。百日而成的清酒。⓱醪敷徑寸　濁酒的浮膏有一寸多厚。醪，帶糟的濁酒。敷，布。徑寸，指浮在酒面的酒膏有寸許厚。⓲浮蟻　指酒面泡沫。⓳蓱　同「萍」。浮萍。⓴爽　傷。㉑酲　病酒。㉒糺　同「糾」。糾合。㉓綏　安。㉔禴祠蒸嘗　四時祭祀之名。春曰祠，夏曰禴，秋曰嘗，冬曰蒸。㉕速　召；催請。㉖將　進。㉗揖讓而升　拱手施禮而後登階。揖讓，古代賓主相見的禮節。揖，拱手為禮。升，登堂。㉘蘭堂　堂之美稱。㉙珍羞　美食。羞，同「饈」。食物；美味。㉚琅玕　美玉。此喻美食。㉛圓方　指食器。其形有圓有方。㉜琢琱　刻鏤。㉝狎獵　裝飾之狀。㉞琳琅　精美的玉石。㉟蠱媚　嫵媚。㊱巾幘　指衣服。巾，頭巾。幘，上衣。㊲被服　穿著。㊳雜錯　不統一；多樣化。㊴躡　踩。㊵華英　指鞋上的花飾。㊶儇才　指聰敏能幹。儇，急疾。㊷齊敏　迅速敏捷。㊸受爵傳觴　傳杯遞盞。受，通「授」。觴，通「觴」。爵、觴，皆古酒器。㊹獻酬　飲酒時賓主互相勸酒。獻，敬酒。酬，回敬。㊺交　交替進行。㊻率　遵循。㊼擫籥　以指按籥。籥，一種類似笛的管樂器。㊽流風　指樂聲隨風飄揚。風，樂聲。㊾徘徊　迴響。㊿清角發徵　言既奏清角，又發徵聲。角、徵，古五音之二。51賦　賦詩。不唱而誦詩。52醉言歸　《詩・魯頌・有駜》：「鼓咽咽，醉言歸。」言，語詞。相當於「而」或「乃」字。53露未晞　《詩・小雅・湛露》：「湛湛露斯，匪陽不晞。厭厭夜飲，不醉無歸。」此借詩句表主客之情。晞，乾。54愷樂　康樂。55令儀　良好的風度。言醉而不失威儀。

【語　譯】說到飲食，則有華薌的黑黍，滍皋的香粳。大雁鴳鳩，黃米鮮魚，五味調和。烹飪的酸甜滋味，百種千名。春天有卵蒜，夏天有筍；秋天有韭菜，冬天有蔓青。紫蘇、茱萸和紫薑作調料，能除去羶腥之氣。酒有多次釀製的甜酒，百日而成的清酒。濁酒的浮膏有一寸多厚，泡沫像浮萍一樣飄浮著。甘美而不嗆口，喝醉了也不傷身。待到安集宗族，以奉四時之祭。催請遠方朋友，引進尊貴的嘉賓。拱手施禮而後登階，在蘭堂擺下盛宴。美食珍貴如玉，充滿方圓各式餐具。器皿雕琢精美，皆用金銀和玉石製成。侍者嫵媚，服裝鮮明。衣著各不一樣，鞋履都有花飾。個個聰敏機靈，侍奉傳杯遞盞。賓主交替敬酒，都遵循禮儀沒有差錯。彈琴吹籥，樂聲迴盪。奏起清角、清徵之聲，聽者愈增哀感。客人賦詩「醉言歸」，主人則吟誦「露未晞」。歡宴通宵達旦，一直到宴會終了都很快樂而不失威儀。

於是暮春❶之禊❷，元巳❸之辰。方軌❹齊軫❺，祓❻于陽瀕❼。朱帷❽連綱❾，曜野映雲❿。男女姣服⓫，駱驛繽紛⓬。致飾⓭程蠱⓮，偠紹便娟⓯。微眺⓰流睇⓱，蛾眉⓲連卷⓳。於是齊僮⓴唱兮列趙女㉑，坐南歌㉒兮起鄭舞㉓，白鶴飛㉔兮繭曳緒㉕。修袖㉖繚繞㉗而滿庭，羅襪躡蹀㉘而容與㉙。翩㉚綿綿㉛其若絕，眩㉜將墜而復舉。翹遙㉝遷延㉞，蹩躠蹁躚㉟。結〈九秋〉㊱之增傷，怨西荊㊲之折盤㊳。彈箏吹笙，更㊴為新聲。寡婦悲吟，鵾雞哀鳴。坐者悽欷㊵，蕩魂傷精。於是群士放逐㊶，馳乎沙場㊷。騄驥㊸齊鑣㊹，黃間㊺機㊻張。足逸㊼驚飆㊽，鏃㊾析毫芒㊿。俯貫魴鱮(51)，仰落雙鶬(52)。魚不及竄，鳥不暇翔。爾乃撫輕舟兮浮清池，亂(53)北渚(54)兮揭(55)南涯。汰(56)瀺灂(57)兮船容裔(58)，陽侯(59)澆(60)兮掩鳧鷖(61)。追水豹(62)兮鞭蝄蜽(63)，憚夔(64)龍兮怖蛟螭。於是日將逮(65)昏，樂者未荒(66)。收驩(67)命駕(68)，分背[69]迴塘[70]。車雷震[71]而風厲[72]，馬鹿超[73]而龍驤[74]。夕暮言[75]歸，其樂難忘。此乃游觀[76]之好，耳目之娛，未睹其美[77]者，焉足稱舉！

【章　旨】本章描寫南都之人暮春修禊以及聲樂、田獵、遊弋之盛。三月上巳，南都男女雲集郊外水邊，服飾華麗，精心裝扮。歌舞演出，令人動情陶醉。男兒們縱馬田獵，大顯身手。水上游觀，樂而不荒。末了，作者指出：南都真正之美尚不在此，乃在於下文所述。

【注　釋】[1]暮春　陰曆三月。[2]禊　古代民俗。三月上旬巳日在水濱洗濯，消不祥，除不潔，稱為禊。[3]元巳　陰曆三月上旬之巳日。後改定三月初三日。[4]方軌　指車並行。方，並。軌，車兩輪間距離。引申為車後之痕跡。[5]軫　車後橫木。此代指車。[6]祓　古代為除災去邪而舉行的儀式。[7]陽瀕　水之北岸。瀕，通「濱」。水邊。[8]朱帷　紅色車帷。此指朱帷之車。[9]連綱　謂車多，其綱相連。綱，指繫帷之繩。[10]曜野映雲　形容眾車的華美，照耀天地。[11]姣服　漂亮的服飾。[12]駱驛繽紛　往來眾多的樣子。駱驛，同「絡繹」。[13]致飾　打扮得極美。致，極致。[14]程蠱　顯示媚態。程，示。蠱，媚。[15]便紹便娟　姿容多而美好的樣子。便紹，形容姿態美麗。便娟，回旋飛舞的樣子。[16]眺　斜視。[17]流睇　轉目斜視。[18]蛾眉　女子長而美的眉毛。[19]連卷　彎曲的樣子。[20]齊僮　善歌舞者。[21]趙女　善歌舞者。[22]南歌　《詩經》中〈周南〉、〈召南〉之歌詩。此泛指美妙的歌曲。[23]鄭儛　鄭國之舞。儛，同「舞」。[24]白鶴飛　形容舞姿輕快自如。[25]繭曳緒　形容歌聲如蠶繭抽絲，嫋嫋不斷。緒，絲頭。[26]修袖　長袖。[27]繚繞　飄颻的樣子。[28]躡蹀　碎步。形容舞步。[29]容與　閒舒的樣子。[30]翩　謂舞姿輕快而飄忽。[31]綿綿　長而不絕的樣子。[32]眩　眼花繚亂。[33]翹遙　輕舉的樣子。[34]遷延　後退的樣子。[35]蹴蹜蹁躚　形容舞姿盤旋。蹴蹜，盤旋起舞的樣子。蹁躚，旋轉的舞態。[36]九秋　即〈歷九秋〉。古樂府歌名。[37]西荊　西楚。此指楚舞。[38]折盤　指七盤舞之舞姿。據近發現之漢畫，七盤舞為地上置七個方盤，舞者長袖來往於七盤之上。[39]更　改換。[40]悽欷　淒愴。[41]放逐　放馬馳逐。指開始田獵。[42]沙場　平沙曠野。[43]騄驥　皆駿馬之名。[44]鑣　馬銜。[45]黃閒　弩名。閒，同「間」。[46]機　弩機。[47]足逸　馬足奔跑疾速。[48]飆　疾風。[49]鏃　箭頭。[50]析毫芒　喻射術之妙，能射破細毛或麥芒。[51]魴鱮　皆魚名。魴，體形似鯿，背部隆起，腹鰭後具肉稜，可淡水養殖。鱮，鰱魚。[52]鶬　麋鴰。又名鶬鴰，似鶴，體蒼青色。[53]亂　橫渡。[54]渚　水邊。[55]揭　息。[56]汰　水波。[57]瀺灂　小水聲。[58]容裔　船行的樣子。[59]陽侯　水神。傳說為古之諸侯，有罪自投江，其神能興風作浪。[60]澆　水迴旋的樣子。[61]梟鷖　水鳥名。梟，野鴨。鷖，鷗鳥。[62]水豹　水獸。[63]蝄蜽　傳說的水中精怪。[64]夔　與下「龍」、「蛟」、「螭」皆水獸名。[65]逮　及；到。[66]荒　享樂過度。[67]驩　同「歡」。[68]命駕　命人駕車。即動身之意。[69]分背　離別。[70]塘　堤。[71]雷震　車多發出的聲音就如雷霆一般震耳。[72]風厲　形容車行之疾。厲，猛。[73]鹿超　與下「龍驤」皆形容車馬之速。超，跳。[74]驤　馬昂首疾行。[75]言　語助詞。[76]游觀　游覽觀賞。[77]美　指南都真正之美。與游觀之好、耳目之娛相對而言，指下文所述歷史及人物方面之美。

【語譯】暮春舉行禊祭，就在三月上旬的巳日。馬車並行而往，在水的北岸除災祈福。掛著紅帷的車相連，華美的裝飾映耀天地。男男女女都穿著豔麗的服裝，成群地來來往往。精心打扮顯示出魅力，姿態繁多而美好。斜目暗送秋波，細長的眉毛彎曲。於是齊僮歌唱，趙女列隊而舞；坐著唱的是二南之歌，跳的是鄭國之舞；舞如白鶴展翅，歌似繭中抽絲。長袖飄颻彌滿庭中，羅襪作碎步儀態舒閒。舞姿翩翩輕快，若斷若續；變化令人目眩，似墜而復升。一會兒輕舉，一會兒後退；一會兒盤旋復又盤旋。唱起〈歷九秋〉這首令人悲傷的曲子，跳出西楚哀怨的七盤舞。彈箏吹笙，改換新曲。似寡婦的悲吟，如鵾雞之哀啼。坐聽淒愴，如失魂魄。於是男兒們縱馬追逐獵物，馳騁在平沙曠野之上。駿馬齊驅，良弩驟發。馬足快如驚風，箭鏃能破毫芒。俯身射穿水中魴鱮，仰頭箭落雲間雙鶬。魚來不及逃走，鳥也不暇遠翔。然後駕起輕舟浮游在清池之上，從水北邊橫渡息於南涯。水聲潺潺，船行緩緩；忽然間水起回波，把水鳥遮沒。追逐水豹，鞭撻蝄蜽；驚嚇夔龍，使蛟螭恐懼。此時已到黃昏，大家玩得很盡興但不過分。結束遊樂，動身歸去，各自分離，登上堤岸。車聲如雷，快如疾風，馬似鹿跳，如龍奔騰。踏著暮色而歸，心中快活難以忘懷。然而這只是南都游觀之樂，耳目之娛，如果未看到它真正之美，這些哪裡值得稱道！

夫南陽者，真所謂漢之舊都者也。遠世則劉后甘厥龍醢，視魯縣而來遷❶。

奉先帝❷而追孝❸，立唐祀乎堯山❹。固靈根❺於夏葉❻，終三代❼而始蕃。非純德❽之宏圖，孰能揆❾而處旃❿！近則考侯思故⓫，匪居匪寧⓬。穢⓭長沙⓮之無樂，歷江湘而北征。曜朱光⓯於白水⓰，會九世⓱而飛榮。察茲邦⓲之神偉⓳，啟天心而寤靈⓴。於其宮室，則有園廬舊宅㉑，隆崇崔嵬。御房㉒穆㉓以華麗，連閣煥其相徽㉔。聖皇㉕之所逍遙㉖，靈祇㉗之所保綏㉘。章陵㉙鬱以青蔥㉚，清廟㉛肅以微微㉜。皇祖㉝歆㉞而降福，彌㉟萬祀㊱而無衰。帝王㊲臧㊳其擅美，詠南音以顧懷㊴。

【章　旨】此章追述光武先代定居南陽的始末，並形容其地的御房祖陵。劉氏為堯帝後裔，從夏代劉累遷居南陽魯縣，光武祖父考侯劉仁又從春陵回遷南陽。此地劉氏舊宅高大堂皇，祖陵佳氣蔥鬱，所以光武帝時時懷念故土。

【注　釋】❶遠世二句　據《左傳・昭公二十九年》載，有個名叫劉累的人，向豢龍氏學習馴龍，能夠餵養龍，用這本事侍奉夏之孔甲，夏后獎勵他，賜氏叫御龍，後來一條雌龍死了，劉累偷偷把牠剁成肉醬給夏后吃，夏后吃完了，又讓劉累找龍肉醬吃，劉累害怕，就遷到魯縣去了。劉后，指劉累。后為諸侯之義，為劉漢王朝之先祖。厥，其。龍醢，龍肉醬。魯縣，即東漢南陽郡魯陽縣。❷先帝　指堯。❸追孝　追行孝道於前人。❹立唐祀乎堯山　在西山上建立奉祀帝堯的祠宇。堯始封於唐，後以唐侯升為天子，劉累為堯之末孫，乃立堯祀於魯縣西山，西山乃名堯山。❺靈根　指劉氏宗族。❻夏葉　夏世。❼三代　夏、商、周。❽純德　大德。❾揆　度。❿旃　之。⓫考侯思故　光武帝之祖父春陵考侯劉仁，以春陵地勢下溼，難以久處，上書願徙南陽守墳墓，元帝許之，於是北徙南陽，仍號春陵。⓬匪居匪寧　語出《詩・大雅・公劉》。此謂不以春陵為安康之居。⓭穢　認為汙濁。⓮長沙　指春陵。春陵在零陵郡泠縣，古屬長沙。⓯朱光　古陰陽家以漢帝受命正值五行的火運，故為火德，因而尚赤。⓰白水　鄉名。考侯劉仁徙封於南陽郡蔡陽白水鄉（今湖北棗陽南），光武帝由此起兵，世以為光武龍飛之地。⓱九世　光武帝為漢高帝九世孫。⓲茲邦　指南都。⓳神偉　神奇。⓴啟天心而寤靈　謂後世當從此地稱王而復興漢室。天心，上天之心。寤，通「悟」。靈，指先靈之意。㉑園廬舊宅　指光武故居。㉒御房　指光武舊房。㉓穆　美。㉔相徽　謂御房、連閣相映而美。徽，美。㉕聖皇　指光武帝。㉖逍遙　悠閒自得。指光武帝未起兵之時。㉗靈祇　天地之神。㉘綏　安。㉙章陵　光武帝皇祖皇考之陵墓。㉚鬱以青葱　形容佳氣之狀。據《後漢書・卷一・光武紀・論》，望氣者蘇伯阿為王莽使，至南陽，遙見春陵（即章陵）郭，贊歎曰：「氣佳哉，鬱鬱葱葱然！」㉛清廟　祖廟。㉜微微　幽靜的樣子。㉝皇祖　指皇祖的神靈。㉞歆　神享用祭品之香氣。㉟彌　終。㊱祀　年。㊲帝王　指光武帝。㊳臧　善。㊴詠南音以顧懷　此言光武帝對故鄉仍眷念不忘。南音，南方的音樂。《左傳・成公九年》，楚鍾儀為晉囚，晉侯使與之琴。操南音。范文子曰：「楚囚，君子也。言稱先職，不背本也；樂操土風，不忘舊也。」後遂以此為不忘本的故事。顧懷，眷顧懷念。

【語　譯】南陽，真所謂大漢的故都。遠古時劉侯把龍肉醬做得很甘美，因而選中魯縣而遷來。奉祀帝堯而追行孝道，在西山上建立堯祠。夏代在此固立劉氏靈根，經歷三代才興旺發達。若沒有大德宏圖，誰能經過考慮而在此定居！近祖考侯思念故里，在春陵不能安居。認為長沙汙濁不樂，就經由江湘北上南陽。光武帝終在白水鄉大耀漢德，至高祖之九世孫而飛騰榮光。考侯察知此地的神奇，明上天之心而領悟先祖神靈之意。南都宮室，則有光武祖居的田園房屋，高大而崔嵬。皇帝舊房壯美華麗，連閣輝煌與之相映。聖皇昔日在此逍遙自得，天地神靈保祐他平安。章陵佳氣葱鬱，祖廟肅穆而幽靜。皇祖享受祭祀而降福祉，終萬年而不斷絕。光武帝稱善南陽特有之美，常詠南音而眷懷故土。

且其君子，弘懿❶明叡❷，允❸恭溫良。容止可則❹，出言有章❺。進退屈伸❻，與時抑揚❼。方今❽天地之睢剌❾，帝❿亂其政，豺虎⓫肆虐，真人⓬革命⓭之秋也。爾其則有謀臣武將，皆能攫戾⓮執猛⓯，破堅摧剛，排揵陷扃⓰，蹴蹈⓱

咸陽⑱。高祖階其塗⑲，光武攬其英⑳。是以關門反距㉑，漢德久長。及其去危乘安㉒，視人用遷㉓。周召㉔之儔，據鼎足㉕焉，以庀㉖王職。縉紳㉗之倫，經綸㉘訓典㉙，賦納以言㉚。是以朝無闕政㉛，風烈㉜昭宣㉝也。於是乎鯢齒㉞眉壽㉟鮐背㊱之叟，皤皤然㊲被㊳黃髮㊴者，喟然㊵相與㊶歌曰：「望翠華㊷兮葳蕤㊸，建太常㊹兮裶裶㊺。駟㊻飛龍㊼兮騤騤㊽，振和鑾㊾兮京師㊿。總萬乘(51)兮徘徊(52)，按(53)平路(54)兮來歸(55)。」豈不思天子南巡之辭者哉！遂作頌曰：「皇祖(56)止焉(57)，光武起焉(58)。據彼河洛(59)，統四海(60)焉。本枝(61)百世，位天子焉。永世克孝(62)，懷桑梓(63)焉。真人南巡，覩舊里焉(64)。」

【章旨】本章論述南陽在漢朝歷史上的重要性，並表達故鄉人民對光武帝的思念。漢高祖、光武帝都是由於朝政敗壞，天下大亂而率眾起義，高祖在攻占南陽後即入關中，光武帝更是由南陽起兵，因此，南陽對於漢室有著重要意義。南陽父老懷念光武帝，於是作了歌辭。作者亦作頌來歌頌南陽。

【注釋】❶弘懿　大德。弘，大。懿，美。❷叡　哲智。❸允　誠然；確實。❹則　效法。❺出言有章　出言有法度文采。❻屈伸　即進退。❼抑揚　沈浮。❽方今　當時。指秦末、西漢之末。

❾睢剌　乖離不正的樣子。喻禍亂。❿帝　指秦二世、西漢成帝。他們大興徭役，賦斂苛重，使秦、漢走上了崩潰的道路。⓫豺虎　喻貪殘之人。指趙高、王莽等。⓬真人　得天地之道之人。此指漢高祖劉邦、光武帝劉秀。⓭革命　實行變革以應天命。指推翻秦朝及新莽，建立西漢及東漢王朝。⓮攫戾　搏擊暴戾之徒。⓯執猛　捉住兇猛的敵人。⓰排揵陷扃　破關陷城。揵，門內閉之關。扃，門外閉之關。⓱蹴蹈　踐踏。此為占領之意。⓲咸陽　秦都。此亦包舉長安，為王莽所都。⓳階其塗　謂高祖得南陽猶如設立了臺階，打開了

道路。據《漢書・卷一・高帝紀》，沛公圍宛城，南陽守齮降，封為殷侯，引兵西，無不下者，遂破武關，入秦。⑳攬其英指光武帝聚合了南陽的精英。光武帝麾下如鄧禹、吳漢等皆南陽人。㉑關門反距　西漢建都長安，靠扼守函谷關拒東部，東漢建都洛陽，靠拒守函谷關以對西。關，指函谷關。距，通「拒」。㉒去危乘安　除去危險而天下太平。㉓視人用遷　視於民有利，因而遷都洛陽。語本《尚書・盤庚中》：「厥攸作視，民利用遷。」㉔周召　指周公旦、召公奭。周成王時，共同輔佐成王。㉕據鼎足　喻周召二公輔佐成王如鼎之足。周公曾攝國政，召公位太保，列於三公。㉖庀　治理。㉗縉紳　官宦。縉，通「搢」。插的意思。紳，大帶。古仕宦腰束大帶，插笏帶間。㉘經綸　整理絲縷。此喻整理研究。㉙訓典　古聖訓教之書。㉚賦納以言　謂士大夫有好的意見則陳布納之。賦，布。㉛闕政　朝政之過失。闕，同「缺」。㉜風烈　德風功業。烈，業。㉝昭宣　光大。㉞鯢齒　老人大齒落盡，更生細者如小兒之齒。為長壽之徵。㉟眉壽　老人眉有毫毛秀出。㊱鮐背　老人背生黑斑如鮐魚。為長壽之徵。㊲皤皤然　白髮的樣子。㊳被　通「披」。㊴黃髮　老人之髮由白轉黃。㊵喟然　歎息的樣子。㊶相與　共同。㊷翠華　皇帝儀仗隊中一種用翠鳥羽毛做裝飾的旗。㊸葳蕤　裝飾極華麗的樣子。㊹太常　旗名。畫日月北斗，天子所建。㊺裶裶　旗很長的樣子。㊻駟　此作動詞。駕四馬之車。㊼飛龍　形容疾行的駕車之馬。㊽騤騤　馬強健的樣子。㊾和鸞　車上之鈴。在軾曰和，在衡曰鸞。㊿京師　指東京洛陽。51萬乘　指天子出行時的龐大車隊。52徘徊　緩行。53按　循。54平路　大道。55來歸　歸於南都。56皇祖　指高祖劉邦。57止焉　止於此。指高祖攻略南陽而曾暫止於此。58起焉　謂光武帝由南陽起兵，遂得天下，故有「龍飛白水」之說。59河洛　指京都洛陽。洛陽傍黃河、洛水。60統四海　統治四海。61本枝　指子孫後代。本，本宗。枝，同「支」。支子。62克孝　能行孝道。克，能。63桑梓　故鄉。指南陽。64真人南巡二句　據《後漢書・卷一・光武紀》，建武三年，光武帝伐秦豐於黎丘，幸舂陵，祠園廟，又置酒舊宅，大會故人父老。

【語　譯】作為君子，有大德而明智，實謙恭而溫良。舉止足以仿效，出言有法度文采。事業上的進退屈伸，隨著形勢的變化而浮沈。當年天下大亂，秦二世、漢成帝等敗壞朝政，趙高、王莽等貪殘之人趁機肆虐，這是得道真人們改朝換代以應天命之時。他們麾下都有眾多謀臣良將，皆能搏暴戾擒兇悍，破堅摧剛，奪關陷城，終於攻占咸陽。高祖以南陽為階而登上通途，光武帝招攬了南陽人才之精英。因此光武帝反拒函谷關，漢祚得以保持久長。待到天下除危就安，視民有利而遷都洛陽。周公召公一類的賢臣，像鼎足一樣為國柱石，治理朝政。士大夫們，整理研究古聖訓教之書，貢獻好的政見。因此朝政無過失，德風功業得以發揚光大。於是那些細齒、長眉、斑背之叟，滿頭白髮、黃髮的老人，長歎而共同作歌：「遠望翠華多豔麗，長長飄曳太常旗。駕起神駿龍駒馬，鸞鈴振鳴離京畿。統率萬乘緩緩行，循著大道歸故里。」南都老人此歌豈不是思念天子南巡的歌辭嗎！我於是作了下面這首頌：「高祖駐兵南陽，光武白水龍翔。建都河洛之旁，威加四海三江。子子孫孫百代，帝位相傳久長。世世俱能盡孝，桑梓永遠不忘。得道明君南巡，重訪父老家鄉。」

三都賦序

【作　者】左思，字太沖，臨淄（今山東淄博）人。大約生於魏廢帝時代，卒於西晉末年。他的父親左雍，先為小吏，後以才能擢授殿中侍御史。自魏實行九品中正制以來，當時門閥制度根深蒂固，所謂「上品無寒門，下品無世族」。左思出身寒微，只做過祕書郎，始終未能顯達，因而常流露出抑鬱不滿的情緒。惠帝時他加入賈謐二十四友之列，並曾為賈謐講《漢書》，永康元年，賈謐被誅，左思退居宜春里。後齊王冏命他為記室，推辭不就。永安中，張方縱暴京師，左思遂攜全家去冀州，過了幾年，就病死了。左思貌醜口訥，然而文才出眾，今尚留下〈齊都賦〉（殘）、〈白髮賦〉、〈三都賦〉及詩十四首。他的〈詠史詩〉八首在中國詩史上有著重要影響。

【題　解】〈三都賦〉是一篇名作，三都指魏都鄴、蜀都成都和吳都建業。據說左思寫作〈三都賦〉共花了十年時間，頗為時人所重。皇甫謐曾為〈三都賦〉作序（據今人考證，皇甫謐所序當為〈三都賦〉的初稿），張載注〈魏都賦〉，劉逵注〈吳都賦〉、〈蜀都賦〉，衛瓘為之作略解。當時豪貴之家，競相傳寫，洛陽一時紙貴。「洛陽紙貴」的典故即由此而來。

〈三都賦序〉表達了左思關於賦的見解。他認為賦有認識價值，通過賦可以認識所寫的地方的實際情況，這是《詩經》以來的傳統。左思鄭重表示，他所作〈三都賦〉雖是模擬張衡〈二京賦〉，然而山川城邑，稽之於地圖，鳥獸草木，考之於方志，物事皆有根據，可以證驗。這種見解強調了文學的信實，是可貴的，對於漢大賦中那種過於追求侈麗的作風所提出的批評，也是有積極意義的。然而文學作品究竟不同於科學著作，合理的誇飾和虛構是允許的，也是必要的。其實在〈三都賦〉中左思還是使用了誇飾等藝術手法的。

蓋詩有六義❶焉，其二曰賦。揚雄❷曰：「詩人之賦麗以則❸。」班固曰：「賦者，古詩之流也❹。」先王采焉，以觀土風❺。見「綠竹猗猗」，則知衛地淇澳之產❻；見「在其版屋」，則知秦野西戎之宅❼。故能居然❽而辨八方。然相如賦〈上林〉而引盧橘夏熟❾，揚雄賦〈甘泉〉而陳玉樹青蔥❿，班固賦〈西都〉而歎以出比目⓫，張衡賦〈西京〉而述以游海若⓬。假稱珍怪，以為潤色⓭。若斯之類，匪啻⓮于茲。考之果木，則生非其壤；校之神物⓯，則出非其所。於辭則易為藻飾，於義則虛而無徵。且夫玉卮無當⓰，雖寶非用；侈言無驗，雖麗非經。而論者莫不⓱詆訐⓲其研精，作者大氐⓳舉為憲章⓴。積習生常㉑，有自來矣。余既思摹〈二京〉而賦〈三都〉，其山川城邑，則稽㉒之地圖；其鳥獸草木，則驗之方志㉓。風謠歌舞，各附其俗；魁梧長者㉔，莫非其舊。何則？發言為詩者，詠其所志也；升高能賦者，頌其所見也。美物者貴依其本，讚事者宜本其實。匪本匪實，覽者奚信！且夫任土作貢㉕，〈虞書〉所著；辯物居方㉖，《周易》所慎。聊舉其一隅，攝㉗其體統㉘，歸諸詁訓㉙焉。

【注　釋】❶六義　風、雅、頌、賦、比、興。前三者為詩的體裁，後三者為詩的表現方法。〈毛詩序〉：「故詩有六義焉：一曰風，二曰賦，三曰比，四曰興，五曰雅，六曰頌。」後來賦作為一種文體，其實也是由此變化發展而來。❷揚雄　字子雲，西漢辭賦家。❸詩人之賦麗以則　語出《法言・吾子》。意謂像古代詩人那樣的賦，雖詞藻贍麗，然而合於儒家風教的準則。❹賦者二句　見〈兩都賦〉序。❺先王采焉二句　《漢書・卷二四・食貨志》說，古代孟春之月，行人振木鐸於路以採詩，獻之太師，比其音律，以聞天子，使天子知天下之事。此外《禮記・王制》、《孔叢子・巡狩》等亦有類似記載。土風，風土人情。❻見綠竹猗猗二句　《詩・衛風・淇奧》：「瞻彼淇奧，綠竹猗猗。」淇，衛地水名。奧，通「澳」。水灣。綠，王芻。竹，萹竹。猗猗，形容長得茂美。❼見在其版屋二句　《詩・秦風・小戎》：「在其版屋，亂我心曲。」言君子伐戎，其妻在家思之，思君子伐得西戎版屋而居之。版，築牆的一種方法。兩板相夾，置土其中，夯實而成。以土牆築成之屋，即為版屋。西戎，指秦國西部之羌族。❽居然　安然；毫不費力地。❾相如賦上林句　司馬相如〈上林賦〉中有「盧橘夏熟」之句。相如，司馬相如，西漢著名辭賦家。左思認為漢上林苑中不該有盧橘，然而現代著名科學家竺可楨先生曾指出，中國漢唐時氣溫要高於現代，因此關中地區要比後來溫暖，而武帝破南越後，把不少南方植物移植上林苑中，所以上林苑中是可能有盧橘的，左思的看法並不一定正確。❿揚雄賦甘泉句　揚雄〈甘泉賦〉有「翠玉樹之青蔥」之句。左思認為漢甘泉宮不當有玉樹，然此處係指珊瑚翠玉所製成的樹，並非自然生長者。⓫班固賦西都句　班固〈西都賦〉中有「揄文竿，出比目」之句。左思認為比目魚出於海中，西都池中不當有。⓬張衡賦西京句　張衡之〈西京賦〉中賦太液池有「海若游於玄渚」之句。海若，海神。左思認為長安離海甚遠，何得有海神！然此實為誇飾之句。⓭潤色　修飾。⓮匪啻　不止。⓯神物　指海若之類神怪。⓰玉卮無當　形容名貴卻不實用。卮，酒杯。當，底。⓱莫不　姚鼐認為當作「莫」，「不」為衍文，今從其說。⓲詆訐　指摘批評。⓳大氐　大都。⓴憲章　榜樣；典範。㉑積習生常　習慣成自然。㉒稽　考核。㉓方志　記載地方情況的史志。㉔魁梧長者　指傑出的人物。㉕任土作貢　意謂隨其土地所產而定貢賦的品種和數量。㉖辯物居方　意謂各種物產應當各歸所宜的地方。辯，通「辨」。㉗攝　統攝。㉘體統　大綱節目。㉙詁訓　故訓；古人的言語。

【語　譯】詩有六義，第二即為賦。揚雄說：「古代詩人所作的賦，雖辭采贍麗，但符合教化的準則。」班固說：「賦是古詩流變而來。」古代君王採集詩歌，從中考察各地風土人情。見到「綠竹猗猗」的詩句，就知道衛國淇水之灣的出產；見到「在其版屋」的詩句，則知道秦國西部羌族打牆蓋屋的習俗。因而天子安居而能辨明各地不同的情況。然而司馬相如〈上林賦〉有「盧橘夏熟」之句，揚雄〈甘泉賦〉說「翠玉樹之青蔥」，班固〈西都賦〉驚歎釣出了比目魚，張衡〈西京賦〉則說什麼海神游於太液池中。他們假稱珍奇古怪之物，來作文章的修飾。像上面所舉的例子，還不止這些。考證所言果木，則並非該地所產；考究所言神怪，亦不屬該地所出。從摛辭說，如此則易為藻飾，而從內容說則虛妄而無可徵驗。沒有底的玉杯，雖寶貴卻無用；浮誇之辭，雖華麗卻不合常理。而評論家並不批評他們精心藻飾的精神，作家們大都以他們為仿效的典範。習慣成自然，也不是一天了。我想模仿〈二京賦〉作〈三都賦〉，賦中山河城池，都憑地圖考核；鳥獸草木，則以地方志為驗證。民謠歌舞，與地方風俗相符；傑出人物，無不是該地之人。為什麼這樣呢？出口為詩，是歌詠心中所想的；登高賦詩，是頌贊眼中所見的。贊美萬物，貴在依照其本來的樣子；贊美人事，應該根據其實際情況。不依本形不據事實，讀者怎能相信！再說，按照土地出產貢賦，是〈虞書〉所載明；辨明事物各自歸屬的地方，是《周易》申明的君子所慎。我聊舉以往賦中的毛病，以便掌握賦之大要，終歸本於古人的訓誡。

蜀都賦

【作　者】左思，見頁一六一。

【題　解】〈蜀都賦〉是大賦名篇，就規模和篇幅說，及不上〈兩都〉、〈二京〉諸賦，這是由於所寫內容不同，蜀都只是一方名城，和歷朝帝王之都究竟不能相比。然就主旨說，〈蜀都賦〉也有其與眾不同之處，它描寫和贊美的重點是蜀都其地，並不去歌頌劉備、劉禪父子，這和〈兩都〉、〈二京〉竭誠歌頌帝德是完全不一樣的。

〈蜀都賦〉成功之處在於寫出了蜀都的特點。它先寫地理位置，再敘市井之態，末了描述民情風俗、神話傳說，然而處處扣著蜀地的特點，山川風貌、動植礦產無不是蜀中所特有的。這當然和作者十年辛苦搜集素材，細心考訂的嚴謹態度分不開的。

有西蜀公子者，言於東吳王孫曰：蓋聞天以日月為綱❶，地以四海為紀❷。九土❸星分，萬國錯跱❹。崤、函有帝皇之宅❺，河、洛為王者之里❻。吾子豈亦曾聞蜀都之事歟？請為左右❼揚搉❽而陳之：

【章旨】此章為全賦之始，假託西蜀公子與東吳王孫二人，通過西蜀公子之言，引起下文對蜀都的敘述和描寫。

【注釋】❶綱　準則。❷紀　準則。❸九土　九州。夏禹分中國為冀、兗、青、徐、揚、荊、豫、梁、雍九州。❹錯跱　雜列。❺崤函有帝皇之宅　崤山、函谷關以西的關中地區，西周、秦、西漢皆建都於此，故云。❻王者之里　指洛陽。東周、東漢、三國魏、西晉皆建都於此，故曰王者之里。❼左右　對於對方的敬稱。❽揚搉　粗略。

【語譯】有一位西蜀公子，對東吳王孫說：據說天以日月為總綱，地以四海為準則。大地按星宿分野劃為九州，萬國雜錯而立。崤山、函谷關之西有帝皇的宮室，黃河、洛水之畔是王者之都。您曾聽說過蜀都的情況麼？請允許我為您粗略地說一說：

夫蜀都者，蓋兆基於上世❶，開國於中古❷。廓❸靈關❹以為門，包玉壘而為宇❺。帶❻二江❼之雙流，抗❽峨眉之重阻。水陸所湊，兼六合❾而交會焉；豐蔚❿所盛，茂八區而菴藹⓫焉。於前則跨躡⓬犍、牂⓭，枕輢⓮交趾⓯。經途所亙⓰，五千餘里。山阜相屬⓱，含谿懷谷。崗巒糾紛⓲，觸石吐雲⓳。鬱葐蒕⓴以翠微㉑，崛㉒巍巍以峨峨。干青霄而秀出，舒丹氣㉓而為霞。龍池㉔瀥瀑㉕濆㉖其隈㉗，漏江㉘伏流㉙潰㉚其阿㉛。汨㉜若湯谷㉝之揚濤，沛若濛汜㉞之湧波。於是乎邛竹㉟緣嶺，菌桂㊱臨崖。旁挺龍目㊲，側生荔枝。布綠葉之萋萋，結朱實㊳之離離㊴。迎隆冬㊵而不凋，常曄曄㊶以猗猗㊷。孔翠㊸群翔，犀象競馳。白雉朝雊㊹，猩猩㊺夜啼。金馬㊻騁光㊼而絕景㊽，碧雞倏忽㊾而曜儀㊿。火井沈熒於幽泉(51)，高爓(52)飛煽於天垂(53)。其間則有虎珀(54)丹青(55)，江珠(56)瑕英(57)，金沙銀礫(58)，符采(59)彪炳(60)，暉麗灼爍(61)。

【章　旨】本章首先追述蜀都建設的由來及周圍的山川。接著詳述蜀都之南的地勢物產，五千餘里，山巒聳立，河川騰湧，其間出產各種禽獸礦物，還有不少奇蹟異聞。

【注　釋】❶兆基於上世　蜀王有蠶叢、拍濩、魚鳧、蒲擇、開明，從開明上到蠶叢，有三萬四千歲，故云。兆基，開始奠基。上世，上古時代。❷開國於中古　成為一個諸侯國是在戰國秦時。秦惠王討滅蜀王，封公子通為蜀侯，惠王二十七年，使張若與張儀築成都城，其後置蜀郡，以李冰為守。❸廓　開闊。❹靈關　山名。在成都西南。❺包玉壘而為宇　形容玉壘遮天蔽日之狀。包，包括。玉壘，山名。在成都西北。宇，屋簷。❻帶　岷江徑成都之南，向東流，故曰。❼二江　岷江上流為二水合成，故稱。❽抗　舉起。❾六合　四方上下。❿豐蔚　草木茂盛之狀。⓫菴藹　草木蓊鬱。⓬躡　追蹤；緊跟著。⓭犍牂　指犍為、牂牁二郡。漢時並屬益州。⓮輢　憑靠。⓯交趾　西漢所置郡名。治所在羸𨻻縣（今越南河內市西北）。⓰亙　延伸連綿。⓱相屬　相連接。即綿延不絕的樣子。⓲糾紛　雜亂。⓳觸石吐雲　古人認為，山巒苞藏氣體，觸石而出為雲。⓴葐蒀　通「氛氳」。氣盛的樣子。㉑翠微　山氣青白色。㉒崛　突起。㉓丹氣　紅氣。㉔龍池　池名。在朱提山南十里，池周四十七里。㉕㶁瀑　水沸湧的樣子。㉖濆　水波湧起。㉗隈　山彎曲處。㉘漏江　江名。在蜀建寧郡（治所在今雲南省曲靖縣西）。㉙伏流　潛流。㉚潰　指漏江潛流數里後復衝出地面而流。㉛阿　山彎曲處。㉜汩　水急湧的樣子。㉝湯谷　神話中日出之處。㉞濛汜　神話中日入之處。㉟邛竹　邛崍山所出之竹。竹中實而高節，可以作杖。㊱菌桂　香木。樹圓如竹。㊲龍目　即龍眼。桂圓之別名。㊳朱實　紅色的果實。㊴離離　錯落垂掛的樣子。㊵隆冬　嚴冬。㊶曄曄　光彩煥發的樣子。㊷猗猗　美盛的樣子。㊸孔翠　孔雀和翡翠鳥。㊹雊　野雞叫聲。㊺猩猩　猿類。㊻金馬　和下文「碧雞」都是益州傳說中的神物。㊼騁光　形容金馬奔馳快如光速。㊽絕景　不留下影子。㊾倏忽　疾速。㊿曜儀　顯耀其形貌。51火井沈熒於幽泉　據《華陽國志・蜀志》，臨邛縣（今四川邛崍）有火井，民欲其火光，以家火投之，頃許如雷聲，火焰出，通耀數十里。火井中所出，當為天然氣，故可燃。沈熒，當指投入井中之「家火」。幽泉，指井中之水。52高爓　指井中所出火燄。爓，同「燄」。53天垂　天際。54虎珀　琥珀。55丹青　丹砂、青臒。56江珠　天然玉珠。57瑕英　一種美玉。赤色。58金沙銀礫　雜在沙礫中的金銀礦屑。可以淘洗。59符采　珍寶光彩。60彪炳　光彩輝耀。61暉麗灼爍　輝煌燦爛的樣子。

【語　譯】蜀都，上古時開始奠定了基礎，中古時成為秦之諸侯國。靈關山豁然而為門，玉壘山似屋簷一般遮天蔽日。二水合成的岷江如衣帶縈繞，峨眉山重重險阻對面相抗。水陸交通聚集，使四面八方聯繫交流；草木茂盛，到處一派蓊鬱。蜀都之南則跨連犍為、牂牁二郡，憑靠交趾郡。綿延的路程，達五千餘里。山峰相連，谿谷縈繞。崗巒交錯雜亂，山氣觸石為雲。鬱積著濃密的青白色雲氣，峰巒巍峨突出。上插雲霄，秀麗挺拔；紅氣散布，蔚為雲霞。龍池之水沸湧於山曲，漏江潛流從山阿衝出。急湧似湯谷揚濤，澎湃像濛汜湧波。邛竹沿嶺而生，菌桂臨崖而立。山旁挺立龍眼樹，崖旁結著荔枝。青翠的綠葉紛披，鮮紅的果實懸垂。迎著嚴冬而不凋謝，常年茂盛而有光彩。孔雀翠鳥成群飛翔，犀牛大象競相奔馳。白雉晨鳴，猩猩夜啼。金馬狂奔，不見蹤影，碧雞疾飛，誇耀形貌。熒火沈入火井幽泉之中，百丈燄火就直衝天際。這其間出產琥珀、丹砂、青雘，玉珠、瑕英，金銀砂礫，光彩輝耀，絢麗燦爛。

於後❶則卻背❷華容❸，北指崑崙。緣以劍閣❹，阻以石門❺。流漢❻湯湯❼，驚浪雷奔。望之天迴❽，即❾之雲昏❿。水物殊品，鱗⓫介⓬異族。或藏蛟⓭螭⓮，或隱碧玉⓯。嘉魚⓰出於丙穴⓱，良木攢於褒谷⓲。其樹則有木蘭⓳梫桂⓴，杞櫹椅桐，椶枒楔樅㉑。楩㉒柟㉓幽藹㉔於谷底，松柏蓊鬱㉕於山峰。擢修幹，竦長條。扇飛雲，拂輕霄。羲和假道於峻岐，陽烏迴翼乎高標㉖。巢居㉗棲翔㉘，聿㉙兼㉚鄧林㉛。穴宅奇獸，窠宿異禽。熊羆㉜咆其陽㉝，鵰鶚鴥㉞其陰㉟。猨狖㊱騰希㊲而競捷，虎豹長嘯而永吟㊳。

【章 旨】此章形容蜀都之北形勢的險要及樹木的茂盛和水族、禽鳥、野獸的繁多。

【注 釋】❶後 指蜀都北面。❷卻背 背抵。❸華容 水名。在四川江油之北。❹劍閣 古棧道名。在今四川大劍山、小劍山之間，相傳諸葛亮在此鑿劍山，架閣道，為川陝間主要通道。❺石門 在今陝西省漢中縣褒城鎮北褒谷口。其山兩邊有石壁相對，望之如門。❻漢 漢水。❼湯湯 形容水勢盛大。❽天迴 天旋地轉。❾即 接近。❿雲昏 雲霧迷濛。⓫鱗 指魚類。⓬介 指龜、蚌之類帶殼水族。⓭蛟 蛟龍。⓮螭 無角的龍。⓯碧玉 翠玉和白玉。⓰嘉魚 指一種鱗似鱒魚的魚。為當地特產。⓱丙穴 地名。在漢中沔陽縣北（在今陝西省勉縣），其地水中有魚穴。⓲褒谷 褒水南注漢水，河谷谷口在舊褒城縣北十里，為古褒斜道所經處。⓳木蘭 一種常青樹。皮辛香，實如小柿。⓴梫桂 木桂。枝葉冬夏常青，花白色。㉑杞欞椅桐二句　皆植物名。杞，杞柳。欞，一種喬木。椅，即山桐子。椶，棕櫚。枒，椰枒。楔，似松，有刺。樅，柳杉。松葉柏身。㉒楩　即黃楩木。生於南方的大木。㉓枏　即楠木。大木。㉔幽藹　茂盛的樣子。㉕蓊鬱　生長茂盛的樣子。㉖羲和假道於峻岐二句　此形容樹木高而且密，遮蔽了日光，太陽似乎繞開了此地。羲和，神話中駕日車的人。峻岐，樹之高枝。陽烏，神話中住在太陽裡的三足烏。高標，指高枝。㉗巢居　指禽鳥。㉘棲翔　指鳥類或停或飛。㉙聿　發語詞。㉚兼　加倍。指棲息的鳥類很多。㉛鄧林　古神話中夸父與日競走，渴死於途，棄杖化為鄧林。此泛指茂密的大森林。㉜羆　人熊。㉝陽　山的南面。㉞鴥　疾飛的樣子。㉟陰　山的北面。㊱猨狖　皆猿類。猨，同「猿」。狖，黑猿。㊲騰希　騰躍於空中。希，空虛。㊳永吟　長吟。

【語譯】蜀都之北則背靠華容水，朝北向著崑崙山。劍閣繚繞，石門雄阻。漢水浩蕩奔流，驚濤雷鳴。遙望天旋地轉，近看雲霧迷濛一片昏冥。水族品種特殊，有魚、龜、蚌各類。而且潛伏著蛟與螭，隱藏著碧與玉。嘉魚從丙穴游出，良木聚生於褒谷。樹木則有木蘭、梫桂，杞、欞、椅、桐，椶、枒、楔、樅。楩楠茂密地生在谷底，松柏繁盛地長在峰巔。高幹拔地而起，長條枝枝上竦。扇動流雲，拂著青霄。羲和遇著高枝繞道而行，金烏見到樹梢轉翼而飛。巢居的禽鳥或停或翔，數量有兩倍於大森林那麼多。山洞中棲息著奇獸，窠巢裡住宿著異禽。熊羆在山南咆哮，鶻鴥在山北疾飛。猿狖在空中競顯敏捷，虎豹各自縱聲吟嘯。

於東則左❶綿❷巴❸中，百濮❹所充。外負銅梁❺於宕渠❻，內函❼要害❽於膏腴❾。其中則有巴菽❿巴戟⓫，靈壽⓬桃枝⓭。樊⓮以葅圃⓯，濱⓰以鹽池⓱。蟞蛦⓲山棲，黿龜⓳水處。潛龍⓴蟠於沮澤㉑，應鳴鼓而興雨㉒。丹沙㉓赩熾㉔出其坂㉕，蜜房㉖郁毓㉗被其阜㉘。山圖采而得道㉙，赤斧服而不朽㉚。若乃剛悍生其方㉛，風謠㉜尚㉝其武。奮之則賨旅㉞，翫之則渝舞㉟。銳氣剽㊱於中葉㊲，蹻容㊳世於樂府㊴。

【章　旨】本章描述蜀都之東巴中景況。其地肥沃險要，物產豐富，尤其盛產藥材、丹砂，古來即有人採服成仙。其地少數民族聚居，風氣剛悍，歌舞也崇尚武勇精神。

【注　釋】❶左　東。❷綿　連。❸巴　原為古巴國，領有今四川東南部一帶。戰國時并入秦國，秦於其地置郡，後延至漢代。❹百濮　居於巴中的少數民族。由於其中種族甚多，故稱為百濮。❺銅梁　山名。在今四川合川南。❻宕渠　漢郡名。即今四川合川、南充等地，其地出產鐵礦。❼函　包含。❽要害　險隘之地。❾膏腴　土地肥沃。❿巴菽　即巴豆。中藥材。⓫巴戟　即巴戟天。藥材。⓬靈壽　木名。似竹，有枝節。⓭桃枝　竹類。⓮樊　同「藩」。藩籬。此處作動詞。⓯蒩圃　種植蒩菜的園圃。⓰濱　通「瀕」。接近。⓱鹽池　在巴東北井縣（今四川省巫山縣一帶）等地。⓲蛸蛦　鳥名。如山雞，其雄色斑，雌色黑，出巴東。⓳元龜　大龜。元，原作「黿」，據五臣注本改。⓴潛龍　潛伏未飛的龍。㉑沮澤　生草的沼澤。㉒應鳴鼓而興雨　傳說巴東有一水澤，中有神龍，其旁不可鳴鼓，鳴則下雨。㉓丹沙　硃砂。㉔赩熾　紅色。㉕坂　山坡。㉖蜜房　野蜜蜂的巢。㉗郁毓　眾多的樣子。㉘阜　土山。㉙山圖采而得道　據劉向《列仙傳》，山圖為隴西人，追隨道士到五嶽採藥，遂得道，六十年後曾回鄉祭母，後遂不知去向。㉚赤斧服而不朽　據《列仙傳》，赤斧為巴戎人，為碧雞祠主簿，煉丹與消石，服之身反童子，髮毛皆赤。㉛剛悍生其方　謂其地民風剛勇。㉜風謠　歌謠。㉝尚　崇尚。㉞奮之則賨旅　閬中人范目曾率賨族勁旅從劉邦平定關中。賨，巴地的一種少數民族。㉟翫之則渝舞　據說閬中有渝水賨民，天性勁勇，初為漢前鋒，陷陣銳氣，喜舞，高帝稱賞之，令樂人學習。翫之，即使他們玩樂。翫，同「玩」。㊱剽　輕捷。㊲中葉　漢之中世。㊳蹻容　武勇的姿貌。㊴樂府　漢朝掌管音樂歌謠舞蹈的機關。

【語　譯】蜀都之東則連著巴中，各種少數民族聚居其中。外靠宕渠郡的銅梁山，於內則包含沃土上的險隘。此處出產巴豆、巴戟天，靈壽木、桃枝竹。圍著蒩菜園圃，瀕臨著鹽池。蛸蛦棲在山上，大龜處在水中。未飛的龍蟠居於大澤中，應合鼓聲而下雨。硃砂紅豔豔地出於山坡，眾多的野蜂房遍布山頭。山圖曾於此採藥而得道，赤斧也服丹而成仙。其地民風剛猛，歌謠也崇尚武勇精神。昔日賨人的軍隊曾奮起隨從高祖征戰，娛樂時就跳起渝水之舞。他們的銳氣直至漢中世時尚且輕捷，他們武勇的姿貌也被採集了，世代存留在樂府之中。

於西則右❶挾岷山❷，湧瀆發川❸。陪以白狼❹，夷歌成章❺。坰野❻草昧❼，林麓❽黝儵❾。交讓❿所植，蹲鴟⓫所伏。百藥⓬灌叢⓭，寒卉⓮冬馥⓯。異類眾夥⓰，于何不育⓱！其中則有青珠⓲黃環⓳，碧砮⓴芒消㉑。或豐綠荑㉒，或蕃丹椒㉓。蘼蕪㉔布濩㉕於中阿㉖，風連㉗莚蔓於蘭皋㉘。紅葩㉙紫飾㉚，柯㉛葉漸苞㉜。敷蕊㉝葳蕤㉞，落英飄颻。神農㉟是嘗，盧跗㊱是料㊲。芳追㊳氣邪㊴，味蠲㊵癘痟㊶。

【章旨】本章敘述蜀都之西的地形、歷史及物產，重點描寫山中出產的各種名貴藥材。

【注釋】❶右　西。❷岷山　在今四川省北部，綿延川、甘二省，為長江、黃河分水嶺，岷江、嘉陵江發源地。❸湧瀆發川　謂岷江發源於此。瀆，河川。❹陪以白狼　據《後漢書‧卷八六‧西南夷傳》，東漢永平中，西南少數民族白狼王唐菆等通過益州刺史朱輔奉貢稱臣，歸順漢朝。陪，陪臣的意思。即作為臣子的臣子。❺夷歌成章　白狼王歸順漢朝時，曾作詩三章，歌頌漢德，朱輔令從吏譯為漢語上奏。❻坰野　遙遠的郊野。坰，郊野。❼草昧　原始未開化的狀態。❽林麓　長滿林木的山腳。❾黝儵　茂盛的樣子。❿交讓　木名。產於岷山都安縣（治所在今四川省灌縣東）。兩樹對生，一樹枯則一樹生，每年變更一次，不會一起生、一起枯，故名。⓫蹲鴟　大芋。可充當糧食充飢。⓬百藥　指多種藥用植物。⓭灌叢　灌木叢生。⓮寒卉　耐寒植物。⓯冬馥　冬天發出芬芳。⓰眾夥　眾多。⓱于何不育　什麼植物不能生長。⓲青珠　青玉珠。可入藥。⓳黃環　一種草藥。⓴碧砮　石藥。疑即碧石青，其石可為箭鏃。㉑芒消　石藥。即芒硝。㉒綠荑　香草。即辛夷，又稱木筆，樹高數丈，葉似柿葉而長。㉓丹椒　花椒。蜀椒以赤色者為善。㉔蘼蕪　香草。㉕布濩　繁密的樣子。㉖中阿　山坳。㉗風連　草藥。味苦寒，無毒。㉘蘭皋　生蘭草的近水高地。㉙紅葩　紅花。㉚紫飾　指紫色花。㉛柯　草木枝莖。㉜漸苞　指草木叢生。㉝蕊　花心。㉞葳蕤　花草扶疏下垂之狀。㉟神農　傳說中的古帝王。曾嚐百草，辨藥性。㊱盧跗　皆上古名醫。盧，指盧人扁鵲。跗，指俞跗。㊲料　調製藥劑。㊳追　驅除。㊴氣邪　氣病和邪病。㊵蠲　免除。㊶癘痟　皆病名。癘，傳染病。痟，頭痛病。

【語譯】蜀都西面靠著岷山，岷江、嘉陵江就從這裡發源，白狼族以陪臣歸順，用夷語寫成頌德的詩章。曠遠的郊野未曾開發，山腳下林木茂盛。交讓樹雙雙對植，蹲鴟芋地下埋藏。眾多藥用植物叢生，耐寒草類冬日吐香。種類繁多，無所不長！其中有青珠、黃環，碧砮、芒硝。豐茂的綠荑、蕃盛的紅椒。蘼蕪茂生在山坳，風連蔓布於水邊高地。紅紫花朵，枝葉繁生。花蕊紛披，落英繽紛。神農氏在此嚐試百草，扁鵲、俞跗在此調製藥劑。其芳香可驅除氣病邪病，其藥味可蠲除傳染病、頭痛病。

其封域①之內，則有原隰②墳③衍④，通望彌博。演⑤以潛沫⑥，浸⑦以綿雒⑧。溝洫脈散⑨，疆里綺錯。黍稷⑩油油⑪，粳稻⑫莫莫。指渠口以為雲門⑬，灑滮池⑭而為陸澤⑮。雖星畢之滂沱⑯，尚未齊⑰其膏液⑱。爾乃邑居⑲隱賑⑳，夾江傍山。棟宇相望，桑梓接連。家有鹽泉之井，戶有橘柚之園。其園則有林檎㉑枇杷，橙柹梬楟㉒。榹桃㉓函列㉔，梅李羅生。百果甲宅㉕，異色同榮㉖。朱櫻㉗春熟。素柰㉘夏成，若乃大火流㉙，涼風厲。白露凝，微霜結。紫梨㉚津潤㉛，樼栗㉜罅發㉝。蒲陶㉞亂潰㉟，若榴㊱競裂。甘至自零㊲，芬芬酷烈㊳。其園則有蒟蒻㊴茱萸㊵，瓜疇㊶芋區。甘蔗辛㊷薑，陽蓲㊸陰敷㊹。日往菲薇㊺，月來扶疏㊻。任土所麗㊼，眾獻而儲㊽。其沃瀛㊾則有攢蔣㊿叢蒲(51)，綠菱紅蓮。雜以蘊藻(52)，糅(53)以蘋蘩(54)。總(55)莖柅柅(56)，裛葉(57)蓁蓁(58)。蕡實(59)時味(60)，王公羞(61)焉。其中則有鴻儔鵠侶62，振鷺63鵜鶘64。晨鳧65旦至，候雁銜蘆66。木落67南翔，冰泮68北徂。雲飛水宿，哢吭69清渠。其深則有白黿命鼈70，玄獺上祭71。鱣鮪鱒魴，鮷鱧鯊鱨72。差73鱗次色，錦質74報章75。躍濤戲瀨76，中流相忘77。

【章旨】本章描寫蜀都郊野的富庶：水利設施完善，果蔬蓄殖；沼澤內眾禽弄吭，魚兒戲水。

【注釋】❶封域　疆域。封，疆界。❷隰　低溼之地。❸墳　水邊高地。❹衍　平地。❺演　水潛行地下。❻潛沬　二水名。俱流經蜀郡。沬，原作「沫」，據高步瀛說改。❼浸　霑潤。❽綿雒　二水名。綿水出綿竹縣紫巖山。雒水出洛縣漳山，亦言出梓潼縣柏山。❾溝洫脈散　溝渠像人身血脈一般四散分布。❿黍稷　泛指旱地作物。黍，黃米。稷，高粱。⓫油油　與下句「莫莫」都是形容農作物生長茂盛的樣子。⓬粳稻　大米。此指水田作物。⓭指渠口以為雲門　指稱都江堰的渠口就像是興雲作雨之門。秦昭王時蜀郡守李冰父子所修建的都江堰，分散岷江江流，灌溉平地，故渠水似雨水，渠口即被比為興雲作雨之門。⓮滮池　蓄水池。⓯陸澤　蓄水溉田，使之潤澤。⓰星畢之滂沱　古代傳說月亮運行靠近畢星就會下大雨。《詩．小雅．漸漸之石》：「月離於畢，俾滂沱矣。」星畢，指畢星。滂沱，形容大雨。⓱齊　等同。⓲膏液　指灌溉之水。⓳邑居　指蜀地城鄉居民。⓴隱賑　興盛富裕。㉑林檎　花紅。㉒橙柹梬楟　皆果樹名。柹，柿子。梬，梬棗。又名軟棗、君遷。楟，山梨。㉓棣桃　山桃。㉔函列　排列。㉕甲宅　指花開。甲，植物果實的硬質外殼。宅，同「坼」。裂開。㉖異色同榮　不同顏色的花都同時盛開。㉗朱櫻　紅色櫻桃。㉘素柰　即白柰。柰，即花紅。亦名沙果，有青、白、赤三種。㉙大火流　心星下流。時為秋季。《詩．豳風．七月》：「七月流火。」大火，指心星。流，指星向下移動。㉚紫梨　一種紫色的梨。㉛津潤　水分多。㉜樼栗　一種小栗子。樼，同「榛」。㉝罅發　栗皮因成熟而開裂。罅，裂縫。㉞蒲陶　即葡萄。㉟潰　熟爛。㊱若榴　石榴。㊲零　墜落。㊳酷烈　指香氣濃厚。㊴蒟蒻　又稱魔芋、蛇六谷。天南星科植物魔芋的塊莖。㊵茱萸　植物名。似椒，有濃烈香味。㊶疇　田地。㊷辛　辣。㊸蓲　通「煦」。溫暖。㊹陰敷　蔭布。敷，布。㊺菲薇　形容果木茂盛的樣子。㊻扶疏　枝條分布之狀。㊼任土所麗　任其土地所生。麗，附屬。㊽眾獻而儲　出產眾多，貢獻亦多，故而儲積。㊾沃瀛　肥沃的沼澤。瀛，澤中。㊿蔣　茭白。51蒲　水生植物。可以製席，嫩者可食。52蘊藻　水草。53糅　摻雜。54蘋蘩　水草。55總　叢生。56柅柅　茂盛的樣子。57裛葉　重重葉子。裛，重。58蓁蓁　茂盛的樣子。59蕡實　草木繁盛的樣子。60時味　四時之味。61羞　同「饈」。本指食物，此作動詞，謂進獻給他人吃。62鴻儔鶂侶　鴻鶂都是成群飛的，故云。鴻，大雁。儔，伴侶。鶂，天鵝。63振鷺　即鷺鷥。振，群飛貌。64鵜鶘　水鳥。食魚，下頷底部有一大皮囊，稱喉囊，可兜食魚類。65鳧　即野鴨。常於晨起飛。66候雁銜蘆　據《淮南子・修務》記載，雁飛時常口銜一根蘆葦，以防備遭到繫有絲繩的短箭射中。候雁，即大雁。因其隨著節候的變化而春往北飛秋往南飛，故名。67木落　秋時樹葉飄落。68冰泮　冰解。指春天到了。69啎吭　鳥鳴叫。70白黿命鼈　傳說黿鳴則鼈應。黿，大鼈。命，呼。71玄獺上祭　據《禮記・月令》記載，獺在吃魚之前，先要獻祭。玄獺，一種小獸。黑色，故稱。72鱣鮪鱒魴二句　皆魚名。鱣，大魚。無鱗，肉黃。鮪，即鱣或鱘。鱒，大魚名。有赤眼鱒等。魴，鯉科淡水魚。鮷，即鯷。海產，體長扁，長達十三公分。鱧，即黑魚。性兇猛，捕食其他魚類。魦，即鯊魚。鱨，即鮰魚。淡水所產美味大魚。73差　分別等級。74錦質　形容魚鱗像織錦一樣質地。75報章　織錦時，橫絲一來一往，組織成文，故稱。報，往來的意思。76瀨　湍急的水流。77中流相忘　《莊子・大宗師》：「泉涸，魚相與處於陸，相呴以溼，相濡以沫，不如相忘於江湖。」相忘江湖一語形容魚在水中悠游自在，好像彼此不理睬，自得其樂之態。

【語　譯】蜀郡疆域之內，土地高低乾溼，一望無際。潛水、沫水地下潛流，綿水、雒水浸潤流域。溝渠如人體血脈一般分布，村邑的疆界似羅綺一般花紋錯綜。旱地黍稷長得肥壯，水田粳稻十分茂盛。大家都指稱都江堰的渠口就似行雲播雨的雲門，蓄水池中的水不停地灌溉使田地潤澤。即使月近畢星而下大雨，也比不上蜀地水利的豐沛。城鄉居民興盛富裕，依山夾江而居。屋宇相望，樹木相連。家家有鹽井，戶戶有橘柚園。園裡生長花紅、枇杷，橙、柿、梬棗、山梨。山桃排列，梅李羅布。眾多果樹開花，花色不同而齊放。紅色櫻桃春天熟了，白色花紅夏天結實。到了心星下移的秋季，涼風凜烈。白露凝聚，薄霜結成。紫梨多水，榛栗綻皮。葡萄熟爛，石榴競裂。水果甜了自己會墜下，香氣特別濃烈。園內則有蒟蒻、茱萸，瓜田、芋地。甜蔗、辣薑，有的性喜日照，有的喜愛陰暗，隨著時光的流逝作物逐漸茂盛，逐漸長成。人民按照土地的出產，紛紛獻納而儲積豐盛。在肥沃的沼澤地產有聚生的茭白、叢生的蒲，綠色的菱和紅色的荷花。雜著蘊藻，摻有蘋蘩。肥碩的枝莖叢聚繁多，茂盛的樹葉重重密布。豐厚的四時之味，可進獻王公享用。沼澤中有成群的大雁天鵝，鷺鷥、鵜鶘。野鴨早晨飛到，大雁銜蘆而翔。秋天南去，春日北往。牠們悠閒的在雲中飛翔，在水中住宿，並且在清渠裡引吭鳴叫。沼澤深處則有白黿呼喚鼈，黑獺祭獻食魚。還有鱣、鮪、鱒、魴，鮷、鱧、鯋、鱨。牠們的鱗片和色澤各不相同，猶如織錦一般。在波濤中翻騰嬉戲，悠然自得、互不干擾。

於是乎金城❶石郭❷，兼帀❸中區❹。既麗且崇，實號成都。闢二九之通門❺，畫❻方軌❼之廣塗❽。營新宮於爽塏❾，擬承明❿而起廬。結陽城⓫之延閣⓬，飛觀榭⓭乎雲中。開高軒⓮以臨山，列綺窗⓯而瞰江。內則議殿爵堂⓰，武義虎威⓱。宣化之闥⓲，崇禮之闈⓳。華闕⓴雙邈㉑，重門洞開㉒。金鋪㉓交映，玉題㉔相暉。外則軌躅㉕八達，里閈㉖對出㉗。比屋連甍㉘，千廡㉙萬室。亦有甲第㉚，當衢向術㉛。壇宇㉜顯敞，高門納駟㉝。庭扣鐘磬，堂撫琴瑟。匪葛匪姜，疇能是恤㉞！亞㉟以少城㊱，接乎其西。市廛㊲所會，萬商之淵㊳。列隧㊴百重，羅肆㊵巨千。賄貨㊶山積㊷，纖麗㊸星繁㊹。都人士女，袨服㊺靚粧㊻。賈貿㊼墆鬻㊽，舛錯縱橫㊾。異物崛詭㊿，奇於八方。布有橦華(51)，麵(52)有桄榔(53)。邛杖傳節於大夏之邑(54)，蒟醬流味於番禺之鄉(55)。輿輦(56)雜沓(57)，冠帶(58)混并(59)。累轂疊跡(60)，叛衍相傾(61)。諠譁鼎沸，則哤聒(62)宇宙(63)；囂塵(64)張天(65)，則埃壒(66)曜靈(67)。

闤闠(68)之裡，伎巧之家(69)。百室離(70)房，機杼(71)相和(72)。貝錦(73)斐成(74)，濯色江波(75)。黃潤(76)比筒(77)，籝金(78)所過(79)。侈侈(80)隆富(81)，卓鄭(82)埒名(83)。公擅山川(84)，貨殖私庭(85)。藏鏹(86)巨萬，鈲摫(87)兼呈(88)。亦以財雄，翕習(89)邊城(90)。三蜀(91)之豪，時來時往。養交(92)都邑，結儔附黨(93)。劇談劇論(94)，扼腕(95)抵掌(96)。出則連騎(97)，歸從百兩(98)。若其舊俗，終冬始春(99)。吉日良辰，置酒高堂，以御(100)嘉賓。金罍(101)中坐，肴槅(102)四陳。觴(103)以清醥(104)，鮮以紫鱗(105)。羽爵(106)執競(107)，絲竹(108)乃發。巴姬(109)彈弦，漢女擊節(110)。起西音(111)於促柱(112)，歌江上(113)之飉厲(114)。紆長袖(115)而屢舞，翩躚躚(117)以裔裔(118)。合樽促席(119)，引滿(120)相罰。樂飲今夕，一醉累月。

【章　旨】本章描述蜀都宮內宮外繁盛景象。宮內有崇樓高榭，閣道相連。宮外道路四通八達，富貴之家奢侈豪華。少城之中，店鋪林立，人群擁擠，出售各種珍奇貨物，還有織坊，出產織錦、細布。邊縣卓、鄭等富豪藏錢巨萬，三蜀豪士結黨成群。每逢節日，蜀人會飲，肴核管弦，至醉方休。

【注　釋】❶金城　形容城之堅固。❷郭　外城。❸兼帀　兩重圍繞。兼，兩重。帀，環繞。秦漢成都城牆分大城、少城兩部分，少城在大城之西，惟西南北三壁，東城牆即為大城之西牆。❹中區　指市區。❺二九之通門　漢武帝元鼎二年，立成都十八門，大城九門，少城九門。❻畫　拓。❼方軌　車子並行。軌，車兩輪間距離。❽廣塗　寬闊的道路。❾爽塏　高朗乾燥之處。❿承明　西漢長安宮內文人學士待詔之處。⓫陽城　成都少城的南面三門，最東面的名陽城門。⓬延閣　指長長的跨越陽城門的空中通道。閣，閣道；棧道。⓭觀榭　皆建築物。觀，樓臺之類建築物。榭，建在高土臺上的敞屋。⓮軒　殿堂前簷下的平臺。⓯綺窗　雕刻花紋的窗。⓰議殿爵堂　殿堂名。議殿，公卿百官議事之處。爵堂，頒爵之堂。⓱武義虎

威　皆宮內門的名字。⑱闥　宮中小門。⑲闈　宮中側門。⑳闕　宮殿前的高建築物。左右各一，高臺上起樓觀。㉑邈　高聳。形容雙闕聳入雲天之狀。㉒洞開　開通。㉓金鋪　銅製的鋪首。鋪，即鋪首。門上用以銜環的底盤，作獸形。㉔玉題　玉飾的榱題。題，即榱題。屋椽的前端。㉕軌躅　指車馬。軌，車之輪距。此指車。躅，牛蹄之跡。㉖里閈　里巷的門。閈，巷門。㉗對出　相對而開。說明人煙的稠密。㉘連甍　形容房屋相連。甍，屋脊。㉙廡　據《釋名・釋宮室》，大屋曰廡。㉚甲第　貴顯者的高級住宅。㉛當衢向術　朝著大道。衢、術，都是城中大道。㉜壇宇　此指堂的容積。壇是堂，宇是屋簷。㉝高門納駟　富家高大的門，可以容納四馬駕的車通過。駟，四馬駕的車。㉞匪葛匪姜二句　頌揚諸葛亮、姜維二位良臣之功。葛，諸葛亮。曾為蜀漢丞相。姜，姜維。初為諸葛亮屬下倉曹掾，後遷為大將軍。疇能是恤，誰能安之。指二位良臣使蜀中豪富享有鐘磬琴瑟之樂（此從高步瀛之見）。疇，誰。恤，安。㉟亞　其次。㊱少城　成都城內的小城。在大城之西，古代為商業區。㊲市廛　市場。廛，店鋪。㊳萬商之淵　眾商人會聚之處。淵，比喻會聚之處。㊴隧　市中街道。㊵肆　店鋪。㊶賄貨　商品。㊷山積　形容商品之多。㊸纖麗　細巧美麗的貨物。㊹星繁　形容品種盛多。㊺袨服　盛服。㊻靚粧　調粉白黛黑打扮得很漂亮。㊼賈貿　買賣交易。㊽墆鬻　囤積居奇，高價出售。墆，貯積。㊾舛錯縱橫　形容買賣交錯頻繁之狀。舛錯，交錯。㊿崛詭　奇異。(51)橦華　木棉。當時尚未普及，故視為詭奇之物。(52)麪　麪粉。(53)桄榔　亦稱砂糖椰子。棕櫚科，常綠高大喬木，樹幹外包有纖維鞘，其髓心可提取澱粉。(54)邛杖句　據《史記・卷一二三・大宛列傳》及《漢書・卷六一・張騫傳》記載，張騫曾在大夏國（今阿富汗北部一帶）見到邛杖，當地人說是從身毒國（今印度半島）買來。邛杖，邛山（今四川西昌東南）所出之竹所作，以堅潤細瘦九節者為上。(55)蒟醬句　據《史記・卷一一六・西南夷列傳》載，漢時唯蜀出蒟醬，而漢武帝使臣唐蒙卻在南越見蒟醬。蒟醬，一種用胡椒科植物做的醬，味辛而香。番禺，今廣東省番禺縣，古屬南越。(56)輿輦　車。輦，手拉的車。(57)雜沓　眾多雜亂的樣子。(58)冠帶　帽子和腰帶。此指士族和官吏。(59)混并　混雜。(60)累轂疊跡　形容車輛來往極多。累轂，車輛接連的意思。轂，車輪中間車軸貫入之處。此代指車。疊跡，言來往車跡重疊。(61)叛衍相傾　言人群擁擠，因而互相推擠而站立不穩。叛衍，即漫衍。(62)哤聒　雜亂的聲音。(63)宇宙　上下四方。(64)囂塵　喧嘩和塵土。(65)張天　觸天；直達霄漢。(66)埃壒　塵埃。(67)曜靈　太陽。(68)闤闠　指市場。闤，市區的牆。闠，市區的門。(69)伎巧之家　指織錦作坊。伎巧，才藝；工巧。(70)離　異。(71)機杼　指織機。(72)相和　相應。(73)貝錦　古代錦名。上有貝形花紋。(74)斐成　文彩相錯雜。(75)濯色江波　據《華陽國志・蜀志》、《益州志》等書記載，把織錦放入成都江水中洗，則色彩格外鮮明，其他江則不行，故名蜀江為濯錦江。(76)黃潤　指筒中細布。是蜀中特產。(77)比筒　每筒。(78)籯金　當作「籯釜」。

即一箱金子。79過　超過。80侈侈　盛多的樣子。81隆富　大富。82卓鄭　漢初蜀地富豪卓王孫、程鄭。俱擁有數百奴隸及開礦冶鑄的產業，事見《漢書．卷九一．貨殖傳》及《漢書．卷五七．司馬相如傳》等。83埒名　齊名。埒，相等。84公擅山川　言富豪們公然占有山川之利。85貨殖私庭　私人致富。86鏹　銅錢。鏹，原作「繈」。貫錢之繩。87鈲摫　此指木材、布帛。裁木為器曰鈲。裂帛為衣曰摫。88兼呈　指按常例向農奴徵收。89翕習　聲威極盛的樣子。90邊城　因卓王孫、程鄭皆臨邛（今四川邛崍）富人，臨邛為蜀郡之邊縣。91三蜀　指蜀郡、廣漢、犍為三郡。92養交　培養交情。93結儔附黨　結成黨羽。儔，伴。94劇談劇論　大肆談論。劇，劇烈。95扼腕　用手握腕。表情緒激動、振奮或惋惜。96抵掌　拍手。抵，原作「扺」，依胡克家校改。97連騎　車馬相連。形容從騎之盛。98兩　古「輛」字。99終冬始春　指送冬迎春。100御　款待。101金罍　青銅製酒器。小口、廣肩、深腹、圈足，有蓋，肩部有兩環耳，腹下有鼻。飲酒時盛酒放在中央，用杯勺舀來喝。102肴槅　皆食品。肴，指肉類、菜類食品。槅，通「核」。指果類食品。103觴　酒杯。此處作動詞，敬酒。104清醥　清酒。105紫鱗　魚。106羽爵　作成雀形的酒杯。有頭、尾、羽翼。107執競　爭相執杯歡飲。108絲竹　指弦樂和管樂。109巴姬　巴地美女。110擊節　調節樂曲。節，一種樂器。111西音　指蜀地音樂。因蜀地處西南，故云（用高步瀛說）。112促柱　急弦。柱，瑟、箏等撥弦樂器架弦的碼子。木製，橋形，立在瑟、箏表面，一柱架一弦，定弦時可移動以調節音高。113江上　指蜀江之歌曲。114飄厲　同「嘹唳」。形容歌聲響亮。115紆長袖　起舞時長袖紆曲飄飛之狀。116翩　輕捷的樣子。117躚躚　形容舞姿迴旋之貌。118裔裔　形容舞姿裊娜之態。119合樽促席　參加宴會的人坐攏來，把酒樽合放於前。120引滿　持著斟滿的酒杯。

【語　譯】蜀都城郭十分堅固，有兩重圍繞著市區。壯麗而高峻，取名為成都。開闢十八座城門，拓出可並車而行的大道。在高朗乾燥之處營造新宮，仿照漢宮承明廬營建殿舍。連結跨越陽城門的閣道，築起高聳雲中的樓榭。敞開高高的平臺面朝山巒，排開一列列雕窗俯視江水。宮內則有議事之殿和頒爵之堂，武義、虎威二宮門，名為宣化的小門，名為崇禮的側門。華麗的雙闕巍立，重重宮門大開。金飾鋪首交互映照，玉飾榱題各相暉映。宮外則車馬四通八達，里門相對。房連著房，屋舍千萬間。亦有頭等住宅，門向著大道。堂屋寬敞豁亮，高大的門可容四馬駕車而入。庭中敲鐘磬，堂上彈琴瑟。不是諸葛亮和姜維之功，誰能使這些富家安居！其次是少城，接境於大城之西。市場會聚，眾商人集中。排列百條街道，羅布千萬家店鋪。商品如山，細巧美麗的貨色猶如繁星。都中男女，豔服盛妝。或買或賣，囤積居奇；商業活動交錯頻繁。各種詭異貨物，比各地的都更珍奇。有木棉所織成的布，有桄榔的髓粉。邛山所出竹杖直傳到大夏國的都市，蒟實之醬流入南越番禺一帶。各種車輛又多又雜，士人混雜於眾。車子來來往往，人群擁擠推搡。喧嘩鼎沸，雜聲干擾天地四方；聲響直入雲霄，塵埃遮蔽太陽。市場裡面，有織錦作坊。各家房舍不同，而織機之聲應和。織錦文彩斐然，經過江水洗濯色澤更鮮。每筒黃潤細布，價值超過一箱金子。眾多大富翁中，卓王孫與程鄭齊名。公然占據山川，私家發財致富。藏錢許多，木材布帛也同時徵收。以財大稱雄，聲威震動了邊城。三蜀的豪士，時時互相往來。在都邑中培養交情，結成黨羽。或高談闊論，或扼腕拍掌。出則車騎相連，歸則從車百輛。蜀地舊俗，送冬迎春。吉日良辰，高堂擺酒，款待嘉賓。金罍置於中央，菜肴果品四面陳列。杯中有清酒，席上有鮮魚。眾人爭相執著羽觴歡飲，弦樂管樂一齊演奏。巴姬彈弦，漢女擊節。用急弦奏起蜀地音樂，唱出嘹亮的江上歌曲。揮動長袖頻頻起舞，左旋右轉舞姿婆娑。把酒樽合攏圍坐在一起，手持滿杯相互罰酒。快樂地喝它一宵，一醉數月不醒。

若夫王孫①之屬，郤公②之倫。從禽③于外，巷無居人。並乘驥子④，俱服魚文⑤。玄黃異校⑥，結駟⑦繽紛。西踰金隄⑧，東越玉津⑨。朔別期晦⑩，匪日匪旬⑪。蹴蹈⑫蒙籠⑬，涉躪⑭寥廓⑮。鷹犬倏眒⑯，罻羅⑰絡幕⑱。毛群⑲陸離⑳，羽族㉑紛泊㉒。翕響揮霍㉓，中網林薄㉔。屠麖麋㉕，翦旄麈㉖。帶㉗文蛇㉘，跨㉙雕虎㉚。志未騁㉛，時欲㉜晚。追輕翼㉝，赴絕遠。出彭門之闕㉞，馳九折之坂㉟。經三峽㊱之崢嶸，躡㊲五屼㊳之蹇滻㊴。戟㊵食鐵之獸㊶，射噬毒之鹿㊷。皛㊸貙氓㊹於葽草㊺，彈言鳥㊻於森木。拔象齒，戾㊼犀角。鳥鍛翮㊽，獸廢足㊾。殆而㊿

揭來(51)，相與(52)第(53)如(54)滇池(55)，集于江洲(56)。試(57)水客(58)，艤(59)輕舟。娉(60)江斐(61)，與神遊(62)。罨(63)翡翠(64)，釣鰋鮋(65)。下高鵠，出潛虯(66)。吹洞簫，發櫂謳(67)。感鱏魚(68)，動陽侯(69)。騰波沸湧，珠貝汜浮，若雲漢(70)含星，而光耀洪流。將饗(71)獠者(72)，張帟幕(73)，會平原；酌清酤(74)，割芳鮮(75)。飲御(76)酣，賓旅旋(77)。車馬雷駭(78)，轟轟闐闐(79)，若風流雨散，漫(80)乎數百里間(81)。斯蓋宅土(82)之所安樂，觀聽之所踴躍(83)也。焉獨三川(84)，為世朝市(85)？

【章　旨】本章描述蜀中富人們狩獵的經過和江上治遊的情景，最後說明蜀都也和洛陽一樣是政治經濟的中心之一。

【注　釋】❶王孫　指卓王孫。❷郤公　蜀地的一個富豪。❸從禽　打獵。從，追逐。禽，此兼指鳥獸。❹驥子　好馬。❺服魚文　佩帶魚皮所製的盛箭之器。服，通「箙」。為盛箭之器。此處作動詞。魚文，指箭箙是用東海魚獸的皮做成。其皮背上斑文，腹下純青。❻玄黃異校　黑馬黃馬分開。校，關馬的馬棧。❼結駟　用四馬並轡駕一車。❽金隄　指李冰所作都江堰的隄堰。在岷山都安縣（治所在今四川省灌縣東）西，隄有左右口，當成都之西。❾玉津　即璧玉津。在漢犍為郡之東北，當成都之東。❿朔別期晦　月初出發，月底方回。朔，陰曆每月初一。晦，陰曆每月月底。⓫匪日匪旬　言出獵一次，周遊頗遠，不是一日或十日就夠的。⓬蹴蹈　踐踏。⓭蒙籠　草樹茂盛的樣子。⓮涉躪　經過。⓯寥廓　山谷幽遠的樣子。⓰倏眒　疾速的樣子。⓱罻羅　捕捉鳥獸的網。罻，一種小網。⓲絡幕　羅網布設嚴密之狀。⓳毛群　指獸類。⓴陸離　分散的樣子。指野獸四散奔逃。㉑羽族　指鳥類。㉒紛泊　飛揚。㉓翕響揮霍　李善注：「奄忽之間。」即頃刻之間。實則仍有鳥獸奔逃嘈雜之意。翕響，沸亂的樣子。揮霍，陸機〈文賦〉：「紛紜揮霍，形難為狀。」形容迅速之狀。㉔林薄　樹林草地。薄，野草叢生之地。㉕麡麖　皆鹿類動物。㉖旄麈　皆動物名。尾巴都可以剪下來作用具。旄，旄牛。麈，鹿類動物。㉗帶　綑縛。㉘文蛇　有花紋的蛇。㉙跨　制服。㉚雕虎　有斑紋的老虎。㉛志未騁　興致未盡。㉜欲　將。㉝輕翼　指飛鳥。㉞彭門之闕　岷山都安縣（治所在今四川省灌縣東）有兩山相對立如闕，號曰彭門。㉟九折之坂　九折坂。在今四川省滎經縣邛崍山。㊱三峽　指瞿塘峽、巫峽、西陵峽。在四川東部。㊲躡　踩。㊳五屼　山名。一山有五重，在今四川省樂山縣之南。㊴蹇滻　曲折崎嶇的樣子。㊵戟　刺。㊶食鐵之獸　傳說建寧郡（治所在今四川省巫山縣北）有一種貊獸，毛黑白臆，似熊而小，以舌舐鐵，須臾數十斤。㊷噬毒之鹿　傳說雲南郡（治所在今雲南省姚安縣北）有神鹿兩頭，主食毒草，名食毒鹿。㊸皛　拍打。㊹貙氓　據《博物志》記載，江漢有貙人，能化為虎。㊺蔓草　豐草。㊻言鳥　指鸚鵡。㊼戾　扭斷。㊽鎩翮　毀壞羽莖。㊾廢足　折足。㊿殆而　及乎。(51)揭來　猶云來也。揭，發語詞。(52)相與　共同。(53)第　且。(54)如　到。(55)滇池　在今雲南昆明。(56)江洲　今四川重慶。(57)試　使。(58)水客　船夫。(59)艤　船靠岸。(60)娉問；訪求。(61)江婓　即「江妃」。女神。(62)與神遊　據《列仙傳》，江妃二女遊於江濱，鄭交甫遇之，遂挑逗她們，故二女解珮贈之，然行數十步，懷中珮不見，二女亦不見。(63)罨　捕鳥網。此作動詞，為掩捕之意。(64)翡翠　鳥名。毛羽翠綠可愛。(65)鰋鮋　皆魚名。(66)出潛虯　捉出潛伏水底的無角龍。(67)櫂謳　船夫歌。櫂，搖船的用具。此代指船。(68)感鱏魚　傳說伯牙鼓琴，鱏魚出聽。鱏魚，即鱘魚。可長達一丈多。(69)陽侯　水神。(70)雲漢　天河。(71)饗　犒賞。(72)獠者　獵人。(73)帟幕　小而平頂的帳幕。(74)清酤　清酒。(75)芳鮮　美味新鮮的魚肉。(76)御　進用。(77)旋　回。(78)雷駭　形容車馬聲。(79)轟轟闐闐　狀聲詞。車馬聲。(80)漫　散播。(81)閒　即「間」。(82)宅土　居處。(83)觀聽之所踴躍　劉向〈雅琴賦〉：「觀聽之所至，乃知其美也。」此謂蜀都之美流播於外，外人觀之聽之，甚為踴躍。(84)三川　秦所置郡名。在黃河、洛水、伊水相交之地，故名。指今河南洛陽一帶。(85)朝市　爭名奪利之處。指蜀都為政治上經濟上的重要地帶。《戰國策．秦策》：張儀曰：「爭名者於朝，爭利者於市。今三川周室，天下之朝市也。」

【語　譯】卓王孫之類，郤公之輩，出外狩獵，城中人都去觀看。獵者都騎著駿馬，佩帶著魚文箭箙。黑馬與黃馬分開，四馬車子色澤繽紛。往西翻過金隄，往東越過璧玉津。月初出發月底方回，旅程不是一天十天的時間就足夠的。踏著茂盛的草叢，經過幽遠的山谷。獵人的鷹犬動作疾速，羅網鋪張。於是獸類四散奔逃，鳥類急忙飛揚。在吵雜混亂的頃刻之間，獵物在林間、草地上已紛紛落網。獵人殺死麞麇，剪下旄牛和麈的尾巴。綑縛有花紋的蛇，制服帶斑紋的老虎。興致未盡，天時將暮。追逐飛鳥，奔赴絕遠之境。走出彭門雙峰，馳過九折坂。行經崢嶸的三峽，登上崎嶇的五岏山。刺殺吃鐵的怪獸，射中食毒草的神鹿。在豐草中擊斃會變虎的貙人，從樹木上彈落能言的異鳥。拔下象牙，扭斷犀角。鳥毀了羽莖，獸折了腳。於是前來治遊，暫且同赴滇池，或會於江洲。指使船夫，泊舟攏岸。訪求江妃，與神同遊。掩捕翡翠，垂釣鰋、鮋，射落天鵝，捉出潛虯。吹起洞簫，唱起船歌，誘出鱏魚，感動水神。波浪騰湧，珠貝浮游，像天河中繁星點點，使河中閃閃光耀。要犒勞獵手，張起帳幕，平原擺宴；斟滿清酒，割下新鮮魚肉作肴饌。吃喝滿足了，眾賓返回。車馬之聲如雷，轟轟隆隆驚天動地，像風雨那樣，傳播於數百里之間。這裡是安樂的居地，也是人所踴躍打聽之處。哪裡只有三川，才是世上爭名奪利的中心地帶呢？

若乃卓犖[1]奇譎[2]，倜儻[3]罔已[4]。一[5]經[6]神怪，一緯[7]人理。遠則岷山之精，上為井絡[8]。天帝運期而會昌[9]，景福[10]肸饗[11]而興作。碧[12]出萇弘[13]之血，鳥生杜宇之魄[14]。妄[15]變化而非常，羌[16]見偉於疇昔[17]，近則江漢炳靈[18]，世載其英[19]。蔚[20]若相如[21]，皭[22]若君平[23]。王褒[24]韡曄而秀發[25]，揚雄[26]含章[27]而挺生[28]。幽思[29]絢《道德》[30]，摛藻[31]掞天庭[32]。考四海[33]而為儁[34]，當中葉[35]而擅名[36]。是故遊談者[37]以為譽[38]，造作者[39]以為程[40]也。至乎臨谷為塞[41]，因山為障[42]。峻岨[43]塍[44]埒[45]長城，豁險[46]吞若巨防[47]。一人守隘，萬夫莫向[48]。公孫[49]躍馬而稱帝，劉宗[50]下輦而自王。由此言之，天下孰尚[51]！故雖兼諸夏[52]之富有，猶未若茲都之無量[53]也。

【章 旨】本章首先追述有關蜀都的神話傳說及蜀地英傑人物，作者對那些神話傳說並不深信，而對司馬相如等蜀地作家則滿懷熱情作了歌頌。接著作者還概要描述了蜀地地勢的險要。最後總結全賦，蜀都是全國各地都比不上。

【注 釋】❶卓犖 超絕；特出。❷奇譎 奇異。❸倜儻 不尋常。❹罔已 不盡。罔，同「無」。已，止。❺一 或者。❻經 關聯。❼緯 關聯、相通之意。❽遠則岷山之精二句 傳說天上的井星是岷山精靈所化。井絡，井星。❾天帝句 言天帝定期在此會慶。昌，慶。❿景福 大福。⓫肸饗 應作「肸蠁」。指聲響或氣體的傳播。此用以比喻神靈感應。⓬碧碧玉。⓭萇弘 周敬王大夫。死於蜀，據說其血藏三年後，化為碧玉。⓮鳥生杜宇之魄 子規鳥是杜宇的魂魄所變。據《蜀記》記載，昔有人姓杜名宇，在蜀稱王，號曰望帝。杜宇死，俗傳其魂魄化為子規鳥。⓯妄 虛妄。左思認為這些遠古傳說虛妄而不合常理，他實是有些懷疑的。⓰羌 發語詞。無義。⓱見偉於疇昔 被過去所盛傳。⓲江漢炳靈 從江漢秉承靈氣。炳，通「秉」。⓳世載其英 世世代代生出英傑之士。載，生。⓴蔚 文彩繁富。㉑相如 司馬相如。西漢辭賦家，蜀人。㉒皭 清高潔淨的樣子。㉓君平 西漢嚴遵。字君平，在成都市上賣卦，得百錢足以自養，則閉肆下簾，授《老子》，博覽無不通，著書十餘萬言。㉔王褒 漢人。字子淵，著〈九懷〉、〈洞簫賦〉等。㉕韡曄而秀發 謂其文彩煥發。韡曄，明盛的樣子。秀發，出類拔萃。㉖揚雄 字子雲。漢代文學家、學問家。㉗含章 富有文彩。㉘挺生 挺拔出群。㉙幽思 玄妙的思維。㉚絢道德 言著作可與《道德經》相輝映。嚴遵有《老子指歸》，揚雄有《太玄》、《法言》等書。絢，燦爛；照耀。《道德》，指老子《道德經》。㉛摛藻 鋪張辭藻。㉜掞天庭 傳入宮庭。掞，發抒。漢武帝讀司馬相如賦，恨不得與他同時，後知相如在成都，遂立即召見。元帝善王褒所作，令後宮貴人左右皆誦之。漢辭賦家不少受皇帝的重視。㉝四海 指全國。㉞俊 傑出人物。㉟中葉 指西漢中期的鼎盛時期。㊱擅名 有名。㊲遊談者 遊說談論的人。㊳譽 蜀之榮耀。㊴造作者 寫文章的人。㊵程 程式。指把司馬相如、揚雄諸人之作視為模仿的典範。㊶塞 邊界險要之處。㊷障 屏障。㊸峻岨 險阻之處。㊹塍 界。㊺埒 等同。㊻豁險 深險。㊼巨防 像長城一樣的巨大防禦工事。㊽一人守隘二句 一夫當關，萬夫莫入。隘，關隘。㊾公孫 公孫述。王莽末據有蜀地，自立為蜀王，後自立為天子。㊿劉宗 指劉備。漢中山靖王劉勝之後，是漢之宗室，故稱劉宗。劉備入蜀取代劉璋，遂即皇帝位，是為蜀漢。51孰尚 誰勝。謂與天下之地相比，他處都比不過蜀都。52諸夏 周代分封的諸侯國。此指全國各地。53無量 無法計量。

【語　譯】至於特出奇異的傳說，更是又多又不尋常。有的有關神怪，有的涉及人事。遠古如岷山的精靈，化為天上的井星。天帝定期在蜀集會慶祝，大福由天感應而降臨。碧玉出於萇弘的血，子規鳥則是杜宇的魂魄所變。這些虛妄的變化不合常理，都被昔人所盛傳。近世則承受江漢的靈氣，世代都出現英傑人物。文采繁富有司馬相如，清高潔白則有嚴遵。王褒辭采煥發，揚雄文才出眾。他們的著作構思玄妙可媲美《道德經》，文章華采動人傳入宮庭。即使放諸全國，他們也是英俊之士，在西漢中葉享有盛名。所以遊談者視他們為蜀中的榮譽，寫文章的人以他們的作品為典範。至於以臨深谷為要塞，以依山而為屏障。險阻等同於長城之界，深險猶若巨大的防禦工事。一人守關隘，萬夫不得入。公孫述憑武力而在此稱帝，宗室劉備到此就自立為王。由此看來，天下有什麼地方能勝過蜀都呢！所以即使兼備各地所有，也比不上蜀都中難以計數的富裕啊！

卷五

吳都賦

【作　者】左思，見頁一六一。

【題　解】〈吳都賦〉是〈三都賦〉的第二篇，以描述三國時孫吳都城建業（今南京市）及整個吳國為對象。全篇是通過東吳王孫之口來寫的，然而卻時常透露出作者的思想，雖主要是用頌揚的口吻，卻也在好多地方隱含著批評。作者這種寫法正是繼承了辭賦諷諫的傳統。作者也力求寫出吳都及其周圍地區的特點，賦中的山川、宮室、動植物和其他特產無不符合其地，還保存了不少寶貴的史料，這和作者嚴肅的寫作態度有關。

東吳王孫囅然①而咍②，曰：夫上圖③景宿④，辨⑤於天文者也；下料物土⑥，析⑦於地理者也。古先帝代⑧，曾覽⑨八紘⑩之洪緒⑪，一⑫六合⑬而光宅⑭。翔集遐宇⑮，鳥策篆素⑯，玉牒⑰石記⑱，烏聞⑲梁岷⑳有陟方之館㉑，行宮之基㉒歟！而吾子言蜀都之富，禺同㉓之有。瑋㉔其區域，美其林藪。矜巴漢之阻，則以為襲險㉕之右㉖。循蹲鴟㉗之沃，則以為世濟陽九㉘。齷齪㉙而筭㉚，顧亦曲士㉛之所歎也。旁魄㉜而論都，抑非大人㉝之壯觀㉞也。何則？土壤不足以攝生㉟，山川不足以周衛㊱。公孫國之而破㊲，諸葛家之而滅㊳。茲乃喪亂㊴之丘墟㊵，顛覆之軌轍㊶，安可以麗王公㊷而奢風烈㊸也！翫㊹其磧礫㊺而不窺玉淵㊻者，未知驪龍㊼之所蟠也。習其弊邑㊽而不覩上邦㊾者，未知英雄之所躔㊿也。

【章　旨】本章是東吳王孫對西蜀公子上文所言的反駁，他說蜀都不是英雄成功立業之地，從而為下文對吳都的頌贊留下了地步。

【注　釋】❶囅然　大笑的樣子。❷咍　譏笑。❸圖　觀測圖繪。❹景宿　列星。❺辨　明。❻料物土　計析土質高下，定其貢賦之差別。❼析　明析。❽古先帝代　遠古帝王之世。指舜禹之時。❾覽　通「攬」。總理之意。❿八紘　八方極遠之地。典出《淮南子・墬形》。⓫洪緒　大業。⓬一　統一。⓭六合　四方上下。⓮光宅　光大所居。謂建都。⓯翔集遐宇　飛集於遠方的居處。謂古帝王巡視遠方。⓰鳥策篆素　指古帝王事蹟的記載。鳥策，指以古鳥書體記在竹簡上。篆素，指以篆字記在白絹上。⓱玉牒　古代帝王封禪郊祀所用的文書。⓲石記　刻在石頭上的文字材料。⓳烏聞　哪裡聽說。⓴梁岷　梁州和岷山。都在蜀地。此代指蜀。㉑陟方之館　古帝王巡行各地所建館舍。陟方，謂帝王巡行。陟，升。方，道。㉒行宮之基　前代皇帝行宮的遺址。行宮，京城之外供帝王出行時居住的宮室。㉓禺同　山名。在今雲南大姚。㉔瑋　贊美。㉕龔險　重重險阻。㉖右　首位。㉗蹲鴟　大芋頭。因狀似蹲伏的鴟鳥而得名。㉘陽九　指災氣厄運。陽九，陽數窮於九，故以喻厄運、劫數。㉙齷齪　氣量狹小，好打小算盤。㉚筭　借為「算」。計算。案：王念孫認為「筭」下有一「地」字，「齷齪而筭地」、「旁魄而論都」相對為文。而胡紹煐等認為，不是「筭」下漏一「地」字，而是「都」字為衍文。似以後說為是。㉛曲士　見識淺薄之人。㉜旁魄　寬大的樣子。㉝大人　指成就豐功偉績的大人物。㉞壯觀　指都邑的壯麗外觀。㉟攝生　養生。㊱周衛　防衛。㊲公孫國之而破　公孫述於王莽末年割據蜀中稱帝，建都成都，建武十二年光武帝大將吳漢等率兵破蜀，公孫述重傷而死。國之，以蜀為國。㊳諸葛家之而滅　諸葛亮輔佐劉備、劉禪父子建立蜀國，他死後不久，蜀國即被魏將鄧艾攻破，後主劉禪自縛出降。家之，謂劉氏父子以蜀為家。即據而稱王之意。㊴喪亂　指公孫述、劉禪等國家破敗之事。㊵丘墟　廢墟。㊶顛覆之軌轍　翻車所留下的車跡。指前〈蜀都賦〉所言劉氏宮室。㊷麗王公　在蜀地為王公。麗，附著。㊸奢風烈　張大風化事業。奢，張。㊹翫　通「玩」。玩賞。㊺磧礫　淺水中的沙石。此指淺水。㊻玉淵　出產美玉的深淵。㊼驪龍　黑龍。據說蟠踞在九重深淵之下。㊽弊邑　破敝的小城市。㊾上邦　大國都邑。㊿英雄之所躔　指吳都。躔，居。

【語譯】東吳王孫大笑而譏嘲說：能觀測圖繪列星，是明辨天文者；能計別土質物產，是明析於地理者。古代的帝王，總理直到極遠之地的大業，統一天下而光大所居。巡遊到遠方，可見於鳥文簡策、篆字素絹，玉牒文書、石刻記事，哪裡聽說梁州岷山有古帝王的陟方之館，行宮遺址呢！而您談論蜀都的富足，禺同山的廣有。稱頌它的區域，贊美它的林木草澤。誇耀巴郡、漢中的險阻，認為是天下重險之首。巡行長著大芋頭的沃野，則認為可以解救世上的災荒。局促地計算土地，而見識淺薄的人也歎息其地之狹。以寬大的氣魄來論都邑，蜀卻沒有大人物建都之壯觀。為什麼呢？蜀地土壤不足以養生，山川之險不足以防衛。公孫述據之為國則國破，諸葛亮輔佐劉氏，據為家有則破滅。這裡是敗亡的廢墟，顛覆的遺跡，怎麼能立王公而張大風化事業呢！玩賞沙石可見的淺水而不窺測出產美玉的深淵，就不知驪龍蟠踞之處。習見破敝小邑而不見大國之都，就不知英雄所居的地方。

子獨未聞大吳之巨麗乎？且有吳之開國也，造❶自太伯❷，宣❸於延陵❹。蓋端委❺之所彰，高節❻之所興。建至德❼以刱洪業❽，世無得而顯稱❾。由克讓❿以立風俗，輕脫躧於千乘⓫。若率土⓬而論都，則非列國之所觖望⓭也。故其經略⓮，上當星紀⓯。拓土畫疆⓰，卓犖⓱兼并⓲。包括干越⓳，跨躡⓴蠻荊㉑。婺女寄其曜㉒，翼軫寓其精㉓。指衡岳㉔以鎮野，目龍川㉕而帶㉖坰㉗。爾其山澤，則嵬嶷嶢屼㉘，巊冥鬱岪㉙。潰渱泮汗㉚，滇瀰淼漫㉛。或湧川㉜而開瀆㉝，或吞江㉞而納漢㉟。磈磈𡾊𡾊㊱，滮滮涆涆㊲。𥗭碒㊳乎數州之間㊴，灌注乎天下之半㊵。

百川派別㊶，歸海而會。控清引濁㊷，混濤并瀨㊸。濆薄㊹沸騰㊺，寂寥㊻長邁㊼。濞焉㊽洶洶㊾，隱㊿焉磕磕(51)。出乎大荒(52)之中，行乎東極(53)之外。經扶桑(54)之中林，包湯谷(55)之滂沛(56)。潮波汩(57)起，迴復萬里(58)。歊霧(59)漨浡(60)，雲蒸(61)昏昧。泓(62)澄(63)奫潫(64)，澒溶沆瀁(65)。莫測其深，莫究其廣。澶湉(66)漠(67)而無涯，惣有流而為長(68)。瓌異(69)之所叢育(70)，鱗甲(71)之所集往(72)。

【章　旨】本章首先追述吳國開國的由來，歌頌太伯、季子謙讓王位的高尚道德。其次形容吳地占地之廣闊。末了描寫吳地山河，由百川入海寫到大海的壯闊無邊。

【注　釋】❶造　開始。❷太伯　周太王的長子。因小弟季歷賢能，因此與二弟仲雍出奔南方，開創吳國，事見《史記・卷三一・吳太伯世家》。但今人據丹徒出土的俎侯夨簋之銘文得知，是康王時把虞仲後裔之一支改封於俎，此即後來的吳國。❸宣　道德顯耀。❹延陵　名季札。春秋時吳國貴族，封於延陵（今江蘇常州），故稱延陵季子。吳王壽夢欲立季札為太子，季札卻把君位讓給其弟諸樊。❺端委　禮服。此言太伯的至德。據《左傳・哀公七年》，太伯到吳地身穿端委禮服，推行岐周之禮。❻高節　指季札讓位的高尚節操。❼至德　最高的道德。❽刱洪業　開創大業。刱，通「創」。洪業，大業。❾顯稱　稱揚。❿克讓　指太伯、季札能夠讓位的高尚品行。⓫輕脫躧於千乘　比喻太伯、季札捨棄王位如同脫去一雙鞋那麼無所顧惜。脫躧，脫鞋。千乘，指吳國國君之位。古以四馬之車為一乘，擁有千乘兵車者為大的諸侯國。⓬率土　天下。《詩・小雅・北山》：「率土之濱，莫非王臣。」率土之濱，猶言四海之內。率土，「率土之濱」的省語。率，循。⓭觖望　企求。觖，企望。⓮經略　策畫處理。⓯上當星紀　古人把天上的某一部分星宿和地上某一地區對應起來，斗、牛、女三宿為星紀（十二次之一），其對應地區為吳越。⓰畫疆　畫定疆界。⓱卓犖　超出一般。⓲兼并　吞納。⓳干越　皆古國名。干，為吳所滅，并於吳。越，并於吳。⓴跨躡　指吳地伸展所及。(21)蠻荊　即荊蠻。指楚地。(22)婺女寄其曜　女宿之光寄寓於吳。婺女，指女宿星。本是越之分野，三國時越地屬吳，故稱寄其曜。(23)翼軫寓其精　翼軫二宿的光華寄寓在吳。翼、軫，二宿是楚之分野，三國時楚屬吳，故稱寓。(24)衡岳　南嶽衡山。(25)龍川　水名。在今廣東省。(26)帶　圍繞。(27)垌　遠郊。(28)嵬嶷嶢屼　山勢峻陡之狀。(29)𡿺冥鬱岪　山氣暗昧之狀。(30)潰渱泮汗　水流廣大無邊的樣子。(31)滇瀰淼漫　山水闊遠無涯的樣子。(32)湧川　河流湧出。(33)開瀆　水道開通。瀆，溝渠。(34)呑江　呑納長江。(35)納漢　漢水流入。(36)磈磈巍巍　山石磊落之狀。(37)滮滮涆涆　江河奔流的樣子。(38)礆硢　山勢深險連延之狀。(39)閒　同「間」。(40)灌注乎天下之半　指吳地江河流經之地占天下之半。(41)百川派別　眾水各自分流。(42)控清引濁　引納清水和濁水。控，引的意思。(43)混濤并瀨　言清濁合混於波濤，湍瀨亦并入於波中。瀨，從沙石上流過的急水。(44)濆薄　水相激盪。(45)沸騰　波浪湧起。(46)寂寥　無聲。(47)長邁　遠行。指河流長途流淌。(48)濞焉　大水暴發的聲音。(49)洶洶　水聲。(50)隱　通「殷」。震動。(51)磕磕　水聲。(52)大荒　邊遠地區。(53)東極　東方盡頭。(54)扶桑　傳說中日出之處的神樹。(55)湯谷　傳說中的日出之處。(56)滂沛　水多的樣子。(57)汩　迅疾的樣子。(58)迴復萬里　言漲潮之時，水皆逆流，須與萬里。(59)歊霧　水霧之氣。(60)漨浡　霧氣濃厚之狀。(61)雲蒸　水氣蒸騰而為雲。(62)泓　水深大的樣子。(63)澄　清湛。(64)奫潫　水流迴復的樣子。(65)澒溶沆瀁　水深廣的樣子。(66)澶湉　水流平靜的樣子。(67)漠　廣闊的樣子。(68)惣有流而為長　總合百川，因而為大。惣，同「總」。長，此處是大的意思。(69)瓌異　珍奇之物。(70)叢育　聚生水中。(71)鱗甲　指水生動物。鱗，謂魚龍之類。甲，謂龜鼈之類。(72)集往　聚集活動。

【語　譯】您難道沒有聽說我大吳的壯麗嗎？吳國開國，起始於太伯，顯揚於延陵季子。太伯身穿禮服以彰明禮制，季子節操高尚道德興盛。他們都憑著至德來開創大業，世人真不知該怎樣來稱頌他們。他們以謙讓的態度來建立風俗，把捨棄王位看得如脫鞋一樣自在。若論天下的都城，則吳都不是各國所敢望及的。所以先王經營國土，上合於星紀。開拓國土畫定疆界，呑納之廣超出一般的規模。包容干、越，伸展至楚地。女宿之光照耀，翼軫華彩籠罩。手指衡山坐鎮原野，目視龍川縈繞遠郊。吳國的山水，山勢峻陡，嵐氣暗昧。河流逶迤無盡，廣闊無邊。有的地方川流湧出，河道開通；有的地方呑納長江，收容漢水。山石磊磊，江河奔騰。眾山深險連綿於數州之間，群水灌注了天下一半的區域。百川分流，到海會聚。引來清水吸收濁水，波濤混合急流并入。水波激盪騰湧，終於無聲地遠逝於大海之中。海濤暴發，其聲洶洶；震動天地，其聲磕磕。出於極邊遠之地，行由東方盡頭。經過扶桑林中，包容湯谷的洪流。潮水疾起，逆流萬里。霧氣蓬勃，蒸雲昏昧。水青迴環，深邃壯闊。不能測其深，不能知其廣。平靜廣遠而無邊涯，總合百川而為最大。珍異之物聚生此處，魚龍龜鼈匯集活動。

於是乎長鯨吞航[1]，修鯢[2]吐浪。躍龍騰蛇，鮫鯔琵琶[3]。王鮪[4]鯸鮐[5]，鮣[6]龜鱕鯌[7]。烏賊[8]擁劍[9]，䶂鼊[10]鯖[11]鰐[12]，涵泳[13]乎其中。葺鱗[14]鏤甲[15]，詭類[16]舛錯[17]。泝洄[18]順流，噞喁[19]沈浮。鳥則鵾雞[20]鸀鳿[21]，鸘鵠鷺鴻[22]。鶢鶋[23]避風，候鴈造江[24]。鸂鶒[25]鷛鸜[26]，鶄鶴鶖鶬[27]。鸛鷗鷁鸕[28]，氾濫乎其上。湛淡[29]羽儀[30]，隨波參差。理翮整翰[31]，容與[32]自翫[33]。雕啄[34]蔓藻[35]，刷盪[36]漪瀾[37]。魚鳥聱耴[38]，萬物蠢生[39]。芒芒黖黖[40]，慌罔[41]奄欻[42]。神化[43]翕忽[44]，函幽育明[45]。窮性極形[46]，盈虛自然[47]。蚌蛤珠胎[48]，與月虧全[49]。巨鼇[50]贔屭[51]，首冠靈山[52]。大鵬[53]繽翻[54]，翼若垂天[55]。振盪汪流[56]，雷抃重淵[57]。殷動[58]宇宙，胡[59]可勝原[60]！島嶼[61]綿邈[62]，洲渚[63]馮隆[64]。曠瞻[65]迢遞[66]，迥眺[67]冥蒙[68]。珍怪麗，奇隙充[69]。徑路絕，風雲通。洪桃[70]屈盤[71]，丹桂[72]灌叢[73]。瓊枝[74]抗莖[75]而敷蕊[76]，珊瑚幽茂[77]而玲瓏[78]。增岡[79]重阻[80]，列真[81]之宇。玉堂[82]對霤[83]，石室相距。藹藹[84]翠幄[85]，嫋嫋[86]素女[87]。江妻[88]於是往來，海童[89]於是宴語[90]。斯實神妙之響象[91]，羌[92]難得而覼縷[93]。

【章 旨】本章先描述吳地的魚龜和鳥類的繁多品種和牠們在江河湖海上自由棲息之狀。接著描寫蚌蛤育明珠、大鵬、巨龜搏擊海水的情形。最末描繪島嶼仙景和群仙之態。

【注 釋】❶航 船。❷修鯢 長長的雌鯨。❸鮫鯔琵琶 皆魚名。鮫，鯊魚。鯔，形如鯢，長七尺。琵琶，無鱗，其形似琵琶，東海出產。❹王鮪 大的鱘魚或鰉魚。❺鯸鮐 即河豚。海產，有些也進入淡水，肉鮮美，唯肝臟、生殖腺及血液含有毒素。❻鮣 魚名。長三尺許，身中正四方如印。❼鱕鯌 魚名。有橫骨在鼻前，如斤斧形。一說：鱕鯌為二種魚。❽烏賊 墨魚。腹中有墨。❾擁劍 蟹類。❿鼅鼊 龜類。其形如笠，色斑似錦文，四足無指甲。⓫鯖 魚名。⓬鰐 即鱷。一種兇惡的爬行動物，皮、鱗堅硬，長喙。⓭涵泳 沈潛而游泳。⓮葺鱗 謂魚類之鱗累積鋪排。⓯鏤甲 謂龜類之甲紋如同雕鏤而成。⓰詭類 怪異之類。⓱舛錯 互相錯雜。⓲泝洄 逆流而上。⓳噞喁 魚口出水吸氣的樣子。⓴鵾雞 鳥名。好鳴。㉑鸀鳿 水鳥。如鶩而大，長頸赤目。㉒鸍鵠鷺鴻 皆鳥名。鸍，鸍鸍。水鳥，雁的一種。鵠，天鵝。鴻，大雁。㉓鶢鶋 即爰居。一種海鳥，傳說其舉頭高八尺，曾因避風止魯郊，魯人祀之。㉔候雁造江 雁為候鳥，秋時即飛來吳江。造，至。㉕鸂鶒 水鳥。色黃赤，有斑紋。㉖鸕鷀 似鴨而雞足的水鳥。㉗鶄鶴鶖鶬 皆鳥名。鶄，即鵁鶄。似鳧，腳高，毛冠。鶖，一名扶老。水鳥，狀如鶴而大。鶬，即鶬鶊。為黑枕黃鸝的別稱。㉘鸛鷗鷁鸕 皆鳥名。鸛，水鳥。羽毛灰白色，嘴長而直。鷗，水鳥。善飛，有各種種類。鷁，一種像鷺鷥的鳥。鸕，即鸕鷀。黑羽有紫色光澤，善捕食魚類，又名魚鷹。㉙湛淡 搖蕩。㉚羽儀 羽毛儀容。㉛理翮整翰 整理羽毛。翮，鳥翎的莖。翰，長而堅硬的羽毛。㉜容與 悠閒自得的樣子。㉝翫 通「玩」。㉞雕啄 鳥食之狀。㉟蔓藻 海藻之類。㊱刷盪 沖洗羽毛。㊲漪瀾 水波。㊳聱耴 魚鳥發出的嘈雜之聲。有人以為魚不當有聲，其實某些魚也是會發出聲音的。〈上林賦〉：「魚鼈讙聲。」左思本此。㊴蠢生 萬物初生之狀。蠢，蠕動的樣子。㊵芒芒黖黖 不明的樣子。㊶慌罔 不明的樣子。㊷奄欻 來去不定的樣子。㊸神化 神奇變化。㊹翕忽 形容變化疾速。㊺函幽育明 暗中和明處都有生物在繁殖生育。㊻窮性極形 言各種生物在物性和形態方面都得到充分的發展。㊼盈虛自然 指萬物消長皆由其自然之道。㊽蚌蛤珠胎 蚌蛤體內孕育珍珠。蛤，一種生有雙殼的軟體動物。㊾與月虧全 據《呂氏春秋・精通》，月滿則蚌蛤實，月缺則蚌蛤虛。㊿巨鼇 傳說中海中大龜。(51)贔屓 用力的樣子。(52)首冠靈山 傳說有大龜頭頂蓬萊仙山，擊水舞於滄海之中。(53)大鵬 《莊子・逍遙遊》說，北海有大魚名鯤，化為大鵬。(54)繽翻 形容大鵬飛動的樣子。(55)翼若垂天 《莊子・逍遙遊》形容大鵬，謂其「翼若垂天之雲」。(56)振盪汪流 激盪大海。形容擊水之態。❺❼雷抃重淵　形容負戴靈山的大龜擊水之狀。雷，通「擂」。與「抃」同為擊的意思。重淵，是說海水之深。❺❽殷動　震動。❺❾胡　何。❻⓿原　推究其本末。❻❶島嶼　海中之山稱島，海中之洲為嶼。❻❷綿邈　遙遠。❻❸洲渚　水中可居為洲，小洲為渚。❻❹馮隆　高大狀。❻❺曠瞻　遠望。❻❻迢遞　形容遙遠。❻❼迥眺　遠望。❻❽冥蒙　模糊不清。❻❾珍怪麗二句　言珍怪之物生於島嶼上。麗，附著。奇隙充，島上充滿奇異的東西。隙，異。❼⓿洪桃　巨大的桃樹。❼❶屈盤　樹幹蟠曲。❼❷丹桂　桂樹的一種。❼❸灌叢　叢生。❼❹瓊枝　指玉樹。傳說食其花蕊，可以長生不老。❼❺抗莖　枝幹高舉。❼❻敷蕊　花蕊布散。❼❼珊瑚幽茂　珊瑚生於水下幽暗之處而十分繁茂。❼❽玲瓏　鮮明的樣子。❼❾增岡　一層層的山岡。形容山岡之高峻。增，通「層」。❽⓿重阻　重重險阻。❽❶列真　諸仙。道教所言之神仙有神人、真人、仙人之分，真人為其一類。❽❷玉堂　與下句之「石室」俱指仙人所居之處。❽❸霤　即承霤。屋簷下接雨水的長槽，以木或銅做成。❽❹藹藹　一重重盛多的樣子。❽❺幄　帷帳。❽❻嫋嫋　柔美的姿態。❽❼素女　女神。❽❽江婓　即江妃。女神，曾在江畔解珮贈人，故稱。❽❾海童　據《神異經》，西海有神童，所至之處，有大水隨之。❾⓿宴語　快樂地交談。宴，安樂。❾❶響象　依稀；隱約。❾❷羌　發語詞。無義。原作「嗟」，據胡克家校改。❾❸覼縷　委曲詳盡而有條理。覼，委曲。縷，詳盡。

【語譯】巨鯨吞船，長鯢吐浪。海龍飛躍，水蛇騰空，還有鮫、鯔、琵琶魚，王鮪、河豚，鯽、龜、鱕鯌，烏賊、擁劍，鼅鼊、鯖、鱷，都潛游水中。水族們疊鱗鏤甲，怪異之類錯雜在一起；或是逆流，或是順水，或是出水吸氣，或是沈入水中。鳥類則有鶤雞、鸐鳿，鷫鸘、天鵝、鷺鷥、大雁。鶢鶋避風飛臨海岸，候雁秋日來到吳江。鸂鶒、鷛鷄，鵁鶄、鶴、鵚、鶬鶊，鸛、鷗、鷁、鸕，都浮游在水上。搖蕩羽毛，隨波上下。牠們整理翎翮，悠閒自得地遊玩。啄食海藻，沐浴波中。魚鳥發出嘈雜之聲，萬物蠕動而生。迷迷茫茫，去來不定。神奇的變化十分迅速，暗處明處都有生物在繁殖生長。牠們的物性和形體都得到充分發展，各種生態也順著自然之道生滅。蚌蛤孕育珍珠，隨著月虧月滿而有虛有實。巨龜用力，頭頂仙山。大鵬高飛，翼若天邊之雲。激盪大水，撲擊深海。震動天下，那種聲勢怎麼形容得完全呢！島嶼遙遠的羅布，水中的洲渚隆起，迢迢遠望，迷迷濛濛。島上遍布著珍怪奇異之物。路徑斷絕，只有風雲可通。巨桃蟠曲，丹桂叢生。玉樹高幹布花，珊瑚在水下長得鮮明而茂盛。層層高岡重重險阻，是諸仙府第所在之處。玉堂的承霤相對，石室之門相距。一重重翠綠帷帳，中有纖長柔美的神女。江妃在此往來，海童在此快樂地交談。這實在是神奇隱約之事，難以詳細陳述。

爾乃地勢坱圠❶，卉木❷䍺蔓❸。遭藪為圃❹，值林為苑❺。異荂❻蓲蘛❼，夏曄❽冬蒨❾。方志❿所辨⓫，中州所羨⓬。草則藿蒳豆蔻⓭，薑彙非一⓮。江蘺⓯之屬，海苔⓰之類。綸組紫絳，食葛香茅⓱。石帆⓲水松⓳，東風⓴扶留㉑。布濩㉒皐澤㉓，蟬聯㉔陵丘。夤緣㉕山嶽之岊㉖，冪歷江海之流㉗。扤㉘白蔕㉙，銜朱蕤㉚。鬱㉛兮茷㉜茂，曄兮菲菲㉝。光色炫晃，芬馥肸蠁㉞。職貢㉟納其包匭㊱，〈離騷〉詠其宿莽㊲。木則楓柙㊳櫲樟㊴，栟櫚枸根㊵。綿杬㊶杶櫨㊷，文欀楨橿㊸。平仲桾櫏㊹，松梓古度㊺。楠榴之木㊻，相思之樹㊼。宗生㊽高岡，族茂㊾幽阜㊿。擢本(51)千尋(52)，垂蔭萬畝(53)。攢柯(54)挐莖(55)，重葩(56)殗(57)葉。輪囷(58)虯蟠(59)，𡍩𡑞(60)鱗接(61)。榮色雜糅(62)，綢繆(63)縟繡(64)。宵露霮霴(65)，旭日晻㫲(66)。與風颻颺(67)，颲瀏颼飀(68)。鳴條律暢(69)，飛音(70)響亮。蓋象琴筑(71)并奏，笙竽(72)俱唱。其上則猿父(73)哀吟，貚(74)子長嘯。狖鼯猓然(75)，騰趠(76)飛超。爭接縣垂(77)，競游遠枝。驚透(78)沸亂，牢落(79)翬散(80)。其下則有梟羊(81)麡狼(82)，猰㺄貙象(83)。烏菟(84)之族，犀兕(85)之黨。鉤爪鋸牙，自成鋒穎。精若燿星，聲若震霆㊇。名載於山經㊈，形鏤於夏鼎㊉。

【章　旨】本章先記述吳地草、木品種之繁多和生長的繁茂，接著描寫樹上樹下各種動物的生態。

【注　釋】❶坱圠　高低不平的樣子。❷卉木　草木。❸𦬈蔓　草木生長滋蔓。𦬈，長的樣子。❹遭藪為圃　遇到長草的地方，就有園圃。言根據自然條件而加以利用，不費人力。下句意同。❺值林為苑　遇到樹林，就有園林。❻荂　花。❼蓲蘛　花開的樣子。蓲，通「敷」。蘛，通「蕍」。花盛開的樣子。❽曄　花朵盛開，光彩映人的樣子。❾蒨　繁盛。❿方志　記載某一個地方的地理、風俗、物產、人物等情況的書籍。⓫辨　辨析記載。⓬中州所羨　由於吳地氣候溫暖，草木種類繁多，故中原人十分羨慕。中州，中原。⓭藿蒳豆蔻　皆植物名。藿，藿香。一種香草。蒳，一種草樹。其葉味近苦而有甘。豆蔻，指草豆蔻。其果實辛且香。⓮薑彙非一　薑類不止一種。彙，類。⓯江蘺　一種香草。⓰海苔　一種海藻。色青，狀如亂髮。⓱綸組紫絳二句　皆指植物名。綸，原為古代官吏繫印用的青絲帶，此指一種似綸的海草。組，原為絲織的闊帶子，此指似組的海草。紫，紫菜。絳，絳草。可作染料。食葛，葛之一種。根特大，蒸食甘美。香茅，即菁茅。可用來濾酒。⓲石帆　海中石上生的草類。無葉，其花相貫連。⓳水松　藥草。生水中，葉似松。⓴東風　菜名。煮食甚美。㉑扶留　一種藤。緣木而生，味辛可食。㉒布濩　草多而密，遍滿各處的樣子。㉓皋澤　沼澤地。有水為澤，澤畔為皋。㉔蟬聯　連綿不絕的樣子。㉕夤緣　攀附而上升。㉖岊　山角。即兩山相接處。㉗冪歷江海之流　言草掩覆於岸，而江河伏流於草下。冪歷，分布覆被的樣子。㉘扤　搖動。㉙白蔕　白色花蒂。蔕，同「蒂」。花及瓜果與枝莖相連的部分。㉚銜朱蕤　垂掛著紅花。㉛鬱　草木繁盛之狀。㉜莌　草初生的樣子。㉝菲菲　花朵嬌美的樣子。㉞肸蠁　散布。㉟職貢　貢品。職，貢。㊱包匭　包裹又纏結。匭，纏結。此指包裹纏結之菁茅。楚曾貢菁茅於周天子，供濾酒以祭祀宗廟。㊲離騷詠其宿莽　〈離騷〉曰：「夕攬洲之宿莽。」屈原取以喻自己堅貞之志。宿莽，一種草。冬生不死。㊳楓柙　皆香木之名。㊴櫲樟　二種大樹。櫲，又名釣樟。㊵栟櫚枸桹　皆樹名。栟櫚，即棕櫚。一種常綠喬木。枸桹，樹名。直而且高，用途近似於棕櫚。㊶綿杬　皆樹名。綿，木綿樹。樹高大，花赤色，其果實中有白色之綿。杬，大樹。皮厚味苦，可作調料。㊷杶櫨　皆木名。杶，即椿。㊸文欀楨橿　皆樹木名。文，文木。木材密緻無紋，色黑如水牛角。欀，皮中有如白米屑者，可以作餅。楨，一種硬木。橿，木名。材質堅硬，可用為車材。㊹平仲桾櫏　皆樹木名。平仲，即銀杏樹。桾櫏，細如甘蔗，子如馬乳。㊺古度樹名。不開花而結實，其實可以煮食。㊻楠榴之木　一種生有癭瘤的樹。其瘤割開有花紋，可製器物。㊼相思之樹　一種大樹。樹材堅硬，其子為紅豆，色如珊瑚，又名相思子。㊽宗生　類聚而生。㊾族茂　同類樹木繁茂地生長在一起。㊿幽阜　幽僻的土山。(51)擢本　樹幹高拔。(52)尋　八尺。(53)垂蔭萬畝　樹林茂密，遮蔭之地很廣。(54)攢柯　樹枝聚攏。(55)挐莖　此言樹幹混雜在一起。挐，亂。(56)重葩　花朵重疊。葩，花。(57)殗　通「掩」。掩覆。(58)輪囷　屈曲的樣子。(59)蚪蟠　像蚪龍一樣蟠曲。(60)⿰土臿壖　枝柯相重疊的樣子。(61)鱗接　像魚鱗一樣互相連接。(62)榮色雜糅　各種顏色的花朵混雜在一起。(63)綢繆　花朵繁密。(64)縟繡　色彩繁密如錦繡。(65)霮䨴　露珠下垂的樣子。(66)晻時　昏暗的樣子。(67)與風颻颺　樹木在風中搖蕩。(68)颮瀏颼飀　風聲。(69)鳴條律暢　風吹樹枝的聲音如同暢快的音樂。律，律呂。指音樂。(70)飛音　聲音傳播。(71)筑　古擊弦樂器。(72)笙竽　樂器名。笙，簧管樂器。簧管自十三至十九不等。竽，古簧管樂器。形似笙而較大，管數亦較多。(73)猿父　老猿。(74)⿰犭軍　猿類。猿身人面，見人即嘯。(75)狖鼯猓然　皆動物名。狖，猿類。鼯，尾長四五尺。鼯，大如猿，肉翼若蝙蝠，聲如人號。猓然，猿狖之類。居於樹上，毛色青赤有花紋。(76)騰趠　騰躍。言其輕捷。(77)爭接懸垂　指猿狖之類爭相抓住懸垂之枝，以遊遠枝。(78)驚透　驚慌。透，驚。(79)牢落　稀疏。(80)翬散　分散。翬，通「揮」。散的意思。(81)梟羊　即狒狒。(82)麢狼　狀似鹿，角向前，生活在平淺草中。(83)猰貐貙象　皆動物名。猰貐，一種猛獸。龍首，居水中，食人。貙，虎類。傳說能化為人。(84)烏菟　老虎。(85)兕　犀牛類動物。(86)霆　劈雷。(87)山經　指《山海經》。其書多記各種怪獸。(88)形鏤　於夏鼎　據《左傳．宣公三年》，夏朝有鼎，上面鑄著各地物產的圖形，自也包括各種野獸。

【語　譯】至於吳地的地勢則高高低低，草木茂盛。逢到有草的地方就有園圃，遇到樹木就有園林。異花開放，夏盛冬茂。方志辨析記載，中原為之歎羨。草有藿香、蒳、豆蔻，薑不止一種；江蘺之屬、海苔之類、似綸之草、似組之草、紫菜、絳草，食葛、香茅，石帆、水松，東風、扶留，遍布沼澤中，連綿於丘陵上。有的攀附直上大山之角，有的掩覆在江河波流之上。白色花蒂迎風招搖，紅色花朵裊娜垂掛。初生草芽鬱鬱蔥蔥，花朵美麗映人。鮮豔燦爛，芳香散播。楚國曾貢獻成綑的菁茅，屈原在〈離騷〉中歌詠到宿莽。樹木則有楓、柙、櫲、樟，栟櫚、枸榔，木綿、杬、杶、櫨，文、欀、楨、橿，平仲、桾櫏，松、梓、古度，楠榴木，相思樹。同類聚生在高岡上，同種茂長在幽僻的土山上。主幹高拔千尋，垂蔭占地萬畝。樹枝聚攏，樹幹雜亂，花朵重疊，樹葉掩覆。樹幹屈曲如蚪龍蟠繞，枝柯重重似魚鱗相接。各色花朵混雜，五彩繁密如同錦繡。夜露下垂，初日昏暗。在風中搖動，颼颼飀飀。使枝條發出音樂一般鳴聲，聲音飛揚響亮。好似琴筑齊奏，笙竽共發。樹上則老猿哀吟，小猨長嘯。狖、鼯、猓然，騰躍飛越，爭相抓住懸垂之枝，競遊到遠枝上去。稍一受驚就大亂，四處逃散。樹下則有梟羊、麢狼，猰貐、貙、象，老虎之類，犀兕之屬，牠們鉤爪鋸牙，尖銳鋒利；目光如同閃耀的星星，聲音好似霹靂震響。《山海經》中記載著牠們的名字，夏鼎之上則刻鏤有牠們的形體。

其竹則篔簹(1)箖箊(2)，桂箭射筒(3)。柚梧(4)有篁(5)，篻簩(6)有叢。苞筍(7)抽節(8)，往往縈結(9)。綠葉翠莖，冒霜停雪(10)。橚矗(11)森萃(12)，蓊茸(13)蕭瑟(14)。檀欒蟬蜎(15)，玉潤碧鮮(16)。梢雲(17)無以踰(18)，嶰谷(19)弗能連。鸑鷟(20)食其實，鵷鶵(21)擾(22)其間(23)。其果則丹橘餘甘(24)，荔枝之林。檳榔無柯(25)，椰葉無陰(26)。龍眼橄欖，棎劉禦霜(27)。結根比景(28)之陰(29)，列挺(30)衡山之陽(31)。素華(32)斐(33)，丹秀(34)芳。臨青壁(35)，系(36)紫房(37)。鷓鴣南翥而中留(38)，孔雀綷羽以翱翔(39)。山雞(40)歸飛而來棲，翡翠(41)列巢以重行(42)。其琛賂(43)則琨瑤(44)之阜，銅鍇(45)之垠(46)。火齊(47)之寶，駭雞(48)之珍。頳丹(49)明璣(50)，金華(51)銀樸(52)。紫貝(53)流黃(54)，縹碧(55)素玉。隱賑(56)崴嵬(57)，雜插幽屏(58)。精曜潛頳(59)，硩陊(60)山谷。碕岸為之不枯(61)，林木為之潤黷(62)。隋侯於是鄙其夜光(63)，宋王於是陋其結綠(64)。其荒陬(65)譎詭(66)，則有龍穴內蒸，雲雨所儲(67)。陵鯉(68)若獸，浮石(69)若桴(70)。雙則比目(71)，片則王餘(72)。窮陸(73)飲木(74)，極沈水居(75)。泉室潛織而卷綃(76)，淵客(77)慷慨而泣珠(78)。開北戶以向日(79)，齊南冥於幽都(80)。其四野則畛畷(81)無數，膏腴(82)兼倍。原隰(83)殊品(84)，窊隆(85)異等(86)。象耕鳥耘(87)，此之自與(88)。穱(89)秀(90)菰(91)穗，於是乎在。煮海為鹽，採山鑄錢(92)。國稅再熟之稻，鄉貢八蠶之綿(93)。

【章旨】本章敘述吳地出產的豐富，共有：一、多種竹類。二、各類果樹及林中鳥雀。三、珍寶財貨。四、各種各樣怪異事物。五、肥沃的土地、富庶的資源。

【注釋】(1)篔簹　一種大竹。生於水邊，長數丈，圍一尺五六寸。(2)箖箊　竹名。葉薄而寬。(3)桂箭射筒　皆竹名。桂，桂竹。是一種大竹，高四五丈，圍闊節大，葉狀如甘竹而皮赤。箭，細小勁實，可以做箭，通竿無節。射筒，細小，中通，可以做射筒。射筒是一種武器，筒中置箭，以吹力射之。(4)柚梧　一種大竹。南方居民用來作屋柱。(5)篁　竹叢。(6)篻簩　皆竹名。篻，細長中實，強勁，可削製為矛。簩，有毒。以之為劍，刺獸必死。(7)苞筍　冬筍。苞，指筍皮。(8)抽節　指筍生長。(9)往往縈結　因竹多攢生，故常纏結。(10)冒霜停雪　竹類秋冬不凋，故不畏霜，冬雪常積於枝葉之上。(11)檽矗　長而直的樣子。(12)森萃　聚集成林。(13)蓊茸　茂盛的樣子。(14)蕭瑟　風吹竹林之聲。(15)檀欒蟬蜎　形容竹姿態美好的樣子。檀欒，美麗的樣子。蟬蜎，即嬋娟。姿態美好。(16)玉潤碧鮮　言竹色如玉如碧之鮮潤。碧，碧玉。(17)梢雲　瑞雲。(18)踰　越過。(19)嶰谷　傳說在崑崙山北谷，出美竹。(20)鸑鷟　鳳的別名。傳說中的神鳥。(21)鵷鶵　鸞鳳之類神鳥。傳說其非梧桐不棲，非竹實不食。(22)擾　馴順。(23)閒　同「間」。(24)餘甘　狀如梅李。核有刺，初食味苦，後口中轉甘，故名。(25)檳榔無柯　檳榔樹無枝柯，高六七丈，葉從心生，長於頂端。(26)椰葉無陰　椰樹無枝條，樹幹極高，葉在樹頂成束狀，故無蔭。(27)棎劉禦霜　指棎劉二種果樹皆能抵禦霜寒，在冬季成熟。棎，即棎子樹。果實似梨，冬熟，味酸。劉，即劉子樹。實如梨，核堅，味酸美。原作「榴」，據胡克家校改。(28)比景　地名。西漢置縣，治所在今越南廣平省宋河下游高牢下村。(29)陰　北面。(30)列挺　排列挺立。(31)陽　南面。(32)素華　白色的果木之花。(33)斐　花美麗的樣子。(34)丹秀　紅色的果花。(35)臨青壁　言果木在青色石壁的山上居高臨下。㊱系　懸。㊲紫房　紫色成熟的水果。㊳鷗鵠南翥而中留　鷗鵠鳥向南飛，經此茂密果林，遂留連而未去。㊴孔雀綷羽以翱翔　孔雀羽翰五色璀璨，翱翔於果木之林中。五色曰綷。㊵山雞　似雞而毛色黑，慣棲於樹上。㊶翡翠　鳥名。其羽毛可用來裝飾。㊷列巢以重行　言其愛悅果木之林，所營之巢排列成不止一行。㊸琛賂　珍寶財貨。琛，珍寶。賂，財物。㊹琨瑤　美玉。㊺銅鍇　銅鐵。㊻垠　邊界。此指邊遠之地。㊼火齊　狀如雲母，色黃如金，層層相積，出於天竺（印度）。㊽駭雞　亦稱雞駭。即犀牛角，傳說以之盛米置群雞中，雞受驚而退。㊾赬丹　赤色的丹砂。㊿明璣　不圓的珠子。(51)金華　有華彩的金子。(52)銀樸　銀礦石。(53)紫貝　紫色貝殼。殷周時以齒貝為貨幣。(54)流黃　即硫磺。(55)縹碧　淡青色的玉。(56)隱賑　形容珍寶多的樣子。(57)崴磈　形容珍寶重疊累積的樣子。(58)雜插幽屏　雜生於隱僻之處。屏，僻。(59)精曜潛潁　言珍寶雖深藏而仍顯其光耀。潁，光彩。原作「穎」，依胡克家、高步瀛校改。(60)晢陊　墜落。(61)碕岸為之不枯　長岸因蘊藏珠玉，因而草木不枯。碕岸，長岸。(62)潤黷　言草木茂盛潤澤。黷，蒼黑色。指草木茂盛。(63)隋侯於是鄙其夜光　此言隋侯如身處吳地珍寶之中，一定會鄙賤夜光明珠了。傳說隋侯曾救蛇，蛇報以夜光珠。(64)宋王於是陋其結綠　此言若宋王在吳地珍寶前，必會以結綠為陋。據說宋國有寶玉結綠。(65)荒陬　荒遠的邊地。(66)譎詭　怪異的事物。(67)龍穴內蒸二句　言龍穴內水氣蒸騰，則雲雨儲於其中。據說湘東新平縣（長寧縣）有龍穴，穴中黑土，天旱，人便以水沾穴，則天下暴雨。(68)陵鯉　穿山甲。(69)浮石　白色，有蜂窩細孔，比重小，可浮於水上。(70)桴　小筏子。(71)雙則比目　傳說比目魚出則雙雙而行。(72)片則王餘　只有半片殘身的是王餘魚。片，半身。王餘，魚名。傳說吳王（一說越王）江行食魚，棄其殘半於水中，遂化為魚，此魚只有半身，殘一面，故稱。(73)窮陸　極荒遠之地。(74)飲木　以樹汁為飲料。傳說其地無水，百姓故飲樹汁。(75)極沈水居　在最深的水下有人居住。神話傳說中，鮫人居於海底。(76)泉室潛織而卷綃　指水居者（即鮫人）在水下織綃。泉室，指水居者。綃，一種絲織品。(77)淵客　指鮫人。(78)泣珠　傳說鮫人曾從水中出來賣綃，寄居人家，臨別泣出珍珠滿盤以贈主人。(79)開北戶以向日　此言吳地日南郡（治所朱吾縣，約為今越南廣平省美麗附近），因地處極南，所以房屋向北開門對日。(80)齊南冥於幽都　把南海視若北方。南冥，南海。指南方（古人「海」可指陸地）。幽都，指北方。因地處極南之日南郡，則南海亦在其北，南冥與幽都可謂齊同。(81)畛畷　田間的道路。(82)膏腴　肥沃的土地。(83)原隰　廣而平的土地為原，低而溼的土地為隰。(84)殊品　種類不同。(85)窊隆　地勢低和地勢高。窊，低窪地。隆，隆起的高地。(86)異等　不同的等級。(87)象耕鳥耘　據《越絕書》、《論衡・書虛》等言，舜葬蒼梧，象為他耕田，禹葬會稽，鳥為他耘田。(88)此之自與　象耕鳥耘這樣的事都是從這裡（吳地）發生的吧。自，開始；發生。與，同「歟」。疑問語詞。(89)穱　麥類農作物。⑩秀　開花。⑪菰　草名。其籽有米，可食。⑫採山鑄錢　開採銅礦鑄錢。⑬國稅再熟之稻二句　是說吳地溫暖，一年之中種稻養蠶可進行多次，因而富足。國稅再熟之稻，郡國一年徵收的賦稅有一年兩季的稻米。鄉貢八蠶之綿，鄉里交納的賦稅中有一年八次成熟的蠶絲。綿，此指蠶絲。

【語　譯】吳地的竹類則有篔簹、箖箊，桂、箭、射筒。柚梧成林，篻簩成叢。冬筍拔節生長，往往攢生纏結。綠葉翠莖，冒霜積雪。頎長而直，森然集聚；茂茂密密，風吹瑟瑟。姿態美好，如玉如碧一般鮮潤。瑞雲無法飛越，嶰谷所產也不及。鸑鷟喜食竹實，鵷鶵馴處竹林。吳地果木則有丹橘、餘甘，荔枝成林。檳榔樹沒有枝條，椰子葉不成樹蔭。龍眼、橄欖，棎子、劉子都在冬季成熟。槊根在比景縣的北面，排列挺立在衡山的南面。白花美麗，紅花芬芳。高臨在青石壁上，懸垂著紫色的果實。鷓鴣往南飛，遇果林而中途留連，孔雀羽毛斑斕，翱翔於林中。山雞飛回來長期棲息，翡翠鳥的巢排列成一行又一行。吳地的珍寶財貨則有出產琨瑤的山，出產銅鐵的邊地。有寶物火齊，珍品犀角。赤色丹砂、明灼的珠璣，發光的金子、含銀礦石。紫貝、硫磺，青玉、白玉。珍寶盛多而累積，雜生在隱僻之處。雖深藏卻露其光輝，常墜落在山谷之中。崖岸因蘊藏珍寶而草不枯萎，林木也因此而潤澤。若身處吳地隋侯必定鄙賤他的夜光珠，宋王也覺得他的結綠寶玉不足為奇。吳地荒遠邊陲的怪異事物，則有龍穴內水氣蒸騰，蘊藏著天上的雲雨。陵鯉好似野獸，浮石就像小筏。比目魚成雙而游，王餘魚只有半片殘身。極遠之地人飲木汁為生，水底下住著鮫人。鮫人水中織綃，他們慷慨地泣珠贈人。日南郡朝北開門來對日，把南海視若北方。吳地四野阡陌無數，肥沃田地倍於他地。平原和溼地不同種類，地勢高低自成等次。象耕鳥耘，在此地發生。穭開花菰結穗，也出在這裡。煮海水生產鹽，採銅礦鑄造錢。郡國稅收中有早稻晚稻，鄉里所貢有八熟的蠶絲。

徒觀其郊隧❶之內奧❷，都邑之綱紀❸。霸王❹之所根柢❺，開國之所基趾❻。郛郭❼周匝❽，重城❾結隅❿。通門二八⓫，水道陸衢⓬。所以經始⓭，用⓮累千祀[15]。憲紫宮以營室[16]，廓[17]廣庭[18]之漫漫[19]。寒暑隔閡於邃宇[20]，虹蜺回帶[21]於雲館[22]。所以跨跱[23]，煥炳[24]萬里也。造姑蘇之高臺[25]，臨四遠[26]而特建[27]。帶[28]朝夕之濬池[29]，佩[30]長洲[31]之茂苑[32]。窺東山之府[33]，則瓌寶溢目[34]。覵[35]海陵[36]之倉，則紅粟[37]流衍[38]。起寢廟於武昌[39]，作離宮於建業[40]。闡闔閭之所營[41]，采夫差之遺法[42]。抗[43]神龍[44]之華殿，施榮楯[45]而捷獵[46]。崇臨海[47]之崔巍，飾赤烏[48]之韡曄[49]。東西膠葛[50]，南北崢嶸[51]。房櫳[52]對櫎[53]，連閣相經[54]。閽闥[55]譎詭，異出奇名[56]。左稱彎碕[57]，右號臨硎[58]。雕欒[59]鏤楶[60]，青瑣[61]丹楹[62]。圖以雲氣，畫以仙靈。雖茲宅之夸麗，曾未足以少寧[63]。思比屋於傾宮[64]，畢結瑤而搆瓊[65]。高闈[66]有閌[67]，洞門[68]方軌[69]。朱闕[70]雙立，馳道[71]如砥[72]。樹[73]以青槐，亙[74]以綠水。玄蔭[75]眈眈[76]，清流亹亹[77]。列寺七里[78]，俠棟[79]陽路[80]。屯營[81]櫛比[82]，解署[83]棊布[84]。橫塘查下[85]，邑屋[86]隆夸[87]。長干[88]延屬[89]，飛甍[90]舛互[91]。其居[92]則高門鼎貴[93]，魁岸[94]豪傑。虞魏[95]之昆[96]，顧陸[97]之裔[98]。岐嶷[99]繼體[100]，老成[101]奕世[102]。躍馬疊跡，朱輪累轂[103]。陳兵而歸[104]，蘭錡[105]內設。冠蓋雲陰[106]，閭閻[107]闐噎[108]。其鄰則有任俠[109]之靡[110]，輕訬之客[111]。締交[112]翩翩[113]，儐從[114]弈弈[115]。出躡珠履[116]，動[117]以千百。里讌巷飲，飛觴[118]舉白[119]。翹關[120]扛鼎[121]，拚射壺博[122]。鄱陽暴謔，中酒而作[123]。於是樂只[124]衍[125]而歡飫[126]無匱[127]，都輦[128]殷[129]而四奧[130]來暨[131]。水浮陸行，方舟結駟。唱櫂[132]轉轂[133]，昧旦[134]永日[135]。開市朝[136]而並納，橫[137]闤闠[138]而流溢。混品物[139]而同廛[140]，并都鄙[141]而為一。士女佇眙[142]，商賈[143]駢坒[144]。紵衣[145]絺服[146]，雜沓[147]傱萃[148]。輕輿[149]按轡[150]以經隧[151]，樓船[152]舉颿而過肆[153]。果布輻湊[154]而常然，致遠[155]流離[156]與珂珹[157]。緗賄紛紜[158]，器用萬端。金鎰[159]磊砢[160]，珠琲[161]闌干[162]。桃笙[163]象簟[164]，韜[165]於筒中。蕉葛升越，弱於羅紈[166]。儸譶[167]㬼獿[168]，交貿相競[169]。諠譁喤呷[170]，芬葩蔭映[171]。揮袖風飄而紅塵晝昏[172]，流汗霢霂而中逵泥濘[173]。富中[174]之甿[175]，貨殖[176]之選[177]。乘時射利[178]，財豐巨萬。競其區宇[179]，則并疆兼巷。矜其宴居[180]，則珠服[181]玉饌[182]。

【章　旨】本章描寫吳都城中的風光。首先寫吳都宮室建築，分寫春秋吳國之都和三國孫吳之都，語中含諷。其次描寫建業的高門顯貴及遊俠豪士的生活。末了描繪建業的市場，極寫其商業的發達和物品的豐富。

【注　釋】❶郊隧　郊外。郭外為郊，郊外為隧。❷內奧　腹地。❸都邑之綱紀　都市的法度、規模。❹霸王　稱王稱霸的事業。❺柢　根。❻基趾　基礎。❼郛郭　外城。❽周匝　環繞。按：據《越絕書》記載，吳王闔閭時吳都外郭周匝六十八里六十步。❾重城　吳都外郭之內，尚有大城與小城，層層環繞，故云。❿結隅　城角相對。⓫通門二八　城內有十六座門相通。吳都大城上開有陸門八座，水門八座。⓬水道陸衢　水路、陸路。衢，四通八達的大道。春秋時吳都有水路旱路通過城門進入城內，街道寬三十三步，河流寬二十八步，交通極發達。⓭經始　經營國都之始。⓮用　以。⓯千祀　傳祀千年。⓰憲紫宮以營室　言取法紫微星宮諸星的排列來建造宮室。憲，取法。紫宮，指天上的紫微星宮。⓱廓　開擴。⓲廣庭　寬廣的廳堂。⑲漫漫　寬大的樣子。⑳寒暑隔閡於邃宇　言宮室深邃，冬則寒氣隔而不入，夏則熱氣閡而不來。㉑回帶　環繞。㉒雲館　高聳雲端的館閣。㉓跨跱　言吳宮雄踞峙立之態。㉔煥炳　光彩照耀。㉕姑蘇之高臺　姑蘇臺。在吳縣西南三十五里姑蘇山上，吳王闔閭所造，後夫差又加以擴建。㉖臨四遠　據說姑蘇臺高三百丈，可望見三百里。㉗特建　巍然屹立。特，出眾。建，立。㉘帶　環繞。㉙朝夕之濬池　名為朝夕的深池。㉚佩　靠近。㉛長洲　在姑蘇之南，太湖北岸，闔閭遊獵之處。㉜茂苑　林木豐茂的苑囿。㉝東山之府　吳之東山多產寶玉，故比之為府庫。㉞瓌寶溢目　異寶滿眼。言其多。㉟覹　尋視。㊱海陵　倉名。㊲紅粟　儲久變質而發紅的倉粟。㊳流衍　倉粟裝得過滿流於外面。㊴起寢廟於武昌　此言三國時東吳之事。孫權初建都武昌（今湖北省鄂州市），此處是說他在武昌建了宗廟。寢廟，祭祀死去的皇帝的地方。前有廟藏其神主，後有寢，設有衣冠几杖，象生之具。㊵作離宮於建業　孫權由武昌遷都建業，遂營造新城，建築宮室。離宮，指正宮之外臨時居住的宮室。因吳名義上尚以武昌為都城，所以把建業的宮殿稱作離宮。建業，即今之南京市。㊶闡闔閭之所營　三國吳國的宮室要比春秋吳國的宮室擴大許多。闡，開擴。闔閭，春秋時吳國的國君。㊷采夫差之遺法　言孫吳建造宮室採用了夫差的法度。夫差，春秋吳國的國君，闔閭之子。㊸抗　高聳的樣子。㊹神龍　指孫吳太初宮的正殿神龍殿。㊺施榮楯　據《越絕書．九術》記載，越王句踐為了麻痺吳王夫差，曾送飾以白璧、黃金，狀類龍蛇的榮楯給吳王，吳王受之以飾宮殿。施，安裝。榮，宮殿屋簷翹起的簷角。楯，欄杆。㊻捷獵　一個接一個的樣子。㊼臨海　殿名。在吳都太初宮中。㊽赤烏　殿名。在吳昭明宮中。㊾韡曄　光輝很盛的樣子。㊿膠葛　長遠的樣子。(51)崢嶸　深邃的樣子。(52)櫳　窗櫺；窗上的木格子。(53)櫎　窗帷。(54)連閣相經　房屋之間皆有閣道相連而相通。(55)閶闔　門戶。(56)異出奇名　門戶都有奇異的名稱。(57)左稱彎碕　昭明宮的東門名彎碕。後主孫皓起昭明宮於太初宮之東。左，東。(58)右號臨硎　昭明宮的西門名臨硎。右，西。(59)欒　柱上曲木，兩端以承斗栱。(60)楶　柱頭斗栱。(61)青瑣　宮門上以青色畫成的連環花紋。(62)丹楹　紅色柱子。(63)曾未足以少寧　心裡竟沒有感到稍微安寧。意謂尚不滿足。(64)思比屋於傾宮　諷吳主想把自己的宮室造得和桀宮一樣。傾宮，夏朝末代暴君桀所造。有瑤臺，極侈麗。(65)畢結瑤而構瓊　此言吳主宮殿全以瓊瑤美玉來結構。桀宮有瑤臺，紂宮有瓊室。(66)高闈　高大的宮門。(67)閌　形容門高大的樣子。(68)洞門　通門。(69)方軌　並車。軌，車兩輪間距離。(70)朱闕　宮門前紅色的闕。闕，宮門前一種臺上有樓的建築物。(71)馳道　天子專用的道路。據《方輿勝覽》，吳宮自端門出為馳道。(72)砥　磨刀石。形容道路之平。(73)樹　種植。(74)亙　橫呈。(75)玄蔭　青槐的濃蔭。(76)耽耽　樹蔭濃而密的樣子。(77)亹亹　水緩緩而流的樣子。(78)列寺七里　吳自宮門南出的苑路上，官署相連，夾道七里。寺，官署。(79)俠棟　言屋多因而屋棟相夾。俠，通

「夾」。(80)陽路　路之南。(81)屯營　兵營。(82)櫛比　形容像梳子齒列那樣緊密排列。(83)解署　官署。解，通「廨」。(84)棋布　像棋子一樣布列。(85)橫塘查下　建業吏民聚居的區域。(86)邑屋　居民房屋。(87)隆夸　形容房屋高大而奢華。(88)長干　建業的居民區之一。(89)延屬　言居民房屋相連屬。(90)飛甍　形容帶有翹簷的講究住房。甍，屋脊。(91)舛互　互相交錯在一起。(92)居　居宅。(93)鼎貴　顯貴。(94)魁岸　高大的樣子。(95)虞魏　東吳之世族。族人多為高官。(96)昆　後裔。(97)顧陸　東吳世族。(98)裔　後代子孫。(99)岐嶷　年少而賢能有知識。(100)繼體　能繼承祖考之德業。(101)老成　成熟幹練。(102)弈世　世代相襲。(103)躍馬疊跡二句　形容建業富貴之人多，來往不絕於世。躍馬疊跡，馬蹄之跡相重疊。躍馬，指富貴之人。朱輪，紅色之車。富貴者所乘。累轍，車輪的轍跡相重疊。形容車多。(104)陳兵而歸　形容富貴者出入都有手持兵器的侍衛隨從。陳兵，陳列兵器。(105)蘭錡　兵器架。(106)冠蓋雲陰　言冠蓋之多像雲彩遮蔽了天日。極言富貴之人之多。冠，禮帽。蓋，車蓋。(107)閭閻　原為里巷的門，此即指里巷。(108)闐噎　人物眾多擁擠的樣子。闐，充滿。噎，蔽塞。(109)任俠　輕死重義，以義取信於人。(110)靡　美。(111)輕訬之客　輕捷之人。訬，矯健。(112)締交　結交。(113)翩翩　來來往往的樣子。(114)儐從　前後侍從的人。(115)弈弈　美盛的樣子。(116)出躡珠履　出門時穿著綴有珍珠的鞋。(117)動　往往。(118)飛觴　飲宴中依次斟酒稱行觴，快速行觴即以飛觴形容。觴，酒杯。(119)舉白　飲酒不盡則舉杯罰酒。白，罰酒用的酒杯。(120)翹關　指舉重活動。據《列子．說符》記載，孔子之力能舉國門的門閂。(121)扛鼎　舉鼎。(122)拚射壺博　皆古時競技的名稱。拚，徒手博鬥。射，比賽射箭。壺，投壺。即向壺中投箭，以中多少決勝負，負者罰酒。博，一種擲采賭輸贏的遊戲。(123)鄱陽暴謔二句　漢豫章郡鄱陽縣（今江西省波陽縣）人，性格暴急，好惡作劇，每每到飲酒半酣時發作。中酒，飲酒一半時。(124)只　語詞。無義。(125)衎　和樂。(126)飫　酒足飯飽。(127)匱　缺乏。(128)都輦　指京都。輦，王者所乘的一種使用人力推輓的車。(129)殷　富足。(130)四奧　四方之人。(131)來暨　來到。(132)唱櫂　邊唱歌邊划船。(133)轉轂　乘車。車行則轂轉。轂，車輪中央匯集輻條安插車軸的圓孔。此借指車輪。(134)昧旦　黎明；拂曉。(135)永日　終日。(136)市朝　市場。因市之行列有如朝廷，故稱。(137)橫　橫流。形容貨物湧入市場的情形。(138)闤闠　市區。闤，市區的牆。闠，市區的門。(139)品物　眾物。品，類別。(140)廛　店鋪。(141)都鄙　指都市和邊遠地區的貨物。(142)佇眙　立視。(143)商賈　商販。(144)駢坒　排列相連。(145)紵衣　紵麻布做的衣服。(146)絺服　細葛布做的衣服。(147)雜沓　眾多雜亂的樣子。(148)從萃　集聚的樣子。(149)輕輿　輕車。(150)按轡　拉緊馬韁，使拉車的馬緩行或止步。(151)隧　市區中的道路。(152)樓船　有樓的大船。(153)舉颿而過肆　張帆通過店鋪之前。由於市中有水路，故樓船可以通過。舉颿，張帆。颿，「帆」的異體字。肆，市中的店鋪。(154)輻湊　原指車輪的輻條匯集於車轂，此比喻各地果品布料集中於吳都之市。(155)致遠把遠方的東西運來。156流離　一種美石。青色，如玉。157珂珬　皆美石。珂，一種似玉的美石，白色。珬，類似於珂的美石。158䌖賄紛紜　財物眾多。䌖，集合。賄，財物。紛紜，眾多的樣子。159鎰　古代重量單位。二十兩為一鎰。160磊砢　眾多的樣子。161琲　十貫珠子為一琲。162闌干　縱橫的樣子。163桃笙　桃枝竹做的席子。笙，吳人稱竹席為笙。164象簟　象牙做的席子。今清宮遺物中尚有象牙席。165韜　收藏。166蕉葛升越二句　此言蕉葛、升越二種葛布比羅紈還要細軟。蕉葛，用芭蕉皮的纖維所織的細布。越，產於江東閩越一帶的白色細葛布。因織布之女以升計數，故稱升越。羅紈，蠶絲織品。167㒞譶　眾人言語不止的情形。168𣝗𤢆　交錯雜亂的樣子。169交貿相競　交易頻繁，相與競利。交，貿易。170喤呷　擬眾人之聲。171芬葩蔭映　各種貨物，互相掩映。芬葩，指市上各種珍貴的貨物。172揮袖風飄而紅塵晝昏　言市上人多，揮袖成風，揚起的塵土使白晝昏暗。173流汗霡霂而中逵泥濘　流汗成雨，使路上變得泥濘。極言市上人多。霡霂，小雨。中逵，路中。174富中　肥沃的土地。175甿　農村居民。176貨殖　經商。177選　突出的好手。178乘時射利　乘有利時機逐取利潤。射，追逐。179區宇　指所擁有的田宅。180宴居　閒居。181珠服　用珠寶裝飾的服裝。182玉饌　精美的食物。

【語　譯】只看吳都郊野的腹地，都市的法度，就可知成就王霸之業的根柢，建國的基礎。外城團團環繞，城牆一層又一層，城角兩兩相對。城內有十六座門，水路旱路通暢。所以由此經營國都，以傳祀千年。取法紫微星宮的排列營建宮室，開拓宏大寬敞的廳堂。深邃的殿宇阻隔寒暑之氣，虹霓迴繞著巍峨的館閣，這是吳宮所以雄踞於世，輝耀萬里之處啊！造起高高的姑蘇臺，聳立雲天可遠眺四方。環繞著深深的朝夕池，附近有長洲上豐茂的苑囿。看那東山猶如府庫，異寶紛呈於眼前。看那海陵谷倉，紅爛的倉粟流到了外邊。在武昌建起宗廟，在建業造成離宮。比闔閭的宮室規模大，採取了夫差營建的法度。華麗的神龍殿屹立，安設了相連的飛簷、欄杆。臨海殿巍然聳立，赤烏殿裝飾得燦爛輝煌。這些宮殿東西長遠，南北深邃。房屋之間窗櫺上帷幔相對，有閣道相連相通。這些門戶都很詭怪，取著奇異的名稱：東宮門稱作彎碕，西宮門叫做臨硎。還有那雕鏤的曲木、斗栱，青紋門扉、大紅柱子；殿內繪著雲氣，畫著仙人靈物。雖然這些宮殿如此侈麗，吳王心中還不滿足。想比照夏桀的傾宮，完全用美玉來結構宮室。因此吳宮的宮門高大，完全打開可以並車而入。紅色雙闕峻立，馳道平坦順暢。種植青槐，流著綠水。黑蔭濃密，清流徐緩。苑路兩邊官署長列七里，路南屋棟擠擠挨挨。兵營像梳子的齒列一樣整齊的排著，廨署則像是棋子一般布列。橫塘、查下一帶，房屋高大奢華。長干一帶民居連屬，屋脊互相交錯在一起。吳都居民多是高門顯貴，魁偉的豪傑，如虞、魏二姓的子孫，顧、陸二氏的後裔。年少賢能的人繼承祖業，幹練成熟的人代代相承。馬蹄之跡累累，朱車轍印重重。侍衛手持兵器護送而歸，宅內設有陳放兵器的蘭錡。出行時冠蓋如雲，里巷中擁擠不堪。他們的鄰舍則有俠義的豪傑，身手輕捷的壯士。彼此結交為友，往來頻繁，身旁侍從盛多聲勢壯大。出入都穿著珠鞋，每每千百人聯結成群。在里巷中飲讌；斟酒飛快，舉杯罰酒。高舉大門，扛起大鼎，舉凡角鬥、射箭、投壺、擲采無不精到。鄱陽人個性褊急，好惡作劇，喝酒每到半酣時就發作。於是歡樂飽飲無盡，京都的富足引來四方之人：他們有人從水上或是由陸上而來，船並著船，車靠著車。有的伴著歌聲划船，有的乘坐著車子，從拂曉到天黑。當市場開始活動時，各地的貨物紛紛湧入，市區裡貨品充斥而滿溢。眾物混同，都置於市場的店鋪中，城鄉產物都在一處貿易。男男女女站立觀望，商販們成排相連。身穿麻布、細葛的衣服，雜亂地聚集在一起。輕車緩緩地行經市街，樓船張帆通過店鋪之前。果品布料經常集中於此地，從遠地運來了流離、珂、珹等美石。一時只見財物眾多，器物萬種；黃金錠成堆，珍珠串縱橫；桃枝竹席和象牙席，都收藏在竹筒裡面；蕉葛、升越之類細布，細軟勝過羅紈。眾人語聲嘈嘈，交錯雜亂，交易頻繁，互相競利；諠諠騰騰吵吵嚷嚷，各種貨物交相掩映。由於人數實在太多了，以致於大家揮袖，頓時成風，揚起塵土致使白晝也顯得昏暗，流汗成雨，使路上變得泥濘。不管是肥田的村民，或是經商的好手，乘著有利的時機逐利，以致於財富累積到千千萬萬。他們以所擁有的田宅相互競賽，兼并土地和街巷為己有。平時則誇耀他們的服飾珠寶、以及精美的食物。

趫材❶悍壯❷，此焉比廬❸。捷若慶忌❹，勇若專諸❺。危冠❻而出，竦劍❼而趨❽。扈帶❾鮫函❿，扶揄屬鏤⓫。藏鍦於人⓬，去⓭戚⓮自閭。家有鶴膝⓯，戶有犀渠[16]。軍容[17]蓄用，器械兼儲[18]。吳鉤[19]越棘[20]，純鈞湛盧[21]。戎車[22]盈於石城[23]，戈船[24]掩[25]乎江湖。露往霜來，日月其除[26]。草木節解[27]，鳥獸腯膚[28]。觀鷹隼[29]，誡征夫[30]。坐組甲[31]，建[32]祀姑[33]。命官帥[34]而擁鐸[35]，將校獵[36]乎具區[37]。烏滸狼䳩[38]，夫南西屠[39]，儋耳黑齒[40]之酋[41]，金鄰[42]象郡[43]之渠[44]。驫駥飍矞[45]，靸霅警捷[46]，先驅前塗。俞騎[47]騁路，指南[48]司方[49]。出車檻檻[50]，被練[51]鏘鏘[52]。吳王乃巾[53]玉輅[54]，軺[55]驌驦[56]。旂[57]魚須[58]，常[59]重光[60]。攝[61]烏號[62]，佩干將[63]。羽旄[64]揚蕤[65]，雄戟[66]耀芒。貝胄[67]象弭[68]，織文鳥章[69]。六軍[70]袀服[71]，四騏[72]龍驤[73]。峭格[74]周施[75]，罿罻[76]普張。罼罕[77]瑣結[78]，罠蹏[79]連綱[80]。阹以九疑[81]，禦以沅湘[82]。輶軒[83]蓼擾[84]，彀騎[85]煒煌[86]。袒裼[87]徒搏[88]，拔距[89]投石[90]之部[91]。猿臂[92]骿脅[93]，狂趭[94]獷猤[95]。鷹瞵[96]鶚視，趁趯[97]翋𦐇[98]。若離若合[99]者，相與[100]騰躍乎莽䍚[101]之野。干鹵殳鋋[102]，暘夷[103]勃盧[104]之旅。長殺[105]短兵[106]，直髮[107]馳騁。儇佻[108]坌並[109]，銜枚[110]無聲。悠悠[111]旆旌[112]者，相與聊浪[113]乎昧莫之坰[114]。鉦[115]鼓疊山[116]，火烈熛林[117]。飛爓[118]浮煙，載霞載陰[119]。拉擸雷硠[120]，崩巒弛岑[121]。鳥不擇木[122]，獸不擇音[123]。虣[124]甝䖘[125]，頊[126]麇麖[127]。驀[128]六駮[129]，追飛生[130]。彈鸞鵕[131]，射猱狿[132]。白雉[133]落，黑鴆[134]零。陵絕[135]嶚嶕[136]，聿越[137]巉險[138]。跇踰[139]竹柏，獵猭[140]杞柟[141]。封狶[142]䝤[143]，神螭[144]掩[145]。剛鏃潤[146]，霜刃[147]染[148]。於是弭節頓轡[149]，齊鑣[150]駐蹕[151]。徘徊倘佯[152]，寓目[153]幽蔚[154]。覽將帥之拳勇[155]，與[156]士卒之抑揚[157]。羽族[158]以觜[159]距[160]為刀鈹[161]，毛群[162]以齒角為矛鋏[163]。皆體著[164]而應卒[165]，所以挂扢[166]而為創痏[167]，衝踤[168]而斷筋骨。莫不衄銳挫芒[169]，拉捭摧藏[170]。雖有石林[171]之岝㟧[172]，請攘臂[173]而靡之[174]。雖有雄虺[175]之九首，將抗足[176]而跐[177]之。顛覆巢居[178]，剖破窟宅[179]。仰攀鵕䴊[180]，俯蹴[181]豺獏[182]。劫剞[183]熊羆[184]之室，剽掠[185]虎豹之落[186]。猩猩啼而就禽，狒狒[187]笑而被格[188]。屠巴蛇，出象骼[189]。斬鵬翼，掩廣澤。輕禽狡獸，周章夷猶[190]。狼跋[191]乎紭中[192]，忘其所以睒睗[193]，失其所以去就。魂褫[194]氣懾[195]而自踼跋[196]者，應弦[197]飲羽[198]，形僨[199]景僵[200]者。累積而增益[201]，雜襲錯繆[202]。傾藪薄[203]，倒岬岫[204]。巖穴無豜豵[205]，翳薈[206]無䴠[207]鷚[208]。思假道[209]於豐隆[210]，披重霄[211]而高狩。籠烏兔於日月[212]，窮飛走[213]之棲宿。

【章　旨】本章先概述吳地人民尚武的精神，接著著重描寫吳王校獵的宏大場面。末了通過鳥獸盡殲的結果說明吳國軍事力量的強大。

【注　釋】❶趫材　矯捷之人。❷悍壯　勇悍健壯。❸比廬　每間屋子皆有。言其多。比，比鄰。❹慶忌　春秋時吳王僚之子。奔走迅速，動作敏捷，馬追不上，箭射不著。❺專諸　春秋時吳國勇士。曾用藏於魚腹中的短劍刺殺吳王僚。❻危冠　高帽。危，高。❼竦劍　挺劍。❽趨　快步而行。❾扈帶　披帶。❿鮫函　鯊魚皮製成的鎧甲。鮫，俗稱鯊魚。函，鎧甲。⓫扶揄屬鏤　手按或高舉寶劍。屬鏤，劍名。⓬藏鍦於人　言兵器不須出自武庫，人皆有之，如藏之於人。鍦，矛。⓭去通「弆」。收藏。(14)戚　盾。(15)鶴膝　矛的一種。其形如鶴膝，由粗而漸細。(16)犀渠　犀牛皮做的盾。(17)軍容　軍之容表。指矛劍等武器裝備。(18)兼儲　全面儲備。(19)吳鉤　吳國生產的鉤。鉤，似劍而彎。(20)越棘　越國生產的戟。棘，通「戟」。(21)純鈞湛盧　皆寶劍名。傳說越國名匠歐冶子所製五劍之二。(22)戎車　兵車。(23)石城　即石頭城。西元二一二年孫權在楚金陵邑原址興建，在石頭山上，西臨長江，南控秦淮河入江口，周長七里一百步，是水軍要塞。(24)戈船　裝備有戈矛等的戰船。(25)掩　遮蔽。(26)日月其除　日月將去。除，去。(27)節解　凋落。(28)腯膚　肥大。腯，肥。(29)觀鷹隼　檢視獵鷹。隼，一種兇猛的鳥類。(30)誡征夫　誡飭兵士。(31)坐組甲　戰前，甲不披身，則置之於地。坐，置。組甲，用絲織闊帶（組）連綴皮革或金屬片而製成的鎧甲。(32)建　立起。(33)祀姑　春秋時吳國軍隊所用的一種旗幟。用以指揮。(34)官帥　據王引之、高步瀛之見，應作「官師」。為吳軍中軍的軍官。(35)擁鐸　抱鈴。以免發出聲音。鐸，古樂器，形如大鈴。宣教政令時，用以警眾者。(36)校獵　以木欄遮止禽獸而獵取之。校，穿木為欄。(37)具區　澤名。在吳之西。(38)烏滸狼𥇍　皆古南方少數民族。烏滸族聚居今廣西省橫縣一帶。(39)大南西屠　皆古東南少數民族。西屠居海島中。(40)儋耳黑齒　皆古南方少數民族。(41)酋　首領。(42)金鄰古少數民族。(43)象郡　郡名。秦置，治所在臨塵縣（今廣西崇左）。(44)渠　首領。(45)驫駥飍矞　眾馬奔馳的樣子。(46)䟃霅警捷　馬奔走迅疾的樣子。(47)俞騎　引路人。屬先導之騎。(48)指南　指南車。在先導的人馬之中。(49)司方　掌管行進方向。(50)檻檻　大車的聲音。(51)被練　披著以練（絲織品）連綴堅物而製成的鎧甲。(52)鏘鏘　披甲行車的樣子。(53)巾　用巾拂拭。(54)玉輅　用玉裝飾的車子。王者所乘。(55)軺　輕車。用兩馬駕之。此作動詞。意謂備起軺車。(56)驌驦　好馬的名稱。(57)旂　旌旗之類。(58)魚須　以大魚鬐鬚為旗桿。(59)常　旗名。(60)重光　畫日月於旗上，故曰。(61)攝　持；拿著。(62)烏號　即桑柘。其材堅勁，適於製弓。此指弓。(63)干將　傳說中寶劍的名稱。(64)羽旄　古軍旗的一種。以雉羽、旄牛尾裝飾旗桿，故名。(65)揚蕤　指旗桿上的雉羽、旄牛尾等裝飾品在風中飛揚起來。(66)雄戟　三刃戟。(67)貝胄　用貝殼裝飾的頭盔。(68)象弭　用象牙裝飾弓的末稍。弭，弓的兩端。(69)織文鳥章　旗上織出鳥形圖案。(70)六軍　古時天子六軍。此指吳王之軍。(71)袀服　服裝相同。袀，通「均」。(72)四騏　指駕車的馬。騏，一種青黑色有棋格紋的良馬。(73)龍驤　馬頭高昂如龍一般。(74)峭格　一種遮攔禽獸的木柵。(75)周施　周遍設置。(76)罿罻　皆捕鳥網。(77)罼罕　皆長柄小網。可用來捕鳥，也可捕兔。(78)瑣結　似鎖相連結。(79)罠蹏　皆網。罠，捕麋的網。蹏，捕兔的網。(80)綱　提網的總繩。(81)阹以九疑　謂以九疑山來阻攔禽獸。阹，阻攔。九疑，山名。在今湖南省南部。(82)禦以沅湘　謂以沅、湘為藩籬，以其中為禁苑。禦，通「籞」。折竹以繩懸連之，使人不得往來謂之籞。沅湘，即沅江、湘江。俱在今湖南省內。(83)輶軒　一種輕車。輶，輕。(84)蓼擾　雜亂的樣子。(85)彀騎　張弓待射的騎兵。

彀，張滿弓弩。(86)煒煌　騎兵疾馳而發出閃亮的光輝。(87)袒裼　脫去衣服露出肉體。(88)徒搏　空手搏鬥。(89)拔距　即超距。指跳躍。(90)投石　即投擲石頭。古代軍中的一種訓練活動。(91)部　隊伍。(92)猿臂　長臂如猿。善射者的形貌。(93)骿脅　即「駢脅」。肋骨連成一片。此用以指士卒的強壯。(94)狂趭　狂奔的樣子。(95)獷猤　粗獷壯勇。(96)鷹瞵　言勇士目光灼灼，如同鷹目之視。瞵，目光。(97)趁䞶　相隨的樣子。(98)𤝞𤢖　馳逐的樣子。(99)若離若合　或分或合。(100)相與　一齊。(101)莽罠　廣人的樣子。(102)干鹵殳鋋　皆兵器名。干，盾。鹵，通「櫓」。大盾。殳，古代撞擊用兵器。竹製，長丈二，無刃，八棱而尖。鋋，鐵柄短矛。(103)暘夷　甲名。(104)勃盧　矛名。(105)長殺　長矛。(106)短兵　刀劍等短武器。(107)直髮　頭髮向上豎起。(108)偎佻　迅疾奔走的樣子。(109)坌並　一起。(110)銜枚　口中含枚，以免喧嘩。枚，形如筷子。(111)悠悠　旗幟飄動的樣子。(112)旆旌　皆旗。旆，雜色鑲邊的旗。旌，用羽毛裝飾的旗。(113)聊浪　放曠。此指縱情行獵。(114)昧莫之坰　廣大的郊野。(115)鉦　鐃。(116)疊山　震動山岳。(117)火烈熛林　圍獵時，為驅趕野獸，縱火燒山。此言野火猛烈，烈焰在林中迸飛。熛，火焰。(118)飛爓　火焰飛騰。(119)載霞載陰　比喻火光猶若彩霞，濃煙如同陰雲。載，語氣詞。(120)拉擸雷硠　崩塌之聲。(121)崩巒弛岑　山巒崩坍。巒，狹而長的山。岑，小而高銳的山。(122)鳥不擇木　鳥顧不上選擇棲身的樹木。(123)獸不擇音　獸在惶急之中，發不出正常的叫聲。(124)虣　通「暴」。空手搏鬥。(125)甝虪　皆動物名。甝，白虎。虪，黑虎。(126)頡　絆住野獸前兩足。(127)麖麂　皆動物名。麖，駝鹿。麂，大麃。牛尾，一角。(128)驀　騎。(129)六駮　猛獸名。也省稱「駮」。據《山海經》記載，駮，如馬，白身黑尾，一角，鋸牙虎爪，音如鼓，能食虎。(130)飛生　即鼯。亦即大飛鼠，前後肢間有寬而多毛的飛膜，可藉此在樹間滑翔。(131)鸞鵠　皆鳥名。鸞，傳說中鳳凰一類的鳥。鵠，羌鵠。黃頭赤目，五色皆備。(132)猱狿　兩種猿類動物。猱，獼猴。(133)白雉　一種少見的白色野雞。(134)鴆　大如鵰，黑色，長頸赤喙，食蝮蛇，體有毒。(135)陵絕　跨越。(136)嶚嶕　山勢高峻的樣子。(137)聿越　疾越。(138)巉險　山勢險峻。(139)跐踰　踐踏碾軋。(140)獼猭　奔走的樣子。(141)杞柟　皆樹名。(142)封狶　大野豬。(143)䝐　野豬叫聲。(144)神螭　猛獸。(145)掩　藏匿。(146)剛鏃潤　堅硬的箭頭被禽獸的血所浸潤。(147)霜刃　雪亮的兵刃。(148)染　血染。(149)弭節頓轡　使車馬緩行。弭節，按照節拍徐步前進。弭，按照。頓轡，拉緊馬的轡頭。(150)齊鑣　謂車馬齊列。鑣，馬具。與銜合用，銜在口內，鑣在口旁。(151)駐蹕　帝王出行，中途暫駐。蹕，禁止行人通行。(152)徘徊倘佯　來回走動。(153)寓目　觀望。(154)幽蔚　草木繁茂。(155)拳勇　勇敢。拳，即「權」。勇壯。(156)與　贊許。(157)抑揚　進退。(158)羽族　鳥類。(159)觜　鳥嘴。(160)距　雄雞、雉等跖後面突出像腳趾的部分。鬥時可用以刺對手。(161)鈹　兩刃小刀。(162)毛群　獸類。(163)鋏　劍。(164)體著　長在身上。謂觜距齒角都生在鳥獸身上。(165)應卒　應付倉卒的情況。(166)掛扢　鉤掛摩擦。扢，摩。(167)創痏　創傷。痏，受傷後留下的瘢痕。(168)衝踤　衝撞。踤，觸。169 衈銳挫芒　挫折鋒芒。衈，折傷。170 拉捭摧藏　擊斷挫傷。拉，折。捭，兩手擊斷。摧藏，挫傷。171 石林泛指深險之山林。172 岝㠋　深險的樣子。173 攘臂　捋袖伸臂。174 靡之　粉碎它們。175 雄虺　古代傳說中的一種蛇。一身九首，往來迅疾。176 抗足　舉腳。177 跐　踩。178 巢居　指鳥巢。179 窟宅　野獸所棲的洞穴。180 鵔鸃　即鷩雉。似山雞而小冠，背黃毛，腹下赤，頂綠色，其尾毛紅赤，光彩鮮明。181 蹴　踢。182 獏　白豹。183 劫剞　劫奪。184 羆　也叫馬熊或人熊。熊的一種，毛棕褐色，能爬樹、游水。185 剽掠　搶掠。186 落　居住的地方。187 萬萬　即狒狒。傳說狒狒初執人，必喜而笑，人因而施計擒之。188 格　殺。189 屠巴蛇二句　此言殺掉巴蛇，取出象骨。據《山海經・海內南經》記載，巴蛇吞象，三年而吐其骨骼。190 周章夷猶　恐懼不知往何處去。夷猶，猶豫。191 狼跋　狼狽；精力疲倦。192 絓中　此代指網中。絓，網綱。193 睒睗　視看。194 魂褫　魂不附體。褫，奪。195 氣懾　精神驚恐。196 踢跌　跌倒。197 應弦　中箭。弦，指弓弦。198 飲羽　箭深入而沒羽。199 形僨　身體仆倒。200 景僵　即影子僵而不動。景，通「影」。201 增益　增加。202 雜襲錯繆　重疊錯亂。203 傾藪薄　是說把水澤草野的禽獸消滅殆盡。藪，沼澤地。薄，草木交錯的地方。204 倒岬岫　言把山中禽獸全部殲滅。岬，山側。岫，山洞。205 豣豵　大豬和小豬。206 翳薈　草木繁茂遮掩之處。207 麢　小鹿。208 鷚　較大的雛鳥。209 假道　借路。210 豐隆　雲神。一說：雷神。211 披重霄　衝開重雲。212 籠烏兔於日月　把日中神烏及月中玉兔都捉進籠中。213 飛走　飛禽走獸。

【語譯】矯捷勇壯的人，吳中家家都有。他們敏捷如同慶忌，勇敢如同專諸。平日戴著高帽而出，挺劍疾步而行；披帶著鯊皮鎧甲，手按或高揚起雕鏤精美的寶劍。而民間藏著矛，閭里存著盾；家家有鶴膝矛，戶戶有犀皮盾。舉凡軍事裝備、各種器械都全面的儲存。此中出產的武器有吳鉤、越戟，還有純鈞、湛盧的名劍。兵車駐滿石頭城，戰船遮蔽了江湖。露去霜落，光陰流逝。草木凋零，鳥獸肥壯。於是檢視獵鷹，整飭兵士。備好組串甲，樹起祀姑旗。命官師抱緊司令大鐸，將在具區澤大舉校獵。一時間烏滸、狼⿰月荒，夫南、西屠，儋耳、黑齒的酋長，金鄰、象郡的首領，眾馬奔騰，風馳電掣，先導的騎兵在路上馳騁，指南車掌握方向。兵車一出動，檻檻作響，戰士披甲，步伐鏘鏘。吳王於是命人拂拭玉輅，給軺車駕上良馬。車上飄揚著魚鬚為桿的大旗，以及畫著日月的常旗。吳王自己則手持烏號良弓，身佩干將寶劍，雉羽、旄牛尾在桿頭飛揚，三刃戟閃耀著光芒。貝殼飾盔象牙飾弓，旗上織出鳥的形狀。六軍服式相同，駕車的馬昂頭驅馳。獵場四周裝置木柵，普遍張設著捕鳥網。長柄小網一個個相連，捕麋兔的網綱繩相結，以九疑山為阻攔，以沅江、湘江為藩籬。輕車雜亂前湧，張弓騎兵疾馳。有赤膊空手搏獸的武士，有跳躍投擲的隊伍。壯士們長臂連肋，獷勇狂奔。像鷹鶚一般目光灼灼，相隨追逐著眾多禽獸。忽而分開忽而合攏，共同騰躍在廣闊的曠野上。部隊裝備著盾牌、長殳、短矛，披暘夷甲持勃盧矛。還有各式長短兵器。隨著馳騁的風勢，頭髮都一一揚起；一起疾行，銜枚無聲。旌旗飄飄，共同縱情行獵在遼闊的郊野上。鉦鼓之聲震動山岳，野火猛烈焚燒森林。那火焰飛騰濃煙滾滾，好像明麗的彩霞、沈沈的烏雲；那轟轟隆隆的聲響，有若山巒崩塌之勢。鳥類顧不得選擇棲木，野獸發不出正常的聲音。空手搏鬥虪、貙，長繩羈絆麋、麖。伏制六駮，追逐飛鼯。彈射鸞、鵔，箭射猱、猨。白雉墜落，黑鴆凋零。跨過高峰，疾越險阻。踐踏碾軋竹柏，奔走在杞楠樹下。封狶號叫，神螭躲藏。利箭血潤，白刃染紅。於是車馬緩行，王駕暫止。全都徘徊不前，凝望草木深處。將要觀覽將帥的勇壯，贊譽士卒的進退。鳥類用嘴距作為刀鈹，獸類用齒角作矛劍。這些動物都生長在牠們本身可以應付緊急狀況的環境中，因而被牠們鉤掛摩擦即成創傷，被牠們衝撞就會折斷筋骨。而在這一場打獵中牠們無不遭到挫折鋒芒，擊斷摧毀的傷害。即使有深險的山林，獵人伸臂就把牠們粉碎。即使有九首毒蛇，獵人也要舉足把牠踩住。傾覆鳥巢，搗毀獸窟。仰頭攀捉駿鸃，俯身蹴踢豺獏。洗劫熊羆的洞穴，掠奪虎豹的居處。猩猩被捉時啼哭，狒狒一笑就要被殺。殺死巴蛇，取出所吞象骨。斬下大鵬的翅膀，掩蔽了廣大的沼澤。輕捷的鳥，壯健的獸，都恐懼猶豫。狼狽地陷於羅網中，不知道該看什麼地方，不知該往何處去。失魂落魄，自己跌倒，中箭伏臥，影子僵直。獵物累積增加，重疊雜亂。行獵直到傾竭草木沼澤，遍搜山側山洞，巖洞裡不見大小野豬，林莽中沒有小鹿、雛鳥的狀況。想向雲神借道，衝開重雲去高空行獵。把日月中的金烏、玉兔都捉入籠中，並且蕩滌飛禽走獸棲宿之地。

嶰❶澗閴❷，岡岵❸童❹。罾罘❺滿，效獲❻眾。迴靶❼乎行睨❽，觀魚❾乎三江[10]。汎舟航[11]於彭蠡[12]，渾萬艘而既同[13]。弘舸[14]連舳[15]，巨檻[16]接艫[17]。飛雲蓋海[18]，制非常模[19]。疊華樓[20]而島峙[21]，時髣髴[22]於方壺[23]。比鷁首[24]而有裕[25]，邁餘皇於往初[26]。張組幃[27]，構流蘇[28]。開軒幌[29]，鏡水區[30]。槁工檝師[31]，選自閩禺[32]。習御長風[33]，狎[34]翫[35]靈胥[36]。責千里於寸陰[37]，聊[38]先期[39]而須臾[40]。櫂謳[41]唱，簫籟[42]鳴。洪流響[43]，渚禽[44]驚。弋磻[45]放，稽[46]鷦鵬[47]。虞[48]機[49]發，留鵁鶄[50]。鉤餌[51]縱橫，網罟[52]接緒[53]。術兼[54]詹公[55]，巧傾任父[56]。筌[57]鮰鱛[58]，鱺[59]鱨魦[60]。罩[61]兩魪[62]，罺[63]鰝鰕[64]。乘鱟[65]黿[66]鼉[67]，同罛[68]共羅。沈虎[69]潛鹿[70]，馽櫳僒束[71]。徽[72]鯨輩中[73]於群犗[74]，攙搶[75]暴出[76]而相屬[77]。雖復臨河而釣鯉，無異射鮒於井谷[78]。結輕舟而競逐[79]，迎潮水而振緡[80]。想萍實之復形[81]，訪靈夔於鮫人[82]。精衛銜石[83]而遇繳[84]，文鰩[85]夜飛而觸綸[86]。北山亡其翔翼[87]，西海失其游鱗[88]。雕題[89]之士，鏤身[90]之卒。比飾虯龍[91]，蛟螭與對[92]。簡[93]其華質[94]，則亄費[95]錦繢[96]。料[97]其虓勇[98]，則鵰悍狼戾[99]。相與昧[100]潛險[101]，搜瓌奇[102]。摸蝳蝐[103]，捫[104]觜蠵[105]。剖巨蚌於回淵[106]，濯明月[107]於漣漪[108]。畢[109]天下之至異[110]，訖[111]無索而不臻[112]。谿壑為之一罄[113]，川瀆[114]為之中貧[115]。哂[116]澹臺之見謀[117]，聊襲海[118]而徇珍[119]。載漢女於後舟，追晉賈而同塵[120]。汩[121]乘流以砰宕[122]，翼颸風[123]之飀飀[124]。

直(125)衝濤而上瀨(126)，常沛沛(127)以悠悠(128)。汔(129)可休而凱(130)歸，揖(131)天吳(132)與陽侯(133)。

【章旨】此章描寫孫吳君主水上的行樂。先形容王舟的華麗，再描述捕魚、射鳥、撈取水下珍寶的過程。

【注釋】❶嶰　大山小山不相連。❷闃　安靜無人。原作「闐」，依高步瀛校改。❸岵　山多草木。❹童　無草木。❺罾罘　皆羅網。❻效獲　收獲。❼迴靶　回轉馬頭。靶，革製馬轡。❽行睨　行視。「行」下原有一「邪」字，依高步瀛校刪。❾魚　同「漁」。捕魚。❿三江　古來眾說紛紜，此泛指吳地江河。⓫航　船。⓬彭蠡　鄱陽湖的古名。⓭渾萬艘而既同　眾船混雜，同浮水上。萬艘，形容吳王乘船時的宏大場景。⓮弘舸　大船。⓯舳　船尾設舵處。⓰巨檻　大船。船上四面有板為檻。⓱接艫　謂船連著船。艫，船頭。⓲飛雲蓋海　吳地兩種大型樓船的名稱。⓳制非常模　言樓船極為奢華，其形制非一般規模。⓴疊華樓　船上之樓華麗重疊。㉑島峙　言樓船如島嶼一般峙立水中。㉒髣髴　彷彿；好像。㉓方壺　海上的仙山。此指樓船好似仙山之宮闕。㉔鷁首　船頭畫著鷁鳥的大船。古君王常乘之。㉕有裕　多。言華麗多過於鷁首。㉖邁餘皇於往初　言孫吳之飛雲、蓋海遠過於昔日吳王的餘皇大船。邁，超過。餘皇，春秋時吳王的乘舟。㉗組幃　此言絲織的帷幕。組，絲織闊帶。㉘構流蘇　把五色綢子剪開製成的繐子，掛在樓船上。構，連綴。㉙開軒幌　敞開門窗和帳幔。㉚鏡水區　言華麗的樓船盡映照於水中。鏡，照。水區，水中。㉛槁工檝師　皆為工人。槁工，即篙工。撐船工人。篙，撐船長竿。檝師，划船的船工。檝，船槳。㉜閩禺　皆地名。閩，閩越。今福建省福州市。禺，番禺。在今廣東省。㉝習御長風　善於借用大風行船。㉞狎　親近而不尊重。㉟翫　通「玩」。戲弄。㊱靈胥　伍子胥變成的水神。昔吳王殺伍子胥，沈其屍於江，遂傳說子胥魂魄變成水神，人們莫不尊畏，敬祀其靈。㊲責千里於寸陰　謂樓船在短時間裡求行千里。責，求。㊳聊　且。㊴先期　先於約定的時間。㊵須臾　片刻。㊶櫂謳　划船時唱的歌。櫂，划船的工具。㊷籟　管樂器。似笛而短，三孔。㊸洪流響　指濤聲。㊹渚禽　水中小島上的鳥。㊺弋磻　把石塊作為箭，附著絲索，以射飛禽。弋，以繩繫箭而射。磻，作為矢的石塊。㊻稽　留住。意謂射下。㊼鷦鵬　一種俊鳥。似鳳而喜水游。㊽虞　主管田獵場地的人。㊾機　弩上控制發箭的機關。㊿鵁鶄　水鳥名。即池鷺。(51)餌　鉤。(52)罟　網。(53)接緒　魚網相連。緒，指網絲。(54)兼　兼有。(55)詹公　指詹何。據《列子・湯問》，詹何，楚人，能以獨絲芒針於百仞深淵釣魚盈車。(56)任父　指任公子。父，男子的美稱。據《莊子・外物》，任公子以大鉤巨繒和五十頭牛為餌，從東海中釣起大魚。57筌　捕魚用的竹器。58䱅鰽　即鱘、鰉等大魚。59纚　當作「纚」（據孫志祖等說）。一種箕形的網。60䲡魦　皆魚名。61罩　竹編的捕魚工具。62兩鮃　比目魚。63罺　抄網。64鰝鰕　皆蝦名。鰝，大蝦。鰕，同「蝦」。65乘鱟　雙鱟。一種海生節肢動物，似蟹，可食用，也可作肥料。66黿　即鼈。67鼉　即揚子鱷。68罛　網目疏朗的大魚網。69沈虎　深潛於水中的虎頭魚。長五丈，黃黑斑，耳目齒牙似虎形。70潛鹿　潛於水深處的鹿頭魚。其魚長二尺餘，頭上有角，腹下有腳。71羂䍡窘束　都陷於羅網之中，被羂絆束縛。羂，絆馬索。此指羂絆。䍡，通「籠」。有羅絡的意思。窘，困迫之狀。72徽　鯨中有力者。73輩中　一批又一批中於釣鉤。74群犗　《莊子・外物》寫任公子釣大魚，以五十犗為餌。犗，閹牛。75攙搶　彗星。76暴出　疾出。77相屬　相連；一個接一個地。《淮南子・天文》：「鯨魚死而彗星出。」78雖復臨河而釣鯉二句　是說今我於江海之中，得此大魚，即使臨河釣鯉魚，也會覺得有如在井中射鮒那樣的微不足道。鮒，小魚。俗名土附，其鱗斑駁。井谷，谷水下注的井中。79結輕舟而競逐　先把幾艘輕舟都繫住，然後一齊解開，展開競賽。結，繫。競逐，划船競賽。80振緡　拋出釣線。81想萍實之復形　是說希望吉祥的萍實能夠再一次出現。據《孔子家語・致思》，昔楚昭王渡江，江中有圓赤如斗之物觸舟，孔子說這名為萍實，唯霸者能得到，楚王就剖開吃了。82訪靈夔於鮫人　向鮫人訪問夔的下落。據《山海經・大荒東經》記載，東海中有獸名夔，如牛，蒼身無角一足，出入水有風雨，其聲如雷，以其皮蒙鼓，聲傳五百里。鮫人，傳說生活於水下的人。83精衛銜石　據《山海經・北山經》，赤帝的少女溺於東海，化為精衛鳥，狀如烏鴉，紋首白嘴紅腳，常銜取西山木石去填東海。84遇繳　謂遭到弋射。繳，繫在箭上的絲繩。此代指箭。85文鰩　據《山海經・西山經》，泰器山濩水中，出產鰩魚，狀如鯉，魚身鳥翼，身有蒼文，常夜間行於西海而遊於東海。86觸綸　即被漁者釣到。綸，指釣魚的絲繩。87翔翼　鳥。88遊鱗　魚。89雕題　紋額。90鏤身　紋身。91比飾虯龍　言士卒身上額上的文飾可與虯龍相比。有角為龍，無角為虯。92蛟螭與對　可與蛟螭為偶。螭，無角的龍。93簡　察閱。94華質　指士卒身上的文飾。95壹乙費　美麗有文彩的樣子。壹乙，通「懿」。美。費，通「斐」。有文彩之貌。96錦績　錦繡。97料　估量。98虓勇　猛勇。99鵰悍狼戾　如鵰一般兇悍，似狼一般暴戾。鵰，鷲之別名。性兇猛，兩翅展開，可達丈餘。100昧　冒。101潛險　水深危險之處。102瓌奇　珍奇之物。103蝳蝐　一種爬行動物。似龜，甲殼黃褐色，有黑斑，很光滑，可做裝飾品。104捫　以手暗取。105蟕蠵　一種大龜。106回淵　水流迴旋的深潭。107明月　明月珠。珠中最有光澤者。108漣漪　水波。109畢　全部。110天下之至異　天下最珍異之物。111訖　最後。112臻　至。113谿壑為之一罄　谿壑之中珍奇之物被搜羅一盡。壑，山溝。罄，盡。114川瀆　河流。瀆，水溝。115中貧　指河流中珍寶被搜去，所以貧乏了。116哂　嘲笑。117澹臺之

見謀 據《博物志》、《水經・河水》記載，澹臺子羽懷璧渡河，忽兩龍夾舟，子羽拔劍斬龍，登岸投璧於河，河伯三歸之，子羽乃毀璧而去。見謀，被河伯謀奪其璧。118襲海 入海。119徇珍 尋找珍寶。120載漢女於後舟二句 意謂載漢女入海尋珍，如同賈大夫載妻射雉一般。載漢女於後舟，有占有其珠的意思。漢女，據《韓詩外傳》，鄭交甫到楚國去，在漢水邊遇二女佩二珠，大如荊雞之卵。晉賈，據《左傳・昭公二十八年》，從前有一個賈國的大夫，貌醜而妻美，其妻三年不言不笑，賈大夫就帶她到沼澤地去打獵，射得野雞，其妻方開始言笑。賈國後滅於晉，故稱之為晉賈。同塵，同蒙塵垢。即一樣行逕的意思。121汨 迅疾的樣子。122砰宕 船行擊水的聲音。123翼颸風 以颸風為翼，借助其風勢。颸風，疾風。124飀飀 風聲。125直逕直。126瀨 浪大的水波。127沛沛 水行的樣子。128悠悠 遠的樣子。129汔 表將近。130凱 快樂。131揖 揖禮而別。132天吳 水神。據《山海經》，或為八首之神人或為八首的怪獸。133陽侯 陵陽國侯。溺水而死，遂為波濤之神，能興大波。

【語譯】山澗闃靜，岡巒光禿。羅網裝滿，獵獲眾多。回馬巡視，再到江河上去觀看捕魚。於鄱陽湖上汎著舟船，眾船混雜同浮水上。大船相連，巨艦銜接。其中飛雲、蓋海二艘，形制之大異於通常規模。船上華樓重疊，如同島嶼聳峙，有時彷彿是仙山方壺的宮闕。比鷁首大舟還要華麗，比昔日吳王所乘坐的餘皇還要壯觀。但見此二船張設絲綢帷幕，連綴彩色流蘇。敞開門窗簾幔，映照清清水中。船上水手多選自閩、禺，他們善於駕馭長風，敢於戲弄水神；能在短時間內求駛千里路程，且能片刻之間先期而至。船上傳來陣陣船歌，簫籟齊鳴。忽然洪流轟響，島禽驚起，弋射繳石，鶺鴒墜落；虞人發弩，命中鵁鶄。到處布滿了釣鉤，四處連接著魚網。兼有詹何的捕魚之術，勝過任公子的技巧。用筌捕鮔鰽，用纚捉鰽、鯊；用罩擒比目魚，用罺撈大蝦。雙鱟、鼂、鼉，同陷羅網。沈潛的虎頭魚、鹿頭魚，都被羈束而窘困。鯨魚一批又一批中於釣餌，彗星一個又一個疾現於天上。即使再到河邊釣鯉魚，也會覺得像在井中射很小的鮒魚一樣微不足道。放出輕舟，展開競賽，迎著潮水而拋出釣絲。希望萍實再次出現，向鮫人訪問靈夔。精衛銜石遭到弋射，文鰩夜飛而被釣著。從此北山失去了飛鳥，西海消失了游魚。看那些紋額的兵、紋身的卒，他們身上的彩飾可比於虬、龍，也可與蛟、螭相配。察閱他們的華飾，則像文彩斐然的錦繡。估量他們的勇猛，則如兇悍暴戾的雕、狼。這些士卒一齊冒險深潛，搜尋珍奇之物；摸蝳蝐、探蛸蠵，從迴水深淵中撈出巨蚌來解剖，取出明月珠在漣漪清波中洗濯。將天下最珍異之物一網打盡，沒有一樣是找不著的。谿壑被搜得乾淨，河川也因而貧乏。嘲笑澹臺被河神謀奪，聊且入海去尋珍；把漢女載於後船，步上賈大夫的後塵。我們的舟船乘著洪流、拍打著水花迅速前進，借助呼嘯而過的風勢，穿破巨大的浪潮，漸行漸遠。也差不多可以快樂的回家休息了，此時大家向天吳與陽侯等水神作揖告別。

指包山❶而為期，集洞庭❷而淹留❸。數軍實❹乎桂林之苑❺，饗戎旅❻乎落星之樓❼。置酒若淮泗，積肴❽若山丘。飛輕軒而酌綠酃❾，方雙轡❿而賦珍羞⓫。飲烽起⓬，釂鼓震⓭。士遺倦⓮，眾懷欣。幸⓯乎館娃之宮⓰，張女樂⓱而娛群臣。羅金石與絲竹，若〈鈞天〉⓲之下陳⓳。登⓴東歌㉑，操南音㉒。胤㉓〈陽阿〉㉔，詠〈韎〉〈任〉㉕。荊豔㉖楚舞，吳愉㉗越吟㉘。翕習㉙容裔㉚，靡靡㉛愔愔㉜。若此者，與夫㉝唱和之隆響㉞，動鍾鼓之鏗耾㉟。有殷坻頹於前㊱，曲度㊲難勝㊳，皆與謠俗㊴汁協㊵，律呂㊶相應。其奏樂㊷也，則木石潤色㊸。其吐哀也，則淒風暴興㊹。或超〈延露〉㊺而〈駕辯〉㊻，或踰㊼〈綠水〉㊽而〈采菱〉。軍馬弭髦㊾而仰秣㊿，淵魚竦鱗而上升(51)。酣湑半(52)，八音(53)并(54)。歡情留，良辰征(55)。魯陽揮戈而高麾，迴曜靈於太清(56)。將(57)轉西日而再中，齊既往之精誠(58)。

【章　旨】此章先描寫吳主在桂林苑中犒賞士卒的場面，繼而細緻形容在館娃宮中歡宴群臣的情景。

【注　釋】❶包山　山名。在太湖之中。❷洞庭　此指太湖。❸淹留　停留。❹數軍實　統計軍士漁獵殺獲的成果。❺桂林之苑　孫吳時所造苑囿。在今南京市附近，落星山之南。❻饗戎旅　用酒食慰勞軍隊。❼落星之樓　吳嘉禾元年，在桂林苑落星山起三層樓，名曰落星樓。❽肴　魚肉等葷菜。❾飛輕軒而酌綠酃　用輕便馬車飛速地為士兵酌酒。輕軒，運酒的輕便馬車。綠酃，酒名。❿方雙轡　指四馬。方，並列。雙轡，雙馬。⓫賦珍羞　遍予軍士以精美菜肴。⓬飲烽起　行酒時舉烽火告眾。烽，火把。⓭釂鼓震　擊鼓要軍士把杯中酒喝盡。釂，飲盡杯中的酒。⓮遺倦　忘記了疲倦。⓯幸　天子駕臨。⓰館娃之宮　春秋時吳國君夫差特為西施所建宮殿。吳人稱美女為娃，故取名館娃宮。在硯石山（今名靈岩山）上，距今蘇州市約三十里。⓱女樂　歌伎。⓲鈞天　指〈鈞天廣樂〉。天上的音樂。⓳下陳　在凡間陳設演出。⓴登　進獻。㉑東歌　東方的歌曲。㉒操南音　演奏南方音樂。㉓胤　繼續表演。㉔陽阿　楚國的歌曲。㉕韎任　皆歌曲名。〈韎〉，東方樂曲之名。〈任〉，南方樂曲之名。㉖荊豔　楚歌。㉗吳愉　吳歌。㉘越吟　越歌。㉙翕習　盛大的樣子。㉚容裔　悠閒自得。㉛靡靡　宏麗的樣子。㉜愔愔　安和的樣子。㉝與夫　據王念孫曰，此二字是「舉」之誤。舉，動的意思。㉞隆響　高亢的聲音。㉟鏗耾　宏大的聲音。㊱有殷坻頹於前　據王念孫考證，此句之「於前」二字是衍文，應刪去，則與下句句法一致，此說甚當。有殷，盛大的聲音。坻頹，山坡崩坍。㊲曲度　樂曲的變轉。㊳難勝　不可窮盡。㊴謠俗　民間歌謠。㊵汁協　協合。汁，通「協」。㊶律呂　音樂樂理。㊷奏樂　奏出快樂的音調。㊸木石潤色　木石色彩鮮豔。㊹暴興　突然產生。㊺延露　一種民間樂曲的曲名。㊻駕辯　傳說伏羲氏所造之曲。㊼踰　超越。㊽綠水　和下〈采菱〉，都是歌曲名。㊾弭髦　馬毛順合。㊿仰秣　正在吃草的馬也抬起頭來傾聽。形容音聲之美好。秣，草料。此用為動詞。吃草之意。(51)淵魚竦鱗而上升　深淵中的魚聽到音樂聳身而上升。(52)酣湑半　酣飲至半。湑，濾去酒糟。(53)八音　中國古代對樂器的統稱。指金、石、土、革、絲、木、匏、竹八類。(54)并　齊奏。(55)歡情留二句　歡樂的情懷尚留連不去，而美好的時光已經逝去了。征，遠去。(56)魯陽揮戈而高麾二句　據《淮南子．覽冥》，楚將魯陽文子與韓酣戰，日暮，文子揮戈阻止太陽西沈。高麾，揮日。曜靈，太陽。太清，天空。(57)將　想要。(58)轉西日而再中二句　言若能使西日再中，則其精誠可同於往日。轉西日而再中，把西沈之日轉回到中央。因是一日之中第二次的日中，故說再中。齊，同於。既往，指往昔魯陽文子。精誠，真心誠意。

【語　譯】指定包山為聚會地點，在太湖上集結停留。在桂林苑中統計漁獵成果，在落星樓前犒勞士卒。準備的美酒若淮水、泗水之多，堆積的魚肉如同山丘一般。飛馳的輕軒來往殷勤地為士卒酌酒，四馬的車子也送來精美的食物。於是大夥舉火行酒，擊鼓乾杯。此時士卒早已忘記疲倦，眾人滿懷歡欣地慶祝。吳主遂駕臨館娃宮，張設歌伎來娛樂群臣。羅列著金石絲竹各種樂器，好像天上的〈鈞天廣樂〉降留凡間。先進獻東歌，演奏南音。接著演唱楚國〈陽阿〉之歌，歌詠〈韎〉、〈任〉等樂曲。一時間宮中彌漫著楚歌楚舞、吳越歌吟。盛大而悠閒，宏麗而安和。這些歌舞，唱和聲調高亢，鐘鼓音響宏大。聲音盛大如同山崩，曲調變化不可窮盡。都與民間歌謠協和，與樂理相合。奏起歡樂的樂曲，則木石為之鮮潤。吐露哀傷的情思，則有若淒風突然激起。這些樂曲之動聽遠超過〈延露〉、〈駕辯〉、〈綠水〉、〈采菱〉等樂曲，就連軍馬也毛鬃順合，仰頭傾聽，池中淵魚也感動得聳身浮出水面。飲酒半酣，樂器齊奏。歡樂的情懷尚留連未去，美好的時光卻已經消逝。想起魯陽文子曾執戈高揮，使太陽返回天空。不禁也想要使落日再度轉回中央，希望懷著與古人相同的誠意來喚回光陰。

昔者夏后氏朝群臣於茲土❶，而執玉帛❷者以萬國❸。蓋亦先王之所高會❹，而四方之所軌則❺。春秋之際，要盟❻之主❼。闔閭❽信其威❾，夫差窮其武❿。內果伍員之謀⓫，外騁孫子之奇⓬。勝彊楚於柏舉⓭，棲勁越於會稽⓮。闕溝乎商魯⓯，爭長於黃池⓰。徒以江湖嶮陂⓱，物產殷充⓲。繞霤⓳未足言其固，鄭白⓴未足語其豐。士有陷堅之銳㉑，俗有節概㉒之風。睚眥則挺劍㉓，喑嗚則彎弓㉔。擁之者龍騰，據之者虎視㉕。麾城㉖若振槁㉗，搴旗㉘若顧指㉙。雖帶甲㉚一朝㉛，而元功㉜遠致㉝。雖累葉百疊㉞，而富彊相繼。樂湑㉟衎㊱其方域㊲，列仙集其土地。桂父練形而易色㊳，赤須㊴蟬蛻㊵而附麗㊶。中夏比焉㊷，畢世㊸而罕見。丹青圖其珍瑋，貴其寶利也㊹。舜禹游焉，沒齒而忘歸㊺。精靈㊻留其山阿㊼，翫㊽其奇麗也。剖判㊾庶士㊿，商搉萬俗(51)。國有鬱鞅(52)而顯敞(53)，邦有湫阨(54)而踡跼(55)。伊(56)茲都(57)之函弘(58)，傾神州而韞櫝(59)。仰南斗以斟酌(60)，兼二儀(61)之優渥(62)。繇此(63)而揆(64)之，西蜀之於東吳，小大之相絕也。亦猶棘林螢燿(65)，而與夫尋木(66)龍燭(67)也。〈否〉〈泰〉(68)之相背也，亦猶帝之懸解(69)，而與桎梏疏屬(70)也。庸可共世而論巨細(71)，同年而議豐确(72)乎！暨(73)其幽遐獨邃(74)，寥廓閑奧(75)。耳目之所不該(76)，足趾之所不蹈(77)。倜儻(78)之極異，譎詭(79)之殊事。藏理(80)於終古(81)，而未寤(82)於前覺也。若吾子(83)之所傳，孟浪(84)之遺言。略舉其梗概，而未得其要妙(85)也。

【章　旨】本章先回顧春秋時吳國爭霸的歷史，認為能掌握吳國就能龍騰虎視於世。接著以中原、西蜀來與東吳相比，說東吳遠遠過之。最後，東吳王孫說明：以上所述只是吳都的梗概，還有許多材料未被發掘出來。

【注　釋】❶夏后氏朝群臣於茲土　據《左傳・哀公七年》，禹曾在塗山召見諸侯。夏后氏，古部落名。禹為其首領。塗山在吳地，故曰茲土。❷玉帛　瑞玉和束帛。此指諸侯參與會盟朝聘時所持的禮物。❸萬國　上萬諸侯。❹高會　大會。❺軌則　取法。❻要盟　脅迫對方締結盟約。❼主　盟主。❽闔閭　一作「闔廬」。春秋時吳國國君。❾信其威　伸張其威望。闔閭一度滅徐破楚，故言。信，通「伸」。❿窮其武　用盡武力。⓫內果伍員之謀　此言吳王採納伍員之謀而終於實現。內，

「納」的古字。採納。果，凡事與預期相合。伍員，即伍子胥。本是楚國大夫，流亡於吳國，成為吳國重要謀臣，受闔閭信用。⑫外騁孫子之奇　對外戰爭中使用孫子的奇計。孫子，即著名軍事家孫武。曾被闔閭任為將，率兵西破強楚，入郢，著有兵法。《吳越春秋》、《漢書》稱孫武為吳人，《史記》則稱孫武為齊人。⑬勝彊楚於柏舉　吳楚在柏舉決戰，闔閭之弟夫槩先擊楚子常，楚軍大敗。彊楚，即強楚。柏舉，在今湖北省黃岡縣附近。縣東有柏子山、舉水，故云。⑭棲勁越於會稽　春秋末年吳王夫差敗越於夫椒，遂入越，越王句踐率五千甲兵退守於會稽山，故稱。⑮闕溝乎商魯　夫差北征，為通水路，在宋魯之間挖掘深溝。闕，挖掘。商，指宋國。宋人為商人之後。⑯爭長於黃池　西元前四八二年（魯哀公十三年），吳王夫差召集晉定公、魯哀公、單平公會盟於黃池（今河南封丘西南），吳晉曾爭當盟主，後吳取勝。爭長，即爭為盟主。⑰嶮陂　險阻。⑱殷充　充足。⑲繞霤　地名。在今陝西省商縣，當地有一座商山，山路屈曲，谿谷之水回繞，又名七盤十二繞。霤，屋簷下接水的水槽。地名「繞霤」，係用曲折屋霤形容其地險阻的意思。⑳鄭白　鄭渠、白渠。均在關中，其地物產豐饒。㉑陷堅之銳　攻破堅敵的勇氣。㉒節概　講究志節氣概。㉓睚眥則挺劍　是說吳地之人有一點小怨忿就挺劍而對。睚眥，瞪眼睛。引申為小怨小忿。㉔喑嗚則彎弓　是說吳地之人懷有怒氣就彎弓來射。喑嗚，懷有怒氣。㉕擁之者龍騰二句　若擁此驍勇之眾，據此險絕之士，則必定能建立龍騰虎視的強大霸業。㉖麾城　揮旗攻克城池。㉗振槁　振落枯槁的樹葉。㉘搴旗　拔取敵方的旗幟。㉙顧指　頭一回、手一指。形容容易和疾速。㉚帶甲　是說披甲從軍去作戰。㉛一朝　形容時間短。㉜元功　大功。㉝遠致　功垂於遠代。㉞累葉百疊　一代代相承，直至百代。葉，世代。疊，重。㉟樂湑　即樂胥。語出《詩・小雅・桑扈》「君子樂胥」。此以樂胥轉指君子。㊱衎　喜歡。㊲方域　指吳地。㊳桂父練形而易色　據《列仙傳》，桂父，象林人，常服桂葉，以龜腦和之，顏色如童，時黑時白時赤。象林，西漢縣名。在今越南廣南省，曾屬吳境。練形，修煉其形。易色，改變顏色。㊴赤須　即赤須子。傳說中的仙人，食柏實石脂，絕穀，齒落更生，細髮復出。㊵蟬蛻　比喻赤須子如蟬之脫殼，脫去舊形，又有新的面貌。㊶附麗　附的意思。赤須子原是豐（今山東益都）人，不是吳人，後來居吳山，故言。㊷中夏比焉　中原各國同吳相比。㊸畢世　永世。㊹丹青圖其珍瑋二句　是說中原的人不能見到吳地珍異之物，只好用丹青來圖畫形狀，因為這些東西可寶可利。㊺舜禹游焉二句　舜禹都死在吳地。舜葬九疑山（一名蒼梧山），在今湖南省寧遠縣南，禹葬今浙江紹興的會稽山，二處都屬孫吳。沒齒，終身。此指至死。㊻精靈　謂舜禹的神靈。㊼山阿　山曲。㊽翫　玩賞。翫，通「玩」。㊾剖判　分別評價。㊿庶士　眾士。(51)商搉萬俗　商討各國風俗。(52)鬱軼　隆盛。(53)顯敞　高而寬廣。(54)湫阨　低下狹隘。(55)踡跼　屈曲不舒展。(56)伊　語氣詞。無義。(57)茲都　此都。指吳都。(58)函弘　寬大。(59)傾

神州而韞櫝　把整個中原大地都包含，如收藏在櫃中一般。韞櫝，藏在櫃中。一說：傾神州是謂吳國使整個中國都向東南傾斜。60仰南斗以斟酌　仰取南斗來酌取。含有得天之福祉的意思。古人認為南斗主爵祿。南斗，即斗宿。因與北斗相對來說位置在南，故俗稱南斗。南斗六星成杓狀。61二儀　天地。62優渥　優厚。63繇此　由此。64揆　度量。65棘林螢燿　荊棘灌木、螢火蟲的光。66尋木　傳說中的大樹。長千里。67龍燭　即燭龍。傳說為鍾山之神，兩眼能發巨光，開眼即為白晝，閉眼就是黑夜。68否泰　《周易》中的兩個卦名。〈泰〉謂「天地交而萬物通」。〈否〉謂「天地不交而萬物不通」。69帝之懸解　語出《莊子・養生主》。是說人若能隨順天道，就能得到真正的自由。帝，指天帝。懸解，謂從束縛中得到解脫。70桎梏疏屬　典出《山海經・海內西經》。貳負（古代神話人名）殺猰貐（古代神話獸名），天帝就把他加上桎梏，關押在疏屬之山。桎，腳鐐。梏，手銬。71庸可共世而論巨細　怎可把西蜀與東吳放在一起論其大小。72确　貧瘠。73暨　至於。74幽遐獨邃　深遠偏僻的地方。75寥廓閑奧　開闊深奧的地方。76不該　不及。77足趾之所不蹈　腳踩不到的地方。78倜儻　卓然。79譎詭　詭異。80理　據孫志祖校，當作「埋」。81終古　永古。82寤　通「悟」。83吾子　據王念孫《讀書雜志》所考，當作「吾」，為東吳王孫自謂，「子」字為後人妄加。84孟浪　粗略。85要妙　美妙之處。

【語譯】從前夏禹曾在這裡召見群臣，執玉帛來朝見的有上萬諸侯。這是先王的大會，四方取法的榜樣。春秋之時，吳為盟主。闔閭伸張國威，夫差用盡武力。內政採納伍員的謀略，對外施用孫武的奇計。在柏舉大勝強大的楚國，把越國的勁旅圍困在會稽山上。在宋魯之間開挖深溝，在黃池會上爭做了盟主。只憑著此地江湖的險阻，物產的殷富。繞霤也比不上它的鞏固，鄭白一帶也不及它的豐足。吳士有攻堅的勇氣，民俗講究志節氣概。小小忿怨就挺起劍來，懷有怒氣馬上彎弓而射。因此擁有吳眾就能龍騰於世，據有吳地則可以虎視列國。據此則攻城如同振落枯葉般容易，奪旗也在回頭舉指之間般的輕便。即使戎裝一日，人功也曾遠垂後世。即使百代相傳，也能富強相繼。君子喜歡此國，列仙集中此地。桂父修鍊其形能夠變色，赤須子返老還童客居吳地。中原各國與吳比較，歷來罕見此地珍異之物。只好用丹青來描繪，因為這些東西可寶可利。舜和禹來遊吳地，至死而忘歸。神靈留在那山曲處，玩賞奇麗的景色。評判各種人物，商討各地風俗。吳國地形有隆盛而高廣之處，也有低窪而局促之地。吳都如此寬大，可包含整個中原，就如收藏在櫃中一樣。仰取南斗來斟酌，兼得天地優厚的待遇。由此度量，西蜀跟東吳，小大相差懸殊。如同荊棘螢火，和那千里的尋木、照耀天地的燭龍比較一般。吳泰蜀否，完全相反，彷彿吳國隨順天道，自由自在，而蜀國則被天帝拘束關押在疏屬山一樣。因此怎麼可以把它們放在一處評判其大小，議論其貧富呢！至於吳國那深遠偏僻的地方，開闊奧祕的所在。耳目達不到，腳步踩不到。那些卓然極異、詭奇特殊之事，隨著歲月永古藏埋，尚未被先覺者所察覺。如我上面所述，只是粗鄙的傳言、概況的略舉，恐怕還沒能道出東吳美妙之處呢！

卷六

魏都賦

【作 者】左思，見頁一六一。

【題 解】魏都指的是曹魏都城鄴城（今屬河北省臨漳縣範圍），雖然東漢王朝首都名義上在許，但實際上政治中心在曹魏的鄴城。後曹丕代漢，遂正式遷都洛陽。〈魏都賦〉是〈三都賦〉的末篇，也是三篇中最主要的一篇。作者在前面二篇中描繪吳蜀的山川風物時，對吳蜀君主總是語含諷刺。而在本篇中，他傾其全力來歌頌魏帝之德，表達了作者的真正思想傾向。人說大賦勸百諷一，其實張衡〈二京賦〉以來即已大有改觀，至〈三都賦〉可說根本改變了這種情形。

〈魏都賦〉與前二篇相比，說理敘事之筆用得略多，但文字簡練清麗，雖是宏篇巨製，讀來卻不覺冗長生厭。其中對銅爵三臺的描繪，對曹操兵威的形容，都給人以深刻的印象，不失為賦中的好文字。

魏國先生❶有睟❷其容，乃盱衡❸而誥❹曰：异❺乎交益❻之士！蓋音有楚夏❼者，土風❽之乖❾也。情有險易❿者，習俗之殊也。雖則⓫生常⓬，固非自得⓭之謂也。昔市南宜僚弄丸，而兩家之難解⓮。聊為吾子⓯復翫⓰德音，以釋二客競于辯囿⓱也。夫泰極剖判⓲，造化⓳權輿⓴。體㉑兼晝夜，理㉒包清濁㉓。流而為江海，結而為山嶽。列宿分其野㉔，荒裔帶其隅㉕。巖岡潭淵，限蠻隔夷㉖，峻危之竅㉗也。蠻陬㉘夷落，譯導㉙而通，鳥獸之氓㉚也。正位居體㉛者，以中夏為喉㉜，不以邊垂㉝為襟㉞也。長世㉟字㊱甿㊲者，以道德為藩，不以襲險㊳為屏也。而子大夫之賢者，尚弗曾庶翼等威㊴，附麗㊵皇極㊶，思稟正朔㊷，樂率㊸貢職㊹。而徒務㊺於詭隨㊻匪人㊼，宴安於絕域㊽。榮其文身，驕其險棘㊾。繆㊿默語之常倫(51)，牽(52)膠言(53)而踰侈(54)。飾華離(55)以矜然(56)，假(57)倔彊(58)而攘臂(59)。非醇粹(60)之方壯(61)，謀蹐駮(62)於王義(63)。孰愈(64)尋靡萍(65)於中逵(66)，造沐猴於棘刺(67)！劍閣(68)雖嶛(69)，憑之者蹶(70)，非所以深根固蔕(71)也。洞庭(72)雖濬(73)，負(74)之者北(75)，非所以愛人治國也。彼桑榆之末光(76)，踰長庚(77)之初輝。況河冀(78)之爽塏(79)，與江介(80)之湫湄(81)！故將語子以神州(82)之略(83)，赤縣(84)之畿(85)。魏都之卓犖(86)，六合(87)之樞機(88)。

【章　旨】本章出現了一位魏國先生，他表示要來化解蜀吳二客的爭論。接著他竭力貶低吳蜀二地，說是邊遠之地，蠻夷之民，來引發下文對魏都的歌頌。

【注　釋】❶魏國先生　賦中假設的人物。❷睟　潤澤的樣子。❸盱衡　舉眉張目。盱，張目。衡，眉上部分。❹詰　告。❺异　借為「異」。❻交益　皆地名。交，交州。三國時屬吳國，在今廣東省。益，益州。三國時屬蜀國，在今四川省。❼夏　中原地區。❽土風　各地風俗。❾乖　不同。❿情有險易　人性有奸險者，有通達者。⓫雖則　是則。⓬生常　即〈三都賦序〉所言「積習生常」。習慣成自然。⓭自得　得自天性。⓮昔市南宜僚弄丸二句　從前市南宜僚不怕威脅地弄丸，而使楚白公勝與令尹子西兩家的仇怨和解。《莊子‧徐无鬼》：「市南宜僚弄丸而兩家之難解。」據唐成玄英之疏解釋此句說，市南宜僚，姓熊，字宜僚，居於市南，因號市南子，是楚國的賢人和勇士。楚白公勝欲作亂，將殺令尹子西。司馬子綦推薦熊宜僚是個勇士，於是遣使去請他。宜僚只是上下弄丸而戲，不與使者談話，使者以劍威脅，他亦不驚懼。白公勝不得宜僚，造反不成，故說兩家之難解。但是這段記述並不合史實，據《左傳・哀公十六年》，白公勝殺死了子西，後來他自己亦死於內爭之中。⑮吾子　指吳蜀二客。⑯翫　通「玩」。⑰辯囿　辯者多詞，如苑囿有草木。⑱泰極剖判　原始混沌之氣剖分，因而產生天地。泰極，原始混沌之氣；派生萬物的本原。剖判，分開。⑲造化　創造化育物質世界。⑳權輿　開始。㉑體　體式。㉒理　世界生成之理。㉓清濁　指天地元氣的清濁。傳說元氣剖分，清輕者上升為天，濁重者下沈為地。㉔列宿分其野　古人把天上星宿與地上州域相對應，於天則有分星，於地則有分野。列宿，指天上星宿。㉕荒裔帶其隅　此言把邊遠之地連在中原的角落。荒裔，邊遠之地。帶，連接。隅，角落。㉖巖岡潭淵二句　山嶽江湖，阻隔蠻夷。蠻、夷，古人指邊遠的少數民族。㉗窮　險阸。《方言》：「窮，阸也。」㉘陬　與下「落」字，都指聚居之處。㉙譯導　傳譯。㉚鳥獸之氓　言蠻夷之民，文化不發達，穴居木宿，如同鳥獸一般。氓，民。㉛正位居體　處於君位，居於君體。㉜以中夏為喉以中原地帶為咽喉要地。㉝邊垂　邊陲；邊疆。㉞襟　同「衿」。衣交領；襟帶。含有屏障護衛的意思。㉟長世　為世之長，統治一世者。㊱字　養。㊲甿　種田之民。㊳襲險　重重險阻。㊴庶翼等威　與眾庶一道擁戴魏主。翼，擁戴。等威，語出《左傳・宣公十二年》：「貴有常尊，賤有等威。」服從魏主的意思。㊵附麗　附著。麗，著。㊶皇極　指帝王之位或王室。此指魏帝。㊷稟正朔　即採用某朝的曆法。臣服某朝的意思。此指臣服於魏。稟，接受奉行。正朔，一年的第一天。正，一年的開始。朔，一月的開始。夏殷周三代正朔不同，漢武帝後都用夏曆。㊸樂率　樂於服從。㊹貢職　貢獻方物於天子的職司。㊺徒務　只從事。㊻詭隨　曲隨。㊼匪人　不親近的人。指蠻夷之人。㊽宴安於絕域　是說蜀吳二客安於偏遠之地。宴，安。㊾險棘　險阻。㊿繆　昧；不明白。(51)默語之常倫　君子或沈默或說話都有一定的常理。倫，次序。(52)牽　受到影響。(53)膠言　徒逞辯詞而不合於義的謬論。(54)踰侈　過分。(55)華離　指蜀國之地。(56)矜然　自負。(57)假　借。(58)倔彊　指少數民族強悍的性格。指〈吳都賦〉中對吳地民風的描寫。(59)攘臂　捋袖伸臂。表示振奮的樣子。(60)醇粹　精純而不變不雜。(61)方壯　比於大道。方，比。壯，大。(62)踳駮　乖離和雜亂。(63)王義　王者之義。(64)孰愈　哪一個更甚。(65)靡蓱　飄蓱。靡，飄流的樣子。蓱，同「萍」。浮萍。(66)中逵　路上。逵，九達之道。(67)造沐猴於棘刺　事見《韓非子・外儲說左上》。謂燕王好微巧，有人說能在棘刺之尖上雕刻母猴，但要看到必須半歲不入宮，不飲酒食肉，因而很受燕王優待，後為冶人戳穿這場騙局。母猴即沐猴，即獼猴。(68)劍閣　地名。在四川省北部劍閣縣境內，有大劍山、小劍山，峰巒相連，十分險峻，其間有閣道相通，因名這一帶為劍閣。(69)嶚　高峻的樣子。(70)蹶　敗。(71)深根固蔕　比喻長久安穩。蔕，蒂。花瓜果與莖枝相連的部位。(72)洞庭　太湖。(73)濬　深。(74)負　恃。(75)北　敗。(76)桑榆之末光　日落時的陽光。(77)長庚　即啟明星、太白星。78河冀　指黃河流域的古冀州一帶。今山西、河北、河南一帶。此指魏國所處之地。79爽塏　明亮而高燥。爽，明。塏，高而乾燥。80江介　長江邊際。81湫湄　小水。82神州　指中原地區。83略　界。84赤縣　指中原地區。85畿　天子所領之地。86卓犖　超絕特出。87六合　天下。88樞機　關鍵。

【語譯】魏國先生容光煥發，揚眉舉目地說：交州益州的人多麼怪異呵！所謂語音有荊楚、中原之分，是由於地方風氣的不同；人性有奸險、平實之別，是由於習俗的差異。這是後天的習慣成自然，不能說是天性如此。從前市南宜僚神閒氣定不怕威脅地弄丸，於是白公勝、令尹子西兩家的仇怨得以和解。我今且為你們二位來展玩一下有德之言，化解你們所爭議的辯論。原始混沌之氣分解了，才開始創造化育。於是有了晝夜的規律，天地萬物皆由清濁之氣合成；或流而成為江海，或凝結成為山嶽。星宿分布排列，與地上州域相互對應，邊荒地區將中原的角落包圍連結起來。山嶽江湖，阻隔了蠻夷的流通，無一不是高峻危險的阻阨。蠻夷村落，要經傳譯才能溝通，因為這裡的百姓都尚未開化。居天子之位者，把中原作為咽喉要地，不靠邊陲為襟帶來保護。統治一世撫養萬民者，以道德自守，不憑重重險阻為屏障。而你們二位是賢大夫，還未曾與眾庶一起擁戴大魏，歸順王室，願意稟受曆法，樂於遵守貢納之職。卻專門曲隨蠻夷，安於邊遠之地。以紋身等奇風異俗為榮耀，以地勢險阻為驕傲。不明白什麼該說、什麼不該說的常理，一味地發表謬論而過分誇大。只在描繪邊僻狹小之地而怡然自負，假藉蠻夷的勇悍而振奮不已。殊不知這不是合於大道的精純之論，只是雜亂的乖離於王者之義的謬見。這跟在路上尋找飄萍，在棘尖上雕刻獼猴相比，哪一個更虛妄呢！劍閣雖高，憑據它卻會失敗，根本不是深根固蒂的辦法。太湖雖深，依附它就敗北，也不是愛民治國的基礎。日暮時候的陽光，還超過長庚星初升的光輝。何況拿明朗高爽的黃河冀州一帶，與江邊小水流域相比呢！所以我打算向你們介紹神州的經界，赤縣的區域。魏都的超絕特出，是天下的關鍵所在。

于時運距陽九❶，漢綱❷絕維❸。姦回❹內顛❺，兵纏❻紫微❼。翼翼❽京室，眈眈⑨帝宇。巢焚原燎⑩，變為煨燼⑪，故荊棘旅庭⑫也。殷殷⑬寰內⑭，繩繩⑮八區⑯。鋒鏑⑰縱橫，化為戰場，故麋鹿寓城⑱也。伊洛⑲榛曠⑳，崤函㉑荒蕪。臨菑㉒牢落㉓，鄢郢㉔丘墟㉕。而是有魏開國之日，締構㉖之初，萬邑譬焉，亦猶犨麋㉗之與子都㉘，培塿㉙之與方壺㉚也。且魏地者，畢昴之所應㉛，虞夏之餘人㉜，先王㉝之桑梓㉞，列聖㉟之遺塵㊱。考之四隈㊲，則八埏㊳之中。測之寒暑，則霜露所均㊴。卜偃前識而賞其隆㊵，吳札聽歌而美其風㊶。雖則衰世，而盛德形於管弦㊷。雖踰千祀㊸，而懷舊蘊㊹於遐年㊺。爾其疆域，則旁極齊秦，結湊㊻冀道㊼。開胸㊽殷衛㊾，跨躡㊿燕趙。山林幽岟(51)，川澤迴繚(52)。恆碣(53)碪礍(54)於青霄，河汾(55)浩涆(56)而皓溔(57)。南瞻淇澳(58)，則綠竹(59)純茂。北臨漳滏(60)，則冬夏異沼(61)。神鉦(62)迢遞於高巒，靈響(63)時驚於四表(64)。溫泉毖湧(65)而自浪(66)，華清(67)蕩邪(68)而難老(69)。墨井(70)鹽池(71)，玄滋(72)素液(73)。厥田惟中(74)，厥壤惟白(75)。原隰(76)畇畇(77)，墳(78)衍(79)斥斥(80)。或嵬壘(81)而複陸(82)，或黋朗(83)而拓落(84)。乾坤交泰(85)而絪縕(86)，嘉祥(87)徽顯(88)而豫作(89)。是以兆朕(90)振古(91)，萌柢疇昔(92)。藏氣(93)讖緯(94)，閟(95)象(96)竹帛(97)。迥時世(98)而淵默，應期運(99)而光赫(100)。暨(101)聖武(102)之龍飛(103)，肇(104)受命(105)而光宅(106)。

【章　旨】本章先說明魏之建都正在東漢末國家殘破之際。接著回顧魏地的歷史，敘述魏國疆域的位置及地形。

【注　釋】❶運距陽九　遭到厄運。運，時運。距，至。陽九，厄運。陽數窮於九，故以喻窮厄的時運。❷漢網　漢朝的法網。指漢朝的政治秩序。❸絕維　網繩斷絕。此指法紀鬆弛。維，指網綱。提網的總繩。❹姦回　奸邪之人。指漢末禍亂朝廷的宦官外戚。❺內贔　內亂。贔，怒而作氣之貌。❻兵纏　軍隊包圍。❼紫微　指皇宮。❽翼翼　美。❾耽耽　宮室深邃的樣子。❿巢焚原燎　如鳥巢被焚，草原被燒。此指漢靈帝死後，宦官與外戚爭鬥，袁術焚尚書閣，董卓遷都，火焚洛陽宮廟及平民住房等事件。⓫煨燼　灰燼。⓬旅庭　生於中庭。《說文通訓定聲・豫部》：「不因播種而生，故曰旅。」⓭殷殷　眾多的樣子。⓮寰內　王畿之內。距京都千里的地面。⓯繩繩　眾多的樣子。⓰八區　八方。⓱鋒鏑　泛指兵器。鋒，兵器的刃。鏑，箭鋒。⓲寓城　寄居城邑之間。⓳伊洛　伊水和洛水。均在今河南省。此指東漢都城洛陽一帶。⓴榛曠　此言雜樹叢生，空曠無人。榛，叢生的樹。㉑崤函　崤山、函谷關。其西即關中地區，包括長安。㉒臨菑　古邑名。以城臨菑水得名，故址在今山東省淄博市東北，周初封呂尚於齊，建都於此。㉓牢落　闃寂。㉔鄢郢　皆城名。鄢，即鄢陵。在今河南鄢陵西北，原為周鄢國之地，後為楚國所有。郢，楚之都城。在今湖北省江陵縣北的紀南城。㉕丘墟　廢墟；荒地。㉖締構　結構。指建國奠都。㉗鞾靡　古代的醜人。㉘子都　古代有名的美男子。㉙培塿　小土丘。㉚方壺　傳說中海上三神山之一。㉛畢昴之所應　此言魏地與上天畢、昴相應，為其分野。畢、昴，星宿名。㉜餘人　後代。㉝先王　指舜禹。㉞桑梓　此指故鄉。㉟列聖　指舜禹。㊱遺塵　遺留下的土地。㊲隈　角落。㊳八埏　八方。埏，指大地極遠的邊際。㊴測之寒暑二句　此言寒暑適中，霜露均勻。㊵卜偃前識而賞其隆　晉獻公封畢萬於魏，卜偃說：「畢萬之後必大。」卜偃，春秋時晉國掌卜之官。前識，預見。賞其隆，宣揚其後代必定隆盛。㊶吳札聽歌而美其風　據《左傳・襄公二十九年》，吳公子季札到魯國觀樂，當歌魏風時，季札贊美說：「美哉，大而婉，儉而易行。以德輔此，則明主也。」風，指魏風。魏地的歌曲。㊷雖則衰世二句　指季札觀樂時在春秋，正是諸侯亂政，周朝衰微之時，但魏地的盛德還是表現在音樂中。管弦，指演奏魏風的音樂。㊸千祀　千年。㊹懷舊蘊　保存昔日魏地良好風俗。㊺遐年　久遠的年代。㊻結湊　結聚。㊼冀道　二古國名。冀，在今山西河津。道，在汝水之南。㊽開胸　在其前。㊾殷衛　皆國名。殷，在今河南安陽西北。商王朝建都所在。衛，在今河南省。㊿跨躡　控帶。鄰接的意思。(51)幽峽　深邃。(52)迴繚　繚繞。(53)恆碣　皆山名。恆，北嶽恆山。碣，碣石山。在今河北省境內。(54)碪礍　高峻的樣子。(55)河汾　黃河、汾水。(56)浩汧　水大的樣子。(57)皓溔　水無涯際的樣子。(58)淇澳　淇水岸邊。淇，淇水。在今河南省，古為黃河支流，東漢建安中，曹操於淇口作堰，使淇水流入白溝（今衛河）。(59)綠竹　皆植物名。綠，同「菉」。即藎草。(60)漳滏　皆水名。漳，漳水。源出山西省東南部，流入衛河。滏，滏水。即滏陽河，源出河北省磁縣西北滏山。(61)冬夏異沼　漳滏二水均經鄴西北，滏水熱，和漳水水溫差異很大，有如冬夏之別。沼，水的通稱。(62)神鉦　劉淵林注引《冀州圖》稱：鄴城西北有座鼓山，山有石鼓之形，傳言其鼓常自鳴，故人稱之為神鉦。然而鉦係指鐃或銅鑼，與鼓異類，所以此說也頗勉強。或是古人行軍時，打鉦令靜，打鼓令動，後稱「鉦鼓」為「軍事」之意；鉦與鼓相連，故舉鉦也就說到鼓了。所以《文選》李善注說：「劉邵〈趙都賦〉曰：神鉦發聲。俗云：石鼓鳴則天下有兵革之事。」(63)靈響　指石鼓之聲。(64)四表　四方。表，外。(65)毖湧　疾流。(66)自浪　自成波浪。(67)華清　溫泉水華美而清潔。(68)蕩邪　蕩滌疾病。(69)難老　延年益壽。(70)墨井　指煤礦。鄴城之西伯陽城（今河南安陽西北）西有煤井。(71)鹽池　河東猗氏（今山西臨猗）南有鹽池，東西長六十四里，南北長七十里。(72)玄滋　指煤井中黑水。(73)素液　指鹽池中鹽水。(74)厥田惟中　《尚書・禹貢》：「厥田惟中中。」是說冀州土質的肥瘠在九州之中位列第五，次於上上、上中、上下、中上。(75)厥壤惟白　《尚書・禹貢》說冀州「厥土惟白壤」。(76)原隰　平原和低溼地。(77)畇畇　土地墾闢之狀。(78)墳　高地。(79)衍　平地。(80)斥斥　廣大的樣子。原作「厈厈」，據高步瀛校改。(81)嵬壘　高低不平的樣子。(82)複陸　重疊的樣子。(83)黋朗　光明的樣子。(84)拓落　廣大的樣子。(85)乾坤交泰　意謂天地之氣融合貫通，生養萬物，萬物乃得以順利生長。乾坤，指天地。《易・泰》：「天地交，泰。」(86)絪縕　《易・繫辭下》：「天地絪縕，萬物化醇。」意謂萬物由陰陽之氣互相作用而變化生長。(87)嘉祥　祥瑞。(88)徵顯　美顯。(89)豫作　事先發生。(90)兆朕　徵兆。(91)振古　自古。(92)萌柢疇昔　是說魏都的兆跡始本於往古。指昔日已有卜偃、季札賞美此地了。萌，始。柢，本。(93)藏氣　密藏王者受命的氣運。(94)讖緯　讖書和緯書。讖，巫師或方士製作的一種隱語和預言。其中有王者興亡的符驗和徵兆。緯，方士化的儒生編集起來附會儒家經典的各種著作。(95)閟　閉。(96)象　指徵兆。(97)竹帛　竹簡絹帛。此即指上句之讖緯。(98)迥時世　久遠的時代。(99)期運　氣運。(100)光赫　大盛。(101)暨　至。(102)聖武　指魏武帝曹操。(103)龍飛　神龍起飛。指皇帝即位。曹操在世時並未做皇帝，曹丕即位，追尊曹操為武皇帝，然而魏室實由曹操打下基礎，故云「聖武龍飛」。(104)肇　始。(105)受命　受天命而為帝。(106)光宅　開闢而居於此。意即建都於此。

【語　譯】那時國家遭到厄運，漢朝法紀鬆弛。奸邪之人作亂於宮廷之內，軍隊包圍了皇宮。壯美的京都宮室、深邃的皇宮殿宇，都遭到戰火蹂躪，就像鳥巢被焚原野被燒一般，剎時化作灰燼，遂成為荊棘叢生的荒地。而原來人口眾多的王畿，熙熙攘攘的八方，由於受到戰事的直接破壞，兩軍交鋒，淪為戰場，乃致於戰後成了麋鹿寄居的草原。洛陽一帶雜樹叢生，長安附近一片荒蕪。齊都闃寂無人，楚地淪為廢墟。而這時正是大魏開國之時，建都之初，其他城邑與之相比，便猶如醜陋的犨麋見到了俊美的子都，小土丘見到了神山方壺一般。且說魏地，是畢昴二宿的分野，舜、禹的後代，先王的故鄉，諸聖人的遺土。考察它的邊界位置，則居於八方中央。測度它的寒暑季節，則霜露均勻。古代卜偃曾預見魏的後裔必定隆盛，吳國季札也曾聆聽而贊美魏地歌謠。當時雖是世道衰微，但魏之盛德還是表現在音樂中。如今雖已超過千年，但還是保留了年代久遠的良好舊俗。魏國的疆域，廣袤直到齊國與秦國，結聚冀、道二州；前對殷、衛故地，跨臨燕、趙二國。山林深邃，川澤繚繞。恆山、碣石山聳入青霄，黃河、汾水洶湧無際。南望淇水崖岸，則藎草與箭竹茂盛。北臨漳水、滏水，水溫不同，有如冬夏之別。神鉦在高遠的山頭鳴響，靈異的聲音驚動四方。溫泉疾湧而自成波浪，華美清潔可除病延年。煤井鹽池，湧現出黑漿白液。土質中等，土壤白色。平原與低地都已墾闢，高地平地廣大無垠。有的地方高低重疊，有的地方明朗闊大。天地之氣貫通鼓蕩，嘉美祥瑞預先顯現。由此可見，徵兆自古就有，始本於往昔。氣運藏於讖緯裡，徵兆存在記載中。經過久遠年代的沈寂，終於應合時運而大盛。到武帝控御天下，才開始秉受天命在此建都。

爰初❶自臻❷，言占其良❸。謀龜❹謀筮❺，亦既允❻臧❼。修其郛郭❽，繕❾其城隍❿。經始⓫之制⓬，牢籠百王⓭。畫⓮雍豫⓯之居，寫⓰八都⓱之宇。鑒⓲茅茨於陶唐⓳，察卑宮於夏禹⓴。古公草創，而高門有閌㉑。宣王中興㉒，而築室百堵㉓。兼聖哲之軌㉔，并文質之狀㉕。商㉖豐約㉗而折中，准當年而為量㉘。思重爻，摹〈大壯〉(29)。覽荀卿(30)，采蕭相(31)。僝(32)拱木(33)於林衡(34)，授全模(35)於梓匠(36)。遐邇(37)悅豫(38)而子來(39)，工徒(40)擬議(41)而騁巧(42)。闡(43)鉤繩(44)之筌緒(45)，承二分(46)之正要(47)。揆(48)日晷(49)，考星耀(50)。建社稷(51)，作清廟(52)。築曾宮(53)以迴匝(54)，比岡隒(55)而無陂(56)。造文昌(57)之廣殿，極棟宇(58)之弘規(59)。⿱山對(60)若崇山崛起(61)以崔嵬(62)，髧(63)若玄雲舒蜺(64)以高垂。瓌材(65)巨世(66)，墄墌(67)參差。枌(68)橑(69)複結(70)。欒(71)櫨(72)疊施(73)。丹梁虹申(74)以並亙(75)，朱桷(76)森布(77)而支離(78)。綺井(79)列疏以懸蔕(80)，華蓮重葩(81)而倒披(82)。齊龍首而涌霤(83)，時梗概(84)於滮池(85)。旅楹(86)閑(87)列，暉鑒(88)抰振(89)。榱題(90)黮𪏭(91)，階隨(92)嶙峋(93)。長庭砥平(94)，鍾簴(95)夾陳(96)。風無纖埃，雨無微津(97)。巖巖(98)北闕(99)，南端(100)逌遵(101)。竦峭(102)雙碣(103)，方駕比輪(104)。西闢延秋(105)，東啟長春。用覲(106)群后(107)，觀享(108)頤賓(109)。左則中朝(110)有赩(111)，聽政(112)作寢(113)。匪樸(114)匪斲(115)，去泰去甚(116)。木無雕鎪(117)，土(118)無綈錦(119)。玄化(120)所甄(121)，國風所稟(122)。於前則宣明(123)顯陽(124)，順德崇禮(125)。重闈(126)洞(127)出，鏘鏘濟濟(128)。珍樹猗猗(129)，奇卉(130)萋萋(131)。蕙風(132)如薰(133)，甘露(134)如醴(135)。禁臺(136)省中(137)，連闥(138)對廊。直事(139)所繇(140)，典刑(141)所藏。藹藹(142)列侍(143)，金蜩(144)齊光。詰朝(145)陪幄(146)，納言(147)有章(148)。亞(149)以柱後(150)，執法內侍(151)。符節(152)謁者(153)，典璽(154)儲吏(155)。膳夫(156)有官，藥劑有司(157)。

肴醳[158]順時，腠理則治[159]。於後[160]則椒鶴文石[161]，永巷[162]壼術[163]，楸梓木蘭[164]，次舍甲乙[165]。西南其戶[166]，成之匪日[167]。丹青煥炳[168]，特有溫室[169]。儀形[170]宇宙，歷像賢聖[171]。圖以百瑞[172]，綷[173]以藻詠[174]。芒芒[175]終古，此焉則鏡[176]。有虞作繪[177]，茲亦等競[178]。右[179]則疏圃[180]曲池[181]，下畹[182]高堂[183]。蘭渚[184]莓莓[185]，石瀨[186]湯湯[187]。弱荾[188]係實，輕葉振芳[189]。奔龜躍魚，有䁟[190]呂梁[191]。馳道[192]周屈[193]於果下[194]，延閣[195]胤宇[196]以經營[197]。飛陛[198]方輦[199]而徑西[200]，三臺[201]列峙以崢嶸。亢[202]陽臺[203]於陰基[204]，擬[205]華山[206]之削成。上累棟[207]而重霤[208]，下冰室[209]而沍冥[210]。周軒[211]中天，丹墀[212]臨猋[213]。增搆[214]峨峨，清塵彯[215]彯。雲雀[216]踶甍[217]而矯首[218]，壯翼摛鏤[219]於青霄。雷雨窈冥而未半[220]，皦日[221]籠光於綺寮[222]。習步頓[223]以升降，御[224]春服而逍遙。八極可圍於寸眸[225]，萬物可齊於一朝[226]。長塗升首[227]，豪徼[228]互經[229]。晷漏[230]肅唱[231]，明宵有程[232]。附以蘭錡[233]，宿以禁兵。司衛[234]閑邪[235]，鉤陳[236]罔驚[237]。於是崇墉[238]濬洫[239]，嬰堞[240]帶涘[241]。四門轞轞[242]，隆廈[243]重起。憑[244]太清[245]以混成[246]，越埃壒而資始[247]。藐藐[248]標危[249]，亭亭[250]峻趾[251]。臨焦原[252]而不怳[253]，誰勁捷而无⿰犭思[254]！與[255]岡岑[256]而永固，非有期乎世祀[257]。陽靈[258]停曜於其表，陰祇[259]濛霧於其裡。

【章　旨】本章主要描述魏都宮室的建築。先說經營之始即已占卜問卦，借鑒前代帝都。接著詳寫宮室布置：中為正殿文昌殿，東為聽政殿，聽政殿後是後宮，文昌殿西為銅爵園，最西則是銅爵等三臺，四面是高城深溝和城樓。

【注　釋】❶爰初　於其初。❷臻　至。❸言占其良　占問建都是否吉祥。言，語助詞。占，指占卜。占是觀察的意思，卜是以火灼龜殼，就其出現的裂紋形狀，來預測吉凶禍福。其良，建都是否吉祥。❹謀龜　指占卜。❺謀筮　用蓍草占卦，來問吉凶。❻允　確實。❼臧　善；好。❽郛郭　外城。此指鄴城的城牆。現今考古發現，曹魏時鄴城（北鄴城），城牆表面為磚砌，百步有一樓，其城東西長三〇八七公尺，南北長二二〇五公尺。❾繕　修建。❿城隍　城壕。無水曰隍。⓫經始　經營都城之始。⓬制　制度。⓭牢籠百王　包括歷代帝王。此言建都之初，借鑒了歷代帝王宮室的制度，取其長處。⓮畫　圖繪而仿照。⓯雍豫　皆地名。雍，指西京長安。豫，指東京洛陽。⓰寫　模寫。仿照之意。⓱八都　八方之都。⓲鑒　以之為警戒。⓳茅茨於陶唐　傳說堯為帝住房「茅茨不翦」。茅茨，茅草屋頂。陶唐，指堯。⓴察卑宮於夏禹　明察夏禹居住卑下的宮室的先例。㉑古公草創二句　是說昔日古公亶父草創之際，他造的郭門是非常高大的。古公，周之祖先古公亶父。草創，指古公亶父率周人遷於岐山之下，草創都邑。高門有閌，語出《詩・大雅・緜》：「迺立皋門，皋門有伉。」據《毛傳》，皋門是古時王宮最外面的門，伉是高的意思。《韓詩》「伉」作「閌」。㉒宣王中興　西周厲王不道，國勢衰落，宣王即位，內修政事，對外征伐，史稱中興。㉓築室百堵　語出《詩・小雅・斯干》。是說百堵宮室一時造起。堵，土牆長高各一丈為一堵。㉔兼聖哲之軌　兼取聖哲的法度。㉕并文質之狀　合有文質相稱的狀貌。㉖商　商酌。㉗豐約　富麗和簡約。㉘准當年而為量　取準當年人力物力而酌定宮室建築的數量。㉙思重爻二句　想著《周易》修建宮室之言，依照〈大壯〉卦言而施工。《易・繫辭下》：「上古穴居野處，而聖人易之以宮室，上棟下宇以待風雨，蓋取諸〈大壯〉。」重爻，指《易》。〈大壯〉，《易》之卦名。㉚覽荀卿　《荀子・富國》：「為之宮室臺榭，使足以避燥溼，養德，辨輕重而已，不求其外。」是說宮室建築不求華麗。㉛采蕭相　採取漢丞相蕭何修建未央宮的做法。蕭何主張把未央宮修得宏麗，以為後世的法度。㉜僝　具備。㉝拱木　約兩手合抱粗細的樹木。㉞林衡　主山林之官。㉟全模　整個宮室的法式。㊱梓匠　木工。㊲遐邇　遠近。㊳悅豫　愉快。㊴子來　如人子之助成父親事業。㊵工徒　工匠們。㊶擬議　設計。㊷騁巧　施展他們的技巧。㊸闡　說明。㊹鉤繩　度量的工具。鉤，曲尺。繩，取直的工具。㊺筌緒　理路；原理。筌，次。緒，頭緒。㊻二分　春分、秋分。其時晝夜長短相等。

(47)正要　以日影正方位的要領。(48)揆　量度。(49)日晷　日影。(50)考星耀　根據北極星考定方向。(51)社稷　原指帝王、諸侯祭祀的土神、穀神。此指祭祀的地方。(52)清廟　有清明之德者的廟。即宗廟。(53)曾宮　高大的宮殿。(54)迴匝　迴環。(55)隒　崖；岸。(56)陂　傾斜的山坡。(57)文昌　魏宮的正殿。位於鄴城北半部中央。(58)棟宇　指房屋建築。(59)弘規　宏大規模。(60)對　高的樣子。(61)崛起　突起。(62)崔嵬　高峻的樣子。(63)髣　頭髮下垂的樣子。(64)玄雲舒蜺　黑雲中虹蜺舒展。比喻彩繪華麗的宮殿建築。(65)瓌材　美材。(66)巨世　大於世上一般用材。(67)埔堨　相接的樣子。(68)枌　屋梁。(69)橑　屋椽。(70)複結　重複而結聚。(71)欒　柱首承梁的曲木。在櫨之上。(72)櫨　即斗栱。大柱柱頭承梁的方木。(73)疊施　壘疊置放。(74)虹申　如彩虹一般伸展。(75)並亙　平行橫亙半空。(76)朱桷　紅色的方形椽子。(77)森布　密布。森，形容多的樣子。(78)支離　歷歷分布分明的樣子。(79)綺井　即藻井。宮室頂棚上的一種裝飾處理，一般做成方形、多邊形或圓形的凹面，上有各種花紋、雕刻和彩畫。(80)列疏以懸蔕　此言倒枝蓮花的蔕連於綺井中，枝枝倒懸，行列稀疏。蔕，同「蒂」。(81)華蓮重葩　指朵朵蓮花。(82)倒披　倒掛分散。(83)齊龍首而涌霤　做成龍頭，裝置在殿四角的椽頭上，屋簷水通過承霤集中，從龍口中瀉於地上。霤，屋簷水。(84)梗概　彷彿。(85)滮池　蓄水池。此處是說蓄水池放水。比喻龍口吐出的屋簷水。(86)旅楹　廳堂的眾柱。旅，眾。(87)閑　大的樣子。(88)暉鑒　光輝照耀。(89)抰振　即「柍振」。屋簷之半。(90)榱題　椽子的頭。(91)黮黤　黑色。(92)階陏　階級。(93)嶙峋　級級高聳的樣子。(94)砥平　如磨刀石一般的平。(95)簴　懸掛鐘的木架。(96)夾陳　相對陳設。(97)津　潤溼。(98)巖巖　高聳的樣子。(99)闕　古代宮廟門外建立的臺觀。建成高臺，臺上起樓，左右各有一座相對稱，因兩者之間有空缺，故名闕。此或指文昌殿前的鐘樓、鼓樓。(100)南端　指文昌殿前的正門端門。(101)逌遵　遵法。逌，同「攸」。(102)竦峭　峻高的樣子。(103)碣　立。(104)方駕比輪　並車而行。可並車通過，可見門之大了。(105)延秋　與下「長春」都是門名。位於端門之外，長春門在東，延秋門在西。(106)覲　諸侯朝見天子。(107)群后　眾諸侯。(108)享　假借為「饗」。饗宴。(109)頤賓　養賓。(110)中朝　內朝。據《漢書・劉輔傳》注引孟康言，漢代大司馬、左右前後將軍、侍中、常侍、散騎諸吏為中朝，丞相以下至六百石為外朝。(111)赩　赤色。(112)聽政　處理政事。(113)寢　君王的宮室。據《周禮》所載，王有六寢：路寢一，以治事，小寢五，以時燕息。(114)樸　質樸；無文彩。(115)斲　雕飾。(116)去泰去甚　去其過分，守其中道。泰、甚，都指奢侈過分。(117)雕鏤　鏤刻。(118)土　土工。此指牆壁等。(119)綈錦　皆絲織品。此指壁衣之類。(120)玄化　聖德教化。(121)甄　製陶器的轉輪。引申為陶冶造就的意思。(122)國風所稟　是說前代魏風所言節儉傳統而今有稟承了。《左傳・襄公二十九年》載吳公子季札評論〈魏風〉說：「美哉，大而婉，險而易行。」險，通「儉」。(123)宣明　門名。聽政殿前有聽政門，聽政門前有升賢門，宣明門在升賢門前。(124)顯陽　門名。在宣明門之前。(125)順德崇禮　升賢門左為崇禮門，右為順德門。(126)重闈　一重重宮門。闈，宮門。(127)洞　通達。(128)鏘鏘濟濟　形容殿內文武官員之盛。鏘鏘，行步的樣子。濟濟，人眾多的樣子。(129)猗猗　美盛的樣子。(130)卉　草的總稱。(131)萋萋　茂盛的樣子。(132)蕙風　草樹的香風。(133)薰　焚香。(134)甘露　草樹上清芬的露水。(135)醴　甜酒。(136)禁臺　官署設在宮中，稱為禁臺。禁，宮中。臺，官署名稱。如尚書臺等。(137)省中　即禁中。據說漢元帝避岳父名諱，改曰省中。(138)闥　門。(139)直事　當值；值班。(140)所繇　即所由。由此出入。(141)典刑　典章法制。(142)藹藹　盛多的樣子。(143)列侍　眾侍從之官。(144)金蜩　金蟬。漢代侍中、常侍諸官皆在冠上附金蜩為飾。(145)詰朝　平旦。此指早朝。(146)陪幄　陪侍天子帷幄。(147)納言　官名。職為宣達帝命。(148)有章　有文采。(149)亞　次。(150)柱後　冠名。漢代御史所戴。(151)執法內侍　指御史內侍天子，執法以察人過。(152)符節　朝廷用作憑證的信物。以竹、木或金屬製成，上有文字，剖分為二，各執其一，使用時以兩片相合為驗。此指符節令。是符節臺的首長，主管符節事。(153)謁者　負責引見和傳達之事的官員。(154)典璽　掌管皇帝的印璽。(155)儲吏　謁者受事而傳達給天子，故稱儲吏。儲，含有受的意思。(156)膳夫　掌管皇宮內飲食的官。(157)藥劑有司　此言醫藥方面有專管之人。按《周禮．天官》所載，此係指醫師，是眾醫之長。藥劑，和藥。(158)肴醳　酒菜。肴，魚肉等葷菜。醳，陳酒。(159)腠理則治　此言疾病尚淺，不待其深入，就行醫治。腠理，皮膚。(160)於後　指聽政殿後。(161)椒鶴文石　皆後宮。椒，椒房。指後宮。鶴，鳴鶴堂。屬後宮。文石，文石室。屬後宮。(162)永巷　後宮后妃所居之地。(163)壼術　皇宮中的巷道。(164)楸梓木蘭　指楸梓坊、木蘭坊。都是後宮建築物。(165)次舍甲乙　宮舍按甲乙排列編號。(166)西南其戶　宮內之門有的向西有的向南。(167)成之匪日　不日建成。說明速而易就。(168)丹青煥炳　在聽政殿後，其壁有畫像贊語，彩繪輝煌，故云。(169)溫室　殿名。(170)儀形　象形。(171)歷像賢聖　遍畫各位聖賢的像。(172)百瑞　各種祥瑞之物。(173)綷　錯雜。(174)藻詠　詞藻美麗的頌詠。(175)芒芒　形容久遠。(176)鏡　照視。(177)有虞作繪　相傳舜曾作繪畫彝器，以為鑒戒。(178)茲亦等競　謂溫室之壁畫亦可與虞舜之畫齊等競爭。茲，指溫室之壁畫。(179)右　指文昌殿之西（亦即鄴城的西北角）的銅爵園（亦稱銅雀園）。(180)疏圃　即種植蔬菜瓜果的園圃。疏，通「蔬」。(181)曲池　引水環曲成池。可以流觴取飲。(182)畹　三十畝地。此指種植花木的園地。(183)高堂　指園中亭。(184)蘭渚　曲池中種植蘭草的小塊陸地。(185)莓莓　茂盛的樣子。(186)石瀨　石間的激流。(187)湯湯　水急流的樣子。(188)蓤　細枝。(189)振芳　搖動而發出芳香。(190)瞭　察；視。(191)呂梁　指呂梁瀑布。相傳懸水三十仞，流沫四十里，黿、鼉、魚、鱉不能遊。(192)馳道　天子車馬所行之道。(193)周屈　迴環。(194)果下　即果下馬。漢廄有果下馬，高三尺。(195)延閣　連綿的閣道。(196)胤宇　連引棟宇。(197)經營　周旋往來。(198)飛陛　臺階連接直通高處，如同鳥飛。這裡是說通向銅爵等三臺的階級。(199)方輦　並輦而行。(200)徑西　直接往西去。(201)三臺　指銅爵、金虎、冰井三臺。

在鄴城西北角城上，銅爵園的最西頭。中為銅爵臺，南為金虎臺，北則冰井臺，每臺有屋百餘間，相互有閣道相通。今人考證，認為這三臺主要是作為軍事上瞭望的制高點之用，平時也是曹魏貴族遊宴之處。現今尚有部分臺基存在。(202)亢　高。(203)陽臺　聳立於上的臺身。(204)陰基　深深在下的基礎。(205)擬　仿。(206)華山　在陝西東部。為花崗岩斷塊山，主峰海拔二千米，有壁立千仞之勢。(207)累棟　重重屋梁。(208)重霤　層層屋簷。霤，指承霤。(209)冰室　藏冰之處。在冰井臺下。(210)沍冥　陰晦寒冷。(211)周軒　迴環形的長廊。謂臺四面皆可臨眺。軒，有窗的長廊。(212)丹墀　紅色的臺階。(213)臨焱　形容其高。焱，從下而上的暴風。(214)增搆　此指層層相疊的高屋。增，通「層」。搆，通「構」。(215)彯　通「飄」。(216)雲雀　此指銅雀。(217)踶甍　足踏屋脊。(218)矯首　舉首舒翼欲飛的姿態。(219)壯翼摛鏤　形容雀翼淩空舒展的姿態。壯翼，健翼。指銅雀舒展的翅膀。摛，展布。鏤，雕鏤。指雕鏤的雀翼。(220)雷雨窈冥而未半　言雷雨幽暗僅及臺之半，其上依舊白日臨窗。窈冥，幽暗。(221)皦日　明亮的太陽。(222)綺寮　雕飾的小窗。(223)步頓　走走停停。指行步上下，當中有時停頓休息。(224)御　服用。(225)八極可圍於寸眸　是說臺高則望遠。八極，泛指極遠之地。在八方之外有八極。圍於寸眸，入於目中。(226)萬物可齊於一朝　是說登銅爵諸臺，見天地曠遠，乃恍悟自然之道，頓時把萬物看作同一。《莊子・齊物論》，歷來有兩種解法：一曰此篇主旨是齊同物論，一則曰齊物之論。其實莊子的意思是兼二者而有之，但偏於前者。莊子從相對觀點看來，認為萬物齊同，諸論無別。(227)牟首　有室的閣道。(228)豪徼　長長的巡行警戒的路。(229)互經　互相經過。因徼道在地，閣道淩空，故可互經。(230)晷漏　指以漏壺漏水來計時。鄴城之西止車門北有漏刻室，專管報時。晷，日影。引申為時光。(231)肅唱　嚴格按時報唱時刻。(232)程　限；準。(233)蘭錡　兵器架。(234)司衛　負責宮廷的守衛。建安二十二年魏初置衛尉官，掌宮門衛屯兵。(235)閑邪　防止邪惡。(236)鉤陳　星名。在紫微垣內。此指後宮。(237)罔驚　無驚。(238)崇墉　高高的城牆。(239)濬洫　深深的城溝。(240)嬰堞　此言高高的城牆上復圍繞著女牆。嬰，繞。堞，城上的矮牆。可由孔向外窺望，亦稱女牆。(241)涘　水涯。此即指上句所言的城溝，溝中有水，故稱為涘。(242)巘巘　高大的樣子。(243)隆廈　大廈。指城樓。(244)憑　依靠。(245)太清　天空。(246)混成　混然自成。(247)越埃壒而資始　是說此樓越過紅塵而進入高空。言城樓之高。埃壒，塵埃。資始，指高空中生成萬物的元氣。(248)藐藐　高遠的樣子。(249)標危　樓的頂部。(250)亭亭　高的樣子。(251)趾　通「址」。基礎部分。(252)焦原　據《尸子》，莒國有巨石名叫焦原，寬八尺，長五十步，臨百仞之谿，莒國無人敢接近其石，有一位勇士卻敢倒行並足站在石邊，於是舉國皆服。(253)怳　心情恍惚。(254)誰勁捷而无猥　是說誰能強勁敏捷登此樓而無畏懼呢。極言樓的高危。无，即「無」。猥，畏懼的樣子。(255)與　如。(256)岑　小而高的山。(257)非有期乎世祀　是說此樓將永遠長存下去，而不只是希望它保存多少年代罷了。世，三十年。祀，年。(258)陽靈　日神。(259)陰祇　地神。

【語　譯】最初武帝親臨此地，占問建都是否吉祥，無論是占卜還是占卦，都確實得到好的結果。於是修建城牆，整治城壕。開始經營規畫時的制度，就已採納了歷代帝王之長處。仿照長安、洛陽的宮室，模寫八方都城的殿宇。借鑒唐堯不剪茅簷，明瞭夏禹卑陋宮室的簡樸風範。古公亶父草創周都，曾造起高大的郭門。宣王中興，建築皇宮，百堵宮室一時造起。於是兼取前代聖哲的法度，具有文質並重的狀貌。在富麗堂皇和簡約樸質之中尋求適當的平衡，以當年的人力物力為衡量標準。時時想著《周易》之言，依照〈大壯〉卦言而施工。閱讀荀子書中簡樸的教導，採納蕭丞相籌建未央宮的宗旨。從林官處領取約兩手合抱粗細的木頭，把整體的規模法式交給木工。遠近百姓皆如人子襄助父親事業般欣喜而來，工匠們精心設計，施展技巧。運用鉤繩的原理，採用依二分陽光正方位的要領，測度日影，考定星辰。建起祭祀土神穀神之所，造起奉祀祖先的宗廟。築起迴環的宮殿，彷彿無坡的山崖一般。造成寬廣的文昌殿，極盡建築的宏大規模。巍峨的好似高山聳起，十分崇峻壯偉；華彩像黑雲之中的虹蜺，從高處往下垂掛。美異的建材壯大質佳，舉世無匹，長短參差的互相連接。屋梁椽子重複結聚，欒木斗栱重疊置放。紅色大梁如虹蜺平行，橫亙於空；朱色方椽，森然密布，歷歷分明。藻井上安著一行行花蒂，朵朵蓮花倒懸著開放。殿角龍首齊瀉出簷水，好似蓄水池在開閘泄洪。許多粗大的柱子排列，光輝遠照到半簷。椽頭顏色深黑，階級層遞高升。長庭其平如砥，鐘架相對陳設。風吹來纖塵不染，雨淋下微溼不沾。高高屹立的北闕，為南面端門的指標，兩者高峭聳立，並車可入。西面闢了延秋門，東面開了長春門。諸侯在這裡朝見天子，天子在此宴饗眾賓。左面是內朝的紅色宮室，天子在此聽政理事。此處建築既不樸陋也不雕飾，去除過分奢侈的地方；木件不雕鏤，牆上無壁衣。這是聖德教化的成果，可說是稟承了魏風的傳統。聽政殿前有宣明門、顯陽門、順德門、崇禮門。宮門重重，出入通達；文武官員，往來眾多。珍貴的樹木一派美盛，瑰奇的草類繁茂豔麗。風中帶著花樹清芬，如同焚香一般；露水無比甘美，猶如甜酒一樣。官署設在宮禁中，門與門相連，廊與廊相對。當值者由此出入，典章法制藏於其中。侍從眾多，金蟬在冠上放光。他們早朝陪侍天子，站在帷幄之中；而納言官宣達帝命，語有文采。其次是頭戴柱後冠的御史；侍從於側，執法監察。符節令和謁者，掌管玉璽和傳達政事。膳食有官員負責，藥劑有專門主管；因此酒菜皆能合乎時令，小病能立即醫治。聽政殿後則有椒房、鳴鶴堂、文石室，永巷、壺術，楸梓坊、木蘭坊，宮舍按甲乙排列編號。門戶或向西或向南，建成不費時日。丹青輝煌之處，只有溫室殿中。那裡畫著宇宙萬物，繪有歷代聖賢。其間描摩各種祥瑞，並錯雜著藻麗的題詠。即使茫茫遠古，也都有畫作可鑒。較之虞舜的作畫彝器，溫室藏畫亦不遑多讓。文昌殿西則有蔬圃曲池，園地高亭。小洲上蘭草茂盛，石塊間淺水湍急。細弱的枝頭懸垂果實，輕柔的樹葉振發芳香。奔走的龜、跳躍的魚，看來似在呂梁瀑布上一般。矮小的果下馬在迴環的馳道上行走，連綿的閣道往復周旋於棟宇之間。高高的臺階直通向西，可以並車而行；三臺並列雄峙，說不出的崢嶸壯觀。巍然的臺身建在深厚的基礎上，仿照那峻削的西嶽華山。棟梁重疊，屋簷層層；下設冰室，清冷而又陰寒。長廊迴旋於半空，紅色臺階下臨疾風。層層的建築矗立巍峨，輕細的塵埃飄飄而下。銅雀昂首立在屋脊上，健翅舒展在青霄中。儘管銅雀臺的下半部籠罩在雷雨幽暗當中，它的上半部卻依然有白日的亮光射入臺上的綺窗。住在其中已習於上下走走停停，穿上春服而盡興逍遙。極遠的八方可盡收眼底，頓時萬物都能齊攬胸中。綿延的有室閣道和長長的微道相交叉著。漏刻室嚴格地按時報唱時辰，表明晝夜都有準度。其中附設有兵器架，住宿著禁兵，負責保衛防止奸惡，後宮因而不受驚擾。在此有高城深溝；城上繞著矮牆，溝中有水。四門又高又大，城樓重重聳立。倚靠青霄混然天成，越過塵埃進入高空。頂部藐遠，基礎陡削。昔有人臨焦原巨石而不恍惚，而今有誰能強勁敏捷地登此樓而無懼色呢！它將如山岡一樣永遠堅固屹立，有限的歲月並不能計算它存在的年代。日神輝照其外，時空剎時為之凝滯；地神興起濃霧，迷濛了整棟樓的裡裡外外。

苑❶以玄武❷，陪以幽林，繚垣❸開囿，觀宇❹相臨。碩果灌叢，圍木❺竦尋❻。篁篠❼懷風❽，蒲陶❾結陰。回淵漼❿，積水深。蒹葭⓫贙⓬，雚蒻⓭森。丹藕⑭淩波而的皪，綠芰⑮泛濤而浸潭⑯。羽翮⑰頡頏⑱，鱗介⑲浮沈。棲者擇木，雊者擇音⑳。若咆渤澥與姑餘㉑，常鳴鶴而在陰㉒。表㉓清籞㉔，勒㉕虞箴㉖。思國卹㉗，忘從禽㉘。樵㉙蘇㉚往而無忌，即鹿㉛縱而匪禁。腜腜㉜坰野㉝，奕奕㉞菑㉟畝。甘荼㊱伊㊲蠢㊳，芒種㊴斯阜㊵。西門溉其前㊶，史起㊷灌其後。墱流十二，同源異口㊸。畜為屯雲，泄為行雨㊹。水澍㊺粳稌㊻，陸㊼蒔㊽稷黍。黝黝桑柘㊾，油油㊿麻紵(51)。均田(52)畫疇(53)，蕃(54)廬(55)錯列(56)。薑芋充茂，桃李蔭翳。家安其所，而服美自悅(57)。邑屋相望，而隔踰奕世(58)。

【章旨】此章先描寫皇家禁苑玄武苑，由於天子憂心政事而戒田獵，所以苑中草木茂密，鳥獸蕃息。接著描寫鄴郊田地肥美，水利發達，因而莊稼長得好，家家安居樂業。

【注釋】❶苑　通「菀」。養植禽獸草木的地方。❷玄武　苑名。在鄴城西。❸繚垣　牆垣圍繞。❹觀宇　樓臺之類建築。❺圍木　合圍大樹。❻竦尋　高高生長。尋，長。❼篁篠　竹叢。❽懷風　產生清肅之氣。❾蒲陶　即葡萄。❿回淵灌　曲淵清澈。回，曲。淵，深水。灌，澄澈。⓫蒹葭　蘆葦。⓬欑　分別。⓭藋蒻　皆植物名。藋，蘆類植物。蒻，嫩的香蒲。⓮丹藕　紅蓮。其肥大的根莖即為藕。⓯綠芰　綠菱。⓰浸潭　漂浮的樣子。⓱羽翮　指鳥類。⓲頡頏　飛上飛下。⓳鱗介　指水生動物。鱗，指魚龍之類。介，甲。指龜鱉之類。⓴棲者擇木二句　鳥類可擇木而棲，野雞能夠從容地發出正常的聲音。說明林中無人打擾追逐牠們，生活得悠然自得。㉑若咆渤澥與姑餘　是說鳥類或從南或從北來，總集於苑中，很為自得。咆，鳴叫。渤澥，古代稱東海的一部分。即渤海。姑餘，山名。即姑蘇山，在江蘇省蘇州市西南。㉒常鳴鶴而在陰　《易・中孚・九二爻辭》：「鶴鳴在陰，其子和之。」是說鶴類生活自在，鳴聲與同類相應。㉓表　標誌。㉔清籞　用竹籬圍攔禁苑之地。㉕勒　刻石為戒。㉖虞箴　虞人之箴。周武王時，辛甲命百官各作箴辭，虞人因作戒田獵箴之。虞，掌山澤苑囿之官。箴，規諫的言辭。㉗思國卹　思國之所憂。即考慮國家大事的意思。卹，憂。㉘從禽　追逐鳥獸。禽，鳥獸之總稱。㉙樵　打柴。㉚蘇　割草。㉛即鹿　語出《易·屯·六二象傳》「即鹿無虞」一語。即鹿是追逐鹿，逐鹿但無虞官之助，可見只是一般民間個別獵戶行獵，不同於帝王大規模田獵，於鳥獸繁殖影響不大，故縱而不禁。㉜腜腜　肥美的。㉝坰野　郊野。㉞奕奕　茂盛。㉟菑　初耕的田地。㊱甘荼　苦菜的一種。㊲伊　維。語詞。㊳蠢　生。㊴芒種　稻麥。㊵阜　多。㊶西門溉其前　魏文侯時西門豹為鄴令，引漳水灌鄴，以富魏之河南。西門，指西門豹。戰國時魏人。㊷史起　戰國時魏人。在西門豹後為鄴令，曾引漳水十二渠，灌溉魏田數百頃。㊸墱流十二二句　十二道墱流，源頭相同，渠口各異。《水經·濁漳水注》記載，魏武王築堤攔截漳水，使迴流東注，號天井堰。二十里中作十二墱，墱相距三百步。其地在鄴城西南。墱，有臺階的排水溝渠。㊹畜為屯雲二句　此言天井堰，積水不用則如同雲之屯聚，開渠放水潤田就如同行雨。㊺澍　時雨。此指適時灌溉。㊻秔稌　秔和稌。秔，稻的一種。稌，稻。㊼陸　指高地。㊽蒔　栽種。㊾黝黝桑柘　指桑柘生長茂盛時呈現的一種濃綠色。黝黝，黑色。㊿油油　光潤之色。(51)紵　苧麻。(52)均田　漢代按等級賜予官吏、豪強的田地。(53)畫疇　畫定田界。(54)藩　屏障；柵欄。(55)廬　民居房屋。(56)錯列　錯雜。(57)服美自悅　說當地之人不愁衣食，心情愉快。(58)邑屋相望二句　意謂當地人雖房屋相望，但一代代互不來往。道家主張的理想社會是人民安居樂業，老死不相往來。此處正表現了這種思想。隔踰，阻隔。奕世，累世。

【語　譯】玄武苑內，映襯著幽深的樹林，牆垣圍繞形成苑囿，樓臺建築於其中。灌木叢中結實纍纍，合圍的大樹高聳直立。竹叢散發出清風，葡萄架上密葉濃蔭。曲淵清澈，積水深厚。苑內有各種不同種類的蘆荻，以及茂密的萑蒻。紅蓮在水上明豔開放，綠菱隨著波濤漂流。鳥類飛上飛下，魚類或沈或浮。飛禽從容的擇木棲息，雄雉悠然地發出鳴聲。自在的生活使得牠們如在生長地那樣鳴叫，連白鶴的呼喚亦能與同類相應。園竹籬作為禁苑的標誌，刻虞箴以戒田獵。因為思念著國家大事，一時之間忘了去追逐鳥獸。苑中允許打柴割草而無禁忌，少數人打獵也不加以禁止。郊野肥美，田畝繁盛。甘荼生長，稻麥豐滿。西門豹先在此治水灌溉，史起又在後修渠引水。十二道墱流，源頭相同，渠口各異。蓄水時如同烏雲屯聚，泄水時似大雨傾盆。渠水潤澤秔稻，在高地則種有稷黍。桑柘濃綠茂盛，苧麻油潤光亮。官吏的賜田有固定的界限，藩籬房屋錯雜而列。薑芋遍地生長，桃李連成濃蔭。家家安居，吃穿不愁，因而心情愉悅。房屋相望，累代不相往來。

內則街衝(1)輻輳(2)，朱闕(3)結隅(4)。石杠(5)飛梁(6)，出控(7)漳渠(8)。疏(9)通溝(10)以濱路(11)，羅青槐以蔭塗。比滄浪而可濯(12)，方步櫩而有踰(13)。習習(14)冠蓋(15)，莘莘(16)蒸徒(17)。斑白(18)不提(19)，行旅(20)讓衢(21)。設官分職，營處署(22)居。夾之以府寺(23)，班(24)之以里閭(25)。其府寺則副(26)三事(27)，官踰六卿(28)。奉常(29)之號，大理(30)之名。廈屋一揆(31)，華屏(32)齊榮(33)。肅肅階闕(34)，重門再扃(35)。師尹(36)爰止(37)，毗代(38)作楨(39)。其閭閻(40)則長壽吉陽，永平思忠(41)。亦有戚里(42)，寘(43)宮之東。閈(44)出長者(45)，巷苞(46)諸公(47)。都護(48)之堂，殿居(49)綺窗。輿騎(50)朝(51)猥(52)，蹀敝(53)其中(54)。營客館以周坊(55)，餝(56)賓侶之所集。瑋(57)豐樓之閈閎(58)，起建安而首立(59)。葺(60)牆幕(61)室，房廡(62)雜襲(63)。剞劂(64)罔掇(65)，匠斲(66)積習(67)。廣成之傳(68)無以疇(69)，槀街(70)之邸不能及。廓(71)三市(72)而開廛(73)，籍(74)平逵(75)而九達。班(76)列肆(77)以兼羅，設闤闠(78)以襟帶(79)。濟有無之常偏(80)，距日中而畢會(81)。抗(82)旗亭(83)之嶢嶭(84)，侈(85)所規(86)之博大。百隧轂擊(87)，連軫(88)萬貫(89)。憑軾(90)捶(91)馬，袖幕紛半(92)。壹八方而混同(93)，極風采(94)之異觀。質劑平(95)而交易，刀布(96)貿而無筭(97)。財以工化(98)，賄(99)以商通。

難得之貨，此則弗容(100)。器周用(101)而長務(102)，物背窳(103)而就攻(104)。不鬻邪(105)而豫賈(106)，著(107)馴風(108)之醇醲(109)。白藏(110)之藏，富有無隄(111)。同賑(112)大內(113)，控引世資(114)。賨(115)幏(116)積墆(117)，琛(118)幣(119)充牣(120)。關石(121)之所和鈞(122)，財賦之所底慎(123)。燕弧(124)盈庫而委勁(125)，冀馬(126)填廄而駔(127)駿。

【章　旨】本章描述鄴城市區景象：漳渠引水，青槐遮蔭；官衙建築，統一尺度；貴家外戚，各有住區；建安客館，宏麗豪華；市場繁榮，風氣淳厚；庫藏充盈，賦稅適度。

【注　釋】❶衢　交通要道。❷輻輳　車輪上輻條向軸心集中。比喻街道向市中心集聚。❸朱闕　紅樓。❹結隅　構築在城角。❺石杠　石橋。指宮東之石竇橋。❻飛梁　高架的橋梁。❼控　引。❽漳渠　引納漳水的渠道。按：漳水曹魏時在鄴城之北（今已南移），魏武帝時在鄴城西堰漳水，東引漳水入鄴城，經銅爵園入宮中，由宮中東出，注入南北二溝，經石竇橋入南北里，而後出城。❾疏　疏通。❿通溝　指由宮中東注之南北二溝。⓫濱路　在路邊。二溝夾道而流，故言。⓬滄浪而可濯　《孟子・離婁上》、《楚辭・漁父》載〈孺子之歌〉：「滄浪之水清兮，可以濯吾纓；滄浪之水濁兮，可以濯吾足。」滄浪，水色青碧。⓭方步櫩而有踰　是說青槐蓋路，比長廊而有所超過。方，比。步櫩，長廊。有踰，有所超過。⓮習習　繁盛的樣子。⓯冠蓋　冠和車蓋。代指官員們。⓰莘莘　眾多。⓱蒸徒　眾人。⓲斑白　頭髮花白的老人。⓳不提　不提挈器物。⓴行旅　行人。㉑讓衢　讓路。衢，四通八達的大路。㉒署　安置。㉓夾之以府寺　鄴城中相國府、御史大夫府、少府卿寺和奉常寺、大農寺等正好夾道而立。府、寺，官署名。㉔班　次；分布。㉕里閭　居民區。㉖副　符合。㉗三事　指三公之位。㉘官踰六卿　魏初置太僕、大理、大農、少府、太常、宗正、衛尉，九卿已置其七，故云。六卿，指周代的冢宰、司徒、宗伯、司馬、司寇、司空六官。㉙奉常　官名。主持大典禮儀，考察博士，至魏黃初元年改名太常。㉚大理　即大理卿。掌刑獄的最高司法官，建安中有此官號，至黃初乃改為廷尉。㉛廈屋一揆　謂其建築有一定的制度。廈屋，官衙大廈。一揆，同一尺度。㉜華屏　華麗的牆屏。㉝齊榮　同樣光耀。㉞䦪　兩階間。㉟扃　閂門。㊱師尹　指太師。三公之一，位極尊顯。此指主持國之政事者。(37)爰止　於此居住。(38)毗代　輔佐、代理。(39)作楨　作為國家的楨幹。築牆時豎在兩端的叫楨，豎在兩旁的叫幹。楨幹引申為支柱的意思。(40)閭閻　居民區。閭，里門。閻，里中門。(41)長壽吉陽二句　皆里名。富貴之家所居。(42)戚里　外戚所居之里。(43)寘　同「置」。(44)閈　里門。(45)長者　顯貴者。(46)苞　包容。(47)諸公　眾公侯。(48)都護　魏時為統率諸將之官。(49)殿居　高大華麗的房屋。殿之名，在古代並非一定為天子所居。(50)輿騎　車馬。(51)朝　拜訪。(52)猥　眾多。(53)蹀敂　累積。(54)其中　指都護府。(55)周坊　四周有屋的坊里。(56)餝　「飾」的俗字。整修。(57)瑋　華美。(58)豐樓之閈閎　此指鄴城客館的樓門。豐樓，大樓。閈閎，門。(59)起建安而首立　建安年間開始興建。時曹操封為魏王，鄴城客館即於此時最初建立，舉年號說明對客館的重視。建安，漢獻帝年號。(60)葺　覆草。(61)幂　塗抹。(62)廡　大屋。(63)雜襲　雜錯而相掩。(64)剞劂　刻鏤用的曲刀。此指刻鏤工作。(65)罔掇　不停止。罔，無。掇，通「輟」。停止。(66)匠斲　工匠砍削、雕琢。(67)積習　積久。(68)廣成之傳　廣成傳舍。戰國時秦國的客館。藺相如奉璧西入秦，秦招待他住在廣成傳舍，事見《史記‧卷八一‧藺相如列傳》。傳，驛舍。(69)疇　等。(70)槀街　漢時長安街名。外國使者邸第皆在於此。(71)廓　原作「廊」，據宋刻六臣注本改。(72)三市　謂大市、朝市、夕市。此指市場。《周禮‧地官‧司市》：「大市，日昃而市，百族為主；朝市，朝時而市，商賈為主；夕市，夕時而市，販夫販婦為主。」(73)廛　市中道。(74)籍　通「藉」。以物襯墊。此指鋪墊。(75)平逵　四通八達的道路。(76)班　分布。(77)列肆　各店鋪。(78)闤闠　市場周圍的牆垣。(79)襟帶　環繞。(80)濟有無之常偏　市場可以調節，以其所有，易其所無。有無，指貨物之多少。常偏，指通常貨物不是太多就是太少。(81)距日中而畢會　日中為市，人貨齊集。距，至。畢，全部。(82)抗　高聳。(83)旗亭　市樓。瞭望司令之用。(84)嶢嶭　高峻的樣子。(85)侈　大。(86)覞　視。(87)百隧轂擊　此言市中車多，車轂因而時常碰擊。百隧，言路之多。隧，指市中兩旁陳列貨物的路。轂，車輪中心有孔可以插軸的部分。(88)連軫　此言車前後相接，後車連前車之軫。軫，車箱底部後邊的橫木。(89)萬貫　車至於萬數而相連貫。極言車多。(90)憑軾　憑靠著車前的橫木。(91)捶　鞭打。(92)袖幕紛半　是說市上衣袖與車幕紛紛飄舉各居其半。幕，車頂的帷幔。(93)壹八方而混同　八方之人，都處於市場，混雜在一起。(94)風采　風俗習慣。風，俗。采，事。(95)質劑平　指物與價公平，雙方可以成交。質劑，古代買賣時用的契券。《周禮‧地官‧質人》：「大市以質，小市以劑。」鄭玄注：「質劑者，為之券，藏之也。」(96)刀布　古代的銅幣。刀幣如刀形，布幣似鏟形。(97)無筭　不可計算。筭，同「算」。(98)財以工化　言物之材用都由工匠化用。財，通「材」。(99)賄　財貨。(100)難得之貨二句　指遠方異物、寶玉等無益之物，市場上不容出售。說明魏都上下講究禮誼，生活儉樸。(101)器周用　器物完備合用。(102)長務　常用。(103)背窳　背離粗濫。窳，粗劣。(104)攻　堅好。(105)不鬻邪　不出賣惡濫之物。鬻，賣。

(106)豫賈　即處定高價以欺騙顧客。豫，誑。賈，同「價」。(107)著　彰明。(108)馴風　馴順的民風。(109)醇醲　酒的純粹濃厚。此喻民風。(110)白藏　庫名。在鄴城西城下，有屋一百七十四間。(111)無限　無限。(112)賑　富。(113)大內　京邑都內倉庫。(114)控引世資　吸引天下資財。國家府庫所藏財富來自於民間，故云。控引，吸引。世資，天下資財。(115)賨　南方少數民族所繳納的稅。也用以指稱四川省巴中縣一帶的少數民族。(116)幏　布名。少數民族所織。(117)積墆　積貯多。墆，通「滯」。(118)琛　珠玉。(119)幣　繒帛。(120)充牣　充滿。(121)關石　關稅。關，門關所徵之稅。石，即斛。一種量器。(122)和鈞　調和均平。(123)底慎　慎重。底，通「厎」。致。(124)燕弧　燕地所出的弓。(125)委勁　堆積強弓。勁，指強弓。(126)冀馬　冀北所產的馬。(127)駔　壯馬。

【語　譯】城內則街道集聚，朱樓構築在城角。石橋高架，下引漳渠。道路兩旁夾著通暢的南北溝，排列著青槐遮蔭。漳渠水色青碧可以洗濯，槐蔭比長廊還要深遠。穿梭其間的有儀從繁盛的官員，熙來攘往的百姓。頭髮斑白的老人不用提挈重物，行道之人互相讓路。設立官位分管職務，營建官衙所居之處。府寺有的夾道而立，有的分布在居民區。官署則合於三公，設官超過六卿。有奉常之號，大理卿之名。官衙大廈統一尺度，華麗的屏牆齊發光耀。階除戒備嚴密，重門層層深鎖。眾官之長居住在此，輔佐代理朝政，作國家的支柱。居民區則有長壽、吉陽，永平、思忠諸里。另外還有外戚所居的戚里，安置在宮的東面。里中出顯貴，巷中容公侯。都護所居之堂，華殿綺窗。眾多乘車馬來訪者，擁擠在都護府中。營造的客館四周有房舍，修飾為賓客聚集之處。門上有華美的層樓，在建安年間開始興建。以草覆牆塗抹居室，房屋錯雜，相互掩映。這些都是經過不停的刻鏤、長久的琢削所造成的，因此秦國的廣成傳舍無法相比，漢代的稾街邸宅也不能相及。市場全部開放，鋪墊的平道四通八達。分布的商鋪羅列各種貨品，市場周圍環繞牆垣，調劑了貨物的有無，一到日中便人貨齊集。市樓高峻異常，可俯視市場壯觀的景象。上百條市路上車轂碰擊，上萬輛馬車首尾相連。憑靠著車軾策馬，衣袖與車幕一起翻飛。八方之人混同於一處，奇風異事層出不窮。物價公平就相互交易，買賣使用的錢幣不可勝計。材料由加工而化為器用，財貨經過商貿而流通。至於難得的奢侈品，市上是不容出售的。器具完好合用就經常使用，去除粗製濫造的製作，生產堅固耐用的物品。不出賣惡濫之物，也不以高價欺誑顧客，彰明淳厚良順的民風。在鄴城西面的「白藏」大倉庫，收藏了無限豐富的貨物。大內寶庫也收引了天下的資財。南蠻所產的賨布堆積其間，又有珠玉、繒帛充滿其中。關稅調和均平，財賦徵收謹慎。強勁的燕弓委積滿庫，雄駿的冀馬填滿了馬廄。

至乎勍敵①糾紛②，庶土③罔寧④。聖武⑤興言⑥，將曜威靈⑦。介冑⑧重襲⑨，旍⑩旗躍莖⑪。弓珧⑫解檠⑬，矛鋋⑭飄英⑮。三屬之甲⑯，縵胡之纓⑰。控弦⑱簡發⑲，妙擬更嬴⑳。齊被練㉑而銛㉒戈，襲㉓偏裻㉔以讀列㉕。畢出征而中律㉖，執奇正㉗以四伐㉘。碩畫㉙精通㉚，目無匪制㉛。推鋒㉜積紀㉝，鋩氣㉞彌銳。三接三捷㉟，既晝亦月㊱。剋翦㊲方命㊳，吞滅咆烋㊴。雲撤㊵叛換㊶，席捲虔劉㊷。祲威㊸八紘㊹，荒阻㊺率由㊻。洗兵㊼海島，刷馬㊽江洲。振旅㊾輷輷㊿，反旆(51)悠悠(52)。凱歸(53)同飲(54)，疏爵(55)普疇(56)。朝無刓印(57)，國無費留(58)。喪亂既弭(59)而能宴(60)，武人歸獸(61)而去戰。蕭斧(62)戢柯(63)以柙刃(64)，虹旍(65)攝麾(66)以就卷。斟〈洪範〉(67)，酌典憲(68)。觀所恆(69)，通其變(70)。上垂拱(71)而司契(72)，下緣督(73)而自勸(74)。道來斯貴，利往則賤。囹圄(75)寂寥，京庾(76)流衍(77)。於時東鯷(78)即序(79)，西傾(80)順軌(81)。荊南懷憓(82)，朔北思韙(83)。綿綿(84)迥塗(85)，驟(86)山驟水。襁負(87)賮贄(88)，重譯貢篚(89)。髽(90)首之豪，鐻(91)耳之傑。服(92)其荒服(93)，斂衽(94)魏闕(95)。置酒文昌，高張(96)宿設(97)。其夜未遽(98)，庭燎(99)晰晰(100)。有客祁祁(101)，載華(102)載裔(103)。岌岌冠緌(104)，纍纍[105]辮髮[106]。清酤如濟[107]，濁醪如河[108]。凍醴[109]流澌[110]，溫酎[111]躍波[112]。豐肴衍衍[113]，行庖[114]皤皤[115]。愔愔[116]醧讌[117]，酣湑[118]無譁。延[119]廣樂[120]，奏九成[121]。冠[122]〈韶〉〈夏〉[123]，冒[124]六莖[125]。傮[126]響起，疑震霆[127]。天宇[128]駭，地廬[129]驚。億[130]若大帝[131]之所興作，二嬴之所曾聆[132]。金石絲竹[133]之恆韻[134]，匏土革木之常調。干戚羽旄[135]之飾好，清謳[136]微吟之要妙。世業[137]之所日用[138]，耳目之所聞覺。雜糅紛錯[139]，兼該泛博[140]。鞮鞻[141]所掌之音，〈韎昧〉[142]〈任〉[143]〈禁〉[144]之曲。以娛四夷之君，以睦八荒[145]之俗。

【章　旨】本章歌頌魏武帝曹操的武功。先寫曹軍裝備的精良和曹操卓越的軍事才能。接著描寫削平不臣之後，四方歸心的盛況。最後集中描繪魏主歡宴來朝者的宏大場面。

【注　釋】❶勍敵　強有力的敵人。❷糾紛　作亂。❸庶土　天下。❹罔寧　不安寧。❺聖武　對魏武帝曹操的尊稱。❻興言　起而平亂。言，語詞。❼威靈　威力。❽介冑　鎧甲和頭盔。❾重襲　層層穿著。❿旍　同「旌」。古代旗的一種，綴旄牛尾於竿頭，下有五彩鳥羽。⓫躍莖　在竿頭高揚。躍，舉。莖，旗竿。⓬弓珧　此指以小蚌飾弓兩頭。珧，小蚌。⓭解繫　上弦待用的意思。繫，輔正弓的器具。⓮鋋　小矛。⓯英　指矛上的羽飾。⓰三屬之甲　指上身、大腿、小腿三截相聯之甲。屬，聯。⓱縵胡之纓　粗劣無文理的纓。為武士所用。纓，繫在頷下的冠帶。⓲控弦　拉開弓弦。⓳簡發　選擇目標而發箭。簡，擇。⓴更羸　古代的神射手。曾虛發而下雁。㉑被練　披甲。被，披。練，白色熟絹。此指甲裡。㉒銛　鋒利。㉓襲　穿。㉔偏裻　古代戰服。背縫或偏左或偏右。裻，衣背縫。㉕讀列　站在陣列之中。讀，中止。㉖中律　合法。㉗奇正　古時用兵，以對陣交鋒為正，設伏掩襲等為奇。㉘四伐　出征四方，行其誅伐。㉙碩畫　大的謀畫。指戰略。㉚精通　瞭解深入而貫通。㉛目無匪制　舉目所見，盡為正確，沒有不合法度的地方。㉜推鋒　此指作戰。推，舉。鋒，鋒刃。

㉝積紀　猶「積時」。長久；長期。紀，十二年。曹操自初平元年起兵，至建安二十五年，歷經三十年。㉞銳氣　銳氣。㉟三接三捷　言一日之間屢次接戰屢次獲勝。㊱既晝亦月　有時一日數戰，有時一月數戰。戰鬥頻繁的意思。㊲剋翦　翦除。剋，戰勝。翦，翦滅。㊳方命　不遵王命者。方，放棄。㊴咆烋　即咆哮。指傲慢猖獗不肯臣服者。㊵雲撤　如雲之消去。指敵人如雲消散。撤，去。㊶叛換　強橫跋扈。㊷虔劉　殺戮。㊸浸威　盛威；揚威。㊹八紘　八方極遠之地。㊺荒阻　指遠方之人。㊻率由　都來順從。㊼洗兵　指戰事結束，洗刷兵器，不再使用。兵，兵器。㊽刷馬　洗馬。㊾振旅　還師。㊿輷輷　眾車之聲。(51)反旆　回軍時的旗幟。旆，雜色鑲邊的旗。此代指旗幟。(52)悠悠　旌旗飄揚的樣子。(53)凱歸　奏得勝之歌而歸。(54)同飲　飲於宗廟。(55)疏爵　分其爵邑給有功將士。疏，分。(56)普疇　普遍與軍功相等。疇，等。(57)朝無刓印　朝中沒有留而未賜之印。項羽對有功者常不願封賞，印刻好，長久把玩不捨得賜人，以致印角磨損，這樣將士就不願為他出死力了。刓印，稜角磨損的印。(58)費留　對戰勝者不賞其功。(59)弭　消除。(60)宴　宴樂。(61)歸獸　歸還牛馬，使用於農耕。(62)蕭斧　長斧；兵器。(63)戢柯　收藏其斧柄。柯，柄。(64)柙刃　把利斧的斧頭收入匣中。柙，同「匣」。刃，斧刃。代指斧頭。(65)虹旍　畫虹的旌旗。(66)攝麾　收其麾旗。(67)洪範　《尚書》中的一篇。相傳是記述周武王滅商勝利後，向殷商貴族箕子請教，箕子乃告以治天下之大法。一般認為，此篇是後人擬作的。(68)典憲　常法。(69)恆　常。指天地人世的常理。(70)通其變　瞭解世情的變化。(71)垂拱　垂衣拱手。指無為而治。(72)司契　掌握符契。古人以合符契為信，執契就掌握了權力。(73)緣督　順行中道。督，中。(74)自勸　即勸自。勉勵自己。(75)囹圄　監獄。(76)京庾　大的倉庫。(77)流衍　堆積多而外流。(78)東鯷　會稽海外有東鯷人，分為二十餘國。(79)即序　就序。即歸順朝廷。(80)西傾　古代西方國名。此代指西方的割據勢力或少數民族。(81)順軌　歸順正道。(82)憓　順。(83)韙　美。(84)綿綿　悠遠的樣子。(85)迥塗　長途。(86)驟　騎馬奔馳。(87)襁負　以帶縛物而揹於背上。襁，背負嬰兒用的寬帶。(88)贐贄　禮品。(89)筐　竹筐。進貢裝禮品用。(90)髽　以麻束髮。古代彭蠡、洞庭一帶人的髮式。(91)鐻　金銀耳環。古邊遠地區之人，不論男女都戴耳環。(92)服　穿。(93)荒服　邊遠之地的服裝。(94)斂衽　整飭衣襟，表示敬意。(95)魏闕　古代宮門外兩邊高聳的樓觀。樓觀下常為懸布法令之所。此帶有魏國宮闕的雙關涵義。(96)高張　大張音樂。(97)宿設　前一夜即已安排停當。(98)未遽　即未遽央、未渠央、未央。未盡之意。(99)庭燎　庭中的火炬。(100)晣晣　光明的樣子。(101)祁祁　眾多的樣子。(102)載華　華夏。中原地區的人。載，語助詞。無義。(103)裔　四裔。四方邊遠地區之人。(104)岌岌冠縰　形容華夏之人的服裝。岌岌，高危的樣子。縰，束髮的帛。長六尺，束髮後上可加冠。(105)纍纍　長長不絕的樣子。(106)辮髮　即編髮。把頭編起來，是四夷之人的髮式。(107)清酤如濟　清酒如濟水。清酤，清酒。濟，水名。其水清，

故以清酤為比。108濁醪如河　濁酒似黃河。濁醪，濁酒。河，黃河。其水濁，故以濁醪為比。109凍醴　冷的甜酒。110流澌　解凍後隨水流動的冰。澌，通「凘」。111溫酎　暖酒。酎，醇酒。112躍波　形容酒熱。熱而起泡，故云。113衍衍　繁多的樣子。114行庖　負責遞送食品的廚工。115皤皤　豐多的樣子。116愔愔　和悅的樣子。117醧讌　飲宴。118湑　樂。119延　陳。120廣樂　天帝之樂。或稱鈞天廣樂。121九成　猶九章、九闋。樂曲一終為一成。122冠　首先演奏。123韶夏　皆古時樂曲。〈韶〉，舜時的樂曲。〈夏〉，禹時的樂曲。124冒　籠絡；包括。125六莖　〈六英〉與〈五莖〉。〈六英〉為帝嚳之樂，〈五莖〉為顓頊之樂。126傮　通「曹」。群。127震霆　霹靂震響。128宇　屋簷。129廬　一屋所占之地。130億　語詞。無義。131大帝　天帝。132二嬴之所曾聆　相傳秦穆公與趙簡子都曾於夢中到天帝處，天帝為他們奏過鈞天廣樂，事見《史記》。二嬴，指秦穆公與趙簡子。秦趙皆姓嬴。聆，聽。133金石絲竹　與下文之「匏土革木」為上古的八種樂器，稱為八音。金，指鐘鎛。石，指磬。絲，指琴瑟。竹，指管簫。匏，指笙。土，指塤。革，指鼓鼗。木，指柷敔。134恆韻　正常的音聲。135干戚羽旄　舞蹈時所執之物。干戚，盾和斧。武舞時所執。羽旄，雉羽和旄牛尾。文舞時所執。136謳　歌唱。137世業　王者世世相承的大業。138日用　常用不可缺。139雜糅紛錯　此言樂舞之容。140兼該泛博　言包括各種樂舞，內容極為廣泛。141鞮鞻　周代樂官。掌管四夷之樂。142韎昧　古東夷之樂。143任　南夷之樂。144禁　北夷之樂。145八荒　八方極遠之地。

【語　譯】到了強敵作亂，天下不寧。聖武皇帝就起而興兵，顯耀他的威力。將士們穿戴起重重盔甲，旌旗在竿頭高揚，珧弓早已上弦待命，矛上彩羽飄飄。將士們身著三聯甲，繫上粗劣無紋理的胡纓。拉弓選擇目標而發，高超的技藝可比更嬴。他們披上練裡的盔甲，磨利戈矛；穿著偏裻的戎衣，站在陣列之中。全部出征皆合乎戰法，掌握用兵的奇正以征伐四方。大的謀略精通妙理，所見盡為精確。作戰數十年，銳氣更加高昂。屢戰屢捷，戰鬥頻繁。翦除不遵命之人，殲滅猖獗不服之徒。掃蕩強橫跋扈之敵，席捲肆行殺戮之軍。揚威於八方極遠之地，荒遠阻隔之人也都來臣服。在海島洗滌兵器，在江洲洗刷戰馬。回軍車聲隆隆，歸來旌旗飄飄。奏凱歌而歸來，共赴宗廟宴飲；朝中分賞爵邑，都依軍功而論。於是朝中沒有刻而不賜的印石，國中無有功而不賞之臣子。禍亂平息就可以安居樂業，武人放還，牛馬脫離征戰。收起長斧的斧柄，把斧頭放入匣中；收拾畫虹的旌旗，捲好藏斂。斟酌〈洪範〉之說，參考歷代法典。觀察世間常理，通曉古今變化。為君主者垂衣拱手，只管符契，為臣子者順守中道，自勉而行。有道而來就予以尊重，見利而往則加以輕賤。牢獄寂寥無人，倉庫堆積外流。這時東方之國前來臣服，西方之國歸順朝廷。荊南地區心懷忠順，朔北遠域思念恩德。於是不辭迢迢遠路，馳越山水，背負著禮物，經過翻譯來獻貢品。那些以麻束髮的首領，耳垂金環的酋長，穿著各自荒遠地區的服裝，整頓衣袖肅拜於宮闕前。魏主在文昌殿中擺宴，大張音樂，樂隊早已安排。長夜未盡，火炬光明。賓客眾多，有華夏之人，也有四裔之人。華夏之人高冠束髮，蠻夷之人編髮纍纍。清酒如濟水，濁酒似黃河；湅酒若流冰，溫酒起波紋。豐盛的菜肴花色繁多，廚工傳送得堆盤疊案。飲宴安和愉悅，酣樂而不諠譁。陳設鈞天廣樂，演奏共達九闋。前面是〈韶〉和〈夏〉，又包括〈六英〉和〈五莖〉。群聲齊起，疑是雷鳴。青天駭懼，大地震驚。如同昔日天帝所奏，二嬴夢中所聽。舉凡金石絲竹所奏的常韻，匏土革木所發的音調；干戚羽旄裝飾的美好舞姿，清歌低唱的婉妙曲聲，都是王者大業所不可少，又可滿足耳目的視聽。各種樂舞混雜紛錯，兼收廣泛。樂官所掌四夷之樂，〈韎昧〉、〈任〉、〈禁〉等曲，都用來娛樂四夷君長，和睦八荒風俗。

既苗[1]既狩[2]，爰[3]遊[4]爰豫[5]。籍田[6]以禮動[7]，大閱[8]以義舉。備法駕[9]，理[10]秋御[11]。顯文武[12]之壯觀，邁[13]梁騶[14]之所著[15]。林不槎[16]枿[17]，澤不伐夭[18]。斧斨[19]以時[20]，罾罔[21]以道。德連木理[22]，仁挺芝草。皓獸[23]為之育藪[24]，丹魚[25]為之生沼。矞雲翔龍[26]，澤馬[27]亍[28]阜。山圖其石[29]，川形[30]其寶。莫黑匪烏[31]，三趾[32]而來儀[33]。莫赤匪狐，九尾而自擾[34]。嘉穎[35]離合[36]以蓴蓴[37]，醴泉[38]湧流而浩浩。顯禎祥[39]以曲成[40]，固[41]觸物而兼造[42]。蓋亦明靈[43]之所酬酢[44]，休徵[45]之所偉兆46。旼旼47率土48，遷善49罔匱50。沐浴51福應52，宅心53醰粹54。餘糧棲畝而弗收55，頌聲載路56而洋溢。河洛開奧57，符命58用59出。翩翩黃鳥，銜書來訊60。人謀61所尊，鬼謀62所秩63。劉宗64委馭65，巽66其神器67。闚68玉策69於金縢70，案71圖籙72於石室73。考曆數74之所在，察五德之所莅75。量寸旬76，涓77吉日。陟78中壇79，即帝位。改正朔80，易服色81。繼絕世82，修廢職83。徽幟84以變，器械85以革86。顯仁翌明87，藏用88玄默89。菲言厚行90，陶化91染學92。讎校93篆籀94，篇章畢覯。優賢著於揚歷95，匪孽形於親戚96。本枝97別幹98，蕃屏99皇家。勇若任城100，才若東阿101。抗旍102則威噞103秋霜104，摛翰105則華縱春葩106。英喆107雄豪，佐命108帝室。相兼二八109，將猛四七110。赫赫111震震112，開務113有謐114。故今斯民覩泰階115之平，可比屋116而為一117。筭祀有紀118，天祿119有終。傳業120禪祚121，高謝122萬邦。皇恩綽123矣，帝德沖124矣。讓其天下125，臣至公矣126。榮127操行之獨得，超百王128之庸庸。追亙129卷領130與結繩131，睠留重華而比蹤132。尊盧赫胥133，羲農134有熊135。雖自以為道洪化隆136，世篤137玄同138。奚遽139不能與之踵武140而齊其風！是故料141其建國142，析其法度143。諮144其考室145，議其舉厝146。復之147而無斁148，申之149而有裕。非疏糲之士150所能精，非鄙俚之言所能具。

【章　旨】本章敘述由漢到魏、由魏到晉的嬗變過程，而重點放在前者，歌頌魏帝之德。先寫魏王登基前如何遵行禮制，慈仁寬厚，因而各種祥瑞出現於世。接著寫魏王登上帝座的過程及種種舉措，描寫了曹魏的全盛時代。末了敘魏帝禪位於晉，表現了嘉美的操行。

【注　釋】❶苗　夏獵。❷狩　冬獵。❸爰　乃；於是。❹遊　天子春天出行。❺豫　天子秋天出行。❻籍田　天子在春耕前舉行親耕儀式，以奉祀宗廟，並且勸農。建安二十一年三月魏武帝親耕籍田於鄴城東。❼以禮動　依禮而行。❽大閱　天子閱兵講武。建安二十二年魏武帝親執金鼓，操練士兵。❾法駕　天子所乘的六馬駕的大輅車。❿理　使人調理研習。⓫秋御　一種駕車法。能使馬奔騰飛躍。秋，騰躍。⓬文武　文治武功。文，指禮樂。前所言之籍田，即極禮樂之盛。武，指田獵。古人田獵本有講武之意。⓭邁　超過。⓮梁騶　古代天子田獵的地方。⓯著　記載。⓰槎　斬伐。⓱枿　砍去樹梢重又長出的枝條。⓲夭　小獸。⓳斧斨　此指砍伐。斨，方孔的斧。⓴以時　適時。㉑罾罔　皆作動詞用。罾，魚網。罔，古「網」字。㉒德連木理　盛德使樹木連理而生。連理，不同根草木，枝幹連生在一起。舊時看作吉祥的徵兆。㉓皓獸　指白鹿、白麞。㉔育藪　生於長草的湖澤。㉕丹魚　紅魚。㉖矞雲翔龍　據說黃初元年十一月有黃龍出於雲中。矞雲，外赤內青的彩雲。㉗澤馬　出於大澤的神馬。祥瑞之物。㉘亍　小步行。㉙山圖其石　山上出現天然形成的有圖繪的瑞石。㉚形　現出。㉛莫黑匪烏　語出《詩·邶風·北風》。言黑色者是烏鴉。㉜三趾　指日中的三足神烏。㉝來儀　來舞而有容儀。㉞莫赤匪狐二句　相傳周文王應九尾赤狐出現而統一東方。九尾赤狐，傳說中的神獸。擾，馴順。㉟嘉穎　美穗。㊱離合　忽離忽合；或離或合。周王德盛則三苗共穗，商王德盛則一根上生出幾個穗，或離或合，都是祥瑞的表現。㊲蓴蓴　茂盛的樣子。㊳醴泉　甘美如甜酒的泉水。㊴禎祥　吉祥之兆。㊵曲成　語出《易·繫辭上》。言通過各種方面來成就。㊶固　故。㊷觸物而兼造　言各種禎祥之物觸類而皆到了。造，到。㊸明靈　神明。㊹酬酢　賓答主人的獻酒為酢，主人又飲而酌賓為酬。此作報答解。㊺休徵　吉利的徵兆。㊻偉兆　此言大示天下。偉，大。兆，示。㊼旼旼　和樂的樣子。㊽率土　所有土地。㊾遷善　去惡從善。是說民風的變化。㊿罔匱　不缺乏。罔，無。(51)沐浴　身受；體驗。(52)福應　吉祥的徵兆。(53)宅心　居心。(54)醰粹　純美。醰，酒味長。(55)餘糧棲畝而弗收　是說民風淳厚，餘糧置於畝首而無人收。(56)載路　滿路。(57)河洛開奧　黃河洛水獻出其祕寶。《易·繫辭上》：「河出圖，洛出書，聖人則之。」古人認為八卦就是伏羲根據河圖、洛書而畫，也有人認為洛書指《尚書·洪範》。(58)符命　古時以祥瑞的徵兆附會成君主得到天命的憑證。(59)用　因而。(60)翩翩黃鳥

二句　據說在魏文帝曹丕受禪為天子之初，有黃鳥口銜丹書，白晝出現在尚書臺，書中有關於魏受天命之語，故改元為黃初。訊，告。(61)人謀所尊　指百姓歌謠中早已稱頌魏德。(62)鬼謀　指各種祥瑞之兆。(63)秩　序；安排。(64)劉宗　指劉氏東漢王朝。(65)委馭　言漢帝委棄馭世之轡。即放棄政權。(66)巽　通「遜」。即遜讓。(67)神器　指皇帝之位。(68)闚　視。(69)玉策　即玉牒。告天的文書。(70)金縢　金匱。金屬封固的箱櫃。周公曾書告天之冊納於金縢之匱中。見《尚書・金縢》。此指上代遺留的關於帝王傳承的文書。(71)案　查閱。(72)圖籙　指圖讖。預言符命的祕書。(73)石室　宮中藏書所在。(74)曆數　帝王相繼的次第。(75)察五德之所莅　察看代漢之火德該落到哪一家。五德，五行。古代方士以金、木、水、火、土五行附會各王朝，以五行之相生相剋來說明各王朝更替的規律。莅，臨。(76)量寸旬　測量出吉祥的時辰。旬，時。(77)涓　選擇。(78)陟　登。(79)中壇　天子郊祀所設的高壇。魏受漢帝禪位，築壇於繁陽，曹丕升壇即位，改元黃初。(80)改正朔　改易曆法。正是一年的開始，朔是一月的開始，正朔就是一年的第一天。夏商周三代曆法各異，故改朝換代要改正朔。但是漢武帝之後都用夏正，改朝換代並不真的改正朔了。(81)服色　指朝服顏色。(82)繼絕世　王侯有絕後嗣的，命人繼承其香煙。(83)修廢職　有人失去職位，即命復之。(84)徽幟　旌旗。(85)器械　禮樂之器及兵甲。(86)革　改換。(87)翌明　表現出明智。(88)藏用　其作用暗藏，使人不知覺。(89)玄默　玄靜沈默。(90)菲言厚行　少說多做。菲，薄。(91)陶化　化育。此形容化育之功。陶，製瓦器。(92)染學　如染絲一般使人學善。(93)讎校　校對文字，整理古籍。(94)篆籀　指以篆籀文字所寫的古籍。篆，小篆。籀，大篆。(95)揚歷　顯揚其所經歷。指居官的治績。(96)匪孽形於親戚　是說文帝不以私情現於親戚之中。匪，非。孽，私。(97)本枝　指魏文帝的兄弟王侯。(98)別幹　指關係較疏的曹氏族人。(99)蕃屏　作為屏障，起護衛的作用。蕃，通「藩」。(100)任城　指任城王曹彰。魏文帝曹丕之兄，以勇武善戰著名。(101)東阿　指東阿王曹植。魏文帝曹丕之弟，古代傑出的文學家。(102)抗旍　舉起旌旗。指出兵作戰。(103)噏　猛。(104)秋霜　比喻曹彰作戰無堅不摧，所向披靡，如秋霜之落葉。秋霜起則綠葉枯黃。(105)摛翰　寫作文章。(106)春葩　春花。形容曹植的文才。(107)喆　同「哲」。(108)佐命　輔助帝王創業。(109)二八　指八元八凱。八元是舜時八個才子，八凱是顓頊時八個才子。(110)四七　指東漢光武帝劉秀創業時之二十八將。(111)赫赫　隆興的樣子。(112)震震　雄壯的樣子。(113)開務　開通萬物之志，成就天下之務。(114)謐　靜。(115)泰階　星名。共三階，上階象徵帝后，中階為諸侯、三公、卿、大夫，下階為元士、庶人。三階平則陰陽調和，天下太平。(116)比屋　每家。此指每家都有受封賞的。(117)為一　天下一家。(118)筭祀有紀　是說計算起來魏也傳了幾代君主了。筭祀，即計數魏傳祀之年。筭，通「算」。紀，世。(119)天祿　指作為天子而享受天祿。(120)傳業　指傳天下大業於晉。(121)禪祚　把帝位讓人。禪，禪讓。祚，帝位。(122)謝　辭別。(123)綽　寬廣。(124)沖　謙虛。

125讓其天下　指曹奐禪讓帝位給司馬炎。126臣至公矣　是說曹奐為臣於晉，是至公之道。127榮　美。128百王　指前代帝王。129追亙　追上而超過。130卷領　皮衣翻領。遠古人的服裝。131結繩　遠古時無文字，以在繩上打結為記。132睠留重華而比蹤　回顧虞舜讓位也可與之媲美。舜曾讓位於禹，與魏帝相似。睠留，睠顧留心。重華，虞舜之名。比蹤，齊步同行。謂彼此相當。133尊盧赫胥　上古帝王名。即尊盧氏、赫胥氏。134羲農　伏羲氏、神農氏。上古帝王名。135有熊　黃帝的號。136道洪化隆　道德洪大，教化隆盛。「洪化」下原有「以為」二字，依胡氏等諸家校刪。137世篤　世風淳厚。138玄同　宇內大同。139奚遽　為什麼。遽，通「詎」。何。140踵武　跟著前人的腳步。踵，繼。武，足跡。141料　計。142建國　建立魏都。143法度　規矩；準則。此指宮室之制是否合法度。144諮　謀。145考室　宮室落成。考，成。146舉厝　措施。厝，通「措」。147復之　重複議論評判。148無斁　不厭倦。149中之　說明。150疏糲之士　食粗食的人。指低賤的人。

【語譯】魏王夏冬田獵，春秋出行。按禮制親耕籍田，按義法講武閱兵。備好六馬大車，研習駕車技能。顯示出文治武功的壯闊場面，超越了古書所載的梁騶之獵。林內不斷截後生的枝條，澤中不殺幼小的禽獸。適時砍伐樹木，按照養育之理捕魚。盛德使木成連理，仁慈使芝草更加挺立。白獸得以在草澤中生育繁衍，赤魚得以在湖沼中生存。黃龍在彩雲中飛翔，神馬在小山上行走。山上生成印有圖繪的瑞石，河中出現稀有的寶物。黑色的為烏鴉，有三足的神烏飛臨；赤色的為狐狸，有九尾神狐馴順。美穗或離或合，生長茂盛，甘泉滾滾湧流而浩大。各種祥瑞的現象，匯集而成大魏天下；所以觸類旁通，一齊來到。這是神靈的報酬，把美好的徵兆大示天下。國土一派和樂，人們去惡從善的風俗世代不墜。親身體驗吉兆，居心美善純粹。餘糧放在田頭無需收回，頌德之聲洋溢滿路。黃河洛水打開奧祕，上天的符命因而出現。黃鳥翩翩飛來，口銜丹書來相告。這是人心的歸向，天意的安排。於是劉氏委棄江山，遜讓皇帝寶座。從金匱中取出玉牒閱視，在石室中查閱圖讖。考證朝代相繼的次第，細察五行輪到何者。量度時辰，選擇吉日。魏王終於登上中壇，即皇帝位。改易曆法，變換服色。使絕嗣王侯得有承繼，使失去職位者能夠復職。改變旌旗，換用禮器衣中。顯示仁德，表現明智；不露作用，玄靜自守。少說多做，化育勸學。校勘古籍，盡覽文章。優待賢者，顯揚其居官治績；對於親戚，則不表現出私情。曹氏宗族中的本枝別幹，都能起到護衛皇家的作用。武勇如任城王，文才若東阿王：舉旗進攻，威猛如同秋霜落葉；提筆撰文，華美猶如春花怒放。英哲雄豪之人，輔佐皇帝創業。文臣包括有八元八凱那樣的才子，武將勇猛如光武帝的二十八將。赫赫而盛，震震而壯；開通民志而成大業，安靜而不事聲張。所以使得人民能夠目睹太平，比屋受封而四海一家。算來大魏傳祀已有幾代，享受天祿當有終結。傳業於大晉，辭別萬邦。魏帝皇恩寬綽，道德謙虛。把天下讓給明君，自作臣子，十分公允。他獨具的嘉美操行，超過百代平庸之主。可以及得上卷領、結繩之世，可以與虞舜讓禹媲美。尊盧氏、赫胥氏，伏羲、神農、黃帝。既然認為他們道德洪大，教化隆盛，世風淳厚，宇內大同，何不繼其事業齊其風範呢！所以計度魏的國都，分析其法度規程。諮謀其成室奢儉，議論其種種措施。反覆討論而不厭倦，明白的解釋而有餘裕。這不是低賤之人所能通曉，鄙俚之言所能說盡的。

至於山川之倬詭[1]，物產之魁殊[2]。或名奇而見稱，或實異而可書。生生[3]之所常厚，洵[4]美之所不渝[5]。其中則有鴛鴦[6]交谷[7]，虎澗[8]龍山[9]。掘鯉之淀[10]，蓋節之淵[11]。𤬪𤬪[12]精衛[13]，銜木償怨。常山[14]平干[15]，鉅鹿[16]河間[17]。列真[18]非一，往往出焉。昌容練色[19]，犢配眉連[20]。玄俗無影[21]，木羽偶仙[22]。琴高沈水而不濡，時乘赤鯉而周旋[23]。師門使火以驗術，故將去而林燔[24]。易陽[25]壯容[26]，衛[27]之稚質[28]。邯鄲[29]躧步[30]，趙之鳴瑟[31]。真定[32]之梨，故安[33]之栗。醇酎[34]中山[35]，流湎千日[36]。淇洹[37]之筍，信都[38]之棗。雍丘[39]之粱[40]，清流[41]之稻。錦繡襄邑[42]，羅綺朝歌[43]。綿纊[44]房子[45]，縑緫[46]清河[47]。若此之屬，繁富夥夠[48]，非可單(49)究，是以抑(50)而未罄(51)也。蓋比物(52)以錯辭(53)，述清都(54)之閑麗(55)。雖選言以簡章(56)，徒九復(57)而遺旨(58)。覽大《易》與《春秋》，判隱顯而一致(59)。末(60)上林之隤牆(61)，本(62)前修(63)以作系(64)。其(65)軍容弗犯(66)，信(67)其果毅(68)。糺華(69)綏戎(70)，以戴公室(71)。元勳(72)配(73)管敬(74)之績，歌鍾析邦君之肆(75)。則魏絳之賢，有令聞(76)也。閒居隘巷，室邇心遐(77)。富仁(78)寵(79)義，職競弗羅(80)。千乘為之軾廬(81)，諸侯為之止戈(82)，則干木之德，自解紛(83)也。貴非吾尊(84)，重士踰山(85)。親御監門(86)，嗛嗛(87)同軒(88)。搦秦起趙(89)，威振八蕃(90)。則信陵(91)之名，若蘭芬也。英辯榮枯(92)，能濟其厄。位加將相，窒隙之策(93)。四海齊鋒，一口所敵(94)。張儀張祿(95)，亦足云也。

【章　旨】本章描述魏地獨特的物產和人物。先列舉仙人之名，敘述其仙蹟。接著談到魏地的土產，順帶談到寫作方法上的一些主張。最後歷敘魏絳、段干木、魏公子無忌、范雎、張儀的英雄業績，並加以歌頌。

【注　釋】❶倬詭　卓絕奇詭。倬，卓絕。詭，奇異。❷魁殊　大殊。❸生生　生養不息，繁殖不已。❹洵　信；確實。❺渝　變。❻鴛鴦　水名。俗謂百泉，在今河北省南河縣西。❼交谷　水名。在鄴城之南。❽虎澗　水名。在鄴城之西。❾龍山　即南龍山。在今山東省平原縣北。❿掘鯉之淀　指掘鯉淀。在今河北省任丘縣西。淀，淺的湖泊。⓫蓋節之淵　指蓋節淵。在今河北省涉縣。⓬翐翐　飛翔的樣子。⓭精衛　古代神話中鳥名。據《山海經・北山經》，赤帝之女，名為女娃，遊於東海，溺水不返，化為精衛鳥。狀如烏鴉，文首，白喙，赤足。在發鳩山，常銜西山木石來填東海。⓮常山　即恆山。在今河北省曲陽縣西北與山西接壤處，為五嶽之北嶽。據《列仙傳》，有名叫昌容的仙人號稱常山真人。⓯平干　地名。此言仙人師門。他是嘯父弟子，嘯父為冀州人，在曲周市上，曲周屬廣平郡，漢武帝征和二年曾為平干國，在今河北邯鄲一帶，此實指學於平干的師門。⑯鉅鹿　在今河北鉅鹿。傳說中仙人木羽為鉅鹿人。⑰河間　在今河北河間。傳說仙人玄俗自言是河間人。⑱列真　列仙。⑲昌容練色　仙人昌容容色美好。據《列仙傳》，昌容自稱為殷王女，食蓬累根，二百餘年，而容色如二十歲，故稱練色。練色，美色。亦指修練得道者的美好容色。⑳犢配眉連　據《列仙傳》載，犢子，鄴人，有時年壯有時蒼老，有時貌美有時貌醜，人知其為仙人。另有陽都女，兩眉相連，耳細而長，亦是異人。後二人相配，出門時人莫能追。㉑玄俗無影　玄俗食巴豆、雲英，賣藥於市，可治百病，立在太陽光下，不見影子。㉒木羽偶仙　據《列仙傳》載，木羽之母懷孕時曾夢見有大冠赤幘神人守其兒，說此兒是司命君，他日當報母恩，與母一同成仙。後兒生，取名木羽，長至十五歲，夜有車馬來迎，木羽與母成仙而去。㉓琴高沈水而不濡二句　《列仙傳》載，琴高，趙人，浮遊冀州二百餘年，後辭入水中取龍子，與弟子約日相會，至時琴高果乘赤鯉而來，留一日，復入水而去。㉔師門使火以驗術二句　《列仙傳》載，師門會使火，後為孔甲所殺，葬於野外，一日風雨迎師門而去，林木都燒毀。㉕易陽　易水之北面。㉖壯容　年少美女。㉗衛　古國名。在今河南省。㉘稚質　少年美女。㉙邯鄲　地名。在今河北邯鄲。㉚躧步　輕快的步伐。形容走路好看。㉛鳴瑟　彈瑟。瑟，一種類似琴的撥弦樂器。通常有二十五弦，每弦一柱。㉜真定　地名。在今河北正定，戰國趙地。㉝故安　地名。在今河北固安。㉞醇酎　醇厚的多釀酒。醇，酒質濃厚。酎，經過兩次或多次復釀的酒。㉟中山　中山郡。地名，在今河北省唐縣、定縣一帶。㊱流湎千日　此是形容中山酒的故事。據說有個叫玄石的人，向中山酒家酤酒，酒家給他千日之酒，飲後歸家即酒倒，家人不知是醉，以為他死了，即斂棺而葬之，中山酒家三年後至其家，掘開其棺，玄石方才醉醒，起於棺中，故有俗語：「玄石飲酒，一醉千日。」流湎，飲酒而沈迷。㊲淇洹　皆水名。淇，淇水。在今河南省，其岸產竹。洹，洹水。古水名，在河南省北境，又名安陽河。㊳信都　地名。今河北省冀縣。㊴雍丘　雍丘縣。秦置，今河南省杞縣。㊵粱　粟。㊶清流　鄴西的清漳水。㊷襄邑　襄邑縣。在今河南省睢縣。㊸朝歌　商之別都。在河南省淇縣。㊹綿纊　絲綿絮。㊺房子　地名。在今河北省高邑縣西南，其地出白土，細滑膏潤，可用以濯綿。㊻縑總　皆絹的一種。縑，雙絲織成的微帶黃色的細絹。㊼清河　郡國名。即甘陵，在今山東省臨清縣東北。㊽夥夠　多。㊾單　通「殫」。盡。㊿抑抑止。(51)罄　盡。(52)比物　排比事物。(53)錯辭　錯綜其辭。(54)清都　指魏都鄴城。(55)閑麗　壯麗。(56)選言以簡章　選擇章句。簡，選擇。(57)九復　多次變化迴復。九，表示多。(58)遺旨　遺留該說的精旨。(59)覽大易與春秋二句　言《春秋》是推顯以至隱，《易》由隱而到顯，文章手法雖不同，其合於聖人之道則是一致的。判隱顯而一致，原作「判殊隱而一致」，依胡克家、王念孫等說改。60末　以之為末事。認為是不足取的小事。61上林之隤牆　司馬相如〈上林賦〉前極寫漢天子在上林苑校獵的壯闊場面，後雖有「隤牆填塹，使山澤之人得至焉」，主張把上林苑公之於民，對天子加以諷諫，但極為無力。此處也是鄙視此種做法。62本　堅守。63前修　前代聖賢。64作系　作〈繫辭〉來承襲。系，即「繫」。《易》末有〈繫辭〉闡述《易》理。65其　指春秋時晉之大夫魏絳。輔晉悼公，七合諸侯。66軍容弗犯　形容軍容嚴整，有不可侵犯之勢。67信伸。68果毅　果敢堅毅。69糾華　糾察華夏諸侯，使不為非。即稱霸之意。70綏戎　安撫戎狄，使不為亂中原。71公室　指晉悼公。72元勳　大功。73配　相比。74管敬　指管仲。敬，管仲謚號。75歌鍾析邦君之肆　據《國語・晉語》，鄭伯獻給晉悼公女樂十六人，歌鍾二肆，晉悼公因為魏絳功勞大，乃分給魏絳女樂八人，歌鍾一肆。女樂，即伎女。歌鍾，即鍾。鍾以節歌，故名。凡懸鍾磬，十六枚懸於一虡為一堵，鍾磬各一堵合為一肆。76令聞　好名聲。77室邇心遐　是說居室雖近，而心甚高遠。邇，近。遐，遠。78富仁　富於仁德。79寵　尊崇。80職競弗羅　謂段干木競爭之念不羅列於心中。職，主。81千乘為之軾廬　魏文侯敬佩段干木懷君子之道，德尊義高，因而當車過其居時憑軾表示敬意。千乘，指有千輛兵車的大國之君。此謂魏文侯。82諸侯為之止戈　秦欲攻魏，司馬康（據高步瀛考證，當作司馬庾）諫阻說：「魏有賢者段干木，魏國禮待他，因此不可加兵。」秦君聽從而未伐魏。83解紛　解除糾紛。84貴非吾尊　不以貴自尊。85重士踰山　重天下賢士踰於丘山。86親御監門　魏有隱士叫侯嬴，年七十，家貧，為大梁東門監者，公子方置酒，大會賓客，坐定，率車騎，虛左，自迎侯生。87嗛嗛　謙虛的樣子。嗛，古「謙」字。88軒　車。89搦秦起趙　魏公子無忌奪晉鄙之兵救趙，後又合五國之兵破秦兵而存魏，故言。搦，抑遏。90八蕃　八方蠻夷之地。91信陵　信陵君。魏公子無忌的封號。92英辯榮枯　此指辯士張儀、范睢憑雄辯之才，終得由枯而榮，飛黃騰達。戰國魏人范睢和張儀，都出身貧賤，困厄一時，但憑雄辯才能，先後在秦國為相。范睢助秦王消除內部危險勢力，張儀遊說諸侯，破壞合縱，都大有功於秦。93窒隙之策　言范睢、張儀的計謀如以一物塞小竅，非常合時。窒，塞。隙，竅。94四海齊鋒二句　此指張儀。四海齊鋒攻秦，張儀一口遊說，散其合縱之謀。95張祿　即范睢。為魏大夫須賈等所迫害，幾死，後遂更名張祿。

【語　譯】境內山川卓絕奇詭，因此各地物產大不相同。有的因為名稱奇異而被談論著，有的因為實際上的特別而值得記載。此地萬物的生養繁殖常得造化厚賜，確實美好而不變更。其中有鴛鴦、交谷二水，還有虎澗和南龍山。有掘鯉淀，還有蓋節淵。翩飛的精衛鳥，銜木石填海報怨。恆山住著仙人昌容，仙人師門學於平干；鉅鹿有神仙木羽，河間也出神仙玄俗。列仙不止一個，往往出於此地。昌容會變化容顏，仙人犢子與連眉女相配。玄俗立於日中不見其影，木羽偕同母親一起成仙。琴高入水不溼，時乘紅鯉來往。師門善於使火，他死後應驗了自己的法術，因而乘著風雨而去而林木卻燒毀了。還有易水北岸的美女，衛地年少的佳麗；邯鄲之人步履優雅，趙地之人善於彈瑟。真定出梨，故安產栗。中山醇厚的多釀酒，使人一醉就是千日。淇洹流域出筍，信都的特產是棗。雍丘出粱，清漳邊上產稻。襄邑出錦繡，朝歌出羅綺，房子出絲綿，清河出細絹。像這一類特產，繁富眾多，不可勝究，還不如暫停敘述，不將它說盡。只因即使極力的排比事物，錯綜文詞，描述魏都的壯麗。即使精心選擇章句，也只能在原地反覆打轉而遺漏了要旨。閱覽《易》與《春秋》，其隱顯的表現手法雖不同，而大義一致。我看不上〈上林賦〉末「隤牆填塹」這樣的寫法，堅守前賢之道作〈繫辭〉以承襲。魏絳的軍容有不可侵犯之勢，能伸張他的果敢堅毅，糾察華夏安撫戎狄，以擁戴晉悼公。他的大功可比管仲的業績，所以晉君分給他一半歌鍾。由此魏絳的賢能，得有美好的名聲。段干木閒居在狹窄的巷中，居室雖近塵世而心自高遠。富於仁德，尊崇道義，心中不存世俗競爭之念。然國君過其居仍不免憑軾致敬，諸侯也因為他而停止伐魏。因此段干木的道德，可以使糾紛自解。魏公子無忌不以貴自尊，把賢士看得重於丘山。親為看城門人駕車，謙虛地與他同車。抑遏強秦救援趙國，威聲振於八方。信陵君之名，如同蘭花一樣芬芳。范睢、張儀憑其雄辯能由枯而榮，從厄運中得到解救。他們能位至一國將相，是因為策劃周密合時。四海諸侯齊把鋒刃對準秦國，他憑一張口就能抵擋。張儀、張祿，也實在值得稱道。

搉❶惟庸❷蜀與鳩鵲同窠❸，句吳❹與鼃黽同穴❺。一自以為禽鳥，一自以為魚鼈。山阜猥積❻而踦䮾❼，泉流迸集❽而咉咽❾。隰壤❿瀸漏⓫而沮洳⓬，林藪⓭石留⓮而蕪穢⓯。窮岫⓰泄雲⓱，日月恆翳⓲。宅土熇暑⓳，封疆⓴障癘㉑。蔡莽㉒

蟄刺(23)，昆蟲毒噬(24)。漢罪流禦(25)，秦餘徙帑(26)。宵貌(27)蕞(28)陋，稟質遳(29)脆。巷無杼首(30)，里罕耆耋(31)。或魋髻(32)而左言(33)，或鏤膚(34)而鑽髮(35)。或明發(36)而嬥歌(37)，或浮泳(38)而卒歲(39)。風俗以韰果(40)為嫿(41)，人物以戕害(42)為藝。威儀(43)所不攝(44)，憲章(45)所不綴(46)。由重山之束阨(47)，因(48)長川之裾勢(49)。距遠關(50)以閬闠(51)，時(52)高樔(53)而陛制(54)。薄戍(55)綿冪(56)，無異蛛蝥(57)之網。弱卒瑣甲(58)，無異螳蜋之衛(59)。與(60)先世而常然(61)，雖信險(62)而剿絕(63)。揆(64)既往之前跡，即將來之後轍。成都(65)迄(66)已傾覆(67)，建業(68)則亦顛沛(69)。顧非累卵於疊棊(70)，焉至觀形而懷怛(71)。權(72)假(73)日以餘榮(74)，比朝華(75)而菴藹(76)。覽麥秀(77)與黍離(78)，可作謠於吳會(79)。

【章旨】本章主要貶斥吳、蜀二國。先痛詆二國地形土壤的惡劣、百姓體質的脆弱、文化的落後及戍守的單薄。接著根據以往史跡指出：蜀國已經傾覆，吳國的顛滅也近在眼前了。

【注釋】(1)摧 實。(2)庸 地名。在長江、漢水之南。(3)與鴝鵒同窠 此言蜀多山林且地狹，如與鴝鵒同巢。鴝，鴝鵒。即八哥，黑羽而善仿人言。(4)句吳 此指東吳地區。吳太伯始居之地。(5)與鼃黽同穴 此言吳多江湖，人如與鼃黽同穴。鼃，蛙。黽，蛙的一種。大腹，背有黑文一道。(6)猥積 堆積。猥，眾多。(7)踦嶇 同「崎嶇」。(8)泉流迸集 泉流聚散。迸，分散而流。(9)吷咽 泉流不暢。(10)隰壤 低溼的土地。(11)瀸漏 低溼滲漬。瀸，浸漬。漏，滲透。(12)沮洳 泉泥混合的樣子。(13)林藪 林木草莽間。(14)石留 地多石有似贅瘤。(15)蕪穢 荒蕪多草。(16)窮岫 孤窮的山。(17)泄雲 出雲。(18)恒翳 經常遮掩。(19)熇暑 酷熱。(20)封疆 邊界。(21)障癘 瘴氣疫病。障，即瘴氣。相傳為南方炎熱地區山水間的一種毒氣。癘，劇烈的疫病。(22)蔡莽 草莽。(23)螫刺 指毒草刺人。螫，蜂、蠍等刺人。(24)噬 咬人。(25)漢罪流禦 秦漢時流放罪人到吳蜀。如卓氏即是秦破趙後遷於蜀。禦，傳說舜流四凶族，以禦魑魅。此沿用其說。㉖秦餘徙剶　秦漢流放者的後裔。徙，指徙者。剶，垂帶之餘以為飾。此指剩餘，引申為後裔。案：「漢罪流禦，秦餘徙剶」二句是互文，要貫通加以解釋，曰秦曰漢實都是秦漢的意思。㉗宵貌　相貌。宵，通「肖」。㉘蕞　小。㉙遳　脆。㉚杼首　長頭。據說是長壽之相。㉛耆耋　老人。耋，古書有三種說法，或六十歲、或七十歲、或八十歲。㉜魋髻　把頭髮束成一撮。其形如椎，故稱。魋，通「椎」。㉝左言　不曉文字。㉞鏤膚　紋身。㉟鑽髮　剪髮。鑽，通「劗」。剪。㊱明發　黎明之時。㊲孋歌　古巴土民歌。歌時相互牽手而跳。㊳浮泳　居住在江湖之上，若魚鼈之浮游。㊴卒歲　終年。㊵韰果　狹隘果敢。韰，通「狹」。果，通「惈」。勇敢。㊶嫿　好；快。㊷戕害　殘忍殺害。㊸威儀　禮儀。㊹攝　統攝。㊺憲章　法度。㊻綴　通「贅」。屬。㊼束阨　群山相聚而形成要隘。㊽因　依。㊾椐勢　占據的形勢。椐，通「据」。據。㊿距遠關　以遠關而拒守。距，通「拒」。51闚闟　同「窺覦」。偷看。喻伺機而動。52時　處。53高櫟　鳥巢。54陛制　拘制其民。陛，通「陛」。牢。拘罪人之處。55薄戍　言吳蜀二國薄弱的戍守之兵。56綿冪　微細。57螸　蟲名。58瑣甲　碎甲。59螳蜋之衛　指螳臂擋車。60與　計數。61先世而常然　吳蜀之前代亦常如此。指先代吳王夫差國滅，公孫述稱蜀帝而亡。62信險　地形確係險阻。63勦絕　剿滅。勦，通「剿」。64揆　揣度。65成都　蜀都。66迄　終究。67傾覆　覆滅。西元二六三年蜀漢為魏所滅，故左思作賦之時蜀漢已亡。68建業　吳都。原作「建鄴」，據高步瀛校改。據各種史料，左思初作賦之時吳尚未亡，曾請皇甫謐作序。69顛沛　顛覆。70累卵於疊棊　據《說苑》，晉靈公造九層臺，孫息聽說就求見說：「我能把十二只棋子累起來，上面再累九個雞蛋。」靈公說：「危險呵！」孫息說：「這不算危險，還有更危險的，九層之臺三年不成，鄰國興兵，國家將亡。」靈公於是把臺拆了。71覲形而懷怛　此言吳國的處境已至累卵於疊棊的地步，吳國之人怎能不感到害怕呢。怛，懼怕。72權　姑且。73假　借。74餘榮　所餘不多的榮光。75朝華　早晨開的花。此指木槿，朝開暮落。76菴藹　天色冥暗。77麥秀　事見《史記．宋微子世家》。殷亡後，箕子朝周，過殷墟，感於宮室毀壞，遍生禾黍，而作歌，中有「麥秀漸漸兮，禾黍油油」。78黍離　《詩．王風．黍離》之〈毛詩序〉謂西周亡後，周大夫過故宗廟宮室，盡為禾黍，徘徊不忍離去，乃作此詩，詩中有「彼黍離離」之句。79作謠於吳會　此言吳國不久也將覆滅，吳之大夫也將在其故都廢墟之上，作歌謠以寄感懷。吳會，指東吳之境。吳國所在本為秦時會稽郡，至東漢分為吳郡和會稽郡，簡稱為吳會。

【語　譯】其實蜀漢之人與鵂鶹同窠，東吳之人則與蛙類同穴。蜀自居為禽鳥，吳自居為魚鼈。蜀地山岡重疊而崎嶇，吳地泉流聚散而幽咽。吳地的土壤低溼滲漬，因而泥濘不堪；蜀地的林藪石頭遍地，荒草叢生。深山迷漫著雲霧，日月常受到遮蔽。其地酷熱，境內多瘴氣疫病。毒草刺人，毒蟲咬人。秦漢時這裡是罪人流放的地方，至今仍存留著他們的後裔。住在此地的人相貌矮小醜陋，體質脆弱無力。巷中無長壽之相的人，里中少六七十歲的老者。有的髮髻如椎，不曉文字；有的膚刺花紋，用斧剪髮。有的黎明即起又跳又唱，有的身居水上終年不離。風俗以狹隘果敢為快，人們以殘忍殺害為技藝。不為禮儀所統攝，不為法度所管束。就著群山相聚形成的要隘，憑著長河奔流所占據的形勢。拒守遠關而窺視中原，地處鳥巢來拘制百姓。戍守單薄微弱，無異蛛蝥所織的網。弱卒碎甲，無異擋車的螳臂。歷數前代也常如此，即使確實險阻卻定被剿滅。揣度以往歷史陳跡，可知未來事態。成都終究已經傾覆，建業亦將顛滅。若不是累蛋在重疊的棋子上，怎能看到危險的形勢而心懷懼怕。聊且假借時日來保持吳國剩餘的榮光，好像朝開暮落的木槿已到了天色暝暗之時。閱覽箕子的麥秀歌和周大夫的〈黍離〉之詩，預見到不久也可在吳都作歌謠以寄感慨了。

先生之言未卒，吳蜀二客矆❶焉相顧，睼❷焉失所。有靦❸瞢❹容，神惢❺形茹❻。弛氣❼離坐，憳墨❽而謝❾。曰：僕黨❿清狂⓫，怵迫⓬閩濮⓭。習蓼蟲⓮之忘辛，翫⓯進退之惟谷⓰。非常寐而無覺⓱，不覩皇輿⓲之軌躅⓳。過⓴以仉剽㉑之單慧㉒，歷㉓執古㉔之醇聽㉕。兼重性㉖以䝰㉗繆㉘，偭㉙辰光㉚而罔定㉛。先生玄識，深頌靡測㉜。得聞上德之至盛㉝，匪同憂於有聖㉞。抑若春霆發響，而驚蟄㉟飛競。潛龍浮景㊱，而幽泉高鏡㊲。雖星有風雨之好㊳，人有異同之性。庶覿蔀家與剝廬㊴，非蘇世㊵而居正㊶。且夫寒谷豐黍，吹律暖之也㊷。昏情㊸爽曙㊹，箴規㊺顯之也。雖明珠兼寸㊻，尺璧有盈㊼，曜車二六㊽，三傾五城㊾，未若申錫㊿典章(51)之為遠也。亮曰日不雙麗(52)，世不兩帝(53)。天經地緯(54)，理有大歸(55)。安得齊給(56)，守其小辯也哉！

【章　旨】本章是全賦的結束。主要描寫吳、蜀二客聽到魏國先生一番話後的痛切自責，從而也證明了魏國先生頌揚魏德的正確。賦末還表達了對統一全國的希望。

【注　釋】❶矆　驚視的樣子。❷睎　失意而視的樣子。❸靦　慚愧貌。❹瞢　羞愧。❺忩　心疑。❻茹　柔軟。❼弛氣　泄氣。弛，鬆懈。❽怏墨　因慚愧而臉色變黑。❾謝　謝罪；道歉。❿僕黨　我們這些人。謙虛的說法。⓫清狂　表面看來無病，心中卻迷糊不清。⓬怵迫　為利所誘，為貧所迫。⓭閩濮　皆古國名。閩，指秦閩中郡。約在今浙江、福建一帶，此指吳國。濮，古國名。在江、漢之南，此指蜀國。⓮蓼蟲　食蓼草的蟲。蓼草味辛辣。⓯翫　沈迷。⓰谷　窮。⓱非常寐而無覺　不是常睡而不覺悟，實是習俗使然。⓲皇輿　君主所乘的車子。此指魏國天子。⓳軌躅　車跡。指魏美好的政績。⓴過　誤。㉑仡剽　輕薄。㉒單慧　小才。㉓歷　逢。㉔執古　秉承古道。㉕醇聽　醇厚的學識。㉖重性　重複犯錯誤。性，錯誤。㉗貤　重複。㉘繆　通「謬」。㉙偭　背離。㉚辰光　指日月星三光。㉛罔定　沒有定向。㉜深頌靡測　深寬無測。頌，容。靡，無。㉝上德之至盛　指魏國先生所言魏帝盛德。㉞匪同憂於有聖　言魏帝之德極為盛大，無所不在，又深藏不露，非同於有聖之憂。語出《易・繫辭上》：「顯諸仁，藏諸用，鼓萬物而不與聖人同憂，盛德大業，至矣哉！」㉟驚蟄　蟄伏的蟲類等受到驚動。㊱潛龍浮景　潛龍升天，浮於日景。景，日光。㊲幽泉高鏡　言幽深泉中，陽光高照。鏡，照。㊳星有風雨之好　《尚書・洪範》：「庶民惟星，星有好風，星有好雨。」此以星比人，言人心各異。㊴蔀家與剝廬　意思是高明在世而不悟，小人在位，不行正道。《易・豐・上六》：「豐其屋，蔀其家，闚其戶，闃其無人，三歲不覿，凶。」此言豐道已成，而猶不見，所以為凶。蔀，覆蓋。《易・剝・上九》：「小人剝廬。」言小人處北位為君，剝徹民之廬舍，此小人終不可用為君。㊵蘇世　醒悟世情。㊶居正　居於正道。㊷寒谷豐黍二句　據劉向《別錄》，燕地有谷，地美而寒，不生五穀，鄒衍居此，吹律，暖氣遂至，生出黍來，此谷即名黍谷。律，古代用來校正樂音標準的管狀儀器，共十二律。

又古人用律管候氣，以十二律的名稱對應一年的十二個月。㊸昏情　即「昏情」。指吳、蜀二客昏昧的思想。㊹爽曙　天明。指二客的醒悟。㊺箴規　規諫勸戒。此指魏國先生之言。㊻明珠兼寸　《史記・卷四六・田敬仲世家》載，魏惠王曾問齊威王：「王亦有寶嗎？」齊威王答：「無有。」魏惠王說：「像我這樣的小國，尚有徑寸而可照十二乘車的寶珠十枚，萬乘之國，怎可無寶！」兼寸，不止一寸。㊼尺璧有盈　指一尺多長的和氏璧。據《史記・卷八一・藺相如列傳》，趙惠文王得楚和氏璧，秦昭王聽說，願以十五城來交換璧。㊽曜車二六　指魏惠王的徑寸之珠，可照耀前後十二輛車。㊾三傾五城　即「傾城三五」。指秦昭王換璧之十五城。㊿中錫　重賜。(51)典章　常道法度。(52)麗　附著。(53)世不兩帝　世無兩帝。時司馬氏與孫氏並稱帝於世。(54)天經地緯　言天地有常道。(55)大歸　總的歸向。指魏國先生所言之真理。(56)齊給　辯說。

【語譯】魏國先生的話未說完，吳、蜀二客即已吃驚地相互對看，茫然若失。面容羞愧，神情惶惑，形體癱軟。洩氣地離開座位，羞愧得臉色發黑，並向前表示謝罪，說：我們真是無疾而狂，受誘迫而居於吳蜀。習慣其地如蓼蟲般的風俗，習食蓼草而忘記辛辣，沈迷於進退困窮的境地。雖沒有長睡不醒，卻看不到魏天子隆盛的治績。錯以我們輕薄的小才，來對待先生秉承古道的醇厚學識。我們錯誤又荒謬，背離日月星辰，因而方向無定。先生智識玄通，深寬不測。今天我們聽到魏天子的盛德，無所不在又不露形跡。如同春雷發出巨響，蟄蟲驚醒競飛。潛龍飛升於日光中，陽光照進了深泉裡。雖然星辰各有所好，人心也各有不同。我們彷彿見到了「蔀家」、「剝廬」的凶象，知道自己尚未醒悟世情而居於正道。所謂寒谷能種黍豐收，是因為鄒衍吹律而帶來暖氣。我們昏昧的思想得以變得明白，也是由於先生規諫勸戒造成的。即使幾寸直徑的明珠，一尺多長的和氏璧，可照耀十二乘車，可價值十五座城池，還是不如賜予常道法度來得遠大啊。確實地說：天上不能有兩個太陽，世上不能有兩個皇帝。天地間有常道，道理有總的歸向。我們怎能喋喋不休地死守著微不足道的爭論呢！

卷 七

郊祀

甘泉賦并序

【作　者】揚雄（西元前五三～西元一八年），字子雲，蜀郡成都（今四川成都）人。西漢著名的辭賦家、哲學家、語言學家。上代世業農桑，到他時家產不過十金，也不憂貧賤。少即好學，博覽群書，口吃不能暢言，沈默好深湛之思。四十歲左右由蜀來到京師長安，大司馬車騎將軍王音奇其文雅，召為門下史，又把他舉薦給朝廷，於是揚雄待詔於承明殿。他連獻〈甘泉賦〉、〈羽獵賦〉等賦，被任為郎官，給事黃門。歷仕成帝、哀帝、平帝三世，未曾升職。到新莽時，因耆老久次轉為大夫，對王莽他曾抱過一些幻想，上過〈劇秦美新〉一文。不久，因受劉棻之案牽連，曾從天祿閣下投自殺，雖未死，以病免官。後復召為大夫。天鳳五年逝世。《漢書・卷三〇・藝文志》著錄其賦十二篇，今存全文和佚文者還略多於此數。原有集五卷，已佚，清嚴可均《全上古三代秦漢三國六朝文》輯有四卷，較為詳備。揚雄學宗儒家，也吸收了一些老子學說，曾仿《論語》作《法言》，仿《易經》作《太玄》。《方言》是研究古代語言的重要資料，〈訓纂〉對文字學也有相當大的貢獻。

【題　解】〈甘泉賦〉是揚雄中年初到京師所獻四賦的首篇。在賦序中即已說到他「奏〈甘泉賦〉以風」，抱著明確的諷諫目的。據《漢書・卷八七・揚雄傳》可知他諷諫的是：一、甘泉宮本是秦的離宮，又由漢武帝整修擴大，並不是成帝所造，然而雕梁彩繪，十分奢華，才從田畝陋屋之中出來的揚雄，感到實在看不下去，不能保持沈默，於是採取「推而隆之」的手法，說甘泉宮中高臺崔巍，日月星宿方至其簷上，而正殿崢嶸，好似天上的紫微宮，在推崇之中隱含譏刺。他又進一步說這是因襲夏桀、商紂建築琁室、傾宮的做法，要成帝如臨深淵一般保持肅慎。二、當時趙飛燕之妹趙昭儀方大受寵幸，成帝到甘泉宮祭天，她也在屬車中同往，這於齋戒之禮不合，所以揚雄在賦中說天子「屏玉女而卻宓妃」，表面是頌揚，實際是告誡天子不要接近女色。應該說這種諷諫用語雖婉曲一些，用意卻都是好的。漢成帝有沒有領會和接受揚雄的一番苦心呢？據王充《論衡》說，昏庸的漢成帝對揚雄賦中之意毫無所覺，依舊為之不止。

揚雄十分仰慕司馬相如，作賦擬之為式，〈甘泉賦〉寫皇帝的神遊就明顯看出〈大人賦〉的影響。然而語言風格究竟不一樣，司馬相如意氣風發，辭多雄肆，而揚雄則委婉蘊藉得多。〈甘泉賦〉在格局上打破了他以前大賦的主客問答體的陳規，以簡潔的敘述開頭，這很適於表現祭天這種莊重的內容。全篇鋪寫處基本用騷體，雖是從宋玉賦中得到啟發，但在西漢中也頗為別致，不落俗套。

孝成帝❶時，客❷有薦雄文似相如者。上❸方郊祀❹甘泉❺泰畤❻、汾陰后土❼，以求繼嗣❽。召雄待詔❾承明❿之庭⓫。正月⓬從上甘泉還，奏⓭〈甘泉賦〉以風⓮。其辭曰：

惟⓯漢十世⓰，將郊上玄⓱，定泰畤⓲，雍神休⓳，尊明號⓴。同符三皇㉑，錄功五帝㉒。卹胤㉓錫羨㉔，拓跡㉕開統㉖。於是乃命群僚，歷㉗吉日，協㉘靈辰㉙。星陳㉚而天行㉛。詔招搖㉜與太陰㉝兮，伏鉤陳㉞使當兵㉟。屬㊱堪輿㊲以壁壘㊳兮，捎㊴夔魖㊵而抶㊶獝狂㊷。八神㊸奔而警蹕㊹兮，振㊺殷轔㊻而軍裝㊼。蚩尤㊽之倫，帶干將㊾而秉玉戚㊿兮，飛蒙茸(51)而走陸梁(52)。齊總總(53)以撙撙，其相膠轕54兮，猋駭雲迅55，奮56以方攘57。駢羅列布58，鱗59以雜沓60兮，柴虒61參差，魚頡而鳥胻62。翕赫63曶霍64，霧集而蒙合65兮，半散66昭爛67，粲以成章68。

【章旨】本章開始是序，揚雄說他是參加了甘泉宮祭天大典，所以寫作此賦。接著在賦的開端，作者描寫各路天神來為皇帝前驅護衛的情景，用誇張手法寫出儀從之盛。

【注釋】❶孝成帝　指漢成帝。❷客　主要有二種說法：一說指蜀人楊莊，時為郎，誦揚雄之文於成帝前，成帝以為似相如，乃得見。事見揚雄〈答劉歆書〉，然此書人多疑為偽作。另一說指大司馬車騎將軍王音，時揚雄為其門下史，乃薦之。事載《漢書‧卷八七‧揚雄傳》，然時間上又難盡合。故此客究竟為誰，目前尚難確考。❸上　指漢成帝。❹郊祀　祭祀天地。祭天為郊，祭地為祀。❺甘泉　宮名。在今陝西淳化西北甘泉山，本秦林光宮，漢帝加以增築擴建。❻泰畤　祭祀天神泰一的祠壇。元鼎五年漢武帝命祠官寬舒等建於甘泉宮。畤，止。神靈所止的意思。❼汾陰后土　建在汾陰縣西的后土祠。汾陰，縣名。漢時屬河東郡，在汾水之南，故名。后土，古之土地神。❽繼嗣　此指皇子。❾待詔　等候皇帝詔命。漢代以才能、學術受皇帝重視者，都當值待詔，準備隨時接受皇帝的召見或差遣。❿承明　承明殿。在未央宮中。⓫庭　廳堂。⓬正月　指漢成帝永始四年正月。⓭奏　獻上。⓮風　諷喻。不敢正言稱為風。⓯惟　句首語詞。無義。⓰十世　由漢高祖、呂后至成帝，共十代。⓱上玄　上天。《易‧坤‧文言》：「天玄而地黃。」故謂天為玄。⓲定泰畤　建始元年成帝曾罷甘泉泰畤及汾陰后土祠，至永始三年冬十月，皇太后以帝無繼嗣，乃詔有司復此二祠，故云。⓳雍神休　此言希望神靈祐護，賜以佳美吉祥的福分。雍，祐。休，美。⓴尊明號　此言尊神的明號而祝禱。明號，明神之號。如泰一、后土等。㉑同符三皇　言成帝的功德與三皇相同。符，合。三皇，與下「五帝」皆泛指古代聖君。㉒錄功五帝　此謂總領五帝的功德。錄，總領。㉓卹胤　憂慮沒有繼嗣。卹，憂。胤，繼。㉔錫羨　此謂神明賜予許多福祥。錫，賜予。羨，多。㉕拓跡　開拓事業。㉖開統　擴大統緒。意即增多子嗣。㉗歷　選擇。㉘協　合。㉙靈辰　好的時辰。㉚星陳　指皇帝儀仗隨從如同天星之排列。㉛天行　天體運行。此指儀仗隊的運動。㉜招搖　古星名。氐屬。㉝太陰　即太歲。星名，是古代天文學中假設的歲星，其運行方向與歲星相反。㉞伏鉤陳　鉤陳。星宮名，共六星。因在紫微垣內，故曰伏。㉟當兵　掌管兵事。當，主。

㊱屬　囑託；委派。㊲堪輿　天地之神。堪，天道。輿，地道。㊳壁壘　軍壘；作戰的工事。㊴捎　「箾」的通假字。以竿擊人。㊵夔魖　兩種鬼怪。夔，木石之怪。如龍，有角，人面。魖，使人耗財之鬼。㊶抶　擊。㊷獝狂　無頭惡鬼。㊸八神　指天主、地主、兵主、陰主、陽主、日主、月主、四時主。㊹警蹕　戒止行人。帝王出行，左右侍衛為警，禁止行人以清道為蹕。㊺振　精神振奮。㊻殷轔　盛大的樣子。㊼軍裝　著軍戎之裝。㊽蚩尤　神話中東方九黎族首領。有兄弟八十一人，相傳以金作兵器，並能呼風喚雨，後與黃帝戰於涿鹿，失敗被殺。此隱指武衛之士。㊾帶干將　佩帶寶劍。干將，春秋時吳國名匠干將所鑄寶劍。㊿玉戚　玉柄的斧。51蒙茸　亂紛紛的樣子。52陸梁　跳躍的樣子。53總總　與下「撙撙」皆聚集的樣子。54膠輵　雜亂的樣子。55猋駭雲迅　如暴風之發作，如飛雲之迅疾。56奮　迅疾的樣子。57方攘　分散的樣子。58駢羅列布　成行列隊。駢，並列。59鱗　像魚鱗一樣密密排列。60雜沓　紛雜眾多。61柴虒　參差不齊的樣子。62魚頡而鳥胻　即魚鳥頡胻。此形容眾神之行進。胻，原作「㫙」，據王念孫校改。頡胻，即「頡頏」。鳥飛上飛下的樣子。63翕赫　盛大的樣子。64曶霍　迅疾的樣子。65霧集而蒙合　形容眾神之集聚若雲霧之相合。地氣發天不應曰霧，天氣下地不應曰蒙。66半散　即泮散、分散。67昭爛　光輝燦爛。68粲以成章　燦爛而有華彩。成章，形成文章；形成文彩。

【語　譯】孝成皇帝時，有人因我的文章與司馬相如相似而向朝廷推薦。這時天子正要到甘泉泰畤、汾陰后土祠去祭天地，以求皇子。就召我在承明殿等待詔命。永始四年正月，我隨從天子由甘泉宮返回，就獻上〈甘泉賦〉以諷喻。這篇賦說：大漢十世皇帝，打算祭祀上天，復定泰一神祠。希望被神祐護，得到佳美吉祥的福分，尊崇神的明號而祝禱。皇帝的功德合於三皇，總括五帝。憂慮繼嗣，乃望上天賜予眾多福祥，使能開拓功業，擴大皇統。於是詔令百官，選吉日，合良辰。眾臣僚如群星排列，如天體運行。召來招搖星和太陰星呵，又安排鉤陳星主管兵事。委派天地之神堪輿把守壁壘呵，痛擊夔、魖和獝狂那樣的鬼怪。八神在前面奔走，負責護衛清道呵；精神振奮，軍容盛大，身著戎裝。那些蚩尤之輩，佩帶利劍手執玉柄大斧呵，亂紛紛地飛著，蹦蹦跳跳地跑著。他們忽而聚集在一起，互相混雜呵；忽而如風起雲飛，迅疾分散。成行列隊，像魚鱗一樣緊密交錯呵，參差不齊，像魚躍鳥飛一樣。多麼盛大而迅疾，像雲霧一般集聚在一起呵，突然分散而耀眼，又是那樣燦爛而有文采。

於是乘輿❶，迺登夫鳳皇❷兮而翳❸華芝❹。駟❺蒼螭❻兮六素虯❼。蠖略蕤綏❽，灕虖襂纚❾。帥爾陰閉，霅然陽開❿。騰⓫清霄⓬而軼⓭浮景⓮兮，夫何旟旐⓯郅偈⓰之旖旎⓱也。流⓲星旄⓳以電爥⓴兮，咸翠蓋㉑而鸞旗㉒。敦㉓萬騎於中營兮，方㉔玉車㉕之千乘。聲駍隱㉖以陸離㉗兮，輕㉘先㉙疾雷㉚而馺㉛遺風㉜。凌㉝高衍㉞之嵱嵷㉟兮，超紆譎㊱之清澄。登椽欒㊲而羾㊳天門兮，馳閶闔㊴而入凌兢㊵。是時未轃㊶夫甘泉㊷也，迺望通天㊸之繹繹㊹。下陰潛㊺以慘廩㊻兮，上㊼洪紛㊽而相錯㊾。直嶢嶢㊿以造(51)天兮，厥(52)高慶(53)而不可乎彌度(54)。平原唐(55)其壇曼(56)兮，列新雉(57)於林薄(58)。攢(59)并閭(60)與茇葀(61)兮，紛被麗(62)其亡鄂(63)。崇丘陵之駊騀(64)兮，深溝嶔巖(65)而為谷。迣迣(66)離宮(67)般(68)以相爥(69)兮，封巒石關(70)施靡(71)乎延屬(72)。

【章旨】本章前寫天子登上鳳凰車向甘泉宮進發，千乘萬騎，聲勢浩大。接著描寫途中所見，遠眺通天臺，近則廣原高丘，香木瑞草。最後寫進入苑中，只見宮觀相連映照。

【注釋】❶乘輿　皇帝的車駕。此代指皇帝。❷鳳皇　以鳳凰為飾的車子。❸翳　隱蔽。❹華芝　以四垂的芝芉為飾的華蓋。❺駟　一車駕四馬。❻螭　傳說中無角的龍。此指神駿的馬。❼素虯　白色無角的龍。此指白色駿馬。❽蠖略蕤綏　龍行的樣子。❾灕虖襂纚　龍的鬃毛下垂的樣子。❿帥爾陰閉二句　形容車駕在雲霧中行。帥爾，迅疾的樣子。帥，通「率」。陰閉，陰雲閉合。霅然，急疾的樣子。陽開，雲霧散開。⓫騰　升。⓬霄　微雲。⓭軼　越過。⓮浮景　流景；日光。⓯旟旐　旗幟。繪有鳥隼者為旟，繪有龜蛇者為旐。⓰郅偈　形容旗竿高豎的樣子。⓱旖旎　形容旗幟在風中柔順地飄動的樣子。⑱流　流動。⑲星旄　畫有星辰的旄旗。以旄牛尾裝飾在旗頭。⑳電爥　電光照耀。爥，同「燭」。㉑翠蓋　翠羽裝飾的車蓋。㉒鸞旗　繡有鸞鳥的旗。天子出行，前驅儀仗中有鸞旗。㉓敦　通「屯」。陳列。㉔方　並列。㉕玉車　玉飾的車。㉖騈隱　車馬馳驅的聲音。㉗陸離　參差。㉘輕　輕快。㉙先　先於；超過。㉚疾雷　迅雷。㉛馺　馳驅追及。㉜遺風　疾風。遺，通「隧」。說見王念孫《讀書雜志．四》。㉝凌　超越。㉞高衍　高平之地。㉟嵱嵷　地勢高的樣子。㊱紆譎　曲折。㊲椽欒　甘泉山的南山。㊳羾　至。㊴閶闔　天門。㊵凌兢　即「崚嶒」。山勢險峻。㊶臻　通「蓁」。至。㊷甘泉　甘泉宮。㊸通天　臺名。在甘泉宮中，建於武帝元封二年。㊹繹繹　光彩華美的樣子。㊺陰潛　陰暗。㊻慘廩　寒涼。廩，通「凜」。㊼上　通天臺上。㊽洪紛　洪大而紛雜。㊾相錯　光彩交錯。㊿嶢嶢　山高的樣子。(51)造　至。(52)厥　其。指通天臺。(53)慶　語助詞。無義。(54)不可乎彌度　終不可量度。彌，據梁章鉅、高步瀛說，為「彊」之誤。彊有終竟之意。度，量度。(55)唐　廣大的樣子。(56)壇曼　平坦廣闊之狀。壇曼，與上「唐」言重詞複，是一種表示強調的修辭手法。(57)新雉　即「辛夷」。一種樹木，其枝葉皆香。(58)林薄　草木聚生的地方。薄，草叢生處。(59)攢　聚生。(60)并閭　棕櫚。(61)茇葀　一種草。一說：即薄荷。(62)被麗　同「披離」。四散的樣子。(63)亡鄂　無邊際。亡，無。鄂，垠；邊際。(64)駊騀　「岥峨」的假借字。形容高大的樣子。(65)嶔巖　深險的樣子。(66)迬迬　往往；處處。此指眾多的意思。迬，古文「往」。(67)離宮　古時帝王於正式宮殿之外，另築宮殿，以隨時遊處。(68)般　「班」的假借字。遍布。(69)相爥　言宮館光色相照。爥，同「燭」。(70)封巒石關　指封巒觀、石關觀。俱在甘泉苑內。(71)施靡　相連的樣子。(72)延屬　連綿不斷的樣子。

【語　譯】於是天子就登上飾有鳳凰的車駕呵上面遮垂著芝草的華蓋。駕上四匹青色駿馬呵或者六匹白色駿馬。昂然前行，馬鬃飄飄。忽而被雲霧包圍，忽而又雲開霧散。升上清霄，超越日光呵，高高的竿頭上旗幟飄得多麼柔順多姿。那繪有星辰的旄旗好似閃電一般馳動著呵，全都覆著翠蓋，打著鸞旗。營中陳列著上萬騎兵呵，千乘玉車並排整齊。車騎之聲參差不齊震耳欲聾，輕快地超過迅雷趕上疾風。越過隆起的高平之地呵，超過曲折的清流。登上椽欒山到達天門呵，馳過閶闔進入險峻之地。這時尚未到達甘泉宮，竟望到那光采華美的通天臺。臺下陰暗而寒涼呵，寬闊的臺上則宏大紛雜而五采繽紛。通天臺峻削矗立聳入雲天呵，其高終究不可度量。平原多麼廣闊呵，辛夷生於林木草叢之中。棕櫚和薄荷叢叢聚生呵，繁茂四散，無邊無際。丘陵高高聳起呵，溝壑深險而成谷。眾多離宮分布苑中，光色相照呵，封巒觀、石關觀等連綿不斷。

於是大廈雲譎波詭❶，摧嗺❷而成觀❸。仰撟首❹以高視兮，目冥眴❺而亡見❻。正瀏濫❼以弘惝❽兮，指東西之漫漫❾。徒❿徊徊以徨徨⓫兮，魂眇眇而昏亂⓬。據軨軒⓭而周流⓮兮，忽坱圠⓯而亡垠。翠⓰玉樹⓱之青蔥兮，璧馬犀⓲之瞵㻞⓳。金人⓴仡仡㉑其承㉒鍾虡㉓兮，嵌㉔巖巖㉕其龍鱗㉖。揚光曜之燎燭㉗兮，垂景炎㉘之炘炘㉙。配㉚帝居㉛之縣圃㉜兮，象泰壹之威神㉝。洪臺㉞崛㉟其獨出兮，㯅㊱北極㊲之嶟嶟㊳。列宿㊴迺施㊵於上榮㊶兮，日月纔經於柍桭㊷。雷鬱律㊸於巖窔㊹兮，電儵忽㊺於牆藩㊻。鬼魅不能自逮㊼兮，半長途而下顛㊽。歷倒景㊾而絕㊿飛梁(51)兮，浮(52)蠛蠓(53)而撇天(54)。左欃槍(55)而右玄冥(56)兮，前熛闕(57)而後應門(58)。蔭西海(59)與幽都(60)兮，湧醴(61)汩(62)以生川。蛟龍(63)連蜷(64)於東厓(65)兮，白虎敦圉(66)乎崑崙(67)。覽樛流(68)於高光(69)兮，溶(70)方皇(71)於西清(72)。前殿(73)崔巍兮，和氏(74)玲瓏(75)。炕浮柱之飛榱兮，神莫莫而扶傾(76)。閌(77)閬閬(78)其寥廓(79)兮，似紫宮(80)之崢嶸(81)。駢(82)交錯而曼衍(83)兮，㟪(84)嵔隗(85)乎其相嬰(86)。乘(87)雲閣(88)而上下兮，紛(89)蒙籠(90)以棍成(91)。曳(92)紅采(93)之流離(94)兮，颺翠氣之宛延(95)。襲琁室與傾宮(96)兮，若登高眇遠(97)，肅乎臨淵(98)。回猋(99)肆(100)其碭駭(101)兮，翍(102)桂椒(103)而鬱(104)栘楊(105)。香(106)芬茀(107)以穹隆(108)兮，擊(109)薄櫨(110)而將榮(111)。薌(112)呹肸(113)以棍批(114)兮，聲駍隱(115)而歷鍾(116)。排(117)玉戶(118)而颺(119)金鋪(120)兮，發(121)蘭蕙與芎藭(122)。帷(123)弸環(124)其拂汩(125)兮，稍(126)暗暗(127)而靚(128)深。陰陽(129)清濁(130)穆羽(131)相和(132)兮，若夔牙(133)之調琴(134)。般倕(135)棄其剞劂(136)兮，王爾(137)投其鉤繩(138)，雖方(139)征僑(140)與偓佺(141)兮，猶彷彿(142)其若夢。

【章　旨】此章描繪甘泉宮建築的壯麗奢華。開始是泛寫宮室樓觀的崔巍弘敞及各種珍異的陳設。接著描寫雄奇的高臺和宏偉的正殿。最後形容苑中香氣襲人，風聲悅耳，宛若仙境的美景。作者在描寫宮室時，語中微含諷諫之意。

【注　釋】(1)雲譎波詭　像雲氣水波變化怪異。此形容廈屋的變化奇巧。(2)摧嗺　即「崔巍」。高聳的樣子。(3)觀　樓觀。(4)撟首　舉頭。(5)冥眴　眼睛昏亂。(6)亡見　同「無見」。(7)瀏濫　即「瀏覽」。四面迴望。(8)弘惝　即「弘敞」。(9)漫漫　無邊際。(10)徒　只。(11)徊徊以徨徨　即徊徨。重疊而言，加重語氣。此謂心神驚懼。(12)魂眇眇而昏亂　形容為大廈壯麗所震驚的情形。昏亂，神志迷惑。(13)軨軒　欄杆。軨，通「櫺」。指欄杆的格子。軒，欄板。(14)周流　四周眺望。(15)坱圠　廣大的樣子。(16)翠　青綠色的玉。(17)玉樹　漢武帝集眾寶造成，作供神用。以珊瑚為枝，碧玉為葉，花子或青或赤，全用珠玉製作。(18)璧馬犀　此言用美玉雕琢成馬、犀之形。璧，美玉。(19)瞵㻞　玉色光彩煥耀。瞵，通「璘」。(20)金人　銅人。漢驃騎將軍霍去病率萬騎擊匈奴，破休屠王，得其祭天的金人，武帝即將之置於甘泉宮中。(21)仡仡　勇健的樣子。(22)承　承受。(23)鍾虡　鍾架。虡，懸掛鍾磬的木架。(24)嵌　開張的樣子。(25)巖巖　形容鱗甲開張。(26)龍鱗　龍的鱗甲。(27)揚光曜之燎爛　此承上而言，謂玉樹、璧馬犀、金人等珍寶，都放射光輝，如同火光照耀。(28)垂景炎　日光下照。(29)炘炘　光盛的樣子。形容日光照射在珍寶之上，一派燦爛之狀。(30)配　媲美。(31)帝居　天帝所居。(32)縣圃　崑崙山有三重，縣圃為其一重，泰壹天神居於其中。(33)象泰壹之威神　是說甘泉宮觀似泰壹尊神之常居。象，相像。泰壹，居於天上的紫微星宮。天神中最貴者，五帝為其輔佐。威神，威嚴的神靈。(34)洪臺　高大的臺。(35)崛　特出的樣子。(36)極　至。(37)北極　北辰；北極星。(38)嶟嶟　峻峭的樣子。(39)列宿　列星。(40)施　延。(41)上榮　屋簷兩端翹起的部分。(42)柍桭　屋宇的中央。柍，中央。桭，屋簷。(43)鬱律　小聲。(44)巖窔　山之深處。此指高臺上深幽之室。(45)儵忽　迅疾的樣子。(46)藩　籬。(47)逮　及。(48)下顛　下隕；下落。

顛，原作「顛」，據他本改正。(49)倒景　道家指天上最高處。因處於日月之上，故日月之光反由下上照，而於其處下視，其影皆倒。(50)絕　度。(51)飛梁　高空中的橋。此指架設於宮觀間的凌空閣道。(52)浮　高出其上。(53)蛾蠓　指飛揚於塵世上空的塵氣。(54)撇天　拂天。(55)欃槍　彗星的別稱。即天欃和天槍。(56)玄冥　北方天帝之神。(57)熛闕　赤色的宮闕。南方之天帝名赤熛怒，闕在南，故曰熛闕。闕，古代宮廟門外建立的臺觀。臺上建樓，兩者相對，中間有缺，故名。(58)應門　皇帝宮殿正門。此指甘泉宮之正門，在熛闕北面。(59)蔭西海　朱闕高可遮蔭西海。(60)幽都　山名。《山海經・海內經》載，北海之內，有山名幽都，黑水出於此。(61)醴　甘美的泉水。(62)汩　水流疾速的樣子。(63)蛟龍　此當指龍形裝飾物。或石雕或銅塑。下所言之白虎，也屬此類。《春秋漢含孳》：「太一之常居，左青龍，右白虎。」故甘泉宮亦象天帝所居，東青龍而西白虎。(64)連蜷　長而捲曲的樣子。(65)東厓　東面的水邊。(66)敦圉　盛怒的樣子。(67)崑崙　此指位於甘泉宮西面的小山。因崑崙在西方，故用以代稱，並非實指。(68)樛流　曲折的樣子。此當指曲水。(69)高光　宮名。在甘泉宮中。(70)溶　溶然。閒暇的樣子。(71)方皇　通「彷徨」。往來徘徊。(72)西清　西廂清淨之處。(73)前殿　指甘泉宮的正殿。(74)和氏　指和氏璧。為春秋楚人卞和所得之玉。此泛指美玉所製的璧。殿中以玉璧為梁壁帶。(75)玲瓏　玉色閃爍的樣子。(76)炕浮柱之飛榱兮二句　此言舉立浮柱而架飛榱，其形危竦，似有神勉力扶持不致傾倒。炕，「抗」的假借字。高舉。浮柱，梁上之柱。之，與。飛榱，飛椽。指簷前翹起的椽子。莫莫，通「慔慔」。勉強。(77)閌　門高的樣子。(78)閬閬　空虛的樣子。(79)寥廓　虛靜的樣子。(80)紫宮　紫微宮。天帝所居。(81)崢嶸　深邃的樣子。(82)駢　並列。(83)曼衍　分布的樣子。(84)崣　山長的樣子。此形容宮室樓觀相連不絕。(85)嵔隗　即「崔巍」。形容建築物的高大。(86)相嬰　互相繚繞。(87)乘　登。(88)雲閣　高而連雲的閣道。(89)紛　紛繁。(90)蒙籠　膠葛；交錯糾纏。(91)棍成　即自然而成。棍，通「混」。混同。(92)曳　牽引。(93)紅采　紅色光采。(94)流離　彩色繽紛的樣子。(95)颺翠氣之宛延　是說宮觀高大，繪飾鮮明，發出之紅綠光采，似遊氣一般流離宛延於其側。颺，飄揚。翠氣，綠色光采。(96)襲琁室與傾宮　謂漢帝作甘泉宮是承襲桀紂的覆轍。語中含有諷諫的意思。襲，承繼。琁室，夏代亡國之君桀所作。傾宮，殷商亡國之君紂所作。(97)眇遠　望遠。「遠」下原有「亡國」二字，據王念孫、胡克家等校刪。(98)肅乎臨淵　以亡國為戒，肅然如面臨深淵。(99)回猋　回風；旋風。(100)肆　疾吹。(101)碭駭　動盪。碭，通「盪」。駭，動。(102)翍　通「披」。分散；分布。(103)桂椒　肉桂和椒樹。(104)鬱　樹木叢生。(105)栘楊　唐棣和柳樹。(106)香　謂椒桂等發出的香氣。(107)芬茀　謂香氣之盛。(108)穹隆　高。此言香氣上升。(109)擊　拍擊。指香氣觸及。(110)薄櫨　即「欂櫨」。斗栱柱上的方木。薄，通「欂」。(111)將榮　把香氣送上屋翼。將，送。榮，屋角翹起的部分。(112)薌　通「響」。指風聲。(113)呹肸　疾動。(114)棍批　此言風聲香氣混而拍擊。

棍，混同。批，擊。(115)駍隱　形容鐘聲。(116)歷鍾　風吹經歷至鍾，因而發出聲音。鍾，通「鐘」。(117)排　打開。(118)玉戶　飾玉之門。(119)颺　吹動。(120)金鋪　銅做的鋪首。鋪首是門上銜環的關鈕。(121)發　散發。(122)芎藭　香草。葉似芹，莖細。(123)帷帳。(124)弸彋　風吹帷帳發出的聲音。(125)拂汩　帷帳鼓動之狀。(126)稍　漸漸地。(127)暗暗　幽隱；闇然。(128)靚　通「靜」。(129)陰陽　古代音樂中的陽律、陰呂。陽律為黃鍾、太簇、姑洗、蕤賓、夷則、無射，陰呂為大呂、夾鍾、仲呂、林鍾、南呂、應鍾，是為十二律。(130)清濁　指聲調而言。(131)穆羽　指變音與正音。正音為宮商角徵羽，羽為正音之末，故代正音。穆為變音，乃變宮變徵之末，以代變音。(132)和　聲音相應。此指正音與變音相和。即穆羽和。說見王念孫《讀書雜志‧四之十三》。(133)夔牙　皆人名。夔，舜時樂官。曾正六律，和五聲，以通八風。牙，伯牙。古代傳說人物，相傳生於春秋時代，善彈琴，曾作琴曲〈水仙操〉、〈高山流水〉等。(134)調琴　彈琴。(135)般倕　魯般和倕。皆古代傳說中的能工巧匠。(136)剞劂　工匠所使用的曲刀和曲鑿。(137)王爾　古代巧匠之名。(138)鉤繩　用來取曲直的工具。鉤，圓規。繩，繩墨。(139)雖方　雖且；即使。(140)征僑　仙人。燕人。(141)偓佺　仙人。採藥，食松實，形體生毛數寸，能飛，行步可追及奔馬。(142)彷彿　模糊看不真切。

【語　譯】大廈構造奇巧，似雲氣水波，變化莫測，巍峨高聳而成樓觀。舉頭向上看呵，目眩神迷地看不清楚。瀏覽四周，開闊弘敞呵，手指東西，漫漫無盡。觀者只感到心神驚懼呵，魂迷魄亂。憑欄杆而向四方眺望呵，忽覺眼前廣大無邊。珊瑚碧玉做的樹青蔥可愛呵，美玉做的馬、犀晶瑩閃耀。勇健的銅人承負著鐘架呵，遍身龍鱗開張。珍寶曄耀似火焰騰騰呵，日光垂照一片璀璨。宮觀可配天帝所居的縣圃仙境呵，又似那泰壹尊神所居之處。高臺獨立聳峭呵，直抵迢迢的北斗。眾星觸到屋角呵，日月才經過屋簷中央。輕雷在臺的幽室中轟響呵，電光疾閃過它的牆籬。鬼魅不能達到上面呵，攀登一半就會墜落。經過日月之上的倒影，度過空中閣道呵，身浮在塵氣之上，可拂著青天。東面是彗星，西面是玄冥呵，南面有朱闕，其後是應門。朱闕之蔭可遮蔽西海與幽都山呵，湧出的甘美泉水疾流而成河。蛟龍在東邊水涯蜿蜒捲曲呵，白虎在西面山上怒氣勃發。在高光宮中可觀覽曲水呵，在清淨的西廂可以悠閒徘徊。正殿無比崔巍呵，壁玉做的壁帶光彩閃爍。梁柱高托起浮柱和飛椽呵，就像有神靈使盡力氣扶持才免於傾倒。高門空闊而虛靜呵，好似天帝所居住的紫微宮一樣深邃。樓觀並列交錯，廣布苑中呵，綿延崔巍，相互繚繞。登上淩雲的閣道上上下下呵，紛繁交錯，渾若天成。樓臺間紅色光采搖曳繽紛呵，綠色遊氣飄揚蜿蜒。承襲那夏桀的琁室、商紂的傾宮呵，如同登高望遠，肅然臨淵。旋風疾吹而激盪呵，肉桂椒樹分散，唐棣柳樹聚生。香氣濃鬱升騰呵，觸及斗栱，送入屋角。風聲迅疾傳播呵，吹動懸鐘而發出洪音。吹開玉飾宮門，吹動銅製鋪首呵，催發蘭蕙和芎藭的芳香。帷帳在風中鼓動出聲呵，漸漸微弱而沈靜。風聲音律協和呵，好似夔與伯牙彈琴。宮殿的工巧使得魯般、工倕丟棄刀鑿呵，王爾也扔掉了鉤繩。即使仙人征僑和偓佺呵，置身甘泉也朦朦朧朧，似在夢中。

於是事變物化，目駭耳回(1)。蓋(2)天子穆然(3)，珍臺閒館，琁題(4)玉英(5)，蜵蜎蠖濩(6)之中。惟(7)夫所以(8)澄心清魂(9)，儲精(10)垂恩(11)。感動天地，逆釐(12)三神(13)者。迺搜逑(14)索偶(15)，皋伊(16)之徒，冠倫(17)魁能(18)。函(19)〈甘棠〉(20)之惠(21)，挾(22)東征(23)之意。相與(24)齊(25)乎陽靈之宮(26)。靡(27)薜荔(28)而為席兮，折瓊枝(29)以為芳。吸(30)清雲(31)之流瑕(32)兮，飲若木(33)之露英(34)。集乎禮神之囿，登乎頌祇之堂(35)。建(36)光燿之長旓(37)兮，昭(38)華覆(39)之威威(40)。攀(41)琁璣(42)而下視兮，行(43)遊目(44)乎三危(45)。陳(46)眾車於東阬(47)兮，肆(48)玉軑(49)而下馳。漂(50)龍淵(51)而還(52)九垠(53)兮，窺地底而上回。風漎漎(54)而扶轄(55)兮，鸞鳳紛(56)其銜蕤(57)。梁(58)弱水(59)之濎濙(60)兮，躡(61)不周(62)之逶蛇(63)。想西王母(64)欣然而上壽(65)兮，屏(66)玉女(67)而卻(68)宓妃(69)。玉女亡(70)所眺其清矑(71)兮，宓妃曾不得施其蛾眉(72)。方攬(73)道德之精剛(74)兮，侔(75)神明與之為資(76)。

【章　旨】本章描述天子齋宿情景。天子先清淨自己的心神，又召來賢能忠貞的臣僚，共同聚集在禮神的殿堂中。接著描寫天子神遊於曠遠的天地之中，終於與神靈相通。

【注　釋】❶目駭耳回　視聽受驚。回，回皇；迷惑不定。❷蓋　則。❸穆然　嚴肅的樣子。❹琁題　用玉裝飾榱椽之頭。琁，玉。題，榱椽之頭。❺玉英　玉有光華。❻蜵蜎蠖濩　形容宮觀上的刻鏤之形。❼惟　思。❽所以　用以。❾澄心清魂　使心神保持純潔，不含雜念。古人在祭祀前要清心潔身以示莊敬，稱為齋戒。❿儲精　養蓄精神。⓫垂恩　冀望神靈賜恩。⓬逆釐　迎接福祥。逆，迎。釐，禧。⓭三神　指天、地、人之神。⓮搜逑　搜求可以匹配者。指尋找賢人，可輔佐君主以成大業。⓯索偶　即搜逑。⓰皋伊　皆為賢臣。皋，皋繇。堯的臣子。伊，伊尹。成湯的賢臣。⓱冠倫　冠其群倫；在同輩人中最為傑出。⓲魁能　在才能之士中為其魁首。⓳函　含。⓴甘棠　《詩・召南》篇名。歌頌召伯的政教。㉑惠　仁愛之情。㉒挾　帶有。㉓東征　周公攝政，輔佐成王，東征管叔、蔡叔、武庚等，安定了周室天下。據〈毛序〉說：《詩・豳風・東山》就是寫此事的。㉔相與　共同。㉕齊　通「齋」。齋戒。據《漢舊儀》，皇帝祭天要齋戒百日，居處飲食，都要芳潔。㉖陽靈之宮　祭天之所。陽，天。靈，神。㉗靡　壓倒並鋪排在地面上。㉘薜荔　亦稱木蓮。桑科，常綠藤本。㉙瓊枝　玉樹之枝。㉚吸　吮吸。㉛清雲　即青雲、青霄。㉜瑕　通「霞」。日旁赤氣。㉝若木　即扶桑樹。有二說：《山海經》等說是生於日落之處的神木，《說文》則說生於日出之東方湯谷。此當指後者。㉞露英　指花上露水。英，花。㉟集乎禮神之囿二句　二句是互文，其實是指一地。案：成帝之時，在甘泉祭天，在汾陰祭后土，並不在甘泉合祭天地。但漢代祭天的〈郊祀歌〉中有「媪神蕃釐」之語，媪神指地，所以此用「頌」字，說明祭天之時，有頌地之歌。集，匯集。禮神之囿，祭天的苑囿。神，指天神。頌祇，歌頌地神。祇，地神。㊱建　樹立。㊲旓　旗上的飄帶。此代指旗幟。㊳昭　鮮明。㊴華覆　華蓋。指車蓋。㊵威威　葳蕤。羽飾鮮豔的樣子。㊶攀　攀登。㊷琁璣　指北斗的第二、第三星。㊸行　且。㊹遊目　隨意觀覽。㊺三危　山名。在今甘肅省敦煌縣東南。㊻陳　陳列。㊼東阬　東面山岡。阬，通「岡」。㊽肆　恣意；放縱。㊾玉軑　玉飾的車乘。駄，車轄。插在車軸上的銷釘，此代指車。㊿漂　漂浮。51龍淵　盤踞神龍的深淵。《莊子・列禦寇》記載，九重之淵有驪龍，其頷下有千金之珠。歷代注家考龍淵之地其說頗多，然而此處並非實指某地。52還　回旋。53九垠　九重之深。54漎漎　疾速的樣子。55扶轄　即推車。轄，指代車。56紛　紛繁。57銜蕤　用嘴銜著車上的繩索。58梁　橋梁。此作動詞。渡過。59弱水　傳說崑崙山下有弱水之淵環繞之。60潏潑　小水的樣子。61躡　踏上；登上。62不周　山名。傳說西海之外有山，其峰巔不合攏，故名不周。又傳說是共工與顓頊爭為帝，怒觸不周之山，故山缺壞。(63)逶蛇　山路平緩的樣子。(64)西王母　古神話中人物。在《山海經》中，西王母其狀如人，豹尾，虎齒，善嘯，蓬髮戴花，住於崑崙山，其形貌頗猙獰。但以後記述中即在變化，到《漢武內傳》，即以西王母為看來三十多歲，高矮適中，天姿豔麗，容顏絕世，成了美麗莊嚴的女仙。有些注家認為，此處之西王母亦暗喻成帝母王太后，因為恢復甘泉、汾陰之祠是太后之詔。(65)上壽　祝壽。(66)屏　排除。(67)玉女　神女。(68)卻　使其離開。(69)宓妃　伏羲氏之女。相傳溺死洛水，遂為洛水之神。(70)亡　同「無」。(71)清矑　黑白分明的眼睛。矑，指瞳子。(72)蛾眉　美好而輕揚的眉毛。蛾，通「娥」。好而輕者。(73)攬　持有。(74)精剛　精微剛強。(75)侔　取法。(76)資　通「諮」。諮詢的意思。

【語　譯】面對如此紛繁炫目、千變萬化的環境，令人視聽警覺儆醒。天子神情肅穆，雖處身珍異之臺、閒靜之館，金玉裝飾，雕鏤彩畫之中，卻想以清淨的心靈，蓄養精神，祈求恩賜，感動天地，向三神迎來福祥的舉措。於是尋求賢良的輔佐，希望得到像皋繇、伊尹這樣超群絕倫的人。他們胸懷召伯仁愛之情，心存周公東征安定天下之心。共同在祭天之宮中齋戒。偃壓薜荔鋪地為席呵，折玉樹之枝使環境芬芳。吮吸青霄的流霞呵，啜飲神樹若木上的花露。匯集在禮祀天神的苑囿，登上歌頌地神的殿堂。樹立光耀的綴有飄帶的旗幟呵，使羽飾的華蓋鮮豔奪目。殿堂高大，可由此攀登北斗而俯視呵，且觀覽那遠處的三危山。陳列眾車於東方的山岡上呵，恣意縱玉車下馳。漂浮在龍淵之上，又回旋於九重之下呵，窺測了地底才返回地面。大風把車乘推得飛快呵，鸞鳳紛紛來銜著綏纓。橫渡弱水好似過小河呵，登上不周山如行坦途。想到西王母就快樂地為她祝壽呵，屏卻玉女和宓妃。玉女無從送其秋波呵，宓妃不能展動她的蛾眉。將掌握道德的精理呵，取法神靈，向他諮詢。

於是欽柴❶宗祈❷，燎薰❸皇天，皋❹搖❺泰壹。舉洪頤❻，樹靈旗❼。樵蒸❽昆上❾，配藜❿四施⓫。東燭⓬滄海，西耀流沙⓭。北熿⓮幽都⓯，南煬⓰丹厓⓱。

玄瓚⑱觩鏐⑲，秬鬯⑳泔淡㉑。肸蠁㉒豐融㉓，懿懿芬芬㉔。炎㉕感黃龍㉖兮，熛㉗訛㉘碩麟㉙。選㉚巫咸㉛兮叫帝閽㉜，開天庭㉝兮延㉞群神。儐㉟暗藹㊱兮降清壇㊲，瑞㊳穰穰㊴兮委㊵如山。於是事畢㊶功弘㊷，迴車而歸，度三巒㊸兮偈㊹棠梨㊺。天閫㊻決㊼兮地垠㊽開㊾，八荒㊿協(51)兮萬國諧。登長平(52)兮雷鼓(53)磕(54)，天聲(55)起兮勇士(56)厲(57)。雲飛揚兮雨滂沛(58)，于胥德(59)兮麗(60)萬世。亂(61)曰：崇崇(62)圜丘(63)，隆(64)隱(65)天兮。登降(66)峛崺(67)，單(68)埢垣(69)兮。增宮(70)嵾差(71)，駢(72)嵯峨(73)兮。岭巆嶙峋(74)，洞(75)無厓(76)兮。上天之縡(77)，杳(78)旭卉(79)兮。聖皇(80)穆穆(81)，信厥對(82)兮。徠祇郊禋(83)，神所依兮。徘徊(84)招搖(85)，靈(86)迟迡(87)兮。光輝眩燿，降厥福兮。子子孫孫，長無極(88)兮。

【章　旨】本章是描述祭天的典禮過程。先寫燎起柴堆，上置璧牲，熊熊火煙升騰於天的場景。接著想像群神降臨壇上的盛況。末了記敘禮畢皇帝的歸途，用滂沛大雨形容上天的賜福。最後是「亂」，簡練地把全賦內容概述一遍，歸結到祝願皇帝子孫萬代這一祭天的主要目的上來。

【注　釋】❶欽柴　恭敬地燒柴。欽，敬。柴，燒堆積的柴。燒柴是古祭天的儀式。❷宗祈　崇敬地向天神求福。宗，尊崇。祈，求福。❸燎薰　堆積柴薪，把璧和牲放在柴堆上點火燒著，煙氣上升。燎，燒柴祭天。薰，火煙上升。❹皐　指挈皐。堆柴的用具，置牲玉其上，舉而燒之，使近於天。❺搖　通「遙」。遙遙相對。❻洪頤　旗名。❼靈旗　將欲禱告太壹神之事，畫於旗上，樹於太壹壇，名靈旗。❽樵蒸　此指大木小木燃燒的火光。樵，大木。蒸，小木。❾昆上　一同上騰。

昆，同。⑩配藜　通「披離」。四散的樣子。⑪四施　向四方放射。⑫爥　同「燭」。照耀。⑬流沙　沙漠。沙被風吹而流動，故稱流沙，地在今甘肅省敦煌縣西。⑭熿　同「晃」。晃耀。⑮幽都　北方極遠之地。⑯煬　炙；燒烤。⑰丹厓　丹水之涯。厓，通「涯」。水邊。⑱玄瓚　以黑玉做的酒器。瓚如槃，其柄用圭，前有鼻，可流出酒來。⑲觩觺　似角而彎曲的樣子。此用以形容玄瓚之柄。⑳秬鬯　皆草名。合二者釀成酒。秬，黑黍。鬯，鬯草。一種香草。㉑泔淡　酒滿的樣子。㉒肸蠁　傳播；彌漫。㉓豐融　濃厚；豐富。㉔懿懿芬芬　氣味芳美。㉕炎　通「燄」。指焚柴的火燄。㉖黃龍　一種神物。有盛德，黃龍始出現。㉗熛　火飛。亦即火燄。㉘訛　動。㉙碩麟　大的麒麟。祥瑞之物，有德之世才出現。㉚選　選令。㉛巫咸　古神巫。㉜帝閽　天門。㉝天庭　天帝之庭。㉞延　導引；延請。㉟儐　接賓。㊱暗藹　眾盛的樣子。此指神靈眾多。㊲清壇　指祭天之壇。㊳瑞　祥瑞。㊴穰穰　豐盛的樣子。㊵委　堆積。㊶事畢　祭天之事完畢。㊷功弘　功績弘大。㊸度三巒　經過封巒觀。三巒，即封巒觀。在甘泉宮中。㊹偈　休憩。㊺棠梨　原作「棠黎」，依胡克家校改。棠梨館，在甘泉宮中。㊻天閫　天門。閫，門檻。此代門。㊼決　開。此謂天門打開，天神之德澤乃源源而至。㊽地垠　地上的界限。㊾開　開通；溝通。㊿八荒　八方荒忽極遠之地。(51)協　融洽。(52)長平　阪名。在池陽（今陝西涇陽）南，由甘泉宮返回長安，必經此阪。(53)雷鼓　六面鼓。(54)磕　宏大的鼓聲。(55)天聲　雷聲。此指鼓聲似雷。(56)勇士　指扈從士卒。(57)厲　猛。(58)滂沛　雨盛大。(59)于胥德　君臣皆有盛德。于，於。胥，皆。(60)麗　光華；照耀。(61)亂　一篇終結，總撮旨要。(62)崇崇　高大的樣子。(63)圜丘　圓形的祭天之壇。圜，通「圓」。(64)隆　高。(65)隱　蔽。(66)登降　上下。(67)峛崺　通往祭壇的道路。(68)單　盤曲。(69)埢垣　渾圓的樣子。(70)增宮　一重重宮室樓觀。增，層。(71)嵾差　即參差。高高低低的樣子。(72)駢　並列。(73)嵯峨　高峻的樣子。(74)岭巆嶙峋　皆為深邃的樣子。(75)洞　深。(76)無厓　無涯際。(77)綷　事。(78)杳　深遠。(79)旭卉　幽昧的樣子。(80)聖皇　聖明的皇帝。(81)穆穆　嚴肅的樣子。(82)信厥對　是說皇帝之德能與天相配。信，確實。厥，其。對，相配。(83)徠祇郊禋　來此敬祀上蒼。徠，「來」的古文。祇，原作「祇」，據《漢書》改。恭敬。郊，祭天。禋，祭祀。(84)徘佪　來回行走。(85)招搖　彷徨。(86)靈　神靈。(87)迟迡　即棲遲。止息。(88)長無極　永無盡頭。成帝到甘泉宮祭天，原為向上天祈求繼嗣，所以此賦以皇帝子子孫孫永無窮盡作結。

【語譯】於是恭敬地焚柴，尊崇地祈福，璧牲在柴堆上焚燒，火煙升騰於上天，舉起皋遙對泰壹。打起洪頤旗，樹起靈旗。大小木柴的火光一同上燭，向四面分散放射。東面照到滄海，西面輝映流沙。北面晃耀幽都地區，南面炙烤丹水之涯。黑玉的圭瓚，其柄彎曲似角；黑黍和鬯草合釀的酒，盛得滿滿。濃郁的氣味傳播出縷縷醉人的芬芳；火燄感召黃龍，火花引動麒麟。選令巫咸呵叫開天門，敞開天庭呵延請群神。迎接眾多神靈呵齊降清壇，祥瑞紛紛呵堆積如山。於是祭祀已畢，功績弘偉，迴轉車駕歸去，經過封巒觀呵小憩棠梨館。天門大開呵地界溝通，八荒融洽呵萬國和諧。登上長平阪呵擂起六面鼓，如同霹靂驟發呵勇士威猛。雲飛揚呵雨滂沱，君臣的聖德呵照耀萬代。尾聲：高高的圓形祭壇，直上蔽天呵。上下的路途，盤曲周旋呵。層層宮室高低起伏，並列而高峻呵。殿堂幽邃，深無涯際呵。上天之事，悠遠而暗昧呵。聖皇肅穆，實可匹配上天呵。來此敬祀上蒼，眾神因而歸依呵。徘徊往來，神靈就此棲息呵。光輝燦爛，降福於皇家呵。子子孫孫，永無窮盡呵。

耕藉

藉田賦

【作　者】潘岳（西元二四七～三〇〇年），字安仁，滎陽中牟（今河南省中牟縣東）人，西晉著名詩人、辭賦家。他姿貌俊美，早年以資才聰穎見稱，鄉邑稱為奇童。舉秀才，初任為河陽令，轉懷縣令，楊駿以太傅當政，潘岳為其主簿。楊駿被誅，受牽連除名。後歷任著作郎、散騎侍郎、給事黃門侍郎等官。他與石崇等均親附權貴賈謐，為賈謐「二十四友」之首，據說他每候賈謐外出，輒望塵而拜，因此頗為人譏議。後趙王司馬倫當政，孫秀為中書令，潘岳被誣與石崇、歐陽建謀奉淮南王允、齊王冏為亂，被誅，夷三族。潘岳原有集十卷，已散佚，明人輯有《潘黃門集》。潘岳在西晉文壇上與陸機齊名，並稱為「潘陸」。其詩詞采華美，部分篇什以言情見長。其賦今存二十四篇（一半已殘缺）。《文選》於諸家賦收錄甚嚴，獨於潘岳收其賦八篇，可見推重之甚。

【題解】《藉田賦》是潘岳二十多歲時的作品，描述了泰始四年正月晉武帝的藉田大典。藉田是古代帝王在春季率百官親耕，帶有勸農的性質。作者滿懷熱情，歌頌天子聖德，雖有不少溢美之辭，然而在賦末一再強調民為邦本，而食為民天，因此要固邦之本，就要注重農事，如此人民才不會面黃飢瘦，百官才能得到俸祿。這種民本思想繼承了儒家思想的傳統，應該予以肯定。

藉田是個儀式隆重的典禮，但潘岳並沒有過分鋪排摛藻，張皇作勢，而是描寫得相當簡練，文辭淺淨和暢。全篇用了不少古籍上的成語（有的略加以改造），經過融合貫通之功，讀來頗不覺生硬，這也是不容易的。

伊❶晉之四年❷，正月丁未❸，皇帝親率群后❹，藉❺于千畝❻之甸❼，禮也❽。於是乃使甸帥❾清畿❿，野廬⓫埽路。封人⓬壝宮⓭，掌舍⓮設枑⓯。青壇⓰蔚⓱其嶽立⓲兮，翠幕黕⓳以雲布⓴。結㉑崇基㉒之靈趾㉓兮，啟㉔四塗㉕之廣阼㉖。沃野墳腴㉗，膏壤平砥㉘。清洛濁渠㉙，引流激水。遐㉚阡㉛繩直㉜，邇㉝陌㉞如矢㉟。總犗㊱服于縹軛㊲兮，紺轅㊳綴㊴於黛耜㊵。儼㊶儲駕㊷於廛左㊸兮，俟㊹萬乘㊺之躬履㊻。百僚先置㊼，位以職分。自上下下㊽，具惟㊾命臣㊿。襲(51)春服(52)之萋萋(53)兮，接游車(54)之轔轔(55)。微風生於輕幰(56)，纖埃(57)起於朱輪。森(58)奉璋(59)以階列[60]，望皇軒[61]而肅震[62]。若湛露之晞朝陽[63]，似眾星之拱[64]北辰[65]也。於是前驅魚麗[66]，屬車[67]鱗萃[68]。閶闔[69]洞啟[70]，參塗[71]方駟[72]。常伯[73]陪乘[74]，太僕[75]秉轡[76]。后妃獻穜稑[77]之種，司農[78]撰[79]播殖之器[80]。挈壺[81]掌升降之節[82]，宮正[83]設門閭[84]之蹕[85]。天子乃御玉輦[86]，蔭華蓋。衝牙[87]錚鎗[88]，綃紈[89]綷縩[90]。金根[91]照耀以炯晃[92]兮，龍驥[93]騰驤[94]而沛艾[95]。表[96]朱玄[97]於離坎[98]，飛[99]青縞[100]於震兌[101]。中黃曄以發揮[102]，方綵紛[103]其繁會[104]。五路[105]鳴鑾[106]，九旗[107]揚旆。瓊鈒[108]入蘂[109]，雲罕[110]晻藹[111]。簫管嘲哳[112]以啾嘈兮，鼓鞞[113]硡隱[114]以砰磕。筍簴[115]嶷[116]以軒翥[117]兮，洪鍾[118]越乎區外。震震[119]填填[120]，塵鶩[121]連天，以幸[122]乎藉田。蟬冕[123]熲[124]以灼灼[125]兮，碧色[126]肅其千千[127]。似夜光[128]之剖荊璞[129]兮，若茂松之依山巔也。

【章　旨】本章先描寫藉田大典的準備，耕牛已經備好，百官在肅立等侯。接著描寫天子出行的排場，儀仗隊裡旌旗飛揚，鼓樂齊奏，隨行的車馬其聲隆隆，塵埃遮天。

【注　釋】❶伊　發語詞。無義。❷晉之四年　西晉建國的第四年。即晉武帝泰始四年（西元二六八年）。❸正月丁未　依《晉書・卷三・武帝紀》記載，當為正月丁亥。即夏曆正月十九（西元二六八年二月十九日）。丁未為作者誤記。❹群后　諸侯。此僅舉列席的一部分，事實上天子躬耕藉田，三公、九卿、諸侯、大夫都要參加的。❺藉　藉田。借民力以治田，來奉祀宗廟，且勉勵天下人努力務農。❻千畝　古制天子藉田千畝。❼甸　郊野。❽禮也　符合古禮制。❾甸帥　指甸師。因避晉景帝司馬師諱，改為甸帥。據《周禮・天官》，甸師負責率其部屬耕耨王之藉田。❿清畿　清理京畿。畿，京城直轄的地區。⓫野廬　野廬氏。古官名，掌通達國都的道路。⓬封人　古官名。按《周禮・封人》，掌設社稷之壇及周圍矮垣。⓭壝宮　堆土為壇，又於四周積土為矮垣。周天子出行，住宿即在圍著土垣的土壇上，故稱。壝，擁土。⓮掌舍　周代官名。掌管王室行道及館舍之事。⓯桓　用木頭相交相連以阻礙行人。也稱行馬。⓰青壇　青色祭壇。漢、晉時藉田在東郊舉行，按方色，在東當用青。⓱蔚　形容色彩濃郁。⓲嶽立　如同高山一般矗立。⓳黕　黑色的樣子。⓴雲布　像雲一樣廣布。㉑結　構築。㉒崇基　高壇。㉓趾　基礎。㉔啟　開。㉕四塗　指壇的四面。㉖阼　階級。㉗墳腴　土質肥沃。墳，肥沃。㉘平砥　平坦。㉙清洛濁渠　清清的洛水，渾濁的黃河水。㉚遐　遠。㉛阡　南北向的田間小路。㉜繩直　如繩之直。㉝邇　近。㉞陌　東西向的田間小路。㉟如矢　像射出的箭一樣直。㊱緫牿　青牛；帝耕之牛。緫，帛青色。牿，閹牛。㊲服于縹軛　此言駕好牛以備親耕。服，駕。縹，淡青色。軛，轅端壓牛頸處。㊳紺轅　青色車子。紺，天青色。轅，車前駕牲畜的直木。此代車。據《晉書・卷二五・輿服志》，此所謂「紺轅」，當指耕根車，駕四馬，建赤旗，十二旒，天子親耕所乘。㊴綴　連接。㊵黛耜　青色耒耜。黛，青色。耜，犁上的鏵。此代耒耜。㊶儼　昂頭的樣子。㊷儲駕　待駕的耕牛。儲，等待。駕，指耕牛。㊸廛左　東郊。廛，民居區域。左，東。㊹俟　等待。㊺萬乘　指天子。周制，天子地方千里，有兵車萬乘。㊻躬履　親身參加。躬，親身。履，踏。㊼置　排列。㊽自上下下　語出《易・益》。指從最高級的官至下級官員。㊾具惟　都是。㊿命臣　有品級的官員。周代官員的品秩有一命至九命之差，按皇帝錫命次數定等級。晉時官吏實行九品制。(51)襲　穿著。(52)春服　按《禮記・月令》，孟春之時穿青色春服。(53)萋萋　形容草木茂盛。此指色澤鮮豔。(54)游車　天子的從車。(55)轔轔　形容車聲。(56)幰　車幔。用以禦熱。(57)纖埃　細微的塵埃。(58)森　眾盛的樣子。(59)璋　古玉器名。頂端作斜銳角形。古代貴族在舉行朝聘、祭祀、喪葬時所用的禮器。(60)階列　按官階排列。(61)皇軒　皇帝的車子。(62)肅震　肅然震懼。(63)若湛露之晞朝陽　比喻群臣等待天子的情景。湛露，露濃重的樣子。晞，乾。《詩・小雅・湛露》：「湛湛露斯，匪陽不晞。」(64)拱　拱衛。即向著的意思。(65)北辰　指北極星。古人以為是天之最尊星，居其所不動，眾星四面旋繞而歸向之。(66)魚麗　古代軍陣名。(67)屬車　跟隨的車。(68)鱗萃　行列如魚鱗之群聚。(69)閶闔　指宮城正門。(70)洞啟　開通。(71)參塗　京城每面三個城門前的三條大道。(72)方駟　馬車並行。方，並列。駟，四馬駕的車。(73)常伯　周代官名。天子的近臣。以從諸伯中選拔，故名。晉代此官為侍中，共置四人，其中正直侍中，負璽，陪乘。(74)陪乘　與王同車。(75)太僕　官名。九卿之一，掌輿馬及馬政。(76)秉轡　指駕車。秉，執。轡，駕馭牲口的嚼子和韁繩。(77)穜稑　皆穀物。穜，一種先種後熟的穀物。稑，一種後種先熟的穀物。(78)司農　即大司農。掌租稅錢穀鹽鐵及國家財政收支。(79)撰　具；備。(80)播殖之器　播種繁殖的農具。81挈壺　挈壺氏。周代官名，掌計時。見《周禮・夏官》。古以壺水滴漏為計時工具。82掌升降之節　掌握時間的長短。升降，指漏壺中水的升降。節，節制。83宮正　周代官名。為宮中之長。見《周禮・天官》。84門閭　宮門；里門。85蹕　帝王出行，禁絕行人。86玉輦　大輦。皇帝所乘的最尊貴豪華的車子。據《晉書・卷一九・禮志》記載，此次耤田，武帝實御木輅，此言玉輦只是賦家鋪張之詞而已。87衡牙　佩玉下端的玉飾。居中的稱為衡，左右對稱的弧形玉片稱為牙，合稱衡牙。行走時，衡牙相觸而發出聲響。88錚鎗　玉石相擊的聲音。89綃紈　羅衣。綃，綺類織物。紈，素絹。90綷縩　衣聲。91金根　金根車。皇帝的御輦，五彩文畫。92炯晃　光彩明亮。93龍驤　駕車的駿馬。94騰驤　昂頭飛跑。95沛艾　馬行的樣子。96表　標。97朱玄　紅色和黑色。此指儀仗隊中紅色和黑色的車馬旌旗。98離坎　八卦中的離卦和坎卦。此指南和北。《周易》以離卦為南方之卦，坎卦為北方之卦。古代五行家以五色與五方相配，東方為青，南方為赤，西方為白，北方為黑，中為黃。99飛　飛動。指旌旗。100青縞　青色和白色。101震兌　八卦中的震卦和兌卦。此指東和西。《周易》以震為東方之卦，兌為西方之卦。兌，原作「允」，據高步瀛《文選李注義疏》本改。102中黃曅以發揮　中央有黃旗鮮明招展。中，中央。黃，黃色車馬旌旗。曅，同「曄」。光輝燦爛。發揮，指旌旗飛揚。103綵紛　五彩繽紛。綵，彩色的絲織物。紛，色彩繽紛。104繁會　繁盛聚合。105五路　據《周禮・春官・典路》記載，王有五路，即五種車子：玉路、金路、象路、革路、木路。路，原作「輅」，據胡克家校改。106鑾　車鈴。107九旗　據《周禮・夏官・司常》記載，依圖象、質料、裝飾不同而形成的九種旗幟。108瓊鈒　玉飾的短矛。109入蘂　叢聚的樣子。110雲罕　把旌旗樹立在車上，稱為雲罕車。111晻藹　繁盛的樣子。112嘲哳　與下「啾嘈」，皆聲繁細的樣子。113鞞　通「鼙」。小鼓。114硡隱　與下「砰磕」，都是大聲。115筍簴　懸鐘的木架。懸鐘的橫木為筍，支撐筍的兩根立柱為簴。116嶷　高大。117軒翥　飛舉。118洪鍾　大鐘。古代天子出行，擊左右鐘。119震震　車馬盛多的樣子。120填填　即闐闐。車馬成群而行的聲音。121塵鶩　塵土飛揚。鶩，奔馳。122幸　天子親至。123蟬冕　指侍中官所戴禮帽。帽上插有金蟬。124熲　光耀。125灼灼　明亮奪目的樣子。126碧色　指侍耕群臣所穿青色冠服。127千千　即芊芊。草盛的樣子。此指青色顏色鮮豔。128夜光　夜光之璧。129荊璞　荊山的玉璞。春秋時楚人卞和從荊山得一玉璞，剖琢而得寶玉。

【語　譯】晉建國第四年，正月丁亥日，皇帝親率諸侯百官，在都城郊外躬耕千畝耤田，這是符合古代禮制的做法。於是指使甸師清理京郊，野廬氏打掃道路。封人堆起土壇，掌舍設立路障。深青色的壇像高山一樣矗立呵，暗翠色的帷幕似雲朵一般廣布。構築起高高的壇身呵，四面開出寬闊的階級。原野肥腴，土地平展。清清洛水，渾濁黃河；引來其水，灌溉田畝。遠近阡陌，平直如繩。青牛已套上青色犁軛，耕根車上放著耒耜。待駕耕牛昂頭立於東郊，等待皇帝的親臨。百官已先排列，按職務分別就位。從上位到下位，都是有品級的臣子。穿上色澤鮮豔的青色春服，迎接轔轔作響的從車。微風拂著車幔，朱輪揚起細塵。眾官捧著禮器按官階井然排列，遠遠望見天子的車而心中嚴肅悚懼。如同濃重的露水等待日光出現才蒸發，好似眾星拱衛著北極星。於是皇帝車駕以魚麗陣為前驅，後面跟隨的車子如魚鱗般聚集。宮門大開，三條大道上四馬駕的車子並列而行。侍中同車陪乘，太僕親為駕車。后妃獻上穀物良種，大司農備好播種農具。挈壺氏掌握時間長短，宮正管理出行戒嚴。天子就乘上大輦，上遮華蓋。玉佩不住鏗鏘而鳴，羅衣發出細微之聲。天子的車輦彩繪照耀，高大的駿馬昂首飛馳。南北方有紅黑二色旌旗高高樹立，東西方有青白二色旌旗迎風飄揚。中央有黃旗鮮明招展，五彩繽紛繁盛萃會。五種車輦鑾鈴響亮，九種旗幟舒卷於空。玉飾短矛叢聚，雲罕車上的旗幡繁多。簫管之聲繁密細碎呵，鼓鼙之聲宏大急促。鐘架高高矗立呵，大鐘之音播於區域之外。車馬眾多而震響，揚起的塵土上至於天，天子終於來到了藉田。侍中帽上的金蟬灼灼閃光，眾官冠服一片鮮綠。好似夜光之璧方從荊璞中剖出呵，如同茂松依靠著山巔。

於是我皇乃降靈壇[1]，撫[2]御耦[3]。坻場[4]染屨[5]，洪縻[6]在手。三推[7]而舍[8]，庶人終畝[9]。貴賤以班[10]，或五或九[11]。于斯時也，居靡[12]都鄙[13]，民無華裔[14]。長幼雜遝[15]以交集，士女頒斌[16]而咸戾[17]。被[18]褐[19]振[20]裾[21]，垂髫[22]總髮[23]。躡踵[24]側肩[25]，掎裳[26]連襼[27]。黃塵為之四合兮，陽光為之潛翳[28]。動容發音[29]而觀者，莫不抃[30]儛[31]乎康衢[32]，謳吟[33]乎聖世。情欣樂於昏作[34]兮，慮盡力乎樹藝[35]。靡誰督㊱而常勤兮，莫之課㊲而自厲。躬先勞㊳以說使㊴兮，豈嚴刑而猛制之哉！

【章　旨】本章先敘述藉田典禮：天子三推，群臣五推或九推。接著描寫旁觀百姓擁擠之狀，歡欣鼓舞之情。末了說明天子的親耕使百姓更樂於農事了。

【注　釋】❶降靈壇　是說天子走下青壇。據應劭《漢官儀》，天子東耕之日，天子升壇，壇空無祭。❷撫　持。❸耦　二耜為耦。耒耜是一種翻土的工具。❹坻場　浮壤。❺染屨　沾上鞋印。屨，鞋。❻洪縻　牽牛的韁繩。❼三推　按古禮制，天子躬耕藉田三推耒耜，耕一墢之地。一墢是一耦所發，廣尺深尺。❽舍　停止。❾終畝　耕完全部千畝藉田。❿貴賤以班　官員按高低貴賤的等級參加。⓫或五或九　按古禮制，公五推耒耜，卿、諸侯九推耒耜。⓬靡　無。⓭都鄙　都城和邊邑。⓮華裔　華夏和邊裔。裔，指少數民族。⓯雜遝　眾多的樣子。⓰頒斌　相混雜的樣子。⓱戾　至。⓲被　通「披」。⓳褐　粗布衣。⓴振　整。㉑裾　衣服的前襟。㉒垂髫　垂髮。此指兒童。㉓總髮　結髮。指成人。㉔躡踵　踩到人家腳後跟。形容人多擁擠。躡，踩。踵，足跟。㉕側肩　肩挨著肩。形容人多。㉖掎裳　衣裳相牽扯。掎，牽扯。㉗連襼　袖子相連。襼，袖。㉘潛翳　掩蔽。潛，掩藏。翳，遮蔽。㉙動容發音　形容旁觀者喜悅興奮到極點，所以動其容顏，發聲歡呼。㉚抃　拍手。㉛儛　同「舞」。㉜康衢　大路。㉝謳吟　歌詠。㉞昏作　勉力勞作。昏，通「暋」。勉力。㉟樹蓺　種植。㊱靡誰督　無人督察。㊲課　考查；考核。㊳先勞　天子率先勞作。㊴說使　樂於被役使。此指百姓。說，通「悅」。

【語　譯】於是我大晉皇帝從青壇走下，手持御耦。腳踏土壤，鞋沾泥巴，手執牛韁。推了三次耒耜就停止了，接下來平民再耕完全部田地。官員們按地位高低為班次，有的五推耒耜有的九推耒耜。這時候，不論居住在京都還是居住在邊邑，不論華夏之人還是邊裔之人，老老少少齊集此地，男男女女混雜而至。有披粗布衣的，也有衣著整齊的；有兒童，也有成年人。腳碰腳肩挨肩，衣相牽、袖相連。黃塵因而四合啊，陽光因而掩蔽。觀眾眉飛色舞，開口發聲，無不在大道上拍手舞蹈，歌詠聖世。百姓心情快樂，勤勉耕作啊，無不竭盡心力於種植莊稼。雖然無人督察卻經常勤勞啊，不用考查自然努力工作。天子率先親自勞作，就使百姓樂於被役使啊，哪裡還用得著嚴刑峻法去強制他們呢！

有邑老田父，或進而稱曰：蓋損益隨時[1]，理有常然[2]。高以下為基[3]，民以食為天[4]。正[5]其末[6]者端[7]其本，善其後者[8]慎其先[9]。夫九土[10]之宜[11]弗任[12]，四人[13]之務不壹[14]。野[15]有菜蔬之色[16]，朝靡代耕之秩[17]。無儲稸[18]以虞災[19]，徒[20]望歲[21]以自必[22]。三季[23]之衰，皆此物也[24]。今聖上昧旦[25]丕顯[26]，夕惕[27]若懍[28]。圖匱於豐[29]，防儉[30]於逸[31]。欽哉[32]欽哉，惟穀之卹[33]。展三時之弘務[34]，致倉廩[35]於盈溢。固堯湯之用心，而存救[36]之要術也。若乃廟祧[37]有事，祝[38]宗[39]諏日[40]。簠簋[41]普淖[42]，則此[43]之自實[44]。縮鬯[45]蕭[46]茅[47]，又於是乎出[48]。黍稷馨香，旨酒[49]嘉栗[50]。宜其民和年登[51]，而神降之吉也。古人[52]有言曰：聖人之德，無以加於孝乎？夫孝，天地之性，人之所由靈也[53]。昔者明王[54]以孝治天下，其或繼之者，鮮[55]哉希[56]矣！逮[57]我皇晉，實光斯道。儀刑[58]孚[59]于萬國，愛敬盡於祖考[60]。故躬稼以供粢盛[61]，所以致孝也。勸穡[62]以足百姓，所以固本[63]也。能本而孝，盛德大業至矣哉[64]！此一役[65]也，而二美[66]具焉。不亦遠[67]乎，不亦重[68]乎！敢[69]作頌曰：思[70]樂甸畿[71]，薄[72]采其茅。大君[73]戾止[74]，言[75]藉其農[76]。其農三推[77]，萬方以祗[78]。耨[79]我公田[80]，實及我私[81]。我簠斯盛[82]，我簋斯齊[83]。我倉如陵[84]，我庾[85]如坻[86]。念茲在茲[87]，永言孝思[88]。人力普存，祝史正辭[89]。神祇[90]攸歆[91]，逸豫無期92。一人93有慶94，兆民95賴96之。

【章旨】本章通過城鄉父老之口來闡發藉田的重大意義，頌揚天子聖德。民為邦本，食為民天，所以親耕勸農起了鞏固邦本的作用；祭祀之物，來自農田，所以藉田也是致孝之舉。最後是頌詞，基本仍是以上的意思。

【注釋】❶損益隨時　世事的受損與得益是隨時間推移而發生，故須按季節耕種，耕則益，不耕則受損。❷理有常然　有一定的常理。❸高以下為基　意謂上層政府必須以下層百姓為基礎。❹天　依存；依靠。❺正　整頓。❻末　指商賈。古代重農輕商，以農為本，以商為末。❼端　端正。❽後者　指貨殖。❾先　指穀食。食為八政之先。❿九土　九州之土。⑪宜　地宜。指其地的特種出產。⑫弗任　不按地宜貢賦。⑬四人　指四民。即士農工商。⑭不壹　不專一。主要指農民不專於農事。⑮野　指山野百姓。⑯菜蔬之色　饑荒時的面色。因五穀不收，百姓食菜，故面現食菜的黃瘦之色。⑰代耕之秩　指官吏俸祿。祿足以代其耕。⑱儲稸　指儲備的糧食。⑲虞災　度災。⑳徒　空。㉑歲　一年的收成。㉒自必　自所必然。㉓三季　指夏、商、周三代的三個末代君王。即桀、紂、幽王。㉔皆此物也　言三代皆因乏食而亡。此物，指穀食。㉕昧旦　天未全亮。㉖丕顯　天大亮。丕，大。㉗惕　小心謹慎。㉘慄　恐懼。㉙圖匱於豐　在豐年時就謀畫匱乏饑亡之時，因而注意節約。圖，謀畫。匱，匱乏。㉚防儉　防止糧食缺少。儉，少。㉛逸　奢逸之時。㉜欽哉　皇帝誡告之辭。㉝卹　慎。㉞三時之弘務　《國語・周語》載虢文公之言：「三時務農，一時講武。」三時，指春、夏、秋三季。弘務，大事。指農事。㉟倉廩　倉庫。藏穀曰倉，藏米曰廩。㊱存救　存民救災。㊲廟祧　祭祀宗廟。祧，祀遠祖、始祖之廟。㊳祝　接神者。㊴宗　宗人。官名，掌祭祀之禮。㊵諏日　謀選吉日。諏，謀。㊶簠簋　容器。用於宗廟祭祀則以木製者，以盛黍稷稻粱，內圓外方為簠，內方外圓為簋，都能盛受一斗二升。㊷普淖　指黍稷。普，大。淖，和。㊸此　指藉田等重視農事。㊹自實　自致殷實。㊺縮鬯　縮酒；祭酒。束茅立之祭前，沃酒其上，酒滲下去，若神飲之，故謂之縮。鬯，以香草合黍釀的酒。㊻蕭　香蒿。祭祀時點著有香氣。㊼茅　草名。用以縮酒。㊽於是乎出　從農業生產而出。㊾旨酒　美酒。㊿嘉栗　美善謹敬。(51)年登　豐年。登，成。(52)古人　指曾子。《孝經・聖治章》：「曾子曰：『敢問聖人之德，無以加於孝乎？』子曰：『天地之性，人為貴。人之行，莫大於孝。夫聖人之德，又何以加於孝乎？』」(53)人之所由靈也　人之成為萬物中最靈者。(54)明王　聖賢之君。(55)鮮　少。(56)希　通「稀」。(57)逮　至。(58)儀刑　楷模。(59)孚　信。(60)祖考　祖先。考，父死稱之。(61)粢盛　盛在祭器內以供祭祀的穀物。粢，穀類的總稱。(62)勸穡　鼓勵農事。穡，收穫莊稼。此代農事。(63)固本　鞏固國家的根基。《尚書》：「民惟邦本，本固邦寧。」(64)盛德大業至矣哉　道德之隆盛，事業之宏大都到極點了。能夠盡孝，是為盛德，能夠固邦本，則大業成。至，到極點。(65)一役　指藉田。包括由此而帶來的農業的發展。役，事。(66)二美　指固本和致孝。(67)遠　意義深遠。(68)重　意義重大。(69)敢　自言大膽冒昧之詞。(70)思　語助詞。(71)甸畿　指京城周圍地區。(72)薄　語助詞。無義。(73)大君　天子。(74)戾止　來到。(75)言　語助詞。無義。(76)藉其農　藉民力以行農事。即藉田。(77)其農三推　天子行農事而三推耒耜。(78)祇　敬。(79)耨　除草。(80)公田　指井田制度下，由若干農民共同耕種，收穫全部交給領主的田地。此指千畝藉田。(81)實及我私　此言天子躬耕公田之舉，實也影響到農民對私田的耕作。私，指私田。(82)盛　指黍稷裝在祭器裡。(83)齊　指黍稷裝滿祭器。(84)陵　山丘。(85)庾　露天積穀之所。(86)坻　水中高地。(87)念茲在茲　念此黍稷，在此祭祀。(88)永言孝思　長久不忘的孝敬之思。言，語助詞。(89)人力普存二句　此化用《左傳·桓公六年》季梁所言，說明國家有道。人力，民力。普存，普遍保全。祝史，巫祝和史官。正辭，信實之辭。(90)神祇　天神地祇。(91)攸歆　享用。攸，語助詞。無義。(92)逸豫無期　安樂無盡。(93)一人　指皇帝。(94)慶　善事。(95)兆民　眾百姓。兆，百萬。一說：萬億。(96)賴　蒙受。

【語　譯】有城鄉父老，進而稱頌說：世事隨著時勢而增益減損，是有一定常理的。國家的上層機構以下層百姓為基礎，人民以穀食為依靠。要達到整飭商賈市場的目的，必先要把農業端正；要妥善地進行貨殖，必須先謹慎地對待糧食生產。如果九州不按地宜賦貢，士農工商不專擅其本業。那麼山野之民會面有菜色，朝廷官員也拿不到俸祿。沒有糧食儲備以度災荒，人們勢必只有空待收成。夏桀、商紂、周幽王三個末代君王的衰滅，都是由於乏糧之故。現今皇上不管白天黑夜，時時謹慎戒懼。豐年時就考慮到荒年，糧食多餘時就防範日後短缺的狀況。諄諄囑咐下屬，謹慎處理糧食的事情。開展春夏秋三季稼穡大事，使穀倉滿溢。這本是堯湯為政的用心，存民救乏的關鍵。至於宗廟有祭祀之事，迎神的祝者和掌管祭祀的宗人謀擇吉日良辰。這時祭器中各類的黍稷，由於重視農業因而準備得又豐富又齊全。祭祀縮酒用的蕭茅，也從此出產。黍稷散發出美好的馨香，又以恭敬純潔的心獻上美酒。祈望人民和順年景豐收，神靈恩賜吉祥。古人曾說：聖人之德，沒有比孝道更崇高的了！孝道，是天地之本性，人因之而成為萬物之靈。從前聖明的帝王憑著孝道治理天下，能繼承他們的人，是極少有了。到了我大晉朝，才真正光大此道。天子做出的楷模取信於天下萬邦，愛敬之情盡獻於祖先。故親身參加農事來供給祭祀的黍稷，用來盡孝。鼓勵稼穡使百姓豐足，用來鞏固國家的根本。能夠鞏固國家根本，又能盡孝道，道德之隆盛，事業之宏大都到極點了！由藉田一事，而獲得二樣美好的結果，意義豈不是十分深遠麼，豈不是十分重大麼！我冒昧地作頌辭如下：京郊快樂盈盈，採茅供祭殷勤。天子大駕親至，藉田勸民耕耘。三次手推耒耜，萬方無不懷敬。我為公田除草，恩惠實及小民。祭器盛著黍稷，簠簋俱已滿盈。倉中儲糧如山，又似水中丘陵。不忘祭祀黍稷，永存孝敬之情。民力普遍保存，祝史文辭實信。天神地祇享用，永遠安樂無盡。天子做了善事，萬民仰蒙聖恩。

畋獵

子虛賦

【作　者】司馬相如（西元前一七九～前一一七年），字長卿，蜀郡成都（今四川成都）人，西漢著名辭賦作家。少時名犬子，後慕藺相如為人，改名相如。曾以入貲為郎。事景帝為武騎常侍。因景帝不好辭賦，而梁孝王來朝時帶了鄒陽、枚乘、莊忌等一批游說之士，於是託病去職，客游於梁。梁孝王死後，歸成都，得臨邛令幫助，與臨邛富人卓王孫女卓文君戀愛結婚，後得卓王孫資助，遂在成都買田宅為富人。武帝時，司馬相如受到推薦，獻賦於帝，被任為郎官。時漢武帝採納唐蒙建議，開通「西南夷」，相如兩度奉使巴蜀，曾晉升為中郎將，施展了不錯的政治才能。後來，有人上書告他出使時受人賄賂，於是失官。歲餘復召為郎，後改孝文園令。復以病免官，家居茂陵，遂卒於家。武帝命人取其作品，得遺作〈封禪文〉。相如口吃而善著書，因家財富有，不慕官爵。司馬相如原集已經散佚，明人輯有《司馬文園集》，《漢書·卷三〇·藝文志》著錄其賦二十九篇，今存六篇。其賦廣博閎麗，卓絕於一代，使漢代大賦得以定型，對於以後揚雄、班固、張衡等人的創作都起了重大影響。

【題解】明清以來多數學者認為〈子虛〉、〈上林〉本是一篇，至蕭統編《文選》，方析之為二，所以亡是公雖出現於〈子虛賦〉篇首，而終篇無言，主要言論則在〈上林賦〉中。作者通過子虛與烏有先生的對答，描寫了楚王游獵雲夢大澤的壯觀場面，集中筆墨在雲夢的繁富、將士的武勇、侍女的美豔，篇末並針對楚王侈靡的生活作了批評。這在當時是有一定現實意義的。司馬相如曾經游於梁，對於梁孝王的作為相當清楚。此賦對楚王的描寫和批評，實也是對梁孝王的一種諷諫。

楚使❶子虛❷使❸於齊，王悉發車騎與使者出畋❹。畋罷，子虛過❺姹❻烏有先生❼，亡是公❽存❾焉。坐定，烏有先生問曰：今日畋樂乎？子虛曰：樂。獲多乎？曰：少。然則何樂？對曰：僕❿樂齊王之欲夸⓫僕以車騎之眾，而僕對以雲夢⓬之事也。曰：可得聞乎？子虛曰：可。王車駕千乘⓭，選徒⓮萬騎，畋於海濱。列卒滿澤，罘⓯網彌⓰山。掩⓱兔轔⓲鹿，射麋腳麟⓳。騖⓴於鹽浦㉑，割鮮染輪㉒。射中獲多，矜㉓而自功㉔。顧㉕謂僕曰：楚亦有平原廣澤，游獵之地，饒樂㉖若此者乎？楚王之獵，孰與寡人㉗乎？僕下車㉘對曰：臣楚國之鄙人㉙也。幸得宿衛㉚，十有餘年。時從出游，游於後園。覽於有無㉛，然猶未能徧覩也。又焉足以言其外澤㉜乎！齊王曰：雖然㉝，略以子之所聞見而言之。僕對曰：唯唯㉞。

【章　旨】本章寫子虛向烏有先生陳說齊王向他誇耀齊國兵勢之盛和遊獵之樂，並訊問楚國及楚王這方面的情況，子虛準備回答。以下各章即子虛所述雲夢之富及遊獵之盛。

【注　釋】❶使　派遣。❷子虛　虛構的人物。❸使　出使。❹畋　射獵。❺過　拜訪。❻姹　「詫」的假借字。誇耀。❼烏有先生　作者虛構的人物。❽亡是公　作者虛構的人物。亡，通「無」。❾存　在。在烏有先生處。❿僕　自稱的謙詞。⓫夸　通「誇」。⓬雲夢　楚國著名的大沼澤地。在今湖北省，本為二澤，跨長江兩岸，江南為夢，江北為雲，面積廣八九百里。後已淤塞。⓭乘　古時一車四馬為一乘。⓮徒　士卒。⓯罘　捉兔的網。⓰彌　覆蓋；滿布。⓱掩　用網掩捕。⓲轔　用車輪輾壓。⓳腳麟　指抓住麟的一條腿，就可以把牠捕獲。腳，此作動詞。麟，大雄鹿。⓴騖　馳騁。㉑鹽浦　海濱的鹽灘。㉒割鮮染輪　切割生肉流出的鮮血染紅了車輪。在車中割鮮肉，由於割鮮多而血浸漬，故兩輪為血所染。鮮，指動物生肉。㉓矜　驕傲；誇耀。㉔自功　自以為有成績。㉕顧　回頭看。㉖饒樂　富有樂趣。㉗孰與寡人　與寡人之獵比較起來哪一個更壯觀有樂趣呢。孰與，比對方怎麼樣。表示疑問語氣，用於比照。寡人，君主自謙之詞。㉘下車　表示謙虛的動作。㉙鄙人　小人。㉚宿衛　在帝王宮禁中值宿守衛。㉛覽於有無　看到有什麼東西。有無，偏義複詞，即「有」。㉜外澤　宮禁外面的藪澤。如雲夢。㉝雖然　雖然如此。㉞唯唯　恭應之詞。

【語　譯】楚國派遣子虛出使到齊國，齊王就調動全部兵車和騎兵，同使者一起去打獵。打獵完畢，子虛去拜訪烏有先生，向他誇耀，亡是公正好也在座。坐定之後，烏有先生問道：今日打獵，有樂趣嗎？子虛說：很有樂趣。烏有先生問：獵獲的禽獸多嗎？子虛說：很少。烏有先生問道：既然這樣，還有什麼樂趣呢？子虛回答說：我感到有樂趣的是，齊王想要向我誇耀他的兵車戰騎的眾多，而我卻告訴他楚王在雲夢狩獵之事。烏有先生說：我也可以聽一聽嗎？子虛說：可以。今天齊王率兵車千輛，精選騎卒上萬人，在海濱射獵。排列的士卒布滿沼澤地，羅網覆蓋了山野。用網捕兔，用車輾鹿；箭射駝鹿，緊抓住雄鹿的腿。馳騁在海濱鹽灘上，切割生肉流出的鮮血染紅了車輪。每射必中，獵獲頗多，齊王因此驕傲而自以為成績斐然了。他回頭對我說：楚國也有平原廣澤，遊獵的場所，能夠如我這樣饒有樂趣嗎？楚王射獵和寡人的射獵相比，哪一個更壯觀有樂趣呢？我這時忙下車回答說：小臣只是楚國的一個鄙陋之人。僥倖得以在宮禁中值宿守衛，約十多年。有時跟從楚王出遊，僅在後園遊獵。我雖然看到一些場面，然而尚談不上全面觀看。又怎麼有資格來談楚王在宮外澤藪的射獵呢？齊王說：即使如此，還是請您憑著自己的所見所聞大致談談吧。我回答說：是，是。

臣聞楚有七澤，嘗見其一，未覩其餘也。臣之所見，蓋❶特❷其小小者耳，名曰雲夢。雲夢者，方❸九百里。其中❹有山焉，其山則盤紆茀鬱❺，隆崇❻嵂崒❼。岑崟❽參差❾，日月蔽虧❿。交錯糾紛⓫，上干⓬青雲。罷池⓭陂陀⓮，下屬江河⓯。其土則丹⓰青⓱赭⓲堊⓳，雌黃⓴白坿㉑，錫碧㉒金銀，眾色炫燿，照爛龍鱗㉓。其石則赤玉㉔玫瑰㉕，琳瑉昆吾㉖，瑊玏㉗玄厲㉘，碝石㉙碔砆㉚。其東則有蕙圃㉛：衡蘭芷若㉜，芎藭㉝菖蒲㉞，江蘺蘪蕪㉟，諸柘㊱巴苴㊲。其南則有平原廣澤，登降㊳陁靡㊴，案衍㊵壇曼㊶，緣以大江，限以巫山㊷。其高燥則生葴菥苞荔㊸，薛莎青薠㊹。其埤溼㊺則生藏莨㊻蒹葭㊼，東薔㊽雕胡㊾，蓮藕觚盧㊿，菴閭(51)軒于(52)。眾物居(53)之，不可勝圖(54)。其西則有湧泉清池，激水推移。外(55)發(56)芙蓉(57)

菱華58，內59隱60鉅石白沙。其中則有神龜蛟61鼉62，瑇瑁63鼈黿64。其北則有陰林65，其樹楩柟豫章66，桂椒67木蘭68，檗69離70朱楊71，樝72梨梬栗73，橘柚74芬芳。其上75則有鵷雛孔鸞76，騰遠77射干78。其下79則有白虎玄豹80，蟃蜒81貙犴82。

【章旨】本章寫雲夢澤的地形及物產。其中部是高山，有各種礦產和美玉美石；東面有蕙草之圃，生長香草；南面為丘陵、平原，生長水旱植物；西面是流泉池沼，有各種水產；北面是森林，樹木繁茂，鳥獸眾多。

【注釋】❶蓋　大概。❷特　只是。❸方　方圓。❹其中　指雲夢澤中部。❺盤紆岪鬱　皆形容山屈曲的樣子。❻隆崇　山高峻的樣子。❼嵂崒　山高危的樣子。❽岑崟　山高峻的樣子。❾參差　指山勢高低不齊。❿日月蔽虧　指因山勢參差不齊，日月因此或蔽或缺。蔽，全隱。虧，半缺。⓫交錯糾紛　言山勢錯綜糾結。⓬干　接觸。⓭罷池　山坡傾斜的樣子。⓮陂陀　山寬廣的樣子。⓯下屬江河　形容山之廣大，所以所連者遠。屬，連接。⓰丹　朱砂。⓱青　青雘。又名空青。⓲赭　赤土。⓳堊　白土。⓴雌黃　礦物名。即三硫化砷，與雄黃同類而小有區別，又名石黃，可製顏料。㉑白坿　白石英。一說：即石灰。㉒碧　青白色的玉石。㉓照爛龍鱗　言各種礦物鮮明燦爛，有如龍鱗。㉔赤玉　赤色的玉。㉕玫瑰　火齊珠。㉖琳瑉昆吾　玉石名。琳，美玉。瑉，一種次於玉的石。昆吾，同「琨珸」。次於玉的石。㉗瑊玏　次於玉的石名。㉘玄厲　一種黑石。可用來磨刀。㉙碝石　一種似玉的美石。白如冰，半帶赤色。㉚碔砆　一種次於玉的石。赤地白采。㉛蕙圃　蕙草之圃。㉜蘅蘭芷若　皆香草名。蘅，杜蘅。芷，白芷。若，杜若。㉝芎藭　香草名。生山谷間，葉似芹，根可入藥。㉞菖蒲　多年生草。生於水邊，葉上有脊如劍形，根可入藥。㉟江離蘪蕪　生在水中的兩種香草。江，原作「茳」，據《考異》改。㊱諸柘　即甘蔗。柘，通「蔗」。㊲巴苴　芭蕉。一說：蘘荷。莖葉似薑，根香脆可食，亦可作藥材。㊳登降　指地勢高低。㊴陁靡　斜長的樣子。指斜坡。㊵案衍　地勢低下的樣子。㊶壇曼　平寬的樣子。㊷緣以大江二句　是說雲夢南部之地以長江巫山為邊緣。緣，沿著。巫山，一名陽臺山。在雲夢澤中，當在今湖北漢陽境內。或以為指四川的巫山縣，非是。㊸葴菥苞荔　草名。葴，即馬藍。菥，似燕麥。苞，與茅相似，可用以織席或編履。荔，似蒲而小，其根可製刷子。㊹薛莎青薠　皆草類。薛，即蕭，蒿草的一種。莎，蒿的一種，其葉可製笠及蓑衣。青薠，青色的薠草。薠，似莎而大。㊺埤溼　指低窪潮溼之處。埤，通「卑」。㊻藏莨　即狼尾草。俗名狗尾草。㊼蒹葭　蘆葦。蒹，荻。葭，蘆。㊽東蘠　水蓼的種子。生於卑溼之地，形尖而扁，似葵子，可食。㊾雕胡　即菰米。俗名茭白。㊿觚盧　一作「菰盧」。菰茭（菰米的嫩莖）和蘆筍。(51)菴閭　草類。狀如蒿艾，其實可製藥。(52)軒于　即蕕草。莖似蕙而臭。(53)居　生存。(54)勝圖　盡計。(55)外　指池水的表面。(56)發　開放。(57)芙蓉　荷花。(58)菱華　菱花。形小色白，每朵四瓣。(59)內　池內。(60)隱　藏。(61)蛟　有鱗甲，尾巴如蛇，是鱷魚一類的動物。(62)鼉　爬蟲類動物。產於長江下游，今稱揚子鱷，皮可製鼓。(63)瑇瑁　龜一類的動物。甲上有花紋，可以裝飾器物。(64)黿　似鼈而大。(65)陰林　山北的樹林。陰，山之北。(66)楩柟豫章　皆大木名。楩，黃楩木。柟，即楠木。豫章，即樟木。(67)椒　即花椒。(68)木蘭　俗名紫玉蘭。皮似椒而香。(69)檗　即蘗。通稱黃蘗，高數丈，葉似茱萸，經冬不凋，樹皮呈白色，裡深黃色，根如松。(70)離　「樆」之假借字。即山梨。(71)朱楊　赤莖柳。(72)樝　形似梨，味甘。(73)梬栗　一名梬棗。形似柹而小。(74)柚　柚子。俗名文旦。(75)其上　指陰林樹上。(76)鵷雛孔鸞　皆鳥名。鵷雛，據說形狀像鳳。孔，孔雀。鸞，鸞鳥。(77)騰遠　獸名。善於跳躍超騰。遠，「猿」之誤寫。(78)射干　獸名。一名野干，似狐而小，能緣木，形色青黃如狗，喜群行，夜鳴如狼。(79)其下　指陰林的樹下。(80)玄豹　黑豹。(81)蟃蜒　應作「獌狿」。大獸名，形似狸。(82)貙豻　似狸而大的猛獸。

【語　譯】我聽說楚有七個大澤，我曾經見到其中一個，沒有見過其他幾個。我所見到的，大概只是其中最小的，名叫雲夢。雲夢澤，方圓九百里。它中間有座山，那山屈曲盤旋，峻峭險阻，高下不齊，日月遮蔽。眾峰錯綜糾結，上及於青雲。山坡傾斜寬廣，下面連接著江河。那裡的土中，則有朱砂、青雘、赤土、白土，雌黃、白石英，錫、碧玉、金、銀，各種礦物色彩炫耀，鮮明燦爛如同龍鱗。那裡的石則有赤玉、火齊珠，琳、瑉、昆吾，瑊玏、玄厲、碝石、碔砆。雲夢澤的東面則有蕙草之圃，生長著杜衡、蘭草、白芷、杜若，芎藭、菖蒲，江蘺、蘪蕪，甘蔗、芭蕉。雲夢澤的南面則有平原廣澤，地勢高高低低，逐漸傾斜，直至低下的平原，長江流經邊緣，南到巫山為止。那裡高燥的地方則生著葴、菥、苞、荔，薛、莎、青薠。低窪潮溼之處則生長著藏莨、蒹、葭，東蘠、茭白，蓮、藕、觚、盧，菴閭、蕕草。生長在這裡的植物，多得無法統計。雲夢澤西面則有騰湧的泉水和清清的池沼，湍急的水流向前奔瀉。波面開放著荷花、菱花，水下隱藏著大石、白沙。水內有神龜、蛟、鼉，瑇瑁、鼈、黿。雲夢澤北面的山陰，則有森林，生長著黃梗、楠木、樟木，桂樹、花椒、木蘭，黃蘗、山梨、朱楊，樝、梨、梬棗，橘子和柚子氣味芬芳。樹上棲息著鵷雛、孔雀、鸞鳥，騰猿、射干。樹下則嬉遊著白虎、黑豹，獌狿、貙犴。

於是乎乃使剸諸之倫❶，手格❷此獸。楚王乃駕馴❸駮❹之駟❺，乘雕玉之輿❻。靡魚須之橈旃❼，曳❽明月❾之珠旗，建❿干將⓫之雄戟⓬。左⓭烏號⓮之雕弓，右夏服⓯之勁箭。陽子⓰驂乘⓱，孅阿⓲為御。案節⓳未舒⓴，即陵㉑狡獸㉒。蹴㉓蛩蛩㉔，轔㉕距虛㉖。軼㉗野馬㉘，轊㉙陶駼㉚。乘㉛遺風㉜，射游騏㉝。倏眒㉞倩浰㉟，雷動㊱猋至㊲，星流㊳霆擊㊴。弓不虛發，中㊵必決㊶眥㊷。洞胸㊸達掖㊹，絕乎心繫㊺，獲若雨獸㊻，揜㊼草蔽地。於是楚王乃弭節㊽徘徊，翱翔容與㊾，覽㊿乎陰林。觀壯士之暴怒(51)，與猛獸之恐懼。徼谻受詘(52)，殫覩(53)眾物之變態(54)。

【章　旨】本章寫楚王在陰林打獵的情景。先描述楚王出獵時的車乘、裝扮和扈從。接著形容車騎的迅疾猛烈。末了寫射獵結束時的場景及獵獲之多。

【注　釋】❶剸諸之倫　像專諸一類的人。剸諸，春秋時吳國勇士，曾為吳公子光（後為吳王，即闔閭）殺死吳王僚。剸，通「專」。倫，類。❷手格　空手搏擊。❸馴　馴服。❹駮　通「駁」。馬毛色不純。❺駟　四馬合駕一車。❻雕玉之輿　用雕刻的玉裝飾的車子。❼靡魚須之橈旃　此謂楚王的從者揮動著以魚鬚為旒穗的曲柄旃旗。靡，同「摩」，今寫作「麾」。揮動。須，同「鬚」。此指以海魚的鬚做旃旗上的旒穗。橈旃，旃旗的曲柄。❽曳　搖動。❾明月　指明月珠。用作旃旗的裝飾。⑩建　高舉。⑪干將　利刃的樣子。一說：吳人，善製劍。⑫雄戟　三刃戟。⑬左　左邊佩帶之意。下句「右」字意思相仿。⑭烏號　柘桑名。其材堅勁，可以製弓，相傳是黃帝所用。⑮夏服　裝美箭的袋。相傳夏后氏有良弓箭，其袋即名夏服。服，袋。⑯陽子　春秋時秦國人。名孫陽，字伯樂，以善相馬著名。⑰驂乘　指在車右陪乘的人。⑱孅阿　人名。善於御馬。⑲案節　使車馬行走較緩慢而有節奏。⑳未舒　馬足尚未舒展。言未盡意驅馳。㉑陵　踐踏。㉒狡獸　狡捷、狡健的野獸。㉓蹴　踐踏。㉔蛩蛩　青色的獸。狀如馬，善於奔走。㉕轔　輾過。㉖距虛　似馬而小，善於奔走。㉗軼　超過。㉘野馬　似馬而小。㉙轊　車軸頭。此指以車軸頭衝殺。㉚騊駼　相傳產於北海狀如馬的野獸。一說：即野馬。㉛乘　追上。㉜遺風　千里馬名。㉝游騏　遊蕩著的騏馬。騏，野馬之一種。毛呈青黑色，上有花紋。㉞儵眒　迅速驚疾的樣子。㉟倩浰　形容迅疾。㊱雷動　雷震。此喻楚王車騎氣勢的威猛。㊲猋至　此喻車騎奔馳之迅疾。猋，疾風。㊳星流　流星隕墜。喻迅疾。㊴霆擊　此喻氣勢威猛。霆，霹靂。㊵中　射中。㊶決　裂。㊷眥　目眶。㊸洞胸　貫穿胸腔。㊹達掖　通到腋下。掖，通「腋」。㊺絕乎心繫　此言一箭就把連著心臟的脈絡射斷。絕，斷。心繫，連著心臟的血脈筋絡。㊻獲若雨獸　意謂獲得的野獸極多，如天下著雨一般。雨，作動詞。㊼揜　覆蓋。㊽弭節　即案節。使車馬行走緩慢。㊾翱翔容與　從容自得的樣子。㊿覽　觀看。(51)暴怒　形容壯士的武勇。(52)徼谻受詘　攔獲因驚惶奔走而疲倦力盡的野獸。徼，攔截。谻，疲倦之極。受，接受；收拾。詘，同「屈」。力盡之意。(53)殫覩　盡觀。(54)眾物之變態　眾獸不同的姿態。

【語　譯】於是就派專諸一類的勇士，去徒手搏擊這些野獸。楚王乃駕起四匹馴服而毛色混雜的駿馬，乘上用雕刻的玉裝飾著的車子。從者揮動著以魚鬚為旒穗的曲柄旃旗，搖動裝飾著明月珠的旗幡，高舉著鋒利的三刃戟。左佩用烏號所製的雕飾強弓，右掛盛著勁直之箭的夏后氏箭袋。伯樂陪乘，孅阿御馬。車馬方才緩行而未驅馳，就已經踐踏到那些狡捷的野獸。踐踏蛩蛩，車輾距虛。超撞野馬，衝殺騊駼。追上千里之馬遺風，射中遊蕩著的騏馬。迅速驚疾，似怒雷突發，疾風驟至，似流星隕墜，閃電掣空。弓不空發，射中必能裂其目眶；穿過胸膛直達腋下，射斷連著心臟的脈絡。獵獲的野獸多得像天上降下來的雨一般，遮蓋了草木地面。於是楚王就按轡徘徊，從容自得，遊覽森林。觀賞壯士暴怒武勇之態，和猛獸恐懼戰慄之狀。攔截收拾那些筋疲力盡的野獸，飽看了眾禽獸瀕死時各種不同的姿態。

於是鄭女曼姬❶，被❷阿❸緆❹，揄❺紵❻縞❼，雜❽纖羅❾，垂霧縠❿，襞積⓫褰縐⓬，鬱橈谿谷⓭。衯衯裶裶⓮，揚⓯袘⓰戌削⓱，蜚⓲襳⓳垂髾⓴。扶輿猗靡㉑，翕呷萃蔡㉒；下靡蘭蕙，上拂羽蓋㉓。錯翡翠之威蕤㉔，繆繞玉綏㉕。眇眇忽忽㉖，若神仙之髣髴㉗。於是乃相與㉘獠㉙於蕙圃，媻姍敦窣㉚，上乎金隄㉛。揜㉜翡翠，射鵔鸃㉝，微㉞矰㉟出，孅㊱繳㊲施。弋㊳白鵠㊴，連㊵駕鵝㊶，雙鶬㊷下㊸，玄鶴㊹加㊺。怠而後發，游於清池㊻。浮㊼文鷁㊽，揚㊾旌栧㊿，張翠帷，建羽蓋，罔[51]瑇瑁，鉤[52]紫貝[53]。摐[54]金鼓[55]，吹鳴籟[56]。榜人[57]歌，聲流喝[58]。水蟲駭[59]，波鴻沸[60]，湧泉起，奔揚[61]會[62]。礧石[63]相擊，硠硠礚礚[64]，若雷霆[65]之聲，聞乎數百里之外。將息獠[66]者，擊靈鼓[67]，起烽燧[68]，車按行[69]，騎就隊[70]，纚乎淫淫，般乎裔裔[71]。

【章　旨】本章描寫楚王和侍女弋射、泛舟的情景。先形容侍女的美豔和裝扮的華麗。接著敘述楚王和她們如何在蕙圃弋射飛禽，然後又一起來到清池之上泛舟，樂器齊奏，歌聲悲婉。末了描述遊獵結束，士卒整隊的情形。

【注　釋】❶鄭女曼姬　形容美女有曼澤之色。鄭女，鄭地（在今河南省）的女子。相傳古代鄭國多美女。曼姬，美女。曼，指女子膚色嬌美有光彩。❷被　通「披」。❸阿　細繒。❹緆　細布。❺揄　拖曳。❻紵　麻布。❼縞　素絹。❽雜　飾。❾纖羅　細羅。❿霧縠　輕薄如霧的薄紗。⓫襞積　指女子裙上的摺疊。⓬褰縐　摺疊成褶子。形容衣服的褶子很多。⓭鬱橈谿谷　是說女子衣服的褶子深曲，有似谿谷。鬱橈，深曲的樣子。此句之上原有「紆徐委曲」四字，據《考異》刪。

⓮衯衯裶裶　皆衣長的樣子。⓯揚　提舉；掀動。⓰袘　裳裙下端的邊緣。⓱戌削　形容步行時裳緣的整齊。⓲蜚　古「飛」字。⓳襳　婦人上衣下垂的長帶。形如刀圭，上廣下狹。⓴髾　婦人上衣的下端。形如燕尾。㉑扶輿猗靡　形容衣服合身而體態婀娜的樣子。㉒翕呷萃蔡　皆象聲詞。形容人在行走時身上的衣服所發出的摩擦聲。㉓下靡蘭蕙二句　是說女子衣服在空中飄揚，垂髾下摩蘭蕙，飛襳上拂羽蓋。靡，通作「摩」。蘭蕙，指地上的花草。羽蓋，用羽毛裝飾的車蓋。㉔錯翡翠之威蕤　是說女子取鮮豔的翡翠羽毛雜置頭上作首飾。錯，雜。翡翠，兩種鳥名。翡的羽毛紅，翠的羽毛青，可作裝飾品。威蕤，羽毛光盛的樣子。㉕繆繞玉綏　此指女子纏結著綴飾了玉的纓緌。繆，同「繚」。繚繞，猶言纏結。綏，應作「緌」，指纓飾。玉緌，指用玉飾緌。㉖眇眇忽忽　皆指行蹤飄忽不定的樣子。眇眇，猶言縹緲。㉗若神仙之髣髴　形容侍女容飾奇豔，非世所見。㉘相與　一起。㉙獠　獵。㉚嫳姍教窣　在林莽間行走的樣子。一說：緩行的樣子。教，同「勃」。㉛金隄　堅固如金屬的隄。㉜揜　指以網捕取禽鳥。㉝鵔鸃　雉一類的鳥。羽毛呈五采之色，有花紋。㉞微　小。㉟矰　一種尾部繫著絲繩的短箭。㊱孅　通「纖」。細。㊲繳　生絲繩。繫在矰尾部。㊳弋　用帶繩的箭射鳥。㊴白鵠　一種白色水鳥。類似天鵝。㊵連　指以矰繳把飛鳥射中後牽連而下。㊶駕鵝　野鵝。㊷鶬　指鶬鴰。似雁而黑。㊸下　指中箭下墜。㊹玄鶴　黑鶴。㊺加　指為箭所射中。㊻怠而後發二句　案：《漢書》無「發」字，兩句作一句讀，當從之。此謂楚王與女侍們在蕙圃打獵疲倦後又遊於湧泉清池。清池，指雲夢西部的湧泉清池。㊼浮　泛舟水上。㊽文鷁　彩繪的鷁首遊船。古代天子所乘之舟，頭部畫有鷁鳥，後因以鷁為船的代稱。文，指有文采。鷁，水鳥名。㊾揚　高舉。㊿旌栧　桅旌和船槳。案：《史記》栧作「桂栧」。指用桂樹所作的栧。與上文文鷁、下文翠帷、羽蓋對舉，更為妥貼。旌，船上的桅旌。栧，同「枻」。船槳。(51)罔　通作「網」。(52)鉤　鉤取。(53)紫貝　貝殼呈紫色而帶有黑色花紋。(54)摐　敲擊。(55)金鼓　即鉦。其形似鼓，故名。即今鐃鈸或大鑼一類的樂器。(56)籟　簫。(57)榜人　船夫。(58)流喝　聲音悲咽、嘶啞。(59)水蟲駭　指水中魚鼈之類驚駭奔走。(60)波鴻沸　波濤大作。鴻，作「大」解。(61)奔揚　指波濤。(62)會　匯合。(63)礧石　眾石。礧，通「磊」。(64)硠硠礚礚　礧石轉動時相擊發出的聲音。(65)霆　劈雷；霹靂。(66)息獠　停止行獵。(67)靈鼓　六面鼓。(68)起峰燧　在高處燃起薪火。(69)按行　排列成行。按，依。行，行列。(70)就隊　歸隊。(71)纚乎淫淫二句　言隊伍魚貫相連，絡繹不絕地向前行進。纚，若織絲相連屬。淫淫，漸進。般，以次相連而行。裔裔，流行的樣子。

【語　譯】接著嬌豔的美女來了，她們身披細繒細布之衣，下曳麻布素絹之裳。細羅雜飾，薄紗低垂。衣上的褶子很多，深曲好似谿谷。衣著修長，提裳步行時裙緣整齊。長帶飄飛，上衣下垂。娉婷婀娜，衣聲窸窣。下摩蘭花蕙草，上拂羽飾車蓋。錯雜鮮豔的翡翠羽毛作為頭飾，纏結著綴飾了玉的纓綏。來去縹緲，恍若神仙一般。於是楚王與美女們一齊在蕙圃行獵，行走於林莽之間，登上堅固的隄岸。網捕翡翠，箭射鵔鸃。短矢發出，絲繩弛張。射落白鵠，又中野鵝。鶬鴰雙雙墜地，復加上黑鶴。射獵倦怠之後，遊於清池之上。乘上彩繪的鷁首遊船，立起桅旗，揚起船槳。張設綠色帷幕，樹立羽飾傘蓋。網撈瑇瑁，鉤取紫貝。敲響金鉦，吹起笙簫。船夫齊唱，聲調悲嘶。魚鼈驚駭，風浪大作。流泉騰湧，波濤匯聚。眾石轉動相擊，轟轟隆隆，如同霹靂之聲，數百里之外都聽得到。楚王命令停止射獵，敲起六面鼓，點著高處薪火。兵車排列成行，騎兵回歸軍隊。魚貫向前，絡繹行進。

於是楚王乃登雲陽之臺❶，怕❷乎無為❸，憺❹乎自持❺。勺藥❻之和具❼而後御❽之，不若大王終日馳騁，曾不下輿，脟割❾輪焠❿，自以為娛。臣竊⓫觀之，齊殆不如；於是齊王無以應僕也。

【章　旨】本章中子虛談到楚王在遊獵之後，又能保持澹泊無為的心境，比起終日馳騁為樂的齊王，他認為楚王過之。

【注　釋】❶雲陽之臺　即陽臺。在雲夢澤南部巫山之下。❷怕　同「泊」。安靜的樣子。❸無為　保持好的道德而無所作為。❹憺　安靜無事的樣子。❺自持　指保持澹然無事的寧靜心境。❻勺藥　即芍藥。古人以為有「和五臟，辟毒氣」的作用。❼具　備。❽御　進食。❾脟割　把鮮肉割成塊狀。脟，通「臠」。❿輪焠　指在輪間臠割烤炙鮮肉而食之。焠，烤炙。⓫竊　私。謙虛地表示個人意見。

【語譯】打完獵，楚王就登上雲陽臺，澹泊無為，保持寧靜。用芍藥調和美食來進餐，不像大王您終日馳騁，竟然不下車駕，在輪間割肉烤炙，自以為很有樂趣。依小臣個人看來，齊國恐怕不如楚國。於是齊王無法回答我了。

烏有先生曰：是何言之過也！足下不遠千里，來貺❶齊國；王悉發境內之士，備車騎之眾，與使者出畋，乃欲戮力❷致獲❸，以娛左右❹，何名為夸哉❺！問楚地之有無者，願聞大國之風❻烈❼，先生之餘論❽也。今足下不稱楚王之德厚，而盛推雲夢以為高，奢言淫樂❾，而顯侈靡，竊為足下不取也。必若所言❿，固⓫非楚國之美⓬也；無而言之，是害足下之信也⓭。彰君惡⓮，傷私義⓯，二者無一可，而先生行之，必且輕於齊⓰而累於楚⓱矣！且齊東陼⓲鉅海⓳，南有琅邪⓴，觀㉑乎成山㉒，射㉓乎之罘㉔，浮渤澥㉕，游孟諸㉖。邪與肅慎為鄰㉗，右㉘以湯谷㉙為界。秋田㉚乎青丘㉛，傍徨㉜乎海外㉝。吞若雲夢者八九於其胸中，曾不蔕芥㉞。若乃俶儻㉟瑰瑋㊱，異方殊類，珍怪鳥獸，萬端鱗崒㊲，充牣㊳其中，不可勝記，禹不能名，卨不能計㊴。然在諸侯之位，不敢言遊戲之樂，苑囿之大。先生又見客㊵，是以王辭不復㊶，何為無以應㊷哉！

【章　旨】本章是烏有先生反駁子虛，指出子虛肆言楚王侈靡的生活，有傷為臣之德，若是無其事而言之，則有傷個人信義，二者必居其一。接著說明齊地廣大，物產豐富，但齊王不願以此誇耀。

【注　釋】❶貺　有惠賜之意。此言賜臨。❷戮力　并力。❸致獲　使打獵有所收穫。❹左右　指使者。不直言使者，是表示尊敬。❺何名為夸哉　怎麼能稱為誇耀呢。指前文子虛所言「僕樂齊王之欲夸僕以車騎之眾」之語。❻風　指美好的風俗。❼烈　指光輝的事業。❽餘論　先賢遺留下來的高雅言論。推尊對方的婉轉說法。❾淫樂　過分的享樂。❿必若所言　果如你前面所形容的樣子。⓫固　本來。⓬美　值得稱贊的美事。⓭無而言之二句　是說如果楚王並沒有那些過分享樂之事，您故意這麼說，那就有損您誠實的品德了。信，誠實不欺。⓮彰君惡　彰顯君主的惡行。指上「奢言淫樂，而顯侈靡」之事。彰，彰顯。君惡，君主的惡行。⓯傷私義　傷害子虛個人信義。⓰輕於齊　為齊人所輕視。⓱累於楚　回到楚國也要因此獲罪受牽累。⓲陼　水邊。此作動詞用。作面臨解。⓳鉅海　大海。⓴琅邪　山名。在今山東省諸城縣東南一百五十里，其山三面皆海，西南通於陸地，山上有琅琊臺。邪，同「琊」。㉑觀　遊觀。㉒成山　在今山東省榮成縣東。㉓射　射獵。㉔之罘　山名。在今山東省福山縣東北三十五里，與文登縣界相連。㉕渤澥　渤海的港灣。海邊的港灣叫澥。㉖孟諸　古代藪澤名。在今河南省商邱市東北，今已淤塞。其地本不屬齊，此為賦家誇大之辭，不必拘泥其確屬何國之地。㉗邪與肅慎為鄰　齊國隔海斜與肅慎國為鄰。肅慎，古國名。在今遼寧、吉林、黑龍江諸省境內。㉘右　當作「左」字。古人常把東稱為左。㉙湯谷　地名。即暘谷，古人認為太陽出來的地方，位置在極東面。㉚秋田　在秋天打獵。田，通「畋」。㉛青丘　國名。相傳在大海之東三百里。㉜徬徨　徘徊。此指打獵時來回馳騁。㉝海外　指青丘國。其地在海外。㉞不蔕芥　不以之為蔕芥的意思。蔕芥，刺鯁。比喻微小不足道的東西。㉟俶儻　卓異非常之貌。俶，通「倜」。㊱瑰瑋　指奇珍異產種種可貴之物。㊲鱗崒　如鱗之集。言其多。崒，通「萃」。聚集之意。㊳充牣　充滿。㊴禹不能名二句　雖有像禹、契那樣的聖賢，多聞博識，也不能把齊國的許多珍奇之物，稱其名而計其數。禹，堯時為司空，能辨九州名山，分別草木。卨，古「契」字。堯時為司徒，敷五教，主四方會計。㊵見客　受到作為賓客禮儀的接待。見，受到。客，作動詞。指賓客禮遇。㊶王辭不復　齊王不以言辭反駁子虛。辭，言辭。復，回答；反駁。㊷無以應　無法應答。指上文子虛所言「於是齊王無以應僕也」。

【語　譯】烏有先生說：您這話多麼錯誤啊！足下不以千里路途為遠，賜臨我齊國；齊王就調遣了境內全部士卒，備齊眾多兵車、戰騎，陪同使者您去射獵，是想要合力多獲禽獸，以使您感到樂趣，怎麼能稱為向您誇耀呢！齊王問您楚國有無這樣壯觀的場面，那是想聽一聽大國美好的風俗、光輝的事業，和先生遺餘的高論。現在足下不談楚王隆厚的德行，卻大為推崇雲夢澤的宏富珍奇而自為得意，縱談楚王如何過分享樂，炫耀其奢侈靡費的生活，我個人認為足下不該這樣做。果真如您前面所形容的樣子，本不是楚國值得稱讚的美事；如果並沒有這樣情形而您故意如此說，那就有損足下誠實的品德了。彰顯君主的惡行，傷害個人的信義，二者無一可取，而先生卻都做了，您必將被齊人所輕視，回到楚國也要因此取罪受累呵！再說齊國東臨大海，南有琅琊山，可在成山遊觀，在之罘山射獵，在渤海的港灣泛舟，在孟諸澤遊賞。隔海斜與肅慎國為鄰，東面以日出之處的湯谷為界。秋天在青丘畋獵，在大海之東徘徊。我齊國吞下像雲夢這樣的藪澤八九個在於胸中，那也不過如刺鯁一樣微不足道。至於那些卓異可貴之物，出於不同地方，各種不同類別，珍怪的鳥獸，林林總總如魚鱗一般集聚，充滿其中，記載不完，即使博識的禹也不能一一叫出名稱，善於計算的契也無法詳細統計。然而我齊王處在一國之君的地位，不敢對人談說遊戲的樂趣，苑囿的廣大。先生又被我國以客禮相待，因此齊王不願以言辭來反駁您，怎麼能說他是無法應答您呢！

卷八

上林賦

【作　者】司馬相如，見頁二九六。

【題　解】〈子虛賦〉和〈上林賦〉本是一篇，是司馬相如的代表作。作者假設子虛出使齊國向烏有先生誇耀楚王在雲夢遊獵的盛況非齊王所及，烏有先生不服，加以詰難；而後亡是公出來，詳述了漢天子在上林苑校獵的壯觀，則又非齊楚諸侯之國所能比；賦末作者方提出本賦的主旨：天子要修明政治，提倡節儉，諸侯不可奢侈，更不能僭越本分。漢武帝雖是個雄才大略的君主，對西漢的興盛有重大的貢獻，然而他也有很多缺點，生活奢侈，喜好畋獵即其一。所以司馬相如在當時提出這樣的諷諫是有相當大的現實意義的，可惜武帝並沒有接受他的諷諫。

歷來評論家認為司馬相如的賦氣魄宏偉，文采壯麗，這在〈子虛賦〉、〈上林賦〉中表現得特別明顯。除了粗線條的勾勒外，有時也能用一些細緻的手法來摹狀具體事物。而在〈上林賦〉中，常用幾個長句組成一節，每一個長句又分為幾個排比的分句，語意不斷，音節短促，讀起來有一瀉千里之感。

亡是公听然❶而笑曰：楚則失矣，而齊亦未為得也。夫使諸侯納貢❷者，非為財幣❸，所以述職❹也；封疆畫界❺者，非為守禦，所以禁淫❻也。今齊列為東藩❼，而外私肅慎❽，捐國❾踰限❿，越海而田⓫，其於義固未可也。且二君之論，不務明君臣之義，正諸侯之禮，徒事爭於游戲之樂，苑囿之大，欲以奢侈相勝，荒淫相越，此不可揚名發譽，而適足以㝵君⑫自損也。

【章　旨】本章中亡是公批評烏有先生所述齊國情狀，不合諸侯之禮。並指出二人互相爭勝，適足以損害君主和自身的名譽。

【注　釋】❶听然　笑的樣子。❷納貢　繳納貢物。❸財幣　財帛。❹述職　諸侯向天子陳述履行職務的情況。❺封疆畫界　劃定疆域界限。❻淫　淫放。指諸侯間不守疆界，放縱侵犯別國的行為。❼東藩　東方屏藩之國。古時稱諸侯國為藩，因它對中央起屏藩作用。❽外私肅慎　對外私自與肅慎往來。私，作動詞解。即私相往來。肅慎，古國名。約當今吉林省寧安縣以北直至沿混同江南北岸之地。❾捐國　離開本國。捐，棄。離開的意思。❿踰限　指超越國境。⓫越海而田　跨海去畋獵。指〈子虛賦〉末所言「秋田乎青丘」之事。⓬㝵君　貶低君王的聲望。㝵，即「貶」字。李善本作「㽷」，據《考異》改。

【語　譯】亡是公微笑著說：楚國既是錯了，齊國也不見得有理。使諸侯繳納貢物，不是為了得到財帛，而是為了使他們向天子陳述履行職務的情況。為諸侯劃定疆域界限，不是為了維護各自安全的戰備防守，而是用來禁止各諸侯國放縱權利侵犯別國的行為。如今齊國作為天子東面的屏藩，卻私自與肅慎國往來，離開本國，踰越國界，跨過東海到青丘去畋獵，在道理上本來是說不通的。再說二位先生前面的議論，不致力於闡明君臣之間正確關係，端正諸侯的禮儀，只是爭論誰遊戲最樂，誰苑囿最大，想要在奢侈上勝過對方，在荒淫上超過對方，這樣做絕不可能使你們的名聲傳揚，使國家得到榮譽，而適足以貶低你們君主的聲望，有損你們個人的名譽。

且夫齊楚之事，又烏足道乎！君未覩夫巨麗也，獨不聞天子之上林❶乎？

左❷蒼梧❸，右❹西極❺，丹水❻更❼其南，紫淵❽徑❾其北。終始❿灞、滻⓫，出入⑫涇、渭⑬；酆⑭、鎬⑮、潦⑯、潏⑰，紆餘委蛇⑱，經營⑲乎其內⑳。蕩蕩乎八川㉑分流，相背而異態。東西南北，馳騖㉒往來㉓：出乎椒丘㉔之闕㉕，行乎洲淤㉖之浦㉗，經乎桂林㉘之中，過乎泱漭㉙之壄㉚。汩㉛乎混㉜流，順阿㉝而下，赴隘陿㉞之口。觸穹石㉟，激堆埼㊱，沸㊲乎暴怒，洶湧㊳彭湃㊴。滭弗㊵宓汩㊶，偪側㊷泌瀄㊸，橫流逆折㊹，轉騰潎洌㊺，滂濞㊻沆溉㊼；穹隆㊽雲橈㊾，宛潬㊿膠盭(51)；踰波(52)趨浥(53)，涖涖(54)下瀨(55)；批(56)巖衝擁(57)，奔揚(58)滯沛(59)；臨坻注壑，瀺灂霣墜(60)；沈沈(61)隱隱(62)，砰磅訇磕(63)；潏潏淈淈(64)，湁潗(65)鼎沸。馳波跳沫，汩急(66)漂疾(67)。悠遠長懷(68)，寂漻(69)無聲，肆(70)乎永歸(71)。然後灝溔潢漾(72)，安翔(73)徐回(74)；翯(75)乎滈滈(76)，東注太湖(77)，衍溢(78)陂池(79)。

【章　旨】本章主要描寫上林苑中的八川。作者運用大量詞語來形容流水的各種態勢及水聲、水色。

【注　釋】❶上林　苑名。本秦時舊苑，漢武帝時擴建。在長安之西，南傍終南山，北濱渭水，周圍三百里，內有離宮七十所，能容千乘萬騎。❷左　指東方。❸蒼梧　上林苑中一個小地名。借郡名蒼梧以名之。❹右　指西方。❺西極　上林苑中的小地名。借古時豳國的地名西極來命名。❻丹水　水名。發源陝西省商縣西北之冢嶺山，東流入河南省。❼更　經歷。❽紫淵　淵名。在長安北。❾徑　經過。❿終始　作動詞用。指灞、滻兩水始終流在苑中。⓫灞滻　兩水名。源出陝西省藍田縣，向西北合流後注入渭水。⓬出入　指涇、渭兩水從苑外流入苑中，又流向苑外而去。⓭涇渭　兩水名。源出甘肅省，東流至陝西省高陵縣合流。⓮酆　水名。源出陝西省寧陝縣東北秦嶺，西北流經長安，注入渭水。⓯鎬　水名。源出長安南，北流入渭水。（後世其下流淤塞，不通渭水）⓰潦　一作「澇」。水名，源出陝西省戶縣南，北流入渭。⓱潏　一名沈水。源出秦嶺，西北流入渭水。⑱紆餘委蛇　水流曲折宛轉的樣子。⑲經營　周旋。⑳其內　指在上林苑內。㉑八川　灞、滻、涇、渭、酆、鎬、潦、潏八水，合稱關中八川。㉒馳騖　形容水流如馬的奔馳。㉓往來　指水流交錯之狀。㉔椒丘　長著椒木的小丘。㉕闕　宮前的建築物。宮門兩側的高臺，上有樓觀，中間有闕口以為通道，故名。此指山的兩峰對峙如宮闕。㉖淤　洲。古時長安一帶人呼洲為淤。㉗浦　水涯。㉘桂林　桂樹之林。㉙泱漭　廣大的樣子。㉚壄　古「野」字。㉛汩　水流迅疾的樣子。㉜混　形容水勢盛大。㉝阿　大丘陵。㉞隘陿　即狹隘。㉟穹石　大石。㊱堆埼　高大的埼。埼，曲岸頭。㊲沸　水聲。㊳洶湧　水波騰起。㊴彭湃　水波相激。㊵滭弗　水盛的樣子。㊶宓汩　水流迅疾的樣子。㊷偪側　相逼。偪，同「逼」。㊸泌瀄　水流相擊。㊹逆折　旋回。㊺潎洌　水翻騰時衝擊之聲。㊻滂濞　水勢澎湃。㊼沆溉　水勢不平的樣子。㊽穹隆　水勢高起的樣子。㊾雲橈　形容水勢回旋曲折如雲。橈，曲。㊿宛潬　猶蜿蜒。水流盤曲的樣子。(51)膠盭　水流糾纏縈繞的樣子。盭，古「戾」字。(52)踰波　後波踰越前波。意即一波波的。(53)趨浥　流向卑下幽溼的地方。(54)涖涖　流水的聲音。(55)瀨　水流於沙灘石磧之上形成的急湍。(56)批　擊。(57)擁　通「壅」。曲隈。(58)奔揚　奔騰高揚。(59)滯沛　水流驚疾的樣子。(60)臨坻注壑二句　言水流到沙坻或谿壑時，水勢漸緩，發出細小的聲音而墜入壑中。坻，水中隆高之處。瀺灂，小水聲。霣，通「隕」。(61)沈沈　水深的樣子。(62)隱隱　水盛的樣子。(63)砰磅訇礚　皆水流鼓蕩之聲。(64)潏潏淈淈　皆水湧出的樣子。(65)湁潗　水沸的樣子。(66)汩㴔　急轉的樣子。㴔，原誤作「濦」，據《考異》改正。(67)漂疾　指水勢猛悍迅疾。(68)悠遠長懷　言水勢遼遠，長歸於湖中。悠遠，形容「長懷」的狀詞。懷，猶言「歸」。(69)寂漻　猶言寂寥。(70)肆　安靜地。(71)永歸　長往。(72)灝溔潢漾　皆水勢浩蕩無邊際的樣子。(73)安翔　徐行；水緩緩流動。(74)回　迴旋；運轉。(75)翯　水光。(76)滈滈　波光閃爍的樣子。(77)太湖　指關中巨澤。一說：指上林苑東南的昆明池。(78)衍溢　水滿溢出。(79)陂池　池塘。

【語　譯】再說齊、楚游獵之事，又有什麼值得談說的呢！先生們沒有看到過那真正壯麗的場面，難道沒有聽說天子的上林苑嗎？上林苑東面有蒼梧，西面有西極，丹水從南面流過，紫淵在其北面。灞、滻二水從頭到尾都在苑中，涇、渭二水則由苑外流入又流出苑去。酆、鎬、潦、潏四水，曲折宛轉，盤旋在苑內。這八川分流，浩浩蕩蕩，流向不同，又各呈異態。東西南北，奔流交錯。流出兩峰對峙的椒丘，行經有洲的岸邊，通過桂樹之林，流經曠莽的原野。河水浩大湍急，順著高大的山丘下瀉，直奔狹隘的山口。抵觸巨石，沖激高高的曲岸，宏大的水聲似在暴怒，波濤騰起相互激盪。水流猛急，相逼相擊，橫流回折，翻騰作聲，澎湃不平。怒濤高湧，浪花回旋若雲；水流蜿蜒，糾纏縈繞在一起。後浪推前浪，徑直趨向下游；湍急猛瀉，流經沙灘石磧之上。拍擊巖石，沖激隄岸，浪花飛濺，水流驚疾。流到沙坻或谿壑之時，發出細小的聲音注入壑中。水深而盛大，轟轟隆隆鼓怒不已。波濤湧出，如同鼎中水沸一般。水波跳躍，猛悍迅速。而後水勢逐漸平緩，歸向漫長的遠方，寂寥無聲，安安靜靜的流著。然後變得浩瀚無邊，徐徐地流動迴旋，水光浩白，東注於巨澤之中，又溢入大小池沼之內。

於是乎蛟龍赤螭❶，䱭鰽❷漸離❸，鰅鰫鰬魠❹，禺禺❺魼❻鰨❼，揵❽鰭掉❾尾，振鱗奮翼，潛處乎深巖。魚鼈讙聲❿，萬物眾夥。明月⓫珠子⓬，的皪⓭江靡⓮。蜀石⓯黃碝⓰，水玉⓱磊砢⓲。磷磷爛爛⓳，采色澔汗⓴，藂㉑積乎其中㉒。鴻鷫鵠鴇㉓，駕鵝㉔屬玉㉕，交精㉖旋目㉗，煩鶩㉘庸渠㉙，箴疵㉚鵁盧㉛，群浮乎其上。汎淫泛濫㉜，隨風澹淡㉝，與波搖蕩，奄㉞薄㉟水渚，唼喋㊱菁藻，咀嚼菱藕。

【章旨】本章描述上林苑水中水上之物。有蛟螭魚鼈潛藏水中，有明珠寶石累積晶瑩，有各種水鳥群浮水上，悠然啄食著菁藻菱藕。

【注釋】❶螭　龍一類的動物。有角的叫虯，無角的叫螭。❷䱭鰽　魚名。似鱔，長鼻軟骨，口在頷下。❸漸離　魚名。不詳其狀。❹鰅鰫鰬魠　皆魚名。鰅，皮上有紋，相傳出於朝鮮海內。鰫，似鰱魚，呈黑色。鰬，即大鮎魚。魠，一名黃頰魚，頰黃口大，能食小魚。❺禺禺　魚名。皮有毛，黃地黑文。❻魼　比目魚。❼鰨　魚名。有四足，聲如嬰兒。一說：魼鰨，比目魚一類魚名，是一物，不是二物。❽揵　揚起。❾掉　搖動。❿讙聲　指魚類聚食時的唼喋之聲。讙，譁。⓫明月　大珠。⓬珠子　指生於蚌胎內的小珠。⓭的皪　光彩照耀的樣子。⓮江靡　江湄；江邊。靡，通「湄」。⓯蜀石　次於玉的石。⓰黃碝　一種黃色的次於玉的石。⓱水玉　水晶石。⓲磊砢　玉石累積的樣子。⓳磷磷爛爛　玉石色澤燦爛的樣子。⓴澔汗　彩色輝映的樣子。㉑藂　古「叢」字。㉒其中　指水中。㉓鴻鷫鵠鴇　皆鳥名。鴻，大雁。鷫，即鷫鷞。雁屬，頭高而頸長，羽毛呈綠色。鵠，黃鵠。鴇，似雁而略大。又稱野雁。㉔鴐鵝　野鵝。㉕屬玉　鳥名。似鴨而大，長頸赤目，羽毛呈紫紺色，性善鬥。㉖交精　《史記》作「鵁鶄」。鳥名，大如鳧，高腳長喙，頭上有紅毛冠，羽毛呈翠綠色，俗名茭雞。㉗旋目　水鳥名。大於鷺而短尾，羽毛紅白色，目旁毛長而呈迴旋之狀。㉘煩鶩　似鴨而小。㉙庸渠　俗名水雞。似鳧而雞足，毛呈灰色。㉚箴疵　水鳥名。毛呈蒼黑色。㉛鵁盧　即鸕鷀。善於捕魚的水鳥。㉜汎淫泛濫　皆指鳥類在水上浮游的樣子。㉝澹淡　隨風飄浮的樣子。㉞奄　息。㉟薄　依；集。㊱唼喋　水鳥咬吃食物之聲。

【語譯】於是蛟龍、赤螭，䱭䲛、漸離，鰅、鰫、鰬、魠，禺禺、魼、鰨，揚起魚鰭，搖動尾巴，振起鱗片，奮起翅膀，潛居在水下深巖內。魚鼈喧嘩，萬物眾多。明月珠、珍珠，光彩照耀著江邊。蜀石、黃碝、水晶石，累積盈目。晶瑩璀璨，彩色輝映，叢積於水中。大雁、鷫鷞、黃鵠、鴇，野鵝、屬玉，交精、旋目，煩鶩、庸渠，箴疵、鸕鷀，成群浮游水上。悠然閒泛，隨風飄浮，任波搖蕩，牠們棲集在水渚之上，或啄食著菁藻，或咀嚼著菱藕。

於是乎崇山矗矗❶，巃嵸❷崔巍，深林巨木，嶄巖❸嵾嵳❹。九嵕❺巀嶭❻，南山❼峨峨❽，巖❾陁❿甗錡⓫，摧崣崛崎⓬。振溪⓭通谷⓮，蹇產⓯溝瀆⓰，谽呀⓱豁閜⓲，阜陵別隖⓳。崴磈嵔廆⓴，丘虛堀礨㉑。隱轔鬱壘㉒，登降㉓施靡㉔。陂池㉕貏豸㉖，沇溶淫鬻㉗，散渙夷陸㉘。亭㉙皋㉚千里，靡不㉛被築㉜。揜㉝以綠蕙㉞，被㉟以江離㊱，糅㊲以蘼蕪㊳，雜以留夷㊴。布㊵結縷㊶，攢㊷戾莎㊸，揭車㊹

衡㊺蘭㊻，槁本㊼射干㊽，茈薑㊾蘘荷㊿，葴持51若52蓀53，鮮支54黃礫55，蔣苧青薠56，布濩57閎澤58，延曼59太原60，離靡61廣衍62，應風披靡63。吐芳揚64烈65，郁郁菲菲66，眾香發越67，肸蠁68布寫69，晻薆咇茀70。

【章　旨】本章寫上林苑中山谿草木。先形容山勢之雄奇崔巍，然後涉筆到平原曠野之上，列舉了種種香草，描繪了眾草蔓生之狀和花草芳香濃烈遠播的情形。

【注　釋】❶矗矗　高起的樣子。王念孫說：「『矗矗』二字，後人所加也；『崇山巃嵸崔巍』六字連讀，後人加『矗矗』二字而以『崇山矗矗』為句，失之矣。」（《讀書雜志・四之十》）❷巃嵸　高峻的樣子。❸嶄巖　山險峻的樣子。❹嵾嵯　不齊的樣子。❺九嵕　山名。在陝西省醴泉縣東北。❻巀嶭　高峻的樣子。❼南山　即終南山。屬秦嶺山脈，橫亙八百餘里。此當指長安南面的終南山主峰。❽峨峨　高聳的樣子。❾巖　險峻的樣子。❿陁　傾斜。⓫甗錡　此形容山的形狀。甗，古代炊器。青銅或陶製，下部是鬲，上部是透底的甑，上下部之間隔一層有孔的箅。錡，三腳的釜。⓬摧崣崛崎　此寫山勢之高峻與山徑之崎嶇。摧崣，高峻的樣子。崛崎，即崎嶇。⓭振溪　此言山中有的地方是蓄水的山谿。振，收。溪，同「谿」。山邊低坳之地。⓮通谷　指山中有些地方是流水的山谷。通，流動。⓯蹇產　曲折的樣子。⓰溝瀆　溝渠。⓱谽呀　大而空的樣子。⓲豁閜　空虛的樣子。⓳阜陵別隝　此言阜陵居在水中，各別為島。阜，丘。陵，大阜。隝，島。⓴崴磈嵔廆　皆高峻的樣子。㉑丘虛堀礨　皆堆壟不平的樣子。㉒隱轔鬱壘　皆山不平的樣子。㉓登降　高低不平。㉔施靡　同「陁靡」。傾斜。此謂山勢漸趨於平坦。㉕陂池　傾斜的樣子。㉖貏豸　山勢漸平的樣子。㉗沇溶淫鬻　形容水流於谿谷之間的樣子。㉘散渙夷陸　此言山勢漸平，渙散而成為一片陸地。散渙，即渙散。夷陸，平野。㉙亭　平。㉚皋　水旁地。㉛靡不　無不。㉜被築　築地使之平。㉝揜　掩覆。㉞綠蕙　蕙草綠葉紫花，故名。㉟被　覆蓋。㊱江蘺　香草。㊲糅　間雜。㊳蘪蕪　香草名。㊴留夷　香草名。㊵布　分布。㊶結縷　草名。多年蔓生，莖細長，著地之處，皆生細根，如線相結，葉如茅。㊷攢　叢聚而生。㊸戾莎　綠色的莎草。戾，同「䓞」。深綠色。莎，草名。根可染紫色。㊹揭車　香草名。味辛，高數尺，黃葉白花。㊺衡　杜衡。㊻蘭　蘭草。㊼槁本　一年生草。莖葉有細毛，葉呈羽狀，夏開白花，根可入藥。㊽射

干　香草。根可入藥。㊾茈薑　紫薑。㊿蘘荷　葉似初生甘蔗，根似薑芽。51葴持　葴蘺。一名寒漿，又名酸漿草，花小而白，莖中心呈黃色，葉苦可食。持，「蘺」之假借字。52若　杜若。53蓀　香草名。54鮮支　香草名。一名燕支，可染紅色。55黃礫　黃藥。其莖高二三尺，柔而有節，似藤，葉大如拳，其根可擣而染黃色。礫，通「藥」。56蔣芧青薠　皆為草名。蔣，即菰蒲草。俗稱茭白。芧，即荊三棱。又稱三棱草。原文誤作「苧」，據《考異》改。57布濩　普遍布滿。58閎澤　大澤。閎，宏大。59延曼　蔓延。60太原　廣大的原野。61離靡　相連不絕的樣子。62廣衍　廣布。衍，分布。63披靡　隨風傾倒的樣子。64揚　散發。65烈　指酷烈的香氣。66郁郁菲菲　形容香氣濃烈四散。67發越　發散；發揚。68肸蠁　香氣四達而入人心。69布寫　猶言四布。70晻薆咇茀　形容香氣濃郁四溢的情形。

【語　譯】於是高山矗立，峻峭宏偉，幽深的森林裡遍布大樹，山勢高低不平，陡峻險阻。九嵕山聳峙，終南山巍峨，險峻傾斜，形狀如同甗錡一般，峰巒孤危，山徑崎嶇。有蓄水的山谿，也有流水的山谷，溝渠曲曲折折，谿谷大而空廓，丘陵在水中各自成島。峰巒高峻，堆壟不平；山勢高高低低的起伏著，終於傾斜地逐漸趨於平坦，水流淌於谿谷之間，高山渙散為一片平野。千里水邊之地，無不修整開拓。掩蔽著綠色蕙草，覆蓋著香草江離，間有蘼蕪，雜生留夷。結縷遍布，綠莎叢生，揭車、杜衡、蘭草，槁本、射干，紫薑、蘘荷，葴蘺、杜若、蓀草，鮮支、黃藥，菰蒲、三棱草、青薠，布滿於大澤之中，蔓延在廣大的原野之上，連綿不絕，廣泛生長，隨著風吹而倒偃。花草吐出芬芳，香氣十分濃烈，馨風四方播散，處處沁人心脾，芳香久盛不衰。

於是乎周覽泛觀，縝紛軋芴❶，芒芒怳忽❷。視之無端，察之無涯，日出東沼，入乎西陂❸。其南則隆冬❹生長❺，踴水❻躍波。其獸則㺎旄貘犛❼，沈牛麈麋❽，赤首圜題❾，窮奇❿象犀⓫。其北則盛夏含凍裂地，涉冰揭河⓬。其獸則麒麟角端⓭，騊駼⓮橐駝⓯，蛩蛩⓰驒騱⓱，駃騠⓲驢驘⓳。

【章　旨】此章運用誇張的筆法竭力形容上林苑的廣大：日出日落於其中，北端終年冰凍，南端四季草木生長。還詳述南北出產之獸，為下文寫田獵作準備。

【注　釋】❶縝紛軋芴　景物眾多，不可分辨。縝紛，眾多繁盛的樣子。軋芴，不可分別的樣子。❷芒芒怳忽　形容眼花繚亂的樣子。❸日出東沼二句　此誇稱上林苑面積廣大，太陽彷彿出入於其兩端。東沼，上林苑東邊的池沼。西陂，指上林苑西邊的池沼。❹隆冬　嚴冬。❺生長　指植物生長。❻踴水　與「躍波」同義。指波濤起伏不停。❼㺎旄貘犛　皆獸名。㺎，《史記》作「犝」。牛類，一名封牛，頸上有肉堆，有力而善走。旄，即旄牛。四肢有毛，體上之毛雜黑白二色。貘，似熊。毛呈黃黑色，亦有白色者，齒銳利，據云能食銅鐵。犛，犛牛。似旄牛而小，毛為黑色。❽沈牛麈麋　皆為獸名。沈牛，即水牛。因能沈沒水中，故名。麈，似鹿而尾大，頭生一角。麋，似鹿而大。❾赤首圜題　皆南獸名。以獸形的一部分特徵得名。圜，通「圓」。題，額。一說：題為踶（即蹄字）字之誤。❿窮奇　怪獸名。據說狀如牛而蝟毛，其聲如狗嗥，能食人。⓫犀　犀牛。體粗大，吻上有一角或二角。⓬涉冰揭河　要涉過結冰的河要褰衣而渡。這是誇張形容上林苑之廣大，苑中北面在極寒之地，雖盛夏也結冰。涉，渡。揭，褰衣。⓭角端　獸名。牛類，其角生在頭頂的正中，故名「端」，角可製弓。⓮騊駼　獸名。形似馬。⓯橐駝　即駱駝。⓰蛩蛩　青色的獸。狀如馬，善於奔走。⓱驒騱　野馬之一種。毛呈青黑色，上有白鱗，花紋似鼉魚。⓲駃騠　善於奔走的馬。⓳驘　同「騾」。驢、馬雜配所生。

【語　譯】於是周覽泛觀，景物紛繁難以分辨，恍恍惚惚眼花撩亂，遠望沒有盡頭，細察不見涯際，朝日從苑東池沼中升起，夕陽落於西邊池塘。苑的南端即使嚴冬依舊草木茂盛，水波翻湧。野獸則有㺎、旄、貘、犛，水牛、麈、麋，赤首、圓題，窮奇、象、犀。苑的北端即使盛夏依舊冰凍裂地，要褰衣才能渡過結冰河流。獸類則有麒麟、角端，騊駼、駱駝，蛩蛩、驒騱，駃騠、驢、騾。

於是乎離宮別館❶，彌山跨谷❷。高廊❸四注❹，重坐❺曲閣❻。華榱❼璧璫❽，輦道❾纚屬❿。步櫩⓫周流⓬，長途中宿⓭。夷嵕築堂⓮，累臺⓯增成⓰，巖窔⓱洞房⓲。頫杳眇而無見⓳，仰𣌾⓴橑㉑而捫㉒天。奔星㉓更㉔於閨闥㉕，宛虹㉖拕㉗於楯㉘軒㉙。青龍蚴蟉於東箱，象輿婉僤於西清㉚。靈圄㉛燕㉜於閒館㉝，偓佺㉞之倫，暴㉟於南榮㊱。醴泉湧於清室，通川過於中庭㊲。盤石㊳振崖㊴，嶔巖倚傾，嵯峨嶕嶪，刻削崢嶸㊵。玫瑰碧琳㊶，珊瑚叢生。瑉玉㊷旁唐㊸，玢豳㊹文鱗㊺。赤瑕駁犖，雜臿其閒㊻，晁采㊼琬琰㊽，和氏㊾出焉。

【章　旨】本章先描寫苑中離宮別館的宏大高聳，壯觀華麗，就連天上神仙也要到此居住。繼而描述水涯岩石中所產美玉。

【注　釋】❶離宮別館　皇帝正式宮殿之外的宮館。❷跨谷　此言谿谷低處，以飛橋之類的工具承拄而跨越，形狀好像邁步跨過。❸高廊　即重廊。重疊的廊屋。廊，堂下四周之室。❹四注　四周相連屬。❺重坐　猶言重室。指兩層的樓房。❻曲閣　曲折相連的閣樓。❼華榱　雕繪花紋的屋椽。❽璧璫　用玉嵌飾瓦當。璫，瓦當。宮殿屋頂所用的筒瓦的前端。❾輦道　可以乘輦而行的閣道（宮苑中架木通車的道路）。❿纚屬　連屬。⓫步櫩　即長廊。櫩，古「檐」字。⓬周流　周遍流行。言樓閣多數都有。⓭長途中宿　形容走廊很長，不易走完，中途需要停宿。⓮夷嵕築堂　削平高山，於其上築堂。夷，平。嵕，高的山。⓯累臺　重疊臺閣。⓰增成　形容臺閣重重。增，重疊的意思。成，一重叫一成。⓱巖窔　幽深的樣子。⓲洞房　深邃的殿室。洞，有幽深的意思。⓳頫杳眇而無見　此言俯視則杳眇不見地。頫，古「俯」字。杳眇，深邃的樣子。⓴𣌾　古「攀」字。㉑橑　屋椽。㉒捫　用手摸。㉓奔星　流星。㉔更　經歷。㉕閨闥　宮中小門。㉖宛虹　彎曲的虹。㉗拕　同「拖」。越過。㉘楯　欄檻。㉙軒　窗。㉚青龍蚴蟉於東箱二句　皆言神仙所乘的輿輦。青龍，指為神仙駕車的馬。蚴蟉，曲折而行的樣子。箱，通「廂」。正殿兩旁的廂房。原本誤作葙，據《考異》改。象輿，用象駕著的車輿。婉僤，猶蜿蜒。形容迴轉的樣子。西清，西廂清淨之處。㉛靈圄　眾仙的稱號。㉜燕　閒居。㉝閒館　清閒的館舍。㉞偓佺　仙人名。相傳食松子，體生毛數寸，方眼，善走。㉟暴　同「曝」。曬太陽。㊱南榮　指南簷下。榮，屋簷兩頭翹起的部分。㊲醴泉湧於清室二句　言醴泉從室中湧出，通流而為川。醴泉，甘泉。清室，淨室。通川，川流不息的水。㊳盤石　磐石。即大石。盤，《漢書》作「磐」。㊴振崖　指用石頭把水涯修砌整齊。振，應依《史記》、《漢書》作「裖」。崖，指水涯。㊵嶔巖倚傾三句　形容修砌水涯之石。嶔巖，深險的樣子。倚傾，傾斜。嵯峨，高大的樣子。嶕嶢，形容石勢高大險峻的樣子。刻削，指山石形狀奇特，如經刻削。崢嶸，高峻的樣子。㊶玫瑰碧琳　皆玉名。玫瑰，美玉。碧，青綠色的玉。琳，青碧色的玉。㊷瑉玉　美石寶玉。瑉，似玉的美石。㊸旁唐　一種文石。㊹玢豳　有紋理的樣子。㊺文鱗　言紋理如魚鱗般細緻有次序。㊻赤瑕駁犖二句　赤玉夾雜在崖石之中，文采斑駁。赤瑕，赤玉。駁犖，色彩斑駁。雜臿，錯綜夾雜。臿，插。㊼晁采　美玉名。晁，同「鼂」。古「朝」字。傳說此玉每晨有白虹之氣，光采上騰，故名。㊽琬琰　大的玉璧。㊾和氏　指春秋時楚人卞和所得的玉璧。

【語譯】於是離宮別館，遍山跨谷。重疊的廊屋，四周環繞；兩層的樓房，曲折相連的亭閣。雕繪花紋的屋椽，嵌玉的瓦當；可乘輦而行的閣道，在空中蜿蜒連屬。長廊到處鋪設，因為路長，步行時中途要停宿。削平山頭，構築殿堂；臺閣層層，房室幽深。從上俯視則杳眇不見地，仰而攀附屋椽就能摸到天。流星劃過宮中的小門，彎曲的虹越過樓閣的欄檻軒窗。為神仙拉車的青龍，踟躕在東邊的廂房；象拉的車輿，迴轉於西廂清淨之處。靈圄眾仙悠然居住在清閒的館舍，偓佺一類的仙人在南簷下曬太陽。甘泉湧於淨室之中，形成不息的河流通過中庭。大石修砌著水涯，低處敧斜傾側，高處嵯峨險峻，奇特的山石如經刻削。玫瑰、碧、琳，珊瑚寶樹，叢聚而生。瑉、玉、旁唐，紋理如同魚鱗一般。赤玉色彩斑駁，錯綜夾雜在崖石之中。美玉晁采、大玉璧琬琰，和氏之璧，都在這裡出產。

於是乎盧橘❶夏熟，黃甘❷橙楱❸，枇杷橪❹柿，亭❺奈❻厚朴❼，梬棗❽楊梅，櫻桃蒲陶❾，隱夫❿薁棣⓫，荅遝⓬離支⓭，羅乎後宮，列乎北園，貤⓮丘陵，下平原。揚⓯翠葉，扤⓰紫莖，發紅華，垂朱榮⓱，煌煌扈扈⓲，照曜鉅野⓳。沙棠櫟櫧⓴，華楓枰櫨㉑，留落㉒胥邪㉓，仁頻并閭㉔，欃檀木蘭㉕，豫章女貞㉖，長千仞，大連抱㉗，夸㉘條㉙直暢㉚，實葉葰楙㉛，攢立㉜叢倚㉝，連卷欐佹㉞，崔錯㉟癹骫㊱，坑衡㊲閜砢㊳。垂條扶疏㊴，落英㊵幡纚㊶，紛溶㊷箾蔘㊸，猗狔從風㊹，藰莅㊺芔歙㊻，蓋象㊼金石㊽之聲，管籥㊾之音。偨池茈虒㊿，旋還乎後宮(51)，雜襲絫輯(52)，被山(53)緣谷(54)，循阪下隰(55)，視之無端(56)，究之無窮(57)。

【章旨】本章描述上林苑中的果樹和其他樹木，先列舉其名，後形容其枝幹葉花及風中的姿態和聲音。

【注釋】❶盧橘　橘之一種。每年秋天結實，至次年二月漸青黑，至夏始熟，成熟後，實即變黑，故名。盧，黑色。❷黃甘　即黃柑。橘類水果。❸楱　小橘。❹橪　果樹名。即酸小棗。❺亭　一作「楟」。即棠梨，俗名海棠果。❻柰　果名。與蘋果為一類。❼厚朴　木名。因其樹皮甚厚，一名重皮，葉四季不凋，紅花而青實，其實甘美可食，樹皮可入藥。❽梬棗　羊棗。❾蒲陶　即葡萄。❿隱夫　木名。其形不詳。⓫薁棣　即郁李。果實呈紫赤色，味酸。薁，同「郁」。⓬荅遝　《說文》作「榙㯓」。木名，果似李。⓭離支　即荔枝。⓮貤　通「迆」。連延。指果樹綿延而生。⓯揚　擺動。⓰扤　搖動。⓱發紅華二句　此言草本和木本的植物都開著紅色的花朵。華，同「花」。榮，花。《爾雅・釋草》：「木謂之榮，草謂之華。」⓲煌煌扈扈　光采盛的樣子。⓳鉅野　廣大的原野。⓴沙棠櫟櫧　皆木名。沙棠，果樹名。形似棠，黃花赤實，其實味似李，無核。櫟，其實名叫橡實。櫧，葉冬不落，其實似橡實而小。㉑華楓枰櫨　皆木名。華，即樺。其皮厚而輕虛柔軟，可用以襯靴裡。枰，一名平仲木。即銀杏樹。櫨，一名黃櫨。落葉喬木，實扁圓而小，可採蠟。㉒留落　即劉杙。其實如梨，味酸甜而核堅。一說：即石榴。㉓胥邪　即椰子樹。㉔仁頻并閭　皆木名。仁頻，即檳榔樹。并閭，棕樹。㉕欃檀木

蘭　皆木名。欃檀，檀木之別種，無香氣。木蘭，又名杜蘭、林蘭。狀如楠樹，質似柏而微疏，可造船，皮辛香似桂，厚者似厚朴，葉大，晚春先葉開花，皮與花皆可入藥。㉖豫章女貞　皆木名。豫章，樟樹。常綠喬木。女貞，即冬青樹。冬夏長青不凋，若女子堅守貞操，故名。㉗大連抱　指樹幹粗大，要幾個人才能抱得過來。㉘夸　「荂」字的省文。即華。俗作「花」。㉙條　指枝條。㉚直暢　謂樹木的花朵和枝條都長得非常開展舒暢。㉛實葉葰楙　果實和葉子都長得非常碩大茂盛。葰，大。楙，古「茂」字。㉜攢立　言樹木聚立在一起。㉝叢倚　言樹木叢簇地相倚。㉞連卷欐佹　此指樹枝交叉著生長又從旁斜出。連卷，同「連蜷」。屈曲。指枝柯蜷曲著生長。欐，同「麗」。附著。佹，相背。㉟崔錯　交雜。㊱𤼣骫　盤紆糾結的樣子。㊲坑衡　言樹之枝幹爭相滋長，高舉而橫出。坑，「抗」的假借字。㊳閜砢　互相扶持。形容枝幹之狀。㊴扶疏　枝條四布之狀。㊵落英　落花。㊶幡纚　飛揚的樣子。㊷紛溶　枝幹竦擢的樣子。一說：繁大的樣子。㊸萷蔘　通「蕭森」。高長的樣子。㊹猗狔從風　形容樹木枝條隨風搖曳的樣子。猗狔，同「旖旎」。婀娜。㊺藰莅　風吹樹木時所發出的淒清之聲。㊻芔歙　猶呼吸。此指風聲迅疾。芔，應作「𣎴」，同「欻」。㊼象　類似。㊽金石　指鐘磬。㊾籥　管樂器。有三孔。㊿偨池茈虒　此言樹木之高下參差。偨池，同「差池」。參差不齊。茈虒，音義同「差池」。51旋還乎後宮　此言樹木環繞後宮而生。旋還，環繞。52雜襲絫輯　此言樹木重疊累積，眾盛之狀。雜襲，相因。絫輯，積累。絫，古「纍」字。53被山　滿山覆蓋。54緣谷　沿著山谷。55循阪下隰　順著山坡直至低溼之地。56無端　無邊。57究之無窮　加以查究，則林海無窮無盡。

【語　譯】於是夏天成熟的盧橘，還有黃柑、橙、榛，枇杷、酸棗、柿，棠梨、奈、厚朴，梬棗、楊梅，櫻桃、葡萄，隱夫、郁李，荅遝、荔枝，羅植於後宮，排列在北園，上至丘陵，下至平原，皆綿延不絕。它們或招搖翠葉，或擺動紫莖；紅花開放，朱葩低垂，繽紛的色彩，照耀著廣大的原野。沙棠、櫟、櫧，樺、楓、銀杏、黃櫨，留落、椰子，檳榔、棕樹，欃檀、木蘭，樟樹、冬青，皆有千仞之高，幾人合抱之粗，花朵枝條自由舒展，果實葉子碩大茂盛。枝幹有的聚立簇倚，有的屈曲生長，有的相交叉又相背戾，有的交雜盤紆在一起，有的高舉抗衡。枝條四布，落花飛揚，蕭森竦擢，隨風搖曳，在迅疾的風中，樹木發出淒清的聲音，有些類似鐘磬之聲，又像管籥的樂音。樹木高矮參差，環繞後宮，重重疊疊，覆滿了岡巒山谷，順著山坡直長至低溼之地，可說是一望無際，數說不完啊！

於是乎玄猨❶素雌❷，蜼❸玃❹飛蠝❺，蛭❻蜩❼蠼猱❽，獑胡❾豰❿蛫⓫，棲息乎其間，長嘯哀鳴，翩幡⓬互經⓭。夭蟜⓮枝格⓯，偃蹇⓰杪顛⓱。隃絕梁⓲，騰⓳殊榛⓴，捷垂條㉑，掉希閒㉒。牢落陸離㉓，爛漫遠遷㉔。若此者數百千處，娛㉕遊往來宮宿館舍㉖，庖廚不徙，後宮不移，百官備具㉗。

【章　旨】本章寫苑中猿類動物，形容其各種動態。最後小結說明苑中可供天子嬉遊之所極多，隨處供應充分。

【注　釋】❶玄猨　黑色的雄猿。猨，同「猿」。❷素雌　白色的雌猿。❸蜼　形同母猴，昂鼻長尾。❹玃　母猴。❺飛蠝　一名鼯鼠。形似鼠，能飛，毛紫赤色。蠝，原作「⿱畾虫」，據《考異》改。❻蛭　一種能飛的獸。身有四翼，見《山海經》。❼蜩　當作「⿰犭周」。獸名，大如驢，狀如猴，善於爬樹，見《神異經》。❽蠼猱　應作「玃猱」。獼猴。❾獑胡　獸名。形似猿而足短，善騰躍。❿豰　即白狐子。似鼬而大，以獼猴為食物。⓫蛫　形似龜，白身赤首。一說：是猿一類動物。⓬翩幡　指猿類身體矯捷靈巧。⓭互經　交互地來來去去。⓮夭蟜　獼猴在樹上懸掛的動作。⓯枝格　樹的枝柯。⓰偃蹇　獼猴在樹上蹲和臥的動作。⓱杪顛　樹梢頭。⓲隃絕梁　言超渡無梁之水。隃，同「踰」。越過。絕梁，猶言斷橋。⓳騰　騰躍而過。⓴殊榛　奇異的叢林。榛，叢生之林。㉑捷垂條　接持懸垂的枝條。捷，通「接」。㉒掉希閒　投身於枝條稀疏有空隙的地方。掉，《史記》及五臣注本作「踔」。以身投擲於空中。希，疏；不密。閒，空隙。㉓牢落陸離　此言猿類彼此分散，景象遼落。牢落，猶言遼落。陸離，參差。㉔爛漫遠遷　群聚奔騰遠走的樣子。㉕娛　「娭」之誤字。娭，「嬉」之正寫，《史記》即作「嬉」。指嬉戲。㉖宮宿館舍　即宿宮舍館。指天子宿於宮而舍於館。㉗庖廚不徙三句　此言每處離宮別館，都有侍奉天子的人，天子經行各處，庖廚後宮之人不必跟著遷徙。徙，遷徙。後宮，指後宮的嬪妃侍妾。

【語　譯】於是黑色雄猿、白色雌猿，蜼、玃、飛鼯，蛭、⿰犭周、玃猱，獑胡、豰、蛫，棲息在林間，有的長嘯，有的哀鳴，矯捷靈巧地來來去去。或懸垂枝柯，或蹲臥樹梢。飛越過無橋之水，騰躍過奇異的叢林，接持下垂的枝條，投身於枝葉稀疏的空隙。忽而遼落分散，忽而群聚奔騰遠走。像這樣的景色有數百上千處，天子嬉遊往來，宿於離宮別館之中，庖廚不用遷徙，後宮之人不用跟著走，每到一處樣樣皆備，百官皆具。

於是乎背秋涉冬❶，天子校獵❷。乘鏤象❸，六玉虯❹；拖❺蜺旌❻，靡❼雲旗❽；前皮軒❾，後道遊❿。孫叔⓫奉轡⓬，衛公⓭參乘⓮，扈從⓯橫行⓰，出乎四校之中⓱，鼓嚴簿⓲，縱獵者。河江為阹，泰山為櫓⓳，車騎靁起⓴，殷天㉑動地，先後陸離㉒，離散別追㉓，淫淫裔裔㉔，緣陵流澤㉕，雲布雨施㉖。生㉗貔㉘豹，搏豺狼，手㉙熊羆㉚，足㉛壄羊㉜；蒙㉝鶡蘇㉞，絝㉟白虎㊱；被㊲班文㊳，跨㊴壄馬㊵。凌㊶三嵕㊷之危，下磧歷㊸之坻㊹；徑峻赴險，越壑厲水㊺。椎㊻蜚廉㊼，弄㊽獬豸㊾；格㊿蝦蛤(51)，鋋(52)猛氏(53)；羂(54)騕褭(55)，射封豕(56)。箭不苟害(57)，解(58)脰(59)陷腦；弓不虛發，應聲而倒。

【章旨】本章寫漢天子（武帝）檢閱部曲將帥校獵的情景。先寫天子出獵時的車輿儀仗。接著描寫將士們的穿著和他們格殺野獸時的種種武勇姿態。

【注釋】❶背秋涉冬　自秋至冬的意思。背，去。涉，入。❷校獵　設置木柵，圈圍野獸而獵取之。❸鏤象　以象牙鑲鏤著車輅的車。❹六玉虯　指駕著六匹馬。玉虯，用玉裝飾鑣勒的馬。虯，同「虬」。龍屬動物，此用以代駿馬。❺拖　曳。❻蜺旌　旗上綴有五采羽毛和絲縷，有似虹蜺之氣，故名。❼靡　揮動。❽雲旗　畫熊虎於旗旒，狀似雲氣，故名。❾皮軒　蒙虎皮為飾的車。❿後道遊　在皮軒後隨著道車、遊車。古時天子出行，在乘輿之前有道車五輛，遊車九輛。⓫孫叔指漢武帝時的太僕公孫賀。一說：指古之善御者孫陽。⑫奉轡　指駕車。奉，同「捧」。⑬衛公　指漢武帝時大將軍衛青。一說：指古之善御者衛莊公。⑭參乘　在車右陪乘的人。參，通「驂」。⑮扈從　指天子的侍衛。⑯橫行　指扈從之徒衛護著天子從部曲前面橫著過去，如今檢閱之狀。⑰出乎四校之中　是說天子進入獵場。校，闌校。圈圍禽獸的木柵。⑱鼓嚴簿　擊鼓於森嚴的鹵簿之中。簿，鹵簿。天子出行時的儀仗侍衛隊伍。⑲河江為阹二句　是說以江、河為圍陣，以泰山為望樓。形容天子田獵所至地域的廣遠。阹，打獵的人用以遮獲禽獸所圍的陣。櫓，瞭望樓。⑳車騎靁起　此言車騎之聲如雷霆大作。靁，古「雷」字。㉑殷天　震天。㉒先後陸離　言車騎卒徒或先或後而分散了。㉓別追　分別追逐禽獸。㉔淫淫裔裔　行進的樣子。㉕緣陵流澤　言車騎卒徒沿著山陵，順著川澤行進。㉖雲布雨施　形容車騎士卒眾多，遍布陵澤，如雲布天空，雨降地面。㉗生　指生擒活捉。㉘貔　豹類猛獸。㉙手　用手擊殺。㉚羆　熊類猛獸。毛色黃白。㉛足　指用腳踐踏而獲之。㉜壄羊　野羊。或謂是羚羊，或謂是羱羊。壄，同「野」。㉝蒙　戴的意思。㉞鶡蘇　指用鶡尾裝飾著的帽子。鶡，鳥名。形似雉，性猛，鬥死不卻。蘇，尾。案：漢代武冠有的加雙鶡尾，五官、左右虎賁、羽林中郎將、羽林左右監皆冠鶡冠。㉟絝　古「袴」字。此作動詞用。作穿袴解。㊱白虎　指袴上有白虎圖案。漢虎賁將著虎文袴。㊲被　穿著。㊳班文　虎豹類猛獸之皮。㊴跨　乘；騎。㊵壄馬　野馬。喻駿捷之馬。㊶淩　上；登。㊷三嵕　猶言三重、三疊。形容山勢高峻。㊸磧歷　不平的樣子。㊹坻　山坡。㊺厲水　涉水而渡。㊻椎　擊殺。㊼蜚廉　龍雀。鳥身鹿頭。㊽弄　用手擺布。㊾獬豸　獸名。似鹿而一角，相傳此獸能辨人曲直善惡，見不直之惡人，則用角觸之。㊿格　搏擊而殺之。51蝦蛤　猛獸名。52鋋　鐵柄短矛。此作動詞用。指用短矛刺殺猛獸。53猛氏　獸名。產於蜀中，狀如熊而小，毛淺有光澤。54羂　用網羅繫捕禽獸。55騕褭　神馬名。相傳赤毛金嘴，一日能行萬里。56封豕　大豬。57箭不苟害　是說箭之所射，必中要害，不是射到其他無關緊要之處。苟，任意。害，傷。58解　分；破。59脰　頸項。

【語　譯】時序由秋轉冬，天子親自參加圍獵。乘上象牙鑲鏤的車輿，駕著六匹用玉裝飾的駿馬。搖動著綴有五彩羽毛宛似虹蜺的旌旗，揮舞著畫有熊虎狀如雲氣的旗幡。最前頭是蒙著虎皮的車子，其後是導車。天子乘輿則由公孫賀捧轡，由衛青陪乘。侍衛護著天子從部曲前橫掠而過，進入四面圍著木柵的獵場。在森嚴的儀仗侍衛隊伍中擊起戰鼓，縱使獵手們勇猛出擊。把江、河作為獵場圍陣的一部分，以泰山作為瞭望樓。車騎之聲如雷霆大作，震天動地，將士們或先或後逐漸地分散，分別追逐著禽獸，絡繹不絕；沿著山陵，順著川澤行進，如雲布天空，雨降地面。生擒貔豹，手搏豺狼，擊殺熊羆，足踏羚羊。他們頭戴插有鶡尾的武冠，穿著白虎文袴，身披虎豹猛獸的皮，騎著驃悍駿捷的馬。衝上重疊的高山，馳下崎嶇的陡坡。直趨峻嶺，徑赴深險，越過深谷，涉過急水。擊死蜚廉，擺弄獬豸，搏殺蝦蛤，矛刺猛氏，網捕騕褭，矢射大豬。箭不隨意亂中，要射必擊破其頸項頭腦；弓不空發，獵物必應弦而倒。

於是乘輿弭節[1]徘徊，翱翔[2]往來，睨[3]部曲[4]之進退，覽將帥之變態。然後侵淫促節，儵敻遠去[5]。流離[6]輕禽[7]，蹴履[8]狡獸[9]；轊[10]白鹿，捷[11]狡兔；軼赤電，遺光耀[12]；追怪物[13]，出宇宙[14]；彎[15]蕃弱[16]，滿[17]白羽[18]；射游梟[19]，櫟[20]蜚遽[21]。擇肉[22]而後[23]發，先中而命處[24]；弦矢分，藝殪仆[25]。然後揚節[26]而上浮[27]，凌驚風，歷駭猋[28]，乘[29]虛無[30]，與神俱[31]。躪[32]玄鶴[33]，亂[34]昆雞[35]；遒[36]孔鸞[37]，促鵔鸃[38]；拂[39]翳鳥[40]，捎[41]鳳凰；捷[42]鵷鶵[43]，揜[44]焦明[45]。道盡途殫，迴車而還；消搖[46]乎襄羊[47]，降集[48]乎北紘[49]；率乎直指[50]，晻[51]乎反鄉[52]。蹶[53]石闕[54]，歷封巒，過鳷鵲，望露寒，下[55]棠梨[56]，息宜春[57]。西馳宣曲[58]，濯鷁[59]牛首[60]登龍臺[61]，掩[62]細柳[63]。觀士大夫之勤[64]略[65]，均[66]獵者之所得獲，徒[67]車之所轥[68]轢[69]，步騎[70]之所蹂若[71]，人臣之所蹈藉[72]，與其[73]窮極[74]倦谻[75]，驚憚[76]讋伏[77]，不被創刃[78]而死者，他他籍籍[79]，填阬滿谷，揜平[80]彌澤[81]。

【章　旨】本章寫天子親自射獵的情景及校獵的結束。天子先在地上追殺野獸，顯示了精妙的箭術、然後又升天獵取飛禽。最後降回地面，遊覽宮觀，檢閱將士校獵的豐碩收獲。

【注　釋】❶弭節　猶按節。緩行。弭，止。節，馬鞭。❷翱翔　此謂自由自在地遨遊。❸睨　視。❹部曲　指士卒的行伍。❺侵淫促節二句　是寫天子親自疾驅車馬射獵於苑中。侵淫，漸進。促節，由徐而疾。儵夐，倏忽。儵，通「倏」。❻流離　困苦之。意指用網掩捕，使之困苦難逃。一說：即放散、衝散的意思。❼輕禽　輕捷的飛禽。❽蹴履　踐踏。❾狡獸　奔跑很快的獸類。❿轊　同「軎」。套在車軸末端的金屬製的圓筒狀物。此作動詞用。指用車軸頭衝殺。⓫捷　疾取。⓬軼赤電二句　形容乘輿奔馳迅疾，超越電光。軼，超過。赤電，赤色的電光。遺，指拋在後面。⓭怪物　指下文的「遊梟」、「蜚遽」。⓮出宇宙　謂追蹤之遠，竟超出宇宙之外。天地四方為宇，古往今來為宙。此所言宇宙，僅指空間而言。⓯彎　牽引；拉開。⓰蕃弱　古代夏后氏良弓名。蕃，《史記》作「繁」。⓱滿　拉弓直至箭頭。⓲白羽　以白羽為裝飾的箭。⓳梟　梟羊。似人，長臂，反踵披髮，食人。一說：即狒狒。⓴櫟　擊。㉑蜚遽　相傳為鹿頭龍身的神獸。遽，《史記》作「虡」。㉒擇肉　指選擇禽獸身上可射的地方。一說：擇其肥者而射之。㉓後　原本作「后」，據《漢書》改。㉔先中而命處　每射則先言其將射之處，然後依言而中之。命，指明之意。㉕弦矢分二句　意謂箭一離開弦，禽獸就被射中而倒斃。藝，應作「槷」，古「臬」字。指射的，即箭靶子。此指被射的禽獸。殪，一發箭即死。仆，倒斃。㉖揚節　揚起馬鞭。一說，節指旌節。㉗上浮　指上遊於天空。㉘淩驚風二句　言車行極速，乘風遠逝。淩，乘；冒著。驚風，指驟急的風。歷，經。駭猋，即驚風。猋，從下而上的疾風。㉙乘　駕；升。㉚虛無　指天空。㉛與神俱　與天神同在一起。㉜躪　蹂躪；踐踏。㉝玄鶴　黑鶴。㉞亂　擾亂。指亂其行列。㉟昆雞　即鵾雞。形似鶴，黃白色。㊱遒　與下句「促」字，皆逼迫而掩捕之的意思。㊲孔鸞　孔雀與鸞鳥。㊳鵔鸃　雉一類的鳥。羽毛呈五彩。㊴拂　擊。㊵鷖鳥　鳥名。羽毛呈五彩。㊶捎　「箾」的假借字。以竿擊打。㊷捷　獲。㊸鵷鶵　鳳凰一類的鳥。㊹揜　捕捉。㊺焦明　南方鳥名。形似鳳。㊻消搖　同「逍遙」。㊼襄羊　倘佯。㊽降集　自空而還為降，停留為集。㊾北紘　指苑中極北之地。《淮南子・墜形》：「九州之外曰八澤，八澤之外，乃有八紘。北方之紘曰委羽。」㊿率乎直指　率然一直前去。(51)晻　同「奄」。迅疾的樣子。(52)鄉　同「向」。(53)蹶　踏。這裡是涉歷登覽的意思。(54)石闕　與下文封巒、鳷鵲、露寒皆觀名。均在甘泉宮（在陝西省淳化縣西北甘泉山上）外，漢武帝建元年間所建。《考異》說，「闕」當作「關」。(55)下　止息。(56)棠梨　宮名。在甘泉宮東南。(57)宜春宮名。在長安南，近曲江池。(58)宣曲　宮名。在長安西，昆明池附近。(59)濯鷁　持櫂行船。濯，通「櫂」。鷁，指船頭飾成鷁首的遊船。(60)牛首　池名。在上林苑西頭。(61)龍臺　觀名。在陝西省鄠縣東北，豐水西北，靠近渭水。(62)掩　休息。(63)細柳　觀名。在長安縣西南，昆明池的南面。(64)勤　辛勤。(65)略　智略。一說：作獲得解。(66)均　《史記》、《漢書》及五臣注本作「鈞」。調較量其多少。(67)徒　車前步行的士兵。(68)轥　以車輛蹂躪。(69)轢　輾軋。(70)步騎　指步兵騎士。步，《史記》作「乘」。(71)蹂若　踐踏。(72)蹈藉　踐踏。藉，原本作「籍」，據《漢書》及五臣注本改。(73)與其　和那些。(74)窮極　走投無路。(75)倦谻　疲憊不堪。(76)驚憚　驚恐。(77)讋伏　因恐懼而匍匐不動。(78)不被創刃　指沒有受到兵刃的傷害。(79)他他籍籍　形容禽獸屍體眾多交橫地面的樣子。(80)掩平　掩蔽了廣闊的平原。(81)彌澤　填滿了大澤。

【語　譯】於是天子按節緩行，自在地往來，觀看士卒行伍的進退，飽覽將帥在校獵中不同的姿態。然後乘輿漸漸地由徐而疾，倏忽之間馳向遠方。網捕輕捷的飛禽，踐踏奔跑迅速的野獸；用軸頭衝殺白鹿，疾取奔逃的狡兔；超過赤色的電光，將其拋在腦後；追逐怪物，竟越出宇宙之外；拉滿良弓蕃弱，搭上白羽勁箭；射中披髮似人的游梟，擊倒鹿頭龍身的蜚遽。選擇禽獸身上可射的地方而後發箭，命中的正是事先指明之處；箭一離開弦，禽獸就被射中倒斃。然後天子揚鞭駕車上遊於天穹，乘著疾風，隨著狂飆，升上虛空，與天神同處。蹂躪黑鶴，擾亂鵾雞；慢慢逼近了才掩捕孔雀和鸞鳥，逐漸靠近了就逮捉鵕鸃；拂擊翳鳥，竿打鳳凰；獲取鵷鶵，生擒焦明。行到天路的盡頭，方才迴車而還；逍遙自在地徜徉，降落在上林苑的北端；率然一直前去，迅疾地順著來時的方向返回。登覽石闕觀，涉歷封巒觀，經過鳷鵲觀，眺望露寒觀，止息棠梨宮，休憩宜春宮。向西直馳到宣曲宮，乘上鷁首舟浮游在牛首池上，登上龍臺觀，在細柳觀中休息。觀看士大夫辛勤的收穫，衡量獵者所獵取的，兵車徒卒所輾軋死的，步兵騎士所蹂躪死的，各種隨從人員所踐踏死的，還有那些走投無路，疲憊不堪，因恐懼而匍匐不動，未被兵刃所傷就死去的禽獸。一時只見屍身縱橫狼藉，填坑滿谷，掩蔽了廣闊的平原，填滿了大澤。

於是乎遊戲懈怠❶，置酒乎顥天之臺❷，張樂❸乎膠葛❹之寓❺；撞千石❻之鍾，立萬石❼之虡❽；建翠華❾之旗，樹❿靈鼉之鼓⓫。奏陶唐氏之舞⓬，聽葛天氏之歌⓭；千人唱，萬人和；山陵為之震動，川谷為之蕩波。巴渝⓮、宋、蔡⓯，淮南⓰〈干遮〉⓱，文成顛歌⓲，族居⓳遞奏⓴，金鼓迭起㉑，鏗鎗㉒闛鞈㉓，洞心㉔駭耳㉕。荊、吳、鄭、衛㉖之聲，〈韶〉㉗、〈濩〉㉘、〈武〉㉙、〈象〉㉚之樂，陰淫案衍㉛之音，鄢郢繽紛，〈激楚〉結風㉜，俳優㉝侏儒㉞，狄鞮㉟之倡㊱，所以娛耳目樂心意者，麗靡爛漫㊲於前。靡曼㊳美色㊴，若夫青琴㊵宓妃㊶之徒，絕殊㊷離俗㊸，妖冶㊹嫺都㊺，靚糚㊻刻飾㊼，便嬛㊽綽約㊾，柔橈㊿嫚嫚(51)，嫵媚(52)孅弱(53)，曳獨繭之褕紲(54)，眇(55)閻易(56)以卹削(57)，便姍嫳屑(58)，與俗殊服。芬芳漚鬱(59)，酷烈淑郁(60)；皓齒粲爛，宜笑(61)的皪(62)；長眉連娟(63)，微睇(64)綿藐(65)；色授魂與(66)，心愉(67)於側(68)。

【章旨】本章寫天子獵畢置酒張樂，享受聲色。前半章列舉各種樂舞歌曲的來歷和名稱，形容其動心悅耳；後半章描寫美女的容顏姿態，衣著裝扮，形容她們的豔麗動人。

【注釋】❶懈怠　倦怠。❷顥天之臺　指高臺。臺高上干顥天，故言。❸張樂　陳設音樂。❹膠葛　寥廓空曠。❺寓　古「宇」字。屋宇。❻千石　十二萬斤。每石一百二十斤。❼萬石　此言不止掛一個鐘，總記萬石。❽虡　掛鐘的木架。❾翠華　合聚翠羽裝飾的旗。❿樹　與「建」同義。⓫靈鼉之鼓　用鼉皮蒙的鼓。⓬陶唐氏之舞　唐堯時的舞樂，名咸池。⓭葛天氏之歌　《呂氏春秋·古樂》：「葛天氏之樂，三人操牛尾，投足以歌八闋。」葛天氏，古王者。⓮巴渝　舞名。產於蜀地之巴渝，其人剛勇好舞，漢高祖劉邦曾募取當地壯丁以平三秦，後使樂府習其舞，因名巴渝舞。⑮宋蔡　先秦時二國名。此指其地的音樂。⑯淮南　漢代王國名。此指其地的音樂。⑰干遮　樂曲名。干，《考異》說，當從《史記》、《漢書》作「于」。⑱文成顛歌　指文成和滇兩地的歌曲。文成，漢時遼西縣名。顛，即滇。漢時西南小國名，在今雲南省昆明市一帶。⑲族居　《史記》作「族舉」。即具舉。眾樂並奏之意。⑳遞奏　更奏。諸樂交替而奏。㉑迭起　與「遞奏」意思相近。㉒鏗鎗　即鏗鏘。象聲詞。指鐘聲。㉓闛鞈　象聲詞。指鼓聲。㉔洞心　指響徹內心。洞，徹。㉕駭耳　震耳。㉖荊吳鄭衛　均先秦時國名。此指原來這些國家所在的地區。㉗韶　虞舜之樂。㉘濩　商湯之樂。㉙武　即〈大武〉樂。周武王之樂。㉚象　周公之樂。㉛陰淫案衍　淫靡放縱之意。㉜鄢郢繽紛二句　謂楚歌、楚舞交雜並進。鄢、郢，均楚地名。此指兩地的舞。鄢，今湖北省宜城縣。郢，今湖北省江陵縣。繽紛，形容舞態錯綜複雜。激楚，楚地歌曲名。結風，猶急風。謂樂音迅促如急風。一說：急風是歌曲結尾之餘聲。㉝俳優　古代表演雜戲的藝人。㉞侏儒　短人。參加雜戲表演引人發笑的矮子。㉟狄鞮　古代西方種族名。㊱倡　古代唱歌、演奏音樂的女樂工。㊲麗靡爛漫　形容音樂美妙悅耳。㊳靡曼　形容女子細嫩潤澤的顏色。靡，細。曼，澤。㊴美色　女子美麗的容貌。㊵青琴　古神女名。㊶宓妃　洛水的女神。㊷絕殊　言與眾絕對不同。殊，異。㊸離俗　舉世無雙。㊹妖冶　美好。㊺嫻都　雅麗。㊻靚糚　以粉黛為妝飾。㊼刻飾　以膠刷鬢，使之整齊，有如刻畫一般。㊽便嬛　輕麗的樣子。㊾綽約　婉約；美好的樣子。㊿柔橈　柔曲。形容女子身材苗條，婀娜多姿。51嬽嬽　美好多姿之貌。原作「嫚嫚」，據《考異》改。52嫵媚　美而使人愉悅之意。53孅弱　指容體輕柔細弱。54曳獨繭之褕絏　言女子穿著長的襜褕，它的衣邊拖曳在地上。獨繭，一繭之絲。形容絲色很純。褕，襜褕。罩在外面的直襟單衣。絏，《史記》作「袘」。裳裙下端的邊緣。55眇　美好的樣子。56閻易　衣長的樣子。57卹削　同「戌削」。衣服邊緣整齊的樣子。58便姍嫳屑　形容步履輕盈衣服婆娑的樣子。便姍，步履從容安詳的樣子。59漚鬱　香氣鬱積濃烈。60淑郁　香氣清美濃厚。61宜笑　露出潔白牙齒的笑。62的皪　鮮明的樣子。63連娟　彎曲細長的樣子。64微睇　目微視。65綿藐　目光美好的樣子。66色授魂與　女子以顏色、精神來勾引人。67心愉　形容女子愉悅的神態。68於側　在天子之側。

【語　譯】待天子遊戲倦怠，便在上通昊天的高臺上擺開酒宴，在廣闊的屋宇之下陳設音樂；撞擊千石的洪鐘，立起能懸掛萬石鐘的木架；高舉翠羽裝飾的旌旗，設置鼉皮製作的大鼓。奏起陶唐氏的舞樂，聆聽葛天氏的歌曲；一時千人唱，萬人和；山陵為之震動，河川為之蕩波。有巴渝、宋、蔡之樂，淮南的干遮曲，文成和滇的歌，一會兒齊奏，一會兒輪奏，鐘聲鼓聲交替而鳴，鏗鏘有力，動心震耳。還有荊、吳、鄭、衛的民間俗樂，〈韶〉、〈濩〉、〈武〉、〈象〉等廟堂雅樂，淫靡放縱的樂曲，錯綜複雜的鄢郢之舞，迅促如急風的激楚之歌，俳優演的雜戲，侏儒的滑稽表演，狄鞮倡女的歌唱奏樂，這一切娛人耳目、樂人心意的歌舞表演，全都無限美妙爛漫地呈現在天子之前。膚色細嫩潤澤的美女，就像青琴、宓妃一類女神一樣，超群脫俗，舉世無雙，非常美好雅麗，她們以粉黛著意裝扮，用膠將鬢髮刷得如刻畫一般，姿態秀冶婉約，身材苗條婀娜，神情嫵媚，容體孅弱，穿著純色絲質襜褕，衣邊拖曳在地，衣裙修長，邊緣整齊，步履輕盈，衣服婆娑，與一般女子迥然不同。芳香鬱積，濃烈清美；脣齒白晰，笑起來格外燦爛；雙眉細長而彎曲，眼波凝眸處分外柔美；這些美女們以其豔質柔情來打動人，內心愉悅地隨侍於天子之側。

於是酒中❶樂酣❷，天子芒然❸而思，似若有亡❹，曰：嗟乎，此大奢侈！朕以覽聽餘閒❺，無事棄日❻，順天道以殺伐❼，時休息於此❽，恐後葉❾靡麗❿，遂往而不返⓫，非所以為繼嗣創業垂統⓬也。於是乎乃解酒罷獵而命有司曰：地可墾闢，悉為農郊，以贍⓭萌隸⓮。隤牆填塹⓯，使山澤之人⓰得至焉。實陂池而勿禁⓱，虛宮館而勿仞⓲。發倉廩以救貧窮，補不足，恤鰥寡，存孤獨。出德號⓳，省刑罰，改制度，易服色，革正朔⓴，與天下為更始㉑。

【章　旨】本章寫漢天子在酒酣樂暢之時，突然省悟過來，認識到自己這種生活過於奢侈，為後世子孫樹立了一個不好的榜樣。於是決定罷廢上林苑，賑濟貧民，崇尚節儉，革新政治。

【注釋】❶酒中 此言天子酒飲到半酣。❷樂酣 音樂正奏得酣暢的時候。❸芒然 通「茫然」。恍恍惚惚的樣子。❹似若有亡 若有所失。亡，喪失。❺覽聽餘閒 指天子聽政的餘暇。❻無事棄日 謂無所事事而虛度光陰。一說：不能以虛度光陰為正事。❼順天道以殺伐 指在秋天打獵。古人打獵必於秋時，因秋天為肅殺的季節，適宜獵殺禽獸，故云順天道。❽此 指上林苑。❾後葉 指皇帝的後世子孫。《史記》、《漢書》作「後世」。❿靡麗 指奢靡。⓫往而不返 指沈溺於奢靡生活，不知回頭。⓬創業垂統 開創事業，建立傳統，以傳後代。⓭贍 贍養；供給。⓮萌隸 平民。萌，《漢書》及五臣注本作「氓」，兩字相通。⓯隤牆填塹 推倒圍牆填平壕溝。隤，摧毀。塹，壕溝。⓰山澤之人 《史記》、《漢書》皆作「山澤之民」。指居於山野的老百姓。⓱實陂池而勿禁 在陂池中大量蓄養水族動物，而不禁止人民捕取。⓲虛宮館而勿仞 指生活節儉不出外遊幸。虛宮館，使宮館空虛。言不住宿在其中。仞，滿。⓳出德號 發布有德於人民的號令。⓴易服色二句 古代封建王朝常以易服色、革正朔來表現新氣象。後漢武帝在太初元年曾改行太初曆，以正月為歲首。易服色，改易衣服車輿之色。革正朔，改變曆法。正，指每年的正月。朔，指每月的初一。㉑為更始 猶言一切重新做起。

【語譯】當酒興正濃，樂舞方酣的時候，天子若有所失，茫然想到：唉，這樣太奢侈了！我在聽政的餘暇，無所事事而虛擲光陰，順應天時在秋天獵殺禽獸，有時在此休息，但恐後世子孫也起而效尤，習於奢靡，沈溺於其中而不知回頭，這樣做實非為後代開創事業，傳承久遠的做法。於是就罷酒停獵而命令主管官吏說：上林苑的土地，凡可開墾的，全部改為農田，以贍養平民。摧毀苑牆，填平壕溝，使山野的老百姓都可以進來。在池沼中養滿魚鼈，而不禁止人民捕取；空出宮館，天子再也不在這裡住宿。賑發糧庫中的積穀來救濟貧窮的人，補助不足者，憐憫孤獨鰥寡的人。發出有德於民的號令，減輕刑罰，改變制度，變換衣服車輿的顏色，革新曆法，為天下人重新做起。

於是歷❶吉日以齋戒❷，襲❸朝服❹，乘法駕❺，建華旗，鳴玉鸞❻，游于六藝❼之囿，馳騖❽乎仁義之塗❾，覽觀《春秋》之林❿。射〈貍首〉⓫，兼〈騶虞〉⑫；弋玄鶴⑬，舞干戚⑭；載雲罕⑮，揜群雅⑯；悲〈伐檀〉⑰，樂樂胥⑱；修容⑲乎禮園⑳，翱翔㉑乎《書》圃㉒；述《易》道㉓，放怪獸㉔；登明堂㉕，坐清廟㉖；次群臣，奏得失㉗；四海之內，靡不受獲㉘。於斯之時，天下大說㉙，鄉風而聽㉚，隨流而化㉛；芔然㉜興道㉝而遷義㉞，刑錯而不用㉟；德隆㊱於三王㊲，而功羨㊳於五帝㊴；若此，故獵乃可喜也。若夫終日馳騁，勞神苦形；罷㊵車馬之用㊶，抏㊷士卒之精㊸；費府庫之財，而無德厚之恩；務在獨樂㊹，不顧眾庶；忘國家之政，貪雉兔之獲，則仁者不繇也㊺。從此觀之，齊楚之事，豈不哀哉！地方不過千里，而囿居九百㊻，是草木不得墾辟而人無所食也。夫以諸侯之細㊼，而樂萬乘之侈㊽，僕恐百姓被其尤㊾也。

【章旨】本章是寫漢天子提倡儒家六藝，修明政治，因而百姓受到恩澤，天下太平。同時指出沉溺於畋獵的不當，用以諷諫。末後回應前文，批評齊楚之君僭越本分，享受天子的奢侈生活，並指出這必將給國家帶來災禍。

【注釋】❶歷　選。❷齋戒　整潔身心，保持誠敬。❸襲　穿著。❹朝服　君臣在朝會時所穿之服。❺法駕　指天子的車駕。案：天子的鹵簿分大駕、法駕、小駕三種，其隨從官員的級別及儀衛之繁簡各有不同。據《後漢書·卷三九·輿服志》，天子用法駕，由奉事郎御車，侍中驂乘，屬車四十六乘。西漢時，大駕僅用於祭祀等隆重場合，通常多用法駕。❻玉鸞　鈴。形容其聲如鸞鳥之鳴。❼六藝　六經。即《詩》、《書》、《禮》、《樂》、《易》、《春秋》。❽馳騖　馳騁。❾塗　同「途」。

❿覽觀春秋之林　是說以《春秋》作為政治的借鑑。《春秋》是中國最早一部簡單的編年史，記載上起魯隱公元年（西元前七二二年）下迄魯哀公十四年（西元前四八一年）間列國的大事，據傳是孔子根據魯國的史書編纂的，儒家後學把它列為六經之一。據《史記集解》引郭璞說：「《春秋》所以觀成敗，明善惡也。」⓫射貍首　雙關語。〈貍首〉是古佚詩的一篇，諸侯行射禮時則奏〈貍首〉之樂章以為節。此實指講求射禮之事。貍，貓屬。頭圓尾長，毛色有斑紋，能食小動物。⓬兼騶虞　雙關語。〈騶虞〉是《詩．召南》中的一篇，天子行射禮時則奏〈騶虞〉之樂章以為節。此實指講求射禮之事。騶虞，獸名。白質黑文，尾長於軀，相傳其性仁慈，不食生物，不踐生草。⓭弋玄鶴　雙關語。相傳舜有樂歌名〈和伯〉之樂，奏時舞玄鶴，玄鶴似為舞具。此實指取法舜的禮樂。弋，射取。玄鶴，黑鶴。⓮舞干戚　即揮動兵器。相傳舜曾舞干戚而感動了南方的有苗氏。此含有取法舜的禮樂之意。干，盾。戚，斧。⓯載雲罕　指張於雲天用以捕鳥的長柄網。也指飄揚於天空的雲罕旗。旗上繪天畢星，其形如畢。雲罕旗是插在車上出行的，故用「載」字來形容。罕，畢。望之如同空中有一鳥網。⓰揜群雅　意指天子出行，訪求賢士。揜，掩捕。群雅，有雙關的意思，隱指文雅賢俊之士。雅，古通「鴉」。⓱悲伐檀　是說天子蓄意網羅賢俊，故對古時不遇之士表示悲哀。〈伐檀〉，《詩．魏風》篇名，舊說以為是「刺賢者不遇明王」之詩。⓲樂樂胥　是說漢天子讀樂胥詩句而感到高興。《詩．小雅．桑扈》：「君子樂胥，受天之祜。」鄭玄箋：「胥，有才智之名也。祜，福也。王者樂臣下有才智，知文章，則賢人在位，庶官不曠，政和而民安，天予之以福祿。」⓳修容　修飾容儀。⓴禮園　指以遵循古代禮制為遊樂之園地。㉑翱翔　徘徊遊賞。㉒書圃　此言天子以《尚書》為園圃而不斷進行鑽研。《書》，指《尚書》。可使天子通達政事，瞭解古之帝王，所以習之。㉓述易道　闡述《易經》的道理。㉔放怪獸　是說因潛心六藝，不再獵取苑中奇怪之獸。㉕登明堂　假設之言。明堂，天子朝見諸侯、辨明尊卑之處。西漢明堂，在武帝建元元年曾議立於城南，不成，至元封二年，始作明堂於泰山下。㉖清廟　此指明堂的正室。一說：指太廟。天子祭祖先之廟。㉗次群臣二句　使群臣依次第進奏政事之得失。一說：次，《史記》、《漢書》作「恣」。謂使群臣恣意進奏。㉘靡不受獲　雙關語。本指獵獲的禽獸而言，此借喻為四海之內的百姓無不獲得恩澤。㉙說　同「悅」。㉚鄉風而聽　此言天下人都順應天子風教而表示聽從。鄉，同「向」。風，喻天子的風教。㉛隨流而化　言天子的政治措施深入人心，百姓都隨著時世潮流而得到同化。㉜芔然　猶勃然。芔，同「卉」。㉝興道　振興仁義之道。㉞遷義　歸向於禮義。㉟刑錯而不用　是說人民道德水準提高，不再犯法，因而刑罰廢置而不用。刑錯，刑罰廢置。錯，通「措」。㊱隆　高；盛。㊲三王　夏、商、周三代的開國賢君。即夏禹、商湯、周文王、周武王。《考異》說，當作「三皇」。㊳羨　富饒。此是超過的意思。㊴五帝　黃帝、顓

項、帝嚳、堯、舜。㊵罷　耗盡。㊶用　功能。㊷抗　損耗。㊸精　指士卒的精力銳氣。㊹獨樂　指帝王只知自己貪圖享受而不顧人民的疾苦。㊺則仁者不繇也　是說仁者不走這條路。繇，同「由」。從。㊻囿居九百　誇張地說苑囿倒占據了方九百里之地。㊼細　小。指國小、地位低。㊽萬乘之侈　指天子的奢侈生活。㊾被其尤　謂人民將遭受到因國君的過失而帶來的災禍。尤，過失。

【語　譯】於是天子選擇吉日，進行齋戒，穿上朝服，乘上法駕，高舉翠華之旗，響起飾玉鸞鈴，涵泳在六經的園地裡，馳騁在仁義的道路上，在《春秋》的奧妙中閱歷思考。演奏〈貍首〉和〈騶虞〉的樂章，講求射禮之事；舞動玄鶴和干戚，取法虞舜的禮樂；就像用長柄網掩捕群鴉一般，天子想要遍求那些文雅賢俊之士；吟誦〈伐檀〉之詩時就對古時不遇之士表示悲憫，讀到「君子樂胥」之句時就為賢人在位而感到高興。遵循古代禮制來修飾自己的容儀，鑽研《尚書》從而知遠而通今；闡述《周易》的深刻道理，就會縱逸怪獸而無心捕獵取樂。登上明堂，坐於正室之中；命群臣依次進奏，暢言政事的得失；四海之內的百姓，無不受到恩澤。於是天下之人大為喜悅，都順應天子的風教而表示聽從，隨著時世潮流而得到同化；勃然振興聖道而歸向禮義，因此刑罰廢置而不用。如此天子之德可說高於三皇，其功績則超過五帝啊！若是這樣，這種遊獵才是可喜之事。像那種成天在苑囿馳騁，精神和身體都十分勞頓，使車馬疲困，使士卒的精力損耗；花費了國家的錢財，而對百姓無深恩厚德；只管自己貪圖享樂，不顧廣大民眾；忘記國家的政務，貪於獵獲雉兔之事，仁者是不這樣做的。由此看來，前面所說的齊楚二君遊獵之事，難道不可悲嗎！土地不超過方圓千里，而苑囿占據了方圓九百里，這樣草木之野不得開墾而百姓無法養活。只不過是一方諸侯這樣低微的地位，卻要享受天子的奢侈生活，我恐怕他們的百姓會遭到因國君過失而帶來的災禍。

於是二子❶愀然❷改容，超若❸自失，逡巡❹避席❺曰：鄙人❻固陋❼，不知忌諱❽，乃今日見教，謹受命❾矣。

【章　旨】此章寫子虛烏有二人承認自己錯誤，願意接受教訓。

【注　釋】❶二子　指子虛和烏有先生。❷愀然　變色的樣子。❸超若　悵然。超，惆悵；若有所失。❹逡巡　向後退卻。❺避席　離開座位。席，原作「廗」，據《史記》、《漢書》改。❻鄙人　猶言小人。指粗野之人。❼固陋　頑固淺陋。❽忌諱　指不該說的話和不該有的行為。❾受命　受教之意。

【語　譯】於是子虛、烏有二人馬上變了臉色，感到悵然，若有所失，就惶恐地離開座位後退幾步說：粗野之人頑固淺陋，不知顧忌，直到今日才受到您的教誨，我們將謹遵您的指示。

羽獵賦 并序

【作　者】揚雄，見頁二二七一。

【題　解】《羽獵賦》是揚雄初被舉薦待詔時所作。他當時最崇拜司馬相如，所以此賦仿效《子虛賦》、《上林賦》的結構是相當明顯的，然而也有其個人的創造。揚雄沒有採用主客問答詰難的方式，而是在賦的開始提出兩種相對立的論調，一方面認為古代帝王儉樸，而後代帝王則過於繁縟。另一方面則認為各以合時為宜，古今不必同條共貫。到底哪一種才對呢？作者並沒有馬上回答，直到賦末方點出其觀點是傾向於前者的，這種寫法頗不尋常。全賦循著《子虛賦》、《上林賦》的格式用濃墨重彩渲染天子儀衛之盛、騎卒之勇、聲勢之宏大、場面之壯觀，然而語氣平緩，詞采瑰麗，有時不免於晦澀，頗顯示出作者個人的風格。

孝成帝時❶，羽獵❷，雄從。以為❸昔在二帝❹三王❺，宮館臺榭，沼池苑囿，林麓藪澤，財❻足以奉❼郊廟❽、御❾賓客、充庖廚而已。不奪百姓膏腴穀土⑩桑柘之地⑪，女有餘布，男有餘粟，國家殷富，上下⑫交⑬足。故甘露零⑭其庭，醴泉⑮流其唐⑯。鳳凰巢其樹，黃龍游其沼。麒麟臻⑰其囿，神爵⑱棲其林。昔者禹任益⑲虞⑳而上下㉑和㉒，草木茂。成湯㉓好田㉔，而天下用足。文王囿百里，民以為尚小。齊宣王囿四十里，民以為大㉕。裕民之與奪民也。武帝廣開上林，東南至宜春、鼎湖㉖、御宿㉗、昆吾㉘，旁㉙南山㉚，西至長楊、五柞㉛，北繞黃山㉜，濱㉝渭而東，周袤㉞數百里。穿昆明池，象滇河㉟。營建章㊱鳳闕㊲，神明㊳馺娑㊴，漸臺泰液，象海水周流方丈瀛洲蓬萊㊵。游觀侈靡，窮妙極麗。雖頗割其三垂㊶，以贍齊民㊷。然至羽獵，甲車戎馬，器械儲偫㊸，禁禦㊹所營㊺。尚㊻泰㊼奢，麗誇詡㊽。非堯舜成湯文王三驅㊾之意也。又恐後世㊿復修(51)前好(52)，不折中以泉臺(53)，故聊因校獵，賦以風(54)之。

【章　旨】本章是揚雄獻賦後過了些年所補寫的序，序中說明他寫此賦的主旨。他認為古代賢君是提倡節儉，使民富裕，而漢武帝則崇尚奢侈，奪民衣食。為使後世君主不致效尤武帝，能夠理念、行事正確，故寫此賦來加以諷喻。

【注　釋】❶孝成帝時　指西漢成帝永始四年。❷羽獵　士卒負箭射獵。羽，箭。❸以為　揚雄認為。❹二帝　指堯、舜。❺三王　指夏、商、周三代之王。❻財　通「纔」。❼奉　供奉。❽郊廟　指祭天和祭祖先。❾御　進；招待。❿膏腴穀土　肥沃的可種穀的田地。⓫桑柘之地　適宜種桑樹和柘樹之地。柘，桑屬。葉可飼蠶，木材細密堅韌，可製弓。⓬上下　國家和百姓。⑬交　互相；都。⑭零　飄落。⑮醴泉　甘泉。⑯唐　池塘。⑰臻　至。⑱神爵　即神雀。據說宣帝元康初曾有神爵集林，其雀大如鷃，黃喉，白頸，黑背，腹斑文。⑲益　即伯益。古代嬴姓各族的祖先，相傳善於畜牧和狩獵，被舜任為虞，後又為禹所重用。⑳虞　山澤之官。㉑上下　指山陵沼澤。㉒和　和盛。㉓成湯　即商湯。商朝開國之君。㉔田　通「畋」。狩獵。㉕文王囿百里四句　此用《孟子．梁惠王上》之義。《孟子．梁惠王上》：「齊宣王問孟子：『文王之囿，方七十里，有諸？』曰：『有之。』曰：『若是其大乎？』對曰：『民猶以為小也。』曰：『寡人之囿，方四十里，民猶以為大，何也？』對曰：『文王之囿，與民同之。民以為小，不亦宜乎？臣聞郊關之內有囿四十里，殺其麋鹿者，如殺人之罪。人以為大，不亦宜乎？』」㉖宜春鼎湖　宮名。㉗御宿　苑名。在長安城南御宿川中。㉘昆吾　亭名。在陝西省藍田縣東。㉙旁　傍依。㉚南山　終南山。在長安南，為秦嶺之主峰。㉛長楊五柞　皆宮名。長楊，本秦宮，漢修飾之以為行宮，因宮中有長楊樹而得名。㉜黃山　宮名。在渭水之北。㉝賓　通「濱」。水涯。此作動詞。沿著；循著。㉞周袤　即周長。㉟穿昆明池二句　漢武帝欲通身毒國，為昆明國所阻，其國有滇池，方三百里，武帝欲伐昆明國，乃於元狩三年發謫吏穿地作昆明池，以象滇池，在其中教習水戰。昆明池，在長安西南，周圍四十里。㊱建章　宮名。漢武帝太初元年建，位於未央宮西，故址在今陝西省長安縣西。㊲鳳闕　宮闕名。㊳神明　臺名。在建章宮內，極高，上有銅仙人，托承露盤。㊴馺娑　宮殿名。在建章宮內。㊵漸臺泰液二句　武帝於建章宮北治大池，方圓十頃，名泰液池，池中有臺，高二十餘丈，名漸臺，池中又有三座人造山，象徵海中的三仙山，亦取相同之名，即方丈、瀛洲、蓬萊。㊶割其三垂　據《雍錄．卷九》，漢武帝曾把上林苑土地租佃給貧民，人日取五錢，後得錢七十億萬給軍擊西域，至漢元帝始捐下苑以予貧民。三垂，指上林苑的三邊。或言即上文「南至」、「西至」、「北繞」之地。垂，邊。㊷齊民　平民。齊，等。㊸儲偫　儲備以待用。㊹禁禦　指禁苑。禦，通「籞」。折竹以繩相連，使人不得往來。㊺營　指圍守禁苑。㊻尚　推崇；講究。㊼泰　過分。㊽誇詡　誇大。詡，大。㊾三驅　此言田獵一年以三次為度，一為祭祀，二為招待賓客，三為充君庖廚。一說：指畋獵時須讓開一面，三面驅趕，以示好生之德。㊿後世　指皇帝子孫。(51)修　崇尚；整治。(52)前好　前代帝王的嗜好。指漢武帝的奢侈。(53)不折中以泉臺　指不能以魯文公拆毀先祖非禮所建的泉臺為鑒，對前代的奢侈華麗採取折中的態度。魯莊公築泉臺於郎，由於臨民之所漱浣，所以被認為是非禮的，後來魯文公把這臺拆毀了，《春秋．文公十六年》記述：「毀泉臺。」《公羊傳》解釋說：「毀泉臺，何以書？譏。何譏爾？築之譏，毀之譏，先祖為之，己毀之，不如勿居而已矣。」此借《公羊》之論指出，漢成帝對武帝之「前好」應採取折中的態度。事實上成帝建始元年，曾罷上林苑宮館二十五所，即類似於此類做法。(54)風　諷喻。

【語　譯】孝成皇帝之時，曾統率士卒負羽箭射獵，我揚雄也隨從前往。我認為古代在二帝三王的盛世，營建宮館臺榭，占有池沼苑囿、林木聚生的山腳和草類叢茂的大澤，只要足以供應祭天祭祖先、招待賓客、充實君主的庖廚就夠了。不奪取百姓肥沃且可種穀物的良田和適宜種桑樹和柘樹的土地，使得女子織的布留有多餘，男子種的糧食吃不盡。於是國家富盛，朝臣、百姓都豐足。所以甘露落於中庭，醴泉匯流而成池塘。鳳凰在樹上營巢，黃龍游於池沼之內，麒麟來到苑囿，神雀棲集林中。從前禹命伯益為主管山澤之官，因而山陵沼澤一派和美，草木生長茂盛。成湯雖喜好畋獵，而天下人生活需用仍很充足。周文王的苑囿百里，人民尚認為狹小。齊宣王苑囿四十里，人民卻嫌它占地太大。這是使人民富裕、還是奪取人民衣食的不同做法所導致的不同結果。武帝曾廣開上林苑，東南至宜春宮、鼎湖宮、御宿苑、昆吾亭，傍依終南山，西至長楊宮、五柞宮，北面繞過黃山宮，循著渭水而延伸向東，周圍長達數百里。開鑿昆明池，象徵滇池。營建建章宮和鳳闕，神明臺和馺娑殿，漸臺和泰液池，泰液池中有方丈、瀛洲、蓬萊三山，取象於海水拍擊的三神山。游觀之處奢侈靡費，極盡精妙華麗。雖然也多割了上林苑的東、西、北邊緣之地，來贍養平民，然而到了羽獵的時候，兵車戰馬，器械的儲備，禁苑的圍守，還是過分講究奢侈，以華麗向人誇耀。這是不合堯、舜、成湯、周文王三驅好生之意的。恐怕後世子孫又崇尚武帝奢侈的嗜好，不能以魯文公拆毀泉臺為鑒，對前代錯誤之舉採取折中的態度。所以暫時趁著天子率眾校獵的機會，作了這篇賦來加以諷喻。

其辭曰：或❶稱羲農❷，豈或❸帝王之彌文❹哉？論者❺云否。各以並時而得宜❻，奚必❼同條而共貫❽！則泰山之封，焉得七十而有二儀❾？是以創業垂統❿者，俱不見其爽⓫。遐邇五三，孰知其是非⓬！

【章　旨】本章先提出兩種對立的論點：有人認為古帝樸素合禮，後世君王過於繁縟；也有人主張古今以合時為宜。作者反駁了後者，認為古今禮制無別，所以應當法古。

【注　釋】❶或　有的人。此為假設之辭。❷羲農　伏羲和神農。此指樸素而合禮的古代帝王。伏羲，傳說中古帝名。教民捕魚畜牧，養犧牲以充庖廚。神農，傳說中的古帝名。教民為耒耜以興農業，嚐百草以治疾病。❸豈或　豈有（用王念孫說，見《讀書雜志・四之十三》）。❹帝王之彌文　後世帝王愈加繁縟的文飾。❺論者　設答者。❻各以並時而得宜　言古今帝王雖文質各異，然各以與其時勢相適應為宜。❼奚必　何必。❽同條而共貫　指禮儀制度相同。同條，即共貫。❾泰山之封二句　此駁上文所云帝王各因時得宜，不必同條共貫之語，謂仍同條共貫。泰山之封，指封禪大典。古代帝王在泰山設壇祭天的儀式。據《管子》說古之封禪泰山者有七十二家。封，設壇祭天。焉得，怎麼能夠。七十而有二儀，有七十二種儀式。❿創業垂統　開創王業，延續統緒。⓫俱不見其爽　此言後世創業之君，並無差別。爽，差。⓬遐邇五三二句　意謂五帝三王誰知其是非，所以應當取法古人。遐邇，猶言古往今來。遐，遠。邇，近。五三，五帝三王。孰，誰。

【語　譯】其辭為：有人稱道古帝伏羲、神農，認為他們哪有後世帝王日益繁縟的文飾。也有的論者說：不是這樣，古今帝王雖文質各異，然各以與其時勢相適應為宜，何必要完全相同呢？我認為，照如此說，則古代泰山封禪有七十二家，怎麼可能就有七十二種禮儀呢？所以開創事業，傳其統緒之君所確立的制度，都沒有什麼差別。從遠古五帝至近世三王，禮法相似，誰能分其是非呢？

遂作頌曰：麗哉神聖❶，處於玄宮❷。富既與地乎侔訾❸，貴正與天乎比崇❹。齊桓❺曾不足使扶轂❻，楚嚴❼未足以為驂乘❽。狹❾三王之阸僻❿，嶠⓫高舉而大興。歷⓬五帝之寥廓⓭，涉⓮三皇之登閎⓯。建⓰道德以為師⓱，友⓲仁義與⓳之為朋。於是玄冬⓴季月㉑，天地隆烈㉒。萬物權輿於內㉓，徂落於外㉔。帝將惟田于靈之囿，開北垠受不周之制[25]，以奉終始[26]顓頊玄冥[27]之統[28]。迺詔虞人[29]典[30]澤，東延[31]昆鄰[32]，西馳閶闔[33]。儲積[34]共偫[35]，戍卒夾道。斬叢棘，夷[36]野草。御自汧渭，經營酆鎬[37]。章皇[38]周流[39]，出入日月[40]，天與地沓[41]。爾迺虎路[42]三嵕[43]，以為司馬[44]；圍經[45]百里，而為殿門[46]。外則正南極海，邪界虞淵[47]。鴻濛沆茫[48]，揭[49]以崇山[50]。營合圍會[51]，然後先置[52]乎白楊[53]之南，昆明靈沼[54]之東。賁育[55]之倫，蒙盾[56]負羽[57]，杖[58]鏌邪[59]而羅[60]者以萬計。其餘荷[61]垂天[62]之畢[63]，張[64]竟壄[65]之罘[66]。靡[67]日月之朱竿[68]，曳[69]彗星之飛旗[70]。青雲為紛[71]，紅蜺為繯[72]，屬[73]之乎崑崙之虛[74]。渙若天星之羅[75]，浩如濤水之波。淫淫與與[76]，前後要遮[77]。欃槍[78]為闉[79]，明月為候[80]。熒惑[81]司命[82]，天弧[83]發射。鮮扁[84]陸離[85]，騈衍[86]佖路[87]，徽車[88]輕武[89]，鴻絧[90]緁獵[91]，殷殷軫軫[92]，被陵[93]緣岅[94]，窮夐[95]極遠者，相與列乎高原之上。羽騎[96]營營[97]，昈分[98]殊事[99]。繽紛[100]往來，轠轤[101]不絕，若光若滅[102]者，布乎青林[103]之下。

【章　旨】本章主要寫獵場之廣，儀衛之盛。先用誇張的語言歌頌天子的富貴威德。接著轉入寫畋獵的準備：畫出獵圍，用竹柵包圍，開出門戶，安置供具。然後著重形容天子儀仗之盛、旌旗的多采和壯士的武勇、師旅的雄壯及羽騎的繽紛雜沓。

【注　釋】❶神聖　此指漢成帝。頌之為神聖。❷玄宮　指玄堂。北方之宮，天子冬日所居。❸侔訾　言資財相當。侔，相等。訾，通「貲」。資財。❹比崇　同樣高。❺齊桓　即齊桓公。春秋時齊侯，五霸之一，名小白，以兄襄公暴虐，去國奔莒，襄公被殺，歸國繼位，任管仲為相，尊周室，攘夷狄，九合諸侯，一匡天下，終其身為盟主。❻扶轂　扶輪。指在車旁簇擁前進。轂，車輪中心。有孔穴可以插軸的部分。此代輪。❼楚嚴　指楚莊王。春秋時楚君，五霸之一，先後滅庸，伐宋，伐陳，圍鄭，伐陸渾戎，觀兵於周境。此文疑從《漢書》所錄，東漢因明帝名劉莊，故諱莊，改莊為嚴。❽驂乘　陪乘。乘車時居於車右。❾狹　狹小。此作動詞。❿阨僻　陋小。⓫嶠　形容高舉的樣子。⓬歷　經歷。此有過於的意思。⓭寥廓　高遠。⓮涉　到。⓯登閎　高大。⓰建　樹立。⓱師　師法；取法。⓲友　親。⓳與　以。⓴玄冬　嚴冬。據說因北方水色黑，故云。㉑季月　春夏秋冬四季的末月。即農曆的三、六、九、十二月。此指十二月。㉒隆烈　指氣候寒冷。㉓萬物權輿於內　言草木萌芽始生於地內。權輿，開始。㉔徂落於外　言草木的枝葉凋落於地外。㉕帝將惟田于靈之囿二句　此言王者畋獵，故取主殺之不周之風為制法。帝，指成帝。惟，思。田，畋獵。靈之囿，天子的苑囿。北垠，北方邊界。不周，風名。指西北風。《史記・卷二五・律書》：「不周風居西北，主殺生。」制，制法。㉖終始　言畋獵起於冬罷於冬。㉗顓頊玄冥　皆北方之神。主殺戮者。㉘統　統理。指顓頊、玄冥統理的嚴冬時期。㉙虞人　掌管山澤之官。㉚典　管理。㉛延　及。㉜昆鄰　昆明池邊。㉝閶闔　西方門名。㉞儲積　儲備的器械物資。㉟共偫　即供待。準備隨時供應。偫，待。㊱夷　鏟除。㊲禦自汧渭二句　是說獵場範圍自汧、渭以東，規畫到酆、鎬以西，禁止人行及防備野獸衝出。禦，通「籞」。指獵圍。汧渭，皆水名。汧，渭水的支流。經營，規畫。酆鎬，二水名。俱在今陝西境內。㊳章皇　寬闊富饒。㊴周流　周圍。㊵出入日月　日月出入於禁苑之中。形容其廣大。㊶天與地沓　形容遙望天地相交的邊際，沓然無際。沓，原作「沓」，據《漢書》改。㊷虎路　指用竹所做成的藩籬。以防野獸外逃。㊸三嵕　三重。㊹司馬　司馬門。外門。㊺圍經　獵圍的直徑。經，徑。㊻殿門　內門。㊼外則正南極海二句　皆誇張之語。外，指司馬門外。極，至。邪，斜。虞淵，日所入處。㊽鴻濛沆茫　水草廣大的樣子。㊾揭　標誌。㊿崇山　高山。(51)營合圍會　指狩獵的隊伍已四面布合。(52)先置　先布置供具。(53)白楊　觀名。在昆明池東。(54)昆明靈沼　即昆明池。一說：據《三秦記》，昆明池中有靈沼神池。(55)賁育　指古之勇士孟賁、夏育。(56)蒙盾　以盾牌做掩護。蒙，遮蔽。(57)負羽　揹著羽箭。(58)杖　手執。(59)鏌邪　大戟。(60)羅　羅列成陣勢，準備出發去圍獵野獸。(61)荷　肩負。(62)垂天　言長大如天之垂。(63)罼　捕網。(64)張　鋪開；撒開。(65)竟壄　遍滿山野。壄，同「野」。(66)罘　捕獸的網。(67)靡　揮動。(68)日月之朱竿　此指天子的太常旗。日月，指旗上所繪日月。朱竿，朱旗。(69)曳搖動。(70)彗星之飛旗　此指畫有彗星的旗。(71)青雲為紛　此言以青雲為飄帶。形容旂旗之高揚。紛，指旗旒。旗上的飄帶。(72)紅蜺為繯　形容結帶的華麗。紅蜺，彩虹。繯，旗上的結帶。(73)屬　接連不斷。(74)崑崙之虛　崑崙山。虛，同「墟」。大丘；土山。(75)渙若天星之羅　形容天子的侍衛儀飾光耀如天星羅列。渙，鮮明。(76)淫淫與與　形容隊伍前進的樣子。(77)前後要遮　前後遮攔阻擊禽獸。要，中途阻截。(78)欃槍　即天欃和天槍。彗星的別稱。(79)闉　城門外的曲城。此指營門外障蔽之處。(80)候　瞭望敵情的哨所。(81)熒惑　星名。即火星。古人認為，熒惑星是御史之象，主禁令刑罰。(82)司命　主管天子號令。(83)天弧　星名。(84)鮮扁　即僊翩。形容士卒輕疾之狀。(85)陸離　鮮明燦爛。(86)駢衍　軍壘相連占地廣大的樣子。(87)佖路　排比滿路。佖，次比。(88)徽車　有徽識之車。(89)輕武　輕捷勇猛。(90)鴻絧　相連的樣子。(91)緁獵　依次前進的樣子。(92)殷殷軫軫　車騎眾盛的樣子。(93)被陵　布滿山陵。(94)緣岯　沿著山坡。(95)窮夐　遼遠。此指狩獵的師旅延伸極遠。(96)羽騎　負著羽箭的騎卒。(97)營營　往來的樣子。(98)肸分　明白分工。肸，明。(99)殊事　各有分擔之事。(100)繽紛　眾多的樣子。(101)轠轤　連屬的樣子。(102)若光若滅　形容羽騎馳來馳去的樣子。(103)青林　青煙籠罩的樹林。

【語　譯】我就作頌說：神聖的天子多麼壯麗啊，居住在冬日的玄堂之中。富可與大地資財相等，貴可同蒼天一般崇高。齊桓公不配在車旁扶輪前行，楚莊王也不夠資格同車陪乘。三王顯得狹小鄙陋，您威德高顯而國家大興。聲望超過高遠的五帝，與高大的三皇相比美。樹立道德以之為師，親近仁義以之為友。於是嚴冬歲末之時，天地陰冷，草木萌芽生於地內，枝葉凋落於地外。皇帝打算在苑囿畋獵，打開北方邊界接受主殺生的不周之風，在顓頊、玄冥統理的冬季奉行終始。於是詔命虞人主管山澤，東面直到昆明池畔，西面馳到閶闔門。儲備的器械物資準備隨時供應，守衛的士卒夾道而立。斬除叢生荊棘，鏟平野草。獵圍自汧水、渭水以東，規畫到酆水、鎬水以西，禁止人行及獸出。其地周圍寬闊富饒，日月在其中升起降落，遙望天地相交的涯際，杳然懸遠。在此圍成竹柵三重，外有司馬門；校圍直徑百里，內有殿門。圍外正南至於大海，斜與虞淵為界。圍內水草廣大，以高山為標誌。狩獵的隊伍四面圍合，然後先把供具布置在白楊觀之南，昆明池之東。孟賁夏育之類的勇士，以盾為掩護，負著羽箭，手執大戟，排列起來有上萬人。其他士卒則肩負遮天的捕網，張開蓋野的獸罘。揮動繪著日月的朱旗，搖著畫有彗星的旌旄。青雲為旗旒，彩虹做結帶，隊伍接連不斷直到崑崙山。儀飾光耀如同天星羅列，浩浩蕩蕩，恰似波濤捲湧。隊伍雄赳赳向前進，前後遮攔截擊禽獸。彗星在天，守衛營門；明月高懸，作為瞭望。熒惑星發號施令，天弧星發射箭矢。士卒身手矯捷，衣裝燦爛；軍壘相並，排比滿路，有徽識之車，輕捷勇猛；車騎相連，依次向前，眾多盛大，布滿山陵，沿著山坡，延伸到極遠，一起排列在高原之上。羽騎來來往往，各有明確的分工。繽紛雜沓，馳騁來去，絡繹不絕，一會兒如光芒激射，一會兒又滅沒無蹤，都散布在青煙籠罩的樹林之下。

於是天子乃以陽晁❶，始出乎玄宮。撞鴻鍾❷，建❸九旒❹。六白虎❺，載靈輿❻。蚩尤❼並轂❽，蒙公❾先驅❿。立歷天⓫之旂，曳捎星⓬之旃⓭。霹靂列缺，吐火施鞭⓮。萃傱沇溶⓯，淋離廓落⓰，戲八鎮而開關⓱。飛廉⓲雲師⓳，吸嚊⓴潚率㉑。鱗羅布列㉒，攢㉓以龍翰㉔。啾啾蹌蹌㉕，入西園，切㉖神光㉗。望平樂㉘，徑㉙竹林。蹂㉚蕙圃㉛，踐蘭唐㉜。舉熢㉝烈火㉞，轡者㉟施技㊱。方馳㊲千駟㊳，狡騎㊴萬帥㊵。虓虎㊶之陳㊷，從橫㊸膠輵㊹。猋拉㊺雷厲㊻，驞駍駖磕㊼。洶洶旭旭㊽，天動地岋㊾。羨漫半散，蕭條數千里外㊿。若夫壯士忼慨(51)，殊鄉別趣(52)。東西南北，騁耆奔欲(53)。拕(54)蒼豨(55)，跋(56)犀犛(57)，蹶(58)浮麋(59)。斮(60)巨狿(61)，搏(62)玄猿(63)。騰空虛(64)，距(65)連卷(66)。踔(67)夭蟜(68)，娭(69)澗間(70)。莫莫紛紛，山谷為之風猋，林叢為之生塵(71)。及至獲夷之徒(72)，蹶(73)松柏，掌(74)蒺藜(75)。獵蒙蘢(76)，轔(77)輕飛[78]。屨[79]般首[80]，帶[81]修蛇。鉤[82]赤豹，搴[83]象犀。跇[84]巒[85]阬[86]，超[87]唐陂[88]。車騎雲會，登降[89]闇藹[90]。泰華為旒[91]，熊耳為綴[92]。木仆[93]山還[94]，漫[95]若天外。儲與[96]乎大浦[97]，聊浪[98]乎宇內。

【章　旨】本章寫天子的羽獵盛況。先描述天子出行時的威嚴，有勇士護衛，百神從行，雷電風雲顯現。接著著重形容師旅的宏大聲勢及壯士的孔武有力。

【注　釋】❶陽晁　晴明的早晨。晁，通「朝」。❷鴻鍾　大鐘。據《尚書大傳》，天子將出，則撞黃鐘之鐘，故知此指黃鐘之鐘。鍾，通「鐘」。❸建　舉；樹。❹九旒　指龍旗。《禮記・樂記》謂龍旗九旒。旒，旗上的飄帶。❺白虎　馬名。❻靈輿　天子所乘之車。❼蚩尤　神話中東方九黎族首領。有兄弟八十一人，都是銅頭鐵額，相傳以金作兵器，並能呼風喚雨，後與黃帝交戰失敗被殺。此指孔武的侍衛。❽並轂　指侍衛之車與天子車駕並車而行。轂，指車。❾蒙公　指蒙恬。秦始皇大將。❿先驅　在前為天子開路。⓫歷天　觸天。⓬捎星　拂星。⓭旃　曲柄之旗。⓮霹靂列缺二句　是說天子威德隆盛，役使百神，故有雷電護衛。霹靂，指雷聲。列缺，閃電。吐火施鞭，形容雷電。吐火，形容電光。施鞭有突然的響聲，則形容雷聲。⓯萃從沇溶　形容師旅屯聚時的盛況。萃從，萃聚。沇溶，盛多的樣子。⓰淋離廓落　形容士卒有時分散進擊。淋離，散亂而盛多。廓落，鬆散；不嚴整。⓱戲八鎮而開關　此言師旅之盛，可指揮打開八鎮之關。戲，指揮。八鎮，四方四隅。東西南北為四方，東南、西南、東北、西北為四隅。開關，打開關隘。⓲飛廉　風神。⓳雲師　雲神。⓴吸嚊　形容神喘息的聲音。㉑瀟率　形容神喘息的樣子。㉒鱗羅布列　指士卒像魚鱗一樣排列成行。鱗羅，像魚鱗一樣羅列。布列，言士卒排成行列。列，原作「烈」，據胡克家、高步瀛之見校改。㉓攢　言士卒的集聚。㉔龍翰　龍的長毛。㉕啾啾蹌蹌　亦作「秋秋蹌蹌」。形容車騎騰驤的樣子。㉖切　近。㉗神光　宮名。㉘平樂　館名。在上林苑中。㉙徑　一直穿過。㉚蹂　踏過。㉛蕙圃　生長蕙草的園圃。㉜蘭唐　多生蘭草的陂塘。唐，通「塘」。㉝舉爝　高舉火把。㉞烈火　布列火把。烈，通「列」。㉟轡者　執轡之人。指御者。轡，駕馭牲口的嚼子和韁繩。㊱施技　施展駕車的技巧。㊲方馳　車與車並排驅馳。方，並。㊳駟　四馬駕的車。㊴狡騎　交錯的騎兵。狡，交。㊵萬帥　形容師旅之眾。帥，五臣注本及《漢書》俱作「師」。

(41)虓虎　即哮虎。咆哮的老虎。此指勇猛的勇士。(42)陳　同「陣」。(43)從横　同「縱横」。(44)膠輵　錯雜的樣子。(45)猋拉　狂風怒號。猋，疾風。拉，風聲。(46)雷厲　雷聲猛烈。(47)驞駍駖磕　皆象聲詞。擬車騎、兵器等聲。(48)洶洶旭旭　鼓動之聲。(49)天動地岋　天搖地動。岋，動。(50)羨漫半散二句　是說車騎分散，直至數千里外，其聲勢方逐漸蕭條。羨漫，散漫。半散，分散。蕭條，寂寥冷落。(51)忼慨　同「慷慨」。形容雄勇之狀。(52)殊鄉別趣　言壯士不依行列，別尋方向追逐。鄉，「向」的借字，亦作「嚮」。別趣，義同於「殊向」。趣，趨。(53)騁耆奔欲　言各隨其嗜欲而奔騁。耆，通「嗜」。(54)拕　同「拖」。拉曳。(55)狶　豬。(56)跋　踏。(57)犀犛　犀牛和犛牛。(58)蹶　踢。(59)浮麋　游麋。(60)斮　斬。(61)巨狿　獸名。(62)搏　擊殺。(63)玄猨　黑猿。(64)騰空虛　謂雄勇之士跳躍騰空。(65)距　躍過。(66)連卷　指盤曲的樹木。(67)踔　踰；越過。(68)夭蟜　指曲折的樹枝。(69)娭　同「嬉」。嬉戲；玩耍。(70)閒閒　即間間。指枝葉間隙之中。原作「澗澗」，據五臣注本改。(71)莫莫紛紛三句　此渲染壯士狩獵的威猛氣勢，以至於山谷林叢間煙塵滾滾。莫莫紛紛，風塵亂起的樣子。風猋，起了暴風。生塵，起了煙塵。(72)獲夷之徒　能獲執及格殺禽獸之人。指有勇力者。夷，殺。(73)蹶　踏。(74)掌　以掌擊之。(75)蒺藜　草名。布地蔓生，細葉，子有三角，刺人。(76)蒙蘢　草木茂密的地方。(77)轔　以車輛輾軋。(78)輕飛　輕獸飛禽。(79)屨　踐踏。(80)般首　猛獸名。似虎。(81)帶　以之為帶。擒捉之意。(82)鉤　牽曳。(83)掔　拖曳。(84)跇　超越。(85)巒　小而銳之山。(86)阬　大坡。(87)超　越過。(88)唐陂　池沼。唐，通「塘」。(89)登降　指車騎上上下下於山陵坡谷之中。(90)闇藹　不分明的樣子。言車騎眾多無法分辨。(91)泰華為旒　此言以泰山、華山的雲氣為旗旒。泰華，泰山、華山。旒，旗上的飄帶。(92)熊耳為綴　言以熊耳山之雲靄為裝飾。熊耳，山名。綴，旗上的裝飾。亦指旗旒之類。(93)木仆　樹木倒地。(94)山還　山為之回旋。還，旋。(95)漫　言車騎如同潮水外溢。(96)儲與　徜徉。(97)大浦　大水之涯。(98)聊浪　放蕩；自由自在無拘無束。

【語　譯】於是天子在晴朗的早晨，開始從冬日的玄堂出發。撞擊黃鐘大鐘，舉起九條飄帶的龍旗；由六匹神駿的白馬，駕著天子的車輿。蚩尤弟兄並車而行，蒙恬在前導引開路。豎起了觸天的大旗，搖動著能上拂星辰的曲柄旃旗。此時百神護衛：有霹靂閃電出現，猶如大舌驟吐、又像鞭聲震響。師旅屯聚之時，軍容盛大；分散進擊，則眾盛而壯闊；天子可指揮去打開八鎮關隘。風神雲神也隨同前往，他們的喘息引得風雲變動。士卒像魚鱗一樣排列，似龍毛一般攢聚。車騎奔騰，進入西園，接近神光宮。望見平樂館，穿過竹林，踐踏蕙圃，通過蘭塘。滿山遍野高舉著火把，御者施展他們駕車的技巧。並排驅馳的兵車成千，交錯爭先的騎卒上萬。如同猛虎似的壯士排成戰陣，縱橫錯雜，像狂風怒號，雷聲猛烈，車騎器械發出驞駍駖磕的洪音。鼓動之聲，天搖地動，人馬分散，直至數千里外方才逐漸寥落。那些壯士們雄壯勇猛，不再依遵行列，各自朝著各自的方向追逐，東西南北，各隨其嗜欲而奔騁。拖住野豬，踩踏犀牛、犛牛，足踏游麋，斬殺巨狿，搏擊黑猿。他們騰空跳躍，躍過盤曲的樹木，越過曲折的枝椏，在枝葉的間隙之中嬉戲。他們攪起滾滾風塵，在山谷中捲起風暴，在叢林間騰起煙塵。至於那些擅長生擒格殺禽獸的獵手們，他們足踏松柏，掌擊蒺藜，在草木茂密之處行獵，用車輪輾軋輕獸飛禽，踐踏似虎的猛獸般首，捕捉長蛇為衣帶，鉤牽赤豹，拖曳象、犀。超越小山大坡，渡過沼澤池塘；車騎似雲一般聚集，翻山下谷，多得無法分辨。以泰山、華山的雲氣為旗旒，以熊耳山峰巔的流雲為旗綴。大木倒地，群山迴旋，車騎多如潮水漫溢出來，恍若來到天外之境，徜徉在大水之涯，放浪於廣闊的天宇之內。

於是天清日晏❶，逢蒙❷列眥❸，羿氏❹控弦❺。皇車❻幽輵❼，光純❽天地。望舒❾彌轡❿，翼乎⓫徐至於上蘭⓬。移圍徙陣⓭，浸淫⓮蹴部⓯。曲隊⓰堅重⓱，各按行伍。壁壘天旋⓲，神扶電擊⓳。逢之則碎，近之則破。鳥不及飛，獸不得過。軍驚師駭⓴，刮野埽地㉑。及至罕車㉒飛揚㉓，武騎㉔聿皇㉕。蹈飛豹，羂㉖嘄陽㉗。追天寶㉘，出一方。應駍聲㉙，擊流光㉚。野盡山窮㉛，囊括其雌雄㉜。沇沇溶溶㉝，遙噱㉞乎紘中㉟。三軍芒然㊱，窮冘㊲閼與㊳。亶㊴觀夫剽禽㊵之紲隃㊶，犀兕㊷之抵觸。熊羆㊸之挐攫㊹，虎豹之凌㊺遽㊻。徒㊼角搶㊽題注㊾，蹵竦讋怖㊿。

魂亡魄失51，觸輻關脰52。妄發期中53，進退履獲54。創淫55輪夷56，丘累陵聚57。

【章旨】本章寫羽獵的最後階段，圍陣收縮，禽獸無處可逃，士卒加緊捕殺，終至所獲多如山積。

【注釋】❶天清日晏　天晴無雲。晏，無雲。❷逢蒙　人名。夏代善於射箭的人，傳說曾學射於羿。❸列眥　此言努力睜大眼睛瞄準，以致眼角裂開。列，通「裂」。眥，上下眼瞼的接合處。❹羿氏　夏代有窮國的國君。恃其善射，不修民事，後身死國滅。❺控弦　拉弓。❻皇車　君車。❼幽輵　形容車盛之狀。❽光純　光耀。純，光明。❾望舒　月之御者。❿彌轡　止轡。放鬆韁繩緩行。彌，通「弭」。止。轡，馬韁。⓫翼乎　閒暇的樣子。⓬上蘭　觀名。在上林苑中。⓭移圍徙陣　言移動獵圍。⓮浸淫　逐漸。⓯蹴部　使部隊靠攏。蹴，通「蹙」。有接近之義。部，軍之部校。⓰曲隊　漢代軍隊較小的單位。部下有曲。⓱堅重　緊密多層。⓲壁壘天旋　壁壘環繞，禽獸無處可逃。壁、壘，星名。此指軍營周圍的防衛建築物。⓳神抶電擊　如天神雷電所擊一般。抶，鞭笞。⓴軍驚師駭　軍隊發動起來。驚，動。駭，起。㉑刮野掃地　言禽獸殺獲皆盡，野地如同掃刮過一般。㉒罕車　裝載罼罕之車。罼、罕，皆獵網。㉓飛揚　車馳網揚。㉔武騎　武勇的騎兵。㉕聿皇　輕疾的樣子。㉖羂　用繩索絆取野獸。㉗梟陽　即狒狒。㉘天寶　即陳寶。一種雞頭人身的怪獸。㉙應駍聲　傳說陳寶之神降臨時，駍然有聲，故要擒陳寶，必得應其聲而動。㉚擊流光　陳寶之神降臨，如同流星，故言。㉛野盡山窮　言搜獵陳寶窮盡山野。㉜囊括其雌雄　一舉得其雌雄。據《太康記》、《搜神記》等記載，擒陳寶，「得雄者王，得雌者霸」，故得其雌雄，為祥瑞之兆。㉝沇沇溶溶　禽獸眾多的樣子。㉞噱　通「谻」。疲倦。此言禽獸奔走倦極，都在遠處張口吐舌地喘息。㉟紘中　網中。㊱芒然　盛多的樣子。㊲窮冘　窮追奔跑的野獸。窮，窮追。冘，行走的樣子。㊳閼與　阻截猶豫不決的野獸。閼，止。與，通「豫」。猶豫。㊴亶　通「但」。㊵剽禽　輕捷之禽。㊶紲踰　超越；飛躍。紲，通「跇」。㊷犀兕　犀牛。兕，屬犀牛一類。㊸熊羆　熊與羆。羆，如熊，黃白文。㊹挐攫　人熊相搏的樣子。挐，手持。攫，爪持。原作「玃」，據高步瀛校改。㊺淩　戰慄。㊻遽　惶遽。㊼徒　但；空。㊽角槍　以角觸地。槍，觸。㊾題注　以額注地。題，額。注，投；撞。㊿蹙竦讋怖　皆畏懼的意思。51失　原無此字，據高步瀛校補。52觸輻關脰　此言眾獸自觸車輻，彎頸而死。輻，車輪之輻條。關，彎。脰，頸。53妄發期中　隨意發箭，都能預期其箭必中。此言禽獸已被逼聚於一處。54進退履獲　言進退之間，必能足踏到禽獸而有所獵獲。55創淫　為兵刃所傷。淫，傷。56輪夷　因車輪輾過而受傷。夷，傷。57丘累陵聚謂被殺死的禽獸堆積如同山丘一般。

【語譯】 在這天氣晴朗萬里無雲的日子，逢蒙睜大眼睛瞄準獵物，后羿使勁拉滿弓弦。天子的車子裝飾得很華美地驅馳而來，光耀天地。御月者望舒放鬆韁繩，悠然地徐徐來到上蘭觀。於是移動圍陣，使部隊逐漸靠攏；曲隊緊密多層，各按行列而不亂。壁壘旋繞，使禽獸無處逃遁；士卒追殺，如同天神鞭笞、電火閃擊。禽獸遇到他們，就粉身碎骨，接近他們就會傷身動骨。鳥來不及飛起就已被擊落，獸未能通過就已經喪生。師旅發動起來，原野如同掃刮過似的。等到裝載獵網的獵車飛馳而來，武勇的騎兵輕疾捲到。他們踐踏飛豹，牽絆狒狒。追逐怪獸陳寶，設定地點，機警地隨著砰然聲響，以及一閃即逝的流星之光而行動，搜盡山野之間，終於能一舉擒獲雌雄兩隻陳寶。此時擠擠挨挨眾多的禽獸，都疲倦極了在網中張口吐舌地喘息。三軍眾盛，都在窮追奔跑的野獸，阻截猶豫不決的動物。只見那輕捷之禽飛越而逃，犀牛以角抵觸，熊羆垂死搏鬥，虎豹也戰慄恐懼。但是牠們只是徒然無力地以角觸地，以額撞地，無限畏懼，失魂落魄的，有的甚至自觸車輻，彎頸而死。此時隨意發箭也能射中禽獸，進退之間足跡所踏定有斬獲。為兵刃殺傷、被車輪輾軋的禽獸，層層堆積，如同山丘一般。

於是禽殫❶中❷衰❸，相與❹集❺於靖冥之館❻，以臨❼珍池❽。灌以岐梁❾，溢以江河❿。東瞰⓫目盡⓬，西⓭暢⓮無崖⓯。隨珠⓰和氏⓱，焯爍⓲其陂⓳。玉石⓴嶜崟㉑，眩燿㉒青熒㉓。漢女㉔水潛㉕，怪物㉖暗冥㉗，不可殫形㉘。玄鸞㉙孔雀，翡翠㉚垂榮㉛。王雎㉜關關㉝，鴻雁嚶嚶㉞。群娭㉟乎其中，噍噍㊱昆鳴㊲。鳧㊳鷖㊴振鷺㊵，上下㊶砰磕㊷，聲若雷霆㊸。乃使文身之技㊹，水格㊺鱗蟲㊻。凌㊼堅冰，犯㊽巖淵㊾。探巖㊿排(51)碕(52)，薄索(53)蛟(54)螭(55)。蹈(56)獱(57)獺(58)，據(59)黿鼉(60)，抾(61)靈蠵(62)。入洞穴(63)，出蒼梧(64)。乘巨鱗(65)，騎京魚(66)。浮彭蠡(67)，目(68)有虞(69)。方(70)椎(71)夜光之流離(72)，剖明月之珠胎(73)。鞭(74)洛水之宓妃(75)，餉(76)屈原(77)與彭(78)胥(79)。

【章　旨】本章寫天子獵後和群臣來到閑館珍池遊賞。先描寫池內珍寶和池上水禽。接著又形容越人潛水漁獵的情景。

【注　釋】❶禽殫　此言鳥獸都被獵殺盡了。禽，鳥獸。殫，盡。❷中　射中。❸衰　殺。❹相與　共同。❺集　會聚。❻靖冥之館　深閑之館。❼臨　來到。❽珍池　珍貴之池。一說：指昭帝所鑿之琳池，廣千步，池南起桂臺以望遠，東引太液池之水。❾灌以岐梁　岐、梁二山之水下注於池中。岐山，在陝西省岐山縣東北，山狀如柱，故又稱天柱山。梁山，在陝西省韓城縣境，接郃陽縣界。❿溢以江河　水滿則溢於江河之中。⓫東瞰　向東眺望。⓬目盡　盡目而望，一片汪洋，無所障礙。⓭西　西視。⓮暢　暢達無阻。⓯無崖　沒有涯際。⓰隨珠　指明月珠。隨侯以藥傅大蛇之傷，後蛇於江中銜大珠以報之。⓱和氏　指和氏璧。春秋時楚人卞和所得寶玉。⓲焯爍　珠玉光芒閃爍。⓳陂　指珍池之中。⓴玉石　似玉之石。㉑嶜崟　高大的樣子。㉒眩燿　閃耀。眩，通「炫」。㉓青熒　色青而有光。㉔漢女　指漢水女神。㉕水潛　潛藏於水中。㉖怪物　奇怪之物。㉗暗冥　藏於幽深的水中。㉘不可殫形　無法完全加以形容。㉙玄鸞　鳥名。㉚翡翠　鳥名。㉛垂榮　言其毛羽有光華。㉜王雎　即雎鳩。㉝關關　鳥鳴聲。㉞嚶嚶　鳥鳴聲。㉟娭　同「嬉」。嬉戲。原作「娛」，據高步瀛校改。㊱噍噍　同「啾啾」。鳥鳴聲。㊲昆鳴　同鳴。㊳鳧　野鴨。㊴鷖　鷗鳥。㊵振鷺　振翅而飛的鷺鷥。㊶上下　群鳥飛上飛下。㊷砰磕　鼓翼之聲。㊸霆　暴雷。㊹文身之技　指文身的越人入水取物的技能。㊺水格　水中格鬥而殺之。㊻鱗蟲　指蛟螭等水族。㊼淩　侵越。㊽犯　進入。㊾巖淵　可畏的深淵。㊿探巖　探索岸側的巉巖。(51)排　強行進入。(52)碕　曲岸。(53)薄索　迫近而擒捉。薄，迫近。索，求取。(54)蛟　傳說中一種能發水的龍。(55)螭　有角的龍。(56)蹈　踏。(57)獱　青色，似狐，居水中，食魚。(58)獺　大於獱，形如狗，在水中，食魚。(59)據　引。(60)黿鼉　大鱉和揚子鱷。(61)抾　捧出。(62)靈蠵　大龜。雄曰毒冒，雌曰觜蠵。(63)入洞穴　言潛行水底，進入太湖下之洞庭道內。(64)出蒼梧　由蒼梧而出水。蒼梧，漢郡名。治所在廣信（今廣西梧州）。65巨鱗　大魚。66京魚　大魚。67彭蠡　即鄱陽湖。在今江西省。68目　視；望。69有虞　指舜。曾為有虞氏部落首領，故名。南行死葬於九嶷山，地屬蒼梧郡。70方　且。71椎　敲擊。因玉在石中，故敲擊而取之。72夜光之流離　夜中有光的流離。流離，一種珍貴的玉。73明月之珠胎　懷有明月珠的大蚌。74鞭　鞭打。75宓妃　伏羲女。投洛水而死，遂為洛神，因其為邪神，故鞭之。76餉　以酒食款待。此指祭奠。77屈原　楚之忠臣。投汨羅江死。78彭　指彭咸。人名，據王逸〈離騷〉注，為殷之賢大夫，溺水而死。79胥　指伍子胥。春秋時吳國忠臣，後被賜劍自刎，屍投水中。

【語　譯】待禽獸都已被射殺淨盡，天子就和群臣聚集在幽深閑靜的館舍中，來到珍貴的池上。岐、梁二山之水下灌於池中，水滿則溢於江河內。向東眺望，極目是一片汪洋；向西看去，平暢而無涯際。隨侯珠、和氏璧，在池中曄曄生輝。似玉之石高大屹立，閃耀著青色的光芒。漢水女神潛藏水中，奇怪之物伏於幽深之處，形形色色無法完全加以形容。還有玄鸞孔雀，翡翠鳥羽毛生光。雎鳩關關地叫，鴻雁嚶嚶而鳴。牠們成群結隊的在池中嬉戲，啾啾共鳴。野鴨、鷗鳥和振翼而起的鷺鷥，飛上飛下鼓動翅膀，聲音如同暴雷一般。又命令紋身的越人施展下水取物的技能，在水中格殺鱗甲、水族。他們穿越堅冰，進入可怕的深淵；探索岸側的巉巖，突入崎嶇的曲岸，迫近擒捉蛟螭。蹶踏獱、獺，引曳黿、鼉，捧出靈蠵。深入水底洞庭之道，從蒼梧郡冒出水面。乘巨鱗，騎大魚。浮游於鄱陽湖上，眼望九嶷山虞舜的葬地。且要敲開石璞取出夜光的流離，剖開巨蚌取出明月之珠。鞭打洛水的邪神宓妃，用酒食祭奠水中屈原、彭咸和伍子胥的忠魂。

於茲乎鴻生鉅儒❶，俄❷軒❸冕❹，雜衣裳❺。修❻〈唐典〉❼，匡❽〈雅〉〈頌〉❾。揖讓於前❿，昭光振燿⓫，蠁曶⓬如神。仁聲⓭惠⓮於北狄⓯，武誼⓰動⓱於南鄰⓲。是以旃裘⓳之王，胡貉⓴之長，移珍來享㉑，抗手㉒稱臣。前入圍口㉓，後陳㉔盧山㉕。群公㉖常伯㉗、陽朱、墨翟㉘之徒，喟然並稱曰：崇哉乎德，雖有唐虞㉙、大夏㉚、成周㉛之隆㉜，何以侈茲㉝！夫古之覲東嶽㉞，禪㉟梁基㊱，舍此世也，其㊲誰與㊳哉！上猶謙讓而未俞㊴也。方將上獵㊵三靈之流㊶，下決醴泉㊷之滋㊸。發黃龍之穴，窺鳳凰之巢，臨麒麟之囿，幸神雀之林㊹。奢雲夢，侈孟諸㊺。非㊻章華㊼，是㊽靈臺㊾。罕徂㊿離宮(51)而輟(52)觀游。土事不飾，木功不雕(53)。丞(54)民乎農桑，勸(55)之以弗怠。儕男女使莫違(56)，恐貧窮者不遍被(57)洋溢之饒(58)，開禁苑，散公儲。創道德之囿(59)，弘仁惠之虞(60)。馳弋(61)乎神明之囿(62)，覽觀乎群臣之有亡(63)。放雉兔，收罝罘(64)，麋鹿芻蕘(65)，與百姓共之。蓋(66)所以(67)臻茲(68)也。於是醇(69)洪鬯之德(70)，豐(71)茂世(72)之規(73)。加勞三皇(74)，勗勤五帝(75)，不亦至(76)乎！乃祗(77)莊雍(78)穆之徒(79)，立君臣之節(80)，崇賢聖之業，未遑(81)苑囿之麗，游獵之靡也。因回軫還衡(82)，背阿房(83)，反未央(84)。

【章　旨】本章揭示全賦的題旨，對皇帝提出諷諫。作者故意歌頌天子的聖德，說他如何重視禮讓文德，提倡節儉，體恤百姓，終於放棄田獵，回返未央宮去。作者諫阻羽獵的本意至此完全表露無遺。

【注　釋】❶鴻生鉅儒　德行高尚的鴻生大儒。鴻、鉅，皆言大。生、儒，皆言有德行的人。❷俄　高的樣子。❸軒　一種前頂較高而有帷幕的車。供大夫以上乘坐。❹冕　大冠。❺雜衣裳　特殊顏色的衣與裳。❻修　修明；昌明。❼唐典　指《尚書・堯典》。其中記述堯禪讓的事跡。❽匡　匡正；整理端正。❾雅頌　《詩經》中部分篇章。其美刺皆符合儒家治道。

⑩揖讓於前　指以施行文德為先。含有偃武修文之意。揖讓，本為禮之事，此代指文德。⑪昭光振耀　發揚光大。⑫鑾曶迅疾。鑾，同「嚮」。曶，同「忽」。⑬仁聲　天子慈仁的聲譽。⑭惠　給；傳。⑮北狄　北方少數民族。⑯武誼　武事講究道義。⑰動　感動。⑱南鄰　南方之少數民族。⑲旃裘　氈製的衣服。此指游牧民族。旃，通「氈」。⑳胡貉　古東北方少數民族。㉑移珍來享　奉珍物來進貢。享，獻。㉒抗手　舉手而拜。㉓闉口　獵營之門口。㉔陳　陳列。㉕盧山　指單于庭南山。㉖群公　指上層官吏。㉗常伯　周代官名。秦漢稱侍中，出入宮庭，應對顧問，地位甚顯貴。㉘陽朱墨翟　先秦兩位大學者。此代指賢德之人。㉙唐虞　堯和舜。㉚大夏　大禹。㉛成周　周成王和周公。㉜隆　隆盛。㉝侈茲　過於此。茲，指漢成帝之時。㉞覲東嶽　此指天子到東嶽泰山舉行封禪大典。覲，諸侯秋朝天子。㉟禪　帝王在泰山下的梁父山闢場祭地。㊱梁基　指梁父山。㊲其　應該。㊳誰與　同誰。㊴俞　然。表同意。㊵上獵　此指上取。㊶三靈之流　日月星之福流。㊷醴泉　甘泉。㊸滋　湧流。㊹發黃龍之穴四句　是說天子修德，因而祥瑞畢至。㊺奢雲夢二句　以在雲夢澤、孟諸澤二處畋獵為奢侈。奢、侈，認為奢侈。雲夢，楚之大藪澤。孟諸，宋之大藪澤。㊻非　認為不對。㊼章華　臺名。春秋時楚靈王所造，在今湖北省監利縣西北。㊽是　認為是；以之為是。㊾靈臺　臺名。周文王以民力建臺，庶民歡樂，謂其臺為靈臺。《詩·大雅·靈臺》記其事。㊿徂　去。(51)離宮　古代帝王在正式宮殿之外所築的宮殿。以隨時游處。(52)輟　停止。(53)土事不飾二句　謂宮室建築儉樸，不事雕飾。土事，指宮室建築中牆垣之類。木功，指梁棟門窗等。(54)丞　同「拯」。拔；救之。(55)勸　鼓勵。(56)儕男女使莫違　使民及時婚配。此含減少徭役之意，又有繁殖人口增加生產的意義。儕，婚配。使莫違，謂使民按時結婚，無違於期。(57)被　享用。(58)洋溢之饒　到處都存在的富裕豐足。(59)創道德之囿　是說天子使自己的道德宏富。(60)弘仁惠之虞　謂擴大天子的仁惠。虞，指虞人所掌之地。(61)馳弋　專攻；努力。(62)神明　指如神之明察於民事。(63)覽觀乎群臣之有亡　謂觀其有無而加恩施。(64)罝罘　皆獵取野獸的網。罝，獵獸用。罘，獵兔用。(65)蒭蕘　割草打柴者。此指柴草。(66)蓋　大概。(67)所以　用以。(68)臻茲　達到此目的。指仁德盛世。(69)醇　使之精純。(70)洪鬯之德　洪大暢通的德行。洪，大。鬯，通「暢」。暢達；無所不至。(71)豐　充實；擴充。(72)茂世　繁榮昌盛的時代。(73)規　法度。(74)加勞三皇　比三皇更勞苦。(75)勗勤五帝　此言勤勉過於五帝。勗勤，謂勉力勤奮。勗，同「勖」。勉力。(76)至　到極點。(77)祗　敬。(78)雍　和。(79)徒　事。指從事於祇莊雍穆。徒，事。(80)君臣之節　君臣應該恪守的法度。節，法度。(81)未遑　未及。(82)回軫還衡　指回過車來。軫、衡，皆代指車。軫，車後橫木。衡，車前橫木。(83)阿房　秦宮名。在今陝西省長安縣西。此指奢華的離宮別館。(84)未央　漢宮。

【語　譯】於是德行高尚的鴻生大儒們，乘軒車，戴高冠，身穿顏色特殊的衣裳。闡明唐堯的政理，匡正發揚〈雅〉、〈頌〉詩教。天子把施行禮讓文德放在前面，並加以光大振耀，影響迅疾傳於四方。仁慈的聲譽傳於北狄，武事上的道義感動了南鄰。因此身穿氈裘的國君，胡貉之族的酋長，都奉珍物來進貢，舉手而拜，情願稱臣。前來朝覲天子者，前面的已入獵營門口，後面的還排列在單于庭南山。眾公卿像侍中這樣的近臣，像陽朱、墨翟這樣的賢德之士，都喟然贊歎說：天子的德行多麼崇高呵！即使唐堯、虞舜、夏禹、周成王、周公的盛世，怎麼超得過今日呢！古之封泰山，禪梁父的聖君們，除了當今之世，還能與誰同道呢！天子還是謙讓不肯表示同意。且上要取日月星的福流，下要開發奔湧的甘泉。打開黃龍的洞穴，窺視鳳凰的窩巢，來到麒麟生活的苑囿，進入神雀棲息的樹林。以雲夢澤游獵為奢侈，視孟諸澤圍狩為淫靡。譴責楚靈王所造章華臺的奢華，而肯定周文王所築靈臺的質樸。文王極少前往離宮，並停止外出游觀。宮室牆垣不加彩飾，木柱也不用雕鏤。以種田、養蠶來養活百姓，勉勵他們好好勞作，不要懈怠。使男女按時婚配，不要耽延了婚期。並且擔心貧窮的人不能在這一片富裕豐饒的環境中廣受照顧，就打開禁苑，散發國家儲蓄的錢穀。開創道德的園圃，弘揚仁惠的精神。一方面在神明的苑囿中馳騁，以觀覽群臣有無聖德對百姓施恩。一方面放出野雞野兔，收藏起各種獵網，麋鹿柴草，都與百姓共有，大概採取這些措施就可以達到仁德盛世了。於是天子使其洪大暢通之德更加精純，使現今繁榮之世的法度更加充實。勞苦過於三皇，勤勉超越五帝，這樣不是達到極點了嗎！盡力做到莊敬和穆，建立君臣的節度，推崇前代聖賢的事業，這就來不及顧到苑囿的華麗，游獵的奢靡了。於是天子就轉回車駕，離開豪華的離宮，回到了未央宮。

卷九

長楊賦 并序

【作　者】揚雄，見頁二七一。

【題　解】〈長楊賦〉與〈羽獵賦〉主旨相似，都針對漢成帝之沈迷田獵、妨礙農事，而提出諷諫。然而不同的是，〈羽獵賦〉採取的是大賦通常慣用的手法：著重描繪天子羽獵過程，竭力加以鋪張，來顯示其荒淫奢靡。而〈長楊賦〉則採用了另一種手法，不去描寫長楊宮中胡人搏獸的場面，而是在回顧漢朝前代史實之後，發表了一大篇議論。作者虛構了子墨客卿這個人物來指責成帝擾民，而作為作者代言人的翰林主人則是站在為成帝辯護的立場上，他故意說此次田獵是在五穀豐登之年舉行的，而且皇帝馬上要捨棄觀獵回宮，一心一意施仁政與禮樂去了。這樣說當然不符合事實，但諷諫之意也就隱含其中。一面歌功頌德，大發議論，一方面又旁敲側擊，微含諷諭，形成了本篇的一種特殊風格，值得我們細讀領會。

明年❶，上❷將大誇❸胡人以多禽獸。秋❹，命右扶風❺發民入南山❻，西自褒斜❼，東至弘農❽，南敺❾漢中❿，張羅罔罝罘⓫，捕熊羆⓬豪豬⓭，虎豹狖⓮玃⓯，狐兔麋鹿，載以檻車⓰，輸長楊⓱射熊館⓲。以網為周阹⓳，縱禽獸其中，令胡人手搏⓴之，自取其獲，上親臨觀焉。是時，農民不得收斂㉑。雄從至射熊館，還，上〈長楊賦〉。聊因㉒筆墨之成文章，故藉㉓翰林㉔以為主人，子墨㉕為客卿㉖以風㉗。

【章　旨】本章是全賦的序。說明隨侍長楊宮親見皇帝發民捕獸，耽誤農事，因而寫作此賦以作諷諫。

【注釋】❶明年　謂作〈羽獵賦〉之明年。❷上　指漢成帝。❸大誇　大肆誇耀。❹秋　秋天。冬將校獵，故秋先命民作準備。❺右扶風　官名；郡名。右扶風作為政區，治所在長安，轄境約當今陝西秦嶺以北，戶縣、咸陽、旬邑以西地，因地屬畿輔，故不稱郡，為三輔之一。此指該政區長官，職掌相當於郡太守。❻南山　指終南山。在今陝西省西安市南，為秦嶺主峰。❼褒斜　古通道名。為褒水、斜水所形成的河谷，在陝西省西南。❽弘農　郡名。轄境相當於今河南內鄉、宜陽縣以西，黃河、華山以南，陝西柞水以東。❾敺　同「驅」。直達；逼近。❿漢中　郡名。⓫罝罘　捕獸的網。⓬羆　俗稱人熊。似熊而長頭高腳，猛悍多力。⓭豪豬　也稱箭豬、豪彘。體肥，全身生棘毛，尖如針，長者至尺許，其端白，平時毛向後，遇敵則豎毛以為防禦。⓮狖　長尾猴。⓯玃　大母猴。⓰檻車　用柵欄封閉的車。用以囚禁犯人或裝運活的禽獸。⓱長楊　漢行宮名。因宮中多長楊樹，故名，故址在今陝西省盩厔縣東南。⓲射熊館　別館名。在長楊宮內。⓳周阹　遮攔禽獸的圍陣。⓴手搏　徒手搏鬥。㉑收斂　收穫莊稼。㉒聊因　暫且憑藉。㉓藉　借助。㉔翰林　作者虛擬的人物。謂此人是淹博儒雅之士。翰林，儒林。翰，筆。㉕子墨　作者虛擬的人物。子，男子的通稱。墨，寫字工具。㉖客卿　此指賓客。㉗風　諷諭。用曲折委婉的方式來說明。

【語譯】作〈羽獵賦〉的次年，皇帝意欲向胡人大肆誇耀漢地禽獸眾多。秋天，命令右扶風徵發百姓入終南山，西從褒斜道，東至弘農郡，南近漢中郡，大張羅網，捕捉熊、羆、豪豬，虎、豹、狖、玃，狐、兔、麋、鹿，用籠車裝載，運入長楊宮射熊館。用網連為圍陣，把禽獸放縱其中，命令胡人徒手與之搏鬥，各自取其獵物，皇帝則親自駕臨觀看。這時，農民便無法收穫莊稼。我曾隨從皇帝到射熊館，回來後寫了〈長楊賦〉獻給皇帝。姑且提筆為文，借翰林以為主人，子墨以為賓客來進行諷諫吧！

其辭曰：子墨客卿問於翰林主人曰：蓋聞聖主之養民也，仁霑❶而恩洽❷，動不為身❸。今年獵長楊，先命右扶風，左❹太華❺而右❻褒斜，椓❼巀嶭❽而為弋❾，紆❿南山以為罝，羅千乘於林莽，列萬騎於山隅，帥軍踤阹⓫，錫戎獲胡⓬。搤⓭熊羆，拖⓮豪豬，木擁槍纍⓯，以為儲胥⓰，此天下之窮覽極觀⓱也。雖然，亦頗擾於農人。三旬有餘，其廑⓲至⓳矣，而功不圖⓴。恐不識者㉑外之㉒則以為娛樂之游㉓，內之㉔則不以為乾豆之事㉕，豈為民乎哉？且人君以玄默為神，澹泊為德㉖，今樂遠出㉗以露㉘威靈㉙，數㉚搖動㉛以罷㉜車甲㉝，本非人主之急務㉞也，蒙竊㉟惑㊱焉。翰林主人曰：吁㊲，客何謂茲㊳耶！若客所謂知其一未睹其二，見其外不識其內也。僕㊴嘗㊵倦談㊶，不能一二其詳㊷，請略舉其凡㊸，而客自覽其切㊹焉。客曰：唯唯。

【章　旨】本章假設主客問答，客人認為天子長楊校獵，勞師敝民，有悖為君之道，於是引起主人下文的一番議論。

【注　釋】❶霑　滋潤。❷洽　沾溼；浸潤。❸動不為身　一舉一動不是為了自己，而是為了百姓。❹左　東面。❺太華即華山。在陝西省華陰縣南。❻右　西面。❼椓　捶築。❽巀嶭　山名。即今嵯峨山，在今陝西涇陽、淳化二縣界。❾弋小木樁。❿紆　屈曲。⓫帥軍踤阹　此言率軍卒聚合而成為遮攔禽獸的圍陣。踤，聚。阹，圍陣。⓬錫戎獲胡　此言將獵獲的禽獸賜與戎人。錫，賜給。戎人即胡人。獲胡，胡人自行搏殺獵獲禽獸。⓭搤　捉取。⓮拖　引曳。⓯木擁槍纍　外圍以木柵，內編以竹槍，以防禽獸逃逸。⓰儲胥　猶言儲蓄。謂驅禽獸於阹中（用王念孫說）。⓱窮覽極觀　最奇絕的觀覽場面。⓲廑　通「勤」。辛勞。⓳至　極點。⓴功不圖　即不圖功。凡人所為，皆有所圖，今百姓甚勞而無所圖，則是勞而無益。㉑不識者　不知事務之人。㉒外之　從外面看來。㉓娛樂之游　為娛樂而游獵。言不是出於正當的目的。㉔內之　從游獵的內在意義看。㉕乾豆之事　指祭祀之事。乾，指盛在禮器中的脯腊之類食物。豆，木製禮器。《禮記・王制》：「天子諸侯，無事則歲三田，一為乾豆，二為賓客，三為充君之庖。」㉖玄默為神二句　以深沈恬靜為精神，以清靜無為為德性。玄默，幽深沈靜。神，精神。澹泊，清靜無為。德，道德；品質。㉗樂遠出　以遠出游獵為樂。㉘露　顯露；誇耀。㉙威靈　謂天子的威嚴神采。㉚數　多次；屢次。㉛搖動　指興師動眾。㉜罷　疲勞。㉝車甲　指軍隊。車，指戰車。甲，指甲士。㉞急務　應當急於從事之事務。㉟蒙竊　表示謙虛的語氣。蒙，蒙昧無知。竊，私下。㊱惑　迷惑不解。㊲吁　表示疑怪的語氣詞。㊳何謂茲　何為如此。原「謂」下有一「之」字，據《文選考異》校刪。㊴僕　對自己的謙稱。㊵嘗　已經。㊶倦談　倦於談說。㊷一二其詳　一點一點詳細地談。㊸凡　大旨。㊹切　近。指切近事義者。

【語　譯】這篇辭賦是：子墨客卿問翰林主人說：我聽說聖明的君主養育百姓，仁德普沾，恩義浸潤，一舉一動都不是為了自身。今年在長楊宮畋獵，先命右扶風，東起華山，西至褒斜道發民驅趕野獸，捶築巀嶭山作為小木樁，屈曲終南山以為捕獸網，羅布千輛戰車在林木草澤之中，排列上萬騎兵在山的邊隅，率領軍士聚合成為遮攔禽獸的圍陣，命令那些胡人搏殺禽獸並且把獵獲物賜與他們。捉取熊羆，拖曳豪豬，外圍木柵，內編竹槍，中留空地來容納禽獸，這真是天下最奇妙壯觀的場面了。雖然好看，卻又很騷擾百姓。因為整個打獵歷時三十多天，百姓都辛勞極了，但是卻沒有得到什麼好處。不瞭解的人從表面上看，會認為這只是出於娛樂的游獵；從內在的意義看，這既不是為了供應祭祀，哪裡是為了人民呢？再說君主應以深沈恬靜為精神，以清靜無為為德性，如今卻喜愛遠出游獵來顯露天子的威嚴神采，屢次興師動眾使士卒人馬疲勞，這都不是君主從政的當務之急，我蒙昧無知，私下感到疑惑不解。翰林主人說：唉，客人怎麼能這樣說呢？像您這樣的人真是所謂知其一不知其二，見其外不識其內。我已經倦於談論，不能一點一滴的詳細討論，請允許我略舉大旨，而客人自己去領會其中切近事理之處吧。子墨客卿說：好，好。

主人曰：昔有彊秦❶，封豕其士❷，窫窳❸其民，鑿齒❹之徒，相與摩牙❺而爭之。豪俊❻麋沸❼雲擾❽，群黎❾為之不康❿。於是上帝眷顧⓫高祖⓬，高祖奉命⑬，順斗極，運天關⑭，橫鉅海，漂昆侖⑮，提劍而叱之⑯。所過麾城⑰撕邑⑱，下將降旗⑲，一日之戰，不可殫記。當此之勤⑳，頭蓬不暇梳，飢不及餐，鞮鍪㉑生蟣蝨，介冑㉒被霑汗㉓，以為萬姓請命㉔乎皇天。迺展人之所詘㉕，振人之所乏㉖，規億載㉗，恢㉘帝業，七年之間㉙而天下密如㉚也。逮㉛至聖文㉜，隨風乘流㉝，方垂意㉞於至寧㉟。躬服㊱節儉，綈衣不敝㊲，革鞜㊳不穿㊴，大夏不居，木器無文㊵。於是後宮賤瑇瑁㊶而疏珠璣㊷，卻㊸翡翠㊹之飾，除雕琢之巧㊺。惡麗靡而不近，斥芬芳而不御㊻。抑止絲竹晏衍之樂㊼，憎聞鄭衛幼眇之聲㊽。是以玉衡㊾正㊿而太階(51)平也。

【章　旨】本章回顧高祖討伐暴秦，安定天下的業績和文帝崇尚儉僕，厭惡奢靡的風氣。

【注　釋】❶彊秦　強暴之秦。❷封豕其士　此言其地之士都如封豕一般殘忍貪暴。封豕，大豬。士，原作「土」，據《文選考異》改。❸窫窳　猛獸名。類貙，虎爪食人。此比喻秦民的兇猛。❹鑿齒　猛獸名。齒長五尺，似鑿，食人。❺摩牙　磨礪牙齒。❻豪俊　指秦末舉義旗抗秦的豪傑們。如陳勝、項籍諸人。❼麋沸　形容天下如粥在鍋裡沸騰一般動亂紛擾。麋，通「糜」。粥。❽雲擾　形容天下如雲一般擾攘動亂。❾群黎　廣大民眾。❿不康　不安。⓫眷顧　關注。⓬高祖　漢高祖劉邦。西漢開國之君。⓭奉命　奉行天命。⓮順斗極二句　比喻順應天命，討伐暴秦。斗，北斗星。極，北極星。天關，星名。北極星。⓯橫鉅海二句　形容高祖兵盛，東可渡大海，西則搖撼崑崙山，縱橫於天下。橫，橫渡。漂，搖撼。昆侖，即崑崙山。⓰提劍而叱之　形容高祖睥睨一世的英雄氣概。⓱麾城　揮旗登城。麾，指揮。⓲撕邑　攻占城邑。撕，取。⓳下將降旗　下虜敵將、或使其降順而取其旌旗。⓴勤　辛苦。㉑鞮鍪　戰士的頭盔。㉒介冑　甲冑。㉓霑汗　被汗沾溼。㉔為萬姓請命　為百姓請求保全生命，解除痛苦。㉕展人之所詘　使受到壓抑而委曲的人才得到舒展。詘，古「屈」字。㉖振人之所乏　救濟人之困乏。㉗規億載　此言高祖在開國之初謀畫國家安定的久遠之道。規，謀畫。㉘恢　宏大。㉙七年之間　高祖五年誅項羽，自六年至十二年帝崩，共七年。閒，通「間」。㉚密如　安定貌。㉛逮　及；等到。㉜聖文　指漢文帝劉恆。高祖子。㉝隨風乘流　隨順高祖的遺風餘韻。㉞垂意　留心。㉟至寧　使天下十分安寧。㊱躬服　親身實行。㊲綈衣不敝　是說綈衣不破敗繼續穿而不更換。綈衣，質料粗厚的衣服。綈，厚繒。敝，通「弊」。破敗。㊳革鞜　皮革做的鞋。㊴不穿　不破。㊵無文　不加彩繪雕琢。㊶瑇瑁　一種海中龜殼。可做裝飾品。㊷璣　不圓的珠子。㊸卻　摒棄。㊹翡翠　半透明翠綠色的輝玉。㊺雕琢之巧　指經過琢磨鏤刻的玉飾。㊻不御　不用。㊼晏衍之樂　邪惡之樂。㊽鄭衛幼眇之聲　鄭衛動人而淫靡的歌聲。鄭衛之聲本指春秋時鄭、衛兩國的俗樂，儒家認為這是亂世淫靡之音。幼眇，微妙。㊾玉衡　星名。北斗第五星。㊿正　位正而不易。(51)太階　星名。即三台：上台、中台、下台。共六星，兩兩相對，並排斜上，如階梯，故名。上階上星為天子，下星為女主，中階上星為諸侯三公，下星為卿大夫，下階上星為元士，下星為庶人。三階平則陰陽和，風雨時，歲大登，人民息，天下平。

【語　譯】主人說：往昔有殘暴的秦國，士兵都像貪暴的野豬，人民又如兇猛的窫窳，還有那些像鑿齒的人，他們一起磨牙爭食。這時豪傑之士趁機擾亂，如粥沸騰，如雲紛紜，廣大民眾因此不得安寧。於是上帝關注高祖，高祖奉行天命，順應斗極，如天關運行，東可橫渡大海，西可搖撼崑崙，手提利劍而叱咤一世。所過之處，登城取邑，虜將得旗，一天所經歷的戰役，記載不完。在這艱苦的時代，即使頭髮蓬亂也來不及梳理，肚子飢餓也來不及進餐，頭盔生了蟣蝨，甲冑也被汗水沾溼，以此為百姓向皇天請求保全生命，解除痛苦。於是使受委曲者得到伸展；並救濟人民的困乏，謀畫久遠之道，宏大帝業，七年之間天下得到安寧。到了聖明的文帝，隨順高祖的遺風，致力於使國家安寧。親身遵守節儉之道，綈衣不壞不做新的，皮鞋不破也不更換，不居住大廈，木器不加彩繪文飾。於是後宮嬪妃不愛瑇瑁，疏遠珠璣，摒棄翡翠飾品，除去雕琢奇巧的玉件。憎惡華麗浪費而不接近這些事，排斥芬芳之氣而不採用。抑止邪惡的管弦之樂，不去聽鄭衛動人而淫靡的歌聲。因此，北斗位正而三階星平，人民安樂，天下太平。

其後熏鬻❶作虐❷，東夷❸橫畔❹，羌戎❺睚眥❻，閩越❼相亂❽，遐氓❾為之不安，中國❿蒙被其難。於是聖武⓫勃怒，爰⓬整其旅⓭，迺命驃⓮衛⓯，汾沄沸渭⓰，雲合⓱電發⓲，猋騰波流⓳，機駭⓴蠭軼㉑，疾如奔星，擊如震霆。碎轒轀㉒，破穹廬㉓，腦沙幕㉔，髓余吾㉕。遂躐㉖乎王庭㉗，敺㉘橐駝㉙，燒熐蠡㉚，分勢㉛單于㉜，磔裂㉝屬國㉞。夷阬谷，拔鹵莽，刊山石㉟，蹂屍㊱輿厮㊲，係累㊳老弱。吮鋋瘢耆㊴，金鏃㊵淫夷㊶者數十萬人。皆稽顙㊷樹頷㊸，扶服㊹蛾伏㊺，二十餘年㊻矣，尚不敢惕息㊼。夫天兵㊽四臨㊾，幽都㊿先加(51)，迴戈(52)邪指(53)，南越(54)相夷(55)，靡節(56)西征，羌(57)僰(58)東馳(59)。是以遐方疏俗(60)，殊鄰絕黨之域(61)，自上仁(62)所不化(63)，茂德(64)所不綏(65)，莫不蹻足抗首(66)，請獻厥珍。使海內澹然(67)，永亡(68)邊城之災，金革之患(69)。

【章旨】本章回顧漢武帝征討四方，解除外患的勳業。尤其著重描寫衛青、霍去病對匈奴的出擊。

【注釋】❶熏鬻　匈奴本名。❷作虐　虐害漢邊。❸東夷　指朝鮮。東方少數民族。❹橫畔　大膽反叛。橫，自縱。畔，反叛。❺羌戎　古代西方少數民族。❻睚眥　相互怒目而視的樣子。❼閩越　古代南方少數民族。❽相亂　相互攻擊。❾遐氓　邊遠地區的人民。❿中國　指中原地帶。⓫聖武　指漢武帝劉徹。⓬爰　語首助詞。無義。⓭整其旅　整飭軍隊。⓮驃　指霍去病。為驃騎將軍，共六次出擊匈奴。⓯衛　指衛青。為大將軍，七次出擊匈奴。⓰汾沄沸渭　眾盛之狀。⓱雲合　形容師旅聚合之狀。⓲電發　電光突發。形容進軍之疾速。⓳猋騰波流　形容進軍的氣勢。猋，疾風。⓴機駭　形容迅疾。機，弩機。弩上發箭的裝置，其箭如同驚駭而出，故言駭。㉑蠭軼　形容蜂擁爭先之狀。蠭，同「蜂」。軼，超過。㉒轒

輼 匈奴兵車。也可寢處其中。㉓穹廬 匈奴人所住氈帳。㉔腦沙幕 使匈奴人腦漿塗於沙漠之中。沙幕，沙漠。㉕髓余吾 骨髓流入於余吾水中。余吾，水名。在朔方（今寧夏省靈武縣一帶）之北。㉖躪 踐踏。㉗王庭 匈奴君長設幕立朝的地方。㉘敺 同「驅」。驅趕。㉙橐駝 駱駝。㉚熐蠡 聚落。指匈奴人聚居之處。㉛分埶 分割。埶，同「勢」。㉜單于 匈奴王號。㉝磔裂 分裂。㉞屬國 降漢匈奴，以屬國稱之。案：武帝擊匈奴後，匈奴西徙，部落貴族發生分裂，出現五單于爭立的局面，宣帝甘露元年，呼韓邪單于歸漢，引眾南徙於陰山附近。㉟夷阬谷三句 指掃除障礙，以通道路。夷阬谷，填平坑谷。拔，拔掉。鹵，西方鹹地。莽，草莽。刊，削平。㊱蹂屍 踐踏死者之屍。㊲輿廝 用車輪輾軋其廝徒。㊳係纍 綑綁擄掠。㊴吮鋋瘢耆 劍矢和短矛所中傷口，結成創疤。吮，箭的末端。原作「哾」，據五臣注本改。鋋，鐵柄短矛。瘢，創疤。耆，也作「耆」。原為馬之鬣，即馬鬃，此用以形容創疤密布如馬鬃的樣子。㊵金鏃 銅箭頭。㊶淫夷 傷勢嚴重。㊷稽顙 叩頭時以額觸地。㊸樹頷 頷朝上。樹是向上，額觸地則頷向上，故稱。頷，構成口腔上下部的骨和肌肉組織。㊹扶服 即匍匐。爬行。㊺蛾伏 如蟻之伏。㊻二十餘年 指漢兵深入窮邊，征討匈奴的二十餘年間。㊼愒息 快速喘息。愒，疾。息，喘。㊽天兵 漢朝的大兵。㊾四臨 征討四方。㊿幽都 北方。指匈奴。51先加 先行討伐。52迴戈 調轉軍隊。53邪指 即斜指。指向南方。54南越 也作「南粵」。古國名，秦於其地置桂林、南海和象郡，秦末，龍川令趙佗兼并三郡，建南越國，漢武帝元鼎六年滅南越，設置九郡。55相夷 殄滅。56靡節 揮動符節。57羌 古代西部的少數民族。分布於今青海一帶。58僰 古族名。屬漢西南夷。古僰國在今川南及滇東一帶。59東馳 指向漢降順。60遐方疏俗 指極遠異俗之地。遐方，遠方。疏，遠。61殊鄰絕黨之域 指與漢相距遼遠，互無往來之地。殊，絕；遼遠。鄰，鄰近。黨，親近。域，國。62上仁 至仁；最高的仁德。此指古代賢明的君主。63化 化育。64茂德 盛德。此指古代賢明的君主。65綏 安撫。66蹻足抗首 舉足舉首。形容異域之人誠心歸順的樣子。67澹然 安然無事。68亡 無。69金革之患 指戰禍。金，兵器。革，甲冑。

【語譯】其後匈奴肆虐漢朝領域，東夷大膽的反叛，羌戎相互怒目而視，閩越互相攻擊，邊遠地區的人民因此不得安寧，中原地帶遭遇災難。於是聖明的武帝勃然大怒，就整飭大軍，命令驃騎將軍霍去病、大將軍衛青率軍出擊，大軍紛紜眾盛，如雲之屯聚，似雷疾發，又像暴風騰起，洪波湧流，弩機發矢，蜂群超軼，行進快若流星，攻擊如同霹靂響震。粉碎敵人的戰車，摧毀其氈帳，使他們腦漿塗於沙漠之上，骨髓流於余吾水內。且踐踏匈奴君長設幕立朝的王庭，驅趕他們的駱駝，焚燒他們的聚落，使單于分裂，把分裂出來的部落作為屬國。填平坑谷，拔出鹹地上的草叢，削去山石，打通道路，蹂踐屍骸，輾軋廝徒，綑綁老弱。為劍矢短矛所中，疤痕累累，為銅鏃所傷，傷勢嚴重者達數十萬人。他們都額觸地、頷朝天，匍匐如蟻，表示臣服，二十餘年間，大氣都不敢喘一口。大漢天兵征討四方，兵鋒先加於北方匈奴，然後迴軍斜指，殄滅了南越，揮師西征，羌、僰東來歸順。因此絕遠異俗，與漢素無往來之國，至仁之君不曾化育，盛德之帝未加安撫的，也都無不蹺足舉首，請求貢獻其地珍寶。使得海內平安，永無邊城遭侵略的禍患，以及戰爭的災難。

今朝廷❶純仁❷，遵道顯義，并包書林❸，聖風❹雲靡❺，英華❻沈浮❼，洋溢❽八區❾。普天所覆❿，莫不沾濡⓫。士有不談王道⓬者，則樵夫⓭笑之。意者⓮以為事罔隆而不殺⓯，物靡盛而不虧⓰，故平不肆險⓱，安不忘危。迺時⓲以有年⓳出兵，整輿⓴竦戎㉑，振師㉒五柞㉓，習馬㉔長楊，簡力狡獸㉕，校武票禽㉖。迺萃然㉗登南山㉘，瞰㉙烏弋㉚，西厭㉛月䖸㉜，東震㉝日域㉞。又恐㉟後代迷於一時之事㊱，常以此為國家之大務，淫荒田獵，陵夷㊲而不禦㊳也。是以車不安軔㊴，日未靡旃㊵，從者彷彿㊶，骫㊷屬㊸而還。亦所以奉太尊㊹之烈㊺，遵文武之度㊻，復三王之田㊼，反五帝之虞㊽。使農不輟㊾耰㊿，工不下機(51)，婚姻以時，男女莫違(52)。出凱弟(53)，行簡易(54)，矜劬勞(55)，休力役(56)，見百年(57)，存(58)孤弱(59)，帥(60)與之同苦樂(61)。然後陳鐘鼓之樂，鳴鞀(62)磬(63)之和，建碣磍之虡(64)，拮隔(65)鳴球[66]，掉[67]八列之舞[68]。酌[69]允鑠[70]，肴樂胥[71]，聽廟[72]中之雍雍[73]，受神人之福祜[74]。歌投頌，吹合雅[75]，其勤[76]若此，故真神之所勞[77]也。方將俟[78]元符[79]，以禪梁甫之基[80]，增泰山之高[81]，延光[82]于將來，比榮[83]乎往號[84]。豈徒欲淫覽浮觀[85]，馳騁秔稻[86]之地，周流[87]梨栗之林，蹂踐芻[88]蕘[89]，誇詡眾庶[90]，盛狖[91]玃[92]之收[93]，多麋鹿之獲哉！且盲者不見咫尺[94]，而離婁[95]燭[96]千里之隅[97]。客徒愛[98]胡人之獲我禽獸，曾[99]不知我亦已獲其王侯[100]。言未卒，墨客降席[101]，再拜[102]稽首[103]曰：大哉體乎[104]！允[105]非小人[106]之所能及也。迺今日發矇[107]，廓然[108]已昭[109]矣。

【章　旨】本章中翰林主人一面歌頌天子聖德一面又進行諷諫，子墨客卿表示悅服。

【注　釋】❶朝廷　指漢成帝。❷純仁　至仁。❸并包書林　此言成帝博通經籍。《史記・卷二三・禮書》司馬貞《索隱》：「書者，五經六籍總名也。」❹聖風　指成帝聖明之風化。❺雲靡　如雲一樣籠罩天下。靡，彌漫；籠罩。❻英華　指花木之美。引申指帝王的德化。❼沈浮　指高高低低都開滿了花。即盛多的樣子。❽洋溢　充盈而溢出。❾八區　八方。❿普天所覆　整個天穹所覆蓋之下。即普天之下。⓫沾濡　沾及天子的恩德。⓬王道　與「霸道」相對。主張以仁義治天下。此兼指成帝之德化。⓭樵夫　打柴的人。⓮意者　想來。此翰林主人對君主想法的揣想之詞。⓯事罔隆而不殺　事物沒有極興隆而不衰減的。事，指事物。罔，無。隆，高起。殺，衰減。⓰物靡盛而不虧　事物沒有永遠興盛而不虧損的。⓱平不肆險　平安時不放縱自己致於險境。肆，放縱。⓲時　有時；偶爾。⓳有年　五穀豐登。⓴整輿　整頓兵車。㉑竦戎　鼓勵軍旅。竦，勸。㉒振師　整頓師旅。㉓五柞　宮名。故址在今陝西省盩厔縣東南三十八里，與長楊宮相去八里，漢武帝建造，因宮中有五柞樹，皆連抱，蔭覆數畝，故名。㉔習馬　操練兵馬。㉕簡力狡獸　藉著與健壯的野獸搏鬥的方式來選擇力士。簡，選擇。狡，健壯。㉖校武票禽　通過狩獵輕疾之禽來考核武勇之士。校，考核。票，輕疾。㉗萃然　聚集貌。㉘南山　終南山。㉙瞰　遠望。㉚烏弋　國名。在西域最西邊，據說距長安一萬二千二百里，其地暑熱。㉛厭　壓制；制服。㉜月[山骨]　極西月出之地。㉝震　震懾；使畏懼。㉞日域　日出之域。㉟又恐　此翰林主人懸擬成帝心理。㊱一時之事　指畋獵。㊲陵夷　由盛到衰；衰頹。㊳禦　止。㊴車不安軔　未及停車。安，安置。軔，剎住車輪的支輪木。發車叫發軔，停車叫安軔。㊵日未靡旃　日未移動旌旗之影。靡，披靡；移動。旃，曲柄旗。㊶從者彷彿　此言從者尚不明白皇帝的意圖。彷彿，模糊不清。㊷骫　古「委」字。此言委棄畋獵之事。㊸屬　連屬；前後相連的樣子。㊹太尊　指漢高祖。㊺烈　事業。㊻文武之度　此指漢文帝、漢武帝的法度。㊼三王之田　即傳說中夏禹、商湯、周文武的三田制度。三田指畋獵一為祭祀，二為賓客，三為充君庖廚。㊽五帝之虞　此指舜命伯益為虞人，掌管山澤，使鳥獸得以生息。五帝，說法不一，或指黃帝、顓頊、帝嚳、堯、舜，或指伏羲、神農、黃帝、堯、舜。㊾輟　停止。㊿耰　古代弄碎土塊使田地平坦的農具。此作動詞，指代農作。(51)工不下機　女工不下織機。(52)婚姻以時二句　男女按時婚嫁，不違其志，無使怨慕。(53)出愷弟　表現出和易近人的樣子。出，表現。愷弟，即愷悌。和樂之狀。(54)行簡易　行簡單易行之道。(55)矜劬勞　憐憫辛勞之人。(56)休力役　不興勞役，不奪農時。(57)見百年　親自去見百年老人。(58)存　恤問；慰問。(59)孤弱　孤兒和病弱之人。(60)帥　都；一概。(61)與之同苦樂　與上述之劬勞、力役、百年、孤弱者同甘共苦。(62)鞀　如鼓而小，有柄，賓至搖之以奏樂。(63)磬　古代樂器。用石或玉雕成，懸掛於架上，擊之而鳴。單一者稱特磬，大小相次者稱編磬。(64)碣磍之虡　此言懸鐘木架雕刻成猛獸盛怒之形。碣磍，猛獸盛怒的樣子。虡，懸鐘的木架。(65)拮隔　敲擊。隔，通「擊」。(66)鳴球　玉磬。(67)掉　動；跳起。(68)八列之舞　即八佾之舞。古代天子所用的一種樂舞，縱橫皆為八人，共六十四人。(69)酌　飲酒；酌取以為酒。(70)允鑠　信美。(71)肴樂胥　是說以樂得賢人為肴饌。肴，魚肉之類菜肴。此作動詞，取以為肴的意思。樂胥，語出《詩．小雅．桑扈》：「君子樂胥，受天之祜。」謂王者樂臣下有才知文章，因而政和民安。(72)廟　祭祀祖先的宗廟。(73)雍雍　和諧的樂聲。(74)祜　福。(75)歌投頌二句　歌聲與音樂皆與雅、頌相投合。言不是靡靡之音。(76)勤　勞。(77)勞　慰勞。(78)俟　等待。(79)元符　大瑞符命。古人認為有德之君，天必降瑞應，以彰符命。(80)禪梁甫之基　在泰山之南梁甫山（亦稱梁父山）上面開闢基地來祭地。(81)增泰山之高　指在泰山上築壇祭天。古人稱為封。(82)延光　把光輝的業績不斷延續下去。(83)比榮　榮光可以並列。(84)往號　往昔尊號之帝王。指三皇五帝。(85)淫覽浮觀　過分的觀覽。指觀賞胡人搏獸。浮，過。(86)杭稻　稻的一種。其米不黏。(87)周流　到處遊覽。(88)芻　馬草。(89)蕘　柴草。(90)誇詡眾庶　誇耀擁有眾多百姓。此指徵發百姓驅趕禽獸。眾庶，百姓。(91)狖　長尾猴。(92)玃　大母猴。(93)收　捕獲。(94)咫尺　指距離很近。咫，八寸。(95)離婁　傳說黃帝時明目之人。(96)燭　照。此指明見。(97)千里之隅　千里外小角落。98愛　吝嗇。99曾　乃；竟。100已獲其王侯　謂使胡人王侯仰慕我皇，而常來朝貢。101降席　離開所坐之席。102再拜　古代一種禮節。先後拜兩次，表示禮節隆重。103稽首　叩頭。額至地。104大哉體乎　言大哉此田獵之禮也。體，通「禮」。105允　確實。106小人　子墨客卿對自己的謙稱。107發矇　啟發蒙昧。108廓然　廓清疑慮。109昭　明白事情。

【語譯】當今皇帝十分仁德，遵循古道，顯示恩義，博通經籍，聖明的風教如雲一般彌漫天下，盛德隆厚，充盈流溢於四面八方。普天之下，沒有人不受到天子恩德的潤澤。士人如果不能談論當今所實行的王道，就連樵夫也要嘲笑他。想來皇帝一定認為，世間事物沒有極興隆而不衰減的，沒有極盛滿而不虧損的，所以太平時不放縱自己致於險境，安寧時不忘記隱伏的危機。於是選擇在五穀豐登之年才出兵，修理戰車，勸勵戎士，在五柞宮整頓師旅，在長楊宮操練兵馬，通過與健壯的野獸搏鬥來選拔力士，利用獵取輕疾之禽來考核騎射的武功。於是聚集起來登上終南山，遠望西域烏弋國，向西壓制月出之地，向東震懾日出之域。皇帝又恐怕後世子孫沈迷在這短暫的事務中，常把畋獵當作國家的大事，過度的迷戀，導致一天天衰頹下去而不能自拔。因此車未曾停定旗未曾移影，侍從尚未明白過來，就已放棄田獵，大家一起回來了。這樣做就是尊奉高祖的事業，遵循文帝、武帝的法度，恢復古帝的三田制度，重返五帝任用虞人掌管山澤的傳統。使農夫不停耕作，女工不下織機，男女順著自己的情志，按時婚配。從政者表現出和易近人的態勢，施行簡單易行之政；憐憫辛勞之人，不興勞役，親自去見百歲老人，慰問孤兒弱者，一概與他們同甘共苦。然後陳列鐘鼓之樂，奏鳴韶磬以和之，樹起雕刻著猛獸發怒之形的鐘架，敲擊玉磬，跳起八行六十四人的舞蹈。以誠信美善為旨酒而酌飲，以樂得賢人為佳肴而進用，聆聽宗廟中和諧的樂聲，領受神人所賜的福祉。歌聲與頌詩相投，吹奏合於大小雅，皇帝這樣的勞苦，所以受到天神的慰勞。為了要因應上天祥瑞的符命，在梁甫山闢基祭地，在泰山上築壇祭天，使光輝的業績延續於未來，讓榮耀與往昔聖君並列。哪裡只是為了想要觀賞這種荒唐過分的場面，在秔稻田裡馳騁、在梨栗林中游覽，踐踏馬草柴薪，誇耀人民眾多，以顯示捕獲猿猴之盛，獵獲麋鹿之多呢！所謂盲人不見眼前咫尺之地，而離婁可以明見千里之外的角落。客人只是捨不得胡人所獵得的一些禽獸，卻不知道通過此舉我皇已使他們的王侯來朝服。翰林主人話未說完，子墨客卿就已離開座位，連拜兩次，頭至於地，說：田獵之禮多麼偉大呵，實在不是我這識見淺陋之人所能見到。今天您為我發除蒙昧，廓清疑慮，使我明白事理了。

射雉賦

【作　者】潘岳，見頁二八六。

【題　解】根據李善注所引〈射雉賦序〉，潘岳曾移居琅邪（今山東省膠南縣琅邪台一帶），當地人善於射獵，潘岳在閒暇之時，也養起雉媒，架起屏障，來學習射雉，一時頗以為樂。這篇賦正是作於此時。由於作者深通射雉之道，有豐富的經驗，所以此賦的描寫十分細膩生動。在作者筆下，野雉表現出各種形態：有的膽小多疑，有的悍勇蠻橫，有的逕直來找雉媒挑戰，有的卻只敢在麥地裡窺探，如此種種，活靈活現，讀來如在目前。作者同時還用心刻畫了射雉者的心情變化：有時心平氣和，有時煩躁不安，有時激動緊張，有時舒暢愉快，筆觸可謂細緻入微，令人歎絕。

涉❶青林❷以游覽兮，樂羽族❸之群飛。聿❹采毛之英麗❺兮，有五色之名翬❻。厲❼耿介❽之專心❾兮，奓❿雄豔⓫之姱姿⓬，巡丘陵以經略⓭兮，畫墳衍⓮而分畿⓯。於時青陽⓰告謝⓱，朱明⓲肇授⓳。靡⓴木不滋㉑，無草不茂。初莖㉒蔚㉓其曜新㉔，陳柯㉕槭㉖以改舊㉗。天泱泱㉘以垂雲，泉涓涓㉙而吐溜㉚。麥漸漸㉛以擢芒㉜，雉鷕鷕㉝而朝鴝㉞。眄㉟箱籠㊱以揭驕㊲，睨㊳驍媒㊴之變態㊵。奮勁骹㊶以角槎㊷，瞵㊸悍目㊹以旁睞㊺。鸎㊻綺翼㊼而經撾㊽，灼㊾繡頸㊿而袞背(51)。鬱(52)軒翥(53)以餘怒，思長鳴以效能(54)。

【章旨】本章先泛寫野雉，形容其外貌和品性。接著描寫春日的自然風光和箱籠中雉媒矯健驕肆之態。

【注釋】❶涉　經過。❷青林　青翠的樹林。❸羽族　鳥類。❹聿　敘述。❺英麗　豔麗。❻翬　羽毛五彩的野雞。❼厲　激勵。❽耿介　正直不阿。❾專心　用心專一。❿奓　張大。⓫雄豔　氣雄而色豔。⓬姱姿　美好的姿態。⓭經略　策畫處理。⓮墳衍　高地和低平之地。⓯分畿　劃分疆界，確定領土。畿，原為王城周圍的地方，此指雄雉的領地。⓰青陽　春天。因為氣清而溫陽，故稱。⓱告謝　離去。⓲朱明　指夏季。⓳肇授　開始來到。⓴靡　無。㉑滋　生長。㉒初莖　初生的草苗。㉓蔚　繁茂的樣子。㉔曜新　言其莖葉潤澤，光耀而新鮮。㉕陳柯　樹木之舊枝。㉖槭　樹葉凋謝之狀。㉗改舊　長出新葉，改換舊貌。㉘泱泱　雲起之狀。㉙涓涓　水長流不斷的樣子。㉚吐溜　吐出流水。㉛漸漸　植物進長的樣子。此形容麥芒吐露。㉜擢芒　麥芒吐出。㉝鷕鷕　野雞求偶時的鳴聲。㉞鴝　同「雊」。野雞叫。㉟眄　當作「眄」。斜視。㊱箱籠　一種竹器。裝雉媒所用。雉媒，一種在家中養大的野雞，用來誘捕野外之雉。㊲揭驕　形容雉媒趾高氣昂的樣子。㊳睨　斜視。㊴驍媒　勇猛的雉媒。㊵變態　各種姿態變化。㊶勁骹　強健有力的小腿。㊷角槎　斜砍。指雉媒用銳利的距斜砍。距，雄性禽類小腿後方的突出構造。㊸瞵　看。㊹悍目　目光兇悍。㊺旁睞　旁視。㊻鸎　有文章的樣子。㊼綺翼　有花紋的翅膀。㊽經撾　赤色的大腿。㊾灼　顏色鮮亮。㊿繡頸　頸毛如同彩繡。(51)袞背　雉背如同袞服，五彩兼備。袞服，古代君王大臣的禮服。(52)鬱　暴怒。(53)軒翥　此指將要高飛。(54)效能　為主人效其才能。

【語譯】到青翠的樹林中游覽呵，喜歡觀賞鳥類成群飛翔。說到羽毛豔麗的鳥兒呵，有一種五色具備的名叫翬。牠時時激勵其耿介專一之心呵，表現雄健華豔的美好姿容。牠巡行丘陵經營自己的領土呵，在高地低地上劃分疆界。這時春天逝去，炎夏開始來到。沒有樹木不欣欣向榮的，沒有小草不變得繁茂的。初生的草苗莖葉閃著光澤，樹木的陳枝長出新葉改換了舊貌。天上白雲浮游，地上清泉長流。麥芒漸漸吐露，野雞早上鳴叫。看那箱籠中趾高氣昂的雉媒，體格驍健，姿態萬端。舉起強有力的小腿用利距斜砍，瞪著兇悍的眼睛在一旁觀察。牠們的翅膀上有花紋，襯著火紅的大腿，頸毛如同彩繡鮮亮，背部似五色袞服。怒氣勃發像是將要沖天高飛，一副要振聲長鳴、發揮才能的樣子。

爾乃攀場❶拄翳❷，停僮❸葱翠❹。綠柏參差❺，文翮❻鱗次❼。蕭森繁茂❽，婉轉❾輕利❿。衷料戾以徹鑒⓫，表厭躡以密緻⓬。恐吾游⓭之晏起⓮，慮原禽之罕至⓯，甘疲心⓰於企想⓱，分倦目以寓視⓲。何⓳調翰⓴之喬桀㉑，邈㉒疇類㉓而殊才㉔，候扇舉而清叫㉕，野聞聲而應媒㉖。褰微罟以長眺㉗，已踉蹡㉘而徐來。摛㉙朱冠㉚之赩赫㉛，敷㉜藻翰㉝之陪鰓㉞。首葯㉟綠素㊱，身拕㊲黼繪㊳。青鞦莎靡㊴，丹臆㊵蘭綷㊶。或蹶㊷或啄，時行時止。班尾㊸揚翹㊹，雙角㊺特起㊻。良遊㊼呃喔㊽，引之規裡㊾。應叱愕立㊿，擢身(51)竦峙(52)。捧(53)黃閒(54)以密彀(55)，屬(56)剛罫(57)以潛擬(58)。倒禽(59)紛(60)以迸落(61)，機聲(62)振而未已(63)。山鷩(64)悍害(65)，猋迅(66)已甚，越壑(67)凌岑(68)，飛鳴薄廩(69)。擎牙(70)低鏃(71)，心平望審(72)，毛體摧落(73)，霍(74)若碎錦(75)。逸群之儁(76)，擅場(77)挾兩(78)，櫟雌妒異(79)，倏來忽往(80)。忌上風之餮切，畏映日之儻朗(81)。屏發布(82)而累息(83)，徒(84)心煩(85)而技癢(86)。伊(87)義鳥(88)之應敵，啾(89)擭地(90)以厲響(91)。彼(92)聆音而逕進(93)，忽交距(94)以接壤(95)。彤(96)盈窗(97)以美發(98)，紛❾❾首頹❿⓿而臆仰⓵⓿⓵。或乃崇墳⓵⓿⓶夷靡⓵⓿⓷，農不易壟⓵⓿⓸。稊⓵⓿⓹菽⓵⓿⓺蔈𦺇⓵⓿⓻，蘙薈菶茸⓵⓿⓼。鳴雄⓵⓿⓽振羽，依于其冢⓵⓵⓿。摲⓵⓵⓵降丘以馳敵⓵⓵⓶，雖形隱而草動⓵⓵⓷。瞻挺穟⓵⓵⓸之傾掉⓵⓵⓹，意淰躍以振踴⓵⓵⓺。暾⓵⓵⓻出苗⓵⓵⓼以入場⓵⓵⓽，愈情駭而神悚⓵⓶⓿。望𪏰合而翳䚥⓵⓶⓵，雉脥肩而旋踵⓵⓶⓶。俽⓵⓶⓷余志之精銳⓵⓶⓸，擬青顱而點項⓵⓶⓹。亦有目不步體⓵⓶⓺，邪眺旁剔⓵⓶⓻；靡聞而驚，無見自鷩⓵⓶⓼；周環回復，繚繞磐辟⓵⓶⓽。戾翳旋把⓵⓷⓿，縈隨所歷⓵⓷⓵。彳亍⓵⓷⓶中輟⓵⓷⓷，馥焉⓵⓷⓸中鏑⓵⓷⓹。前劓重膺⓵⓷⓺，傍截疊翮⓵⓷⓻。若夫多疑少決⓵⓷⓼，膽劣心狷⓵⓷⓽。內無固守⓵⓸⓿，出不交戰⓵⓸⓵。來若處子⓵⓸⓶，去如激電⓵⓸⓷。闚閃藹葉，幎歷乍見⓵⓸⓸。於是筭分銖⓵⓸⓹，商遠邇⓵⓸⓺，揆懸刀⓵⓸⓻，騁絕技⓵⓸⓼。如轋如軒⓵⓸⓽，不高不埤⓵⓹⓿，當咮值胸⓵⓹⓵，裂膆⓵⓹⓶破觜⓵⓹⓷。

【章　旨】本章一共描寫了六種野雉的心理、體態和動作，獵手採取不同對策，一一將其射獲。

【注　釋】❶擊場　除地為場。擊，開除。❷拄翳　撐架起障蔽之物。翳，搭建在樹叢中的隱身之物。❸停僮　形容翳覆蓋遮掩之狀。❹蔥翠　形容翳色。綠色可與草樹相混，不易被雉發現。❺綠柏參差　此指在翳上插著長短不齊的綠色柏枝，以作偽裝。❻文翮　形容柏枝如同鳥之有文綺的羽翮。❼鱗次　形容柏枝像魚鱗一樣排列。❽蕭森繁茂　形容翳上柏枝森然繁茂。❾婉轉　形容翳結構綿密。❿輕利　言翳搬運輕便。⓫衷料戾以徹鑒　言翳中可通過小洞清楚地看見外面情況。衷，翳中。料戾，形容視孔小而通徹。徹鑒，全都看得清楚。⓬表厭躡以密緻　翳的外表柏枝重布，十分細密。是說從外無法看到翳裡的人。厭躡，重重布覆。⓭游　指雉媒。江淮間方言稱之為游。⓮晏起　出動遲緩。⓯原禽之罕至　野雉來得太少。雉媒遲鳴，則野雉吸引得就少了。⓰疲心　疲勞心思。⓱企想　對狩獵前景的企望想像。⓲寓視　寄於目視。⓳何　一何；多麼。⑳調翰　指調馴良好的雉。即指雉媒。翰，羽毛。此指雉。㉑喬桀　俊逸。㉒邈　遠。此有遠過於的意思。㉓疇類　同類。指其他一般野雉。㉔殊才　殊異的才質。㉕候扇舉而清叫　言雉媒等待主人布巾一振即發出清越的叫聲。扇，布巾。㉖野聞聲而應媒　野雉聞雉媒之聲即出而呼應。野，指野雉。㉗褰微罟以長眺　此言聽到野雉應聲，就稍掀開罩在翳上的細網向遠眺望。褰，掀開。微罟，細網。長眺，遠望。㉘踉蹡　形容野雉一會兒行一會兒停，緩慢而來的樣子。㉙摛　舒張。㉚朱冠　指雉首之冠。㉛赩赫　赤色的樣子。㉜敷　布散。㉝藻翰　有花紋的羽毛。㉞陪鰓　憤怒的樣子。㉟葯　纏裹。㊱綠素　綠色、白色。此言野雉頭部有綠白二色之毛。㊲拕　曳引。㊳黼繪　指雉的長尾如同黼的花紋。黼，古代禮服上所繡的一種花紋。黑白相次，作斧形，刃白身黑。㊴清鞦莎靡　雉尾青色的部分如同倒伏的莎草。鞦，同「緧」。拴在牛馬後部的革帶。此指雉的尾部。莎，莎草，青色。靡，倒伏。㊵丹臆　雉的紅色前胸。㊶蘭綷　夾雜秋蘭之色。綷，混雜。㊷蹶　鳥類跳著往前走。㊸班尾　野雉斑斕之尾羽。班，通「斑」。㊹揚翹　揚舉。㊺雙角　指野雉頭上的兩撮毛。㊻特起　聳立。㊼良遊　優秀的雉媒。㊽呃喔　雉媒叫聲。㊾引之規裡　把野雉誘引到弓箭射程之內。㊿應叱愕立　言射者待野雉進到合適的位置，即朝牠大喝一聲，野雉猛聽到呵叱之聲即驚愕而立，一動不動，此時正便於瞄準射箭。(51)擢身　挺直身體。(52)竦峙　害怕地立著。(53)捧　舉。(54)黃間　即黃間。又名黃肩，弩弓之名。(55)密彀　暗中張滿弓弩。(56)屬　把矢扣在弦上。(57)剛罫　指弩矢。(58)潛擬　暗中瞄準。(59)倒禽　被射中的野雉。(60)紛　指毛羽紛飛。(61)迸落　散落。此言野雉被箭射得躍起而後毛羽紛紛墜落。(62)機聲　弩聲。機，原為弩上的發動機關，此代指弩。(63)振而未已　振響未止。(64)山鷩　雉的一種。即錦雞，似山雞而小冠，背毛黃，腹下赤，頸綠色。(65)悍害　強悍蠻橫。(66)猋迅　言山鷩飛行如暴風一般迅疾。(67)壑　山溝。(68)淩岑　飛上山嶺。岑，小而高的山。(69)飛鳴薄廩　此言山鷩聞雉媒之聲，就飛鳴而近翳前。薄廩，靠近於翳。廩，指翳中盛放飲食處。此代指翳。(70)擎牙　舉起弩。擎，原作「鯨」，據五臣注本改。牙，弩上扣弦的機關。此代指弩。(71)低鏃　放低弩箭。用以近距離射中山鷩。鏃，箭頭。此代弩箭。(72)心平望審　心氣平和，看定目標。審，定。(73)摧落　擊落。(74)霍霍然；忽然。(75)碎錦　形容山鷩的彩羽紛披而落，如同碎錦一般。(76)逸群之俊　指超越同類的雄雉。(77)擅場　獨霸全場。(78)挾兩　挾持兩隻雌雉。(79)櫟雌妒異　言雄雉聽到雉媒鳴聲，乃生妒意，就搏擊牠挾持的雌雉。櫟，搏擊。(80)倏來忽往　即倏忽往來。迅速地來來去去。(81)忌上風之餮切二句　形容雄雉之多疑。忌上風之餮切，忌憚上風傳來微動之聲。餮切，微動之聲。畏映日之儻朗，對太陽反射出來的微弱之光感到恐懼。儻朗，不明之狀。(82)屏發布　摒除布巾，不敢振動。恐此多疑之雄雉微有所聞即驚而逃走。(83)累息　輕微喘息。(84)徒　空；白白地。(85)心煩　心情煩躁。因為無法振巾而使雉媒鳴叫，欲射又紛紜不定，故而心煩。86技懩　有技藝的人遇到機會急欲施展。懩，躍躍欲試。87伊　語氣助詞。無義。88義鳥　指雉媒。因其為主人出而對敵，故稱其義。89啾　雉媒叫聲。90攫地　抓地。91厲響　厲聲鳴叫。92彼　指雄野雉。93聆音而逕進　聽到雉媒之鳴聲就直奔過來。94交距　野雉和雉媒爪距相鬥。距，雄性禽類小腿後方的突出構造，用來角鬥。95接壤　所立之地相接。指打在一起。96彤　紅色。此指野雉的彩羽。97盈窗　指雉羽的光彩照滿翳窗。98美發　正好發射。言發弩的良機。99紛　紛亂。100首頹　野雉中箭，頭向後倒。101臆仰　野雉倒地，胸仰朝天。102崇墳　高大的堤防。103夷靡　頹弛；坍塌。104農不易壟　農不修壟。言田畝荒廢。105稊　野生稗類植物。106菽　豆類。此指野豆。107蘘糅　混雜叢生。108蘙薈蓁茸　草木深而稠密的樣子。109鳴雄　鳴叫的雄野雉。110依于其冢　占據山頭。冢，山顛。111摑　迅疾的樣子。112降丘以馳敵　此言雄野雉從高丘頂上急奔而下，直向雉媒撲去。113雖形隱而草動　雖其形軀看不見，但草在搖動。114挺穟　草莖。115傾掉　傾倒晃動。116意淰躍以振踴　情緒十分激動。117暾　漸漸出現的樣子。118出苗　指雄野雉走出草苗之中。119入場　進入射場。120愈情駭而神悚　心情更為激動和緊張，擔心射不中。121望䴉合而翳皛　言野雉望四處皆黯然合成一片，唯有屏障獨顯於前。䴉合，草木一片暗色。皛，顯。122雉脥肩而旋踵　言雉心生疑，乃斂身回返。脥肩，鳥斂翼。旋踵，回足；往回走。123俶　可喜。124余志之精銳　我用心專一。125擬青䪼而點項　雉既回身，乃從背射，原擬射其青色頭顱，卻中在牠的頸部。點，中。126目不步體　指野雉的視線和身體的行動不一致。127邪眺旁剔　目視不正，常斜視兩旁，為身旁細小情況而驚慌。邪，斜。剔，通「惕」。驚怕。128無見自鷩　沒有見到什麼，卻自起疑心。鷩，驚疑。129磐辟　同「盤辟」。盤旋進退。古代行禮時的動作姿態，此形容雉的行動。130戾翳旋把　轉動屏障，以跟蹤野雉。戾，轉動。旋把，拿著屏障內的握柄，一面提起並且一面轉動著。把，屏障裡以手把握之處。131縈隨所歷　轉動屏障並跟隨野雉所走的方向。132彳亍　小步而行，中間稍停。133中輟　中止。134馥焉　中箭的聲音。135鏑　箭頭。此代指箭。136前剸重膺　橫貫野雉的前胸。剸，割。重膺，厚毛之下的前胸。137傍截疊翮　截斷兩旁的翅膀。疊翮，指兩翅之羽。138多疑少決　疑心大，不果斷。139膽劣心狷　膽小心急。狷，急。140內無固守　內無堅定的意志。141出不交戰　沒有鬥志似的出現。142處子　處女。此言像處女一樣害羞。143去如激電　離開的時候像電閃般快速。144闚閭藟葉二句　形容野雉膽小地隱身於麥叢之中向外闚望，其體時隱時現。闚閭，從縫隙中向外偷看。藟葉，麥子的莖和葉。幎歷，模糊不清。乍現，時而顯現。145筭分銖　計算弩機上的刻度。分銖，指刻度。由此可定矢射的距離。146商遠邇　斟酌箭射遠近。147揆懸刀　言度量形勢，若可發則扳懸刀發箭。揆，度量。懸刀，弩牙後刀。即扳機。懸刀一板，牙即縮下，牙所鉤之弦彈出，箭即發出。148騁絕技　施展絕妙的射技。149如轅如軒　此言弩舉得很適當，高低平均。《詩・小雅・六月》：「戎車既安，如輊如軒。」鄭玄箋：「戎車之安，從後視之如摯（輊），從前視之如軒，然後適調也。」輊，同「輕」。車廂前重後輕，後面高起的部分。軒，車廂前輕後重，前面高起的部分。⑮不高不埤　指弩弓舉得不高不低。⑮當咮值胸　對準雉口和胸。咮，鳥口。⑮膆　禽類食管下部的消化器官。形如袋子，用來貯存食物，位置正在胸。⑮嘴　通「嘴」。

【語　譯】於是整地為場，架設屏障，蔥翠的枝葉覆蓋遮掩。綠柏長短不齊，好似一支支有紋綺的羽翮魚鱗一般排列，整齊繁茂，這屏障的結構綿密，搬運輕便。從中可通過小孔清楚地看見外面，而表面布覆細密，看不到裡頭的人。真擔心我的雉媒出動遲緩，擔心被吸引的野雉來得太少。甘願為企望獵物而疲勞心思，寧可因不住瞭望而眼目倦怠。調馴良好的雉媒多麼俊逸，遠過於同類，具有特殊的才質，牠等待主人布巾一展即發出清越的叫聲，野雉一聽到就出而呼應。稍掀開屏障上的細網向遠處看，只見野雉已經走走停停，慢慢接近了。頭上聳立著火紅的朱冠，渾身張開有花紋的羽毛，首纏綠白二色的毛，身曳彩繪長尾。青色的尾羽如同倒伏的莎草，紅色的前胸夾雜秋蘭色彩。一會兒蹦跳，一會兒啄食，一會兒前行，一會兒停止。斑斕的長尾揚舉，頭上的雙角突起。能幹的雉媒呃喔鳴叫，把野雉引誘到弩弓射程之內。我大喝一聲，野雉愕然而止，挺直身子害怕地峙立。手舉良弩張滿弓，扣上弩矢暗中瞄準。野雉被射得躍起而後毛羽紛紛墜落，弩聲猶振響未止。野雉中有一種山鷩，強悍蠻橫，飛行如暴風一般迅疾，橫越山溝，升上山嶺，聽到雉媒之聲遂邊飛邊鳴接近屏障。舉起弩放低箭鏃，心平氣和地鎖定目標，山鷩的毛體從空中擊落，忽然彩羽紛披，如同片片碎錦一般。還有一種超越同類的野雉，獨霸全場，挾持著兩隻雌雉，妒嫉雉媒的鳴叫就搏擊雌鳥，迅速地來往往，一陣風傳來微動的聲音就引起牠的恐慌，太陽反射出來微弱的光線也能觸發牠的警覺。我不敢振動布巾，只能輕微喘息，因無法施展技藝而技癢、心煩。這時善體人意的雉媒為主人挺身而出來應敵，雙爪抓地，厲聲鳴叫。那野雉一聽到雉媒之聲就直奔過來，雙方爪距相交鬥在一起。那野雉的紅羽正對著屏障的窗口，是一個發射的良機，牠中箭後頭向後倒，胸脯朝天而亡。另有一種情形是高堤坍塌，田畝荒廢，野生的稗類豆類混雜叢生，草木深深而稠密。有雄雉振翅長鳴，占據山頭，迅疾地從高丘頂上急奔而下，直向雉媒撲去，雖無法看到牠的形軀，但搖晃的草卻洩露了牠的行跡。眼見草莖傾倒搖晃，我的情緒十分激動，隨著那野雉漸漸走出草苗進入射場，心情更為緊張不安。野雉見四外皆黯然合成一片，唯有屏障獨顯於前，就斂翼回身而走。可喜的是我用心專一，原想射牠青色頭顱不料射中在頸部。還有一種野雉，牠的視線和行動並不一致，常斜視兩旁，為小事而恐慌，沒有聽到什麼就驚懼，不曾見到什麼就自起疑心。見牠反覆繞圈子，盤旋進退。我握著把手使屏障隨著野雉所趨之處轉動。牠小步而行，時時停下，噗地一聲，突然中箭，橫貫厚毛下的前胸，截斷兩旁的翅膀。至於那種疑心重，不果斷的野雉，膽小心急，內無堅定的意志，外無戰鬥精神，來像處女一樣怯懦，逃離恰似雷閃一般，常從麥子的莖葉間向外闚視，牠的身形忽隱忽現。我於是計算弩機上的刻度，考慮箭射的遠近。度量時機來扳懸刀，施展絕妙的射技，弩舉得正適當，不高不低，對準雉口和胸，正好射裂牠的膆囊和嘴巴。

夷險殊地❶，馴麤異變❷。昃不暇食❸，夕不告勌❹。昔賈氏之如皋，始解顏於一箭❺，醜夫為之改貌，憾妻為之釋怨❻。彼遊田❼之致獲❽，咸❾乘危以馳騖❿，何斯藝⓫之安逸，羌⓬禽從其己豫⓭。清道而行⓮，擇地而住⓯。尾飾鑣而在服⓰，肉登俎而永御⓱。豈唯皁隸，此焉君舉⓲。若乃耽槃⓳流遁⓴，放心不移㉑。忘其身恤㉒，司其雌雄㉓。樂而無節㉔，端操或虧㉕。此則老氏所誡㉖，君子不為。

【章　旨】本章就射雉這種活動加以評價。作者認為，射雉比起馳騁遊獵要安逸得多，且雉尾雉肉都有用處，所以是一項高尚的活動，但是若沈迷其中，不加節制，就不對了。

【注　釋】❶夷險殊地　地勢有平坦艱險之別。❷馴麤異變　言雉有馴順和粗野不同變化。麤，通「粗」。❸昊不暇食　太陽已偏西還沒有時間吃飯。昊，同「昃」。日西斜。❹夕不告勸　天晚了也不說疲倦。❺昔賈氏之如皋二句　據《左傳・昭公二十八年》，從前有個賈大夫，生得很醜陋，卻娶了一個美貌的妻子，其妻因夫醜三年不言不笑，賈大夫即駕車載她去沼澤地射獵，一箭射中野雉，她才開始說笑。皋，水邊高地。❻憾妻為之釋怨　言丈夫貌醜而抱憾的妻子因射雉而消除了怨恨。❼遊田　遊獵。田，通「畋」。打獵。❽致獲　得到獵物。❾咸　都；皆。❿乘危以馳騖　冒著危險而疾馳。乘危，冒著危險。指跨山越澗，常乘危險。騖，疾。⓫斯藝　指射雉這門技藝。⓬羌　語氣助詞。無義。⓭禽從其己豫　言野雉按照射者的安排進入圈套，射者安逸而不勞累。⓮清道而行　選擇清靜的道路走。以免驚動野雉。⓯擇地而住　選擇好的地方作為射雉的場所。⓰尾飾鑣而在服　雉尾可用來裝飾馬鑣而成為服用之物。⓱肉登俎而永御　此言雉肉可放在祭器中長久使用。俎，青銅製禮器。用於祭祀。御，用。⓲豈唯皁隸二句　哪裡只有賤役之人才從事射雉活動，君王也會親自參加的。皁隸，古代對奴隸或差役的稱謂。⓳耽槃　沈溺於射雉之樂。槃，樂。⓴流遁　流連忘返。㉑放心不移　放縱心思而不改移。㉒忘其身恤　忘卻本人應該關心思慮的正經事。恤，憂。㉓司其雌雄　掌握雉的雌雄。此指用雄性雉媒去吸引雌野雉，挑動雄野雉來鬥，以求獵獲。㉔樂而無節　一味游樂，不加節制。㉕端操或虧　端直的操守會有所虧損。㉖老氏所誡　老子的告誡。《老子・第十二章》：「馳騁畋獵，令人心發狂。」

【語　譯】地勢有平坦險惡之別，野雉有馴順和粗野的不同變化。射雉的人太陽偏西了還顧不得吃飯，天晚了也不說疲倦。從前賈大夫載著妻子去沼澤地射獵，一箭中雉方使其妻解顏一笑，醜大夫竟因此似乎改換了容貌，抱憾的妻子也因而消除了心中的怨恨。那些遊獵要得到獵物，都要冒著危險馳騁。而射雉這門技藝多麼安逸，禽來就己，不用辛勞奔波。由清靜的道路而行，選擇善地作為射場。雉尾可裝飾馬鑣，作為服用之具，雉肉可盛入祭器，長久使用。誰說只有賤役之人才去射雉，君王也可以親自參加。至於沈迷於射雉之樂，流連忘返，放縱心思而不改移，放棄應該關心思慮的正經事，只知利用雉媒以求獵獲，一味游樂，不加節制，端正的操守因而有所虧損，這就如老子所告誡的：「馳騁畋獵，令人心發狂。」君子是不這樣做的。

紀行

北征賦

【作　者】班彪（西元三～五四年），字叔皮，扶風安陵（今陝西省咸陽市東北）人。性沈重好古，喜讀《莊》、《老》。年二十餘，值王莽敗，三輔大亂。時隗囂占據甘肅，擁眾天水，彪乃避難相從，著〈王命論〉來感喻隗囂，以復興漢室，而隗囂終不醒悟，也不禮遇他。彪遂避地河西（今甘肅、青海二省黃河以西地），依大將軍竇融，竇融任為從事，以師友之禮相待，彪遂為竇融策畫歸附漢光武帝（劉秀），竇融所上章表，皆彪所作。及竇融徵還京師，光武帝詢問竇融：「比來文章所奏誰作？」答以「班彪」，光武帝聞彪之才，於是召見，舉為茂才，拜徐縣令，以病免。後為司徒王況府屬官，轉為望都長，卒於官。彪才高而好述作，曾採前史遺事，並貫串異聞，繼司馬遷《史記》作《後傳》數十篇。其子班固後來在此基礎上完成史學巨著《漢書》。彪原有集二卷，已佚。今存論、賦數篇。

【題　解】〈北征賦〉作於建武元年（西元二五年）的戰亂年代。西漢末，王莽篡位，建立新朝，才十多年，即被綠林軍推翻，王莽被殺。不久赤眉軍又攻入長安，推翻綠林軍所立更始帝劉玄，繁榮的三輔地區變成了征戰之場。當時年方二十三歲的班彪，眼看舊室毀於兵燹之中，只好遠避涼州。從長安出發至安定，寫下了這篇〈北征賦〉，賦中記述此行的歷程，抒發懷古傷時的感慨，表現了安貧樂道的思想。

此賦在構思上頗受劉歆〈遂初賦〉的影響，都是就沿途所經地、史、事抒發感想，但文辭典雅含蓄而有情韻，在藝術上略勝一籌。

余遭世之顛覆❶兮，罹❷填塞❸之阨❹災。舊室滅以丘墟❺兮，曾❻不得乎少留。遂奮袂❼以北征❽兮，超絕跡❾而遠遊。

【章旨】本章說明北征的原因：時逢亂世，家宅被毀，因此不得不遠行避禍。

【注釋】❶顛覆　傾跌。指當時政局天翻地覆般的變化。❷罹　遭。❸填塞　堵塞不通。此言王道不通，則政治混亂，奸詐殺戮肆行。❹阨　危困。❺滅以丘墟　此言毀滅為廢墟。丘墟，廢墟；荒地。❻曾　簡直。❼奮袂　舉袖。形容奮發之狀。袂，袖。❽北征　北遊。❾絕跡　不見蹤跡。此言遠行他方，則於此不見蹤跡。

【語譯】我正逢政局發生天翻地覆變化之時呵，遭受到王道不通，奸詐殺戮肆行的災難。我的舊宅毀滅為廢墟呵，簡直不能在此稍作停留。於是奮起北行呵，超然離此而去遠遊。

朝發軔❶於長都❷兮，夕宿瓠谷❸之玄宮。歷雲門❹而反顧，望通天❺之崇崇❻。乘❼陵崗❽以登降❾，息郇邠❿之邑鄉⓫。慕⓬公劉⓭之遺德⓮，及行葦之不傷⓯。彼何生之優渥⓰，我獨罹此百殃⓱。故時會⓲之變化兮，非天命之靡常⓳。登赤須⓴之長坂㉑，入義渠㉒之舊城。忿戎王之淫狡，穢宣后之失貞。嘉秦昭之討賊，赫斯怒以北征㉓。紛㉔吾去此舊都㉕兮，騑㉖遲遲以歷茲㉗。遂舒節㉘以遠逝兮，指安定㉙以為期。涉長路之綿綿㉚兮，遠紆㉛回以樛流㉜。過泥陽㉝而太息兮，悲祖廟㉞之不脩㉟。釋余馬於彭陽㊱兮，且弭節㊲而自思。日晻晻㊳其將暮兮，睹牛羊之下來㊴。寤㊵曠怨㊶之傷情兮，哀詩人㊷之歎時㊸。

【章　旨】本章記敘途中所歷，抒發所感。先在長安近郊的豳鄉休息，因而想到昔日公劉的仁政。而後進入北地郡安定郡，在義渠國舊都泥陽班氏祖廟前及彭陽都引起一連串的哀感憂思。

【注　釋】❶發軔　開車出發。軔，用以制止車輪滾動的木頭。❷長都　西漢都城長安（今陝西西安）。❸瓠谷　與下「玄宮」皆地名，在長安西。一說：瓠谷，谷名。玄宮，謂甘泉宮。在今陝西省三原縣境內。❹雲門　雲陽縣（今陝西省三原縣境）城門。❺通天　臺名。在甘泉宮中。❻崇崇　形容臺之高聳。❼乘　登。❽陵崗　山丘。陵，大土山。❾登降　上下。❿郇邠　栒縣的豳鄉。據李善注，右扶風（故治在今陝西省咸陽市東）栒縣有豳鄉，為公劉所治之邑。郇，通「栒」。豳，同「邠」。⓫邑鄉　城郊。⓬慕　傾慕；仰慕。⓭公劉　周之遠祖。⓮遺德　遺留之德澤。⓯行葦之不傷　對草木也加以愛護，不加傷害。《詩・大雅・行葦》：「敦彼行葦，牛羊勿踐履。」行葦，道旁的葦草。葦，草名。〈毛詩序〉：「〈行葦〉，忠厚也。周室忠厚，仁及草木。」陳奐說，漢人承三家舊說，皆以〈行葦〉為公劉之詩。⓰優渥　優厚。指草木受到仁義的對待。⓱百殃　許多災禍。⓲時會　時勢。指人事所為。⓳靡常　無常。⓴赤須　坂名。在北地郡（即今甘肅省東部及寧夏回族自治區）。㉑坂　坡。㉒義渠　古西戎國名。其都城亦稱義渠，在今甘肅省寧縣附近，也在當時北地郡。㉓忿戎王之淫狡四句　據《史記・卷五・秦本紀》及《史記・卷一一〇・匈奴列傳》記載：秦昭襄王母，楚人，姓羋氏，號宣太后。秦昭王時，義渠戎王與宣太后私通，生有二子，宣太后以詐殺義渠戎王，昭王興兵滅其國，占有其地，築長城以拒胡。赫，勃然大怒的樣子。㉔紛　謂心緒雜亂。㉕舊都　指北地郡之義渠舊都。㉖騑　古代四馬駕車時，分在兩旁的馬。也叫驂。㉗歷茲　經過這裡。茲，指義渠城。㉘舒節　馳車。節，車行節度。㉙安定　安定郡。西漢元鼎三年置，治所在高平（今寧夏固原），轄境相當今甘肅景泰、靖遠、會寧、平涼、涇川、鎮原及寧夏中寧、中衛、同心、固原等縣地。㉚綿綿　長而不絕的樣子。㉛紆　屈。㉜樛流　曲折的樣子。㉝泥陽　漢縣名。屬北地郡，在今甘肅省寧縣東南。㉞祖廟　供祀祖先的宮廟。班彪的祖先班壹在始皇之末，曾避地樓煩，所以泥陽有班氏祖廟。㉟脩　通「修」。㊱彭陽　漢縣名。屬安定郡，在今甘肅省鎮原縣。㊲弭節　駐車；停車。㊳晻晻　日色不明的樣子。㊴牛羊之下來　《詩・王風・君子于役》：「日之夕矣，羊牛下來。君子于役，如之何勿思！」夕陽西下，羊牛還家，婦人思念在外服役的丈夫。㊵寤　通「悟」。㊶曠怨　指夫妻長久相隔不得團聚所產生的怨恨。㊷詩人　指〈君子于役〉的作者。㊸歎時　感歎時事。指詩人因當時徭役繁重，因作此詩以感歎。

【語　譯】早晨由都城長安出發呵，晚上住宿在瓠谷的玄宮。經過雲陽縣的城門回首眺望，只見那通天臺高聳入雲。上上下下翻山越嶺，在栒縣的豳鄉休息。思慕公劉遺留的德澤如此廣博，就連草木也不加傷害。它們為什麼受到如此優厚的待遇，我卻獨遭這麼多災禍。這本是時勢的變化呵，不是天命無常。登上長長的赤須坡，進入義渠國的舊都城。憤恨義渠戎王的淫亂狡詐，批評宣太后失貞的穢行。稱揚秦昭王能興兵討賊，勃然大怒提師北征。我心緒繚亂地離開義渠舊都呵，車馬緩緩地通過該城。遂縱馬遠去呵，以安定作為此次行程的目的地。跋涉迢迢的長路呵，途程悠遠而又曲折。經過泥陽而長長歎息呵，為班氏祖廟失修而悲傷。我在彭陽暫卸車馬呵，且駐車獨自憂思。日色昏沈天已將晚呵，目睹牛羊歸來。感悟到男女久別的怨悵呵，也為昔日詩人感歎的時事而哀傷。

越安定以容與❶兮，遵❷長城之漫漫❸。劇❹蒙公❺之疲民兮，為彊秦乎築怨❻。舍高❼亥❽之切憂❾兮，事蠻狄之遼患❿。不耀德⓫以綏遠⓬，顧⓭厚固⓮而繕藩⓯。首身分而不寤兮，猶數功而辭諐⓰。何夫子⓱之妄說兮，孰⓲云地脈而生殘⓳。登鄣⓴隧㉑而遙望兮，聊須臾㉒以婆娑㉓。閔獯鬻之猾夏兮，弔尉卬於朝那㉔。從㉕聖文㉖之克讓㉗兮，不勞師而幣加㉘。惠父兄於南越兮，黜帝號於尉他㉙。降几杖於藩國兮，折吳濞之逆邪㉚。惟太宗㉛之蕩蕩㉜兮，豈曩㉝秦之所圖㉞。

【章　旨】作者在長城懷古，譴責暴秦修築長城的勞累人民。又登上塞上烽火亭，深深思念孝文帝廣遠之德。

【注　釋】❶容與　行進緩慢的樣子。❷遵　循。❸漫漫　路程悠遠的樣子。漫，通「曼」。❹劇　甚；過分。此作動詞。❺蒙公　指蒙恬。秦將，督民修長城。❻築怨　積累民怨。此言築長城，民疲而怨，逐漸積累，故云。❼高　趙高。原為秦之宦官，秦始皇死於沙丘，他與丞相李斯假傳聖旨，賜長子扶蘇死，立胡亥為二世皇帝，旋即殺死李斯，自立為相，獨攬大權。❽亥　指秦二世胡亥。❾切憂　近憂。❿事蠻狄之遼患　從事於防備蠻狄入侵這一遼遠外患。⓫耀德　發揚道德的光輝。謂以德懷遠。⓬綏遠　安撫遠方。⓭顧　但；特；只。⓮厚固　使城厚而堅固。⓯繕藩　修建藩落。指修長城。⓰首身分而不寤兮二句　據《史記・卷八八・蒙恬列傳》，秦始皇死時，趙高陰謀立胡亥為皇帝，遣使賜蒙恬死。「蒙恬喟然太息曰：『我何罪於天，無過而死乎？』良久，徐曰：『恬罪固當死矣，起臨洮，屬之遼東，城壍萬餘里，此其中不能毋絕地脈哉，此乃恬之罪也。』吞藥自殺」。辭諐，不承認罪過。諐，同「愆」。罪過。⓱夫子　指蒙恬。⓲孰　誰。⓳地脈而生殘　即絕地脈的意思。⓴鄣　小城。㉑隧　通「燧」。指塞上守候烽火的亭子。㉒須臾　片刻。㉓婆娑　盤旋；放逸。㉔閔獯鬻之猾夏兮二句　漢文帝十四年冬，匈奴謀入邊為寇，攻打朝那塞，殺死北地都尉卬。閔，傷念。獯鬻，古種族名。秦漢時的匈奴，在商周之間叫獯鬻。此即指匈奴。猾，亂。夏，華夏。卬，姓孫。一說：姓段。朝那，漢縣名。屬安定郡，在今甘肅省平涼市西北。㉕從　順從；贊成。㉖聖文　指漢文帝。㉗克讓　文帝採取與民休養生息的政策，對外族入侵多採取忍讓態度，曾與匈奴定和親之約，但匈奴屢背約犯邊，文帝只嚴令邊郡備守，並不出擊。克，能。㉘幣加　增加作為禮物的幣帛。即採取安撫政策。㉙惠父兄於南越兮二句　呂后時，南越王趙佗（即尉他，曾為南海尉，故稱）自立為帝，役屬閩越、西甌、駱，又乘黃屋左纛，與漢分庭抗禮，文帝即位後，為趙佗修葺祖墳，尊寵趙氏昆弟，並遣使賜書趙佗，於是趙佗去黃屋左纛，稱臣歸附漢朝。惠，施以恩惠。㉚降几杖於藩國兮二句　高帝（劉邦）立劉濞為吳王，文帝時吳太子入朝，因博弈爭執為太子劉啟所殺，吳王濞自此二十多年託病不朝，文帝為了籠絡吳王，賜以几杖，准予年老不朝。劉濞，高帝兄劉仲之子。几杖，老人恃以支持身體的用具。㉛太宗　漢文帝廟號。㉜蕩蕩　廣遠的樣子。《書・洪範》：「王道蕩蕩。」此形容文帝的王道廣遠。㉝曩　往昔；從前。㉞圖　謀。

【語　譯】過了安定緩慢而行呵，循著那悠遠的萬里長城。我認為蒙恬督修長城勞民太甚呵，實是為強秦積累了民怨。秦始皇不管趙高、胡亥這些身邊的隱憂呵，卻去提防蠻狄那遼遠的外患。不發揚道德的光輝去安撫遠方，卻只顧把長城修得堅厚而牢固。那蒙恬身首分離卻仍不覺悟呵，還要數算功勞且辯解過錯。愚夫子之論多麼謬妄呵，說什麼修長城絕了地脈才招致殺身之禍！登上塞上烽火亭遙望呵，暫且盤桓片刻。哀痛當年匈奴騷擾華夏呵，憑弔在朝那塞被殺的北地都尉孫卬。贊成孝文帝能夠對外謙讓呵，不勞師動眾只厚加幣帛。對於南越王父兄施加恩惠呵，尉他於是廢去帝號稱臣歸附。賜几杖給吳王呵，挫折了吳王濞的不臣逆謀。太宗之德蕩蕩廣遠呵，哪裡是昔日暴秦所能謀取的。

隮❶高平❷而周覽❸，望山谷之嵯峨。野蕭條以莽蕩❹，迥❺千里而無家。風猋❻發以漂遙❼兮，谷水灌❽以揚波。飛雲霧之杳杳❾，涉積雪之皚皚❿。雁邕⓫以群翔兮，鵾雞⓬鳴以嚌嚌⓭。遊子⓮悲其故鄉，心愴悢⓯以傷懷。撫長劍而慨息⓰，泣漣落⓱而霑⓲衣。攬余涕以於邑⓳兮，哀生民之多故⓴。夫何陰曀㉑之不陽㉒兮，嗟久失其平度㉓。諒㉔時運之所為兮，永㉕伊鬱㉖其誰愬㉗。亂㉘曰：夫子㉙固窮㉚，遊藝文㉛兮。樂以忘憂㉜，惟聖賢兮。達人㉝從事，有儀則㉞兮。行止屈申，與時息兮㉟。君子履信㊱，無不居㊲兮。雖之蠻貊，何憂懼兮㊳。

【章　旨】作者來到目的地安定郡的治所高平，登高四望，只見一派蕭瑟景象，不由為天下擾攘，有家難回而無限憂傷。末了作者以孔子為榜樣自勵，表示只要履行忠信，無處不可久居。

【注釋】❶躋 升；登上。❷高平 漢縣名。屬安定郡。❸周覽 四望。❹莽蕩 曠遠的樣子。❺迥 遠。❻猋 疾速。❼漂遙 風馳的樣子。五臣本作「飄颻」。❽灌 水流的樣子。❾杳杳 深遠幽暗的樣子。❿皚皚 形容雪潔白的樣子。⓫嗈嗈 雁鳴聲。⓬鶤雞 鳥名。似鶴，黃白色。⓭嚌嚌 眾鳥鳴叫聲。⓮遊子 班彪自指。⓯愴恨 憂悲的樣子。⓰慨息 歎息。⓱漣落 淚流的樣子。⓲霑 沾溼。⓳於邑 因悲傷而抽噎。⓴多故 多事故；多磨難。㉑陰曀 天色陰沈。喻天下昏亂。㉒陽 天氣晴朗。喻天下太平。㉓平度 正常的法度。㉔諒 信；確實。㉕永 長久。㉖伊鬱 憂怨。㉗愬 同「訴」。㉘亂 一篇的總結；樂歌的卒章。㉙夫子 指孔子。㉚固窮 《論語・衛靈公》：「子曰：『君子固窮，小人窮斯濫矣。』」是說君子雖也有困窘之時，但還是堅持著。㉛遊藝文 學習六藝、文章。六藝，指禮、樂、射、御、書、數。㉜樂以忘憂 語出《論語・述而》。孔子自述其為人之語。㉝達人 通達知命的人。㉞儀則 法則。㉟行止屈申二句 是說行動要適應時勢變化，可以行則行，可以止則止，應該屈則屈，應該伸則伸。申，同「伸」。與時息，即與時消息。息，生長的意思。㊱履信 履行忠信之道。㊲無不居 沒有不可居之地。㊳雖之蠻貊二句 《論語・衛靈公》：「子張問行。子曰：『言忠信，行篤敬，雖蠻貊之邦，行矣。』」此以「之蠻貊」比喻自己遠至西涼。貊，古代東北方的部族。

【語譯】登上高平縱目四望，只見眾山巍然高聳。原野蕭條而曠遠，獨行迢迢千里而不見家園。狂風猛烈的吹呵，谷水流注揚起波濤。彌漫的雲霧，深遠幽暗，踏過的積雪潔白光亮。成群高翔的大雁嗈嗈而鳴呵，鶤雞發出一片嚌嚌之聲。遊子為思鄉而悲哀，心緒感慨而憂傷。手撫長劍而歎息，泣涕漣漣，沾溼衣襟。我揮淚而抽噎呵，哀傷百姓生活多磨難。天色多麼昏暗而不晴朗呵，嗟歎天下久已失去正常的法度。這確是時運所造成的呵，無限憂怨該向誰訴！總而言之，孔子困窘時仍守道不移，悠遊於六藝文章呵。長樂而忘記憂患，只有聖賢能夠做到呵。通達知命之人行事，是遵循法則呵。或進或退、或貴或賤，都順應時勢變化呵。君子只要履行忠信之道，沒有不可安居的呵。即使到蠻貊之邦，又有什麼可憂懼的呢！

【作　者】班昭，字惠姬（今本《後漢書・卷八四・列女傳》誤為「字惠班，一名姬」，此從李善注所引范書），扶風安陵（今陝西省咸陽市東北）人。班彪之女，班固、班超之妹。十四歲嫁曹壽（字世叔）為妻，約在她中年時，曹壽逝世。昭博學高才，為人有節行法度。兄固著《漢書》，其八表及〈天文志〉未及完成而卒，和帝乃命昭就東觀藏書閣續成此書（後又命馬續繼班昭完成〈天文志〉）。《漢書》始出，人多不能通曉，同郡馬融從昭受讀此書。和帝數令皇后妃嬪以昭為師，宮中號稱曹大家（家音姑，大家為古代女子的尊稱）。每有貢獻異物，輒詔昭作賦頌。鄧太后臨朝，昭曾與聞政事。以她出入宮中勤勉，故封其子曹成（字子穀）為關內侯（曹成後官至齊相）。昭年七十餘卒，皇太后素服舉哀，使者監護喪事。所著賦、頌、銘、誄等共十六篇。原有集三卷，已佚。今存賦數篇，另有《女誡》七篇、〈上鄧太后疏〉等文。

【題　解】永初七年，班昭之子曹成被任為長垣（治所在今河南省長垣縣東北，漢時屬陳留郡）長。班昭隨同兒子赴任，乃仿效班彪的〈北征賦〉寫下這篇〈東征賦〉，就途中所見，抒發感想。她在賦中特別就孔子困畏於匡作了一番懷念，又一再感歎人的命運由天安排，無法左右，對於離開京都則多次表示留戀和痛苦，這就透露出她此次東行與政治上的失意頗有關聯。據《後漢書・卷八四・列女傳》注，後來曹成由於「母為太后師，徵拜中散大夫」，可見曹成還是從陳留調回到京城，班昭自然也跟著回京。班昭也許就是通過此賦向太后傳達了自己的意願。

此賦文字典雅洗練，言志婉轉含蓄，在漢賦中是一篇罕見的女作者之作，彌足珍貴。

惟永初之有七❶兮，余❷隨子❸乎東征❹。時孟春❺之吉日兮，撰❻良辰而將行。乃舉趾❼而升輿❽兮，夕予宿乎偃師❾。遂去故而就新❿兮，志愴悢⓫而懷悲。明發⓬曙⓭而不寐兮，心遲遲⓮而有違⓯。酌罇⓰酒以弛念⓱兮，喟⓲抑情⓳而自非⑳。諒不登櫟而椓蠡㉑兮，得不陳力㉒而相追㉓！且從眾而就列㉔兮，聽㉕天命之所歸。遵㉖通衢㉗之大道兮，求捷徑㉘欲從誰㉙！乃遂往而徂逝㉚兮，聊游目㉛而遨魂㉜。歷七邑㉝而觀覽兮，遭鞏縣之多艱㉞。望河洛㉟之交流㊱兮，看成皋之旋門㊲。既免脫於峻嶮㊳兮，歷滎陽而過卷㊴。食原武之息足㊵，宿陽武之桑間㊶。涉封丘而踐路㊷兮，慕㊸京師㊹而竊歎㊺。小人㊻性之懷土㊼兮，自書傳而有焉㊽。

【章旨】本章寫作者離開洛陽，經歷七縣的過程。她一方面暗自惆悵，不忍離京，一方面又強自寬慰，隨子東行。

【注釋】❶永初之有七　永初七年。永初，東漢安帝年號。❷余　班昭自稱。❸子　班昭稱她的兒子曹成。❹東征　東行。曹成任為陳留長，班昭隨其子赴官，故云。❺孟春　春季的第一個月。❻撰　通「選」。選擇。❼舉趾　抬足。❽升輿　登車。❾偃師　漢縣名。距洛陽東三十里，今屬河南省。❿去故而就新　離開故居，遷往新居。指隨子至官。⓫愴悢　悲傷；惆悵。⓬明發　天亮時候。⓭曙　天剛亮。⓮心遲遲　留戀不捨。⓯有違　有違於心。心中不願離開故居。⓰罇　古酒器名。⓱弛念　謂丟開思念之情。弛，放鬆；拋卻。⓲喟　歎息之聲。⓳抑情　抑止自己的感情。⓴自非　自以悲愴為非。即自我省思，排遣悲情。㉑諒不登櫟而椓蠡　言料想陳留不至於櫟居生食。諒，料想。登櫟，指構木為巢。椓蠡，敲開蚌殼以食其肉。指茹毛飲血。椓，敲擊。蠡，通「蠃」。蚌之一種。㉒陳力　施展才力。此指其子去陳留為官。㉓相追　追隨其子到陳留去。㉔就列　指去做官。㉕聽　聽任；任憑。㉖遵　循著。㉗通衢　四通八達的大道。此喻立身行事的正道。㉘捷徑　小道。㉙欲從誰　欲追隨誰。言不能走荒僻小路。㉚徂逝　前去。徂，往。逝，行。㉛游目　縱目觀覽。㉜遨魂　神遊。㉝七邑　指鞏縣、成皋、滎陽、武卷、原武、陽武、封丘七個縣。㉞多艱　多艱險之地。㉟河洛　黃河、洛水。㊱交流　合流。㊲旋門　旋門坂。在成皋西南十數里。㊳峻嶮　險峻之地。指旋門坂。㊴卷　古地名。故號國所在地。㊵息足　休息。㊶桑間　桑林之間。㊷踐路　指踏上通往陳留的大路。㊸慕　思念。㊹京師　指東漢都城洛陽。㊺竊歎　暗自歎息。

㊻小人　班昭謙稱自己。㊼懷土　懷念鄉土。懷，關心；懷念。㊽自書傳而有焉　經傳上就有這樣的話。《論語・里仁》：「君子懷德，小人懷土。」

【語譯】永初七年呵，我跟隨兒子東行赴官。正當初春的吉日呵，選擇良時出發。我舉足登車呵，到了傍晚在偃師住宿。就此離開故居遷往新居呵，心裡止不住惆悵悲涼。天已經亮了尚難以入眠呵，留戀徘徊不願離去。飲杯酒來排解思念之情呵，長歎一聲，強抑感情，自知如此悲愴是不對的。料想陳留也不至於偏僻蠻荒到巢居生食的地步呵，怎能不讓兒子去陳留為官而自己也相追隨呢！就讓自己跟著眾人去上任吧，任憑天意的安排。順著四通八達的大道前進呵，要跟誰走荒僻的小徑呢！於是繼續往前行呵，且讓我放眼觀賞、心神遨遊。經過七縣縱情觀覽吧，到鞏縣遇到艱險。眺望黃河、洛水合流呵，看那成皋的旋門坂。終於翻過峻險的旋門坂呵，經由滎陽走過卷地。在原武進餐，使車馬息足；到了夜晚住宿在陽武的桑林之間，接著經由封丘而踏上通往陳留的大路呵，思念京都而暗自慨歎。像我這種卑微之人的本性總是懷念鄉土呵，聖賢經傳中就曾這麼批評過。

遂進道❶而少前兮，得平丘❷之北邊。入匡郭❸而追遠❹兮，念夫子之厄勤❺；彼衰亂之無道❻兮，乃困畏❼乎聖人❽。悵❾容與❿而久駐⓫兮，忘日夕而將昏。到長垣⓬之境界，察農野之居民。睹蒲城⓭之丘墟⓮兮，生荊棘之榛榛⓯。惕⓰覺寤⓱而顧問⓲兮，想子路⓳之威神⓴。衛人嘉其勇義兮，訖于今而稱云。蘧氏㉑在城之東南兮，民亦尚㉒其丘墳。唯令德㉓為不朽兮，身既沒而名存。惟經典之所美兮，貴道德與仁賢。吳札稱多君子㉔兮，其言信而有徵㉕。後衰微而遭患兮，遂陵遲㉖而不興。知性命㉗之在天，由力行㉘而近仁。勉仰高而蹈景㉙兮，盡忠恕㉚而與人㉛。好正直㉜而不回㉝兮，精誠㉞通於明神。庶㉟靈祇㊱之鑒照㊲兮，祐㊳貞良㊴而輔㊵信㊶。亂曰：君子之思㊷必成文㊸兮，盍各言志㊹慕古人兮。先君㊺行止則有作㊻兮，雖其不敏㊼敢不法㊽兮！貴賤貧富不可求兮，正身㊾履道㊿以俟時(51)兮。修短之運(52)愚智同兮，靖恭(53)委命(54)唯吉凶(55)兮；敬慎無怠思嗛約(56)兮，清靜少欲師(57)公綽(58)兮。

【章　旨】作者來到長垣縣，先在匡地追思昔日孔子被困情景，又在蒲城憑弔子路，並由蘧伯玉之墳懷念其人。隨後抒發感想，認為人的壽夭貧富俱由天定，君子只要師法前賢，力行正道就行了。

【注　釋】❶進道　在道路上前行。❷平丘　平丘縣。在陳留郡。❸匡郭　匡之城郭。今河南省長垣縣西南十五里有匡城，可能即為其地。❹追遠　追念昔日在此遭厄的孔子和其弟子們。❺夫子之厄勤　據《史記・卷四七・孔子世家》，孔子離開衛國，準備到陳國去，經過匡。匡人曾經遭受過魯國陽貨的掠奪和殘殺，而孔子的相貌很像陽貨，便以為孔子就是過去曾經殘害過匡地的人，於是囚禁了孔子。厄勤，困厄勤苦。❻彼衰亂之無道　指東周末年，王政衰微，天下混亂無道。❼畏　拘囚。❽聖人　指孔子。❾悵　悵惘。❿容與　遲緩不前的樣子。⓫駐　車馬停留。⓬長垣　縣名。當時屬陳留郡。⓭蒲城　邑名。在長垣境內。子路曾為蒲城大夫。⓮丘墟　廢墟。⓯榛榛　草木叢生的樣子。⓰惕　疾速；猛然。⓱覺寤　醒悟。寤，通「悟」。⓲顧問　回顧訊問左右。⓳子路　仲氏。名由，也字季路，魯國卞人，為孔子弟子，性直爽勇敢，初仕魯，後仕衛，為孔悝邑宰。孔悝母伯姬與豎良夫謀立太子蒯聵，迫孔悝盟而劫出公，出公奔。子路入，蒯聵使人攻子路，子路遂死。⓴威神　威武的精神。㉑蘧氏　蘧瑗。字伯玉，春秋時衛國賢大夫，年五十而知四十九年之非。長垣有其墓。㉒尚　崇尚；尊重。㉓令德　美德。㉔吳札稱多君子　《左傳・襄公二十九年》：吳季札「適衛，說蘧瑗、史狗、史鰌、公子荊、公子朝，曰：『衛多君子，未有患也。』」吳札，吳公子季札。㉕徵　可以驗證。㉖陵遲　衰頹；逐漸衰落。㉗性命　指上天安排的命運。㉘力行　勉力而行。《禮記・中庸》：「好學近乎知，力行近乎仁。」㉙仰高而蹈景　《詩・小雅・車舝》：「高山仰止，景行行止。」鄭玄箋：「古人有高德者則慕仰之，有明行者則而行之。」仰高，仰慕前賢高德。蹈景，按照前賢景行而履行之。㉚忠恕　儒家倫理思想。《論語・里仁》：「曾子曰：夫子之道，忠恕而已矣。」朱熹注：「盡己之謂忠，推己之謂恕。」㉛與人　《論語・子路》：「樊遲問仁。子曰：『居處恭，執事敬，與人忠。雖之夷狄，不可棄也。』」與人忠，指對待別人忠心誠意。㉜好正直　喜行正直。《詩・小雅・小明》：「靖共爾位，好是正直。」㉝回　不正直；奸邪。㉞精誠　真誠之意。㉟庶　幸。表希望。㊱靈祇　神靈。㊲鑒照　明白察知。㊳祐　福祐。㊴貞良　堅貞良善之人。㊵輔　輔助。㊶信　遵守信義之人。㊷思　情思；心緒。㊸成文　形成有文采的作品。㊹盍各言志　《論語・公冶長》：「顏淵、季路侍。子曰：『盍各言爾志。』」盍，何不。㊺先君　作者謂其父班彪。㊻行止則有作　指班彪昔日避難涼州而作〈北征賦〉。㊼不敏　不才。自謙之詞。㊽法　效法。指效法班彪征行有作。㊾正身　指為人正直。㊿履道　履行正道。(51)俟時　等待時運之至。(52)修短之運　生命長短。(53)靖恭　也作「靖共」。恭謹。(54)委命　聽任命運支配。(55)唯吉凶　任其吉凶。(56)嗛約　謙虛簡約。嗛，通「謙」。(57)師　學習。(58)公綽　孟公綽。魯國大夫，係孔子所尊敬的人。

【語　譯】順著大道稍往前行了一段呵，來到平丘縣的北邊。進入匡地的城郭便追懷古人呵，想到孔夫子昔日在此的困厄勤苦；那是個王政衰微，天下混亂無道的時代呵，竟然使聖人遭到拘禁困窘。我悵惘低回久駐車馬呵，忘了日已西斜天色昏暗。來到長垣縣境內，察看田野裡的農民。目睹已成廢墟的蒲城呵，只見遍地布滿茂密的荊棘。我猛然省悟回頭詢問左右的人呵，不禁遙想子路當日威武的神采。衛人嘉許他勇敢正義呵，至今稱頌不絕。蘧伯玉的墓就在長垣城的東南呵，百姓也尊重他的丘墳。唯有美德才是永遠不朽的呵，肉體雖然死了而美名卻長久保存。思量著經典中所稱美的一切呵，最可貴的還是有道德與仁賢的人。吳季札曾稱道衛國多君子呵，他的話信實而可考驗。衛國後來逐漸衰微了，遭到禍患呵，就一代不如一代，不再興旺。我知道人的命運是天所安排的，只要努力而行就可接近仁的境地。仰慕前賢高德，勉力實踐其偉大行為呵，對人盡忠恕之道。喜好正直而不落入奸邪呵，真誠之心可通於神靈。希望神靈能明白察知呵，福祐忠貞良善之人，輔助遵守信義之士。總而言之：君子的情思抒發出來必成文章呵，我仰慕古人能夠暢談志向的風習呵。先父曾在出行時留下作品呵，我雖不才怎能不效法呢！貴賤貧富命中注定不可強求呵，還是持身正直，履行天道，等待時運吧。生命的長短愚智到頭來都是一樣的，恭謹地聽任命運支配，隨它吉凶吧。敬慎不怠，一心謙虛簡約呵，清心寡欲，學習孟公綽呵。

卷一〇

西征賦

【作　者】潘岳，見頁二八六。

【題　解】〈西征賦〉是潘岳的一篇大賦，作於晉惠帝元康二年（西元二九二年）。當時西晉政壇上才經過一場重大的鬥爭，執政的太傅楊駿被賈后一黨所殺，株連數千人，潘岳原依附楊駿，因為偶然原因幸免於難，雖受了些薄責，終受命為長安縣令。五月由洛陽出發，約七月到長安任職。這篇賦中作者既記述了他在楊駿之變之後那種劫後餘生的心情，也記述了他西去途中所經之處及由此產生的懷古之情，更記述了他在長安縱覽故都風光及引起的感想。

歲次玄枵❶，月旅❷蕤賓❸，丙丁統日❹，乙未❺御❻辰❼。潘子❽憑❾軾❿西征⓫，自京⓬徂秦⓭。迺喟然⓮歎曰：古往今來，邈矣悠哉⓯！寥廓惚恍⓰，化一氣⓱而甄⓲三才⓳。此三才者，天地人道。唯生⓴與位㉑，謂之大寶㉒。生有修短之命㉓，位有通塞之遇㉔。鬼神莫能要㉕，聖智弗能豫㉖。當休明之盛世㉗，託㉘非薄㉙之陋質㉚。納旌弓於鉉台㉛，讚㉜庶績㉝於帝室。嗟鄙夫㉞之常累㉟，固㊱既得而患失㊲。無柳季之直道㊳，佐士師而一黜㊴。

【章　旨】本章先交代作者西行的年、月、日及起訖之地。接著回顧往日仕途的起伏。

【注　釋】❶歲次玄枵　這一年歲星經過玄枵的位次。古代有歲星紀年法，即以木星運行周期來紀年。古人認為木星十二年（實際是一一．八六二二年）繞日運行一周天，於是把周天分為十二份，稱十二次。歲，歲星。即木星。玄枵，十二次之一。❷旅　經過。❸蕤賓　古代十二律之一。每一律配一月，蕤賓是配五月的。❹丙丁統日　指夏季。《呂氏春秋．仲夏紀》：「仲夏之月，……其日丙丁。」古代以丙丁屬火，火是夏天的徵象。❺乙未　指元康二年五月十九日。❻御　主。❼辰　日子。❽潘子　作者稱自己。❾憑　依靠。❿軾　車前的橫木。⓫征　旅行。⓬京　指晉朝京城洛陽。⓭徂秦　前往長安縣。作者被遣派到長安任縣令，故云。徂，前往。秦，指戰國時秦國所居之地，今陝西、甘肅一帶。此指長安。⓮喟然　歎息的樣子。⓯邈矣悠哉　久遠的意思。⓰寥廓惚恍　空空洞洞，不可捉摸。形容天地未分時的情景。⓱一氣　指宇宙最初的渾沌之氣。⓲甄　製造瓦器。引申為創造、造成的意思。⓳三才　指天、地、人。⓴生　生命。㉑位　祿位。㉒大寶　極貴重的寶物。《易．繫辭下》：「天地之大德曰生，聖人之大寶曰位。」㉓修短之命　壽命有長短。㉔通塞之遇　人生有通達之時，也有窘困之時，際遇不同。㉕要　制約。㉖豫　預料。㉗休明之盛世　太平盛世。指晉代。休明，美善聖明之謂。㉘託　稟賦。㉙菲薄　薄弱。㉚陋質　淺陋之才。謙辭。㉛納旌弓於鉉台　把旌弓交還鉉台。意即受到三公的徵召舉薦。旌弓，旌旗與弓矢。古代用來招聘賢人的象徵物。鉉台，指三公。鉉，舉鼎具。橫貫鼎兩耳以舉鼎的木棍，或為鉤狀，金屬製，以提鼎兩耳。此喻三公等重臣。台，三台星。喻三公。㉜讚　贊助；佐助。㉝庶績　各種政事。庶，眾。績，功業；事業。㉞鄙夫　潘岳謙稱自己。㉟累　此指毛病、缺點。㊱固　信；確實。㊲既得而患失　指憂慮祿位之得失。《論語．陽貨》：「鄙夫可與事君也與哉！其未得之也，患得之；既得之，患失之。」㊳柳季之直道　事見《論語．微子》。柳下惠做士師（法官），多次被撤職，他也不肯離開魯國，他說：「直道而事人，焉往而不三黜！」柳季，指柳下惠。魯國賢者，本名展獲，字禽，又叫展季。柳下可能是其所居，因以為號，惠為私謚。㊴佐士師而一黜　此言潘岳自己。《晉書．卷五五．潘岳傳》記載，潘岳曾「遷廷尉評，以公事免」。廷尉評，為廷尉屬官。廷尉掌刑獄，類似士師。

【語　譯】歲星經過玄枵這一年，月次輪到蕤賓（五月）這一月，在炎熱的夏季，乙未這一天。潘子乘車西行，從京都洛陽前往長安縣。於是喟然長歎說：從遠古直到未來，時間多麼久遠啊！空空洞洞、不可捉摸的宇宙，由一團渾沌之氣變化生成為三才。這三才，就是天、地、人。只有生命和祿位，可稱為最貴重的寶物。生命有長有短，祿位方面也有通顯和困窘的不同際遇，這是鬼神不能制約，聖人智者也無法預料的。我生當太平盛世，稟賦淺陋的才質。曾受到三公徵辟，為朝廷佐助各種政事。可歎我仍常犯鄙夫的毛病，確如孔子所批評的那樣：得到祿位又擔心失去；也不如柳下惠般的依著正道來做事而導致多次被罷黜，我輔佐廷尉才被黜退一次罷了。

武皇[1]忽其升遐[2]，八音遏於四海[3]。天子[4]寢於諒闇[5]，百官聽於冢宰[6]。彼負荷之殊重，雖伊、周其猶殆[7]。窺七貴[8]於漢庭，譸[9]一姓之或在！無危明[10]以安位[11]，祇[12]居逼以示專[13]。陷亂逆[14]以受戮[15]，匪禍降之自天[16]。孔隨時以行藏[17]，蘧與國而舒卷[18]。苟[19]蔽微[20]以繆章[21]，患過辟[22]之未遠。悟山潛之逸士，卓長往而不反[23]。陋吾人之拘攣[24]，飄萍浮而蓬轉[25]。寮位儡其隆替[26]，名節[27]漼[28]以隳[29]落。危素卵[30]之累殼[31]，甚玄鷰之巢幕[32]。心戰懼以兢悚[33]，如臨深而履薄[34]。夕獲歸於都外，宵未中而難作[35]。匪擇木以棲集[36]，尠[37]林焚而鳥存[38]。遭千載之嘉會[39]，皇合德於乾坤[40]。弛[41]秋霜之嚴威[42]，流春澤[43]之渥恩[44]。甄大義以明責[45]，反初服[46]於私門。皇[47]鑒[48]揆[49]余之忠誠，俄[50]命余以末班[51]。牧[52]疲人[53]於西夏[54]，攜老幼[55]而入關[56]。丘去魯而顧歎[57]，季過沛而涕零[58]。伊[59]故鄉之可懷，疚[60]聖達[61]之幽情[62]。矧[63]匹夫[64]之安土[65]，邈[66]投身於鎬京[67]！猶犬馬之戀主，竊[68]託慕於闕庭[69]。眷鞏[70]洛[71]而掩涕，思纏綿於墳塋。

【章　旨】本章先追述前一段時間經歷：他曾在太傅楊駿府中任職，當賈后等突然發動政變時，他由於偶然回家而幸免於難，只受到免官處分。接著描寫被任為長安縣令，離開鞏、洛去上任的眷戀之情。

【注　釋】❶武皇　指晉武帝司馬炎。❷升遐　飛升到遠方。對皇帝死的一種婉曲說法。❸八音遏於四海　《書・舜典》：「帝乃徂落三載，四海遏密八音。」此言天下停樂舉哀。八音，古代的八類樂器。即金（鐘）、石（磬）、絲（琴、瑟）、竹（簫、笛）、匏（笙）、土（塤）、革（鼓）、木（柷）。遏，停止。❹天子　指晉惠帝司馬衷。❺諒闇　此指天子居喪的地方。❻冢宰　西周最高官職。《書・伊訓》：「百官總己，以聽於冢宰。」此指楊駿。他是武帝的繼后楊氏的父親，惠帝初立，尊楊后為太后，進楊駿為太傅大都督，假黃鉞，總攬朝政，百官俱聽於駿。❼彼負荷之殊重二句　是說楊駿責任地位與伊尹、周公相似，而危險過之。彼，指楊駿。負荷，擔負的責任。伊周，伊尹、周公。伊尹是商湯的相，湯死後，外丙、仲壬繼位，仲壬後應由太甲繼位，但由於太甲不遵湯法，故為伊尹放於桐，伊尹攝政，太甲居桐三年，改過自新，伊尹乃還政於太甲。一說：伊尹奪權自立，後太甲由桐逃回，殺掉伊尹復位。此當用前說。周公是武王之弟，成王繼位，年少，周公曾攝政七年，後還政於成王。管叔等曾散布流言，說周公將廢成王自立，並發動叛亂，後為周公所鎮壓。殆，危險。❽七貴　指西漢七家外戚。即呂、霍、上官、丁、趙、傅、王七姓，後皆因權重而受誅，無一姓幸免。❾疇　代詞。誰。❿危明　見危之明。指身在高位卻能看到隱藏的危險。⓫安位　使祿位保持安全。⓬秖　通「祇」。只。⓭居逼以示專　居於權勢凌逼君主的地位，顯示出專權。⓮陷亂逆　指楊駿犯下了謀逆之罪。⓯受戮　元康元年（西元二九一年），賈后與掌禁軍的楚王瑋、東安公繇等合謀，殺楊駿及其弟楊珧、楊濟和楊氏黨羽，皆夷三族，並廢楊太后，囚之於金墉城，次年餓死。⓰匪禍降之自天　《詩・大雅・瞻卬》：「亂匪降自天，生自婦人。」此言楊駿之禍，不是天降，而是自取其咎，含有批評楊太后之意。匪，不是。⓱孔隨時以行藏　孔子對顏淵說：「用之則行，舍之則藏，惟我與爾有是夫！」（《論語・述而》）意謂時機合適就出來任事，時機不合適，就退隱。⓲蘧與國而舒卷　《論語・衛靈公》：「君子哉蘧伯玉！邦有道，則仕；邦無道，則可卷而懷之。」此言衛國賢人蘧伯玉，邦有道，則拿出本領來出仕，邦無道，則把才能隱藏起來。舒卷即指這兩種情形。⓳苟　如果。⓴蔽微　不能覺察隱微。㉑繆章　把明顯的東西都看錯了。此潘岳自責自己未能看出楊駿必敗的徵兆。繆，通「謬」。㉒過辟　罪過。辟，罪。此有獲罪的意思。㉓悟山潛之逸士二句　領悟到去隱居山中，是永離了是非之地。山潛，隱居山中。卓，卓然；超然。㉔拘攣　拘束。指為名位所拘束。㉕飄萍浮而蓬轉　浮萍隨水，飛蓬隨風。指人一旦被名位所拘繫，也就只有隨之不得自由了。㉖寮位儡其隆替　此言由盛而衰。指楊駿伏誅後潘岳被免去主簿職位之事。寮位，官位。寮，通「僚」。儡，崩潰的樣子。隆替，盛衰。㉗名節　名譽節操。㉘漼　敗壞。㉙隳　毀壞。㉚素卵　白色的蛋。㉛累殼　據《史記・卷七九・范雎傳》「秦王之國危于累卵」張守節《正義》引《說苑》，春秋時晉靈公造九層之臺，三年不成，鄰國將要興兵，荀息求見，他累起十二個棋子，再在上面累九個雞蛋，然後說晉國目前處境比這還要危險。潘岳此用累卵來形容他在楊駿府中供職處境岌岌可危之狀。㉜玄鷰之巢幕　燕巢幕上。形容危險。語出《左傳・襄公二十九年》。玄鷰，黑色的燕子。鷰，同「燕」。㉝兢悚　恐懼。㉞如臨深而履薄　《詩・小雅・小旻》：「戰戰兢兢，如臨深淵，如履薄冰。」臨深、履薄，形容危懼。㉟夕獲歸於都外二句　據《晉書・卷五五・潘岳傳》，賈后等發動政變這一夜，潘岳正好請了假在城外，因而幸免，楊駿其他屬官都被殺了。難作，事變發生。㊱匪擇木以棲集　沒有擇木而棲的智慧。此指鳥擇木而棲，做官應當擇人而事。㊲尠　少有。㊳林焚而鳥存　喻楊駿一府被殺而潘岳生存。㊴遭千載之嘉會　謂遭逢國運昌盛之際。㊵皇合德於乾坤　皇帝的恩德如天地一般洪大深厚。乾坤，天地。㊶弛　放鬆。㊷秋霜之嚴威　指政變後對楊駿黨羽的嚴厲處置。㊸春澤　陽春使萬物生長的德澤。㊹渥恩　厚恩。㊺甄大義以明責　是說為了表明人臣之大義，以示責備。甄，表示。㊻反初服　即落職。初服，未做官時本來的服裝。㊼皇　指皇帝。㊽鑒　明察。㊾揆　揆度。㊿俄　不久。(51)末班　從於末班。指朝見時後排位置。即小官。(52)牧　古稱治理百姓。(53)疲人　疲弊的百姓。(54)西夏　中國的西部。(55)老幼　指家屬。(56)關　指函谷關。由洛陽到長安，必經此關而西行。(57)丘去魯而顧歎　據《韓詩外傳・卷三》，孔子離開魯國之時，行步遲遲，戀戀不捨。丘，孔子之名。(58)季過沛而涕零　據《漢書・卷一・高帝紀》，劉邦晚年過沛，置酒沛宮，乃起舞，慷慨傷懷，泣下數行，對沛父老說遊子悲故鄉。季，漢高祖劉邦字。(59)伊　語助詞。(60)疚　傷痛。(61)聖達　聖賢通達之人。(62)幽情　內在的感情。(63)矧　況。(64)匹夫　普通人。潘岳自謂。(65)安土　安土重遷。(66)邈　遠遠地。(67)鎬京　此指長安縣。西周國都，在今西安市西。(68)竊　暗自。(69)闕庭　天子之庭。(70)鞏　鞏縣。(71)洛　洛陽。

【語　譯】武帝突然升天，四海停樂舉哀。天子寢息在居喪的地方，百官都聽命於太傅。他所擔負的責任極重，即使有伊尹、周公之才，處境也還會有危險。看那漢朝的七姓貴戚，有哪一姓能夠存活呢？他們沒有見危之明來保全祿位，只居於淩逼君主的地位，顯示出專權，終於犯下了謀逆之罪而被殺，這災禍乃是由他自取，不是從天而降的啊！孔子看時機決定出仕還是隱退，蘧伯玉則看國君是否有道才決定要不要出來當官貢獻才能。如果不能覺察隱微的徵兆，又看不清明顯的趨勢，就要擔心災禍不久會降臨。我這才悟到那些隱居山中的高士們，能超然的離去而不回頭，才是永離了是非之地。而我卻還為名位所拘繫，實在太鄙陋了，就像浮萍隨水，飛蓬隨風一般的飄浮不定。因為高位會突然跌下，名節也會毀敗無餘。我處境的危險像累起的白殼雞蛋，更過於黑燕築巢在幕上。心中戰戰兢兢，如臨深淵，如踩薄冰。那一晚我正好請假出城回家，未到半夜事變就發生了。我並無擇木而棲的智慧，這種林焚而鳥存的事兒的確少有。在這千載難逢的國運昌盛之際，皇帝的恩德如同天地一般洪大。放鬆了凜如秋霜的嚴懲，施予我春澤一般的厚恩。為表明人臣大義以示責備，我被免官回到家中。皇帝察知我的忠誠，不久又賜予我小官。命我去長安治理疲弊的百姓，於是攜帶家眷入關西行。孔丘離開魯國時曾回頭慨歎，劉邦路過沛邑也泣下數行。故鄉如此值得懷念，聖賢通達之人也為之傷情。何況像我這樣安土重遷的普通人，如今要遠遠投身於長安呢！就如犬馬留戀主人般，我也私下思念朝廷。眷懷鞏縣、洛陽而傷感落淚，情思仍一味的牽掛著祖先的墳墓。

爾乃越平樂❶，過街郵❷；秣馬❸皋門❹，稅駕❺西周❻。遠矣姬❼德，興自高辛❽。思文后稷❾，厥初生民❿。率西水滸，化流岐豳⓫。祚隆⓬昌⓭發⓮，舊邦惟新⓯。旋⓰牧野⓱而歷茲⓲，愈守柔⓳以執競⓴。夜申旦而不寐，憂天保之未定㉑。惟㉒泰山㉓其猶危，祀㉔八百而餘慶㉕。鑒亡王之驕淫㉖，竄南巢以投命㉗；坐積薪以待然㉘，方指日而比盛㉙。人度量㉚之乖舛㉛，何相越之遼迥㉜！

【章旨】來到古西周國王城，回顧歷代周王創業的歷史。

【注釋】❶平樂　東漢時留下的一座離宮。❷街郵　古地名。《水經注》云：「(梓澤)西有一原，其上平敞，古替亭之處也，即潘安仁〈西征賦〉所謂越街郵者也。」❸秣馬　用草料飼馬。❹皋門　古代王都的外城門。一說：石橋名。❺稅駕解駕休息。稅，通「脫」。❻西周　古國名。周考王封其弟揭於王城，是為西周桓公，國境在洛陽之西，後為秦所滅。❼姬　周王室的姓。❽高辛　帝嚳。號高辛氏，有四妻四子，姜嫄生棄，簡狄生契（商族祖先），慶都生堯，常儀生摯。❾思文后稷　語出《詩・周頌・思文》：「思文后稷，克配彼天。」意謂想念有文德的后稷，功德之大可以與天相配。后稷，帝嚳與元妃姜嫄所生。名棄，號后稷，善於種植各種糧食作物，曾在堯舜時代做農官，教民耕種，周族認為他是開始種稷和麥的人。❿厥初生民　《詩・大雅・生民》：「厥初生民，時維姜嫄。」意謂當初生下后稷的，就是姜嫄，后稷成為周民族的始祖。生民，指后稷。姜嫄，后稷的母親。⓫率西水滸二句　記述古公亶父率領部族由豳（今陝西栒邑）遷到岐陽，周民族乃擺脫戎狄風俗，發展農業生產，立家室，築城郭，文明大大發展。率，沿著。水滸，水邊。化流，教化流布。《詩・大雅・緜》：「古公亶父，來朝走馬，率西水滸，至於岐下。」古公亶父，周文王的祖父。岐下，指岐山之南的周原（今岐山、扶風之間）。⓬祚隆　指周的福運隆盛。⓭昌　周文王名。⓮發　周武王名。⓯舊邦惟新　《詩・大雅・文王》：「周雖舊邦，其命維新。」意謂周雖是一個古老的諸侯國，後成就王業，有了新的生命。⓰旋　歸來。⓱牧野　武王伐紂，商周二軍決戰之地。在今河南省淇縣之南。⓲歷茲　經過此處。⓳守柔　恪守柔道。⓴執競　保持強盛。㉑夜申旦而不寐二句　據《史記・卷四・周本紀》記載，武王滅紂之後，商的遺民，尤其是三百六十夫氏族組織，令武王十分不安，武王在鎬京夜不能寐，周公旦問他：「曷為不寐？」武王說明憂慮原因後，說：「我未定天保，何暇寐！」申旦，一直到天亮。天保，天所安保。指皇統、國祚。㉒惟　雖；即使。㉓泰山　比喻周朝的穩固。㉔祀　年。㉕餘慶　指先代的遺澤。㉖鑒亡王之驕淫　謂武王居安慮危，以夏桀為鑒戒。亡王，指夏桀。㉗竄南巢以投命　湯放桀於南巢（今安徽省壽縣東南），桀遂死於其地。㉘坐積薪以待然　言夏桀之危險處境。《漢書・卷四八・賈誼傳》載賈誼曰：「夫抱火厝之積薪之下而寢其上，火未及然而謂之安，當今之勢，何以異此？」然，古「燃」字。㉙指日而比盛　指著長存的太陽自比。《尚書大傳・卷二》記夏桀曾以日自比：「天之有日，猶吾之有民也。日有亡哉？日亡吾乃亡矣！」㉚度量　謂見識。㉛乖舛　不齊。㉜遼迴　遙遠。

【語　譯】於是越過平樂館，經過街郵；在皋門餵馬，在西周王城停車休息。周朝的歷史悠久綿長，自高辛氏即已興起。有文德的后稷，是周的始祖。古公亶父率眾沿著西面的河岸來到岐陽，教化由豳流布到岐下。國祚興隆是在文王、武王之時，古老的諸侯國完成了王業，有了新的生命。當牧野決戰勝利歸來時，經過此處，武王愈加恪守柔道，保持國勢的強盛。他一夜到天亮不能入眠，只因憂心國事未能安定。即使王權已如泰山一般穩固，他還存在著危機意識，所以周朝能享有八百年國運，猶有餘澤。以驕淫的亡國之君夏桀為鑒戒，他被流放到南巢而斃命，其狂妄就彷彿身坐在將燃燒的柴堆之上，還指著長存的太陽自比。人們見識如此不同，相距多麼遙遠。

考土中❶于斯邑❷，成建都而營築❸；既定鼎❹于郟鄏❺，遂鑽龜❻而啟繇❼。平失道而來遷❽，緊❾二國❿而是祐⓫。豈時王之無僻⓬！賴先哲⓭以長懋⓮。望圉、北⓯之兩門，感虢、鄭之納惠⓰。討子頹之樂禍⓱，尤⓲闕西之効⓳戾⓴。重戮帶以定襄㉑，弘大順㉒以霸世㉓。靈壅川以止鬥㉔，晉演義以獻說㉕。咨景、悼以迄丐，政陵遲而彌季㉖。俾庶朝之構逆，歷兩王而干位㉗。踰十葉㉘以逮㉙赧㉚，邦分崩而為二㉛。竟橫噬㉜於虎口㉝，輸文、武㉞之神器㉟。

【章　旨】本章由洛陽回顧東周逐漸衰敗的歷史。

【注　釋】❶土中　四方之中。❷斯邑　指洛陽。❸成建都而營築　成王長大，周公反政，成王乃使召公營雒邑，並把商之遺民遷到其地，建東都，名成周，成周中設王城，周王及大臣屢次來此發號施令。成，指周成王。❹定鼎　將傳國寶鼎安置此處。❺郟鄏　地名。為周王城所在，在今河南省洛陽市西。郟，山名。鄏，邑名。❻鑽龜　指占卜。在龜甲上先鑽許多不穿透的圓窩，其旁鑿槽，然後火炙，視龜甲裂痕（稱兆象），判斷吉凶。❼啟繇　古代大事必先占卜吉凶，成王定鼎時所卜的結果，據《左傳・宣公三年》追敘，預示有三十代，七百年的命運。啟，指卜兆。繇，通「籀」。指卜辭。❽平失道而來遷　幽王荒淫無道，申侯聯合繒與犬戎攻周，殺幽王於驪山下戲地，西周遂亡，平王立，為避犬戎，乃放棄豐鎬，遷到洛陽，東周就此開始。平，指周平王。幽王之子，名宜臼。❾緊　發語詞。❿二國　指晉鄭二國。西元前七七〇年，周平王任晉文侯、鄭武公擁奉之下東遷洛邑，岐西之地贈予秦伯，河西地贈予晉文侯。⓫祐　通「佑」。幫助；支持。⓬豈時王之無僻　此言周末之王豈無邪僻之行。⓭賴先哲　依賴先代賢王的餘蔭。⓮懋　通「茂」。隆盛。⓯圉北　皆周王城的城門。⓰虢鄭之納惠　周莊王死，子釐王立，釐王死，其子惠王立，而莊王庶子名頹，受燕、衛及一些大夫支持亦立為王，惠王於是出逃，鄭伯和虢叔率兵護送惠王復辟，鄭伯奉惠王從圉門攻入，虢叔自北門攻入，殺死頹。惠，指周惠王。⓱討子頹之樂禍　頹被立為王，歌舞不倦，鄭伯認為他哀樂失時，是樂禍，就以此為罪名，聯合虢來討他。⓲尤　譴責。⓳効　同「效」。⓴戾　罪過。㉑重戮帶以定襄　惠王死，襄王繼位，他的後母（惠后）之子太叔帶與襄王爭位，襄王十六年翟人攻周，襄王出奔，太叔帶遂立為王，十七年襄王告急於晉，晉文公重耳就納襄王誅殺太叔帶。重，指晉文公重耳。帶，指太叔帶。襄，指周襄王。㉒弘大順　指晉文公維護了正常秩序，所以是助順而不是助逆。弘，廣。㉓霸世　指晉文公在踐土（今河南省滎澤縣西北）會盟諸侯，還召來周天子，周天子冊封晉文公為侯伯，晉文公遂成了中原霸主。㉔靈壅川以止鬥　穀、洛二水改道合流，水勢洶湧，好像爭鬥的樣子，靈王恐大水將沖毀王宮，乃築堤壅塞洪水。靈，指周靈王。㉕晉演義以獻說　太子晉勸說切諫把正理闡釋。晉，靈王的太子。演義，把事件的深遠涵義發揮出來。㉖咨景悼以迄丐二句　形容景王、悼王、敬王三代政治趨勢。咨，嗟歎。景，指周景王。悼，指王子猛。敬王的同母兄，即位不久即死。丐，周敬王名。景王子。陵遲，走下坡路。彌季，越來越衰敗。㉗俾庶朝之構逆二句　庶子王子朝，經過悼王（猛）、敬王（丐）兩代而圖謀篡位。庶朝，指周景王庶出長子王子朝。周景王愛子朝，欲立為太子，未立，景王死，子朝、子丐爭位，國人立長子猛為王，子朝攻殺猛，晉人立子丐為王，是為敬王，晉率諸侯入敬王於周，子朝為臣，後來子朝之徒又曾為亂。干，奪取。㉘十葉　十代。此言敬王之後又經過十代周王。㉙逮　到。㉚赧　指周朝末代王赧王。㉛邦分崩而為二　赧王時國政愈微弱，國內又分出東周，建都於鞏，赧王徙都寄居於西周，一邦遂分為二國。㉜噬　吞食。㉝虎口　指秦。戰國各國都把秦比作虎狼。㉞文武　文王、武王。㉟神器　指王位。

【語　譯】周公考定洛陽為四方中心，成王決定在這裡營建東都；已把傳國寶鼎安置在此處，就鑽龜占卜，得到國祚綿長的預兆。平王之時由於先王失道而遷都來此，全靠了晉鄭二國的祐助。周末之王難道就沒有邪僻之行！只是依賴先代賢王的餘蔭而得以長久隆盛。我眼望王城的圉門和北門，有感於虢叔、鄭伯由此二門護送周惠王復辟。他們以樂禍的罪名起兵討伐子頹，後來鄭伯在闕西作樂也被人責為效法惡行。晉文公重耳殺太叔帶幫助周襄王安定王位，此舉是助順平逆，因而得以稱霸於世。周靈王築堤以防止二河爭道，太子晉獻說切諫把正理闡釋。嗟歎景王、悼王直至敬王，國政越來越走向衰敗。周景王溺愛庶子王子朝，使得他屢次造成叛亂，在悼王、敬王兩代圖謀奪取王位。這以後又經過十代周王直到赧王，領地內又分為西周、東周二國。這二國最後都為虎狼之秦所吞滅，文王、武王傳下的天子之位落於他人之手。

澡孝水❶而濯纓❷，嘉美名❸之在茲。夭赤子❹於新安❺，坎❻路側而瘞❼之。亭有千秋❽之號，子無七旬之期❾。雖勉勵於延❿、吳⓫，實潛慟⓬乎余慈⓭。

【章　旨】記敘在新安千秋亭喪子之事及悲痛的心情。

【注　釋】❶孝水　水名。在洛陽之西十餘里。❷濯纓　《孟子・離婁上》：「滄浪之水清兮，可以濯吾纓。」此言孝水清，故可以清洗繫冠的帶子。❸美名　指以孝為水名。❹赤子　嬰兒。指作者的小兒子。❺新安　地名。今屬河南。❻坎　挖坑。❼瘞　埋葬。❽千秋　千秋亭。在新安。潘岳的小兒子死於亭中，葬於亭東。❾子無七旬之期　據作者〈傷弱子序〉，他的這個兒子生於三月壬寅（二十五日），死於五月甲辰（二十八日），活了不到七十天。❿延　指春秋時的延陵季子（吳國的季札）。他到齊國去，兒子在路上死了，就在當地淺淺埋下。⓫吳　指《列子》書中所載的魏人東門吳。他的兒子死了，卻不傷心，有人問他什麼緣故，他說：我沒有兒子的時候，並不發愁，現在也不過和沒有兒子的時候一樣，何必發愁呢！⓬潛慟　暗自傷心。⓭余慈　我對於兒子的慈愛。

【語　譯】來到清清的孝水濯洗冠纓，贊賞此河美好的名稱。我的小兒子不幸在新安夭折，就在路邊挖個坑埋葬了他。此處名叫千秋亭，我的兒子卻活不到七十天。我雖以延陵季子、東門吳的達觀自勉，但實際上由於對兒子的慈愛內心深處仍悲慟不已。

眄❶山川以懷古，悵攬轡❷於中塗。虐❸項氏❹之肆暴❺，坑降卒❻之無辜。激秦人以歸德，成劉后之來蘇❼。事回泬而好還❽，卒宗滅而身屠❾。經澠池❿而長想，停余車而不進。秦虎狼之強國，趙侵弱⓫之餘燼⓬。超⓭入險而高會⓮，杖命世⓯之英藺⓰。恥東瑟之偏鼓，提西缶而接刃⓱；辱十城之虛壽⓲，奄咸陽以取儁⓳。出申威⓴於河外㉑，何猛氣之咆勃㉒；入屈節於廉公㉓，若四體之無骨㉔。處智勇㉕之淵偉㉖，方㉗鄙吝㉘之忿悁㉙。雖改日而易歲，無等級以寄言㉚。當光武㉛之蒙塵㉜，致王誅㉝于赤眉㉞。異㉟奉辭以伐罪㊱，初垂翅於回谿㊲。不尤㊳眚㊴以掩德，終奮翼而高揮㊵。建佐命㊶之元勳㊷，振皇綱㊸而更維㊹。

【章　旨】作者在新安懷古，想到項羽曾在此坑秦降卒，這種殘暴的行徑終於造成他的失敗。又來到澠池，想到藺相如的英風俊才；又想到光武帝大將馮異在此擊敗赤眉之戰。

【注　釋】❶眄　瞻望。❷攬轡　勒住馬韁，停下車子。❸虐　認為太暴虐。❹項氏　指項羽。❺肆暴　恣意為暴。肆，極。❻坑降卒　項羽擊敗秦軍之後，接受了秦將章邯等的投降，後聞秦吏卒心不安，恐其謀叛，就趁夜將二十幾萬秦軍擊殺，挖坑掩埋在新安城南。❼激秦人以歸德二句　此言秦人盼望劉邦來到關中，以解脫暴政的壓迫，得到蘇息。歸德，歸向有德的劉邦。劉后，指漢高帝劉邦。后，指君主。來蘇，語出《尚書・仲虺之誥》：「后來其蘇。」❽事回泬而好還　此言項羽行事邪僻必受報應。回泬，邪僻。好還，謂極易得到報應。語出《老子・第三十章》：「以道佐人主者，不以兵強天下，其事好還。」❾宗滅而身屠　言項羽家族滅絕，身被分屍。❿澠池　古城名。因南有澠池水而得名，在今河南省澠池縣西，西元前二七九年秦昭王和趙惠文王會盟於此。⓫侵弱　漸弱。⓬餘燼　燒殘的餘木。⓭超　遠。⓮入險而高會　指澠池之會，在趙國是有危險的，秦國懷有扣留趙王的企圖。高會，盛會。⑮命世　著名於世。命，名。⑯英藺　指英才藺相如。

⑰恥東瑟之偏鼓二句　在澠池會上，秦王請趙王鼓瑟，趙王為之鼓瑟，藺相如乃請秦王擊缶，秦王不肯，相如表示要與秦王同歸於盡，秦王不得已，只好擊缶。東，指趙。偏鼓，謂只有趙為秦鼓瑟。西，指秦。接刃，謂動武。⑱十城之虛壽　指秦王的大臣請趙國獻出十五座城池為秦王壽。這是明顯的訛詐，所以說是虛壽。⑲奄咸陽以取儁　藺相如針對秦國無理要求，提出請以秦國都咸陽為趙王壽，壓倒了秦之氣燄。奄，奄有；包有。取儁，自取雄俊。即占了上風。儁，同「俊」。⑳中威　中張威風。㉑河外　指澠池。因在黃河以南，古稱為河外。㉒咆勃　憤怒的樣子。㉓屈節於廉公　澠池會後，藺相如拜為上卿，廉頗以自己屢建戰功，卻位居藺相如之下，心有不服，乃揚言要羞辱相如，相如不與他計較，望見廉頗則引車而避，相如門客認為相如太懦弱，相如解釋說：我連秦王都不懼，怎會怕廉將軍！只是秦國所以不敢欺趙國，就是因為有我們兩人在，兩虎相鬥，必有一傷，我這樣避讓是把國家利益放在首位，個人恩怨放在其次，此話傳到廉頗耳中，他大為感動，於是到藺相如府上負荊請罪，二人遂結成生死之交。屈節，屈其志節。廉公，指廉頗。㉔四體之無骨　形容藺相如在廉頗面前的柔弱忍讓。㉕處智勇　處世之智勇。語出《史記・卷八一・廉頗藺相如列傳》：「其處智勇可謂兼之矣。」㉖淵偉　深沈而偉大。㉗方　比較。㉘鄙吝　淺俗；心胸狹窄。指廉頗。㉙忿悁　憤怒急躁。㉚雖改日而易歲二句　是說以藺相如比廉頗，即使以短短一日比長長一年，還覺得不足以表示等級間的差別。意謂相差很遠。㉛光武　指東漢光武帝劉秀。㉜蒙塵　皇帝遭難。此指光武帝征討赤眉遇到挫折。㉝王誅　行帝王之誅。㉞赤眉　新莽末樊崇等領導的民軍。因把眉毛塗紅，故名，此軍一度攻破長安，後滅於光武帝之手。㉟異　指馮異。光武帝的大將。㊱奉辭以伐罪　語出《書・大禹謨》。此指建武三年馮異為征西大將軍，奉光武帝之命討伐赤眉軍。㊲初垂翅於回谿　初次受挫於回谿阪。光武帝當時部署，諸將屯澠池在東面要截赤眉，馮異在西擊之，由於鄧禹錯誤指揮，交戰中漢軍大敗，馮異棄馬跑上回谿阪，後經他周密策畫，終在澠池的崤底取得很大勝利，降赤眉男女八萬餘人，光武帝賜璽書慰勞馮異說：「始雖垂翅回谿，終能奮翼澠池。」垂翅，比喻受挫、吃敗仗。㊳尤　責怪。㊴眚　過失。㊵揮　通「翬」。飛。㊶佐命　帝王建立王朝，均自稱承受天命，故輔佐之臣稱為佐命。㊷元勳　首功。㊸振皇綱　比喻把朝政重新整頓起來。綱，網上的總繩。㊹更維　重新連結起來。

【語　譯】眼望山川心中產生思古的幽情，我悵然勒住馬韁在中途停車。項羽的行為實在過於殘暴，把無辜的秦軍降卒擊殺掩埋。這就促使秦人歸向有德之君，成就了漢高祖劉邦的帝業。項羽行事邪僻必遭報應，終於宗族滅絕身死分屍。經過澠池又引發了我的遐想，停下車來不向前進。秦是虎狼一般的強國，趙則是漸弱的餘燼。趙王遠遠地趕到澠池參加險惡的盛會，全仗著聞名於世的英才藺相如。藺相如以趙王單方面為秦鼓瑟為恥，寧願動武也逼著秦王擊缶。他知道秦命趙獻十五城為壽是對趙的汙辱，就向秦提出占有咸陽的要求，因而占了強秦的上風。他出國外交，能在澠池會上伸張威風，氣概是何等地雄壯；回國立朝卻能向廉頗屈其志節，柔弱忍讓好像身上沒有骨頭。藺相如處世的智勇何等深沈偉大，和廉頗的淺俗、狹隘、憤怒、急躁正好成了對比。即使以短短一日比長長一年，也不足以表示他們之間等級的差別。當光武帝遭受挫折時，正是在剿滅赤眉軍的戰役中。征西大將軍馮異奉命討伐，起初在回谿阪吃了敗仗。光武帝不責備小小的過失而看到他的長處，使他終於在澠池打了個大勝仗。為輔佐真命天子統一天下建立了首功，漢家江山得以重新整頓起來。

登崤坂❶之威夷❷，仰崇嶺之嵯峨❸。皐託墳於南陵❹，文❺違風❻於北阿❼。蹇哭孟以審敗❽，襄❾墨縗❿以授戈⓫。曾⓬隻輪之不反⓭，絏⓮三帥⓯以濟河⓰。值⓱庸主⓲之矜愎⓳，殆肆⓴叔㉑於朝市㉒。任好綽其餘裕㉓，獨引過以歸己㉔。明三敗而不黜㉕，卒陵晉㉖以雪恥。豈虛名之可立？良㉗致霸其有以㉘。降曲崤㉙而憐虢，託與國㉚於亡虞㉛。貪誘賂以賣鄰，不及臘而就拘㉜。垂棘反於故府，屈產服於晉輿㉝。德不建而民無援，仲雍之祀忽諸㉞。

【章　旨】作者登上崤山之坡，就想到此處曾發生的秦晉殽之戰，不由得對有先見之明的蹇叔及知過能改的秦穆公發出贊歎。下到曲崤又想到虞、虢的歷史，對見利忘義，終於禍及自身的虞公，給予嚴厲的批評。

【注釋】❶崤坂　崤山之坡。崤，崤山。在澠池以西，陝縣以東。坂，山坡。❷威夷　即逶迤。曲折的樣子。❸嵯峨　高峻的樣子。❹皋託墳於南陵　夏王皋的墳在崤山的南陵。皋，夏朝一個君主的名字。託，原作「記」，據五臣注本改。❺文　周文王。❻違風　避風雨。❼北阿　即崤山的北陵。阿，山丘。❽蹇哭孟以審敗　晉文公死後，秦穆公派了孟明視、西乞術、白乙丙三個將領去攻打鄭國，間接就意味著向晉國挑釁，蹇叔認為勞師遠襲，注定要失敗，軍隊出發時，蹇叔哭著送行，預言晉軍必定在崤山一帶阻擊，秦軍必全軍覆沒，後來他的預言果然應驗了。秦晉殽之戰可見《左傳・僖公三十二年》、《左傳・僖公三十三年》的記載。蹇，蹇叔。孟，指秦將孟明視。❾襄　指晉襄公。晉文公之子。❿墨縗　黑色麻的喪服。因文公未葬，襄公尚穿著喪服，喪服原是白色，然白色於軍不利，故以墨染黑。此戰之後晉即以墨色為喪服。縗，麻衣。⓫授戈　分配兵器。指作戰準備。⓬曾　竟然。⓭隻輪之不反　據《公羊傳・僖公三十三年》記載：秦軍全軍覆沒，匹馬隻輪不還。⓮絏　同「緤」。繫。綑綁、捕捉的意思。⓯三帥　指秦軍將領孟明視、西乞術、白乙丙。⓰濟河　渡過黃河。⓱值此有假如遇到的意思。⓲庸主　庸劣無能的君主。⓳矜愎　驕傲剛愎，不肯認錯。⓴肆　陳列。㉑叔　蹇叔。㉒朝市　古代殺人在朝市，並陳屍示眾。㉓任好綽其餘裕　是說秦穆公度量寬宏。任好，秦穆公名。綽，寬闊的樣子。㉔引過以歸己　孟明視等歸國，秦穆公素服向師而哭，公開承認自己不納蹇叔忠言，致有此敗，把全部過失都歸咎於自身。㉕黜　免職。㉖陵晉　打敗晉國。㉗良　的確。㉘致霸其有以　秦穆公成為霸主是有原因的。㉙曲崤　地名。屬於春秋時的虢國。虢，國名。此指北虢，建都上陽（今河南省陝縣東南李家窯），占有今河南三門峽和山西平陸一帶。㉚與國　盟國。㉛亡虞　自取滅亡的虞國。虞，古國名。在今山西省平陸縣北。㉜貪誘賂以賣鄰二句　指晉滅虢、虞的故事。晉國用美玉、駿馬向虞國行賄，請求借道伐虢，虞公貪財，出賣了盟國，虞國大夫宮之奇苦諫虞公，說明「輔車相依，脣亡齒寒」的道理，但虞公不聽，於是宮之奇率其族辭行，說：「虞不臘矣。」（臘是歲終祭神，預言虞國不到歲終就要為晉所滅）及晉滅虢後，虢公奔東周都城，晉軍還軍，趁在虞停留時，用偷襲方法滅虞，生擒虞公，把他作為陪嫁的奴隸。㉝垂棘反於故府二句　事見《左傳・僖公二年》及《穀梁傳・僖公二年》。垂棘、屈產，晉國送給虞國的美玉和駿馬。後來仍又回到晉國手中。服於晉輿，仍為晉國駕車。㉞德不建而民無援二句　語出《左傳・文公五年》：「臧文仲聞六與蓼滅，曰：皋陶庭堅不祀，忽諸。德之不建，民之無援，哀哉！」按《左傳》，虞國祖先的祭祀並未斷絕，只是由晉人代辦了。仲雍，虞國的祖先。祀，宗廟祭祀。忽諸，忽然而亡。

【語譯】登上逶迤的崤山之坡，仰望那高聳的群山峻嶺。夏王皋的墳就在山的南陵，周文王也曾在北陵避過風雨。蹇叔清楚地知道秦軍必敗，故而哭著來為將領孟明視送行，晉襄公穿著黑色喪服授戈於將士。等到秦軍全軍覆沒時，竟然隻輪不回，晉人綑縛了秦軍三個將領，渡河押回國去。這時假如遇到驕傲剛愎的庸劣之主，恐怕會惱羞成怒使蹇叔橫屍於刑場。然而秦穆公真是一位度量寬宏的君主，他把戰爭失敗的過錯都歸在自己身上，即使孟明視屢敗也不免職，終於他打敗了晉國，報仇雪恥。難道虛名可以久立於世嗎？秦穆公能成就霸業實在是有原因的啊！下到曲崤我傷憐虢國，它託身的盟國是那自取滅亡的虞國。虞公貪圖財賂出賣鄰國，結果不到歲終自己就成了階下之囚。他所受的賄賂垂棘美玉又回到晉國原存的府庫，屈產駿馬依舊為晉國駕車。由於他既不建立仁德，又不結援大國，虞國祖先仲雍的祭祀就這樣忽然斷絕了。

我徂安陽❶，言❷涉陝❸郛❹，行乎漫瀆之口❺，憩❻乎曹陽之墟❼。美哉邈乎，茲土之舊也！固乃周、邵之所分❽，二南❾之所交。〈麟趾〉信於〈關雎〉，〈騶虞〉應乎〈鵲巢〉❿。愍⓫漢氏⓬之剝亂⓭，朝流亡以離析⓮。卓⓯滔天以大濼⓰，劫宮廟而遷跡⓱。俾萬乘⓲之盛尊，降遙思於征役⓳。顧⓴請旋於傕、汜㉑，既獲許而中惕㉒；追皇駕㉓而驟戰，望玉輅㉔而縱鏑㉕。痛百寮之勤王㉖，咸畢力以致死㉗。分身首於鋒刃，洞胸腋以流矢；有褰裳㉘以投岸，或攘袂㉙以赴水；傷桴楫㉚之褊小，撮㉛舟中而掬指㉜。升曲沃㉝而惆悵，惜兆亂㉞而兄替㉟；枝末大而本拔，都偶國而禍結㊱。臧、札㊲飄其高厲㊳，委㊴曹、吳而成節；何莊㊵、武㊶之無恥，徒利開而義閉！

【章　旨】作者進入陝縣境內，不由想到周公、召公的教化而發出由衷的贊美；作者又想到東漢末李傕、郭汜曾在陝縣一帶追趕獻帝，發生過一場慘烈的戰鬥。作者來到桃林，回顧了春秋時晉國曲沃一支如何奪取國君之位的一段歷史。

【注　釋】❶安陽　今河南省陝縣附近的小地名。與今安陽市無關。❷言　語助詞。❸陝　即今河南省陝縣。❹郛　外城。❺漫瀆之口　漫澗入瀆谷水之處。漫澗西流，經陝縣故城之南，又合一水，稱瀆谷水。❻憩　休息。❼曹陽之墟　即曹陽墟。地名，又名曹陽坑、七里澗，在今河南省陝縣西。❽周邵之所分　周朝初年，周公、召公分掌政事，陝以東歸周公，陝以西歸召公。周，指周公。邵，指邵公。亦作召公。❾二南　指《詩・國風》中〈周南〉、〈召南〉二類詩歌。據馬瑞辰《毛詩傳箋通釋》，周南、召南為周公、召公所分治的南國之地。❿麟趾信於關雎二句　贊美周朝之初，在周、召的教化下，一派盛世景象。〈麟之趾〉小序：「〈麟之趾〉，〈關雎〉之應也。〈關雎〉之化行，則天下無犯非禮，雖衰世公子皆信厚如〈麟趾〉之時也。」是說〈麟之趾〉時的忠信仁厚是始於〈關雎〉之教化。〈麟趾〉，即〈麟之趾〉。《詩・國風・周南》之末篇。〈關雎〉，《詩・國風・周南》之首篇。〈騶虞〉應乎〈鵲巢〉，意謂〈騶虞〉之仁德是回應於〈鵲巢〉的教化。〈鵲巢〉，《詩・國風・召南》之首篇。〈騶虞〉，《詩・國風・召南》之末篇，小序以為：「〈騶虞〉，〈鵲巢〉之應也。〈鵲巢〉之化行，人倫既正，朝廷既治，天下純被文王之化，則庶類蕃殖，蒐田以時，仁如騶虞，則王道成也。」案：據〈毛詩序〉：「〈關雎〉、〈麟趾〉之化，王者之風。」「〈鵲巢〉、〈騶虞〉之德，諸侯之風也。」「〈周南〉、〈召南〉，正始之道，王化之基。」⓫愍　哀憐。⓬漢氏　指東漢末年的朝廷。⓭剝亂　分裂混亂。東漢末年外戚與宦官爭鬥不已，至靈帝死，外戚何進恐宦官奪權，召董卓帶兵進洛陽，誅殺宦官，導致大軍閥董卓入朝把持朝政，政局極不穩定。⓮朝流亡以離析　指獻帝被迫遷都長安，後又逃回洛陽，終還於許的過程。離析，四分五裂。⓯卓　董卓。⓰滔天以大滌　比喻董卓的禍害。滔天，形容浪大。滌，沖洗。⓱劫宮廟而遷跡　此指初平元年二月董卓脅迫獻帝遷都長安。宮廟，朝廷宗廟。⓲萬乘　皇帝的代稱。⓳遙思於征役　在迢迢長路上發出對遠方的思念。遙思，對遠方之人、事的思念。征役，行役；出行。⓴顧　卻。㉑請旋於傕汜　初平三年董卓被王允等所殺，董卓部將李傕、郭汜等反攻長安，重又脅持天子，到興平二年七月，郭汜等送獻帝東歸。請旋，言獻帝請求回洛陽去。傕、汜，指李傕、郭汜。㉒中惕　中途翻悔。在護送獻帝東歸途中，郭汜等忽又要獻帝回返長安，於是楊定、楊奉、董承等人與郭汜等人發生激戰，並護侍獻帝繼續東進，終於到達洛陽。㉓追皇駕　指郭汜、李傕等人一路追趕獻帝車駕。㉔玉輅　皇帝車輦。㉕縱鏑　此言對皇帝車輦放箭。鏑，箭頭。㉖勤王　出力援救王室。㉗咸畢力以致死　都全力以赴，直至戰死。此言一路上護送獻帝之軍與郭汜、李傕連戰數場，不少臣僚死於其中。㉘褰裳　提起下衣。㉙攘袂　捲起袖子。㉚桴楫　木筏；小船。㉛撮　收集。㉜掬指　指砍斷攀船人的手指足有兩手一捧之多。據《三國志・卷六・董卓傳》之注，獻帝登船北渡黃河，復遣船收羅那些戰敗兵卒，船少人多，爭攀上船，船上人以刀斬攀船之手，以致船中斷指可掬。

㉝曲沃　在今山西省聞喜縣。春秋時屬於晉國。但此所言之曲沃非指真正的曲沃，而是指桃林塞，由於春秋時晉派詹嘉守桃林塞以備秦，此官係從曲沃來，故桃林亦被稱為曲沃，在今河南與陝西交界處，作者來到此地而想到與曲沃有關的史事。

㉞兆亂　晉穆侯七年太子生，取名仇，十年少子生，取名成師，晉人師服認為：嫡子庶子名字的涵義和他們的地位正好相反，預兆著今後要發生內亂。㉟兄替　指長兄仇一支要被其弟成師一支所廢除。㊱枝末大而本披二句　文侯仇卒，子昭侯立，即封成師於曲沃，曲沃大於晉君都邑翼，成師號桓叔，好德，晉國民心歸附於他，師服認為：一個國家本大末小，方能鞏固，今晉末大本弱，必生禍亂。末，樹枝。喻宗室。本，樹幹。喻國君。都偶國，指小宗之城邑和大宗之國都相等，失去按禮制應有的差距。㊲臧札　皆因不肯和人爭國位而遠遠離開。臧，指春秋時曹國的公子臧。札，指吳國的季札。㊳高厲高飛。謂遠離。㊴委　放棄。㊵莊　指曲沃桓叔（成師）之子莊伯。曾弒其君晉孝侯於翼，後鄂侯卒，莊伯又興兵伐晉，但都未得到國君之位。㊶武　曲沃武公。莊伯之子，先殺晉哀侯，又殺晉侯小子，終滅晉侯緡，以所得寶器賂周釐王，釐王乃命曲沃武公為晉君，列為諸侯，盡占晉地，於是小宗成師一支終於取代了大宗仇一支。

【語　譯】我來到安陽，進入陝縣之境，走到漫澗與瀆谷水交匯處，在曹陽墟休息。往昔這片土地，多麼美好，多麼遙遠呵！這本是周公、邵公分治的起點，周南、召南交界之處。〈麟之趾〉時的忠信仁厚是始於〈關雎〉的教化，〈騶虞〉的仁德是回應〈鵲巢〉的風教。我哀憐東漢末年朝中分裂混亂，朝廷被迫流亡，分崩離析。董卓之禍好似滔天洪水蕩滌天下，他劫持朝廷並將宗廟遷往長安。使萬乘天子的崇高尊嚴，降而跋涉在迢迢長路上發出對遠方的思念。獻帝卻只得向李傕、郭汜請求回轉洛陽，他們同意了，不料中途又反悔；追趕皇帝的車駕與護駕軍連連交戰，還朝著天子的車輦發箭。可憐那些護衛君主的百官，都全力以赴直至戰死。在刀劍下身首分離，流矢射穿了胸腋。有的提起下衣奔向岸邊，有的捲起袖子投入水中。可悲的是渡船太小，想要攀船逃難的人被斬下的手指掉在舟中足有兩手一捧之多。我登上桃林不禁又惆悵萬分，惋惜晉穆侯為自己兒子命名不慎預兆著日後的內亂，長子仇一支終究要被次子成師一支所廢除。樹枝過大樹幹就會傾倒，小宗城邑和大宗國都相等，就結下了禍胎。公子臧、季札都遠走高飛，放棄了曹國、吳國的君位而成全名節。而曲沃的莊伯、武公卻又多麼無恥，只追逐私利而不顧大義！

躡函谷❶之重阻❷，看天險之衿帶❸。跡❹諸侯之勇怯，筭❺嬴氏❻之利害❼：或開關以延敵❽，競遯逃以奔竄❾，有噤門❿而莫啟，不窺兵⓫於山外⓬。連雞⓭互⓮而不棲⓯，小國合而成大⓰。豈地勢之安危？信人事之否泰⓱。

【章旨】來到古函谷關，想到戰國時秦與關東諸侯之爭。作者認為，國之安危，不取決於地勢是否險要，而在人事運作的良窳。

【注釋】❶函谷　此指古函谷關。在今河南靈寶東北，戰國秦置，因關在谷中，深險如函而得名，東自崤山，西至潼津，通名函谷，號稱天險，西元前二四一年，楚、趙、魏、韓、衛合縱攻秦，至此敗還，漢元鼎三年，徙關至新安縣，是為新函谷關。❷重阻　層層險阻。❸衿帶　如衿如帶。比喻地勢的紆迴環繞。衿，同「襟」。古代衣服的交領。❹跡　考察研究。❺筭　同「算」。計算。❻嬴氏　指秦王室。❼利害　時機有利或不利。即下文所形容之「開關」、「噤門」兩種情形。❽延敵　出兵迎敵。❾競遯逃以奔竄　指秦惠文王二十年（西元前三一八年），燕、趙、魏、韓、楚同伐秦，攻函谷關，秦人出兵迎之，五國之師皆敗走（事見《通鑑》）。遯逃、奔竄，皆逃跑的意思。❿噤門　緊閉關門。⓫窺兵　窺伺機會而動兵。

⑫山外　指崤山或華山以東。即函谷關東。此指秦之外六國土地。⑬連雞　比喻小國的合縱。此出秦惠王語：「諸侯不可一，猶連雞之不能俱止於棲亦明矣。」（見《戰國策・秦策一》）⑭互　交錯。⑮棲　止息。⑯小國合而成大　此言小國如果真的聯合起來，仍然可以成為一股龐大的力量。⑰豈地勢之安危二句　是說國家的安危不在地理形勢，而是要看實行仁政與否，人為是決定性的因素。豈地勢之安危，哪裡是地勢決定國家的安危。信，實在。否、泰，《易經》的兩個卦名。否，閉塞。泰，通暢。

【語譯】我踏上重重險阻的古函谷關，親眼目睹這天然險峻的地勢紆迴環繞。考察關東各國諸侯的勇敢或怯懦，思量秦國在時機有利或不利時所採取的對策：有時主動地打開關門來迎敵，使得諸侯競相逃竄；有時緊閉關門，按兵不向關東窺伺。諸侯合縱就像即使把雞縛在一起，牠們也不能全部整齊的棲息在柵欄上；但如果小國真的聯合起來，仍然可以成為一股巨大的力量。難道地勢的險易可以決定國家的安危？其實人為的力量才是根本因素。

漢六葉①而拓畿，縣弘農而遠關②。厭紫極③之閒敞，甘微行④以遊盤⑤。長傲賓於柏谷⑥，妻睹貌而獻餐⑦；疇匹婦⑧其已泰⑨，胡厥夫之繆官⑩！昔明王之巡幸⑪，固⑫清道而後往；懼銜橛之或變⑬，峻徒御以誅賞⑭。彼白龍之魚服，挂豫且之密網⑮。輕帝重⑯於天下，奚⑰斯漸⑱之可長！弔戾園⑲於湖邑⑳，諒㉑遭世之巫蠱㉒。探隱伏於難明㉓，委㉔讒賊㉕之趙虜㉖。加顯戮於儲貳㉗，絕肌膚㉘而不顧。作歸來之悲臺㉙，徒望思其何補！

【章旨】本章主要是批評漢武帝。由函谷關想到他的微服出遊多悖禮制，由湖邑戾太子墓又想到他信讒殺子的錯誤。

【注釋】❶六葉　第六代帝王。從高祖算起，加上呂后，到武帝正好六代。❷縣弘農而遠關　把函谷關向遠處遷移，而以舊關之地為弘農縣。漢武帝元鼎三年把函谷關移到新安縣（今河南省新安縣東），是為新函谷關，以舊關之地為弘農縣，故言縣弘農。新關距故關三百里，離長安更遠了，故言遠關。❸紫極　皇宮。❹微行　穿著平民的服裝私自出行。❺遊盤　遊樂。❻長傲賓於柏谷　武帝微服出遊，曾夜投柏谷亭長要求住宿，亭長不納。長，指柏谷亭長。亭長是官名，西漢鄉村每十里設一亭，有亭長。❼妻睹貌而獻餐　武帝受到柏谷亭長的拒絕，就投宿旅店，店主懷疑武帝不是好人，邀集一些青年手持武器想要攻擊武帝，但旅店女主人認為武帝不像平常人，就用酒把丈夫灌醉，縛了起來，然後殺雞作食厚待武帝。❽疇匹婦　武帝回宮，召見旅店主人夫婦，賜其婦千金。疇，通「酬」。報酬。❾泰　過分。❿胡厥夫之繆官　為什麼隨便授予旅店主人官職。指武帝擢旅店主人為羽林郎。胡，何。厥夫，指旅店主人。繆官，不合理地授予官職。繆，通「謬」。⓫巡幸　皇帝外出。⓬固　一定要。⓭懼銜橛之或變　指擔心馬狂奔，掙脫銜橛，以致車子傾覆，變生意外。銜橛，御馬的工具。銜，裝在馬口中的橫鐵。用以控勒馬的行動。橛，車鉤心。⓮峻徒御以誅賞　對於駕車的和護衛的人都規定了嚴格的賞罰。誅，懲罰。⓯彼白龍之魚服二句　謂白龍化魚，中於魚網。比喻帝王微服出遊，有被人謀害的危險。據《說苑・正諫》，白龍下清泠之淵，化為魚，豫且射中其目。⓰帝重　帝位之尊重。⓱奚　如何。⓲斯漸　這種錯誤行為的開端。⓳戾園　戾太子的墓地。武帝原立衛皇后所生太子劉據，後因遭事故，自縊於湖邑，宣帝即位謚號戾。⓴湖邑　今河南省靈寶縣西北。戾太子墓園在湖邑閿鄉。㉑諒　為人信實。㉒遭世之巫蠱　漢武帝晚年多病，疑心有人用巫蠱術咒他，乃命江充密查，江充平日與太子有隙，就偽言宮中有蠱氣，直查到太子宮中，說掘到桐木人，太子惶急，又見不到武帝，難以自明，乃調動武裝人員殺死江充，接著和丞相劉屈氂戰，長安人盛傳太子造反，太子兵敗逃亡，後被人發現，自縊於湖邑閿鄉。巫蠱，古代傳說中咒人致死的法術。㉓探隱伏於難明　是說武帝不明隱情，冤屈了太子劉據。㉔委　任命。㉕讒賊　好進讒言而狠毒的人。㉖趙虜　指江充。原是趙王手下的人，因為告密得到武帝的信任，太子因此罵他作趙虜。虜，漢朝罵人的話。㉗儲貳　皇位的繼承者。㉘絕肌膚　斷絕骨肉之親。㉙作歸來之悲臺　車千秋上書為太子劉據訟冤，武帝也感悟，就在閿鄉東北建思子宮，又在湖邑建歸來望思之臺，後太子之孫立為皇帝，是為宣帝，乃為太子加謚號，改葬奉祀。事見《漢書・卷六三・武五子傳・戾太子劉據傳》。

【語　譯】漢朝傳至第六代武帝時擴大京畿，把函谷關向遠處遷移，以舊關之地為弘農縣。他厭煩寬敞的皇宮，情願微服出行遊樂。柏谷亭長傲慢不納這位不速之客，旅店女主人見武帝不似常人就獻上了美餐；拿千金來酬謝此婦人已經算太過分了，為何又不合理地授予其夫官職！昔日賢明的君主出行，一定要先清道警戒而後成行；為了擔心駕車的馬發生意外，所以對車夫及侍衛都規定了嚴格的賞罰。那白龍變化為魚出游，尚且被漁夫豫且的密網所捕獲；在天下人面前降低皇帝的尊嚴，這種錯誤的開端怎麼能繼續滋長呢？我來到湖邑憑弔戾太子之墓，他為人信實卻遭到當時的巫蠱之禍。武帝難以明瞭隱情，委派了好進讒言又狠毒的「趙虜」江充去密查，致使公開誅殺儲君，毫不顧惜的斷絕骨肉之親。後來雖在湖邑建築了歸來之臺，但空有「望思」之心又能挽回什麼呢？

紛❶吾既邁❷此全節❸，又繼之以盤桓。問休牛❹之故林，感徵名❺於桃園❻。

發閿鄉而警策❼，愬❽黃巷❾以濟潼。眺華岳❿之陰崖⓫，覿高掌之遺蹤⓬。憶江使之反璧，告亡期於祖龍⓭。不語怪以徵異⓮，我聞之於孔公⓯。慍⓰韓、馬⓱之大憝⓲，阻關、谷⓳以稱亂。魏武⓴赫㉑以霆㉒震，奉義辭㉓以伐叛。彼雖眾其焉用㉔？故制勝於廟筭㉕。砰㉖揚桴以振塵㉗，繣㉘瓦解而冰泮㉙。超遂遁而奔狄㉚，甲卒化為京觀㉛。

【章　旨】作者在閿鄉憑弔戾太子，尋覓放牛之桃林，又渡過潼水，來到華陰，想到此地的一些神蹟異事。由潼關一帶又想到曹操與韓遂、馬超在此地的一場大戰，對於魏武帝的神武發出由衷的讚美。

【注　釋】❶紛　心緒紛亂。❷邁　行。❸全節　即《漢書·卷六三·武五子傳·戾太子劉據傳》所言之全鳩里。在閿鄉東十里，鳩澗之西，戾太子死處，今屬河南靈寶。❹休牛　據《書·武成》，武王伐商歸來，決定偃武修文，「歸馬于華山之陽，放牛于桃林之野，示天下弗服」。❺徵名　驗證昔日之名。❻桃園　在全節之西。即古之桃林。❼警策　揮鞭趕馬。❽愬　同「遡」。趨向。❾黃巷　潼水的渡口。在陝西華陰。❿華岳　指西嶽華山。⓫陰崖　北面的山崖上。⓬高掌之遺蹤　據《太平御覽·地部·四》引薛注曰，華山與首陽山隔河相對，黃河流於二山之間，古代傳說：這二山本是一山，阻擋黃河之流，河水只能繞過曲行，河神巨靈以手擘開其上，以足蹈離其下，把一山中分為二，以通河流。今華山上猶有手跡，首陽山上猶存足跡。⓭江使之反璧二句　《史記·卷六·秦始皇本紀》：始皇三十六年，使者從關東夜過華陰平舒道，有人持璧遮攔使者，說：「為吾遺滈池君。」接著說：「今年祖龍死。」（李善注「今年」作「明年」）人忽然不見了，使者獻璧始皇，並告其言，始皇命御府視璧，乃是二十八年巡行渡江所沈之璧。祖龍，即「始皇」二字的隱語。祖，射「始」字。龍，是帝王的象徵。⓮不語怪以徵異　《論語·述而》：「子不語怪、力、亂、神。」⓯孔公　指孔子。⓰慍　憤恨。⓱韓馬　指三國時西涼地方軍首領韓遂和馬超。⓲憝　惡。⓳阻關谷　指建安十六年，韓遂、馬超據守潼關、函谷與曹操交戰。⓴魏武　指曹操。㉑赫　大怒。㉒霆　劈雷。㉓義辭　正當的理由。㉔彼雖眾其焉用　《三國志·卷一·武帝紀》記載，兩軍對峙之時，曹操每聽到對方又增加一部兵力，就面有喜色，認為敵眾雖多，互不歸服，不能統一指揮，曹軍可以一舉而消滅之，如果讓他們分散開來，各自據險而守，剿滅則要費力費時。㉕廟筭　在朝堂上的籌畫。指曹操巧妙調兵，又離間韓、馬，終於獲得大勝。㉖砰　鼓聲。㉗揚桴以振塵　是說曹軍擊鼓進擊。揚桴，擊鼓。桴，鼓槌。㉘繣　破裂之聲。㉙冰泮　冰融化。形容韓、馬之軍崩潰之狀。㉚奔狄　奔回涼州。彼處為羌胡所居，馬超與他們相處很好（見《三國志·卷三六·馬超傳》）。狄，泛指古代北方的種族。㉛京觀　戰勝者於戰事結束後，收集陣亡敵兵屍體埋在一個高墳裡，稱之。

【語　譯】我心緒紛亂地步入全節，在此地流連徘徊。一面尋找周武王放牛的桃林，一心一意想驗證叫做桃園的地方。我揚鞭策馬由閿鄉出發，奔向黃巷渡過潼水。眺望華山北面的山崖，只見高高地留有巨靈的手跡。又回想到始皇時江神使人送回玉璧，轉告祖龍的亡期。不過這種神怪、異事是不宜隨意談論的，我曾聽孔子有這樣的教導。我憤恨韓遂、馬超這些大惡徒，占據潼關、函谷舉兵叛亂。激得魏武帝似雷霆一般的震怒，遂發動正義之軍去討伐叛軍。對方兵力雖多又有什麼用處？克敵制勝的妙計早已在廟堂中籌畫。一方擂鼓振塵，全軍出擊，一方就如瓦碎冰散一般崩潰。馬超、韓遂逃回涼州去依羌胡，他們帶來的兵卒葬身在高墳之中。

倦狹路之迫隘，軌❶崎嶇以低仰❷。蹈秦郊❸而始闢，豁爽塏❹以宏壯❺。黃壤千里，沃野彌望❻。華實紛敷，桑麻條暢❼。邪界❽褒、斜❾，右濱汧、隴❿，寶雞⓫前鳴，甘泉後湧⓬；面終南⓭而背雲陽⓮，跨平原而連嶓冢⓯。九嵕⓰巀嶭⓱，太一⓲巃嵸⓳；吐清風之飂戾⓴，納歸雲之鬱蓊㉑。南有玄灞㉒素滻，湯井溫谷㉓；北有清渭濁涇㉔，蘭池㉕周曲㉖。浸㉗決㉘鄭、白之渠㉙，漕引淮海之粟㉚，林茂有鄠㉛之竹，山挺藍田㉜之玉。班㉝述「陸海珍藏㉞」，張㉟敘「神皋隩區㊱」。此西賓㊲所以言於東主㊳，安處㊴所以聽於憑虛㊵也，可不謂然乎！

【章　旨】作者來到秦地，頓覺土地平曠，氣勢宏壯，於是形容山川的位置及特產，並引班、張二賦來印證其言。

【注　釋】❶軌　原為車子兩輪之間的距離，此引申為車輪滾過後留下的痕跡。❷崎嶇以低仰　高低不平。❸秦郊　秦地郊野。❹塏　高燥的土地。❺宏壯　言其氣勢。❻彌望　滿眼。❼條暢　生長茂盛。❽邪界　斜相交界。❾褒斜　長安東南河谷名。南口曰褒谷，北口曰斜谷，從東北斜向西南，是重要通道。❿汧隴　皆在長安之西。汧，水名。隴，山名。⓫寶雞　即今陝西寶雞。在長安之南。⓬甘泉後湧　謂甘泉山在長安之北。甘泉，山名。在今陝西省淳化縣西北，山上有漢甘泉宮，因在長安之北，故言「後」。⓭終南　山名。在長安之南，是秦嶺山脈的主峰之一。⓮雲陽　古縣名。在長安北，治所在今陝西省淳化縣西北。⑮嶓冢　山名。在甘肅東部，今天水市與禮縣之間。⑯九嵕　山名。在陝西醴泉。⑰巀嶭　即嵯峨。高峻的樣子。⑱太一　終南山之一峰。⑲寵嵸　高峻的樣子。⑳飂戾　風聲。㉑鬱蓊　即蓊鬱。形容雲氣濃密緊結的樣子。㉒灞　與下「滻」，皆長安附近水名。㉓湯井溫谷　指溫泉。在陝西省臨潼縣東南驪山上。㉔清渭濁涇　古人認為渭清涇濁。《詩・邶風・谷風》：「涇以渭濁，湜湜其沚。」孔穎達疏：「涇水以有渭，故見其濁。」亦有人認為涇清渭濁方妥。實際上二水都挾帶了大量泥沙，漢應劭《風俗通・山澤・渠》：「涇水一石，其泥數斗。」渭，渭水。黃河最大的支流。涇，涇水。渭水的支流。二水俱在陝西中部。㉕蘭池　當為池沼。漢有蘭池觀，即在周氏曲附近。㉖周曲　即周氏曲。亦名周氏陂，為長安郊區的池沼。㉗浸　灌溉。㉘決　引水。㉙鄭白之渠　秦時由鄭國、白公二人建議所修建的兩條渠。㉚漕引淮海之粟　淮水流域及沿海地方的糧食都由水道運來。㉛有鄠　即今陝西省鄠縣。有，語助詞。㉜藍田　今陝西藍田。古以產玉出名。㉝班　指班固。㉞陸海珍藏　形容關中富庶。陸海，物產富饒之地。㉟張　指張衡。㊱神皋隩區　形容關中的地勢位置。〈西京賦〉：「寔惟地之奧區神皋。」奧區，腹地。隩，通「奧」。神皋，接近神明的高地。㊲西賓　作者假設的西都賓。㊳東主　作者假設的東都主人。㊴安處　作者假設的安處先生。㊵憑虛　作者假設的憑虛公子。

【語　譯】狹窄的小路令人厭倦，車馬行駛在高低不平的山徑上。進入秦地郊野才覺得開闊，土地高燥，氣勢宏壯。黃土千里，良田滿眼。花果繽紛布滿，桑麻生長茂盛。長安東南斜斜地與褒斜谷交界，西面濱臨汧水、隴山，寶雞在南，甘泉山在北；南面朝著終南山而北面靠著雲陽縣，平原往西連接著嶓冢山。九嵕山嵯峨奇險，太一峰高峻入雲；吞吐颯颯清風，容納濃密歸雲。南有黑色的灞水、白色的滻水，還有湯井溫泉；北面有清清的渭水和渾濁的涇水，池沼有蘭池、周曲。鄭、白二渠可以放水灌溉良田，水道運來淮水流域和沿海的糧食，鄠縣有茂密的竹林，藍田的山上產有美玉。班固在〈西都賦〉中用「陸海珍藏」一語來形容關中的富庶，張衡在〈西京賦〉裡用「神皋隩區」來描寫其地勢。這就是賦中西都賓所告訴東都主人，安處先生從憑虛公子那裡所聽到的，怎麼能否認呢！

勁松彰於歲寒，貞臣見❶於國危。入鄭都❷而抵掌❸，義桓友之忠規❹。竭股肱❺於昏王❻，赴塗炭❼而不移；世善職於司徒❽，緇衣弊而改為❾。履犬戎之侵地❿，疾幽后之詭惑⓫。舉偽烽以沮眾⓬，淫嬖⓭褒以縱慝⓮；軍敗戲水⓯之上，身死驪山之北。赫赫宗周，烕為亡國⓰。又有繼於此者，異哉秦始皇之為君也！傾天下以厚葬⓱，自開闢⓲而未聞。匠人勞而弗圖⓳，俾生埋⓴以報勤。外罹西楚之禍㉑，內受牧豎之焚㉒。語曰：行無禮必自及㉓。此非其效㉔與？

【章旨】作者來到華縣，想到鄭桓公、鄭武公，贊揚他們輔佐周王的忠貞。又來到驪山，先想到周幽王為博褒姒一笑而偽舉烽火，終至身死國滅；又想到秦始皇的空前厚葬，終至焚毀殆盡。

【注釋】❶見　通「現」。❷鄭都　此指鄭桓公始受封之鄭（今陝西省華縣東）。❸抵掌　擊掌。一說：猶據掌。即以一手覆按另一手的手掌。❹桓友之忠規　指鄭桓公作周幽王的司徒，曾向幽王進忠告。桓友，鄭桓公。名友。❺股肱　比喻帝王左右輔助之臣。股，大腿。肱，手臂從肘至腕的部分。❻昏主　指周幽王。❼赴塗炭　鄭桓公雖已預見到幽王必敗，早把本族人東遷，但自己仍追隨幽王，終於和幽王一起被犬戎殺死於驪山之下。塗炭，比喻極端困苦的境地。塗，泥淖。炭，炭火。❽司徒　周朝三公中的一員。相當於宰輔。❾緇衣弊而改為　《詩・鄭風・緇衣》：「緇衣之宜兮，敝，予又改為兮。」歌頌武公之德，祝他長久任職下去。緇衣，卿士的黑色朝服。武公任司徒，即穿此服。❿犬戎之侵地　指驪山一帶。犬戎，周代西方的一個民族。西周末申侯與繒、犬戎攻幽王，殺幽王於驪山下。⓫幽后之詭惑　幽王寵愛褒姒，立為后，並立其子為太子，廢長立幼，且為了博褒姒歡心，屢次舉起告急的烽火，騙得諸侯發兵來救援，以贏得她的一笑，後來犬戎真來進攻，諸侯的援兵一個也不來了。幽后，即幽王。⓬沮眾　使眾諸侯感到沮喪。⓭嬖　寵愛；寵幸。⓮慝　邪惡。⓯戲水　在今陝西臨潼附近。⓰赫赫宗周二句　《詩・小雅・正月》：「赫赫宗周，褒姒滅之。」宗周，指周朝。因周為所封諸侯國的宗主國，故稱。烕，同「滅」。亡國，指西周之亡。⓱傾天下以厚葬　《史記・卷六・秦始皇本紀》載，始皇初即位即穿治驪山為墓，至役使七十萬人，內藏奇器珍物，以水銀為江河，以人魚油為燭。⓲開闢　開天闢地。⓳匠人勞而弗圖　言建墓工匠不敢圖其報償。⑳生埋　秦二世把工匠悉埋墓中，以防泄密。㉑西楚之禍　指項羽進入關中焚燒秦之宮室，火三月不熄。西楚，指項羽。自號西楚霸王。㉒牧豎之焚　據劉向說，驪山陵墓留有一個洞穴，本來沒有人知道，有一次放羊的小孩失去一隻羊，追蹤到這裡，以為羊失足掉了下去，點了火把進去尋找，火種遺落在裡面，就把內部也燒毀了。豎，小孩。㉓行無禮必自及　《左傳・襄公四年》：「君子曰：志所謂『多行無禮必自及』也，其是之謂乎！」謂做事多不合禮制，必遭惡報。㉔效　徵驗。

【語　譯】寒冷的冬天方能顯示出勁松的永不凋落，國家危難之時才能表現忠臣的堅貞。我進入昔日鄭國的都城而擊掌讚歎，鄭桓公忠言規勸周王的行為實在值得稱道。他竭力輔佐昏庸之主，雖然最後同歸於盡卻仍堅定不移。父子兩代都善守司徒之職，黑色的朝服破了，老百姓仍作詩歌詠，希望他們再做一件繼續穿，能一直擔任此職位。我來到昔日犬戎入侵之地，痛恨周幽王愚弄臣下。假舉烽火使來援的諸侯錯愕、沮喪，過分寵幸褒姒縱容那些邪惡之徒，最後他終於軍敗於戲水之上，身死於驪山之北。顯赫的天下宗主之周，就這樣亡國了。然而後代卻還有重蹈覆轍者，秦始皇為君可說是夠奇怪的了！用天下的人力物力來經營奢侈的墓葬，開天闢地以來也沒有聽到像他這樣的君王。工匠辛勞營墓本不敢期望有所報酬，最後竟把他們活埋來酬答他們的勤苦。始皇之墓外部建築毀於項羽之禍，內部構造也焚於牧童的火種。古語說：多行無禮之舉，自身必遭惡報。周幽王、秦始皇的下場不是驗證了這句話嗎？

乾坤以有親可久❶，君子以厚德載物❷。觀夫漢高之興也，非徒聰明神武、豁達大度❸而已也，乃實慎終❹追舊❺、篤誠款❻愛；澤靡不漸❼，恩無不逮❽。率土❾且弗遺，而況於鄰里乎！況於卿士乎！于斯時也，乃摹寫舊豐，制造新邑❿；故社易置，枌榆遷立⓫。街衢如一，庭宇相襲；渾雞犬而亂放，各識家而競入⓬。

【章旨】本章稱頌漢高祖的寬厚仁德，不忘舊情，因而聯想到高祖在長安附近仿照豐邑建造新豐城之事。

【注釋】❶乾坤以有親可久　天地間的道理，由於親愛團結，才能維持久遠。《易・繫辭上》：「乾以易知，坤以簡能。易則易知，簡則易從。易知則有親，易從則有功。有親則可久，有功則可大。」❷厚德載物　道德深厚，如土地能載萬物。《易・坤》：「君子以厚德載物。」❸聰明神武豁達大度　《漢書》上稱頌漢高祖的話。❹慎終　居喪能盡禮。❺追舊　不忘舊情。❻款　誠。❼漸　浸潤。❽逮　達到。❾率土　普天下。❿制造新邑　漢高祖的家鄉是沛郡豐邑，他做皇帝後，他的父親思念家鄉，他就按豐邑的樣子，在長安附近造了一座新豐城，把豐邑的店鋪、商販也遷徙過來。⓫故社易置　一句　把原來的神社移過來，社樹枌榆也遷種於新城。古代一個地方立一個社，封土為社，祭祀土地神，一個社必有一種樹作代表，營建新豐則把豐邑的社樹也遷了過來。枌榆，豐邑的社樹。在豐東北十五里。枌，白榆。⓬渾雞犬而亂放二句　據《西京雜記》，新豐的建造出於一個著名工程師吳寬之手，他能把舊豐邑街道房屋都照樣仿造出來，以致把雞狗混合放出，仍然各自認識自己的家。

【語譯】天地之間人們親愛團結，才能維持長久，君子寬厚待人，如同大地能負載萬物。我看那漢高祖的興起，不只是聰明神武、豁達大度而已，實是居喪盡禮，不忘舊情，誠實仁愛；德澤無處不浸潤，恩惠無人不霑及。普天下尚且不遺漏，何況乎鄰里之舊！何況卿士大夫！當高祖之時，竟然仿照豐邑，在長安附近建造了新豐城；把舊的社壇移了過來，把社樹枌榆也遷種於新城。由於大街小巷和豐邑一模一樣，房屋也按照原來的式樣；以至於雞犬搬過來以後混合放出，牠們都能各自認識自己的家而歸去。

籍❶含怒於鴻門❷，沛❸跼蹐❹而來王❺。范謀害而弗許❻，陰授劍以約莊❼。攡❽白刃以萬舞❾，危冬葉之待霜❿。履虎尾而不噬⓫，實要⓬伯⓭於子房⓮。樊抗憤以卮酒，咀彘肩以激揚⑮。忽蛇變而龍攄⑯，雄霸上⑰而高驤⑱。曾⑲遷怒而橫撞，碎玉斗⑳其何傷！嬰罥組於軹塗，投素車而肉袒㉑。踈飲餞於東都，畏極位之盛滿㉒。金墉㉓鬱㉔其萬雉㉕，峻嶒㉖峭以繩直。戾㉗飲馬㉘之陽橋㉙，踐宣平㉚之清闕㉛。都中雜遝㉜，戶千人億；華夷士女，駢田㉝逼側㉞。展名京之初儀，即新館㉟而涖職㊱；勵疲鈍㊲以臨朝㊳，勗㊴自強而不息。

【章　旨】作者來到長安近郊，想到劉、項鴻門宴的往事。又來到東城門外想到秦王子嬰在此投降，疏廣叔姪在此飲餞。進入城內，觀賞了名都的街景；來到公館，就職理事。

【注　釋】❶籍　項羽名。❷鴻門　古地名。在新豐附近，今陝西省臨潼縣東北，楚漢之際，項羽入函谷關，駐軍於此，今當地稱為項王營。❸沛　指劉邦。初起事時，劉邦稱沛公。❹跼蹐　低頭彎腰。❺來王　來朝。❻范謀害而弗許　范增堅請項羽殺劉邦，項羽未能下決心。范，范增。❼陰授劍以約莊　范增暗令項莊在宴上以舞劍為名，趁機殺死劉邦。莊，指項莊。❽撛　挺起。❾萬舞　舞名。❿危冬葉之待霜　比喻劉邦在鴻門宴上岌岌可危的處境。⓫履虎尾而不噬　語出《易・履》：「履虎尾，不咥人，亨。」意謂從虎口逃生。⓬要　通「邀」。⓭伯　指項伯。⓮子房　張良的字。⓯樊抗憤以卮酒二句　是說樊噲聞訊闖入宴中，指責項羽，項羽賜他酒和生豬腿之事。樊，指樊噲。卮，酒杯。咀，嚼。彘肩，豬腿。⓰蛇變而龍攄　蛇變而化為龍。比喻劉邦從此升騰得志。攄，伸展。⓱霸上　古地名。因地處霸水西高原上而得名，在今陝西省西安市東，為古咸陽附近軍事要地。⓲驤　馬昂頭而跑。比喻劉邦的事業從此迅速發展。⓳曾　通「增」。即范增。⓴碎玉斗　劉邦從鴻門宴脫身，命人獻玉斗給范增，范增因謀害劉邦之計不成，憤而撞碎玉斗。㉑嬰罥組於軹塗二句　劉邦最先攻入關中，子嬰以繩繫頸，素車白馬在道旁投降。嬰，指秦朝末代皇帝子嬰。罥，繫；掛。組，絲織闊帶。軹塗，長安城外的軹道之旁。肉袒，脫去半邊衣服。㉒踈飲餞於東都二句　疏廣、疏受很受宣帝器重，數受賞賜，二人認為知足不辱，知止不殆，遂堅決稱病告老回鄉，臨走時，滿朝官員在東都門（長安東門）外送行。踈，同「疏」。指西漢疏廣、疏受叔姪。疏廣為太子太傅，疏受為太子少傅。㉓金墉　金城。形容城牆堅固。㉔鬱　繁盛的樣子。㉕萬雉　形容城的高大。雉，高三丈長一丈之城。㉖嵃　《玉篇・山部》：「嵃，殿臺之勢也。」此當指城上之樓閣。一說：險峻貌。㉗戾　至。㉘飲馬　橋名。漢時在七里渠上。㉙陽橋　即橋陽。橋的南面。㉚宣平　長安城門名。從北數第一座城門。㉛閾　門限。㉜雜遝　繁忙眾多。㉝駢田　連續；羅布。㉞逼側　形容擁擠。㉟新館　即公館。潘岳初到，故稱。㊱蒞職　就縣令之職。蒞，臨。㊲疲鈍　疲憊駑鈍。此作者謙言自己。㊳臨朝　升堂理事。㊴勗　勉勵。

【語譯】項籍在鴻門含怒擺宴，沛公劉邦低頭彎腰前來朝見。范增設計謀害沛公而項王不許，他就暗中授劍給項莊命他行刺。項莊挺著白刃在宴前表現萬舞，沛公的生命危如冬葉披霜。此時入險境而不遭難，實賴於張良邀留項伯迴護沛公之計。最後樊噲憤怒地闖入宴中，被賜杯酒；他嚼著生豬腿，意氣昂揚。鴻門宴脫險後沛公升騰得志，回到霸上稱雄於世。范增惱怒而撞碎劉邦所贈送的玉斗，這於沛公又有什麼損害！秦王子嬰頸繫絲帶在軹道之旁歸降，走下素車袒露半身。疏廣、疏受叔姪在東都門外飲別眾官，他們擔心官位高了，盛極必衰。長安的城牆多麼高大宏偉，城上的樓閣巍峨峻峭。我來到飲馬橋南，踏入華麗而清潔的宣平門內。城中繁忙雜亂，成千上億的人口；中外男女，挨挨擠擠。我初識名都風采，在公館中就任了縣令之職；這繁榮奮進的景象激勵了我這疲憊駑鈍的人也積極的升堂理事，不禁用君子自強不息來自勉。

於是孟秋❶爰❷謝❸，聽覽❹餘日，巡省❺農功，周行❻廬室❼。街里蕭條，邑居散逸。營宇❽寺署❾，肆廛❿管庫⓫，蕞芮於城隅者，百不處一⓬。所謂尚冠、修成、黃棘、宣明、建陽、昌陰、北煥、南平⓭，皆夷漫滌蕩⓮，無其處而有其名。爾乃階長樂⓯，登未央⓰，汎太液⓱，凌⓲建章⓳；縈⓴馺娑㉑而款㉒駘盪㉓，轥㉔枍詣㉕而轢㉖承光㉗；徘徊桂宮㉘，惆悵柏梁㉙。鷩雉㉚雊㉛於臺陂㉜，狐兔窟於殿傍；何黍苗之離離㉝，而余思之芒芒㉞！洪鐘㉟頓㊱於毀廟，乘風㊲廢而弗縣㊳；禁省㊴鞠㊵為茂草，金狄遷於灞川㊶。

【章　旨】作者公餘之暇遍訪舊京遺跡，發現不少地方已是有其名無其處了，宮禁之中荒草叢生，殿室毀廢，不由為之感悵不已。

【注　釋】❶孟秋　秋季的第一個月。即陰曆七月。❷爰　語助詞。❸謝　去。❹聽覽　指縣官的公務。❺巡省　巡視。省，察看。❻周行　遍行。❼廬室　民居。❽營宇　宮室。❾寺署　官衙。❿肆廛　市場。⓫管庫　倉庫。⓬蕞芮於城隅者二句　陋小不堪地偏處城角，而且百處才存其一。此言昔日長安的建築多已毀廢，只有一小部分存留至今，但也是陋小不堪地留在城的一隅。蕞芮，陋小的樣子。⓭尚冠修成句　皆里名。多為貴戚所居，宣帝曾舍長安尚冠里。⓮夷漫滌蕩　夷為平地，蕩然無存。⓯長樂　漢宮名。由秦興樂宮改建。⓰未央　漢宮名。蕭何所建，為皇宮中心。⓱太液　池名。在長安城西，建章宮北，未央宮西南。⓲淩　登臨。⓳建章　漢宮名。漢武帝建，位於未央宮西，長安城外，宮內有神明臺等。⓴縈　環繞。㉑駁娑　宮殿名。㉒款　至。㉓駘盪　宮殿名。㉔轥　車經過的意思。㉕枍詣　宮殿名。㉖轢　車經過的意思。㉗承光　宮殿名。㉘桂宮　在未央宮北。漢武帝造。㉙柏梁　臺名。在長安城中北闕內，以香柏為梁，故名，後被火焚。㉚鷩雉　錦雞。㉛雊　野雞叫。㉜臺陂　臺殿陂池。㉝黍苗之離離　語出《詩・王風・黍離》。指對舊都毀廢的感愴。離離，茂盛的樣子。㉞芒芒　惆悵感傷。㉟洪鐘　大鐘。㊱頓　落。㊲乘風　鐘架。㊳縣　同「懸」。㊴禁省　宮禁之中。㊵鞠　阻塞。㊶金狄遷於灞川　秦始皇初并六國，乃收天下兵器鑄成十二銅像，以象傳說中出現過的著夷狄之服的巨人，後董卓熔製為錢，只剩二座，魏明帝要遷到洛陽，運到霸城，因為太重，運輸困難，只得作罷。金狄，即銅人。灞川，灞水。此指霸城。

【語　譯】於是七月才過，公務餘暇的時間，我巡視農事，遍行民舍。只見街道里巷蕭條，原來的居民多已散失了。宮室、官署、市場、倉庫，即使保存下來的也陋小不堪，偏處城角，而且百處才存其一了。所謂尚冠、修成、黃棘、宣明、建陽、昌陰、北煥、南平諸里，都蕩然無存，空有其名而找不到地方了。我於是拾階而至長樂宮，登覽未央宮，泛舟太液池，上到建章宮；環繞駘盪宮，乘車經過枍詣宮和承光宮；在桂宮徘徊，為柏梁臺惆悵。錦雞在臺閣陂池邊鳴叫，狐兔在宮殿之傍營窟；又彷彿是禾黍離離的景象，我心中無限感傷！大鐘墜落在毀棄的宗廟裡，鐘架破爛而不能使用；宮禁之中遍生茂草，銅人已遷到了霸城。

懷乎蕭、曹❶、魏、邴❷之相，辛、李、衛、霍❸之將；銜使❹則蘇屬國❺，震遠❻則張博望❼；教敷❽而彝倫敘❾，兵舉而皇威暢❿；臨危⓫而智勇奮，投命⓬而高節亮。暨⓭乎秺侯之忠孝淳深⓮，陸賈之優游宴喜⓯；長卿、淵、雲⓰之文，子長、政、駿⓱之史；趙⓲、張⓳、三王⓴之尹京，定國、釋之㉑之聽理㉒；汲長孺㉓之正直，鄭當時㉔之推士；終童㉕山東之英妙㉖，賈生㉗洛陽之才子。飛翠緌，拖鳴玉，以出入禁門者眾矣㉘。或被髮左袵㉙，奮迅泥滓㉚；或從容傅會㉛，望表知裡㉜。或著顯績而嬰時戮㉝；或有大才而無貴仕㉞。皆揚清風於上烈㉟，垂令聞㊱而不已。想珮聲之遺響，若鏗鏘之在耳㊲。當音、鳳㊳、恭、顯㊴之任勢也，乃熏灼㊵四方，震耀都鄙㊶。而死之日，曾不得與夫十餘公之徒隸㊷齒㊸。才難，不其然乎㊹！

【章 旨】回想西漢時的忠臣良將以及才智之士，贊頌他們的勳業才華。同時也譴責了那些專權誤國的貴戚、宦官。

【注　釋】❶蕭曹　蕭何、曹參。漢高祖時代的宰相。❷魏邴　魏相、邴吉。漢宣帝時的宰相。❸辛李衛霍　辛慶忌、李廣、衛青、霍去病。皆漢朝對匈奴作戰的名將。❹銜使　奉有使命。❺蘇屬國　指蘇武。出使匈奴，被扣留十九年，不肯歸順，回國後被任為典屬國，主管屬國事務。❻震遠　使遠方之國震懾。❼張博望　指張騫。為漢朝通西域之第一人，對開闢絲綢之路有卓越貢獻，曾因從征匈奴有功，封博望侯，故稱。❽教敷　教化普及。此指宰相之功。❾彝倫敘　天下倫常有次序。彝倫，人與人之間的道德關係。彝，常。倫，理。敘，有次序；符合禮制。❿兵舉而皇威暢　言將帥率兵出征，則皇威遠揚。⓫臨危　指張騫出使絕域，身臨險境。⓬投命　棄命；拚命。此指蘇武不惜生命保持節操。⓭暨　至。⓮秺侯之忠孝淳深　金日磾是匈奴休屠王太子，後歸順漢朝，據說其母賢惠，武帝命人在甘泉宮繪出她的畫像，金日磾每往甘泉宮，都要在母親遺像前哭泣，後有人行刺武帝，被金日磾擒獲，因此說他忠孝淳深。秺侯，金日磾的封爵。⓯陸賈之優游宴喜　陸賈把出使南越得來的千金分給五個兒子，輪流在五個兒子那裡過著快活的日子，後陳平又給他一大筆飲食費，他更是優游於公卿之間。陸賈，漢高祖至文帝時代的太中大夫。⓰長卿淵雲　皆西漢的著名文學家。長卿，司馬相如的字。淵，王褒，字子淵。雲，揚雄，字子雲。⓱子長政駿　皆著名史學家。子長，司馬遷的字。政，劉向，字子政。駿，劉歆，字子駿。⓲趙　趙廣漢。⓳張　張敞。⓴三王　即王遵、王章、王駿。與上「趙、張」都做過京兆尹，京兆尹的職務很不好當，他們都有能幹的名聲，人稱：「前有趙、張，後有三王。」㉑定國釋之　指于定國和張釋之。兩人都曾任執法的廷尉，持法公平，為人稱道。㉒聽理　受理和判斷訟事。㉓汲長孺　指汲黯。長孺為其字。數直諫，以為人正直著稱。㉔鄭當時　武帝時的大司農。最熱心推舉人才。㉕終童　即終軍。年十八選為博士弟子，上書言事，武帝拜為謁者，二十餘歲而卒，故世謂終童。㉖山東之英妙　指終童。濟南人，故云。㉗賈生　指賈誼。洛陽人，年少有才，是西漢著名文學家。㉘飛翠綏三句　是說穿著朝服出入宮門的人很多。綏，冠纓上的垂帶。鳴玉，身上的玉佩，行動有聲。㉙被髮左衽　夷狄的服裝。㉚奮迅泥滓　從泥水中奮起。此指金日磾。匈奴休屠王太子，後歸漢，初為馬監，武帝奇其相貌，拜為侍郎。㉛從容傳會　稱贊陸賈。《漢書・卷四三・陸賈傳・贊》說陸賈「從容平勃之間，附會將相以彊社稷」。㉜望表知裡　指陸賈知世識人之能。一次他去見陳平，見陳平正在沈思，他即知陳平是憂「諸呂少主」。㉝著顯績而嬰時戮　指趙廣漢等人立下顯著功績卻遭到殘害。㉞有大才而無貴仕　指賈誼等人具有傑出才幹卻未能身居高官。㉟上烈　前代有勳業的君主。㊱令聞　好的名聲。㊲若鏗鏘之在耳　玉佩之聲猶若在耳。㊳音鳳　指王音、王鳳。堂兄弟二人皆西漢末年專權的外戚。㊴恭顯　指弘恭、石顯。皆專權的宦官。㊵熏灼　形容其權勢之大，像火一樣熾熱。㊶都鄙　城市和鄉村。㊷徒隸　僕從。㊸齒　並列。㊹才難二句　意謂人才難得。語出《論語・泰伯》。

【語　譯】我懷念蕭何、曹參、魏相、邴吉這些賢相，辛慶忌、李廣、衛青、霍去病這些名將；奉使不辱則有蘇武，震懾遠域則有張騫；他們使教化普及，乃至於天下倫常有次序，率兵出征使漢朝軍威遠揚；身臨險境而表現出大智大勇，不吝惜生命而顯示出高尚的節操。至於金日磾的忠孝淳厚，陸賈的優游宴樂；司馬相如、王褒、揚雄的文章，司馬遷、劉向、劉歆的史學；趙廣漢、張敞、王遵、王章、王駿任京兆尹的治績，于定國、張釋之執法的公平；汲黯立朝正直，鄭當時熱心推舉人才；山東終軍文章英妙，洛陽賈誼則才華煥發。當時纓飾飄飄，玉佩垂曳，出入宮門的賢士還很多。有的出身夷狄，卻從卑賤的地位奮起；有的能從容聯絡將相，看外表即知內情；有的雖立下顯著的功績，卻遭到殘害；有的雖有大才卻未能身居高官。他們都在上代勳業卓著的君主時期發揚清忠之風，美好的名聲永遠流傳後世。回想他們身上佩玉之聲，至今好像還在耳邊迴響。而當王音、王鳳、弘恭、石顯得勢之時，他們權勢之大像烈火一樣烘烤四方，震耀著城市和鄉村。但一旦命歸黃泉，竟不能和前面所舉的十幾位賢人的僕役並列。人才難得，不是這樣嗎！

望漸臺❶而扼腕❷，梟❸巨猾❹而餘怒。揖不疑❺於北闕，軾❻樗里❼於武庫。酒池鑒於商辛❽，追覆車而不寤❾；曲陽僭於白虎❿，化奢淫而無度。命有始而必終，孰⓫長生而久視！武⓬雄略其焉在！近惑文成⓭而溺五利⓮。侔⓯造化⓰以制作⓱，窮山海之奧秘⓲。靈若⓳翔於神島⓴，奔鯨浪而失水㉑；曝鱗骼於漫沙，隕明月㉒以雙墜。擢仙掌以承露㉓，干㉔雲漢㉕而上至。致邛、蒟㉖其奚難！惟余欲而是恣㉗。縱逸遊於角觝㉘，絡甲乙㉙以珠翠。忍生民之減半㉚，勒東岳㉛以虛美。超長懷以遐念，若循環之無賜㉜。較㉝面朝㉞之煥炳，次㉟後庭㊱之猗靡。壯當熊㊲之忠勇，深辭輦㊳之明智。衛㊴鬒髮㊵以光鑑㊶，趙㊷輕體之纖麗。咸善立而聲流㊸，亦寵極而禍侈㊹。

【章　旨】作者遊賞宮苑遺跡，隨處懷古，尤其對漢武帝大建臺觀，迷信方士的行為特別加以批評。又來到後宮，聯想到美譽流傳的馮、班二婕妤及寵極亦禍大的衛、趙二后。

【注　釋】❶漸臺　太液池中的一座高臺。❷扼腕　表示憤恨。❸梟　懸頭於木上。❹巨猾　大奸臣；大惡人。此指王莽。以陰謀篡奪了漢朝天下，更始兵攻入長安，逃到漸臺，為商人杜吳所殺。❺不疑　姓雋。漢昭帝時為京兆尹，當時有人冒充已死的武帝太子劉據來到北闕，滿朝人不敢斷真假，雋不疑一到，即令將此人收縛，查出了真情。❻軾　車前橫木。此謂憑軾致禮。❼樗里　指戰國時秦惠王弟疾。封於樗里（今陝西渭南境），故稱樗里子，他生前遺命指定葬處，說：「後百歲當有天子之宮夾我墓。」到漢朝，長樂宮在其東，未央宮在其西，其墓正是武庫所在之處。❽商辛　即商紂。據說生活極奢侈，積糟為丘，以酒為池，脯肉為林。❾追覆車而不寤　是說儘管有商紂覆車的教訓，後人仍追隨而不省悟。覆車，翻車。寤，通「悟」。❿曲陽僭於白虎　王根與其他王氏外戚生活十分奢侈，大造府第，起土山漸臺，百姓在歌謠中說他府中的土山漸臺和皇宮中白虎殿相像。曲陽，指曲陽侯王根。僭，僭越；超越自己的本分。⓫孰　誰。⓬武　漢武帝。⓭文成　指文成將軍李少翁。教武帝於甘泉宮中築臺以致天神。⓮五利　指五利將軍欒大。⓯侔　相稱。⓰造化　上天。此指天工。⓱制作　建造臺觀宮室。⓲窮山海之奧秘　指把山海秘藏珍寶都搜羅到了。⓳靈若　海神。⓴神島　指太液池中蓬萊、方丈、瀛洲、壺梁諸島，象海中仙山。㉑奔鯨浪而失水　奔鯨乘浪而來，潮退就留在沙灘上。此指太液池畔的巨大石魚。㉒隕明月　古代傳說：明月珠是鯨魚的雙目化成的，魚死於沙灘，則雙目自落。明月，明月珠。㉓擢仙掌以承露　此言建章宮神明臺上的仙人承露盤。仙人為銅鑄，舒掌捧銅盤玉杯，承雲表之露，和玉屑服之，以求仙道。㉔干　犯；接觸。㉕雲漢　天上的銀河。㉖邛蒟　邛竹杖、蒟醬。㉗惟余欲而是恣　是說武帝只顧自己想什麼就要什麼，一切隨其欲望所求。㉘角觝　角力競技的遊戲。㉙甲乙　漢武帝的兩套富麗的帷帳。據說其中有翠被、玉几等物。㉚生民之減半　據《漢書》，由於武帝過於奢侈，其時天下戶口減半。㉛勒東岳　此指武帝封禪泰山。勒，刻石。東岳，指泰山。㉜無賜　無盡。㉝較　考校。㉞面朝　指臨朝大殿。㉟次 至。㊱後庭 後宮。㊲當熊 漢元帝有一次到虎圈鬥獸，一隻熊跑出圈，攀上欄杆，妃嬪都嚇得逃命，只有馮婕妤當熊而立，後來問她為什麼這樣做，她說，猛獸得人而止，牠得了我，就不會犯御座了。㊳辭輦 漢成帝遊於後宮，曾要和班婕妤同輦而載，班婕妤推辭說：我看古圖畫，聖賢之君，皆有名臣在側，只有昏庸的末代皇帝旁才有寵幸的女子。㊴衛 指武帝的皇后衛子夫。㊵鬒髮 頭髮多而且黑。㊶光鑑 光亮如鏡子。㊷趙 指成帝的皇后趙飛燕。以身輕善舞著名。㊸善立而聲流 是說馮婕妤、班婕妤有善德因而美譽流傳。㊹寵極而禍侈 是說衛子夫、趙飛燕二人，受到的寵幸已到極點，後來得禍也重。衛子夫因巫蠱之禍，被廢自殺，趙飛燕則在平帝時自殺。

【語譯】遙望漸臺，扼腕憤恨，巨奸懸首，餘怒未平。來到北闕我長揖果斷的雋不疑，在武庫我憑軾向樗里子致敬。亡國之君商紂以酒為池可作鑑戒，漢帝依舊追隨覆車而不省悟。曲陽侯所建的第宅竟僭越於皇家白虎殿，生活奢淫而無節制。人有生必有死，誰能長生久存！武帝的雄才大略哪裡去了！都是被李少翁、欒大這些方士所迷惑的啊！其時建造的樓臺可與天工比巧，搜羅盡山海秘藏珍寶。太液池中海神繞著仙島迴翔，鯨魚乘浪而來擱淺在岸邊。鱗和骨暴露在沙灘上，雙目墜落變成明月珠。神明臺上銅人伸掌捧盤承露，幾乎觸及天上的銀河。要想得到邛竹杖、蒟醬又有什麼難！一切隨我的欲望所求。觀賞角觝，縱情遊樂，甲乙寶帳珠翠纓絡。忍心讓天下百姓的戶口減掉一半，還要封禪泰山刻石來虛誇地贊美自己。我回顧久遠的歷史，發現好些事周而復始，循環不盡。考校了輝煌的臨朝大殿，又來到華麗的後宮。當年馮婕妤當熊而立，真是忠勇的壯舉，班婕妤推辭與皇帝共輦，真是明智識體的舉動。衛子夫髮多而黑，光亮如鏡，趙飛燕身體輕盈，容貌豔麗。她們的遭遇都是如此：有好的德行必定美譽流傳，寵幸之極得禍也重。

津❶便門❷以右轉，究❸吾境❹之所暨❺。掩細柳而撫劍❻，快孝文之命帥。

周❼受命以忘身，明戎政❽之果毅；距❾華蓋❿於壘和⓫，案乘輿⓬之尊轡；肅天威⓭之臨顏⓮，率⓯軍禮以長揖⓰。輕棘、霸之兒戲，重條侯⓱之倨貴⓲。索杜郵⓳其焉在，云孝里之前號⓴。惘輟駕㉑而容與，哀武安㉒以興悼。爭伐趙㉓以徇國㉔，定廟筭㉕之勝負；扞㉖矢言㉗而不納，反推怨以歸咎；未十里於遷路㉘，尋㉙賜劍以刎首。嗟主闇㉚而臣嫉㉛，禍於何而不有！

【章　旨】作者通過便門橋，來到長安西郊，先在細柳回思治軍嚴謹的周亞夫，又尋訪秦名將白起死地，為他之死表示哀悼。

【注　釋】❶津　渡。❷便門　橋名。在便門之外，跨渭水，通茂陵。❸究　盡。❹吾境　作者所管轄的長安縣。❺暨　到。❻掩細柳而撫劍　漢文帝時，匈奴入侵，漢朝派了三個將軍在長安附近駐防，兩個將軍駐在棘門和霸上，周亞夫駐在細柳，文帝親自出來慰勞軍隊，棘門、霸上的軍營都直進直出，不受阻礙，到了細柳營，就被披甲持弓箭的軍官士兵阻擋，侍衛們說：這是皇帝駕到。軍官答：軍中只遵守將軍的令，不知道皇帝的令。文帝於是派使者持詔書告將軍：我要勞軍。周亞夫才傳言開營門，守門軍官還對侍衛說：將軍規定，軍中不得驅馳。天子就按轡徐行，來到中營，周亞夫手持兵器長揖說：甲冑之士不拜，請允許我以軍禮見。文帝勞軍出來，對人說：周亞夫才是真將軍，像霸上、棘門軍真是兒戲一般，周亞夫誰能襲擊得了他呢？掩，止。細柳，指細柳營。❼周　指周亞夫。❽戎政　率領軍隊。❾距　通「拒」。❿華蓋　天子的車蓋。此指車駕。⓫壘和　軍門。⓬乘輿　御駕。⓭天威　皇帝的威嚴。⓮臨顏　當面。⓯率　直接地。⓰揖　同「揖」。⓱條侯　周亞夫的封號。⓲倨貴　傲對貴人。⓳杜郵　古地名。距秦都咸陽西門十里，秦將白起自刎之地。⓴孝里之前號　孝里以前的名稱。㉑輟駕　停車。㉒武安　指白起。以戰功封武安君，宰相范雎妒忌他的聲望，兩人有了嫌隙，後來秦昭王發兵攻趙，想派白起率兵，白起無論如何不肯去，說伐趙會受到內外夾擊，後來戰事果然不利，白起因此誇說自己有先見之明，秦昭王惱羞成怒，說白起不得留咸陽城中，白起出城十里，秦王命使者賜劍給他，命他自殺。㉓爭伐趙　為伐趙而爭論。㉔徇國　攻取別國。㉕廟筭　在朝廷上的決策。㉖扞　拒。㉗矢言　直言。㉘遷路　遭受貶斥所行的路程。㉙尋　不久。㉚主

闔　君主昏庸。指昏庸的秦昭王。㉛臣嫉　大臣妒嫉。指妒嫉賢能的秦相范雎。

【語　譯】通過便門橋向右轉，一直走到我所管轄的長安縣的盡頭。來到細柳手撫佩劍，頗為漢文帝善於任命將帥而感到暢快。周亞夫奉王命心懷忠忱，顯示出他能果敢堅毅地率領軍隊。他把天子的車駕拒之於營門之外，使乘輿在軍中只能緩轡而行。面對著肅穆的天子威嚴，他直接以長揖軍禮相對。文帝輕視棘門、霸上之軍如同兒戲，卻看重條侯周亞夫這種倨對貴人的做法。我尋訪杜郵今在何處，據說這是孝里以前的名稱。惆悵地停車徘徊，為武安君白起哀悼。他為伐趙奪取土地而爭論，在朝堂之上算定了此戰的勝負；秦昭王對直言拒而不納，反而推怨歸罪於忠臣，白起才被逐出咸陽十里，即賜劍命他自刎。可歎君主昏庸，大臣妒賢，災禍何處沒有！

闚秦墟❶於渭城❷，冀闕❸緬❹其堙❺盡；覓陛❻殿之餘基，裁❼岥岮❽以隱嶙❾。想趙使之抱璧，瀏睨楹以抗憤❿。燕圖窮而荊發，紛絕袖而自引⓫。筑聲厲而高奮，狙潛鉛以脫臏⓬。據天位⓭其若茲，亦狼狽而可愍⓮！簡⓯良人⓰以自輔，謂斯⓱忠而鞅⓲賢。寄苛制於捐灰⓳，矯扶蘇於朔邊⓴。儒林填於坑穽，詩書煬而為煙㉑。國滅亡以斷後，身刑轘以啟前㉒。商法焉得以宿㉓，黃犬何可得牽㉔！野蒲變而成脯，苑鹿化以為馬㉕；假㉖讒逆㉗以天權㉘，鉗眾口㉙而寄坐㉚；兵在頸而顧問，何不早而告我？願黔黎其誰聽，惟請死而獲可㉛。健子嬰之果決，敢討賊以紓禍㉜；勢土崩而莫振㉝，作降王㉞於路左。蕭收圖以相劉，料險易與眾寡㉟；羽天與而弗取㊱，冠沐猴㊲而縱火。貫㊳三光㊴而洞九泉㊵，曾未足以喻其高下也。

【章　旨】作者尋訪秦宮遺址，由此想到藺相如、荊軻、高漸離抗秦事蹟，又想到商鞅、李斯、趙高諸逆臣。由秦的滅亡及劉、項行事之不同，認為劉、項實有天淵之別。

【注　釋】❶墟　故址。❷渭城　即咸陽。❸冀闕　秦闕。孝公所築。❹緬　毀滅不存的樣子。❺堙　滅沒。❻陛　宮殿的階級。❼裁　通「才」。❽岥岮　傾頹的樣子。❾隱嶙　突起的樣子。❿趙使之抱璧二句　據《史記・卷八一・藺相如列傳》，戰國時趙國大臣藺相如奉命帶璧出使秦國，秦王本來答應以城換璧，但得璧以後，卻無意償城，藺相如假說璧有瑕，請指示給王看，秦王將璧還給他，相如得璧以後對秦王說：「我看大王無意將秦城給趙，所以把璧索回。大王如要逼迫我，我的頭將與璧一起撞碎在柱子上！」說著斜視庭中柱子，準備撞去，秦王不得已，將璧還給趙國。趙使，指藺相如。瀏，水深而清澈。此形容人的目光。睨，斜視。楹，柱子。⓫燕圖窮而荊發二句　此指荊軻刺秦王之事。據《史記・卷八六・刺客列傳》，戰國末年，荊軻受燕太子丹的派遣，去刺殺秦王政，荊軻帶著秦逃亡將軍樊於期的頭顱和夾有匕首的燕督亢地圖，作為進獻禮物，獻圖時，圖窮而匕首現，荊軻左手抓住秦王的袖子，右手執匕首刺秦王，秦王自引身而起，袍袖斷裂，因而行刺未能成功。⓬筑聲厲而高奮二句　根據《史記・卷八六・刺客列傳》及《論衡》有關記載，荊軻的好友高漸離一心想要為荊軻報仇，秦始皇愛聽他擊筑，又怕他行刺，就弄瞎了他的雙目，高漸離逐漸摸清了始皇所在地位，就把鉛藏在筑內，奏時猛然向始皇撲去，可是僅僅打著他的膝骨。筑，古代的擊弦樂器。高，高漸離。臏，膝骨。⓭天位　天子之位。⓮愍　憐恤。⓯簡　選拔。⓰良人　忠臣賢士。⓱斯　李斯。⓲鞅　商鞅。⓳寄苛制於捐灰　制定苛刻的法律，連拋灰路邊也要處刑。指商鞅立法苛刻。捐灰，拋灰。⓴矯扶蘇於朔邊　偽造君命，使公子扶蘇自裁於北方邊地。秦始皇死後，扶蘇正監兵上郡，李斯與趙高合謀，詐為詔書，迫令扶蘇自殺，立胡亥為帝。矯，欺詐。扶蘇，秦始皇長子。朔邊，北方邊境。㉑儒林填於坑穽二句　是說秦始皇焚書坑儒之事。秦始皇曾坑殺諸生犯禁者四百六十四人，又採納李斯建議，下令除秦記、醫藥、卜筮、種樹之書外，焚毀民間詩、書、百家之書。煬，火勢猛烈。㉒國滅亡以斷後二句　意謂商鞅作法自斃，是開端，秦亡之後，後代也斷絕了。轘，車裂；古代用車輛坼裂人體的一種酷刑。啟前，作了開端。㉓商法焉得以宿　據《史記・卷六八・商君列傳》，秦孝公死後，人告商鞅反，商鞅逃到關下，欲住客舍，客舍主人說：按商君之法，不能留宿沒有身分證明的人，而不肯容他留宿。㉔黃犬何可得牽　李斯在就刑時對他的兒子說：想要在家鄉同你牽著黃犬去打獵，再也不能夠了。㉕野蒲變而成脯二句　趙高作威作福，想測驗群臣是否聽他的號令，就當著秦二世的面，硬說野蒲是肉脯，指著鹿說是馬，群臣有人不阿附他，就暗中誅之。事見《史記・卷六・秦始皇本紀》、《風俗通》。㉖假　借；交付。㉗讒逆　好進讒言心懷異志之人。㉘天權　指皇帝的權柄。㉙鉗眾口　不許眾臣開口。㉚寄坐　自己只坐虛位。㉛兵在頸而顧問四句　《史記・卷六・秦始皇本紀》記載，秦末之時，天下反秦軍西向入關，趙高擔心二世追究罪責而殺他，就與婿閻樂等合謀殺二世，他們殺入宮內，二世左右也都逃散，只有一名侍者尚未離開，二世問他：「公何不早告我，乃至於此！」宦者說：「臣不敢言，故得全。使臣早言，皆已誅，安得至今！」閻樂逼二世自殺，二世曾要求與妻子為黔首，閻樂不允，二世只得自殺。黔黎，老百姓。㉜討賊以紓禍　子嬰繼承二世為王，看出趙高與楚聯絡，欲盡滅秦宗室自立為王，就用計把趙高殺死，解除了秦宗室的禍患。紓禍，解除禍患。㉝勢土崩而莫振　此指沛公劉邦攻入咸陽，秦已如土崩瓦解之勢，無法挽救。㉞降王　指秦王子嬰。秦王子嬰在路旁投降沛公劉邦。㉟蕭收圖以相劉二句　劉邦入關後，蕭何將秦的圖書檔案收集保存起來，用來輔佐劉邦，以掌握全國的地理形勢和各地人口。蕭，指蕭何。險易，指地形。眾寡，指人口。㊱羽天與而弗取　項羽把上天給予的全拋掉。項羽入關後，把秦宮室和文物放火燒掉，把富饒的關中之地封給別人，這是天給他而他不取。羽，指項羽。㊲冠沐猴　意謂虛有其表，沒有人性。當時有人罵項羽「沐猴而冠」。沐猴，獮猴。沐，通「獮」。㊳貫　與下「洞」，皆通達之意。㊴三光　指日、月、星。㊵九泉　地下極深之處。

【語　譯】我在渭城考察秦宮遺跡，冀闕早已滅沒無存；我尋覓宮殿階級留存的基礎，只見一些孤立的斷壁殘垣。想當年趙國使者藺相如在此抱璧而立，目光炯炯的斜視著庭柱，怒氣沖天。荊軻展示燕國地圖圖盡時拔出匕首行刺，紛亂中秦王抽身而起，袍袖斷裂。後來高漸離在彈奏高昂的筑聲時，突然以藏鉛的樂器襲擊始皇，打傷了他的膝蓋。做皇帝做到如此地步，也是狼狽得可憐！他選擇賢臣輔佐自己，說李斯忠心、孝公之臣商鞅賢能。商鞅制訂了苛刻的法律，連倒灰路邊也要處刑，李斯則假傳聖旨，命始皇長子扶蘇在北邊自盡。許多儒生被活埋於深坑，詩書在烈火中化為飛煙。秦國終於滅亡，他們二人的宗族也都滅絕，那商鞅遭車裂的酷刑在歷史上實是開端。秦法規定不准隨便留宿，連制訂法令的商鞅也沒有投宿之處；李斯身死咸陽，想與兒子一起牽黃犬打獵也再無可能！趙高專權惑主，要群臣順其意將野蒲說成肉脯，苑鹿說為駿馬；秦二世把皇帝的權柄交付給好進讒言的逆賊，鉗制眾臣之口，自坐虛位；等到兵刃已加在頸上才問左右，為何不早告訴我？這時想要當個老百姓又有誰聽呢，只有求死才得到允許。我贊歎子嬰臨事果決，敢於討伐逆賊趙高解除禍患；但國勢已土崩瓦解無法挽救，只好在路旁向沛公投降。蕭何入咸陽收集圖籍輔佐劉邦，因而能瞭解地勢之險易、人口之多寡；項羽對天賜的基業也不珍惜，只知放火焚燒，像隻戴著帽子的獼猴沒有人性。即使用高高在上的日月星辰與最深的九泉來比擬，尚不足以比喻劉邦與項羽高低的差別。

感市閭之菆井❶，歎屍韓❷之舊處。丞屬❸號❹而守闕❺，人百身以納贖❻。豈生命之易投，誠惠愛之洽著。訐❼望之以求直，亦余心之所惡❽。思夫人❾之政術，實幹時之良具❿。苟明法以釋憾⓫，不愛才以成務⓬；弘大體以高貴，非所望於蕭傅⓭。

【章旨】作者由良吏韓延壽死處菆井，想到蕭望之和韓延壽之爭，作了比較公允的評論。

【注釋】❶菆井　賣麻稭的街市。菆，麻稭。用作火炬。❷韓　指韓延壽。西漢良吏，因與御史大夫蕭望之有嫌怨，互相攻訐，經查，蕭望之並無過錯，韓延壽被查出一些犯罪事實，韓遂被判死刑，死於菆市。❸丞屬　指韓延壽的部屬。❹號　大哭。❺守闕　守候在宮門前。❻人百身以納贖　《詩・秦風・黃鳥》：「如可贖兮，人百其身。」意思是，如果能夠代他而死，雖百人也是情願的。❼訐　攻擊別人的短處或揭發別人的陰私。❽惡　厭惡。❾夫人　指韓延壽。❿良具　有用之才。⓫釋憾　借事報復以解恨。⓬成務　指成就國家大事。⓭蕭傅　指蕭望之。曾作太子太傅，故稱。

【語譯】我感慨城中的菆井，歎息當年韓延壽橫屍之處。那時他的下屬守候在宮門前大哭，大家認為即使以眾人之身去贖他的罪也心甘情願。難道人就這樣輕易地替死？實是因為他平素恩情的深厚。他攻擊蕭望之為自己辯解，雖使我心中產生反感，但念及他處理政務的才能，實是當時治世之良才。蕭望之以申明法律而報私人之怨，不愛惜人才來完成治國大業；缺乏寬宏大量顧全大體的高尚品格，實在沒有想到他會是這樣！

造❶長山❷而慷慨，偉龍顏❸之英主。胸中豁其洞開❹，群善❺湊❻而必舉❼。存❽威格乎天區❾，亡墳掘❿而莫禦。臨揜坎⓫而累抃⓬，步毀垣⓭以延佇⓮。越安陵⓯而無譏⓰，諒⓱惠聲⓲之寂寞。弔爰絲之正義⓳，伏梁劍於東郭。訊景皇於陽丘⓴，奚信譖㉑而矜謔㉒？隕吳嗣於局下，蓋發怒於一博㉓；成七國之稱亂㉔，翻助逆以誅錯㉕。恨過聽㉖而無討㉗，茲㉘沮善㉙而勸惡㉚。訾㉛孝元於渭塋㉜，執㉝奄尹㉞以明貶。褒夫君㉟之善行，廢園邑㊱以崇儉。過延門㊲而責成，忠何辜而為戮！陷社稷之王章㊳，俾㊴幽死㊵而莫鞠㊶；怵㊷淫嬖㊸之凶忍，剿皇統之孕育㊹。張舅氏㊺之姦漸，貽漢宗之傾覆。刺㊻哀王㊼於義域㊽，僭㊾天爵㊿於高安(51)。欲法堯(52)而承羞(53)，永終古而不刊(54)。瞰(55)康園(56)之孤墳(57)，悲平后(58)之專絜。殃厥父之篡逆，蒙漢恥而不雩(59)；激義誠而引決，赴丹爓(60)以明節；投宮火而焦糜(61)，從灰熛(62)而俱滅。

【章　旨】作者歷訪高祖的長陵、惠帝的安陵、景帝的陽陵、元帝的渭陵、成帝的延陵、哀帝的義陵和平帝的康陵，對於這幾位君主在位時的功過，都作出或褒或貶的評價。

【注　釋】❶造　到。❷長山　即長陵。漢高祖劉邦的陵墓，有殿，四周有殿垣，去長安城三十五里，在渭水之北。❸龍顏　《漢書》形容高祖「隆準而龍顏」，相貌不凡。❹豁其洞開　形容高祖胸懷廣闊，有容人之量。❺群善　各種人才。❻湊　會合。❼舉　用。❽存　高祖在世之時。❾威格乎天區　聲威至天。格，至。❿墳掘　指西漢亡後，赤眉軍到了長安，陵墓都被盜掘。⓫揜坎　掩蓋的墳穴。此指被盜掘後，馬虎掩蓋的墳穴。⓬抃　拍手。表感歎。⓭毀垣　指陵上被毀之殿垣。⓮延佇　久立。⓯安陵　惠帝陵墓。⓰無譏　沒有什麼可批評的。惠帝臨朝時間短，又主無為而治，基本上遵循高祖之法，故政績不顯著。⓱諒　信；確實。⓲惠聲　惠帝的名聲。⓳爰絲之正義　指爰絲為正義而死。爰絲因為反對梁王為嗣君，被梁王派人刺死在安陵的郭門外，梁王與景帝為同母兄弟，作為景帝之嗣不合禮制，所以說爰絲此舉是正義的。爰絲，指爰盎。字絲。爰，通「袁」。⓴陽丘　即陽陵。景帝之陵墓。㉑信譖　聽信誣陷別人的讒言。指聽信誅鼂錯的讒言。㉒矜謔　驕縱戲謔。此指因博戲而殺人。㉓隕吳嗣於局下二句　指景帝作太子的時候，與吳王的太子博弈，爭吵起來，景帝抓起棋盤擲擊，把吳太子打死了。隕，墜落；死。吳嗣，吳王的太子。局，棋局。㉔成七國之稱亂　景帝時吳楚等七國同姓王舉兵叛亂，其根本原因是七國強大跋扈，與中央朝廷形成尖銳矛盾，景帝用鼂錯之策削奪諸王封土，因而爆發戰爭。㉕翻助逆以誅錯　反而幫助亂賊而誅殺無辜的鼂錯。七國起兵造反，爰盎對景帝說：七國造反以誅鼂錯為名，今斬鼂錯，赦七國，禍亂可平，於是景帝斬了鼂錯，而七國並不息兵。正如鼂錯〈削藩策〉所言：「削之亦反，不削亦反。」地方割據勢力和中央政權這場戰爭遲早要爆發的，削藩是一種正確的對策，景帝聽信讒言，斬了鼂錯，反而助長了叛逆的吳王等人氣燄。翻，反而。㉖過聽　指景帝錯聽了爰盎建議。㉗無討　指對爰盎之過錯卻不追討。㉘茲　指殺鼂錯之事。㉙沮善　使好人喪氣。㉚勸惡　鼓勵惡人。㉛呰　通作「訾」。指出毛病。㉜渭塋　即渭陵。元帝的墓園。㉝執　執而用之；任用。㉞奄尹　宦官。指弘恭、石顯等人。㉟夫君　那位君主。指元帝。㊱廢園邑　元帝崇尚節儉的一項措施。他罷去不合禮制的衛思後園及戾園，又對於自己的陵墓也規定不再遷民置縣奉陵，其他如罷上林宮館等措施尚多。㊲延門　延陵的墓門。成帝的陵稱延陵。㊳陷社稷之王章　陷害社稷之臣王章。王章是成帝時大臣，曾諫成帝不要重用外戚王鳳，成帝當時也贊揚王章說：「微京兆直言，吾不聞社稷計。」認為王章所言是有關國家大局的事，然而成帝並未能用王章之言，後王鳳得知，乃陷害王章致死。

㊴俾　使得。㊵幽死　被囚禁含冤而死。㊶莫鞫　不能得到審訊昭雪。㊷忲　縱。㊸淫嬖　指趙飛燕。成帝的寵后。㊹勦皇統之孕育　滅絕皇帝的後嗣。成帝死後查出趙飛燕謀害成帝後嗣的許多事實。勦，滅絕。㊺舅氏　即舅父。元帝皇后王政君，其兄王鳳嗣父爵為陽平侯，成帝即位，王鳳以元舅任大司馬大將軍，領尚書事，其諸弟譚、商、立、根、逢時同日封侯，逐漸把持了政權，其姪王莽終於篡位自立。㊻刺　譏刺。㊼哀主　漢哀帝。㊽義域　哀帝的義陵。域，墳地。㊾僭　非分取得。㊿天爵　天子所賜爵位。(51)高安　高安侯。董賢的封號。以貌美性柔，為哀帝所寵愛，無功而封侯。(52)欲法堯　哀帝曾說打算效法帝堯禪位故事，把帝位讓給董賢。(53)承羞　蒙受可恥的名聲。(54)刊　消除。(55)瞰　俯視。(56)康園　指康陵。平帝的墓園。(57)孤墳　由於平帝之后死後不合葬於帝，所以稱康陵為孤墳。(58)平后　平帝的皇后。王莽的女兒，為人有節操，王莽篡位，常稱疾不朝會，堅決拒絕王莽要她改嫁的要求，待漢兵攻入長安誅殺王莽，燔燒未央宮時，她說：「何面目以見漢家！」自投火中而死。事見《漢書・卷九七・外戚傳》。(59)蒙漢恥而不雪　平后認為其父篡位，是漢室恥辱，無法洗清。(60)爓　同「焰」。(61)焦糜　焦爛。(62)熛　飛揚的火燄。

【語　譯】來到長陵我心中非常激動，想到相貌堂堂、英明能幹的漢高祖是多麼偉大。他胸懷無比廣闊，致使群才會集，唯善是用。他活著的時候，聲威遍至於天地之間，死後陵墓遭到盜掘，卻無法阻止。我身臨已掩蓋的墓穴只能擊手感歎，又走到饗殿的頹垣邊，佇立良久。走過安陵我沈默而沒有評語，因為惠帝的聲名久已寂寞無聞。悼念爰盎為正義而殉身，被梁王的刺客刺死在安陵的郭門之東。我不禁要質問陽陵的景帝，為什麼聽信讒言，驕縱戲謔？把吳王的嗣子殺死在棋盤下，發怒的原因只在於一盤棋；釀成七國的叛亂，反而誅殺忠臣鼂錯，助長了逆賊氣燄。可恨他錯聽爰盎之言而不加追究，使得好人喪氣，卻鼓勵了惡者。在渭陵我批評元帝，對他任用宦官表明貶斥。但這位君主也有善行值得褒揚，他廢除墓園、陵邑以崇尚節儉。走過延陵的墓門我責備成帝，忠良何罪而被殺！陷害社稷之臣王章，使他死於獄中而不昭雪其冤；縱容淫惡的趙氏姊妹肆行凶殘，滅絕皇帝的後嗣。導致舅家王氏的姦謀滋長，留下漢室傾覆的禍根。我在義陵譏刺哀帝，他使董賢無功卻僭得高安侯爵位，甚至還要效法帝堯讓位給董賢，這給他留下可恥的名聲，將永遠也無法消除。我俯視康陵只見平帝的孤墳，悲歎平帝之后的專一貞潔。其父王莽篡位給她帶來禍殃，她認為漢室蒙恥無法洗清；激於大義臨難自決，投身烈火表明自己的節操。身在宮火之中焚毀焦爛，和煙灰一起毀滅。

駑❶橫橋❷而旋軫❸，歷敝邑❹之南垂❺。門磁石❻而梁木蘭❼兮，構阿房之屈奇❽。疏❾南山❿以表闕⓫，倬⓬樊川⓭以激池。役鬼傭其猶否，矧人力之所為⓮？工徒斲而未息，義兵⓯紛以交馳。宗祧⓰汙⓱而為沼，豈斯宇⓲之獨隳⓳！由⓴偽新㉑之九廟㉒，夸宗虞而祖黃㉓。驅吁嗟㉔而妖臨㉕，搜佞哀以拜郎㉖。誦六藝㉗以飾姦㉘，焚詩書㉙而面牆㉚。心不則於德義，雖異術而同亡㉛。宗㉜孝宣於樂遊㉝，紹㉞衰緒以中興㉟。不獲事于敬養，盡加隆於園陵㊱。兆㊲惟奉明㊳，邑㊴號千人。訊諸故老，造自帝詢㊵。隱㊶王母㊷之非命㊸，縱聲樂以娛神㊹；雖靡率於舊典㊺，亦觀過而知仁㊻。

【章　旨】作者由阿房宮故址想到這座極其宏麗的宮殿竟然尚未完工，就隨著秦朝之亡而焚毀。又經由王莽九廟之地，想到這個巨奸沿用儒術來掩飾奸謀的做法。他認為，王莽、秦皇都是心不存正義，所以雖殊途而同歸於滅亡。最後來到樂遊原宣帝杜陵，懷想他仁孝的本性。

【注　釋】❶駑　馳。❷橫橋　長安西北橫門外，跨渭水的橋。秦時所建，寬六丈三百八十步。❸旋軫　回車。軫，車後橫木。此代車。❹敝邑　謙稱自己所管轄的長安縣。❺南垂　南面邊界。垂，同「陲」。❻門磁石　指秦阿房宮前殿門上裝了磁石（即吸鐵石）。以防暗藏兵刃的刺客。❼梁木蘭　此言以木蘭作屋梁。木蘭，一種名貴的木料。❽屈奇　瑰異。雙聲詞。❾疏　分布。❿南山　指終南山。⓫闕　宮門前的建築。臺上建樓，兩者相對，中有空缺。⓬倬　大。⓭樊川　水名。秦嶺根水流為樊川，又名秦川。⓮役鬼傭其猶否二句　是說阿房宮這樣浩大的工程，即使役使鬼神來做，尚且難成，何況叫人來做。語出《史記・卷五・秦本紀》。鬼傭，以鬼做僱工。矧，況。⓯義兵　指反秦起義軍。如陳勝、吳廣、項羽、劉邦等。

⑯宗祧　宗廟。⑰汙　池塘。此是成為池塘的意思。⑱斯宇　指阿房宮。⑲隳　毀壞。⑳由　經由。㉑新　王莽篡漢後，國號為新。㉒九廟　王莽為新朝所立宗廟。㉓夸宗虞而祖黃　誇耀自己的始祖為黃帝，二代祖為虞舜。王莽的九廟以黃帝為始祖，以虞舜為第二代祖，以誇飾家世。㉔驅吁嗟　驅眾人去哭。㉕妖臨　貶稱王莽因反抗勢力越來越大，心中憂懼，就帶了多人哀哭於南郊，企圖求福免災。臨，國家有大災難，聚眾而哭以厭（壓伏、平息）之。㉖搜佞哀以拜郎　選擇迎合他而傷心落淚者封為郎。王莽率眾哭臨南郊，諸生甚悲哀及能誦策文者，即除以為郎。佞哀，指那些迎合王莽心思哭得最悲哀的人。郎，一種官職。㉗誦六藝　誦讀六經。此指王莽大力提倡儒學，又附會《周禮》託古改制。㉘飾姦　掩飾他的陰謀。㉙焚詩書　此指焚書坑儒的秦始皇。㉚面牆　喻無見識。㉛心不則於德義二句　是說王莽與秦始皇內心不以道德正義為準則，儘管所走道路不同，卻同歸於滅亡。㉜宗　朝見。此即瞻仰之意。㉝樂遊　樂遊原。在長安城南，宣帝曾在此建樂遊苑，其杜陵即在此地，距長安五十里。㉞紹　繼承。㉟中興　武帝傳位昭帝，昭帝在位不久即逝，沒有子嗣，以昌邑王繼承，而昌邑王又行為不端被霍光所廢，然後立了宣帝，此時漢朝皇統已很衰弱，幸好宣帝較賢明，國勢復得中興。㊱不獲事于敬養二句　宣帝是武帝太子劉據之孫，劉據因巫蠱之禍，與其妻、兒子、媳婦一起被殺，其母皇后衛子夫也被廢自殺，宣帝即帝位後，即諡衛后為思后，諡劉據為戾，諡劉據之子史皇孫（宣帝生父）為悼（後加「皇考」），分別安置奉祀墓園之民。㊲兆　墓園。㊳奉明　宣帝之父史皇孫的墓園名悼園，因史皇孫為天子之父，故為之立廟，因園為寢，以時薦享，奉園民一千六百家，稱為奉明縣。事見《漢書・卷六三・武五子傳》。㊴邑　指奉明縣。㊵詢　宣帝之名。㊶隱　痛。㊷王母　宣帝母。諡悼后。㊸非命　慘死。㊹縱聲樂以娛神　此當在悼園。㊺靡率於舊典　是說宣帝這樣做不合古禮。因為宣帝是作為昭帝之嗣而入承大統的。靡，無。率，遵循。㊻觀過而知仁　意謂宣帝這樣做雖不合古禮，然而由其過錯也可知他是個仁愛戀親的人。語出《論語・里仁》。

【語譯】越過橫橋就回轉車來，經過我管轄的長安縣的南面邊界。想當年阿房宮門上鑲嵌磁石，棟梁用木蘭做成，構造成瑰異的宮殿。終南山疏列在前像是宮門之闕，樊川水量宏大就如苑中的池沼。即使役使鬼工尚且難以完成，更何況叫人力來建築呢？可惜工匠雕琢還未停止，反秦義軍已經紛紛馳到。宗廟都已成為池沼，哪裡只有這座宮殿毀壞呢！經由偽新朝九廟所在之地，王莽吹噓黃帝和虞舜是他的祖先。也曾驅眾哭臨南郊企求平息災禍，選擇那些迎合他而哭得悲哀的人封為郎。王莽誦讀六經來掩飾奸謀，而秦始皇則焚毀詩書以暴露無知。他們心中都不以道德正義為準則，雖治術不同卻同歸於毀亡。在樂遊原我瞻仰宣帝的杜陵，他繼承了衰弱的皇統而使國家中興。他沒有機會敬養生父生母，於是盡量尊崇父母的墳墓。墓園名為奉明縣，其縣亦稱千人鄉。問訊當地故老，都說此園是宣帝所造。他傷痛母親王氏不幸慘死，大擺聲樂來娛樂在天神靈；這樣做雖不合於古禮，然而由此也可看出他是個仁孝之人。

憑[1]高望[2]之陽隈[3]，體[4]川陸之汙[5]隆[6]。開襟[7]乎清暑之館[8]，游目[9]乎五柞之宮[10]。交渠引漕[11]，激湍[12]生風，乃有昆明池[13]乎其中。其池則湯湯[14]汗汗[15]，滉瀁瀰漫[16]，浩如河漢；日月麗天[17]，出入乎東西；旦似湯谷[18]，夕類虞淵[19]。昔豫章[20]之名宇，披[21]玄流[22]而特起，儀[23]景星[24]於天漢，列牛女以雙峙[25]。圖萬載而不傾，奄[26]摧落於十紀[27]；擢百尋[28]之層觀[29]，今數仞[30]之餘趾[31]。振鷺于飛[32]，鳧[33]躍[34]鴻[35]漸[36]。乘雲頡頏[37]，隨波澹淡[38]。瀺灂[39]驚波，唼喋[40]菱[41]芡[42]。華蓮[43]爛[44]於淥沼，青蕃[45]蔚乎翠瀲[46]。伊[47]茲[48]池之肇穿[49]，肄[50]水戰於荒服[51]；志勤遠[52]以極武[53]，良無要[54]於後福。而菜蔬芼[55]實[56]，水物惟錯[57]，乃有贍[58]乎原陸。在皇代[59]而物土[60]，故毀之而又復[61]。凡厥[62]寮司[63]，既富而教[64]。咸帥貧惰，同整檝櫂[65]。收罟[66]課獲[67]，引繳[68]舉效[69]。鰥夫[70]有室，愁民以樂。徒觀其鼓枻[71]迴輪[72]，灑釣[73]投網，垂餌[74]出入，挺叉[75]來往。纖經連白[76]，鳴根[77]厲響。貫鰓[78]罥尾[79]，掣三牽兩❽⓿。於是弛青鯤(81)於網鉅(82)，解頳(83)鯉於黏(84)繳(85)；華魴(86)躍鱗，素鱮(87)揚鬐(88)。饔人(89)縷切(90)，鑾刀(91)若飛，應刃落俎(92)，靃靃霏霏(93)。紅鮮(94)紛其初載(95)，賓旅(96)竦(97)而遲御(98)。既餐服以屬厭(99)，泊恬靜以無欲。迴小人之腹，為君子之慮(100)。

【章　旨】本章先寫昆明池的廣大浩蕩、水禽植物，並回顧了此池興廢過程。作者於是命他的屬官帶領貧民，在池上打魚射鳥，開發經營，使百姓富裕並有教養。

【注　釋】❶憑　登臨。❷高望　長安延興門南郊的土阜名。❸陽隈　向南的一面。❹體　區分。❺汙　低處。❻隆　高處。❼開襟　敞開衣襟。納涼之意。❽清暑之館　指甘泉宮的宮館。漢帝避暑之處。❾游目　觀賞。❿五柞之宮　五柞宮。漢宮名，屬甘泉宮範圍，因宮中有五棵柞樹，因以為名。五柞樹皆數人合抱，覆蔭數畝。⓫漕　可運輸的水道。⓬激湍　激流。⓭昆明池　漢武帝擬伐昆明國，因其國有滇池，乃在長安西南命戍卒謫吏挖掘人工湖，命名昆明池，以操練水師。其池周圍四十里，占地三百三十二頃。⓮湯湯　水流動的樣子。⓯汗汗　廣大的樣子。⓰滉瀁彌漫　水勢浩大的樣子。⓱麗天　在天。麗，附著。⓲湯谷　神話中日出之處。⓳虞淵　神話中日入之處。⓴豫章　觀名。武帝造，在昆明池中，其水殿臨於池上。(21)披　分開。(22)玄流　黑水。(23)儀　法；象。(24)景星　瑞星。(25)列牛女以雙峙　昆明池中有二石人，為牽牛、織女之像，立於池之東西，以象天河。現西安城西二十里斗門鎮東南，有二小廟，名石爺廟和石婆廟，其中各有石像一個，即牽牛和織女像，各高二三〇公分和一九〇公分，其地正在漢昆明池遺址。牛女，指牛郎星和織女星。(26)奄　急遽的樣子。(27)十紀　一百二十年。此係約略之詞。一紀十二年。昆明池鑿於漢武帝元狩三年，至漢亡約一百二十多年，至王莽亡約一百四十多年，其池沼樓臺即已摧敗。(28)尋　八尺為一尋。(29)層觀　指豫章觀的高層建築。(30)仞　古以八尺或七尺為一仞。(31)餘趾　廢基。趾，通「址」。(32)振鷺于飛　語出《詩・周頌・振鷺》。是說鷺鷥正在飛著。(33)鳧　野鴨。(34)躍　飛起。(35)鴻　大雁。(36)漸　進。(37)頡頏　飛上飛下的樣子。(38)澹淡　浮游之狀。(39)瀺灂　出沒的樣子。(40)唼喋　鳥吃食的聲音。(41)蔆　同「菱」。(42)芡　也叫雞頭。一種水草，果實叫芡實，種子的仁可食。(43)華蓮　荷花。(44)爛　盛開。(45)蕃　水草。(46)瀲　波際。(47)伊　句首語助詞。(48)茲　此。(49)肇穿　開始挖掘。(50)肄　練習。(51)荒服　遼遠之地。此指昆明國。(52)勤遠　勞師遠征。(53)極武窮兵黷武。54要　獲得。55芼　可供食用的野菜或水草。56實　水生果實。57錯　品類複雜。58贍　豐富。59皇代　指作者所處的晉代。60物土　播植之物，合於土性所宜。61毀之而又復　此言昆明池先前被毀壞，今又修復。62厥　其。63寮司　指自己的屬官。64既富而教　據《論語・子路》，冉有問：「既富矣，又何加焉？」孔子答道：「教之。」65檝櫂　船槳。短的叫檝，長的叫櫂。66罟　網。67課獲　數算收穫的多少。68引繳　指射鳥。繳，箭上的絲線。此代箭。69舉效　舉其所得之多少。70鰥夫　無妻的人。71鼓枻　划動短槳。72迴輪　搖動收釣繩的車。73灑釣　投釣鉤。74餌　用來引魚上鉤的東西。75叉　刺魚用具。76纖經連白　指魚網。以白羽連綴網繩之上，投入水中，網隨船動，兩人相對牽網。77桹　長木。用來叩擊船邊，發出聲響，驅魚入網。78貫鰓　魚被釣住。79罥尾　魚被網住。罥，繫。80掣三牽兩　此言不斷地掣起釣鉤，牽起魚網，勞作不息。掣，謂掣釣鉤。牽，指牽網。81鯤　大魚。82網鉅　附著於網上之鉤。鉅，鉤。83赬　赤色。84黏　被纏住。85黴　網絲。86魴　一名扁魚。魚身廣而薄，細鱗，味鮮美。87鱮　即鰱魚。頭小鱗細，腹白。88揚鬐　魚活動的樣子。鬐，魚脊鰭。89饔人　廚子。90縷切　細切。91鸞刀　帶鈴的刀。92俎　切菜板。93靃靃霏霏　輕細散落的樣子。94紅鮮　指膾好的魚。95初載　初設；剛擺好。96賓旅　賓客。97竦　伸長脖子，提起腳跟站著。98遲御　等待進食。99屬厭　飽足。厭，滿足。100迴小人之腹二句　語出《左傳・昭公二十八年》：「願以小人之腹為君子之心，屬厭而已。」故事是：晉梗陽人打官司，賄賂魏獻子一隊女樂，魏獻子打算收下，他屬下大夫閻沒、女寬在吃飯時歎了三口氣，魏獻子問他們為何歎氣，他們說：「開始時怕不夠吃，於是歎氣。中間自責：將軍難道會使我們吃不飽？於是又歎氣。等菜上完，想到願以小人之腹，為君子之心，飽足就夠了。」末句實是雙關語。魏獻子聽了這番話，就辭謝了梗陽人的賄賂。

【語　譯】登上高望山的南坡，這裡區分出陸地水流的高低。在甘泉宮中開襟納涼，在五柞宮中觀賞景致。水道縱橫交錯，激流生風，有昆明池在其中。池水廣大流動，浩浩蕩蕩，猶如黃河、漢水一般。日月附著在天上，從池的東西面升起沈落；早似日出的湯谷，晚似日入的虞淵。昔日著名的豫章觀，分開黑水而聳起；模擬銀河邊祥瑞之星，昆明池邊也有牽牛、織女石像對峙。本希望能屹立千年萬載也不傾毀，想不到匆匆一百二十多年便已崩壞；百尋挺立的層樓，如今只剩下低矮的廢基。鷺鶿自在飛著，野鴨波上躍起，大雁展翅飛行。乘雲飛上飛下，隨波悠然浮游。出沒於驚波之中，啄食菱芡之類。荷花盛開於淥沼，青蕃蔚然覆蓋於波際。當初開鑿此池，是為了操練水師，用兵昆明國；武帝意在勞師遠征，窮兵黷武，實不是為造福後代。而現在昆明池生長著蔬菜、野菜、果實，水生植物品類繁雜，比陸地所產還要豐富。在晉代，作物合於土宜，所以此池雖歷經毀壞如今又修復了。我的那些屬官們，使百姓過著富裕的生活，又加以教誨。帶領著那些貧窮怠惰的人民，共同整理舟槳。數算著打撈的魚獲有多少，弋射舉其所得禽鳥。在此單身男子都得以成家，憂愁的老百姓得以快樂過活。看他們划動短槳，搖輪收起釣繩，投下釣鉤和魚網，垂魚餌於水中，挺著魚叉來來往往。網繩上連著白羽，木榔發出高聲。鉤住魚鰓，網住魚尾，不斷地起釣拉網。於是從網鉤上解下青色鯤魚，由纏著的網絲裡摘下紅色鯉魚；花扁魚跳躍，白鰱魚揚鰭擺動。廚子細切魚肉，帶鈴的刀揮動如飛，魚肉隨著刀刃落在砧板上，輕微而細碎。紅白鮮美的魚肉膾好擺設在前，賓客們都伸頸踮腳等著進食。吃罷飯肚子已經飽足，遂泊然安靜而無所求。在此富足的地方可以回轉小人只求溫飽的肚腹，成為君子知足樂道的心志。

爾乃端策❶拂茵❷，彈冠振衣❸，徘徊酆❹鎬❺，如渴如飢❻。心翹懃❼以仰止❽，不加敬而自祗❾。豈三聖❿之敢夢⓫！竊⓬十亂⓭之或希⓮。經始靈臺，成之不日⓯；惟⓰酆及鎬，仍⓱京其室⓲。庶人⓳子來⓴，神降之吉；積德延祚㉑，莫二其一㉒。永惟㉓此邦，云誰之識㉔！越㉕可略聞，而難臻其極㉖。子嬴鋤以借父，訓秦法而著色㉗。耕讓畔㉘以閒田㉙，沾姬化㉚而生棘㉛。蘇張㉜喜㉝而詐騁㉞，虞芮愧而訟息。由此觀之，土無常俗㉟，而教有定式㊱。上之遷下，均之埏埴㊲。五方雜會㊳，風流㊴溷淆㊵，惰農好利，不昏作勞㊶。密邇㊷獫狁㊸，戎馬生郊㊹；

而制者必割，實存操刀㊺。人之升降㊻，與政隆替㊼。杖信㊽則莫不用情㊾，無欲則賞之不竊。雖智弗能理，明弗能察，信此心㊿也，庶免夫戾(51)。如其禮樂，以俟來哲(52)。

【章　旨】作者徘徊於周之舊都豐、鎬一帶，懷念文、武、周公。對比周、秦不同治道，他認為民風的厚薄，關鍵在於秉政者治術如何，乃打算以信實廉潔的作風來治理此邑。

【注　釋】❶端策　舉起馬鞭。❷茵　車上的墊子。❸彈冠振衣　抖去身上的灰塵。❹酆　即豐京。周文王伐崇侯虎後自岐遷都於此，地在今陝西省長安縣西南的灃河以西。❺鎬　即鎬京。與豐同為西周國都，故址在今陝西省長安縣韋曲西北，其後漢武帝在此鑿昆明池，遂淪入池內。❻如渴如飢　比喻想念殷切之狀。❼翹懃　殷切盼望。❽仰止　《詩・小雅・車舝》：「高山仰止。」孔穎達疏：「於古人有高顯之德如山者，則慕而仰之。」陸德明釋文：「仰止本或作仰之。」仰，敬慕。止，語助詞。❾不加敬而自祇　此言自然而然肅然起敬。祇，恭敬。❿三聖　指周文王、周武王、周公。⓫敢夢　豈敢夢見。《論語・述而》：「甚矣吾衰也！久矣吾不復夢見周公！」由於孔子常夢見周公，潘岳不敢自比孔子，故云。⓬竊私心。⓭十亂　《書・泰誓》載武王之言：「予有亂臣十人，同心同德。」亂臣，善於治國之能臣。亂，治。⓮希　希冀學習倣效。⓯經始靈臺二句　《詩・大雅・靈臺》：「經始靈臺，不日成之。」意思是：文王要興建什麼，百姓都願意立刻替他完成。靈臺，在豐京。潘岳之時遺址尚存。⓰惟　語助詞。⓱仍　乃；因而。⓲京其室　興建宏大的宮室。此言文王、武王經營酆、鎬。京，大。⓳庶人　平民。⓴子來　如兒子一般前來親附。㉑延祚　延續福祿。此指國運綿長，天子一代一代統緒綿延不斷。㉒莫二其一　沒有二心，大眾一致。㉓永惟　長想。㉔云誰之識　誰能瞭解呢。㉕越　語助詞。㉖臻其極　透徹瞭解。臻，至。㉗子贏鋤以借父二句　賈誼評論商鞅的法令時說，由於商鞅只強調法令，忘記禮義教化，秦國的風氣日益敗壞，父子別居，兒子借一把多餘的鋤頭給父親，也會說依秦法是可以不借的，因而臉上露出施恩於人的神色。㉘耕讓畔　耕者讓田界。據《史記・卷四・周本紀》記載，周初時，虞、芮兩國的人民好爭訟，到了周，見耕者對於田間分界總是互讓，受到感動，回去就息訟了。㉙閒田　讓所爭之田閒置著，誰也不肯占用。㉚姬化　此言受到文王德化。姬，周文王之姓。㉛生棘　所爭之田互不耕種，以致生了荊棘。㉜蘇張　蘇秦、張儀。皆戰國時辯說縱橫術之士。㉝喜　得意。㉞詐騁　施展詐術。㉟土無常俗　一個地方的風俗不是一成不變的。㊱教有定式　教化的方法有一定的準則。㊲上之遷下二句　比喻當政者對百姓的教化，就像製陶器時對待轉輪上的黏土一樣。上之遷下，當政者化育其下百姓。均，製陶器的轉輪。埏埴，揉合黏土。製陶器時，把揉合的黏土放在轉輪之上，隨意塑造。㊳五方雜會　指秦地五方雜湊。㊴風流　風氣。㊵溷淆　同「混淆」。㊶惰農好利二句　《書‧盤庚上》：「惰農自安，不昏作勞。」意思是：人民不願務農，而願作商賈取利。不昏作勞，不勉力操作勞動。昏，通「敃」。勉力。㊷密邇　靠近。㊸獫狁　即玁狁。古族名，殷周之際，主要分布在今陝西、甘肅及內蒙古西部，從事游牧，周宣王曾迭次出兵防其進襲，並在朔方築城壘，春秋時被稱作戎狄。此指匈奴。㊹戎馬生郊　語出《老子‧第四十六章》。謂牝馬生駒犢於戰地的郊野。㊺制者必割二句　語出《左傳‧襄公三十一年》：「不可，人之愛人，求利之也。今吾子愛人則以政，猶未能操刀而使割也，其傷實多。」制者必割，治理民事猶如手中握刀割肉般。操刀，比喻治理的能力。㊻人之升降　指民風好壞。㊼與政隆替　隨著政治的興衰。㊽杖信　倚靠信用。㊾莫不用情　莫不老實。情，實情。㊿信此心　此心信實無欺。(51)戾　罪過。(52)如其禮樂二句　《論語‧先進》：「如其禮樂，以俟君子。」謙言修明禮樂，只有等待以後來此的賢哲了。

【語　譯】於是我揚起馬鞭，拂拭車墊，抖去衣冠上的塵土，徘徊在周朝故都酆、鎬一帶，心中如飢似渴。十分仰慕和殷切企盼古聖先王，自然而然肅然起敬。怎敢自比孔子夢見文、武、周公？私心只願倣效武王的治國能臣。文王想要營建靈臺，百姓協力很快就建成了。文王、武王在酆與鎬，興建起宏大的宮室。百姓像兒子一般前來親附，神靈賜下吉祥；德行累積，國祚綿長，大眾沒有二心，團結一致。我深思此地的複雜、豐富，誰能瞭解呢！或可知其大概，而難於透徹瞭解。秦時兒子借一把多餘的鋤頭給父親，也會搬出法律露出施恩於人的神色。周初時耕者互讓田界，因而感動虞、芮之人也把所爭之田閒置起來，受到文王德化，以至所爭之田誰也不肯去種，竟生了荊棘。蘇秦、張儀得意地在此施展詐術，虞、芮之人卻在此感到慚愧，止息爭訟。由此看來，一個地方的風俗不是一成不變的，而教化有一定的準則。當政者化育其下百姓，就像製陶器時對待轉輪上的黏土一樣。秦地五方雜湊，風氣混淆，懶惰的農夫貪財好利，不願務農，只想經商。此地又靠近匈奴，時常要發生戰事；而治邑就如割肉，操刀的技術好就割得正，秉政的能力強就治得好。民風好壞，隨著政治的興衰轉換。為上者以信待人，則人莫不老實；為上者廉潔無欲，即使懸賞鼓勵，人民也不肯盜竊。這樣為上者即使其智不善治理，聰明不足以周知，只要此心信實無欺，大概總能免於罪過。至於修明禮樂，只有等待繼任的賢哲之士了。

卷二二

遊覽

登樓賦

【作　者】王粲（西元一七七～二一七年），字仲宣，山陽高平（今山東省鄒縣西南）人。曾祖、祖父皆官至三公，父親曾為大將軍何進長史。獻帝在董卓挾制下西遷長安，王粲也隨著徙居長安。年既幼弱，容狀短小，然而才學已極受當時著名文學家蔡邕的推重。他十七歲時，曾被授予黃門侍郎，因為當時長安擾亂，不願就職。就南下荊州，依附劉表。劉表對他不很看重，他在劉表處鬱鬱不得志共十五年。劉表死後，他勸劉表之子劉琮歸降曹操。曹操任他為丞相掾，賜爵關內侯。後遷軍謀祭酒。魏國既建，拜為侍中，由於他博學多識，對建立制度出了不少力。建安二十一年隨從征吳，次年病卒於道。王粲詩賦成就很高，在建安七子之中最為突出，劉勰曾這樣評論：「仲宣溢才，捷而能密，文多兼善，辭少瑕累，摘其詩賦，則七子之冠冕乎？」（《文心雕龍・才略》）王粲著有詩、賦、論、議等近六十篇。原有集十一卷，已散佚，明人輯有《王侍中集》。

【題　解】〈登樓賦〉是王粲依附劉表時所作，北方當時正處在兵戈擾攘之中，王粲滯留荊州已經十多年，劉表對他又不重用，因而一日登樓遠望，那種埋藏在心底的家國之恨不覺噴湧而出，形成這一篇抒情名作。

　　這篇賦的內容從表面看是思鄉戀土，其實這不是一般的遊子思鄉，而是一種感時傷世、懷才不遇的情懷。而且此賦的蒼涼悲慨，可說是充分體現了建安風骨。全篇結構完整，層次分明，文字平實，用典準確明白，因而歷來受到人們的推崇，朱熹《楚辭後語・卷第四》曾引晁補之話贊說：「蓋魏之賦極此矣！」

登茲樓❶以四望兮，聊暇❷日以銷憂❸。覽斯宇❹之所處兮，實顯敞❺而寡仇❻。挾❼清漳❽之通浦❾兮，倚曲沮之長洲❿。背⓫墳衍⓬之廣陸兮，臨⓭皋⓮隰⓯之沃流⓰。北彌⓱陶牧⓲，西接昭丘⓳，華實⓴蔽野，黍㉑稷㉒盈疇㉓。雖信美㉔而非吾土㉕兮，曾㉖何足以少留㉗！

【章旨】描寫此樓位置及登臨所見的美好景色。

【注釋】❶茲樓　據李善注引盛弘之《荊州記》：「當陽城樓，王仲宣登之而作賦。」則此樓當指當陽城樓，地在今湖北省，處於漳水、沮水會合處，驗之賦中「挾清漳」、「倚曲沮」句，頗相合，然而賦中尚有「西接昭丘」一句，昭丘在當陽東南，則不相合。一說：指麥城東南城樓，地在當陽之東，沮水、漳水之間，昭丘在其西，其說有一定道理。還有人認為此樓在襄陽或江陵，似俱不甚相合。❷暇　五臣本《文選》作「假」。作「借」解。❸銷憂　消除憂悶。❹斯宇　此樓。宇，指屋簷。❺顯敞　豁亮寬大。❻寡仇　很少有比得上它的。仇，匹。❼挾　帶。❽漳　水名。源出湖北省南漳縣西南，東南經當陽，與沮水相合，又東南經江陵縣而入於長江。❾浦　小水匯入大水處。此言城樓正臨於漳水別支之上。❿倚曲沮之長洲　此言城樓位於曲折的沮水邊，好像倚長洲而立。沮，水名。源出湖北省保康縣西南，東南流經南漳、當陽與漳水合，南流入於長江。長洲，水邊長形的陸地。⓫背　背對著。指北面。⓬墳衍　指水邊和低下平坦的土地。地勢高起為墳，廣平為衍。⓭臨　面臨。指南面。⓮皋　水旁地。⓯隰　低窪的地方。⓰沃流　指可以灌溉的流水。沃，美。⓱彌　極。⓲陶牧　指相傳陶朱公葬地的郊野。其地在江陵之西。陶，指陶朱公范蠡。牧，《爾雅・釋地》：「邑外謂之郊，郊外謂之牧。」⓳昭丘　指楚昭王的墓。在當陽東南七十里。⓴華實　花和果實。㉑黍　黃米。㉒稷　亦名粢、穄。一說：即高粱。㉓盈疇　充滿田野。疇，耕種的田。㉔信美　的確很好。㉕吾土　我的故鄉。㉖曾　語助詞。㉗少留　暫時停留。

【語譯】我登上此樓極目四望呵，暫且借這時光消解憂愁。縱覽此樓所處的位置呵，地勢實在豁亮寬敞，很少有地方能比得上它。它挾帶著清澄的漳水，其水即將通入別水呵，它位於曲折的沮水之畔，好像倚長洲而立。北面靠著高平的廣陸呵，南面臨著流水窪地。北面直到陶朱公墓地一帶，西面接著楚昭王的墳丘，花朵和果實覆蓋著原野，莊稼種滿了田疇。這裡景色雖然的確美好，但不是我的家鄉呵，又如何值得在此暫時停留！

遭紛濁❶而遷逝❷兮，漫❸踰紀❹以迄今。情眷眷❺而懷歸兮，孰❻憂思之可任❼？憑❽軒檻❾以遙望兮，向北風而開襟❿。平原遠而極目兮，蔽荊山⓫之高岑⓬。路逶迤⓭而修⓮迥⓯兮，川既漾⓰而濟⓱深。悲舊鄉之壅隔⓲兮，涕橫墜⓳而弗禁。昔尼父之在陳兮，有歸歟之歎音⓴。鍾儀㉑幽㉒而楚奏兮，莊舄顯而越吟㉓。人情同於懷土兮，豈窮㉔達㉕而異心！

【章旨】形容懷鄉情緒之強烈，並說明人們對故鄉的情感不因處境不同而有所改變。

【注釋】❶紛濁　紛擾汙穢。喻亂世。❷遷逝　遷徙流亡。指避亂於荊州。❸漫　猶漫漫。長遠的樣子。❹紀　十二年。❺眷眷　形容思念的深切。❻孰　誰。❼任　忍受。❽憑　倚靠。❾軒檻　指樓上的窗和欄杆。❿向北風而開襟　故鄉在北，故向北望，開衣襟以受北風。⓫荊山　在今湖北南漳。⓬岑　山小而高。⓭逶迤　長而曲折的樣子。⓮修　長。⓯迥　遠。⓰漾　應作「羕」，水長的樣子。⓱濟　渡。⓲壅隔　阻塞隔絕。⓳橫墜　零亂地墜落下來。⓴昔尼父之在陳兮二句　孔子在陳絕糧，曾歎曰：「歸歟！歸歟！」（見《論語・公冶長》）此處王粲以孔子自比，表達思歸之情。尼父，孔子。㉑鍾儀　楚國的樂官。被晉所俘，晉侯叫他操琴，彈的是南方楚國的樂調，被人稱贊為不忘舊的君子。事見《左傳・成公九年》。㉒幽　囚禁。㉓莊舄顯而越吟　越人莊舄在楚國做了大官，病中思念故鄉，仍舊發出越國的語音。事見《史記・卷七〇・張儀列傳》附〈陳軫傳〉。㉔窮　處境困窘時。指上文所言之鍾儀。㉕達　富貴之時。指上文所言之莊舄。

【語　譯】遭逢這濁亂的世道，只得遷徙流亡呵，到如今已超過漫長的十二年。思歸之情多麼殷切呵，誰能經受得了這樣的憂愁！靠著欄杆遠望呵，朝北風敞開衣襟。極目向遼闊的平原盡頭望去呵，又被高峻的荊山所遮蔽。道路曲折而又遙遠呵，河流又長又深。故鄉阻隔，我心中悲傷呵，淚珠止不住零亂墜落。昔日孔子在陳絕糧呵，曾慨歎要歸去。鍾儀身為階下之囚，依然奏著楚國的樂調呵，莊舄身居顯位，病中呻吟仍為越國的語音。思念故土是人情所同呵，難道會由於困窮或富貴的不同處境而有兩樣的心情嗎？

惟❶日月❷之逾邁❸兮，俟河清❹其未極❺。冀❻王道❼之一平❽兮，假高衢❾而騁力❿。懼匏瓜之徒懸⓫兮，畏井渫之莫食⓬。步棲遲⓭以徙倚⓮兮，白日忽其將匿。風蕭瑟而並興兮，天慘慘而無色。獸狂顧以求群兮，鳥相鳴而舉翼。原野闃⓯其無人兮，征夫行而未息。心悽愴以感發⓰兮，意忉怛⓱而憯惻⓲。循階除⓳而下降兮，氣交憤⓴於胸臆。夜參半㉑而不寐兮，悵盤桓㉒以反側㉓。

【章　旨】想到光陰易逝，才能不得施展，心中十分苦悶。而天色驟變，乃下樓回家，滿懷鬱悶，長夜難眠。

【注　釋】❶惟　念。❷日月　指光陰。❸逾邁　猶言逝去。❹河清　比喻時世太平。逸《詩》有「俟河之清，人壽幾何」之語。（見《左傳・襄公八年》）❺極　至。❻冀　盼望。❼王道　王政。❽一平　統一穩定。❾高衢　大道。喻帝王政治修明。❿騁力　施展才力。⓫懼匏瓜之徒懸　意謂自己並非無用之人，故極願獲得行道的機會。《論語・陽貨》：「（子曰）吾豈匏瓜也哉，焉能繫而不食？」匏瓜，葫蘆的一種。⓬畏井渫之莫食　比喻自己雖修潔其身而不為世用。《周易・井卦》：「井渫不食，為我心惻。」渫，除去濊濁。⓭棲遲　遊息。⓮徙倚　留連徘徊。⓯闃　寂靜。⓰感發　感觸。⓱忉怛　悲痛。⑱憯惻　悽傷。⑲階除　樓梯。除，臺階。⑳憤　鬱悶；憤懣。㉑夜參半　半夜。參，分。一說：及。㉒盤桓　原為徘徊不進的樣子，此借指想來想去。㉓反側　身體翻來覆去。

【語　譯】我想到光陰飛逝呵，總等不到時世太平之日。盼望王政統一天下呵，賢德之士可在大道上施展才力。我擔心像匏瓜那樣久置於無用之地呵，又害怕雖修潔自身卻無人任用。在樓上遊息徘徊呵，太陽忽然藏匿。寒冷的風從四面八方並起呵，天色暗淡無光。野獸惶急地尋找伙伴呵，鳥兒展翅驚叫。原野寂靜無人呵，只有遠行之人未能休息。心中悽愴感觸呵，意緒悲痛而哀傷。順著階梯走下樓呵，胸中鬱悶之氣難伸。長夜將半還不能入眠呵，惆悵縈思，輾轉反側。

遊天台山賦 并序

【作　者】孫綽（西元三一四～三七一年），東晉文學家，字興公，太原中都（今陝西省平遙縣西北）人。孫楚之孫。居於會稽，遊放山水，與許詢相友善。愛隱居，博學善為文。始任著作佐郎，襲封長樂侯。後為征西將軍參軍、太學博士、尚書郎等，轉為永嘉太守，遷散騎常侍，領著作郎。時大司馬桓溫主張遷都洛陽，綽上書勸阻。不久任為廷尉卿，領著作。原有集二十五卷，已散佚，明人輯有《孫廷尉集》。孫綽是東晉玄言詩的代表作家，他的詩充滿玄學佛理，被鍾嶸《詩品》斥為「理過其辭，淡乎寡味」。他尚著有賦、碑文等。

【題　解】《遊天台山賦》是孫綽的一篇力作，描寫作者歷盡險阻，暢遊天台，尋訪仙蹤的過程。這篇賦反映了當時不少士大夫的心態。東晉時內憂外患不絕，士大夫為了遠禍，多寄情於山水，託志於仙佛，到仙山去成道，正是那個黑暗動盪的時代士大夫所尋求的理想歸宿。

天台山❶者，蓋山嶽之神秀❷者也。涉❸海則有方丈、蓬萊❹，登陸則有四明❺、天台，皆玄聖❻之所遊化❼，靈仙之所窟宅❽。夫其峻極❾之狀，嘉祥❿之美，窮山海之瓌富⓫，盡人神之壯麗⓬矣。所以不列於五嶽⓭，闕載於常典⓮者，豈不以所立冥奧⓯，其路幽迥⓰；或倒景⓱於重溟⓲，或匿⓳峰於千嶺；始經魑魅⓴之塗，卒踐無人之境；舉世㉑罕能登陟㉒，王者㉓莫由禋祀㉔，故事絕於常篇，名標於奇紀㉕。然圖像㉖之興，豈虛也哉！非夫遺世㉗玩道㉘，絕粒㉙茹芝㉚者，烏㉛能輕舉㉜而宅㉝之？非夫遠寄㉞冥搜㉟，篤信通神㊱者，何肯遙想而存之㊲？余所以馳神㊳運思㊴，晝詠宵興㊵，俛仰之間㊶，若已再升㊷者也。方㊸解纓絡㊹，永託茲嶺㊺。不任㊻吟想之至㊼，聊奮藻㊽以散懷㊾。

【章　旨】本章是賦序。作者說：天台山實是神仙遊歷之地，高峻壯麗，世間少有，只因此山地處幽僻，所以罕為人知。作者反覆懷想，彷彿再次攀登，情不能已，寫下此賦抒懷。

【注　釋】❶天台山　在今浙江天台、臨海兩縣境。古代因地方偏僻，不大被人知道，從晉朝南渡以後，才漸漸成為名勝。❷神秀　神奇。❸涉　渡。❹方丈蓬萊　古代傳說之海中神山名。❺四明　山名。在今浙江寧波地區。❻玄聖　有道聖人。《莊子・天地》：「玄聖素王之道也。」疏曰：「夫有其道，而無其爵者，所謂玄聖素王，自貴也，即老君、尼父是也。」❼遊化　遊居變化。❽窟宅　建造為洞府。❾峻極　極為高峻。❿嘉祥　嘉美吉祥。⓫瓌富　豐富的珍異之物。⓬人神之壯麗　人間仙界的壯麗景色。⓭五嶽　東嶽泰山、西嶽華山、南嶽衡山、北嶽恆山、中嶽嵩山。⓮常典　常見的典籍。即下文「常篇」。⓯所立冥奧　所在之地幽深隱蔽。⓰幽迥　偏僻悠遠。⓱倒景　倒影。景，同「影」。⓲重溟　大海。⓳匿　遮蔽。⓴魑魅　古代傳說中的鬼怪。魑，山神。魅，怪物。㉑舉世　世上所有的人。㉒登陟　攀登。㉓王者　指帝王。㉔禋

祀　虔誠祭祀。㉕名標於奇紀　天台山之名僅出現在記載奇異的事跡的書中。據李善注，《內經・山記》中提到此山，所謂奇紀，當指此類書。㉖圖像　指描繪天台山景致的圖畫。㉗遺世　脫離世事。㉘玩道　研習道術。㉙絕粒　不吃糧食。㉚茹芝　吃靈芝。㉛烏　何。㉜輕舉　成仙飛升。㉝宅　居住。㉞遠寄　將心思寄託在遠處。此指志在求仙。㉟冥搜　深深苦思。指尋求玄妙的道術。㊱篤信通神　虔誠向道，感動神靈。㊲遙想而存之　將心思遠遠寄託在那上面。㊳馳神　馳騁神思。㊴運思　反覆思慮。㊵晝詠宵興　白天歌詠，夜裡起床。興，起來。㊶俛仰之間　指剎那間。俛仰，同「俯仰」。㊷再升　第二次去遊過此山。升，登。㊸方　將。㊹纓絡　喻世網。纓，通「嬰」。繞。絡，繞。㊺茲嶺　此山。㊻不任　不勝。㊼吟想之至　吟詠默想到了極點。㊽奮藻　發揮藻麗之詞。指寫作此賦。㊾散懷　抒發胸懷。

【語　譯】天台山，是一座神奇的山嶽。海上有方丈、蓬萊這些仙山，陸地上則有四明山、天台山，得道聖人在這些地方遊居變化，神仙在這裡安下洞府。此山極為高峻，具有嘉善祥和之美，山間海中的珍寶它都有，人間仙界的壯麗景色它都具備。而它不列名於五嶽之中，也不記載於尋常典籍的原因，實在是因為它所在之地幽深隱蔽，道路又偏僻悠遠；有的倒影於大海之中，有的隱匿於千峰之群；開始要經過鬼怪所走的路途，最終才能踏入無人之境；世上之人很少能登上此山，帝王也無法來祭祀，所以平常的書中找不到它，只有記載奇異之事的載籍中方標著它的名字。然而描繪天台山景致的圖畫已經出現，這難道是虛假的麼？不是那些脫離塵世，研習道術，不食五穀，只吃靈芝的仙家，如何能遐舉飛升，住在此山呢！不是那種寄心遐遠，搜求幽冥，虔誠向道，感動神靈之士，又怎肯遙想思念仙山呢！我因而馳騁神思，反覆懷想，白天歌詠，夜裡難寐，剎那之間，彷彿再一次登上天台山。我將要從世網解脫，永遠託身此山。我禁不住吟詠默想之極，寫下這篇賦來抒發胸懷。

太虛❶遼闊而無閡❷，運自然之妙有❸，融❹而為川瀆❺，結而為山阜❻。嗟❼台嶽❽之所奇挺，實神明之所扶持❾。蔭牛宿以曜峰❿，託靈越⓫以正基⓬。結根⓭彌⓮於華岱⓯，直指⓰高於九疑⓱。應配天於唐典⓲，齊峻極於周詩⓳。邈⓴彼絕域㉑，幽邃窈窕㉒。近智㉓以守見㉔而不之㉕，之者以路絕而莫曉㉖。哂㉗夏蟲之疑冰㉘，整輕翮而思矯㉙。理無隱而不彰㉚，啟二奇㉛以示兆㉜：赤城㉝霞起而建標㉞，瀑布㉟飛流以界道㊱。

【章　旨】本章先極力形容此山的高峻神秀。接著指出此處並不是隱祕不顯，赤城、瀑布都顯示了跡象，因而思往遊覽。

【注　釋】❶太虛　太空。此兼指萬物的本始。❷閡　阻礙。❸運自然之妙有　是說在道的作用之下，由太虛之無，產生眾有。自然，指道。妙有，道家術語。道家認為宇宙本來是空虛無物的，萬物由「無」而生，這個「無」中之「有」，具有奇妙的道理，故云。❹融　溶化。❺瀆　河流。❻阜　丘陵。❼嗟　發語詞。有贊歎的意思。❽台嶽　指天台山。❾神明之所扶持　此謂天台山這樣突出，是由於神靈的扶持。❿蔭牛宿以曜峰　天台山在牽牛星的蔭蔽之下，星光照耀著山峰。牛宿，即牽牛星。中國古代將地理區域與天上的星宿對應相配，稱為分野，牛宿是越國的分野，而天台山在越地，故受牛宿光照。⓫託靈越　託身山海靈異的越國。⓬正基　奠定根基。⓭結根　根基盤結。⓮彌　超過。⓯華岱　華山、泰山。⓰直指　峰巒陡峻。⓱九疑　山名。又名蒼梧山，在今湖南省寧遠縣南，相傳舜葬於此。⓲應配天於唐典　唐堯曾祭五嶽以配天，天台山如此神秀，當亦可配於天。⓳齊峻極於周詩　此言天台山可與周詩所說峻極的嵩山相比。齊，比擬。峻極，極其高峻。指嵩山。《詩·大雅·崧高》：「崧高維嶽，峻極於天。」⓴邈　遠。㉑絕域　與人世隔絕的極遠之地。㉒窈窕　幽深的樣子。㉓近智　智力短淺之人。㉔守見　拘守成見。㉕之　往。㉖以路絕而莫曉　以路徑險絕而莫能通曉。㉗哂　恥笑。㉘夏蟲之疑冰　比喻知識寡淺的人。《莊子·秋水》：「夏蟲不可以語於冰者，篤於時也。」㉙整輕翮而思矯　整理羽翼打算高飛。傳說中神仙常乘鳥飛行。輕翮，指鳥翼。矯，飛。㉚理無隱而不彰　按理說沒有完全隱祕而不顯露的事物。㉛啟二奇　表露出兩處奇景。㉜示兆　顯示仙山之跡。兆，跡。㉝赤城　山名。天台山南門的一座山峰，岩壁赤色，爛若雲霞，故名。㉞建

標　立起標柱。㉟瀑布　今名石梁瀑布。㊱界道　劃出界限。

【語　譯】太空遼闊無垠，在道的巧妙作用之下由無而生有，溶化而成為河流，凝結就成為山丘。天台山這樣神奇挺立，實賴於神明的扶持。牽牛星照耀蔭庇此峰，在山海靈異的越地奠定根基。根基盤踞之廣過於華山、泰山，峰巒陡峻高於九疑山。按照唐堯的制度此山應當可以配天，它的極其高峻可比並於周詩形容的嵩山。這遙遠的與世隔絕之地，幽暗深邃。智力短淺之人拘守成見而不往，去過的人又因為路徑險絕而莫能通曉。可笑那些人像夏蟲懷疑冬天有寒冰般淺陋，我且整理羽翼打算高飛前往吧！按理說沒有完全隱祕而不顯露的事物，二處奇景即顯示出此山之勝景。赤城山岩壁如彩霞般立起標柱，瀑布飛流劃出界限。

覩靈驗❶而遂徂❷，忽❸乎吾之將行。仍❹羽人❺於丹丘❻，尋不死之福庭❼。

苟❽台嶺❾之可攀，亦何羨❿於層城⓫？釋⓬域中⓭之常戀⓮，暢⓯超然之高情⓰。

被⓱毛褐⓲之森森⓳，振金策⓴之鈴鈴㉑。披㉒荒榛㉓之蒙蘢㉔，陟峭崿㉕之崢嶸㉖。

濟楢溪㉗而直進，落㉘五界㉙而迅征㉚。跨穹隆㉛之懸磴㉜，臨萬丈之絕冥㉝。踐莓苔之滑石，搏㉞壁立之翠屏㉟。攬樛㊱木之長蘿㊲，援葛藟㊳之飛莖。雖一冒於垂堂㊴，乃永存乎長生㊵。必契誠於幽昧㊶，履㊷重嶮㊸而逾平㊹。既㊺克㊻隮㊼於九折㊽，路威夷㊾而修通㊿。恣(51)心目之寥朗(52)，任緩步之從容(53)。藉(54)萋萋(55)之纖草(56)，蔭(57)落落(58)之長松。覿(59)翔鸞(60)之裔裔(61)，聽鳴鳳之嗈嗈(62)。過靈溪(63)而一濯(64)，疏(65)煩想(66)於心胸。蕩遺塵(67)於旋流(68)，發五蓋(69)之遊蒙(70)。追羲、農(71)之絕軌(72)，躡二老之玄蹤(73)。陟降(74)信宿(75)，迄(76)於仙都(77)。雙闕(78)雲竦以夾路，瓊臺(79)中天而懸居(80)。朱閣(81)玲瓏(82)於林間，玉堂(83)陰映(84)於高隅(85)。彤雲(86)斐亹(87)以翼(88)櫺(89)，皦日(90)炯晃(91)於綺疏(92)。八桂(93)森挺(94)以凌霜(95)，五芝(96)含秀(97)而晨敷(98)。惠風(99)佇芳(100)於陽林(101)，醴泉(102)湧溜(103)於陰渠(104)。建木(105)滅景(106)於千尋(107)，琪樹(108)璀璨(109)而垂珠。王喬(110)控(111)鶴以沖天，應真(112)飛錫(113)以躡虛(114)。騁神變(115)之揮霍(116)，忽(117)出有而入無(118)。

【章　旨】本章描寫遊天台山的過程。入山之途，荒榛峭壁，至為艱險。隨後來到一個草木佳美、鸞鳳和鳴的境地。最後來到群仙居住的仙都，只見樓閣如畫，仙人乘雲。

【注　釋】(1)靈驗　指上文之「二奇」。(2)徂　往。(3)忽　倏忽；迅速。(4)仍　就。(5)羽人　仙人。因仙人像鳥一樣飛行，故稱。(6)丹丘　傳說仙人居住的地方。此地晝夜常明。(7)不死之福庭　長生不死的樂園。(8)苟　假使。(9)台嶺　指天台山之嶺。(10)羨　願。(11)層城　傳說中崑崙山上神仙的居處。(12)釋　脫去。(13)域中　塵世。(14)常戀　常人所貪戀的事物。(15)暢　通暢。(16)超然之高情　超凡脫俗，妙合自然的情趣。(17)被　穿。(18)毛褐　粗糙的毛製衣服。(19)森森　粗陋的樣子。(20)金策　錫杖。杖高與眉齊，頭有錫環，為僧人乞食時，振環作聲，以代扣門，兼防牛犬之用，是比丘常持十八物之一。(21)鈴鈴　指錫杖上的環所發出的聲音。(22)披　分開。(23)榛　叢樹。(24)蒙蘢　草木茂密的樣子。(25)峭崿　陡峭的山崖。(26)崢嶸　高險的樣子。(27)楢溪　一作「油溪」。入天台山要經過的一條溪流。(28)落　斜行。(29)五界　地名。為五縣交界之處。(30)迅征　急速前行。(31)穹隆　拱形。(32)懸磴　高懸的石橋。(33)絕冥　深澗。(34)搏　用手抓住。(35)翠屏　指石橋邊上的石壁。(36)樛　拳曲的樹木。(37)蘿　藤蘿。(38)葛藟　落葉木質藤本，有捲鬚。(39)垂堂　靠近屋簷處。比喻有危險的境地。因為人在簷下，如有瓦片掉下來，就會受傷，所以古語說：「千金之子，坐不垂堂。」(40)永存乎長生　永保長生之道。(41)契誠於幽昧　結誠信不欺於幽昧神明之道。(42)履　踏入。(43)重嶮　重重險地。嶮，同「險」。(44)逾平　甚於平道。(45)既　已經。(46)克　能夠。(47)躋　登上。(48)九折　曲折盤旋的道路。(49)威夷　綿延舒緩的樣子。(50)修通　通暢。(51)恣　放任。(52)心目之寥朗　心舒目明的樣子。(53)從

容　舒緩的樣子。54藉　坐臥在某物之上。此指以草地為坐墊。55萋萋　茂盛的樣子。56纖草　柔嫩的小草。57蔭　樹蔭遮蔽。58落落　孤高的樣子。59覿　見。60鸞　傳說的神鳥。61裔裔　飛翔的樣子。62嚶嚶　和鳴之聲。63靈溪　天台山中的一條溪流。64濯　洗沐。65疏　清除。66煩想　世俗雜念。67遺塵　指六塵。佛教名詞，又名六境，指眼識、耳識、鼻識、舌識、身識、意識等所感覺認識的六種境界，即色、聲、香、味、觸、法，此六境因被認為像塵埃一樣能染汙人的情識，所以稱作六塵。68旋流　回旋的溪流。69五蓋　佛教名詞。指能覆蓋行者清淨善心的五種（即貪欲蓋、瞋恚蓋、睡眠蓋、掉悔蓋、疑法蓋）不良思念。蓋，覆蓋。70遊蒙　愚昧昏蒙。71羲農　伏羲氏、神農氏。指上古時代。72絕軌　絕跡。73躡二老之玄蹤　是說要修道成仙。躡，跟蹤。二老，指老子、老萊子。皆古代有道的人。玄蹤，玄妙的蹤跡。74陟降　登山下山。75信宿　連住兩夜。信，住宿二夜。76迄　到達。77仙都　神仙聚居之處。78雙闕　古代宮殿前的高層建築。左右各一，臺上建樓觀。79瓊臺　指樓臺華美，好像美玉所做成。瓊，美玉。80懸居　懸掛在空中。81朱閣　紅樓。閣，原作「闕」，與上文「雙闕」重複，故從五臣本改。82玲瓏　顯明的樣子。83玉堂　用玉做成的殿堂。84陰映　冷森森地閃光。85高隅　高山的深處。86彤雲　彩雲。87斐亹　有文彩的樣子。88翼　扶持。89櫺　窗格子。90皦日　明亮的太陽。91炯晃　光輝燦爛。92綺疏　飾有花紋的窗孔。93八桂　八株桂樹。語出《山海經》：「桂林八樹。」形容桂樹高大，八樹可以成林。94森挺　茂盛挺拔。95凌霜　經霜不落。96五芝　指青黃赤白黑五種靈芝。97含秀　含苞。98晨敷　早晨開放。99惠風　和風。100佇芳　貯積芳香。101陽林　山南的樹林。102醴泉　甜美的泉水。103湧溜　湧流。104陰渠　山北的溝渠。105建木　神話中仙境的樹木。極為高大，天帝由此上下，太陽照著沒有影子。106滅景　無影。107千尋　極言其高。古以八尺為一尋。108琪樹　玉樹。109璀璨　光彩閃爍。110王喬　古代傳說中仙人。據《列仙傳》言，王喬本周靈王太子晉，道人浮丘公接他入山，修成仙道，後乘白鶴而歸。111控　駕馭。112應真　佛家所說的羅漢。113飛錫　手持錫杖，升到天空。114躡虛　騰空。115騁神變　施展神奇的變化。116揮霍　迅速的樣子。117忽　形容迅疾。118出有而入無　超出有為之地而進入無為之境。按道家之論，無為則可體道，因而無為而無不為，遂取得最大的自由。

【語　譯】看到靈異之跡遂決心前往，我將迅疾而行。到丹丘去追隨仙人，尋找長生不死的樂園。假若天台山可以攀登，又何必羨慕崑崙山的層城！放棄塵世貪戀之物，舒暢超凡脫俗的高情。穿上粗陋的毛製衣服，手執環聲鈴鈴的錫杖。分開茂密的叢樹，登上險峭的山崖。渡過楢溪一直往前，斜行到五界就急速行進。跨上拱形的石橋，下臨萬丈的深澗。踩著布滿青苔的滑石，手扶羅生翠葉的石壁。攬著曲木上的藤蘿，拉住飄動的葛藟的莖條。雖然暫時處於險地，卻可以因此得到永世長生。一定要使心中誠信合於幽昧神明，踏入重重險阻便勝於行走坦途。登罷曲折盤旋的山徑，道路變得綿延通暢。心懷開闊目光明朗，從容地緩步而行。以萋萋的嫩草為坐墊，頭上有高高的長松遮蔭。眼看神鸞在天迴翔，耳聽鳳凰嗈嗈和鳴。經過靈溪洗濯一番，清除胸中的世俗雜念。在迴旋的溪流中蕩滌汙染情識的六塵，揭去遮覆清淨善心的愚蒙五蓋；追隨已經絕跡的伏羲、神農，跟著老子、老萊子玄妙的行蹤。登山下山如此過了二夜，來到群仙聚居的仙都。雙闕夾路高聳入雲，瓊臺遙懸於空中。朱閣在林間顯耀，玉堂在高山深處閃著冷光。絢麗的彩雲扶掖窗櫺，明亮的太陽照耀著飾有綺紋的窗孔。高大的桂樹森然挺立，經霜不凋，各色靈芝含著花苞，至晨開放。在山南的樹林裡和風蘊蓄著芬芳，在山北的溝渠中有甘泉在流淌。建木萬丈不見樹影，玉樹垂珠光輝燦爛。王子喬駕鶴沖天而飛，羅漢手持錫杖騰空。施展疾速的神奇變化，忽然之間由有為之地入於無為之境。

於是遊覽既周❶，體靜心閑❷。害馬❸已去，世事都捐❹。投刃皆虛，目牛無全❺。凝思❻幽巖，朗詠❼長川。爾乃羲和❽亭午❾，遊氣❿高褰⓫。法鼓⓬琅以振響⓭，眾香⓮馥⓯以揚煙。肆覲⓰天宗⓱，爰⓲集通仙⓳。挹⓴以玄玉之膏㉑，嗽㉒以華池㉓之泉。散㉔以象外㉕之說，暢㉖以無生之篇㉗。悟遣有之不盡，覺涉無之有間㉘；泯色空以合跡㉙，忽即有而得玄㉚；釋㉛二名之同出㉜，消一無於三幡㉝。恣語樂以終日，等寂默於不言㉞。渾萬象以冥觀㉟，兀㊱同體於自然㊲。

【章　旨】遊覽已遍，身心寧靜，進入得道境界。於是眾仙會集，共研道家、佛學的精理。

【注　釋】❶周　周遍。❷閑　安寧。❸害馬　指塵世的嗜欲。語出《莊子》。❹捐　拋棄。❺投刃皆虛二句　《莊子・養生主》說：善於屠牛的庖丁，技術熟練後，他目無全牛，游刃於骨節空處，因而牛身迎刃而解，不傷刀刃。此比喻已進入得道的境界。❻凝思　集中思想。❼朗詠　高聲歌詠。❽羲和　指太陽神。❾亭午　正午。❿遊氣　浮動在空中的大氣。⓫高褰　高高地敞開。⓬法鼓　禪林之器。法堂設二鼓，其東北角之鼓，謂之法鼓。⓭振響　發出鼓聲。⓮眾香　各種名貴的香。⓯馥　芬芳。⓰肆覲　將要朝見。⓱天宗　天尊。⓲爰　乃。⓳通仙　眾仙。⓴挹　斟；用勺舀取。㉑玄玉之膏　能生黑玉的玉膏。傳說為神仙所食。㉒嗽　用嘴吮吸。㉓華池　崑崙山上的仙池。㉔散　發揮。㉕象外　物象之外。道家認為道存在物象之外，研究象外之旨即是在研討象外之道。㉖暢　暢說。㉗無生之篇　指佛家典籍。無生，即無生無滅。佛家認為能識無生之理，則能破生滅之煩惱，即懂得涅槃真理。佛經中談及無生之理者甚多。㉘悟遣有之不盡二句　是說終於明瞭自己排遣「有」的觀念尚不乾淨，因而距離「無」還有間隙。指在道家修養上的精進。按照道家的學說，有（指物質世界）出於無（指道）。㉙泯色空以合跡　消滅了色與空的界限，使二者合一。人能感觸到的實體，稱為色。由於世界為「因緣所生法」，無固定不變的自性，所以本質是空的。從佛教大乘觀點看，不論物質現象，還是精神現象，都是空的。㉚即有而得玄　從「有形」之中認識到虛無的玄理。即認識到道。㉛釋　解釋。㉜二名之同出　語出《老子・第一章》「無名，天地之始；有名，萬物之母」、「此兩者，同出而異名，同謂之玄」。（案：今之研究者認為前二句應斷作「無，名天地之始；有，名萬物之母」）意思是說，「有」、「無」二名，實同出一源，即出於道。㉝消一無於三幡　是說使三者同歸於無。三幡，指色、色空、觀。㉞恣語樂以終日二句　是說語樂與寂默其實相等。此本《莊子・齊物論》的觀點（認為萬物及各種物論都是齊同的）。㉟渾萬象以冥觀　將萬物混同起來，深入觀察。㊱兀　無知的樣子。㊲同體於自然　同體自然。即得道。自然，指道。道家認為當人形同槁木，心若死灰，茫然無知之時（莊子稱「心齋」、「坐忘」），則道可與人同體。

【語　譯】於是遊覽周遍，身心寧靜。嗜欲已除，世事全拋。猶如庖丁游刃於牛骨節間，已經進入得道的境界。在幽深的巖上沈思默想，在長川之畔朗聲歌詠。於是在太陽行到正午之時，遊氣已經散盡。法鼓敲得震天，眾香馥郁升煙。將要朝見天尊，群仙於是雲集。斟食玄玉之膏，吮吸華池泉水。發揮「象外」的理論，暢說無生的經籍。省悟到排除「有」的觀念尚不清淨，覺察到距離「無」尚有間隙。泯合色與空的界限，忽從有形之中認識到虛無玄理。解釋二名同出一源，消融三幡同歸於無。終日縱情談笑，其實與緘默無言相等。混同萬物，深入觀察，茫然無知，即與道同體。

蕪城賦

【作　者】鮑照（西元四一四～四六六年），字明遠，遠祖是上黨（約今山西省長子縣一帶）人，其後遷居東海（郡名，治所在今江蘇省漣水縣北）。南朝宋傑出的文學家。出身寒微，二十六歲獻詩給臨川王劉義慶，頗得賞識，擢國侍郎。臨川王卒，又從衡陽王劉義季去梁郡、徐州。衡陽王卒，又為始興王劉濬引為國侍郎。四十一歲除海虞令，以後又遷太學博士，兼中書舍人，出為秣陵令，轉永嘉令。四十九歲，為臨海王劉子頊前軍行參軍，掌知內命，尋遷前軍刑獄參軍事。宋明帝泰始二年，晉安王劉子勛稱帝，臨海王由荊州舉兵響應，八月兵敗，臨海王賜死，鮑照死於荊州亂兵之中。鮑照的詩雄肆奔放，俊逸挺拔，多抒發懷才不遇的憤慨之情，與謝靈運、顏延之合稱元嘉三大家。他的賦和文亦瑰麗峭拔，不乏佳作。作品散失較多，後人輯有《鮑參軍集》十卷。

【題　解】〈蕪城賦〉作於宋孝武帝大明三、四年（西元四五九～四六〇年）間，其時鮑照正客居江北，一日登臨廣陵故城（今江蘇省江都縣東北），目睹該城荒廢景象，有感於心而作。廣陵是一個歷史名城，漢高祖劉邦封他的姪兒劉濞於此，國號吳。但是到了鮑照生活的時代，十年間連遭兩次浩劫，鮑照所看到的正是這樣一個才遭到嚴重兵燹的城池，故稱為蕪城。

作者在賦中使用了對照的手法，一今一昔，一盛一衰，對比強烈，給人很深的印象。此賦語言奇警有力，形象鮮明竦動。其中有不少句子表現了駢偶化的傾向，可說是開江淹等人駢賦的先河。

瀰迆❶平原❷，南馳蒼梧❸漲海❹，北走紫塞❺雁門❻。柂❼以漕渠❽，軸以崑崗❾。重江複關之隩❿，四會五達之莊⓫。當昔全盛之時，車掛轊⓬，人駕肩⓭；廛閈撲地⓮，歌吹⓯沸天⓰。孳貨鹽田⓱，鏟利銅山⓲，才力雄富⓳，士馬⓴精妍㉑。故能侈秦法，佚周令㉒，劃㉓崇墉㉔，刳㉕濬洫㉖，圖修世以休命㉗。是以板築㉘雉堞㉙之殷㉚，井幹㉛烽㉜櫓㉝之勤，格㉞高五嶽，袤廣㉟三墳㊱，崒㊲若斷岸㊳，矗㊴似長雲。製磁石以禦衝㊵，糊赬壤以飛文㊶。觀基扃㊷之固護，將㊸萬祀㊹而一君㊺。出入㊻三代㊼，五百餘載，竟瓜剖而豆分㊽！

【章旨】本章先描述廣陵城的地理形勢。接著寫廣陵全盛時的繁華情景及其城池的興廢。

【注釋】❶瀰池　地勢連綿平緩的樣子。❷平原　指廣陵一帶的地勢。❸蒼梧　漢代郡名。即今廣西梧州及其附近。❹漲海　南海。❺紫塞　即長城。秦所築長城，土色皆紫，故稱。塞，邊塞。❻雁門　郡名。戰國趙武靈王置，秦、西漢治所在善無縣（今山西省右玉縣東南），東漢移治陰館縣（今朔縣東南夏關城）。❼柂　引。❽漕渠　運糧的河道。即今自江蘇省江都縣西北抵淮安縣三百七十里之運河，古名邗溝。❾軸以崑崗　是說崑崗像車輪的軸心一樣，橫貫在廣陵城之下。崑崗，一名阜崗。亦名廣陵崗，廣陵城即在其上。❿隩　深隱之處。⓫莊　交通要道。⓬掛轊　此謂車軸端互相碰撞。形容車輛之多。轊，車軸的頂端。⓭人駕肩　是說人多擁擠，肩膀相壓迫。駕，陵；相迫。⓮廛閈撲地　謂住宅密密地排列在一起。廛，市民居住的區域。閈，里門。撲地，到處都是。撲，盡。⓯歌吹　唱歌和簫、笛、笙、簧等樂器吹發的聲音。⓰沸天　直達天空。⓱孳貨鹽田　開發鹽田，增益錢財。西漢初吳王劉濞都於廣陵，曾招人煮海水為鹽。孳，蕃殖。貨，錢財。⓲鏟利銅山　開採銅山，取得利益。劉濞曾利用其所屬豫章郡內的銅山鑄錢。鏟利，取利。⓳才力雄富　人力雄厚，人才傑出。⓴士馬　兵馬。㉑妍　美好。㉒侈秦法二句　是說當時國力富強，所以一切規模制度超過周、秦兩代。侈，奢侈；超越。佚，通「軼」。超過。㉓劃　剖；開。㉔崇墉　高峻的城牆。㉕刳　挖。㉖濬洫　深池。㉗圖修世以休命　圖謀國運長久。

圖，圖謀。修世，永世。修，長。休命，美好的天命。㉘板築　築牆時以兩板相夾，中間填滿土，然後用杵夯實。板，指夾板。築，夯土用的杵頭。㉙雉堞　城上的短牆。城牆長三丈高一丈為一雉。城上端凸凹的牆為堞。即女牆。㉚殷　與下句之「勤」，合為一個詞。㉛井幹　構築時四周用作輔助的木架子，木柱相交猶如井上的欄架。㉜烽　指烽火臺。㉝櫓　城上守禦的望樓。㉞格　格局。指高度。㉟袤廣　南北曰袤，東西曰廣。㊱三墳　未詳。李善注引，或係指汝墳、淮濆、河墳。墳，通「濆」。水邊。此指汝水、淮水、黃河三大流域。一說：指《尚書・禹貢》所說的兗州土黑墳、青州土白墳、徐州土赤墳而言。此三州與廣陵相接。㊲崒　高危。㊳斷岸　陡峭的河岸。㊴矗　高聳挺立。㊵製磁石以禦衝　以磁石為門。據說秦阿房宮以磁石為門。磁石吸鐵，可防懷兵刃之人。禦衝，防禦手執兵器的歹徒突然襲擊。㊶糊赬壤以飛文　是說用紅土糊在城牆上，做成花紋。糊，黏。赬壤，赤色的泥土。飛文，謂文彩飛動。文，指牆上花紋。㊷基扃　指城闕。扃，門上的關鍵。㊸將　欲。㊹祀　年。商稱年為祀。㊺一君　一姓之君。㊻出入　經過。㊼三代　指從西漢吳王劉濞在此築郡城以來，歷經的漢、魏、晉三代。㊽瓜剖而豆分　比喻廣陵城的崩裂毀壞。

【語　譯】廣闊平緩的原野，南面直抵蒼梧郡、南海，北面達到長城、雁門郡。曳引漕渠，正居於崑崗的中心。在那道道江河重重關隘的深處，有大道四通八達。當初廣陵全盛之時，車碰車，人挨人；住戶鱗次櫛比，笙歌響徹雲天。鹽田可以賺錢，銅礦可以取利，人才濟濟，兵馬精良。所以能超出秦代體制所限，越過周代法令的規定，修築高城，挖掘深池，圖謀國運久長。因此辛勤地夯土築城，建造望樓、烽火臺，高峻過於五嶽，廣大連接三墳，陡峭宛若斷岸，挺立猶似長雲。以磁石為門，防禦歹徒襲擊；糊紅土於城，描成悅目的花紋。看那牢固的城闕，是打算萬年保持一姓之君。然而經過漢、魏、晉三代，五百餘載，廣陵城竟如瓜果剖開豆子剝分一般輕易的被毀壞了！

澤葵❶依井，荒葛❷罥❸塗❹。壇❺羅虺❻蜮❼，階鬥麏❽鼯❾。木魅山鬼，野鼠城狐，風嘷❿雨嘯，昏見⓫晨趨。飢鷹厲吻⓬，寒鴟⓭嚇⓮雛⓯。伏虣⓰藏虎，乳血⑰飧⑱膚⑲。崩榛⑳塞路，崢嶸㉑右馗㉒。白楊早落，塞草㉓前衰㉔。稜稜㉕霜氣，蔌蔌㉖風威。孤蓬㉗自振㉘，驚砂坐飛㉙。灌莽㉚杳㉛而無際，叢薄㉜紛其相依㉝。通池㉞既已夷㉟，峻隅㊱又已頹㊲。直視千里外，唯見起黃埃。凝思寂聽，心傷已摧㊳。

【章　旨】本章描寫廣陵目前的衰颯荒涼景象。

【注　釋】❶澤葵　莓苔一類植物。一說：即石韋。❷葛　山野間一種爬蔓的草。開紫花，莖的纖維可以織布，根可以作藥。❸罥　掛繞。❹塗　道路。❺壇　堂。❻虺　一種毒蛇。❼蜮　古謂之短狐。相傳能含沙射人為災，形似鼈，亦名射工。❽麏　麞。❾鼯　鼯鼠。尾巴很長，前後肢之間有薄膜，能從樹上飛降下來，住在樹洞中，晝伏夜出。❿嗥　咆哮。⓫見　顯露。⓬厲吻　磨嘴。⓭鴟　鴞鷹。⓮嚇　怒呼威脅。⓯雛　泛指小鳥。一說：指與鸞鳳同類的鵷雛。⓰虣　古「暴」字。梁章鉅《文選旁證》認為虣當作「甝」。白虎。⓱乳血　猶飲血。⓲飧　本指晚飯，此為啖食之意。⓳膚　肉。⓴榛　叢生的樹木。㉑崢嶸　此指陰森森的樣子。㉒馗　同「逵」。大路。㉓塞草　泛指城垣上的草。㉔前衰　提早枯萎。㉕稜稜　霜氣勁銳之狀。㉖蔌蔌　急勁的風聲。㉗孤蓬　蓬草。其花如球，隨風旋轉。㉘振　飛動。㉙坐飛　無故而飛揚。㉚灌莽　草木叢生之地。㉛杳　深遠。㉜叢薄　草木叢雜處。㉝相依　謂彼此相連。㉞通池　護城河。㉟夷　平。㊱峻隅　指高城。隅，城樓的一角。㊲頹　崩壞；倒塌。㊳摧　悲傷得很厲害。

【語　譯】今日廣陵澤葵傍井而生，荒蕪的葛藤纏繞著道路。堂上到處是毒蛇、短狐，階上麏鹿、鼯鼠爭鬥。木怪山鬼，野鼠城狐，在風雨之中咆哮，早晚出沒走動。飢鷹磨厲利嘴，寒鴟威嚇小鳥。潛藏著的猛虎，伺機飲血食肉。叢樹阻塞大路，古道之上陰森森的一片。白楊早已落葉，城上的草提前枯黃。凌厲的霜氣逼人，急勁的寒風逞威。蓬草飄飛，驚沙漫捲。灌木草叢深遠無邊，紛亂地雜生在一起。深濠已成平地，高城亦已崩塌。極目遠望千里之外，只見黃塵滾滾。沈思今昔，一派寂靜，令人傷心已極！

若夫藻扃❶黼帳❷，歌堂舞閣之基，琁淵❸碧樹❹，弋林釣渚之館❺，吳蔡齊秦之聲❻，魚龍❼爵馬❽之玩，皆薰❾歇燼❿滅，光沈響絕。東都⓫妙姬⓬，南國麗人，蕙心紈質⓭，玉貌絳脣⓮，莫不埋魂幽石，委⓯骨窮塵，豈憶同輿⓰之愉樂，離宮⓱之苦辛哉！

【章　旨】本章寫昔日之歌舞繁華，皆已化為灰燼，一去而不復返。

【注　釋】❶藻扃　彩繪的門戶。❷黼帳　繡帳。❸琁淵　玉池。琁，一作「璇」。美石。❹碧樹　玉樹。❺弋林釣渚之館　謂建築在漁獵之地的宮館。弋，用帶著繩子的箭來射鳥。❻吳蔡齊秦之聲　謂各地區的音樂。❼魚龍　古代戲法。由舍利獸變為魚，再由魚變為龍。❽爵馬　雀馬。指兩種戲法與技藝。爵，通「雀」。❾薰　香氣。❿燼　物經火燒的殘餘部分。⓫東都　指洛陽。⓬姬　古代對婦女的美稱。⓭蕙心紈質　形容質性之芳潔。蕙，蕙蘭。此喻美。紈，絲織的白色細絹。此喻純潔。⓮絳脣　朱脣。⓯委　棄。⓰同輿　同車。古時帝王命后妃與之同車，表示愛寵。輿，泛指車。⓱離宮　皇帝的行宮。此指為皇帝所棄而獨居的離宮，即俗所謂冷宮。

【語　譯】至於那些彩門繡帳，歌堂舞閣之地，玉池碧樹，射鳥釣魚之館，吳、蔡、齊、秦各地區的音樂，魚龍、雀、馬等各種戲法雜技演出，如今都已香煙散盡，餘燼熄滅，光彩沈寂，音響斷絕。而那些北方美女、南國麗人，儘管各個質性芳潔，玉貌朱脣，如今哪一個不魂埋於幽石之下，骨棄於塵埃之中？難道還能回憶得起當年與君王同車的歡樂，獨守冷宮的酸辛呢！

天道如何，吞恨❶者多，抽琴❷命操❸，為蕪城之歌。歌曰：邊風急兮城上寒，井逕❹滅兮丘隴❺殘。千齡兮萬代，共盡兮何言！

【章旨】本章抒發作者華屋山丘、人生無常的感慨。

【注釋】❶吞恨　抱恨。❷抽琴　取出琴來。❸命操　創作歌曲。操，琴曲。❹井逕　謂田畝間通人的路。井，井田。古制方一里九夫所耕種的田。此泛指田畝。逕，步道。❺丘隴　墳墓。隴，本作「壟」，亦作「壠」。

【語譯】自然的規律如何呢？令人抱恨的事物實在很多，抽出琴來作曲，寫成蕪城之歌。歌曲道：邊風勁急呵城上寒冷，田畝荒蕪呵墳墓崩壞。千秋呵萬代，同歸於盡呵又有何言！

宮殿

魯靈光殿賦 并序

【作　者】王延壽，字文考，一字子山，東漢辭賦家。南郡宜城（治所在今湖北省宜城縣南）人，王逸之子，有俊才，後溺水而死，年僅二十餘歲。原有集三卷，已失傳。

【題　解】〈魯靈光殿賦〉是王延壽隨父到泰山從鮑子真學算，路過魯國宮殿而作。魯靈光殿是漢景帝之子魯恭王劉餘所建（故址在今山東曲阜）。經過西漢末年的大亂，許多宮室都已毀壞，而此殿巋然獨存，作者認為這是有神明暗中扶持，可見漢室將會得到上天的庇佑賜福，而永世長存下去。這就是此賦的主旨。

魯靈光殿者，蓋景帝❶程姬之子，恭王餘❷之所立也。初，恭王始都下國❸，好治宮室，遂因魯僖❹基兆❺而營焉。遭漢中微，盜賊奔突❻，自西京未央、建章❼之殿，皆見❽隳❾壞，而靈光巋然❿獨存。意者⓫豈非神明依憑支持，以保漢室者也。然其規矩制度⓬，上應星宿⓭，亦所以永安也。予客自南鄙⓮，觀蓺於魯⓯，睹斯⓰而眙⓱曰：嗟乎詩人之興⓲，感物而作。故奚斯頌僖⓳，歌其路寢⓴，而功績存乎辭，德音㉑昭乎聲。物以賦顯，事以頌宣，匪㉒賦匪頌，將何述焉！遂作賦曰：

【章　旨】本章是賦序。先敘述靈光殿由魯恭王所造，歷經西漢末的動亂而巋然獨存的過程。接著說明作賦是為了頌揚漢德。

【注　釋】❶景帝　漢景帝劉啟。❷恭王餘　劉餘。漢景帝之子，景帝前二年立為淮陽王，景帝前三年徙封魯王，恭為諡號。為人喜好營建宮室苑囿，晚年好音樂。❸始都下國　指始封於魯。古以天子為上國，諸侯為下國。❹魯僖　魯僖公。❺基兆　原來的基址。兆，域。❻遭漢中微二句　指西漢末年，王莽篡位，引起天下大亂。中微，中途衰落。❼未央建章　皆長安漢宮之名。❽見　被。❾隳　毀。❿巋然　高大堅固的樣子。⓫意者　表示測度。⓬規矩制度　指殿的規模樣式。⓭上應星宿　謂此殿建築與上天星宿的形狀相應。⓮南鄙　南方邊遠之地。指荊州。⓯觀蓺於魯　意謂魯為周公、孔子故國，因而到魯觀其禮樂之美。蓺，六藝；六經。⓰斯　指靈光殿。⓱眙　驚視。⓲興　觸景生情。因事寄興，為《詩》六義之一。⓳奚斯頌僖　指《詩・魯頌・閟宮》。一般認為是魯公子奚斯所作（一說史克所作），頌贊周的興起，魯的建國及魯僖公恢復疆土、修建宮廟等事。⓴路寢　正寢。古代君主處理政事的宮室。〈閟宮〉有「路寢孔碩」之句。㉑德音　美好的聲譽。㉒匪　非。

【語譯】魯靈光殿，是漢景帝、程姬之子，恭王劉餘所建立。當初，恭王才徙封魯國，因為素來喜好建造宮室，就在魯僖王宮廟的基址上營建此殿。當漢祚中衰，盜賊橫行天下，包括西京未央宮、建章宮在內的宮殿，都被毀壞，而靈光殿卻獨獨巍然存在。猜想起來，這難道不是由於依靠神明的支持，來保佑漢室嗎？然而此殿的樣式規模，與上天星宿相應，這也是它得以永保平安的原因。我作客南方鄙遠之地，到魯來觀賞禮樂之美。驚視此殿而說：呵，詩人觸景生情，感物而作詩。所以奚斯頌贊魯僖公，歌詠他所修建的宮廟的正殿，因而僖公的功績寫入〈閟宮〉詩句之內，他的美德則顯於樂曲之中。物，通過賦可得顯明，事，運用頌可以宣揚，不用賦頌，如何來敘寫事物呢！我於是作賦如下：

粵若(1)稽古(2)帝漢，祖宗濬哲(3)欽明(4)。殷(5)五代(6)之純熙(7)，紹(8)伊唐(9)之炎精(10)。荷天衢(11)以元亨(12)，廓(13)宇宙而作京(14)，敷(15)皇極(16)以創業，協(17)神道(18)而大寧(19)。於是百姓(20)昭明(21)，九族(22)敦序(23)，乃命孝孫(24)，俾侯于魯(25)。錫(26)介珪(27)以作瑞(28)，宅(29)附庸(30)而開宇(31)。乃立靈光之秘殿(32)，配紫微(33)而為輔。承明堂(34)於少陽(35)，昭列(36)顯於奎之分野(37)。瞻彼靈光之為狀也，則嵯峨嶵嵬(38)，峞巍𡾰㠑(39)。吁，可畏乎，其駭人也！迢嶢(40)倜儻(41)，豐麗(42)博敞(43)，洞(44)轇轕(45)乎，其無垠也。邈(46)希世(47)而特出(48)，羌瓌譎而鴻紛(49)，屹(50)山峙(51)以紆鬱(52)，隆崛岉(53)乎青雲。鬱坱圠以嶒竑，崱繒綾而龍鱗(54)，汩(55)磑磑(56)以璀璨(57)，赫(58)燡燡(59)而燭坤(60)。狀若積石(61)之鏘鏘(62)，又似乎帝室(63)之威神(64)。崇墉(65)岡連以嶺屬(66)，朱闕(67)巖巖(68)而雙立。高門擬于閶闔69，方70二軌71而並入。

【章　旨】本章先歌頌漢德，概述漢初如何順應天道開創基業，封劉餘於魯，作為帝室的附庸。接著頌贊靈光殿的外貌，形容其巍峨壯麗之狀。

【注　釋】❶粵若　同「曰若」。句首語助詞。❷稽古　考行古道。稽，考。❸濬哲　有很深的智慧。濬，深。哲，智。❹欽明　敬明。❺殷　盛。❻五代　指周、殷、夏、唐、虞。❼純熙　廣大之德。❽紹　繼承。❾伊唐　唐堯。伊，語助詞。❿炎精　火德。漢室自稱為堯後，故繼承堯之火德。⓫荷天衢　指人君居上位，負恃天道而行。衢，道。⓬元亨　語出《易·乾卦》之卦辭。歷來解釋不一，此為大為暢通之義。⓭廓　開擴。⓮作京　建立京都。一說：稱王之義。京，京室。即王室。⓯敷　布散施行。⓰皇極　古代帝王自以為所施政教，得其正中，可為法式，故稱。皇，君。一說：大。極，屋極。位於最高正中處，引申為標準。⓱協　合；和。⓲神道　天道。⓳大寧　天下太平。⓴百姓　百官。㉑昭明　明禮儀。㉒九族　上自高祖，下至玄孫，共為九代。㉓敦序　分別次序而親厚之。敦，厚。㉔孝孫　指魯恭王劉餘。此從漢室皇族統系而言，稱之為孝孫。㉕俾侯于魯　語出《詩·魯頌·閟宮》。此指封劉餘為魯王。俾，使。㉖錫　賜。㉗介珪　大珪。珪，亦作「圭」。古代帝王、諸侯朝聘或祭祀時所執長條形玉器。㉘瑞　瑞信。既作為寶物，又作為守邑的信物。㉙宅　居住。㉚附庸　附屬於大國。此言依附於中央朝廷。㉛開宇　開拓土地。㉜秘殿　深殿。㉝紫微　此指帝宮。㉞明堂　天子宣明政教的地方。㉟少陽　東方。魯在東方。㊱昭列　鮮明陳列。㊲分野　古代占星術中的一種概念。認為地上的各州郡和天上一定的區域相對應。如以二十八宿來劃分分野，則奎婁的分野是魯。㊳嵯峨嶵嵬　高峻的樣子。㊴峞巍巊嶫　高峻的樣子。㊵迢嶢　高遠的樣子。㊶倜儻　卓異。㊷豐麗　宏大華麗。㊸博敞　寬廣開敞。㊹洞　深。㊺轇轕　亦作「膠葛」。曠遠深邈的樣子。㊻邈　遠。㊼希世　世所稀有。㊽特出　傑出的；特出的。㊾羌瓌譎而鴻紛　此言奇異之狀大而多。羌，語助詞。無義。瓌譎，奇異。鴻紛，大而多。㊿屹　挺立。51山峙　像山一樣峙立。52紆鬱　曲深的樣子。53隆崛岉　皆形容極高的樣子。54鬱坱圠以嶒峵二句　形容棟梁繁多不齊的樣子。鬱，繁多的樣子。坱圠，不齊平的樣子。嶒峵，深空的樣子。崱，高的樣子。繒綾，參差不齊的樣子。55汩　有光澤的樣子。56磑磑　同「皚皚」。潔白光亮的樣子。57璀璨　光輝燦爛的樣子。58赫　顯耀。59燡燡　光明的樣子。60爥坤　照地。爥，同「燭」。坤，地。61積石　山名。62鏘鏘　高峻的樣子。

63帝室　天帝所居之室。64威神　威嚴神麗。65崇墉　高牆。66岡連以嶺屬　形容連綿的高牆如平岡相連長嶺相屬。67朱闕　指殿前的建築。闕，建起高臺，臺上建樓觀，左右各一。案：據《水經注》，靈光殿南百餘步，有雙石闕。68巖巖　高高聳立的樣子。69閶闔　天門。此指靈光殿外之正門。70方　並列。71二軌　即二輛車。軌，車兩輪的距離。此代指車。

【語　譯】大漢朝考行古道，祖宗深智聖明。使五代廣大之德興盛，繼承唐堯的火德。負恃天道，萬事通暢，開拓天地，建立京都。施行正中政教開創基業，合於天道因而宇內太平。於是百官明於禮儀，九族相互親厚。乃命仁孝的子孫，在魯為王。賜他大圭作為瑞信，作為朝廷附庸開發土地。就建立了靈光深殿，配合帝宮居於輔佐地位，在東方遙應明堂，光明顯耀於奎、婁宿的分野。看那靈光殿的形狀，嵯峨高峻，壯偉奇險，呵，如此令人驚心動魄，多可畏啊！它高聳卓異，壯麗寬敞，曠遠深邈，不見邊際。它特出於世，極為罕見，奇異之狀，又大又多。像山一樣挺立而曲深，隆然崛起，上干青雲。棟梁繁多而不齊，凌空高懸，上下參差如同龍鱗。眾材裝飾，輝煌燦爛，光明顯耀，輝映大地。其壯似巍峨的積石山，又似威嚴神麗的天宮。高牆如同平岡相連，長嶺相屬，紅色雙闕似峰巔一般矗立。高高的殿門好似天門，兩輛馬車可以並行而入。

於是乎乃歷夫太階1，以造2其堂3，俯仰顧4眄5，東西周章6。彤7彩之飾，徒何為乎？澔澔涆涆8，流離爛漫9。皓壁10暠曜11以月照，丹柱歙赩12而電烻13。霞駮14雲蔚15，若陰若陽16，瀖濩燐亂17，煒煒煌煌18。隱19陰夏20以中處，霐寥窲以崢嶸21，鴻22爌炾23以爣閬，飋蕭條24而清泠25。動滴瀝以成響，殷雷應其若驚26，耳嘈嘈27以失聽，目矎矎28而喪精29。駢30密石31與琅玕32，齊玉璫33與璧英34。遂排35金扉36而北入，宵靄靄37而晻曖。旋室38㛹娟39以窈窕40，洞房41叫窱㊷而幽邃。西廂㊸踟躕㊹以閑宴㊺，東序㊻重深而奧祕㊼。屹㊽鏗瞑㊾以勿罔㊿，屑(51)黶翳(52)以懿濞(53)。魂悚悚(54)其驚斯，心猥猥(55)而發悸(56)。

【章　旨】先進入殿堂之內，只見白牆紅柱，一派輝煌。又進入陰夏殿室，其地寬敞幽深。復北入正殿，只覺神魂驚悸。

【注　釋】❶太階　高階。❷造　至。❸堂　殿堂。古代宮殿，前為堂，後為室。❹顧　回顧。❺眄　斜視。❻周章　周遊流覽。❼彤　紅漆。❽澔澔涆涆　光明耀眼的樣子。❾流離爛漫　光輝閃耀的樣子。❿皓壁　白壁。⓫暠曜　發出白光。⓬歙赩　紅色。⓭電炦　赤色的電光。⓮霞駮　言此殿之光明如雲霞那樣燦爛斑駁。⓯雲蔚　言此殿深邃似濃雲繁盛。⓰若陰若陽　形容此殿深邃燦爛。⓱瓘濩燐亂　形容光色閃動。⓲煒煒煌煌　光彩炫耀之狀。⓳隱　隱身。此即居住的意思。⓴陰夏　指朝北的殿室。㉑霐寥窲以崢嶸　幽深之狀。㉒鴻　大。㉓爣炾　與下「爣閬」均是寬敞明亮的意思。㉔飂蕭條　清涼的風。㉕清泠　清涼。㉖動滴瀝以成響二句　形容其室深閉，雖簷溜滴瀝之聲，已若驚雷巨響。滴瀝，指簷頭水滴。殷，震動聲。㉗嘈嘈　聲音雜亂。㉘矇矇　眼花繚亂的樣子。㉙喪精　看不清楚。精，指目力。㉚駢　排列。㉛密石　磨琢之石。㉜琅玕　似玉之石。㉝玉瑲　用玉璧作為屋椽頭的裝飾。㉞璧英　有光華的玉。㉟排　推。㊱扉　門扇；門。㊲靄靄　與下「晻曖」均為形容暮色。㊳旋室　曲屋。㊴㛹娟　迴曲的樣子。㊵窈窕　幽深的樣子。㊶洞房　通房。㊷叫窱　深遠。㊸西廂　西邊的小室。㊹踟躕　相連的樣子。㊺閑宴　清閑安靜。㊻東序　東廂。㊼奧祕　隱祕。㊽屹　特出。㊾鏗瞑　視不明的樣子。㊿勿罔　不詳細。(51)屑　微。(52)黶翳　暗蔽的樣子。(53)懿濞　深邃的樣子。(54)悚悚　恐懼的樣子。(55)猥猥　驚懼的樣子。(56)悸　心動。

【語　譯】於是經過高高的臺階，來到殿堂，或俯視或仰觀，一面又左右環視，東西行走，周遊流覽。紅漆彩飾，又是如何呢？只見一片光明，輝映流光。發光的白壁，如同月光照耀，朱紅的庭柱，如同赤電之光。似雲霞斑駁，似濃雲蔚積，若明若暗，光彩閃爍，炫人眼目。置身朝北的殿室之中，幽遠深奧，寬敞明亮，微風清涼；即使簷頭滴水之聲，也會引起如驚雷震響般的回聲，頓時兩耳嘈雜失去聽力，雙目繚亂看不清楚。

殿內美石整齊排列，良玉一個挨著一個。就推開金色門扇進入座北朝南的正殿，此時已暮色蒼茫。曲屋迴環幽深，通房幽遠邃密；西廂相連安閑，東廂重深奧祕。高聳得難以看清，暗蔽不易測明。到此使我魂魄驚懼，心頭悸動。

於是詳察其棟宇，觀其結構，規矩應天，上憲[1]觜陬[2]。倔佹[3]雲起，嶔崟[4]離樓[5]。三間[6]四表[7]，八維[8]九隅[9]。萬楹[10]叢倚[11]，磊砢[12]相扶。浮柱[13]岧嵽[14]以星懸[15]，漂[16]嶢峴[17]而枝柱[18]。飛梁[19]偃蹇[20]以虹指，揭[21]蘧蘧[22]而騰湊[23]。層櫨[24]磥垝[25]以岌峨，曲枅[26]要紹[27]而環句[28]。芝栭[29]欑羅[30]以戢孴[31]，枝掌[32]杈枒[33]而斜據[34]。傍夭蟜[35]以橫出，互黝糾[36]而搏負[37]。下茀蔚[38]以璀錯[39]，上崎嶬[40]而重注[41]。捷獵[42]鱗集，支離[43]分赴。縱橫駱驛[44]，各有所趣[45]。爾乃懸棟結阿[46]，天窗[47]綺疏[48]，圓淵[49]方井[50]，反植荷蕖[51]。發秀吐榮[52]，菡萏[53]披敷[54]，綠房[55]紫菂[56]，窋咤[57]垂珠[58]。雲楶[59]藻梲[60]，龍桷[61]雕鏤。飛禽走獸，因木生姿[62]：奔虎攫挐[63]以梁倚[64]，仡[65]奮舋[66]而軒鬐[67]。虯龍[68]騰驤[69]以蜿蟺[70]，頷[71]若動而躨跜[72]。朱鳥[73]舒翼以峙[74]衡[75]，騰蛇[76]蟉虯[77]而遶[78]榱[79]。白鹿[80]孑蜺[81]於欂櫨[82]，蟠螭[83]宛轉而承楣[84]。狡兔跧伏[85]於柎[86]側，猿狖[87]攀椽而相追。玄熊[88]舑[89]以斷斷[90]，卻負載[91]而蹲跠[92]。齊首目以瞪眄[93]，徒脈脈[94]而狋狋[95]。胡人遙集[96]於上楹，儼雅[97]

跜[98]而相對。仡[99]欺狚[100]以雕眖[101]，鶻顤顟[102]而睽睢[103]。狀若悲愁於危處[104]，憯[105]嚬蹙[106]而含悴[107]。神仙岳岳[108]於棟間，玉女[109]闚窗而下視[110]，忽瞟眇[111]以響像[112]，若鬼神之髣髴[113]。

【章　旨】本章描寫殿內之景。先寫梁柱斗栱椽子的結構。次寫上面的精美木雕：下層為禽獸，中層為胡人，上層為神仙。

【注　釋】❶憲　取法。❷觜陬　即室、壁二宿。在農曆十月黃昏的時候，室宿出現在天空南方的正中，古人認為這是營建宮室的好時候，因而把室宿叫做「營室」。❸偃佹　平地而起的樣子。偃，通「堰」。佹，重疊。❹嶔崟　高峻的樣子。❺離樓　眾木交加的樣子。樓，原作「摟」，據胡克家《文選考異》改。❻三間　指東序、西廂之屋各為三間。❼四表　四面。此指屋頂的四面。❽八維　八方。四面加四角。即東、南、西、北、東南、西南、東北、西北。❾九隅　八方加中央。❿楹　柱。⓫叢倚　叢立。⓬磊砢　參差不齊之狀。⓭浮柱　梁上的柱子。⓮岧嵽　高遠。⓯星懸　形容其多如同繁星高懸。⓰漂　浮。⓱嶢峴　危險不安的樣子。⓲枝柱　支撐。⓳飛梁　架空的屋梁。⓴偃蹇　拱曲的樣子。㉑揭　舉。㉒蘧蘧　高高的樣子。㉓湊　聚。㉔層櫨　由若干斗和栱縱橫交錯層疊而成。表示屋主的身分及建築物的重要性。加在立柱和橫梁交接處的弓形肘木叫栱，墊在栱下面的斗形木塊叫斗。櫨，即斗栱。中國傳統木材建築物中的支承構件。㉕磥垝　與下「岌峨」均形容重重高危之狀。㉖枅　柱上的橫木。㉗要紹　彎曲的樣子。㉘環句　曲而相連。句，同「勾」。㉙芝栭　畫有芝草的梁上短柱。㉚欑羅　聚集。㉛戢孴　眾多的樣子。㉜牚　也作「樘」。指梁上交叉的斜柱。㉝杈枒　形容交叉之狀。㉞斜據　斜依。㉟夭蟜　特出之狀。㊱黝糾　指梁柱構件相連繞的樣子。㊲搏負　互相支撐負荷。㊳岪蔚　突起。㊴璀錯　文飾繁雜的樣子。㊵崎嶬　峻險的樣子。㊶重注　重重相連。㊷捷獵　相連接的樣子。㊸支離　分散的樣子。㊹駱驛　同「絡繹」。相連不絕的樣子。㊺趣　趨向。㊻懸棟結阿　謂屋下更以重梁相結。阿，棟。㊼天窗　屋頂上重梁相交用以通風、採光的窗子。㊽綺疏　鏤刻花紋。疏，刻。㊾圓淵　謂方形藻井中繪有圓形水池。㊿方井　指做成方形的藻井。藻井是一種做成凹面的頂棚裝飾，上有雕刻彩畫。(51)反植荷蕖　藻井中雕飾荷花，由下望之，如同荷花根朝上倒植在頂棚中。荷蕖，荷花。(52)發秀吐榮　皆開花的意思。(53)菡萏　荷的花。(54)披敷　分散布開。(55)綠房　綠色的蓮蓬。(56)紫菂　紫色蓮子。(57)窋咤　物在穴中突出。(58)垂珠　指蓮子。蓮子成熟，顯得突出下垂。(59)雲楶　畫有雲氣的斗栱。(60)藻梲　繪有藻文的梁上柱。(61)龍桷　刻鏤龍紋的椽子。(62)因木生姿　指在木質構件上雕畫飛禽走獸。(63)攫挐　舉爪相搏。(64)梁倚　相持。(65)仡　舉頭。(66)奮亹　奮起欲搏的樣子。亹，動。(67)軒鬐　背上長毛高高揚起。鬐，背上之鬣。(68)虯龍　傳說中一種無角的龍。一說：有角的龍子。(69)騰驤　飛舉。(70)蜿蟺　盤屈的樣子。(71)頷　下巴。(72)躨跜　虯龍動的樣子。(73)朱鳥　朱雀。南方之神。(74)峙立。(75)衡　門上木。(76)騰虵　傳說中一種能飛騰的蛇。虵，「蛇」的俗體。(77)蟉虯　屈盤的樣子。(78)遶　圍繞。(79)榱　椽子。(80)白鹿　一種神鹿。傳說仙人王子喬曾駕白鹿遨遊雲中。(81)孑蜺　伸頭的樣子。(82)欂櫨　即斗栱。柱上的方木。(83)蟠螭　蟠曲的龍。(84)楣　房屋的橫梁。即二梁。(85)跧伏　踡伏。(86)柎　斗上橫木。(87)猿狖　泛指猿猴。狖，黑色的長臂猿。(88)玄熊　黑熊。(89)舑舕　吐舌的樣子。(90)齗齗　露齒的樣子。齗，齒根。(91)負載　刻黑熊作負載棟梁的樣子。(92)蹲跠　踞坐。(93)瞪眄　觀看的樣子。瞪，直視。眄，斜視。(94)脈脈　相視的樣子。(95)狋狋　發怒的樣子。(96)胡人遙集　木刻胡人之形，聚集在高處。(97)儼雅　恭敬莊重的樣子。(98)跽　長跪。(99)仡　抬頭。(100)欺猥　大頭。(101)雕䀛　瞪著鷙鳥般的大眼睛。䀛，同「瞲」。驚視的樣子。(102)⿰幽鳥顤顟　深目高鼻之狀。(103)睽睢　睜大眼睛。(104)危處　危苦之處。(105)憯　通「慘」。慘痛。(106)嚬蹙　皺眉蹙額。嚬，通「顰」。(107)悴　憂。(108)岳岳　站立的樣子。(109)玉女　神女。(110)闚窗而下視　由天窗下視。(111)瞟眇　看不清楚的樣子。(112)響像　依稀。(113)髣髴　類似；好像。此言若有其形聲。

【語　譯】於是詳察殿宇，細看結構，只見其規模樣式合於天上的星辰，取法於室、壁二宿。高聳如同雲湧，眾木交相支架。東序、西廂各為三間，屋頂四面，牆有四面四角，再加上殿的中央。萬柱叢立，參差扶持。梁上浮柱如同繁星高懸，凌空支撐令人感到危險不安。懸梁拱曲，猶如長虹，高高架起，互相湊聚。斗栱層疊而高危，曲枅彎曲而相連。畫有芝草的短柱群集梁上，斜柱交叉撐持。這些構件有的向旁伸出一截，有的互相環繞支撐著。下面文飾繁雜，上面重重險峻；如魚鱗般匯集，又四面輻射，縱橫交錯，各有方向。屋下更以重梁相結，形成鏤刻花紋的天窗。方形的藻井繪有圓池，由下望去其中好像倒植著荷花。花朵怒放，四面布散。綠色的蓮蓬，紫色的蓮子，蓮子突出，如珠下垂。斗栱上畫有雲氣，梁上之柱繪有藻文，椽子上刻著龍形。飛禽走獸因著各種木質構件表現出不同的姿態：奔虎在對面舉爪相搏，抬頭揚鬣的神態渾身是勁。

虯龍蜿蜒飛騰，好像一面點頭一面正游動著身體。朱雀展翅立在門上，騰蛇盤曲繞著椽子。白鹿由斗栱上探出頭來，蟠龍宛轉承受著二梁。狡兔蹲伏在斗上橫木之旁，猿猴攀著屋椽相互追逐。黑熊吐舌又露齒，踞坐一旁負載著棟梁。這些禽獸都睜著眼睛觀看，神氣勃勃的含怒對視。木刻的胡人高高地集中在柱子上部，莊重地相對長跪。抬起大頭瞪著鷙鳥般的大眼睛，鼻梁高高的，睜大深邃的眼睛。表情悲愁似處於危苦之中，顰眉蹙額含著憂傷。神仙挺立在棟梁之間，玉女從天窗窺視。形貌依稀看不清楚，如同鬼神若有若無。

圖畫天地，品類群生❶，雜物奇怪，山神海靈❷。寫載其狀，託之丹青❸。千變萬化，事各繆形❹。隨色象類❺，曲❻得其情❼。上紀❽開闢❾，遂古❿之初；五龍⓫比翼，人皇九頭⓬；伏羲鱗身，女媧蛇軀⓭。鴻荒⓮朴略⓯，厥⓰狀睢盱⓱；煥炳⓲可觀，黃帝⓳唐⓴虞㉑。軒冕以庸，衣裳有殊㉒。下及三后㉓，婬妃亂主㉔。忠臣孝子，烈士㉕貞女，賢愚成敗，靡㉖不載敘。惡以誡世，善以示後。

【章旨】本章描寫殿中壁畫。這些畫內容廣泛，曲盡其妙，上從遠古，下至夏、殷、周三代，起了懲惡揚善的作用。

【注釋】❶品類群生 各個種類的生物。❷海靈 海中的神怪。❸丹青 紅與綠色。指各種顏色。❹繆形 形狀不同。❺隨色象類 用不同顏色表現各類事物。❻曲 微妙細緻地。❼情 實際情態。❽紀 記。❾開闢 開天闢地。❿遂古 上古。⓫五龍 郭璞〈遊仙詩〉李善注引《遁甲開山圖》榮氏解曰：「五龍，皇后君也，昆弟五人皆人面而龍身。長曰角龍，木仙也；次曰徵龍，大仙也；次曰商龍，金仙也；次曰羽龍，水仙也；次曰宮龍，土仙也。父與諸子同得仙，治在五方。」⓬人皇九頭 司馬貞《補史記．三皇本紀》：「人皇九頭，乘雲車，駕六羽，出谷口，兄弟九人，分長九州，各立城邑，凡一百五十世，合四萬五千六百年。」據司馬貞自注，九頭不是一人之身有九頭，而是上古質樸，將兄弟九人，比之鳥獸頭數。人皇，古傳說中三皇之一。⑬伏羲鱗身二句　伏羲氏身上有鱗，女媧為蛇的軀體。傳說天地初開之時，只有伏羲、女媧兄妹二人，便結為夫妻，再造人類。兄妹皆人頭蛇身，一說：伏羲為龍身，女媧為蛇軀。漢代尚有人頭蛇身之伏羲女媧交尾像的壁畫。近年出土之漢石刻，正作此狀。⑭鴻荒　指上古之世。⑮朴略　質樸簡略。⑯厥　其。⑰睢盱　質樸之狀。此指禮儀服裝等。⑱煥炳　指軒冕衣裳等光華煥發之狀。⑲黃帝　傳說中原各族的共同祖先。姬姓，號軒轅氏、有熊氏，少典之子。⑳唐　唐堯。㉑虞　虞舜。㉒軒冕以庸二句　是說黃帝、堯、舜之世，明禮制，分貴賤，因而天下大治。軒冕，古時卿大夫的軒車和冠冕。庸，用。衣裳，泛指衣服。上為衣，下為裳。貴賤之人，衣裳不同。《易・繫辭下》：「黃帝堯舜垂衣裳而天下治。」㉓三后　指夏、殷、周三代之君。后，君。㉔婬妃亂主　淫妃惑亂君主。古人認為夏桀因寵幸妹喜而亡夏，商紂王因寵幸妲己而亡殷商，周幽王因寵幸褒姒而亡西周。婬妃，淫妃。㉕烈士　泛指有志功業或重視自己的信念而輕生的人。㉖靡　無。

【語譯】壁畫內容包括天地之間，各種生物，各種怪物，以及山神海靈，都使用各種顏色，來描繪它們的形狀。事物千變萬化，形態各不相同。用不同的色彩去表現各類事物，都能微妙細緻地畫出其情態。壁畫上從開天闢地，遠古之初畫起；五龍比翼，人皇九頭；伏羲氏身上有鱗，女媧為蛇的軀體。上古時代，一切都質樸簡略。接著，光華煥發值得觀賞的，是黃帝、堯、舜的時代，這時所採用的軒冕，衣裳已有等級的差別。往後一直畫到夏、殷、周三代之王，有淫蕩的寵妃惑亂末代君主；也有忠臣孝子，烈士貞女，賢愚成敗，無不盡有。描繪惡人用以告誡世人，圖繪善人則用以示範於後代。

於是乎連閣❶承宮❷，馳道❸周環。陽榭❹外望，高樓飛觀❺；長途升降❻，軒檻❼曼延。漸臺❽臨池，層曲❾九成❿。屹然特立，的爾⓫殊形；高徑⓬華蓋⓭，仰看天庭⓮。飛陛⓯揭孽⓰，緣雲上征⓱。中坐垂景⓲，頫視⓳流星。千門相似，萬戶如一⑳。巖突㉑洞出㉒，逶迤㉓詰屈㉔。周行數里，仰不見日㉕。何宏麗㉖之靡靡㉗，咨㉘用力之妙勤㉙！非夫通神之俊才㉚，誰能剋成㉛乎此勳㉜！據坤靈㉝之寶勢，承蒼昊之純殷㉞；包陰陽之變化，含元氣㉟之烟熅㊱。玄醴㊲騰湧於陰溝㊳，甘露㊴被宇而下臻㊵。朱桂㊶黝儵㊷於南北，蘭芝㊸阿那㊹於東西㊺。祥風㊻翕習㊼以颯灑㊽，激芳香而常芬。神靈扶其棟宇，歷千載㊾而彌㊿堅。永安寧以祉(51)福，長與大漢而久存；實至尊之所御(52)，保延壽而宜子孫。苟可貴其若斯，孰亦有云而不珍！

【章　旨】本章先描寫靈光殿的次要建築：綿長的閣道，高聳的漸臺以及門戶、通路等。接著頌贊此殿歷劫不毀，與大漢永存。

【注　釋】❶連閣　相連的閣道。指宮室之間用木板造成的凌空通道。❷承宮　接宮。❸馳道　專為國君乘車馬所行的道路。❹陽榭　無內室的大殿。陽，高大。❺觀　樓臺之類建築。❻長途升降　指樓閣間的閣道漫長而忽高忽低。❼軒檻　窗和欄杆。此當指閣道上的欄杆和窗。❽漸臺　臺名。在靈光殿範圍內。❾層曲　高大曲折。❿九成　九重。⓫的爾　分明的樣子。⓬徑　超過。⓭華蓋　星宮名。⓮天庭　星垣名。即太微垣，上帝所居。⓯飛陛　此指漸臺上升極高的階梯。陛，宮殿臺階。⓰揭孽　形容極高的樣子。⓱征　行。⓲中坐垂景　形容漸臺高出雲天，坐在臺上，可下見日光。景，日光。⓳頫視　俯視。⓴千門相似二句　形容宮室極多。㉑巖突　據胡克家《文選考異》，當作「巖突」。幽深的樣子。㉒洞出　穿洞而出。此指通路。㉓逶迤　曲折而連續不斷的樣子。㉔詰屈　曲折的樣子。㉕周行數里二句　是說屋宇之多。㉖宏麗　宏大壯麗。㉗靡靡　精細的樣子。㉘咨　感歎聲。㉙妙勤　技藝精妙，用力勞苦。㉚俊才　出群的人才。㉛剋成　能夠完成。㉜勳　功。㉝坤靈　地神。此指大地。㉞承蒼昊之純殷　此言魯地承天之大中。蒼昊，蒼天。純，大。殷，中。㉟元氣　指吉祥之氣。《春秋繁露・王道》：「王正則元氣和順。」㊱烟熅　亦作「絪緼」、「氤氳」。氣體混和鼓蕩的樣子。㊲玄醴　甘泉。㊳陰溝　地下的溝渠。㊴甘露　甜美的露水。古人認為，這是一種瑞露，天下太平，乃降之。㊵臻　至。㊶朱桂　香木名。㊷黝儵　榮盛的樣子。㊸蘭芝　香草名。㊹阿那　同「婀娜」。柔弱的樣子。㊺東西　遍植之意。㊻祥風　和風。㊼翕習　風來的樣子。㊽颯灑　風吹草木聲。㊾歷千載　案：此為誇張語。從建殿到作賦時，才二百多年。㊿彌　更。51祉　善。52實至尊之所御　意謂此殿之宏麗，實在只有天子才可居處，魯王只是一方藩主，建設這樣的殿宇就顯得踰越禮制，過於奢侈了。至尊，指天子。御，稱天子所作所為及所用之物。

【語　譯】閣道連接著宮殿，馳道四面環繞。由敞殿外望，只見樓觀高聳，悠長的閣道忽升忽降，窗和欄杆一路蔓延。漸臺面臨池水，高大曲折共有九層。它聳立著顯得卓爾不群，鮮明地顯示出特殊的形態。它高過華蓋星，可仰看天庭。階梯峻峭，沿著雲往上攀登。坐在臺中可俯瞰白日，俯視流星。宮室千門相似，萬戶如一。通路幽深，曲折連綿；環行數里，也不見天日。建築得何等宏麗精細啊！實在是技藝精妙，費力勞苦！若不是通神的超群人才，誰能完成這樣偉大的功績呢？依據大地有利形勢，承受蒼天大中的地位；包有陰陽變化，含著蒸騰瑞氣。醴泉由地溝中湧出，甘露普霑於殿宇。到處生長著茂盛的朱桂，婀娜的蘭芝。和風吹來颯颯作響，常帶著芬芳的氣息。神靈扶持殿宇，歷經千年而愈加堅固。願它永遠安寧福善，與大漢永久共存；此殿實在合於天子來使用，一定能延年益壽，並傳給子孫安享無虞。一棟建築物竟尊貴到如此地步，還有誰會說不該珍惜呢！

亂曰：彤彤❶靈宮，巋嵬穹崇❷，紛❸庬鴻❹兮。崱屴嵫釐，岑崟崰嶷，駢巃嵸兮❺。連拳❻偃蹇❼，崙菌踡嵼❽，傍欹傾❾兮。歇欻❿幽藹⓫，雲覆霮䨴⓬，洞⓭杳冥兮。葱翠紫蔚⓮，礧碨⓯瓌瑋⓰，含光晷⓱兮。窮奇極妙⓲，棟宇已來，未之有兮⓳。神之營之⓴，瑞㉑我漢室，永不朽兮。

【章　旨】總括來頌贊靈光殿的宏偉壯麗。

【注　釋】❶彤彤　通紅。❷巋嶵穹崇　高大的樣子。❸紛　盛多。❹庬鴻　宏大。庬，大。❺崱屴嵫釐三句　險峻、高聳、參差不齊的樣子。❻連拳　屈曲的樣子。❼偃蹇　高聳的樣子。❽崙菌踡嵼　特起之狀。❾欹傾　傾側之狀。❿歇欻　高敞的樣子。⓫幽藹　幽深的樣子。⓬霱霩　繁雲之狀。⓭洞　深。⓮紫蔚　紫文。蔚，文。⓯磂碨　大石。⓰瓌瑋　珍奇之物。⓱晷　日光。⓲窮奇極妙　窮盡奇妙。⓳棟宇已來二句　是說自有房屋以來，此殿之奢侈珍怪，從來未有。棟宇，房屋。⓴神之營之　神靈營建。此言宮殿雄偉巧妙，鬼斧神工。㉑瑞　吉祥。此作降賜吉祥解。

【語　譯】總而言之：紅彤彤的寶殿，巍峨高大，繁盛宏偉啊。聳立雲天，險峻陡峭，參差不齊啊。屈曲高聳，特起獨立，傾斜欹側啊。高敞幽邃，如雲蔽覆，深遠暗昧啊。青紫文飾，珍物巨大，含光耀彩啊。窮盡奇妙，有史以來，未曾有過啊。神仙營建，降瑞漢室，永遠不朽啊。

景福殿賦

【作　者】何晏，字平叔，南陽宛（今河南省南陽縣境內）人，是三國魏時的玄學家、文學家。他是漢末何進之孫。何晏之母尹氏被曹操納為夫人，晏隨母入宮，為曹操「假子」，深受寵愛。少以才秀知名，性狂傲，後娶魏公主為妻，爵列侯。何晏美姿儀，面極白，人稱「傅粉何郎」。正始初，他依附曹爽，受其賞識，被用為散騎侍郎，遷侍中尚書。何晏好老莊之學，與夏侯玄、王弼等倡導玄學，競為清談，士大夫相效，遂成一時風氣。後在曹爽與司馬氏的政爭中被司馬懿所殺。原有集十一卷，已散佚，今尚有部分詩文傳世。

【題　解】〈景福殿賦〉是描寫魏明帝太和六年在許昌所建景福殿的一篇賦。

此賦的文辭華美，頗有可採之處。從全篇結構看，頗似〈魯靈光殿賦〉，但鋪排更盛，詞采更為豐贍。

大哉惟[1]魏[2]，世有哲聖[3]，武[4]創元基[5]，文[6]集大命[7]。皆體天作制[8]，順時立政[9]。至予帝皇[10]，遂重熙而累盛[11]。遠則襲[12]陰陽之自然[13]，近則本[14]人物之至情[15]。上則崇[16]稽古[17]之弘道，下則闡[18]長世[19]之善經[20]。庶事[21]既康[22]，天秩孔明[23]，故載祀二三[24]，而國富刑清[25]。歲三月東巡狩[26]，至于許昌[27]。望祠[28]山川，考時[29]度方[30]，存問[31]高年[32]，率[33]民耕桑。越六月既望[34]，林鍾紀律[35]，大火[36]昏正[37]，桑梓繁廡[38]，大雨時行[39]。三事九司[40]，宏儒碩生[41]，感乎溽暑[42]之伊鬱[43]，而慮性命之所平[44]，惟岷越之不靜[45]，寤[46]征行[47]之未寧[48]。乃昌言[49]曰：昔在蕭公[50]，暨[51]于孫卿[52]，皆先識博覽[53]，明允[54]篤誠。莫不以為不壯不麗，不足以一民[55]而重威靈[56]；不飾不美，不足以訓後而永厥成[57]。故當時享其功利，後世賴其英聲[58]。且許昌者，乃大運之攸戾[59]，圖讖[60]之所旌[61]。苟德義其如斯，夫何宮室之勿營！帝曰俞[62]哉！玄輅[63]既駕，輕裘[64]斯御[65]。乃命有司，禮儀是具[66]。審量日力[67]，詳度費務[68]，鳩[69]經始[70]之黎民[71]，輯[72]農功之暇豫[73]，因東師之獻捷[74]，就[75]海孽[76]之賄賂[77]。立景福之秘殿，備皇居之制度。

【章　旨】本章為賦序。先歌頌魏明帝即位六年來的盛德。繼而列舉建殿理由。末則概述建殿過程。

【注釋】❶惟　語詞。❷魏　三國時代的魏國。❸哲聖　指聖明的君主。❹武　指魏武帝曹操。曹操並沒有正式做皇帝，曹丕即帝位後，追尊為武帝。❺元基　最初的基業。元，始。❻文　指魏文帝曹丕。❼集大命　指應承上天之命做了皇帝。大命，指天命。❽體天作制　按天道而創立制度。❾順時立政　依季節發布政令，不妨奪農時。❿帝皇　指當時的皇帝曹叡。即魏明帝。⓫重熙而累盛　謂明帝繼承先帝之明而更加強盛。熙，明。⓬襲　合。⓭自然　指道。⓮本　依據。⓯至情　真正實際情況。⓰崇　崇尚。⓱稽古　考古。⓲闡　闡發。⓳長世　永世。⓴善經　至善之常理。㉑庶事　眾事。㉒康　安。㉓天秩孔明　謂政治清明。天秩，天賜的祿位。孔，甚。㉔載祀二三　謂明帝為君六年。載祀，年。二三，指六。㉕國富刑清　國家富強，刑獄無失。㉖巡狩　皇帝到地方視察。㉗許昌　地名。魏黃初二年改許縣為許昌縣，為魏五都之一，在今河南省許昌縣境內。㉘望祠　即望祀。古指祭祀山川。㉙考時　考校四時、節氣早晚、十二月之大小及月之弦望晦朔等，使各當其節。㉚度方　估量當地生產。㉛存問　猶言慰問。㉜高年　高齡之人。㉝率　勸；鼓勵。㉞既望　十六日。望，十五日。㉟林鍾紀律　按十二律，六月當應林鍾。林鍾，古樂十二律之一。古代以「律」合「曆」，將十二律對應十二月。《禮記・月令》：「季夏之月，其音徵，律中林鍾。」季夏，六月。㊱大火　即火星。又稱心宿二。㊲昏正　謂六月火星在黃昏時現於正南。㊳繁廡　繁茂。㊴大雨時行　大雨按農作物需要及時而降。㊵三事九司　三公九卿。㊶宏儒碩生　指有學識之人。宏、碩，皆大的意思。㊷溽暑　潮溼的夏天。㊸伊鬱　氣不通暢。㊹慮性命之所平　憂慮性命不能生成。古代哲學家認為人的生命是稟受自然之氣而成，夏季多雨，陰陽失調，故云。㊺岷越之不靜　此謂西蜀、東吳尚未平定。岷，岷山、岷江。指蜀地。越，指吳越。㊻寤　通「悟」。認識到。㊼征行　此指征戰。㊽未寧　未息。㊾昌言　善言；有益之言。㊿蕭公　指漢初名相蕭何。(51)暨　至。此為上及於的意思。(52)孫卿　即荀卿。戰國大思想家，曾說過宮室是用來避燥溼、別尊卑的。(53)先識博覽　識見過人，博覽群書。(54)明允　明智允當。(55)一民　使民一致。(56)重威靈　加重皇帝的威嚴。(57)訓後而永厥成　訓誡後人示其功成。(58)當時享其功利二句　當世之人享受利益，後世之人依賴其美好的聲威。(59)大運之攸戾　是說天命顯示於許昌。據說東漢末許昌有氣顯現，識者認為這是天命歸魏的瑞兆。大運，天運。攸，所。戾，止。(60)圖讖　讖。一種「詭為隱語，預決吉凶」的神祕預言，被認為發自上帝，是符合天意的，由於常附有圖，故也稱為圖讖。(61)旍　標。(62)俞　然。表同意。(63)玄輅　天子所乘車駕。(64)輕裘　輕暖的皮裘。(65)御　穿。(66)具　備。(67)審量日力　審慎地估量每日所用人力。(68)詳度費務　詳細預算經費工務。(69)鳩　集。(70)經始　開始建造。(71)黎民　指工匠。(72)輯　因；趁著。(73)暇豫　閒暇逸豫之時。(74)東師之獻捷　指征吳軍隊的勝利。明帝六年十月，田豫討吳大將周賀於成山，殺賀。(75)就　取而用之。(76)海孽　僻居海邊的亂臣。指東吳。(77)賄賂　財物。此指戰利品。

【語　譯】魏國多麼偉大呵，代代都是聖明天子。武帝首先開創基業，文帝應天命而即帝位。他們都體應天道創立制度，順依季節發布政令。到了當今皇帝，就繼承先帝的英明而更加強盛。遠合於陰陽之道，近則依據人物的實情。上則崇尚自古以來的恢弘大道，下則闡揚永久的至善常理。諸事安定，政治清明，故君臨天下六年，國家富強，刑獄無失。這年三月，往東巡察，來到許昌。祭祀山川，考校時令，估量生產，慰問老人，鼓勵百姓耕種蠶桑。過了六月十六日，月律當應林鍾，火星在黃昏時現於正南，樹木繁茂，大雨及時而降。三公九卿，大儒學者，有感於溽暑氣不通暢，擔心性命難以維持，想到西蜀、東吳尚未平定，領悟到征戰不會平息。於是建善言說：昔有蕭何，上至於荀卿，都是識見過人，博覽群書，明智允當，忠厚誠實的人。他們都認為宮室不壯麗，不足以整合人心，不足以加強皇帝的威嚴；宮室不加以裝飾美化，不足以永遠訓告後人示其功成。因此當使今世之人享受其利益，後世之人依賴其美好的聲威。再說，許昌乃是天命在此降示、圖識曾經標誌之地。其德義既然如此，為什麼不營建宮室呢！皇帝說：是呀！於是備起車駕，穿上輕裘。命令有關主管部門，準備好禮儀。審慎地估量每日所用人力，詳細地預算經費工務，集合工匠開始營建，趁著農事閒暇之時，因應征東軍隊的勝利，取用東吳亂臣的財物。建築景福聖殿，具備皇帝居室的規模。

爾乃豐❶層❷覆❸之耽耽❹，建高基之堂堂❺。羅❻疏柱❼之汩越❽，肅❾坻鄂❿之鏘鏘⓫。飛櫚⓬翼⓭以軒翥⓮，反宇⓯⿰車巘⓰以高驤⓱。流⓲羽毛⓳之威蕤⓴，垂環玭(21)之琳琅(22)。參旗(23)九旒(24)，從風飄揚，皓皓(25)旰旰(26)，丹彩煌煌。故其華表(27)，則鎬鎬鑠鑠(28)，赫弈(29)章灼(30)，若日月之麗天(31)也。其奧秘，則蘙薆(32)曖昧(33)，髣髴退概㉞，若幽星㉟之纚連㊱也。既櫛比㊲而攢集㊳，又宏璉㊴以豐敞㊵，兼苞㊶博落㊷，不常一象㊸。遠而望之，若摛㊹朱霞而耀天文㊺；迫而察之，若仰㊻崇山而戴垂雲㊼。羌㊽瓌瑋㊾以壯麗，紛彧彧㊿其難分，此其大較(51)也。

【章　旨】描寫景福殿壯麗、深邃、輝煌的外觀。

【注　釋】①豐　厚。②層　高。③覆　屋蓋；屋頂。④耽耽　宮室深邃的樣子。⑤堂堂　宏大的樣子。⑥羅　布列。⑦疏柱　畫柱。⑧汩越　整齊排列的樣子。⑨肅　威嚴的樣子。⑩坻鄂　殿基；殿階。⑪鏘鏘　高高的樣子。⑫飛櫚　飛簷。⑬翼　如羽翼一般。⑭軒翥　高飛。⑮反宇　謂屋簷向上翻捲。⑯巘　高。⑰驤　馬首高昂。比喻屋簷翻捲向上的樣子。⑱流　飄。⑲羽毛　泛指鳥獸的毛。此指裝飾宮室的羽毛。⑳威蕤　羽毛多而美的樣子。㉑環玭　珠玉之類。玭，珠。㉒琳琅　玉聲。㉓參旗　指畫有日、月、星之旗。參，三。㉔旒　旗上的飄帶。㉕皓皓　光明的樣子。㉖旰旰　盛大的樣子。㉗華表　指宮殿華麗的外表。㉘鎬鎬鑠鑠　形容光明的樣子。㉙赫弈　盛大顯著的樣子。㉚章灼　光輝照耀。㉛麗天　在天。麗，附著。㉜翳蔽　遮蔽。㉝曖昧　幽暗不明。㉞退概　幽深不明的樣子。㉟幽星　夜星。㊱纚連　連綴。㊲櫛比　像梳齒一樣排列。櫛，梳子。㊳攢集　集聚。㊴宏璉　宏美。㊵豐敞　寬敞。㊶兼苞　包容甚廣。㊷博落　廣而且疏。㊸不常一象　不是一種格局。意謂宮室結構變化多端。一說：指丹青奇異，不是一種樣子。㊹摛　舒展。㊺天文　指日、月、星三光。㊻仰　仰望。㊼崇山而戴垂雲　高山之上戴覆繁雲。㊽羌　句首語助詞。無義。㊾瓌瑋　奇美。㊿彧彧　有文彩的樣子。(51)大較　大略。

【語　譯】景福殿屋頂高聳，殿宇深邃，基礎廣大。畫柱整齊布列，殿階威嚴高峻。飛簷像鳥兒展翅沖天，又似駿馬昂頭飛奔。裝飾的羽毛又多又美，輕微拂動；垂掛的玉環寶珠，發出動聽的聲音。日月星三旗九條旒帶，隨風飄揚，望去十分盛大，紅光輝煌。此殿華麗的外表，則光明閃耀，輝映遠近，如同日月在天。而其隱祕之處，則遮蔽幽暗，深遠不明，好似夜空裡連綴的星星一般。殿宇像梳齒一樣排列集聚，又宏美又寬敞，包容甚廣，疏疏落落，景象變化極多。遠遠望去，猶若日、月、星三光照耀，紅霞舒展，迫近細看又似仰望那戴覆繁雲的高山。實在是奇美壯麗，文彩輝耀，難以分辨，這是此殿大略的外觀。

若乃高甍[1]崔嵬[2]，飛宇[3]承霓，綿蠻[4]黮䨴[5]，隨雲融泄[6]。鳥企[7]山峙，若翔若滯[8]。峨峨嶪嶪[9]，罔識所居[10]，雖離朱[11]之至精，猶眩曜而不能昭晰也。爾乃開南端[12]之豁達[13]，張筍虡[14]之輪豳[15]。華鍾杌[16]其高懸，悍獸[17]仡[18]以儷陳[19]。體洪剛[20]之猛毅，聲訇礚[21]其若震。爰有遐狄[22]，鐐質[23]輪菌[24]，坐高門之側堂[25]，彰[26]聖主[27]之威神。芸[28]若[29]充庭[30]，槐楓被宸[31]，綴[32]以萬年[33]，綷[34]以紫榛。或以嘉名取寵[35]，或以美材見珍[36]。結實商秋[37]，敷華[38]青春，藹藹萋萋[39]，馥馥芬芬[40]。爾其結構，則脩梁彩制[41]，下褰上奇[42]。桁[43]梧[44]複疊，勢合形離[45]。艷如宛虹，赫如奔螭[46]，南距[47]陽榮[48]，北極[49]幽崖[50]，任重道遠，厥庸孔多[51]。於是列髹彤[52]之繡桷[53]，垂琬琰[54]之文璫[55]。蝹[56]若神龍之登降，灼若明月之流光。爰有禁楄[57]，勒分翼張[58]，承以陽馬[59]，接以員方[60]，斑間賦白[61]，疏密有章[62]。飛枊[63]鳥踊[64]，雙轅是荷[65]，赴險凌虛[66]，獵捷相加[67]。皎皎白間[68]，離離[69]列錢[70]。晨光內照，流景[71]外烻[72]。烈[73]若鉤星[74]在漢[75]，煥若雲梁承天[76]。騧徒增錯[77]，轉縣成郛[78]。茄蔤倒植[79]，吐被芙蕖[80]。繚以藻井[81]，編[82]以綷疏[83]。紅葩[84]鞈鞢[85]，丹綺離婁(86)，菡萏(87)赩翕(88)，纖縟紛敷(89)，繁飾累巧(90)，不可勝(91)書。於是蘭(92)栭(93)積重(94)，窶數(95)矩設(96)。櫼櫨(97)各落(98)以相承，欒(99)栱(100)夭蟜(101)而交結。金楹(102)齊列，玉舃(103)承跋(104)。青瑣(105)銀鋪(106)，是為閨闥(107)。雙枚(108)既修(109)，重桴(110)乃飾。槐梠(111)緣邊(112)，周流(113)四極(114)。侯衛之班，藩服之職(115)。溫房(116)承其東序(117)，涼室(118)處其西偏(119)。開建陽(120)則朱炎豔(121)，啟金光(122)則清風臻(123)，故冬不淒寒，夏無炎燀(124)。鈞調中適(125)，可以永年(126)。墉垣碭基(127)，其光昭昭。周制白盛(128)，今也惟縹(129)。落帶(130)金釭(131)，此焉二等(132)。明珠翠羽，往往而在(133)。

【章　旨】本章先寫殿的外景：端門內排列鐘架，坐著銀人，種植花木。繼寫殿內結構，描繪修梁彩椽、斗栱楹柱及彩繪紅荷的藻井等。末寫偏殿、垣牆等處。

【注　釋】❶甍　屋脊。❷崔嵬　高峻的樣子。❸飛宇　指飛簷。❹綿蠻　有文彩的樣子。❺黮䨴　同「霮䨴」。雲密狀。❻隨雲融泄　言屋高入雲，若隨雲而動。融泄，動的樣子。❼企　立。❽若翔若滯　言此殿高峻之勢若鳥立而欲飛，若山峙而滯止。❾峨峨嶪嶪　高聳的樣子。❿屆　至。⓫離朱　人名。傳說黃帝時人，視力極佳，可於百步之外見針末。⓬南端　宮殿南面的正門。⓭豁達　門大開的樣子。⓮筍虡　懸掛鐘磬的木架。其兩側的柱叫虡，懸掛的橫梁叫筍。⓯輪囷　很多的樣子。⓰杌　高。⓱悍獸　指鐘架之足刻為猛獸，作背負鐘架之狀。⓲仡　壯勇的樣子。⓳儷陳　成雙地排列著。⓴體洪剛　指悍獸形體壯大。㉑訇磤　洪大的聲音。㉒遐狄　長狄；高大的狄人。案：此處之「遐狄」是仿秦始皇在宮前所鑄之「金狄」(即銅人)，魏明帝曾欲遷殘餘的二座金狄到洛陽，但因太重，遷到半路只得罷手。㉓鐐質　銀質。謂以銀鑄長狄。㉔輪菌　高大的樣子。㉕側堂　門側之堂。類似今之門房。㉖彰　顯示。㉗聖主　指魏明帝。㉘芸　即芸香。香草。㉙杜若　杜若。香草。㉚充庭　滿庭。㉛宸　帝王所居之處。㉜綴　連生。㉝萬年　樹名。㉞綷　間雜著。㉟以嘉名取寵　指萬年樹以名字取得吉祥而被喜愛。㊱以美材見珍　指紫榛之類由於美材受到珍視。㊲商秋　秋天。舊以商為五音中的金音，聲淒厲，與肅殺的秋氣相應，故稱秋為商秋。㊳敷華　開花。㊴藹藹萋萋　草木茂盛的樣子。㊵馥馥芬芬　花草氣味芬芳。㊶修梁彩制　長長的屋梁，上有彩飾。㊷下褰上奇　言長梁由下舉高，險峻地橫跨在上。褰，舉。奇，險峻。㊸桁　梁上的橫木。㊹梧　柱。㊺勢合形離　勢乃結合，而形體分離。此言桁柱等其形雖分，其實結合成一個整體。㊻赩如宛虹二句　形容長梁的形態。赩，赤紅色。赫，火紅色。螭，龍的一種。㊼距　至。㊽陽榮　南簷。榮，屋重簷。㊾極　到。㊿幽崖　北方的邊界。51厥庸孔多　其功甚多。52髹彤　刷上紅漆。髹，刷漆。53繡桷　畫上文繡之色的椽子。桷，方椽子。54琬琰　琬圭琰圭。兩種玉器。55璫　屋椽頭的裝飾。56蝹　龍形的樣子。當指遍體文繡的椽子。57禁楄　屋簷的方短椽。58勒分翼張　形容短椽分布如獸肋分排，鳥翼開張。勒，通「肋」。59陽馬　檩條；屋四角引出承受短椽的橫木。其頂端刻有馬形，故稱。60接以員方　眾材相接，或圓或方。員，通「圓」。61斑閒賦白　指在椽子之間留出一定空隙。斑，分。閒，同「間」。空隙。賦，布。白，空白。62疏密有章　言短椽布置有疏有密，各有文章。63飛枊　形容斗栱的高挑而起。斗栱之上則是飛簷。枊，斗栱。由斗形木塊和弓形附木縱橫交錯層疊構成，逐層向外挑出，形成上大下小的托座。64鳥踴　鳥躍。65雙轅是荷　兩根轅木在下負荷。66赴險凌虛　形容斗栱和轅木凌空高險之狀。67獵捷相加　眾材交錯。獵捷，相接的樣子。68白閒　白色的窗。69離離　分別的樣子。70列錢　指宮窗四周畫為錢文。71流景　此指反光。72熠　光照的樣子。73烈　光亮。74鉤星　星名。在銀河中。75漢　銀河。76雲梁承天　以雲為梁，托住青天。77騧徙增錯　此言殿的頂棚，合眾板為井欄，其中花紋交錯，如同蝸牛徙居之跡。騧，據李善解，當為「蝸」。78轉縣成郛　迴旋相連，成為郛郭。郛，外城。此指藻井外緣。79茄蔤倒植　是說頂棚上畫了荷花，如同荷花倒植在頂棚上，根莖在上，花朵朝下。茄，荷莖。蔤，荷根。80吐被芙蕖　荷花吐放。芙蕖，即荷花。81繚以藻井　藻井繚繞荷花。繚，繞。藻井，中國傳統建築中頂棚上的一種裝飾處理。一般做成方形、多邊形或圓形的凹面，上有各種雕刻、彩繪，荷花即繪於藻井之中。82編　編排。83綷疏　畫檻。指藻井四周刻鏤而加以彩繪的邊框。84紅葩　紅花。指紅荷。85韡韡　花朵相次比的樣子。86丹綺離婁　刻鏤的紅色細紋。此當指紅荷的構成。離婁，刻鏤。87菡萏　荷花。88赩翕　形容紅豔豔的顏色。89纖縟紛敷　精細華麗的文彩分布。90繁飾累巧　層出不窮的巧妙雕飾。91勝　盡。92蘭　木蘭。一種香木。93栭　即斗栱。柱頂上支持屋梁的方木。94積重　重疊積累。95窶數　用茅草結成的圓圈。放在頭上做頂東西的墊子。此比喻蘭栭支撐屋梁之狀。96矩設　按規矩而設。97欃櫨　斗栱。欃，據李善注，即枊。枊、櫨，皆指斗栱。98各落　傾危的樣子。99欒　柱上的曲木。兩頭以承斗栱。100栱　欒一類的曲木。101夭蟜　長曲之狀。102金

楹　金色的柱子。楹，廳堂前部的柱子。(103)玉舄　玉製的柱腳石。(104)跋　柱根。(105)青瑣　即青瑣。宮門上的一種裝飾，刻為連環文，以青塗之。亦可借指宮門。(106)銀鋪　銀做的鋪首。鋪首，門上銜門環的底座。(107)閨闥　宮中的小門。(108)雙枚　屋內重簷。(109)修　修長。此言修長而達於外。(110)重桴　指延伸於屋外的二梁。由於重簷修長達於屋外，故二梁亦延伸於外。桴，房屋的二梁。(111)櫋梠　承瓦的屋簷板。(112)緣邊　圍繞著屋簷。(113)周流　周繞。(114)四極　指殿簷的四邊。(115)侯衛之班二句　諸侯守衛中央的等次，藩王五服盡藩屏的職責。此以諸侯、藩王之拱衛屏障朝廷，比喻周繞屋簷四邊的屋簷板。服，五服。古代王畿外圍的地方，以五百里為度，視距離遠近分為五等，叫五服。(116)溫房　殿名。(117)東序　東面的偏殿。(118)涼室　殿名。(119)西偏　西偏殿。(120)建陽　東門名。(121)朱炎豔　陽光燦爛。(122)金光　西門名。(123)臻　至。(124)燀　熱氣。(125)鈞調中適　此言冬居溫房，夏住涼室，均調適志。(126)永年　長壽。(127)墉垣碭基　垣牆以紋石為根基。墉，牆。碭，紋石。(128)白盛　語出《周禮・地官・司徒》：「(掌蜃)共白盛之蜃。」此言用蜃炭飾牆，使之成為白色。盛，成。蜃，指蜃炭。是用蚌蛤殼燒成的灰。(129)縹　淺碧色。(130)落帶　壁帶。指壁中橫木，其露出部分，形狀像帶，故稱。(131)金釭　金環。套在壁帶之上。(132)二等　二重。指壁帶金環。(133)明珠翠羽二句　指壁帶的裝飾上往往有明珠翠羽。此仿漢昭陽宮，壁帶函玉環金，飾以明珠翠羽。

【語譯】那景福殿屋脊高聳，飛簷上接虹霓，雕梁畫棟入於繁雲之中，似乎隨雲而動。像鳥一樣矗立，像山一樣雄峙，好像要展翅高飛的樣子，而又停滯不動。巍峨聳立，不知上至何處，即使有離朱那樣上好的眼力，也會昏眩而看不清楚。於是大開南面的端門，門內張設許多鐘架。華鐘高懸於架上，架足刻為猛獸，成雙排列。猛獸體態壯大而勇毅，鐘聲洪大如雷震。高大的狄人，以銀質鑄成，坐在高門旁的側堂內，顯示天子的神威。芸香、杜若植滿庭中，槐、楓蔭蔽帝居，萬年樹連生，紫榛間雜。有的由於名字吉祥而被喜愛，有的因為質材堅美受到珍視。秋季結果，春天開花，茂盛繁榮，芬芳馥郁。至於殿的結構，則屋梁修長彩飾，橫空奇險。桁與柱重疊，形體雖分其勢卻合。赤色的長梁彎曲如虹，又似火紅的奔螭行空，南至南簷，北至北牆，負重而跨遠，功用很大。紅漆描文的方椽排列，琬圭、琰圭裝飾椽頭。斑斕如同神龍上下，閃鑠如同明月珠發光。屋簷短椽，如獸肋分排、鳥翼開張，下有檁條承受，相接的眾材有圓有方，留出空隙，疏密自成文章。斗栱高挑如同鳥躍，兩根輮木在下負荷，凌空高險，多材交錯。明亮的白色宮窗，四周有錢文裝飾，晨光內照，反光外映；如同銀漢中鉤星燦爛，青天上白雲煥然。殿的頂棚上花紋繚繞，好似蝸牛遷徙之跡，迴旋相連，形成範圍。這其中彩繪的荷花宛若根莖倒栽，吐放豔麗的花朵。藻井四面圍繞，外邊還有畫檻編排。紅荷相次，刻鏤精美，色澤鮮豔，文彩分布。雕繪的巧妙紛繁，寫也寫不完。香木做成的斗栱重重疊疊，好似頂物草墊按規矩而設。斗栱危然承接，欒栱長曲交結。殿前金色楹柱齊列，玉製的柱礎墊在柱下。那青色的連環花紋、銀做的鋪首，是宮中的小門。殿內的重簷修長而達於外，屋外二梁也加彩飾。屋簷板緊承殿瓦，周繞屋簷四邊；猶如諸侯按次拱衛中央朝廷，各地藩王盡屏障之職。溫房殿是東面的偏殿，涼室殿則是西面的偏殿。敞開東面的建陽門，則陽光明麗，打開西面的金光門，則清風徐來，所以冬天無風寒，夏天不炎熱。調劑適志，可以長壽。垣牆以紋石為基，光色明亮。按周代制度該用白灰塗殿壁，如今可都是淺碧色。壁帶上套金環，此上有二重。明珠翠羽，往往也裝飾其上。

欽❶先王之允塞❷，悅重華❸之無為❹。命共工❺使作繢❻，明五采之彰施❼。圖象古昔，以當箴規❽。椒房❾之列，是準是儀❿。觀虞姬⓫之容止⓬，知治⓭國之佞臣⓮。見姜后之解珮⓯，寤⓰前世之所遵⓱。賢鍾離⓲之讜言⓳，懿⓴楚樊㉑之退身㉒。嘉班妾之辭輦㉓，偉孟母之擇鄰㉔。故將㉕廣智㉖，必先多聞㉗。多聞多雜，多雜眩真㉘。不眩焉在？在乎擇人㉙。故將立德，必先近仁㉚。欲此禮之不僭㉛，是以盡乎行道之先民㉜。朝觀夕覽，何與㉝書紳㉞！

【章旨】本章寫殿中之畫。這些圖畫都是描繪古代賢人的事蹟，帝王可作箴戒，后妃可作儀範。

【注　釋】❶欽　敬。❷允塞　以誠信充實於天下。❸重華　虞舜名。孔穎達認為舜繼承堯，重現其文德之光華，故名（見《書·舜典》孔疏）。一說：舜目重瞳子，故云（見《史記·卷一·五帝本紀》張守節《正義》）。❹無為　無為而治。❺共工　上古官職。管理百工之事。舜曾命垂為共工。❻繢　通「繪」。繪畫。❼彰施　明施。❽箴規　規諫勸戒。❾椒房　后妃所居的宮殿。以椒和泥塗壁，取溫、香及多子之義。❿是準是儀　以所畫的作為標準儀範。⓫虞姬　齊威王之妃。齊威王之時，諸侯並侵，國家不治，佞臣周破胡專權，虞姬乃勸威王誅讒臣，用賢臣，國家因而大治，被侵之地也收回了。事見《列女傳》。⓬容止　容顏舉止。⓭治　懲處。⓮佞臣　巧言諂媚的奸臣。⓯姜后之解珮　事見《列女傳》。姜后為周宣王之后，周宣王曾經早上遲起，誤了上朝的時間，姜后就脫去簪珥，待罪於走道，使其傅母向王謝罪，說因為自己使君王失禮而晚上朝，以規諫宣王。⓰寤　通「悟」。⓱遵　遵循；取法。⓲鍾離　鍾離春。齊無鹽邑之女，為人極醜，自詣齊宣王，陳述齊國強敵外伺、國君荒淫、奸佞專權的危險狀況，齊宣王猛省過來，以她為后。事見《列女傳》。⓳讜言　直言。⓴懿　美；美德。此作動詞。即認為是美德。㉑楚樊　楚莊王夫人樊姬。楚莊王有次罷朝很遲，回到後宮，說是與賢者楚相虞丘子談話，樊姬說：虞丘子任楚相十餘年，未嘗推薦賢者辭退不肖，怎麼可以說是賢者呢？楚莊王把樊姬之言告訴虞丘子，虞丘子就讓出相位推薦孫叔敖，孫叔敖任楚相三年楚國大治。事見《列女傳》。㉒退身　使不稱職的臣子退位。㉓班妾之辭輦　事見《漢書·卷九七·外戚傳下·孝成班倢伃傳》。漢成帝有次遊於後庭，提出要與班倢伃同輦，班倢伃推辭說：三代亡國之君，才有寵幸之女，今天這樣做，不是有些近似嗎？班妾，指班倢伃。㉔孟母之擇鄰　事見《列女傳》。孟母家原近墓地，少年的孟子就學喪葬之事為遊戲，孟母乃遷居市旁，孟子又模仿經商為遊戲，孟母復遷居學宮之旁，孟子就學習祭祀禮節，孟母認為這樣很好，就長住下去，後來孟子終成博學知禮之士。孟母，孟軻之母。㉕將　欲。㉖廣智　廣益其智。㉗多聞　指多聞古今之道。㉘眩真　眩惑真性。㉙擇人　識別和選擇賢能之人。㉚近仁　指力行修身。《禮記·中庸》：「子曰：『好學近乎知，力行近乎仁，知恥近乎勇，知斯三者，則知所以修身，知所修身，則知所以治人，知所以治人，則知所以治天下國家矣。』」㉛此禮之不僭　言不違背禮義。僭，同「愆」。違背。㉜盡乎行道之先民　指在繪畫中盡展行道先人的事蹟。㉝何與　何如。㉞書紳　寫在衣帶上。表隨時不忘。紳，古代士大夫束在衣外的大帶。

【語　譯】欽敬先王以誠信充實於天下，悅慕虞舜無為而治的政績。乃命督理百工之官作畫，五采描繪鮮明。畫出古代賢人的形象，作為規諫勸戒的材料。後宮妃嬪，可作為仿效的標準儀範。看那畫上虞姬的容顏舉止，就知道如何來懲治巧言諂媚的奸臣。見到姜后解下佩飾，就會領悟到前世賢人遵循的原則。鍾離春敢進忠直之言是賢能之女，楚樊姬能使不稱職的臣子退位實是美德。嘉許班婕妤推辭與帝同輦的懿行，贊歎孟母擇鄰教子的偉大。所以要廣益智慧，一定要先多聞古今之道。但多聞古今之道又會龐雜紊亂，龐雜紊亂就會眩惑真性。如何才能不眩惑真性呢？在於識別和選擇賢人。所以要樹立德行，必要先力行修身以近於仁。為要不違背禮義，因此在畫中畫展有道前人的事蹟。早晚觀覽圖畫，與把箴言記在衣帶上，又有什麼兩樣呢！

若乃階除❶連延❷，蕭曼❸雲征❹。櫺檻❺邳張❻，鉤錯矩成❼。楯類騰蛇❽，槢似瓊英❾。如螭❿之蟠⓫，如虯⓬之停⓭。玄軒⓮交登⓯，光藻昭明⓰。騶虞承獻⓱，素質仁形⓲。彰⓳天瑞⓴之休顯㉑，昭遠戎之來庭㉒。陰堂㉓承北，方軒㉔九戶㉕。右个㉖清宴㉗，西東其宇㉘。連以永寧，安昌臨圃㉙，遂及百子㉚，後宮攸㉛處。處之斯何㉜？窈窕㉝淑㉞女。思齊徽音㉟，聿㊱求多祜㊲，其祜伊何？宜爾子孫。克㊳明克哲㊴，克聰克敏，永錫㊵難老㊶，兆民㊷賴止㊸。於南則有承光㊹前殿，賦政㊺之宮㊻。納賢用能，詢道求中㊼。彊理㊽宇宙，甄陶國風㊾。雲行雨施㊿，品物咸融(51)。其西則有左城右平(52)，講肆之場(53)。二六對陳(54)，殿翼相當(55)。僻脫(56)承便(57)，蓋象戎兵(58)。察解言歸(59)，譬諸政刑(60)，將以行令(61)，豈唯娛情！鎮以崇臺(62)，寔(63)曰永始(64)。複閣(65)重闈(66)，猖狂是俟(67)。京庾(68)之儲，無物不有。

不虞之戒[69]，於是焉取。爾乃建凌雲[70]之層盤[71]，浚[72]虞淵[73]之靈沼[74]。清露瀼瀼[75]，淥水浩浩[76]。樹以嘉木，植以芳草。悠悠玄魚，皬皬[77]白鳥。沈浮翱翔，樂我皇道[78]。若乃虯龍灌注[79]，溝洫[80]交流。陸設殿館，水方[81]輕舟。篁[82]棲鶤鷺[83]，瀨[84]戲鰋鮋[85]。豐侔[86]淮海[87]，富賑山丘[88]，叢集委積[89]，焉可殫籌[90]！雖咸池[91]之壯觀，夫何足以比讎[92]！於是碣[93]以高昌[94]崇觀[95]，表[96]以建城[97]峻廬[98]，岧嶢[99]岑立[100]，崔嵬巒居[101]。飛閣[102]干雲[103]，浮堦[104]乘虛[105]。遙目九野[106]，遠覽長圖[107]。頫[108]眺三市[109]，孰有誰無[110]。睹農人之耘耔[111]，亮[112]稼穡[113]之艱難，惟[114]饗年[115]之豐寡，思〈無逸〉[116]之所歎。感物眾而思深[117]，因居高而慮危[118]。惟天德之不易[119]，懼世俗之難知。觀器械之良窳，察俗化之誠偽[120]。瞻貴賤之所在，悟政刑之夷陂[121]。亦所以省風助教[122]，豈惟盤樂[123]而崇侈靡！

【章　旨】本章寫景福殿正殿之外的其他建築：西廂是後宮嬪妃所居，南面是前殿，須行政令之所，西面為蹴鞠講武之場，還有高臺美池，嘉木芳草，幾處高觀可俯察民情。

【注　釋】❶階除　殿階。除，階。❷連延　長的樣子。❸蕭曼　高遠的樣子。❹雲征　若行於雲中。征，行。❺櫺檻　欄杆。❻邳張　張設很廣。邳，通「丕」。大。❼鉤錯矩成　此言欄杆的花紋，或轉折成方形，或成圓形，如經矩尺圓規所測。鉤，圓規。錯，治。矩，古代畫方形的工具。即今之曲尺。❽楯類騰蛇　是說欄杆的一根根橫木都雕鏤成騰蛇之形。楯，欄杆的橫木。❾槢似瓊英　此言欄楯接合處之木楔有似玉英。槢，楔。指接合之木。瓊英，玉英。❿螭　無角之龍。⓫蟠　蟠曲。⑫虯　有角之龍。⑬停　止息。⑭玄軒　黑漆的楯下之板。此實兼指楯。⑮交登　齊升。⑯光藻昭明　言楯板上有花紋，光亮閃耀。⑰騶虞承獻　是說做成騶虞的形狀在軒板上。騶虞，獸名。白虎黑文，傳說此獸不食生物，牠的出現，意味著王道成，是一種祥瑞的象徵。獻，軒。⑱素質仁形　白色的質地呈現出仁德的形狀。⑲彰　顯示。⑳天瑞　天降瑞徵。指騶虞。㉑休顯　美而鮮明。㉒昭遠戎之來庭　騶虞出現於世，顯示天子有道，所以遠方來朝。昭，原作「照」，此依五臣注本。遠戎之來庭，遠方的戎狄來朝王庭。㉓陰堂　在北面的殿堂。㉔方軒　併窗。軒，窗。㉕九戶　九門。戶，單扇門。㉖右个　西面的側室。右，西。个，東西廂。㉗清宴　殿名。㉘西東其宇　指清宴殿面東背西。㉙永寧安昌臨圃　皆殿名。㉚百子　殿名。㉛攸　所。㉜處之斯何　居住在這些殿中的是些什麼樣的人。㉝窈窕　嫻靜美好的樣子。㉞淑　善。㉟思齊徽音　是說希望繼承前代賢后的美政。截取《詩・大雅・思齊》「思齊大任，文王之母」、「大姒嗣徽音，則百斯男」而成。齊，莊敬。大任，文王之母。大姒，文王之妃。徽音，美音。指好的教令。㊱聿　語助詞。無義。㊲祜　福。㊳克　能。㊴哲　明智。㊵錫　賜給。言上天賜與。㊶難老　長壽不老。㊷兆民　眾百姓。兆，百萬。一說：萬億。皆極言其多。㊸止　語助詞。無義。㊹承光　殿名。㊺賦政　頒行政令。賦，頒行。㊻宮　此指承光殿。㊼詢道求中　向臣下詢問治道，求其大中。㊽疆理　定封疆以理天下。㊾甄陶國風　使民風淳厚。甄陶，製造陶器。比喻教育培養之功。㊿雲行雨施　比喻天子惠化於人。(51)品物咸融　眾物都通達。是說萬民都安居樂業。(52)左墄右平　形容殿階。左邊是臺階，右邊是平坡，左以上人，右以上車。墄，臺階。(53)講肄之場　講習武事的場所。此指蹴鞠之處。蹴鞠是古代的一種足球運動，古人認為可通過蹴鞠來練武，劉向《別錄》說：「踏鞠（即蹴鞠），兵勢也，所以練武士、知有材也，皆因嬉戲而講練之。」(54)二六對陣　此言鞠室之數。漢時的蹴鞠場不設球門，而是在地上挖些小淺坑，稱為鞠室（或鞠域），比賽時球被踢進鞠室，就和球被射進球門一樣。據記載，魏時許昌宮中，皇帝御座就設在鞠室旁，比賽時雙方各有六個鞠室，每室一人。對陳，對面而列。(55)殿翼相當　謂蹴鞠雙方陣勢相當。殿翼，指陣勢。殿，後軍。翼，陣形兩翼。(56)僻脫　靈活輕捷。形容蹴鞠者的姿態。(57)承便　趁機取勝。(58)蓋象戎兵　謂蹴鞠原是仿效戰爭的。戎兵，戰爭。(59)察解言歸　考察理解蹴鞠所代表的意義。(60)政刑　政事刑法。(61)將以行令　謂通過蹴鞠來行令操練士兵。(62)崇臺　高臺。(63)寔　實。(64)永始　臺名。在宮南闈門。(65)複閣　一層套一層的閣子。(66)重闈　重重宮門。(67)猖狂是俟　防備盜賊。猖狂，妄行之賊。俟，備。(68)京庾　高大的露天穀倉。庾，露天積穀處。(69)不虞之戒　戒慎不虞之事。不虞，不曾預料之事。指突發的戰爭、災荒等。(70)凌雲　臺名。(71)層盤　高臺上設有承露盤。漢武帝曾於甘泉宮造通天臺，臺上有銅仙人掌檠玉杯，以承雲表之露。魏明帝仿照漢武帝，也有此設施。層，高。

盤，承露盤。72浚　疏浚。73虞淵　池名。74靈沼　美池。75清露瀼瀼　指承露盤中露水很多。76淼水浩浩　形容池中水大。77皠皠　潔白肥澤的樣子。78樂我皇道　此言魚鳥各得其所，樂於大道。皇道，大道。79虯龍灌注　是說雕刻虯龍之形，吐水灌注。80溝洫　水道。81方　並船而行。82篁　竹叢。83鶤鷺　鶤雞、白鷺。84瀨　沙石上流過的急水。85鰋鮋　二種魚的名字。86侔　齊等。87淮海　淮河、東海。88富賑山丘　富庶如山丘。賑，富。89叢集委積　言宮中萬物叢集堆積。90焉可殫籌　怎能算得清。殫，盡。籌，算。91咸池　古神話中地名。傳說是太陽沐浴之處。92比儗　相比。儗，匹；相等。93碣　特立高聳的樣子。94高昌　觀名。95崇觀　高觀。觀，樓臺之類建築物。96表　特出；出群。97建城　觀名。98峻廬　高高的屋舍。指樓臺之類。99岧嶢　山勢高危的樣子。100岑立　像高峻的小山一樣屹立。101巒居　此言住於高觀之中，如同住在小山上一般。巒，小而尖的山。102飛閣　閣道。103干雲　觸雲。干，犯。104浮階　通向高空的階梯。105乘虛　升空。106九野　九州之野。107長圖　廣遠的版圖。108頫　同「俯」。109三市　古之集市：大市、朝市、夕市。110孰有誰無　哪一樣貨物有哪一樣貨物無。是說天子關懷百姓，注意貨物的豐缺。111耘耔　除草、養苗。112亮　信；確知。113稼穡　種收；農事。114惟　思。115饗年　享年。116無逸　《尚書》篇名。是周公告誡成王不要耽於逸樂，荒廢國政的一篇講話。117感物眾而思深　由三市感物眾多，因而深思如何治理天下之事。118居高而慮危　由身居高樓而考慮到身居高位所潛伏的危險。119惟天德之不易　是說思天命不改易，總是歸有德者。天德，天命。120覿器械之良窳二句　是說由器械的良惡，可看出其時民風的誠信或詐偽。器械，指禮樂之器和兵甲。良窳，好壞。窳，粗劣。俗化，風俗。121瞻貴賤之所在二句　看市場上物價的貴賤，可領悟到刑政之正與不正。夷，平。陂，險；不正。《左傳・昭公三年》記載：齊景公有次問晏子：你的住宅離市場近，可知道什麼東西貴什麼東西便宜？晏子答道：踊貴屨賤。齊景公領悟到晏子的意思，就注意減省刑法了。踊是一種受過刖刑的人所穿的鞋子，當時齊景公治國刑法繁重，受刑人很多。122省風助教　言此高樓可用來察看風俗，以助教化。省，察看。123盤樂　遊樂。

【語　譯】那殿階連綿悠長，高遠地好像直通雲霄。欄杆廣為設置，上面的花紋有圓形的也有方形的。橫木雕成騰蛇的形狀，欄楯接楔有似玉英。宛如螭龍蟠曲，又似角虯止息於上。黑漆漆的軒板隨階除齊升，上面的花紋光明閃耀。騶虞畫在軒板上，白底黑紋，是這仁獸的形狀，彰明天降的美好瑞徵，顯示遠方戎狄來朝王庭。陰堂承接於此，軒窗相併，九門洞開。西廂是清宴殿，面東而背西。連著永寧殿，還有安昌、臨圃二殿，直到百子殿，盡是後宮嬪妃所住之處。居住在這些殿中的是些什麼樣的人呢？都是美貌賢淑的女子。要繼承前代賢后的美政，以求多福。是怎麼樣的福分呢？就是歸給子孫，明叡多智，聰穎敏達，長壽不老，以作為萬民的依靠。南面則有承光前殿，是頒行政令之所。納用賢能之人，詢求治道之中。定封疆治理天下，培養淳厚的民風。天子的恩惠如甘霖一般普霑，百姓都安居樂業。在西面則有左是臺階右是平坡之殿，那是蹴鞠講武的場地。雙方各有六個鞠室對面排列，陣勢相當。靈活輕捷就能乘機取勝，蹴鞠原本是仿效戰爭的。考察理解蹴鞠用語的旨歸，都是比喻政事刑法，通過遊戲來行令操練士兵，哪裡僅僅是為了娛樂！高臺雄鎮，臺名永始。複閣重門，以防盜賊妄行。高大的倉庫中儲藏豐富，應有盡有，來防備意外的發生，緊急時可由此取用。於是在淩雲臺上建設了高高的承露盤，又疏浚了虞淵美池。盤中露水濃重，池中淥水浩淼。種著嘉木，遍植芳草。玄魚悠然，白鳥皎潔，魚在水中任意沈浮，鳥在空中自由翱翔，共樂於大道。從雕刻的虯龍口中吐水灌注，宮內水道縱橫。陸上建有殿館，水上浮著並列的輕舟。竹叢裡棲息著鶤雞、白鷺，水中嬉戲著鰋魚、鮋魚。豐富的物藏如同淮海一樣，多得像山丘，叢集堆積，怎能算得清呢？即使咸池那樣的壯觀，又何足相比呢？高昌觀特立高聳，建城觀屹然出群，峻峭如岑，高聳如巒。閣道上及雲霄，階梯上升高空。遙望九州之野，縱覽廣遠的版圖。俯眺三市，可看清市上商品哪一樣有哪一樣缺乏。可以看到農夫在耕作，確知農事的艱難，想一想如何能享年長久，應多考慮到《尚書・無逸》一篇中周公所一再告誡的事。感物眾多因而深思治道，身居高處更要考慮到潛伏的危險。深知天命不會改易，擔心民情難知。看器用質地的好壞，可知民風的誠信或詐偽。看市場上物價的貴賤，可領悟到刑政的正與不正。因此這些高觀可用來察看風俗，以助教化，哪裡只為了遊樂而崇尚侈靡！

屯坊❶列署❷，三十有二❸。星居宿陳❹，綺錯鱗比❺。辛壬癸甲，為之名秩❻。房室齊均❼，堂庭如一。出此入彼，欲反忘術❽。惟工匠之多端❾，固萬變之不窮，物無難而不知⑩，乃與造化乎比隆⑪。讎⑫天地以開基，並列宿而作制⑬，制無細而不協於規景，作無微而不違於水臬⑭。故其增構⑮如積，植木如林⑯。區連域絕⑰，葉比枝分⑱。離背別趣⑲，駢田胥附⑳，縱橫踰延㉑，各有攸注㉒。公輸㉓荒其規矩㉔，匠石㉕不知其所斲㉖。既窮巧於規摹㉗，何彩章之未殫㉘！爾乃文㉙以朱綠，飾以碧丹㉚，點以銀黃㉛，爍㉜以琅玕㉝。光明熠爚㉞，文彩璘班㉟。清風萃㊱而成響，朝日曜而增鮮㊲。雖崑崙之靈宮㊳，將何以乎侈㊴旃㊵！

【章　旨】本章描寫別屋。這是官署所在之地，共分三十二處，房屋大致相似，結構巧妙，彩飾華麗。

【注　釋】❶坊　別屋。❷署　官署。❸三十有二　指百官諸曹分三十二個部門。❹星居宿陳　像星宿一般陳列。❺綺錯鱗比　此言室宇如綺紋之交錯，如魚鱗之相次。❻辛壬癸甲二句　是說房室眾多，故題以十干之名，以別其次序。辛壬癸甲，指天干之名。名秩，稱其次序。秩，次。❼房室齊均　言房室的結構、樣式完全一樣。❽忘術　忘記道路。術，道。❾多端　多巧。❿物無難而不知　是說工匠多巧，再難做的工藝，他也知道如何完成。⓫與造化乎比隆　可與天工比高低。⓬讎　比。⓭並列宿而作制　對照天上星宿來安排官署屋室的制度規模。⓮制無細二句　語出《周禮・冬官考工記・匠人》。而，按《文選考異》，此為衍字，當去之。規景，植木測日出日入之影以正方位。不，此為衍字，當刪。水臬，指從水平方向窺望木樁，以確定地勢高低。臬，本是古代測日影的木柱，此指一般垂直木樁。⓯增構　一層層的建築。增，通「層」。⓰植木如林　言各種木質構件，直立如林。⓱區連域絕　此言院皆相連，牆為隔絕。區，院。域，牆。⓲葉比枝分　形容材木如葉相比，如枝分離。⓳離背別趣　相離相背，各有所趨。⓴駢田胥附　多而相附著。駢田，多的樣子。胥，相。㉑縱橫踰延　縱橫交錯，踰越延伸。㉒各有攸注　言材木雖多，各有所合，並不虛設。攸，所。注，合。㉓公輸　公輸般。春秋時的能工巧匠。㉔荒其規矩　放下作方圓的曲尺圓規。意謂工巧無法企及。㉕匠石　名石的匠人。常出現於《莊子》的寓言中，是一位巧匠。㉖斲 砍木。㉗規摹 規制；格局。㉘殫 盡。㉙文 文飾。㉚碧丹 綠與紅色。㉛銀黃 銀粉與金粉。㉜爍 飾。㉝琅玕 美玉。㉞熠爚 閃耀。㉟璘班 文彩閃爍的樣子。㊱萃 集。㊲朝日曜而增鮮 朝日照在彩飾之上愈顯鮮豔。㊳崑崙之靈宮 崑崙山上的神宮。傳說天帝的宮殿在崑崙山上。㊴侈 美。㊵旃 助詞。「之焉」二字的合讀。

【語　譯】別屋當中官署排列，共分三十二個部門。屋宇像天上星宿一樣陳列，如綺紋交錯、魚鱗相次。題以天干之名，作為次序。結構樣式相同，堂庭完全一樣。由此屋入於彼屋，想要返回就常迷路。營建的工匠多巧藝，變化萬端也不窮竭，再難做的工程也能完成，且精密得可與天工比高低。比照天地開土奠基，對應列宿安排制度規模，建築沒有一處方位不正，沒有一處不合於水平。所以其層層結構如同堆積，各種木質構件直立如林。每院彼此相連，而以牆隔絕。材木則如葉相比，如枝分開，相離相背，各有趨向，繁多相附，縱橫交錯，踰越延伸，各有所合，並無虛設。連公輸般見到也只得放下圓規曲尺認輸，匠石見到簡直不知自己在砍些什麼了。在規制方面已經窮盡其巧，在彩飾上又怎會不盡力而為？於是描上朱綠花紋，又抹上碧丹彩色，點綴銀粉金粉，裝飾美玉琅玕。真是光明煥耀，文彩閃爍。清風吹過就成聲響，朝日輝映而更顯鮮妍。即使崑崙山上天帝神宮，又怎能比它更華美呢？

規矩❶既應乎天地，舉措❷又順乎四時。是以六合❸元亨❹，九有❺雍熙❻。家懷克讓❼之風，人詠康哉之詩❽，莫不優游以自得，故淡泊而無所思。歷列辟而論功❾，無今日之至治❿。彼吳蜀之湮滅，固可翹足⓫而待之。然而聖上⓬猶孜孜⓭靡忒⓮，求天下之所以自悟⓯。招忠正之士，開公直之路。想周公之昔戒⓰，慕咎繇⓱之典謨⓲。除無用之官，省生事之故⓳，絕流遁之繁禮⓴，反民情於太素㉑。故能翔岐陽之鳴鳳㉒，納虞氏之白環㉓，蒼龍覿於陂塘，龜書出於河源，醴泉湧於池圃，靈芝生於丘園㉔。揔㉕神靈之貺祐㉖，集華夏之至歡㉗，方四三皇而六五帝㉘，曾何周夏之足言！

【章　旨】本章歌詠魏明帝之德。說他勤苦不息，講求治道，因而四海昇平，祥瑞之徵頻頻出現。

【注　釋】❶規矩　建築宮殿的準則。❷舉措　指政治上的措施。❸六合　上下四方。❹元亨　美善。元，善。亨，嘉。❺九有　九州。❻雍熙　和樂的樣子。❼克讓　能夠謙讓。❽康哉之詩　《書・益稷》中載皋陶之歌：「元首明哉，股肱良哉，庶事康哉！」稱頌君明臣良，諸事安寧。❾歷列辟而論功　歷觀各代之君，評其功德。辟，君。❿至治　最完美的政治。⓫翹足　一足而立。翹，舉。⓬聖上　指魏明帝。⓭孜孜　勤苦不倦，講求治道。⓮靡忒　不變。⓯求天下之所以自悟　求天下之才開悟自心。⓰周公之昔戒　周公對成王的勸戒。指前所言之〈無逸〉篇。⓱咎繇　即皋陶。傳說中東夷族的首領，偃姓。相傳曾被舜任為掌管刑法的官，後被禹選為繼承人，因早死，未繼位。⓲典謨　指《尚書》中有關篇章。其中記載了皋陶談論治道的內容，如〈皋陶謨〉。⓳故　謀。⓴絕流遁之繁禮　杜絕積習相流傳的繁縟禮儀。㉑太素　質樸；樸素。㉒岐陽之鳴鳳　傳說周興，鳳鳴於岐山。岐陽，岐山之南。㉓虞氏之白環　相傳虞舜之時西王母獻白環及珮。㉔蒼龍覿於陂塘四句　指當時出現的種種祥瑞之徵。蒼龍，青龍。覿，見。龜書，神龜負載圖書。醴泉，甘泉。池圃，水池、園圃。㉕揔　通「總」。總合。㉖貺祐　賜福。㉗集華夏之至歡　集合華夏百姓最大歡心。時魏在中原，言華夏則有別於吳、蜀。㉘四三皇而六五帝　謂魏明帝的功德與三皇五帝並駕齊驅，故三皇加上明帝成為四，五帝加上明帝則成為六。

【語　譯】宮殿建築的準則既相應於天地，政治上的措施又隨順於四時。因此天地美善，九州和樂。家家都有謙讓之風，人人歌詠太平之詩，無人不優游自得，淡泊而無所思。歷觀各代之君，評其功德，沒有今日這樣完美的政治。吳蜀的毀滅，可以翹足以待。然而當今聖上還是勤苦不變講習治道，尋求天下賢才以開悟自心。招納忠正之士，廣開公直之路。常想周公對成王的教誡，傾慕皋陶治國的良謀。除去無用的官職，減省生事的法令，杜絕積習流傳的繁縟禮儀，使民俗回復於淳厚質樸。故而能使岐陽的鳴鳳飛翔於今，重又獻納虞舜所得的白環，青龍現於池塘，神龜負書出於河源，甘泉湧於池圃，靈芝生於丘園。總合神靈所賜之福，集聚中夏百姓的歡心，當今皇上可與三皇五帝並駕齊驅，周、夏之盛又何值一提！

卷一二

江海

海賦

【作　者】木華，字玄虛，廣川（今河北省景縣西南）人，做過西晉太尉楊駿府的主簿，擅長辭賦，今僅存〈海賦〉一篇。

【題　解】本篇描述大海的廣闊壯麗，並進而歌頌大海謙卑自居，能容眾流的品德。作者善於利用誇張和幻想的手法來鋪敘大海的一些奇景，使人對大海的雄奇瑰麗留下很深的印象。而其善於運用散文化的句法，在鋪敘之中夾著議論，一唱三歎，富有韻味，充分表達了作者對大海那種時而驚異時而激賞的感情。

昔在帝嬀❶，巨❷唐❸之代。天綱❹浡潏❺，為凋❻為瘵❼。洪濤瀾汗❽，萬里無際，長波涾沲❾，迆涎❿八裔⓫。於是乎禹也，乃鏟⓬臨崖⓭之阜陸⓮，決陂潢⓯而相沷⓰，啟龍門⓱之岝㠋⓲，墾⓳陵巒而嶄鑿⓴。群山既略㉑，百川潛渫㉒。泱漭㉓澹泞㉔，騰波赴勢。江河既導，萬穴㉕俱流。掎拔五嶽㉖，竭涸九州㉗。瀝滴㉘滲淫㉙，薈蔚㉚雲霧，涓流㉛泱瀼㉜，莫不來注。於㉝廓㉞靈海㉟，長為委輸㊱。其為廣也，其為怪也，宜其為大也。爾其為狀也，則乃浟湙㊲瀲灩㊳，浮天無岸，沖瀜沆瀁㊴，渺瀰泼漫㊵。波如連山，乍合乍散。噓噏㊶百川，洗滌淮漢，襄陵㊷廣舄㊸，漻葛㊹浩汗㊺。若乃大明㊻摭轡㊼於金樞之穴㊽，翔陽㊾逸駭㊿於扶桑之津51，彯沙礐石52，蕩颸53島濱。於是鼓怒54，溢浪揚浮55，更相觸搏，飛沫起濤。狀如天輪56，膠戾57而激轉；又似地軸58，挺拔而爭迴59。岑嶺60飛騰而反覆，五嶽61鼓舞62而相磓63。渭64濆淪65而滀潗66，鬱67沏迭68而隆頹69，盤盓70激而成窟，消沖71濼72而為魁73。潤74泊柏75而迆颺76，磊77匒匌78而相豗79。驚浪雷奔，駭水迸80集，開合解會，瀼瀼溼溼81，葩華82踧沑83，澒濘84潗滀85。若乃霾曀86潛銷，莫振莫竦87，輕塵不飛，纖蘿88不動，猶尚呀呷89，餘波獨湧，澎濞90灪磙91，碨磊92山壟。爾其枝岐93潭淪94，渤蕩95成汜96，乖97蠻隔夷，迴互98萬里。

【章　旨】本章先敘述由於大禹治水，因而眾水匯聚於海。繼而細緻描繪大海波濤的種種態勢。

【注　釋】❶帝媯　指舜。❷巨　按胡克家《文選考異》之見，當作「臣」。❸唐　指唐堯。❹天綱　天之綱紀。指大水。❺浡潏　洶湧。❻凋　傷。❼瘵　病害。❽瀾汗　形容波濤廣大的樣子。❾涾沲　波濤相重疊的樣子。❿迆涎　迤邐相連的樣子。⓫八裔　八方。⓬鑱　削平。⓭臨崖　臨水之崖。⓮阜陸　土山高地。⓯陂潢　池沼。陂，積水處。潢，蓄水處。⓰泼　據《文選考異》當作「沃」。⓱龍門　山名。⓲岝嶺　高峻的樣子。⓳𡐛　同「墾」。治。⓴嶄鑿　挖掘；開鑿。

㉑略　治。㉒潛渫　深深地疏通。潛，深。渫，疏通。㉓泱漭　水勢廣大的樣子。㉔澹泞　清澄而深的樣子。㉕萬穴　指眾多水道。㉖掎拔五嶽　此言大水治理之後，五嶽如同拔引而出。掎拔，拔引而出。㉗竭涸九州　大水退後，九州土地得以乾燥。涸，乾。㉘瀝滴　指水滴。㉙滲淫　小水。㉚薈蔚　雲霧聚集彌漫之狀。㉛涓流　小水。㉜泱瀼　水停蓄淤積的樣子。㉝於　歎詞。㉞廓　大。㉟靈海　稱美大海。言其多靈異之物。㊱長為委輸　是說大海長久成為眾水輸送積聚之處。委輸，輸送積聚。㊲湫淡　水流行的樣子。㊳瀲灩　水波蕩漾的樣子。㊴浺瀜沆瀁　水勢深廣的樣子。㊵渺瀰湠漫　曠遠的樣子。㊶噓噏　吹吸。猶吐納。潮起則百川逆流，如同吹之，潮落則如斂之而入。㊷襄陵　潮水漫越。襄，上。陵，越。㊸廣舄　廣大的海灘。㊹灪濩　廣深的樣子。㊺浩汗　廣大無邊的樣子。㊻大明　月亮。㊼攎轡　攬住轡繩。㊽金樞之穴　西方月沒之處。即月窟。㊾翔陽　指太陽。㊿逸駭　疾升。(51)扶桑之津　日出之處。(52)彯沙礐石　此言月沒日出之時，大風激浪，飄沙擊石。彯，通「飄」。礐，擊石之聲。(53)飍　風疾的樣子。(54)鼓怒　疾風鼓起怒浪。(55)溢浪揚浮　怒浪飛揚，浮湧於空。(56)天輪　言天地如車輪一般周而復始地運轉。(57)膠戾　周旋的樣子。(58)地軸　傳說地下有四柱，廣十萬里，內有三千六百軸。(59)爭迴　言地軸競轉，因而波浪翻騰。(60)岑嶺　此指浪峰。岑，山小而高。(61)五嶽　指浪峰。(62)鼓舞　古代雜舞的一種。(63)磓　撞擊。(64)澗　亂的樣子。(65)濆淪　相糾纏的樣子。(66)滀漯　攢聚的樣子。(67)鬱　盛多的樣子。(68)沏迭　疾速的樣子。(69)隆頹　高低不平的樣子。(70)盤盓　旋繞。(71)消冉　峻波；大浪。(72)滐　特立。(73)魁　浪山。(74)潤　疾速的樣子。(75)泊栢　小波；細浪。栢，即柏。(76)迆颺　相連而揚起浪花。(77)磊　大。(78)匒匌　重疊。(79)相豗　相擊。(80)迸　散。(81)瀼瀼溼溼　波濤開合的樣子。(82)葩華　分散的樣子。(83)踧沑　蹙聚的樣子。(84)湏濘　沸騰的樣子。(85)潗滘　沸騰的聲音。(86)霾曀　風雨晦暗。(87)莫振莫竦　此言風不吹動。振、竦，皆動的意思。(88)纖蘿　纖細的藤蘿。(89)呀呷　波浪相吞吐的樣子。(90)澎濞　水湧聲。(91)灪礧　高峻的樣子。(92)碨磊　不平的樣子。(93)枝岐　支流。(94)潭淪　動搖之狀。(95)渤蕩　潮水鼓蕩。(96)汜　由主流分出又回復到主流。(97)乖　隔離。(98)迴互　迴轉。

【語　譯】往昔虞舜的時代，在他還是唐堯的臣子時，大水洶湧，肆虐為害。洪濤廣闊，萬里無邊，長波重疊，迤邐八方。於是禹就鏟平阻塞水道的土山，開決池沼以相灌注，鑿通高峻的龍門山，挖開大小山頭。群山已經治理，百川深深疏濬。水勢廣大，清澄而深，徑直騰湧向前。江河已導，萬水俱流。五嶽如同拔擢而出，九州得以乾燥。點滴小水，會聚的雲霧，細流淤水，無不注入海中。啊，靈異的大海多麼宏偉！長久成為眾水輸送積聚之處。它是這樣廣闊，又是如此地怪異，所以它這般地偉大。它的狀貌流行波動，浮天無岸，又深又廣，無限曠遠。波濤如同連山，忽而合忽而散。吐納百川，潮水直洗滌淮河漢水，漫越海灘，渺茫浩瀚。正當月亮快要落於月窟，朝陽正升於扶桑之時，大風飄沙擊石，勁吹於島濱。於是大海發怒了，濁浪排空，波濤互相觸搏，捲起浪花。好似天輪，在急速地迴旋；又似地軸，在挺出競轉。浪峰飛騰而起又突然翻覆，好似五嶽一邊起舞一邊互相撞擊。繚亂地相糾纏而攢聚，又疾速地形成無數峰谷，激水盤旋成為窟穴，巨浪特立形成浪山。細浪相連飛快地濺起浪花，大浪重疊而相擊。驚濤雷鳴，駭水集散。忽而分開，忽而聚合，分合之際，猶如沸騰一般。至於風雨晦暗悄然消散，海風不吹，輕塵不飛，纖蘿不動，波浪猶相吞吐，大海還在湧動，澎湃高峻，如同山壟。它的支流搖動，鼓蕩而出終又回到主流中來，隔離蠻夷之國，迴轉之間已經萬里。

若乃偏荒❶速告，王命急宣❷。飛駿❸鼓楫❹，汎海淩山❺。於是候勁風，揭❻百尺❼，維❽長綃❾，掛帆席❿。望濤遠決⓫，冏然⓬鳥逝。鷸⓭如驚鳧⓮之失侶，倏⓯如六龍⓰之所掣⓱，一越三千⓲，不終朝⓳而濟⓴所屆㉑。若其負穢㉒臨深㉓，虛誓愆祈㉔，則有海童㉕邀路㉖，馬銜㉗當蹊㉘。天吳㉙乍見㉚而髣髴㉛，蝄像㉜暫曉㉝而閃屍㉞，群妖遘㉟迕㊱，眇䁌㊲冶夷㊳。決帆摧橦㊴，戕風㊵起惡㊶。廓如靈變㊷，惚怳幽暮㊸。氣似天霄㊹，靉靆㊺雲布，䨣昱㊻絕電㊼，百色㊽妖露㊾，呵嗽掩鬱㊿，矆睒(51)無度。飛澇(52)相磢(53)，激勢(54)相沏(55)。崩雲屑雨(56)，浤浤汩汩57。踸踔湛灤58，沸潰渝溢59，瀖泋濩渭60，蕩雲沃日61。於是舟人漁子，徂南極東62，或屑沒63於黿64鼉65之穴，或挂罥66於岑嶅之峰67，或掣掣洩洩68於裸人之國69，或汎汎悠悠70於黑齒之邦71。或乃萍流而浮轉，或因歸風以自反72，徒識觀怪之多駭，乃不悟所歷之近遠。

【章旨】本章描寫出行在海上的使者、船夫和漁人所遇到的種種驚險和神怪。

【注釋】❶偏荒　邊遠之國。❷宣　告。❸駛　迅速。❹鼓楫　划船。楫，短槳。❺淩山　越過有山的島。❻揭　高舉。此指高高豎起。❼百尺　指百尺之檣。即桅桿。❽維　繫。❾長綃　指帆索。❿帆席　以席所製的帆。⓫決　通「訣」。分別。⓬冏然　鳥飛的樣子。⓭翻　疾飛的樣子。⓮鳧　野鴨。⓯倏　疾速的樣子。⓰六龍　古代傳說中，日神以六龍駕車。⓱掣　牽引。⓲一越三千　一日三千里。⓳終朝　上午。⓴濟　渡。㉑屆　至。㉒負穢　言身有罪，如同負荷一樣。㉓臨深　臨海。㉔虛誓愆祈　言為人不忠信，虛為誓約，欺騙神靈。愆，過失。祈，祈禱。㉕海童　海中神怪。㉖邀路　在路上攔截。㉗馬銜　傳說中海中神怪。馬首，一角而龍形。㉘蹊　路。㉙天吳　古代傳說中的水神。《山海經．海外東經》：「朝陽之谷，神曰天吳，是為水伯……其為獸也，八首人面，八足八尾，皆青黃。」㉚見　通「現」。㉛髣髴　不很分明的樣子。㉜蝄像　胡克家《文選考異》認為當作「罔象」。傳說中的水怪。㉝暫曉　短暫出現。㉞閃屍　閃現出形體。㉟遘　遇。㊱迕　犯。㊲眇䁾　注視的樣子。㊳冶夷　妖媚的樣子。㊴決帆摧橦　言有暴風驟起，決破帆席，摧折橦木。橦，檣桅。㊵犮風　暴風。㊶起惡　開始肆惡。㊷廓如靈變　此言忽然之間，雲霧暫開，如同神變。廓，開。靈變，神變。㊸惚怳幽暮　恍恍惚惚之間，又變得幽暗不明。㊹氣似天霄　此言海神噴吐氣息，類似天空雲霧。㊺靉靅　雲氣昏暗的樣子。㊻霴昱　迅疾的樣子。㊼絕電　瞬息即逝的閃電。㊽百色　各色各樣。㊾妖露　妖怪呈露。㊿呵嗽掩鬱　光色吞吐疾速的樣子。51矆睒　光色閃爍，眩惑於人。52澇　大浪。53磢　錯。54激勢　相互激盪的情勢。55相沏　相摩。56屑雨　形容雨飛灑的樣子。57浤浤汩汩　波浪之聲。58踸踔湛灤　波浪忽前忽後的樣子。59沸潰渝溢　波浪沸亂騰躍之狀。60瀖泋濩渭　波濤之聲。(61)蕩雲沃日　蕩漾著雲彩，澆灌著日光。水畔生雲，故波浪蕩之，日光浮於水中，故澆灌之。(62)徂南極東　此言漁人舟子被風浪沖得四散，東南西北，不止一處。極，至。(63)屑沒　碎沒。(64)黿　即鼈。(65)鼉　鼉龍。俗叫豬婆龍，是鱷魚的一種。(66)掛罥　掛繫。(67)岑敫之峰　指海上礁石和島上小山。敫，山上多石。(68)掣掣洩洩　隨風而飄的樣子。(69)裸人之國　傳說中海外國名。其國之人不穿衣服，故稱裸人國。(70)汎汎悠悠　隨水而漂。(71)黑齒之邦　傳說中海外國名。其民齒黑，故稱黑齒國。(72)或乃萍流而浮轉二句　言有萍漂而回或乘風而返者。

【語　譯】至於邊遠之國緊急前來稟告，或者朝廷派遣使者速往宣告王命。船划得飛快，汎海越島。等候到勁風起了，就豎起高高的桅桿，繫上長長的帆索，掛好席帆，就此遠別，如同鳥飛一般駛去。疾速宛若失侶驚飛的野鴨，又似六龍牽著日車奔馳，一日三千里，不到一個上午，便到達目的地。若是有人身負罪愆來到海上，虛為誓約，欺蒙神靈，那就有海童攔截，馬銜擋路。天吳突然朦朦朧朧地出現，罔象短暫地閃現出形軀，群妖相聚來犯，張大了眼睛露出媚態。突然帆破桅折，暴風開始肆虐。一會兒雲霧暫開，猶如神變，一會兒恍惚之間，又幽暗不明。海神吹氣於天霄，昏昏然雲霧瀰漫，閃電霍霍，各種妖怪呈露，光色吞吐，放肆地眩惑於人。飛濤交錯，相激相摩。崩雲碎雨打在水上，發出浤浤汩汩之聲。波濤忽前忽後，沸亂騰躍，濤聲訇然，蕩漾著雲彩，澆灌著日光。於是船夫漁人，被沖得四處分散，有的粉身碎骨沈沒在黿鼉的洞窟之中，有的掛繫在山石之上，有的隨風飄到了裸人國，有的隨水流到黑齒邦。也有的如浮萍一樣漂蕩而歸故里，更有偶然乘著風勢返回家鄉的，他們見到許多令人驚駭的怪異景象，竟然不記得經歷的路程的遠近。

爾其為大量也：則南澰❶朱崖❷，北灑天墟❸，東演❹析木❺，西薄❻青徐❼。

經途瀴溟❽，萬萬有餘。吐雲霓，含龍魚，隱鯤鱗❾，潛靈居❿，豈徒積太顛之寶貝⓫，與隨侯之明珠⓬！將⓭世之所收者常聞，所未名者若無，且希世⓮之所聞，惡⑮審⑯其名！故可仿像⑰其色，靉靅⑱其形。爾其水府之內，極深之庭，則有崇島巨鼇⑲，峌峴⑳孤亭㉑，擘㉒洪波，指太清㉓，竭㉔磐石㉕，棲㉖百靈㉗。颺凱風而南逝㉘，廣莫㉙至而北征㉚。其垠則有天琛㉛水怪㉜，鮫人㉝之室，瑕石㉞詭暉㉟，鱗甲㊱異質㊲。若乃雲錦散文於沙汭之際㊳，綾羅被光於螺蚌之節㊴。繁采揚華，萬色隱鮮㊵。陽冰不冶㊶，陰火潛然㊷。熺㊸炭重燔㊹，吹㊺炯㊻九泉㊼，朱燄㊽綠煙，腰眇蟬蜎㊾。魚則橫海之鯨㊿，突扤(51)孤遊。戛(52)巖嶅，偃(53)高濤，茹(54)鱗甲，吞龍舟(55)。噏波(56)則洪漣(57)踧蹜(58)，吹潮則百川倒流。或乃蹭蹬(59)窮波(60)，陸死鹽田，巨鱗插雲，鬐鬣(61)刺天，顱骨成嶽，流膏(62)為淵。若乃巖坻(63)之隈(64)，沙石之嶔(65)。毛翼(66)產鷇(67)，剖(68)卵成禽。鳧雛(69)離褷(70)，鶴子淋滲(71)，群飛侶浴，戲廣浮深，翔霧連軒(72)，洩洩淫淫(73)。翻動成雷，擾(74)翰(75)為林，更相叫嘯，詭色(76)殊音。

【章 旨】本章描寫海中的珍寶、巨魚及鳥類。

【注 釋】❶澰 浸漬。❷朱崖 指最南的炎州。❸天墟 指最北的地方。❹演 流到。❺析木 又稱天津海。在青、徐之東。❻薄 迫近。❼青徐 青州、徐州。地近海邊。❽瀴溟 絕遠；杳冥。❾鯤鱗 大魚。❿靈居 指仙人所處之地。如方丈等海上仙山。⓫太顛之寶貝 傳說殷紂王把文王（時為西伯）因禁在羑里，打算擇日殺之，文王之臣太顛、散宜生、南宮适等得水中大貝獻給紂王，紂王立時釋放西伯。⓬隨侯之明珠 傳說隨侯曾用良藥為巨蛇敷傷，後大蛇銜來巨大的夜明珠報答他。隨，也作「隋」。事見《淮南子．說山》。⑬將　副詞。大概。⑭希世　即稀世。世所稀有。⑮惡　何。⑯審　詳知；明悉。⑰彷像　彷彿。⑱靉靆　不明的樣子。⑲崇島巨鼇　巨鼇背負仙山浮於海上。⑳峌峴　高聳的樣子。㉑孤亭　獨立。㉒擘　破裂。㉓太清　指天。㉔竭　戴。㉕磐石　大石。㉖栖　同「棲」。㉗百靈　指眾神仙。㉘颺凱風而南逝　此言巨鼇力壯，常負山逆風而行。凱風，南風。南逝，南行。㉙廣莫　北風。㉚北征　北行。㉛天琛　自然珍寶。㉜水怪　指珍寶。㉝鮫人　傳說居住在海底的一種人。眼淚能化為珍珠。㉞瑕石　小塊赤玉。㉟詭暉　光色多變。㊱鱗甲　指具有鱗片或甲殼的水生動物。㊲異質　奇怪的形狀。質，本體。㊳雲錦散文於沙汭之際　即沙汭之際文若雲錦。雲錦，朝霞。沙汭，沙岸。㊴螺蚌之節　螺蚌的曲節紋路。㊵隱鮮　有的隱微有的鮮明。㊶陽冰不冶　陽處有不銷融的冰。冶，銷。㊷陰火潛然　陰處則有潛燃之火。然，「燃」的本字。㊸熹　熾熱。㊹重燔　重又燃燒。㊺吹　燃。㊻炯　光照。㊼九泉　指地下幽暗之處。㊽燄　同「焰」。㊾腰眇蟬蜎　煙焰飛騰的樣子。㊿鯨　大魚。(51)突扤　即突兀。(52)戛　擦刮。(53)偃　伏。(54)茹　食。(55)龍舟　大舟。(56)噏波　即吸波。(57)洪漣　大浪。(58)跼蹐　指水不前進。(59)蹭蹬　失勢的樣子。此指陷入困境。(60)窮波　淺水。(61)鬐鬣　指魚背之鬣。鬐，據《文選考異》，當作「鰭」。(62)膏　油脂。(63)坻　岸。(64)隈　水曲處。(65)嶔　小而尖的山。(66)毛翼　指鳥類。(67)鷇　待哺的幼鳥。(68)剖　破。(69)鳧雛　小野鴨。(70)離褷　毛羽初生的樣子。(71)淋滲　毛羽初生之狀。(72)連軒　相連高飛。(73)洩洩淫淫　飛翔的樣子。(74)擾　亂。(75)翰　羽毛。(76)詭色　異色。

【語　譯】海的範圍極大：南浸朱崖，北至天墟，東而流到析木，西而迫近青、徐二州。流經的途程極遠，超過萬萬里。海中吞吐雲霞彩虹，生活著龍、魚生物，隱伏著大魚，潛藏著仙人的居處，哪裡僅僅積存太顛所獻的那種寶貝和隨侯所得的那種夜明珠！世上所收藏的珍寶是常見常聞的，叫不出名字的不大有，而世上罕見之物，又如何詳知其名呢！故只能依稀看到它的顏色，模糊地見到它的形狀。水府很廣，深處極深，其範圍內，則有巨鼇背負仙山浮於海上，高聳獨立，分開洪波，直指青天，巨石磊磊，棲息眾仙。南風起巨鼇負山逆風南行，北風吹至牠又向北而進。水府邊際之內則有各種天然珍寶，鮫人所居之室，赤玉光色多變，生著鱗甲的動物奇形怪狀。沙岸邊散發著像朝霞一樣的光芒，螺蚌曲節的紋路閃爍著綾羅般的光澤，繁縟的彩色，放著光華，各種顏色，有隱有顯。明亮的地方有不銷融的冰，陰暗的地方有潛燃的火。熾炭重又燔燒，光照地下九泉。紅焰綠煙，熊熊飛騰。魚則有橫亙大海的巨魚，突兀於海中，孤獨而遊。擦刮礁岩，偃伏高濤，取食鱗甲，吞沒大舟。只要它一吸波海水就不前進，一吹浪百川就為之逆流。有時在淺水擱淺，死在陸上鹽田之中，巨鱗插雲，背鰭刺天，頭骨如山，流脂成潭。至於海灣巖岸，沙石小山之上，鳥類幼雛，破殼而生。毛羽初生的小野鴨，毛茸茸的小仙鶴，成群飛掠，結伴浴水，浮遊嬉戲在深廣的水上，相連翱翔在雲霧之中，悠然地振羽盤旋。眾鳥飛動，其聲如雷，亂羽紛紛，混雜如林，互相叫嘯，異色殊音。

若乃三光❶既清，天地融朗❷。不汎陽侯❸，乘蹻絕往❹。覿❺安期❻於蓬萊，見喬山❼之帝像。群仙縹渺❽，餐玉❾清涯❿。履阜鄉之留舄⓫，被⓬羽翮⓭之襂纚⓮。翔天沼，戲窮溟⓯。甄有形⓰於無欲⓱，永悠悠以長生。且其為器也，包乾⓲之奧⓳，括坤⓴之區㉑。惟神是宅，亦祇是廬㉒。何奇不有，何怪不儲！芒芒㉓積流㉔，含形內虛㉕，曠哉坎㉖德，卑以自居。弘往㉗納來㉘，以宗以都㉙。品物類生㉚，何有何無！

【章旨】本章先描寫大海為神仙會聚之地。其次歌頌大海謙卑而廣容的品德。

【注釋】❶三光　指日、月、星。❷融朗　通明。❸陽侯　水神。❹乘蹻絕往　此言用仙法憑空而往。據《抱朴子》，蹻道有三法，一曰龍蹻，二曰氣蹻，三曰鹿盧蹻。❺覿　見。❻安期　傳說中的仙人。住在海中蓬萊仙境。❼喬山　黃帝的陵墓所在。❽縹渺　隱隱約約若有若無的樣子。❾餐玉　食玉漿。❿清涯　清水之涯。⓫阜鄉之留舄　傳說仙人安期先生為琅邪阜鄉人，自言千歲，秦始皇與他談話後，贈金數千萬於阜鄉亭，安期先生皆置而不收，留書一封，以赤玉舄一雙為報。事見《列仙傳》。舄，鞋。⓬被　通「披」。⓭羽翮　羽毛織成的衣服。指仙人所服的羽衣。⓮襂纚　毛羽下垂的樣子。⓯翔天沼二句　迴翔於天池，遊戲於遠海。天沼，即天池。窮溟，遠方的大海。⓰甄有形　此言眾仙表現出有形軀。甄，表。⓱無

欲　無情欲。⑱乾　指天。⑲奧　內。⑳坤　指地。㉑區　區域。㉒惟神是宅二句　是說大海是神靈所居住之處。祇，地神。㉓芒芒　即茫茫。㉔積流　積小流以成海。㉕含形內虛　含容眾形，胸懷虛空。㉖坎　八卦之一。卦形象徵水。㉗弘往　潮起則聲勢浩大而往。㉘納來　容納來者。㉙以宗以都　指海為百川所尊，為百川所聚。宗，尊。都，聚。㉚品物類生　萬物以類相生。品物，眾物。

【語譯】待到三光清明，天地晴朗的時候。不用汎舟水上，運用仙法憑空而往。在蓬萊島上會見安期先生，在喬山瞻仰黃帝的聖像。群仙隱隱約約，在清清的水涯餐食玉漿。足穿安期先生留下的赤玉鞋，身披垂垂的羽衣。迴翔於天池，遊戲於遠海。雖表現出有形而心無情欲，悠悠歲月，長生不老。海作為大器，包容青天之內，總括大地區域。天神在此居住，地祇有其廬舍。什麼樣的奇事不有，什麼樣的怪物不儲積！茫茫廣大，蓄積小流，含容眾形，胸懷虛空，水德多麼偉大！總以謙卑自居。潮起則聲勢浩大而往，來者則納而不拒，為百川所尊崇和聚匯。萬物在此以類相生，何所不有，何者而無呢！

江賦

【作者】郭璞（西元二七六～三二四年），字景純，河東聞喜（今山西聞喜）人。好經術，博學有高才，精通古文奇字，妙於陰陽曆算，深曉五行、天文、卜筮之術。中原大亂前已渡江，避地東南，宣城太守殷祐引為參軍，王導深重之，引薦他參與軍事。元帝時為著作佐郎，遷尚書郎。明帝時王敦延聘為記室參軍。王敦陰謀反叛，命其卜筮，璞欲藉以阻止王敦，謂王必敗，遂為王所殺。郭璞是位成就頗高的學者，注釋過《爾雅》、《方言》、《山海經》、《穆天子傳》、《楚辭》等書。郭璞原有集十七卷，已散佚，明人輯有《郭弘農集》。他擅長詩賦，其詩以十四首〈游仙詩〉為代表作，通過對隱遁生活的歌詠和對神仙境界的追求，表現了詩人在離亂中的悲哀和生不逢時的感慨。

【題解】〈江賦〉作於東晉之時，據李善注引《晉中興書》云：「璞以中興，王宅江外，乃著〈江賦〉，述川瀆之美。」可見郭璞寫作此賦，是想藉對大江壯麗的歌頌，來使士大夫們認識到江東山川的險要、物產的富饒，從而堅定在江東立國的信心。

〈江賦〉規模宏闊，內容詳贍，與木華的〈海賦〉同為寫江海的巨製。作者在描寫長江從四川境內奔騰至海的情形，寫得極有氣勢；而在形容江船順風而行那種風馳電掣的情景，更富有想像力。此賦有些辭采向來為人所稱道，劉勰就曾說過：「景純綺巧，縟理有餘。」（《文心雕龍．詮賦》）

咨❶五才❷之並用，寔❸水德❹之靈長❺。惟岷山❻之導江❼，初發源乎濫觴❽。聿❾經始❿於洛⓫沫⓬，攏⓭萬川乎巴梁⓮。衝巫峽以迅激，躋江津而起漲⓯。極泓量而海運⓰，狀滔天以淼茫⓱。揔⓲括漢⓳泗⓴，兼包淮㉑湘㉒，并吞沅㉓澧㉔，汲引沮㉕漳㉖。源二分於崌崍㉗，流九派㉘乎潯陽㉙。鼓洪濤於赤岸㉚，淪㉛餘波乎柴桑㉜。綱絡㉝群流，商搉㉞涓澮㉟。表㊱神委㊲於江都㊳，混流㊴宗㊵而東會㊶。注五湖㊷以漫漭㊸，灌三江㊹而漰沛㊺。滈汗㊻六州㊼之域，經營㊽炎景㊾之外。所以作限㊿於華裔(51)，壯天地之嶮介(52)。呼吸(53)萬里，吐納靈潮(54)，自然往復，或夕或朝。激逸勢(55)以前驅，乃鼓怒而作濤。峨嵋為泉陽之揭，玉壘作東別之標(56)。衡(57)霍(58)磊落(59)以連鎮(60)，巫(61)廬(62)嵬崛(63)而比嶠(64)。協靈(65)通氣(66)，濆薄(67)相陶(68)，流風(69)蒸雷(70)，騰虹揚霄(71)。出信陽(72)而長邁(73)，淙(74)大壑(75)與沃焦(76)。

【章　旨】本章概述大江的起源、相關的水系、沿途的城市、高山及水勢的變化。

【注　釋】❶咨　感歎詞。❷五才　據《文選考異》當作「五材」。指金、木、水、火、土。《左傳・襄公二十七年》：「天生五材，民並用之。」❸寔　通「實」。❹水德　水的德性。❺靈長　良善綿長。此言水有柔德，廣大利物。❻岷山　山名。在四川省的北部，綿延四川甘肅兩省邊境，為長江黃河分水嶺，岷江嘉陵江發源地。❼導江　長江的發源地。岷山為岷江、嘉陵江發源地，兩江匯合入長江，故云。導，起源。❽濫觴　浮起酒杯。此言江河源頭，初水極少。❾聿　句首助詞。❿經始　經由。⓫洛　古水名。古書上所指不一，此當指《漢書・卷二八・地理志》的雒水，即今四川廣漢境內沱江諸源之一。⓬沫　古水名。出蜀西塞外，東南入江。⓭攡　總括。⓮巴梁　巴郡、梁州。巴郡，古郡名。戰國秦首置於古巴國之地，治所在江州（今四川重慶）。梁州，古九州之一。⓯衝巫峽以迅激二句　是說江水至巫峽，水為山夾，所以水漲而疾。衝，衝擊。巫峽，長江三峽之一。西起四川省巫山縣大寧河口，東至湖北省巴東縣官渡口，綿延四十公里，長江橫切巫山主脈而成，峽谷特別曲折幽深。躋，登；上。江津，江岸。漲，水長浪大。⓰極泓量而海運　比喻長江出三峽後水勢浩大，猶如大海一般。極，窮盡。泓量，極大的水量。謂江水的深廣。海運，大海的運轉流動。⓱淼茫　江水廣闊的樣子。⓲揔　通「總」。⓳漢　漢水。源出陝西省寧強縣北嶓冢山，南流至武漢入長江。⓴泗　泗水。源出山東省泗水縣東蒙山南麓，曲折千里，注入淮河。㉑淮　淮河。源出河南桐柏山，東經安徽、江蘇入洪澤湖。㉒湘　湘江。源出廣西省靈川縣東海洋山西麓，東北流貫湖南全省，注入洞庭湖。㉓沅　沅水。源出貴州省都雲縣雲霧山，注入洞庭湖。㉔澧　澧水。源出湖南省桑植縣西北，注入洞庭湖。㉕沮　沮水。源出湖北省保康縣西南，東南流與漳水合，入於長江。㉖漳　漳水。源出湖北省南漳縣西南之蓬萊洞，合沮水為沮漳河，東入長江。㉗崌崍　皆山名。崌山在崍山之東。崍山即邛崍山，在四川省西部。㉘九派　九個支流。派，支流。㉙潯陽　縣名。漢潯陽縣，屬廬江郡，即今江西九江。據《漢書》應劭注云，長江自廬江潯陽分為九。㉚赤岸　山名。其地不詳，〈七發〉李善注：「似在遠方。」㉛淪　沒；平息。㉜柴桑　古縣名。西漢置，因柴桑山而得名，治所在今江西省九江市西南。㉝綱絡　收羅；聚攡。㉞商搉　統統攝而納之。㉟涓澮　小的水流。㊱表　顯現。㊲神委　眾流會聚。因其深而廣，故用神字來形容。㊳江都　縣名。在江蘇省中部，長江北岸，秦置廣陵縣，漢改江都縣。㊴混流　匯合眾水。㊵宗　尊崇。㊶東會　東會於海。㊷五湖　指太湖。㊸漫漭　寬廣的樣子。㊹三江　有多種說法，近人認為乃眾多水道的總稱，而非確指某幾條水。《書・禹貢》載揚州「三江既入，震澤底定」。㊺漰沛　波濤之聲。㊻滈汗　長流的樣子。㊼六

州　指益、梁、荊、江、揚、徐六州。㊽經營　經歷。㊾炎景　指南方。南方屬火，故稱。㊿作限　成為界限。51華裔　中華與蠻夷。52嶮介　險阻。53呼吸　即吐納。54靈潮　指潮水。55逸勢　言水勢迅疾。56峨嵋為泉陽之揭二句　是說二山為江水之源，故可作為大江標記。峨嵋，山名。在今四川省峨嵋縣西南。泉陽，江之別名。揭，標誌。玉壘，山名。在四川省灌縣西北。東別，東去。57衡　衡山。在湖南省，為五嶽之南嶽。58霍　霍山。在安徽省霍山縣西北。59磊落　形容山高大的樣子。60連鎮　相連而鎮守。61巫　巫山。在四川省巫山縣東，巴山山脈特起處。62廬　廬山。在江西省九江縣南，北靠長江，東南傍鄱陽湖。63嵬崛　山高大的樣子。64比嶠　並高。山銳而高為嶠。65協靈　合神靈之變化。協，合。66通氣　通山川之氣。67濆薄　氣亂的樣子。68陶　陶冶。69流風　指山風吹動。70蒸雷　升起雷聲。71揚霄　揚起薄雲。72信陽　即信陵之陽。信陵縣，三國吳置，治所在今湖北省秭歸縣東南。江出古信陵城南。73長邁　遠行。74淙　灌注。75大壑　傳說在渤海之東很遠的地方有一大谷，其下無底，又名歸墟。76沃焦　山名。傳說在東海南三萬里，水灌之而不止。

【語譯】天生五材，人民都加以利用，其實水的德性最良善綿長。長江的發源地是岷山，源頭水淺只能浮起酒杯。經由洛水和沫水，在巴郡梁州之地匯攏萬川。直衝巫峽，波濤迅疾，江水猛漲，沖上江岸。出了三峽，水勢極大，如同大海的運轉，巨浪滔天，江面寬廣無際。總括漢水、泗水，兼包淮河、湘江，并吞沅水、澧水，汲引沮水、漳水。水源起於岷山、崍山，到了潯陽就分為九個支流。赤岸山下鼓起洪濤，直到柴桑才餘波平息。收羅群流，統攝小水，在江都顯示水勢的深廣，匯合眾水朝會於大海。注入五湖，煙水茫茫，灌進三江，奔騰澎湃。長流於六州的土地上，經歷於炎熱的南方之外。可作為中華和蠻夷的界限，使天地間險阻更為壯偉。吐納潮水，可至於萬里，自然往還，有早有晚。水勢疾急往前奔馳，鼓起了洶湧的怒濤。峨嵋山是江源的標誌，玉壘山則是大江東去的表記。衡山、霍山又高又大，相連雄鎮，巫山、廬山崔嵬壯麗，一樣峻峭。山川通氣，合於神靈變化，雲霧鬱亂，陶冶萬物，山風吹動，雷聲升起，彩虹騰空，薄雲飄揚。大江流過信陵的城南，就此遠行，直灌注到大海中那無底的大壑和沃焦山。

若乃巴東❶之峽❷，夏后❸疏鑿，絕岸萬丈，壁立赮駮❹。虎牙❺嵥豎❻以屹崒❼，荊門闕竦❽而磐礴❾。圓淵❿九回⓫以懸騰⓬，湓流⓭雷呴⓮而電激⓯。駭浪暴灑⓰，驚波飛薄⓱。迅澓⓲增澆⓳，湧湍⓴疊躍㉑。砅㉒巖鼓作㉓，淜湱澩灂㉔。淜濞泓濊，潰濩泧漷㉕。潏湟淴泱，瀭潤瀾淪㉖。漩澴滎瀯，渨溫濆瀑㉗。溭淢濜溳㉘，龍鱗結絡㉙。碧沙㉚瀢㴁㉛而往來，巨石硉矹㉜以前卻㉝。潛演㉞之所汩淈㉟，奔溜㊱之所磢錯㊲，厓隒㊳為之泐嵃㊴，碕嶺㊵為之喦崿㊶。幽澗㊷積岨㊸，礐硞䃮确㊹。若乃曾潭㊺之府㊻，靈湖㊼之淵。澄澹汪洸，瀇滉囦泫㊽。泓汯洞澋，涒鄰圌潾㊾。混澣灦渙㊿，流映揚焆(51)。溟漭渺湎，汗汗沺沺(52)。察(53)之無象(54)，尋之無邊。氣(55)滃渤(56)以霧杳(57)，時鬱律(58)其如煙，類肧渾之未凝(59)，像太極(60)之構天(61)。長波(62)浹渫(63)，峻湍(64)崔嵬(65)。盤渦(66)谷轉(67)，凌濤(68)山頹(69)。陽侯(70)砐硪(71)以岸起(72)，洪瀾(73)涴演(74)而雲迴(75)。峾淪(76)溛瀤(77)，乍浥(78)乍堆(79)。豃如地裂，豁若天開(80)。觸曲厓(81)以縈繞(82)，駭崩浪(83)而相礧(84)。鼓㕁窟(85)以漰渤(86)，乃湓湧(87)而駕隈(88)。

【章　旨】本章先描寫三峽一段江流險惡之狀。然後形容與大江相關的大湖那浩瀚雄偉的氣象。

【注　釋】❶巴東　郡名。治所在魚復（今四川奉節東）。❷峽　指三峽。即瞿塘峽、巫峽、西陵峽。❸夏后　指夏禹。后，君。❹赮駮　如同霞彩一般斑駁。赮，同「霞」。駮，通「駁」。❺虎牙　山名。在湖北省。李善注引盛弘之《荊州記》：「郡西泝江六十里，南岸有山，名曰荊門，北岸有山，名曰虎牙。二山相對，楚之西塞也。虎牙，石壁紅色，間有白文，如牙齒狀。荊門上合下開，開達山南，有門形，故因以為名。」❻嵥豎　特立的樣子。❼屹崒　高峻的樣子。❽闕竦　如闕竦立。

荊門山上合下開，形成門狀，頗似宮殿之前的雙闕，故云。❾磐礴　高大的樣子。❿圓淵　指江水沖激形成的漩渦。⓫几回　形容漩渦迴旋的急速持久。⓬懸騰　形容漩渦浮現在波面上。⓭溢流　湧流。溢，水聲。⓮雷呴　雷吼。⓯電激　水疾如同電光激射。⓰暴灑　疾散。⓱飛薄　飛濺。⓲迅澓　迅疾的洄流。澓，水洄流。⓳增澆　重疊的洄波。增，通「層」。⓴湧湍　疾流湧動。㉑疊躍　不斷湧動。㉒砯　水激巖之聲。㉓鼓作　如鼓聲大作。㉔漰湱澩灂　波濤相激之聲。㉕淥瀷滉淢二句　水勢相激，洶湧而流的樣子。㉖潏湟淴泱二句　水流漂疾的樣子。㉗漩澴滎瀯二句　波浪回旋，洶湧而起的樣子。㉘溭淢濜湏　波浪參差相次的樣子。㉙龍鱗結絡　如龍之鱗連結交織。㉚碧沙　水中之沙。因為江水色碧，故映沙碧。㉛瀢㴐　水流沙動的樣子。㉜碑矶　水流石動的樣子。㉝前卻　往前往後。㉞潛演　地下潛流的水脈。㉟汩淈　水湧的樣子。㊱奔溜　奔注的水流。溜，水流。㊲硤錯　摩擦。㊳厓隒　崖岸。㊴泐嵃　石依其紋理裂開而成驚險之狀。㊵碕嶺　長長的山嶺。㊶喦崿　陡峭的崖岸。喦，岩。崿，山崖。㊷幽𧮰　幽深的山澗。𧮰，同「澗」。兩山間的流水，此指山峽之中的長江。㊸積岨　重重險阻。㊹礐硞礐確　江水沖激江中巨石的聲音。㊺曾潭　重潭。㊻府　水深廣之處。㊼靈湖　深藏神靈的湖。㊽澄澹汪洸二句　水平漫不流，又廣又深之狀。㊾泓汯泂澋二句　水勢回旋的樣子。㊿混澣灝渙　水勢清深澄澈的樣子。51流映揚焆　湖水映日而有光輝。52溟漭渺湎二句　廣大無邊的樣子。53察　細看。54無象　沒有形象。水天一色，故無象可以分辨。55氣　指湖上的霧靄。56滃渤　氣體繁盛的樣子。57杳　深遠。58鬱律　濃黑的樣子。59類肧渾之未凝　言雲氣杳冥，似肧胎渾混尚未凝結。類，像。肧，同「胚」。60太極　指宇宙原始的混沌之氣。61構天　由原始元氣化生天地。62長波　大浪。63浹渫　水波連續的樣子。64峻湍　湍急的巨浪。65崔嵬　形容浪高。66盤渦　盤旋的漩渦。67谷轉　如山谷轉動。68淩濤　突起淩空的大濤。69山頹　山嶽頹倒。形容淩空大濤突然落下。70陽侯　波神。此指波濤。71砐硪　高大的樣子。72岸起　騰起如崖岸一般。73洪瀾　巨大的波瀾。74涴演　迴曲的樣子。75雲迴　像雲一樣迴旋。76㳶淪　迴旋的樣了。77𣻉瀤　水波起伏不平的樣子。78浥　水波平靜的樣子。79堆　浪濤如同小山一樣。80豁如地裂二句　浪起好似地裂，霧散如同天開。此言烈風吹水，四面浪起，中為深谷，則如同地裂，風波既息，煙霧盡銷，則豁然如天開。豁，開裂的樣子。豁，裂開。81曲厓　彎曲的崖岸。厓，通「崖」。82縈繞　水流盤旋。83崩浪　觸岸而崩頹的浪濤。84相礧　相擊。85硌窟　指崖下的窟穴。硌，穴。86漰渤　水鼓窟穴發出的聲音。87溢湧　波浪分散。88駕隈　水淩駕於山曲之上。隈，山曲。

【語　譯】至於巴東的三峽，是夏禹鑿通的水道。陡峭的崖岸高萬丈，石壁如同霞彩一般斑駁。虎牙山特立高峻，荊門山好似雙闕雄峙。漩渦飛轉，懸騰水面，湧流雷吼，好似雷光激射。駭浪疾散，驚波飛濺。迅疾的迴流，重重疊疊，湧動的湍流，不斷向前。浪擊山巖如同鼓聲大作，波濤相撞發出「漰渚㶑灂」的巨響。水勢洶湧，漂疾如箭。波浪回旋，騰湧而起。水波參差相次，猶若龍鱗連結交絡。碧沙隨水往來，巨石在江中前後滾動。潛流汩汩奔湧，奔流摩擦崖岸，石壁依紋理而裂開，長嶺成為峻峭的山崖。幽深的峽中之江，整日可聽到江水激石之聲。至於那重潭水府，深深的靈湖。水平漫漫，又廣又深。水勢迴旋，曲曲折折。清深澄澈，映日生輝。水面廣闊渺茫，天水一色，難以分辨，尋找不到邊際。湖上霧靄繁盛杳冥，濃黑如煙，好似胚胎渾混尚未凝結，又如原始的混沌之氣在構造天地。長波連續，急浪高捲。激起的漩渦好像山谷轉動，淩空的大濤如同山嶽頹倒。巨浪騰起就像崖岸一般，狂瀾迴曲猶如雲一樣迴旋。波面盤旋起伏，忽而平靜，忽而堆起浪峰。浪起好似地裂，霧散如同天開。水流接觸曲岸就形成漩渦，崩坍的駭浪互相擊撞。湧水鼓入崖下窟穴發出洪音，打在山曲之上波浪分散。

魚則江豚❶海狶❷，叔鮪❸王鱣❹，䱻鯠鰧鮋❺，鯪鰩鯩鰱❻。或鹿觡❼象鼻，或虎狀龍顏❽。鱗甲鏙錯❾，煥爛❿錦斑⓫。揚鰭掉尾⓬，奔浪飛唌⓭。排流⓮呼哈⓯，隨波遊延⓰。或爆采⓱以晃淵⓲，或𪄙鰓⓳乎巖間。介鯨⓴乘濤以出入，鯼㉑紫㉒順時而往還㉓。爾其水物怪錯㉔，則有潛鵠㉕魚牛㉖，虎蛟㉗鉤蛇㉘，蜦㉙蟫㉚，鱟㉛蝞㉜，鱝㉝鼇㉞鼅鼊㉟，王珧㊱海月㊲，土肉㊳石華㊴，三蝬㊵蜌江㊶，鸚螺㊷蜁蝸㊸。璅蛣㊹腹蟹㊺，水母㊻目蝦㊼。紫蚢㊽如渠㊾，洪蚶㊿專車51。瓊蚌52晞曜53以瑩珠54，石蜐55應節56而揚葩57。蜛蝫58森衰59以垂翹60，玄蠣61磈磥而碨啞62。或泛瀲(63)於潮波，或混淪(64)乎泥沙。若乃龍鯉(65)一角，奇鶬(66)九頭。有鼈三足(67)，有龜六眸(68)。赬蟞(69)胏躍(70)而吐璣(71)，文魮(72)磬鳴以孕璆(73)。鯈鱅(74)拂翼而掣耀(75)，神蜧(76)蝹蜦(77)以沈遊(78)。駮馬(79)騰波以噓蹀(80)，水兕(81)雷咆(82)乎陽侯(83)。淵客(84)築室於巖底，鮫人(85)構館于懸流(86)。雹布(87)餘糧(88)，星離(89)沙鏡(90)。青綸(91)競糾，縟組(92)爭映。紫菜(93)熒曄(94)以叢被(95)，綠苔(96)鬖髿(97)乎研(98)上。石帆(99)蒙籠(100)以蓋嶼(101)，蓱實(102)時出而漂泳。其下則金礦(103)丹礫(104)，雲精(105)爥銀(106)。珕(107)珋(108)璿瑰(109)，水碧潛琄(110)。鳴石(111)列於陽渚(112)，浮磬(113)肆(114)乎陰濱(115)。或頩彩(116)輕漣(117)，或焆曜(118)崖鄰(119)，林無不溽(120)，岸無不津(121)。

【章　旨】本章描述江中物產：先寫水中各種動物，次寫各種植物，末寫各種礦物。

【注　釋】❶江豚　亦稱江豬。體形似魚，長四尺左右，全身灰黑色，頭短，額部微凸，眼小，尾扁平，無背鰭。❷海狶　一種海中動物。體如魚，頭似豬，身長九尺。❸鮪　鱘、鰉的古稱。大者稱王鮪，小者稱叔鮪。❹王鱣　大鱣魚。❺鮹鰊鱗鮋　皆魚名。鮹，其狀如魚而有鳥翼，出入有光，其音如鴛鴦。鰊，其形似繩。鱗，其狀如鱖，黑紋赤尾。鮋，體側扁，長六寸到七寸，全身紅色，有白色小點。❻鯪鰩鯩鰱　皆魚名。鯪，鯪鯉。鰩，其狀如鯉。鯩，黑紋，狀如鮒，食者不睡。鰱，頭小鱗細，體側扁，腹白。❼鹿觡　鹿角。❽虎狀龍顏　言怪魚的形狀，或魚體虎頭，或魚體龍頭。❾鑵錯　魚鱗間雜的樣子。❿煥爛　光彩煥發。⓫錦斑　如錦繡一般絢麗斑斕。⓬掉尾　擺尾。⓭唌　口沫。⓮排流　逆水而上。⓯呼哈　吞吐水流的樣子。⓰遊延　隨長波而游。⓱爆采　顯露魚身的色彩。爆，通「暴」。暴露。⓲晃淵　晃耀深淵。⓳嚇鰓　開合魚鰓。嚇，開。⓴介鯨　大鯨。㉑鰻　鰻魚。出南海，頭中有石，一名石首魚。㉒鮆　一名刀魚。狹薄而長頭，大者長尺餘。㉓順

時而往還　按照固定時節往還。據李善注，鯊魚常以三月八月出，故云。㉔怪錯　奇怪雜錯。㉕潛鵠　一種水鳥。似鵠而大。㉖魚牛　據《山海經》，魚牛其狀如牛，陵居，蛇尾有翼。又據《初學記．三十．楊孚．臨海水土物志》：「魚牛象獺，其大如犢子，毛青黃色，其毛似氈。知潮水上下。」㉗虎蛟　據《山海經》，其狀魚身而蛇尾，有翼，其音如鴛鴦。㉘鉤蛇　傳說中的一種怪蛇。李善注引《山海經》郭璞注曰：「今永昌郡有鉤蛇，長數丈，尾歧，在水中鉤取斷岸人及牛馬啖之。」㉙蜦　傳說為蛇屬，黑色，潛於神泉之中，能興雲致雨。㉚蟳　據《山海經》，蟳魚，其狀如鮒而彘尾。㉛鱟　體分頭胸、腹及尾三部。頭胸甲寬廣，作半月形，腹面有六對附肢，尾呈劍狀。㉜蝟　形狀似蝦。㉝鰿　鰿魚。如圓盤，口在腹下，尾端有毒。㉞鼅　一種龜。形薄，頭喙似鴟。㉟鼂鼊　龜屬。甲薄，味美多膏。㊱王珧　大蚌。㊲海月　海中動物。李善注引《臨海水土物志》：「海月，大如鏡，白色，正圓，常死海邊。其柱如搔頭大，中食。」㊳土肉　海中動物。李善注引《臨海水土物志》：「土肉，正黑，如小兒臂大，長五寸，中有腹，無口目，有三十足，炙食。」㊴石華　介類。附生於海中石上，肉可食。㊵三蝬　介類動物。似蛤。㊶蝦江　傳說似蟹而小，十二腳。㊷鸚螺　李善注引《南州異物志》：「鸚鵡螺，狀如覆杯，頭如鳥頭，向其腹視，似鸚鵡，故以為名也。」㊸蜁蝸　小螺。㊹璅蛣　介類動物。今稱寄居蟹。李善注引《南越志》：「璅蛣，長寸餘，大者長二三寸，腹中有蟹子，如榆莢，合體共生，俱為蛣取食。」㊺腹蟹　謂璅蛣腹中有蟹子。㊻水母　屬於腔腸動物。浮游水面，形似傘，傘緣有很多觸手，下面中央為口。㊼目蝦　據李善注引《南越志》，水母無耳目，無法避人，常有蝦依隨之，蝦見人則驚，水母亦隨之而沒。㊽紫蚢　紫貝。蚢，大貝。㊾渠　車輪外圈。㊿洪蚶　大蚶。蚶，軟體動物，介殼很厚。李善注引《臨海水土物志》：「蚶則徑四尺，背似瓦壟，有文。」51專車　滿車。52瓊蚌　潔白如玉的蚌。53晞曜　向著日光。54瑩珠　珠光晶瑩。55石蛣　介類動物。體有石灰質的貝殼，一端有柄，附著海邊岩隙間。56應節　適應節令。李善注引《南越志》：「石砝，形如龜腳，得春雨則生花，花似草華。」57揚葩　開花。58蜛蝫　水邊動物。李善注引《南越志》：「蜛蝫，一頭，尾有數條，長二三尺，左右有腳，狀如蠶，可食。」59森衰　下垂的樣子。60翹　尾。61玄蠣　黑牡蠣。李善注引《臨海水土物志》：「蠣長七尺。」《南越志》：「蠣形如馬蹄。」62磈磥而碨碰　不平的樣子。磈磥、碨碰同義。63泛瀲　浮游。64混淪　混同輪轉。65龍鯉　奇獸。據《山海經》，龍鯉陵居，其狀如鯉，龍魚一角。66奇鶬　怪鳥名。傳說有九頭。67鼈三足　指一種怪鼈。《山海經》記載有三足之鼈。68六眸　六眼。69赬蟞　紅色的鼈。赬，紅色。蟞，同「鼈」。70胏躍　據《山海經》，珠蟞之魚，其狀如胏而有目，六足，有珠。胏，同「肺」。71吐璣　吐寶珠。璣，不圓的珠。72文魮　魚名。李善注引《山海經》：「文魮之魚，其狀如覆銚，鳥首而翼，魚尾。音如磬之聲，是生珠玉。」73孕璆藏有美玉。璆，美玉。可以為磬。(74)儵蠵　傳說中動物。《山海經・東山經》：「（儵蠵）其狀如黃蛇，魚翼，出入有光。」(75)掣耀　發光。(76)神蜧　神蛇。(77)蝹蜦　蛇行的樣子。(78)沈遊　潛水而游。(79)騂馬　傳說中的水獸。李善注引《山海經》：「騂馬，牛尾白身，一角，其音如虎。」(80)噓蹕　噴水而行。(81)水兕　水獸名。形似牛。(82)雷咆　雷鳴般咆哮。(83)陽侯　波神。此指波濤。(84)淵客　傳說居住在水底下的人。(85)鮫人　傳說居住在水下的人。不廢織績，眼能泣珠。(86)懸流　瀑布。(87)雹布　如冰雹散布。極言其多。(88)餘糧　又名禹餘糧。一種褐鐵礦礦石，色黃可入藥。(89)星離　言其眾多。(90)沙鏡　一種似雲母的物質。(91)青綸　青色海草。綸，青絲帶。(92)縟組　一種彩色的海草。組，絲織的闊帶子。此亦比喻海草的形狀。(93)紫菜　草名。色紫，狀似鹿角菜而細，生於海中。(94)熒曄　有光澤的樣子。(95)叢被　成叢遍布。(96)綠苔　海藻。一名海苔、石髮，生研石上。(97)鬖髿　髮亂的樣子。(98)研　滑石。(99)石帆　海草。生海嶼石上。(100)蒙籠　茂密四布的樣子。(101)嶼　海中洲。上有山石。(102)苹實　萍草之實。苹，同「萍」。水草。據《孔子家語》，楚昭王渡江，中流有物，大如斗，圓而赤，王使人問孔子，孔子說，這叫做苹實，食之吉祥，唯霸者能得之。(103)金礦　銅鐵礦藏。(104)丹礫　丹砂。(105)雲精　雲母。(106)爥銀　銀。有光亮，故稱。爥，同「燭」。照明。(107)珕　蚌蛤之類。(108)珋　有光之石。(109)璿瑰　美玉。(110)水碧潛珉　皆水玉一類。(111)鳴石　似玉。色青，撞之聲聞七八里。(112)陽渚　向陽的水渚。渚，水中的小塊陸地。(113)浮磬　可以製磬之石。(114)肆　陳列。(115)陰濱　背陰的水邊。(116)頳彩　色彩照耀。(117)輕漣　輕盈的微波。(118)焆曜　照耀。(119)崖鄰　崖水之間。(120)㵎　溼。(121)津　潤。

【語譯】江中的魚則有江豚、海狶、叔鮪、王鱣，鮹、鰊、鰷、鮋，鮻、鰩、鯩、鰱。有的鹿角象鼻，有的虎頭龍顏。魚鱗間雜，如錦繡一般斑斕煥發。揚鰭擺尾，噴浪飛沫。逆水而上吞吐水流，隨著波浪悠然遠遊。有的顯露文采晃耀深淵，有的在巖間開合魚鰓。大鯨乘著波濤出入，鰻、鯊按著固定時節往還。至於奇怪雜錯的水中生物，則有潛鵠、魚牛，虎蛟、鉤蛇，蜦、蟳、鱟、蝞，鰿、鼃、鼊、鼅，王珧、海月，土肉、石華，三蝬、蝦江，鸚螺、蜁蝸。璅蛣腹中有蟹子，水母以蝦為眼睛。紫蚢大如車輪外圈，巨蚶可裝滿車。潔白如玉的大蚌迎著太陽珠光晶瑩，石砝適應季節開花。蜛蝫的尾巴森然下垂，玄蠣的甲殼凹凸不平。有的浮游波上，有的混轉於泥沙。還有龍鯉只生一角，奇鶬卻有九個頭。有的鼈三隻腳，有的龜六只眼。紅鼈跳躍口吐珠璣，文魮鳴聲如磬，身藏美玉。儵蠵振翅而飛，出入有光，神蛇蜿蜒而行，潛於深水。騂馬在波上噴水而行，水兕在濤中發出雷鳴般的咆哮。淵客在崖岸之底築室，鮫人在瀑布下面建館。禹餘糧如冰雹散布，沙鏡似星辰羅列。青綸草互相糾纏，縟組草競相爭輝。紫菜光澤曄耀，成叢遍布，綠苔如髮散亂，生長在滑石上。石帆茂密地覆蓋著水洲，萍實時而漂浮在水面。水下則有銅鐵礦石、丹砂，雲母、有光亮的銀子。瑊、玏、璿瑰，水碧、潛瑶。鳴石排在向陽的水渚上，浮磬陳列在背陰的水邊。有的華采照耀著輕盈的微波，有的光澤輝映著崖水之間，山林藏玉而溫潤，崖岸生珠而不枯。

其羽族也，則有晨鵠❶天雞❷，鵁❸鶄❹鷗鴜❺。陽鳥❻爰翔，于以玄月❼。千類萬聲，自相喧聒❽。濯翮❾疏風❿，鼓翅翻翮⓫。揮弄灑珠，拊拂⓬瀑沫⓭。集若霞布，散如雲豁。產毻⓮積羽⓯，往來勃⓰碣⓱。橉杞⓲稹⓳薄⓴於潯涘㉑，栛槤㉒森嶺而羅峰㉓。桃枝㉔篔簹㉕，實㉖繁有叢㉗。葭㉘蒲㉙雲蔓㉚，纓㉛以蘭㉜紅㉝。揚皜毦㉞，擢㉟紫茸㊱，蔭㊲潭隩㊳，被㊴長江。繁蔚㊵芳蘺㊶，隱藹㊷水松㊸。涯灌㊹芊萰㊺，潛薈㊻蔥蘢。鯪㊼鯥㊽跻䟤㊾於垠隒㊿，獱(51)獺(52)睒瞲(53)乎厱空(54)。迅蜼(55)臨虛以騁巧(56)，孤玃(57)登危而雍容(58)。夔㹊(59)翹踛(60)於夕陽，鴛雛(61)弄翮(62)乎山東(63)。因岐成渚(64)，觸澗開渠(65)。漱(66)壑(67)生浦(68)，區別作湖(69)。磴(70)之以瀿瀷(71)，渫(72)之以尾閭(73)。標(74)之以翠蘙(75)，泛之以遊菰(76)。播(77)匪藝(78)之芒種(79)，挺自然之嘉蔬(80)。鱗被(81)菱荷，攢布(82)水蓏(83)。翹莖瀵蕊(84)，濯穎(85)散裹(86)。隨風猗萎(87)，與波潭沲(88)。流光(89)潛映(90)，景炎(91)霞火(92)。

【章　旨】本章描述江上的鳥類、江邊的植物和動物及湖浦風光。

【注　釋】❶晨鵠　猛禽名。《山海經・西山經》：「欽䲹化為大鶚，其狀如鵰，而黑文白首，赤喙而虎爪，其音如晨鵠。」❷天雞　神話中的雞。《初學記・三十》引郭璞《玄中記》：「桃都山有大樹曰桃都，枝相去三千里，上有天雞。日出照木，天雞即鳴，天下雞皆鳴。」❸鴢　據《山海經》，其狀如鳧，青身，朱目，赤尾。❹鷔　據《山海經》，色青黃，其所集之國，則其國亡。❺鴃　水鳥名。其狀如鳧。❻陽鳥　鴻雁一類的候鳥。《書・禹貢》「彭蠡既豬，陽鳥攸居」疏：「鴻雁之屬，九月而南，正月而北」，「此鳥南北與日進退，隨陽之鳥，故稱陽鳥」。❼玄月　指九月。❽喧聒　喧叫吵鬧。❾濯翮　洗濯羽毛。翮，鳥翎的莖。代指羽翼。❿疏風　在風中梳理羽毛。疏，理。⓫翻翻　鼓動翅膀的樣子。⓬拊拂　拍擊。⓭瀑沫　濺起飛沫。⓮產毻　產卵脫毛。⓯積羽　古地名。⓰勃　勃海。郡名，漢高帝五年設置，以地濱勃海得名，治所在浮陽（今滄縣東南東關）。⓱碣　碣石山。在今河北省昌黎縣北。⓲橉杞　二種樹木之名。⓳稹　稠密生長。⓴薄　叢生。㉑潯涘　水涯。㉒楴橀　二種樹木名。㉓森嶺而羅峰　是說樹木繁茂生長在山嶺上。森嶺、羅峰同義。㉔桃枝　竹名。可以做竹杖。㉕篔簹　竹名。生於水邊，長數丈。㉖實　語助詞。㉗有叢　叢生。有，助詞。㉘葭　初生的蘆葦。㉙蒲　香蒲。多年生水生草本植物，葉長而尖，可以編席、蒲包、扇子等。㉚雲蔓　蔓生如雲。形容繁盛。㉛䕨　彩色相映。㉜蘭　澤蘭。多年生草本菊科植物。㉝紅　龍舌。葉大，赤白色，高丈餘。㉞蒚䒷　白色的草花。蒚，白。䒷，草花。㉟擢　抽出。㊱紫茸　紫色草花。茸，草花。㊲蔭　遮蔽。此指花葉之蔭蔽。㊳隩　曲岸。㊴被　覆蓋。㊵繁蔚　繁茂。㊶芳蘺　即江蘺。香草。㊷隱藹　茂密。㊸水松　藥草名。㊹涯灌　岸邊叢生。㊺芊蒨　青翠茂盛的樣子。㊻潛薈　水下植物會聚而生的樣子。㊼鯪　鯪魚。據《山海經》，是一種人面人手魚身的人魚，又傳說是一種能吞舟的大魚。㊽鯥　傳說中一種怪物。《山海經》：「其狀如牛，陵居，蛇尾，有翼，其羽在脅下，其音如留牛，其名曰鯥。」㊾踦踴　跳躍而行。㊿垠隒　岸上。51獱　似青狐。居水中，食魚。52獺　水獺。一種生活在水邊的野獸，能游泳，捕魚為食，皮毛棕色。53睒曒　驚視的樣子。54㱿空　岸邊的空地。55迅蜼　形容蜼行動迅速。蜼，一種長尾猴。似獮猴而大，黃黑色，尾長數尺。56騁巧　施展其靈巧的身手。57玃　大母猴。58雍容　從容自得的樣子。59夔𤛑　夔牛的犢子。據《山海經》及郭璞注，夔牛產於蜀山，重數千斤。60翹踛　翹尾而跳。61鵉雛　即鵷雛。鳳一類神鳥。62弄翮　飛舞。63山東　朝陽。64因岐成渚　言江水在崖岸彎曲之處形成了渚。岐，崖岸彎曲處。渚，水中小塊陸地。《穆天子傳・卷一》：「用伸□八駿之乘，以飲於枝洔之中。」郭璞

注：「水岐成汓；汓，小渚也。」65觸澗開渠　言江潮湧入澗中，開出溝渠。澗，兩山間的流水。66漱　沖刷。67壑　山溝。68浦　通大江的溝瀆。69區別作湖　是說江水分流而成為湖。70磴　增益。71瀿瀷　暴溢之水。72渫　泄水。73尾閭　傳說大海泄水處。74標　標誌。75翠蘙　繁茂的草木。蘙，草木茂盛。76遊菰　形容菰蔣上部伸出水面，如同浮於水上。菰，菰蔣。俗稱茭白，多年生水生草本，適於黏壤土生長。77播　遍布。78匪藝　不是人工種植的。匪，非。79芒種　指稻麥之類有芒的作物。80嘉蔬　指稻。《禮記·曲禮下》：「凡祭宗廟之禮……稻曰嘉蔬。」81鱗被　像魚鱗一樣覆蓋。82攢布　密布。攢，聚。83水蔬　水生植物的果實。草實為蔬。84瀵蕊　水浸著花。瀵，浸。85濯穎　洗濯禾穗。86散裛　散開包裹，露出禾穗。87猗萎　隨風搖曳之態。88潭沲　隨波而動的樣子。沲，同「沱」。89流光　指草花所發的華彩。90潛映　倒映。91景炎　指日光照耀下草花的花光。92霞火　如霞似火。

【語　譯】鳥類則有晨鵠、天雞，鴝、鶩、鷗、鴃。鴻雁翱翔，九月往南。成千上萬的鳥發出各種聲音，喧叫吵鬧。牠們或在水中洗濯羽翮，迎風梳理羽毛，使勁地鼓動翅膀。揮灑水珠，拍擊水面濺起飛沫。有時群集猶若彩霞滿天，有時分散好似雲開霧霽。在積羽產卵脫毛，在勃海郡碣石山一帶往來。橉、杞在水涯稠密叢生，栛、槤森然羅布於山嶺之上。桃枝、篔簹這些美竹，繁茂地叢生在江邊。蘆葦、香蒲蔓生如雲，澤蘭、龍舌彩色相映。白花高揚，紫花挺立，花葉蔭蔽曲岸，覆蓋長江。江蘺繁盛，水松茂密。岸邊一派青翠欲滴，水下蔥蘢聚生。鯪、鯥在岸上跳躍而行，獱、獺在岸側洞穴裡驚視。長尾猴在空中施展其靈巧身手，大母猴在高危之處從容自得。夔牛之犢在夕陽裡翹尾蹦跳，鶢雛在朝陽中展翼飛舞。江水在崖岸彎曲之處形成了洲渚，江潮湧入澗中就開出溝渠。浪濤沖刷山壑生成了浦，江水分流而成為湖。陸上暴漲之水充溢於湖泊，江水入海又由尾閭泄出。翠綠茂盛的草木是浦湖的標誌，水面還有菰蔣迎風拂動。野生的穀物遍地皆是，自然成熟的稻穗屹然挺立。菱荷似魚鱗一般覆布，水中果實集聚而生。莖翹起，花浸水，禾穎帶著水珠，包裹著的綠葉舒開。隨風搖曳，與波動盪。草花的華彩倒映碧波，日光之下如霞似火。

其旁則有雲夢[1]雷池[2]，彭蠡[3]青草[4]，具區[5]洮[6]滆[7]，朱[8]滻[9]丹[10]漅[11]。極望數百，沆瀁[12]皛溔[13]。爰有包山[14]洞庭[15]，巴陵地道[16]，潛逵[17]傍通，幽岫[18]窈窕[19]。金精[20]玉英[21]瑱[22]其裡，瑤珠[23]怪石琕[24]其表。驪虯[25]摎[26]其址，梢雲[27]冠其嶚[28]。海童[29]之所巡遊，琴高[30]之所靈矯[31]。冰夷[32]倚浪以傲睨[33]，江妃[34]含嚬[35]而矊眇[36]。撫[37]凌波[38]而鳧躍[39]，吸翠霞[40]而夭矯[41]。若乃宇宙澄寂[42]，八風[43]不翔[44]。舟子於是搦[45]棹[46]，涉人[47]於是檥榜[48]。漂[49]飛雲[50]，運[51]艅艎[52]。舳艫相屬[53]，萬里連檣[54]。泝洄[55]沿流[56]，或漁或商。赴交[57]益[58]，投幽[59]浪[60]。竭[61]南極[62]，窮東荒[63]。爾乃䌛[64]雰祲[65]於清旭[66]，覘[67]五兩[68]之動靜。長風[69]颼[70]以增扇[71]，廣莫[72]颷[73]而氣整[74]。徐而不䬃[75]，疾而不猛。鼓帆迅越，趠[76]漲[77]截[78]洞[79]。凌波[80]縱柂[81]，電往[82]杳溟[83]。霮[84]如晨霞孤[85]征[86]，眇[87]若雲翼[88]絕嶺[89]。倏忽[90]數百，千里俄頃[91]。飛廉[92]無以睎[93]其蹤，渠黃[94]不能企[95]其景[96]。於是蘆人漁子，擯落江山[97]。衣則羽褐[98]，食惟蔬鱻[99]。栫[100]澱[101]為涔[102]，夾㴸[103]羅筌[104]。筩[105]灑[106]連鋒[107]，罾䍣[108]比船[109]。或揮輪[110]於懸碕[111]，或中瀨[112]而橫旋[113]。忽[114]忘夕而宵歸，詠採菱[115]以叩舷[116]。傲自足[117]於一嘔[118]，尋風波[119]以窮年[120]。

【章　旨】本章先描述與長江有關的澤藪。接著形容江上航行的迅速。最後描寫漁夫的生活。

【注　釋】❶雲夢　古澤藪名。據《漢書・卷二八・地理志》等漢、魏人記載，雲夢澤在南郡華容縣（今潛江縣西南）南。晉以後經學家把古雲夢澤的範圍越說越大，把洞庭湖也包括在內了。❷雷池　即雷水。古雷水自今湖北省黃梅縣界東流，經今安徽宿松至望江縣東南，積而成池，稱為雷池，自此以下，東流入江，故雷水又有雷池之稱。❸彭蠡　古澤藪名。有二種說法：一說以《漢書・卷二八・地理志》為代表，認為彭蠡即今鄱陽湖，另一說以《史記・卷二八・封禪書》為代表，認為彭蠡在長江北岸，約當今鄂東皖西一帶濱江諸湖。❹青草　湖名。又名巴丘湖，即今湖南洞庭湖東南部，為湘水所匯。❺具區　古澤藪名。一名震澤，即今江蘇太湖。❻洮　湖名。又名長蕩湖或長塘湖，在江蘇溧陽、金壇兩縣境內。❼滆　湖名。一稱西滆湖，俗稱沙子湖，在江蘇省南部宜興、武進兩縣間，西接長湖來水，向東注入太湖。❽朱　朱湖。據《水經注》，在江蘇溧陽。❾滻　湖名。❿丹　丹湖。據《水經注》，此湖在丹陽（古縣名，秦置，治所在今安徽當塗東北小丹陽鎮）。⓫瀷　湖名。在安徽中部肥東、肥西、巢縣、廬江之間。⓬沆瀁　廣大的樣子。⓭皛溔　水深白的樣子。⓮包山　即今洞庭西山。在江蘇省吳縣西南，為太湖中最大島嶼。⓯洞庭　太湖別名。⓰巴陵地道　傳說太湖下有地道，無所不通。李善注引郭璞《山海經注》：「洞庭地穴，在長沙巴陵。吳縣南太湖中有苞山，山下有洞庭穴道，潛行水底，云無所不通，號為地脈。」巴陵，即今湖南岳陽，在湖南之洞庭湖邊。大約二處洞庭之地道相通。⓱潛逵　水下地穴中四通八達的大道。逵，四通八達的大道。⓲幽岫　指包山下幽深的山洞。⓳窈窕　深邃的樣子。⓴金精　金膏。㉑玉英　有光華之玉。㉒瑱　文采相雜的樣子。㉓瑤珠　玉珠。㉔琗　文采相雜的樣子。㉕驪虯　黑龍。㉖摎　盤繞。㉗梢雲　瑞雲。㉘嶕　山巔。㉙海童　海中之神。㉚琴高　傳說中的仙人名。李善注引《列仙傳》：「琴高浮游冀州，二百餘年。後入碭水中，乘赤鯉魚來，出泊一月，復入水去。」㉛靈矯　仙人翩然而飛的樣子。㉜冰夷　即馮夷。傳說中的水神，據《山海經》，此神人面而乘龍。㉝傲睨　傲視。㉞江妃　傳說中女神名。據《列仙傳》載，江妃二女，遊於江漢之濱，逢鄭交甫，交甫求其珮，遂解而與之，後交甫尋珮，視女忽皆不見。又《山海經・中山經》：「洞庭之山，帝之二女居之。」郭璞注以為即《列仙傳》的江妃二女。㉟含嚬　皺眉。嚬，通「顰」。㊱矊眇　遠視。㊲撫　按。㊳淩波　奔騰的波濤。㊴鳧躍　像鳧鳥一樣遊躍。鳧，野鴨。㊵翠霞　指江上之氣。㊶天矯　飛翔自得的樣子。㊷澄寂　清明寂靜。㊸八風　據《淮南子》，指條風、明庶風、清明風、景風、涼風、閶闔風、不周風、廣莫風。㊹翔　吹。㊺搦　握起。㊻棹　搖船的用具。㊼涉人　涉渡之人；船夫。㊽檥榜　此謂把船靠岸，準備接客出航。檥，據《文選考異》，當作「檥」。檥，船靠岸。榜，搖船用具。㊾漂　漂流。㊿飛雲　吳地一種有名的樓船。(51)運　運行。(52)艅艎　船名。(53)舳艫相屬　此謂船隊中首尾相連。舳，船尾。艫，船頭。相屬，相連。(54)檣　桅桿。此代指船。(55)泝洄　逆流而上。(56)㳂流　順流而下。㳂，同「沿」。(57)交　交州。東漢建安八年置，治所在廣信（今廣西梧州），旋移番禺（今廣東廣州），轄境相當今廣東、廣西的大部和越南承天以北諸省，以後又有些變化。(58)益　州名。漢武帝所置，轄境為今四川、湖北、貴州部分地區，治所初在雒（今四川廣漢北），後有變化。(59)幽　幽州。漢武帝所置，東漢時治所在薊縣（今北京西南），轄境相當今河北北部、遼寧大部及朝鮮大同江流域。(60)浪　樂浪郡。漢武帝時置，其地在今朝鮮境內。(61)竭　盡。(62)南極　南方極遠之地。(63)東荒　東方荒遠之地。(64)[illegible]　視。(65)雰祲　陰陽之氣相侵所形成的災氣。(66)清旭　明朗的初日。(67)覘　窺視。(68)五兩　古代觀察風向的儀器。用雞毛五兩（或八兩）結在五丈旗頂端，以測風向。(69)長風　大風。(70)飀　大風的樣子。(71)增扇　勁吹。(72)廣莫　風名。八風之一。(73)颸　風急的樣子。(74)氣整　氣正。整，正。(75)颾　風遲慢的樣子。(76)趠　超越。(77)漲　深廣的樣子。(78)截　直渡。(79)泂　遙遠的樣子。(80)淩波　乘著波濤。(81)縱柂　謂縱船而行。柂，同「舵」。在船尾為航行定向的裝置，此代指船。(82)電往　迅疾而往。(83)杳溟　絕遠之處。(84)霩　雲疾度的樣子。(85)孤　言船隊相連為一。(86)征行。(87)眇　通「渺」。高遠。(88)雲翼　大鵬鳥的垂雲之翼。(89)絕嶺　飛越山嶺。(90)倏忽　轉眼之間。(91)俄頃　一會兒。(92)飛廉　傳說中的神獸。善於奔跑。(93)睎　視。(94)渠黃　駿馬名。周穆王八駿之一。(95)企　踮起腳後跟而望。(96)景　同「影」。(97)蘆人漁子二句　言漁夫被擯於江上，樵夫則斥於山野。蘆人，採蘆葦之人。指樵夫。擯落，被擯斥而漂落。(98)羽褐　指貧苦人穿的衣服。羽，羽毛所織的衣服。褐，粗毛或粗麻所織的短衣。(99)蔬鱻　蔬菜小魚。鱻，通「鮮」。小魚。(100)栫　用柴木壅水。(101)澱　淺水之處。(102)涔　古時一種捕魚方法。《爾雅・釋器》：「槮謂之涔。」注：「今之作槮者，聚柴木於水中，魚得寒，入其裡藏隱，因以薄圍捕取之。」(103)潀　小水入大水處；眾水相會處。(104)筌　竹做的捕魚之器。(105)箭　指釣箭。一種捕魚用具。(106)灑　灑鉤。(107)連鋒　魚鉤相連。鋒，指釣鉤。(108)罾罶　皆網名。(109)比船　船相並列。(110)揮輪　放開釣絲。輪，車輪形的釣魚工具，以收捲釣絲。把魚鉤投出去，就要放開釣輪。(111)懸碕　高高的曲岸。(112)中瀨　在急流之中。(113)橫旋　漁船在急流中打旋。(114)忽　倏忽之間；時間過得很快。(115)採菱　《淮南子》中提到古代歌曲中有歌採菱者。(116)叩舷　拍打船邊。以為歌唱的節拍。(117)傲自足　傲然自我滿足。(118)嘔　通「謳」。歌唱。(119)尋風波　指漁人的水上生涯。(120)窮年　一年到頭。

【語譯】大江之旁的澤藪，則有雲夢、雷池，彭蠡、青草，具區、洮湖、滆湖，朱湖、漨湖、丹湖、溧湖。

放眼望去，有數百里之廣，浩瀚開闊，水深而白。太湖之中有包山，巴陵下面有地道，四通八達，幽隱深邃。金精美玉錯雜其內，玉珠怪石集合其外。黑龍盤繞著山腳，瑞雲籠罩著山頂。海童在這一帶巡遊，琴高來此翩飛。冰夷憑倚著白浪，傲然而視，江妃微皺著雙眉，向遠處凝望。眾仙乘著奔騰的波濤，像鳧鳥一樣游躍，吸食江上青氣，自在飛翔。到了宇宙清明寂靜，八風不吹的時候。船夫於是握起棹來，靠岸接客出行。飛雲樓船遠航，艅艎大舟運行。船隊中船與船首尾相接，航程萬里桅桿相連。有的逆流而上，有的順流而下，有的打魚，有的經商。有的去交州、益州，有的往幽州、樂浪郡。南方到達南極之地，東面直至荒遠之鄉。在朝日晴朗之時觀察有無不祥的災氣，從桿頭的雞毛窺測風向。長風有力地吹著，廣莫風勁急而氣正。有時舒緩但不遲慢，有時迅疾卻不猛烈。鼓起船帆飛速向前，越過了深廣的水程。乘著波濤縱船而行，電光一般駛向遠方。船隊如同一片朝霞疾行，好像大鵬振翅飛越那高高的山嶺。轉眼已是數百里，千里只在片刻間。即使善於奔跑的神獸飛廉也不能見到它的蹤跡，駿馬渠黃也望不到它的影子。採蘆之人和打魚的漁夫，被擯於江上山野。穿的是羽衣短褐，吃的是蔬菜小魚。在淺水處壅柴捕魚，在河口遍設魚筌，又是釣筩，又是灑鉤，釣鉤一個挨著一個，下網的漁船並列而行。有的漁夫在高高的曲岸上揮動釣輪甩出釣絲，有的漁船在急流中打旋。荏苒之間忘記天色已晚，只得在夜晚歸去，乘興唱著採菱歌，以手拍擊船邊。在歌聲中嘯傲自足，一年到頭在水上生活。

爾乃域❶之以盤巖❷，豁❸之以洞壑❹，疏❺之以沲汜❻，鼓❼之以朝夕❽。川流之所歸湊❾，雲霧之所蒸液❿。珍怪⓫之所化產⓬，傀奇⓭之所窟宅。納⓮隱淪⓯之列真⓰，挺異人乎精魄⓱。播靈潤於千里，越岱宗之觸石⓲。及其譎變⓳倏怳⓴，符祥㉑非一，動應㉒無方㉓，感事而出㉔。經紀天地，錯綜人術㉕。妙不可盡之於言，事㉖不可窮之於筆。若乃岷精㉗垂曜於東井㉘，陽侯㉙遯形乎大波㉚。奇相㉛得道而宅神㉜，乃協㉝靈爽㉞於湘娥㉟。駭黃龍之負舟，識伯禹之仰嗟㊱。壯荊飛之擒蛟㊲，終成氣㊳乎太阿㊴。悍㊵要離之圖慶㊶，在中流而推戈㊷。悲靈均㊸之任石㊹，嘆漁父㊺之櫂歌㊻。想周穆㊼之濟師㊽，驅㊾八駿㊿於黿鼉(51)。感交甫之喪珮，愍(52)神使之嬰羅(53)。煥大塊之流形(54)，混(55)萬盡(56)於一科(57)。保不虧(58)而永固(59)，稟元氣(60)於靈和(61)。考(62)川瀆(63)而妙觀(64)，實莫著(65)於江河(66)。

【章旨】本章主要敘述和形容江上所發生的種種人間故事和神話傳說。

【注釋】❶域　局限。❷盤巖　大山。❸豁　開闊。❹洞壑　深深的山溝。❺疏　疏導；疏通。❻沲汜　江的支流。沲，同「沱」。江。汜，分流。❼鼓　波濤鼓動。❽朝夕　即潮汐。海水的早潮和晚潮。❾歸湊　歸聚。❿蒸液　江水蒸發。⓫珍怪　珍貴怪異之物。⓬化產　變化產生。⓭傀奇　指瑰異珍奇之物。如珠玉龜魚之類。⓮納　容納。⓯隱淪　傳說中的一種神人。李善注引桓譚《桓子新論》：「天下神人五：一曰神仙，二曰隱淪，三曰使鬼物，四曰先知，五曰鑄凝。」⓰列真　眾仙。真，仙人所變之形。⓱挺異人乎精魄　是說生出得江漢英靈的異人。挺，生出。異人，異乎尋常之人。精魄，精神。⓲播靈潤於千里二句　是說大江潤澤千里，超過泰山的雲雨。播靈潤於千里，此言長江流經千里，潤澤千里。越，超過。岱宗之觸石，據說泰山雲氣觸石理而出為雨，不終朝而遍及天下。岱宗，指泰山。⓳譎變　譎詭變化。⓴儵怳　疾速。㉑符祥　災祥的徵兆。符，謂其應驗如同符契。㉒動應　發出應驗。㉓無方　無常。㉔感事而出　謂各種徵兆感應於人事而生。㉕經紀天地二句　是說災祥之兆的感應，其範圍通行天地之間，錯綜人事之內。經紀，通行。人術，人事。㉖事　指各種怪異之事。㉗岷精　岷山之精。㉘東井　星名。即井宿，因在銀河之東，故名。㉙陽侯　古代傳說中波濤之神。《淮南子・覽冥》高誘注：「陽侯，陵陽國侯也。其國近水，溺水而死。其神能為大波，有所傷害，因謂之陽侯之波。」㉚遯形乎大波是說陽侯死後隱形於大波之中為神。㉛奇相　傳說中的人名。得道於江，故為江神。㉜宅神　居江為神。㉝協　協合。㉞靈爽　精神。㉟湘娥　指堯女娥皇、女英。舜之二妃，聞舜死蒼梧，乃投水而死，成為湘水之神。㊱駭黃龍之負舟二句　據《呂氏春秋》，夏禹南省，渡江之時，有黃龍以背負船，船中人皆失色，禹仰天而歎說：「吾受命於天，竭力以養民。生，性也。死，命也。余何憂於龍焉！」於是龍俯首曳尾而逃。㊲荊飛之擒蛟　據《呂氏春秋》，荊有勇士名佽飛，在吳地干遂得到寶劍，歸程渡江之時，有兩條蛟夾繞所乘的船，佽飛拔出寶劍說：「此江中腐肉朽骨也！」就入江刺蛟，一舉把二蛟殺死，荊王聽說，就賜他官職。㊳成氣　成就寶劍神氣。即顯示出寶劍的神威。㊴太阿　寶劍名。春秋時名匠歐冶子與干將為楚王鑄三劍：龍淵、太阿、工布。太阿後遂為寶劍之通名。㊵悍　認為勇悍。㊶要離之圖慶　相傳要離由伍子胥推薦給吳王，謀刺在衛的公子慶忌。要離要吳王斷其右手，殺其妻子，假裝得罪出走，到衛國取得慶忌信任，當同舟渡江之時，殺死慶忌，他後亦自殺。要離，春秋末年吳國人。㊷推戈　揮戈。戈，古兵器。《呂氏春秋・忠廉》記載為用劍刺慶忌，此以戈代劍以叶韻。㊸靈均　指戰國時楚國大詩人屈原。〈離騷〉：「名余曰正則兮，字余曰靈均。」屈原名平字原。靈均乃地之善而均平者，含有「原」字之意。靈，善。均，平。㊹任石　懷石。屈原憤君之不悟，國之將亡，作〈懷沙〉之賦，懷石自投汨羅江而死。㊺漁父　老漁翁。此指屈原〈漁父〉一詩的人物，為世外隱逸之士。㊻櫂歌　划船時所唱的歌。櫂，划船的工具。〈漁父〉：「〈漁父〉乃歌曰：『滄浪之水清兮可以濯吾纓，滄浪之水濁兮可以濯吾足。』」㊼周穆　周穆王。㊽濟師　指揮軍隊渡江。㊾驅　驅趕。㊿八駿　傳說為周穆王駕車的八匹駿馬。即：驊騮、綠耳、赤驥、白儀、渠黃、踰輪、盜驪、山子。(51)黿鼉　此指黿鼉所架之橋。李善注引《竹書紀年》：「周穆王三十七年，征伐，大起九師，東至于九江，叱黿鼉以為梁。」黿，大鱉。鼉，豬婆龍；揚子鱷。(52)愍　哀憐。(53)神使之嬰羅　據《莊子・外物》記載，宋元君半夜夢見神龜來求救，說牠來自宰路深淵，做清江的使者到河伯那裡去，如今不幸被漁夫余且網到了，宋元君次日即召見余且，命他獻出捕到的一隻周圓五尺的白龜，但宋元君並沒放了此龜，而是刳了用來占卜。嬰羅，為羅網所束縛。(54)渙大塊之流形　是說大江是自然化成，光彩煥發。渙，光彩煥發。大塊，指自然。即生成萬物的道。流形，化成形態。(55)混　混合。(56)萬盡　指萬千川瀆歸於長江。(57)一科　一坎。坎，自高至下的低窪之地。此指長江。(58)保不虧　永遠保持所稟之元氣而不虧損。(59)永固　永遠固守。(60)元氣　指產生和構成天地萬物的原始之氣。(61)靈和　形容元氣靈善而和順。(62)考　觀察。(63)川瀆　河流。(64)妙觀　奇妙的景象。(65)著　顯著。(66)江河　長江、黃河。

【語　譯】長江被大山所限制，而到了溝谷就變得開闊，沿途支流疏導其水，大海潮汐鼓起江中波濤。眾川歸聚其中，江水蒸發成了雲霧。珍怪之物在江中變化產生，瑰異之物在裡面潛藏。接納隱淪眾仙，可以牛出得江漢英靈的異人。潤澤千里之地，超過了泰山觸石而出的雲雨。至於江上古怪的變化則非常迅疾，災祥徵兆不止一種，發生應驗都無規律可尋，常感應於人事而生。通行天地之間，錯綜人事之內。其奧妙口說不盡，其情事筆也寫不清。岷山精靈化為東井之星輝耀於下，波神陽侯隱形於浪濤之中。奇相得道就居江為神，精神和湘娥相協合。黃龍在江中以背負舟是多麼駭人，夏禹仰天所歎是何等有識見。佽飛入江擒蛟真是壯偉，終於使寶劍顯示了神威。要離謀刺慶忌的確勇悍，到了江中就斷然揮戈而擊。屈原懷石投江實為可悲，漁父櫂歌的高情逸致令人歎服。遙想當年周穆王揮軍渡江，曾叱黿鼉架橋騎著駿馬奔馳過江。鄭交甫得見仙女又喪失其珮，真使人感歎，神龜作為江神使者卻落入羅網，牠不幸的遭遇引人哀憐。自然化生長江，華彩煥發，混合了萬千川瀆，都歸於一江之中。大江永遠保持自然之道而不虧損，稟賦著靈善和順的元氣。考察天下河流的種種奇妙景象，實在沒有比長江、黃河更顯著的了。

卷一三

物色

風賦

【作者】宋玉，戰國楚的辭賦家，關於他生平的史料甚少，《史記・卷八四・屈原列傳》記載說：「屈原既死之後，楚有宋玉、唐勒、景差之徒者，皆好辭而以賦見稱；然皆祖屈原之從容辭令，終莫敢直諫。」《新序・雜事》、《韓詩外傳》、《襄陽耆舊傳》等書也保存了幾則關於宋玉的軼事，都不過說他曾事楚襄王（《新序・雜事第一》一則作事楚威王），未被重用。王逸在《楚辭章句》中說他是屈原的弟子，為楚大夫，然無別的佐證，恐不可信。宋玉的賦，《漢書・卷三〇・藝文志》載十六篇，今傳《楚辭章句》中〈九辯〉等九篇，《文選》中〈風賦〉等四篇，共十三篇，一般認為，〈九辯〉一文最可信是宋玉所作，其他諸篇都值得懷疑。又《古文苑》中也收了五篇題為宋玉所作的賦，然此書晚出，就更不可信了。

【題解】〈風賦〉一篇究竟是否為宋玉所作，目前學術界尚有爭論。評論家一般認為此賦寓有諷諫之意。呂向說：「《史記》云：宋玉，郢人也，為楚大夫。時襄王驕奢，故宋玉作此賦以諷之。」（見《文選》五臣注）此賦的作者故意把平常的風分為楚王之雄風和庶人之雌風，然後對這兩種風加以細緻的描繪。通過兩種風的不同經歷，勾勒出王公貴族和平民百姓生活的懸殊，其中即隱含有勸戒之意。

楚襄王[1]游於蘭臺[2]之宮。宋玉、景差[3]侍。有風颯[4]然而至。王迺[5]披襟[6]而當之[7]曰：「快哉此風！寡人[8]所與庶人[9]共[10]者邪？」宋玉對曰：「此獨大王之風耳，庶人安得而共之！」王曰：「夫風者，天地之氣，溥[11]暢而至。不擇貴賤高下而加[12]焉。今子獨以為寡人之風，豈有說乎？」宋玉對曰：「臣聞於師：枳句來巢，空穴來風[13]。其所託者然[14]，則風氣殊[15]焉。」王曰：「夫風始[16]安生[17]哉？」宋玉對曰：「夫風生於地，起於青蘋之末[18]。侵淫[19]谿谷[20]，盛怒[21]於土囊之口[22]。緣[23]泰山[24]之阿[25]，舞於松柏之下。飄忽[26]淜滂[27]，激颺[28]熛怒[29]。耾耾[30]雷聲[31]，迴穴[32]錯迕[33]。蹶石[34]伐木[35]，梢殺[36]林莽[37]。至其將衰也，被麗披離[38]，衝孔[39]動楗[40]。眴煥粲爛[41]，離散轉移。故其清涼雄風[42]，則飄舉[43]升降。乘凌[44]高城，入於深宮。邸[45]華葉而振氣[46]，徘徊於桂椒之間，翱翔於激水[47]之上，將擊[48]芙蓉[49]之精[50]，獵[51]蕙草[52]，離[53]秦衡[54]，概[55]新夷[56]，被[57]荑楊[58]。迴穴[59]衝陵[60]，蕭條眾芳[61]。然後倘佯[62]中庭[63]，北上玉堂[64]。躋[65]於羅帷[66]，經於洞房[67]。迺得為大王之風也。故其風中人[68]，狀直憯悽惏慄[69]，清涼增欷[70]。清清泠泠[71]，愈病[72]析酲[73]。發明耳目[74]，寧[75]體便[76]人。此所謂大王之雄風也。」

【章　旨】宋玉通過與楚襄王的問答，運用高度的想像力，描述了風的產生及其吹入宮中的情景。

【注　釋】❶楚襄王　即楚頃襄王。姓芈，名橫，楚懷王之子，楚國後期國君。❷蘭臺　楚宮名。舊址在今湖北省鍾祥縣。❸景差　戰國時楚之辭賦家。後於屈原，和宋玉同時。《楚辭・大招》，或題景差作。❹颭　同「颯」。風聲。❺迺　通「乃」。於是。❻披襟　敞開衣襟。披，開。❼當之　迎著風向。❽寡人　古代君主的自稱。❾庶人　眾人。謂百姓。❿共共享。⓫溥　普遍。⓬加　施。謂吹到身上。⓭枳句來巢二句　當是古代常語。枳句來巢，言因枳樹多句曲，致使鳥來作巢。枳，樹木名。似橘。句，通「勾」。曲。來，招致。⓮然　如此。⓯殊　別；不同。⓰始　最初。⓱安生　怎樣產生。⓲青蘋之末　青蘋的末梢。蘋，大萍。⓳侵淫　漸漸進入。⓴谿谷　溪壑。㉑盛怒　大怒。此形容風聲怒吼。㉒土囊之口　大山洞之口。㉓緣　沿著。㉔泰山　大山。㉕阿　山彎。㉖飄忽　大風迅疾的樣子。㉗淜滂　大風擊物之聲。㉘激颺　謂風激物之聲飛揚於空中。㉙熛怒　言其震撼之聲，猶如怒火飛於空中。熛，火焰迸飛。㉚耾耾　風聲。㉛雷聲　言風聲如雷。㉜迴穴　風不定的樣子。㉝錯迕　交錯相雜。㉞蹶石　撼動石頭。㉟伐木　擊樹。㊱梢殺　衝擊；摧殘。梢，擊。㊲莽　草木聚生之處。㊳被麗披離　風勢緩和分散的樣子。㊴孔　小洞。㊵楗　門閂。㊶眴煥粲爛　此指風後景物鮮明燦爛。眴煥，鮮明的樣子。㊷雄風　指吹向楚王的風。㊸飄舉　飄飛；飄動。㊹乘淩　上升和凌越。㊺邸　通「抵」。觸動。此指吹動。㊻振氣　揮發香氣。振，震動；散發。㊼激水　受激之水。猶言急水。㊽擊　直吹。㊾芙蓉　荷花。㊿精　通作「菁」。花。(51)獵　通「躐」。踐踏。此指掠過。(52)蕙草　一種香草。(53)離　歷。經過的意思。(54)秦衡　產於秦地的香木。(55)概　平吹。(56)新夷　即辛夷。香木名。(57)被　加。(58)荑楊　初生的楊樹。草木初生叫荑。(59)迴穴　指向四處迴旋吹拂。(60)衝陵　猶言突擊。衝，突。陵，突擊。(61)蕭條眾芳　使眾香草香木凋零。(62)倘佯　猶言徘徊。(63)中庭　庭院中。(64)北上玉堂　向北吹入裝飾華麗的殿堂。古代宮殿面向南，風從南面吹來，正面進入殿堂，故曰「北上」。玉堂，殿堂。(65)躋　升入。(66)羅帷　羅製的帳幔。(67)洞房　深邃的內室。(68)中人　吹到人身上。(69)憯悽惏慄　謂受自然環境的影響而心中有所感觸之狀。憯悽，悲傷的樣子。惏慄，寒冷的樣子。(70)欷　欷歔；歎氣。(71)清清泠泠　清涼的樣子。(72)愈病　治好疾病。(73)析酲　醒酒；解醉。酲，病酒。(74)發明耳目　謂使耳目聰明。(75)寧　安。(76)便　利。

【語　譯】楚襄王在蘭臺宮遊玩。宋玉、景差隨侍在側。一陣輕風颯颯地吹來，楚襄王敞開衣襟迎著風說：「這風吹在身上真痛快啊！是寡人和百姓共享的吧？」宋玉回答說：「這只是大王個人的風，百姓怎能與您共享呢！」楚襄王說：「風是天地間的氣，到處暢通地吹著。不分貴賤高低風都能吹到身上。現在你竟認為這只是寡人的風，難道有什麼道理可說嗎？」宋玉回答說：「我從老師那裡聽說：枳樹彎曲糾結，鳥兒就會來做巢；大地哪兒有孔穴，風就往那裡吹。風所依託的地方不同，那麼風的氣稟也不一樣。」楚襄王說：「風最初怎樣產生的呢？」宋玉回答說：「風生於地，起於青蘋的末梢。漸漸進入溪壑之中，在大山洞口發出怒吼。沿著大山的山灣，飛舞於松柏之下。迅疾的大風，吹擊著物體發出『淜滂』的巨響；震撼之聲，猶如怒火飛騰空中。風聲耾耾，好似雷鳴；風向不定，交錯相雜。掀動石頭，折斷樹木，在森林草叢中肆虐。待到風力衰減之時，逐漸緩和離散，穿過小孔，吹動門閂。景物鮮明燦爛，風就分散轉移。那清涼的雄風，就飄飛升降。上升越過高城，吹入深宮之中。觸動花葉，揮發香氣，在桂椒之間徘徊，翱翔於急水之上，直吹荷花，掠過蕙草，越過秦衡，拂弄著新夷，覆蓋了荑楊。它不斷地迴旋突擊，使芬芳的花草林木紛紛凋零。然後徘徊於庭院中，向北吹入裝飾華麗的殿堂。升入羅製的帷帳，經過深邃的洞房。這才成為大王的風。所以這風吹到人身上，略有寒意，心生感觸，遍體清涼，時作歎息。清清爽爽，治病醒酒。使得耳聰目明，身體康寧。這就稱之為大王的雄風。」

王曰：「善哉論事！夫庶人之風，豈可聞乎？」宋玉對曰：「夫庶人之風，塕然❶起於窮巷❷之間，堀堁❸揚塵，勃鬱煩冤❹，衝孔襲門。動沙堁❺，吹死灰❻，駭❼溷濁❽，揚腐餘。邪薄❾入甕牖❿，至於室廬⓫。故其風中人，狀直憞溷⓬鬱邑⓭，毆溫⓮致溼⓯。中心慘怛⓰，生病造熱⓱。中脣為胗⓲，得目為蔑⓳。啗齰嗽獲⓴，死生不卒㉑。此所謂庶人之雌風也。」

【章旨】本章描寫風在庶民中生成、流動的情景。

【注釋】❶塕然　忽然而起的樣子。❷窮巷　平民所居的冷僻小巷。❸堀堁　塵埃突起的樣子。堀，突。堁，塵。❹勃鬱煩冤　形容風起塵揚時顯得憤怒不平。勃鬱，憤怒。❺沙堁　沙土。❻死灰　冷卻的灰。❼駭　原意驚起，此作攪起。❽溷濁　汙穢骯髒之物。溷，同「混」。❾邪薄　斜吹著。邪，偏斜。薄，迫近。❿甕牖　用甕口做的窗洞。此指窮人家屋子的窗戶。甕，一種陶製的器具。牖，壁上之窗。⓫室廬　簡陋的房屋。廬，草屋。⓬憞溷　惡亂、煩濁的樣子。憞，惡。溷，亂。⓭鬱邑　憂鬱。⓮毆溫　此言風送來熱病。毆，通作「驅」。溫，熱病。⓯致溼　造成溼病。⓰慘怛　憂傷。⓱造熱　發燒。⓲胗　瘡。⓳蔑　通作「䁾」。目傷而赤。⓴啗齰嗽獲　此指中風口動之貌。啗，吃。齰，嚼。嗽，吮。獲，通作「嚄」。大聲呼喚。㉑死生不卒　言人患風疾後，既不會在短時期內死去，也不會在短時期內痊癒，弄得不死不活。生，指病癒。卒，通「猝」。倉猝的意思。

【語譯】楚襄王說：「你論述的事理，很好啊！庶人之風，可以說給我聽聽嗎？」宋玉回答說：「那庶人之風，從冷僻的小巷中忽然而起，捲起了塵土，猶如懷著憤怒不平之氣一般，鑽進孔穴，侵入門戶。掀起沙土，吹起死灰，攪起穢物，揚起腐朽。斜吹入甕口做的窗洞，進入平民室內。所以這風吹到人身上，令人感到煩亂憂鬱，造成熱病溼症。心中憂傷，生病發燒。此風吹到脣上，脣上生瘡；吹到眼睛，眼睛紅腫。此風還會造成人中風，口齒亂動，大聲呼喚，弄得不死不活。這就是我所說的庶人的雌風。」

秋興賦 并序

【作者】潘岳，見頁二八六。

【題解】本賦作於西晉咸寧四年（西元二七八年），當時潘岳正在太尉賈充手下為官，年方三十二歲。此賦主要抒發作者在秋風起時想要回歸林下的情思。

這篇賦在構思上顯然受到宋玉〈九辯〉的啟發，然而〈九辯〉隨物興感，不甚注意意境的層次，此賦則逐層展開，更為鮮明具體。全篇採用騷體，呈現出一種清暢疏落、跌宕多姿之美。

晉十有四年❶，余春秋❷三十有二，始見二毛❸。以太尉掾❹兼虎賁中郎將❺，寓直❻於散騎之省❼。高閣連雲，陽景❽罕曜。珥蟬冕❾而襲❿紈綺⓫之士，此焉游處。僕野人也，偃息⓬不過茅屋茂林之下，談話不過農夫田父之客。攝官⓭承乏⓮，猥廁朝列⓯，夙興晏寢⓰，匪遑底寧⓱。譬猶池魚籠鳥，有江湖山藪⓲之思。於是染翰⓳操紙，慨然而賦。於時秋也，故以秋興命篇。

【章旨】本章為賦序。作者說他在朝中任官，身心不得自由，時又值秋季，於是藉此賦以抒情。

【注釋】❶晉十有四年　指西晉建國第十四年。即晉武帝咸寧四年（西元二七八年）。❷春秋　年齡。❸二毛　頭髮斑白。❹太尉掾　太尉的屬官。掾，屬官；僚佐。❺虎賁中郎將　皇宮衛戍部隊的將領。❻寓直　寄寓在某一官署中當班。寓，寄。直，通「值」。值班；當班。❼散騎之省　晉時散騎常侍之官增加員額，有員外散騎常侍、通直散騎常侍等，別為散騎省，隸門下省。❽陽景　陽光。❾珥蟬冕　插有金蟬的冠冕。漢代侍中、中常侍這些皇帝近侍之官有此服飾。晉散騎常侍相當於漢中常侍。珥，插。❿襲　穿。⓫紈綺　細絹和素地起花的絲織品。此指華貴的服裝。⓬偃息　安睡。偃，仰臥。⓭攝官　代理官職。此即居官之意。⓮承乏　承其缺乏。意即人選缺乏，由己充數。⓯猥廁朝列　權且名列朝班。猥，辱；曲。廁，雜次；混在其中。朝列，朝士之列。⓰夙興晏寢　早起晚睡。⓱匪遑底寧　不得安寧。匪遑，不暇。底，致。寧，安寧。⓲藪　大澤。⓳染翰　蘸筆。翰，筆毫。

【語譯】大晉建國十四年，我三十二歲，初生白髮。作為太尉屬官兼任虎賁中郎將，寄寓散騎省當值。官署的高閣入於雲霄，很少照射到陽光。頭戴插著金蟬的冠冕、身穿著紈綺服裝的皇帝近侍，在此辦公出入。我是個村野之人，不過居住在草房樹林之下，平日只是與農夫田父之人交談往來。現在有幸擔任官職，權且名列朝班，早起晚睡，不得安寧；就像池中魚、籠中鳥，急於想回到江湖山澤去。於是操紙蘸筆，感慨地寫下這篇賦。時值秋季，就以秋興名篇。

其辭曰：四時忽其代序❶兮，萬物紛以迴薄❷。覽花蒔❸之時育❹兮，察盛衰❺之所託❻。感冬索❼而春敷❽兮，嗟夏茂而秋落。雖末事❾之榮悴❿兮，伊人情之美惡⓫。善乎宋玉之言曰：「悲哉秋之為氣也！蕭瑟⓬兮，草木搖落而變衰；憀慄⓭兮，若在遠行；登山臨水，送將歸⓮。」夫送歸⓯懷慕徒之戀⓰兮，遠行有羇旅⓱之憤。臨川感流以歎逝⓲兮，登山懷遠而悼近⓳。彼四慼⓴之疚心㉑兮，遭一塗㉒而難忍。嗟秋日之可哀兮，諒㉓無愁而不盡㉔。野有歸燕㉕，隰㉖有翔隼㉗。游氛㉘朝興㉙，槁葉㉚夕殞㉛。於是迺屏輕箑㉜，釋纖絺㉝。藉莞蒻㉞，御袷衣㉟。庭樹槭㊱以灑落兮，勁風戾㊲而吹帷。蟬嘒嘒㊳而寒吟㊴兮，雁飄飄㊵而南飛。天晃朗㊶以彌㊷高兮，日悠陽㊸而浸微㊹。何微陽之短晷㊺，覺涼夜之方永㊻。月朧㊼以含光兮，露淒清㊽以凝冷。熠熠㊾粲於階闥㊿兮，蟋蟀鳴乎軒(51)屏(52)。聽離鴻(53)之晨吟兮，望流火(54)之餘景(55)。宵耿介(56)而不寐兮，獨展轉(57)於華省(58)。悟時歲之遒盡(59)兮，慨俛首(60)而自省(61)。斑鬢(62)髟(63)以承弁(64)兮，素髮(65)颯(66)以垂領。

仰[67]群俊之逸軌[68]兮，攀雲漢[69]以游騁[70]。登春臺之熙熙兮[71]，珥[72]金貂[73]之炯炯[74]。苟[75]趣舍之殊塗[76]兮，庸詎[77]識其躁靜[78]！聞至人[79]之休風[80]兮，齊天地於一指[81]。彼[82]知安而忘危兮，故出生而入死[83]。行投趾於容跡兮，殆不踐而獲底。闕側足以及泉兮，雖猴猿而不履[84]。龜祀骨於宗祧兮，思反身於綠水[85]。且斂衽[86]以歸來兮，忽投紱[87]以高厲[88]。耕東皐[89]之沃壤兮，輸[90]黍稷之餘稅。泉湧湍[91]於石間兮，菊揚芳於崖澨[92]。澡[93]秋水之涓涓[94]兮，玩游儵之潎潎[95]。逍遙[96]乎山川之阿，放曠乎人間之世。優哉游哉[97]，聊以卒歲[98]。

【章旨】描寫秋日淒清的景色和作者想要回歸林下的情懷。

【注釋】❶代序　指季節順序相代。❷迴薄　謂萬物往返相激，變化無常規。迴，返。薄，迫。❸蒔　移栽植物。❹時育　隨時節而生長。❺盛衰　指植物的由盛而衰。❻所託　指草木的盛衰依託於季節的變化。❼索　盡。❽敷　布。指生長散布。❾末事　微末小事。此指植物的變化。事，原作「士」，據五臣注本改。❿榮悴　指植物的繁盛和凋謝。⓫伊人情之美惡　此言人心情的變化與自然界的變化相關。伊，句首助詞。無義。人情之美惡，人心情的好壞。⓬飀瑟　秋風疾急，搖動枝葉之聲。⓭憀慄　悽涼傷感的樣子。⓮送將歸　送人歸故鄉。⓯送歸　此指送別之人。⓰慕徒之戀　對離去的友人的思戀之情。⓱羇旅　作客他鄉。⓲臨川感流以歎逝　《論語・子罕》：「子在川上曰：『逝者如斯夫！不舍晝夜。』」此是歎息時光的流逝。⓳登山懷遠而悼近　登山則感懷古人而傷悼自身不能長存。《晏子春秋・內篇・諫上》：「(齊)景公遊于牛山，北臨其國城而流涕曰：『奈何滂滂去此而死乎？』」⓴四感　四種憂愁。指遠行、登山、臨水、送將歸。㉑疚心　此言使內心感到痛苦。疚，病。㉒一塗　指四感之一。塗，通「途」。㉓諒　確實。㉔無愁而不盡　指會引起所有愁情。㉕歸燕　遷往南方的燕子。㉖隰　低溼地。㉗隼　又叫鶻。一種兇猛的鳥，上嘴鉤曲，背青黑色，尾尖白色，腹部黃色。㉘游氛　游氣。指秋氣。㉙興　起。㉚槁葉　枯葉。㉛殞　落。㉜屏輕箑　拋棄輕扇。屏，棄去。箑，扇。㉝釋纖絺　脫去夏衣。釋，脫掉。纖絺，細薄的葛衣。纖，細。絺，細葛布。㉞藉莞蒻　鋪上蒲蓆。藉，鋪。莞蒻，蒲草蓆。㉟御袷衣　穿上夾衣。御，服用。袷，夾衣。㊱槭　樹枝光禿的樣子。㊲戾　勁急的樣子。㊳嘒嘒　小聲。㊴寒吟　受寒而淒苦地鳴叫。㊵飄飄　飛翔的樣子。㊶晃朗　晴朗。㊷彌　更。㊸悠陽　日光不強烈。㊹浸微　逐漸衰微。㊺短晷　日影已短。指白天時間短了。晷，日影。㊻永　長。㊼朣朧　朦朧不明的樣子。㊽淒清　形容清寒的樣子。㊾熠熠　指螢火蟲。㊿闥　小門。(51)軒　窗。(52)屏　當門的小牆。(53)離鴻　離群的鴻雁。(54)流火　火星西下。流，下。火，星名。即心宿。每年夏曆五月黃昏時心宿在中天，六月以後，就漸漸偏西，暑熱開始減退。(55)餘景　餘光。(56)耿介　謂清醒。(57)展轉　形容憂思牽縈的樣子。(58)華省　指散騎省。華，稱美之辭。(59)遒盡　快到了盡頭。遒，終。(60)俛首　即俯首。(61)自省　反省自己；檢查自己。(62)斑鬢　黑白相間的鬢髮。(63)髟　髮下垂的樣子。(64)承弁　戴冠。弁，古代貴族的一種帽子。(65)素髮　白髮。(66)颯　衰落。(67)仰　仰視。(68)逸軌　高超的行跡。逸，超絕。軌，跡。(69)雲漢　雲霄。漢，天漢。(70)游騁　馳騁游覽。此指在仕途上的進取。(71)登春臺之熙熙兮　語出《老子・第二十章》：「眾人熙熙，如享太牢，如春登臺。」（河上公本作「如登春臺」，此從王弼本）春登臺，春天登臺，眺望風景。熙熙，興高采烈的樣子。(72)珥　插。(73)金貂　漢以後皇帝左右侍臣的冠飾。《後漢書・輿服志下》：「武冠……侍中、中常侍加黃金璫，附蟬為文，貂尾為飾。」(74)炯炯　光彩奪目的樣子。(75)苟　且。(76)趣舍之殊塗　對榮利是追求還是放棄，本是不同的道路。趣，指追求榮利之人。指散騎省同僚。舍，捨棄不取。乃自謂。殊塗，不同途徑。(77)庸詎　何用；怎麼。(78)躁靜　躁進和靜守。前者指同僚的行為，後者指自己。(79)至人　至德之人。莊子哲學中得道之人。(80)休風　美好的風範。休，美。(81)齊天地於一指　把天地萬物都看成齊同一樣的。《莊子・齊物論》：「天地一指也，萬物一馬也。」(82)彼　指追求榮利之人。(83)出生而入死　謂離開生境而入於死地。(84)行投趾於容跡兮四句　據《莊子・外物》，莊子曾對惠子談到無用之用，他說知道無用才能和他談有用。天地並非不廣大，人所用的只是容足之地罷了，然而如把立足以外的地方都挖到底下泉水處，人所站的這塊小地方還有用嗎！潘岳這裡也是談無用之用，希望能歸居林下，成為無為之人。投趾，落腳。容跡，容其足跡之地。殆，只。不踐，足不踐履之地。獲底，獲止；得到立足。闕側足，此謂把置足之地以外那些地方都挖掉。闕，開挖。側足，即廁足。置足之地。及泉，挖到黃泉。雖猴猿而不履，即使有猿猴的敏捷也站不住。(85)龜祀骨於宗祧兮二句　神龜不願留骨在宗廟祭祀，寧願回到綠水之中去。據《莊子・秋水》，楚威王曾派人來請莊子出仕，莊子說：「我聽說楚國有隻神龜，已經死了三千年了，國王把牠盛在竹盒裡用布巾包著，藏在廟堂之上。請問這隻龜寧可死了留下一把骨頭讓人尊重呢，還是願意活著拖著尾巴在泥裡爬？」使者說：「寧願活著拖著尾巴在泥裡爬。」莊子說：「那麼你們回去吧，我還是希望拖著尾巴在泥裡爬。」潘岳此處也藉以表示不慕榮利，甘願回歸山水的心願。龜祀骨於宗祧，在宗廟祭祀神龜之骨。宗祧，宗廟。思反身於綠水，想回到綠水中去。86斂衽　猶斂袂。整一整衣袖。衽，據王念孫《廣雅疏證・卷七下》，即袂。87投紱　扔下官印。紱，繫官印的絲帶。此指官印。88高厲　高飛。指脫離官場。厲，疾飛。89東皋　泛指田地。皋，水田。90輸　繳納。91湍　急流的水。92崖澨　臨水的崖邊。93澡　洗浴。94涓涓　水流不壅塞的樣子。95玩游儵之瀲瀲　《莊子・秋水》：「莊子與惠子遊於濠梁之上。莊子曰：『儵魚出游從容，是魚之樂也。』惠子曰：『子非魚，安知魚之樂！』莊子曰：『子非我，安知我不知魚之樂！』」玩，欣賞。儵，魚名。亦名白鰷。瀲瀲，游動的樣子。96逍遙　此與下「人間之世」同用《莊子・內篇》之篇名〈逍遙遊〉、〈人間世〉。97優哉游哉　從容不迫，閒適自得的樣子。98卒歲　度過歲月。即度盡一生。一說：度過年終。

【語　譯】這篇賦文字如下：四季迅速地順序相代呵，萬物紛亂變化，往返相激。看那種植的花卉隨時節生長呵，便觀察到草木盛衰之所依託。我為它們冬天盡枯春日蕃生而感慨呵，更為其夏日繁茂秋季凋落而歎息。雖然草木盛衰只是微末之事呵，卻關係到人心情的好壞。宋玉說得好：「秋氣是多麼可悲！秋風蕭瑟呵，草木搖落而衰敗；令人悽涼傷感呵，如同離家遠行，又似登山、臨水，送人歸故鄉。」送別時懷著留戀友人之情呵，遠行則有作客他鄉的悲愴。臨水會歎息時光的流逝呵，登山則感懷古人而傷悼自身不能長存。這四種憂愁都使人內心痛苦呵，遭遇其中之一也難以忍受。唉，秋天真可哀呵，實會引起所有的愁情。野外燕子正往南飛，低溼地的上空有隼在迴翔。遊氣早上興起，枯葉傍晚殞落。於是就拋棄輕扇，脫去夏衣，鋪上蒲席，穿上夾衣。只見庭樹葉落，枝頭蕭索呵；秋風勁急，吹入帷幔。寒蟬淒苦地小聲鳴叫呵，大雁鼓翅往南高翔。天晴朗而更高呵，日光逐漸地趨於微弱。日影何其短，涼夜漸覺長。月色朦朧不明呵，白露點點清寒。螢火在階前門邊閃爍呵，蟋蟀在窗下牆邊鳴叫。聽離群的孤鴻在清晨哀吟呵，望大火星西下的餘光。中夜清醒難眠呵，獨自在這親要之省中憂思縈牽。省悟到一年已將近終了呵，感慨地俯首自我反省。兩鬢斑白戴著官帽呵，白髮一根根落在衣領。仰視眾俊傑的高超行跡呵，都能登上青雲而馳逐。一個個興高采烈如同春天登臺眺望呵，冠上的金蟬貂尾煒煒生輝。對榮利是追求還是放棄，本是不同的道路呵，又何用辨識是躁進還是靜守？曾聽說至德之人的美好風範呵，把天地萬物都看作是齊同一致。追求榮利之人知安而忘危呵，所以離生境而入死地。行路時落腳僅在容足之地呵，只是仍然要靠踩不到的廣大地方方能立足。如果把置足之處以外的地方全挖到黃泉呵，即使有猿猴般的敏捷也站不住。神龜之骨被祭祀在宗廟裡呵，牠仍想返回到綠水中去。還是整一整衣袖歸去呵，快扔下官印高飛遠走。耕種肥沃的田地呵，收穫穀物繳納稅糧。湍急的泉水在石間湧流呵，菊花在臨水的崖邊散發清香。在涓涓的秋水中洗浴啊，欣賞那水中游動的白鰷。逍遙於山曲水畔，放任曠達在人間世上。多麼從容閒適呵，且這樣度過往後的歲月。

雪賦

【作者】謝惠連（西元四〇七或三九七～四三三年），南朝宋文學家。陳郡陽夏（今河南太康）人。與族兄謝靈運並稱「大小謝」。幼即能文，曾受業於何長瑜。本州辟為主簿，辭而不就。因居父喪，與會稽郡吏杜德靈以詩贈答，受到非議，長期不得入仕。殷景仁愛其才，頗為辯白。元嘉七年為彭城王劉義康法曹參軍。元嘉十年卒。詩賦深得靈運贊賞，原有集六卷，已散佚，明人輯有《謝法曹集》。

【題解】〈雪賦〉是南朝詠物小賦的名作。此賦假託西漢時梁孝王劉武、司馬相如、鄒陽、枚乘諸人，寫他們在兔園賞雪作賦的故事。在不長的篇幅之中，作者把寫景、抒情、議論的成分都鎔鑄其中，段落分明卻又彼此呼應聯繫，實在獨具匠心。

歲將暮，時既昏❶，寒風積❷，愁雲繁❸。梁王❹不悅，游於兔園❺。迺置旨酒❻，命❼賓友，召鄒生❽，延枚叟❾。相如❿末至，居客之右⓫。俄而微霰⓬

零⑬，密雪下。王迺歌〈北風〉於衛詩⑭，詠〈南山〉於周雅⑮。授簡⑯於司馬大夫⑰曰：「抽子秘思⑱，騁子妍辭⑲，侔色⑳揣稱㉑，為寡人㉒賦之。」

【章　旨】描寫雪落兔園，梁王歡宴眾文士的情景。

【注　釋】❶既昏　黃昏以後。既，已。❷積　聚。❸愁雲繁　陰雲濃鬱。愁雲，陰雲。繁，多；盛。指鬱集不散。❹梁王　指梁孝王劉武。漢文帝的第二個兒子，先封為代王，後改封淮陰王，又改封梁王，死後諡孝，雅好宮室苑囿之樂，召豪傑文學之士甚眾，據《漢書》記載，鄒陽、枚乘、司馬相如等都曾事梁王及遊梁地。❺兔園　梁孝王築的苑囿名。又名梁園、梁苑、東苑，故址在今河南省商丘縣東。❻旨酒　美酒。旨，味美。❼命　請。與下文的「召」、「延」同義。❽鄒生　鄒陽。漢代齊人，曾事吳王劉濞，見濞有異志，上書諫，不聽，離開吳王歸梁王。❾枚叟　即枚乘。西漢著名辭賦家，所作〈七發〉尤有名。❿相如　即司馬相如。⓫右　上位。古時尊右。⓬霰　水蒸氣在高空中遇到冷空氣凝結成的小冰粒。在下雪花以前往往先下霰。⓭零　落。⓮歌北風於衛詩　唱起衛詩〈北風〉。〈北風〉，指《詩・邶風・北風》。其開頭：「北風其涼，雨雪其滂。」正好應此時之景色。因邶地春秋時屬衛，古人多以〈邶風〉為衛詩。⓯詠南山於周雅　歌詠〈小雅・信南山〉。〈南山〉，指《詩・小雅・信南山》。其中有「上天同雲，雨雪雰雰」的詩句。周雅，指《詩經》的〈小雅〉。⓰簡　竹簡。古代用以書寫的竹片。⓱司馬大夫　此對司馬相如的尊稱。⓲抽子秘思　抒發您深長的才思。抽，引。抒發的意思。秘思，深藏於內的文思。⓳騁子妍辭　發揮您美麗的文辭。騁，施展；發揮。妍辭，美麗的文辭。⓴侔色　描繪景物。侔，齊；等。色，物色。㉑揣稱　恰到好處。揣，量。稱，相稱。㉒寡人　諸侯對下的自稱。意為寡德之人。

【語　譯】正當歲末，黃昏的時候，寒風吹來，陰雲濃鬱。梁王心情鬱悶，便前往兔園遊覽。於是擺下美酒，請來賓客，召見鄒生，延請枚叟。司馬相如最後到來，坐在上位。一會兒，稀疏的霰粒先落，接著密雪降臨。梁王就唱起衛詩〈北風〉，歌詠〈小雅・信南山〉。又把竹簡遞給司馬大夫說：「請抒發您深藏的才思，發揮您美麗的文辭，恰到好處地描摹景色，為我寫一篇雪賦吧。」

相如於是避席❶而起，逡巡❷而揖❸，曰：「臣聞雪宮❹建於東國❺，雪山峙於西域❻。岐❼昌❽發詠於來思❾，姬滿❿申歌⓫於黃竹⓬。〈曹風〉以麻衣比色⓭，楚謠⓮以〈幽蘭〉儷曲⓯。盈尺⓰則呈瑞於豐年⓱，袤丈⓲則表沴於陰德⓳。雪之時義⓴遠矣哉！請言其始，若迺玄律窮㉑，嚴氣㉒升，焦溪㉓涸㉔，湯谷㉕凝㉖，火井㉗滅，溫泉冰。沸潭㉘無湧，炎風㉙不興。北戶墐扉㉚，裸壤㉛垂繒㉜。於是河海生雲，朔漠㉝飛沙。連氛累靄㉞，揜日㉟韜霞㊱。霰淅瀝㊲而先集，雪紛糅㊳而遂多。其為狀也，散漫交錯，氛氳蕭索㊴。藹藹㊵浮浮㊶，瀌瀌弈弈㊷。聯翩㊸飛灑，徘徊㊹委積㊺。始緣㊻甍㊼而冒㊽棟，終開簾而入隙㊾。初便娟㊿於墀(51)廡(52)，末縈盈(53)於帷席(54)。既因(55)方而為珪(56)，亦遇圓而成璧(57)。眄(58)隰(59)則萬頃同縞(60)，瞻山則千巖俱白。於是臺如重璧(61)，逵(62)似連璐(63)，庭列瑤階(64)，林挺瓊樹(65)。皓鶴奪鮮(66)，白鷴(67)失素，紈(68)袖慚冶(69)，玉顏掩姱(70)。若乃積素(71)未虧(72)，白日朝鮮(73)，爛兮若燭龍(74)銜燿照崑山(75)；爾其流滴(76)垂冰(77)，緣(78)霤(79)承隅(80)，粲兮若馮夷(81)剖蚌列明珠。至夫繽紛(82)繁鶩(83)之貌，皓旰曒絜之儀(84)，迴散縈積(85)之勢，飛聚凝曜(86)之奇，固展轉而無窮(87)，嗟難得而備知(88)。若迺申(89)娛翫(90)之無已(91)，夜幽靜而多懷。風觸楹(92)而轉響，月承幌(93)而通暉。酌湘吳之醇酎(94)，御(95)狐貉(96)之兼衣(97)。對庭鵾(98)之雙舞，瞻雲雁之孤飛。踐霜雪之交積(99)，憐枝葉之相違(100)。馳遙思於千里，願接手(101)而同歸。」

【章　旨】借司馬相如之口描繪雪生成、飄落、融化的情景。

【注　釋】❶避席　離開坐席。表示對對方的恭敬。❷逡巡　後退。❸揖　拱手為禮。❹雪宮　戰國時齊國的行宮名。故址在今山東省臨淄縣東北。❺東國　指齊國。因齊在東方，故稱。❻雪山峙於西域　據《漢書·卷九六·西域傳》記載，西域有天山，冬夏有雪。雪山，指天山。西域，漢以後對玉門關（今甘肅省敦煌縣西北）以西地區的總稱。❼岐　地名。在今陝西省岐山縣東北，周部族首領古公亶父始建都於此，周文王據之而強大。❽昌　周文王姬昌。❾來思　《詩·小雅·采薇》：「昔我往矣，楊柳依依；今我來思，雨雪霏霏。」此用「來思」代〈采薇〉這首詩中詠雪之句。據詩序，周文王遵殷天子之命派將士抵禦西北外族入侵，賦此詩慰勞將士。思，助詞。無義。❿姬滿　周穆王名。⓫中歌　反覆唱。中，重複。⓬黃竹　《穆天子傳》載：穆王遊黃台之丘，大寒，北風，雨雪，有凍人，穆王乃作〈黃竹歌〉三章哀之，其中有「我徂黃竹，員口閟寒」之句。⓭曹風以麻衣比色　是說《詩·曹風·蜉蝣》以潔白麻衣比擬雪色。〈曹風〉，《詩經》十五國風之一。此指〈曹風〉的一篇——〈蜉蝣〉，詩中有「蜉蝣掘閱，麻衣如雪」的詩句。⓮楚謠　楚地歌謠。指琴曲。⓯以幽蘭儷曲　以〈幽蘭〉與〈白雪〉並奏。儷，偶。⓰盈尺　指雪厚滿一尺。古人稱雪厚滿一尺為大雪。⓱呈瑞於豐年　呈現出豐年的吉兆。⓲袤丈　雪深一丈。袤，長度。⓳表沴於陰德　雪太盛則陰陽不和，乃生災害。沴，因氣不和而生的災害。陰德，陰道。雪屬陰道。⓴時義　時序意義；因時而至的意義。㉑玄律窮　言一年十二月已到終了的時候。古人把音樂上的十二律與一年的十二月相配（即太簇應一月……大呂應十二月）。玄，幽遠。律，指十二律。㉒嚴氣　肅殺之氣。㉓焦溪　溪名。《水經注》記載：發源於天門山的左邊，南流成溪。㉔涸　水乾竭。㉕湯谷　李善注引《荊州記》：南陽郡城北有紫山，東有一水，冬夏常溫，因名湯谷。㉖凝　結冰。㉗火井　天然氣之井。《博物志》記載，蜀中多火井，用以煮鹽。㉘沸潭　《水經注》記載：曲阿季子廟前，有潭常沸，故名沸潭。㉙炎風　熱風。李善注說，南海外常有火風，夏日蒸殺其過鳥。㉚北戶墐扉　此化用《詩·豳風·七月》中「塞向墐戶」句意，為窮人家禦寒的措施。北戶，朝北的門。墐，用泥塗抹縫隙。扉，門扇。㉛裸壤　古傳說中的裸人國。《戰國策・趙策》、《東夷傳》都有記載，其人赤身裸體，不穿衣服。㉜垂繒　穿起了衣服。繒，絲織物的總稱。㉝朔漠　北方沙漠。㉞連氛累靄　雲氣濃重的樣子。氛，氣。靄，同「靄」。雲霧氣。㉟揜日　遮掩太陽。揜，覆。㊱韜霞　藏霞。㊲淅瀝　象聲詞。形容霰粒落地時發出的聲音。㊳紛糅　紛雜。㊴氛氳蕭索　形容雪花時密時稀之景。氛氳，雪盛的樣子。蕭索，疏散的樣子。㊵藹藹　雪濃密的樣子。㊶浮浮　飄飛之狀。㊷瀌瀌弈弈　雪盛的樣子。㊸聯翩　連續飛舞。㊹徘徊　形容雪花迴旋之狀。㊺委積　積聚。㊻緣　沿著。㊼甍　屋脊。㊽冒　覆蓋。㊾隙　簾縫。㊿便娟　輕盈迴旋的樣子。(51)墀　臺階。(52)廡　堂下周圍的廊屋。(53)縈盈　輕盈環繞。(54)帷席　帷幔和坐席。(55)因　依；就。(56)珪　同「圭」。古玉器名。古代貴族朝聘、祭祀、喪葬所用的禮器，其狀為長條形，上尖下方。(57)璧　古代玉器。平圓形，中間有孔。(58)眄　斜視。看的意思。(59)隰　低窪地。(60)縞　一種白色絲織品。此言白色。(61)重璧　重疊的玉璧。(62)逵　四通八達的大路。(63)連璐　相連的美玉。璐，美玉。(64)瑤階　玉階。瑤，美玉。(65)瓊樹　玉樹。(66)皓鶴奪鮮　白鶴不顯鮮明。皓鶴，白鶴。奪，被奪去。指被雪相比而失去。鮮，明潔。(67)白鷳　亦稱白雉。雄鳥上體及兩翼為白色，下體為純藍色。(68)紈　生細絹。白色。(69)冶　豔麗。(70)姱　美好。(71)積素　積雪。素，白色。指雪。(72)未虧　未化。(73)白日朝鮮　朝陽照耀下積雪鮮明照眼。(74)燭龍　神話傳說中的神名。據《山海經・大荒北經》、《淮南子・墜形》、王逸《楚辭章句・天問》等書記載：燭龍，人面蛇身，赤色，身長千里，西北方有太陽照不到的地方，燭龍口銜火精把那裡照亮了（一說：燭龍眼發巨光，開目則天亮，閉目則天暗）。(75)崑山　崑崙山。(76)流滴　指雪水滴下。(77)垂冰　水滴下垂，形成冰柱。(78)緣　順著。(79)霤　屋簷下接水的長槽。(80)承隅　落在屋角下面。隅，屋角。(81)馮夷　傳說中水神。即河伯。《抱朴子・釋鬼》說，馮夷為華陰人，渡河溺死，被天帝命為河伯。(82)繽紛　錯雜的樣子。(83)繁鶩　亂飛的樣子。(84)皓旰曒絜之儀　明亮皎潔的儀容。皓旰，明亮。曒絜，同「皎潔」。儀，容態。(85)迴散縈積　有時迴旋疏散，有時縈繞聚積。(86)飛聚凝曜　飛舞聚集，閃耀光輝。(87)展轉而無窮　指雪景變化無窮。(88)難得而備知　不能一一都知道。(89)申　一再。(90)娛翫　玩賞。(91)無已　不止。已，止。(92)楹　廳堂前部的柱子。(93)承幌　照在布幔上。(94)湘吳之醇酎　指湘、吳兩地所產的美酒。李善注引《初學記・吳錄》：「湘川酃零縣水，以作酒，有名。吳興烏程縣若下酒有名。」醇酎，美酒。(95)御　穿。(96)狢　同「貉」。獸名，形似狐，皮毛珍貴，也名狗獾。(97)兼衣　兩件以上的衣服。(98)鶤　鶤雞。大鳥名，形似鶴，黃白色。(99)交積　交加。(100)枝葉之相違　樹葉離枝。(101)接手　攜手。

【語　譯】司馬相如於是起身離開坐席，後退而揖說：「臣聽說雪宮建在東方的齊國，雪山雄峙於西域。周文王曾歌詠『今我來思，雨雪霏霏』。周穆王則唱出『我徂黃竹，員口閟寒』。〈曹風〉中以潔白的麻衣來比擬雪色，楚地歌謠以〈幽蘭〉與〈白雪〉二曲相比。雪厚一尺是豐年的吉兆，但若深達一丈就陰氣太盛而生災害。雪因時而至的意義深遠得很！請讓我從頭說起吧！到了一年十二個月已近終了之時，肅殺之氣上升，焦溪乾竭，湯谷凍結，火井熄滅，溫泉結冰。沸潭的水不再翻滾，南面的熱風也不再吹來。朝北的門戶用泥土塗抹縫隙，裸人國民也穿起衣服。於是河海之上雲霧瀰漫，北方沙漠飛沙走石。雲氣濃重，掩日藏霞。霰粒先淅淅瀝瀝地落地，接著大雪紛雜地增多。那情景是，飛雪散漫交錯，時密時稀。飄飄浮浮，紛紛揚揚。聯翩飛灑，迴旋積聚。始則沿著屋脊而覆蓋屋面，終於吹開簾幕而進入室內。起初輕盈迴旋在臺階廊屋之上，後來縈繞飄落在帷幔坐席上。落到方的器物上就成為圭，遇到圓的器物就變作璧。看那窪地則萬頃同為縞素，瞻望山巒則千巖一片白色。樓臺如同重疊的玉璧，大路好似相連的寶璐，庭前瑤階排列，林中挺立著玉樹。與雪相比，白鶴不顯鮮明，白鷴也失去潔白，新裝紈袖見不出秀冶，美人的玉顏也相形失色。至於積雪未化，朝陽輝映，天地間一片燦爛呵，好似燭龍口銜火精照耀崑崙山；當那融雪滴下成冰，垂掛在房簷屋角，晶瑩璀璨呵，就像馮夷剖開大蚌排列明珠。雪的繽紛飛舞的景象，明亮皎潔的儀容，迴旋積散的態勢，飛聚生輝的奇景，實在變化無窮，不能一一都知道。若一再賞玩不止，清夜幽靜易生感懷。風吹廳柱而生響，月照布幔上下通明。酌飲湘、吳所產的醇酒，穿上狐、貉裘衣。面對庭中雙雙起舞的鵾雞，遙看雲中孤飛的大雁。腳踩交積的霜雪，憐惜枯葉落下寒枝。馳念迢迢千里之外，希望和所思念的人攜手同歸。」

鄒陽聞之，懣然❶心服，有懷❷妍唱❸，敬接末曲❹。於是迺作❺而賦積雪之歌。歌曰：攜佳人兮披❻重幄❼，援❽綺衾❾兮坐芳縟❿；燎薰鑪⓫兮炳明燭，酌桂酒⓬兮揚⓭清曲。又續而為白雪之歌，歌曰：曲既揚兮酒既陳，朱顏酡⓮兮思自親;願低帷⑮以昵枕⑯，念⑰解珮⑱而褫⑲紳⑳;怨年歲之易暮㉑，傷後會之無因㉒;君寧㉓見階上之白雪，豈鮮耀於陽春!歌卒，王迺尋繹㉔吟翫㉕，撫覽㉖扼腕㉗，顧㉘謂枚叔㉙:起而為亂㉚。亂曰:白羽雖白，質以輕兮;白玉雖白，空守貞㉛兮。未若茲雪，因時興滅㉜。玄陰㉝凝㉞不昧㉟其潔，太陽曜不固其節㊱。節豈我名!潔豈我貞!憑雲陞降，從風飄零。值㊲物賦㊳象，任㊴地班㊵形，素因遇㊶立，汙隨染㊷成。縱心皓然㊸，何慮何營㊹?

【章　旨】鄒陽接著作歌，感歎人生易老，唯願及時行樂。枚乘作了尾聲，表示只要縱心浩遠，儘可委運任命。

【注　釋】❶懣然　默然。❷有懷　有感。❸妍唱　美好歌曲。指司馬相如前面對雪的贊美。❹末曲　曲末。指司馬相如所賦之末。❺作　起來。❻披　開。❼重幄　重重帷帳。❽援　拉過;取過。❾綺衾　綺羅的被子。❿芳縟　美好的褥子。縟，通「褥」。⓫薰鑪　用來薰香或取暖的鑪子。⓬桂酒　桂浸的酒。⓭揚　高奏。⓮酡　喝了酒，臉上發紅。⓯低帷　垂帷。⓰昵枕　就枕。昵，近。⓱念　想。⓲珮　玉珮。身上佩戴的飾物。⓳褫　解下。⓴紳　束在腰間的大帶。㉑易暮　易老。㉒無因　無緣;沒有機會。㉓寧　豈。㉔尋繹　推求探索。㉕吟翫　吟詠玩賞。翫，通「玩」。欣賞。㉖撫覽　把賞的意思。㉗扼腕　握住手腕。表示激動。㉘顧　回過頭。㉙枚叔　枚乘，字叔。㉚亂　樂曲的最後一章或辭賦篇末總括全篇要旨的一段。㉛貞　堅貞。指白玉的堅而不變的性質。㉜因時興滅　隨著時間而產生和消失。㉝玄陰　指暗夜。㉞凝　固結;持續。㉟昧　使之暗昧、遮掩。㊱不固其節　指不固守凝固狀態，遇太陽就融化。㊲值　逢。㊳賦　賦予。㊴任　隨。㊵班　分賜。㊶遇　指所遇之物。㊷染　汙染。㊸皓然　即浩然。廣大無邊。㊹營　謀求。

【語　譯】鄒陽聽了，默然心服，有感於相如的佳篇，恭敬地接續創作。於是他起身吟了一首積雪之歌。歌辭是：手攜佳人呵掀開重帷，拉過錦被呵坐在芳縟；燃起薰鑪呵點亮明燭，斟飲桂酒呵高奏清曲。又接著作了一首白雪之歌，歌辭是：清曲已奏呵美酒陳列，朱顏醉紅呵思念親人；只想垂帳就枕而眠，又欲取下玉佩解下大帶；嗟歎人生易老，感傷後會無緣；君見階上白雪，豈會鮮耀於陽春之時！歌罷，梁王就揣摩吟賞，把玩扼腕，回頭對枚乘說：請您起來作一個尾聲吧。枚乘所作尾聲是這樣的：白羽雖白，質卻輕呵；白玉雖白，空守堅而不變呵。不如積雪，隨時生滅。迢迢暗夜並不能遮掩它的潔白，太陽照耀則不固守它的志節。志節豈是我追求的名譽！潔白豈是我固守的品格！憑藉著雲而升降，隨著風飄零。遇到什麼東西就被造成什麼形象，落到什麼地方就成為什麼形狀。潔白是由於所在之處潔淨，汙穢是由於所遇之物汙染而成。只要放心於廣大浩遠之境，還要思慮什麼，謀求什麼呢？

月賦

【作　者】謝莊（西元四二一～四六六年），字希逸，南朝宋文學家，陳郡陽夏（今河南太康）人。幼聰慧，能屬文。初為始興王劉濬後軍法曹行參軍，又轉隨王劉誕後軍諮議，並領記室。孝武帝時曾任吏部尚書，明帝時官金紫光祿大夫。他要求收復北方，反對與北魏議和；又主張不限門閥，廣泛任用人才。原有集十九卷，已散佚，明人輯有《謝光祿集》。

【題　解】〈月賦〉歷來被人們與〈雪賦〉並稱。此篇描寫月色秋景十分出色，但處處與抒情相結合，亦景亦情，情景交融。前人曾指出此賦是「只寫月夜之情，非為賦月也」（《文選》孫批），這是很精到的評論。

陳王❶初喪應劉❷，端憂❸多暇。綠苔生閣，芳塵凝榭❹。悄焉❺疚懷❻，不怡❼中夜❽。迺清❾蘭路❿，肅⓫桂苑⓬；騰吹⓭寒山，弭蓋⓮秋阪⓯。臨濬壑⓰而怨遙⑰，登崇岫⑱而傷遠。於時斜漢⑲左界⑳，北陸南躔㉑。白露曖㉒空，素月㉓流天㉔。沈吟㉕齊章㉖，殷勤㉗陳篇㉘。抽毫㉙進牘㉚，以命仲宣㉛。

【章　旨】陳王因應、劉初喪，秋夜不樂，乃命王粲作月賦。

【注　釋】❶陳王　曹植的封號。❷應劉　指應瑒、劉楨。曹植兄弟的共同朋友，都死得比曹植早。❸端憂　憂傷煩悶。❹綠苔生閣二句　樓閣下生出了綠苔，臺榭間積滿了灰塵。形容曹植因憂悶閉門不出，不到園林中遊賞。凝，積滿。榭，建於臺上的敞屋。❺悄焉　憂愁的樣子。❻疚懷　傷心。❼不怡　不樂。❽中夜　半夜。❾清　清掃。❿蘭路　長滿蘭草的道路。⓫肅　肅清。⓬桂苑　長著桂樹的苑囿。⓭騰吹　高奏音樂。騰，升。吹，管樂。⓮弭蓋　停車。弭，停止。蓋，車蓋。此代指車。⓯阪　山坡。⓰濬壑　深谷。⓱怨遙　與下「傷遠」，皆為所思之人在遠方而生幽怨之情。⓲崇岫　高山。⓳斜漢　橫斜的天河。漢，銀漢；天河。⓴左界　東邊的界線。左，東。㉑北陸南躔　此謂太陽運行的軌道已由北移南。此是秋冬間天象。陸，黃道線。躔，太陽運行的方位。㉒曖　昏暗；朦朧。㉓素月　明月。素，形容月色潔白。㉔流天　經天。㉕沈吟　低聲吟誦。㉖齊章　指《詩・齊風・東方之日》。篇中有「東方之月兮，彼姝者子，在我闥兮」句。㉗殷勤　反覆吟誦。㉘陳篇　指《詩・陳風・月出》。篇中有「月出皦兮，佼人僚兮」句。㉙毫　毛筆。㉚牘　用來寫字的木板。㉛仲宣　王粲的字。

【語　譯】陳王因為文友應瑒、劉楨剛死，憂傷閒居。樓閣下因此生了綠苔，臺榭中因此積滿了塵埃。他黯然傷懷，到了夜半還心中不樂。於是命人打掃長滿蘭草的道路，肅清長著桂樹的苑囿；在寒山高奏音樂，停車在山坡上。面臨深谷為遠方之人而生幽怨之情，登上高山因而倍加傷感。這時橫斜的天河成為東方遙天一線，太陽運行的軌道已由北移南。露氣使天空朦朧不明，素月緩緩流過中天。於是低吟《詩・齊風・東方之日》的佳句，誦讀《詩・陳風・月出》的詩章。差人送去筆墨簡牘，請王仲宣作一篇賦。

仲宣跪❶而稱曰：臣東鄙❷幽介❸，長自丘樊❹，昧道懵學❺，孤奉❻明恩❼。

臣聞沈潛既義，高明既經❽。日以陽德❾，月以陰靈❿。擅扶光於東沼⓫，嗣若英於西冥⓬。引玄兔⓭於帝臺⓮，集素娥⓯於后庭⓰。朒朓警闕⓱，朏⓲魄⓳示沖⓴。順㉑辰㉒通燭㉓，從星澤風㉔。增華㉕台室㉖，揚采軒宮㉗。委照而吳業昌㉘，淪精而漢道融㉙。

【章　旨】王粲開始作賦，就月先作一概述。

【注　釋】❶跪　指長跪。雙膝著地，上身挺直。❷東鄙　東方邊遠之地。王粲是山陽高平（今山東鄒陽）人，地處東方，故如此謙言。❸幽介　指孤陋寡聞。幽，幽暗。介，孤獨。❹丘樊　山林。❺昧道懵學　不懂道理，學識很淺。❻孤奉　辜負的意思。孤，負。❼明恩　明王恩命。❽沈潛既義二句　是說天地按一定規律形成以後。沈潛，指地。地是沈靜在下的，故云。高明，指天。由於天是高朗在上的。義、經，均指自然規則。❾日以陽德　日得陽氣而成。❿月以陰靈　月得陰性精氣而成。⓫擅扶光於東沼　指月盛於東。擅，占有。扶光，扶桑之光。扶桑，神話中生於日出處的樹木。東沼，即日出處東方的暘谷。也作湯谷。⓬嗣若英於西冥　言月生成於西。嗣，繼；生成。若英，若木之花。若木，神話中生於日落處的樹木。英，花。西冥，即昧谷。西方幽暗的山谷，傳說為日落之處。⓭玄兔　黑兔。此指月光。神話中說月中有兔。⓮帝臺　帝王之臺。一說：指天庭。⓯素娥　嫦娥。此指月光。《淮南子》說，羿的妻子嫦娥偷吃不死藥奔入月宮。⓰后庭　后妃之庭。⓱朒朓警闕　缺月警示人君注意德行上的缺失。朒，陰曆月初月亮出現於東方。即上弦月。朓，陰曆月底月亮出現在西方。即下弦月。⓲朏　月初生。⓳魄　月始生的微光。⓴示沖　警告人君要保持謙虛不自滿的品德。㉑順　順著。㉒辰　指十二辰。古人以子、丑、寅、卯等十二地支用於記星次。㉓燭　照耀。㉔從星澤風　古代星象家認為月亮運行，如與箕星或畢星相遇時，就會產生風或雨。《尚書》孔安國傳曰：「月經於箕則多風，離於畢則多雨。」澤，雨。㉕增華　增加光華。㉖台室　指三台。星宮名，屬太微垣。㉗軒宮　軒轅宮。星宮名，共有十七星。㉘委照而吳業昌　傳說孫堅夫人吳氏夢月入懷而生孫策，後建立吳國帝業。委，下投。照，月光。㉙淪精而漢道融　傳說漢元帝皇后的母親李氏，夢見明月入懷而生女，遂為后。淪，沈；下落。精，指月。融，和洽；順利。

【語　譯】仲宣長跪說道：臣是東方邊遠之地的一個孤陋寡聞的人，生長在山林之中，不懂道理，學識淺薄，辜負了明王恩命。臣聽說大地以義沈於下，高天依理懸於上。日得陽氣而成，月鍾陰氣而就。月亮從東方的暘谷中挾著扶桑之光升起，它在西方幽谷隨著若木之花而墜落。它把銀輝投向帝王之臺，又把清光集於后妃之庭。它以缺月警戒人君注意德行上的缺失，又以始生微光提示人君保持謙虛的品格。它順著十二星次普照天下，遭逢箕星時就多風，遇著畢星時則多雨。它為三台星增加光華，為軒轅星發揚華彩。它投光於吳氏夫人就生下孫策，吳國大業就此昌盛；它落入李氏之懷於是生下漢元帝之后，漢室因而和洽。

若夫氣霽❶地表，雲斂❷天末❸。洞庭始波，木葉微脫❹。菊散芳於山椒❺，雁流哀於江瀨❻。升清質❼之悠悠❽，降澄輝❾之藹藹❿。列宿⓫掩縟⓬，長河⓭韜映⓮；柔祇⓯雪凝⓰，圓靈⓱水鏡⓲；連觀⓳霜縞⓴，周除㉑冰淨㉒。君王迺厭晨懽㉓，樂宵宴㉔；收㉕妙舞，弛㉖清縣㉗；去㉘燭房㉙，即㉚月殿㉛；芳酒登㉜，鳴琴薦㉝。若迺涼夜自淒㉞，風篁㉟成韻㊱。親懿㊲莫從，羇孤㊳遞進㊴。聆㊵皐禽㊶之夕聞㊷，聽朔管㊸之秋引㊹。於是絃桐㊺練響㊻，音容㊼選和㊽。徘徊㊾〈房露〉㊿，惆悵〈陽阿〉。聲林虛籟(51)，淪池(52)滅(53)波。情紆軫(54)其何託？愬(55)皓月而長歌。

【章　旨】寫月夜的美景和月下的情懷。

【注　釋】❶氣霽　此指霧氣止散。氣，霧氣。霽，雨止。❷斂　收斂。❸天末　天的盡頭；天邊。❹洞庭始波二句　此化用《楚辭・九歌》：「洞庭波兮木葉下」句意。木葉，樹葉。❺山椒　山頂。❻江瀨　江邊的沙灘。❼清質　指月亮清朗的形體。❽悠悠　緩慢的樣子。❾澄輝　清澈的光輝。❿藹藹　柔和的樣子。⓫列宿　眾星。⓬縟　華彩。⓭長河　指銀河。⓮韜映　隱沒了光輝。⓯柔祇　大地。⓰雪凝　比喻月光的潔白。⓱圓靈　指天。⓲水鏡　清澈的鏡子。⓳連觀　相連的樓臺。⓴霜縞　白色生絹。引申為潔白的意思。㉑周除　四周階除。㉒冰淨　冰一樣明淨。㉓晨懽　日間的遊樂。㉔宵宴　夜間的宴會。㉕收　停息。㉖弛　廢止。㉗清縣　清美的音樂。縣，同「懸」。指懸掛在架上的鐘磬等。㉘去　離開。㉙燭房　燭光照耀的房間。㉚即　到。㉛月殿　賞月的殿室。㉜登　端上。㉝薦　獻奏。㉞自淒　獨自傷心。㉟風篁　風吹竹林。㊱韻　和諧的聲音。㊲親懿　至親好友。㊳羇孤　旅居作客的單身人。㊴遞進　一個個前來進見。㊵聆　聽。㊶皋禽　指鶴。《詩・小雅・鶴鳴》：「鶴鳴於九皋。」故稱。㊷聞　音聲。㊸朔管　北方胡人所吹的管樂。㊹引　吹奏。㊺絃桐　指琴。琴身為桐木所製。㊻練響　調絃。練，選擇。㊼音容　指樂曲的風格情調。㊽和　委婉柔和。㊾徘徊　形容樂曲的緩慢沈滯。㊿房露　與下〈陽阿〉皆古曲名。51聲林虛籟　此言風止林中無聲。聲林，風吹樹林發出的聲音。虛籟，空寂無聲。籟，孔穴中發出的聲音。52淪池　泛起波紋的池水。53滅　止息。54紆軫　紆曲痛苦。軫，痛。55愬　向。

【語　譯】當大地上的霧氣消散，天邊也不見了雲影。洞庭湖初起波瀾，樹葉也逐漸凋零。山頂的菊花散發出清香，大雁在河灘的上空哀鳴。清朗的秋月緩緩升起，灑下一片柔和的光輝。群星失去華彩，銀河只得隱藏；月光下的地面宛若白雪凝積，浩瀚的夜空猶如清澈的鏡面；樓臺相連好似蒙上白色的生絹，周圍階除竟像冰雪一樣潔淨。君王於是厭煩晝間遊樂，喜愛夜間宴會；於是停止了曼妙的舞蹈，廢除了清美的音樂；離開燭光照耀的房間，來到可以賞月的殿室；命僕人端上芳香的美酒，令樂師奏起清雅的琴曲。因而在涼夜獨自傷懷，伴著風吹竹叢所發出的和諧之音。此時至親好友無人陪同，孤身羇旅之人一個個前來晉見。只聽見白鶴在長唳，朔管吹出秋聲。於是調好鳴琴，選擇柔和的音調。彈起舒緩的〈房露〉曲，奏起憂傷的〈陽阿〉曲。林中風停寂然，池中也不見波紋。滿懷的鬱悶和痛苦該向何處寄託？只有向明月放開歌喉。

歌曰：美人❶邁❷兮音塵闕❸，隔千里兮共明月。臨風歎兮將焉歇❹！川路❺長兮不可越❻。歌響未終，餘景❼就畢❽；滿堂變容，迴遑❾如失❿。又稱歌⓫曰：月既沒兮露欲晞⓬，歲方晏兮無與歸⓭；佳期可以還，微霜霑人衣⓮！陳王曰：善。乃命執事⓯，獻壽⓰羞⓱璧：敬佩⓲玉音⓳，復⓴之無斁㉑。

【章　旨】本章寫王粲的詠歌和陳王對王粲才思的贊美。

【注　釋】❶美人　美好的人。指所懷念的人。❷邁　遙遠。❸音塵闕　音訊隔絕。闕，通「缺」。❹歇　止息。❺川路　水陸路程。❻越　超越。❼景　同「影」。指月影。❽就畢　將要隱沒。❾迴遑　徬徨惘然。❿如失　心裡好像丟失了什麼東西。⓫稱歌　唱歌。⓬露欲晞　露將乾。⓭歲方晏兮無與歸　此化用《楚辭》「歲既晏兮孰與歸」句意。歲方晏，歲時將暮，時序將晚。無與歸，沒有知心人與我同歸。⓮佳期可以還二句　謂佳人原有期約，可以歸來了，因為微霜已沾溼了等候者的衣裳。佳期，語出《楚辭・九歌・湘夫人》：「與佳人期兮夕張。」期，期約。霑，沾溼。⓯執事　侍從左右以供使令之人。⓰獻壽　獻禮品祝福對方。⓱羞　進獻。⓲佩　牢記。⓳玉音　對王粲所作詩賦的褒美之詞。⓴復　反覆吟詠。㉑斁　厭倦。

【語　譯】歌中唱道：美好的人多麼遙遠呵，音訊斷絕！相隔千里呵，共對明月。臨風歎息呵，怎能止息！川迴路迴呵，無法超越。王粲歌聲尚未消逝，那殘月已將要隱沒；滿堂座客都憂傷變色，徬徨惘然，如有所失。王粲接著又唱道：月已隱沒呵，露水將乾，歲時將暮呵，無人與我同歸；佳人可以歸來了，微霜已沾溼人衣。陳王說：好啊！就命侍從，進獻玉璧作為禮品。陳王說：我將牢記您的美言，反覆吟詠，永不厭倦。

鳥獸

鵩鳥賦并序

【作　者】賈誼（西元前二〇〇～前一六八年），洛陽（今河南洛陽東）人。西漢政治家、文學家。漢文帝初年，由洛陽守吳公推薦，被召為博士，掌管文獻典籍，官至大中大夫。力主改革政制，因被權貴中傷，出為長沙王太傅。四年後，復被召為梁懷王太傅。懷王墮馬死，誼自傷為傅無狀，鬱鬱而死。賈誼在政治上建議逐步削弱地方割據勢力，鞏固朝廷政權，以全力抗擊匈奴；並強調重農，充裕民食。他的政論文章內容充實，分析透闢，具有說服力。原集已散佚，今人輯為《賈長沙集》，包括《新書》十卷。

【題　解】〈鵩鳥賦〉作於賈誼謫居長沙時。由於滿懷抱負不得實現，而長沙卑溼，深感壽不得長，因而作此賦以寬慰自己。

本篇是賦史上第一篇成熟的哲理賦，然而讀來並不枯燥，其中既有說理，也有抒情，寓情於理，情理一體。賦文為四言問答體，韻律自然流動。用了許多形象具體的比喻，沒有後來大賦中那種堆砌華麗、艱澀詞藻的毛病。必須一提的是：本篇開始一段（到「其辭曰」止）實是《文選》編者割《史記》本傳之文而成，不是作者的賦序，讀時應當注意。

誼為長沙王❶傅❷，三年，有鵩鳥飛入誼舍，止於坐隅❸。鵩似鴞❹，不祥鳥也。誼既以謫❺居長沙❻，長沙卑溼❼，誼自傷悼❽，以為壽不得長，乃為賦以自廣❾。其辭曰：單閼之歲❿兮，四月孟夏⓫，庚子⓬日斜⓭兮，鵩集⓮予舍⓯。止於坐隅兮，貌甚閑暇⓰。異物⓱來萃⓲兮，私怪⓳其故⓴。發書㉑占㉒之兮，讖㉓言其度㉔，曰：「野鳥入室兮，主人將去。」請問於鵩兮：「予去何之㉕？吉乎告我，凶㉖言其災㉗。淹速㉘之度兮，語㉙予其期。」鵩迺歎息，舉首奮翼；口不能言，請對以臆㉚：

【章旨】本章為賦序，交代鵩鳥入舍之事。

【注釋】❶長沙王　指吳差。漢僅存的一家異姓侯王。❷傅　太傅。官名。❸坐隅　座位的一角。❹鴞　即貓頭鷹。❺謫　譴責。❻長沙　西漢時諸侯國名。國都在臨湘（今長沙市），轄境相當今湖南東部、南部及廣西、廣東部分地區。❼卑溼　低窪潮溼。❽傷悼　憂傷。❾自廣　自寬。❿單閼之歲　指漢文帝六年（西元前一七四年）。《爾雅．釋天》：「太歲在卯曰單閼。」文帝六年為丁卯年。另錢大昕《十駕齋養新錄》、《二十二史考異》皆主此年為文帝七年。⓫孟夏　夏季的第一個月。⓬庚子　指該年四月之二十三日。⓭日斜　太陽西斜時。⓮集　止。⓯予舍　我的屋子。⓰閑暇　從容不驚的樣子。⓱異物　怪物。指鵩鳥。⓲萃　止。⓳私怪　暗自疑怪。⓴其故　指鵩鳥飛來的緣故。㉑發書　打開書。書，指占卜所用的策數之書。㉒占　占卜。古人預測吉凶的方法，一般指用火灼龜殼，觀察其出現的裂紋形狀。㉓讖　預示吉凶的話。㉔度　數。即吉凶的定數。㉕之　往。㉖凶　不祥之事。㉗災　災禍。㉘淹速　指死生的遲速。淹，遲。㉙語　告訴。㉚口不能言二句　是說鵩鳥不會說話，而請用胸中所想的來對答。臆，胸。《漢書》作「意」，亦顯豁。

【語　譯】賈誼任長沙王的太傅，第三年，有一隻鵬鳥飛入賈誼的屋子裡，停在他座席的角上。鵬鳥形似貓頭鷹，是不祥之鳥。賈誼受天子之責來到長沙，其地低窪潮溼，他心中憂傷，認為享壽不會長久，就寫了這篇賦自我寬慰。其辭如下：丁卯之年呵，四月初夏。庚子之日的傍晚呵，鵬鳥落到我的屋子。牠停在我座席的角上呵，一付從容不驚的樣子。怪物驀然來棲呵，我暗自為此感到驚疑。打開策數之書來占卜呵，讖言預示著定數，說是：「野鳥飛入室中呵，主人將要離去。」我請問鵬鳥呵：「我離此將去哪裡？如係吉祥之事請告訴我，如是不祥之事，也請詳說是何災禍。早死遲死都有定數呵，請告訴我日期。」鵬鳥對我歎息，抬頭鼓翅；雖口不能言，然心中卻這樣回答：

萬物變化兮，固無休息。斡流而遷兮，或推而還❶。形❷氣❸轉續❹兮，變化而嬗❺。沕穆❻無窮兮，胡可勝❼言！禍兮福所倚，福兮禍所伏❽；憂喜聚門兮，吉凶同域❾。彼吳強大兮，夫差以敗；越棲會稽兮，句踐霸世❿。斯游遂成兮，卒被五刑⓫。傅說胥靡兮，迺相武丁⓬。夫禍之與福兮，何異糾纆⓭；命⓮不可說⓯兮，孰知其極⓰！水激⓱則旱⓲兮，矢激則遠；萬物迴薄兮，振盪相轉⓳。雲蒸雨降兮，糾錯相紛⓴；大鈞播物兮，坱圠無垠㉑。天不可預慮兮，道不可預謀㉒；遲速㉓有命兮，焉識其時㉔！

【章　旨】本章闡述禍福相因之理，慨歎天道精微，人不可測。

【注　釋】❶萬物變化兮四句　指萬物變化運轉，反覆無定。休息，停止。斡流，運轉。斡，轉。遷，指推移變化。推，推移。還，回。❷形　指天地間有形體之物。❸氣　指天地間無形體之物。❹轉續　互相轉化，繼續不斷。❺變化而蟺　指如蟬之蛻化。而，通「如」。蟺，同「蟬」。❻沕穆　精微深遠的樣子。此言自然之理。❼勝　盡。❽禍兮福所倚二句　語出《老子》。意謂禍福彼此相因相隨，往往因禍生福，福中藏禍。倚，因。伏，藏。❾憂喜聚門兮二句　是說憂喜吉凶時常相隨，如在一門一地之內。聚門，聚集在一門之內。同域，同在一處。❿彼吳強大兮四句　以春秋吳、越相爭的史實來說明成反為敗、失反為得之理。初吳王夫差戰勝越國，後越王句踐興復越國，又滅吳稱霸。棲，山居。句踐被吳圍困時，曾居於會稽山中。⓫斯游遂成兮二句　李斯游於秦國，身登相位，二世時，被趙高所讒，終於受五刑而死。遂成，終至成功。五刑，《漢書．卷二三．刑法志》：「當三族者，皆先黥，劓，斬左右止，笞殺之，梟其首，菹其骨肉於市，其誹謗詈詛者，又先斷舌，故謂之具五刑。」此當係因秦遺法，李斯所受五刑，想也和這相仿，但李斯係被腰斬而非笞殺。⓬傅說胥靡兮二句　傳說傅說初在傅巖操服勞役，殷高宗武丁認為他是賢人，用他為相。胥靡，古代一種刑罰。把罪人相繫在一起，使服勞役。胥，相。靡，繫。⓭夫禍之與福兮二句　此言禍福相互依附糾纏，如同繩索絞合在一起。糾，兩股撚成的繩子。纆，三股撚成的繩子。⓮命　天命。⓯說　解說。⓰極　終極；究竟。⓱水激　水受激。⓲旱　通「悍」。奔流猛疾之意。⓳萬物迴薄兮二句　萬物都不斷變化，相互激盪、影響、轉化，人事也有時因禍而至於福，有時因福而至於禍，互相影響，反覆無常。迴薄，往返不停地相激。迴，反。薄，逼；迫。振，同「震」。震盪，猶言動盪。轉，轉化。⓴雲蒸雨降兮二句　說明事物變化和因果關係的錯綜複雜。蒸，因熱而上升。降，因冷而下降。糾錯，糾纏錯雜。紛，紛亂。㉑大鈞播物兮二句　大自然化育運轉萬物，範圍廣闊無邊。大鈞，指大自然。大自然化育萬物，如大輪運轉以造器，故稱。鈞，輪。製造陶器所用的轉輪。播物，指運轉造物。坱圠，無邊際之狀。垠，邊際；界限。㉒天不可預慮兮二句　意謂天和道，其理深遠，人不能思慮謀度。預，參與。㉓遲速　人的早死遲死。指壽命長短。㉔時　期限。

【語　譯】萬物變化呵，本無停息。運轉變遷呵，又推移回復。有形無形之物不斷轉化呵，如同蟬的蛻化一般。自然之理精微無窮呵，如何說得盡！禍是福之因，福中又藏著禍；憂與喜同聚一門之內呵，吉凶同在一處。當年吳國強大呵，夫差反因而失敗；越王曾被圍困在會稽山上呵，句踐卻終於稱霸於世。李斯游秦遂登相位呵，但終於被處以五刑。傅說被繫縛服勞役呵，卻當了武丁之相。禍與福二者呵，和糾纏在一起的繩索有什麼兩樣！天命不可解說呵，誰知它的究竟！水受激則迅猛奔流呵，箭受激則射得遠；萬物往返相激呵，相互震盪相互轉化。熱而成雲冷而為雨呵，因果關係錯綜複雜；大自然化育運轉萬物呵，範圍廣闊無邊。天不能思慮呵，道不能謀度；早死晚死已為命定呵，怎知道是什麼時候？

且夫天地為鑪[1]兮，造化為工[2]；陰陽為炭兮，萬物為銅[3]。合散消息[4]兮，安有常則[5]！千變萬化兮，未始[6]有極[7]！忽然為人[8]兮，何足控摶[9]；化為異物[10]兮，又何足患！小智自私兮，賤彼貴我[11]；達人[12]大觀[13]兮，物無不可[14]。貪夫殉[15]財兮，烈士[16]殉名。夸者[17]死權[18]兮，品庶[19]每[20]生。怵[21]迫[22]之徒兮，或趨西東[23]；大人[24]不曲[25]兮，意變齊同[26]。愚士繫俗[27]兮，窘[28]若囚拘[29]；至人[30]遺物[31]兮，獨與道俱[32]。眾人惑惑[33]兮，好惡[34]積億[35]；真人[36]恬漠[37]兮，獨與道息[38]。釋智[39]遺形[40]兮，超然[41]自喪[42]；寥廓忽荒[43]兮，與道翱翔[44]。乘流則逝兮，得坻則止[45]；縱軀委命[46]兮，不私與己[47]。其生兮若浮[48]，其死兮若休[49]；澹乎若深淵之靜[50]，泛乎若不繫之舟[51]。不以生故自寶[52]兮，養空而浮[53]；德人[54]無累[55]，知命[56]不憂。細故蔕芥，何足以疑[57]！

【章　旨】本章對比兩種人生態度：得道之人不為生死、外物所牽累，順隨自然，而眾人則迷戀外物，貪生怕死。

【注　釋】❶鑪　冶金之鑪。❷工　冶金工匠。❸陰陽為炭兮二句　陰陽是炭，萬物是銅。陰陽所以鑄化萬物，故喻為炭，物由陰陽鑄化而成，故喻為銅。❹合散消息　聚散生滅。合，聚。消，滅。息，生。❺常則　一定的規律。❻未始　未嘗。❼極　終極。❽忽然為人　此言生而為人，不過是偶然意外之事。忽然，偶然。❾控摶　引申有貪戀珍惜的意思。控，引。摶，持。❿化為異物　指死後變為異物。即《莊子》上化為鼠肝蟲臂的意思。⓫小智自私兮二句　智慧淺小之人，只顧自身，以他物為賤，以自己為貴。意即不願化為異物。⓬達人　通達知命之人。⓭大觀　指心胸開朗，所見遠大。⓮物無不可　意謂化成什麼東西都可以。⓯殉　以身從物。⓰烈士　重義輕生之人。⓱夸者　指好虛名、喜權勢的人。⓲權　權勢。⓳品庶　眾庶；一般人。⓴每　貪。㉑怵　誘。指為利所誘。㉒迫　指為貧賤所迫。㉓趨西東　此指東奔西走，趨利避害。西東，原作「東西」，據《考異》改。㉔大人　指道德修養極高深之人。李善注：「大人者，與天地合其德。」㉕曲　屈。指為物欲所屈。㉖意變齊同　是說大人對億萬變化的事物都等量齊觀，一視同仁。意變，《史記》作「億變」。猶言千變萬化。㉗繫俗　為俗累所牽繫。㉘窘　《漢書》作「僒」。困迫。㉙囚拘　罪人受拘禁。㉚至人　指有至德之人。《莊子．天下》：「不離於真，謂之至人。」㉛遺物　遺棄物累，忘懷外物。㉜獨與道俱　獨與大道同在。㉝惑惑　言惑亂之甚。㉞好惡　指愛好、厭惡之情。㉟積億　謂積滿胸中。億，同「臆」。㊱真人　指得天地之道的人。㊲恬漠　謂淡泊無欲，虛靜不擾。恬，安。漠，靜。㊳與道息　和大道同處。息，止。㊴釋智　放棄智慮。㊵遺形　遺棄形體。㊶超然　超脫於萬物之外。㊷自喪　自忘其身。指身如槁木，心如死灰。喪，亡；失。㊸寥廓忽荒　指得道逍遙之境。寥，深遠。廓，空闊。忽荒，同「忽恍」。謂似有似無，模糊不分明。㊹與道翱翔　指人與道合一。㊺乘流則逝兮二句　是說人應當順天委運，如木之浮水，行止隨流。逝，去。坻，水中小洲。㊻縱軀委命　把自己身軀完全委託給命運。縱，放縱；任憑。㊼不私與己　不把身軀看成自己私有的東西而對它有所執著。㊽浮　寄。謂寄託於世。㊾休　休息。㊿澹乎若深淵之靜　言人之心情平定，應如無波的深淵那樣寧靜沈寂。意指內心修養應寧謐安定，不怕外在事物的干擾。澹，安定。淵，原作「泉」，據《史記》改。(51)泛乎若不繫之舟　言人在生活中應當如一隻不繫之舟，任其自然漂浮而不宜有所沾滯。泛，浮游。(52)不以生故自寶　不因為活著的緣故就寶貴自己的生命。(53)養空而浮　涵養空虛之性而浮游於人世。(54)德人　有修養的人。《莊子．天地》：「德人者，居無思，行無慮，不藏是非美惡。」(55)無累　無外物牽累。(56)知命　知天命。(57)細故蔕芥二句　是說像鵬鳥飛入舍內這種瑣細之事，有什麼值得疑慮呢。細故蔕芥，指鵩鳥飛入舍內之事。細故，細小事故。蔕芥，細小的梗塞物。

【語　譯】天地是一個大熔鑪呵，造化是工匠；陰陽是炭火呵，萬物是青銅。萬物聚散生滅呵，哪有一定規律！千變萬化呵，未嘗有終極！偶然生而為人呵，何足貪戀珍惜！死後變作異物，又有什麼值得擔心的呢？智慧淺小之人只顧自身呵，輕視他物而看重自己；通達之人所見遠大呵，化成什麼東西都可以。貪婪之人追求錢財呵，重義之人追求名聲。貪慕虛榮的人為爭權勢而死呵，普通百姓貪戀生命。為利所誘、為貧賤所迫的人呵，東奔西走，趨利避害；大人不為物欲所屈呵，千變萬化的事物都看作齊同。愚士為俗累所牽繫呵，困迫如同罪人受拘禁；至人忘懷外物呵，獨自與大道同在。眾人惑亂之甚呵，愛憎之情積滿胸中；真人淡泊虛靜呵，獨自與大道同處。放棄智慮遺棄形體呵，超脫地自忘其身；逍遙在那空闊恍惚之境呵，與道合一而遨游。人生如木隨水而流呵，遇到小洲就停止；把身軀完全委託給命運呵，不執著於自己的生命。活著呵！寄託於世，死去呵！如同長久休息；心情寧靜宛若無波的深淵，在生活中任其自然猶如一隻不受拘繫的小舟。不因為活著就寶貴自己的生命呵，涵養空虛之性而浮遊於人世；德人無外物牽累，知天命不憂傷。像鵩鳥飛人舍內這樣的瑣細之事，有什麼值得疑慮的呢！

鸚鵡賦 并序

【作　者】禰衡（西元一七三～一九八年），字正平，平原般（今山東臨邑東北）人，東漢末文學家。少有才辯，長於筆札，尚氣剛傲，驕時慢物，唯與當時文學家孔融、楊修友善。融愛其才，薦於曹操。操召見，衡自稱狂病，不肯前往，且屢出狂言。操懷忿，聞其善鼓，乃召為鼓吏，衡當眾裸身擊鼓，羞辱曹操，操怒，乃遣送與荊州牧劉表。表初甚敬重，後因受其侮慢，不能容，又轉送江夏太守黃祖。後終因冒犯黃祖被殺，年僅二十六歲。原有集二卷，已亡佚，今存部分文賦。

【題　解】〈鸚鵡賦〉作於禰衡作客江夏之初。此賦採用比興手法，雖寫鸚鵡，實以自喻，通過對籠中鸚鵡悽苦心情的刻畫，傾訴了有志之士在離亂時期那種委曲苦悶的心情。清人何焯說，此賦「全是寄託，分明為才人寫照。正平豪氣不免有樊籠之感，讀之為之慨然」（見《義門讀書記》）。賦前有序，是《文選》編者所加，並非作者自作。

時黃祖太子❶射，賓客大會。有獻鸚鵡者，舉酒於衡前曰：「禰處士❷，今日無用❸娛賓，竊❹以此鳥自遠而至，明慧聰善，羽族之可貴，願先生為之賦，使四坐咸共榮觀❺，不亦可乎？」衡因為賦，筆不停綴❻，文不加點❼。

【章　旨】本章為序文，交代作賦背景。

【注　釋】❶黃祖太子　指黃祖長子。黃祖是那時的江夏（現在武漢地區）太守，因割據一方，如同諸侯，故稱其子為太子。又《御覽・九二四》引《文士傳》「太子」作「世子」，似更恰切。❷處士　稱有德有才，隱居不仕的知識分子。❸無用　無以。❹竊　私下；個人。❺共榮觀　共瞻華篇。❻綴　連綴為文。❼點　修改。

【語　譯】當時黃祖的長子黃射大宴賓客，有人獻鸚鵡，黃射就舉酒在禰衡之前說：「禰處士，今日沒有什麼好娛樂賓客的，我個人認為，此鳥自遠方而來，聰敏和善，是值得珍貴的鳥類，希望先生給牠寫一篇賦，使在座的人得以共賞美文，不是很好嗎？」禰衡於是作賦，下筆不休，文不修改，一揮而成。

其辭曰：惟西域❶之靈鳥兮，挺自然之奇姿。體❷金精❸之妙質兮，合火德❹之明煇。性辯慧❺而能言兮，才聰明以識機❻。故其嬉游高峻，棲跱❼幽深❽。飛不妄集，翔❾必擇林。紺❿趾丹觜⓫，綠衣翠衿⓬。采采⓭麗容，咬咬⓮好音。雖同族於羽毛，固⑮殊智而異心。配鸞皇⑯而等美，焉比德⑰於眾禽！於是羨芳聲⑱之遠暢⑲，偉⑳靈表㉑之可嘉；命虞人㉒於隴坻㉓，詔伯益㉔於流沙㉕；跨崑崙而播弋㉖，冠雲霓㉗而張羅。雖綱維之備設，終一目之所加㉘。且其容止閑暇，守植㉙安停㉚；逼之不懼，撫之不驚；寧順從㉛以遠害，不違迕㉜以喪生。故獻全者受賞，而傷肌者㉝被刑。

【章　旨】描繪鸚鵡的外貌、心智，敘說捕捉的經過。

【注　釋】❶西域　指西方地區。❷體　體現。❸金精　指西方之靈氣。古代以金木水火土五行分屬西東北南中五方，金屬西方，鸚鵡產自西方，有靈鳥之稱，故謂其體現金精之資質。❹火德　鸚鵡的嘴是赤色的，赤色屬五行中的火，故云。❺辯慧　巧言、聰明。❻識機　見識精微。機，事之微者。❼跱　立。❽幽深　指幽谷。❾翔　棲止。❿紺　青裡帶紅的顏色。⓫丹觜　紅嘴。⓬翠衿　指鸚鵡胸前羽毛呈翠綠色。⓭采采　形容盛裝。⓮咬咬　鳥鳴聲。⓯固　卻。⓰皇　古「凰」字。⓱比德　德行相比並。⓲芳聲　美好的聲名。⓳遠暢　傳播到遠處。⓴偉　稱賞。㉑靈表　美好的豐姿。㉒虞人　古代掌管禽獸的官。㉓隴坻　隴山。在今陝西、甘肅境內。㉔伯益　人名。幫助舜調馴鳥獸，後舜授以虞人之官。㉕流沙　西部的沙漠地帶。㉖播弋　射出帶絲繩的箭。㉗冠雲霓　在雲霓之上。形容在極高之處。㉘雖綱維之備設二句　《文子》：「有鳥將來，張羅以待之。得鳥者，羅之一目也。」綱維，網上的繩子。此代指羅網。一目，指網上的一個網孔。㉙守植　立志。㉚安停　安定。㉛順從　指被捉。㉜迕　逆。㉝傷肌者　指傷了鸚鵡肌膚的獵人。

【語　譯】賦辭是這樣的：西方出產的好鳥呵，表現出自然的奇姿。體現西方金精的資質呵，又有南方火德的光輝。本性巧慧而能言呵，才智聰明，見識精微。所以牠在高山嬉遊，在幽谷棲止。飛行時不隨便結群，棲止則一定選擇樹林。青裡透紅的腳趾，朱紅色的嘴，遍身披著翠綠色的羽衣。華麗的外貌伴著悅耳的鳴聲。

牠和其他禽鳥相比，雖同屬羽族，但彼此的智慧和心志卻大不相同。只因牠擁有與鳳凰、鸞鳥同樣的美麗，更有凡鳥難以相比的德行！於是在上位者羨慕牠美名遠播，贊賞牠豐姿動人；就命虞人到隴山，派伯益至西部沙漠；跨越崑崙山去射獵，在極高的地方張開羅網。雖然羅網到處張開，而最終捕得鸚鵡的只是一個網孔。那鸚鵡容態悠閑，性情安詳；當人靠近時牠也不懼怕，撫摸牠時牠也不驚慌；寧願順從被捕以避免傷害，不肯因違逆抗拒而喪生。所以獵者能獻上完好鸚鵡的就會受到賞賜，而傷損了牠的肌膚就會遭到刑罰。

爾迺歸窮委命❶，離群喪侶；閉以雕籠，翦其翅羽；流飄萬里，崎嶇❷重阻❸；踰岷❹越障❺，載❻罹❼寒暑❽。女辭家而適人❾，臣出身❿而事主。彼賢哲之逢患，猶棲遲⓫以羇旅⓬；矧⓭禽鳥之微物，能⓮馴擾⓯以安處？眷⓰西路⓱而長懷⓲，望故鄉而延佇⓳。忖⓴陋體之腥臊，亦何勞於鼎㉑俎㉒！嗟祿命㉓之衰薄，奚遭時之險巇㉔？豈言語以階亂㉕？將㉖不密㉗以致危？痛母子之永隔，哀伉儷㉘之生離。匪㉙餘年㉚之足惜，愍㉛眾雛㉜之無知。背蠻夷之下國㉝，侍君子㉞之光儀㉟。懼名實之不副㊱，恥才能之無奇。羨西都㊲之沃壤，識苦樂之異宜㊳。懷代越之悠思㊴，故每言而稱斯㊵。

【章　旨】本章描述鸚鵡被擒後，經過千山萬水來到江夏，牠心中充滿離別親人的哀痛和對故鄉的思念。

【注　釋】❶歸窮委命　此言鸚鵡陷於無可奈何之境。歸窮，走上窮途。委命，聽從命運安排。❷崎嶇　高低不平的道路。

❸重阻　重重險阻。❹岷　岷山。在今四川境。❺障　山名。在今甘肅西部。❻載　發語詞。❼罹　遭受。❽寒暑　指旅途時間長。❾適人　嫁人。❿出身　出仕。⓫棲遲　游息。⓬羈旅　作客他鄉。⓭矧　況且。⓮能　能不。⓯馴擾　馴服。擾，馴養。⓰眷　依戀。⓱西路　通向西方之路。鸚鵡來自西方，故長想西路。⓲長懷　久久地懷想。⓳延佇　伸長脖子久立而望。⓴忖　暗自猜想。㉑鼎　烹飪器具。㉒俎　祭祀時載牲的禮器。㉓祿命　命運。㉔險巇　險惡危難。㉕階亂　引起禍亂。㉖將　抑；還是。㉗不密　疏忽。㉘伉儷　夫妻。㉙匪　通「非」。㉚餘年　殘存的生命。㉛愍　哀憐。㉜雛　指小鸚鵡。㉝蠻夷之下國　謙指自己的故鄉。㉞君子　指現在的主人。㉟光儀　光彩的容顏。㊱副　符合；相稱。㊲西都　指西京長安。㊳苦樂之異宜　指長安樂而今苦，今昔迥異。案：李善注：「西都，長安也。鸚鵡言長安樂，自古有之，未詳所見。」又傅咸〈答李斌書〉云：「時足下問吾當去否，吾答：鸚武子言阿安樂。今到阿安樂，何為不去！」《全晉文・五二》阿安即長安，亦言鸚鵡曾言長安樂。㊴懷代越之悠思　古詩說：「代馬依北風，越鳥巢南枝。」代，代郡。在今山西北部。越，南越。在今廣東、廣西等地。悠思，長遠的思念。㊵斯　此。指懷鄉之情。

【語　譯】於是鸚鵡走上窮途末路，聽從命運的安排，離開鳥群，喪失伴侶；關進雕籠，剪去翅羽；飄流萬里之遙，經過重重崎嶇險阻；越過岷山、障山，歷經冬季、夏季。就像女子辭家嫁人，臣子出仕事君。那些賢哲之人遇到患難，還只得在他鄉游息；何況小小的禽鳥，能不馴順安處嗎？牠眷顧西來之路而久久懷想，伸長脖子佇立遠望故鄉。暗自猜想自身肉味腥臊不美，不值得交給鼎俎烹飪。感歎自身命薄，為什麼遭到這般險惡危難！難道是善言引起的禍亂？還是行事疏忽造成了危險？痛心母子永遠分開，哀戚夫妻今生不得團聚。不是珍惜己身殘存的生命，而是憐憫眾多無知的小鸚鵡乏人照料。離開鄙陋的蠻夷之地，來侍奉儀表堂堂的君子。擔心自己名實不符，更為沒有出色的才能而慚愧。羨慕長安的土壤肥沃，深知今昔苦樂不同。胸中懷著像代馬、越鳥般深長的思鄉之情，所以每開口總會表露出來。

若迺少昊❶司辰❷，蓐收整轡❸。嚴霜初降，涼風蕭瑟❹。長吟遠慕❺，哀鳴感類❻。言聲悽以激揚❼，容貌慘以顦顇❽。聞之❾者悲傷，見之者隕淚❿。放臣⓫為之屢歎，棄妻⓬為之歔欷⓭。感平生之游處⓮，若壎篪⓯之相須⓰；何今日之兩絕⓱，若胡越⓲之異區！順籠⓳檻⓴以俯仰㉑，闚㉒戶牖㉓以踟躕㉔。想崑山㉕之高嶽，思鄧林㉖之扶疏㉗。顧六翮㉘之殘毀㉙，雖奮迅㉚其焉如㉛！心懷歸而弗果㉜，徒怨毒㉝於一隅㉞。苟㉟竭心㊱於所事㊲，敢㊳背惠而忘初㊴！託輕鄙之微命㊵，委陋賤之薄軀。期㊶守死㊷以報德，甘盡辭㊸以效愚㊹。恃㊺隆恩於既往，庶㊻彌久㊼而不渝㊽。

【章旨】本章先描寫秋日來到之時，鸚鵡愁戚之狀。接著寫牠已斷念於歸鄉，只思忠誠侍奉現在的主人。

【注釋】❶少昊　傳說主宰秋令的天帝。❷司辰　主管這一時期。❸蓐收整轡　言到了秋季，則由秋神來駕馭時間之車。蓐收，主宰秋令的神。整轡，整理車馬。❹蕭瑟　淒涼蕭條之狀。❺遠慕　留戀遠方親人。❻感類　感動同類，引起共鳴。❼激揚　激昂。❽顦顇　即憔悴。清瘦沮喪。❾聞之　聽到牠哀痛的鳴聲。❿隕淚　落淚。⓫放臣　被放逐的臣子。⓬棄妻　被遺棄的妻子。⓭歔欷　哽咽；哭泣。⓮游處　游玩相處。此指同游共賞的伴侶。⓯壎篪　《詩・小雅・何人斯》：「伯氏吹壎，仲氏吹篪。」意思是兄弟合奏樂器，互相應和，協調和睦。壎，古代陶製樂器。形狀像雞蛋，有六孔。篪，古時竹製樂器。像笛子，有八孔。⓰相須　互相依靠配合。⓱兩絕　據王念孫《讀書雜志》、胡克家《文選考異》等諸家之見，當為「雨絕」之誤。「雨絕」一語，漢魏人屢用之，例證甚多，蓋永絕之意。⓲胡越　比喻兩地遙隔，斷絕往來。胡在北方，越在南方。⓳籠　鳥籠。⓴檻　指籠之木欄。㉑俯仰　低頭抬頭。指一舉一動。㉒闚　偷看。㉓戶牖　門窗。㉔踟躕　徘徊猶豫，欲行又止之狀。㉕崑山　指崑崙山。泛指高峻的山嶽。㉖鄧林　稱古代神話中夸父追日，丟下手杖化成的樹林。此泛指茂密的森林。㉗扶疏　枝葉繁茂之狀。㉘六翮　指鳥的翼羽。翮，羽的莖。㉙殘毀　指翅羽被剪去一段。㉚奮迅　奮飛。此指心中想要奮飛。㉛如　往。㉜果　成。㉝怨毒　怨恨。毒，痛恨。㉞一隅　一個角落。㉟苟　聊且。㊱竭心　盡心。㊲所事　指所侍奉的主人。㊳敢　怎敢。㊴背惠而忘初　背棄和忘懷當初主人的恩惠。㊵輕鄙之微命　鄙賤的生命。㊶期　希望；但願。㊷守死　至死。㊸盡辭　言無不盡。㊹效愚　貢獻一片愚誠。㊺恃　依靠。㊻庶　或許；大約。㊼彌久　愈久。㊽渝　改變。

【語　譯】到了由少昊掌管的金秋季節，蓐收駕馭時間之車的時候。嚴霜剛剛降下，涼風蕭瑟吹來。鸚鵡長吟，寄託對遠方親人的戀慕；聲聲哀鳴，感應同類。語聲悽切而激昂，容貌悲慘而憔悴。人們聽到牠哀痛的鳴聲會感到悲傷，見到牠愁戚的容顏因而落淚。被放逐的臣子為牠屢屢歎息，被遺棄的妻子為牠哭泣。想起往昔同游共賞的伴侶們，如同壎與篪互相應和；為何今日卻永絕來往，就像胡與越般各不相干！終日在籠中隔著木欄低頭仰頭，闚望戶牖徘徊猶豫。想念高峻的崑崙山，追思茂密的鄧林。顧視羽翼已被摧殘，雖想奮飛又能往哪裡去呢？心想歸去卻不成功，只能蹲在一個角落裡怨恨。還是盡心侍奉主人，怎敢背棄和忘懷當初所受到的恩惠！於是託付自己輕賤的生命，獻出鄙陋的微軀。希望至死報答恩德，甘願盡言來奉獻愚誠。依賴昔日主人的厚恩，或許時間久了也不會改變。

鷦鷯賦 并序

【作　者】張華（西元二三二～三〇〇年），字茂先，西晉文學家，范陽方城（今河北固安南）人。少孤貧，性耿直。曾著〈鷦鷯賦〉，深得阮籍賞識，譽為「王佐之才」，遂漸為時人所知。晉初任中書令，加散騎常侍，力勸武帝排除異議，定滅吳之計。及吳平，進封廣武縣侯，後出為持節都督幽州諸軍事。惠帝即位，歷任太子少傅、中書監等職，官至司空，進封壯武郡公，因拒絕參與趙王倫奪權陰謀而被害。他能詩善賦，原有集十卷，已散佚，明人輯有《張司空集》，又著有《博物志》。

【題解】本賦作於魏末之時。作者目睹當時名士罕能全身的現象，因而託物喻志，借羽毛醜陋，肉不堪食，因而能夠免禍的鷦鷯來說明只有不露才揚己，才能避患自保的觀點。

鷦鷯❶，小鳥也。生於蒿萊❷之間，長於藩籬❸之下，翔集尋常之內❹，而生生之理足❺矣。色淺體陋，不為人用；形微處卑，物莫之害。繁滋族類，乘居匹游❻，翩翩然❼有以自樂也。彼鷲❽鶚❾鶤❿鴻⓫，孔雀翡翠⓬，或淩赤霄⓭之際，或託絕垠⓮之外。翰舉⓯足以沖天，觜⓰距⓱足以自衛。然皆負矰⓲嬰⓳繳⓴，羽毛入貢。何者？有用於人也。夫言有淺而可以託深，類㉑有微而可以喻大，故賦之云爾。

【章旨】本章為賦序，作者對比鷦鷯與鷲鶚孔雀之類的不同遭遇，說明其中有深意可以探尋，以引起下文。

【注釋】❶鷦鷯　鳥類。形小，體長約十公分，頭部淡棕色，有黃色眉紋，上體連尾帶栗棕色，布滿黑色細斑，兩翼的覆羽尖端白色，常活動於低矮、陰溼的灌木叢中，覓食昆蟲，窠很精巧，故又稱巧婦鳥。❷蒿萊　野草。❸藩籬　用竹木編成的籬笆或圍柵。❹翔集尋常之內　意謂牠們的活動範圍不大。尋，古稱八尺。常，古稱十六尺。❺生生之理足　《易・繫辭》：「生生之謂易。」謂鷦鷯生長翔集合於萬物變化繁殖之理。生生，指變化和新事物的產生。❻乘居匹游　成雙成對地棲息游食。乘，雙；一對。❼翩翩然　自得的樣子。❽鷲　大型猛禽。❾鶚　猛禽。❿鶤　即鶤雞。似鶴，黃白色。⓫鴻　指鴻雁。⓬翡翠　鳥名。雄鳥曰翡，雌鳥曰翠。⓭赤霄　布有赤色雲霞的天空。⓮絕垠　天邊之地。⓯翰舉　高飛。⓰觜　鳥嘴。⓱距　鳥爪。⓲矰　繫以絲繩用作射鳥雀的箭。⓳嬰　纏繞。⓴繳　繫箭的細繩。㉑類　類比。

【語　譯】鷦鷯，是一種小鳥。生在野草之中，長於籬柵之下，飛翔聚集在一、二丈之內，卻合於萬物變化生長的規律。牠顏色淺淡，身體粗陋，對人沒有什麼用處；且由於形狀微小，處身卑賤，外物也不去傷害牠。於是牠繁衍牠的族類，成雙成對地棲息游食，翩翩然能夠自得其樂。至於那些鷲、鶚、鶡雞、鴻雁、孔雀、翡翠，有的直上彩霞滿天的雲霄，有的遠遠地託身於天邊之外。高飛能夠沖天，嘴爪足以自衛。然而牠們都中箭繞在絲繩上，羽毛作了貢品。為什麼呢？因為牠們對人們有用。有時言語很淺近卻可以寄託很深的涵義，用小事物加以類比就可以說明大道理，所以我為鷦鷯作賦。

何造化❶之多端❷兮，播❸群形於萬類❹。惟鷦鷯之微禽兮，亦攝生❺而受氣❻。育翩翾❼之陋體，無玄黃❽以自貴。毛弗施於器用，肉弗登於俎❾味。鷹鸇過猶俄翼❿，尚何懼於罿罻⓫！翳薈蒙籠⓬，是焉游集。飛不飄颺⓭，翔不翕習⓮。其居易容，其求易給，巢林不過一枝，每食不過數粒。棲無所滯，游無所盤⓯。匪陋荊棘，匪榮茝⓰蘭。動翼而逸，投足而安⓱。委命⓲順理⓳，與物無患。伊⓴茲禽之無知，何處身之似智㉑？不懷寶以賈害㉒，不飾表以招累。靜守約㉓而不矜㉔，動因循以簡易。任自然以為資㉕，無誘慕於世偽㉖。雕鶡㉗介㉘其觜距，鵠鷺軼㉙於雲際。鶤雞竄於幽險，孔翠㉚生乎遐裔㉛。彼晨鳧㉜與歸雁，又矯翼㉝而增逝㉞。咸美羽而豐肌，故無罪而皆斃。徒銜蘆以避繳㉟，終為戮於此世。蒼鷹鷙㊱而受紲㊲，鸚鵡惠㊳而入籠。屈猛志以服養㊴，塊㊵幽縶㊶於九重㊷。變音聲以順旨㊸，思摧翮而為庸㊹。戀鍾岱㊺之林野，慕隴坻㊻之高松。雖蒙幸於今日，未若疇昔㊼之從容。

【章　旨】本章細緻描述鷦鷯的形體習性，對比那些銳爪華羽的飛禽，贊揚鷦鷯立身處世的明智。

【注　釋】❶造化　指產生萬物的道。❷多端　變化多端。❸播　布。❹萬類　千千萬萬的種類。❺攝生　養生；保持生命。❻受氣　受陰陽之氣。❼翩翾　飛得不高不遠的樣子。❽玄黃　指黑色、黃色的羽毛。❾俎　祭器。❿鷹鸇過猶俄翼　此言鷦鷯很小，鷹鸇見之，斜翼而過，不屑捕捉牠。鸇，一種猛禽。即晨風。俄翼，傾斜著翅膀飛過。俄，斜。⓫罿罻　小網。⓬翳薈蒙籠　草木茂盛的樣子。⓭飄颻　高飛的樣子。⓮翕習　飛翔急疾的樣子。⓯棲無所滯二句　是說鷦鷯到處可棲，無所阻滯，到處可游，不在一地盤桓。滯，障礙。盤，盤桓。⓰莨　香草。⓱動翼而逸二句　謂展翼投足都很安逸。逸，逸樂。投足，棲身。此指停止飛翔而站立著。⓲委命　委身天命。⓳順理　順應天道。⓴伊　發語詞。㉑似智　好似有智慧。指下文所言之不懷寶、不飾表等。㉒賈害　招致禍害。㉓守約　約守仁義之道。《孟子．盡心下》：「守約而施博者，善道也。」此謂靜守天道。㉔矜　驕傲炫耀。㉕任自然以為資　此言順任自然以為資質。自然，指天道。㉖無誘慕於世偽　不被世人詐偽所誘騙。㉗鶡　一種猛禽。《山海經》郭璞注謂此鳥似雉而大，有角，善鬥。㉘介　大。㉙軼　超邁。此指高飛。㉚孔翠　孔雀、翠鳥。㉛遐裔　邊遠之地。㉜鳧　即野鴨。㉝矯翼　奮翼。矯，通「撟」。舉起；昂起。㉞增逝　高飛。㉟銜蘆以避繳　《淮南子》、《抱朴子》等書說，雁銜蘆以避矰繳之射。㊱鷙　兇猛。㊲紲　繫。指成為獵鷹。㊳惠　通「慧」。聰明。㊴服養　馴服地接受豢養。㊵塊　孤獨地。㊶幽縶　拘禁。㊷九重　指重重深閉之處。㊸順旨　順從人意。㊹為庸　為人所用。㊺鍾岱　二山名。產鷹之地。㊻隴坻　即隴山。相傳產鸚鵡之處。㊼疇昔　從前；昔日。

【語　譯】造化之工何其變化多端呵，展示出各式各樣的形狀，萬萬千千的種類。鷦鷯這微小的飛禽呵，也受陰陽之氣維持生命。生來就飛不高的陋小軀體，沒有黑色、黃色的羽毛來抬高身價。羽毛不能用於器物上，肉又不能用於祭品。鷹鸇對牠不屑一顧，斜翼而過，還怕什麼捕鳥的小網呢？茂盛的草木叢中，牠們在此游樂集聚。既不能高飛入雲霄，也不會迅疾迴翔。居住的地方因陋就簡，所需也不難取給。在林中築巢只不過占一樹枝，每餐不過幾粒糧食。到處可棲，無所阻滯；到處可游，不在一地盤桓。不嫌棄荊棘之林，也不以在香草之中為榮。展翼很逸樂，立足也安穩。委身天命，順應天道與外物無爭無擾。這無知的飛禽，為何立身處世好似很有智慧呢？只因牠不身懷寶物以招致禍害，不修飾外表而引來麻煩。靜處就約守天道而不驕矜，行動則因循舊俗而不繁瑣。順任自然以為資性，不被世人的詐偽所誘騙。雕鶚嘴距銳大，鵠鷺飛入雲端。鶡雞竄到幽險之處，孔雀、翡翠生於邊遠之地。那早晨起飛的野鴨和南歸的大雁，又都奮翅高翔。牠們都因羽毛美麗肌肉豐滿，所以無罪斃命。大雁徒勞地銜著蘆葦來迴避矰繳，終究還是被世人所殺。蒼鷹兇猛無比卻受束縛，鸚鵡聰明就被捉入籠內。蒼鷹只得摧抑兇猛的個性，馴服地接受豢養，孤獨地被拘禁在重門深處。鸚鵡也只得改變鳴聲來順從人意，甘心被剪了翼羽為人所用。蒼鷹留戀鍾山、岱山的林野，鸚鵡懷想那隴山的高松。雖然今日受主人寵幸，可是卻不如昔日生活的自由自在。

海鳥鶢鶋❶，避風而至；條枝❷巨雀，踰嶺自致。提挈萬里❸，飄颻逼畏❹。夫唯體大妨物❺，而形瓌足瑋❻也。陰陽陶蒸❼，萬品一區。巨細舛錯❽，種繁類殊。鷦螟巢於蚊睫❾，大鵬彌乎天隅❿。將以上方不足⓫，而下比有餘⓬。普天壤以遐觀，吾又安知大小之所如⓭！

【章　旨】本章拈出大鵬和鷦螟來與鷦鷯相比，說牠在天壤萬千物類中，很難說牠是大還是小。

【注　釋】❶鶢鶋　亦作「爰居」。海鳥名，據《爾雅》邢昺疏，其大如馬駒。❷條枝　即條支。古西域國名，在安息西界，臨西海（指波斯灣），漢代屬安息，當在今伊拉克境內。漢時條枝曾貢大雀。❸提挈萬里　謂貢者萬里提挈大雀而來。❹飄颻逼畏　《國語・魯語上》：「海鳥曰爰居，止於魯東門之外二日，臧文仲使國人祭之。」此形容爰居對祭祀時鐘鼓之聲畏懼驚惶，飄搖不定。❺體大妨物　此謂巨雀因為體大，所以被捕捉作貢物。妨，損害。謂有損巨雀自己。❻形瓌足瑋　此言鶢鶋形狀珍奇，故值得寶貴。瓌，珍奇。❼陶蒸　猶言陶甄、陶鑄。比喻造就、培育。❽舛錯　錯雜不齊。❾鷦螟巢於蚊睫　《晏子春秋》載，景公問道：天下最小的東西是什麼？有人答道：東海有一種極小的蟲子，築巢在蚊子的睫毛下，再次飛動起來，蚊子不會被驚動，人們把這種小蟲叫做鷦螟。❿大鵬彌乎天隅　《莊子・逍遙遊》載，北海之鯤化而為鵬，當牠展開雙翅時，就像是天邊之雲。⓫上方不足　此言鷦鷯比大鵬則不足。上，指大鵬。方，比擬。⓬下比有餘　言鷦鷯比之鷦螟則有餘。下，指鷦螟。⓭普天壤以遐觀二句　意謂若從天地全局觀之，鷦鷯比大鵬為小，比鷦螟為大，究竟是大還是小，又怎麼知道呢。普天壤以遐觀，從天地全局來遠觀之。大小之所如，到底是大還是小。如，往。

【語　譯】海鳥鶢鶋，避風來到魯東門外；條枝國的巨雀，翻山越嶺被捉來進貢。萬里迢迢，貢者提挈巨雀；鐘鼓聲聲，鶢鶋嚇得驚懼飄颻。巨雀因其軀體過大所以損害自身，鶢鶋由於其狀珍奇故而值得寶貴。陰陽二氣陶鑄萬物，眾多品種合於一處。大小錯雜不齊，種類繁多而不同。鷦螟能築巢在蚊子睫毛下，大鵬展翅能遮住天的一角。鷦鷯上比大鵬則不足，下比鷦螟則有餘。然放眼於天地之間，我又怎知牠是大還是小呢！

卷一四

赭白馬賦 并序

【作　者】顏延之（西元三八四～四五六年），字延年。南朝宋文學家。琅琊臨沂（今山東省費縣東）人。少孤貧，好讀書，無所不覽。晉末為中軍行參軍。入南朝宋，舉博士，補太子舍人。少帝即位，任正員郎，兼中書，後出為始安太守。文帝時，入為中書侍郎，轉太子中庶子，領步兵校尉，賞遇甚厚。延之性激直，出言無所忌諱，其辭激揚，觸犯權要，遂出為永嘉太守。又因作詩辭意不遜，遂去職，屏居里巷七載。後復起為御史中丞、祕書監。孝武帝時，官至金紫光祿大夫。能詩善文，名冠當時，與謝靈運並稱為「顏謝」。原有集三十卷，已佚，明人輯有《顏光祿集》。

【題　解】〈赭白馬賦〉是應制之作。宋文帝劉義隆即位前做中郎將時，其父武帝劉裕曾把駿馬赭白馬賜予他，文帝繼位，此馬才死。文帝命群臣以此馬為題作賦，顏延之就獻上了這篇賦。此賦先概述歷代賢君之時都有神馬出現的史跡，進而說到本朝聖德隆盛因而有此赭白馬出現；接著形容赭白馬的神駿之態；最末才微露諷諫之意，希望宋文帝取鑒前王，輟遊樂而卹民憂。

驥不稱力❶，馬以龍名❷。豈不以國尚❸威容❹，軍駙❺趫迅❻而已；實有騰光吐圖❼，疇德❽瑞聖之符❾焉。是以語❿崇其靈⓫，世榮其至⓬。我高祖⓭之造宋也，五方⓮率職⓯，四隩⓰入貢。祕寶⓱盈於玉府⓲，文騶⓳列乎華廄⓴。乃有乘輿㉑赭白㉒，特稟逸異㉓之姿，妙簡帝心㉔，用錫聖皁㉕。服御㉖順志㉗，馳驟合度㉘。齒歷㉙雖衰，而藝美㉚不忒㉛。襲養兼年㉜，恩隱㉝周渥㉞。歲老㉟氣殫㊱，斃于內棧㊲。少㊳盡其力，有惻㊴上仁㊵。乃詔㊶陪侍㊷，奉述㊸中旨㊹。末臣㊺庸蔽㊻，敢㊼同㊽獻賦。

【章旨】本章為賦序。敘述作此賦的原由。

【注釋】❶驥不稱力　此言良馬不憑氣力受稱贊。《論語・憲問》：「驥不稱其力，稱其德也。」驥，良馬。❷馬以龍名　《周禮・夏官・廋人》：「馬八尺以上為龍。」古代稱高大的馬為龍。❸尚　崇尚。❹威容　威儀容止。❺馭　通「服」。❻趫迅　雄壯而疾速。❼騰光吐圖　指龍馬負圖的傳說。《易・繫辭上》：「河出圖，洛出書，聖人則之。」據漢儒孔安國、劉歆等解說：伏羲時有龍馬出於黃河，馬背有旋毛如星點，稱作龍圖，伏羲取法以畫八卦。又李善注引《尚書中候》：「帝堯即政七十載，修壇河洛。仲月辛日，禮備，至於日稷。榮光出河，龍馬銜甲，赤文綠色，臨壇吐甲圖。」騰光，指龍馬出河時之光輝。吐圖，指龍馬臨壇吐甲圖。❽疇德　往昔有德之人。指古之聖帝。疇，昔。❾瑞聖之符　祥瑞的符契。指上天給予有德之人的祥瑞符契。❿語　指人語。⓫其靈　指馬的靈異。⓬世榮其至　世代之人以龍馬出現為榮。因龍馬為祥瑞之兆。⓭高祖　指南朝宋武帝劉裕。彭城人，字德輿，元熙二年廢晉帝，建立宋朝。⓮五方　指五方之人。即中國、蠻、夷、戎、狄。⓯率職　遵行其職。⓰四隩　四方偏遠之地。⓱祕寶　珍稀寶物。⓲玉府　收藏君王金玉玩好之物的地方。⓳文駟　有斑紋的駿馬。駟，駕車之四馬。⓴華廄　裝飾華麗的馬棚。㉑乘輿　帝王所用的車輿。此指駕車之馬。㉒赭白　赤白相間的毛色。㉓逸異　超群卓異。㉔妙簡帝心　正被皇帝看中。簡，察閱。帝，指宋武帝。《論語・堯曰》：「簡在帝心。」㉕用錫聖皁　指宋武帝把此馬賜給宋文帝。用，乃；因此。錫，通「賜」。聖皁，皇帝的槽櫪。皁，通「槽」。㉖服御　乘駕。㉗順志　順隨人意。㉘合度　合乎節度。㉙齒歷　齒數。指馬的年紀。㉚藝美　指馬駕車的能力。㉛不忒　不差。㉜襲養兼年　指從宋武帝時代到宋文帝之時多年受養。襲養，受養。兼年，連年。㉝恩隱　施恩關懷。隱，私。㉞周渥　周遍而深厚。渥，厚。㉟歲老　年老。㊱氣殫　氣盡。㊲內棧　皇宮內馬棚。棧，養牲畜的竹木棚或柵欄。㊳少　指馬少力壯之時。㊴惻　悲傷；憐憫。㊵上仁　皇帝的仁愛之心。㊶詔　命。㊷陪侍　皇帝左右之臣。㊸奉述　轉述。㊹中旨　皇帝的旨意。㊺末臣　作者謙稱自己。㊻庸蔽　庸碌無知。㊼敢　自言冒昧的謙詞。㊽同　言與諸臣一同。當時奉命賦赭白馬者，不止作者一人。

【語　譯】良馬並不須憑靠力氣來博得稱贊，若高八尺以上就稱為龍。這不只是因為國家崇尚威儀容止，軍隊重在雄壯疾速所致；其實曾有龍馬出於黃河，光彩飛騰吐出甲圖，這是古之聖帝祥瑞之兆。因此人們談論龍馬的靈異，世代以龍馬出現為榮。高祖皇帝締造大宋，五方之人遵行其職，四方偏遠之地都來納貢。珍稀寶物充滿玉府之中，有斑紋的駕車駿馬排列在華麗的馬廄裡。高祖皇帝的駕輿御馬中有毛色赤白相間者，特別具有超群卓異之姿，正被高祖看中，於是就賜給了當今聖上。此馬乘駕順隨人意，奔跑合於節度。年齒雖衰，技藝不差。受養多年，恩遇周到而深厚。終於年老氣盡，死在宮中馬棚。此馬少壯之時曾盡其力，心腸仁愛的皇帝頗感悲傷。於是命令陪侍之臣，頒布群臣作賦的旨意。小臣庸碌無知，冒昧地與諸臣一同獻上此賦。

其辭曰：惟宋二十有二載❶，盛烈❷光❸乎重葉❹。武義❺粵❻其肅陳❼，文教❽迄❾已優洽❿。泰階之平⓫可升⓬，興王⓭之軌⓮可接⓯。訪⓰國美⓱於舊史⓲，考⓳方載⓴於往牒㉑：昔帝軒㉒陟位㉓，飛黃㉔服皁㉕。后唐㉖膺籙㉗，赤文候日㉘。漢道亨㉙而天驥㉚呈才，魏德楙㉛而澤馬㉜效質㉝。伊㉞逸倫㉟之妙足㊱，自前代而間出㊲。並榮光於瑞典㊳，登㊴郊歌㊵乎司律㊶。所以崇衛㊷威神㊸，扶護㊹警蹕㊺。精曜㊻協從㊼，靈物㊽咸秩㊾。暨㊿明命(51)之初基(52)，罄(53)九區(54)而率順(55)。有肆險(56)以稟朔(57)，或踰遠而納貢(58)。聞王會(59)之阜昌(60)，知函夏(61)之充牣(62)。揔(63)六服(64)以收賢(65)，掩(66)七戎(67)而得駿(68)。蓋乘風(69)之淑類(70)，實先景(71)之洪胤(72)。故能代驂(73)象輿(74)，歷配鉤陳(75)。齒筭延長(76)，聲價(77)隆振(78)。信(79)聖祖(80)之蕃錫(81)，留皇情(82)而驟進(83)。

【章　旨】陳述歷代盛世都出駿馬，故宋初得此赭白馬。

【注　釋】❶宋二十有二載　指南朝宋建國二十二年。即宋文帝元嘉十八年（西元四四一年）。❷盛烈　盛大的事業。烈，業。❸光　光大。❹重葉　兩世。指宋武帝、宋文帝二代。❺武義　武事。❻粵　語助詞。❼肅陳　肅然陳列。❽文教　指禮樂教化。❾迄　盡。❿優洽　普及。⓫泰階之平　指風雨調和，五穀豐登，天下太平。泰階，星名。即三台，上中下台共六星，兩兩並排而斜上，如階梯，故名。⓬升　達到。⓭興王　振興王業。⓮軌　軌跡。⓯可接　可接古之聖帝賢君。⓰訪　尋求。⓱國美　指古先帝治國的美政。⓲舊史　歷史著作。⓳考　考察。⓴方載　四方之事。㉑往牒　過去的文獻記載。牒，札。㉒帝軒　即黃帝。《史記・卷一・五帝本紀》：「黃帝者，少典之子，姓公孫，名軒轅。」司馬貞《索隱》引皇甫謐曰：「居軒轅之丘，因以為名，又以為號。」㉓陟位　登上帝位。㉔飛黃　傳說中的神馬。據《淮南子》及高誘注，黃帝時有飛黃馬，其狀如狐，背上生角，乘之可得壽命三千年。㉕服皁　伏於槽櫪。服，通「伏」。皁，通「槽」。㉖后唐　即帝堯。后，帝。㉗膺籙　指古代帝王名應於符命之書。即受天命而為帝的意思。膺，接受。籙，符命之書。㉘赤文候日　指帝堯得龍馬受圖之事。赤文，指負圖龍馬。赤文綠色。候日，指龍馬到了日稷（即日側）之時出現。㉙漢道亨　此言漢德通於遠方。亨，通。㉚天驥　天馬。漢朝對得自西域的良馬的稱呼，意即神馬。㉛楙　盛。㉜澤馬　神馬。李善注引《魏志》：「文帝（魏文帝曹丕）黃初中於上黨得澤馬。」㉝效質　獻身。㉞伊　語助詞。㉟逸倫　超群出眾。㊱妙足　指駿馬。㊲間出　更迭而出；一個一個出現。㊳榮光於瑞典　此指帝堯時龍馬吐圖之事。榮光，指龍馬出現時的光輝。瑞典，指帝堯修壇河洛的盛典。㊴登　升入；進入。㊵郊歌　即郊祀之歌。漢武帝定郊祀之禮，立樂府，命李延年為協律都尉，作郊祀歌，共十九章，其中有天馬歌，被樂府採入郊祀之歌加以演奏。㊶司律　指掌管音樂的機關。即樂府。司，掌管。律，指六呂十二律。泛指音律、音樂。㊷崇衛　尊崇保衛。㊸威神　指皇帝。㊹扶護　扶持護衛。㊺警蹕　謂皇帝出入經過的地方嚴加戒備，斷絕行人。警，警戒。蹕，清道。㊻精曜　天星。指天駟星。此謂天星所化的神馬。㊼協從　合從；隨從。協，合。㊽靈物　指神馬。㊾秩　秩序。㊿暨　及；至。51明命　上天之命。此謂宋武帝稟受天命而為帝。52初基　初登帝位。53罄　盡。54九區　九州。55率順　順服；歸順。率，順。56肆險　不顧險阻。肆，棄。57稟朔　稟宋正朔。即臣服於宋。正朔，指曆法。正，一年之始。朔，一月之始。58賮　同「贐」。指進貢的財物。59王會　原指周公以王城（雒邑）建成，大會諸侯及四夷，此指宋武帝會合歸服的蠻夷之族。60皐昌　昌盛。皐，盛。61函夏　諸夏。原指周王室所分封的諸侯，此指宋所屬各地及宋室諸侯。62充牣　充滿。63揔　通「總」。64六服　指周王畿外之侯服、甸服、男服、采服、衛服、蠻服六服之地。此代全國領域。65收賢　謂收賢善之馬。66掩　即總有之意。67七戎　泛指古代西部的民族。《爾雅・釋地》：「九夷、八狄、七戎、六蠻，謂之四海。」68駿　指西戎所貢之駿馬。即赭白馬。69乘風　形容馬馳騁之速如同乘風而行。70淑類　美好的種類。即良種。71先景　形容馬行迅速，先於日影。景，同「影」。72洪胤　洪大的後代。胤，後嗣。73代驂　指赭白馬為宋武帝、宋文帝兩代皇帝駕車。驂，四馬駕車時兩邊的馬。此為駕車之意。74象輿　象車。此指天子之車。一說：黃帝曾以象駕車（見《韓非子・十過》）。一說：太平盛世，山林中產生一種圓曲之木所製之車。75歷配鉤陳　言赭白馬與兩代皇帝的護衛相配合。鉤陳，星名。在紫微垣內，最近北極。此指天子的護衛。76齒筭延長　此言赭白馬年歲已大。齒筭，即齒數。77聲價　聲名地位。78隆振　崇高。79信　確實；實在。80聖祖　指高祖宋武帝劉裕。81蕃錫　厚賜。蕃，盛。錫，通「賜」。82留皇情　指在此馬身上保留了高祖皇帝對當今皇帝的恩情。83驟進　疾速前進。

【語　譯】此賦是：大宋建國二十二年，兩代皇帝光大盛業。武備肅然陳示，文教盡已普及。太平盛世可以達到，前代聖君的軌跡可以銜接。從史籍之中訪求古帝美政，由舊日文獻之中考察四方之事：昔年黃帝即位，神馬飛黃伏於後槽。帝堯接受天命，就有赤文龍馬在日側之時出現。漢武帝德通於遠方，就有人獻天馬呈現其才；魏文帝道德隆盛，澤馬即前來效力。這些超群絕類的駿馬，前代以來更迭出現。在祥瑞的典禮上發出光輝，進入樂府郊祀之歌。用以崇衛天子，扶護警戒。天星隨從，神物皆有次序。到了高祖稟受天命初登基之時，九州都已歸順。有的不顧險阻來表臣服，有的經過遠道前來納貢。我聽說蠻夷之族皆來朝會的隆重，也知道當年各路諸侯齊集王庭的盛況。在全國範圍內遍尋好馬，終在西戎之地獲得如此駿物。這是猶如乘風而行的良種，實是可超越日影的名駒。所以能夠為兩代天子駕車，歷年配合皇帝的侍衛。牠年歲增大，聲名更高。這實是高祖皇帝給予當今聖上的厚賜，牠身負著皇室之情疾馳奮進。

徒❶觀其附筋樹骨❷，垂梢❸植髮❹。雙瞳❺夾鏡❻，兩權協月❼。異體❽峰生❾，殊相❿逸發⓫。超攄⓬絕夫塵轍⓭，驅騖⓮迅於滅沒⓯。簡偉⓰塞門⓱，獻狀⓲絳闕⓳。旦刷⓴幽燕㉑，晝㉒秣㉓荊越㉔。教敬㉕不易之典㉖，訓人㉗必書之舉㉘。惟㉙帝㉚惟祖㉛，爰㉜游㉝爰豫。飛㉞輶軒㉟以戒道㊱，環轂騎㊲而清路㊳。勒㊴五營㊵使按部㊶，聲八鑾㊷以節步㊸。具㊹服㊺金組㊻，兼飾丹雘㊼。寶鉸㊽星纏㊾，鏤章㊿霞布。進迫(51)遮迾(52)，卻(53)屬(54)輦輅(55)。欻(56)聳擢(57)以鴻驚(58)，時濩略(59)而龍翥(60)。弭(61)雄姿(62)以奉引(63)，婉(64)柔心(65)而待御(66)。

【章　旨】本章形容赭白馬不凡的骨相及駕車出行時的場景。

【注　釋】❶徒　只。❷附筋樹骨　形容駿馬的特徵。指其骨骼突起，筋絡附著。❸垂梢　馬尾下垂。❹植髮　馬鬃豎立。❺雙瞳　雙目。❻夾鏡　形容馬目明亮，好似兩面鏡子相對。❼兩權協月　李善注引《相馬經》：「頰欲圓如懸璧，因謂之雙璧，其盈滿如月，異相之表也。」兩權，兩頰。協月，合於圓月。❽異體　指駿馬的特異體形。❾峰生　如山生峰。言突出於同類。❿殊相　指駿馬特殊的相貌。⓫逸發　神駿的樣子。⓬超攄　騰躍。⓭絕夫塵轍　塵土不起，車轍不留。形容奔馳之速。夫，句中助詞。⓮驅騖　馳騁；奔馳。⓯滅沒　無影無聲。比喻極快的速度。⓰簡偉　選擇壯美之馬。⓱塞門　此指長城關口之北。〈蕪城賦〉李善注引崔豹《古今注》：「秦所築長城土色皆紫，漢塞亦然，故稱紫塞。」城上有關口，故曰門。⓲獻狀　此言獻上壯健之馬。狀，通「壯」。⓳絳闕　指皇宮門前。闕，皇宮前的建築。兩者相對，臺上建樓。⓴旦刷　早晨刷馬。㉑幽燕　地名。今河北北部及遼寧一帶。此泛指北方。㉒晝　白天；日出之後。㉓秣　用草料飼馬。㉔荊越　地名。約相當於今湖北、浙江一帶。㉕教敬　教導赭白馬配合人類的活動。㉖不易之典　皇家不改變的法典。㉗訓人　訓誨牠使順從駕馭的人。㉘必書之舉　指皇帝的舉動。李善注引《左傳》中曹劌之語：「君舉必書。」㉙惟　語助詞。㉚帝　指宋文帝。㉛祖　指高祖宋武帝。㉜爰　語助詞。㉝游　與下「豫」，皆指天子巡幸各處。㉞飛　飛馳。㉟輶軒　輕車。㊱戒道警戒道路。㊲彀騎　手持弓箭的騎兵。彀，張滿弓弩。㊳清路　清除道路上的閒人。㊴勒　統率；約束。㊵五營　指天子出行的儀仗隊。李善注引應劭《漢官儀》：「大駕鹵簿（儀仗隊）五營，校衛在前，名曰填衛。」㊶按部　按部就班，依序而進。㊷八鸞　古代車乘的馬鈴。青銅製成，上有輪形鈴，下連方銎，一馬二鈴，四馬八鈴，故稱八鸞。鸞，通「鑾」。指車衡上的金屬鈴。㊸節步　調節步伐。馬步齊則鸞聲和諧。㊹具　指馬的裝具。㊺服　服用。㊻金組　以銅片和絲帶相結的馬甲。㊼丹雘　紅色和青黑色。㊽鉸　馬具上面的裝飾。㊾星纏　似星辰纏繞。㊿鏤章　馬具上鏤刻的花紋。51進迫　向前迫近。指赭白馬所駕天子車輿前進之時。52遮迾　衛士排成行列，以遮護車駕。迾，遮。53卻　後退。54屬　從屬。55輦輅　天子之車。56欻　忽然。57聳擢　躍起。58鴻驚　鴻雁受驚起飛。形容馬忽然躍起之狀。59濩略　龍行的樣子。60龍翥　龍飛。形容駿馬奔馳。61弭　止；息。62雄姿　指奔騰跳躍的雄姿。63奉引　引道者。此謂赭白馬引道於大駕之前。64婉　婉順。65柔心　馴服之性。66待御　等待駕御。

【語　譯】只見此馬骨骼突起，筋絡附著，馬尾下垂，馬鬃豎立；雙目好似一對明鏡，兩頰猶如二輪圓月；異樣的體格突出於同類，特殊的相貌神駿之至。一旦騰躍，塵土不起，車轍不留，馳騁的速度快過於閃光傳聲。在塞北挑選駿物，把壯偉的神駒獻於宮闕之前。此馬清早尚在幽燕洗刷，白晝即已在荊越進食了。我們教導牠能敬依皇家不變的法典，訓誨牠順從天子的舉動。高祖皇帝和當今皇帝，都曾乘用此馬巡幸各處。輕車飛馳警戒道路，持弓騎兵環繞四周清除閒人。派出五營按部而進，大駕的八隻馬鈴發出和諧的聲音調節步伐。馬具以銅片絲帶相結，還繪有紅色、青色。百寶裝飾似星辰纏繞，鏤刻的花紋又如雲霞散布。前進則有衛士排列遮護，後退則從屬天子之車。此馬忽然躍起猶若鴻雁驚飛，時而奔馳宛如神龍遊翔。天子出行時牠就收斂奔騰的雄姿引道於大駕之前，性情馴順溫和地等待駕御。

至於露滋月肅❶，霜戾❷秋登❸。王於❹興言❺，闡肆❻威稜❼。臨❽廣望❾，坐百層❿。料⓫武藝，品⓬驍騰⓭。流藻⓮周施⓯，和鈴⓰重設⓱。睨影高鳴⓲，將超中折⑲。分馳⑳迴場㉑，角壯㉒永埒㉓。別輩越群㉔，絢練㉕夐絕㉖。捷㉗趫夫㉘之敏手㉙，促㉚華鼓㉛之繁節㉜。經㉝玄蹄㉞而雹散㉟，歷㊱素支㊲而冰裂㊳。膺門㊴沬赭㊵，汗溝㊶走血㊷。踠迹㊸回唐㊹，畜怒㊺未洩㊻。乾心降㊼而微怡，都人㊽仰而朋悅㊾。妍變之態㊿既畢，凌遽(51)之氣方屬(52)。跼(53)鑣轡(54)之牽制，隘(55)通都(56)之圈束(57)。眷(58)西極(59)而驤首(60)，望朔雲而蹀足(61)。將使紫燕駢衡(62)，綠虵(63)衛轂(64)。纖驪(65)接趾(66)，秀騏(67)齊亍(68)。覲(69)王母(70)於昆墟(71)，要(72)帝臺(73)於宣嶽(74)。跨(75)中州(76)之轍迹(77)，窮(78)神行之軌躅(79)。

【章　旨】描寫騎射場上赭白馬的種種神駿姿態。

【注　釋】❶露滋月肅　露水滋生，秋月肅殺。❷霜戾　霜降。戾，至。❸秋登　指農作物成熟。登，成。❹王於　王往。於，往。❺興言　出發。言，語助詞。無義。❻闡肄　大肄演習。闡，大開。肄，習。❼威稜　威力。指軍隊。❽臨　蒞臨；來到。❾廣望　宮觀名。❿百層　高臺。⓫料　衡量。⓬品　品評。⓭驍騰　指馬力。⓮流藻　馬具四周畫以藻文。⓯周施　遍施。⓰和鈴　音聲和諧的馬鈴。⓱重設　增設。⓲睨影高鳴　看到影子就高聲嘶鳴。表現出良馬爭勝的習性。睨，斜視。⓳將超中折　想要超越又中途停住。⓴分馳　與其他馬分途馳騁。類似於今之不同的跑道。㉑迴場　遼遠的場地。㉒角壯　比賽健壯。角，競爭。壯，壯健。指腳力。㉓永埒　長長的騎射場。埒，騎射場四周的矮牆。此指騎射場地。㉔別輩越群　超越群馬，有別於同類。㉕絢練　疾速的樣子。㉖夐絕　絕遠。言超越極多。夐，遠。㉗捷　快；加速。㉘趫夫　矯健之士。㉙敏手　指擂鼓之手。㉚促　急促。㉛華鼓　裝飾華美的鼓。㉜繁節　急促的節奏。古人騎射時要擊鼓，以鼓聲調節速度，鼓聲愈急則馬奔跑愈快。㉝經　射穿。㉞玄蹄　箭靶之名。㉟雹散　形容箭靶被射中後散裂，如同冰雹散落。㊱歷　射穿。㊲素支　箭靶之名。㊳冰裂　形容箭中靶之聲，如冰層爆裂。㊴膺門　指馬的前胸。㊵沬赭　流出紅色汗水。(41)汗溝　指馬的前腿和胸腹相連的凹形部位。馬疾馳時為汗所流注，故稱。(42)走血　淌著似血的汗。傳說大宛所產馬其汗似血。(43)踠迹　收住腳步。踠，屈；曲。迹，足跡。(44)回唐　回到宮觀前。唐，宮觀、朝堂、宗廟前的大道。(45)畜怒　儲蓄的氣力。怒，指馬旺盛的氣勢、氣力。(46)未洩　未完全用盡。(47)乾心降　天子之心垂愛於赭白馬。《易》以乾象天，皇帝為天子，故言皇帝之心為乾心。此指宋文帝。(48)都人　指都城之人。(49)朋悅　群聚而歡。(50)妍變之態　指馬的種種美好神駿之態。(51)淩遽　驃悍。(52)屬　連續不絕。(53)跼　局促；拘束。(54)鑣轡　馬嚼子和馬轡繩。(55)隘　感到狹小不便。(56)通都　大都。(57)圈束　約束。(58)眷　懷念。(59)西極　西方。(60)驤首　馬昂頭。(61)望朔雲而蹀足　仰望北方的雲彩而踏足。謂駿馬思念出生的塞北之地。朔雲，北方之雲。蹀足，踏足。(62)紫燕騈衡　此言使赭白馬與紫燕共同駕著車轅拉車。紫燕，駿馬名。騈衡，兩馬駕轅。騈，兩馬駕一車。衡，車轅上的橫木。用以拖拉車輛。(63)綠虵　馬名。虵，「蛇」的俗體。(64)衛轂　在車轂一邊護衛。意謂在一側拉車。轂，輪的中心部分。車軸穿其中心而過，軸動輪轉。(65)纖驪　駿馬名。(66)接趾　跟著走。(67)秀騏　駿馬名。(68)齊亍　齊行。亍，小步走。(69)覲　拜見。(70)王母　西王母。傳說中女神。(71)崑墟　指崑崙山。傳說西王母所居之處。《穆天子傳》記載周穆王駕八駿訪西王母。(72)要　邀約。(73)帝臺　仙人名。(74)宣嶽　宣山。帝臺所居之處。(75)跨越過。(76)中州　中國。(77)轍迹　車子行過留下的痕跡。此指人所行之路。(78)窮　窮盡；行遍。(79)軌躅　車跡。

【語　譯】到了露水滋生，月色肅殺，嚴霜普降，秋禾成熟的時候，皇帝出行，大規模演習軍隊。皇帝來到廣望觀，身坐於百層高臺上。衡量勇士的武藝，品評駿馬的腳力。赭白馬的馬具四周畫著藻文，增設音聲和鳴的鑾鈴。此馬看到影子就要高聲嘶鳴，想要超越又中途停住。進入遼闊的賽場就與其他的馬分途馳騁，循著長長的馳道競賽。超越了同類，飛馳領先。命矯健之士加速擂鼓，使華鼓發出急促的節奏。箭穿玄蹄如同冰霜散落，射中素支猶若層冰爆裂。牠的前胸流出赤沫，汗溝中淌著血汗。收住腳步，回到觀前，蘊蓄的氣力，尚未用盡。天子心生歡喜疼愛此馬，都中的人抬起頭來看，大家都很愉快。此馬的種種美好神駿的姿態都已表現無遺，而驃悍之氣卻正連續不絕的爆發出來。但牠受到嚼子韁繩羈絆的局促，頗嫌大都城約束狹小。常昂起頭懷念西域的樣子，更仰望北方的雲彩而踏足不安。想要使紫燕與此馬一同駕著車轅拉車，使綠蛇在一邊護衛。纖驪跟著走，秀騏一齊行。到崑崙山拜見西王母，在宣山邀約帝臺。踏遍中州的條條大路，行盡神仙留下的處處軌跡。

然而般於遊畋❶，作鏡前王❷。肆❸於人上，取悔❹義方❺。天子乃輟駕❻迴慮❼，息徒❽解裝❾。鑒武穆❿，憲文光⓫。振民隱⓬，修⓭國章⓮。戒⓯出豕之敗御⓰，惕⓱飛鳥之跱衡⓲。故祇慎⓳乎所常忽⓴，敬備㉑乎所未防。輿有重輪㉒之安，馬無泛駕㉓之佚㉔。處㉕以濯龍㉖之奧㉗，委㉘以紅粟㉙之秩㉚。服養㉛知仁㉜，從老得卒㉝。加弊帷㉞，收仆質㉟。天情㊱周㊲，皇恩畢。亂曰：惟德動天㊳，神物㊴儀㊵兮，於時駟駿㊶，充階街兮。稟靈月駟㊷，祖雲螭㊸兮，雄志㊹倜儻㊺，精權奇㊻兮。既剛㊼且淑㊽，服鞿羈㊾兮，效足㊿中黃(51)，殉(52)驅馳兮。願終惠養(53)，蔭本枝(54)兮，竟先朝露(55)，長(56)委離(57)兮！

【章　旨】本章勸戒文帝以前代為鑒戒，放棄遊樂田獵，以國事民生為重；對赭白馬之死也按禮收殮，不過分。在歌頌之中語含諷諫之意。

【注　釋】❶般於遊畋　耽樂於遊賞田獵。般，樂。畋，田獵。❷作鏡前王　以前代之王耽於遊樂田獵而亡國作為明鏡以自警戒。《詩·大雅·蕩》：「殷鑒不遠，在夏后之世。」夏后，指夏桀。殷人滅夏，殷的子孫以夏王之亡為鑒戒。❸肆　恣意妄為。❹取悔　感到悔恨。❺義方　做人的正道。❻輟駕　停住車駕。❼迴慮　指回心轉意，放棄田獵遊樂。❽息徒　使徒眾歇息。意謂不再去打獵。❾解裝　解除田獵的裝具。❿鑒武穆　以漢武帝、周穆王為鑒戒。漢武帝好大宛馬，使者在道上不斷。周穆王愛遊覽，周行天下，天下都有車轍馬跡。二人皆好游獵、寵駿馬，生活奢侈，故以為鑒戒。⓫憲文光　以漢文帝和光武帝為取法的榜樣。據史書記載，有人獻千里馬，漢文帝把馬退還，有人獻名馬給光武帝，光武帝用來駕鼓車。二帝都不重駿馬，生活樸素，所以當為取法之君。⑫振民隱　拯救人民的痛苦。振，救。隱，痛。⑬修　修明。⑭國章　國家的禮儀制度。⑮戒　警戒。⑯出豕之敗御　據《韓非子》，王子期為趙簡子駕車，有野豬從溝中衝出，使馬受驚，車駕受到損壞。豕，豬。⑰惕　警惕。⑱飛鳥之跱衡　據李善注引《逸周書》，周穆王田獵，有一隻像鳩的黑鳥，飛落在轅端衡木上，駕車人用馬鞭擊斃牠，不料卻使馬驚跑起來，一時無法遏止，最後車輛翻倒，導致穆王左股受傷。⑲祗慎　敬慎。⑳忽視。㉑備　戒備。㉒重輪　即重轂。在車轂之外復加一轂，上亦設轄，以保證車駕的安全。㉓泛駕　覆車。㉔佚　通「逸」。指逸馬。驚跑不能制止的馬。㉕處　安置。㉖濯龍　皇家馬廄名。㉗奧　深處。㉘委　給。此謂飼養。㉙紅粟　紅腐不可食之太倉粟。此指太倉粟。㉚秩　俸祿；待遇。㉛服養　使用飼養。㉜仁　指天子之仁愛。㉝從老得卒　隨著衰老而終於死亡。㉞加弊帷　指用破舊的帷帳包裹馬的屍體。意思是對赭白馬之死，要按禮收殮，不能逾禮。語出《禮記》。㉟仆質　指馬的屍體。仆，倒。質，體。㊱天情　天子的恩義。㊲周　周全。㊳惟德動天　謂皇帝的仁德感動上天。㊴神物　指神馬。㊵儀　即來儀。來臨而顯其容儀。㊶駔駿　皆指駿馬。駔，壯。㊷稟靈月駟　言駿馬稟受月亮和天駟星的精氣。㊸祖雲螭　言駿馬來自於雲中之螭。螭，龍的一種。㊹雄志　雄壯之氣概。㊺倜儻　卓異超群。㊻精權奇　精神奇譎非凡。㊼剛　剛勇強壯。㊽淑　善美。㊾羈纚　馬韁和馬籠頭。㊿效足　效力。(51)中黃　中營。(52)殉　獻身。(53)惠養　好好飼養赭白馬。(54)蔭本枝　對其後代加以厚待照應。蔭，蔭庇。本枝，喻子孫。(55)先朝露　極言生命的短促。朝露日出即乾，先於朝露，短促之極。(56)長　永遠。(57)委離　委棄天子的恩遇而離去。

【語　譯】前代帝王因沈溺於遊樂田獵，而導致亡國的例子可作借鏡。在百姓之上恣意妄為，拿來和做人的正道一比較就會感到悔恨。天子於是停住車駕，迴心轉意，命徒眾歇息，解除裝具。以漢武帝、周穆王為鑒戒，以漢文帝、光武帝為取法的榜樣。振卹百姓的痛苦困難，修明國家的禮儀制度。當警戒像趙簡子因突然竄出的豬使得車子毀損的禍患，警惕如周穆王因擊鳥翻車的災難。所以對於日常容易忽略的事更加謹慎，平時不設防的地方也要小心。車駕加上重轂以保證安全；馬要控制得宜而沒有驚嚇翻車的顧慮。將赭白馬安置在濯龍廄中，給予餵養太倉粟的待遇。飼養牠，使牠知道天子的仁愛，隨著衰老而終於死亡。用破舊的帷帳加以包裹，收殮起牠的屍體。天子的情義周全，皇家的恩遇到此為止。總而言之：皇帝的至德感動上天，神馬來臨顯其容呵，這時各種駿馬，充滿了階下路上呵。稟受月星的精氣，源自於雲中之龍呵，雄壯的氣概卓異超群，精神奇譎非凡呵。既剛勇又善美，卻甘受馬轡籠頭的服御呵，效力於皇帝中營，為奔走而獻身呵。牠惟願終生得到惠養，並蔭庇子孫呵，竟然短命而死，永遠委棄天子的恩遇而離去呵！

舞鶴賦

【作　者】鮑照，見頁四六四。

【題　解】〈舞鶴賦〉是一篇典型的詠物小賦。不只是在詠鶴，也暗寓了作者的身世之感。

散❶幽經❷以驗物❸，偉❹胎化❺之仙禽❻。鍾❼浮❽曠❾之藻質❿，抱⓫清迥⓬之明心，指蓬壺⓭而翻翰⓮，望崑閬⓯而揚音⓰。帀⓱日域⓲以迴騖⓳，窮天步⓴而高尋。踐神區㉑其既遠，積靈祀而方多㉒。精㉓含丹㉔而星曜，頂凝紫㉕而煙華㉖。引㉗員吭㉘之纖婉㉙，頓㉚修趾㉛之洪姱㉜。疊霜毛而弄影㉝，振玉羽而臨霞㉞，朝戲於芝田㉟，夕飲乎瑤池㊱。厭江海而游澤㊲，掩㊳雲羅㊴而見羈㊵。去帝鄉㊶之岑寂㊷，歸人寰㊸之喧卑㊹。歲崢嶸㊺而愁暮，心惆悵而哀離。

【章　旨】形容鶴的形貌、習性以及被捕後的哀傷。

【注　釋】❶散　打開。❷幽經　指《相鶴經》。因藏之幽邃，故稱。據說此經出自浮丘公，浮丘公以授王子晉，王子晉授崔文子，崔文子得其文藏於嵩高山石室，至淮南八公採藥得之，遂傳於世。❸驗物　驗證鶴。❹偉　卓越；偉大。❺胎化　胎生。古人錯誤地認為鶴是胎生的。❻仙禽　指鶴。古人認為是仙禽。《鶴經》說：「鶴，陽鳥也，因金氣，依火精，火數七，金數九，故十六年小變，六十年大變，千六百年形定而色白。」❼鍾　聚；集中。❽浮　輕浮易飛。❾曠　曠達；無拘束。❿藻質　指有美麗文藻的身體。⓫抱　懷有。⓬清迥　清遠。⓭蓬壺　古代傳說東海三神山中的蓬萊、方壺。見《史記・卷六・秦始皇本紀》及《史記・卷二八・封禪書》。⓮翻翰　展翅飛翔。翰，鳥羽。⓯崑閬　指傳說中崑崙山的閬風顛。⓰揚音　高鳴。⓱帀　周遍。⓲日域　日出之處。⓳迴騖　迴旋飛翔。⓴天步　指天空星象的運行。㉑神區　神明所在的區域。㉒積靈祀而方多　積累綿長的壽命。靈祀，指鶴齡。按《鶴經》，鶴能壽至一千六百歲以上，故言方多。㉓精　即眼珠。後作「睛」。㉔含丹　帶有紅光。㉕頂凝紫　指鶴的頭頂皮膚裸露，呈朱紅色（幼時頭頂不紅）。㉖煙華　謂光彩閃耀。㉗引　伸長。㉘員吭　喉嚨。員，通「圓」。㉙纖婉　指鶴頸之長而柔婉。㉚頓　以足叩地。㉛修趾　長足。㉜洪姱　大而美。㉝疊霜毛而弄影　重疊起潔白如霜的毛羽而搖晃著自己的身影。形容棲息之時。霜毛，指其身之白羽。其實丹頂鶴身上不完全為白羽。㉞振玉羽而臨霞　展開皎潔似玉的翅膀而面對彩霞。形容飛翔之景。振玉羽，展開白色的羽翼。臨霞，面對彩霞。㉟芝田　傳說在北海之中。為仙家種芝草之處。㊱瑤池　傳說神仙西王母所居之處。㊲澤　聚水的低窪地。㊳掩　被掩捕。㊴雲羅　張設極高的羅網。㊵見羈　被人羈束。㊶帝鄉　天帝之鄉。指天上仙境。㊷岑寂　高靜。㊸人寰　人世。㊹喧卑　喧鬧而卑下之處。㊺歲崢嶸　謂一歲將盡。

【語　譯】翻開《相鶴經》驗證實物，這胎生的仙禽實在卓越。牠外集輕清曠達、文藻美麗的體質，內懷純潔高遠、光明璀璨的心靈。朝著蓬萊、方壺等仙島展翅飛翔，眼望崑崙山的閬風顛而高鳴。遍繞著日出之處盤旋飛翔，朝著高遠的星空一逕飛去。遠遠地直入神明所在的區域，積累了綿長的壽命。眼珠含赤，目光四射；頭頂凝紫，光彩閃耀。伸長了纖長柔婉的頸項，頓一頓修長美觀的雙足。重疊起如霜的毛羽顧盼弄影，展開似玉的兩翼面對彩霞。早上在仙家的芝田嬉戲，傍晚來到西王母的瑤池飲水。牠厭棄了江海遊於湖澤，竟被高張的羅網捕捉羈束。離開那高靜的天帝之鄉，落到這喧鬧而低下的人間。一年將盡，為歲暮而愁悶；心中惆悵，因離群而哀傷。

於是窮陰[1]殺節[2]，急景[3]凋年[4]。涼沙振野，箕風[5]動天。嚴嚴[6]苦霧[7]，皎皎[8]悲泉[9]。冰塞長河，雪滿群山。既而氛昏[10]夜歇[11]，景物澄廓[12]。星翻漢迴[13]，曉月[14]將落。感寒雞之早晨，憐霜雁之違漠[15]。臨驚風之蕭條[16]，對流光[17]之照灼。唳[18]清響於丹墀[19]，舞飛容[20]於金閣[21]。始連軒[22]以鳳蹌[23]，終宛轉而龍躍。躑躅[24]徘徊，振迅[25]騰摧[26]。驚身蓬集[27]，矯翅雪飛[28]。離綱[29]別赴，合緒[30]相依。將興[31]中止，若往而歸。颯沓[32]矜顧[33]，遷延[34]遲暮[35]。逸翮[36]後塵[37]，翱翥[38]先路[39]。指會[40]規翔[41]，臨岐[42]矩步[43]。態有遺妍[44]，貌無停趣[45]；奔機逗節[46]，角睞[47]分形[48]。長揚[49]緩騖[50]，並翼連聲。輕迹[51]凌亂[52]，浮影[53]交橫[54]；眾變繁姿，參差洊密[55]。煙交霧凝，若無毛質[56]。風去雨還，不可談悉[57]。既散魂而盪目[58]，迷不知其所之[59]。忽星離而雲罷[60]，整神容而自持[61]。仰天居[62]之崇絕[63]，更惆悵以驚思。當是時也，燕姬色沮，巴童心耻[64]。巾[65]拂[66]兩停，丸劍[67]雙止。雖邯鄲[68]其敢倫[69]，豈〈陽阿〉[70]之能擬！入衛國而乘軒[71]，出吳都而傾市[72]。守馴養於千齡[73]，結長悲於萬里[74]。

【章　旨】本章竭力描繪舞鶴的種種美妙姿態。

【注　釋】[1]窮陰　指歲末。秋冬為陰。[2]殺節　肅殺的季節。[3]急景　急促的日光。歲末日照時間短。[4]凋年　殘年。[5]箕風　大風。箕星主風，故云。箕，星名，二十八宿之一。[6]嚴嚴　慘烈的樣子。[7]苦霧　寒霧。因其摧殺生物，故言。

❽皎皎　清明之狀。❾悲泉　形容泉聲幽咽。❿氛昏　霧氣昏暗。⓫歇　止。⓬澄廓　清明開闊。廓，空。⓭星翻漢迴　星辰推移，銀河迴轉。翻，轉移。漢，銀河。迴，轉。⓮曉月　早晨的殘月。⓯違漠　離開北方大漠南征。⓰蕭條　指蕭瑟的風聲。⓱流光　月光。⓲唳　鶴鳴。⓳丹墀　宮殿前的臺階。因漆成紅色，故稱。⓴飛容　指空中鶴舞的姿容。㉑金閣　以金裝飾的樓閣。㉒連軒　飛舞的樣子。㉓鳳蹌　像鳳鳥那樣步趨有節奏。《法言・向明》：「鳳鳥蹌蹌。」㉔躑躅　踏步不前。㉕振迅　展翅疾飛。㉖騰摧　騰起落下。㉗蓬集　如飛蓬集合。形容鶴身的白色茸毛。㉘矯翅雪飛　展開白色的翅膀，如同片片飛雪。㉙綱　指舞鶴的行列。㉚緒　指舞列。㉛興　起。㉜颯沓　群飛的樣子。㉝矜顧　矜持顧盼。㉞遷延　退身。㉟遲暮　指徐緩。㊱逸翮　指疾飛。逸，迅疾。翮，羽莖。指鳥翼。㊲後塵　把塵埃落在後面。㊳翱翥　高飛。㊴先路　走在前面。㊵會　四面會合的路口。㊶規翔　飛翔有規矩。㊷岐　岔路口。㊸矩步　行步有規矩有節奏。㊹態有遺妍　謂美好的姿態變化不盡。㊺停趣　停止移轉。趣，通「趨」。㊻奔機逗節　急奔相會，隨著節奏止步。機，相會。逗，止。節，節奏。㊼角睞　用眼角互相斜視。㊽分形　隊形分開，各退一邊。㊾長揚　長久地舉頭。㊿緩騖　緩行。(51)輕迹　指輕盈舞步的蹤跡。(52)凌亂　雜亂。(53)浮影　浮動的舞影。(54)交橫　交錯。(55)眾變繁姿二句　形容步跡舞影。眾變，多變。洊密，重而密。(56)煙交霧凝二句　此言鶴舞似輕煙雲霧交結，彷彿不見鶴之毛色。(57)風去雨還二句　言鶴舞來去如風雨，其姿容不可言盡。悉，盡。(58)散魂而盪目　是說鶴舞使觀者神散目搖。魂，神。(59)之　往。(60)星離而雲罷　言舞停止，眾鶴如星之離散，如雲之暫止。罷，止。(61)整神容而自持　言鶴自整飭羽毛，神態矜持。(62)天居　謂天上鶴之舊居。(63)崇絕　極其高遠。(64)燕姬色沮二句　是說善於歌舞的燕姬巴童都感到比不上鶴舞，因而慚愧羞赧。燕姬，燕地的美女。色沮，面容沮喪。巴童，巴渝舞童。心恥，內心感到恥辱。(65)巾　執巾之舞。一說：即公莫舞。(66)拂　執拂之舞。起於江東，為吳國之舞。(67)丸劍　兩種雜技。丸，指弄鈴。劍，指弄刀。(68)邯鄲　指邯鄲倡。趙地歌女。(69)倫　相比。(70)陽阿　古歌曲名。(71)入衛國而乘軒　《左傳・閔公二年》：「衛懿公好鶴，鶴有乘軒者。」軒，大夫所乘的車。(72)出吳都而傾市　據《吳越春秋》，吳王闔閭之小女自殺而死，闔閭厚葬於城西閶門外，送葬時，乃舞白鶴於市中，萬人隨觀，吳王把眾男女及鶴都引入墓門之內，然後塞其門，使之送死。(73)千齡　千年壽數。(74)結長悲於萬里　此謂馴鶴思念萬里之遙的家鄉。

【語　譯】在那歲末肅殺的季節，日光急促的殘年。寒沙縱橫在原野之上，巨風捲動穹蒼。苦霧慘烈，鳴泉清澈。堅冰塞住長河，大雪積滿群山。當暮靄漸漸消失，景物變得清明開闊。星辰推移，銀河迴轉，曉月將要落下。群鶴有感於寒雞日日晨啼，憐惜霜雁離開大漠南征。迎著蕭瑟的驚風，對著月光的照射。在紅色的臺階上發出清越的長鳴，在金飾的樓閣前展現飛舞的姿容。開始起舞像鳳鳥一樣步趨有節奏，後來盤旋宛轉又好似雲龍騰躍。時而徘徊不前，時而疾飛猛落。遍身的白色茸毛猶如飛蓬集合，高展的雙翅恰似片片飛雪。一會兒離開隊列，獨赴別處，一會兒又翩然歸來，與眾相依。將要起飛又突然中止，若要往前卻又回來。群飛而起，矜持顧盼；悠然退身，徐緩而翔。振翅疾飛，把塵埃拋在後面；一舉高飛，遙遙領先。在四岔路口合規矩地飛翔，面臨歧路則穩重地行步。姿態美好無限，形體不停移轉。急奔相會，隨著節奏止步；互相斜視，隊形逐漸分開。長久地揚起頭，緩緩而行；羽翼相並，鳴聲相遞。舞步的蹤跡淩亂，浮動的舞影交錯。千變萬化，多姿多態；參差不齊，重重密密。急舞時似煙霧交結，不見毛色。去如風來如雨，姿容不可盡言。使得觀者神散目搖，迷惑不知其將往何處去。一旦停止飛舞忽如眾星離散，遊雲暫止；此時牠就神態優雅的整飭著羽毛。時而仰望高遠的天上舊居，愈顯惆悵而驚心的樣子。這時候，與鶴舞一比，即使擅長跳舞的燕地美女也不禁面容沮喪，巴渝舞童也感到羞赧；巾舞拂舞已經停止，弄鈴弄劍全部輟演；邯鄲倡女怎敢與牠相較？又豈是〈陽阿〉之歌所能比擬的嗎？白鶴一旦進入衛國就可乘大夫之車，到了吳都市上會引得萬人隨觀。但牠仍安順地守養著，可活到千年之久，只是遙望著萬里鄉山，牠心中永遠鬱結著悲愁。

志

幽通賦

【作者】班固，見頁三二。

【題解】〈幽通賦〉作於班固青年時代。《漢書・卷一〇〇・敘傳》：「固弱冠而孤，作幽通之賦，以致命遂志。」所以這是一篇暢敘人生觀和志向的賦。當時作者尚未成名，他緬懷班氏前代的輝煌事業，很想要將它發揚光大。由於心情十分急切，於是一夜忽夢神人示意：前途通達，但要謹慎（一說賦名即取於此，意謂心神通於幽冥之中）。由此使作者領悟，命雖由天定，卻隨人所行而有所增減，只要注意保持自身本質的潔白，即可日進於聖道。這篇賦帶有自述性質，在格局上有些模仿〈離騷〉，但風格卻不同。全篇感情深沈，語言典雅。

系❶高頊❷之玄胄❸兮，氏❹中葉❺之炳靈❻。颻颻風而蟬蛻❼兮，雄❽朔野❾以颺聲❿。皇十紀⓫而鴻漸⓬兮，有羽儀⓭於上京⓮。巨⓯滔天⓰而泯⓱夏⓲兮，考⓳遘⓴愍㉑以行謠㉒。終保己而貽則兮，里上仁之所廬㉓。懿㉔前烈㉕之純淑㉖兮，窮與達其必濟㉗。咨㉘孤蒙㉙之眇眇㉚兮，將圮絕㉛而罔階㉜。豈余身之足殉㉝兮，違㉞世業㉟之可懷㊱。靖㊲潛處㊳以永思㊴兮，經日月而彌遠㊵。匪黨人㊶之敢拾㊷兮，庶斯言之不玷㊸。魂煢煢㊹與神交㊺兮，精誠㊻發於宵寐㊼。夢登山而迴眺㊽兮，覿㊾幽人㊿之髣髴。攬(51)葛藟(52)而授余兮，眷(53)峻谷曰勿墜。昒昕(54)寤而仰思兮，心矇矇(55)猶未察。黃神(56)邈(57)而靡質(58)兮，儀(59)遺讖(60)以臆對(61)。曰乘高(62)而遌神(63)兮，道遐通(64)而不迷。葛綿綿(65)於樛木(66)兮，詠南風(67)以為綏(68)。蓋惴惴(69)之臨深兮，乃二雅之所祗(70)。既訊(71)爾以吉象(72)兮，又申之以炯戒(73)。盍(74)孟晉(75)以迨群(76)兮，辰(77)倏忽(78)其不再。承靈訓(79)其虛徐(80)兮，竚(81)盤桓(82)而且俟(83)。

【章　旨】回顧祖業的輝煌，表現對個人前途的困惑之情。

【注　釋】❶系　連。❷高項　指帝顓頊。顓頊是傳說中古代部族首領，號高陽氏，故此稱為高項。❸玄冑　指顓頊的後裔。高陽氏配水德，水色黑，故言玄。冑，緒。❹氏　指班氏姓氏的來源。❺中葉　中世。指楚國的令尹子文之時。據說班氏的祖先，與楚國是同姓，是楚令尹子文的後代，子文初生時，被棄在夢澤中，有虎來哺乳，楚人稱之為虎班，子文之子又以「班」為號，稱為鬥班，秦滅楚，其族遷於晉代之間，即以班為姓。(見《漢書・卷一〇〇・敘傳》)❻炳靈　顯耀靈異之人。指虎哺乳之事。❼飆颽風而蟬蛻　是說班氏家族在楚滅亡之後，像蟬脫殼一樣離開南方，乘風而北。飆，隨風飄颻。颽風，南風。颽，通「凱」。蟬蛻，蟬脫殼。❽雄　稱雄。❾朔野　北方大地。❿颺聲　聲名遠颺。班氏在漢初曾以財力雄厚揚名北邊。⓫皇十紀　漢帝十世之時。指漢成帝時。紀，世。⓬鴻漸　飛鴻之進。此謂班氏始進仕。鴻，大雁。漸，進。語出《易・漸》：「鴻漸於陸，其羽可用為儀。」⓭羽儀　比喻被人尊重，可作為表率。儀，羽旄旌纛之飾。⓮上京　指京城。成帝之初，班況女為婕妤，父子並在長安。⓯巨　指王莽。字巨君。⓰滔天　漫天。形容王莽權勢的巨大。⓱泯　滅亡。⓲夏　諸夏。指漢朝。⓳考　父親。指班固之父班彪。⓴遘　遭遇。㉑愍　禍亂。㉒行謠　誦唱歌謠。王莽亂後，天下分裂，隗囂據壟擁眾，招集英俊，班彪曾為隗囂誦《詩・大雅・皇矣》，言劉氏天下乃天授之，諷諫隗囂收斂其野心。事見《漢書・卷一〇〇・敘傳》。㉓終保己而貽則兮二句　贊美班彪能在亂世之中保存自身，並給後人留下處世法則，這法則即是「里上仁之所廬」。《論語・里仁》：「里仁為美。擇不處仁，焉得知！」班彪知隗囂不能接受他的忠告，終究要毀滅，就避到河西，依河西竇融，後歸光武帝。保己，保存自己。貽則，留下處世法則。里，居住。上仁，極仁德之人。指竇融。廬，居處。㉔懿　美。㉕前烈　先祖。㉖純淑　十分美善。㉗窮與達其必濟　謂窮達皆能有成。濟，成。《孟子・盡心上》：「窮則獨善其身，達則兼善天下。」㉘咨　嗟歎。㉙孤蒙　孤獨的童子。蒙，童。㉚眇眇　微小的樣子。㉛圮絕　毀絕先祖之跡。圮，毀。㉜罔階　沒有途徑使自己有所成就。㉝殉　營。指追求先人的事業。㉞違　同「愇」。恨。㉟世業　世代相承的事業。指仕進而揚家聲。㊱懷　思。㊲靖　安靜地。㊳潛處　摒人獨處。㊴永思　長思。㊵經日月而彌遠　言先人之業經過時間流逝，已經很遠了。彌遠，很久。㊶黨人　指鄉黨之人。古五百家為黨。㊷拾　更迭而進。此言自己遵奉先人謙恭之道。㊸庶斯言之不玷　語出《詩・大雅・抑》：「慎爾出話，敬爾威儀，無不柔嘉。白圭之玷，尚可磨也；斯言之玷，不可為也。」意謂有如此異行，則庶幾不辱先人之道。庶，庶幾；差不多。㊹焭焭　同「煢煢」。孤單的樣子。㊺與神交　言由於日有所思，故夜夢與神靈交遊。㊻精誠　至誠之心；真心誠意。㊼宵寐　夜晚睡眠。㊽迥眺　遠望。㊾覿　見。㊿幽人　指神人。51攬　拉過。52葛藟　葛蔓。《詩・周南・樛木》：「南有樛木，葛藟纍之。」53眷　回顧而視。54昒昕　黎明；拂曉。55矇矇　模糊不清楚。56黃神　指黃帝。傳說黃帝曾作占夢書，能據人所夢預測禍福。57邈　遙遠。58靡質　無法質問。59儀　以為準則之意。60遺讖　指黃帝遺留下的占夢書。61臆對　謂占夢書要透過會意來回答。此即〈鵩鳥賦〉之「請對以臆」之意。臆，胸臆。62乘高　登高。63遌神　遇到神人。64遐通　通達遠方。65綿綿　連接不斷的樣子。66樛木　向下彎曲的樹木。67南風　此指《詩・周南・樛木》。68綏　安。69惴惴　恐懼之狀。70二雅之所祗　指《詩經》中〈大雅〉、〈小雅〉之詩皆以臨谷為當敬慎之事。祗，敬。《詩・大雅・桑柔》：「人亦有言，進退維谷。」《詩・小雅・小宛》：「惴惴小心，如臨於谷。」71訊　告。72吉象　吉祥的象徵。指夢登山。73炯戒　明確的警戒。指臨深谷。74盍　何不。75孟晉　勉力進取。孟，勉。晉，進。76迨群　趕上眾人。迨，及。77辰　時光。78倏忽　轉眼之間。謂時間過得極快。倏，同「倐」。79靈訓　神靈的訓戒。80慮徐　狐疑。81竚　同「佇」。久立。82盤桓　滯緩不進的樣子。83俟　等候。

【語　譯】我的家族本是高陽氏顓頊的後裔呵，姓氏則來自中世顯耀靈異的「虎班」。楚亡後我家如蟬脫殼一般離開南方呵，漢初在北邊稱雄揚名。漢帝十世時進仕於朝呵，在京師受人尊重。王莽的勢燄滔天終滅漢室呵。我的父親遭遇禍亂依舊詠唱歌謠，他終於保全自己還留下處世的法則呵，那就是要選擇仁德之人與之相處。我贊美先人極為賢善呵，不論出仕與否都能完成志願。可歎我是個小小的、孤獨的童子呵，如果沒有任何的輔助勢將毀絕祖業。難道我要畢生努力追求呵，可歎世業難成使我深深憾恨。我靜靜地獨處長思呵，任時間飛逝，先人的功業已經年代久遠了。我不敢與鄉黨之人更迭並進呵，只要差不多不辱及先人之道就好了。我的夢魂孤單地與神靈交遊呵，至誠之心遂表現於夜晚睡眠之時。在夢中我登山遠眺呵，彷彿看見了神人。他手持葛蔓贈與我呵，回頭指著深谷說：當心別墜下去。黎明時我仰臥而想呵，心中模糊不清。黃帝時代已經很久遠，無從質問了呵，留下的占夢書可為準則，能憑會意來回答。它說登高遇到神人呵，說明道路通遠而不迷惑。葛蔓連綿於樛木呵，詠〈周南〉之詩就知這是安樂之象。恐懼地面臨深谷呵，〈大雅〉、〈小雅〉之詩都以為應敬慎對之。此夢既告訴你吉祥的象徵呵，又顯示明確的警戒之意。何不勉力進取趕上眾人呵，時光轉眼之間即不再來。我承受了神靈的訓戒，心中狐疑呵，久久佇立，在原地等候徘徊。

惟天地之無窮兮，鮮❶生民之晦❷在。紛❸屯邅❹與蹇連❺兮，何艱多❻而智寡❼。上聖❽迕❾而後拔❿兮，豈⓫群黎⓬之所禦⓭！昔衛叔之御昆兮，昆為寇而喪予⓮。管彎弧欲斃讎兮，讎作后而成己⓯。變化故而相詭⓰兮，孰云預其終始⓱。雍造怨而先賞⓲兮，丁繇惠而被戮⓳。栗取弔於逌吉⓴兮，王膺慶於所慼㉑。叛迴穴其若茲㉒兮，北叟頗識其倚伏㉓。單治裡而外凋㉔兮，張修襮而內逼㉕。聿㉖中龢㉗為庶幾兮，顏與冉又不得㉘。溺招路以從己兮，謂孔氏猶未可㉙。安慆慆而不萉兮，卒隕身乎世禍。遊聖門而靡救兮，雖覆醢其何補㉚。固行行㉛其必凶兮，免盜亂為賴道㉜。形氣發於根柢兮，柯葉彙而零茂㉝。恐魍魎之責景㉞兮，羌㉟未得其云已㊱。黎㊲淳耀於高辛㊳兮，芈㊴彊大於南汜㊵。嬴取威於百儀㊶兮，姜本支乎三趾㊷。既仁得㊸其信然㊹兮，仰天路㊺而同軌㊻。東鄰㊼虐而殲仁㊽兮，王㊾合位乎三五㊿。戎女(51)烈(52)而喪孝(53)兮，伯(54)徂歸(55)於龍虎(56)。發(57)還師(58)以成命(59)

兮，重醉行而自耦60。震鱗漦于夏庭兮，匝三正而滅姬61。巽羽化于宣宮兮，彌五辟而成災62。

【章　旨】作者感歎世事變化的紛繁乖異，難以預料，舉出了種種歷史事例。接著他又認為祖德天命還是存在的。

【注　釋】❶鮮　少。❷晦　無幾。❸紛　紛繁。❹屯邅　意謂處於困難之境。《易·屯》：「屯如邅如。」❺蹇連　意謂進退兩難。《易·蹇》：「往蹇來連。」❻艱多　世途艱難多。❼智寡　智者少。❽上聖　大聖人。❾迕　觸；遭遇。❿拔　拔擢；提拔。⓫豈　原作「雖」。據《漢書》改。⓬群黎　眾人。⓭禦　預自防止。⓮昔衛叔之御昆兮二句　春秋時，晉文公逐衛成公而立其弟叔武，叔武迎接衛成公歸國，成公歸國反說叔武篡位，把叔武殺掉了。事見《公羊傳》。衛叔，指叔武。御，迎。昆，兄。指衛成公。寇，仇敵。予，代詞。相當於「之」。⓯管彎弧欲斃讎兮二句　春秋時，齊襄公死去，公子糾與公子小白爭立為君，管仲輔佐公子糾，曾射小白一箭，中其帶鉤，後小白得立為君，反厚禮管仲，任之為相。事見《國語》、《史記》。讎，同「仇」。指公子小白。即齊桓公。后，國君。成己，指重用管仲，使其成就事業。⓰詭　反。⓱預其終始　預料其終始吉凶。⓲雍造怨而先賞　漢高祖即位後，未及遍封諸將，諸將有怨言，高祖問張良計，張良建議選一個高祖素有怨恨，眾人皆知的人先封，高祖乃封雍齒為什方侯，諸將見雍齒都得到封賞，就都放心等待了。事見《史記》、《漢書》。⓳丁繇惠而被戮　丁固一次引兵追逐劉邦故意放走了劉邦，後來劉邦稱帝，丁固以有前恩去謁見，劉邦認為他為人臣而不忠，就把他殺掉了。事見《史記·卷一〇〇·季布欒布列傳》。丁，名固，曾為項羽將。繇，由。⓴栗取弔於逌吉　漢景帝的栗姬，原很受寵幸，其子被立為太子，後由於驕妒觸怒景帝，景帝廢太子為臨江王，栗姬就憂憤而死。事見《漢書·卷九七·外戚傳·孝景王皇后傳》。取弔，自取憂傷。逌，所。㉑王膺慶於所慼　許后死後，宣帝憐太子早失母，乃選後宮素謹慎而無子的王婕妤為皇后，令其撫育教養太子。事見《漢書·卷九七·外戚傳·孝宣王皇后傳》。王，指漢宣帝姬王婕妤。膺慶，得福。慼，憂愁。㉒叛迴穴其若茲　指世事紛亂，變化無定。叛，亂。迴穴，形容變化無定。㉓北叟頗識其倚伏　傳說塞上有個人，他有一匹好馬跑入胡人住區，人皆同情他的不幸，其父卻說：「怎知不是一件好事？」過了幾個月，此馬帶著胡人駿馬歸來，人皆賀之，其父又說：「怎知不是禍事呢？」其子愛好騎馬，終於跌折了大腿，人皆以為不幸，其父又說：「怎知不是好事呢？」過了一年，胡人大舉進犯，邊塞之人凡能騎馬拉弓的都齊出戰，死者十分之九，而這個斷腿之人反得以保全生命。事見《淮南子・人間》。北叟，指塞北老叟。倚伏，語出《老子》：「禍兮福所倚，福兮禍所伏。」謂禍福相依賴，相轉化。㉔單治裡而外凋　《莊子・達生》載：魯國有個名叫單豹的人，巖居水飲，不與民共利，年七十而有嬰兒之色，可說很有道行了，然而不幸遇到餓虎，餓虎殺而食之。單，指單豹。治裡，注意內在的修養。指導氣。外凋，從外部受到傷殘。㉕張修襮而內逼　《莊子・達生》載：有個名叫張毅的人，成日奔走於富貴之家，結果才到四十歲就因內熱之病而死。這是由於他只注意身外的供養，而未防到內病的相攻。張，指張毅。襮，外表。內逼，指內病相迫。㉖聿　發語詞。㉗中龢　居中履和之道。㉘顏與冉又不得　顏淵冉耕又不得壽終。顏，指孔子弟子顏淵。為人好學有德，但不幸短命而死。冉，指孔子弟子冉耕。賢能，但有病而不得壽終。㉙溺招路以從己兮二句　事見《論語・微子》。長沮、桀溺兩人一同耕田，孔子從那兒經過，命子路去問路，二人對子路說：「與其從孔丘那種避人之士，不如跟從我們這樣避世之士的好。」溺，指長沮、桀溺二人。路，子路。孔子弟子仲由的字。㉚安慆慆而不葩兮四句　皆說的是子路。子路仕於衛，不能避亂，終於被殺，剁為肉醬。慆慆，混亂的樣子。指春秋時動亂的社會狀況。葩，避。隕身，喪身。聖門，指孔子之門。靡救，無法救助。覆醢，事見《禮記》。傳說孔子得知子路被殺，在庭中大哭，有使者來，孔子問子路是怎麼死的，使者說是亂刀剁成了肉醬，孔子馬上命人把廚房裡的肉醬倒掉。覆，倒掉。醢，肉醬。㉛行行　剛強的樣子。《論語・先進》：「閔子侍側，誾誾如也；子路，行行如也。」㉜免盜亂為賴道　《論語・陽貨》：「子曰：君子義以為上，君子有勇而無義為亂，小人有勇而無義為盜。」此言子路有勇卻免於為盜作亂，是有賴於孔子聖賢之道的教育。㉝形氣發於根柢兮二句　說明人之吉凶盛衰在於祖先。形氣，指由根部發出生成枝葉的生命力。柢，樹根。彙，同類。零茂，零落與茂盛。㉞魍魎之責景　《莊子・齊物論》載：影子之外的微陰問影子：「先前你行走，現在又停下；以往你坐著，如今又站了起來。你怎麼沒有自己獨立的操守呢？」影子回答說：「我是有所依憑才這樣的嗎？我所依憑的東西又有所依憑才這樣的嗎？我所依憑的東西難道像蛇的蚹鱗和鳴蟬的翅膀嗎？我怎麼知道因為什麼緣故會是這樣？我又怎麼知道因為什麼緣故而不會是這樣？」魍魎，影子之外的微陰。景，影子。㉟羌　發語詞。㊱未得其云已　此言魍魎責影，未得正確的回答。㊲黎　指楚國的祖先重黎。㊳淳耀於高辛　指重黎在帝嚳時任火正之官。淳耀，美光照耀。形容其德。高辛，高辛氏。帝嚳的號。㊴芈　春秋時楚國祖先的族姓。㊵南汜　江之南涯。汜，通「涘」。水涯。㊶嬴取威於百儀　此言伯益有德，而嬴氏以興。嬴，秦姓。威，德。百儀，指伯益。秦的祖先，為虞官，典鳥獸百物。百，原作「伯」，據《漢書》改。㊷姜本支乎三趾　此言齊國之興盛，根源於伯夷典三趾之禮。伯夷為齊之祖先，為虞舜之官，典三趾之禮。姜，齊姓。三趾，謂天地、人、鬼三禮。㊸仁得　謂求仁而得仁。語出《論語・述而》：「(子貢)入，曰：『伯夷、叔齊何許人也?』曰：『古之賢人也。』曰：『怨乎?』曰：『求仁而得仁，又何怨!』」㊹信然　確實如此。㊺天路　天道。㊻同軌　相同。㊼東鄰　指殷紂。因其在姬周之東，故稱。㊽虐而殲仁　暴虐殺害仁賢之士。仁，指三仁。即微子、箕子、比干。《論語・微子》：「微子去之，箕子為之奴，比干諫而死。孔子曰：『殷有三仁焉。』」㊾王　指周武王。㊿合位乎三五　言武王伐商，合位於三所五位。《詩・大雅・大明》「燮伐大商」孔疏：「歲、日、月、辰、星五者各有位，謂之五位。星、日、辰在北，歲在南，月在東，居三處，故言三所。」51戎女　指晉驪姬。52烈　殘酷。53喪孝　使孝子喪生。據《左傳》、《國語》有關記載，晉獻公娶驪姬為夫人，生奚齊，驪姬欲立奚齊為君，就設計陷害太子申生，她在申生祭祀帶回的祭肉裡放上毒藥，誣陷申生要謀害獻公，獻公怒，申生乃在新城自縊而死，驪姬又進讒言，說諸公子皆知此事，於是公子重耳出奔他國。54伯　通「霸」。指晉文公重耳，因後為霸主，故稱。55徂歸　出走、歸國。徂，往。56龍虎　指龍年和虎年。晉文公在魯僖公四年出走，在外十九年，後歸國為君。他出走那年是卯年，歸國那年是酉年。卯在東方為龍，酉在西方為虎，故稱龍虎。一說：重耳出，歲在大火，故云龍，及其入，在大梁，故曰虎。57發　指周武王姬發。58還師　撤回軍隊。59成命　合於天命。武王曾觀兵孟津，諸侯皆至，曰：「可伐紂。」武王曰：「汝未知天命，未可也。」撤兵回國，二年後，紂王已為天下所共怒，武王方發兵滅殷。60重醉行而自耦　重耳逃亡到齊國，齊桓公以女嫁給他，於是他安心住下來，不想回國了，其妻齊姜就和子犯合謀，用酒把重耳灌醉，趁醉使重耳離開齊國，終於回晉完成大業。事見《左傳》、《國語》。重，指晉文公重耳。自耦，謂重耳醉中被遣行，是出自其妻之謀。耦，妻。61震鱗漦于夏庭兮二句　《史記・卷四・周本紀》記載：夏朝末年，有兩條龍出現在王庭，自言是褒氏二君，龍流涎沫於王庭，龍去後，就用木匣把龍涎盛起，收藏在宮內，經過夏、殷二代，又傳至周，到了厲王時，開匣觀看，龍涎流出，化為玄黿，玄黿進入後宮，一宮女遇到，竟懷孕生下一女，把此女棄於宮外，又被人拾到，逃到褒地撫養，此女長大即為褒姒，褒姒入宮，迷惑幽王，立為王后，廢太子，亂宮庭，終於招致申侯與犬戎聯合來攻，幽王被殺，西周滅亡。震鱗，指龍。漦，涎沫。此處作動詞。夏庭，夏朝王庭。匝，周；經過。三正，指夏、商、周三代。62巽羽化于宣宮兮二句　是說自從宣帝宮中發生不祥的徵兆，當時為太子妃的王政君，後來終於把握了大權，五代之後，王政君庶弟之子王莽終於篡位，滅亡了西漢。巽羽化，指雌雞化為雄雞。據說西漢宣帝時，未央宮路軨廄中，雌雞化為雄。這是女主統政的象徵。巽，指雞。《易》巽卦為雞。

羽化，指雞的變化。雞為羽蟲，故云。彌，終；竟。五辟，五君。指宣帝、元帝、成帝、哀帝、平帝。

【語譯】天地永遠存在，無窮盡呵，人的生命短促無幾。世事紛繁，舉步難行呵，艱難何其多，智者何其少。大聖人遇到逆境隨後能自己拔擢呵，普通人哪能預自防止！從前衛叔武好心迎接其兄成公呵，成公反與他成仇，把他殺掉。管仲彎弓想射死政敵公子小白呵，等到小白作了國君以後反而重用管仲，成其一生事業。世事變化如此乖異無常呵，誰說能預料其終始吉凶。雍齒與漢高祖本來有宿怨，卻先受到封賞呵，丁公因為有恩於高祖反而被殺。栗姬受到寵幸倒自取憂傷呵，王婕妤不幸無子卻因而得福。世事如此紛亂不定呵，塞北之叟很知禍福相依的道理。單豹注意內在修煉卻從外部遭到傷殘呵，張毅只顧身外之事不料內熱相逼而死。履行中和之道總差不多了呵，顏淵、冉耕又不得壽終。長沮、桀溺要子路跟從他們避世呵，不贊同孔子之道。子路安於亂世不知迴避呵，終於慘遭剁成肉醬的殺身之禍，他雖曾遊學於聖門也不能補救呵，孔子聞其死訊雖因不忍心而倒掉肉醬，於事又何補呢？為人剛強本來要遭到不幸的下場呵，免於為盜為亂還是有賴於聖道的教誨。生氣由樹根所發呵，枝葉的零落或茂盛皆取決於本根。這當中的道理恐怕就像魍魎責問影子一樣呵，是得不到肯定的回答的。重黎在高辛氏時光榮威風呵，芈氏才在江河南岸強大起來。嬴氏的興旺由於伯益之德呵，姜氏的發達則根源於伯夷主持三趾之禮。既已確實得到了仁道呵，仰視天道又所得相同。殷紂暴虐殺害仁人呵，武王伐商合乎三所五位。戎女驪姬殘酷地使孝子申生喪生呵，日後稱霸諸侯的公子重耳龍年出走虎年歸來。姬發從孟津回兵是合於天命呵，重耳被灌醉偷偷運送出境是出自其妻子的謀略。神龍流涎沫於夏之王庭呵，經過夏、商、周三代而終於使周朝滅亡。漢宣帝宮中雌雞化為雄雞呵，五君之後終於釀成大禍。

道❶修長❷而世短❸兮，夐❹冥默❺而不周❻。胥仍物而鬼諏❼兮，乃窮宙❽而達幽❾。嬀巢姜於孺筮❿兮，旦⓫筭祀於契龜⓬。宣曹興敗於下夢⓭兮，魯衛名諡於銘謠[14]。姚聆呱而劾石[15]兮，許相理而鞫條[16]。道混成而自然[17]兮，術[18]同原而分流[19]。神[20]先心以定命[21]兮，命隨行以消息[22]。斡流遷[23]其不濟[24]兮，故遭罹[25]而贏縮[26]。三欒[27]同於一體[28]兮，雖移易[29]而不忒[30]。洞[31]參差[32]其紛錯[33]兮，斯眾兆[34]之所惑[35]。周賈盪而貢憤[36]兮，齊死生與禍福[37]。抗[38]爽言[39]以矯情[40]兮，信[41]畏犧[42]而忌鵬[43]。所貴聖人至論[44]兮，順天性[45]而斷誼[46]。物有欲而不居兮，亦有惡而不避[47]。守孔約[48]而不貳[49]兮，乃輶德[50]而無累[51]。三仁[52]殊於一致[53]兮，夷惠舛而齊聲[54]。木偃息以蕃魏[55]兮，申重繭以存荊[56]。紀焚躬以衛上[57]兮，皓頤志而弗傾[58]。侯[59]草木之區別[60]兮，苟[61]能實[62]其必榮[63]。要[64]沒世[65]而不朽[66]兮，乃先民[67]之所程[68]。觀天網[69]之紘覆[70]兮，實棐諶而相訓[71]。謨[72]先聖之大猷[73]兮，亦鄰德[74]而助信[75]。虞〈韶〉[76]美而儀鳳[77]兮，孔[78]忘味於千載[79]。素[80]文信[81]而厎麟[82]兮，漢賓祚[83]於異代[84]。精[85]通靈[86]而感物[87]兮，神[88]動氣[89]而入微[90]。養流睇而猿號[91]兮，李虎發而石開[92]。非精誠其焉通[93]兮，苟無實[94]其孰信[95]！操末技[96]猶必然[97]兮，矧[98]耽躬於道真[99]！登孔昊而上下[100]兮，緯群龍之所經[101]。朝貞觀而夕化[102]兮，猶誼己[103]而遺形[104]。若胤[105]彭[106]而偕老[107]兮，訴[108]來哲[109]而通情[110]。

【章旨】說明命由天定，但隨人行而有所增減。因而主張人們要去謀求先聖之大道。

【注釋】❶道 天道。❷修長 長遠。❸世短 人世短促。❹敻 遙遠的樣子。❺冥默 玄深。形容沒有動靜的樣子。❻周 至。指徵應之至。❼胥仍物而鬼諏 須通過卜筮來詢問鬼神。胥，須。仍，因；通過。物，指卜筮。卜，用火灼龜甲，觀其裂紋推測事的吉凶。筮，用蓍草占卦。鬼諏，即諏鬼。問詢鬼神。諏，諮詢。❽宙 往古來今。❾幽 幽微不顯之事。❿媯巢姜於孺筮 卦象預示陳敬仲到了定居齊國才能昌盛。據《左傳》、《史記》記載，厲公二年，生子名完（卒謚敬仲），周太史過陳，陳厲公請他以《周易》筮之，卦象說此子必到姜姓之國始得昌盛，宣公時，陳人殺太子禦寇，完懼禍及於己，乃奔齊，齊桓公任之為工正，齊懿仲欲妻陳完，乃卜之，占曰：「是謂鳳皇于飛，和鳴鏘鏘。有媯之後，將育於姜。五世其昌，並於正卿。八世之後，莫之與京。」果然至其五世孫無宇，大於齊。媯，周朝陳國之姓。此指陳厲公之子敬仲。巢，定居。姜，齊姓。此指齊國。孺，小。⓫旦 指周公旦。⓬筭祀於契龜 以占卜算出天命周室的年數。《左傳・宣公三年》載：楚子伐陸渾之戎，遂至於雒，陳兵於周疆，問鼎之大小輕重，暗示他有奪取周之天下的野心，周定王的使者王孫滿嚴正地回答說，占有天下，要有德，天祚明德，昔周成王定鼎於郟鄏，卜世三十，卜年七百，天命所歸，今周德雖衰，天命未改。筭，數。祀，年。契龜，契龜甲而灼之。即占卜之意。占卜之先，對龜甲要加以削、磨、鑿、刻，然後才用燒紅木棍烤炙一定部位。契，刻。⓭宣曹興敗於下夢 周宣王、曹伯陽都在百姓的夢中預示出他們的興盛、敗亡。《詩・小雅・無羊》：「牧人乃夢，眾維魚矣，旐維旟矣。大人占之，眾維魚矣，實維豐年。旐維旟矣，室家溱溱。」是說周宣王時，牧人夢到眾人捕魚，預示莊稼將要豐收，又夢到各類旗幟，預示著子孫眾多，總而言之，牧人之夢預兆著周宣王的中興。又，《左傳・哀公七年》至《左傳・哀公八年》載，曹國有人夢見多人立於社宮，謀亡曹國，曹始祖請求等待公孫彊，多人許之，後果有公孫彊得寵執政，終於使曹為宋滅，曹伯陽也被擒而去。宣，指周宣王。曹，指曹伯陽。興，指周宣王之中興。敗，指曹亡。下夢，國中百姓的夢中顯示了預兆。下，指百姓。⓮魯衛名謚於銘謠 魯昭公與魯定公之名、衛靈公之謚已在先世的童謠、石槨上預示出來。《左傳・昭公二十五年》記載：有鸜鵒來巢，魯大夫師己感到驚異，說：「我聽說在文公、成公之世，有童謠說：『鸜鵒之巢，遠哉遙遙。稠父喪勞，宋父以驕。』今鸜鵒來巢，恐怕要有禍吧？」後來昭公（名稠）果死於外，故喪勞，定公（名宋）代立，果然很驕橫。又《莊子・則陽》載：衛靈公死，卜葬於沙丘，掘數仞，得一石槨，槨上有銘文：「不馮其子，靈公奪而里之。」靈公的謚號早已預示在上面了。魯，指魯昭公、魯定公。衛，指衛靈公。名，謂魯昭公、魯定公之名預示出來。謚，古代皇帝和王公大官死後，根據其一生事蹟所定的稱號。此指衛靈公之謚號預示出來。銘，指石槨之銘。謠，指魯文公、成公之世的童謠。⑮妣聆呱而劾石　叔向之母聽到嬰兒的啼聲就指伯石的狼子野心。《左傳・昭公二十八年》載：昔晉叔向之妻生子，叔向母前去探視，才至堂，聞嬰兒啼哭之聲即返回，說：「這是豺狼之聲呵，狼子野心，我羊舌氏怕要滅在他手上了。」至昭公二十八年楊伯石（即嬰兒）因為作亂被殺，羊舌氏被滅族。妣，指晉叔向之母。聆，聽。呱，嬰兒的哭聲。劾，舉其罪。石，指晉叔向之子伯石。⑯許相理而鞫條　河內老嫗許負為周亞夫相面就告訴他日後的命運。《漢書・卷四〇・周亞夫傳》載：周亞夫為河內守，有老嫗許負為他相面，說：「君後三歲而侯。侯八歲為將相，持國政，貴重矣，於人臣無二。後九年而餓死。」後果因兄有罪，代為侯，平吳楚之亂，官至丞相，終因子犯罪而入廷尉，不食吐血而死。許，指河內老嫗許負。相理，觀察面部紋理。鞫，告。條，指周亞夫。周勃之子，漢文帝、景帝大將，曾封條侯。⑰道混成而自然　語出《老子・第二十五章》：「有物混成，先天地生……吾不知其名，強字之曰道。」「道法自然。」此謂人體道而生，渾然一體，合於自然之道。混成，混然而成。⑱術　術數。指前所舉之卜、筮、相術等。⑲同原而分流　源頭相同，而分成許多流派。謂同論人之成敗貧富，但所用的方法各個不同。⑳神　神明。㉑先心以定命　先於人心而注定命運。意謂人之命運主要由神定，人心無法左右。㉒隨行以消息　謂人之命運，雖由神明預定，但也由各人所行而有所增減。消息，指增減。消，消滅。息，增長。㉓斡流遷　言人受先祖善惡之跡轉徙流行。㉔不濟　無法度過困厄。㉕遭罹　言人之遭遇。㉖嬴縮　此指禍福。嬴，通「贏」。過。縮，不及。㉗三欒　指晉大夫欒書（欒武子）、欒黶（欒桓子）、欒盈（欒懷子）祖孫三代。㉘同於一體　猶如一體。言聯繫極緊密，上代行為的善惡會直接報應在下一代身上。《左傳・襄公十四年》載士鞅所言：欒書有德，欒黶暴虐，到了欒盈這一代，祖父之德的影響已經消失，而父親之惡卻十分顯著，欒盈為人雖善良，亦未為人所知，所以欒氏必將滅亡。後果如其言。㉙移易　時移事變。㉚不忒　謂報應不差。忒，差錯。㉛洞　幽深。此指天道報應極其深遠，如三欒則歷時三代。㉜參差　不齊。㉝紛錯　紛亂錯雜。㉞眾兆　眾人；眾庶。㉟惑　迷惑不解。㊱周賈盪而貢憒　莊周、賈誼放蕩而惑亂。周，指莊周。賈，指賈誼。盪，同「蕩」。放蕩；不守聖人之道。貢憒，惑亂。㊲齊死生與禍福　不認為生為福，死為禍，而是把生死等量齊觀。㊳抗　舉；高談。㊴爽言　差謬之言。指莊、賈之齊生死之論。㊵矯情　虛偽地違反常情。㊶信　確實。㊷畏犧　害怕被當做犧牛。意思是情願隱居江湖，以終天年。《莊子・列禦寇》載：有人聘請莊子出仕，莊子答覆使者說：「你見過那準備用作祭祀的牛嗎？用錦繡披著，餵牠草料和豆子，等到牽著進入太廟殺掉用於祭祀，就是想要做個沒有人看顧的小牛，難道還可能嗎？」㊸忌鵩　因鵩鳥入室而有不祥的顧忌。賈誼為長沙王傅時，見鵩鳥入室，認為不祥，擔心壽不得長，就寫了〈鵩鳥賦〉來自己寬解。事見《史記・卷八四・賈生列傳》。㊹至論　至當之論。㊺順天性　順人得之於天之性。㊻斷誼　以道義為論斷的標準。㊼物有欲而不居兮二句　指富貴為人之所欲，但不以其道不處，貧賤為人之所惡，但不以其道不避。語出《論語・里仁》：「富與貴，是人之所欲也，不以其道得之，不處也；貧與賤，是人之所惡也，不以其道得之，不去也。」居，處。惡，厭惡。㊽孔約　甚為專一。孔，甚。約，少。㊾不貳　不動搖疑慮。㊿輶德　謂德輕易行。語出《詩・大雅・烝民》：「德輶如毛，民鮮克舉之。」輶，輕。51無累　沒有羈累。52三仁　指殷之微子、箕子、比干三個賢臣。53殊於一致　此言所行各殊，而皆為仁人。54夷惠舛而齊聲　伯夷、柳下惠行為相違，名聲齊等。夷，指伯夷。惠，指柳下惠。舛，相違；相異。齊聲，名聲齊等。55木偃息以蕃魏　段干木安臥休息，就可使魏國昌盛。段干木是一位賢者，名重於天下，客居於魏，魏文侯對他十分恭敬，後秦欲攻魏，有人諫阻說，魏君能禮待賢者，不可去圖謀他，秦遂止兵。事見《呂氏春秋》。木，指段干木。偃息，安臥休息。此指隱居生活。蕃魏，使魏國昌盛起來。56申重繭以存荊　申包胥到秦求援，腳掌起了厚繭，才保存了楚國。楚昭王時，吳軍入於楚都，昭王出奔，申包胥到秦乞援，踰越險阻，腳底起繭，立在秦國王庭號哭七日七夜，秦王感動而出兵救楚，昭王返國，申包胥又逃而不受賞。事見《戰國策》、《淮南子》等書。申，指申包胥。重繭，腳掌磨出厚皮。存荊，使楚國得以保存。57紀焚躬以衛上　紀信甘願焚身以護衛漢王。楚漢相爭之時，項羽包圍滎陽十分緊急，漢王劉邦部下將軍紀信自請誑楚，以使劉邦得以逃出，於是對外宣布：「糧食已盡，漢王降楚。」紀信乘漢王車，黃屋左纛，出東門，楚軍皆往城東聚觀，漢王乃與數十騎出西門逃走，項羽發現中計，就燒死了紀信。事見《史記》、《漢書》。紀，指紀信。焚躬，身體被焚燒。衛上，護衛了漢王劉邦。58皓頤志而弗傾　四皓頤養志節而使漢室免於傾覆。漢高祖晚年欲廢太子，更立戚夫人子趙王如意，呂后用張良之計，厚禮卑辭請來四皓，一日置酒，四人隨侍太子，年皆八十鬚眉皆白，衣冠甚偉，高祖驚異，問其名，方知是自己久求不得的四皓，因而認識到太子羽翼已成，難以廢立，因使漢初政權免於動蕩。事見《史記・卷五五・留侯世家》。皓，指商山四皓。即東園公、綺里季、夏黃公、甪里先生。頤志，頤養志節。弗傾，指漢室免於傾覆。59侯　發語詞。同「惟」。60草木之區別　語出《論語・子張》：「君子之道，孰先傳焉？孰後倦焉？譬諸草木，區以別矣。」此謂人的操守各不相同，如同蘭蕙松柏的本性有區別一樣。61苟　如果。62實　實有仁義之道。63榮　榮名。64要　重要的是。65沒世　死亡。66不朽　永遠不朽。古謂立德、立功、立言為三不朽（見《左傳・襄公二十四年》）。67先民　古人。68程　取法。69天網　此指天道。70紘覆　廣大地覆於人上。紘，大。71棐諶而相訓　輔助誠者而相訓誨。棐，輔助。諶，誠。訓，教誨。72謨　謀。73大猷　大道。74鄰德　以有德者為伴。《論語・里仁》：「德不孤，必有鄰。」75助信　有人來幫助能夠履信者。《易・繫辭》：「人之所助者，信也。」76虞韶　虞舜時的〈韶〉樂。77儀鳳　《尚書・益稷》：「簫〈韶〉九成，鳳皇來儀。」意謂〈韶〉樂奏了多遍，則神鳥鳳凰飛來。78孔　孔子。79忘味於千載　千載之下還流傳著孔子聽了〈韶〉樂後很長時間嚐不出肉味的故事。事見《論語・述而》。80素　素王。謂有帝王之德而未居其位的人。此指孔子。81文信　作文（指《春秋》）以明示禮法之信。82厎麟　招致麒麟。厎，致。83賓祚　謂禮待孔子後人。84異代　指孔子身後。即指漢代。85精　指人之精誠。86通靈　通於神靈。87感物　感動外物。88神　心神。89動氣　動氣運。90入微　入於幽微。91養流睇而猿號　養由基才舉弓轉目瞄準，而白猿已哀號。據說楚有白猿，楚王自射牠，牠以爪搏矢，泰然自若，命養由基射牠，才調弓矯矢，牠已經抱樹而號了。事見《淮南子》。養，指楚國的善射者養由基。流睇，流眄。指眼睛斜視瞄準的樣子。92李虎發而石開　李廣以為是虎而發箭，結果石開沒箭。據說李廣居右北平，一日出獵，見草中石以為是虎，開弓射之，石開沒箭，他日再射此石，箭不能入。事見《漢書・卷五四・李廣蘇建傳》。李，指西漢名將李廣。虎發，以為是虎而發箭。93焉通　如何通於猿、石。94無實　無事實依據。95孰信　誰肯相信。96操末技　指養由基、李廣全神貫注於射箭這一小技。97必然　一定如此。指得到感獸開石的效果。98矧　況且；何況。99耽躬於道真　謂以至誠專心一致於大道之中。100登孔昊而上下　此言上自伏羲，下至孔子。孔，指孔子。昊，指太昊。即伏羲氏。101緯群龍之所經　治理群聖的道術。此言賢人在眾聖之經上，繼而緯之，終使道術完備。群龍，指群聖。102朝貞觀而夕化　早上得觀正道，晚上就死也甘心。《論語・里仁》：「子曰：『朝聞道，夕死可矣。』」貞觀，得觀正道。夕化，夕死。103諠己　忘己。諠，忘記。104遺形　拋棄形骸。遺，棄。105胤　續。106彭　指彭祖。傳說人物，姓籛名鏗，顓頊玄孫，生於夏代，至殷末時已七百六十七歲（一說：八百餘歲）。事見《神仙傳》、《列仙傳》。107老　指老子。據說壽長。108訴　告。109來哲　後世的明智之人。110通情　謂與之交流思想。

【語　譯】天道長久而人世短促呵，天道遙遠玄深，一時不能看出徵兆應驗。須要通過卜筮來詢問鬼神呵，才能窮知古今之理，明白幽微之事。卦象預示陳敬仲將定居齊國方能昌盛呵，周公旦通過占卜算出天命周室的年數。周宣王中興、曹伯陽敗亡都先在百姓夢中顯現預兆呵，魯昭公、魯定公之名已載於先世童謠之中，衛靈公的諡號則銘於古代石槨之上。叔向之母聽嬰兒的啼聲即指出伯石的狼子野心呵，老嫗許負為周亞夫相面能告訴他日後的命運。人體道而生，渾然一體，合於自然呵，術數同於論人，卻各自不同。神先於人心注定人的命運呵，命運隨著人的行事而有所增減。人隨先祖善惡之跡轉徙流行，無法擺脫呵，所以有的遭禍有的受福。三欒祖孫善惡之報如同一體呵，雖時移事易也毫無差錯。天道報應幽遠參差，紛亂錯雜呵，這是世上眾人所迷惑不解的。莊周、賈誼放蕩而惑亂呵，把生死等量齊觀，不以生為福以死為禍。高談差謬之言，虛偽地違反常情呵，其實倒是害怕被當做犧牛、或因鵩鳥入室而有不祥的顧忌。可貴的是聖人至當之論呵，順人天性，以道義為論斷的標準。富貴為所欲，不以其道不處呵，貧賤為所厭惡，不以其道不迴避。守道專一，不動搖疑慮呵，德輕易行，沒有羈累。微子、箕子、比干所行各殊，皆為仁人呵，伯夷、柳下惠行為相異而名聲齊等。段干木安臥休息，就可使魏國昌盛呵，申包胥卻要到秦求援，腳掌起了厚繭，才終於保存了楚國。紀信甘願焚身以護衛漢王呵，四皓頤養志節，卻使漢室免於傾覆。人的操守就像草木一樣有區別呵，如果實有仁義之道，則必有榮名。重要的是死後得以永垂不朽呵，這是古人所注重取法的。看天道廣大覆蓋呵，實輔助誠者而相訓誨。謀求古聖人的大道呵，有德必有伴，有信必有助。虞舜的〈韶〉樂多麼美好，有鳳凰飛來呵，孔子聽後三月不知肉味的故事流傳千載。素王作文明示禮法，因而招致麒麟呵，漢室在孔子身後禮待他的後代。精誠能通神靈，感應外物呵，心神可動氣運，深入幽微。養由基才舉弓斜視瞄準，白猿已經哀號了呵，李廣彎弓射虎，石開沒羽。不是精誠所至，怎能灌注到猿猴、石頭呢，如無實據，又有誰肯相信！操小技尚且要求這樣的專注呵，何況專心一致於大道之中！上自伏羲下至孔子的眾聖人呵，又有群賢繼而完備道術。早上得觀正道，晚上就死也甘心呵，如同忘記自己，拋棄形骸。若能續彭祖之壽而與老子齊年呵，將告訴後世的哲人，使他們知道我的思想。

亂曰：天造草昧❶，立性命❷兮。復心弘道❸，惟聖賢兮。渾元❹運物❺，流不處❻兮。保身遺名❼，民之表❽兮。舍生取誼❾，以道用❿兮。憂傷夭物⓫，忝莫痛⑫兮。皓爾太素，曷渝色兮⑬。尚越其幾，淪神域兮⑭。

【章 旨】重申要保持天質，努力進於道。

【注 釋】❶天造草昧 天道始造萬物，草創於冥昧之中。❷立性命 受天命而成人性。❸復心弘道 歸心致志把道弘大。《論語・衛靈公》：「子曰：人能弘道，非道弘人。」❹渾元 指元氣。即產生和構成萬物的原始物質。❺運物 運轉萬物。❻流不處 流轉無常。❼保身遺名 活著能保全自身，死後能留下令名。❽民之表 民之儀範。❾舍生取誼 即捨生取義。《孟子・告子上》：「生，亦我所欲也；義，亦我所欲也。二者不可得兼，舍生而取義者也。」❿道用 是合於道的做法。⓫憂傷夭物 生為憂鬱所傷害，身為外物所摧折。⓬忝莫痛 既辱且痛，莫過於此。⓭皓爾太素二句 是說人若能篤信好學，守死善道，不漸染於流俗，就能保持天質潔白，不會變色。皓，白。此為保持潔白。太素，天質。曷，何。渝色，改變顏色。⓮尚越其幾二句 《易・繫辭下》：「知幾其神乎……幾者動之微，吉之先見者也。」即知幾就能入神的意思。尚，庶幾。越，於；於是。幾，事物變化的隱微因素和徵兆。淪神域，進入神明之域。

【語 譯】總而言之：冥昧之中天造萬物，受天命而成人性呵。歸心致志把道弘大，只有聖賢才能做到呵。元氣運轉萬物，流轉無常呵。生能保身死留美名，為民表率呵。為道義寧願捨生，是合於道的做法呵。生為憂鬱所傷害，身為外物所摧折，恥辱悲痛莫過於此呵。注意保持天質的潔白，就不會改變顏色呵。差不多能知事物變化的隱祕因素，就能進入神明的領域呵。

卷一五

思玄賦

【作　者】張衡，見頁五七。

【題　解】思玄，就是追尋先聖玄遠之道的意思。張衡作〈思玄賦〉，約在順帝陽嘉二年，時年五十八歲。當時他任侍中之職，頗為順帝信任。而朝政卻為宦官所把持，十分黑暗。張衡處於這樣一種困難的境地，胸中鬱悶，於是寫了這篇賦，來抒發其情。在寫法上和〈離騷〉極相似，全篇的結構、想像的豐富、感情的熾烈，都近於〈離騷〉。

仰[1]先哲[2]之玄訓[3]兮，雖彌高[4]而弗違[5]。匪[6]仁里[7]其焉宅[8]兮，匪義迹[9]其焉追！潛[10]服膺[11]以永靚[12]兮，綿[13]日月而不衰[14]。伊中情之信修[15]兮，慕[16]古人之貞節[17]。竦[18]余身而順止[19]兮，遵繩墨[20]而不跌[21]。志[22]摶摶[23]以應懸[24]兮，誠心[25]固其如結[26]。旌性行以製珮兮，佩夜光與瓊枝[27]。纗幽蘭之秋華兮，又綴之以江離[28]。美襞積以酷烈兮，允塵邈而難虧[29]。既姱麗而鮮雙兮，非是時之攸珍[30]。奮余榮而莫見兮，播余香而莫聞[31]。幽[32]獨守[33]此仄陋[34]兮，敢[35]怠遑[36]而舍勤[37]！幸[38]二八之遌虞[39]兮，嘉[40]傅說之生殷[41]。尚[42]前良[43]之遺風[44]兮，恫[45]後辰[46]而無及[47]。何孤行[48]之煢煢[49]兮，孑[50]不群而介立[51]。感鸞鷖[52]之特棲[53]兮，悲淑人[54]之希合[55]。彼無合[56]而何傷[57]兮，患眾偽[58]之冒真[59]。旦獲讟於群弟兮，啟金縢而後信[60]。覽烝民[61]之多僻[62]兮，畏立辟[63]以危身[64]。增[65]煩毒[66]以迷惑兮，羌孰可為言己[67]！私[68]湛憂[69]而深懷[70]兮，思繽紛[71]而不理。願竭力以守誼[72]兮，雖貧窮[73]而不改。執雕虎而試象[74]兮，阽焦原而跟趾[75]。庶斯奉以周旋兮，要既死而後已[76]。俗遷渝而事化兮，泯規矩之員方[77]。寶蕭艾於重笥[78]兮，謂蕙茝[79]之不香。斥[80]西施[81]而弗御[82]兮，縶騕褭以服箱[83]。行頗僻[84]而獲志[85]兮，循法度而離殃[86]。惟[87]天地之無窮兮，何遭遇之無常[88]！不抑操[89]而苟容[90]兮，譬臨河而無航[91]。欲巧笑[92]以干媚[93]兮，非余心之所嘗[94]。襲[95]溫恭[96]之黻衣[97]兮，被[98]禮義之繡裳[99]。辮[100]貞亮[101]以為鞶[102]兮，雜[103]伎藝[104]以為珩[105]。昭[106]綵藻[107]與琱琭[108]兮，璜[109]聲遠而彌長。淹[110]棲遲[111]以恣欲[112]兮，耀靈忽其西藏[113]。恃[114]己知[115]而華予[116]兮，鶗鴂鳴而不芳[117]。冀一年之三秀兮，遒白露之為霜[118]。

【章　旨】本章作者先表白自己欽仰古人，謹遵禮法之心，感歎操行如此之美，卻無人賞識。接著斥責世事之顛倒，小人得勢，而志士仁人不被任用。

【注　釋】❶仰　景仰；欽敬。❷先哲　古代的智者。❸玄訓　高妙的教訓。❹彌高　甚高。指先哲之玄訓，其理甚高。❺弗違　不背離。❻匪　通「非」。❼仁里　仁人所居之處。《論語・里仁》：「子曰：里仁為美。擇不處仁，焉得知

（智）。」❽宅　居。❾義迹　義士的足跡。❿潛　深。⓫服膺　牢記胸中。⓬永靚　長久詳察。靚，通「靖」。李善注引《字林》：「靖，審也。」⓭綿　連續不斷。⓮衰　歇；止。⓯伊中情之信修　發自內心確實自修為善。伊，發語詞。中情，出自內心的誠意。信，實。修，指自修為善。⓰慕　欽服；嚮往。⓱貞節　堅貞的節操。⓲竦　企立。竦身，謂敬謹。⓳順止　謂順乎孝慈敬信等禮法。《禮記・大學》：「為人臣止於敬，為人子止於孝，為人父止於慈，與國人交止於信。」⓴繩墨　喻禮法。㉑跌　蹉跌。猶言失誤。㉒志　心志。㉓摶摶　凝聚專一的樣子。㉔應懸　與懸物相應。謂心志安定。一說：懸，指懸旌。㉕誠心　指向道之心。㉖如結　喻誠心堅不可解。㉗旌性行以製珮兮二句　為顯示為人品行而製作玉珮，又佩帶夜光珠和瓊枝。此以美玉、寶珠、玉枝來表示人品的堅貞。旌，明；顯明。性行，為人品行。夜光，寶珠名。瓊枝，玉樹之枝。㉘纗幽蘭之秋華兮二句　繫上蘭草的秋花，又以江蘺點綴。此以芬芳的香草來喻其德。《楚辭・離騷》：「扈江蘺與辟芷兮，紉秋蘭以為佩。」纗，古繫香囊之繩。此作動詞用。即繫、結。幽蘭，即蘭草。一種香草。綴，點綴；裝飾。江離，即江蘺。香草名。㉙美襞積以酷烈兮二句　衣褶華美而香氣濃烈，確實是時間久遠而難以減損。喻道德著美，久而不衰。襞積，衣服上的皺褶。酷烈，指香氣濃烈。允，信；確實。塵邈，久遠。難虧，謂香氣難以減損。㉚既姱麗而鮮雙兮二句　既然如此美好而舉世無雙，卻不被時人所珍視。是說德雖美好，而時人不珍視。姱麗，美好。鮮雙，少有能與之匹敵的。是時，此時。攸，所。㉛奮余榮而莫見兮二句　展示我佩的鮮花卻無人看見，散播我的衣香花香也無人聞到。是說己之美德無人賞識。奮，搖動。余榮，我身上所佩的鮮花。榮，草開的花。播，散發。余香，指衣香花香。㉜幽　幽靜地。㉝獨守　獨處。㉞仄陋　僻隱鄙陋之處。指地位卑賤之人所居之處。㉟敢　怎敢。㊱怠遑　怠惰偷閒。遑，暇。㊲舍勤　放棄勤勞。㊳幸　慶幸。㊴二八之遻虞　據《左傳・文公十八年》，昔高陽氏有才子八人，天下之民謂之八愷，高辛氏有才子八人，天下之民稱之八元，堯為帝，不能舉用，舜為堯臣，乃舉八愷，使主后土，舉八元，使布五教於四方。二八，指八愷、八元。遻，遇。虞，虞舜。㊵嘉　稱美。㊶傅說之生殷　傳說傅說曾築牆於傅巖，殷高宗夢見他，乃命百工求之，任命他為宰相。傅說，殷時賢人。生殷，生於殷高宗武丁之時。㊷尚　崇尚；崇敬。㊸前良　往昔賢德之君。指選賢與能的虞舜和武丁。㊹遺風　傳統。㊺恫　痛。㊻後辰　後時。此指後生之人。㊼無及　趕不上。㊽孤行　孤身而行。㊾煢煢　孤獨無依的樣子。㊿孑　單。51介立　孤立；獨立。52鸑鷟　鳳凰之類。喻君子。53特棲　孤獨地棲息。54淑人　善人。55希合　少與人合得來。希，少。56無合　不與人相合。57何傷　謂無甚害處。58眾偽　眾多詐偽之人。59冒真　遮掩真誠之人。冒，覆蓋；掩蓋。60旦獲讟於群弟兮二句　周滅商後二年，武王生病，周公作冊書禱於先王，願以身代，武王遂病癒，而史官乃將冊書放進用銅皮封緘的櫃子之中，武王死後，成王立，年幼，周公攝政，管叔、蔡叔散布流言：「公將不利於孺子。」並勾結殷商遺民背叛周朝王室，周公東征，平定了叛亂，但成王仍然懷疑周公，後得知金縢之書，看到周公禱告的祝文，才知周公的忠心。事見《尚書・金縢》。旦，指周公。姓姬，名旦。讟，誹謗。啟，開。金縢，用銅皮封緘藏祕密文獻的櫃子。(61)蒸民　眾人。(62)多僻　多邪僻之行。(63)立辟　立法。此謂行為有法則。辟，法。(64)危身　危及自身。(65)增　加重。(66)煩毒　煩憂。(67)羌孰可為言已　謂無可與言者。羌，發語詞。孰，誰。言己，談自己之志。(68)私　私自。(69)湛憂　深憂。(70)深懷　深深思念。(71)繽紛　雜亂的樣子。(72)守誼　即守義。堅守道義的原則。(73)貧窮　貧苦困窘。(74)執雕虎而試象　手捉猛虎，而欲與象鬥。舊注引《尸子》：「中黃伯曰：『余左執太行之獶，而右搏雕虎，唯象之未與，吾心試焉。有力者則又願為牛，欲與象鬥以自試。今二三子以為義矣，將惡乎試之？夫貧窮，太行之獶也；疏賤，義之雕虎也。而吾日遇之，亦足以試矣。』」執，捉。雕虎，即虎。雕，形容虎紋。(75)跕焦原而跟趾　喻賢者守義不畏危險。跕，臨。焦原，巨石名。跟趾，即齊踵。謂腳跟與巨石焦原臨谿處齊。舊注引《尸子》：「莒國有石焦原者，廣五十步，臨百仞之谿，莒國莫敢近也。有以勇見莒子者，卻行齊踵焉，所以稱於世。夫義之為焦原也，亦高矣；賢者之於義，必且齊踵，此所以服一時也。」(76)庶斯奉以周旋兮二句　希望能奉行禮義，升降揖讓，到死才止歇。庶，庶幾。表希望之詞。斯，此。奉，奉行。指奉行信義。周旋，謂升降揖讓禮容之動作。《孟子・盡心下》：「動容周旋中禮者，盛德之至也。」要，原作「惡」，據《後漢書・卷五九・張衡傳》改。死而後已，《論語・泰伯》：「曾子曰：『士不可以不弘毅，任重而道遠。仁以為己任，不亦重乎！死而後已，不亦遠乎！』」此以到死方止，來表示決心。(77)俗遷渝而事化兮二句　時俗變遷，世事演化，泯滅規矩，不圓不方。《離騷》：「固時俗之工巧兮，偭規矩而改錯。」俗，時俗；世俗。遷渝，變移。事化，事物起變化。泯，滅。規矩，作圓作方的器具。員方，即圓方。(78)寶蕭艾於重笥　喻任用小人。蕭艾，皆臭草。重笥，雙層竹編的衣箱。(79)蕙茝　皆香草。喻賢人。(80)斥　擯棄。(81)西施　春秋時越國美女。(82)御　寵幸。(83)縶騕褭以服箱　束縛駿馬騕褭來拉貨車。縶，束縛。騕褭，傳說中古代的駿馬。紅嘴黑身，日行五千里。服，駕轅拉車。箱，車箱。車中容物之處為箱。此指載貨重車。(84)頗僻　邪僻不正。(85)獲志　得志。(86)離殃　遭殃。離，遭。(87)惟　思。(88)無常　指不合常道的時代。(89)抑操　降低操行。(90)苟容　苟且取容於世俗。(91)無航　無船。(92)巧笑　原指美好的笑貌，此為貶意，形容諂媚的樣子。(93)干媚　取媚。(94)嘗　曾。此指曾想過。(95)襲　穿。(96)溫恭　指溫、良、恭、儉、讓。孔子的弟子子貢曾如此形容孔子的待人態度（見《論語・學而》）。(97)黻衣　有青黑色花紋的古代禮服。《詩・秦風・終南》：「君子至止，黻衣繡裳。」(98)被　穿。(99)繡裳　古代的禮服。(100)辮　編織。(101)貞亮　正直忠實。(102)鞶　束衣的大帶。用以佩珩。(103)雜　錯雜。

104伎藝　才智技能。105珩　橫綴在玉佩上的玉飾。此代指玉佩。106昭　鮮明奪目。107綵藻　指玉佩的綬帶。108琱琭　雕琢的花紋。109璜　半圓形的玉。佩玉中的一個飾件。此代指佩玉。110淹　長久地。111棲遲　遊息。《詩・陳風・衡門》：「衡門之下，可以棲遲。」此有處在貧困生活中的意思。112恣欲　放縱欲望。指保持個人節操，不苟且取媚於世。113耀靈忽其西藏　謂歲月消逝極速。耀靈，日。忽，疾速。西藏，西落。114恃　依憑。115己知　猶知己。116華予　使我享有榮名。華，榮。予，張衡自謂。117鶗鴂鳴而不芳　《離騷》：「恐鶗鴂之先鳴兮，使夫百草為之不芳。」王逸注：「言我恐鶗鴂以先春分鳴，使百草華英摧落，芬芳不得成也。以喻讒言先至，使忠直之士蒙罪過也。」此喻為讒邪所蔽，不得進身。鶗鴂，亦作「鵜鴂」。即杜鵑鳥，鳴於暮春花事盡時。118冀一年之三秀兮二句　希望能如芝草一年三次秀茂，又為白露所化的秋霜所逼迫。冀，希望。一年三秀，比喻才藝得到發揮。三秀，指芝草一年三秀茂。遒白露之為霜，喻為邪佞所阻，不得進用。遒，迫。

【語　譯】我景仰古代哲人高妙的教訓呵，雖然他們的道理非常高深奧妙，我也要堅持而不違背。不是仁人所居之處不居住呵，不是義士的足跡怎會去追隨？將這些智慧深深地記在胸中，長久省察呵，經年累月而不止息。我發自內心確實要自修為善呵，實在是欽服古人堅貞的節操。我敬謹地順乎禮法呵，循規蹈矩而不願有任何過錯。我的神志安定，恰似靜止下垂之物，誠心向道，又如堅固的繩結。為顯示為人品行而製作玉珮呵，又佩帶夜光珠和瓊枝。繫上蘭草的秋花呵，又以江蘺點綴。衣褶華美，香氣濃烈呵，確實時間久遠難以減損。既如此美好，世上少有其匹呵，卻不被時人所珍視。展示我佩的鮮花，無人看見呵，散播我的衣香花香也無人聞到。我幽靜地獨處僻隱鄙陋之地呵，怎敢怠惰偷閒，放棄勤勞！慶幸八愷、八元得遇虞舜呵，稱美傅說生於殷高宗武丁之時。崇敬往昔賢德之君的傳統呵，痛心後代人遠不如先賢。獨立而行何其孤獨無依呵，孑然一身，形單影隻。有感於鸞鷲孤獨而棲呵，悲憫賢人少與人相合。他們不與人相合又有什麼害處呢？擔心的是眾多詐偽之人掩蓋真相。周公受到二弟的誹謗呵，直到打開金縢才受到信任。看眾人多邪僻之行呵，害怕行為有法則會危及自身。倍加煩憂而迷惑呵，可以和誰談談自己之心志？私自耽憂而深思呵，思緒紛亂，難以清理。心願竭力堅守道義呵，即使貧苦困窘，也不改變志向。手捉猛虎，還想與象鬥呵，腳跟敢站在焦原巨石的邊緣。希望能奉行禮義，升降揖讓呵，到死方才止歇。時俗變遷，世事演化呵，泯滅規矩，不圓不方。把臭草蕭艾珍藏在雙層竹箱裡啊，卻說香草蕙茝不香。擯棄美女西施，不加寵幸啊，束縛駿馬騕褭，來拉貨車。行為邪僻不正之人竟然得志啊，遵循法度之人反而遭殃。想天地無窮無盡啊，何以遇到這樣不合常道的時代！不降低操行，苟且取容於世俗啊，處世就似臨河而無船。要巧笑而取媚啊，這實非我心所願。把溫恭的態度作為黻衣穿上啊，把禮義之道作為繡裳披上。把正直忠實編為束衣大帶啊，把才智技能錯雜為玉佩。玉佩的雕紋和綬帶鮮明奪目啊，玉佩之聲傳得遠而悠長。我長久地在衡門下遊息，縱心所欲啊，白日一天天飛馳藏匿於西山。依仗知己使我享有榮名啊，鶗鴂一鳴，百草失去芬芳。我希望能如芝草一年三次秀茂啊，卻又為白露所化的秋霜所逼迫。

時❶亹亹❷而代序❸兮，疇可與乎比伉❹！咨❺妒❻嫮❼之難竝❽兮，想依韓❾以流亡❿。恐漸冉⓫而無成⓬兮，留則蔽⓭而不彰⓮。心猶豫⓯而狐疑兮，即歧阯⓰而臚情⓱。文君⓲為我端著⓳兮，利⓴飛遁㉑以保名㉒。歷眾山㉓以周流㉔兮，翼迅風㉕以揚聲㉖。二女感於崇岳兮，或冰折而不營㉗。天蓋高而為澤㉘兮，誰云路之不平㉙！勔㉚自強而不息兮，蹈玉階㉛之嶢崢㉜。懼筮氏㉝之長短㉞兮，鑽東龜㉟以觀禎㊱。遇九皋之介鳥㊲兮，怨素意㊳之不逞㊴。遊塵外㊵而瞥天㊶兮，據冥翳㊷而哀鳴。鵰鶚㊸競㊹於貪婪兮，我㊺修絜㊻以益榮㊼。子㊽有故於玄鳥㊾兮，歸母氏而後寧㊿。占(51)既吉而無悔(52)兮，簡(53)元辰(54)而俶裝(55)。旦余沐(56)於清源(57)兮，晞(58)余髮於朝陽。漱飛泉之瀝液(59)兮，咀(60)石菌(61)之流英(62)。翾(63)鳥舉而魚躍兮，將往走乎八荒(64)。過少皞(65)之窮野(66)兮，問三丘(67)於句芒(68)。何道真(69)之淳粹(70)兮，去穢累(71)而飄輕。登蓬萊(72)而容與(73)兮，鼇雖抃而不傾(74)。留瀛洲(75)而采芝兮，聊且以(76)乎長生。馮(77)歸雲(78)而遐逝(79)兮，夕余宿乎扶桑(80)。飲青岑(81)之玉醴(82)兮，飡(83)沆瀣(84)以為粻(85)。發昔夢於木禾兮，穀昆侖之高岡(86)。

【章旨】本章先寫作者為去留而猶豫，占卦問卜皆謂遠遊吉利。接著寫遠遊八方之地，先至海上仙山。

【注釋】❶時　四時。❷亹亹　行進的樣子。❸代序　指四季更替。❹疇可與乎比伉　此言舉世無人可為友朋。疇，誰。比伉，並列為偶。伉，偶。❺咨　感歎詞。❻妒　原作「妬」，據《文選考異》改。❼嫮　美。❽難竝　即難並。難以共存。❾韓　指仙人韓眾（一作韓終）。《楚辭・遠遊》：「羨韓眾之得一。」洪興祖《補注》引《列仙傳》：「齊人韓終，為王採藥，王不肯服。終自服之，遂得仙也。」❿流亡　遠遊。⓫漸冉　謂時間漸進。⓬無成　指學仙無成。⓭蔽　為讒邪所蔽。⓮不彰　指才德不得顯露。⓯猶豫　內心遲疑不決。⓰岐阯　岐山腳下。岐山，在今陝西省岐山縣，周文王為殷諸侯時所居。⓱臚情　陳述實情。文王善《易》，故向文王陳述，請為決疑。臚，原作「𦢊」，據《文選考異》改。⓲文君　周文王。傳說周文王為殷諸侯時，曾被囚於羑里，於此推衍《周易》。⓳端蓍　正蓍。即恭敬地以蓍草為筮，以預測吉凶。⓴利　吉利。㉑飛遯　謂文王筮得遯卦上九。《周易・遯卦・上九》：「肥遯，無不利。」肥遯，即飛遁。㉒保名　保全名聲。㉓歷眾山　越過群山。《周易・遯卦》作䷠，上為乾，下為艮。艮為山，由初六至九三，經歷三爻而成艮，故曰歷眾山。㉔周流　即周遊。㉕翼迅風　駕著疾風翱翔。遯卦自第二爻至第四爻為巽，巽為風，故曰翼迅風。㉖揚聲　播揚聲名。㉗二女感於崇岳兮二句　二女感應於高山，道路遭寒冰毀壞而無法修築。此言路曲折。二女，遯卦變而為咸卦䷞。咸卦上為兌，自二爻至四爻為巽。巽為長女，兌為少女，故曰二女。〈咸卦〉彖曰：「咸，感也。柔上剛下，二氣感應以相與。」崇岳，咸卦下為艮，艮為山，故云。冰折而不營，遯卦自三爻至五爻為乾，乾為冰。又變為咸卦時，上為兌，兌為毀折。由遯卦變為咸卦，陽不求陰，故曰。不營，毀壞不可經營。㉘天蓋高而為澤　天蓋雖高，尚可變為沼澤。天蓋，天。天圓如車蓋覆於地上，故稱。遯卦上為乾，變為咸卦時，上為兌。乾為天，兌為澤，故云。㉙誰云路之不平　誰說道路坎坷不可修平。言可行之意。㉚劻　勉力。㉛玉階　乾為金玉，故云。㉜嶢崢　高峻的樣子。㉝筮氏　以蓍草占卦的人。㉞長短　指龜卜為長，蓍占為短。此言蓍占較不靈驗。《左傳・僖公四年》：「晉獻公欲以驪姬為夫人，卜之不吉，筮之吉。公曰：『從筮。』卜人曰：『筮短龜長，不如從長。』」可見古人認為龜卜比筮占更為靈驗。㉟鑽東龜　古用龜甲占卜，先鑽若干孔，後灼而觀其裂紋以定吉凶。東龜，古占卜所用龜。龜有六種，青色者稱東龜。㊱觀禎　觀察吉兆。禎，祥。㊲遇九皋之介鳥　此言占卜得鶴兆。九皋，深遠的水澤淤地。《詩・小雅・鶴鳴》：「鶴鳴於九皋，聲聞於野。」箋曰：「皋澤中水溢出所為坎，自外數至九，喻深遠也。」介鳥，大鳥。指鶴。㊳素意　素志。指原來的志向。㊴不逞　不得施展。㊵塵外　塵世之外。㊶瞥天　視天。㊷冥翳　高遠。㊸鵰鶚　皆鷙鳥。喻小人。㊹競　追逐。㊺我　指鶴。亦指遠遊者。㊻修絜　修養高潔的品行。㊼益榮　愈有榮名。㊽子　借卜者之口稱呼作者。㊾有故於玄鳥　謂卜得鶴兆。㊿歸母氏而後寧　子歸母氏然後得以安寧。此言回歸到清靜無為的大道上，心靈才會安寧。李善注：「母氏喻道也，言子有故於玄鳥，唯歸於道而後獲寧也。」《易・繫辭上》：「鳴鶴在陰，其子和之。我有好爵，吾與爾靡之。」(51)占　指上文之占卦和占卜。(52)無悔　無惡；無災禍。(53)簡　選擇。(54)元辰　好時辰。(55)俶裝　整理行裝。(56)沐　洗髮。(57)清源　清澈的水源。(58)晞　曬乾。(59)瀝液　微流。(60)咀　咀嚼。(61)石菌　生於石上的靈芝。(62)流英　指靈芝花。(63)翾　輕飛。(64)八荒　八方荒遠之地。舊注引《淮南子》曰：「四海之外有八澤，八澤之外曰八埏，八埏之外曰八荒。」(65)少皞　傳說中古帝。或云為黃帝子，修太皞之法，故曰少皞。(66)窮野　窮桑之野。窮桑，在今山東省曲阜縣北。(67)三丘　指東海中蓬萊、方丈、瀛洲三神山。見《史記・卷六・秦始皇本紀》。《漢書・卷二五・郊祀志》謂在渤海中。(68)句芒　古代傳說中主木之官。又為木神名。《左傳・昭公二十九年》：「木正曰句芒。」《禮記・月令》：「(孟春之月)其帝大皞，其神句芒。」鄭玄注：「句芒，少皞氏之子曰重，為木官。」(69)道真　謂道德之真。(70)淳粹　淳厚精粹。(71)穢累　指塵俗的汙穢累贅。(72)蓬萊　海上神山名。(73)容與　安逸自得的樣子。(74)鼇雖抃而不傾　指鼇雖然抃舞於海，而背後的山卻不傾倒。事見《列子・湯問》及《楚辭・天問》之王逸注。傳說大海之中有五座仙山，上帝命十五頭巨鼇分三班負之，六萬年更替一班。鼇，海中大龜。抃，拍掌而舞。(75)瀛洲　海上神山名。此泛指海上神山。(76)以　用。指服用靈芝。(77)馮　同「憑」。即憑。(78)歸雲　晚雲。(79)遐逝　遠去。(80)扶桑　傳說中日出處的神樹。(81)岑　山小而高。(82)玉醴　玉泉。(83)飡　同「餐」。(84)沆瀣　夜間的水氣、清露。(85)粻　米糧。(86)發昔夢於木禾兮二句　是說此夜夢見木禾生於崑崙之上。發，發生。昔夢，即夕夢。昔，通「夕」。木禾，穀類植物，也叫玉山禾。《山海經・海內西經》：「崑崙之虛，方八百里，高萬仞；上有木禾，長五尋，大五圍。」郭注：「木禾，穀類也，可食。」穀，生。

【語 譯】四時漸進，不斷更替呵，誰可與我為友朋！感歎妒賢之人難以共處呵，想依隨仙人韓眾去遠遊。學仙又恐時光易逝，一事無成呵，留在塵世又恐為讒邪所蔽，才德不顯。內心猶豫而狐疑呵，就到岐山山腳下向周文王傾訴心情。文王親自為我用蓍草占筮呵，卦辭上說迅速逃遁就會吉利，並得保全美名。於是我經歷眾山去周遊呵，駕著迅風播揚聲名。二女感應於高山呵，道路遭寒冰毀折而無法修築。天蓋尚可變為沼澤呵，誰說道路坎坷不可修平呢？只要努力自強不息呵，踏上那高峻的玉階。我唯恐占卦不靈驗呵，又鑽灼東龜來觀察吉祥。占卜得兆為沼澤地上的大鳥呵，牠深怨平生的志向不得施展。遊於塵世之外，眼望青天呵，身據高遠之處而哀鳴。鵰鴞都貪婪地追逐呵，我卻修養潔行而愈有榮名。占卜的人說：你的占兆像那隻大鳥，要回歸到清靜無為的大道上心靈才會安寧。占卦占卜既都吉利而無災禍呵，就選擇良辰，整理行裝。早晨在清澈的水源洗我的頭髮，迎著朝陽把頭髮曬乾。用飛泉的微流漱口呵，咀嚼石芝的花朵。鳥兒輕飛，魚兒騰躍呵，我將遠游八方荒遠之地。走過少皞所居的窮桑之野呵，向木神句芒詢問海上三仙山。道德何其真誠而精粹呵，拋棄塵俗的穢累，輕輕飄舉。登上蓬萊仙島，安逸自得呵，大龜拍掌而舞，背上之山卻不傾倒。逗留瀛洲，採摘靈芝呵，姑且靠它長生。憑藉著晚雲遠去呵，晚上我宿於扶桑。啜飲青峰的玉泉呵，食用夜露作為糧食。夜間忽夢到神穀木禾呵，它生長在崑崙山的高岡上。

朝吾行於湯谷❶兮，從伯禹❷乎稽山❸。嘉❹群神❺之執玉❻兮，疾❼防風之食言❽。指❾長沙❿之邪徑⓫兮，存⓬重華⓭乎南鄰⓮。哀二妃⓯之未從⓰兮，翩繽處彼湘濱⓱。流目⓲眺夫衡阿⓳兮，覩有黎之圮墳⓴。痛火正㉑之無懷㉒兮，託山阪㉓以孤魂。愁鬱鬱㉔以慕遠㉕兮，越卬州㉖而遊遨。躋㉗日中於昆吾㉘兮，憩㉙炎火㉚

之所陶㉛。揚㉜芒熛㉝而絳天㉞兮，水泫沄㉟而涌濤。溫風㊱翕㊲其增熱兮，惄㊳鬱悒㊴其難聊㊵。

【章　旨】本章寫遠遊：由極東的湯谷來到會稽山，再斜至蒼梧山，復向南到卬州，直到日中之處昆吾丘。

【注　釋】❶湯谷　日出處。一作「暘谷」。❷伯禹　即夏禹。父鯀死，禹繼為崇國伯，故稱。❸稽山　指會稽山。在今浙江紹興。❹嘉　稱美。❺群神　指禹之群臣。❻執玉　指執玉帛。《左傳·哀公七年》：「禹合諸侯於塗山，執玉帛者萬國。」❼疾　恨。❽防風之食言　《國語·魯語下》：「昔禹致群神於會稽之山，防風氏後至，禹殺而戮之，其骨節專車。」防風，古部落酋長名。食言，背棄諾言。指違命遲到。❾指　趨向。❿長沙　郡名。秦置郡，西漢為長沙國，東漢復為長沙郡，其地約相當於今湖南省。⓫邪徑　斜徑。邪，通「斜」。從會稽山西南向長沙，故云。⓬存　存問；慰問。⓭重華　虞舜名。《書·舜典》：「曰若稽古帝舜，曰重華，協於帝。」疏曰：「舜能繼堯，重其父德之光華。」⓮南鄰　南方。指長沙郡治所臨湘（今長沙市）之南的蒼梧山。相傳舜死葬此。蒼梧山，又名九疑山，在今湖南省寧遠縣南。⓯二妃　即舜妃。堯之二女娥皇、女英。⓰未從　舜南巡，二妃未隨從，舜死，二妃亦未能陪葬。⓱翩繽處彼湘濱　傳說娥皇女英聞舜死，乃溺於湘江，為湘水之神。事見《列女傳》、《禮記·檀弓》、《水經注·湘水》。翩繽，連翩飛翔的樣子。湘濱，湘水之邊。⓲流目　展目。⓳衡阿　衡山之曲。衡山，五嶽中的南嶽。在今湖南省衡山縣境內。⓴有黎之圮墳　傳說楚靈王時，衡山崩，祝融之墓遭毀壞。事見李賢注引盛弘之《荊州記》。有黎，顓頊之子。為高辛氏的火官，即祝融。圮墳，毀壞的墳墓。㉑火正　指祝融。㉒無懷　無處可歸。懷，歸。㉓山阪　山坡。㉔鬱鬱　積多之狀。㉕慕遠　嚮往遠方。㉖卬州　古地名。在中國正南方。《四海圖》曰：「交廣南有卬州，其處極熱。」㉗躋　登。㉘昆吾　傳說太陽正午所經之處。《淮南子·天文》：「日出於暘谷，至於昆吾，是謂正中。」高注：「昆吾丘，在南方。」㉙憩　休息。㉚炎火　盛陽；灼熱的陽光。《詩·小雅·大田》：「田祖有神，秉畀炎火。」傳：「炎火，盛陽也。」㉛所陶　指炎火灼射之地。㉜揚　散播；放射。㉝芒熛　火燄。㉞絳天　使天變得通紅。絳，大紅色。㉟泫沄　水沸騰的樣子。㊱溫風　熱風。㊲翕　聚合。㊳惄　憂思。

㊴鬱悒　愁結不解的樣子。㊵聊　依賴；聊賴。

【語譯】早晨我游行於湯谷呵，跟從夏禹來到會稽山。夏禹贊美群神都手執玉帛以示友好呵，卻氣憤防風氏食言遲到。接著奔向長沙郡的斜徑呵，慰問南方蒼梧山的虞舜。又哀憐娥皇、女英二妃未能跟從舜帝南巡呵，如今翩然飛舞在那湘水之濱。接著展目眺望衡山之曲呵，看到祝融被毀壞的墳墓。哀痛火官死後竟然無處可歸呵，孤魂只能依託山坡。愁悶滿懷嚮往遠方呵，越過印州而遨遊。登上日正中處的昆吾丘呵，在炎熱的陽光所灼射之地休息。光燄播揚使天空通紅呵，大水沸騰揚起波濤。暖風集聚增加熱度呵，我憂思不解，無所聊賴。

顝❶羈旅❷而無友兮，余安能乎留茲❸！顧❹金天❺而歎息兮，吾欲往乎西嬉❻。前祝融使舉麾❼兮，纚❽朱鳥❾以承旗❿。躔⓫建木⓬於廣都⓭兮，摭⓮若華⓯而躊躇⓰。超⓱軒轅⓲於西海兮，跨汪氏之龍魚⓳。聞此國⓴之千歲㉑兮，曾㉒焉足以娛余！思九土㉓之殊風㉔兮，從蓐收㉕而遂徂㉖。欻㉗神化而蟬蛻㉘兮，朋㉙精粹㉚而為徒㉛。蹶㉜白門㉝而東馳兮，台㉞行乎中野㉟。亂㊱弱水㊲之潺湲㊳兮，逗㊴華陰㊵之湍渚㊶。號馮夷㊷俾㊸清津㊹兮，櫂㊺龍舟以濟予㊻。會帝軒㊼之未歸㊽兮，悵倘佯㊾而延佇㊿。怬(51)河林(52)之蓁蓁(53)兮，偉(54)〈關雎〉之戒女(55)。黃靈(56)詹(57)而訪命(58)兮，樛(59)天道其(60)焉如(61)！曰(62)近信而遠疑(63)兮，六籍闕而不書(64)。神逵(65)昧(66)其難覆(67)兮，疇克謀而從諸(68)！牛哀病而成虎兮，雖逢昆其必噬(69)。鼈令殪而屍亡兮，取蜀禪而引世(70)。死生(71)錯(72)其不齊(73)兮，雖司命(74)其不䀸(75)。竇號行於代路兮，後膺祚而繁廡(76)。王肆侈於漢庭兮，卒銜恤而絕緒(77)。尉尨眉而郎潛兮，逮三葉而遘武(78)。董弱冠而司袞兮，設王隧而弗處(79)。夫吉凶之相仍(80)兮，恆(81)反仄(82)而靡所(83)。穆屆天以悅牛兮，豎亂叔而幽主(84)。文斷袪而忌伯兮，閹謁賊而寧后(85)。通人闇於好惡兮，豈昏惑而能剖(86)！嬴擿讖而戒胡(87)兮，備諸外而發內(88)。或輦賄而違車兮，孕行產而為對(89)。慎竈顯以言天兮，占水火而妄訊(90)。梁叟患夫黎丘兮，丁厥子而剚刃(91)。親(92)所睼(93)而弗識(94)兮，矧(95)幽冥(96)之可信。毋緜攣以涬己(97)兮，思百憂以自疹(98)。彼天監(99)之孔(100)明兮，用棐忱而祐仁(101)。湯蠲體以禱祈兮，蒙庬褫以拯民(102)。景三慮以營國兮，熒惑次於他辰(103)。魏顆亮以從治兮，鬼亢回以斃秦(104)。咎繇(105)邁而種德(106)兮，樹德(107)懋於英六(108)。桑末寄夫根生兮，卉既凋而已育(109)。有無言而不酬兮，又何往而不復(110)！盍(111)遠迹(112)以飛聲(113)兮，孰謂時之可蓄(114)！

【章旨】先敘述作者到西方嬉戲，因思念九州殊風，乃返回中土。繼而到黃帝處問命，黃帝答曰：天道暗昧，難以看清。上天視人，卻十分明白；誠信仁德之人，必得善報。

【注釋】❶顝　孤獨。❷羈旅　作客他鄉。❸留茲　滯留於此。❹顧　回頭看。❺金天　指西方。古帝少皞號金天氏，西方為其所主。❻嬉 遊戲。❼麾 旗類。用以指示方向。❽纚 聯；繫。❾朱鳥 即朱雀。古代神話中的南方之神，與青龍、白虎、玄武合稱四方之神。《禮記・曲禮上》：「行前朱鳥而後玄武，左青龍而右白虎。」❿承旗 捧旗。⓫躔 止息。⓬建木 傳說中的神木名。在建木之處，人直立太陽下，看不見自己的影子，相呼不聞音響。⓭廣都 當作「都廣」。南方山名，建木生於此。事見《淮南子・墬形》及高注。⓮摭 拾取。⓯若華 若木之花。《淮南子・墬形》：「若木在建木西，末有十日，其華照下地。」按高注「華」當作「光」解。然《山海經・大荒北經》記載有青葉赤華之若木。若木傳說生於日落處。⓰躊躇 徘徊不前。⓱超 越過。⓲軒轅 傳說中國名。《山海經・海外西經》：「軒轅之國，在此窮山之際，其不壽者八百歲。」⓳汪氏之龍魚 李善注引《山海經》曰：「汪氏國在西海外，此國足龍魚。」然郝懿行《山海經箋疏》考證認為此句「汪氏」當為「沃民」之訛。⓴此國 指軒轅、汪氏諸國。㉑千歲 言人皆千歲。㉒曾 乃。㉓九土 九州。㉔殊風 不同的風俗。㉕蓐收 西方神名。《禮記・月令》：「孟秋之月，其帝少皞，其神蓐收。」《山海經・西山經》：「又西二百九十里曰泑山，神蓐收居之。」㉖徂 往。㉗欻 輕盈高揚的樣子。㉘蟬蛻 蟬脫掉外殼。比喻精神、靈魂解脫。㉙朋 交結。㉚精粹 指極清潔之氣。㉛徒 同伴。㉜蹶 踏過。㉝白門 指西南方。《淮南子・墬形》：「八紘之外，乃有八極，……西南方曰編駒之山，曰白門。」㉞台 我。㉟中野 荒野之中。㊱亂 橫渡。㊲弱水 水名。在西南方絕遠處。《山海經・大荒西經》：「西海之南，流沙之濱，赤水之後，黑水之前，有大山名曰崑崙之丘，……其下有弱水之淵環之。」據郭注，其水鴻毛不浮。㊳潺湲 水流狀。㊴逗 逗留；停止。㊵華陰 指華山之北。㊶湍渚 指華陰。湍，急流。渚，小洲。因華陰臨河，小而視之，謂之湍渚。㊷馮夷 傳說中的河神。《莊子・大宗師》：「馮夷得之，以游大川。」《釋文》引司馬彪云：「《清泠傳》曰：『馮夷，華陰潼鄉堤首人也。服八石，得水仙，是為河伯。』」㊸俾 使。㊹清津 此謂使渡河處河水安靜，沒有波濤。清，靜。津，渡河處。㊺櫂 划船的工具。此謂划船。㊻濟予 把我渡過河去。㊼帝軒 黃帝。《史記・卷二八・封禪書》：「黃帝采首山銅，鑄鼎於荊山下，鼎既成，有龍垂胡䫇，下迎黃帝。」黃帝陵在陝西省黃陵縣城北的橋山上。㊽未歸 謂黃帝神靈未歸。㊾徜徉 徘徊。㊿延佇 久立。(51)怬 休息。(52)河林 河畔的樹林。(53)蓁蓁 茂盛之狀。(54)偉 稱美。(55)關雎之戒女 按漢人之見：「〈關雎〉，后妃之德，……是以〈關雎〉樂得淑女以配君子。憂在進賢，不淫其色。哀窈窕，思賢才，而無傷善之心焉。是〈關雎〉之義也。」（見《詩》〈毛序〉）〈關雎〉之首二句為「關關雎鳩，在河之洲」，作者在河林休息，觸景生情而念及此詩。〈關雎〉，《詩・周南》篇名。(56)黃靈 黃帝之靈。(57)詹 至。(58)訪命 問命。(59)樛 求。(60)其 應該。(61)如 往。(62)曰 黃帝回答說。(63)近信而遠疑 《左傳・昭公十八年》：「子產曰：

「天道遠，人道邇。」近，指人道。人間的事物。信，可信。遠，指天道。疑，難以徵信。64六籍闕而不書　此謂天道遠而難詳，故六經缺而不載。六籍，指六經。闕，同「缺」。65神逵　指天道。逵，四通八達的大道。66昧　不明。67難覆　難以詳察。68疇克謀而從諸　誰能察知而依從它。疇，誰。克，能。謀，察知。諸，「之乎」二字的合音。69牛哀病而成虎兮二句　《淮南子・俶真》載：有個名叫公牛哀的人，病了七日化為虎，其兄入而視之，虎搏而殺之。昆，兄。噬，食；吃。70鼈令殪而尸亡兮二句　揚雄《蜀王本紀》載：望帝治汶山下邑曰郫，已積百餘歲，荊人鼈靈死，其屍隨江水上至郫，遂活，望帝任之為相，鼈靈治水，民得安處，望帝自以德薄，乃以帝位讓予鼈靈，鼈靈即位，號開明帝，傳至五世，去帝號而稱王。鼈令，亦作「鼈靈」。傳說中古代蜀帝。殪，死。尸亡，屍體失去。蜀禪，蜀帝所傳之帝位。禪，以王位傳人。引世，世代綿長。引，長。71死生　指人壽命長短。72錯　錯亂；錯雜。73不齊　不能齊一。74司命　掌人壽命的天神。75瞯　目明；看得清楚。76竇號行於代路兮二句　《漢書・卷九七・外戚傳・孝文竇皇后傳》載：呂太后時，出宮人以賜諸王，竇姬欲往趙以近家，宦者誤置代伍中，竇姬涕泣而至代，代王獨寵幸竇姬，及代王立為帝，是為文帝，王后及所生四男皆病死，乃立竇姬為皇后，其子為太子，女為館陶長公主，後太子繼位，是為景帝，竇后為皇太后，景帝生十四子，後至光武中興。竇，指漢文帝之竇皇后。號，號哭。代路，往代地的路上。膺祚，指立為皇后。膺，當；受。祚，帝位。此指皇后之位。繁廡，茂盛。指子孫興旺。77王肆侈於漢庭兮二句　《漢書・卷九九・王莽傳》載：漢平帝時，王莽為大司馬，號安漢公，欲以女配帝為皇后，平帝年十二，聘以黃金二萬斤，遣劉歆奉乘輿法駕，迎后於第，及王莽篡位，后嘗稱疾不朝，王莽被誅，后自投火而死。王，指漢平帝王皇后。銜恤，含憂。恤，憂。絕緒，絕嗣。78尉尨眉而郎潛兮二句　李善注引《漢武故事》：「顏駟，不知何許人，漢文帝時為郎。至武帝，嘗輦過郎署，見駟尨眉皓髮。上問曰：『叟何時為郎，何其老也？』答曰：『臣文帝時為郎，文帝好文，而臣好武；至景帝好美，而臣醜；陛下即位，好少，而臣已老。是以三世不遇，故老於郎署。』上感其言，擢拜會稽都尉。」尉，指都尉顏駟。尨眉，花白的眉毛。郎潛，指被埋沒於郎署。逮，及。三葉，指文帝、景帝、武帝三朝。遘，遇。武，指漢武帝。79董弱冠而司袞兮二句　《漢書・卷九三・佞幸傳・董賢》載：哀帝時，董賢為大司馬衛將軍，時年二十二歲，多受賞賜，治第宅，造冢壙，放效無極，不異王制，哀帝崩，王莽以太后詔罷之，賢即日自殺，家惶恐夜葬，王莽疑其詐死，發賢棺，至獄驗視，因埋獄中。董，指漢哀帝的寵臣董賢。弱冠，古代男子二十歲初加冠，稱弱冠。見《禮記・曲禮》。司袞，指董賢官至大司馬，為三公之一，服袞。司，司馬的簡稱。袞，帝王及上公所穿禮服。王隧，帝王下葬時通往墓穴的地道。古時帝王之墓，可築地道通於墓中。此指董賢僭越所築之墓。隧，地道。80相仍相因。81恆　常。82反庂　反覆無常。庂，同「仄」。83靡所　無定所。84穆屈天以悅牛兮二句　《左傳・昭公四年》載：叔孫豹適齊，宿於庚宗，遇婦人而私焉，至齊，夢天壓己，回頭見人，黑臉駝背，深目豬嘴，乃叫：「牛，助我！」於是夢中得以脫身，後魯召叔孫豹歸為卿，庚宗婦人乃獻其子，召見，即夢中人，叔孫豹稱之為牛，使為豎，對他極為寵愛，長使為政，後叔孫豹病，豎牛欲亂其室以據為己有，乃不使人進食，叔孫豹遂餓死。穆，春秋時魯大夫叔孫豹，謚穆。屈天，天至其上。屈，至。豎亂叔，豎牛為亂叔孫氏。幽，幽禁；不令見人。主，指叔孫豹。85文斷祛而忌伯兮二句　《國語・晉語四》載：晉國內爭之時，晉獻公曾使寺人勃鞮伐重耳於蒲城，重耳翻牆逃跑，衣袖被斬斷，在外流亡十九年後，重耳在秦穆公支持下回晉就王位，勃鞮來見，得到寬恕，後呂甥、冀芮謀作亂，欲燒毀王宮殺死重耳，勃鞮便向重耳報告，重耳逃走，終於平亂。文，指春秋時晉文公重耳。斷祛，斬斷衣袖。忌伯，忌恨伯楚。伯楚為勃鞮的字。閹，指寺人勃鞮。謁賊，謂把逆謀告於文公重耳。謁，告。賊，指呂甥、冀芮。寧后，謂使文公得以安寧。后，諸侯。指晉文公重耳。86通人闇於好惡兮二句　謂通人如叔孫豹、重耳，尚且不明人之好壞，何況昏惑之人，又豈能分辨。通人，指叔孫豹、重耳等有才智有見識之人。闇，不明；看不清。好惡，好人、壞人。昏惑，昏聵糊塗之人。剖，分辨。87嬴擿讖而戒胡　《史記・卷六・秦始皇本紀》載：三十二年，方士盧生使人奏籙圖：「亡秦者胡也。」始皇乃使將軍蒙恬發兵三十萬人北擊胡，略取河南地。《集解》引鄭玄言：「胡，胡亥，秦二世名也。秦見圖書，不知此為人名，反備北胡。」嬴，指秦始皇。嬴為其姓。擿，揭發；破解。讖，一種預言吉凶的隱語。盧生所上籙圖，是一種染上綠色附有圖記的讖書。88備諸外而發內　防備了外患，而禍患卻從內部發生。指李斯與趙高合謀，詐受始皇詔，立胡亥為太子，遂導致秦亡。備諸外，指防備胡人外侵。發內，禍患爆發於內。89或輂賄而違車兮二句　有人用車裝載應還的財物以逃避叫做車子的人，卻遇到有人回答懷孕的妻子為在車下出生的孩子取名為車子。據《鬼神志》及《搜神記》故事：有一個叫周犨的人，家貧，夫婦夜裡種田，天帝看見，很同情他，就問司命：「可以叫此人富起來嗎？」司命說：「命當貧。有個叫張車子的，他的錢財可借給他。」於是司命就把張車子的錢借給了他，約定說：「待車子生下來就趕快把錢財還上。」周犨富起來，還錢的期限到了，他們夫婦就拉著車子把錢財運走，路上遇到一對夫妻在他們的車下過夜，生下一子，妻問夫給孩子起個什麼名字，夫說：「生在車下就叫車子吧。」從此周犨逐漸貧困。輂賄，用車裝運財物。違車，避開車子。孕行產，謂懷孕出門行路而產子。為對，謂車子父答其妻之問。90慎竈顯以言天兮二句　《左傳・昭公二十四年》記載：夏，五月，乙未，朔，出現日食，梓慎說：「將要發大水了。」叔孫昭子說：「將鬧旱災。日過春分，而陽氣還不勝陰氣，勝必過分，能不旱麼！」這年秋八月果然大旱，梓慎之言不驗。又《左傳・昭公十七年》、《左傳・昭公十八年》載：昭公十七年鄭裨竈對子產說：「宋、衛、陳、鄭將同日發生火災。若我用珍貴的玉器祭神禳災，鄭必不會遭到火災。」子產不同意，到了昭公十八年五月，宋、衛、陳、鄭果有火災，裨竈說：「不採用我說的做法，鄭國又將大火。」鄭人請求按裨竈說的做，子產說：「天道遠，人道近，人怎麼能知天道！裨竈怎麼知道！」終未允用玉器祭神禳災，火也未復發。慎竈，指魯大夫梓慎、鄭大夫裨竈。顯，言慎、竈二人都是著名知天之人。言天，預言天道。占，預測。訊，告。91梁叟患夫黎丘兮二句　《呂氏春秋・疑似》載：梁國之北黎丘部有奇鬼，喜歡模仿人的子姪兄弟之狀，其地有位老人喝醉酒從市上回來，黎丘之鬼就化作他兒子的模樣，攙扶他給他吃了不少苦，老人次日酒醒，責備兒子，兒子哭著叩頭辯解，老人方才省悟是奇鬼作祟，次日他去市喝酒，帶醉而歸，兒子怕父親回不來，就去迎接，老人看見真兒子卻當作奇鬼所化，拔劍刺去。梁叟，梁國老人。丁，當；值；遇到。厥子，其子。剚，刺入。92親　親人。指梁叟對其子。93睼　視。94弗識　不能識別。95矧　況。96幽冥　指上所言幾件暗昧難明之事。97毋綿攣以涬己　此言不可繫著於世俗。綿攣，拘束。涬，引。原作「倖」，據《後漢書》改。98疹　病；苦。99監　視。100孔　甚。101用棐忱而祐仁　輔助誠信的人，庇祐仁德的人。用，因而。棐，輔助。忱，誠信。祐，庇祐。102湯蠲體以禱祈兮二句　《後漢書》李賢注引《帝王紀》曰：「湯時，大旱七年。殷史卜曰：『當以人禱。』湯曰：『必以人禱，吾請自當。』遂齋戒，翦髮斷爪，以己為牲，禱於桑林之社。果大雨。」湯，商湯。商朝的創建者。蠲體，潔體。蒙，蒙受。庬，大。褫，福。103景三慮以營國兮二句　《呂氏春秋・制樂》：「宋景公之時，熒惑（指火星，一說指妖星）在心（心宿），公懼，召子韋而問焉，曰：『熒惑在心，何也？』子韋曰：『熒惑者，天罰也；心者，宋之分野（古以十二星辰劃分地域，宋為心之分野）也；禍當於君。雖然，可移於宰相。』公曰：『宰相所與治國家也，而移死焉，不祥。』子韋曰：『可移於民。』公曰：『民死，寡人將誰為君乎？寧獨死。』子韋曰：『可移於歲（農業收成）。』公曰：『歲害則民飢，民飢必死。為人君而殺其民以自活也，其誰以我為君乎？是寡人之命固盡已，子無復言矣。』子韋還走，北面載拜曰：『臣敢賀君。天之處高而聽卑。君有至德之言三，天必三賞君。今夕熒惑其徙三舍，君延年二十一歲。』」景，指春秋時宋景公。營國，治理國事。次於他辰，指徙三舍。104魏顆亮以從治兮二句　魏武子有一個寵妾，未生子，武子生病，關照魏顆：「一定把她嫁掉。」待病重時又說：「一定用她為我殉葬。」魏武子死後，魏顆就把這婦人嫁掉了，說：「病重則糊塗，我按他清醒時的囑託辦理。」後魏顆在輔氏抵抗秦軍，見一位老人結草抵禦秦將杜回，杜回被絆倒受擒，魏顆夜夢老人說：「我是你所嫁的婦人的父親。你執行了先人清醒時的囑咐，我因此答報你。」事見《左傳・哀公十五年》。魏顆，春秋時晉魏犨（諡武子）之子。晉卿。亮，忠實正直。治，指合理的遺命。鬼，指老人的鬼魂。亢，通「抗」。回，指秦將杜回。斃秦，打敗秦軍。105咎繇　即皋陶。傳說中虞舜之臣，掌刑獄之事。106邁而種德　語出《書．大禹謨》：「皋陶邁種德。」邁，勇往力行。種，傳布。107樹德　培植仁德。108懋於英六　指皋陶之後封於英、六。懋，通「茂」。繁茂。英，約在今安徽省六安縣西。六，在六安縣北。109桑末寄夫根生兮二句　是說百草在寒冷的季節皆凋落，唯寄生草獨榮於桑之末。比喻餘國先滅，咎繇封於英、六獨存。然洪亮吉曰：「案：唐虞諸臣之後，惟皋陶之裔英、六滅最早，何得謂餘國先滅，此獨存乎？衡意當謂二國既滅，至漢時復有吳布繼起，故云卉既凋而己毓。」（見王先謙《後漢書集解》）桑末，桑樹之梢。寄，寄生。根生，一種桑樹上的寄生植物。《本草經》：「桑上寄生，一名寄屑，一名寓木，一名宛童。」卉，草木。指桑樹。己，指根生。育，生。110有無言而不酬兮二句　此以商湯、宋景公、魏顆、咎繇行仁義而得善報做結，以呼應「天監」句。無言而不酬，此言人若有善言，必有酬報。酬，答。《詩．大雅．抑》：「無言不讎，無德不報。」何往而不復，謂對人有德，必得回復。111盍　何不。112遠迹　遠遊。113飛聲　傳揚聲譽。114孰謂時之可蓄　誰謂時光可以蓄積，可以留住。意謂時光易逝。

【語　譯】孤伶伶作客他鄉，沒有友人呵，我怎能滯留於此！回顧西天而歎息呵，我要往西方去追求快樂。祝融在前面舉旗為我嚮導呵，上有朱雀捧著旗幡。在廣都山的建木下歇息呵，拾取若木之花，躊躇不前。越過西海的軒轅國呵，跨過盛產龍魚的汪氏國。聽說這些國的人都可壽至千歲呵，這怎能令我快樂？思念九州不同的風俗呵，我又打算跟從西方之神蓐收前往。輕揚神化，如蟬脫殼呵，與精粹之氣為伴。經過西南方的白門向東奔馳呵，我走在荒野之中。渡過潺湲的弱水呵，逗留在華山之北這臨河的小洲上。我呼喚河神馮夷使渡口的河水安靜下來呵，讓祂划著龍舟送我渡河。恰逢黃帝的神靈外出未歸呵，只好惆悵地徘徊久立。在茂盛的河畔樹林中休息呵，稱賞〈關雎〉詠后妃之德以警戒女性的深義。黃帝的神靈降臨，我就去詢問命運呵，求知按天道該往何處去。黃帝神靈說：人道易信而天道難信呵，所以六經對於天道缺而不載。天道暗昧難以詳察呵，誰能察知而依從它！公牛哀生病七日變成老虎呵，即使遇到自己的哥哥也把他吃掉。鼈令死後失去屍體呵，依然取得蜀帝所讓出的帝位，並世代相傳。人的生死複雜而難知呵，即使司命天神也看不清楚。竇姬號哭於往代地的路上呵，後卻立為皇后，子孫興旺。王莽之女在漢庭大肆奢侈呵，終於含憂而絕嗣。都尉顏駟眉毛花白，一直埋沒在郎署呵，等過了三朝，遇到武帝才得到擢拔。董賢才過弱冠之年就位列三公呵，建築了奢華逾分的墳墓，但最後卻不能葬於其中。吉凶相依相因呵，經常反覆而無定所。叔孫穆子夢天壓己身因而寵幸豎牛呵，後來豎牛反為亂叔孫氏，把君主幽禁餓死。晉文公曾被斬斷衣袖，因而忌恨勃鞮呵，後來倒是勃鞮來報告賊之逆謀，使文公得以安寧。有才識之人尚且看不清好壞呵，昏聵糊塗之人又怎能剖析清楚？秦始皇誤解讖語而戒備北方的胡人呵，防備了外侵不料禍患卻從內部發生。有人用車裝運應還的財物，逃避叫做車子的人呵，半途卻遇到一個懷孕的婦人在這輛車下產子，丈夫就為孩子取名車子，於是這人突然獲致的財富又終歸無有。梓慎、裨竈都是著名知天之人呵，預測水災、火災卻作出虛妄的報告。梁國老人遇到黎丘奇鬼做祟呵，遇到親子就刺他的心窩。至親的人尚且不能識別，何況暗昧之事如何證明其信實！不要被世俗所拘束牽繫呵，更不要憂心忡忡而自苦。天帝的視察分明確實呵，祂輔助誠信的人，庇祐仁德的人。商湯清潔自體，用以祈禱呵，於是承受了大福，拯救了百姓。宋景公念念不忘為國為民呵，連災星也退避三舍。魏顆忠實正直，遵從父親合理的遺命呵，鬼魂就助他抵抗杜回，擊敗秦軍。咎繇勇往力行傳布仁德呵，他的後代被封於英、六，德立昌盛。桑樹末梢附著寄生植物，桑葉凋謝了而寄生植物卻仍然綠意盎然。有善言必得酬報呵，對人有德，必有回復。何不遠遊以傳揚聲譽呵，誰說時光可以累積下來加以留佇呢！

仰矯首❶以遙望兮，魂惝惘❷而無儔❸。逼❹區中❺之隘陋❻兮，將北度❼而宣遊❽。行積冰之磑磑❾兮，清泉沍❿而不流。寒風淒⓫其永至⓬兮，拂穹岫⓭之騷騷⓮。玄武⓯縮於殼中兮，騰蛇⓰蜿⓱而自糾⓲。魚矜鱗⓳而并凌⓴兮，鳥登木而失條㉑。坐太陰㉒之屏室㉓兮，慨㉔含唏㉕而增愁。怨高陽㉖之相㉗寓㉘兮，伷㉙顓頊而宅幽㉚。庸㉛織路㉜於四裔㉝兮，斯與彼其何瘳㉞！望寒門㉟之絕垠㊱兮，縱余緤[37]乎不周[38]。迅焱[39]潚[40]其媵[41]我兮，鶩[42]翩飄[43]而不禁[44]。越谽嘲[45]之洞穴兮，漂[46]通川[47]之硎硎[48]。經重陰[49]乎寂漠[50]兮，慜[51]墳羊[52]之深潛。追荒忽[53]於地底兮，軼[54]無形[55]而上浮[56]。出右[57]密[58]之闇野[59]兮，不識蹊[60]之所由。速[61]燭龍[62]令執炬[63]兮，過鍾山[64]而中休[65]。瞰[66]瑤谿[67]之赤岸[68]兮，弔[69]祖江[70]之見劉[71]。聘[72]王母[73]於銀臺[74]兮，羞[75]玉芝[76]以療飢。戴勝[77]慭[78]其既歡兮，又誚[79]余之行遲。載太華之玉女[80]兮，召洛浦[81]之宓妃[82]。咸姣麗[83]以蠱媚[84]兮，增[85]嫮眼[86]而蛾眉[87]。舒[88]訬婧[89]之纖腰[90]兮，揚雜錯[91]之袿徽[92]。離[93]朱脣而微笑兮，顏的礫[94]以遺光[95]。獻環琨[96]與琛[97]縭[98]兮，申[99]厥好[100]以玄黃[101]。雖色豔[102]而賂美[103]兮，志浩蕩[104]而不嘉[105]。雙材[106]悲於不納[107]兮，並詠詩而清歌。歌曰：天地烟熅[108]，百卉[109]含葩[110]。鳴鶴交頸[111]，雎鳩相和[112]。處子[113]懷春[114]，精魂[115]回移[116]。如何淑明[117]，忘我實多[118]。將[119]答賦[120]而不暇兮，爰[121]整駕[122]而亟行[123]。瞻崑崙之巍巍[124]兮，臨[125]縈河[126]之洋洋[127]。伏[128]靈龜[129]以負坻[130]兮，亘[131]螭龍[132]之飛梁[133]。登閬風[134]之層城[135]兮，搆[136]不死[137]而為牀。屑[138]瑤蕊[139]以為糇[140]兮，斟[141]白水[142]以為漿。抨[143]巫咸[144]作占夢[145]兮，乃貞[146]吉之元符[147]。滋令德於正中兮，含嘉秀以為敷。既垂穎而顧本兮，亦要思乎故居[148]。安[149]和靜而隨時[150]兮，姑[151]純懿[152]之所廬[153]。

【章　旨】先敘述作者的北方之遊，描寫北方的苦寒及各處神話遺跡。又來到西王母的居處，召來華山玉女和洛水宓妃，二女雖對作者有情，作者卻無暇顧及。後又登上崑崙山，使巫咸為他占夢。

【注　釋】❶矯首　舉頭。❷惝惘　失意的樣子。❸儔　伴侶。❹逼　迫。❺區中　指中土。❻隘陋　狹隘鄙陋。❼北度　北向。❽宣遊　遍遊。❾磑磑　堅固的樣子。❿沍　寒而凝結。⓫凄　寒冷的樣子。⓬永至　長至。⓭穹岫　山峰。⓮騷騷　風勁吹之聲。⓯玄武　北方神獸。其象為龜蛇合體。⓰騰蛇　亦名飛蛇。似龍。⓱蜿　蜷曲。⓲自糾　自己盤結。⓳矜鱗　竦起魚鱗。形容寒冷的樣子。⓴并凌　凝結於冰中。并，相合。凌，結冰。㉑鳥登木而失條　形容天氣寒冷，鳥爪僵硬無力。失條，在枝條上站不住。㉒太陰　北方。㉓屛室　隱蔽的居處。屛，通「屏」。蔽。㉔慨　歎息。㉕含唏　暗自抽泣。㉖高陽　高陽氏。古帝顓頊之號，在古代神話中是北方天帝。《淮南子・時則》：「北方之極，自九澤窮夏晦之極，北至令止之谷，有凍寒積冰、雪雹霜霰，漂潤群水之野，顓頊玄冥之所司者萬二千里。」㉗相　視。㉘寓　居所。㉙倜　小的樣子。此認為小的意思。㉚宅幽　居於北方。幽，北方。㉛庸　勞頓。㉜織路　指往來於路，如同織布機上的梭子般。㉝四裔　四方邊遠之地。㉞斯與彼其何瘳　謂北方並不比別處好。斯與彼，此處與他處。指北方與東、南、西三方。瘳，病癒。引申為較好之意。㉟寒門　北極之山。因積冰所在，故云。(見《淮南子・墬形》及高注)㊱絕垠　人跡不能至的山崖。垠，崖。㊲紲　馬韁。㊳不周　山名。傳說在西北海之外，大荒之隅。昔共工與顓頊爭為帝，怒而觸之，故此山缺壞不合。見《山海經・大荒西經》及《淮南子・天文》。㊴迅猋　迅疾的旋風。㊵瀟　迅疾的樣子。㊶媵　陪送。㊷騖　奔馳。㊸翩飄　輕盈前進的樣子。㊹不禁　毫無阻擋。㊺谽呀　空曠的樣子。㊻漂　漂浮。㊼通川　河流。㊽砯砯　深廣的樣子。㊾重廕　地下。北方陰，地下又陰，故云。廕，同「陰」。㊿寂漠　幽靜。(51)慭　傷念。(52)墳羊　土中精怪。墳，亦作「羵」。(53)荒忽　幽昧之狀。(54)軼　車相出。此謂超出於前。(55)無形　指天地間元氣的混沌狀態。(56)上浮　謂由地底向地面浮遊。(57)右西。原作「石」，據《後漢書》改。(58)密　山名。《山海經》作峚山。《山海經・西山經》：「又西北四百二十里曰峚山，……黃帝乃取峚山之玉榮而投之鍾山之陽。」郝疏曰：「峚、密古字通。」(59)闇野　幽暗之野。(60)蹊　小路。(61)速　令其急速。有催促之意。(62)燭龍　神名。有關燭龍的傳說略有不同，《山海經・大荒北經》說燭龍人面蛇身而赤，瞑目天明，閉目黑夜，《淮南子・墬形》及高注謂燭龍銜燭以照太陰，其長千里。(63)執炬　指銜燭。(64)鍾山　《山海經・海外北經》謂鍾山之神名曰燭陰。郝懿行認為燭陰即燭龍，其說甚是。(65)中休　中途休息。(66)瞰　遠望。(67)瑤谿　即瑤崖。在鍾山東。(68)赤岸　指瑤谿的崖岸。(69)弔 哀悼。(70)祖江 神名。一名葆江，傳說被鼓和欽䲹殺於崑崙之陽。事見《山海經・西山經》。(71)見劉 被殺。劉，殺。(72)聘 探訪；拜訪。(73)王母 即西王母。在《山海經》裡，她是一個豹尾虎齒而善嘯的怪物，在《穆天子傳》裡，則是一個雍容平和、能唱歌謠的婦人，到《漢武內傳》卻成為年約三十、容貌絕世的女神。(74)銀臺 西王母的居處。傳說西王母以黃金白銀為宮闕。(75)羞 進食。(76)玉芝 又名白芝。白色靈芝。(77)戴勝 頭戴玉飾。勝，玉飾。(78)愍 笑的樣子。(79)誚 責備。(80)太華之玉女 李賢注引《詩含神霧》：「太華之山，上有明星玉女，主持玉漿，服之成仙。」太華，山名。即西岳華山。玉女，神女。(81)洛浦 洛水之涯。(82)宓妃 伏羲氏之女。相傳溺死洛水，遂為洛水之神。(83)姣麗 美麗。(84)蠱媚 以媚態迷人。(85)增 多。(86)嫮眼 美麗的眼睛。(87)蛾眉 比喻女子長而美的眉毛。蠶蛾的觸鬚彎曲而細長，如人的眉毛，故云。(88)舒 舒展。(89)訬婧 苗條的樣子。(90)纖腰 細腰。(91)雜錯 形容衣飾色彩繽紛的樣子。(92)袿徽 指婦女的服飾。袿，婦女的上衣。徽，衣上的飄帶。(93)離 開。(94)的皪 明燦之狀。(95)遺光 謂光采照人。(96)環琨 皆玉佩。古人佩玉皆表示其道德。《白虎通》：「所以必有佩者，表德見所能也。循道無窮則佩環，能本道德即佩琨。」(97)琛 玉。(98)縭 帶。(99)申 表示。(100)厥好 其好。指愛慕之情。(101)玄黃 指彩色的絲帛。(102)色豔 指玉女、宓妃容貌美豔。(103)賂美 指二女所贈環琨琛縭之類甚美。(104)浩蕩 宏大。浩，原作「皓」，據《後漢書》改。(105)嘉 贊許。(106)雙材 指玉女和宓妃。(107)不納 謂美好的感情不被接納。(108)烟熅 即絪縕、氤氳。指氣之相互作用混和鼓盪的樣子。《易・繫辭下》：「天地絪縕，萬物化醇。」(109)百卉 百草。(110)含葩 含苞待放。葩，花。(111)交頸 謂兩頸相依。(112)相和 謂鳴聲相應。(113)處子 處女。(114)懷春 指少女思念異性。(115)精魂 靈魂。(116)回移 往來徘徊。意謂神魂不定。(117)淑明 良善賢明之人。指作者。(118)忘我實多 實在把我忘了太多。抱怨張衡未能接納她們。語出《詩・秦風・晨風》：「如何如何，忘我實多。」(119)將 打算。(120)答賦 謂將賦詩以答二女。(121)爰 於是。(122)整駕 整理車駕。(123)亟行 急速而行。(124)巍巍 高峻的樣子。(125)臨 居上視下。(126)縈河 彎曲的黃河。(127)洋洋 水盛大的樣子。(128)伏 降伏。(129)靈龜 神龜。(130)負坻 把河中阻遏行船的沙洲揹走。坻，河中小洲。(131)亙 橫。(132)螭龍 傳說中無角的龍。(133)飛梁 即橋梁。(134)閬風 山名。在崑崙山上。(135)層城 高城。據《淮南子・墬形》，崑崙山上有高城九重，高一萬一千餘里，為仙人所居。(136)搆 交架；營造。(137)不死 指不死樹。長在崑崙山上。(138)屑 研成細末。(139)瑤蕊 玉英；玉花。(140)糇 乾糧。(141)𣂏 舀取。(142)白水 水名。傳說出於崑崙山，飲之不死。(143)抨 使。(144)巫咸 神巫之名。(145)占夢 依據夢境測定吉凶。此處之夢，即前文所云「發昔夢於木禾兮，穀崑崙之高岡」。(146)貞 占卜；卜問。(147)元符 好的符應。元，善。(148)滋令德於正中兮四句 培植正中之道的美德，正如木禾含著美好的花等待開放。禾穗下垂正是不忘本根，我也總在思念故鄉。這都是由夢中之木禾想到其涵義。滋，生長；滋生。令德，美德。正中，正中之道。含，懷藏。嘉秀，草木美好之花。敷，開。謂吐穗。穎，禾穗。顧本，顧念其根。⑭安 自安於。⑮隨時 隨時順俗。⑮姑 姑且；暫且。⑮純懿 指純美的德行。懿，美。⑮廬 居。

【語 譯】舉頭遙望呵，神魂惆悵，我是如此地孤單。在中土感到狹隘鄙陋呵，將要向北而遍遊。行走在堅固的積冰上呵，清泉寒凝而不流。寒風淒淒地吹個不停呵，拂過山峰，發出騷騷的聲音。神獸玄武縮在甲殼之中呵，騰蛇蜷曲著盤結為一堆。魚鱗竦起，結於冰中呵，鳥爪被凍僵了，使鳥兒從枝條上掉落下來。我坐在北方隱蔽之處呵，獨自慨歎抽泣，愁悶良久。怨恨高陽氏不會選擇居所呵，輕視顓頊居住在北方。辛勞地往來於四方之間的路上呵，北方又比東、西、南方好些什麼呢！遙望北極人跡罕至的山崖呵，縱我的坐騎來到不周山。迅疾的旋風陪送著我呵，輕盈地馳騁，毫無阻擋。越過空曠的洞穴呵，漂浮在深廣的河流上。經由寂靜的地下呵，可憐那深深潛藏在地底下的土怪墳羊。沖過幽昧的地底呵，往上浮遊，終於趕上那無形的元氣。從西面密山幽暗的曠野出來時呵，已不記得走過的路徑。催促燭龍令其執炬呵，走過鍾山而中途休息。遠望瑤谿的崖岸呵，悼念祖江在那裡被殺。到銀臺探訪西王母呵，有人獻玉芝給我充飢。西王母頭戴玉勝，笑吟吟地十分歡樂呵，又責備我來得太遲。載來太華山的玉女呵，又召來洛水之濱的宓妃。她倆都美麗而嫵媚呵，明目灼灼而纖眉修長。一面舒展苗條的細腰呵，揚起色彩繽紛的上衣和飄帶。一面微開朱唇露出笑容呵，容顏明燦，光采照人。她們獻上玉珮和飾帶呵，又以彩色絲帛表達愛慕之情。雖然容色豔麗而禮品甚美呵，我卻志氣坦蕩而不為所動。二女因不被我接納而悲傷呵，一同詠唱詩歌。歌中說：天地之氣鼓盪，百草含苞待放。鳴鶴依依交頸，雎鳩關關和唱。處女胸懷春情，精魂徘徊徬徨。為何賢明君子，把我拋在一旁！我想賦詩回答卻無空暇呵，乃整理車駕急速而行。望著那高峻的崑崙山呵，下臨浩大而紆曲的黃河。降伏靈龜令它把河中的沙洲揹走呵，命蠵龍橫跨作為橋梁。登上閬風山上的高城呵，架起不死樹作牀。把玉英研成細末作為乾糧呵，舀取白水作為酒漿。使巫咸來占夢呵，占得吉祥的符應。我培植正中之道的美德呵，就好像木禾含著美好的花等待開放。禾穗下垂像是顧念本根呵，而我也總在思念故居。自安於和靜，隨時順俗呵，才是純美品行的所在。

戒[1]庶僚[2]以夙會[3]兮，僉[4]供職[5]而並訝[6]。豐隆[7]軯[8]其震霆[9]兮，列缺[10]曄[11]其照夜。雲師[12]䨖[13]以交集兮，凍雨[14]沛[15]其灑塗。轙[16]琱輿[17]而樹葩[18]兮，擾[19]應龍[20]以服路[21]。百神[22]森[23]其備從兮，屯[24]騎羅而星布[25]。振[26]余袂[27]而就車[28]兮，修劍[29]揭[30]以低昂[31]。冠咢咢[32]其映蓋[33]兮，珮[34]綝纚[35]以煇煌。僕夫[36]儼[37]其正策[38]兮，八乘[39]騰而超驤[40]。氛旄[41]溶[42]以天旋[43]兮，蜺旌[44]飄以飛颺。撫軨軹[45]而還睨[46]兮，心勺濼[47]其若湯[48]。羨上都[49]之赫戲[50]兮，何迷故[51]而不忘！左青琱[52]之揵芝[53]兮，右素威[54]以司鉦[55]。前長離[56]使拂羽[57]兮，後委[58]衡[59]乎玄冥[60]。屬[61]箕伯[62]以函風[63]兮，澂[64]淟涊[65]而為清。曳[66]雲旗[67]之離離[68]兮，鳴玉鸞[69]之嬰嚶[70]。涉[71]清霄[72]而升遐[73]兮，浮蔑蒙[74]而上征[75]。紛[76]翼翼[77]以徐戾[78]兮，焱[79]回回[80]其揚靈[81]。叫帝閽[82]使闢扉[83]兮，覿[84]天皇[85]於瓊宮[86]。聆[87]〈廣樂〉[88]之九奏[89]兮，展[90]洩洩[91]以彤彤[92]。考治亂於律均[93]兮，意建始而思終[94]。惟[95]般逸[96]之無斁[97]兮，懼樂往而哀來[98]。素女[99]撫絃而餘音兮，太容[100]吟[101]曰念哉[102]。既防溢[103]而靖志[104]兮，迨[105]我暇以翱翔[106]。出紫宮[107]之肅肅[108]兮，集太微[109]之閬閬[110]。命王良[111]掌策[112]駟[113]

兮，踰[114]高閣[115]之將將[116]。建[117]罔車[118]之幕幕[119]兮，獵青林[120]之芒芒[121]。彎[122]威弧[123]之拔剌[124]兮，射嶓冢[125]之封狼[126]。觀璧壘[127]於北落[128]兮，伐[129]河鼓[130]之磅硠[131]。乘天潢[132]之汎汎[133]兮，浮雲漢[134]之湯湯[135]。倚招搖[136]攝提[137]以低佪[138]剹流[139]兮，察二紀[140]五緯[141]之綢繆[142]遹皇[143]。偃蹇夭矯娩以連卷兮，雜沓叢顇颯以方驤[144]。戫汩飂淚沛以罔象兮，爛漫麗靡藐以迭逷[145]。凌[146]驚雷之砊礚[147]兮，弄狂電之淫裔[148]。踰痝鴻[149]於宕冥[150]兮，貫[151]倒景[152]而高厲[153]。廓盪盪[154]其無涯[155]兮，乃今窺[156]乎天外。據開陽[157]而頫眂[158]兮，臨[159]舊鄉[160]之暗藹[161]。悲離居[162]之勞心[163]兮，情悁悁[164]而思歸。魂眷眷[165]而屢顧[166]兮，馬倚輈[167]而徘徊。雖遊娱[168]以媮樂[169]兮，豈愁慕[170]之可懷[171]！出閶闔[172]兮降[173]天途[174]，乘猋忽[175]兮馳虛無[176]。雲菲菲[177]兮繞余輪，風眇眇[178]兮震[179]余旟[180]。繽[181]連翩[182]兮紛[183]暗曖[184]，儵[185]眩眃[186]兮反常閭[187]。

【章　旨】本章是描寫天上之遊。在眾神簇擁之中，驅車來到天庭，在瓊宮見到天帝，又聆聽九奏廣樂。出了天宮，在高天遨遊。終因思鄉情切，又率眾回到故里。

【注　釋】❶戒　命令；告請。❷庶僚　眾官。指下文之豐隆、列缺等。❸夙會　及早會聚。❹僉　皆。❺供職　任職。❻訝　同「迓」。迎接。❼豐隆　雷公。❽軯　雷鳴聲。❾震霆　霹靂；突然震響的雷。❿列缺　閃電之神。⓫曄　光輝的樣子。⓬雲師　雲神。⓭黮　陰暗的樣子。⓮涷雨　暴雨。⓯沛　雨水盛大的樣子。⓰轙　輈上穿轡繩的環。此用作動詞。指把穿轡繩的環安於琱輿上。⓱琱輿　玉飾的車。⓲樹葩　指在車上立起華蓋。⓳擾　馴服。⓴應龍　神話中有翼的龍。

㉑服路　駕車。㉒百神　眾神。㉓森　眾多的樣子。㉔屯　聚集。㉕星布　指像群星一樣布列。㉖振　揮動。㉗袂　袖。㉘就車　登車。㉙修劍　長劍。㉚揭　形容劍動盪之狀。㉛低昂　高低起伏。㉜嵒嵒　形容冠高聳的樣子。㉝映蓋　謂與車蓋之華彩相映。㉞珮　玉佩。㉟綝纚　盛飾的樣子。㊱僕夫　指御車者。㊲儼　莊重的樣子。㊳正策　端正馬鞭。㊴八乘　用八馬駕的車。㊵超驤　奔馳。㊶氛旄　以氛氣為旗。氛，雲氣。旄，竿首用牦牛尾作裝飾的旗。㊷溶　宛轉的樣子。㊸天旋　在天空回旋。㊹蜺旌　以虹蜺為旗。㊺軨軹　車廂的欄杆。㊻還睨　回視。睨，斜視。㊼勺濼　熱的樣子。㊽湯　沸水。㊾上都　指天帝之都。㊿赫戲　光明的樣子。(51)故　指故居。即上文「還睨」之所。(52)青琱　青紋之龍。(53)揵芝　舉起車蓋。揵，豎立。芝，謂車蓋之形如芝。(54)素威　指白虎。(55)鉦　樂器。形似鐘而狹長，有長柄可執，擊之而鳴。(56)長離　朱鳥。(57)羽　指羽旌。(58)委　委任。(59)衡　指水衡。掌山澤之官。(60)玄冥　北方之神。(61)屬　通「囑」。(62)箕伯　箕星。風師，主管颳風。(63)函風　藏斂風氣。函，通「含」。懷。(64)澂　澄清。原作「懲」，據《後漢書》改。(65)洪涊　混濁之氣。(66)曳　牽引。原作「拽」，據《文選考異》改。(67)雲旗　似雲之旗。(68)離離　旗幟飄飛的樣子。(69)玉鸞　飾玉的車鈴。(70)譻譻　即嚶嚶。鈴聲。(71)涉　遊歷。(72)清霄　天邊微雲。(73)遐　遠。(74)蔑蒙　遊氣。原作「蠛蠓」，據《後漢書》改。(75)征行。(76)紛　眾盛的樣子。(77)翼翼　飛行的樣子。(78)徐戾　緩緩來到。戾，至。(79)焱　火光。(80)回回　光華很盛的樣子。(81)揚靈　顯揚神靈。(82)帝閽　天帝的守門人。(83)闢扉　開門。(84)覿　見。(85)天皇　天帝。(86)瓊宮　指天帝之宮。(87)聆　聽。(88)廣樂　樂名。傳說為天上的樂曲。(89)九奏　即九成。樂曲有九章，故稱。(90)展　信；確實。(91)洩洩　舒散的樣子。(92)彤彤　和樂的樣子。(93)考治亂於律均　從音律之中考知治亂。〈詩序〉：「治世之音安以樂，其政和；亂世之音怨以怒，其政乖。」治，指政治清明，社會安定。亂，指與「治」相反的狀況。律，指樂律。據《呂氏春秋．古樂》，昔黃帝使伶倫作為律，截竹為管，以其長短分別聲音之清濁高下，定為十二律，樂器之音，即依以為準則。均，指五均。五聲的韻調。(94)意建始而思終　謂從始至終，引人思索。建，立。(95)惟　思。(96)般逸　快樂安逸。般，通「槃」。快樂。(97)斁　厭。(98)樂往而哀來　樂去哀至。(99)素女　神女。善演奏瑟。《史記．卷二八．封禪書》：「太帝使素女鼓五十絃瑟，悲，帝禁不止，故破其瑟為二十五絃。」(100)太容　黃帝的樂師。(101)吟　歎。(102)念哉　思慮呵。戒逸樂之意。(103)溢　指過度逸樂。(104)靖志　使心志平靜。(105)迨　及；等到。(106)翱翔　遠遊。(107)紫宮　紫微宮。星宿名。天帝所居。(108)肅肅　清靜。(109)太微　星宿名。位於北斗之南，諸星以五帝座為中心，呈屏藩狀，為天帝的宮垣。(110)閶闔　宮宇高大的樣子。(111)王良　古之善御者。亦指星名，主管天馬。(112)策　鞭策。(113)駟　天駟星。即房宿。(114)踰　越過。(115)高閣　星名。亦指高高的閣道。(116)將將　高的樣子。(117)建　立；布

置。(118)罔車　星名。即畢宿，象兔網，故云。罔，古「網」字。(119)幕幕　張設甚盛之狀。(120)青林　即天苑星。在畢星南，共十六星組成，為天帝養禽獸之所。(121)芒芒　廣大的樣子。(122)彎　謂拉弓。(123)威弧　即弧矢星。又名天弓。(124)拔刺　彎弓的樣子。(125)嶓冢　山名。在陝西省寧強縣北。(126)封狼　大狼。即狼星，在嶓冢山上。封，大。(127)壁壘　星名。共十二星，橫列在營室南，為天軍之垣壘。(128)北落　星名。在壁壘之旁。(129)伐　擊。(130)河鼓　星名。即牽牛星。(131)磅硠　鼓聲。(132)天潢　星名。《史記・卷二七・天官書》：「王良旁有八星絕漢，曰天潢。」(133)汎汎　水流的樣子。(134)雲漢　天河。(135)湯湯　水流的樣子。(136)招搖　星名。北斗第七星，在北斗的杓端。(137)攝提　星名。大角星兩旁各有三星成鼎足狀，左為左攝提，右為右攝提。(138)低佪　徘徊。(139)瀏流　環繞。(140)二紀　指日、月。(141)五緯　指金、木、水、火、土五星。(142)綢繆　連綿。(143)遹皇　運行的樣子。(144)偃蹇夭矯娩以連卷兮二句　形容天象之紛紜複雜。偃蹇，驕傲的樣子。夭矯，恣縱的樣子。娩，跳躍。連卷，綿長屈曲的樣子。雜沓叢顇，眾多紛雜的樣子。颯，疾速的樣子。方驤，並馳。(145)緎汨飂淚沛以罔象兮二句　描寫天象變化不可捉摸。緎汨、飂淚、沛，皆疾速的樣子。罔象，虛無的樣子。〈洞簫賦〉：「罔象相求。」李善注：「罔象，虛無罔象然也。」爛漫，分散的樣子。麗靡，相連不絕的樣子。藐，遠。迭逿，彼此跨越之狀。逿，原作「逿」，據《後漢書集解》王先謙校改。(146)淩　乘。(147)砊磕　形容巨大的雷聲。(148)淫裔　電光閃爍的樣子。(149)庬鴻　混沌未分的元氣。(150)宕冥　窈冥；深暗。(151)貫　穿過。(152)倒景　指天上極高之處。因在日月之上，光從下照，故其影倒。景，通「影」。(153)高厲　高舉；高高飛升。(154)廓盪盪　空曠遼闊的樣子。(155)無涯　無邊。(156)窺　看。(157)開陽　北斗星的第六星。(158)頫眂　俯視。頫，同「俯」。眂，同「視」。(159)臨　由高處俯視。(160)舊鄉　故鄉。(161)暗藹　遙遠的樣子。(162)離居　離別故居。(163)勞心　內心憂愁。(164)悁悁　憂愁的樣子。(165)眷眷　依戀的樣子。(166)屢顧　屢屢反顧。(167)輈　車轅。(168)遊娛　遨遊。(169)媮樂　歡樂。(170)愁慕　憂思。(171)懷　內心懷有。(172)閶闔　天門。(173)降　從高處往下走。(174)天途　天路。(175)焱忽　疾風。(176)虛無　指空中。(177)菲菲　雲霧盛多的樣子。(178)眇眇　風吹的樣子。(179)震　吹動。(180)旟　繪有鳥隼的旗。(181)繽　繽紛。(182)連翩　連續不斷。(183)紛　紛亂。(184)暗曖　昏暗不明。(185)儵　疾速。(186)眩眃　疾速的樣子。(187)反常閭　回故鄉。

【語　譯】命令眾神快來會聚呵，都要履行他們的職責，共同來迎接我。雷聲隆隆呵，閃電劃過夜空。雲師使陰雲交集呵，傾盆暴雨灑在歸途上。把穿轡繩的環安在玉飾的車上，立起華麗的車蓋呵，馴服有翼的應龍，使牠為我駕車。百神森然而立，準備隨從呵，騎士屯聚，似群星布列。我揮動袖子登上雕車呵，腰間長劍高低動盪。高冠巍巍，與車蓋華彩相映呵，玉佩紛繁，光采煥發。車夫莊重地揮起鞭子呵，八馬騰空飛馳。氛氣為旌，宛轉地在天迴旋呵，虹蜺為旗，一路飛揚。手撫欄杆回頭而看呵，心中灼熱好似沸水一般。心嚮往光明燦爛的天帝之都呵，為何迷戀故居而不忘！左邊青龍舉起芝蓋呵，右邊白虎執掌擊鉦。前面派朱鳥拂動羽旄呵，後面委任玄冥為水衡。囑咐箕伯藏斂風氣呵，澄清那混濁之氣。牽引著像雲一般飄飄飛舞的旗子呵，鳴起嚶嚶飾玉的鸞鈴。經過天邊的微雲而越升越遠呵，浮過遊氣而上行。一行人紛紛然緩緩飛到呵，光燦燦顯揚神靈。叫天帝的守門人打開天門呵，在瓊宮之中謁見天帝。聆聽〈廣樂〉演奏九章呵，心情實在舒散又和樂。從音律之中可考知治與亂呵，從始至終，引人思索。想到快樂安逸而不厭倦呵，又擔心會樂去而哀至。素女奏瑟，餘音不絕呵，太容則歎息說：「要思慮啊！」既要防止過度逸樂，使心志平靜呵，待我閒暇，即去遠遊。走出清靜的紫微宮呵，在高峻的太微垣集合。命令王良鞭策天駟呵，越過凌空的高閣。布下周密的罔車呵，在廣大的青林行獵。拉開天弓威弧呵，要射那嶓冢山上的狼星。看天軍的壁壘在北落呵，擂響咚咚的河鼓。跨過奔流的天潢呵，渡過滔滔的天河。倚著招搖、攝提二星而徘徊環繞呵，察看日、月、五星連綿運行之狀。它們傲然恣縱，跳躍而屈曲呵，眾多紛雜，疾速並馳。有的迅疾地化作虛無呵，有的相連，有的分散，彼此跨越。凌駕轟隆的驚雷呵，擺弄閃爍的電光。越過窈冥的混沌元氣呵，穿過倒影之處向高處飛升。空曠遼闊，無邊無際呵，如今才窺見天外景象。憑據開陽星俯視下界呵，只見故鄉十分遙遠。悲悵離別故居，心中憂愁呵，情懷鬱鬱，想要歸去。我神魂依戀而屢屢回顧呵，連馬也倚著車轅，徘徊不忍前進。雖然遨遊歡樂呵，我的內心又怎能禁得住思鄉的愁情！出了天門，走下歸鄉的天路呵，乘著疾風，在虛空中馳驅。雲霧瀰漫呵繞我車輪，天風吹拂呵動我旗幟。繽紛連翩呵雜亂不明，迅疾之間呵回到了故鄉。

收❶疇昔❷之逸豫❸兮，卷❹淫放❺之遐心❻。修❼初服❽之娑娑❾兮，長余佩❿之參參⓫。文章⓬奐以粲爛兮，美紛紜⓭以從風⓮。御六藝之珍駕兮，遊道德之平林⑮。結典籍而為罟兮，歐儒墨以為禽⑯。玩陰陽之變化⑰兮，詠雅頌⑱之徽音⑲。嘉⑳曾氏㉑之〈歸耕〉㉒兮，慕㉓歷阪㉔之嶔崟㉕。恭㉖夙夜㉗而不貳㉘兮，固終始之所服㉙。夕惕若厲㉚以省諐㉛兮，懼余身之未勑㉜。苟㉝中情㉞之端直㉟兮，莫吾知㊱而不恧㊲。默無為㊳以凝志㊴兮，與㊵仁義乎逍遙㊶。不出戶而知天下㊷兮，何必歷遠以劬勞㊸。系㊹曰：天長地久歲不留㊺，俟㊻河之清㊼秪㊽懷憂。願得遠渡㊾以自娛，上下㊿無常窮六區(51)。超踰(52)騰躍(53)絕(54)世俗，飄遙(55)神舉(56)逞所欲。天不可階(57)仙夫(58)稀，〈柏舟〉(59)悄悄(60)吝(61)不飛(62)。松(63)喬(64)高跱(65)孰能離(66)！結精(67)遠遊使心攜(68)。迴志(69)朅來(70)從玄謀(71)，獲我所求夫何思(72)！

【章　旨】本章是寫遠遊歸來，收其放心，默然無為，潛心探研聖人之道，雖不為人知也不含怨。

【注　釋】❶收　收斂。❷疇昔　往昔。❸逸豫　逸樂。❹卷　捲藏。❺淫放　放縱。❻遐心　遠遊之心。❼修　整治；穿著。❽初服　昔日清潔之服。❾娑娑　衣服飄拂的樣子。❿長余佩　使我所佩之物長長的。⓫參參　長長的樣子。⓬文章　指衣服上的文采。⓭紛紜　謂斑斕美盛。⓮從風　指衣佩隨風飄蕩。⓯御六藝之珍駕兮二句　是說以道德為林，而遊於其中。御，駕車。六藝，指禮、樂、射、御、書、數。珍駕，寶車。平林，平地的森林。⓰結典籍而為罟兮二句　比喻從儒墨經典之中汲取思想精華。結，編結。典籍，指古聖賢之書。罟，網。歐，古「驅」字。儒墨，儒家和墨家。儒家主張仁義為本，禮樂為用，墨家主張兼愛非攻，強本節用。禽，禽鳥。⓱玩陰陽之變化　此指領悟事物變化的規律。玩，玩味；領會。陰陽，自然界兩種互相對立和互相消長的現象與變化規則。古時以陰陽解釋萬物的變化，凡天地、日月、晝夜、男女，以至臟腑氣血皆分屬陰陽。⓲雅頌　《詩經》中的〈雅〉、〈頌〉。古人認為這是上古之正音。⓳徽音　懿美之音。⓴嘉　贊美。㉑曾氏　指曾參。孔子弟子，以事親至孝著稱。㉒歸耕　琴曲名。李善注引《琴操》：「〈歸耕〉者，曾子之所作也。曾子事孔子十有餘年。晨覺，眷然念二親年衰，養之不備，於是援琴鼓之曰：歔欷歸耕來兮，安所耕歷山盤兮。」㉓慕　嚮往。㉔歷阪　歷山之坡。歷山，相傳為舜所耕處。在今山東省歷城縣南。㉕嶔崟　山高峻的樣子。㉖恭　指奉行仁義之道。㉗夙夜　早晚。㉘不貳　專一。㉙服　行。㉚夕惕若厲　朝夕戒懼，如臨危境，不敢稍懈。語出《易・乾卦》九三爻辭：「夕惕若厲無咎。」惕，戒懼。厲，危。㉛省諐　自己反省有無過失。諐，過錯。原作「僭」，據《文選考異》改。㉜勅　通「敕」。整飭。㉝苟　假若。㉞中情　內心。㉟端直　正直無邪。㊱莫吾知　莫知吾：無人知我。㊲恧　慚愧。㊳無為　道家的主張。即順應自然，不求有所作為，而後達到有所為。《老子・第三章》：「為無為，則無不治。」㊴凝志　聚集心志而不外騖。㊵與　同。㊶逍遙　優游自得。㊷不出戶而知天下　語出《老子・第四十七章》：「不出戶，知天下；不窺牖，見天道。」河上公曰：「聖人以己身知人身，以己家知人家，所以見天下矣。」㊸劬勞　勞苦。㊹系　繫。謂重繫一賦之意旨。㊺歲不留　歲月不停留。㊻俟　待。㊼河之清　比喻國家政治清明之世。《左傳・襄公八年》：「周詩有之曰：『俟河之清，人壽幾何！』」傳說黃河水清一千年一次。㊽秖　只。㊾遠渡　遠遊。㊿上下　謂上天入地遍遊各處。(51)六區　指六合。即上下四方。(52)超踰　超越。(53)騰躍　升騰。(54)絕　脫離。(55)飄遙　上升的樣子。(56)神舉　神遊於天。(57)階　升。(58)仙夫　仙人。(59)柏舟　《詩・邶風》篇名。小序言：「言仁而不遇也。衛頃公之時，仁人不遇，小人在側。」(60)悄悄　憂愁的樣子。〈柏舟〉：「憂心悄悄，慍於群小。」(61)厽　同「吝」。惜。(62)不飛　不能奮飛。言臣不遇君，不能得志。〈柏舟〉：「靜言思之，不能奮飛。」(63)松　指赤松子。傳說中仙人，為神農時雨師，能隨風上下，入火自燒。事見《列仙傳》。(64)喬　指王子喬。傳說中仙人，為周靈王太子晉，好吹笙作鳳鳴，遊伊洛間，道士浮丘公接上嵩高山而成仙，後曾乘白鵠而歸。事見《列仙傳》。(65)高跱　高高而立。(66)離　附麗；依附。(67)結精　集聚精神。(68)攜　離。(69)迴志　改變主意。(70)朅來　去來。朅，去。(71)玄謀　指玄聖之道。(72)何思　有何思慮。

【語　譯】收斂起往昔逸樂之情呵，捲藏了放縱遠遊之心。整治好昔日飄拂的衣裳呵，垂懸著長長的佩飾。衣上的文采煥耀燦爛呵，紛紜美盛，隨風飄蕩。駕上六藝的寶車呵，遨遊於道德的平林。編織典籍為網呵，盡驅儒、墨精義為禽鳥。玩味陰陽變化的規律呵，歌詠〈雅〉、〈頌〉懿美之音。贊美曾子歸耕養親呵，嚮往高峻的虞舜所耕的歷阪。奉行仁義應當早晚專一呵，本來為終身所實行。終日戒懼，像是處在危險的狀況下，反省過錯呵，擔心未能注意整飭自身。假若內心正直無邪呵，無人知我，也不感慚愧。默然無為，凝聚心志呵，與仁義一道，優遊自得。不出門而能知天下呵，何必勞苦地遊歷遠方！總而言之：天長地久時不留，要待河清只懷憂。願能遠遊娛我情，上下不停遍六合。超越升騰離世間，飄然神遊隨所欲。天不可登而仙人本就很少，仁人憂愁惋惜不遇時。松、喬高立誰能依憑！凝神遠遊使心離。迴志歸來從聖道，得我所求何所思！

歸田賦

【作　者】張衡，見頁五七。

【題　解】此賦作於東漢順帝永和三年，當時張衡已六十一歲，由河間相上書乞骸骨（因年老請求退休），次年即逝世了。此賦篇幅短小，語言清新淺易，有些地方已有四六句式，近似駢體。在賦的發展史上，這是一篇較早的抒情小賦，對後世創作有重要影響。

遊都邑❶以永久，無明略以佐時❷；徒臨川以羨魚❸，俟河清❹乎未期。感蔡子之慷慨，從唐生以決疑❺。諒❻天道❼之微昧，追漁父❽以同嬉。超塵埃❾以遐逝，與世事乎長辭。

【章　旨】作者原有宏大的抱負，感到世事已不可為，於是決定退隱田園。

【注　釋】❶都邑　指都城洛陽。❷無明略以佐時　沒有明智的謀略來輔佐時政。這是憤激的反話，其實張衡曾多次上書切諫，但他的主張未獲採納。❸臨川以羨魚　《淮南子・說林》：「臨河而羨魚，不如歸家而織網。」比喻自己徒然有正確的主張，卻不能予以實現。羨，貪欲。❹河清　比喻政治清明的時代。《左傳・襄公八年》：「周詩有之曰：『俟河之清，人壽幾何？』」❺感蔡子之慷慨二句　《史記・卷七九・范雎蔡澤列傳》：燕之遊士蔡澤久不得志，乃請唐舉相面。唐舉曰：「先生之壽，從今以往者四十三歲。」蔡澤笑謝而去，謂御者曰：「吾持粱齧肥，躍馬疾驅，懷黃金之印，結紫綬於要（腰），揖讓人主之前，食肉富貴，四十三年足矣。」於是入秦說服范雎，代之為相。此以胸懷宏願之蔡澤自比。蔡子，指蔡澤。慷慨，形容壯士不得志時情緒之激昂不平。唐生，指唐舉。❻諒　信；實在是。❼天道　指決定事物運動變化的規律。❽漁父　指《楚辭・漁父》中所假設的漁父。以其不被塵世羅網，欣然自樂。❾塵埃　指紛濁的世俗。《楚辭・漁父》：「安能以皓皓之白，而蒙世俗之塵埃乎！」

【語　譯】在都城做官已經很長的時間了，我沒有明智的謀略來輔佐時政；空懷著佇立河邊想要得魚的願望，卻無法實現，等待黃河清澈，政治清明又不知要到哪一天。我有感於胸懷大志的蔡澤曾經那樣悲涼慷慨，他終於找唐舉解答了疑慮，一舉建立了功業。可是天道實在是幽隱難明，我還是追隨漁父一同去遊樂。超然遠離紛濁的塵世而遠走高飛，從此與政事永久地分開。

於是仲春❶令月❷，時和氣清。原隰❸鬱茂，百草滋榮。王雎❹鼓翼，倉庚❺哀鳴；交頸頡頏❻，關關嚶嚶❼。於焉逍遙❽，聊以娛情。

【章　旨】鄉村二月，風光無限美好，於此遊憩，令人樂而忘憂。

【注　釋】❶仲春　夏曆二月。❷令月　良月。❸原隰　高低不平的平野。原，高的平地。隰，低的平地。❹王雎　水鳥名。一名雎鳩，常在江渚山邊食魚。《詩・周南・關雎》：「關關雎鳩。」《毛傳》曰：「雎鳩，王雎也。」❺倉庚　《禮記・月令》：「仲春之月，倉庚鳴。」鄭注：「倉庚，驪黃也。」即黃鸝。❻頡頏　鳥忽上忽下飛翔的樣子。飛而上曰頡，飛而下曰頏。❼關關嚶嚶　眾鳥和鳴之聲。關關，指王雎雌雄相和的鳴聲。嚶嚶，指倉庚和鳴聲。❽於焉逍遙　語出《詩・小雅・白駒》。於焉，於是；於此。

【語　譯】於是在二月這個好月份，氣候溫和、天氣晴朗。高高低低的原野上草木蕃盛，各類花草在生長開花。魚鷹拍著翅膀飛翔，黃鸝發出哀婉的鳴聲；鳥兒們相互交摩著頸項，忽而飛上，忽然飛下，關關嚶嚶地，一片和鳴的聲音。我於是優遊自在，暫且抒解自己的心情。

爾乃龍吟方澤，虎嘯山丘❶。仰飛纖繳❷，俯釣長流。觸矢而斃，貪餌吞鉤。落雲間之逸禽，懸淵沈之魦鰡❸。

【章　旨】設想閒居射鳥釣魚之樂。

【注　釋】❶龍吟方澤二句　在山澤間從容吟嘯，類似龍虎。方澤，大澤。❷繳　生絲縷。繫在箭的尾部，用以弋射禽鳥。此指箭。❸魦鰡　皆魚名。

【語　譯】於是如同龍在大澤裡長吟，虎在山丘間咆嘯。我仰身射出飛箭，俯身在長長的流水上垂釣。鳥觸著我的利箭就死了，魚貪吃食餌就吞下釣鉤。高飛在雲中的大鳥射落在我的面前，潛沈在深水中的魦鰡也被我釣起。

於時曜靈❶俄❷景❸，繼以望舒❹。極般❺遊之至樂，雖日夕而忘劬❻。感老氏之遺誡❼，將迴駕乎蓬廬。彈五絃之妙指❽，詠周孔之圖書。揮翰❾墨以奮藻❿，陳三皇之軌模⓫。苟⓬縱心於物外⓭，安知榮辱⓮之所如⓯！

【章　旨】由日夜遊樂轉而讀書明理，遂超然於世外，榮辱都不足以掛懷。

【注　釋】❶曜靈　指太陽。❷俄　傾斜。❸景　指日影。❹望舒　神話中為月亮駕車的神名。此指月亮。❺般　樂。❻劬　勞苦。❼老氏之遺誡　指《老子・第十二章》：「馳騁畋獵，令人心發狂。」老氏，指老子。❽彈五絃之妙指　《禮記・樂記》：「舜作五絃之琴以歌南風。」彈五絃，有仰慕古代聖人之意。指，同「旨」。意趣。❾翰　筆。❿奮藻　發揮詞藻。指寫文章。⓫陳三皇之軌模　指取法古聖君的政治主張。三皇，傳說中的三位遠古帝王。一般指伏羲、神農、黃帝。軌模，法度。⓬苟　且。⓭物外　世外。⓮榮辱　指富貴與貧賤。⓯如　往。

【語　譯】這時太陽已經漸漸西斜了，接著是月下的良辰。我盡情地遨遊享樂，即使日以繼夜地遊樂也忘記疲倦。此時我忽然想到老子留下來的訓誡而受到感化，隨即打算駕車回到茅屋。彈奏起五絃琴，表現古聖的旨趣，誦讀著記載周公孔子言行的圖書。揮起筆墨來寫文章，陳述三皇治天下的法度。且放任自己的心神於世外，哪裡還關心將來是富貴或貧賤呢？

卷一六

閒居賦 并序

【作　者】潘岳，見頁二八六。

【題　解】此賦是潘岳的一篇名作，約作於他五十歲時。全篇文字瀟灑自然，很有文采，而且對比極為鮮明，表現了高明的藝術綜合能力。

岳嘗讀〈汲黯傳〉❶，至司馬安❷四至九卿，而良史❸書之，題❹以巧宦❺之目❻，未嘗不慨然廢書❼而歎曰：嗟乎！巧❽誠有之，拙❾亦宜然❿。顧⓫常以為士之生也，非至聖無軌⓬，微妙玄通⓭者，則必立功立事，效當年之用⓮。是以資忠履信⓯以進德⓰，修辭立誠以居業⓱。僕⓲少竊⓳鄉曲之譽⓴，忝㉑司空太尉㉒之命㉓，所奉之主，即太宰魯武公㉔其人也，舉秀才為郎㉕。逮㉖事世祖武皇帝㉗，為河陽、懷令㉘、尚書郎㉙、廷尉平㉚。今天子諒闇之際㉛，領太傅主簿㉜，府主誅㉝，除名為民㉞。俄而㉟復官，除㊱長安令㊲。遷博士㊳，未召拜㊴，親疾㊵，輒去官㊶，免㊷。自弱冠㊸涉乎知命之年㊹，八徙官㊺而一進階㊻，再免㊼，一除名㊽，一不拜職㊾，遷者三㊿而已矣。雖通塞(51)有遇(52)，抑亦拙者之效(53)也。昔通人(54)和長輿[55]之論余也，固謂拙於用多[56]。稱多則吾豈敢，言拙信而有徵[57]。方今俊乂在官，百工惟時[58]，拙者可以絕意乎寵榮之事[59]矣。太夫人[60]在堂，有羸老[61]之疾。尚何能違膝下[62]色養[63]，而屑屑[64]從斗筲[65]之役乎！於是覽止足之分[66]，庶[67]浮雲之志[68]。築室種樹[69]，逍遙[70]自得。池沼足以漁釣，舂稅[71]足以代耕[72]。灌園[73]粥蔬[74]，以供朝夕之膳[75]。牧羊酤酪[76]，以俟[77]伏臘[78]之費。孝乎惟孝，友于兄弟[79]，此亦拙者之為政[80]也。乃作〈閒居賦〉，以歌事遂情[81]焉。其辭曰：

【章　旨】本章為賦序。作者從讀〈汲黯傳〉談起，談到世上有巧於為官和拙於為官兩種人。回顧三十年仕途，認為自己屬於拙者，於是想到知止知足，歸隱閒居，寫作此賦，來歌詠其事。

【注　釋】❶汲黯傳　此指《史記》、《漢書》之〈汲黯傳〉。汲黯，字長孺，濮陽人。歷仕西漢景帝、武帝，以立朝嚴正見稱。❷司馬安　汲黯姊子。少時與汲黯同為太子洗馬，然而「文深巧，善官，四至九卿，以河南太守卒。昆弟以安故，同時至二千石十人」。（《漢書・卷五〇・汲黯傳》）❸良史　指司馬遷、班固。❹題　品評。❺巧宦　善於鑽營，巧取官位。❻目　名稱。❼廢書　放下書。❽巧　指司馬安之流投機取巧而至高官者。❾拙　指汲黯這種不肯逢迎，不善諛媚，剛正不阿，直言切諫的為官者。❿宜然　應當。⓫顧　只；但。⓬至聖無軌　最高明的聖人在政治上行事不留蹤跡。⓭微妙玄通　言古之聖人，其心志精微，通於幽深的天道。⓮效當年之用　言在當世顯示立功立事的作用。效，致；實現。當年，當時；當代。用，功用。⓯資忠履信　用其忠心，履行諾言。⓰進德　使德行日益積累。⓱修辭立誠以居業　外修文教，內立誠實，以保有功業。《易・乾・文言》：「子曰：君子進德修業，忠信，所以進德也。修辭立其誠，所以居業也。」⓲僕　潘岳謙稱自己。⓳竊　謂不當受而受之。此謙虛地謂自己得到的意思。⓴鄉曲之譽　鄉里之人的稱譽。㉑忝　辱。此言辱受。意謂自己的受命使薦舉之人蒙受恥辱。㉒司空太尉　指賈充。晉武帝時重臣，曾任司空侍中尚書令，後轉任太尉，行太子太保錄尚書事。《晉書・卷五五・潘岳傳》：「（潘岳）早辟司空太尉府，舉秀才。」㉓命　舉薦而任命。㉔太宰魯武公　指賈充。生時曾被封為魯郡公，死後被追贈太宰，諡號為武（見《晉書・卷四〇・賈充傳》）。㉕郎　諸郎官的通稱。㉖逮　及；等到。㉗世祖武皇帝　指晉武帝司馬炎。㉘河陽懷令　河陽縣令、懷縣令。㉙尚書郎　官名。潘岳曾因勤於政績，調補尚書郎度支郎。㉚廷尉平　官名。廷尉屬官。㉛今天子諒闇之際　指晉武帝方死，惠帝為父守喪。今天子，指晉惠帝。諒闇，指帝王居喪。㉜太傅主簿　太傅府屬官。太傅，指楊駿。惠帝初立時的執政大臣。㉝府主誅　指楊駿被殺。武帝死後，武帝皇后之父楊駿獨攬朝政，惠帝之賈皇后聯合外藩，發動政變，殺死楊駿，滅楊氏滿門。府主，舊時幕職稱其長官的敬詞。此指楊駿。㉞除名為民　除去官員身分而成為平民。楊駿被誅之夜，潘岳恰好不在府中，又得故人救助，幸而未被殺，僅除名為民。除名，取消官員身分。㉟俄而　不久。㊱除　除舊官任新官。此指任命。㊲長安令　長安縣令。㊳博士　官名。㊴未召拜　未及去朝廷就職。㊵親疾　此指潘岳之母有疾。㊶去官　辭去官職。㊷免　被免職。㊸弱冠　指二十歲左右。古代男子二十歲行冠禮。弱，年少。㊹知命之年　指五十歲左右。語出《論語・為政》。㊺八徙官　八次變動官職。㊻一進階　指一次晉升官階。即由懷縣令升為尚書郎。㊼再免　二次被免官。指因公事被免去廷尉平及調任博士時因親疾去官而被免官。㊽一除名　一次被除去官員身分而為平民。此指楊駿被誅，潘岳受到除名為民的處分。㊾一不拜職　指調為博士，未到任就職。㊿遷者三　三次調動官職。指調任廷尉平、太傅主簿及博士。(51)通塞　指仕途的通達與阻塞。(52)遇　指際遇的不同。(53)拙者之效　自己拙於為官的表現。效，效驗。(54)通人　博古通今之人。(55)和長輿　和嶠。字長輿，晉人。(56)拙於用多　不善於運用自己的多才多藝。(57)信而有徵　確實而有徵驗。(58)俊乂在官二句　《尚書・皋陶謨》：「俊乂在官，百僚師師，百工惟時。」意謂有德才出眾的人在職，百官都效法他，政事就不會有過錯。俊乂，賢能之士。百僚、百工，皆指百官。時，通「是」。正確。(59)寵榮之事　指在仕途上追求榮耀寵幸的地位。(60)太夫人　指母親。(61)羸老　年老體弱。(62)膝下　指在母親身邊。(63)色養　和顏悅色侍奉父母。指盡孝。語出《論語・為政》。(64)屑屑　煩細不停的樣子。(65)斗筲　比喻小小的官職。斗，量器。筲，竹器，容二升。(66)止足之分　此謂為人要知止知足，謹守本分，不作非分之想。(67)庶　庶幾；接近。(68)浮雲之志　鄙棄不義而得的富貴，視之若浮雲一般的高尚胸襟。《論語・述而》：「子曰：『不義而富且貴，於我如浮雲。』」(69)築室種樹　指營造歸隱之處。(70)逍遙　無拘無束。(71)舂稅　謂舂粟為米，稅其利。舂，用杵臼搗去穀物的皮殼。(72)代耕　代替種田。(73)灌園　栽培園中蔬菜。(74)粥蔬　賣蔬菜。粥，同「鬻」。賣。(75)朝夕之膳　指日常膳食費用。(76)酤酪　賣乳酪。酤，賣。(77)俟　等待。(78)伏臘　夏祭和冬祭。(79)孝乎惟孝二句　孝順父母，友愛兄弟。《論語・為政》記載孔子說：「《書》

云：『孝乎惟孝，友于兄弟，施於有政。』是亦為政，奚其為為政？」80為政　參與政治。81歌事遂情　歌詠離官閒居這件事，使自己的情趣得到滿足。

【語　譯】我曾讀〈汲黯傳〉，讀到司馬安四次官至九卿，因而良史司馬遷、班固記載了他的事，評他為善於鑽營，巧取官位的人，至此我總是感慨地拋下書歎息說：唉，巧於為官者確是有呵，那麼拙於為官者自然也應該有了。我常認為士人生於世上，除非是最高明的聖人行事不留蹤跡，其心精微，通於大道，一般人都要建功立業，才能在當代顯示他的作用。因此用其忠心，履行信約，使德行日漸累積；外修文教，內立誠實，以保有功業。我年少時承蒙鄉里之人稱譽，謬受司空太尉的舉薦，奉事的主人，就是追贈太宰的魯武公，被他舉薦為秀才，任為郎官。到我侍奉世祖武皇帝時，我曾任河陽縣令、懷縣令、尚書郎、廷尉平。當今天子居喪期間，我為太傅主簿，後因府主被誅，我被除去名籍為平民。不久又恢復官職，被任命為長安縣令。隨後調任博士，未及赴朝受職，因母親生病，就辭去官職，被朝廷免職。從二十歲到五十歲，八次變動官職，一次晉升官階，兩次被免官，一次被除名為民，一次未到任就職，三次調動官職。雖然仕途的通達與阻塞，各有際遇的不同，卻也是我拙於為官的表現。從前博古通今的和長輿曾評論我，一再說我拙於運用自己的多才多藝。說我多才多藝，我哪裡敢當；說我愚拙，倒是確實而有徵驗的。如今德才出眾之人在位，百官行事無誤，像我這樣拙於為官的人，可以不必去想在仕途上追求榮譽地位了。家有母親，年老體弱多病，又怎能不在她身邊盡孝，而忙碌於小小的官職呢！於是我看到「知止」、「知足」的本分，把不義而得的富貴視若浮雲。建築屋舍，栽種樹木，無拘無束，悠然自得。池塘可以釣魚，春粟得利可以代替種田。澆灌園田，出賣蔬菜，來供應日常的膳食。養羊賣乳酪，來供應夏祭、冬祭的費用。孝順父母，友愛兄弟，這也是拙者參與政治的方式了。我於是作了〈閒居賦〉，歌詠其事，抒發感情。賦辭如下：

傲❶墳❷素❸之場圃❹，步先哲❺之高衢❻。雖吾顏❼之云厚，猶內媿❽於甯❾

遽⑩。有道⑪吾不仕，無道⑫吾不愚。何巧智之不足，而拙艱⑬之有餘也！於是退而閒居，于洛之涘⑭。身齊逸民⑮，名綴⑯下士⑰。陪京⑱泝伊⑲，面郊後市⑳。浮梁㉑黝㉒以徑度㉓，靈臺㉔傑㉕其高峙㉖。閱㉗天文之祕奧，究㉘人事之終始㉙。其西㉚則有元戎㉛禁營㉜，玄幕㉝綠徼㉞。谿子巨黍㉟，異絭同機㊱。礮石㊲雷駭㊳，激矢虻飛㊴。以先啟行㊵，耀我皇威㊶。其東則有明堂㊷辟雍㊸，清穆㊹敞閑㊺。環林縈映，圓海迴淵㊻。聿追孝㊼以嚴父㊽，宗文考㊾以配天㊿。祗(51)聖敬(52)以明順(53)，養更老(54)以崇年(55)。若乃背冬涉春(56)，陰謝陽施(57)。天子有事(58)于柴燎(59)，以郊祖(60)而展義(61)。張(62)鈞天之廣樂(63)，備千乘之萬騎(64)。服振振(65)以齊玄(66)，管啾(67)而並吹。煌煌(68)乎，隱隱(69)乎。茲禮容(70)之壯觀，而王制(71)之巨麗也。兩學(72)齊列，雙宇如一(73)。右(74)延(75)國冑(76)，左(77)納良逸(78)。祁祁(79)生徒，濟濟(80)儒術(81)。或升之堂，或入之室(82)。教無常師，道在則是(83)。故髦士投紱，名王懷璽(84)。訓(85)若風行，應如草靡(86)。此里仁(87)所以為美，孟母所以三徙(88)也。

【章旨】本章主要是描寫作者住宅周圍的環境。宅在洛水之畔，其西有禁軍營地，軍容盛大；其東有明堂、辟雍，典禮十分壯觀；還有國學、太學，生徒濟濟，悉心向學。

【注釋】❶傲　嘯傲。謂言動自在，無拘束。❷墳　三墳五典。指古代典籍。❸素　素王之法。漢儒認為孔子作《春秋》，代王者立法，雖無王者之位，而有王者之道，故稱素王。❹場圃　意指儒家學說的領域。❺先哲　古代明智之人。❻高衢　大道。兼指道術。❼顏　顏面；臉皮。❽媿　同「愧」。❾甯　指甯武子。春秋時衛國大夫，姓甯，名俞。孔子說：「甯武子，邦有道，則知（智）；邦無道，則愚（裝傻）。其知可及也，其愚不可及也。」（《論語・公冶長》）❿蘧　指蘧伯玉。春秋時衛國大夫。《論語・衛靈公》記孔子之言說：「君子哉蘧伯玉！邦有道，則仕；邦無道，則可卷而懷之。」⓫有道　政治清明。⓬無道　政治黑暗。⓭拙艱　笨拙呆板。⓮洛之涘　洛水水邊。⓯逸民　無官的散逸之人。⓰綴　附著。⓱下士　周代等級最低的官爵。周代諸侯國君以下有五等官爵：卿、大夫、上士、中士、下士。潘岳曾任級別不高的官職，故自謙為下士。⓲陪京　背靠京城。陪，通「倍」。王念孫說：「陪字當讀為倍，倍即今向背字也。」（見《讀書雜志餘編・下》）《晉書・卷五五・潘岳傳》作「背」。⓳泝伊　向著伊水。伊水在洛水南。⓴面郊後市　前是城郊，後是市集。㉑浮梁　指洛水上的浮橋。㉒黝　長長的樣子。㉓徑度　直接度過。㉔靈臺　天子觀察天象的高臺。在洛陽南，離城三里。㉕傑　雄壯高聳。㉖峙　挺立。㉗闚　觀察。㉘究　探究。㉙人事之終始　指人事之興亡。㉚其西　指潘岳之宅的西面。㉛元戎　兵車。㉜禁營　皇家禁衛軍的營地。㉝玄幕　黑色的帳幕。㉞綠徽　綠色旗幟。㉟谿子巨黍　皆古代的良弓。㊱異絭同機　多張弩弓由同一弩牙控制。絭，弩弓。機，弩牙；弩上用來射箭的機關。㊲礮石　用機關發射的飛石。㊳雷駭　如雷霆震響。㊴激矢蝱飛　箭去如虻蟲之飛。蝱，同「虻」。㊵以先啟行　做開路先鋒。㊶耀我皇威　顯耀天子的神威。㊷明堂　天子宣明政教的地方。凡朝會及祭祀、慶賞、選士、養老、教學等大典，均於其中舉行。㊸辟廱　本為西周天子所設大學，後成為祭祀之所。地在靈臺之東，相距一里。㊹清穆　清淨肅穆。㊺敞閑　寬敞宏大。㊻圓海迴淵　指辟廱四周所環之水，如圓海如深淵迂迴。㊼聿追孝　追念祖先以行孝道。聿，語氣助詞。語出《詩・大雅・文王有聲》：「遹追來孝。」㊽嚴父　尊敬父親。㊾宗文考　宗祀文帝。司馬炎稱帝後追封其父司馬昭為晉文帝。宗，宗祀。文考，指司馬昭。㊿配天　配祀上帝。(51)祗　敬。(52)聖敬　聖賢敬祖尊父之道。(53)明順　表明順從天命。(54)更老　即三老五更。《禮記・文王世子》鄭玄注：「三老五更各一人也，皆年老更事致仕者也。天子以父兄養之，示天下之孝悌也。」(55)崇年　尊崇高年。(56)背冬涉春　冬去春來。(57)陰謝陽施　指陰氣退陽氣升。(58)有事　有祭事。(59)柴燎　指祭天。古祭天時，積柴而焚，祭品置柴上，以煙祀天。(60)郊祖　祭天而以祖配之。(61)展義　展其禮義之事。(62)張　大規模演奏。(63)鈞天之廣樂　天上的音樂。此指皇家音樂。(64)千乘之萬騎　形容車騎之多。(65)服振振　《左傳・僖公五年》卜偃引童謠云：「袀服振振。」袀服，黑色軍服。振振，威武的樣子。(66)齊玄　都是黑色。(67)啾啾　管樂之聲。(68)煌煌　光明的樣子。(69)隱隱　盛大的樣子。(70)禮容　典禮的外容。(71)王

制　帝王的制度。(72)兩學　指國學和太學。(73)雙宇如一　謂兩學的屋宇整齊如一。(74)右　西。(75)延　招收。(76)國冑　指貴族子弟。(77)左　東。(78)良逸　未入仕途的賢良之士。(79)祁祁　眾多的樣子。(80)濟濟　眾多之意。(81)儒術　指儒術之士。(82)或升之堂二句　指有的學有所成，有的有高深的造詣。《論語・先進》載孔子評子路說：「由也升堂矣，未入於室也。」「堂」是正廳，「室」是內室。先入門，次升堂，最後入室，表示做學問的幾個階段。升堂是學有所成，入室則是有高深的造詣。(83)教無常師二句　意謂有道者即為師。(84)髦士投紱二句　是說名流顯貴都棄印藏璽前來求學。髦士，才能傑出之士。髦，俊。投紱，丟下官印。紱，繫官印的絲帶。名王，有名的國王。懷璽，懷藏印璽。(85)訓　指教師的訓導。(86)應如草靡　弟子遵從訓導，如草遇風而倒一般。(87)里仁　居住在有仁德的地方。《論語・里仁》：「子曰：『里仁為美。擇不處仁，焉得知？』」根據李善注引「鄭玄曰：里者人之所居也，居於仁者之里是為善也」。(88)孟母所以三徙　據《列女傳》載，孟子之母為使孟子受到良好環境的影響，曾三次遷居，最後遷到學校附近，孟子因此終於成為大儒。

【語　譯】我在儒家學說領域裡嘯傲自在，在古代明哲之人的大道上漫步。雖說是厚著臉皮，內心還是有愧於甯武子、蘧伯玉。國家政治清明時，我不能出仕；國家政治黑暗時，我又不能裝傻。何以機智靈巧如此不足，而笨拙呆板如此有餘呢！於是我離職閒居在洛水水畔，過著普通老百姓一樣散逸的日子，名字依附在下士之中。我的宅子背靠京城，面朝伊水；前面是郊區，後面是市場。浮橋悠長，直接渡過洛水；靈臺壯觀，高高聳立雲天。從臺上可以窺視天象的奧祕，從中探究人事的興亡。我的家西面有屯駐兵車的禁軍營地，黑色帳幕，綠色旗幟。谿子、巨黍等良弓，眾弓弩由同一機關控制。一旦射出飛石會像雷霆一般轟響，激矢又如蚊虻群飛一樣壯觀。勁旅開路先行，來顯耀天子神威。我的家東面則有明堂、辟廱，清淨肅穆，寬敞宏大。樹林縈繞，流水迴環。追孝祖先因而尊崇皇父，宗祀文帝用以配祀上帝。謹遵聖賢敬祖之道，以表明順從天命；尊養三老五更，以示推崇高齡。到了冬去春來之時，陰氣退而陽氣升。天子焚柴祭祀，祭天祭祖，展其禮義。鋪張天上音樂，備辦千乘萬騎。軍服威武，全是黑色；管樂啾啾，一齊吹奏。光輝燦爛，規模盛大。如此典禮十分壯觀，帝王制度無比宏麗。國學、太學並列，兩邊屋宇整齊如一。西面國學招收貴族子弟，東面太學接受未仕賢良。學生盈門，儒術之士眾多。有的學有所成，有的有高深的造詣。教學沒有固定的教師，只要是有學問的人就可以了。因而才能傑出之士丟下印綬，有名的國王懷藏印璽，都來求學。教師訓導如風行草上，學生遵從如草隨風倒。這就是居住在有仁德之地的好處，也是孟母所以要三次遷徙而選擇居處的原因。

爰❶定我居，築室穿池❷。長楊映沼，芳枳❸樹籬❹。游鱗❺瀺灂❻，菡萏❼敷披❽。竹木蓊藹❾，靈果❿參差。張公大谷之梨⓫，梁侯烏椑之柹⓬。周文弱枝之棗⓭，房陵朱仲之李⓮，靡⓯不畢⓰殖⓱。三桃⓲表櫻胡⓳之別，二奈⓴曜丹白㉑之色。石榴蒲陶㉒之珍，磊落㉓蔓衍㉔乎其側。梅杏郁㉕棣㉖之屬，繁榮㉗麗藻㉘之飾。華實㉙照爛㉚，言所不能極㉛也。菜則蔥韭蒜芋，青筍紫薑，堇薺㉜甘旨㉝，蓼荾㉞芬芳。蘘荷㉟依陰㊱，時藿㊲向陽。綠葵㊳含露，白韰㊴負霜。於是凜秋㊵暑退，熙春㊶寒往。微雨新晴，六合㊷清朗。太夫人乃御㊸版輿㊹，升輕軒㊺。遠覽王畿㊻，近周㊼家園。體以行和㊽，藥以勞宣㊾。常膳㊿載(51)加，舊痾(52)有痊。席長筵(53)，列孫子(54)。柳垂陰，車結軌(55)。陸摘(56)紫房(57)，水掛頳鯉(58)。或宴于林，或禊(59)于汜(60)。昆弟(61)班白(62)，兒童稚齒(63)。稱萬壽以獻觴(64)，咸一懽而一喜(65)。壽觴舉，慈顏(66)和(67)。浮杯(68)樂飲(69)，絲竹駢羅(70)。頓足起舞，抗音(71)高歌。人生安樂，孰知其佗(72)！退(73)求己(74)而自省(75)，信(76)用薄而才劣(77)。奉周任之格言，敢陳力而就列(78)！

幾陋身之不保(79)，尚奚擬(80)於明哲(81)！仰(82)眾妙(83)而絕思(84)，終優遊(85)以養拙(86)。

【章　旨】本章先是描繪居處田園的美景：果菜茂盛，花實耀彩。接著描寫家人，老母閒居園中格外康健，春秋佳日全家聚會，其樂陶陶。最後認定：閒居是自己真正出路。

【注　釋】❶爰　乃；於是。❷穿池　開鑿池塘。❸枳　果樹名。亦名枸橘。❹樹籬　植為籬笆。❺游鱗　水中游動的魚。❻瀺灂　魚在水中出沒的樣子。❼菡萏　荷花。❽敷披　開放。❾蓊藹　鬱茂的樣子。❿靈果　好的果樹品種。⓫張公大谷之梨　傳說洛陽有張公，居大谷，有夏梨，海內唯此一樹。⓬梁侯烏椑之柿　傳說梁國侯家有烏椑柿，甚名貴。⓭周文弱枝之棗　傳說周文王時有棗樹名弱枝，棗味甚美。⓮房陵朱仲之李　傳說房陵縣有個叫朱仲的人，家有李樹，名為縹李，時所稀有。⓯靡　無。⓰畢　全部。⓱殖　種植。⓲三桃　指侯桃、櫻桃、胡桃等三種桃樹。⓳櫻胡　櫻桃、胡桃。⓴二柰　二種柰樹。㉑丹白　紅白。㉒蒲陶　即葡萄。㉓磊落　眾多的樣子。㉔蔓衍　繁殖生長。㉕郁　郁李。㉖棣　果樹名。㉗繁榮　繁花。㉘麗藻　形容花朵的豔麗。㉙華實　花朵果實。㉚照爛　光明照耀。㉛極　盡寫。㉜堇薺　皆菜名。㉝甘旨　甘美。㉞蓼荾　皆菜名。㉟蘘荷　皆菜名。㊱依陰　生於陰地。㊲時藿　指豆類。藿，指豆葉。㊳葵　即冬葵。為我國古代的重要蔬菜。㊴韰　山菜名。㊵凜秋　涼秋。㊶熙春　和暖的春天。㊷六合　上下四方。㊸御　乘坐。㊹版輿　一種人力板車。㊺輕軒　輕車。㊻王畿　京城四周直屬的區域。㊼周　周遊。㊽和　調身體舒展安適。㊾藥以勞宣　服用的養生之藥因外出活動而得到消解。㊿常膳　日常飲食。(51)載　語氣助詞。(52)舊痾　舊病。(53)席長筵　以長長的竹席為坐具。筵，竹席。(54)列孫子　使子孫排列而坐。(55)車結軌　車的軌跡屈曲不前。指到此止住。結，屈曲。(56)擿　同「摘」。(57)紫房　紫色成熟的果實。(58)頳鯉　紅色的鯉魚。(59)禊　古代春秋兩季在水邊舉行的除去不祥的祭祀。(60)汜　通「涘」。水邊。(61)昆弟　兄弟。(62)班白　同「斑白」。言頭髮花白。指年老。(63)稚齒　幼小。(64)獻觴　進酒。觴，酒杯。(65)咸一懼而一喜　此言見父母高壽而感到高興，又見父母衰邁而感到擔心。《論語．里仁》：「子曰：『父母之年，不可不知也。一則以喜，一則以懼。』」(66)慈顏　指母親的面容。(67)和　和樂。(68)浮杯　流杯。(69)樂飲　在音樂伴奏中飲酒。(70)駢羅　羅列。(71)抗音　高聲。抗，高。(72)佗　同「他」。(73)退　退居；退隱。(74)求己　要求自己。(75)自省　自己反省。省，檢查。(76)信　確實。(77)用薄而才劣　言自己才能低劣，無甚可用。(78)奉周任之格言二句　《論語．季氏》孔子曾說：「周任有言：『陳力就列，不能者止。』」

奉，遵奉。周任，古代的一位史官。格言，可以奉為準則的成語。敢，怎敢不。陳力，貢獻出自己的力量。就列，就職。(79)幾陋身之不保　此指經楊駿事變，潘岳險遭不測之事。陋身，謙指自身。(80)奚擬　怎敢比擬。(81)明哲　指善於保全自身的明智古人。《詩・烝民》讚揚仲山甫「既明且哲，以保其身」。(82)仰　追慕。(83)眾妙　即眾妙之門。謂一切變化的總門，即指道而言。語出《老子・第一章》：「玄之又玄，眾妙之門。」(84)絕思　盡心。(85)優遊　悠閒自得。(86)養拙　自養拙性。

【語　譯】於是我定居下來，建築屋舍，開鑿池塘。高大的楊柳映在池中，芬芳的枸橘植為籬笆。游魚在水中出沒，荷花淩波開放。竹木鬱茂生長，好果參差而列。有大谷張公家的夏梨，梁國侯家的烏椑柿。周文王時的弱枝棗，房陵朱仲家的縹李，這些名種無不種植園中。三種桃樹顯示出櫻桃、胡桃的差別，二種奈樹閃現出紅白之色。珍貴如石榴、葡萄，繁多地蔓生在屋側。梅、杏、郁、棣之類，豔麗的繁花裝飾田園。花光果彩相互映照，其美妙非語言所能盡述。園中蔬菜則有蔥、韭、蒜、芋、青筍、紫薑，堇、薺味道甘美，蓼、荾氣味芬芳。蘘荷生於陰地，豆類枝葉向陽。綠色冬葵含著露水，白色齏菜帶著清霜。於是當那涼秋來到，暑氣消退之時，或是暖春降臨，寒冬消逝之際。微雨之後剛剛放晴，天宇一派清朗。母親就乘坐著板車，登上輕車。遠或飽覽京畿，近則周遊家園。身體由於行走而舒展安適，服用的補藥也因外出活動而得到消解。日常飲食得以增加，多年舊病有所好轉。鋪開長長的竹席，使子孫排列而坐。高柳垂陰，車馬停息。摘下陸產的紫色熟透的果實，掛著水中才釣出的紅鯉。有時在林中歡宴，有時在水邊休憩。弟兄俱鬢髮花白，兒童皆年齡幼小。口祝老母萬壽，捧上酒杯，心中又是高興，又是擔憂。眾人祝壽之杯一舉，老母慈祥的面容愈顯和樂。在音樂聲中用流杯傳飲，管弦樂隊羅列於側。頓足起舞，高聲歌唱。人生只求安樂，還用知道其他什麼呢！退居林下自己反省，我實在是才能低劣，無甚可用。我遵奉周任的格言，怎敢不盡力於自己的職位！但卻因此幾乎使自身險遭不測，如何能與那些明哲保身的古人相比！我盡心思慕絕妙之道，終究還是在田園悠閒自得以養拙性的好。

哀傷

長門賦并序

【作　者】司馬相如，見頁二一九六。

【題　解】自從《南齊書・卷五二・文學列傳・陸厥傳》提出「〈長門〉、〈上林〉殆非一家」之說以來，就有人懷疑〈長門賦〉是偽作。因為此賦的序提到了漢武帝的謚號，又說陳皇后因此賦而復得寵幸，這些都不合史實。序雖不可信，但此賦寫陳皇后被廢一事，大約是不錯的。

此賦文情幽美，細膩入微，不但寫了陳皇后一人一事，也表現了許多失寵后妃、宮女的共同的苦悶心情，開了後代「宮怨」一類題材的先河。後代一些詩人、詞人在寫宮怨作品時，常喜於化用此賦的一些名句，可見其影響之大了。

孝武❶皇帝陳皇后❷，時得幸❸，頗妒❹。別❺在長門宮❻，愁悶悲思。聞蜀郡成都司馬相如，天下工為文❼。奉黃金百斤為相如、文君取酒❽，因于❾解悲愁之辭❿。而相如為文以悟主上⓫，陳皇后復得親幸⓬。其辭曰：

【章　旨】本章為賦序。敘述武帝陳皇后失寵，謫居長門宮，因而以黃金百斤特請司馬相如為她創作此賦。

【注　釋】❶孝武　即漢武帝劉徹。西漢皇帝的謚號前都有一孝字。❷陳皇后　名阿嬌。武帝的姑母長公主之女。武帝小時就愛上阿嬌，曾說過要造金屋來藏阿嬌，武帝得立為太子，多得長公主之力，即娶阿嬌為妃，即位後立之為后，寵幸十餘年。❸時得幸　曾得寵愛。❹頗妒　指武帝後來寵愛衛子夫，陳皇后十分嫉妒。乃利用巫婆在後宮為自己祈禱並詛咒衛子夫，事被發覺，武帝大怒，廢了阿嬌的皇后之位，幽禁於長門宮，受連累被殺者三百多人。❺別　指被遺棄孤獨地居住。❻長門宮　漢宮名。在長安城南。❼天下工為文　天下最會作文章的。❽奉黃金百斤句　這是委婉地說用黃金百斤為酬，請司馬相如代為寫文章。文君，卓文君。司馬相如之妻。❾于　為。此即寫的意思。❿解悲愁之辭　可以解除悲愁的文章。⓫以悟主上　謂使武帝回心轉意。⓬復得親幸　重新得到寵愛。

【語　譯】孝武皇帝的陳皇后，曾受到寵幸，但很善嫉妒。後來謫居長門宮，愁悶悲思。聽說蜀郡成都司馬相如是天下最會寫文章的，就奉送黃金百斤給相如、文君作為潤筆之資，請相如寫一篇可為她解除憂愁的文章。因而相如寫了一篇賦，使得皇上回心轉意，陳皇后終於重新得寵幸。這篇賦如下：

夫何❶一佳人❷兮，步逍遙❸以自虞❹。魂踰佚❺而不反❻兮，形❼枯槁❽而獨居。言我朝往而暮來❾兮，飲食樂而忘人❿。心慊移⓫而不省⓬故⓭兮，交⓮得意⓯而相親。伊予志之慢愚兮⓰，懷貞慤⓱之懽心⓲。願⓳賜問⓴而自進㉑兮，得尚㉒君之玉音㉓。奉虛言㉔而望誠㉕兮，期㉖城南之離宮㉗。修㉘薄具㉙而自設兮，君曾㉚不肯乎幸臨㉛。

【章旨】本章形容陳皇后在長門宮中形容憔悴、愁眉不展之狀以及她盼皇帝來臨的心情。

【注釋】❶夫何　發語詞。帶有嗟歎的口氣。❷一佳人　一美人。指陳皇后。❸逍遙　緩行的樣子。❹虞　憂思。❺踰佚　散失。❻反　同「返」。❼形　形體；容貌。❽枯槁　憔悴。❾言我朝往而暮來　是說武帝曾有「朝往暮來」之語。我，指武帝。❿人　指陳皇后。⓫慊移　絕情變心。慊，絕；斷絕。移，轉移。⓬省　察。此有顧念的意思。⓭故　故人。指陳皇后。⓮交　新交。指新寵幸之妃。⓯得意　稱心如意。⓰伊予志之慢愚兮　我的心愚拙。從此句起，轉為陳皇后語氣。伊，發語詞。予志，我的心志。慢愚，愚笨。⓱貞愨　堅貞誠實。⓲懽心　好意。此指愛情。⓳願　希望。⓴賜問　榮幸地得到召喚問訊。㉑自進　自己得以進見。㉒尚　奉；接受。㉓玉音　對君王語言的美稱。㉔虛言　空話。㉕望誠　真誠地盼望著。㉖期　期待；等待。㉗城南之離宮　指長門宮。離宮，帝王在正式宮殿之外建的宮室。㉘修　整治；備辦。㉙薄具　菲薄的餚饌。㉚曾　竟然。㉛幸臨　光臨。

【語譯】有一個美人呵，懷著愁思緩緩踱步。失魂落魄呵，容貌憔悴的一人獨居。君王曾許諾：「我早去晚來」呵，不料在外吃喝玩樂就把人給遺忘了。他絕情變心不顧念故人呵，新歡稱心就相親相愛。我懷著一顆愚拙不靈巧的心呵，堅貞謹慎地等待著。希望能得到召喚問訊，因而得以進見呵，可以聽得見皇帝那美妙的語言。我守著一句空話而真誠地盼望著呵，在城南長門宮中傻等。備妥了菲薄的餚饌，是我親手擺設的呵，君王竟然還是不肯光臨。

廓❶獨潛❷而專精❸兮，天漂漂❹而疾風。登蘭臺❺而遙望兮，神怳怳❻而外淫❼。浮雲鬱❽而四塞❾兮，天窈窈❿而晝陰⓫。雷殷殷⓬而響起兮，聲象君之車音。飄⓭風迴而起⓮閨⓯兮，舉⓰帷幄⓱之襜襜⓲。桂樹⓳交而相紛⓴兮，芳酷烈之誾誾㉑。孔雀集而相存㉒兮，玄猿㉓嘯而長吟。翡翠㉔脅翼㉕而來萃㉖兮，鸞㉗鳳翔而北南㉘。

【章　旨】本章寫陳皇后登臺而望，只見飄風捲起，雷聲隆隆，鳥獸或聚或散，卻不見君王來臨。

【注　釋】❶廓　空曠寂寞。❷獨潛　孤獨地幽居。❸專精　指專心致志地等候。❹漂漂　風迅疾的樣子。❺蘭臺　指華美的臺榭。❻怳怳　精神恍惚的樣子。❼外淫　外遊。指神魂失散。❽鬱　濃厚積聚。❾四塞　遮蔽了四方。❿窈窈　深遠的樣子。⓫晝陰　白晝晦暗。⓬殷殷　形容雷聲。⓭飄　旋風。⓮赴　原作「起」，據四部叢刊六臣注本改。⓯閨　內室。⓰舉　此處是吹動的意思。⓱帷幄　宮室的帷幕。⓲襜襜　搖動的樣子。⓳桂樹　亦名木犀。常綠喬木，開黃白小花，香味濃烈。⓴交而相紛　枝葉交錯糾紛。㉑闇闇　香氣很盛。㉒相存　互相撫慰。㉓玄猿　黑猿。㉔翡翠　鳥名。又叫翠鳥，羽有藍綠赤棕等色，雄赤叫翡，雌青叫翠。㉕脅翼　收攏翅膀。㉖萃　聚集。㉗鸞　傳說中的青色神鳥。㉘北南　指鸞鳳分飛。比喻夫妻分離。

【語　譯】我孤單地獨居，專心等候呵，天上吹起滾滾疾風。我登上華美的臺榭遠望呵，精神恍惚，靈魂失散。濃雲鬱積，遮蔽了四方呵，長天深遠，白晝晦暗。雷聲隆隆響起呵，好像君王的車聲。旋風回轉，直衝內宮呵，吹得帷幕搖動不息。桂樹的枝葉交錯糾紛呵，濃烈的芳香四處飄散。孔雀集結，互相撫慰呵，黑猿振聲長嘯。翡翠鳥收攏翅膀來聚集呵，鸞鳳南北各自分飛。

心憑噫而不舒兮，邪氣壯而攻中❶。下蘭臺而周覽❷兮，步從容❸於深宮。正殿塊❹以造天❺兮，鬱❻並起❼而穹崇❽。閒❾徙倚❿於東廂兮，觀夫靡靡⓫而無窮。擠⓬玉戶⓭以撼⓮金鋪⓯兮，聲噌吰而似鍾音⓰。刻木蘭⓱以為榱⓲兮，飾文杏以為梁⓳。羅⓴丰茸㉑之遊樹㉒兮，離樓㉓梧㉔而相撐。施㉕瑰木㉖之欂櫨㉗兮，委參差以槺梁㉘。時仿佛㉙以物類㉚兮，象積石㉛之將將㉜。五色炫㉝以相曜兮，爛㉞

耀耀㉟而成光。緻㊱錯石㊲之瓴甓㊳兮，象瑇瑁㊴之文章㊵。張羅綺㊶之幔帷兮，垂楚組㊷之連綱㊸。

【章　旨】本章寫陳皇后在深宮踱步，觀覽那豪華的建築。

【注　釋】❶心憑噫而不舒兮二句　此言由於心中憂愁鬱悶，外感也趁機侵入心中。憑噫，心胸悶塞。邪氣，古代醫學名詞。指風、寒、暑、溼、燥、火及疫癘之氣。攻中，指邪氣侵入心中。❷周覽　周遊觀覽。❸從容　悠閒舒緩的樣子。❹塊　獨立的樣子。❺造天　達到天上。❻鬱　壯大。❼並起　謂多座宮殿並立。❽穹崇　高崇。❾閒　通「間」。有時。❿徙倚　徘徊。⓫靡靡　精緻華麗的樣子。⓬擠　推。⓭玉戶　指殿門。⓮撼　搖。⓯金鋪　門上銅製環鈕。此指門環。⓰聲噌吰而似鐘音　聲音宏大，有如鐘聲。噌吰，鐘聲。⓱木蘭　與下文之「文杏」皆質地香、文理細的優等木料。⓲榱　屋椽。⓳梁　屋梁。⓴羅　羅列。㉑丰茸　眾多的樣子。㉒遊樹　指屋上的浮柱。㉓離樓　眾木攢聚的樣子。㉔梧　斜柱。㉕施　設置。㉖瑰木　瑰奇的木料。㉗欂櫨　即斗栱。由斗形木塊和弓形肘木縱橫交錯層疊構成，逐層向外挑出，承受屋簷。㉘委參差以槺梁　堆積參差的短木以成中空的栱梁。委，堆積。槺梁，空洞的樣子。㉙仿佛　好像；似乎。㉚物類　以物相比。㉛積石　山名。古人認為是黃河發源的地方。㉜將將　高峻的樣子。㉝炫　光亮的樣子。㉞爛　鮮明。㉟耀耀　明亮的樣子。㊱緻　細密。㊲錯石　把石塊交錯拼成花紋。㊳瓴甓　鋪地的磚。㊴瑇瑁　一種爬行動物。似龜，甲殼黃褐色，有黑斑，很光滑，可做裝飾品。㊵文章　花紋。㊶羅綺　皆絲織品。㊷組　絲帶。以楚地出產的為最好。㊸連綱　連接帷幕的繩子。

【語　譯】心胸鬱悶而不舒展啊，外在的各種寒暑疫癘之氣轉盛而侵入。走下蘭臺周遊觀覽啊，悠閒地在深宮踱步。正殿矗立直達雲天啊，眾多宮室聳然並立。有時在東廂徘徊啊，看那無窮精緻華麗的景物。推開殿門，搖動銅環啊，聲音宏大好似鐘聲。刻鏤木蘭作為屋椽啊，雕飾文杏作為槺梁。羅列許多浮柱啊，斜柱攢聚互相支撐。梁柱上安置著用瑰奇木料所製作的斗栱啊，短木參差堆積而成中空的栱梁。若想以類似之物來比擬這座宮殿啊，我看就像那高峻的積石山。五色發光相照啊，燦爛輝煌一派光明。細密的石塊交錯拼成地磚啊，好似瑇瑁的花紋一般。張設絲織的帷幕啊，垂掛著楚地絲帶做的繫繩。

撫柱楣❶以從容❷兮，覽曲臺❸之央央❹。白鶴噭❺以哀號兮，孤雌❻跱❼於枯楊。日黃昏而望絕❽兮，悵獨託❾於空堂。懸明月❿以自照⓫兮，徂⓬清夜於洞房⓭。援⓮雅琴以變調⓯兮，奏愁思之不可長⓰。案⓱流徵⓲以卻轉⓳兮，聲幼妙⓴而復揚㉑。貫㉒歷覽㉓其中操㉔兮，意慷慨而自卬㉕。左右㉖悲而垂淚兮，涕㉗流離㉘而從橫㉙。舒息㉚悒㉛而增欷㉜兮，蹝履㉝起而彷徨㉞。揄㉟長袂㊱以自翳㊲兮，數㊳昔日之諐㊴殃㊵。無面目之可顯㊶兮，遂頹思㊷而就床。摶㊸芬若㊹以為枕兮，席荃蘭㊺而茝香。忽寢寐㊻而夢想兮，魄若君之在旁㊼。惕㊽寤覺㊾而無見兮，魂廷廷㊿若有亡(51)。眾雞鳴而愁予(52)兮，起視月之精光。觀眾星之行列兮，畢昴(53)出於東方。望中庭之藹藹(54)兮，若季秋(55)之降霜。夜曼曼(56)其若歲兮，懷鬱鬱(57)其不可再更(58)。澹(59)偃蹇(60)而待曙兮，荒(61)亭亭(62)而復明。妾人竊(63)自悲兮，究(64)年歲而不敢忘。

【章　旨】本章描繪陳皇后在深宮對君王的思念。她彈琴寄託感情，夢中若在君旁，然而卻永無再見的機會了。

【注　釋】❶楣　門上橫木。❷從容　漫步的樣子。❸曲臺　殿名。在未央宮東。❹央央　寬廣的樣子。❺噭　哀鳴聲。❻孤雌　失偶的雌鶴。❼跱　停立。❽望絕　望不見。謂不見君王。❾獨託　獨自託身。❿懸明月　明月高懸。⓫自照　照著自己。⑫徂　往；進入。⑬洞房　深邃的內室。⑭援　拿過。⑮變調　改變常調為比較激越的調子。⑯奏愁思之不可長　言演奏抒發愁思之曲不可久長。因為難以忍受。⑰案　通「按」。手撫；彈奏。⑱流徵　流利的徵音。徵，五音（宮、商、角、徵、羽）之第四音。音較高，適於表達哀傷的情緒。⑲卻轉　回轉。⑳幼妙　輕細曲折。㉑復揚　又變為昂揚。㉒貫　連貫。㉓歷覽　依次觀覽。㉔中操　節操；操守。此指琴曲中表現的內心感情。㉕卬　高昂；激動。㉖左右　身邊侍從之人。㉗涕　淚。㉘流離　猶淋漓。形容淚水很多。㉙從橫　縱橫。㉚舒息　歎息。㉛悒　憂鬱。㉜欷　哽咽聲。㉝蹝履　趿著鞋子。㉞彷徨　走來走去，心神不安的樣子。㉟揄　揚；舉起。㊱長袂　長袖。㊲自翳　自遮其面。㊳數　計算。此有反思的意思。㊴諐　過失。原作「諐」，據《文選考異》改。㊵殃　災難。㊶無面目之可顯　是說沒有機會在君前露臉了。㊷頹思　放棄思慮。頹，壞。王念孫《讀書雜志》認為「思」字為「息」之誤。頹息，喟然歎息。㊸摶　揉。㊹芬若　芬芳的杜若。杜若，香草。㊺荃蘭　與下之「茝」，都是香草。㊻寢寐　睡眠。㊼君之在旁　在君之旁。㊽惕　驚。㊾寤覺　夢醒。㊿廷廷　恐懼的樣子。51亡　喪失。52予　我。53畢昴　二星宿名。出現在東方時為五六月。此意為天將拂曉。54藹藹　月光黯淡的樣子。55季秋　秋天的最後一個月。56曼曼　同「漫漫」。漫長。57鬱鬱　不舒展。58不可再更　不能再忍受。更，經歷；經受。59澹　安靜地。60偃蹇　佇立的樣子。61荒　天色將明的樣子。62亭亭　遙遠的樣子。63竊　暗中。64究　窮盡。

【語　譯】手撫著柱子及門楣從容地漫步呵，觀覽寬廣的曲臺殿。白鶴哀鳴呵，失偶的雌鳥停立在枯楊上。日色昏黃望不見君王呵，獨自悵然託身在空堂。明月高懸，照著自己呵，在淒清的夜晚獨自進入深閨。取過雅琴，彈起變調呵，愁思之曲不可久奏。手撫琴絃，發出流利的徵音，又漸漸回轉呵，音聲輕細曲折，復轉為昂揚。依次看整首曲子的情感呵，意緒慷慨而激動。左右侍從悲傷垂淚呵，淚水淋漓，滿面縱橫。憂鬱歎息，更加哽咽呵，我趿鞋起身，徬徨不安。揚起長袖遮住顏面呵，回思昔日的不是。再無機會在君面前露臉了呵，於是停止思緒上床休憩。把芬芳的杜若揉為枕呵，編荃、蘭、茝等香草為席。睡眠中恍然入夢呵，魂魄若在君王身旁。猛然驚醒，夢境全無呵，精神惶恐，若有所失。此時雞鳴四起使我憂愁呵，起來只見皎潔的月光。看著天上羅列的群星呵，畢、昴二星出現在東方。望那中庭黯淡的月光呵，好似深秋霜降。長夜漫漫，如同一年呵，胸懷鬱悶，不堪忍受。安靜地佇立待曉呵，天色漸漸地明亮，我暗自悲傷呵，終我一生也不敢忘記君王。

思舊賦 并序

【作　者】向秀（約西元二二七～二七二年），字子期，河內懷（今河南武陟西南）人。魏晉之際的哲學家、文學家。竹林七賢之一。他本與嵇康等一道隱居，嵇康被殺之後，他被迫進洛陽受官。後為散騎侍郎，轉黃門侍郎散騎常侍。在朝不任職，容跡而已。向秀擅詩賦，多已不傳，今存唯有〈難嵇叔夜養生論〉及〈思舊賦〉。他是個玄學家，曾注《莊子》，原本已佚；今傳郭象注，即是在向注基礎上加以發揮寫成的。

【題　解】此賦是向秀為悼念亡友嵇康、呂安而作。他們三人原是一時名士，都對當時專權的司馬氏不滿，因而不肯出來做官。後來嵇、呂被人陷害，司馬昭就趁機把他們殺了。向秀為避免遭到同樣命運，只得違心出來做官。當他從洛陽應舉歸來，特地經過山陽，來到故友舊居之前，一時情不能已，信手寫下此賦。

此賦是作者用淚水寫成的。然而文字卻甚平淡，只敢言悲，不敢言憤，只是追憶嵇康臨終的神態，不敢為他申辯一句。而序和賦文篇幅幾乎相等，序重敘事，賦重抒情。二者相得益彰，渾然一體。

余與嵇康[1]、呂安[2]，居止[3]接近；其人並有不羈[4]之才。然嵇志遠而疏[5]，呂心曠而放[6]，其後各以事見法[7]。嵇博綜技藝[8]，於絲竹[9]特妙。臨當就命[10]，顧視日影，索琴而彈之[11]。余逝[12]將西邁[13]，經其[14]舊廬[15]。于時日薄虞淵[16]，寒冰淒然[17]。鄰人有吹笛者，發聲寥亮。追思曩昔[18]遊宴[19]之好[20]，感音而歎，故作賦云：

【章旨】本章為賦序。先評述嵇康、呂安二人的人品、才華及其遭遇，後寫路經二人舊居時的感慨。

【注釋】❶嵇康　字叔夜，譙郡銍（今安徽省宿縣）人。❷呂安　字仲悌，東平（今山東東平）人。❸居止　住處。❹不羈　才智傑出，不受拘限。❺志遠而疏　志向高遠而疏略於人事。❻心曠而放　心胸豁達而放任。❼以事見法　因事被處死刑。指嵇康、呂安二人因反對司馬昭，被司馬昭藉故殺死。法，刑。❽博綜技藝　具有多方面的藝術才能。綜，總聚。❾絲竹　管弦樂器的總稱。泛指音樂。❿就命　終命。即臨刑之際。就，終。⓫索琴而彈之　據《晉書・卷四九》本傳載：嵇康臨刑時曾顧視日影，索琴彈了一曲〈廣陵散〉，並歎息〈廣陵散〉將從此失傳。⓬逝　往。⓭西邁　指赴洛陽。洛陽在山陽西南面，故云。邁，遠行。⓮其　指嵇康、呂安。⓯舊廬　昔日的屋舍。據《文選集釋》說，嵇康故居在今河南省輝縣和嘉獲縣之間的天門山。⓰日薄虞淵　是說太陽快落山了。薄，迫近。虞淵，古代傳說中太陽降落的地方。⓱淒然　寒冷之狀。⓲曩昔　從前。⓳遊宴　遊樂宴飲。⓴好　友好感情。

【語譯】我和嵇康、呂安住處原來相近。他們兩人都具有不可羈束的才華。然而嵇康志向高遠而疏略於人事，呂安心胸曠達而放任。後來，他們都因事被處死刑。嵇康有多方面的藝術才能，尤精於管弦樂器。當他命終之時，回顧逐漸消逝的日影，要了琴來彈奏。我西去洛陽，回來時經過他們的舊居。當時，日落黃昏，寒氣凜然。有鄰人在吹笛子，音聲寥亮。追想從前我們三人飲宴遊樂時的美好感情，更被這笛聲引起無限感歎，於是作了這篇賦：

將命❶適❷於遠京❸兮，遂旋❹反❺而北徂❻。濟❼黃河以汎舟兮，經山陽之舊居。瞻❽曠野之蕭條兮，息❾余駕❿乎城隅⓫。踐二子⓬之遺跡⓭兮，歷⓮窮巷⓯之空廬。歎〈黍離〉之愍周兮，悲麥秀於殷墟⓰。惟⓱古昔⓲以懷今⓳兮，心徘徊⓴以躊躇㉑。棟宇㉒存而弗毀兮，形神㉓逝其焉如㉔？昔李斯㉕之受罪㉖兮，歎黃犬㉗

而長吟㉘。悼嵇生之永辭㉙兮，顧日影而彈琴。託㉚運遇㉛於領會㉜兮，寄餘命於寸陰㉝。聽鳴笛之慷慨兮，妙聲㉞絕而復尋㉟。停駕言㊱其將邁㊲兮，遂援翰㊳而寫心。

【章　旨】抒發對嵇、呂二人的思念和痛悼之情。

【注　釋】❶將命　奉命。❷適　往。❸遠京　指京都洛陽。❹旋　回轉。❺反　返回。指從洛陽歸來。❻徂　往。❼濟　渡。❽瞻　望。❾息　停。❿駕　車馬。⓫城隅　城邊。隅，邊側之地。⓬二子　指嵇、呂二人。⓭遺跡　指嵇、呂生前居處。⓮歷　經過。⓯窮巷　隱僻的里巷。⓰歎黍離之愍周兮二句　昔人為鎬京禾黍離離而哀傷西周的顛覆，微子也曾在故都殷墟悲詠「麥秀」之詩。此皆表示過往遺跡而懷舊的意思。〈黍離〉，指《詩・王風・黍離》。按〈毛序〉，是東周大夫出行，行至西周首都鎬京，見昔日的宗廟宮室，盡為禾黍之地，感傷周室的顛覆而作。其詩首二句為：「彼黍離離，彼稷之苗。」愍，哀憐；感傷。麥秀，《尚書大傳》載殷商王室微子去朝見周天子，過殷商故都殷墟，見那裡已經淪為田畝，於是唱了兩句歌：「麥秀漸漸兮禾黍油油，彼狡童兮不我好仇。」以抒發心中感觸。⓱惟　想；思念。⓲古昔　指〈黍離〉和微子事。⓳懷今　指懷念嵇、呂二人。⓴心徘徊　心神不定，感慨很多。㉑躊躇　駐足不前。㉒棟宇　指嵇、呂的舊屋。㉓形神　形體和精神。指嵇、呂二人。㉔焉如　何往。㉕李斯　秦丞相。秦二世時為趙高所忌，被腰斬於咸陽。㉖受罪　受刑。㉗歎黃犬　事見《史記・卷八七・李斯列傳》。李斯被滅三族，臨刑時對兒子說：「吾欲與若（你）復牽黃犬，俱出上蔡東門逐狡兔（指打獵），豈可得乎？」於是父子相哭。㉘吟　歎息聲。㉙永辭　永遠辭別人間。指死。㉚託　寄託。㉛運遇　命運遭遇。㉜領會　是說命運如衣領的相交會，或開或合，極為偶然。領，衣領。會，交會。㉝寄餘命於寸陰　指嵇康臨刑前把自己的餘生寄託在彈琴的片刻間。餘命，殘餘的生命。寸陰，短暫的時光。㉞妙聲　指笛聲。㉟尋　繼續。㊱言　助詞。無義。㊲邁　出發遠行。㊳援翰　提起筆。

【語　譯】我奉命往遠遠的京都呵，回轉時又向北去。乘船渡過黃河呵，經過嵇、呂山陽的舊居。遙望蕭條的曠野呵，在城邊停駐我的車馬。踏上二人生前的遺跡呵，經過隱僻里巷中的空房。昔人為鎬京禾黍離離而哀傷西周的顛覆呵，微子也曾在故都殷墟悲詠「麥秀」之詩。想到古人如此懷舊，我也就思念我的友人呵，感慨良多，不禁駐足不前。他們住的房屋依然存而未毀呵，然而他們的形體和精神到哪裡去了呢？從前李斯受腰斬之時呵，曾為不能再牽黃犬出獵與兒子相向而長歎。哀傷嵇康辭世之時呵，望著日影而彈琴。他把人生的際遇看如衣領的開合一般呵，將自己的殘生寄託在彈琴的片刻之間，我聽那鄰人的笛聲何等慷慨呵，美妙的樂音斷而復續。停下的車馬又將起行呵，我於是提起筆來抒寫我的心情。

歎逝賦 并序

【作　者】陸機（西元二六一～三〇三年），字士衡，吳郡吳縣華亭（今上海松江）人。西晉著名文學家。出身世族，吳丞相陸遜之孫，吳大司馬陸抗之子。陸抗死，陸機領兵為牙門將。吳亡，家居勤學，十年不仕。晉太康末與弟陸雲同到洛陽，文才傾動一時，時稱二陸。太傅楊駿辟為祭酒。駿誅，又遷太子洗馬、著作郎。吳王晏出鎮淮南，以陸機為郎中令，遷尚書中兵郎，轉殿中郎。趙王倫輔政，以為中書郎。趙王倫失敗，齊王冏收他下獄，賴成都王穎解救得免。後遂附穎，穎表為平原內史，故世稱陸平原。大安初，穎與河間王顒起兵討長沙王乂，以陸機為後將軍、河北大都督，率軍二十餘萬人。戰於鹿苑，其軍大敗。司馬穎的宦官孟玖及其弟孟超誣陸機通敵，遂被殺，年四十三。陸機擅長詩賦及論文。原有集四十七卷，已散佚，後人輯有《陸士衡集》。

【題　解】此賦是陸機四十歲時寫的一篇抒情短賦，用以傷悼已故親友。據他說昔日親友「十年之外，索然已盡」。為什麼會這樣呢？這是因為：一，吳國滅亡，東吳世族遭到重大打擊；二，中原正在發生八王之亂，各派政治力量反覆殺戮，士人受害者極多。陸機處於這樣的時代，眼看故國殘破，祖屋崩毀，親戚多亡，友人盡成鬼，心中充滿了悲悵。自然隨時隨地都會觸景生情，想起故人。這篇賦把他這種滿懷的悲憤表現得淋漓盡致，感人至深。

昔每聞長老❶追計平生❷同時親故，或凋落已盡，或僅❸有存者。余年方四十，而懿❹親戚屬，亡多存寡。昵交❺密友，亦不半在。或所曾共遊一塗，同宴一室，十年之外，索然❻已盡。以是思❼哀，哀可知矣。乃作賦曰：

【章旨】本章為賦序。作者自言年方四十，而親舊凋零，因而滿懷悲痛。於是寫作此賦，抒發其情。

【注釋】❶長老　老一輩的人。❷平生　年少時。❸僅　僅只；單有。❹懿　近親。❺昵交　親密的朋友。❻索然　淨盡的樣子。❼思　情緒。

【語譯】我往常聽老一輩人追數年少時親友，有時差不多死光了，有時也只有一、二個活著。我現在才四十歲，而我的至親，已是死的多活的少；親密的朋友，在世的已不到一半了。過去同路遊玩，或同室飲宴之人，十年之後，差不多全死了。因此我哀痛的情懷，可想而知了。於是我寫了下面這首賦：

伊天地之運流，紛升降而相襲❶。日望空以駿驅❷，節❸循虛❹而警立❺。嗟人生之短期，孰長年之能執❻！時飄忽❼其不再❽，老晼晚❾其將及。懟❿瓊蕊⓫之無徵⓬，恨朝霞⓭之難挹⓮。望湯谷⓯以企予⓰。惜此景⓱之屢戢⓲。悲夫！川閱⓳水以成川，水滔滔而日度⓴。世㉑閱人㉒而為世，人冉冉㉓而行暮㉔。人何世而弗新，世何人之能故㉕！野每春其必華㉖，草無朝而遺露㉗。經終古而常然，率㉘品物㉙其如素㉚。譬日及㉛之在條，恆雖盡㉜而弗寤㉝。雖不寤其可悲，心惆焉而自傷。亮㉞造化之若茲，吾安取夫久長！痛靈根㉟之夙隕㊱，怨具爾㊲之多喪。悼堂構㊳之隤瘁㊴，愍㊵城闕之丘荒㊶。親彌懿㊷其已逝，交何戚㊸而不亡㊹。咨㊺余今之方殆㊻，何視天之芒芒㊼。傷懷悽其多念㊽，戚㊾貌瘁㊿而尠歡(51)。幽情(52)發而成緒，滯思(53)叩(54)而興端(55)。慘此世之無樂，詠在昔(56)而為言。居充堂而衍宇(57)，行連駕而比軒(58)。彌(59)年時其詎(60)幾，夫何往而不殘(61)！或冥邈(62)而既盡，或寥廓(63)而僅半。信(64)松茂而柏悅(65)，嗟芝焚(66)而蕙歎(67)。苟性命之弗殊，豈同波而異瀾(68)！瞻前軌之既覆(69)，知此路(70)之良難(71)。啟四體(72)而深悼(73)，懼茲形(74)之將然(75)。毒(76)娛情而寡方(77)，怨感目(78)之多顏(79)。諒(80)多顏之感目，神何適(81)而獲怡(82)！尋平生(83)於響像(84)，覽前物(85)而懷之。步寒林以悽惻，翫春翹(86)而有思。觸萬類以生悲，歎同節而異時(87)。年彌往(88)而念廣(89)，塗薄暮(90)而意迮(91)。親落落(92)而日稀，友靡靡(93)而愈索。顧(94)舊要(95)於遺存(96)，得十一(97)於千百(98)。樂隤心(99)其如忘，哀緣(100)情而來宅(101)。託末契於後生(102)，余將老而為客。

【章旨】作者回思昔日家族的盛況，感歎今日親舊的凋零，因而擔心自己也將要命歸黃泉。

【注釋】❶伊天地之運流二句　指天地互相影響，變化運行。伊，句首語氣助詞。運流，運行。升降，指地氣上升，天氣下降。襲，因。❷望空以駿驅　在空中疾速行進。❸節　指四節。即四季。❹循虛　隨空。❺警立　即驚立。李善注：「警，猶驚也。」❻執　守。❼飄忽　很快的樣子。❽不再　不可再來。❾晼晚　日暮之狀。此比喻人入暮年。❿懟　怨。⓫瓊蕊　瓊樹的花蕊。傳說食之可長生不老。⓬無徵　沒有跡象。無跡可求的意思。⓭朝霞　傳說仙人服用朝霞，以取長生。⓮挹　酌取。⓯湯谷　傳說中太陽升起的地方。扶桑生於其地。⓰企予　我踮起腳跟。⓱此景　指日光。⓲戢　隱沒；藏。⓳閱　總匯。⓴日度　一天天流過去。度，去。㉑世　一代人。古以三十年為一世。㉒閱人　總聚眾人。㉓冉冉　漸進的樣子。㉔暮　暮年。㉕能故　能夠老而不死。㉖華　同「花」。開花。㉗遺露　餘露。古人常以朝露喻人生的短促。㉘率　大凡；通常。㉙品物　物類。㉚素　舊。指舊日。㉛日及　木槿花。朝開夕落。㉜盡　指命盡。㉝寤　通「悟」。㉞亮　確實。㉟靈根　指祖、父。㊱夙隕　早死。㊲具爾　兄弟。㊳堂構　指父祖所構建的房屋。㊴隤瘁　崩頹毀壞。㊵慜　同「愍」。痛惜；哀憐。㊶城闕之丘荒　此指吳國滅亡，宮室破敗，成為廢墟。城闕，城門兩邊的樓觀。引申為京城宮闕。丘荒，變成荒蕪的丘墟。㊷彌懿　極親近。㊸戚　近。㊹亡　原作「忘」，據宋刊六臣注本改。㊺咨　嗟歎。㊻殆　危殆。㊼芒芒　模糊不明之狀。㊽多念　是說傷感多。㊾戚　憂傷。㊿瘁　憔悴。(51)尠歡　少歡。(52)幽情　幽隱之情。(53)滯思　鬱結的情思。(54)叩　此有觸動的意思。(55)興端　謂產生傷感的情緒。(56)在昔　過去。此指東吳未亡，陸氏盛時。(57)衍宇　滿屋。(58)比軒　車馬並行。(59)彌　終。(60)詎　豈。(61)何往而不殘　言親戚舊人無不殘滅。(62)冥邈　深遠。此形容死去無法追尋的樣子。(63)寥廓　空曠的樣子。此謂人少。(64)信　確實。(65)松茂而柏悅　比喻自己還健在的意思。(66)芝焚　是說親友殘滅。(67)蕙歎　感歎。蕙，香草名。作者自喻。(68)同波而異瀾　是說同樣的人，而命運不同。(69)瞻前軌之既覆　指不少故舊在吳亡時死去。前軌，前車。軌，原為車兩輪間距離。此代指車。(70)此路　指人生道路。實也隱含世路之意。(71)良難　很難。(72)啟四體　看看手腳。《論語・泰伯》載，曾子有病，召集眾弟子說：看看我的腳！看看我的手！從今以後，我才曉得自己是可以免於禍害刑戮的了！《說文》有「晵」字，云：「視也。」即此「啟」字（說見王念孫《廣雅疏證》）。(73)悼　恐懼。(74)茲形　指自己形體。(75)將然　將要如此。(76)毒　痛。(77)方　術。(78)感目　目視之而感動。(79)多顏　謂亡者既多，其狀非一。(80)諒　確實；實在。(81)何適　何往。(82)獲怡　得到歡樂。(83)平生　指故人生時。(84)響像　聲音笑貌。(85)前物　指故人生前器物。

86春翹　春天茂盛的景象。87同節而異時　此言季節雖同，而年光已換，同時之人已不在世了。88年彌往　年紀愈大。89念廣　懷念的人愈多。90塗薄暮　行路至於黃昏。意謂已至暮年。91意迮　心中急迫。迮，迫。92落落　稀少的樣子。93靡靡　零落將盡的樣子。94顧　看。95舊要　即久要。舊友之意。要，通「約」。96遺存　餘留生存之人。97十一　十分之一。98千百　言故舊頗多，有千百之數。99樂隤心　歡樂從心中丟失。隤，遺。100緣　隨著。101宅　居。102託末契於後生　與年輕人交朋友。末契，指長者對晚輩的交誼。

【語　譯】天地運行變化，地氣天氣互相交流。太陽在空中疾速行進，四季隨之而驚立。慨歎人生短暫，誰能夠長生不老！時光飄忽不再來，人生的暮年將要來到。怨瓊蕊無跡可求，恨朝霞難以酌取。我踮起腳跟遙望湯谷，惋惜日光屢屢隱沒。可悲啊！河川總匯了眾水而成為河川，波濤滾滾日夜不息。世代是總匯眾人而成為世代，一代代的人漸漸地進入暮年。哪一世的人不是新的人，又有什麼人能夠老而不死！原野上每到春天必定開花，草上的露珠過了清晨就不可能餘留。自古從來如此，萬物通常如舊。就像枝頭的木槿花，生命雖盡也不覺悟。不能覺悟是多可悲啊，心中惆悵暗自傷感。自然法則確實如此，我又如何能使生命久長！悲痛祖父、父親早逝，哀怨兄弟多已亡故。傷心祖屋毀壞，痛惜宮室成了荒丘。極近的親戚都已死去，極親密的朋友還有誰在人世？可歎我如今處境危殆，看那天道何以模糊不清。懷抱憂傷思慮多，形貌憔悴歡樂稀少。幽隱之情發為愁緒，鬱結的情思被觸動了而生感慨。悲傷如今的生活了無樂趣，吟詠昔日東吳未亡，家族興盛之時。那時人丁興旺，滿堂盈屋，出行時車馬並行又成串。時光過了才多久，何處親友不凋殘！有的已杳然死盡，有的稀稀落落只剩一半。雖然我確實還像松、柏般屹立健在，但親友殘滅我怎能不感歎。如果人的生命並無兩樣，怎麼會在同一時代的浪潮中有不同的際遇呢？看到前車已經顛覆，知道這條路十分難行。看看四肢雖還健在心中實在害怕，擔心我也將死去。痛心缺少方法來使自己快樂，怨恨因目睹死者太多而心中感動。目睹死者實在太多了，心神如何才能歡悅！追尋故人生時的聲音笑貌，看到他的遺物就不覺懷念。漫步寒林心中悽惻，賞玩春景而感情波動。觸景生情悲從中來，慨歎季節雖同而年光已換。年紀愈大思念愈多，人近暮年心中急迫。親人漸漸稀少，朋友零落將盡。尋那餘留的舊友，千百人中只有十分之一。歡樂好像忘了我，不在我心中，哀痛隨著情感卻盤據在我心裡。只得與後生結交，恐怕一輩子終老他鄉了。

然後弭節❶安懷❷，妙思天造❸。精浮神淪❹，忽在世表❺。寤大暮之同寐，何矜晚以怨早❻！指彼日❼之方除❽，豈茲情之足攪❾。感秋華❿於衰木⓫，瘁⓬零露⓭於豐草。在殷憂⓮而弗違⓯，夫何云乎識道！將頤天地之大德⓰，遺聖人之洪寶⓱。解心累⓲於末跡⓳，聊優遊以娛老。

【章　旨】本章為自我寬慰之詞。作者說，人終將一死，何必為時間之早晚而煩惱，還是鄙棄功名，注意養生以度晚年的好。

【注　釋】❶弭節　安其志節。❷安懷　平靜情緒。❸天造　上天造物之理。❹精浮神淪　形容人的精神活動，忽上忽下。淪，沈沒。❺世表　人世之外。❻寤大暮之同寐二句　是說人既終要死去，何必計較早晚。大暮，長夜。指死境。同寐，一同睡去。謂人終將死去。矜晚以怨早，自誇晚死怨恨早死。❼彼日　指一天天正在過去的時日。❽除　過去。❾攪　亂。❿秋華　秋天之花。⓫衰木　正在衰謝的樹木。⓬瘁　病。⓭零露　露珠零落。⓮殷憂　深憂。⓯違　避。⓰頤天地之大德　即養生。頤，保養。天地之大德，指生。《易・繫辭下》：「天地之大德曰生。」⓱聖人之洪寶　指帝王所授予的職位。聖人，古時對帝王的諛稱。洪寶，大寶。指官職。《易・繫辭下》：「聖人之大寶曰位。」⓲心累　指束縛心，使心不能自在的因素。謂人的貪生惡死之情。累，通「縲」。綑綁的繩索。⓳末跡　不值一提的人世俗事。指生死榮利之類的事。

【語　譯】如此想之後，我安定志節，平靜情緒，深思上天造物之理。精神沈浮，忽然來到世外。覺悟到長夜漫漫人終將睡去，何必自誇晚死而怨恨早夭！眼看著時日正在消逝，這豈能攪亂我的心！如果為秋花從衰木上飄落而傷感，為茂草上露珠零落而憔悴，憂心忡忡而不知避開，那麼怎麼稱得上是明白道的人呢！我將要好好的養生，摒棄官位。使我心不再被人間俗事所束縛，聊且悠閒度過晚年。

懷舊賦 并序

【作　者】潘岳，見頁二八六。

【題　解】此賦為潘岳懷念已故岳父楊肇及其二子所作。表現了作者真摯的感情，讀來頗為動人。潘岳向來善寫悼亡詩文。此賦不堆砌典故，不賣弄辭藻，文字洗練，質樸無華。

余十二而獲見于父友東武戴侯楊君❶，始見知名❷，遂申之以婚姻❸。而道元❹公嗣❺，亦隆❻世親❼之愛。不幸短命，父子凋殞❽。余既有私艱❾，亦尋役于外❿，不歷嵩丘⓫之山者，九年于茲矣。今而經焉，慨然懷舊而賦之曰：

【章　旨】本章為賦序。潘楊二家原為姻親，情誼深厚。作者今過岳父墓前，乃慨然有作。

【注　釋】❶東武戴侯楊君　指楊肇。肇字秀初，滎陽人，晉時被封東武伯，死後諡戴。❷始見知名　初見面，楊肇即知潘岳之名。潘岳少時即才智出眾，鄉里號為奇童。❸申之以婚姻　指訂下婚姻之約。楊肇把女兒許給潘岳。申，表明。❹道元　楊肇長子。名潭，字道元。❺公嗣　楊肇次子。名韶，字公嗣。❻隆　厚。❼世親　世代相沿的親戚關係。❽凋殞　逝世。❾私艱　家裡有難。此指其父逝世。❿尋役于外　到外地去上任。⓫嵩丘　嵩山。在洛陽東南五十里，楊肇之墓在此。

【語　譯】我十二歲得見父親的朋友東武伯戴侯楊君。初見面時，他即知我之名，並訂下兩家婚姻之約。道元、公嗣亦以世代相親的緣故而厚愛於我。然而他們享壽不永，父子俱喪。我在父親去世之後，也到外地去上任，至今九年未經過嵩山了。今天經過此地，心中感慨，懷念故人，寫了此賦如下：

啟❶開陽❷而朝邁❸，濟❹清洛❺以徑渡❻。晨風淒以激冷，夕雪暠❼以掩路。轍含冰以滅軌❽，水漸❾軔❿以凝沍⓫。塗艱屯⓬其難進，日晼晚⓭而將暮。仰晞⓮歸雲⓯，俯鏡泉流⓰。前瞻太室⓱，傍眺嵩丘。東武託⓲焉，建塋⓳啟疇⓴。巖巖㉑雙表㉒，列列㉓行楸㉔。

【章　旨】本章描寫謁墓路程及墓前景色。

【注　釋】❶啟　打開。❷開陽　洛陽的城門名。❸朝邁　早晨出發。❹濟　渡過。❺清洛　清清的洛水。❻徑渡　直接渡過。❼暠　白。❽滅軌　掩蓋了車輪的軌跡。❾漸　浸漬。❿軔　阻止車輪轉動的木頭。車發動時須抽去。⓫凝沍　凝結。⓬艱屯　艱難。⓭晼晚　日落的樣子。⓮晞　視。⓯歸雲　天邊雲彩。⓰鏡泉流　以泉流為鏡。此言俯瞰平靜之泉流。⓱太室　山名。⓲託　託身。⓳塋　墳地。⓴啟疇　破土動工。㉑巖巖　高峻的樣子。㉒表　華表。古代設在橋梁、宮殿、城垣或陵墓之前作為標誌和裝飾用的大柱，一般為石造。㉓列列　一行行的樣子。㉔楸　一種落葉喬木。

【語　譯】開陽門一開我就早早出發，直接渡過清清的洛水。晨風淒淒送來寒意，夕雪皚皚掩蓋了道路。車轍含冰而看不見軌跡，水浸車軔凝結為冰。路途阻礙難以行進，日色昏黃天已傍晚。我仰望天邊的雲彩，俯瞰平靜的泉流。前瞻太室山，旁眺嵩山。東武伯託身此地，破土動工建了墳塋。墓前高高的一雙華表，種著一行行楸樹。

望彼楸矣，感于予思❶。既興慕❷於戴侯，亦悼元❸而哀嗣❹。墳壘壘而接壟❺，柏森森❻以攢植❼。何逝沒之相尋❽，曾❾舊草之未異❿！余總角⓫而獲見，承戴侯之清塵⓬。名余以國士⓭，眷余以嘉姻⓮。自祖考⓯而隆好⓰，逮⓱二子⓲而世親。歡攜手以偕老⓳，庶⓴報德之有鄰㉑。今九載而一來，空館㉒闃㉓其無人。陳荄㉔被㉕于堂除㉖，舊圃㉗化而為薪㉘。步庭㉙廡㉚以徘徊，涕㉛泫流㉜而霑巾。宵展轉㉝而不寐，驟㉞長歎以達晨。獨鬱結㉟其誰語！聊掇思㊱於斯文。

【章　旨】抒發對楊氏父子的哀惋痛惜之情。

【注　釋】❶予思　我的感情。❷興慕　心中產生思慕之情。❸元　指道元。❹嗣　指公嗣。❺壟　墳墓。❻森森　茂盛的樣子。❼攢植　聚集生長在一處。❽逝沒之相尋　謂楊氏父子連續而逝。相尋，連續不斷而來。❾曾　乃；竟然。❿舊草之未異　墳上之草未及變為舊草。此言楊氏父子相繼而逝之快。⓫總角　兒童時代。總，束髮。角，兒童頭髮收結為兩髻，右左各一個，形似牛角。⓬清塵　指清風。⓭國士　國家傑出的人才。⓮眷余以嘉姻　此言楊肇以女許配潘岳。眷，結為親眷。嘉姻，美滿的婚姻。⓯祖考　此泛指父祖輩。⓰隆好　友情深厚。⓱逮　及；到了。⓲二子　指道元、公嗣。⓳偕老　俱老。⓴庶　希望。㉑有鄰　相與為鄰。㉒空館　空宅。㉓闃　寂靜。㉔陳荄　指隔年宿草。荄，根。㉕被　覆蓋。㉖堂除　堂階。㉗舊圃　舊日園圃。㉘薪　柴。㉙庭　廳堂。㉚廡　堂周的廊屋。㉛涕　眼淚。㉜泫流　淚下的樣子。㉝展轉　在床上翻來覆去，不能成眠。㉞驟　屢次。㉟鬱結　思緒煩悶，不得抒發。㊱掇思　掇採餘思。掇，原作「綴」，據五臣注本改。

【語　譯】望著那楸樹，我情思感動。既思念戴侯，亦哀悼道元、公嗣。墳墓一座挨著一座，柏樹茂密地聚生著。何以他們父子相繼謝世，竟然連墳上的草也未及變舊！我兒時得見戴侯，親自感受到他的清高風骨。他稱我為國士，又許我以美滿的婚姻。自上輩厚待於我，到他二子又以世交和我相親。本當歡樂地攜手共到白頭，希望相與為鄰以報恩德。九載之後我再次來此，宅院空空寂靜無人。堂前階除覆蓋著衰敗的雜草，園圃中也長滿了野草雜木。我在廳堂廊廡中來回漫步，淚水滴下沾溼衣襟。夜裡翻來覆去難以入睡，屢屢長歎直到天明。我獨自的鬱悶向誰訴說呢？聊且採集餘思傾注於此文之中吧！

寡婦賦 并序

【作　者】潘岳，見頁二八六。

【題　解】本篇是潘岳為其妻妹任護妻所作。據作者說，本篇是擬王粲之作（現存殘篇）。對比二者看來，雖有相承之處，但本篇更豐富生動。對於後代出現大量同類題材的作品，無疑起了明顯的啟示作用。

樂安任子咸❶，有韜世之量❷，與余少而歡焉。雖兄弟之愛，無以加也。不幸弱冠❸而終，良友既沒，何痛如之！其妻又吾姨❹也，少喪父母，適人而所天❺又殞。孤女藐❻焉始孩❼。斯亦生民❽之至艱❾，而荼毒❿之極哀也。昔阮瑀⓫既歿，魏文⓬悼之，並命知舊作寡婦之賦⓭。余遂擬之，以敘其⓮孤寡之心焉。其辭曰：

【章　旨】本章為賦序。說明作賦是為任子咸的妻子敘孤寡之心。

【注　釋】❶任子咸　任護。字子咸，樂安郡人，曾任奉車都尉。❷韜世之量　謂胸懷闊大，可包藏一世。韜，藏。❸弱冠　指男子二十歲。古時男子二十歲行成人禮，結髮戴冠，體尚未壯，故稱弱。《禮記‧曲禮》：「二十曰弱，冠。」❹姨　妻子的姊妹。楊肇之次女為任護之妻。❺所天　此指丈夫。天，指所依存或依靠的對象。班昭《女誡》：「夫者，天也。」❻藐　幼小。❼孩　嬰兒。任子咸女名任澤蘭，剛三歲，父喪期未過即夭折，潘岳曾為之作哀辭。❽生民　指人。❾至艱最大的艱難。⑩荼毒　謂苦。荼，苦菜。毒，螫人之蟲。⑪阮瑀　人名。三國魏尉氏人，字元瑜，為建安七子之一，始為曹操司空軍謀祭酒，管記室，草擬書檄公文，後為倉曹掾屬。⑫魏文　魏文帝曹丕。⑬作寡婦之賦　魏文帝〈寡婦賦序〉曰：「陳留阮元瑜，與余有舊，薄命早亡，故作斯賦，以敘其妻子悲苦之情。命王粲等並作之。」⑭其　指任子咸妻。

【語　譯】樂安任子咸，度量寬廣，和我年少時就感情極好。即使兄弟之情，也不過如此。他不幸二十歲就逝世了。好友死去，悲痛已極。他的妻子又是我的妻妹，年少時父母俱喪，嫁人則丈夫又早故。孤女是幼小的嬰兒。這也是人生最大的艱難，最深的痛苦。昔日阮瑀死後，魏文帝悼念他，就命知交故舊作寡婦賦。我於是摹擬此篇，以敘任子咸妻孤寡的心情。賦辭如下：

嗟予①生之不造②兮，哀天難③之匪忱④。少伶俜⑤而偏孤⑥兮，痛忉怛⑦以摧心。覽寒泉⑧之遺歎兮，詠〈蓼莪〉之餘音⑨。情長慼⑩以永慕⑪兮，思彌遠而逾深⑫。伊⑬女子⑭之有行⑮兮，爰⑯奉嬪⑰於高族⑱。承⑲慶雲⑳之光覆㉑兮，荷㉒君子㉓之惠渥㉔。顧葛藟之蔓延兮，託微莖於樛木㉕。懼身輕㉖而施重㉗兮，若履冰而臨谷㉘。尊義方㉙之明訓㉚兮，憲女史㉛之典戒㉜。奉㉝蒸嘗㉞以效順㉟兮，供灑掃㊱以彌載㊲。

【章　旨】本章是擬任子咸妻的口氣，回顧她早年父母雙亡，出嫁後悉心事奉的往事。

【注　釋】①予　此為任子咸妻自稱。②不造　指不幸。造，成。語出《詩・周頌・閔予小子》：「閔予小子，遭家不造。」③天難　天降禍患。④匪忱　不由誠信。匪，非。忱，信。⑤伶俜　孤單無依。⑥偏孤　指喪父。⑦忉怛　悲傷。

❽寒泉　指子女對母親的孝思。《詩・邶風・凱風》：「爰有寒泉，在浚之下。有子七人，母氏勞苦。」❾詠蓼莪之餘音　指父母雙亡。〈蓼莪〉，《詩・小雅》的篇名。為孝子追念父母而作，後以喻對亡親的悼念。❿長感　長久哀傷。⓫永慕　永久思念。⓬思彌遠而逾深　對父母的思念，愈久遠愈深刻。⓭伊　語首助詞。無義。⓮女子　指任子咸妻。⓯有行　有德行。⓰爰　乃。⓱奉嬪　奉行婦道。此謂出嫁。⓲高族　高門望族。指任家。⓳承　承受。⓴慶雲　五色之雲；祥瑞之氣。此喻父母。㉑光覆　喻父母的蔭庇。㉒荷　受到。㉓君子　指其夫任子咸。㉔惠渥　恩惠深厚。㉕顧葛藟之蔓延兮二句　比喻婦女託身於夫家。顧，顧念。葛藟，二種草名。蔓延，柔弱的樣子。樛木，向下彎曲的樹木。《詩・周南・樛木》：「南有樛木，葛藟累之。」㉖身輕　自身德行淺薄。㉗施重　丈夫施予的恩情深重。㉘履冰而臨谷　比喻為人戒慎，免致墮陷。㉙義方　做人的正道。此指父母的教誨。《左傳・隱公三年》：「石碏諫曰：『臣聞，愛子教之以義方，弗納于邪。』」㉚明訓　正確的訓誨。㉛女史　古代女官名。以知書婦女充任，佐助內宰掌管有關王后禮儀的典籍。見《周禮・天官・女史》。又《周禮・春官・世婦》屬下有女史二人，掌管書寫文件等事，與天官女史不同。㉜典戒　法則訓戒。㉝奉　奉行。㉞蒸嘗　泛指祭祀祖先。《禮記・祭統》：「凡有四時：春祭曰祭，夏祭曰禘，秋祭曰嘗，冬祭曰烝。」蒸，通「烝」。㉟效順　效其柔順之道。㊱灑掃　灑水掃地。謂盡其婦職。㊲彌載　終年。

【語　譯】唉，我生來不幸呵，哀傷蒼天不按誠信原則待我，橫降禍患摧殘。使我在年少時就因父親早亡而孤孤單單呵，悲痛已極幾近心碎。當我閱讀到寒泉之句，就感歎母親的勞苦呵，詠誦〈蓼莪〉時，又追念已故的雙親。長久地哀傷，長久地思念呵，思念愈久遠，悲痛愈深刻。女子有德行呵，就出嫁於高門。承父母的蔭庇呵，受丈夫的厚恩。想到柔弱的葛藟呵，把細莖託於曲木。我擔心自身德行淺薄而受恩深重呵，戒慎恐懼的心就像履薄冰臨深谷一樣。遵循著父母教誨的做人正道呵，取法女史的法則訓戒。奉行祭祀表現出女子柔順之道呵，灑水掃地終年以盡婦職。

彼詩人❶之攸歎❷兮，徒❸願言而心痗❹。何遭命之奇薄❺兮，遘天禍❻之未悔❼。榮華❽曄❾其始茂兮，良人❿忽以捐背⓫。靜闔門以窮居⓬兮，塊⓭煢獨⓮而靡依⓯。易⓰錦茵⓱以苫席⓲兮，代羅幬⓳以素帷⓴。命阿保㉑而就列㉒兮，覽巾箑㉓以舒悲㉔。口嗚咽㉕以失聲兮，淚横迸㉖而霑衣。愁煩冤其誰告兮，提㉗孤孩於坐側㉘。時曖曖㉙而向昏兮，日杳杳㉚而西匿㉛。雀群飛而赴楹㉜兮，雞登棲㉝而斂翼㉞。歸空館㉟而自憐兮，撫衾裯㊱以歎息。思纏綿㊲以瞀亂㊳兮，心摧傷以愴惻㊴。曜靈㊵曄而遄邁㊶兮，四節㊷運㊸而推移㊹。天凝露以降霜兮，木落葉而隕枝㊺。仰㊻神宇㊼之寥寥㊽兮，瞻靈衣㊾之披披㊿。退(51)幽悲(52)於堂隅(53)兮，進獨拜於床垂(54)。耳傾想(55)於疇昔(56)兮，目仿佛(57)乎平素(58)。雖冥冥而罔覿兮，猶依依以憑附(59)。痛存亡(60)之殊制(61)兮，將遷神(62)而安厝(63)。龍轜(64)儼(65)其星駕(66)兮，飛旐(67)翩(68)以啟路(69)。輪按軌(70)以徐進兮，馬悲鳴而踟顧(71)。潛靈(72)邈(73)其不反兮，殷憂(74)結而靡訴。晞(75)形影(76)於几筵(77)兮，馳精爽(78)於丘墓。

【章　旨】本章描寫丈夫初死寡婦的悲痛及出殯、安葬過程。

【注　釋】❶詩人　指《詩・衛風・伯兮》的作者。❷攸歎　歎息。攸，助詞。❸徒　空。❹願言而心痗　〈伯兮〉：「願言思伯，使我心痗。」心痗，心痛而病。❺奇薄　命運不好。❻天禍　天降之禍。指丈夫之死。❼未悔　未悔禍；未對所造成的災禍表示悔恨。❽榮華　比喻婦女的美好容顏。❾曄　光彩煥發。❿良人　丈夫。⓫捐背　棄我而去。捐，棄。背，離。⓬窮居　苦悶地生活。窮，窘困。⓭塊　獨居的樣子。⓮煢獨　孤獨。⓯靡依　無依。⓰易　換。⓱錦茵　錦褥。⓲苫

席　草墊子。居喪者所寢。⑲羅幬　羅帳。⑳素帷　白色床帷。㉑阿保　指隨身保姆。㉒就列　就位。此指由阿保引導到哭喪之位。㉓巾箑　指丈夫的遺物。箑，扇。㉔舒悲　抒發悲痛之情。㉕嗚咽　低聲哭泣。㉖橫迸　縱橫湧流。㉗提　抱。㉘坐側　指靈座（即靈位）之旁。坐，通「座」。㉙曖曖　昏昧的樣子。㉚杳杳　遙遠的樣子。㉛西匿　西藏。㉜赴楹　飛向屋宇的梁柱。指返巢。㉝登棲　登上棲息之處。㉞斂翼　收攏翅膀。㉟空館　空房。㊱衾裯　被子。衾，被。裯，單被。㊲纏綿　情意綿長，思緒不絕。㊳瞀亂　紊亂迷惑。㊴愴惻　悲傷。㊵曜靈　指日。㊶遄邁　疾行。㊷四節　四季。㊸運流　轉。㊹推移　謂不停頓。㊺隕枝　落枝。㊻仰　仰望。㊼神宇　指靈堂。供逝者靈位之所。㊽寥寥　空廓之狀。㊾靈衣　指逝者生前所穿之衣。㊿披披　飄動的樣子。51退　退回。52幽悲　暗自悲傷。53堂隅　房間的角落。54床垂　指靈座之下。垂，邊。55傾想　傾聽想像。56疇昔　昔日。指過去丈夫的聲音。57仿佛　模模糊糊地。58平素　平時。指丈夫平時的容貌儀態。59雖冥冥而罔覿兮二句　此言雖然目無所見，但還依依思戀不捨，希望可以依附。冥冥，幽暗。罔覿，不能見到。依依，思戀的樣子。憑附，依附。60存亡　存者、亡者。61殊制　不同方式。62遷神　遷走靈柩。63安厝　安葬。64龍輴　喪車。輴上畫龍，故稱。65儼　莊嚴的樣子。66星駕　言早早駕車出發。67飛旐　指飄動的引柩幡。68翩　形容旗幡招展之狀。69啟路　開路；引路先行。70按軌　按一定路線。71跼顧　局促不安地回顧。72潛靈　幽潛於地下的亡靈。73邈遙遙。74殷憂　深憂。75睎　望。76形影　指逝者的形影。77几筵　指祭祀亡靈的靈座。78精爽　指逝者的魂魄。

【語　譯】正如〈伯兮〉作者之所歎息呵，空思念而心痛成病。我何以如此命薄呵，天降災禍而不悔。容顏煥發正當年呵，夫君忽然棄我而去。關起門靜悄悄苦悶地生活呵，孤伶伶獨自無依無靠。換錦褥為草席呵，用白帷來替代羅帳。命阿保引導我來到哭喪之位呵，看到巾扇遺物止不住悲痛。嗚嗚咽咽而失聲呵，淚水縱橫沾溼衣衫。滿腹愁悶煩怨告訴誰呵，把孤兒抱在靈座之側。天色暗昧近黃昏呵，白日遠遠西藏。鳥雀成群地飛返梁柱呵，雞也收攏翅膀登上棲息之處。回到空房自憐自惜呵，手撫被子而歎息。情思纏綿而紊亂呵，心如刀割而悲傷。紅日燦爛疾行呵，四季流轉不停。露水凝結為霜降下呵，樹木落葉墮枝。仰望空曠的靈堂呵，凝視那飄拂的靈衣。退身到角落裡暗自悲傷呵，進前獨拜於靈座之下。側耳傾聽好似有昔日夫君的語聲呵，眼前彷彿看到他平時的容顏。雖然幽冥之中不能見到呵，還依依不捨，希望可以依附。痛心生者、亡者各異路呵，將把靈柩遷走安葬。喪車早早出發呵，旗幡招展在前開路。車輪按一定路線前進呵，轅馬悲鳴不安地回顧。亡靈入地一去不返呵，深憂鬱積無處可訴。靈座前可看見他的形影呵，而他的魂魄已入了墳墓。

自仲秋❶而在疚❷兮，踰❸履霜❹以踐冰❺。雪霏霏❻而驟落❼兮，風瀏瀏❽而夙興❾。霤❿泠泠⓫以夜下兮，水溓溓⓬以微凝。意忽怳⓭以遷越⓮兮，神一夕而九升⓯。庶⓰浸遠⓱而哀降⓲兮，情惻惻⓳而彌甚⓴。願假夢㉑以通靈㉒兮，目炯炯而不寢㉓。夜漫漫㉔以悠悠㉕兮，寒淒淒㉖以凜凜。氣㉗憤薄㉘而乘胸㉙兮，涕㉚交橫㉛而流枕。亡魂逝㉜而永遠㉝兮，時歲㉞忽㉟其遒盡㊱。容貌儡㊲以頓顇㊳兮，左右㊴悽其相愍㊵。感三良之殉秦㊶兮，甘捐生㊷而自引㊸。鞠㊹稚子於懷抱兮，羌㊺低徊㊻而不忍㊼。獨指景㊽而心誓兮，雖形存而志隕㊾。

【章　旨】本章形容任子咸妻在居喪期間的沈痛之情。

【注　釋】❶仲秋　指秋季的第二個月。即農曆八月。❷在疚　在憂病之中。指居喪。❸踰　越過。❹履霜　指秋季。❺踐冰　指冬季。❻霏霏　盛大的樣子。❼驟落　疾落。❽瀏瀏　風疾的樣子。❾夙興　一早就颳起。❿霤　屋簷水。⓫泠泠　形容聲音清脆。⓬溓溓　水結成薄冰的樣子。⓭忽怳　即恍惚。心意迷亂之狀。⓮遷越　形容心神不定的樣子。⓯九升　多次飛揚。九，形容多。⓰庶　表示希望。⓱浸遠　時間逐漸遠去。⓲哀降　悲哀的心情漸漸淡薄。⓳惻惻　悲傷。⓴彌甚　更厲害；更嚴重。㉑假夢　借助於做夢。㉒通靈　指與丈夫的神靈相通。㉓目炯炯而不寢　意謂睜大眼睛，不能入睡。炯炯，形容目光明亮。㉔漫漫　形容夜長。㉕悠悠　形容夜長。㉖淒淒　形容陰冷。㉗氣　指愁悶之氣。㉘憤薄　鬱結。㉙乘

胸 由胸上升。㉚涕 淚水。㉛交橫 縱橫交流。㉜逝 離去。㉝永遠 時間長久。㉞時歲 指一年。㉟忽 迅速。㊱遒 盡 終盡。遒，終。㊲儡 衰敗。㊳頓顇 憔悴。㊴左右 指侍從之人。㊵憖 同「愍」。哀憐；同情。㊶三良之殉秦 指三個賢人為秦穆公殉葬。《左傳・文公六年》：「秦伯任好（即秦穆公）卒，以子車氏之三子奄息、仲行、鍼虎為殉，皆秦之良也。國人哀之，為之賦〈黃鳥〉。」三良，三個賢人。殉，以人從葬。㊷捐生 捐棄生命。㊸自引 自殺。㊹鞠 養。㊺羌 助詞。無義。㊻低徊 流連；盤桓。有依依不捨的意思。㊼不忍 不忍心棄女而死。㊽景 日光。指日。㊾志隕 言其心已與夫君同亡。

【語譯】自八月居喪呵，越過了寒秋與嚴冬。大雪紛飛落地呵，風颼颼地從早颳起。屋簷的水滴在夜裡發出清脆的聲音呵，水面已開始凝成薄冰。意緒恍惚不定呵，心神一夜多次飛揚。原指望時間久了哀痛之情會隨之淡薄呵，不料悲傷之情愈甚。希望通過夢境與亡夫的神靈相通呵，然而卻目光炯炯不能入眠。夜漫漫何其悠長呵，寒淒淒而凜冽。鬱結的愁悶之氣由胸上升呵，淚水縱橫交流於枕上。夫君的亡魂離去已久呵，一歲忽然終盡。我的容顏衰減而憔悴呵，左右之人皆悽然憐憫。有感於昔日三良為秦穆公殉葬呵，我甘願自殺來捐棄生命。但是撫養懷抱中的幼女呵，流連不捨，難以忍心離她而死。獨自指著太陽心中發誓呵，我雖形體在世而我心卻已與夫君同亡了。

重❶曰：仰皇穹❷兮歎息，私自憐兮何極❸！省❹微身❺兮孤弱，顧❻稚子❼兮未識❽。如涉川❾兮無梁❿，若陵虛⓫兮失翼。上瞻兮遺象⓬，下臨⓭兮泉壤⓮。窈冥⓯兮潛翳⓰，心存⓱兮目想⓲。奉⓳虛坐⓴兮肅清㉑，愬㉒空宇㉓兮曠朗㉔。廓㉕孤立㉖兮顧影㉗，塊㉘獨言㉙兮聽響㉚。顧影兮傷摧㉛，聽響兮增哀㉜。遙逝㉝兮逾遠，緬邈㉞兮長乖㉟。四節流兮忽㊱代序㊲，歲云暮㊳兮日西頹㊴。霜被庭㊵兮風入室，夜既分㊶兮星漢㊷迴㊸。夢良人㊹兮來遊，若閶闔㊺兮洞開㊻。怛㊼驚悟㊽兮無聞，超㊾惝恍㊿兮慟懷(51)。慟懷兮奈何，言(52)陟(53)兮山阿(54)。墓門(55)兮肅肅(56)，修壟(57)兮峨峨(58)。孤鳥嚶兮悲鳴，長松萋(59)兮振柯(60)。哀鬱結兮交集，淚橫流兮滂沱(61)。蹈(62)恭姜(63)兮明誓(64)，詠〈柏舟〉(65)兮清歌。終歸骨兮山足，存憑託兮餘華(66)。要(67)吾君(68)兮同穴，之(69)死矢(70)兮靡佗(71)。

【章旨】本章總括全篇，反覆表達對亡夫的思念和滿腹憂傷，並誓言絕不再嫁，從一而終。

【注釋】❶重　與「亂」同。辭賦一篇收結，概括全賦，點明主旨。❷皇穹　上天。❸何極　無極；無限。❹省　察看。❺微身　指自身。❻顧　顧惜。❼稚子　幼女。❽未識　未明事理。❾涉川　過河。❿無梁　沒有橋梁。⓫陵虛　騰空。⓬遺象　指亡夫遺像。⓭臨　臨視。⓮泉壤　指土中墓穴。⓯窈冥　幽深。⓰潛翳　深藏。⓱心存　心中存念。⓲目想　想像其形象於眼前。⓳奉　供奉。⓴虛坐　指靈座。㉑肅清　肅穆清靜。㉒愬　同「訴」。此言傾訴衷腸。㉓空宇　空室。㉔曠朗　虛寂的樣子。㉕廓　空寂。㉖孤立　孤身而立。㉗顧影　只見自己的身影。㉘塊　孤單的樣子。㉙獨言　一個人自言自語。㉚聽響　只聽到自己的聲音。㉛傷摧　傷心痛苦。㉜增哀　更加悲哀。㉝遙逝　言子咸的魂魄離去很遠。㉞緬邈　深長的懷念。緬，懷思狀。㉟長乖　永遠分離。㊱忽　迅速。㊲代序　指季節的輪換。㊳歲云暮　歲暮；歲末。云，語中助詞。㊴西頹　西墜。㊵被庭　覆蓋著庭院。㊶夜既分　已經夜分；已經夜半。㊷星漢　天河。㊸迴　指銀河西斜。㊹良人　指丈夫。㊺閶闔　天門。此指室門。㊻洞開　敞開。㊼怛　受驚。㊽驚悟　驚醒。㊾超　悵惘；若有所失的樣子。㊿惝恍　恍惚；神志模糊的樣子。(51)慟懷　內心極其哀傷。(52)言　語助詞。(53)陟　登山。(54)山阿　山陵。阿，大陵。(55)墓門　墓道之門。(56)肅肅　寂靜的樣子。(57)修壟　大墳。(58)峨峨　高聳的樣子。(59)萋　茂盛的樣子。(60)振柯　搖動樹枝。(61)滂沱　淚多的樣子。(62)蹈　跟隨；仿效。(63)恭姜　人名。也作「共姜」，春秋衛世子共伯之妻，其夫早死，父母欲奪其志而嫁之，誓而不許。(64)明誓　表明誓言。(65)柏舟　《詩．鄘風》篇名。據〈毛序〉，詠共姜自誓不改嫁。(66)終歸骨兮山足二句　此言把剩餘年華依託於山足墓穴中的夫君。存，存心。憑託，依託。餘華，餘下的年華。67要 相約。68吾君 稱其夫。69之 至；到。70矢 誓。71靡佗 無他心的意思。佗，他。

【語 譯】概括而重言之：仰望蒼天呵歎息不止，心中自憐呵無限哀淒。我看到渺小的自己呵是如此孤單脆弱，一方面又顧惜幼女呵未通事理。如同渡河呵沒有橋梁，又似騰空呵失去翅膀。抬起頭來遙望呵亡夫的遺像，又站在墓穴旁臨視呵黃泉土壤。地下深處呵深深的埋著我的丈夫，心中存念呵想像他的容顏。供奉靈座呵肅穆清靜，在空室中哭訴呵更顯得空曠冷清。孤身而立呵只見己影，自言自語呵只聞己聲。只見己影呵傷心痛苦，只聞己聲呵更加悲哀。夫君遠逝呵愈來愈遠，懷念深長呵永遠分離。四季運行呵迅速輪替，一歲將終呵日落西山。霜覆庭院呵風吹入室，時已夜半呵天河西斜。夢到夫君呵翩翩來遊，好像房門呵忽然大開。猛然驚醒呵無聲無息，悵惘恍惚呵內心哀痛。內心哀痛呵又該如何，動身攀登呵高山大陵。墓道之門呵肅穆寂靜，墳墓高大呵峨然聳立。孤鳥嚶嚶呵枝頭悲鳴，長松茂盛呵枝柯搖動。哀痛鬱結呵聚集胸中，淚水縱橫呵湧流不止。仿效恭姜呵表明誓言，吟詠〈柏舟〉呵一曲清歌。終將歸骨呵山腳之下，存心託付呵剩餘年華。相約吾夫呵同穴而葬，至死不渝呵絕無他心。

恨賦

【作 者】江淹（西元四四四～五〇五年），字文通，濟陽考城（今河南蘭考）人。歷仕宋、齊、梁三代。宋時曾為建平王劉景素屬官，被誣下獄，上書自白遂獲釋。乃從劉景素為鎮軍參軍，領南東海郡丞。以事觸犯景素，被黜為建安吳興令。入齊，參掌詔策，後拜中書侍郎、尚書左丞、御史中丞、祕書監侍中衛尉卿。入梁為散騎常侍左衛將軍，封臨沮縣伯，後官至金紫光祿大夫，改封醴陵侯。卒諡憲。江淹少孤貧，常砍柴養母。早年即以文章著名，晚年因高官厚祿，世故保守，所作詩文不如前期，時人謂之才盡。凡所著述，自編為前後二集，已佚，後人輯有《江文通集》。作詩善於模擬，然亦不乏蒼勁流麗之作。作賦與鮑照齊名。

【題　解】〈恨賦〉作於江淹早年貶為建安吳興令期間。他胸懷大志，才華出眾，卻橫遭壓抑，不得施展。眼看光陰荏苒，青春易逝，因而心境鬱悶之極，此篇正是在這種情形下寫出來的。從其主旨說，是感歎人生短促。然而從其主要傾向看，雖也提到像秦始皇這樣不可一世的君主，還是重在對那些在人生途中受打擊、遭不幸者，付予莫大的同情。因而頗能引起後來讀者的共鳴。

試❶望平原，蔓草❷縈❸骨，拱木斂魂❹。人生到此，天道寧論❺！於是僕❻本恨人❼，心驚不已。直念古者，伏恨❽而死。

【章　旨】本章為引言。由枯骨荒墳想到古來多少恨事。

【注　釋】❶試　且。❷蔓草　蔓生的野草。❸縈　纏繞。❹拱木斂魂　意謂前人都歸於墓裡。拱木，可用兩手合抱的樹。據《左傳‧僖公三十二年》，秦穆公抨擊蹇叔道：「爾何知！中壽，爾墓之木拱矣！」因稱墓旁之樹為拱木。此以拱木代墓。斂魂，收斂魂魄。❺寧論　難道可以談論。寧，豈。❻僕　作者自稱。❼恨人　失意抱恨之人。❽伏恨　含恨。伏，承受。

【語　譯】且望那平原之上，野草蔓生纏繞著枯骨，長著大樹的墳墓收斂了逝者的魂魄。人生到了這個地步，難道還要談論什麼天道！我本是失意抱恨之人，看到這種景象，感到驚心動魄。立時想到古代，有多少含恨而死之人。

至如秦帝❶按劍❷，諸侯西馳❸。削平天下，同文同規❹。華山為城❺，紫淵❻為池。雄圖❼既溢❽，武力未畢。方❾架黿鼉❿以為梁⓫，巡海右⓬以送日。一旦魂斷⓭，宮車晚出⓮。若乃趙王⓯既虜，遷於房陵。薄暮⓰心動⓱，昧旦⓲神興。別豔姬⓳與美女，喪金輿⓴及玉乘。置酒欲飲，悲來填膺㉑。千秋萬歲，為怨㉒難勝㉓。至如李君㉔降北，名辱身冤㉕。拔劍擊柱㉖，弔影㉗慚魂㉘。情往上郡㉙，心留鴈門㉚。裂帛繫書，誓還漢恩㉛。朝露㉜溘至㉝，握手何言㉞！若夫明妃㉟去時，仰天太息㊱。紫臺㊲稍遠，關山無極㊳。搖風㊴忽起，白日西匿。隴鴈少飛㊵，代雲寡色㊶。望君王兮何期，終蕪絕㊷兮異域。至乃敬通㊸見抵㊹，罷歸田里。閉關㊺卻埽㊻，塞門㊼不仕。左對孺人㊽，顧弄稚子㊾。脫略㊿公卿，跌宕(51)文史。齎志(52)沒地，長懷(53)無已(54)。及夫中散(55)下獄，神氣激揚(56)。濁醪(57)夕引，素琴晨張(58)。秋日蕭索，浮雲無光。鬱(59)青霞(60)之奇意，入修夜(61)之不暘(62)。

【章　旨】歷敘秦始皇、趙王、李陵、王昭君、馮衍、嵇康之恨。

【注　釋】❶秦帝　指秦始皇。❷按劍　用手撫劍。❸西馳　指朝秦。秦在西，六國在東。❹同文同規　統一文字，統一法度。規，法。❺華山為城　據守華山以為帝都東城。❻紫淵　淵名。在長安北。❼雄圖　宏偉的計畫。❽既溢　已經超出。❾方　且。❿黿鼉　鼈和豬婆龍（一種鱷魚）。⓫梁　橋梁。⓬海右　海之西。右，西。⓭魂斷　謂人死。⓮宮車晚出　即宮車晏駕。天子日日早乘宮車上朝，一旦死亡，則宮車晚出。此蓋謂天子的突然死亡。⓯趙王　指戰國趙末代國君張敖。秦滅趙，虜趙王，將其流放到漢中的房陵，趙王乃作山木之歌，聞者莫不流涕（事見《淮南子・泰族》及高誘注）。⓰薄暮　傍晚。⓱心動　突然有感。⓲昧旦　天將亮的時候。⓳豔姬　美女。⓴金輿　與下「玉乘」，皆指裝飾華麗的車子。㉑膺　胸。㉒怨　恨。㉓難勝　難盡。㉔李君　指西漢李陵。字少卿，李廣之孫，善騎射，武帝時，為騎都尉，率兵出擊匈奴，戰敗投降，後病死匈奴。㉕身冤　身受冤屈。古人因李陵是力戰援絕而降，被漢朝視為罪人，家中老小受累，頗為其感到冤枉。㉖拔劍擊柱　形容李陵心中的痛苦、不平之情。㉗弔影　形影相弔。謂孤獨傷心。弔，哀憐；傷痛。㉘慚魂　心中慚愧。㉙上郡　戰國魏置。秦時治所在膚施縣（今陝西榆林東南），為漢時邊塞。㉚雁門　指雁門郡。戰國趙武靈王置，秦、西漢治所在善無縣（今山西右玉東南），為漢時邊塞。㉛裂帛繫書二句　是說李陵曾心欲效仿蘇武，歸報漢恩。《漢書・卷五四・李廣蘇建傳》附〈蘇武傳〉言，蘇武出使匈奴，被扣留十九年，誓不降順，後漢使復至匈奴，蘇武原從吏常惠教使者謂單于，言天子射上林中，得雁，足繫帛書，言蘇武等在某澤中，單于因此放還蘇武，李陵在為蘇武送行時，也表示自己曾欲為內應，以報漢恩，但因全家被殺，也就無顏還朝了。㉜朝露　言人生短促。㉝溘至　忽然而至。意謂很快消逝。㉞握手何言　此言李陵與蘇武訣別之時，感慨萬千，無話可說。㉟明妃　即王昭君。西漢南郡秭歸（今屬湖北）人，名嬙，字昭君，晉時避司馬昭諱，改稱為明君或明妃，元帝時被選入宮，竟寧元年匈奴呼韓邪單于入朝求和親，她自請嫁匈奴，入匈奴後，被稱為寧胡閼氏，呼韓邪死，其前閼氏子代立，成帝又命她從胡俗，復為後單于的閼氏。㊱太息　歎息。㊲紫臺　紫宮。天子所居之處。㊳關山無極　言所歷關山無數。形容路途之遠和艱難。㊴搖風　飄風；旋風；暴風。㊵隴雁少飛　隴地的雁子都已南飛。此言雁南飛而已不得歸去，故生感慨。隴雁，隴地南飛之雁。少飛，謂南飛已盡。㊶代雲寡色　代地之雲無色。據《漢書・卷二六・天文志》：「凡望雲氣勃碣海岱之間，氣皆黑。」因其雲氣皆黑，故曰寡色。㊷蕪絕　廢絕。㊸敬通　馮衍。字敬通，東漢人，原從更始反對新室，後歸光武帝，未被重用，因交結諸王得罪，嘗自詣獄，有詔赦不問，乃西歸故郡，閉門自保，不敢復與親故通，明帝時亦被抑而不用。㊹見抵　被抵罪。㊺閉關　閉門。㊻卻掃　不復掃徑迎客。意謂謝客。㊼塞門　閉門。㊽孺人　舊時對妻子的通稱。㊾稚子　嬰兒。㊿脫略　簡慢；怠慢；不與之來往。(51)跌宕　放逸。(52)齎志　懷抱大志，無由實現。(53)長懷　綿長的恨意。(54)無已　不止。(55)中散　指嵇康。曾官中散大夫，世稱嵇中散。(56)激揚　激昂。(57)濁醪　濁酒。(58)素琴晨張　意謂早晨彈琴。嵇康臨刑之時，曾索琴而彈之。晨張，晨設。(59)鬱　結聚。(60)青霞　青雲。比喻高遠的志趣。(61)修夜　長夜。謂人死。(62)不暘　不明。

【語　譯】秦始皇按劍東向，諸侯則西來朝秦。他削平六國，統一天下，文字、法度皆歸於一。以華山為城，以紫淵為池。宏偉的計畫既已完成，還有剩餘的武力。且要架黿鼉為橋梁，巡視海西以觀日落。一旦駕崩魂斷，宮車當天就晚出。那趙王做了秦國的俘虜，被流放到了房陵。傍晚時心忽有感，黎明時精神不安。被迫與豔姬美女分別，喪失了裝飾華麗的車乘。設酒將飲，悲憤滿懷。千秋萬代，此恨難盡。至於李陵北降匈奴，名聲辱沒而其實含冤。他只得拔劍擊柱，獨自傷心慚愧。情思嚮往上郡，其心留在雁門郡。也曾想裂帛繫書雁足，誓做一番事業來報答漢恩。然而人生短促，與蘇武握手訣別之時，又能說些什麼！像那昭君離漢之時，仰天歎息。天子的宮室漸漸遠去，經歷了無數關山。暴風忽然颳起，白日只得西藏。隴雁都已南飛，代雲少有顏色。望漢君呵無期相見，終將廢絕呵異國之地。至於像馮衍被定罪，罷官回到故里。關門謝客，安居不仕。陪伴妻子，逗引幼子。怠慢達官貴人，縱情文學史籍。懷抱大志歿於地下，綿長的恨意永無休止。待到嵇康蒙冤下獄，神情激昂。夜飲濁酒，晨彈素琴。秋日黯淡，濃雲陰沈。他胸中結聚著像青霞一樣的奇志，卻只得進入漫漫暗淡的長夜。

或有孤臣危涕，孽子墜心❶。遷客❷海上❸，流戍❹隴陰❺。此人❻但聞悲風汩起❼，血下❽霑衿。亦復含酸❾茹歎❿，銷落⓫湮沈⓬。若迺騎疊跡，車屯軌⓭。黃塵帀地⓮，歌吹⓯四起。無不煙斷火絕⓰，閉骨泉裡⓱。已矣哉！春草暮兮秋風驚⓲，秋風罷⓳兮春草生。綺羅⓴畢㉑兮池館㉒盡，琴瑟㉓滅兮丘壟㉔平。自古皆有死，莫不飲恨而吞聲。

【章旨】本章是概言孤臣、庶子、遷客、戍卒及富貴人家的恨事。最後就人生莫不有死、莫不有恨發出感歎。

【注釋】❶孤臣危涕二句　李善注云：「〈登樓賦〉曰：『涕橫墜而弗禁。』然心當云『危』，涕當云『墜』。江氏愛奇，故互文以見義。」孤臣，失勢遠離之臣。孽子，庶子；非嫡妻所生之子。❷遷客　貶謫遠方之人。❸海上　邊遠之地。海，在古書中不一定是海洋，也可是陸地，如蘇武就曾牧羊北海之上。❹流戍　流放戍邊。❺隴陰　隴山之北。為邊遠之地。❻此人　此種人。❼汩起　迅疾而起。❽血下　指泣血。❾含酸　飽含酸辛之情。❿茹歎　飲恨。茹，食。⓫銷落　散落。⓬湮沈　埋沒；滅亡。⓭騎疊跡車屯軌　形容富貴之人車騎眾多。屯，聚。軌，跡。⓮黃塵帀地　形容車馬塵埃蔽天。帀，同「匝」。遍。⓯吹　吹奏樂器的樂聲。⓰煙斷火絕　比喻人的死去。⓱閉骨泉裡　埋屍骨於地下黃泉之中。⓲驚　颷起之意。⓳罷　歇。⓴綺羅　指身穿絲織品的富貴之人。㉑畢　死。㉒池館　園池館舍。㉓琴瑟　指彈奏琴瑟的美女。㉔丘壟　墳墓。

【語譯】失寵的孤臣潸然下淚，低賤的庶子憂心危患。貶謫之人流離邊鄙之地，流放戍邊者老死隴山之北。這些人一聽到悲風疾起，就泣血溼衣。隨之含酸隱歎，摧折滅亡。像那些富貴人家車騎眾多，黃塵遍地，歌樂之聲四起。到頭來無不如煙斷火絕一般死去，埋骨黃泉裡。唉！春草已老呵秋風捲起，秋風停歇呵春草萌生。綺羅之人已歿呵池館摧頹，琴瑟美女夭亡呵墳墓已平。自古人生皆有死，誰不是飲恨而吞聲！

別賦

【作者】江淹，見頁六八八。

【題解】〈別賦〉是通過對各種不同類型人物離情別緒的描寫，刻畫了他們各自的心理狀態和不同特色。與〈恨賦〉是姊妹篇，一寫生離，一寫死別，皆發揮一個「恨」字。據今人研究，這兩篇賦都在作者的〈青苔賦〉中有所表現，而〈青苔賦〉則又可以明顯看出與鮑照〈蕪城賦〉十分相似，可見江淹受鮑照影響很大。後來擬這兩篇賦的作者很多，像李白那樣的大詩人也有擬作，然均不及江淹原作。

黯然銷魂❶者，唯別而已矣！況秦吳兮絕國，復燕宋兮千里❷。或春苔兮始生，乍秋風兮暫起❸。是以行子❹腸斷，百感悽惻❺。風蕭蕭而異響，雲漫漫而奇色⑥。舟凝滯⑦於水濱，車逶遲⑧於山側。櫂⑨容與⑩而詎前⑪！馬寒鳴而不息⑫。掩⑬金觴⑭而誰御⑮，橫⑯玉柱⑰而霑⑱軾⑲。居人⑳愁臥，怳㉑若有亡㉒。日下壁㉓而沈彩㉔，月上軒㉕而飛光。見紅蘭㉖之受露，望青楸㉗之離㉘霜。巡曾㉙楹㉚而空揜㉛，撫錦㉜幕㉝而虛涼㉞。知㉟離夢㊱之躑躅㊲，意㊳別魂㊴之飛揚㊵。

【章旨】先概述離愁之苦。繼而從行子、居人兩方面具體描寫。

【注釋】①黯然銷魂　形容別恨之深。黯然，心神沮喪，容色慘鬱之狀。銷魂，猶言喪魂。②況秦吳兮絕國二句　是說相隔愈遠，相見愈難，離愁也就愈深。秦，今陝西省一帶。吳，今江蘇、浙江一帶。絕國，隔離極為遼遠之國。燕，今河北省一帶。宋，今河南省東部。③或春苔兮始生二句　是說春來秋至，時物感人，更易牽引人的離愁別恨。乍，忽然。蹔，同「暫」。④行子　出外旅行的人。⑤悽惻　悲傷。⑥風蕭蕭而異響二句　風聲蕭蕭不同往日，雲霧漫漫色彩奇異。這是從行子的感覺上著筆。因為他心懷離愁，所以感到風雲也似乎異於平時了。⑦凝滯　留止不前的樣子。⑧逶遲　徘徊不進的樣子。⑨櫂　槳。此指船。⑩容與　蕩漾不進的樣子。⑪詎前　不前的意思。詎，豈。⑫不息　不停。⑬掩　覆。⑭觴　酒杯。⑮御　進用。⑯橫　橫持。引申為擱置之意。⑰玉柱　用玉做的琴瑟一類的弦柱。此代指琴瑟等樂器。⑱霑　淚水浸溼。⑲軾　車前橫木。⑳居人　指留在家裡的人。㉑怳　失意的樣子。㉒亡　失。㉓日下壁　太陽沈落在牆壁後面。㉔沈彩　指落日的光輝消失掉。㉕月上軒　月亮升上樓頭。軒，樓板；檻板。㉖紅蘭　蘭。至秋則色紅，故稱。㉗楸　落葉喬木。幹高葉大，夏天開花。㉘離　遭。㉙曾　高。㉚楹　指房屋。屋一列為一楹。㉛揜　同「掩」。指掩門。㉜錦　有彩色花紋的絲織品。㉝幕　帷帳。㉞虛涼　寂寞；冷清。㉟知　料想。㊱離夢　指離人（指行子）的夢中。㊲躑躅　行步不前的樣子。㊳意　猜度；料想。㊴別魂　指離別而去的行人的魂魄。㊵飛揚　言心神不安。

【語譯】能令人沮喪慘鬱，失魂落魄的，只有離別吧！何況相隔如秦與吳般絕遠，如燕和宋般千里之遙。或當春苔初生，秋風突起之時，更易牽動縷縷愁思。因此出外遠行的人為之斷腸，百感交集，心情悲傷。風聲蕭蕭，似乎不同於往日；雲霧漫漫，一幅變幻奇異的色彩。舟船遲滯於水邊，車馬逗留在山旁。船槳緩舉怎肯前進，馬兒寒鳴不停。掩起酒杯無心飲用，橫持琴瑟淚灑車軾而去。在家的人愁悶而臥，恍恍惚惚若有所失。眼看著日落西山，光彩隱沒；月上樓頭，清輝滿室。只見蘭葉轉紅，沾上露水；青青楸樹，抹上白霜。她只能在高樓逡巡，然後空掩門戶；獨自撫摸錦帳，更覺悲涼。心知遠去的行人也必在夢中依戀徘徊，料想他的神魂飄蕩不安。

故別雖一緒❶，事❷乃萬族❸。至若龍馬❹銀鞍，朱軒❺繡❻軸❼。帳飲東都❽，送客金谷❾。琴羽張❿兮簫鼓陳⓫，燕趙歌⓬兮傷美人⓭。珠⓮與玉兮豔暮秋⓯，羅⓰與綺兮嬌上春⓱。驚駟馬⓲之仰秣⓳，聳⓴淵魚之赤鱗㉑。造㉒分手而銜涕㉓，感寂漠而傷神。

【章　旨】寫富貴者的別離。

【注　釋】❶一緒　同一種情緒。❷事　指離別之事。❸萬族　許多種類。❹龍馬　古稱八尺以上的馬。❺朱軒　漆成紅色的華貴的車子。軒，車的通稱。❻繡　五彩俱備。❼軸　車軸。此代指車。❽帳飲東都　在東都門外設帳餞行。西漢疏廣、疏受告老回鄉，公卿大夫故舊數百人為其餞行於長安東都門外。帳飲，謂於郊野張帷帳設酒食餞行。事見《漢書・卷七一・疏廣傳》。❾送客金谷　在金谷園中盛宴送客歸去。晉石崇有金谷園在洛陽西北，石崇〈金谷詩序〉云：「余……有別廬在河內縣金谷澗中，時征西將軍祭酒王詡當還長安，余與眾賢共送澗中。」❿琴羽張　琴瑟奏出羽聲。羽，五音之一。其聲最細。張，琴瑟施絃。奏的意思。⓫陳　列。此是並奏的意思。⓬燕趙歌　燕趙美人唱歌以相和。燕在今河北一帶，趙在今山西一帶。古詩有「燕趙多佳人，美者顏如玉」，所以古典詩文中稱美人常言燕趙。⓭傷美人　言見此別離景況，連歌唱的美人亦為之悲傷不已。⓮珠　與下「玉」，皆指樂伎的佩戴裝飾。⓯暮秋　秋季末一個月。⓰羅　與下「綺」，皆指樂伎的穿著華麗。⓱上春　也叫孟春。陰曆正月春事將興之時。⓲駟馬　古稱一乘車駕四匹馬。⓳仰秣　形容馬仰首而聽的樣子。《淮南子・說山》：「伯牙鼓琴，駟馬仰秣。」⓴聳　驚動。㉑鱗　指魚。《韓詩外傳・六》：「淳于髡曰：昔者瓠巴鼓瑟而潛魚出聽，伯牙鼓琴而六馬仰秣。」㉒造　至。㉓銜涕　含淚。

【語　譯】所以別離雖是同一種情緒，其中卻有種種不同的情形。至於像駿馬銀鞍，朱漆彩車。東都門外設帳餞行，金谷園中送客歸去。琴瑟奏出羽聲呵簫鼓並作，燕趙美人唱歌呵悲傷不已。戴珠佩玉呵在晚秋顯示豔色，穿羅著綺呵在早春露出嬌姿。樂聲引得馬兒仰頭忘了嚼草，使得魚兒上浮來聽。待到分手時，各自含淚不捨；想到日後的寂寞，無不黯然神傷。

乃有劍客❶慙恩❷，少年報士❸。韓國❹趙廁❺，吳宮❻燕市❼。割慈忍愛❽，離邦❾去里❿。瀝泣⓫共訣⓬，抆血⓭相視。驅征馬而不顧⓮，見行塵之時起。方銜感於一劍⓯，非買價於泉裡⓰。金石震而色變⓱，骨肉悲⓲而心死⓳。

【章　旨】本章寫刺客的生離死別。

【注　釋】❶劍客　精通劍術的任俠之士。❷慙恩　猶感恩。因受別人恩德而感慚愧。慙，同「慚」。❸報士　勇於報仇之士。❹韓國　指聶政刺殺韓相事。《史記・卷八六・刺客列傳》載：濮陽嚴仲子事韓哀侯，與韓相俠累有仇，逃亡至齊，用百金結交刺客聶政，聶政感其知遇，至韓刺殺俠累。❺趙廁　指豫讓謀刺趙襄子事。《史記・卷八六・刺客列傳》載：豫讓事晉智伯，智伯非常尊寵他，後智伯為趙襄子所滅，豫讓遂變姓名為刑人，入趙襄子宮中塗廁，欲伺機刺襄子。❻吳宮　指專諸刺殺吳王僚事。《史記・卷八六・刺客列傳》載：春秋時，吳國公子光欲殺王僚，遂設謀宴飲王僚，刺客專諸藏匕首於炙好的魚腹中，送到席上，專諸擘魚，即以匕首刺死王僚。❼燕市　指荊軻刺秦王事。《史記・卷八六・刺客列傳》載：荊軻受燕太子丹的恩遇，乃赴秦謀刺秦王，藏匕首於督亢地圖中以獻秦王，圖窮而匕首見，即以匕首刺秦王，不中，遇害。❽割

慈忍愛　謂辭別父母妻子。❾邦　國。❿里　鄉里。⓫瀝泣　灑淚。瀝，水下滴。⓬訣　別。⓭拭血　拭血。淚盡繼之以血的意思。言悲愴之深。⓮驅征馬而不顧　形容壯士去意之堅決。不顧，不回頭。⓯銜感於一劍　謂心裡銘記知遇之恩，願以劍行刺來為之效命。⓰非買價於泉裡　是說並非要以死來換取聲價。買價，謂換取聲價。泉裡，黃泉之下。死的意思。⓱金石震而色變　謂行刺之難。金石，指鐘、磬一類樂器。李善注云：荊軻與秦舞陽見秦王時，秦王使衛士持戟夾陛而立，既而鐘鼓並發，群臣皆呼萬歲，舞陽大恐，面如死灰。⓲骨肉悲　至親悲痛。聶政既刺殺俠累，即自破面決眼剖腹出腸而死，韓取其屍暴露於市，下令能識其人者與千金，久之，莫能識，其姊榮（一作嫈）悲弟身死而名不揚，即於屍旁宣布聶政姓名，隨即自殺。事見《史記・卷八六・刺客列傳》。骨肉，指聶政姊。⓳心死　言悲哀之甚。《莊子・田子方》：「仲尼曰：『……夫哀莫大於心死。』」

【語　譯】還有劍客欲酬知遇之恩，少年勇於報仇。在韓國聶政刺殺韓相俠累，趙廁中豫讓謀刺趙襄子，吳宮裡專諸拔劍殺王僚，燕市上荊軻西去刺秦王。割捨父母情，忍拋妻子愛；離開故國，遠去鄉里。和知己灑淚告別，拭血相看。跨上征馬長驅而去，不再回頭；只見黃塵滾滾，陣陣騰起。刺客的心中銘記恩德，願以一劍效命；並非只為換取死後的聲名。行刺之時鐘磬齊鳴，令人神動色變；當他們行刺身死後，至親為他們悲痛到了極點。

或乃邊郡未和❶，負羽❷從軍。遼水❸無極❹，雁山❺參雲❻。閨中風暖，陌上草薰❼。日出天而耀景❽，露下地而騰文❾。鏡❿朱塵⓫之照爛⓬，襲⓭青氣⓮之烟熅⓯。攀桃李兮不忍別，送愛子兮霑羅裙。

【章　旨】本章寫從軍之別。

【注　釋】❶邊郡未和　指邊境上和外國發生戰事。❷羽　箭。❸遼水　即今遼河。縱貫遼寧省，至營口入渤海。❹無極無邊。❺雁山　當指雁門山。在今山西省原平縣西北。❻參雲　高插入雲。❼薰　香氣。❽耀景　閃耀日光。❾騰文　謂露珠在陽光下閃耀著絢麗的光彩。文，文彩。❿鏡　照。⓫朱塵　紅塵。⓬照爛　明亮燦爛之狀。⓭襲　侵入。⓮青氣　指春天郊野之氣。⓯烟熅　同「氤氳」。雲氣籠罩之狀。

【語　譯】或者邊境有戰事，男兒身揹弓箭去從軍。遼水浩浩無邊，雁山高聳入雲。暖風送入閨中，路上青草芳香。日出於天，光輝照耀；露落於地，閃爍文彩。陽光照耀著燦爛的紅塵，春天郊野之氣騰騰襲人。手攀桃李呵不忍離別，親送愛子呵淚溼羅裙。

至如一赴絕國❶，詎❷相見期！視喬木兮故里❸，決❹北梁❺兮永辭❻。左右❼兮魂動❽，親賓❾兮淚滋❿。可班荊⓫兮贈恨⓬，唯罇酒兮敘悲⓭。值秋鴈兮飛日，當白露兮下時。怨復怨兮遠山曲⓮，去復去兮長河湄⓯。

【章　旨】本章寫遠赴絕國之別。

【注　釋】❶絕國　絕遠之國。❷詎　豈。❸視喬木兮故里　王充《論衡・佚文》：「睹喬木知舊都。」此用其意。❹決　通「訣」。別。❺北梁　北邊的橋。❻永辭　永別。❼左右　謂左右僕從。❽魂動　感動。❾親賓　親戚賓客。❿淚滋　淚水滋生。⓫班荊　折枝鋪地而坐。班，鋪設。《左傳・襄公二十六年》載：楚伍舉與聲子相善，「伍舉奔鄭，將遂奔晉。聲子將如晉，遇之於鄭郊。班荊相與食，而言復故」。後世因有「班荊道故」的成語。⓬贈恨　互相傾訴憾恨。⓭唯罇酒兮敘悲　唯有共飲杯酒以傾訴悲愁。罇，同「樽」。盛酒器。《文選》題蘇子卿〈詩〉有「我有一罇酒，欲以贈遠人。願子留斟酌，敘此平生親」之句。⓮曲　彎曲之處。⓯湄　水邊。

【語　譯】至於去那絕遠之國，哪裡還有相見之期！望一望樹木高大的地方呵那是我的故鄉，在北邊橋上呵永別。左右僕從呵為之感動，親戚賓客呵無不落淚。可以折枝鋪地而坐呵互相傾訴離別的憾恨，唯有共飲杯酒呵傾訴悲愁。正值秋雁呵高飛的日子，恰當白露呵零落的時候。多麼怨恨呵那遠山曲處遮住行人的身影，他遠遠離去呵沿著長河之邊逐漸消失。

又若君居淄右❶，妾家河陽❷。同瓊珮之晨照，共金爐之夕香❸。君結綬❹兮千里，惜瑤草❺之徒芳。慚幽閨之琴瑟❻，晦高臺之流黃❼。春宮❽閟❾此青苔色，秋帳含茲明月光。夏簟❿清兮晝不暮，冬釭⓫凝⓬兮夜何長。織錦曲兮泣已盡，迴文詩兮影獨傷⓭。

【章　旨】本章寫夫婦之別。

【注　釋】❶淄右　淄水西面。淄水在今山東省境內。❷河陽　黃河北邊。水北山南曰陽。❸同瓊珮之晨照二句　同佩玉珮而沐浴在晨光中，晚間則在爐香中共坐。此是追敘離別前的幸福生活。瓊珮，玉珮。❹結綬　指做官。綬，繫印章的帶子。❺瑤草　香草。婦人自喻。❻慚幽閨之琴瑟　是說婦人對琴瑟感到慚愧。指把琴瑟放在那裡不奏。表示愁思之深。幽閨，深閨。❼晦高臺之流黃　此謂羅幕深掩，高臺晦暗不明。晦，昏暗不明。流黃，一種精細的絲織品。此指高臺上的帷幕。❽春宮　婦女居處。❾閟　關閉。❿簟　竹席；細葦席。⓫釭　燈。⓬凝　光聚集不動的樣子。⓭織錦曲兮泣已盡二句　苻秦時秦州刺史竇韜被徙沙漠，與妻蘇蕙分離，蘇氏思之，用五色絲織成迴文詩以寄贈。事見《晉書・卷九六・列女傳》。織錦曲，即迴文詩。為古代一種文體，其文從正反兩方讀之意義皆通。蘇氏的迴文詩則正反、橫直、旁斜皆可誦讀。

【語　譯】又如丈夫生在淄水之西，婦人娘家在黃河北面。成婚之後，同佩玉珮沐浴在晨光之中，晚間則在爐香中共坐。一旦夫君佩戴印綬呵出仕千里之外，可惜妻子獨處呵如瑤草空自芬芳。深閨裡琴瑟閒置，不再彈奏；高臺上帷幕深掩，晦暗不明。春室關閉，不納青苔色；秋帳明亮，照入明月光。夏席清涼呵長晝不暮，冬燈凝光呵夜何其長。織錦已成呵淚水也流盡了，寄去了迴文詩呵卻仍顧影傷懷。

儻❶有華陰上士❷，服食❸還山❹。術既妙而猶學，道已寂❺而未傳❻。守丹竈❼而不顧❽，鍊金鼎❾而方堅❿。駕鶴上漢，驂鸞騰天⓫。暫遊⓬萬里，少別⓭千年。惟世間兮重別，謝主人兮依然⓮。

【章　旨】本章寫學道成仙者的別離。

【注　釋】❶儻　或。❷華陰上士　華陰山上的賢士。李善注引《列仙傳》說：「修羊者，魏人也。華陰山下石室中有龍石，段（鍛）其上，取黃精食之，後去，不知所之。」華陰，華陰山。即華山，在今陝西省渭南縣南。上士，士中之賢者。此指求仙之士。❸服食　服食丹藥。❹還山　四部叢刊影印明翻宋刊本《江文通文集》作「還仙」。❺道已寂　說修道已達到非常高超的境界。寂，安靜。❻未傳　未傳於他人。❼丹竈　煉丹的竈。❽不顧　不管世事。❾金鼎　煉丹的鼎。❿方堅　謂意志正堅。⓫駕鶴上漢二句　是說成仙飛升。漢，河漢；天河。驂，乘；駕馭。鸞，古代傳說中鳳凰一類的神鳥。⓬暫遊　短時間出遊。暫，同「蹔」。⓭少別　小別。⓮惟世間兮重別二句　想到世人重別離，成仙辭別時戀戀不捨。《列仙傳》載，王子晉吹笙作鳳鳴，遊於伊、洛之間，道士浮丘公接上嵩高山。三十餘年後，見桓良說：「告我家，七月七日，待我緱氏山頭。」到期晉果乘白鶴至，山下的人望著他而不能上，晉舉手謝世人，數日後離去。惟，思。謝，告辭。依然，依戀之狀。

【語　譯】或有華陰山之賢士，服藥而成仙。仙術已經高妙，還努力學習；修道進入寂境，卻未傳與他人。守著丹竈不管世事，煉丹金鼎意志正堅。終能駕鶴直上銀河，乘鸞飛騰雲天。暫時而遊就達萬里，小別一回已是千年。想到世間之人呵重別離，成仙辭別世人呵戀戀不捨。

下有芍藥之詩❶，佳人之歌❷。桑中衛女❸，上宮❹陳娥❺。春草碧色，春水淥❻波。送君南浦❼，傷如之何。至乃秋露如珠，秋月如珪❽。明月白露，光陰往來❾。與子之別，思心徘徊。

【章旨】本章寫戀人之別。

【注釋】❶芍藥之詩　歌唱男女愛情的詩。《詩・鄭風・溱洧》：「維士與女，伊其相謔，贈之以芍藥。」芍藥，香草。象徵愛情。❷佳人之歌　指愛慕女子的情歌。漢李延年歌：「北方有佳人，絕世而獨立。一顧傾人城，再顧傾人國。」❸桑中衛女　《詩・鄘風・桑中》：「爰采唐矣？沬之鄉矣。云誰之思？美孟姜矣。期我乎桑中，要我乎上宮，送我乎淇之上矣。」鄘為衛地，故稱〈桑中〉詩中的女子為衛女。❹上宮　衛地名。❺陳娥　指陳女戴嬀。衛莊公妾，因其子被殺而歸，莊公妻莊姜送之。事見《詩・邶風・燕燕》〈毛序〉。❻淥　水清澈。❼南浦　泛指送別之地。《九歌・河伯》：「子交手兮東行，送美人兮南浦。」❽珪　瑞玉。李善注引《遁甲開山圖》：「禹遊於東海，得玉珪，碧色，圓如日月，以自照，目達幽冥。」❾光陰往來　謂季節更換，時光流逝。

【語譯】人世上則有詠唱互贈芍藥之詩，戀慕佳人之歌。桑中有衛女相期，上宮送陳娥歸去。春草青青，春水碧波。送君直到南浦，中心悽愴無比。至於秋露粒粒如珠，秋月團團如珪。明月露珠相映，時光暗暗流逝。與君相別，情思纏綿。

是以別方❶不定，別理❷千名。有別必怨，有怨必盈❸。使人意奪神駭，心折骨驚❹。雖淵雲❺之墨妙❻，嚴樂❼之筆精❽。金閨❾之諸彥❿，蘭臺⓫之群英⓬。

賦有淩雲之稱⑬，辯有雕龍之聲⑭。誰能摹⑮暫離之狀，寫永訣之情者乎！

【章　旨】本章為總結。寫別情痛苦之深，非筆墨所能形容。

【注　釋】❶方　方式；情況。❷理　原因。❸盈　充滿。❹心折骨驚　應是「骨折心驚」，作者故意這樣運用以顯示用詞造語之奇。❺淵雲　皆漢代著名的辭賦家。淵，指漢王褒。字子淵。雲，指漢揚雄。字子雲。❻墨妙　指文章精妙。❼嚴樂　皆漢代有名的文章之士。嚴，指嚴安。樂，指徐樂。❽筆精　筆墨精彩。❾金閨　指金馬門。漢官署名，為著作之庭。漢武帝使學士待詔金馬門以備顧問。❿彥　有才能之士。⓫蘭臺　東漢中央藏書的地方。設蘭臺令史，掌典校圖籍，治理文書。⓬英　傑出的文人。⓭淩雲之稱　指司馬相如。《漢書・卷五七・司馬相如傳》載，司馬相如奏〈大人賦〉，武帝大悅，飄飄有淩雲之氣，似遊天地之間。⓮雕龍之聲　指騶奭。《史記・卷七四・孟子荀卿列傳》載，戰國齊人騶奭「采騶衍之術以紀文」。裴駰《集解》引劉向《別錄》：「騶奭修衍之文，飾若雕鏤龍文，故曰雕龍。」⓯摹　摹寫。

【語　譯】因此，離別的情況不一，離別的原因卻有很多。有離別必有愁怨，有愁怨必定充滿胸中。離別使人意氣喪失，精神震駭，筋骨如折，內心驚悚。即使有王子淵、揚子雲那樣美妙的文章，嚴安、徐樂那樣精彩的筆墨。像待詔金馬門的諸才士，校書蘭臺的眾多優秀文人。作賦能使人有飄飄淩雲之感，飾辭若雕鏤龍文之美。可是有誰能摹寫暫時分離之狀，形容永久訣別之情呢！

古籍今注新譯叢書

【哲學類】

新譯四書讀本	謝冰瑩等編譯
新譯學庸讀本	王澤應注譯
新譯論語新編解義	胡楚生編著
新譯孝經讀本	賴炎元等注譯
新譯易經讀本	郭建勳注譯
新譯周易六十四卦經傳通釋	黃慶萱注譯
新譯乾坤經傳通釋	黃慶萱注譯
新譯易經繫辭傳解義	吳　怡著
新譯禮記讀本	姜義華注譯
新譯儀禮讀本	顧寶田等注譯
新譯孔子家語	羊春秋注譯
新譯老子讀本	余培林注譯
新譯帛書老子	趙　鋒注譯
新譯老子解義	吳　怡著
新譯莊子讀本	黃錦鋐注譯
新譯莊子讀本	張松輝注譯
新譯莊子本義	水渭松注譯
新譯莊子內篇解義	吳　怡著
新譯列子讀本	莊萬壽注譯
新譯管子讀本	湯孝純注譯
新譯墨子讀本	李生龍注譯
新譯公孫龍子	丁成泉注譯
新譯晏子春秋	陶梅生注譯
新譯鄧析子	徐忠良注譯
新譯荀子讀本	王忠林注譯
新譯尹文子	徐忠良注譯
新譯尸子讀本	水渭松注譯
新譯鶡冠子	趙鵬團注譯
新譯鬼谷子	王德華等注譯
新譯韓非子	傅武光等注譯
新譯呂氏春秋	朱永嘉等注譯
新譯韓詩外傳	孫立堯注譯
新譯淮南子	熊禮匯注譯
新譯春秋繁露	朱永嘉等注譯
新譯新書讀本	饒東原注譯
新譯新語讀本	王　毅注譯
新譯潛夫論	彭丙成注譯
新譯論衡讀本	蔡鎮楚注譯
新譯申鑒讀本	林家驪等注譯
新譯人物志	吳家駒注譯
新譯張載文選	張金泉注譯
新譯近思錄	張京華注譯
新譯傳習錄	李生龍注譯
新譯呻吟語摘	鄧子勉注譯
新譯明夷待訪錄	李廣柏注譯

【文學類】

新譯詩經讀本	滕志賢注譯
新譯楚辭讀本	林家驪注譯
新譯楚辭讀本	傅錫壬注譯
新譯文心雕龍	羅立乾注譯
新譯六朝文絜	蔣遠橋注譯
新譯世說新語	劉正浩等注譯
新譯昭明文選	周啟成等注譯
新譯古文觀止	謝冰瑩等注譯
新譯古文辭類纂	黃　鈞等注譯
新譯樂府詩選	溫洪隆注譯
新譯古詩源	馮保善注譯
新譯千家詩	邱燮友等注譯
新譯詩品讀本	成　林等注譯
新譯花間集	朱恒夫注譯
新譯南唐詞	劉慶雲注譯
新譯絕妙好詞	聶安福注譯
新譯唐詩三百首	邱燮友注譯
新譯宋詩三百首	陶文鵬注譯
新譯宋詞三百首	汪　中注譯
新譯宋詞三百首	劉慶雲注譯
新譯元曲三百首	賴橋本等注譯
新譯明詩三百首	趙伯陶注譯
新譯清詩三百首	王英志注譯
新譯清詞三百首	陳水雲等注譯
新譯唐人絕句選	卞孝萱等注譯
新譯唐才子傳	戴揚本注譯
新譯拾遺記	石　磊注譯
新譯搜神記	黃　鈞注譯
新譯唐傳奇選	束　忱等注譯
新譯宋傳奇小說選	束　忱注譯
新譯明傳奇小說選	陳美林等注譯

新譯容齋隨筆選　朱永嘉等注譯
新譯明散文選　周明初注譯
新譯明清小品文選　鄭　婷注譯
新譯人間詞話　馬自毅注譯
新譯白香詞譜　劉慶雲注譯
新譯幽夢影　馮保善注譯
新譯菜根譚　吳家駒注譯
新譯小窗幽記　馬美信注譯
新譯圍爐夜話　馬美信注譯
新譯郁離子　吳家駒注譯
新譯歷代寓言選　黃瑞雲注譯
新譯賈長沙集　林家驪注譯
新譯揚子雲集　葉幼明注譯
新譯曹子建集　曹海東注譯
新譯建安七子詩文集　韓格平注譯
新譯阮籍詩文集　林家驪注譯
新譯嵇中散集　崔富章注譯
新譯陸機詩文集　王德華注譯
新譯陶淵明集　溫洪隆注譯
新譯江淹集　羅立乾等注譯
新譯庾信詩文選　歸　青注譯
新譯初唐四傑詩集　李福標注譯
新譯駱賓王文集　黃清泉注譯
新譯王維詩文集　陳鐵民注譯
新譯孟浩然詩集　楊　軍注譯
新譯李白詩全集　郁賢皓注譯
新譯李白文集　郁賢皓注譯
新譯杜甫詩選　張忠綱等注譯

新譯杜詩菁華　林繼中注譯
新譯高適岑參詩選　孫欽善等注譯
新譯昌黎先生文集　周啟成等注譯
新譯劉禹錫詩文選　閻　琦注譯
新譯柳宗元文選　卞孝萱等注譯
新譯白居易詩文選　陶　敏等注譯
新譯元稹詩文選　郭自虎注譯
新譯李賀詩集　彭國忠注譯
新譯杜牧詩文集　張松輝注譯
新譯李商隱詩選　朱恒夫等注譯
新譯范文正公選集　王興華等注譯
新譯蘇洵文選　羅立剛注譯
新譯蘇軾文選　滕志賢注譯
新譯蘇軾詞選　鄧子勉注譯
新譯蘇轍文選　朱　剛注譯
新譯曾鞏文選　高克勤注譯
新譯王安石文選　沈松勤注譯
新譯唐宋八大家文選　鄧子勉注譯
新譯柳永詞集　侯孝瓊注譯
新譯李清照集　姜漢椿等注譯
新譯陸游詩文選　韓立平注譯
新譯辛棄疾詞選　聶安福注譯
新譯歸有光文選　鄔國平注譯
新譯唐順之詩文選　馬美信注譯
新譯徐渭詩文選　周　群等注譯
新譯薑齋文集　平慧善注譯
新譯顧亭林文集　劉九洲注譯
新譯納蘭性德詞　馮　乾注譯

新譯方苞文選　鄔國平等注譯
新譯鄭板橋集　朱崇才注譯
新譯袁枚詩文選　王英志注譯
新譯李慈銘詩文選　潘靜如注譯
新譯聊齋誌異選　任篤行等注譯
新譯閱微草堂筆記　嚴文儒注譯
新譯浮生六記　馬美信注譯
新譯弘一大師詩詞全編　徐正綸編著

歷史類

新譯史記　韓兆琦注譯
新譯漢書　吳榮曾等注譯
新譯後漢書　魏連科等注譯
新譯三國志　吳樹平等注譯
新譯資治通鑑　韓兆琦等注譯
新譯史記—名篇精選　韓兆琦注譯
新譯尚書讀本　吳　璵注譯
新譯尚書讀本　郭建勳注譯
新譯周禮讀本　賀友齡注譯
新譯逸周書　牛鴻恩注譯
新譯左傳讀本　郁賢皓等注譯
新譯公羊傳　雪　克注譯
新譯穀梁傳　顧寶田注譯
新譯春秋穀梁傳　周　何注譯
新譯戰國策　溫洪隆注譯
新譯國語讀本　易中天注譯
新譯說苑讀本　左松超注譯
新譯說苑讀本　羅少卿注譯